中华优秀传统文化传承发展工程

Project for Transmission and
Development of Fine Traditional
Chinese Culture

中国民间文学大系

故事

Treasury of
Chinese Folk Literature

Collection of Folktales

4-62

甘肃卷 | 陇东分卷 | （二）

Gansu Volume:
Tales from East Gansu II

中国文学艺术界联合会　中国民间文艺家协会　总编纂

中国文联出版社
http://www.clapnet.cn

图书在版编目（CIP）数据

中国民间文学大系 . 故事 . 甘肃卷 . 陇东分卷 . 二 / 中国文学艺术界联合会，中国民间文艺家协会总编纂 . -- 北京：中国文联出版社，2023.4

ISBN 978-7-5190-4935-5

Ⅰ . ①中… Ⅱ . ①中… ②中… Ⅲ . ①民间文学—作品综合集—中国②民间故事—作品集—甘肃 Ⅳ . ① I277

中国版本图书馆 CIP 数据核字 (2022) 第 132683 号

中国民间文学大系·故事·甘肃卷·陇东分卷（二）

Zhongguo Minjian Wenxue Daxi
Gushi Gansu Juan Longdong Fenjuan（Er）

总编纂	中国文学艺术界联合会　中国民间文艺家协会
终审人	姚连瑞
复审人	周小丽
责任编辑	王素珍
责任校对	赵小慧　刘　丽
书籍设计	XXL Studio
排版制作	爱吉骏文化
责任印制	陈　晨
出版发行	中国文联出版社有限公司
地址	北京市朝阳区农展馆南里 10 号，100125
电话	010-85923025（发行部），010-85923091（总编室）
印刷	北京雅昌艺术印刷有限公司
开本	635×965，1/8
字数	993 千字
印张	94
版次	2023 年 4 月第 1 版
印次	2023 年 4 月第 1 次印刷
书号	ISBN 978-7-5190-4935-5
定价	980.00 元

中华优秀传统文化传承发展工程

中国民间文学大系出版工程领导小组

组长　　　　　　　铁　凝　　李　屹

副组长　　　　　　徐永军　　董耀鹏　　俞　峰　　诸　迪　　张雁彬
　　　　　　　　　张　宏　　黄豆豆　　冯骥才　　潘鲁生

办公室主任　　　　张雁彬（兼）

办公室副主任　　　邱运华（常务）　　韩新安　　杨发航　　邓光辉
　　　　　　　　　谢　力　　周由强　　暴淑艳　　尹　兴

成员　　　　　　　各省区市和新疆兵团宣传部分管领导和文联党组书记；有
　　　　　　　　　关文艺家协会分党组书记；学术委员会主任、编纂出版工
　　　　　　　　　作委员会主任和中国文联出版社社长等。

中国民间文学大系出版工程学术委员会

中国民间文学大系出版工程编纂出版工作委员会

总序

5000 多年的中华文化源远流长、灿烂辉煌，滋养着中华民族生生不息、发展壮大，积淀着中华民族最深沉的精神追求，镌刻着中华民族独特的精神标识，也蕴藏着解决当代人类面临难题的传统智慧，是涵养社会主义核心价值观的精神之源，更是我们在世界文化中站稳脚跟的坚实根基。中华优秀传统文化是我们必须世代传承的文化根脉、文化基因，在实现"两个一百年"奋斗目标和中华民族伟大复兴中国梦的历史进程中，追溯中华文化的源流、探究中华文化的传续、前瞻中华文化的走向，对于为中华民族精神家园立根铸魂、为新时代中国特色社会主义事业发展凝心聚力，具有重大意义。

编纂出版《中国民间文学大系》（以下简称《大系》）是新时代传承发展中华优秀传统文化的国家级重点工程。党的十八大以来，以习近平同志为核心的党中央高度重视中华文化的传承发展。2017 年 1 月，中央印发《关于实施中华优秀传统文化传承发展工程的意见》（以下简称《意见》），编纂出版《大系》列为其中的重大工程。《意见》从建设社会主义文化强国，增强国家文化软实力，实现中华民族伟大复兴中国梦的高度，深刻阐述了中华优秀传统文化传承发展的重要意义、指导思想、基本原则和总体目标，对传承发展工程的主要内容、重点任务、组织实施和保障措施等作出了重要部署，是当前和今后一个时期指导我们传承发展好中华优秀传统文化的重要遵循。民间文学是中华优秀传统文化中最主要的基础资源之一，它鲜明而又直接地反映着人民群众的日常生活和价值观、审美观。中国民间文学大系出版工程（以下简称大系出版工程）由中国文联负责组织实施，是中华优秀传统文化传承发展工程的重点项目之一，也是中国民间文学遗产抢救保护与传承的民心工程。这一工程的主要任务是以客观、科学、理性的态度，收集整理民间口头文学作品及理论方面的原创文献，编纂出版《大系》大型文库，完善中国口头文学遗产数据库，为中华民族保留珍贵鲜活的民间文化记忆。在编纂同时，开展一系列以中国民间文学为主题的社会宣传活动，促进全社会共同参与民间文学的发掘、传播、保护，形成全社会热爱、传承优秀传统民间文学的热潮，形成德在民间、艺在民间、文在民间的共识，推动民间文学知识普及与对外交流传播。

民间文学产生于民间，流传于民间，具有与生俱来的人民性。习近平总书记在文艺工作座谈会上的讲话中指出，"人民既是历史的创造者、也是历史的见证者，既是历史的'剧中人'、也是历史的'剧作者'"。因为民间文学活动本身就是人民的审美生活，是人民不可缺少的生活样式，具有浓厚的生活属性。民众在表演和传播民间文学时，就是在经历一种独特的生活方式。人民创作、人民传播和人民享受，是民间文学人民性的具体表现。

民间文学是培育和践行社会主义核心价值观的重要载体。首先，民间文学是宝贵的历史文化遗产，是中华民族祖祖辈辈集体智慧的结晶，积淀着中华民族特有的极为丰富的思想道德和文化意识形态。其次，民间文学是人民群众自己的文学和学问，具有最为广泛的人民性，没有哪一种文学艺术形式拥有如此众多的作者和观众。它对人们的生活方式和思想观念所产生的潜移默化影响也是最为深刻和久远的。再次，民间文学是人民群众最为喜闻乐见和熟悉的审美方式，也是最为便利的文学活动形式。每个地方都有祖辈延续下来的传说、故事、歌谣、谚语、小戏、说唱等等，为当地人耳熟能详。这些民间文学一旦进入当地人的生活世界，便释放出强大的感化能量。

新中国成立后，党和政府十分重视民间文艺的传承保护。民间文学搜集抢救整理成果丰硕，为编纂出版《大系》奠定了坚实基础。1950 年 3 月，我国民间文学、民间戏剧、民间音乐、民间美术、民间舞蹈等领域的文艺家与研究家发起成立了中国民间文艺研究会（以下简称民研会；1987 年更名为中国民间文艺家协会），开始在全国范围内统一组织实施中国民间文艺的传承与研究工作。在民研会成立大会上，代表们讨论并通过了《征集民间文艺资料办法》。1979 年 9 月，全国少数民族民间歌手、民间诗人座谈会在京召开，众多民间歌手和艺人恢复名誉，抢救保护民族民间文化遗产工作也随之重启。1984 年 2 月，中宣部印发《关于加强少数民族文学研究和资料搜集工作的通知》。同年 5 月，文化部、国家民委、民研会印发《关于编辑出版〈中国民间故事集成〉〈中国歌谣集成〉〈中国谚语集成〉的通知》，全国各地大批民间文艺专家和民间文艺工作者代表们会聚起来，形成强大的学术力量和社会力量，开始了民间文学抢救整理工作。1987 年至 2009 年，在全国普查、采录的基础上，全国各地民间文学"三套集成"陆续编辑出版。"三套集成"从酝酿、立项到全面实施，历经近 30 年，全国 30 个省市自治区（不含重庆、港澳台）编纂出版90 卷（102 册），总计 1 亿多字，一大批珍贵的各民族神话、传说、故事、歌谣、谚语等民间口头文学作品，成为民间文学爱好者和研究者的通用读本。进入新世纪以来，中国民间文化遗产抢救、中国民族民间文化遗产保护等工程又相继开展，取得扎实而宝贵的工作进展。为了进一步适应今后文化发展以及科学技术进步带来的阅读、研究与利用的实际需要，2010 年 12 月，中国民间文艺家协会启动实施了中国口头文学遗产数字化工程，已陆续完成 10 多亿字民间口头文学记录文本的数字化存录，最终将形成体系完备的"中国口

A006

头文学遗产数据库",以有效避免因各种因素造成的纸质资料遗失和损坏,并使阅读、检索和利用这些作品及资料变得更为方便、快捷和准确,从而实现更大范围的资源共享。新中国成立 70 年来民间文艺工作的实践与经验,数十亿字民间文艺资料的积累与储备,数十万民间文艺工作者的心血和智慧,是我国民间文艺事业发展的宝贵财富,也为《大系》的编纂工作确立了综合实力和巨大优势。

大系出版工程是新时代中国民间文学保护、传承工作的扩充、延伸、深化、升华,更是民间文学创造性转化和创新性发展的理论探索和实践行动。《大系》文库按照神话、史诗、传说、故事、歌谣、长诗、说唱、小戏、谚语、谜语、俗语、理论 12 个门类进行编纂,计划到 2025 年出版大型文库 1000 卷,每卷 100 万字,共 10 亿字。该工程制订的长期规划、分步骤分阶段分类别的运作策略和实施举措,保障了项目的可持续性发展和科学化运用。

《大系》既是有史以来记录民间文学数量最多、内容最丰富、种类最齐全、形式最多样、最具活态性的文库,也是在民间文学搜集整理领域开展的新时代综合性成果总结、示范性的本土文化实践活动。它将几千年来在民间普遍传承的无形精神遗产变为有形的文化财富,从而避免在全球化语境下民间文学遭遇民众文化失语和传统经典样式失忆的尴尬与窘境,为世人了解中国民间文艺发展规律、应对社会转型和变革所带来的传统文化衰微之势,提供了文化复兴的有效良方和经验范式。

《大系》充分吸收当代民间文学研究的新成果、新理念,在选编标准上,始终坚持正确的政治导向,坚持优秀传统文化的标准,萃取经典,服务当代。各分卷编委会着力还原民间文学的本真形态,忠实保持各民族作品原文意蕴,在内容、形式、类型等方面力求反映出民族风格和当地口承文化传统特点,按照科学性、广泛性、地域性、代表性的"四性"原则,在各类文本中,精心编纂出具有民间文化传统精神和当代人文意识的优秀作品文库。

编纂出版《大系》,我们始终坚持具有鲜明导向的指导思想和基本原则。《大系》汇集全国各地民间文艺领域上千名专家、学者,计划用 8 年的时间对民间文学 12 个门类进行搜集整理、编纂出版,是一项复杂的系统工程。《大系》既是党中央交给中国文联的一项重要的文化建设任务,又是民间文艺界的一项重大学术研究活动;既是一项中华民族大型文化精品创建工程,又是一次中国民间文学主题实践宣传活动;既要深入田间地头调查搜集采录第一手资料,又要坐在书斋静下心来进行归纳整理研究。《大系》具有很强的政治性、学术性、专业性、群众性。我们的指导思想是,始终高举中国特色社会主义伟大旗帜,全面贯彻落实习近平新时代中国特色社会主义思想和党的十九大精神,紧紧围绕实现中华民族伟大复兴中国梦,深入贯彻新发展理念,坚持以人民为中心的工作导向,坚持以社会主义核心价值观为引领，坚持创造性转化、创新性发展，坚定文化自信，增强文化自觉，树立正确的价值观、历史观、审美观，积极思考和探索民间文学的继承与发展等时代命题，坚持交流互鉴、开放包容，关注民间文学新的时代内涵和现代表达形式，使我们民族创造的民间文艺更接地气、更有底气、更具生气。

《大系》编纂出版工作确立了"三个坚持"的基本原则：一是坚持社会主义先进文化前进方向和正确价值取向，对民族民间文学中的制度风俗、思想观念、价值理念、乡规家风等加以梳理和诠释，去粗取精、去伪存真，发掘民间文学蕴含的核心价值观，充分发挥民间文学在"美教化、厚人伦、移风俗"等方面的特殊作用；二是坚持广泛性和代表性相结合，在广泛普查和科学分类的基础上，加强对各民族民间文学精神与思想内涵的挖掘和阐发，把强调先进价值观与突出地域文化特色、民族风格密切结合起来，推动建设中华民族和合一体的共同精神家园；三是坚持学术性与普及性相结合，以民间文学理论研究成果和当代文化思想为学术指导，加强民间文学各类别经典文本呈现、精品范本出版，促进民间文学的创造性转化和创新性发展，并注重与时代发展相适应，实现从口耳相传到多媒体传播的时代变化，激活其当代价值，高标准、高质量、高要求地打造体现中国精神、中国形象、中国文化、中国表达的经典传世精品。

编纂出版《大系》是新时代赋予我们的光荣职责和神圣使命。我国各民族民间文艺积淀深厚，灿烂博大，与人民生活紧密联系着，是中华优秀传统文化的土壤和基石。千百年来，我国民间文学薪火相传、生生不息，深深融入中华民族的血脉，深刻影响着中国人的精神世界，印刻着中华民族独特的文化记忆，鲜明地表现着广大人民群众的精神向往、道德准则和价值取向，充分彰显着中国人的气质、智慧、灵气、想象力和创造力，是中华文化的亮丽瑰宝和鲜明标志，不论过去还是现在，都有其永不褪色的价值。但同时也要看到，民间文学又是脆弱的。随着转型期社会的深刻变革和城镇化带来的高速发展，民间文学赖以生存的土壤正在迅速流失，不少优秀民间文学正在成为绝唱，更多的民间文学资源业已消失。因此，抢救与保护散落在中国大地上各区域、各民族现存的不可再生的文化遗产，按照当代学术规范和学科准则，大规模开展民间文学的搜集、整理、出版、推广、研究，激发全社会对我国优秀民间文学的热爱和珍视之情，促进民间文学保护、传承与发展，延续中华文脉，造福人民大众，为繁荣发展社会主义文艺事业提供民间文学精致文本和精彩样式，已成为热爱中华优秀传统文化有识之士的共同心声。

当前，中国特色社会主义步入新时代，在以习近平同志为核心的党中央领导下，各级党委和政府更加自觉、更加主动推动中华优秀传统文化的传承与发展，开展了一系列富有创新、富有成效的工作，有力增强了中华优秀传统文化的凝聚力、影响力、创造力。进一步发扬优秀传统，充分尊重人民群众的思想观念、风俗习惯、生活方式、民族情感、表达形式，充分尊重一代又一代民间文艺创造者、传承者的经验智慧与劳动成果，进一步凝聚共识，精耕细作，落实好、完成好大系出版工程的各项工作，不断书写出中国民间文学新的辉煌，既是新时代赋予广大民间文艺工作者的光荣职责，更是我们共同担当的神圣使命。

我们郑重呼吁：全社会都行动起来，共同承担起抢救中华民族民间文学遗产的神圣职责！

中国文学艺术界联合会

中国民间文艺家协会

2019 年 3 月 5 日

General Prologue

The splendid culture of China, with a time-honored history of more than 5000 years, has ensured the lineage, development, and growth of the Chinese nation, encompassed the deepest intellectual pursuit of the Chinese nation, engraved the distinctive cultural identity of the Chinese nation, containing the traditional wisdom to tackle today's problems faced by humanity. Moreover, the profound culture of China constitutes the spiritual source for cultivating the core socialist values, laying down a solid foundation for us to stand firm in the diverse global cultures. Fine traditional Chinese culture comprises the cultural root and gene that we must transmit from generation to generation. In the historical process of achieving the Two Centenary Goals and realizing the Chinese Dream of rejuvenation of the Chinese nation, China's fine traditional culture is of great significance in tracing the source and course of the culture of the Chinese nation while gaining a foresight of its future direction, so as to reinforce the rootedness and soulfulness of the spiritual homeland for the Chinese nation, and to pool the wisdom and strength for developing the socialism with Chinese characteristics in the new era.

The compilation and publication of the *Treasury of Chinese Folk Literature* (hereafter referred to as "the *Treasury*") is one of the national key projects for transmitting and promoting China's fine traditional culture in the new era. Since the 18th National Congress of the Communist Party of China (CPC), the CPC Central Committee with Comrade Xi Jinping at its core has been attaching great importance to the transmission and development of traditional Chinese culture. In January 2017, the central authorities issued the Opinions on Implementing the Project for Transmission and Development of Fine Traditional Chinese Culture (hereafter referred to as "the Opinions") in which the compilation and publication of the *Treasury* is included as one of the key projects. With a perspective of building China into a country with a strong socialist culture, strengthening its cultural soft power, and realizing the Chinese Dream of the rejuvenation of the Chinese nation, the Opinions not only profoundly expounds the significance, guiding ideology, basic principles, and the overall objectives of transmitting and developing China's fine traditional culture, but also conceives a holistic strategy for a series of projects on their main content, key tasks, organizational implementation, and supporting measures. It is, accordingly, a crucial guideline for us to better transmit and develop fine traditional Chinese culture at present and in the near future.

As one of the most fundamental resources in China's fine traditional culture, folk literature reflects, directly yet vibrantly, the daily life, values, and aesthetics of the people. The Publishing Project for the *Treasury of Chinese Folk Literature* (hereinafter referred to as "the Project"), organized and implemented by China Federation of Literary and Art Circles (CFLAC), is one of the key projects under the framework of the Projects for Transmission and Development of Fine Chinese Traditional Culture, and also a people-to-people exchange project for salvaging, preserving, and transmitting Chinese folk literary heritage. In an objective, scientific, and rational manner, the main tasks of the Project are 1) collect and collate the first-hand materials of folk oral literature and original documents of theoretical studies, 2) set up a large-scale textual library through compiling and publishing the *Treasury*, 3) enrich the Chinese Oral Literature Heritage Database, and 4) keep folk cultural memories alive for the Chinese nation. At the same time of compilation, a series of social publicity activities centered on the theme of Chinese folk literature should be carried out to promote the participation of the whole society in the exploration, dissemination, and safeguarding of folk literature, to unfold vigorous mass campaign for practicing and transmitting the fine traditional Chinese culture, and to reach the consensus that the people are the source of morality, art, and literature, giving impetus both to the popularization of folk literature knowledge and cultural exchanges and communication with foreign countries.

It is precisely because its origin is in the people while its spread is among the people, folk literature stands in the immanent affinity to the people. General Secretary Xi Jinping of the CPC Central Committee pointed out in his speech at the Forum on Literature and Art, "The people are both the creators and the observers of history, and both its protagonists and playwrights." Since folk literary activity itself has shaped not only the aesthetic life of the people, but also the indispensable life model of the people, it bears a strong life-attribute. When people perform and disseminate folk literature, they are experiencing a specific way of life itself. The affinity to the people of folk literature is alive in the concrete manifestations that it has been created, transmitted, and enjoyed by the people.

Folk literature is an important carrier for fostering and practicing core socialist values. Firstly, folk literature is the irreplaceable historical and cultural heritage, representing a crystallization of the collective wisdom handed down for generations of the Chinese nation, while testifying the accumulation of the distinctive and profound philosophical thoughts, moral essence, and cultural ideology attributed to the Chinese nation. Secondly, folk literature stands for people's own literature and learning and boasts the most extensive affinity to the people. No form in literature can match folk literature in terms of the number of creators and audience, and no literary form has exerted such profound and long-lasting yet subtle influence on people's mode of life and way of thinking as folk literature. Thirdly, folk literature is one of the most celebrated aesthetic means that is familiar to the average people and is also the most easily-accessible form of literature. No matter where it is, there must be legend, tale, song and ballad, proverb, drama, telling and singing, as well as other oral genres that are widely known to the local people for generations. Accordingly, once entering the life-world, folk literature will release powerful inspirational appeals.

Since the People's Republic of China was founded in 1949, the CPC and the competent authorities of government at all levels have been attaching importance to transmitting and promoting folk literature and art. The work of collecting, salvaging, and collating folk literature has yielded fruitful results, which lays a solid foundation for the compilation and publication of the *Treasury*. In March 1950, with the initiative of artists and researchers from related fields, such as folk literature, folk operas, folk music, folk fine art, folk dance, and so forth, the Chinese Society for Folk Literature and Art Research (hereafter referred to as "the Society," which was officially renamed as the Chinese Folk Literature and Art Association in 1987) was established. The Society immediately embarked on organizing and implementing the promotion and research work of folk literature and art in a unified way throughout the country. The "Measures for Collecting Materials of Folk Literature and Art" was discussed and adopted at the founding assembly of the Society. In September 1979, the National Symposium of Ethnic Folk Singers and Folk Poets was held in Beijing, with the aim of restoring the reputation of folk singers and artists who had been degraded during the Cultural Revolution, and the work of salvage and preservation of the folk cultural heritage was also resumed along the event. In February 1984, the Publicity Department of the CPC Central Committee issued the Notice on Strengthening the Research and Data-Collection of Ethnic Literature. In May 1984, the Ministry of Culture, the National Ethnic Affairs Commission, and the Society jointly issued the Notice on Compilating and Publishing *The Collection of Chinese Folktales, The Collection of Chinese Songs and Ballads, and The Collection of Chinese Proverbs*. Many experts and workers devoted to folk literature and art from all over the country were convened to form a strong academic force and social synergy and started to dedicate themselves to salvaging and collating folk literature. From 1987 to 2009, the Three Collections of Folk Literature were successively compiled and published on the basis of the nation-wide survey and collection. After nearly 30 years from preparation, project approval to full implementation, the Three Collections finally came into view of readers in 90 volumes (102 copies) in 30 provinces and autonomous regions (apart from volumes of Chongqing, Hong Kong, Macao, and Taiwan), with a total of more than 100 million characters in Chinese. Since then, a great amount of folk oral literary texts, such as myth, legend, folktale, folk song and ballad, proverb, and so forth, have become the general readers both for folk literature enthusiasts and scholars.

Since the beginning of the new century, the Project for Salvaging Chinese Folk Literature and the Project for Safeguarding Chinese Ethnic Folk Cultural Heritage have both been implemented by the Chinese Folk Literature and Art Association (CFLAA) and made remarkable achievements. In order to further adapt to the actual needs of reading, research, and utilization brought about by cultural development along with scientific and technological advancement in the future, in December 2010, the CFLAA initiated and implemented the Project for the Digitization of Chinese Oral Literature Heritage and has hitherto completed the digitization of the folk oral literature of over one billion Chinese characters. The goal of the digitization project is to create a well-established system of the Chinese Oral Literature Heritage Database, to effectively avoid the loss and damage of printed materials caused by various factors, to make reading, retrieving, and using these texts and materials more convenient, fast, and accurate, thereby enabling a wider range of resource sharing.

Over the past 70 years, the practices and experiences of folk literature and art, the accumulation and preservation of folk literary data in billions of Chinese characters, as well as the efforts and wisdom of hundreds of thousands of cultural workers, have constituted the invaluable assets for the development of Chinese folk literature and art, and also established the comprehensive strength and considerable advantage for the compilation of the *Treasury*.

The Project is not only the augmentation, extension, intensification, and sublimation of the preservation work of Chinese folk literature in the new era, but also the theoretical exploration and practical action in transforming and boosting folk literature in a creative way. The *Treasury* is to be compiled under 12 categories, namely myth, epic, legend, folktale, song and ballad, long poem, telling and singing, folk drama, proverb, riddle, folk adage, and theory. It is planned that by 2025, 1000 volumes with one million characters each and one billion characters in total will be registered. The sustainable development and scientific applying value of the Project will be ensured by its long-term planning and holistic measures with operation strategies for implementation in phases, steps, and categories.

The *Treasury* is not only the library that documents the largest number of folk literary texts with unprecedented resources in terms of content, genre, form, style, and living nature throughout history, but also provides a summarization of the comprehensive achievements in the field of collecting and collating folk literature, demonstrating local cultural practices in the new era. It turns the intangible spiritual legacy that has been generally transmitted for millenniums among the masses into tangible cultural wealth, thereby obviating the dilemma and predicament of folk literature suffering both from cultural aphasia of the folks and amnesia of the fine traditional patterns in the context of globalization. To understand the laws governing the evolution of Chinese folk literature and art, to cope with the decline of traditional culture brought about by social transformation, the *Treasury* provides an effective prescription and experience paradigm for cultural rejuvenation.

The *Treasury* fully draws on the new achievements and new conceptions gained in contemporary folk literature research. With regard to the selection criteria, it always adheres to the orientation of the people-centered and the standards of fine traditional culture to make the past serve the present. The editorial committees of each collection and each volume strive to represent the cultural reality and diverse implication of folk literature collected from Chinese people of all ethnic groups, giving specific attention to maintaining ethnic characteristics and local feature of oral-based cultural tradition in terms of content, form, genre, type, and so forth. In accordance with the Four Principles, namely, Scientificity, Extensiveness, Locality, and Representativeness, the well-elaborated Treasury collects fine folk literature works from all kinds of texts that are embedded with traditional cultural ethos and contemporary humanistic perception.

The compilation and publication of the *Treasury* always upholds the guiding ideology and basic principles with well-defined orientation. As a collaborative undertaking of thousands of experts and scholars in the field of folk literature and art across the country, it is a complicated systematic project that is planned to take 8 years to collect, clarify, collate, compile, and publish the folk literature materials under 12 categories. The *Treasury* is not only a crucial task entrusted to the CFLAC by the CPC Central Committee, but also a significant academic research project in the field of folk literature and art; it is not only a large-scale cultural project for promoting fine works of the Chinese nation, but also a promotional activity in practice highlighting the theme of Chinese folk literature; it is thus necessary both to go deep into the field to investigate, collect, and document the first-hand data, and to sit down at the desk to conduct induction, collation, and research with a will.

The *Treasury* is highly political, academic, professional with a strong connection to the grass-roots. Our guiding ideology includes to uphold socialism with Chinese characteristics and comprehensively implement Xi Jinping's Thought on Socialism with Chinese Characteristics for a New Era and the guiding principles of the 19th CPC National Congress; to make the unremitting endeavor to the realization of the Chinese Dream of national rejuvenation and push forward the new development concepts in an all-round way; to adhere to the people-centered approach, the guidance of the core socialist values, and transform and boost traditional culture in a creative way; to have full confidence in culture, enhance cultural consciousness, foster sound values and outlooks of history and aesthetics, and actively ponder over and explore into propositions put forward by the times, including the transmission and development of folk literature; to persist in deepening exchanges and mutual learning in a spirit of openness and inclusiveness, while ensuring the attentiveness of new connotation of the times and the contemporary form of expressions introduced in folk literature. In accordance with the above-mentioned guiding principles, the folk literature created by the Chinese nation should be more grounded, more uplifted, and more energetic.

The compilation and publication of the *Treasury* has established the basic principles of the Three Adherences. First, to adhere to leading direction of advanced Socialist culture and sound value orientation. In the process of clarifying and annotating the conventional custom, idea, conception, and family tradition carried in the ethnic and folk literature, we should discard the dross and keep the essential, eliminate the false and retain the true, explore the core values contained in folk literature, and to give full play to the special role of folk literature in the aspects of "giving depth to human relation, fostering sound moral values, and breaking with undesirable customs." Second, to adhere to the combination of extensiveness and representativeness. On the basis of extensive survey and scientific classification, we should strengthen the exploration and elucidation of the literary spirits and ideological connotation of folk literature among various ethnic groups, integrate the manifestation of sound values with prominent regional cultural characteristics and ethnic features, and promote the construction of a common spiritual homeland of harmony and unity for the Chinese nation. Third, to adhere to the combination of academicity and popularization. Under the professional guidance of the theoretical research results of folk literature and contemporary cultural thoughts, we should strengthen the presentation of fine texts in various categories of folk literature and the publication of quality model-texts, promote the creative transformation and innovative development of folk literature, and lay stress on keeping pace with the times, facilitating the appropriate transition from word of mouth to multimedia communication, and activating its contemporary value. With high standards, high quality, and high requirements, the *Treasury* aims to create a fine library that exemplifies Chinese spirit, Chinese image, Chinese culture, and Chinese expression that will be handed on from age to age.

The compilation and publication of the *Treasury* is the glorious duty and sacred mission delivered to us by the new era. Closely connected to the people's lives, folk literature and art of all ethnic groups of Chinese nation are profoundly developed and accumulated with its splendid, extensive, and broad spectrums, offering soil and cornerstone for the growth of fine traditional culture with Chinese features. For thousands of years, the Chinese folk literature has been passed on from generation to generation, running deep in the blood of the Chinese nation with great influence on the spiritual world of the Chinese people, and thus establishing the Chinese nation an imprint of the distinctive cultural memory. The folk literature in China thus evidently represents the spiritual aspirations, moral principles, and value orientations of the broad masses of the people, fully demonstrating the temperament, wisdom, intelligence, imagination, and creativity of Chinese people, thereby, endowing Chinese culture with the bright gem and distinctive symbol, which has its values that never faded, no matter in the past or at present. At the same time, however, we should be aware of the fact that folk literature is fragile. With the profound transformation of society and the rapid development brought about by urbanization during the transitional period, the soil that folk literature lives on is rapidly losing; many expressions of fine folk literature are becoming swan songs, and more and more folk literary resources have disappeared. Therefore, it has become the shared aspirations of those of vision to salvage and safeguard the existing nonrenewable cultural heritage scattered in various regions and ethnic groups in China, to undertake collection, collation, publication, promotion, and research of folk literature on a large scale in accordance with contemporary academic norms and disciplinary criteria, to motivate the whole society to love and cherish China's fine folk literature, to strengthen the protection, transmission, and development of folk literature so as to continue the lifeline of Chinese culture, and benefit the people's wellbeing, as well as to provide exquisite texts and wonderful formats of folk literature for the prosperity and development of socialist literature and art.

At present, the socialism with Chinese characteristics has entered a new era, the CPC committees and governments at all levels, under the leadership of the CPC Central Committee with Comrade Xi Jinping at its core, have been more conscious and more active in promoting the transmission and development of fine traditional Chinese culture, and launched a series of innovative and productive work, which has effectively enhanced the cohesion, influence, and creativity of fine traditional Chinese culture. In order to further carry forward the fine traditions, we should 1) fully respect the people's ideological concepts, customs and folkways, lifestyles, feelings and sentiments, as well as their ways of expressions, 2) fully respect the experience, wisdom, and labor outcomes of bearers and practitioners of folk literature and art in generations, 3) further consolidate consensus to carry out intensive and meticulous operations, to implement and complete all the work of the Project, and to make new achievements in Chinese folk literature. All these tasks are not only the honorable responsibilities of the practitioners of folk literature and art in the new era, but also the noble mission that we share.

We hereby earnestly call on the whole society to take actions together on the solemn duty of salvaging folk literary heritage of the Chinese nation.

China Federation of Literary and Art Circles (CFLAC)
Chinese Folk Literature and Art Association (CFLAA)
March 5, 2019

（陈婷婷　安德明　巴莫曲布嫫 译；侯海强 审订）

中国民间文学大系出版工程编纂出版工作委员会
"民间故事"编辑专家组

组长　　　　　　万建中

副组长　　　　　江　帆　　陈建宪

组员　　　　　　（按姓氏笔画排序）

马光亭　　刘珊珊　　李生柱　　汪梅田　　陈华文
林亦修　　尚　炜　　钟俊昆　　段　勇　　郭俊红
黄清喜　　康　丽　　隋　丽　　傅功振　　谢红萍
詹　娜　　漆凌云

联络员　　　　　康　丽

序言

月亮在白莲花般的云朵里穿行，迎面吹来阵阵凉风，我们依偎在祖母的怀里，听她讲那遥远的故事，《狼外婆》《狗耕田》《七仙女》《叶限》……构成了很多人儿时的记忆。一些故事以文字的形式记录了下来，但大量民间口耳相传的故事，因为演述人的断代而渐渐失传。那些散落在祖国大地上的民间文学"遗珠"，若不能及时得到抢救整理，我们失去的不仅是一个个好听的故事，更是民族文化的根脉。《中国民间文学大系·故事卷》正是举全国之力延续这一根脉的伟大工程，旨在将那些正在被遗忘的民间故事传统重新打捞起来，使之成为永远不会消失的纸质文本，供后人阅读、保存、研究和享用。

一、民间传统生活的"活化石"

民间故事具有浓厚的生活属性，民众在表演和传播民间故事时，是在经历一种独特的生活，一般不会意识到自己在从事文学活动。民间故事演述活动本身就是民众的生活，是民众不可缺少的生活样式。自古以来，民间故事的演述往往不是单独进行，而是和民众的生产生活及各种仪式活动紧密结合，有着很大的实用价值。故此，其价值包含在当地人的思想、历史、道德、审美等一切意识形态里面，也伴随着当地人的一切物质活动，远远超越了单纯的审美维度。民间故事延续了当地的文化传统，深深影响着当地人的生活世界。

民间故事的演述始终与某一生活情境联系在一起。民间故事与生活情境之间的联结最为牢固，同时也具有多向度的社会意义。民间故事的演述过程具有浓厚的表演色彩，但故事的演述者从来都不是独自站在舞台上演独角戏，听众随时随地都有插话、打岔、插科打诨的可能。故事的演述，往往都是因某次偶然的闲谈或者某个偶然发生的事件引起的，演述人通过演述某个与当时当地情景相符的故事，来表达自己的思想感情。因此，对于当地人来说，民间故事具有重要的交流意义。只有在民间故事演述的各种因素的关联情境中以及从头至尾的过程之中把握民间故事的生活形态，民间故事才能被全面理解。譬如，独龙族的"坛嘎朋"贯穿于独龙族各种仪式场合，表现了对祖先丰功伟绩的追忆。这种民间故事现象在民族地区尤为普遍。倘若脱离了具体的生活情境，民间故事便无法演述，也失去了演述的必要。

民间故事演述中机智、调侃的语言，伴随的插科打诨，夸张的形体动作，惟妙惟肖的表情，表演者与观众奇妙的互动，等等，都可引发现场哄堂大笑。恩格斯在《德国民间故事书》中说：民间故事书的使命是使农民在繁重的劳动之余，晚上疲惫不堪回来的时候，娱乐他，恢复他的精神，使他忘掉沉重的劳动，把他那贫瘠沙砾的田地变为芬芳的花园。这是民间文学特有的生活魅力。

在夜间讲故事是民间一种十分普遍的生活现象，有些著名故事集的名称就反映了这种情况。如 16 世纪中叶意大利斯特拉佩鲁勒收集的一个故事集叫作《愉快的夜晚》。日本故事学家关敬吾说，他开始研究民间故事时，阅读的是一位老大娘演述的《加无波良夜谭》。著名故事家刘德培的很多故事就是在这种场合下获得，在这种场合下演述。夜谈不限于室内，夏季夜晚在室外乘凉，秋收季节夜晚在月光下剥玉米、绩麻，这种轻体力劳动都不妨碍讲故事。在故事的演述和接受的过程中，人们的生活变得更充实，更有情趣。

<hr>

二、演述者的演述魅力

民间故事的叙述人不是一般的说话人，即不是正在"说话"的人本身，而是一个秉承了某一地方传统并在传播和演绎传统的人物。一个人一旦进入叙事，他就必须改变自己的身份、角色和角度。叙述人是叙述人所创造、所想象、所虚构的角色。他可以根据需要，用不同的声音和方式进行叙述，并伴以各种形体和表情动作。故事的叙述人在演唱或讲故事时极为自然地把"说"扩展为一种表演、一种戏剧化的形式。叙述者不仅是一个故事的叙述人，他们还身兼数职地模拟故事中不同人物的口吻、音容笑貌、行为动作，以有声有色的方式富有临场感地叙述民间故事或演绎民间口头传统。

德国哲学家瓦尔特·本雅明（Walter Benjamin）在《讲故事的人》（1936 年）一文中说："民间故事和童话因为曾经是人类的第一位导师，所以直至今日依旧是孩子们的第一位导师。无论何时，民间故事和童话总能给我们提供好的忠告；无论在何种情况，民间故事和童话的忠告都是极有助益的。"[1] 在这篇著名文章中，本雅明解释了民间文学教育作用的来源：故事演述者拥有丰富的生活经验。他们为两种人，一是远游者，讲故事的人都是

<hr>

[1] ［德］瓦尔特·本雅明著：《本雅明文选》，陈永国、马海良编，北京：中国社会科学出版社，1999 年，第 309 页。

从远方归来的人，"远行者必会讲故事"。这样一种人见多识广，比当地其他人有着更为广泛的社会阅历，在崭新的生活道路上行进又不会深陷其间。《一千零一夜》中的故事大多来自从遥远地方归来的商人和商船上的水手；中国上古神话中有大量关于远国异人的描绘，《禹贡》《山海经》等都是有关殊方绝域、远国异人的故事。远游者的演述魅力在于空间方面，在于他们和另一空间的联系和有关的知识。人们总想知道山外的世界，远游者拓展了人们的生活空间，这是神秘的、异质的、充满悬念的、可以引发人们不断追问的生活空间。于是，从此人们的生活增添了一种崭新的空间上的联系、比较和向往。

故事演述者的另一种类型是当地德高望重者，他们是一群了解本地掌故传说的人。他们同样见多识广，比当地其他人有着更为深刻的社会阅历，在传统的生活道路上行进又在延续传统。他们是深深了解时间的人，是当地历史记忆的代表和演述者，其行为是在积极延续当地的口头传统，其故事和知识来自对历史和传统的掌握。演述的魅力在于将过去与现在联系在一起，通过聆听故事，人们知道了现在的生活是对过去的延续，更加理解当下生活的意义和合理性。

两种故事演述人"代表着人们生活和精神世界在空间和时间两个维度上的联系的维持与拓展"[1]。因此，这种演述活动的教育意义是全方位的，不仅是知识、道德及宗教信息的传输，而且让一个地方的文化传统在代际间不断传承，使当地人从故事中获得生活时空坐标上的恰当认定。法国著名藏学家石泰安（R.A.Stein，1911—1999）在《西藏史诗和说唱艺人的研究》[2]一书中，强调故事演述者是当地传统文化和历史的保护者，是一个民族或族群记忆的保持者。因为民间故事属于"过去"或历史，是对过去记忆的意识的母体。他们神圣的责任和目的就是让传下来的意识母体再传下去。

每个演述者都声称是由于听到过这个故事，所以才具有了讲述它的能力。他们用第一人称的口吻叙述事情发展的经过，绘声绘色，手舞足蹈，似乎说的就是历史本身，叙述本身就是历史，俨然就是祖先历史的重现。

三、民间故事的生活意义

在中国，发达的是以抒情行为及其产品为主要研究对象的诗学。直到 20 世纪 70 年代末改革开放后，西方建立在结构主义和现代语言学基础上的叙事学才传入进来。"叙事"又称"叙述"，英文翻译为"narrative"一词。叙事问题是当代人文学科中最具争论性的

---

[1]　耿占春：《叙事美学：探索一种百科全书式的小说》，郑州：郑州大学出版社，2002 年，第 21 页。

[2]　[法] 石泰安（R.A.Stein）：《西藏史诗和说唱艺人的研究》，拉萨：西藏人民出版社，1993 年。

问题的核心，叙述就是"讲故事"。"'讲故事'是'叙事'这种文化活动的一个核心功能。古往今来的不少批评家都注意到了讲故事作为人类生活中一项不可少的文化活动的意义，不讲故事则不成其为人。"正像世人皆知的《一千零一夜》所喻指的，从人最终的命运来看，"叙事等于生命，没有叙事便是死亡"。它用无穷无尽的故事赞美了故事本身，赞美了讲故事的人。将这部百科全书般的故事集译成中文的纳训先生在"译后记"中提到：伏尔泰说，读了《一千零一夜》四遍以后，算是尝到了故事体文学作品的滋味。

日本学者关敬吾在描写故事演述活动中的这种情形时说："随着故事情节的发展，不管它的主人公是人，是动物，是天狗，还是老山妖，故事里的主人公、讲故事的人和听众们能完全融为一体。人们沉浸在故事里，形成了一种精神集体。"[1]演述活动这种现场效果无疑起着联合人们、创造生活的作用。民间故事每篇作品的具体内容各不相同，但其所体现的情绪、思想倾向、生活理想有一定共同性。因此，在演述活动中，作品本身这种共同性经过演述者的发挥，很容易和听众（观众）发生心理共鸣，被听众（观众）接受，使"个体知觉变成集体知觉"，达到人们的共识和共有的精神趋同。

故事演述活动作为民众最基本的生活样式，之所以得以传承，主要不是依靠信仰的支撑，也不是依附仪式的神圣，而是出于民众对审美的基本需要，也是各民族、各地区民众将生活诗意化的产物。因而，其中也深刻地凝聚着各民族、各地区民众的审美理想、审美观念与审美情趣。说故事、听笑话的文学活动本身给人带来身心的欢愉。现实生活中的民间故事各种形式的表演，喜剧的成分远远大于悲剧成分。一些比较严肃甚至神圣的民间表演过程，也总会融入一些插科打诨的形式。江西省赣南地方小戏采茶戏有一种舞蹈动作叫"矮子步"，幽默，诙谐，让观众感官得到满足。"矮子步"模拟并夸张地表现了采茶负重等姿态，老虎头鲤鱼腰，双手柔如月，腕、手、腿、脚、头具有几种不同的节奏，演员根据情感表达的需要可随时调整。整个舞蹈动作融合在完整统一的音乐之中，表现出气氛的欢快活跃，人物心情的舒爽轻松。小孩观看备感亲切，大人欣赏之后如回到童年，有一种返璞归真的舒畅。

民众运用民间故事进行传统的道德教育，这对于中华民族品格的形成，具有不可替代的作用。我国传统的道德思想，相当部分存在于民间故事之中，并借助民间故事得以传播。在民间，传统道德教育主要是通过民间故事演述的形式得以实施的。道德力量的释放往往是在故事的演述中实现的，演述者和听众共同营造了神秘的训诫和警示的氛围。"故事中的事件被看作他们生活的一部分，而不是与他们分离的或者是发生在别人身上的。我们每个人的身上都存在善和恶的潜能，因此每个角色体现了一个完整的人的某一部分。"[2]

[1]　[日]关敬吾：《日本民间故事选·致读者》，北京：中国民间文艺出版社，1982年，第5页。

[2]　[美]麦地娜·萨丽芭：《故事语言：一种神圣的治疗空间》，叶舒宪、黄悦译，《广西民族学院学报》，2003年第5期，第31页。

故事戏剧性地表现了这些部分，用形象来提醒人们：应该如何行为举止，可能在哪里误入歧途。故事演述完后，在场的人会有一番交流和讨论，这种演述空间、故事和故事之后的讨论都是一个完整过程中的要素。在这个过程中人们（尤其是年轻人）认识到道德的生命意义，从而使人们的行为都符合道德规范。

民间故事对青少年教育的作用更为明显。童话中往往出现魔法宝物母题，如何使用魔法宝物，既是故事情节发展的重心，也是两种道德观念交锋的焦点。魔法宝物实际上是诱使矛盾对立的双方充分表现各自品格和品性的道具。在使用魔法宝物的过程中，善和恶、无私与自私、正义与邪恶、高尚与卑鄙相互对照和衬托，前者建设力的高扬和后者破坏力的放纵泾渭分明。这是借用神灵的手笔摹写人世间善良、憎恶及贪婪的剧本。魔法宝物母题故事非常巧妙地制造了谁都难以摆脱其诱惑的魔物道具，让把玩它的人不得不暴露自己的道德景况。当正义最终战胜了邪恶，儿童欢快的内心也被注入了高尚的情愫。

四、民间故事：核心价值观的载体

培育和践行社会主义核心价值观需要优秀的民族民间故事传统。什么是社会主义核心价值观？它是建立在民族优秀传统文化基础上的，它是历史文化系统中凝聚提炼出来的，分别指向国家、社会和公民个人的价值目标、价值取向和价值准则，而这种公民个人的价值准则在不断规范人的成长，浇铸人的品格。核心价值观的 12 个词尽管都是面向当下和未来的，但也是对中国传统文化包括民间故事传统提炼和升华的结晶，具有鲜明的历时性向度。

培育和践行社会主义核心价值观之所以需要民间故事，主要基于两个方面：一是民间故事是历史的、民族的，或者说是民族历史的积淀。民间故事既是当下的，又是历史的、传统的和民族的，是优秀传统文化有机的组成部分。二是民间故事是民众的、人民的。民间故事根植于民族历史文化的土壤，带有深厚的民族特质；同时，民间故事的创作者和演述者是具有人民思想、愿望的人民本身，因此，民间故事具有直接的人民性。社会主义核心价值观延续着民族精神，承载和演绎着民族精神的民间故事在培育和践行社会主义核心价值观中的作用便举足轻重。我国源远流长的民间故事，从根本上使社会主义核心价值观符合广大民众的意愿和历史发展的方向。在我们建设中国特色社会主义和实现"中国梦"的过程中，当然应该吸取外国优秀的文学形式和文学作品，但最能够代表民族群体的崇高精神，最能够表达这种崇高精神的，不可能是外来的，而只能是本民族具有悠久历史的包括民间故事在内的文学传统。

新华社消息：为更好地培育和践行社会主义核心价值观，发掘、传承中华优秀传统文化，努力实现中华传统美德创造性转化、创新性发展，努力使中华民族最基本的文化基因与当代社会相协调，人民网、新华网、光明网定于 2014 年 7 月下旬起至 2014 年 9 月举办"聚焦核心价值观——中国传统名诗词、名故事、名折子戏推荐活动"。这一活动说明，党委宣传主管部门已认识到，培育和践行社会主义核心价值观需要民间故事。

一般而言，民间故事讲述活动在年节期间以及人生礼仪期间最为活跃。这种群体的场合，是民众进行道德教化的最佳时间。马克思和恩格斯早就指出：人是在十分确定的前提条件下创造历史的，这种前提和条件，包括"传统"在内。讲故事作为社会文化现象之一，它先于个人而存在。民间故事在个体社会化的过程中所起的教化作用，别的东西是不能替代的。所以恩格斯在讲到德国民间故事书的重要作用时，说民间故事书像《圣经》一样培养着人民的道德感，使人们认识到自己的力量、权利和自由，唤起对祖国的爱。

总而言之，新时期的民间故事，本身就是社会主义核心价值观的具体表现，是其承载体系中的有机组成部分，同时民间故事又通过教化、娱乐等途径，不断地把社会主义核心价值观渗入人们的日常生活，使社会主义核心价值观与民间及民族传统紧密联系在一起。利用民间故事开展培育和践行社会主义核心价值观活动，可以在民间、民族和传统情怀的语境中，使核心价值观进入人们的生活世界，并且深入人心。

五、记录文本的学术价值

与其说民间故事是文学的，不如说它是生活的；与其说它是审美的，不如说它是文化的。这是对处于"表演"状态的民间故事所下的判断。也就是说，田野语境中的民间故事不是真正的民间"文学"，而是与生产生活浑然一体的表演文本。从"文学"的角度关注民间故事，民间故事可以与田野没有关系。因为田野中的民间故事已不是纯粹的文学，而是文化与生活。纯粹的民间故事指的就是中国民间文学大系出版工程故事卷中这样的记录文本。故事卷生产的过程就是认识民间故事和将口头表演转化为纯文学文本的过程。

记录文本具有独立于田野之外的意义，以田野语境去衡量记录文本是徒劳的。民间故事文本尽管远离了现实生活和口头语言系统，却更加容易地进入了学术话语系统之中，自在地展开学术历程。以记录文本为考察对象，有着与表演理论和民族志诗学迥异的学术路径，沿着这条路径，产生了"故事形态学""口头程式理论"和"结构主义"分析方法。记录文本的生命力不在于作品本身的流传，在于不断被阅读，在于被学者们用于建构学术话语、从事学术活动之中。

中外民间文学学者大多关注民间文学的文学属性，而没有认识到其生活属性或排斥其生活属性。民间文学学科的正规名称是"民间文艺学"，是和作家文艺学相对的文艺学。这足以表明以往人们对民间文学的考察和研究主要是基于文艺学或文学的视角。民间文学被记录下来，变成了与作家文学同样的文学文本。唯有"记录"，民间文学才能抖露沉重的生活属性，而给予民间文学纯粹的文学性。民间文学研究的主要流派，有神话学派（包括语言学派）、功能学派、人类学派、心理分析学派、原型批评学派、流传学派、结构学派、符号学派等等。这些流派的研究对象一般也是民间文学的文学文本，而不是民间文学的生活文本。

其实，现有民间文学的学科体系主要是依据记录文本建立起来的。没有民间文学的记录文本，就不可能建构出民间文学的学科体系，也不可能将民间文学进行比较明确的分类，神话学、史诗学、故事学、歌谣学、传说学等也无从产生。记录文本可以让我们更为静态地、清晰地把握各种民间文学的体裁特征。一个无可辩驳的事实是，民间文学的文本研究已经取得了十分丰硕的成果。中国是如此，在西方现代话语的语境中也是这种情况。美国耶鲁大学的哈维洛克（E.A.Havelock）教授 1986 年出版了《缪斯学写：古今对口传与书写的反思》（*The Muse Learns to Write*）一书，提出了"文本能否说话"（Can a text speak?）的著名论断，并尝试让古希腊的文本重新"说话"，使记录的民间文学作品进入民族志诗学和人类学研究的视野之中。研究民间文学的一个重要路径，就是通过对文本的阅读实例揭示出潜藏在这些文本下面的文化无意识，因为如果我们调动一切可资借鉴的手段（诸如符号学、结构主义、原型批评、语义学及传统的文化人类学等），对之进行适当的质询，"文本必然会显示出它表面上试图掩盖的东西"[1]。

大系故事卷为开创我国民间故事研究的新局面奠定了坚实的基础，可以说现在已进入了研究民间故事条件最好的时期，难以胜数的民间故事作品足以满足故事学家们各方面的学术需求。

六、口传故事渐趋枯竭

讲故事实际为一种"话语转述"，因为故事原本就存在，而且演述者从不追问故事的真假。任何叙事都包含虚构的因素，而我们的当下社会却力图追求知识的客观性，包括人文的知识也被披上科学的外衣，冠之为"人文科学"。我们在不断吸纳和输出既不包含故事叙述又不包括讲故事的人即叙述人这一主观立场的知识或所谓的学问。伴随着知识客观化的进程，我们学会了计算、分析、推理、归纳、总结、报道和评述等等，而失去了讲故事的能力。于是，叙事这种古老的表现方式逐渐成为作家们的专利，尤其是明清古典小

---

[1]　[爱尔兰] 安东尼·泰特罗（Antony Tatlow）讲演：《本文人类学》，王宇根等译，北京：北京大学出版社，1996 年，第 1 页。

说显示了其无穷的活力和广阔的空间。信息的密集和更替的加速，促使我们需要直接而快捷地领会真理与精髓，于是不得不抛弃叙事，远离情节，民间故事等逐渐成为古老的传统，成为可供解释的符号。寓言故事中的情节早已被遗忘，凝练为意义深刻而又固定的成语。叙事形式成了累赘，或者成了一种奢侈的我们无法在现实生活中享用的东西。

记得读小学的时候，语文老师时常给我们讲一些民间故事。大家每次听得都很入迷，听完一个总会央求老师："再讲一个吧！"现在的学生似乎已不屑于听故事了，老师也不善于讲故事了，实在要讲的话，只能找一本故事书来读。借助大众传媒，各色各样的新闻将故事遣回故事的家乡。人们不再对传统民间故事津津乐道了。先秦的寓言、汉代的史传、六朝志怪、唐人传奇、宋元话本、明清文人笔记等都在说明当时是讲故事的黄金时代。在过去，民间叙事是在民间社会的一所所大学——尽管这是一些不登大雅之堂的"大学"——瓦子里、街巷间、茶馆烟馆里进行的。在文学、历史、宗教以及哲学、社会学这样一些"文科"成为现代社会大学里的专门知识之前，传统社会里的文化教育以及个人的教养全都是文学性质的。而且对于这个社会中的大多数人来说，所受教育的地方大多是上面所说的休闲与娱乐的空间，而其方式则是听故事的形式。因此，他们的精神世界不仅是用祖先或人类的"过去"所充实的，也是用叙述故事的方式所建造的。现在都不会讲故事了，这却是已往时代里常见的能力和生活现象。

民间口头文学为集体演述，民间口头传统通过参加者共同发出的声音，成为一条口耳相传的流动的传播链。口头传统在"声音"中获得生命。随着私人生活空间的出现，书写语言和书写活动变成"私语"，开始带有鲜明的个人色彩。如今的我们都热衷于个人的独创，养成了具有独白性质的思维习惯。我们再也不会重复口头传统了，再也不擅于在公共场合集体叙述同一个故事。我们已经进入个人化写作的时代，强调一种创造性的书写行为，演述原本就有的口头文学不再为我们所能。

民间故事的实际状况让民间故事研究遭遇前所未有的挑战，即城乡一体化进程迅速导致民间口传故事文本枯竭，民间故事研究不再可能从田野中获得源源不断的文本资源。如今，在大部分乡村，人们已听不到村民演述农耕生活的各种口头故事了。有一典型事例，晋代干宝《搜神记》中有《毛衣女》篇，开头指明故事发生在豫章新喻，即现在的江西新余市。在日常生活中，除了新余仙女湖和仙女洞的导游，现在谁还会演述这一故事呢？这一故事早已失去了演述的环境，口传的链条已然中断。然而，在新余，还有以仙女命名的学校、道路、村落以及人文景观，许多年轻男女还特意到仙女湖畔喜结良缘，仙女故事之符号频频出现并得到广泛使用。这是以现代生活样式演述着"毛衣女"的故事。民间文学文本难以寻觅，而民间文学生活仍在持续。在汉民族地区，传统民间文学的命运大体如是。

七、维护记录文本的本真性

"忠实记录"可以说是"五四"歌谣运动开始以来，一个恒久不变的核心理念。[1] 早期，学者们注意到了方音、方言对于歌谣表达的重要意义，认为这是歌谣的"精神"所在。因而，诸多学者在搜集歌谣时，将注意力投向了方音、方言的记录与解释。

1958 年 7 月召开的全国民间文学工作者第一次代表大会，总结提炼出了民间文学工作的 16 字方针，即"全面搜集、重点整理、加强研究、大力推广"。其中前八个字，演变为"全面搜集，忠实记录，慎重整理，适当加工"。对此，时任《民间文学》执行副主编的贾芝先生，在 1961 年的少数民族文学史讨论会上曾作过一次长篇发言，指出："我同意当面逐字逐句记的。……逐字逐句当面记录，保留的东西显然会更多，可靠性也更大些。不管采取什么方法，都应达到'忠实记录'为准。而由于记录口头文学最大的问题是保持民间语言的问题，因此逐字逐句记录，应当是我们努力学习采用的一个比较好的方法。"[2]

20 多年后，钟敬文先生在给马学良《少数民族民间文学论集》所作序中，再一次强调了忠实记录原则的重要性。[3] 虽然"忠实记录"在"五四"歌谣运动中成为实践准则，在 20 世纪 50 年代的搜集工作中就已提出，并在集成《工作手册》中反复强调，然而对于如何做到忠实记录，除口头文本外，哪些方面也需要忠实记录，则没有更加翔实的具体要求。

其实，只是"一字不动"文字上的忠实，而不注意民间故事表演性的描写再现，并不是真正的"忠实记录"。从以往记录文本实际情况看，造成偏离"忠实记录"境况的根本原因主要不在于对内容的篡改，而是没有将文本置于具体的表演环境当中加以书写。民间文学是演述的，而非陈述的。"(民间文学)可能在劳动中配合一定动作演唱，也可能配合音乐舞蹈载歌载舞，甚至穿插进日常谈话，或者为了劳动、宗教、教育、审美、娱乐等实用目的在各种场合或仪式上说唱而表演。"[4]"民间文学的表演性使其形成多面立体。"[5] 因此，仅仅记录叙述了什么远远不够，还需要书写怎么演述故事，描绘出影响表演的其他因素。民间故事田野作业应该关注的是故事"表演"和表演的现场。应注意故事演述过程

---

[1]　段宝林：《民间文学科学记录的新成果——兼谈一些新理论的创造与论争》，《广西师范学院学报》，2008 年第 3 期。

[2]　贾芝：《谈各民族民间文学搜集整理问题——1961 年 4 月 18 日在少数民族文学史讨论会上的发言》，载《拓荒半壁江山：贾芝民族文学论集》，北京：文化艺术出版社，2012 年。

[3]　钟敬文：《忠实记录原则的重要性——序马学良〈少数民族民间文学论集〉》，《思想战线》，1987 年第 2 期。

[4]　段宝林：《加强民族民间文学的描写研究》，载段宝林《立体文学论——民间文学新论》，北京：高等教育出版社，2007 年，第 10—16 页。原文发表于《广西民间文学》，1981 年第 5 期。

[5]　段宝林：《论民间文学的立体性特征》，《民间文学论坛》，1985 年第 5 期。

中"语境"和"表演"的因素，包括"演唱的风度：姿势、面部表情、语气以及速度。把他作为一个艺术家来描述"，"观众、听众的反映、评语。包括：听众的成分（青年、老年、妇女、儿童还是其他），肯定的和否定的评价等（这些最好能记进正文中去，放在括号里，如：笑、大笑、鼓掌、欢呼，或'可惜''好！'等等）"。[1] 这一颇具操作性的"立体描写"办法，至今仍值得民间故事田野记录遵循。

八、让传统故事焕发时代活力

民间故事遗产的传承大多以"保护"为重，保护是活态的，即努力使民间故事遗产维持于生活状态，以口头演说及相关民俗活动为基本生存表征。但从传统民间故事的实际境遇看，一味强调"保护"似乎违拗了现实。民间故事传承所取得的主要成果并非来自"保护"，反而是"保存"。"保存"就是以实物、文字、图片、音像以及数字化的形式将民间故事遗产呈现出来，属于一种转化型的记录和记忆。

我国各民族都有好听故事和好讲故事的传统，打捞民间故事就是要让这一传统发扬光大，使传统的民间故事融入我们的生活，重新进入富有生气的叙述状态。

民间故事具有极强的时代适应性，原因就在于这一民间体裁的一个特殊性。什么特殊性？故事并不专属于某种民间艺术形式，各种民间艺术形式可能表演同一个民间故事。因此，故事是超越民间体裁的，是其他民间叙事体裁的源泉。各种民间艺术形式在同一空间里可能建构同一故事的共同体。围绕同一个故事，不同的文学体裁可以互相转化。这种转化可以在具体操作中完成，然而在更多情况下，是在自然状态中不知不觉中完成的。这段话实际上已触及"互文性"的问题。"互文性"一词指的是一个（或多个）信号系统被移至另一系统中，就文本而言，就是每一篇文本都联系着若干篇文本，并且对这些文本起着复读、强调、浓缩、转移和深化的作用。在文学文本相互转移的过程中，故事一直处于中心地位。

可喜的是，民间故事这一"元文本"特性正在被有意识地充分利用。国家有关部门正在组织实施中国经典民间故事动漫创作工程，就是用动漫的形式对《盘古开天》《牛郎织女》《精卫填海》等一些中国民间故事进行再创作，让民间故事进入大众传媒，成为影视作品、网络小说和电子游戏创作的基本元素，民间故事已不再专属于口头语言，其讲述的形式具有丰富的科技含量。可以预见，在不久的将来，一些经典的民间故事将会以年轻人喜好的现代样式重新焕发生机，并逐渐进入人们的日常生活当中，展示出强大的社会教

---

[1] 段宝林：《中国民间文学概要》，北京：北京大学出版社，1981 年，第 306 页。

化功能。

　　事实上，许多记录文本仍具有旺盛的生命力。甚至还有这种现象：经过重新创编的民间文学反而被民众广泛接受，《格林童话》就是一个典型的例子。尽管民间文学记录文本属于纯文学的范畴，但其毕竟来源于民间的社会生活，本身的特质远远超越了文学本身，为各种人文社会科学的研究提供了可能。已全面展开的大系出版工程将为开创我国民间文学事业的新时代奠定坚实基础。民间故事的记录文本努力保存其应有的口传经验和集体经验，使之能够经受历史的检验，这是民间文学工作者的神圣使命。

万建中

（中国民间文艺家协会副主席、北京师范大学文学院教授）

2018 年 12 月 26 日于京师园

本卷主编　徐　凤

中国民间文学大系出版工程甘肃省工作领导小组

组长　　　　　　王登渤

副组长　　　　　马青山

成员　　　　　　徐黎丽　　杜　芳

中国民间文学大系出版工程甘肃省专家委员会

顾问　　　　　　郝苏民　　赵逵夫　　王正强

主任　　　　　　马自祥　　徐黎丽

副主任　　　　　杜　芳

委员　　　　　　（按姓氏笔画排序）
　　　　　　　　王　萍　　王贵生　　邓　明　　兰却加　　武　文
　　　　　　　　周　琪　　莫　超　　彭金山　　程金城　　雍际春

1
平凉城
摄影　张森林

2
大云寺
摄影　张森林

3
农耕
摄影　叶鹏举

4
剪花花
摄影　史龙

5

点灯背猴
摄影 张森林

6

华亭曲子戏
摄影 张国银

7

泾川西王母信俗
摄影 彭银军

8

崆峒派武术
摄影 祁玉成

9

　崇信县根雕：老家记忆
　甘博　提供

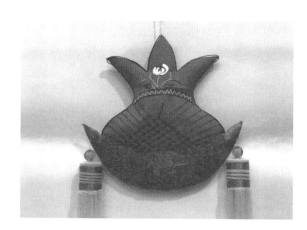

10

　庄浪县马尾编荷包
　摄影　徐凤

11

　崇信剪纸：腾飞
　甘博　提供

12

　崆峒纸质画的制作
　摄影　徐振华

13
编纂组采访故事采录者张怀群
摄影　杨秀平

14
编纂组在华亭市文化馆调研
摄影　于燕

15
编纂组和故事采录者孙志勇交流
摄影　杨秀平

16
泾川县文化馆馆长王红权给编纂组找资料

17

编纂组在崇信县调研

摄影　杨秀平

18

编纂组走访故事整理者魏俊舱老人

摄影　万彩琴

19

故事整理者王知三给编纂组找资料

摄影　徐凤

20

庄浪县孙志勇先生收藏的平凉市民间文学资料

摄影　徐凤

21
编纂组在余金亮老人家里采录视频
摄影　徐凤

22
编纂组在余文俊老人家里采录视频
摄影　徐凤

23
中共平凉市委宣传部给市文旅局、市文联开具的协助编纂组搜
集资料的介绍信
徐凤　提供

24
平凉市文化广电和旅游局给各县（市、区）文旅局开具的协助
编纂组搜集资料的介绍信
徐凤　提供

25
　　崆峒区余金成夫妇讲故事
　　摄影　徐凤

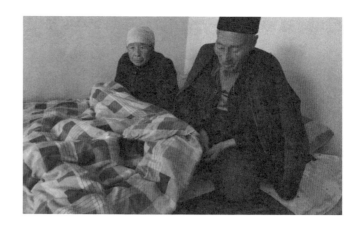

26
　　崆峒区温金祥老人（右一）讲故事
　　摄影　徐凤

27
　　崆峒区余金亮老人讲故事
　　摄影　徐凤

28
　　崆峒区余文俊老人讲故事
　　摄影　徐凤

29

崆峒区温志和老人给编纂组讲故事

摄影　徐凤

30

崆峒区温金祥老人第二次给编纂组讲故事

摄影　徐凤

31

2019年10月13日，甘肃省民协五届五次主席团（扩大）会议
正式启动《中国民间文学大系·甘肃卷》编纂工作

摄影　陈宇菲

32

2020年7月23日，中国文联副主席、中国民协主席潘鲁生一
行来甘肃检查《中国民间文学大系·甘肃卷》编纂工作的进展
情况

摄影　陈宇菲

33

2020 年 12 月 17 日上午《中国民间文学大系·甘肃卷》推进会
参会人员合影
摄影　邵艺婷

34

2020 年 12 月 17 日下午《中国民间文学大系·甘肃卷》审稿会
摄影　邵艺婷

35

2021 年 10 月 27 日上午，中国民间文学大系出版工程实施项目
编纂工作（西北片区）培训会
摄影　陈宇菲

36

2021 年 10 月 28 日下午，中国民间文学大系出版工程实施项目
编纂工作（西北片区）交流会
摄影　陈宇菲

37
项目主持人在 2020 年 12 月 17 日推进会上汇报工作进展
摄影 邵艺婷

38
项目主持人在 2021 年 9 月 28 日交流会上汇报工作进展
摄影 陈宇菲

39
编纂组的第一次编纂工作推进会
摄影 苏康王

40
编纂组的第二次编纂工作推进会
摄影 苏康王

41
　　参与老师讨论编纂中遇到的问题
　　摄影　苏康王

42
　　参与学生讨论书稿校对问题
　　摄影　杨晨

43
　　《陇东分卷》编纂人员"全家福"
　　摄影　贾馥瑞

目录

概述

陇东，即陇山之东，包括庆阳市和平凉市，平凉市位于陇山东麓，庆阳市在平凉市的北面。因陇东民间故事非常丰富，所以《中国民间文学大系·故事·甘肃卷·陇东分卷》编两卷，其中《陇东分卷（一）》编纂庆阳市民间故事，《陇东分卷（二）》编纂平凉市民间故事，本卷为《陇东分卷（二）》。

一、平凉概况

平凉市地处中国西北部，甘肃省东部，陕甘宁三省区交汇处，横跨陇山东西两翼，东邻陕西省咸阳市，西连甘肃省定西市和白银市，南接陕西省宝鸡市和甘肃省天水市，北倚宁夏回族自治区固原市和甘肃省庆阳市，是西安、兰州、银川地理大三角的中心和欧亚大陆桥第二通道的重要中转站，也曾是古丝绸之路的东部要塞、拱卫中原的军事重镇和商贾云集的"陇上旱码头"。

2002 年撤地设市，目前辖 1 区 1 市 5 县，即崆峒区、华亭市和泾川、灵台、崇信、庄浪、静宁 5 个县，总面积 1.1 万平方公里，常住人口约 184.86 万人（第七次人口普查），有汉、回、蒙古、满、藏、彝、维吾尔、苗、壮、布依、朝鲜等 34 个民族，其中回族有 16 万人，占全市总人口的 8.6%，分布在崆峒区的大寨、上杨、峡门、白庙、寨河、大秦、西阳等 7 个乡和华亭市的神峪、山寨 2 个乡，共有 110 个回族村、530 个回族社。

平凉市介于北纬 34° 54'—35° 43'，东经 108° 30'—107° 45' 之间，海拔在 890—2857 米之间，气候属半干旱半湿润的大陆性气候，全市南湿、北干，东暖、西凉。受地形和海拔高度的影响，各季降水量分布很不均匀，冬春雨少，主要降水集中在 7、8、9 三个月，降水量由西南向西北递减，西南部山区年平均降水量可达 600 毫米以上，西北部的安国、大秦、西阳一带降水量在 500 毫米以上。

平凉属黄河中游黄土高原丘陵沟壑区。市境中部，包括崆峒区南部及华亭市全境，有纵穿南北的陇山及其支脉，形成了崆峒山、太统山、云崖寺、莲花台等著名自然景观。该区域内多山高谷深，植被茂密，适合发展畜牧业。陇山以西的静宁和庄浪两县，以陇山余脉形成的山梁、沟壑和丘陵居多，是林果和小杂粮适生区，盛产胡麻、葵花、土豆、荞麦和豆类等农作物。陇山以东的崆峒区大部及崇信、泾川、灵台县广大区域，被泾河、汭河、黑河、达溪河、红河切割成条块状高原和宽阔的河谷川台，是省内重要的产粮区，盛产小麦、玉米、谷类、荞麦、油菜、胡麻、烤烟等，曾与庆阳地区以"陇东粮仓"闻名遐迩。

得天独厚的自然环境和气候条件，使平凉成为中华文明的发祥地之一。早在 3000 多年前，生活在泾河流域的周先祖就创造了当时最先进的农耕文化，出现了"沃野千里，水草丰美，牛羊衔尾，群畜塞道"的田园画卷，开启了华夏农业文明的曙光。公元 376 年，前秦灭前凉，取"平定凉国"之意，置平凉郡，平凉之名自此始。因这里一直是政治经济文化中心——长安西北方向的重要门户和丝绸之路的重镇，且气候适宜，土壤肥沃，人口稠密，农商发达，历代朝廷多次在此建府立州。千百年历史的积淀和一代代人的创造，铸就了平凉悠远、深厚的历史文化。就物质文化遗产而言，目前平凉境内有仰韶、齐家、商周等各个时期的文化遗址 465 处，全国重点文物保护单位 5 个，省级重点文物保护单位 59 个，馆藏文物 3 万多件，其中国家一级文物 196 件；就非物质文化遗产而言，截至 2020 年 12 月底，平凉市共有国家级代表性项目 3 项、省级代表性项目 29 项、市级代表性项目 242 项、县级代表性项目 428 项。不仅如此，一些文化遗产，在国内也占有重要地位，比如出土于泾川泾明牛角沟距今 5 万年前的"泾川人"，静宁治平古成纪遗址是人文始祖伏羲氏的降生地，尤其是出土于泾川县大云寺的佛祖舍利金银棺，灵台县的西周青铜器、玉质人俑和南宋货币银会子等文物，代表了中华民族在一定历史时期的文明高度。

平凉也是一处山川雄秀、名胜众多的旅游胜地。横亘在大西北腹地的陇山山脉，既是陇东黄土高原和陇中黄土丘陵沟壑区的分水岭，也是古代西控五原、东蔽关中的天然屏障。沿陇山及其余脉这条雄浑奇特，集地质、地貌、动植物和人文景观于一体的风景线，形成了 100 多处星罗棋布、独具特色的风景名胜。平凉境内的风景名胜，正是因为依托了这条天造地设的陇山山脉，既有北方山势之雄奇，又兼南国山色之秀丽，特别是国家 AAAAA 级旅游景区的崆峒山，更是峰峦雄峙，山水一色，似鬼斧神工；烟笼雾锁，曲径通幽，如缥缈仙境，不仅集自然美、历史美、人文美、传说美于一身，且拥有我国高海拔地区典型的丹霞地貌，自古就有"西镇奇观""西来第一山"之美誉。（明代乡贤赵时春曾称赞曰"山川雄秀，甲于关塞"。）

平凉人才辈出、群星灿烂。俗话说"一方水土养一方人"，独特的地理人文环境造就了独特的群体个性，雄奇的陇山之侧常有慷慨悲歌之士，灵动的泾水之滨汇聚文人骚客。在远古神话中，人文始祖伏羲氏和女娲氏生活于古成纪，黄帝和广成子论道于崆峒山，西王母在瑶池宴请众神；西晋时期中华针灸学鼻祖皇甫谧，唐代著名政治家、文学家牛僧孺，抗金名将吴玠及其率领的吴家军，明代"嘉靖八才子"之一的赵时春，被康熙皇帝赞为"实心任事，勤劳茂著"的名臣慕天颜，这些文韬武略、彪炳史册的乡贤，其功、其德、其言，永留天地之间，与崆峒比肩，与泾水为伴。

昔日之平凉威武雄壮，今日之平凉亦不负韶华。中华人民共和国成立后，平凉市多个县区先后获得国务院、农业部"粮食生产先进地区（县）"荣誉称号，泾川县被授予"全国绿化模范县"荣誉称号，庄浪县被命名为全国第一个"中国梯田化模范县"。2018 年 12 月，平凉市荣获"年度魅力文旅扶贫城市"；2019 年 10 月，被确定为"第三批城市黑臭水体治理示范城市"；2020 年 10 月，又被评为全国双拥模范城。平凉不仅是西北地区重要的公路枢纽，也是欧亚大陆桥第二通道的重要中转站，宝中铁路纵贯南北；312 国道横穿全境，初步形成了以国道、省道为主干，县乡道路为支线的公路网络。近年来，随着平定高速、银武高速、西平铁路、天平铁路的陆续建设，平凉将成为贯通西兰银三条高速、三条铁路的重要交通枢纽，进一步发挥其区位优势。

二、平凉民间故事的现存情况及其主要价值

在平凉，人们把民间故事称作"古今"，讲故事叫"说古今"，讲故事的能手被称作"古今篓子"或"故事篓子"。"说古今""讲故事"是绵延数千年，根植于平凉人血脉中的一个重要民间文化活动。平凉民间故事，是平凉市重要的非物质文化遗产，和其他文学作品一样，具有激励、鼓舞、教育和娱乐人的作用。它曲折地反映了当地历史、地理、宗教、民俗和社会生活，折射出了平凉人民的精神和情感。作为平凉市优秀传统文化，民间故事种类繁多，内容丰富，几乎反映了平凉人民生产生活的方方面面，既有反映阶级压迫的长工与地主故事，又有反映劳动人民聪明才智的机智人物故事；既有反映家庭矛盾的后娘故事、灰姑娘故事、傻儿子故事、穷女婿故事、巧女故事、两兄弟故事，也有体现地方官吏主持公道、惩治恶霸的奇案故事；既有鬼怪精灵、奇幻神秘的幻想故事，也有反映人民美好愿望和爱憎感情的生活故事，更不乏让人啼笑皆非的笑话和启迪智慧的寓言故事。

这些故事，不管是对生产生活的真实记录，还是对天堂、地狱的奇幻想象，都是平凉先民在特定时期、特定环境下，对理想、情感、知识、经验、生活方式、思维方式、价值取向和审美情趣的记录。他们把世界分成天、地、人三界，创造出了一大批生动形象的天神、精灵、鬼怪和平常朴素的凡人，他们或善良敦厚，或机智勇敢，或顽皮淘气，

或美丽聪慧，或诚信仁义，都给人以美的享受。这些故事，如一条条涓涓细流，用对真善美的歌颂，对假恶丑的鞭挞，滋养了一代又一代人的心田，洗涤了他们心中的杂念，培养出他们优良的思想品质，呈现鲜明的教育和娱乐功能。另外，几乎所有故事都用方言、俗语讲述，许多故事还记录了当地民俗，表现出鲜明的地域文化色彩。

平凉有非常丰富的民间故事，它们口口相传至今，几乎俯拾皆是。这些丰富的民间故事，既是千百年来一代又一代平凉人知识和文化的结晶，也是这里悠久历史和深厚文化的见证。这些故事既有很强的实用价值，不可低估的科学、艺术、教育价值，还是研究历史、文化、民俗、艺术、习俗、语言等人文科学的重要资料，是当代旅游、戏剧、影视、动漫、广告等产业的资源宝库。这些故事可以陶冶人的情操，启迪人的智慧，构筑真善美的思想长城，帮助人们树立热爱家乡、建设家乡、追求美好生活的坚定信念，也是提升中小学课堂趣味性、净化学生心灵不可忽视的教育素材。

平凉民间故事种类繁多，本卷将其分为幻想故事、生活故事、笑话和寓言故事四大类。

本卷幻想故事有动物故事、精灵故事、鬼怪故事和宝物故事四小类。动物故事的主人公是动物，如老虎、狼、狗、猫、鱼、老鹰、狐狸、兔子、曲蟮、毛虫等，水里游的，地上跑的，天上飞的，可谓海陆空齐全。但是，这些动物并不是普通的动物，而是有思想、有情感、有冲突的动物，虽然它们不是人，却和人一样有自己的"社交圈"，有人一样的聪明才智和感情，阅读这些动物故事，无不产生一种愉悦心情，又不失启迪智慧的教化和感染作用。

精灵故事的主人公都是具有超自然能力的精灵，如蛤蟆儿子、青蛙姑娘、白鸽仙女、狐仙、蛇仙、龙女、牛神、牛娘、玫瑰仙子、梅花仙子等等，这些精灵或者有美的外表，或者有美的心灵，它们和人一样有思想有感情。总体来说，凡是花变的，大都是女性，既漂亮又善良，是善和美的象征；凡是蛇、蛤蟆和牛变的，多是男性，个别也有女性，它们是正义、公道和力量的象征。在这些精灵中，出现最多的是蛤蟆儿子和蛇仙，有男有女，以男性居多，它们为报答救命之恩来到人间，也是善和美的象征。这些精灵之间或它们与人之间发生这样或那样的冲突，最后都是善者惩处了恶者，真的战胜了假的，美的击败了丑的，表现出鲜明的颂扬真善美、鞭挞假恶丑的情感倾向。

鬼怪故事中，数量最多、最具代表性的是野狐精故事，这里的狐狸不再是善良和美的化身，它们为了满足自己饱餐一顿的愿望，往往采用欺骗的手段，取得民妇的信任，最后达到伤害人类以满足自己的目的。数量位居第二的是毛野人故事，这些毛野人以男性居多，偶尔也有女性，它们为满足自己的生理需求，强抢女性（或男性）做自己的性伴侣，尽管它们对抢来的人也是百般呵护，但由于它们非人类，且手段下作，人们还是不愿与它们长久相处，只要找到机会，还是充分利用自己的智力，逃离毛野人的生活圈，回归人的正常生活。

宝物故事中一定有一个"万能"的物，如开山斧、隐身帽、宝石头、聚宝匣、宝船、宝鞋、宝缸、宝勺、宝棒等。这些宝物有的可以劈开一座山，有的可以隐藏掉一个人，有的可以把死人拨活，有的可以变出你想要的所有东西，但它们并非见谁就给谁好处，而是在好人手里可以把穷人变成富人，在坏人手里可以把富人变成穷人（或使之丧生），瞬间变成了惩恶扬善的利器。

这些幻想故事正如恩格斯在《德国民间故事书》中说的，使农民"忘却劳累，把他那块贫瘠的田地变成芳香馥郁的玫瑰园；它的使命是把工匠的作坊和饱受折磨的徒工的简陋阁楼变幻成诗的世界和金碧辉煌的宫殿，把他那身体粗壮的情人变成体态优美的公主"[1]，实现了他们在现实中无法实现的愿望。

生活故事即世俗故事、写实故事，里面没有神奇的人物和奇幻的情节，有的是平凡的人和平常的事，如家长里短、左邻右舍、地主老财，从不同侧面反映了平凉人的生产方式、生活习俗、处世方法、思维习惯、道德标准，具有很高的文化价值。根据现存情况，本卷把平凉生活故事分为机智人物故事、巧女故事、呆女婿傻儿子故事、奇案故事、地主与长工故事和其他生活故事六小类。

机智人物故事中最具代表性的是刘捣鬼故事。刘捣鬼充分发挥自己的聪明才智，先用一袋麻子换了一只猫，再用一只猫换了一只狗，再用一只狗换了一个媳妇，又让老丈人用两匹好马换了自己的两只狗，用一千两银子买走了自己的一匹瘦马，用大价钱买走了自己的一根木拐棍。他不但把平凡人和阴间小鬼耍得团团转，还用一头猪换走了阎王爷的千里马，最终自己当上了阎王爷，其手法之妙让人拍手叫好，充分显示了以他为代表的劳动人民的聪明智慧。

在巧女、呆女婿傻儿子故事中，巧女可以用各种方法解析"九"而嘴里不发出九的音，可以破解家人或村民们出的所有难题，可以解开村子里最聪明的人编的哑谜，这些充分体现了传统女性的聪明才智。相反，傻儿子连话也不会说，即使会说话也不能理解话中的要义，常常因用错语境让人啼笑皆非；呆女婿分不清黑糜子和跳蚤，无奈之下被藏到地窖，也会闹出许多笑话，可谓是傻到了无可救药的地步。在这种巧女傻儿的强烈对比中，让人充分认识到女性在社会发展中的重要作用。

[1]　《马克思恩格斯全集》（中文 2 版，第 2 卷），北京：人民出版社，2005 年，第 84 页。

地主与长工故事，刻画了形形色色的地主和长工形象。总体来说，地主懒惰、奸诈、狡猾、狠毒、贪婪、好色、愚蠢；长工诚实、勤劳、聪明、善良、正直，对爱情忠贞不二。地主们绞尽脑汁地剥削和压榨长工；长工们想方设法地反抗剥削和压迫。他们在剥削与反剥削的矛盾斗争中产生了许多振奋人心的故事，让人们看到了劳动人民反抗的力量，这也从某一方面阐释了一个道理：哪里有剥削，哪里就有反抗；只要有反抗，就能看到胜利的曙光。

生活故事内容非常丰富，有讲述爱情婚姻的、小偷小摸的、破除封建迷信的、守财奴积累财富的、学生读书的、恶人杀人放火的、学子应试的、葬父的、解梦的、耕田播种的、孝敬老人的、虐待老人的、写诗赋文的等等，可以说无事不说，无人不说。生活故事就像一个万花筒，既照出了劳动人民生产生活的方方面面，也照出了他们精神世界的角角落落。

三、平凉民间故事的主要特点

本卷共搜集到 22 本平凉民间故事集，去其糟粕，存其精华，选编 498 则（含异文）民间故事。

（一）想象大胆而奇特

平凉民间故事中，最具想象力的是幻想故事。在人物方面，有的是善良可亲的神仙和精灵，如天女、龙女、野狸精、石头精、蛇郎、白鸽仙子、玫瑰姑娘、蛤蟆儿子、青蛙姑娘、牛娃精、牛娘、牡丹仙子、桃李姑娘等。它们性格温和善良，和人没有两样，但是它们可以在动植物和人之间变来变去。比如玫瑰姑娘、白鸽仙子、牡丹仙子在穷小伙（放羊娃、年轻樵夫等）没有发现它们的真实身份时，它们就是玫瑰、白鸽、牡丹花，当穷小伙发现了它们变成人做饭的秘密后，它们就变成了人；蛇郎、青蛙儿子在受难时期是蛇或青蛙，当它们受难期满且遇到心爱的姑娘后就变成了人；平时狐狸就是狐狸，乌龟就是乌龟，石头就是石头，当它们受日月精华的滋养成仙后就变成了人；而天女和龙女就是神，所以她们想变什么就是什么，上天入海，无所不能。这些神仙和精灵与人友好相处，人帮助了它们，它们一定会帮助人实现某种愿望或救人于危难之中，甚至有些神灵出于对人的同情，即使不受人的任何好处也主动帮助人，体现了人与动植物和谐相处的美好状态。有些人物还是可怕的鬼怪，有些面目狰狞令人恐怖，如毛野人；有些虽然长着人身，却与人为敌，如狼妹、狼妈妈、鬼妻等，它们为了某种目的，伤人无数，害人不眨眼，是人人想要诛杀的对象。除此之外，还有一些可爱的动植物，如老虎、狗、猫、老鹰、鱼儿等，它们有人的语言、思想、感情，有些聪明至极，有些傻得透顶，有些憨态可掬，也给人以美的享受。

在情节方面，精灵鬼怪可以与人结为夫妻，帮助穷人过上富足的生活，如在狐狸女的帮助下，有些放羊娃当了皇帝，有些年轻樵夫当了进宝状元娶了皇姑，有些穷人得到了天下没有的宝贝，有些身处困境的小伙在破庙里（或井里）听到了神仙对话，不仅成了富人，还娶上了财主的女儿；龙王龙女可以让凡人下到龙宫，有些天女神灵可以让凡人上到天庭；牛可以屙金块，金鸡可以下金蛋，不起眼的勺勺或匣子可以变出任何一种你想要的东西，实现人们难以实现的愿望。

在事物方面，一个石磨子在没有粮食的情况下居然可以磨出许多面粉，一块石头可以使已经死了的人或动物复生，一个阴坡的桃子可以让人一夜之间全身长毛、头上长角，一个阳坡的桃子可以让人瞬间褪尽身上的毛、脱落头上的角，一个木匣子就是一个聚宝盆，一顶破草帽就可以让整个人隐身，黄狗能像牛一样拉上犁耕地，锅里的一点饭不管有多少人都吃不完，就连毫不起眼的竹笼也可以聚八方鸟蛋，真是无奇不有。

（二）有鲜明的地方特色

平凉民间故事最明显的地域文化表征是平凉方言。平凉方言属中原官话秦陇片，与普通话相比，语音差异比较大，词汇语法方面的差异比较小。

俗话说，"十里不同音，百里不同俗。"平凉市东西部之间距离比较大，中间又有陇山阻隔，所以各片区语音差别比较大。就词汇来说，平凉方言和庆阳话比较接近，出现了许多特殊词汇，如把太阳叫"热头"，把等一会儿叫"且不了"，把蝌蚪称作"蛤蚂蝌蝌"，把今天叫"今儿个"，把昨天叫"夜来个"，把明天叫"明个"，把后天叫"后儿"，把女性出嫁叫"跟人"，把帮忙叫"打帮"，把乌鸦叫"老鸹"，把山坡称作"山圪圪"，把角落称作"圪崂"，把阴面叫"背阴处"，把旁边叫"帮帮"，把外面叫"外前"，把上午叫"早起"，把水果核叫"水果胡儿"，把爸称作"大"或"大大"，把外婆称作"外奶"，把妯娌称作"先后"，把媳妇称作"媳子"，把举止粗鲁的人称作"半晌子"，把同一家族的人称作"家门父子"，把远房亲戚称作"挎搭亲戚"，把不聪明的人称作"瓜子""瓜怂""二杆子""二球"，把屁股叫"勾子"，把游手好闲的人称"逛三"，把倔强的人叫"背颈疯""犟怂"，把面片叫"片子"，把反应慢的人叫"瓷怂""庆怂"，把胡搅蛮缠的人叫"搅怂"，把乡里人叫"乡棒子"，把有文化的人叫"识文子"，把不识字的人叫"睁眼瞎子"，等等。除此之外，还出现了一些特殊虚词，如：语气词"藏""呷""咔""来""咧""哩"，其中"藏"在句首，其他多在句末，有时也放在句中；指示代词"外儿"（那儿）、"这达"（这儿）、"外达"（那儿）、"那达"（那儿）；人称代词"曹"（咱）、"哞"（人家、那个人）、"哞们"（他们）、"咱己"（咱们）；疑问代词"哪达"（哪儿）、"呀达"（哪儿）、"啥"（什么）、"咋了"（怎么了）；副词"一老"（一直）、"一满"（全部）、"同共"（总共）、"毕了"（完了、结束）、"将将儿"（刚才）、"回回儿"

（每次）、"一搭里"（一块儿、一起）、"稀稀儿"（实在）；等等。

平凉民间故事的第二个地域文化表征是平凉民俗，涉及饮食、建筑、服饰、交通、生产习俗、生活习俗、岁时节令、民间美术、民间信仰等多个方面。就平凉民居来说，和庆阳民间故事一样，先后提到窑洞、崖窑、箍窑、地坑院、四合头院子等，真实反映了平凉传统民居情况。另外，故事中提到了镢头、铁锨、木锨、木叉、斧头、笼、扁担、碌碡、犁、铧、耧、耱、耕头等传统农具，柜子、箱子、梳子、篦子、炕栏杆、石磨、碾子、蒲篮、草筒、线砣、针线葫芦、褡裢等生活用具，坎肩、袍子、裙子、裹肚、绣花鞋、荷包等服饰，谷子、糜子、麻子、高粱、玉米、油菜、小麦、大麦、胡麻等农作物，它们与庙会、婚嫁丧娶等传统习俗，使平凉民间故事染上了鲜明的平凉文化色彩。

（三）短小故事居多

虽然庆阳和平凉同属陇东地区，但是与庆阳民间故事相比，平凉民间故事篇幅都比较短小。

四、平凉民间故事的思想主题

在平凉民间故事中，不管是幻想故事、生活故事、寓言故事还是笑话，都有鲜明的主题。

（一）鲜明的惩恶扬善思想

在这些故事中，几乎所有人物都可以划分为好人和坏人两大阵营，不管是人还是精灵鬼怪，只要做善事、好事，乐于帮人，就是好人，就是人类的朋友，也是人们赞扬的对象；如果做坏事恶事，有害于人，就是坏人，就是人的敌人，也是人们批判的对象。比如，《蛤蟆儿子》《蛤蟆王子》《癞蛤蟆娶媳妇》《蛤蟆变小伙》中的蛤蟆儿子、《青蛙走四川》《青蛙孩子》中的青蛙儿、《豆皮和豆瓣》《后娘心》《黑蛇和白蛇的故事》《害人终害己》《农夫和蛇》中的白长虫、《仁长仁短》中的仁长、《仁义长仁义短》中的仁义长、《天理和良心》中的良心、《花牛》中的老二、《李云和李红》中的李云、《兄弟俩》中的老大、《野狐报恩》中的野狐、《八十三万老虎围都》《十八万老虎下江南》中的老虎等，他们或者勤劳，或者善良，或者勇敢，或者孝顺，或者坚持正义，或者勇于追求真相，或者知恩图报，都是传统美德和正能量的代表。相反，有些人物，如《豆皮和豆瓣》《后娘心》《黑蛇和白蛇的故事》《害人终害己》《玫瑰姑娘》中的后娘、《青蛙吐珍珠》中的马财主、《没毛牛犊》中的老大和老二、《没毛牛》中的老大、《牛娃》中的田氏、《金蹄子银抵角的牛娃》中的大婆和二婆，以及所有地主与长工故事中的地主和财主，他们或心肠狠毒，或好色贪婪，或自私冷漠，或懒惰狭隘，心里只有自己，且为了达到自己的目的不惜牺牲别人的利益或生命，是社会中消极力量的代表，只能给人和社会产生负面影响。最值得注意的是，几乎所有故事的结尾都是坏人得到了惩处，好人得到了回报，表现出非常鲜明的惩恶扬善思想。如为霸占钱财将兄弟推下山崖（或井里）的男子有些死了，有些沦落为叫花子；为霸占家产将弟弟赶出家门的兄嫂大多变成了穷光蛋；开始死也不嫁蛇郎的姐姐因为谋害妹妹而得到相应的惩处。

（二）赞美坚贞不渝的爱情

在平凉民间故事中，描写最多、也最为精彩的是男女之间的爱情。有些爱情修成了正果，二人过上了幸福生活；有些被恶势力所迫，一百天后中止了。不管哪种情况，男女双方都真心相爱，甚至一些被中止的婚姻，通过双方的努力再续前缘，过上了美满幸福的生活。在这些故事中，最感人的是一些女精灵与穷小伙之间的爱情，这些女精灵有蛇仙、龙女、狐狸女、玫瑰姑娘、桃李姑娘、白鸽仙子等，其中龙女最多，如《豆皮和豆瓣》《后娘心》《黑蛇和白蛇的故事》《牧童的故事》《青蛇和白蛇》《害人终害己》《农夫和蛇》等故事，这些白蛇实为当地江河中的龙王，他们为感谢穷小伙的救命之恩，把自己最疼爱的女儿给穷小伙当媳妇。龙女给他做饭，帮他解决生活困难，当周围恶势力（如后母、老财主等）要破坏他们的婚姻时，龙女就以自己的勇敢和聪明才智大胆与他们作斗争，最后赢得胜利，与穷小伙过上了幸福生活。当然，穷小伙也表现得非常坚强，不管邪恶势力多么强大，他都不畏惧，只信任媳妇一人。这些故事表现了他们对自由婚姻的捍卫。

在平凉民间故事中也讲述了许多令人称赞的爱情故事，如《张状元钻箱成亲记》中张状元和白家二小姐之间的爱情、《黑哥与红妹》中黑哥与红妹之间的爱情、《高花一枝梅》中金牛与高花一枝梅之间的爱情、《王进宝下四川》中王进宝和刘金花之间的爱情等。不管是经受贫穷的考验，还是金钱的诱惑；不管是生离死别，还是恶势力的武力逼迫，或是牢狱之灾的干扰，他们都能冲破重重困难，过上幸福生活，这里表现的不仅是他们富贵不能淫、贫贱不能移、威武不能屈的高尚品质，更是他们至死不渝的爱情观。

（三）强烈的反抗意识

在传统社会，有太多的不平等，如阶级之间、男女之间、家庭成员之间都有不平等现象。常言说"哪里有不平等哪里就有反抗"，在平凉民间故事中，有许多表现反抗主题的故事。

（1）长工对地主的反抗，代表故事有《三年等个闰腊月》《"屙金贵"与"火龙单"》《地主与长工》《长工与财主》《恶有恶报》《巧治东家》《智斗财主》《三个长工》《拿手活》《石匠与财主》等。地主老财想方设法压迫和剥削长工，长工也千方百计反抗地主老财，如《三年等个闰腊月》中的财主闰腊月把长工三年一年的工钱"一头牛"巧辩成了"一斤油"，而三年在菩萨的帮助下终于让闰腊月一夜之间变成了穷光蛋；《屙金贵与"火龙单"》中的地主要把穷汉冻死在冰冷的磨房里，穷汉却巧用自己的智慧让地主冻死在高山顶上。

（2）继子女对后母的反抗，如黑蛇和白蛇故事、后娘故事、灰娘娘故事及部分两兄弟故事，后娘费尽心思要夺继子的媳妇给亲生儿子，或把本该属于继女的白马王子偷换给自己的亲生女儿，或者绞尽脑汁地谋害继女，结果让继子女整得很惨，甚至丢了性命。

（3）女性对男权思想的反抗。本卷中收录了20余则呆女婿傻儿子故事和10余则巧女故事，这两类故事形成了鲜明的对比：再富有的男子一旦成了傻子，就失去了家庭中的主导地位；再穷的女子，只要聪明贤惠也可以成为地主老财家的掌柜的，而且把家管理得井井有条。这些故事体现了女子对男权思想的反抗。

（4）对不公命运的抗争，代表故事有《西天问佛》《"穷八辈"的故事》《穷秀才千财神》《张状元钻箱成亲记》《李恩赐招亲》等，"穷八辈"祖祖辈辈穷，到他这一辈更穷，当他看着财主家粮多钱多又牛羊满圈时，他对命运产生了不满，坚决要去西天问佛，他的善良打动了佛祖，让他成了当地最富的人；白家二小姐本来可以当太子妃的，但太子英年早逝，皇上为了皇家的颜面给她强立贞节碑，让她为太子守节，但她不惧皇权，不愿空负韶华，暗将英俊有才的张公子私藏绣楼，最终成就了自己的美好婚姻。

五、平凉民间故事产生的文化背景

任何一个文化事项的产生都离不开它的文化空间，民间故事也是一样。

（一）雄壮奇美的胜景是大胆想象的自然背景

在平凉市境内，沿着陇山山脉形成了多个著名自然景观。崆峒山位于崆峒区西郊15千米处，北倚关山，南望太统，背负笄头，面临泾水，有大小山峰数十座，主峰为马鬃山，马鬃山之巅称绝顶。主峰之前为望驾山，传说因黄帝驾临此地而得名，山上草木繁茂，山下道路蜿蜒；主峰之后是翠屏山，断岩陡壁，绿茵滴翠，形如画屏矗立，故名翠屏山。远望崆峒山，峰峦雄峙，危崖耸立，似鬼斧神工；林海浩瀚，烟笼雾锁，如缥缈仙境，既有北方山势之壮美，又兼南方景色之秀美。太统山位于崆峒区西郊3.5公里处，海拔2234

米，为平凉最高峰。置身于山巅可西望六盘、崆峒，南眺关山，北阅"五指原"，俯视平凉川。太统山周围群峰环翠，万壑松涛，波澜壮阔，每逢夏日雨后放晴，云雾升腾状如巨型蘑菇，久聚不散，夕阳斜照，奇光异彩，蔚为壮观，古称"太统屯云"。云崖寺位于庄浪县城东28公里处，山势险峻，奇峰争秀，号称四台十六峰，下临竹林寺水库，湖面如镜，天光、水色、云影、秀峰交相辉映，曾被外国游人赞为"黄土高原上保护最完好的碧玉瑰宝"。莲花台位于关山顶峰五台山之阳，距华亭市区35公里，面积约50平方公里，古称"龙首山"，唐宪宗李纯改名为"青龙山"，民间称"莲花台"，因山顶有一形似盛开莲花的巨石而得名。

每每登临这些胜景，远眺：或是远山如黛，云雾缭绕，如临仙境，令人心旷神怡；或是悬崖绝壁，险要无比，好似山鬼把关，令人毛骨悚然。近听：时而松涛阵阵不绝于耳，时而淙淙水声犹出谷底，时而百鸟鸣啭似自中天，时而山泉叮咚如在眼前，给人一种身临桃源胜境、流连忘返的感觉。放眼身畔：奇花异草，莺飞蝶舞，溪流飞瀑，更觉诗情画意，令人如醉如痴。这些雄壮奇美的胜景都是平凉先民大胆想象的自然背景。

（二）亦农亦牧的产业结构提供了创作素材

西周初，今平凉市境为周、戎接壤之地。早在夏朝末年，周先祖不窋、鞠陶、公刘三代就在庆阳一带教民稼穑，开启了早期农耕文明，并取得了卓著成就，同时逐渐延伸到了今平凉市境内。春秋时期，今市境属义渠戎国，受游牧民族文化的影响，大量耕地转为牧场。周赧王四十三年、秦昭王三十五年（前272），秦灭义渠国，置北地郡，今市境属之，逐渐恢复以农耕为主的生产方式。秦汉时期，朝廷实施"移民实边"政策，先后四次将中原百余万人迁于关西、朔方（含今陇东、延安一带），鼓励移民垦田，朝廷发放耕牛、犁、种子给移民，随之平凉农业生产得到了大力发展。东汉灵帝熹平三年（174），鲜卑族进入北地，陇东黄土高原部分土地又成了少数民族的放牧区。东晋十六国时，市境先后建前赵、后赵、前秦、大夏。前秦永兴二年（358），苻坚置平凉郡。隋代时，陇东黄土高原渐渐恢复了"崇尚俭约，习仁义，勤于稼穑"的风气。唐武德七年（624），秦王李世民率兵战败突厥，俘获数十万人，安置在陇东一带，推行屯田制，进一步扩大了农垦区。宋、明、清时，朝廷多次推行屯田免税制，不但大力发展了陇东传统农业，还使陇东出现了"陇东粮仓"的盛景，奠定了平凉市以农业为主的产业发展格局。但是，由于平凉市位于祁吕贺"山"字形构造的脊柱——贺兰褶带以东，鄂尔多斯地台西缘南北脊梁的南段，全域有四个斜段（太统山至大台子复背斜、大台子背斜、太统山背斜、崆峒山复向斜）、两个丘陵（中山丘陵、黄土丘陵）、一个河谷（泾河河谷），市境中部（崆峒区南部和华亭市全境）高山纵横，层峦叠嶂，万木葱茏，难以从事农业生产，只能发展畜牧业，平凉从古至今都以农业为主，以畜牧业为辅。

受这种产业结构的影响，平凉民间故事内容呈现出如下特点：

（1）既有讲述农业生产的故事，也有讲述放牧生活的故事，如《蛤蟆儿子》《枣核》《没毛牛犊》《丁郎刻母》等故事描述了农耕生产场面，《豆皮和豆瓣》《后娘心》《黑蛇和白蛇的故事》《牧童的故事》《害人终害己》等讲述了放羊娃的故事。

（2）创作了许多长工与地主故事，如《三年等个闰腊月》《地主与长工》《农人和财主》《王二与"陈蒿皮"》《恶有恶报》《巧治东家》《智斗财主》《三个长工》《有智》等，其中既讲述了长工与地主之间的矛盾，也描述了农业生产方式和场景。

（3）创作了许多涉及农村生活的故事，本卷中几乎所有故事都讲述了农村生活，有些反映婚姻，有些记录生育，有些讲述养育孩子，有些讲述赡养老人，有些讲述选拔当家人，有些反映学子读书，可以说反映了农业、农村、农民的方方面面。

六、本卷编纂情况

本卷民间故事主要有三个来源：

（1）20世纪80至90年代，编纂"中国民间文学三套集成"时普查整理出来的资料本（包括县卷本和地区卷）；

（2）20世纪90年代到21世纪初，地方民间故事爱好者个人搜集、整理、出版的民间故事集；

（3）本课题组新采录的故事。

为有效完成"中国民间文学三套集成"中民间故事的普查工作，各县文化馆先对采录人员进行培训，再让他们下到所在乡镇和村社，对"故事篓子"进行摸底统计，最后是入户采录。据参加采录工作的人员回忆，当时只有少部分县文化馆有录音机（如泾川县文化馆、静宁县文化馆），大部分县文化馆没有录音机，只能靠采录员现场用笔记、用心记，回家后再完善整理。受条件的影响，只有很少几个人骑自行车采录，大部分人员步行采录。他们冒着严寒，顶着酷暑，背上水壶和饼子进村入社，在田边地头、炕头院落，请"故事篓子"给他们讲故事。他们给我们留下了非常丰富的反映平凉人民情感经历、精神面貌、价值取向和生活方式的精彩故事。最后，各县文化馆筛选出优秀篇目，或抄写或油印成县卷本，一份报市文联，一份报省文联，其余县内存留。

据不完全统计，20 世纪 80—90 年代平凉市采录民间故事达 700 余则，字数约 100 万字，但由于条件的原因，只有 24 则故事收入了《中国民间故事集成·甘肃卷》，其余故事都没有正式出版。令人遗憾的是，随着时间的推移和工作人员的调动，许多原始资料不知去向，如华亭市、崇信县、平凉市（今崆峒区）的内部资料本都已找不到纸质本，这些县（区）内部资料本都是由中国民间文艺家协会提供的电子版，平凉地区资料本纸质版由甘肃省民间文艺家协会提供。

所幸的是，此次采录工作，激发了许多文化人士保护民间故事的热情。当年参与采录和编纂工作的部分人员，出于对民间故事的热爱，他们在随后的十几年时间里，利用工作之余，背上包骑上自行车走村进户，继续采录民间故事，有些还个人出资出版了民间故事集，孙志勇、魏俊舱主编的《歌谣故事》，邵小平主编的《灵台民间文学故事集》，王知三编著的《静宁民间神话传说故事》，周斌、李永峰主编的《庄浪古经》，庄浪县孙志勇先生自己保存了部分平凉市民间故事资料。

时至今日，当本卷编纂组人员背上相机，拿上录音笔再次踏上平凉大地采录民间故事时，发现当年能流畅、完整讲述民间故事的"故事篓子"已经辞世。即使是小时候听爷爷、奶奶、姥姥、姥爷讲故事长大的中老年人，和 20 世纪八九十年代参与了民间故事采录和编纂工作的人讲故事，往往是短故事可以讲完整，长的故事只能讲半截。这不得不令人怅然若失，也不得不感叹 20 世纪八九十年代民间文学普查工程的及时和伟大。

历史的车轮永不停息，文化的魅力永远不减。中华民族历史悠久，文化深厚。中华优秀传统文化既是中华文明的重要组成部分，也是中华民族的根和魂，尤其是优秀民间文学，永远是一个地方精之所存、气之所蕴、神之所附。在社会昌明、文脉兴盛的今天，守好老祖宗留给我们的宝贵财富，传承好他们的精神根脉，是我们每一个公民应尽的责任和义务。只有守住了我们的根，我们才知道我们是谁；只有把住了我们的脉，我们才知道我们要到哪里去。传承地域文化、保护民间故事，才能讲好"中国故事"，坚定文化自信，为实现中华民族伟大复兴的中国梦凝聚精神和力量。

然而，不可否认的是，随着现代经济的迅猛发展和各种新媒介的出现，人们的生产生活方式发生了巨大变化，民间文化生存空间日渐衰微，大批有历史文化价值的民间故事，伴随着老艺人、老故事家的相继离世而消亡。我国实施中国民间文学大系出版工程，责任重大，意义深远，可以把流传在人们口头的和散落在民间资料中即将消亡的民间故事用文字、图片、音频、视频的方式保存下来，这是一份弥足珍贵的文化遗产，这是一件惠及子孙、泽被后代、功德无量的大好事。

作为中国民间文学大系出版工程的一部分，《中国民间文学大系·故事·甘肃卷·陇东分卷（二）》肩负着抢救、保护平凉民间文化遗产和发扬、传承平凉人民传统美德的重要责任和历史使命，必将为整合平凉市的文化资源，建设文化强市起到重要作用。

《中国民间文学大系·故事·甘肃卷·陇东分卷（二）》编委会

执笔：徐凤

2021 年 8 月

凡例

一、　本卷收录的故事，是与神话、传说并列的狭义的民间故事，分为幻想故事、生活故事、笑话和寓言四大类，共收录平凉市境内民间故事近 500 篇，含异文。

二、　本卷收录作品中有的已经公开发表过，有的收入内部资料卷本，每一篇故事后边都注明了采录时间、地点或发表时间及出处。

三、　本卷在收录故事正文的基础上，将内容相近的故事作为"异文"一并收录。一般以故事结构完整、情节曲折、语言生动的作品为正文，异文也保留原标题。

四、　本卷收录的作品尽可能保留方言、口语等地方特色。计量单位沿用旧时的民间习惯，如"斤、里、亩、步、尺"等。地名、官府名、职官名等一般保留当时名称。

五、　本卷收录的作品后附注讲述者和采录者的信息，包括姓名、性别、年龄、民族、工作单位（家庭住址）、文化程度、职业，以及采录的时间和地点。讲述者和采录者的年龄尊重已有资料的标注方式，年龄计算时间节点为故事采录时间；同时只对少数民族的讲述者和采录者标注具体民族，汉族统一不作标注。部分讲述者或采录时间、采录地点等信息缺失，标注"不详"。部分故事讲述者和采录者同为一人，标注"讲述采录者"。

六、　本卷收录的部分作品后设"附记"。附记内容主要包括故事流传情况、收录情况、故事的文化背景以及故事讲述语境等。

七、　本卷正文前设大系总序、序言、概述、编纂人员名单、目录、凡例以及插图等。

八、　本卷正文后设附录，包括常用方言对照表、民间故事讲述者简介、民间故事采录者简介、崆峒区西阳乡清明村简介、民间故事图书与资料、常见民间故事类型索引等。

故事题目提示 ●

异文提示 ◀ 采录信息提示

文中注释位置提示 ━

附记提示 ●

引用提示

C019

一
幻想故事

（一）动物故事

1

锅儿漏

从前，有老两口子，家里穷得揭不开锅。老汉天天胛子[1]上搭一根绳子，挂着一根棍爬上山，拔一些蒿草捆住背回来，用来烧火做饭。老婆子常坐在门跟前捻线。家里没有一点家产，光一匹小马驹，老两口把它当成是稀奇宝贝。

这一天晚上，天爷[2]刮着大风。吃了晚饭，老两口子给马驹添草料，拾掇了一些院里的烂场[3]，就关了门，坐在炕上扯闲话。这时，一个贼娃子偷这家的小马驹来了。贼娃子想："今天晚刮大风，老天爷在帮忙，我一定能把这家的小马驹偷来。"他就光脚板子，生怕老两口子听见，一步接一步地悄悄溜到马圈里了。

怪得很，今儿个[4]晚上老虎和猴子也同来偷马驹来了。猴子诡[5]，而老虎硬要在这家门前听一下。猴子和老

[1] 胛子：肩膀。
[2] 天爷：天。
[3] 烂场：杂物。
[4] 今儿个：今天。
[5] 诡：聪明，机灵。

虎就把耳朵按在门缝上听，只听见老汉说："咱家里穷得揭不开锅，就是一天没吃的，我饿得白不咋[6]，我就最害怕有人偷走咱家的小马驹。"老婆子却说："唉，你怕那个做啥！没吃的不能成，马驹有人拉不拉不管，我单害怕的是锅儿漏。"老虎和猴子听了这些话，心里都害怕了。老虎对猴子说："我山中大王，这老不死的两口子不害怕我，单害怕'锅儿漏'，这'锅儿漏'是个啥东西，莫非是个大得很的野物。咱俩快走吧，要是当着[7]'锅儿漏'，那就了不得了。"猴子说："这有些啥怕的，咱俩偷着去看一下。你跑时快一点，万一'锅儿漏'来了你驮上我就跑。"老虎听了猴子的话就和猴子悄悄地走进马圈，把耳朵挓[8]得高高地听着。原来那个偷马的人刚拉上马准备走，一看圈门上有两个黑影，还以为是老两口儿来了，吓得没敢回头看，一溜风冲出马圈就跑了。

老虎和猴子一听，还以为是"锅儿漏"来了，吓得折过[9]就跑。贼娃子一听后头有人追，跑得更快了。跑呀跑呀，一直跑到一棵大树下，回头一看，后面还有人追，就一奔子爬上树去，爬到最上面，吓得大气都不敢出。

猴子跑不动了，就对老虎说："虎大哥，虎大哥，坐下缓[10]一下再跑，我真个[11]跑不动了。"老虎边说边有气无力地蹲下了："我也跑不动了。"猴子就是诡得很，它对老虎说："你坐在树底下先缓着，我爬上树去看一下。要是有人追来了，你看我眼色行事。你跑得快，就把我背上跑。"老虎说："你爬在树上给我递眼色，我就跑了，还能顾上背你呢？"猴子说："你等我跳下来了你就背上我跑。"老虎应承[12]了。

猴子心里害怕得很，慢慢地、颤兢兢地往上爬。坐在树顶上的贼娃子看见猴子爬上来，老虎又卧在树下等着，吓得他淌尿尿呢。尿尿滴到猴子的脸上，惊得猴子眼一挤，老虎看见猴子挤眼，吓得一奔子跑起来，大喊："'锅

[6] 白不咋：受得了。
[7] 当着：碰见。
[8] 挓：竖起来。
[9] 折过：转过身。
[10] 缓：歇息。
[11] 真个：真的。
[12] 应承：答应。

儿漏'来了，快跑，快跑。"猴子也以为是"锅儿漏"来了，不然月亮明光朗朗[1] 的，哪来的水呢？就一奔子跳下去。老虎转过身就跑。

猴子没骑上老虎，随手抓住老虎的尾巴，老虎以为它的尾巴叫"锅儿漏"抓住了，吓得跑得更快了。老虎拽着猴子没命地跑啊跑啊，一直跑到两个都跑不动了。老虎满口出着粗气，回头一看，原来拉它尾巴的是猴子，气得很，就一口把它吃了。

讲述者：　陈小芹，女，28岁，四河乡涧沟村人，
　　　　　农民，不识字
采录者：　陈静，男，35岁，小学教师，中专学历
采录时间：1986年3月6日
采录地点：平凉市静宁县四河乡涧沟村
选自：　　《平凉地区故事集成》（资料本下卷一分
　　　　　册），第221～223页

异文一：锅漏

有一家人，家里特别穷，只有一个烂烂锅。这家有三个娃，都碎[2] 着咧。她妈劳动回来才用面糊那个锅缝子，糊好后才给那三个娃熬稀饭哩，但那个锅糊不好一直漏哩，这三个娃吃不上饭，饿得不行咧。那时候有老虎哩，她妈让三个娃把门顶住，娃趴窗子上看着哩，说："唉，老虎我都不害怕，就害怕锅漏。"其实老虎就在外面看着，想吃这三个娃哩。听到他们三个这么说，心想：我在山上为王着呢，他们都不害怕，就害怕这个锅漏。这个锅漏到底是啥，竟然比我们还厉害！这样就把老虎给吓跑咧。

这老虎跑咧跑咧，啥都没吃上，饿得不行。一会儿，它走到一个人家门口，看到这家人有个牛娃子哩，准备跑去吃咧。恰巧有一个贼娃子准备去偷这个牛娃子哩，刚好

给歇到一达咧，晚上黑得看不见。这个贼娃子瞅着老虎想：那是个啥，是不是老虎也来吃来咧。老虎瞅着贼娃子也想：对面到底是个啥，是不是那个锅漏？

过了一会儿，这个贼娃子就想跑咧算咧，结果一不小心给骑到老虎的背上咧。老虎心想：这下活不了咧，这刚是[3] 锅漏么。老虎撒腿开始跑，就在树林里跑了整整一夜，跑得没力气了才停下。贼娃子心里想：这天亮咧，老虎要吃我咧。老虎心里想：这天亮咧，锅漏要吃我咧。但是，老虎两天没吃东西了，又跑了整整一晚上，实在没力气跑咧。这个贼娃子看老虎跑得慢咧，一把抓住旁边的一棵树，爬到树顶去了。老虎就往前跑咧，边跑边想：这下锅漏下去咧，我也不害怕被它吃咧。

老虎慢慢地往前跑，碰到了一只狐子，给狐子说："我害怕锅漏吃我，没敢到跟前去。你到前面给咱们看一下去，看树上到底是锅漏还是人。这会儿天亮咧，你去看一下，如果是人咱俩就拉下来把他吃咧，如果是锅漏我就把你背上跑。"狐子到跟前还没看咧，这个贼娃子就吓得心里想：这个老虎是不是又要回来吃我来咧。这个人吓得尿点子淌咧，刚好淌到狐子的脸上咧。狐子跑去给老虎说："那就是锅漏，我还没到跟前哩，锅漏就开始漏开咧。"老虎一听，把狐子驮上撒腿就跑咧。

跑了好久，狐子已经被老虎给颠得不行咧。老虎回头一看，狐子龇牙咧嘴的不行咧。老虎心想：把我跑得快累死咧，你还在上面笑着咧。老虎就继续往前跑了好久给累死咧，狐子被老虎颠死咧，那个人在树上吓死咧。

讲述者：　余文俊，男，70岁，回族，崆峒区西阳
　　　　　回族乡清明村一社村民，农民，不识字
采录者：　余亚丽，女，23岁，崆峒区西阳回族乡人，
　　　　　大学生，兰州文理学院文学院本科
采录时间：2021年4月8日
采录地点：崆峒区西阳回族乡清明村一社

[1]　明光朗朗：明亮。
[2]　碎：小。
[3]　刚是：正好是。

讲述者：	肖永虎，35 岁，高平乡高平村肖家沟人，农民，高中学历
采录者：	张怀群，27 岁，泾川县文化馆文学干部，大学学历
采录时间：	1987 年 8 月 30 日
采录地点：	平凉市泾川县高平乡肖家沟
选自：	《平凉地区故事集成》（资料本下卷一分册），第 235 ～ 236 页

附
记

这是编纂组实地采录的一则故事，广泛流传在崆峒区及周边地方。余文俊爷爷性格开朗，平时就比较健谈。讲故事时语言流畅且绘声绘色，方言色彩非常明显，他一边讲一边笑，还用手不停地比画，是目前难得的一个好故事篓子。（余亚丽）

异文二：锅漏

有一个女人，她家的锅经常漏，怎么钉也钉不住。有一天，男人到外面挣钱去了，晚上这女人觉得孤单，就叫来邻家女子做伴。老虎趁机钻空子跑进来藏在案板底下，想等到半夜里时好吃掉这个女人。

邻家女子过来以后，看见案板底下有两只绿灯一样的眼睛就说："娘娘[1]，我觉得很害怕，我回去呀。"

这女人说："好娃哩，我神不害，鬼不怕，天地啥都不怕，就怕锅漏。"老虎一听，这"锅漏"怕比神鬼天地都厉害，要是"锅漏"敢吃老虎，怎么得了。于是就乖乖卧在案板底下不敢动弹。

半夜里，有一个专门偷驴的贼从窗眼里进来了，老虎以为是"锅漏"来了，吓得连气都不敢出。这贼左揣右摸摸不见驴，在案板下面一摸，把老虎当成驴骑上跑了出来。贼不停地打老虎，老虎越跑越快，老虎知道"锅漏"迟早要吃掉它，啥也顾不得想了，一直跑到天明。贼一看骑着老虎，吓得和面条子一样软。

老虎由于害怕"锅漏"，看也不敢看一眼，趁机一鼓劲把贼扔上了树。老虎这时想看一看"锅漏"到底是啥样子。不看不知道，一看原来"锅漏"是人，老虎不害怕了，要去吃这个人。这贼已经被吓得连尿也收不住了，一泡稀溜溜的尿滴了下来，正好迷住[2]了老虎的眼睛。

附
记

《锅漏》故事广泛流传在平凉各县，版本较多，本卷收录了三个比较典型的文本。（杨秀平）

[1] 娘娘：姊姊。
[2] 迷住：糊住。

2

『屋漏』真可怕

有老两口，家里很穷，住着两间破房子，养着一匹马。

一个下雨的晚上，住在山上的老狼肚子饿了，就跑下山去，藏在破房子后面，准备等老两口睡着了偷吃那匹马。

可是，老两口却迟迟不睡，还不停地说着话。

"老婆子，世上啥最可怕？"老汉问。

"我不知道，你说呢？"老婆子反问。

"我说狮子和老狼最可怕。"老汉说。

突然房上漏下几滴水，打在了老太婆的头上，她说："我看，狮子老狼都不可怕，屋漏最可怕。"

老汉听了，也叹着气说："真的，屋漏最可怕。"

藏在房后面的狼听了老两口的话吃了一惊，心想：怪了，还有比我可怕的东西。"屋漏"是个啥东西，我咋没见过呢？

却说狼正在胡思乱想，来了一个盗马贼，爬上了破房子的屋顶。狼看见了，心想：这怕就是"屋漏"吧，快逃吧，再慢恐怕就没命了。

狼转身一跑，盗马贼以为是房子里的马跑了出来，就一下子跳在了狼背上。

狼一看自己被最可怕的"屋漏"抓住了，就拼命地跑，想把"屋漏"甩下来。盗马贼好不容易抓住了这匹"马"，就不想放手。他紧紧地揪住"马"耳朵，任"马"驮着跑。

这时候，天渐渐亮了，狼见甩不掉"屋漏"，连脸都吓歪了。这情景恰巧被一只猴子从树上看到了，就哈哈大笑起来，说："老狼，你驮着个人跑啥哩？"老狼哭丧着脸说："猴大哥，快救救我吧，我被最可怕的'屋漏'抓住了。"

"'屋漏'？'屋漏'是啥东西？听都没听说过。骑你的是人。"猴子不相信，就没管。

正巧前面是狮子住的山洞，狼下了狠心，弓起腰猛地跳了一下，盗马贼没料到一下子被甩进了狮子洞里。

狮子听见外面的声音，正想出来看个究竟，猛地被甩进来的盗马贼撞了一跤，正想发怒，听见狼在外面叫着说："狮子大哥，快跑，'屋漏'进到你洞里来了，快跑呀！"

狮子想狼都怕"屋漏"，我还能不怕，就赶紧逃出了洞。

盗马贼被甩进了狮子洞，早已吓得尿了一裤裆，他想爬出来，可是洞太深，一时爬不出来。

猴子在树上看到狼和狮子被人吓得跑远了，觉得很可笑，就说："我看看，这'屋漏'有多厉害。"

猴子抱住树干，把尾巴伸进狮子洞里，甩着打盗马贼的脸。盗马贼一看洞里掉下来一根绳子，就一把揪住想爬出洞来。

猴子被盗马贼揪得尾巴疼，就大声叫唤了起来，拼命晃着屁股，想把盗马贼甩开。

猴子晃呀晃呀，脸憋得通红，最后崩断了尾巴，才飞快地攀上树逃跑了。它一边跑一边对别的动物说："快跑呀，'屋漏'真可怕。"

讲述者： 赵明谦

采录者： 张怀群，28 岁，泾川县文化馆文学干部，
大学学历

采录时间： 1988 年 5 月 30 日

采录地点： 平凉市泾川县党原乡

选自： 《泾川民间故事》，第 294 ～ 295 页

3

挨打的驮的没挨打的

一个打鱼的人担着一担鱼儿，要到大街市上去卖。走到半路上，碰到了一个野狐，野狐趁这个人不注意，就叼了两条鱼跑了。这个野狐跑呀跑呀，碰见了一个狼，狼问野狐："狐哥，狐哥，你吃的鱼是哪里来的？"野狐一边津津有味地吃着一边说："你不知道，用尾巴捞鱼妙得很。前边不远有一条河，河里鱼多得很。你坐在河边，把尾巴伸在水里，你只管坐着等行，多时[1]感到尾巴重了，你就往上拖，鱼就会爬在你的尾巴上，你就会有吃的了。"狼听了，趁天黑没人，就来到河边，照野狐说的把尾巴伸进水里，等啊等啊，总觉得尾巴轻轻的。

等得狼累了，不知不觉睡着了。直到第二天天亮，担水的人喊叫的时候它才惊醒，一看，四面八方担水的人都朝这儿跑来，执着水担呼喊着。狼吓得没命了，就翻起来想跑，可是在三九天气天亮时河冻得足有三尺厚，它哪能拖得出来尾巴呢，早都冻得严严实实的了。

狼心里想：我太马虎了，专门来捞鱼的，就不操心睡

[1] 多时：到时。

了一觉，鱼就爬了这么多，拖都拖不出来。眼看打狼的人快到跟前了，狼心里更害怕了，用最大的力气一拖，尾巴挣断了，疼得狼惊了几个奔子跑了。

狼没敢回头看，一口气跑到山里头，正好碰见了野狐。野狐低着头，拉着耳朵，满头白搭搭的。狼把它的苦处还没顾上说，野狐就给狼诉苦开了："哎，狼哥，我害人去的时候，没有跑快，就叫人把我的头打破了，你看脑髓都出来了，疼得很呀。"这一说把狼也吓着了，就把它拔断尾巴的事也说了。

野狐说："狼哥，狼哥，反正你没尾巴比我把头破了疼得慢，你还是把我驮上跑吧，不然人追来了就了不得了。"狼只好把野狐驮上跑。野狐骑在狼背上，唱着说："挨了打的驮的没挨打的。"狼一听不对，就问："你唱的啥？"野狐赶紧改口唱着说："没挨打的驮的挨了打的。"实际上，野狐并没有挨打，只是害人去的时候，把头塞进人家的残汤罐里偷吃剩饭，叫人发现了，照野狐头一棒，把罐打破了。野狐的头好好的，只是残汤涂了满头。野狐没等第二棒落下来，就从窗子里跳出来跑了。

讲述者：　李香盘
采录者：　陈静，男，35 岁，小学教师，中专学历
采录时间：1986 年 3 月 6 日
采录地点：平凉市静宁县义岗乡义岗村
选自：　　《平凉地区故事集成》（资料本下卷一分
　　　　　册），第 247 ～ 248 页

4

狗给狼做鞋的故事

很久以前，一只狗老了，主人觉得它无用了，就把它赶出了家门。狗饿得招不住[1]，就去树林里寻吃的。它刚寻了一块骨头，过来了一只狼，狼说："你在干啥？"狗说："我在缝鞋子。"狼想：我有一双鞋该多好！于是就对狗说："给我做双鞋，行吗？"狗想了想说："行，不过你得给我送一只羊来。"狼跑到树林外面叼来了一只羊交给狗，问："我啥时间来取鞋？"狗说："三天以后。"

三天以后，狼来取鞋。狗刚吃完羊肉，根本没做鞋。狗说："唉，你送来的羊不行，羊皮刚套上鞋楦子就滑了下来，根本做不成。你还是送一头肥猪吧，猪皮比羊皮好。"狼又给狗送来了一头肥猪，狗说："三天以后，请来取鞋。"三天以后，狗吃完了猪肉，还是没做鞋。狼来取鞋时，狗埋怨它说："你送的猪，皮不牢，我刚把它套上鞋楦子就破了，我看你还是送一匹马吧，马皮做鞋很好。"狼说："我这一回给你送来一匹马，但你一定要给我做好鞋。"这次，狼拖来一匹钉过掌的马，把它交给了狗，狗

[1]　招不住：撑不住。

说："三天以后，请来取鞋。"三天以后，狼来取鞋，狗已吃完了马肉，只剩下了马蹄子。

狗把马蹄子交给狼说："你穿上这种鞋，就是溜冰脚也不疼。"狼穿上马蹄鞋，高兴地跳到旁边的小河上，可是刚溜到河中间，马蹄鞋打破了冰，半截身子掉进了水里，狼哀求狗说："朋友，快救救我吧！"狗跑过去，想把狼推进冰窟窿里，可是由于年纪大了，没力气，推不动。路过这里的人看到后，马上跑过来，帮助狗把狼推进了冰窟窿里。主人知道狗除了恶狼很高兴，又把狗叫回了家，直到它老死。

讲述者：　袁广仁

采录者：　袁君兰

采录时间：　1988 年 4 月 20 日

采录地点：　平凉市泾川县高平乡袁家城村

选自：　《平凉地区故事集成》（资料本下卷一分册），第 249 ～ 250 页

附　记

以前，西北人都习惯穿千层底布鞋，鞋楦子是古代人做鞋用的模型，多是木制。当女性把布鞋做好后，就套在鞋楦子上用榔头敲打一遍，叫楦鞋，用鞋楦子楦过的鞋穿上比较舒服，不夹脚，不磨脚。

钉马掌是古代人用来保护马蹄子的一种方法。在过去，马基本都是走石子路，或者非常泥泞的砂石路，时间一长马蹄很容易断裂。马蹄一断，那也就意味着这匹马没有用了，所以古代人常常给马掌上钉个铁制的 U 型圈，叫钉马掌。钉马掌时要先把马固定住，不让它踢人咬人，然后对马蹄上的污秽进行清理，再把马蹄子铲平，最后用小钉子把铁马掌钉在马蹄上。（魏嵘）

5

老鹰和鱼

从前，有一个很大很大的海，海边上住着一只老鹰。有一天，这只老鹰坐在海边上哭。这时海里的鱼儿听见了，它们就游到海边，想看个究竟。鱼儿钻出水面一看，原来是一只老鹰低着头在海边哭。一条小鱼看到老鹰哭得难受，就问："老鹰，老鹰，你为啥哭哩？"老鹰听见后抬头一看，见是一条活蹦乱跳的小鱼，心里暗暗高兴：鱼儿果然上当了。

老鹰见状就故意揉了揉眼睛，挤出两滴眼泪说："我的好伙计，你还不知道，上帝说你生活的这个海，再有三个月水就干了，你们将无法生活，全部要死去。我是太伤心了，就坐在海边哭。"鱼儿听了都吓傻了，这时老鹰又说："听说，在很远很远的地方有一个大海，那里水很多，干不了，我想把你背到那里去逃个活路，你看如何？"鱼儿听了就同意了，鱼儿跳上了老鹰的背，老鹰背上鱼儿飞走了。

老鹰飞啊，飞啊，飞过了九十九道河、九十九座山，飞到了一个没有人烟的山顶上。老鹰就把鱼儿从背上摔下来，美美地吃了一顿。从此，当它饿了时，就又飞到原来

的海边用同样的办法去背鱼，再到山顶上吃光。

一天，有一只海怪见海里的鱼一天比一天少了，问鱼是咋回事，鱼就把老鹰所做的事说了。这天，老鹰又来背鱼了。这只海怪抢先骑在老鹰背上，老鹰飞着飞着，快飞到吃鱼的山顶时，海怪看见了满山的鱼骨，顿时明白了，它立即咬住老鹰的脖子，把老鹰咬死了。

讲述者：	化翠芳
采录者：	李晓岚
采录时间：	1987 年 11 月 17 日
采录地点：	平凉市静宁县城
选自：	《平凉地区故事集成》（资料本下卷一分册），第 252 ～ 253 页

6

野狐和兔儿

从前，有一个野狐和一个兔儿，野狐很诡[1]，兔儿被野狐害得走投无路。兔儿天天早上出去，到野山上去找吃的东西，吃山上的野草，天麻了[2]再回来。野狐晓得兔儿天麻了就回来，想了个日弄[3]兔儿的法子。

一天，它在兔儿的窝门口挖了个坑坑，在上头搭上柴草，在草上撒了些土，想把兔儿陷到坑里去，自己看失笑[4]。天麻了，兔儿回来了，往进走时果真陷下坑里了，站在半个子[5]的野狐高兴极了，连蹦带跳地又偷吃鸡去了。

还有一次，兔儿在山上拾了些驴肉，给自己的儿子拿着往回走，野狐看到了，高兴地跑到兔儿跟前说："你哪儿来的肉撒[6]，给我吃些。"说着就把肉夺了过来，还把兔儿打叫唤[7]了，兔儿哭着回去了。

[1]　诡：狡猾。
[2]　天麻了：天快黑了。
[3]　日弄：捉弄，忽悠，捣乱。
[4]　看失笑：看笑话。
[5]　半个子：旁边。
[6]　撒：句末语气词，无意义。
[7]　叫唤：哭。

兔儿已经被野狐欺负了不知多少次了。一天，它也想了个日弄野狐的办法，就走到野狐窝里去了，正好野狐也在，它问野狐："野狐哥，你爱吃啥肉？"野狐说："兔子弟，我不会说，你说我爱吃啥肉？"兔子问："你爱吃鸡肉吗？"野狐说："不爱吃，因为那是我经常吃的肉。"兔儿又说："马臀子[1]上的肉很香，你爱吃吗？"野狐说："我很爱吃，你有吗？"兔儿说："我有个办法呢，需要你给我帮个忙，能行吗？"野狐问："帮啥忙呢？"兔儿说："去给我寻一个长绳子。"一阵子[2]绳子拿来了，正好饭罢了[3]，兔儿指着草滩上的马说："马正好睡觉，曹[4]两个悄悄地去，把你的尾巴和马的尾巴放在一处，我用绳子绑上。你就能吃上马臀子上的肉，一定吃个香。"野狐说："要是马起来，不是把我绊个美[5]吗？"兔儿趁野狐说话时，把野狐放了个仰背子[6]说："你身上的毛很长，怎么能绊得疼呢？"最后，野狐同意了，它们两个就拿着绳子寻马去了。

走在半路上，兔儿对野狐说："现在你把偷吃鸡的本事拿出来，还得悄悄地走，不要有响声。""可以。"野狐回答说。

它们放低脚步声慢慢地走到马跟前，兔儿把马的尾巴和野狐尾巴绑起来，对野狐说："在我走远蹲下的时候，你再吃它的肉。"兔儿走得已经很远了，才蹲下来。这时，野狐刚准备吃时，马翻了起来，惊动了草滩上所有的马，不一会儿，野狐成了马蹄下的肉丸了。

蹲在远处的兔儿笑着，涎水[7]把嘴皮冲了个豁豁[8]，从此兔儿的嘴就永远有了豁豁。

讲述者：　王建平
采录者：　周惠敏
采录时间：1988 年 2 月
采录地点：平凉市静宁县城关镇东关
选自：　《平凉地区故事集成》（资料本下卷一分册），第 263 ～ 265 页

附
记

　　《野狐和兔儿》主要流传在静宁，讲述者完全用静宁方言讲述，有非常浓郁的地方特色。（杨秀平）

[1]　臀子：屁股。
[2]　一阵子：一会儿。
[3]　饭罢了：吃完饭了。
[4]　曹：咱，咱们。
[5]　绊个美：摔得很厉害。
[6]　仰背子：仰面朝天。
[7]　涎水：口水。
[8]　豁豁：豁口。

7

狼，梅花鹿，一只山鹰

相传很久很久以前，在一个僻静的山里，秋天当果实挂满各种果树枝头的时候，一只狼同一只梅花鹿不期而遇。狼很客气地问鹿："梅花鹿老弟，好久未见，你日子过得舒服吗？"梅花鹿说："大家都活得一样。"

正说着，一只羽毛乌黑的山鹰，从空中展翅而过，它见狼同梅花鹿谈得很投机，就问："咱们三人不如同桃园三结义一样，结拜成兄弟，你们看如何？"狼一听，认为自己是大哥，说不定会享几天清福呢，于是就说："这正和我想的一样呵。"梅花鹿一听，也觉得合情合理，三个便结成兽禽兄弟。它们插草为香，太阳为证，狼是大哥，梅花鹿为二，山鹰为三，并发誓说："有难同当，有福同受。"它们三个朝夕相处，同吃，同住，同饮泉水，同采果子，不用说，梅花鹿同山鹰对狼大哥很尊敬。

有一天，从山村里来了一位打围[1]的人，是一位善良的中年猎人。猎人发现每天有一只狼和一只梅花鹿、一只山鹰从这里经过，就在树丛中埋下了猎狼的机关。

这时正好狼同梅花鹿、山鹰从这里走过，狼大哥被猎人的机关给逮住了。梅花鹿和山鹰拼着性命才跑了出来，在一个地方歇了一会儿，想：狼大哥被猎人逮住了，如何是好？再说猎人把狼逮住后，用绳子把狼绑在一棵大树上，就从腰里拿出酒葫芦喝了几口，不想喝醉了，倒在树下呼呼大睡了。

山鹰从空中发现了，就同梅花鹿一同来搭救狼大哥。梅花鹿用鹿角把绳子用力挑，山鹰用尖嘴啄。它们费了九牛二虎之力，才把猎人的绳子解开，把狼大哥救了出来，它们三个一溜烟就跑了回来。猎人醒来一看，狼跑了，再看地上是梅花鹿的脚印。他一边自愧贪杯一边暗下决心，一定要逮住这只鹿。决心一下，他就准备好猎具，打算去套梅花鹿。

第二天，狼休息，梅花鹿和山鹰去采果子，果然梅花鹿走进了猎人下的套子里。看见这个情况，山鹰赶紧飞去寻狼大哥来救梅花鹿，这时狼却伸伸懒腰说："我不敢去了，再去就没命了。"它又一想：猎人把梅花鹿的皮剖开，把鹿茸这些值钱的东西拿走，把心肝和肺、肠子丢在荒郊，自己还能饱餐一顿，就说："谁去救它呢，这不是自找苦吃吗？"说完就倒在草丛中睡起觉，做起饱餐一顿的美梦了。山鹰失望了，便自己一个去搭救二哥了。

猎人把梅花鹿绑在树上后，看见了一群山鸽，他又打山鸽去了。这正好是个好机会，山鹰便用尖嘴啄开了绳子，和梅花鹿一起溜掉了。猎人回来一看，梅花鹿不见了，便气愤地把钢叉上的山鸽扔下，抽出旱烟袋吃了起来。这时，山鹰从空中飞来，猎人瞧见后，赶忙取出弓箭，朝山鹰射了一支利箭，山鹰低头一躲。这支箭在空中画了一个大弧落了下来，正好射到做美梦的狼大哥的肚子上，狼一声大叫，就一命呜呼了。猎人在草丛中找到了狼大哥，这时山鹰同梅花鹿趁机走向了很远的地方，从此西北农民口中便有了谚语：

为人若把狼心想，
狼心狗肺不久长。

[1] 打围：打猎。

讲述者： 李小林

采录者： 惠民

采录时间： 1988 年 4 月 24 日

采录地点： 平凉市泾川县城关镇

选自： 《泾川民间故事》，第 311 ～ 313 页

附
记

陇东男人有吃旱烟的习俗。很早以前，陇东就种植烟草，烟草叶子长大变成微黄则视为成熟，男人们就把烟草叶子摘下来挂在高处晾晒，一直到烟叶彻底晒干，再把烟叶打捆包好。其实这个打捆包装的过程是个发酵过程，年限越长越好，越陈越香。男人把发酵好的烟叶揉成细末，装在烟袋里闲时抽，西北人叫"吃旱烟"。旱烟有两种吃法：用薄纸卷着吃和装到烟锅里吃。吃烟的纸不讲究，用旧报纸或者学生用过的作业本就可以；但烟锅就比较讲究，由烟锅头、烟锅杆、烟锅嘴三部分构成。头一般是圆形，多是铜质的，比较耐火，也不生锈，黄灿灿的比较美观。烟锅杆通常用竹子做成，有长有短，长的可以挂在脖子上，短的就别在腰里或装在衣兜里。烟锅嘴比较讲究，有玉石的、玛瑙的，做工都比较精致。为了方便，男人常常在烟锅杆上挂一个烟袋，烟袋多是家中妇女手工做成，有些上面还绣有漂亮的图案。在古代，男人常常以自己有精美的烟锅和烟袋为荣。（张添发）

8

猫和狗的故事

还是在很久很久以前的时候，猫的地位比狗的地位高多了，猫总是被人喂得肥肥胖胖的，而狗却无人照管，饿得精瘦精瘦。

猫很仁慈，它不忍心看狗这样饿着，就常常把主人喂它的麸子[1]一类的食物偷偷地给狗吃。它还教狗怎么逮老鼠、逮麻雀，怎么给自己找食物吃。慢慢地狗的身体健壮起来了，学的本领也逐渐多了起来，它开始对猫不满了，总想：你猫有多大的能耐，竟然受到这样的厚待，而我们狗为什么不能呢？它总觉得主人看不起自己完全是因为猫的存在。

有一天，狗终于按捺不住心头的怒火了，它看到猫正在树荫下乘凉，便不顾一切地扑过去想咬死它。可猫机灵得很，只见它身子一跃便哧溜溜地爬上了旁边一棵大树。它还站在树杈上恼怒地看着树下无可奈何的狗，吹胡子瞪眼睛地"喵，喵"乱叫，好像在说："你这个没良心的东

[1] 麸子：指麦麸，即磨麦子剩下的麦皮，为浅褐色，多用来喂家畜家禽或酿醋酿酒，在当地，有"狗吃了麸子头疼"的说法。

西，我还用麸子喂过你呢。"狗无可奈何地站在树下，自言自语道："没想到它还有这一手，怎么没有教我呢？"现在，狗有时也可逮一两只老鼠，正是它那时跟猫学的。

讲述者： 何崇仁，52 岁，高平乡东坡村人，农民

采录者： 何秀兰，女，17 岁，高平中学，高二学生

采录时间： 1988 年 5 月 28 日

采录地点： 平凉市泾川县高平乡东坡村

选自： 《泾川民间故事》，第 314 ～ 315 页

9 曲蟮与毛虫的恋爱

有一只毛虫，独自住在石崖圪台[1]上。春暖花开了，它从石缝里钻出来，伸开乱攘攘[2]的细毛脚，从崖上爬到田野里，一股泥土的清香迎面扑来，它顿时来了精神。忽然，从它脚下的泥土里钻出了一条曲蟮，它修长的身躯，洁净润滑的皮肤，神采奕奕的英姿一下子吸引住了毛虫。

曲蟮也发现了毛虫，不禁一愣，失声赞叹道："啊！多么美丽的小娇娘。你看它的皮毛色彩多么明亮耀眼，一身都是脚，行走又多么轻便。我若与它结为两口子，也不枉在尘世上来了一趟。"毛虫也细细思量：听说地龙就是曲蟮，今日一见果然名不虚传，我若嫁给它，不愁受饥寒。想着想着，不由得在地上打起了转转。

离草地不远处的一个盖塄[3]底下，住着一个地蛆，闲着无事，到处游逛，正爬得起劲时，被曲蟮看见了。曲蟮急忙跟地蛆打了个招呼，就把自己的想法一股脑儿地告诉

[1] 圪台：台阶。

[2] 乱攘攘：乱蓬蓬。

[3] 盖塄：土坡、土坎。

了地蛆。地蛆并没推辞，毫不犹豫地满口答应了下来，它爬沟进山地找到了毛虫，把曲蟮的想法告诉了它，这正中了毛虫的下怀，毛虫就欣然答应了。就这样，这个出世还没三天的地蛆便充当起了"猴下山"[1]的角色。

花毛虫和曲蟮高高兴兴地各自回家，忙着准备喜事，却被屎壳郎听见了。谁都知道屎壳郎是个顶包客[2]，它便两下奔波，想捣吹这件事。它先到毛虫家对毛虫说："曲蟮长着那么长的身躯，如果要给它穿一身新郎服需要多少布，要是成了亲，一年光衣料需要花去多少钱，要费多少时间？"花毛虫一想：是啊，我要是当了它的妻子，就有受不完的苦，剜不完的针角[3]。于是它牙咬得咯咯响，决心退了这门亲事，另选佳偶。

屎壳郎说了毛虫又去戳弄曲蟮，它来到曲蟮家又说："毛虫浑身那么多的脚，足足有两千个吧，就以一千个计算，要让它四季穿上如意的鞋袜你得花多少钱，要是娶了它不说别的花销，光这脚也养活不住。"曲蟮听了，恍然大悟，连叫："不行，不行，这门亲事不能仓促。我得赶快给地蛆打招呼，拉倒算了。"

第二天，正当地蛆在盖塄底下晒暖暖[4]的时候，毛虫和曲蟮一齐找上门来双双要求退婚，没经历的地蛆急得在地上打转转，竟然想不出一句调解的话来，只好唉声叹气地嚷道："罢罢罢，你们两个不愿意了我也没办法。"就这样，一桩美满婚姻便告吹了！

至今，毛虫住在石崖缝中，曲蟮还是独自一身。

讲述者：　　　不详
采录者：　　　昝保祥
采录时间：　　1988 年
采录地点：　　平凉市华亭县
选自：　　　　《华亭县资料本》（全一册），
　　　　　　　第 194 ～ 195 页

[1]　猴下山：媒人。
[2]　顶包客：骂人的话，指爱顶东西。
[3]　剜针角：做针线活。
[4]　晒暖暖：晒太阳。

（二）精灵故事

10

蛤蟆儿子

从前，有老两口，年过五十却膝下无儿。老汉非常着急，心想：人留子孙树留根，没后代咋行？他天天骂老婆："养猪吃肉哩，养牛插粪[1]哩，我养你有啥用？"老婆暗暗流泪说："都是人，我咋个就不生孩子呢？"

一天，她的拇指忽然痒痒地疼，不一会儿，就肿胀起来。一连几天，拇指胀鼓鼓的像个蛤蟆肚子。这天老汉耕地去了，老婆做干粮，拇指疼得支不住[2]，里面像有个啥东西"呼呼"地跳，她取来一根针把拇指挑破，结果"呼啦"一下从里面跳出一只黑豆大的蛤蟆。蛤蟆一落地，"呼"地长了瓦盆那么大，向着老婆叫娘哩，老婆吓了一大跳说："哎呀，我不得活了，咋生出这么个东西来！"

蛤蟆说："娘，我大呢？"老婆更是惊奇，说："你大，谁是你大？"蛤蟆说："我是你们的儿子呀，我要给我大送饭去。"老婆心想：唉！想儿子也不能有这样的儿子呀！蛤蟆一定要送饭，老婆说："你能送饭么，他到西湾耕地去了，路远着哩。"蛤蟆说："快把干粮给我，我给我大送去，我能送，不信，我送一次你看。"蛤蟆一定要送哩，老婆就把干粮装进捎马[3]，汤灌在瓦罐里，蛤蟆背上捎马，口咬着罐绳，一跳一跳地去了。

蛤蟆到了地头，放下捎马和瓦罐。蛤蟆走累了，钻在一棵木棉底下仰躺着凉肚子。老汉耕过来了，蛤蟆叫："大，吃干粮来！大，吃干粮来！"老汉听见有个娃娃叫，喝住牛细听，心想怕是被儿子想疯了，那是别人家的孩子，又回了牛。

老汉耕过来，又听见一个娃娃一声连一声地叫"大，吃干粮来"，仔细一看，地头上放着他家的捎马和瓦罐，就想：以往都是老婆送，今天是谁送来的呢？他歇了牛，打开捎马和瓦罐吃喝起来，忽又听得说："大，你慢慢吃，我耕地。"

老汉左看没人，右看没人，到底是谁叫哩？他正疑惑着呢，只见牛真的走开了，犁端端的像有人按着。老汉走到跟前一看，吓得"呀"了一声，原来是一只大蛤蟆爬在犁把上，又听蛤蟆说："大，你放心，我会耕。"只见蛤蟆一会儿稳着犁把，一会儿跳在牛屁股上咬一口，牛疼得急急往前走，耕出来的犁沟又细又直，像一条线，比老汉耕得又快又好，老汉惊得呆呆地看着它。

老汉吃过干粮，蛤蟆也"吆"地一声喝住了牛，说："大，你耕，我回呀。"蛤蟆背上捎马，咬上瓦罐绳一跳一跳地回去了。

晌午，老汉回到家里，老婆说了蛤蟆的来历，老汉更觉得奇怪，只是那"大"一声"娘"一声响响亮亮地叫，活脱脱是个小男孩儿的声音，听着很入耳。

蛤蟆天天给老汉送干粮，帮着耕一会儿地，回来又帮老婆干这干那，吃饭的时候就趴在碗边舔一阵，晚上趴在炕旮旯里静静地睡觉。老婆老汉有了帮手，觉得真像添了一个人似的。

一天，蛤蟆说："大，我要女人哩！"老汉说："胡说，你这个模样谁愿意嫁给你？"蛤蟆说："我要娶王员外家的秀儿。"老汉说："那秀儿姑娘生得漂亮得很，王员外两

[1] 插粪：积肥。
[2] 支不住：受不了。
[3] 捎马：搭在马背上的一种口袋。

口心疼得心肝宝贝一般，求婚的人把门槛快踏断了都挑不上，如果去给你求婚一定被棍棒打出来。"

蛤蟆见老汉不去，就自个跳到王员外家门上喊："王员外，快把秀儿嫁给我，不然，我要吐黑水把你的家淹了！"接着张开大口"哇"地吐出很大的一股黑水冲进院子，黑浪直打到房檐。王员外吓慌了，赶紧说："快把黑水收了，我把秀儿嫁给你。"蛤蟆说："好，但你必须先把秀儿送到村北门上有一棵大槐树的那家，我才收黑水。"王员外再想不出啥办法来，只得急忙叫人把秀儿送去。蛤蟆见王员外把秀儿送去了，就收了黑水。

老两口见蛤蟆竟闯下这么大的麻达[1]，吓得要把秀儿送回王员外家。蛤蟆说："你们别怕，有我哩，给我准备好香火，今晚我们要拜天地哩。"老两口吓得抖豆儿[2]，还给它准备什么香火？蛤蟆见大和娘不动弹，就自己打开柜子取出香火。

晚上，蛤蟆对秀儿说："我们拜天地吧！"秀儿说："我是人，咋能和蛤蟆拜天地？"秀儿不理，只是哭。蛤蟆就自个儿咬着香点着，插进香炉里，朝天点点头，朝地点点头，朝在上房的大和娘点点头，又朝秀儿点了两下头，然后头把门顶着掩上，站在当地"哧溜"扯下蛤蟆皮，蓦地站起一个洒洒脱脱的少年。

这情形倒把秀儿吓了一跳，少年说："你看，我是人，蛤蟆只是我的外衣。"他把蛤蟆皮压在水桶底下，爬上炕熄灯和秀儿一块儿睡了。鸡叫了，少年急着起来从水桶底下取出蛤蟆皮披上，又成了一只蛤蟆，此后每天都是这样。

三天后，秀儿回娘家，把蛤蟆变人的事给娘说了。娘听后说："你好糊涂，你把蛤蟆皮藏过，他不就一直是个人了吗？"秀儿忽然明白过来。晚上，秀儿听见少年睡着了，就悄悄从水桶底下取出蛤蟆皮压在炕席底下。

第二天，天快亮了，少年到水桶底下摸，蛤蟆皮不见了，就问秀儿："我的外衣呢？"秀儿说："我不知道。"少年说："定是你藏了，快拿出来！"秀儿见坚持不过他，就从席底下取出蛤蟆皮扔给他，生气地说："你这么

[1] 麻达：麻烦。
[2] 抖豆儿：发抖。

一个人多好，为啥一定要披上它，变成那个又脏又丑的东西？"少年说："我披惯了，还是披上好。"少年拾起蛤蟆皮，蛤蟆皮被炕烙得干干的，像一片子铁皮，不能披了，少年愁眉苦脸地说："从此，我不会再有那吐黑水的本事了。"秀儿说："从此，我不离开你，你为啥一定要吐那黑水吓人呢？"少年听了笑笑，把蛤蟆皮扔到了一边。

天亮了，少年到上房去见他大和娘，他大和娘正为蛤蟆逼来王员外家秀儿发愁掉泪哩，见少年说他就是蛤蟆，不相信，跑来问秀儿，秀儿抿着嘴笑了笑说："就是他。"他大和娘才相信是真的，高兴得很。少年又去见岳父岳母，那老两口也很欢喜，以前的事只当是做了一场奇怪的梦。

此后，秀儿怕他把蛤蟆皮弄软又披上，就偷偷捣进炕洞里烧了。从此，小两口儿恩恩爱爱一直活到老，儿孙满堂。

讲述者：　薛宏宏
采录者：　魏俊舱，男，32 岁，庄浪县卧龙乡魏家山村人，干部，高中学历
采录时间：　1986 年
采录地点：　平凉市庄浪县
选自：　《歌谣故事》，第 278 ～ 281 页

异文：蛤蟆儿子

很早以前，有老两口，一辈子没有生下娃娃，这老两口非常想要个娃娃。

有一天，老婆子突然手指头肿了，胀着胀着疼，一会儿就从指头里跳出来一只蛤蟆，蛤蟆一下跳到了水缸底下，竟然开口叫："大，娘。"

过了几天，老头子去地里干活，老婆子在家里做干粮，做好了准备送到地里去，蛤蟆又开口喊道："娘，我给我大送着去！娘，我给我大送着去。"这老婆子把汤罐罐儿和干粮袋儿挂到蛤蟆儿子的脖子上，蛤蟆就一跳一跳地往地里去了。到了地头上，蛤蟆儿子又喊："大，大，吃饭

来。"老头子就来吃干粮，蛤蟆就跳到牛耕头上吆着牛耕地了。

又有一天，老头子要出去放牛，蛤蟆儿子喊着说："大，大，我去放。"蛤蟆又吆着牛去放，结果牛跑到一个员外家地里，吃了员外家的庄稼，员外把他的牛抢走了。蛤蟆回到家里，把这事给他大和他娘说了，他大就急急忙忙地要去员外家要牛，蛤蟆儿子说："大，大，我去要。"蛤蟆来到员外家门口，喊道："员外，员外，还我牛，不还我牛我就放火恰[1]。"员外没有理他，蛤蟆就张一下口吐一团火，张一下口吐一团火。员外还不还牛，蛤蟆就喊道："员外，员外，还我牛，不还我牛，我就放水恰。"结果蛤蟆口一张一碗水，口一张一碗水，一会儿，员外家院子里积了好多水，这下员外害怕了，就把他的牛还给他了。回到家里，老两口感到蛤蟆儿子本事大。

后来，老汉给蛤蟆儿子找了个媳妇，媳妇发现每天晚上蛤蟆就变成了英俊的少年。有一天晚上，媳妇想，蛤蟆总是披一张蛤蟆皮不好看，趁蛤蟆睡着的时候，就把蛤蟆皮给藏到井里面了。第二天，蛤蟆四处寻找他的皮，都没有找到，在井口去看，皮在井里，就跳了下去，再也没有上来，从此以后蛤蟆就一直生活在水井里了。

县区，只是开头和结尾稍有不同。有些故事开头讲蛤蟆是老婆婆生的，有些讲蛤蟆是从老婆婆指头里跳出来的；有些结尾讲蛤蟆变成了英俊小伙和姑娘永远幸福地过下去了，有些则说蛤蟆一气之下离家出走，再也没有回来。（张添发）

讲述者：　梁翻合，女，45 岁，庄浪县良邑镇陈岔村，农民，不识字

采录者：　陈东君，男，23 岁，兰州文理学院文学院，本科学生

采录时间：　2021 年 1 月 21 日

采录地点：　平凉市庄浪县良邑镇陈岔村

附　记

这是编纂组实地采录的一则故事。此故事几乎流传在平凉市所有

[1]　恰：句末语气词。

11

蛤蟆王子

很古很古以前，一个国王生了三个女儿，三女儿最俊气，人们叫她三公主。三公主长到十二三岁时就出脱得更好看了。

有一天，三公主坐在一口井旁，拿着一个金蛋蛋玩。她把金蛋蛋抛起，然后接到手里，抛着接着，接着抛着，一不小心把金蛋蛋抛斜，滚到井里了，三公主便爬到井旁一看，井里有水，急得她哭了起来。

这时井里探出一个大肚子绿脑袋的蛤蟆，问她："三公主你为啥哭哩？"三公主听见有人说话，就是看不见人。她又哭开了，蛤蟆又说："三公主，我在井里，你有啥事咋这么伤心地哭呢？"三公主仔细一看，是一只大肚子绿脑袋的蛤蟆在跟她说话。

三公主说："我的金蛋蛋掉进井里了，你如果能把我的金蛋蛋从水里捞出来，你要啥东西我就给你啥东西。"蛤蟆说："我给你捞上来，我只求一件事，让我和你在一个金盘里吃饭，在一个玉床上睡觉。"三公主想，它在井里永远上不来，就答应了。

蛤蟆把金蛋蛋撅了上来，三公主接住就跑了。蛤蟆爬上井，在她后面连声喊："三公主等一等，三公主等一等。"三公主慌慌张张地跑到家里，把这事给她父王说了，国王大骂三公主说："你答应了人家，就不该跑，把它引回来。"

这时有人在门外叫"三公主"，三公主出门一看，差点儿吓昏了。原来又是那个蛤蟆，蛤蟆一跳一跳地跟着三公主进了宫，跳在玉盘里和公主一起吃东西，公主睡觉时，蛤蟆说："公主，我也去。"公主怕国王骂，就提着蛤蟆，心里害怕得要命。

她使劲地把蛤蟆往床上一甩，这时蛤蟆变成了一个年轻清俊的王子。他说："三公主，对不起，我吓了你，我是一个王子，从前中了妖术变成了蛤蟆。只有公主救了我，我才恢复了原身，这是咱俩的缘分到了，你看如何？"三姑娘一看是个英俊的少年，也就同意了。国王就给他们办了隆重的婚礼，他们就在一起生活了。

讲述者： 胡凑巧，女，21 岁，农民，中学学历

采录者： 甘渭，男，47 岁，干部，高中学历

采录时间： 1987 年 2 月 5 日

采录地点： 平凉市静宁县曹务乡曹大村

选自： 《平凉地区故事集成》（资料本下卷一分册），第 105 ～ 106 页

12

青蛙孩子

很久很久以前，山脚下住着一户人家。说是一户，实际上是老两口，无儿无女，靠种田过日子。这夫妻俩眼看要过半百了，可膝下无子，这是他们最大的忧愁，因此他们天天盼着自己能有个孩子。

这一天，老汉照样扛着铁锨下地去了，老婆婆一个人在家。"婆婆！"她听到一阵打门的声音。"是谁啊，老头子刚走，总不能一转就回来啊。"老婆婆一边想着，一边打开了家门，原来是一个来化缘的和尚。

老婆婆向来就信佛，这时，见是个和尚，就连忙端出饭菜让和尚吃，一会儿，和尚就吃饱喝足了，临走时问老婆婆："你想得到啥呢？"她说："我想要个儿子。"和尚说："你会有的。"说完就走了。

老婆婆听了也没有在意。一会儿，她的一个手指头越肿越大，大得胀破了手指，竟然从破指头缝里跳出了一只青蛙。说来也奇怪，这青蛙一跳出来，就朝老婆叫："呱呱，妈妈，呱呱，妈妈。"老婆婆一辈子没听人叫她妈妈，这回一听，真是很高兴，她对青蛙说："孩子，你在家好好地待着，我给你爹送饭去。"青蛙听了，拦住了老婆婆

说："呱呱，让我去吧，呱呱，让我去吧。"老婆婆心想：青蛙哪能送饭呢？只是没说出口，把饭罐挂在青蛙的脖子上，让它去了。

一路上，青蛙又蹦又跳，来到了田边，它冲着田边喊："呱呱，爸爸，吃饭了，呱呱，爸爸，吃饭了。"老汉听到有人喊爸爸，心想：我哪来的儿子呢？顺着声音看了看，是一只青蛙，脖子上还挂着他家的饭罐，站在田头，大声地叫着。老汉见是叫他，也就不计较是只青蛙，端起饭罐就吃起饭来。青蛙钻进牛的耳朵里吆牛耕地，到了下午，父子俩一同回到了家里。

过了半月，不知咋的，青蛙的皮蜕了，原来是一个白白净净的男孩子，老两口真是高兴得了不得。从这以后，他们一家就高高兴兴地过活着。

讲述者：	马桂珍，女，62 岁，回族，农民，不识字
采录者：	马丽
采录时间：	1987 年 10 月 15 日
采录地点：	平凉市静宁县城关镇
选自：	《平凉地区故事集成》（资料本下卷一分册），第 125 ～ 127 页

13

癞蛤蟆娶媳妇

在很早以前，县上庙山根底下住着老两口，他们都五十多岁了，无儿无女，靠种田过活。

一天，这个老妈妈去拉屎，当她拉完屎往屋里走时，忽然一只癞蛤蟆惊[1]到她跟前，叫道："娘，等等我。"老妈妈吓了一跳，四下张望却没有一个人影，癞蛤蟆又叫了声，老妈妈顺着声音一看，呀，是一只癞蛤蟆在叫自己呢！

她惊奇地问道："你叫谁呢？"癞蛤蟆回答说："娘，我在叫你呢。"癞蛤蟆对老妈妈就讲了由来，原来是老妈妈在拉屎时，生下了一个蛤蟆孩子。老妈妈就把癞蛤蟆引到家里，和自己一起生活。不过，这只癞蛤蟆脱掉蛤蟆皮，可以变成人的模样。

眨眼间，癞蛤蟆已到了娶媳妇的年龄，他整天嚷着叫爹妈给自己找媳妇，老两口难为极了：谁愿意把自己的闺女嫁给没钱没势的癞蛤蟆呢？癞蛤蟆个人家[2]也在

[1] 惊：快跳。

[2] 个人家：自己。

瞅媳妇[3]。

最后，癞蛤蟆总算瞅拾[4]了一个媳妇，是吴员外家的千金，他对爹妈说了，老两口听了犯愁了：人家是员外家的娃娃，自己一个小小村民，怎能高攀得上呢？可是，当他老两口子看到儿子不当[5]的样子时，又想豁出去试一试，他们老两口左思右想，人家员外啥都不缺，送啥作为情礼[6]呢？想来想去，最后决定送一瓦罐浆水疙瘩，让他们尝个鲜。

可是当老妈妈送去饭时，员外家一口拒绝了，老妈妈只好灰心丧气地又提回了家，癞蛤蟆知道后气极了。

他气冲冲地跑到员外家，从口里吹出一团火，员外跑出屋来，央求道："好女婿，快收住火，我愿意把女儿嫁给你了。"癞蛤蟆收住了火，引上不大情愿的员外千金回到了家。经过癞蛤蟆的劝导，员外的女儿只好愿意了，从此这家四口人过着幸福的生活。

讲述者： 徐秀珍，女，83岁，农民

采录者： 李德举

采录时间： 1987年11月10日

采录地点： 平凉市静宁县城关镇

选自： 《平凉地区故事集成》（资料本下卷一分册），第127～129页

附记

多数平凉人都喜欢吃浆水疙瘩。浆水是一种用卷心菜、芹菜、苦苦菜等蔬菜经过发酵而成的饮品，呈淡白色，微酸，既可直接饮用，也可添加其他辅助材料，做成各种饮品和面食。比如，在浆水中加少许白糖或食盐，既酸爽可口，又可消暑解渴；如果把浆水用辣椒和葱

[3] 瞅媳妇：找媳妇。

[4] 瞅拾：看。

[5] 不当：可怜。

[6] 情礼：礼物。

用油炝过，再浇入煮熟的面条里，就成了一碗酸爽可口的浆水面；另外，还有浆水漏鱼、浆水拌汤、浆水疙瘩等，都是平凉一带人喜欢吃的面食。（魏绘）

庄浪浆水面　徐凤摄

14

青蛙走四川

　　四川号称"天府之国"，自古以来物博民丰。不知到了哪个朝代，陇东出了一个人，从十五岁开始就去四川经商，这人开的是一家服装店，开到二十三岁时，他回到陇东结了婚，婚后把妻子留在老家，自己又去了四川。从此以后，他三年一回家，生意做得如何，家乡人一概不知，但这人有一桩难以了却的心事，本地人却个个皆知，这就是他的妻子生不下一个儿子。

　　一年一年，日子过得飞快，四川的桔子树开花了，结果了，陇东的冬果梨开花了，又落花了。一对夫妻已变成了一对老伴，两头青丝变成了两头银发，但就是没有生下一个儿子。

　　谁知老汉到了六十岁时，老婆却有了喜了。消息就像长了翅膀一般，传得方圆几十里以外的人都知道，这老汉在老婆坐月子的前几个月，就回到老家，热汤热饭伺候老伴，只等儿子呱呱落地。

　　左等右等，老两口的头发更加白了，到了第十个月的最后一天，老婆终于生产了，满村人来围住庄子，等着听是男是女的消息。从天黑等到天明，只见老汉开门出来，什么话也没说，分开众人，背上包袱又走了四川，几个老太婆进到产房一看，吓得吐着舌头跑了出来，接着一传十，十传百，原来这老婆生了个河马蛤蟆[1]。

这真是天下奇闻，奇得不能再奇了，老婆见老汉又去了四川，气得大哭了一场，想把这怪物扔掉，又觉得是自己血肉所变，就不忍心下手。一晃三年过去了，河马蛤蟆已长得有筛子那么大，它已出脱成一个青蛙。远看绿茵茵的很可爱，只是近看时身上有一个个的小肉疙瘩，密密地堆积在皮肤上，人一看就觉眼麻心酥，不敢再看第二眼。

这老婆慢慢习惯了这种生活，每天忙着下地耕种。回来时，家里鸡猪狗都喂饱了，院子扫净了，饭做熟了，家里擦洗得明明亮亮。老婆很纳闷：这些活是谁干的呢？她万万想不到，这青蛙能干活。

转眼又是两年过去了，这天是青蛙的五岁生日，青蛙会说话了。青蛙说："娘，你为了抓养我，不仅喂吃喂喝，而且忍受着全村人的讥笑，受尽了天下最大的耻辱。别人每天怎么奚落你，你怎么偷偷地落泪，我心里都一清二楚。为了报答你老的养育之恩，我要去四川找我大，把我大接回来，和你一块高高兴兴地过活几年。"母亲流着泪说："好我的血肉疙瘩，你这么个模样，还能走啥四川，去了你大怎么敢见你，生了大气，送了命不得回来怎么办？你还是好好在家里待着，咱母子俩过活着就对了。"

青蛙一听娘不同意，也就没再强求，继续偷偷地给娘做饭、洗衣、烧炕，以后连娘的破衣烂袜也能缝补。这老婆惊奇得了不得，给别人也不好声张，因为这些年人们把这老婆也不当人看待，认为这老婆也是个怪物。

有一天，老婆悄悄地藏在窗外细看，只见那青蛙脱下了皮，下了炕，啊呀，不得了，太阳简直要从西边出来了，满世的花不会再开了。原来这青蛙把皮脱掉之后，成了世上最俊的一个男子！他那白嫩的皮肤、大眼睛、双眼皮、浓浓的眉毛，不说身材，单讲五官就要比天下最漂亮的姑娘还要漂亮一百倍。这老婆跑进去把那张青蛙皮抱在手里不放，双眼直直地望着这英俊的儿子，泪水滴湿了大片大片的地，半天说不出话来。

这美男子跪下便道："好我的娘哩，你把皮还给我吧，没有皮我就要受难，你老也要受难。你还给我，我保证能把父亲接回来，我们就可以同享天伦之乐了。"

老婆这才如梦初醒，急忙给儿子备足了盘费和干粮，缝了几身新衣，含着热泪送儿子去四川。出了大门，又千叮咛万嘱咐，把世上一切母亲送儿子远行的话都说光说尽了，这青蛙便磕头拜过娘，一蹦一跳地远去了。青蛙走后，老婆整整哭了七天七夜。

且不说青蛙去四川遇到的艰难险阻，单说说这老汉出门经商的经过。老汉真正是黄土高原上最憨厚老诚的农民的儿子，他心肠善良，为人忠厚，自年轻时在四川开了一家服装店，就专门出售良家女子出嫁时用的衣服。只因穷人家的女儿结婚，娘家多半买不起嫁妆，婆家也多买不起婚服，这老汉就自定规矩，凡是平民子女结婚，衣服一概赊账，啥时候有钱啥时候再还，甚至还有五十年前姑娘欠的钱，人都变成老太婆了还还不清欠账的人。因此老汉开了大半辈子商店，不但没挣下钱，反而欠了当地一个大商人一笔巨款，正因为这个原因，他都六十五岁了，还不能回老家闲居，再加上五年前老伴生了个怪物，更使他狠心揿断了早日回家乡的念头，一心扑在生意上，一心为良家子女成婚配对提供花色好、价格低廉的衣服，这老汉真正是积福行善半辈子。

一天晚上，老汉盘了点，记完账，正要上床歇息，却有人把门敲个不停，他问是谁，外面有个奶声奶气的童音喊："大大[2]，大大，快开门，我从老家赶来看你来了。"老汉拉开了门，一个筛子大的青蛙蹦了进来，老汉霎时气得说不出话来。那青蛙关了店门，压低声音说道："大大，你不要生气。我知道你的生意没见钱，还欠着一屁股高利贷。从明天起，你就去游历四川的名山大川，三天之内，我保险能还清欠账，拿上利息和你回家，与我娘共享人间幸福。"

老汉一听，这段话倒说得通情达理，只是看一下那青蛙的原貌，身子就凉了半截，那么个丑陋形状，不把买主都吓跑才怪哩。老汉顿时没了主意，最后还是拿出男子汉

[1] 河马蛤蟆：蝌蚪。

[2] 大大：父亲。

的气魄，横了心赶青蛙出门。那青蛙流着眼泪，百般求饶，连连说："你老人家都六十五岁了，还不回去，我娘一个人过了多半辈子，要等啥时候才能团圆啊？"

老汉听着这骨肉情十足的话，无意中摸了摸自己的胡子，顿生人老将死的失意之情，也就顺水推舟，去四川各地游逛去了。

再说这美男子脱掉皮，身段顿时长高了四倍。他一开店铺，第一天轰动了当地小镇，第二天轰动了全县，第三天轰动了全州，第四天全四川都知道这个镇上来了一个世间最俊的小伙子。那些大地主、大商人、大官僚的女儿都慕名而来了，来了每人少不了买几件衣服，小伙子要多少钱给多少钱。其实买衣服是幌子，看美男子才是真心。

她们一个个打扮得花枝招展，摆出了最妩媚最动人的姿态，说出了最婉转最动听的话语，结果是艳丽女子一个抗[1]一个，一个挡一个，有的干脆买不上衣服，急得大声嚎啕。买上衣服的女子，便一群一伙地议论："多美呀，咱能和他结成百年夫妻，该和神仙一样了！"有的说："咱只要能和人家过一天生活，来世变条狗都行。"有的说："你想得都美，只要人家能和我在一条板凳上坐一炷香的工夫，就是上一世积的德呢！"

这样议论来议论去，消息传到了老汉的耳朵里，他不信这是真的，更不相信这美男子就在他的店里卖衣服。老汉便跌跌绊绊地赶回来一看，天爷，正是在自己的店里，一个美男子惹来了千万风流女子，他慌忙挤进店里。那小伙便急急关了店门，赶忙把自己的青蛙皮穿在身上，然后拿出账簿对父亲说："大大，这五天时间卖的钱和你五十年来卖的一样多，明天咱们就回家吧。"

老汉既高兴又后悔，既荣幸又扫兴，到底为了啥，大家心里清楚。

第二天，老汉还清了高利贷，小伙子在店铺外贴了一张告示，告知五十年来，凡欠这家店铺钱款的平民百姓，一概免交欠款。当天夜里，青蛙便蹦着跳着和他爹一起回陇东，那店铺当然就抛弃了。

走了一天，他们正歇息在店，当时四川最大的一个官儿派人骑马赶了来，他们传令要这美男子去给那大官当女婿，那大官的姑娘当然是天下数一数二的美丽女子。老汉一听，没了主意，只见青蛙披着皮蹦了进来，吓得来人啥话也没说，掉头就跑，连马也忘了骑。

父子俩继续晓行夜宿，饥餐渴饮，蹚过大江大河，翻越大山大川，到达秦岭北之后，老汉执意要儿子脱了外衣，父子俩体体面面地回家乡。儿子先是不肯，说他这张皮一脱，自己就大难临头，父母有杀身之祸，老汉不相信，流着老泪要儿子听从。无奈，儿子又想反正快到家了，这黄土高原上没有多少风流人才和闹市村庄，就脱了外衣行走。

谁知，居住在泾河上游瑶池里的王母娘娘周围的一伙仙女，一眼就瞧见了这个美貌无双的俊少年，有爱生风流韵事的几个仙女，便腾云驾雾返回天宫，给七仙女报告了这个消息，七仙女立即下凡，把小伙子抢走了。

这老两口子好不容易团聚了，却没了儿子，两个老人痛哭了一场，就死了。死后，老汉变成了泾河之阳的山脉，老婆变成了泾河之阴的山脉。从此以后，每当到了大雨之后，那青蛙总要钻出水面，一声接一声地喊着："大——大——""妈——妈——"一声一声，一遍一遍地重复着喊了千百年。

讲述者：　兰万山，43 岁，荔堡中学教师，高中学历

采录者：　张怀群，24 岁，泾川县文化馆文学干部，大学学历

采录时间：　1984 年 8 月 11 日

采录地点：　平凉市泾川县荔堡乡小寨村

选自：　《泾川民间故事》，第 208 ～ 213 页

附

记

故事讲述者最后补充说：有人会问，青蛙在大晴天为什么不喊？

[1]　抗：挤。

那是因为大晴天七仙女常在天空游荡，只有雨天七仙女怕雨淋湿衣服不出来，青蛙才敢借雨来到人间，一声声地呼唤养育了它的父母。至于青蛙一蹦一跳地跪着挪动，那是因为父母抓养它时受的屈辱太多，它要赎罪。如今父母还在这里躺着，更不敢起来行走，只能跪着蹦跳。

陇东人不仅不吃青蛙，还比较爱护青蛙。如果遇到雨天，青蛙跳到大路上，人们都是绕着走，不会随意踩踏青蛙。在古代，甘肃人常去四川做生意，有些人去了就长时间住在那里做生意，有些则常年奔波于两省之间。（魏嵘）

15

蛤蟆变小伙

老两口在家过日子呢，没儿没女啥都没有，一天干活干得辛苦得不行咧，就光知道吵架。一天，老汉儿赶着牛去犁地咧，老婆在家做饭呢，一只蛤蟆变成一个人咧，基本上快变过咧，蛤蟆皮还穿着咧，就从房子里给跳进来咧，对这个老婆说："妈妈你把饭做熟咧，我给爸爸送到地里去，你辛苦得很，一天再别哭咧。"这个老婆说："你是一只蛤蟆咋能拿饭咧？""我可以的，你做熟了放在我脊背上。"其实这只蛤蟆是一个攒劲[1] 的小伙子。

这个老婆把饭做熟后，把馍馍和菜给放在笼笼里放好，拿手巾给盖好。那只蛤蟆说："你给我放在背上，我一驮就走咧。"蛤蟆把饭驮到地头上就喊呢："爸，爸，吃饭了。爸，爸，你吃饭来。"这个老汉一听心想："这不见人，谁叫我吃饭呢？"他把牛赶到地头上一看，放着一个馍笼笼子，旁边有一只大蛤蟆。这只蛤蟆说："爸，爸，你吃饭我去犁地。"老汉说："你是一只蛤蟆么，你能做啥呢？""我啥都能做。"蛤蟆给老汉说。这个老汉就看着哩，

[1] 攒劲：帅气。

它把犁拐拐子[1]一扶，那两个牛很快就犁地去咧。老汉吃完咧，那只蛤蟆说："爸，爸，你把馍笼笼拿回去，我在这儿给咱放牛。"

蛤蟆犁地给犁累咧，放牛的时候躺下就睡着咧！牛跑到别人家的庄稼地里去咧，把别人家的庄稼给吃得劲大[2]咧，让邻居给发现了咧。邻居就说："这个老汉给自己家犁完地，把牛放到我家地里吃庄稼，他自己却回去咧。"邻居就把牛给赶到自己家里给圈起来咧。这只蛤蟆睡醒了一看，说："咦，我咋给睡着咧，牛咋不见咧？"就跟着牛蹄印找到了那个人的家里，原来是牛把人家的庄稼吃咧，人家把牛赶到自己家里咧。蛤蟆没有打招呼，就把门打开，跳牛背上咧，就把两头牛一赶连跑带跳地回家去咧。这种情况把邻居们都吓住咧，说："这家的牛咋这么听话呢，就自己跑回家咧。"这牛跑回去咧，这只蛤蟆就给它爸说："牛把邻居家的庄稼吃咧，我把牛赶回来咧，你把门关好，别被人家找到咧。"

过了一段时间，这只蛤蟆就给这老两口说："给我找个媳妇儿，让她回来给你们做饭。"这两口子说："你是一只蛤蟆，谁给你给媳妇儿呢？"蛤蟆就说："我都看好咧，员外家有一个姑娘特别漂亮，你给我一定要说上来呢。""那不可能给咱们给。"老汉说。"你去说，他们一定会给的，你一定要想办法。"老汉就叫了两个媒人说去了，这个员外一下子就生气咧，说："你一个蛤蟆家，不知道成啥精咧，还想要我家姑娘，你们别妄想了，不会给你们家的。"这两个媒人就只好回来咧，就给老汉说："员外家不给，嫌你家儿子是个蛤蟆。"蛤蟆说："我自己去说，一定要让他们给我。"蛤蟆就跑去跳在人家房顶上，喊道："员外家，员外家，我要娶你家姑娘呢，你咋不给我？""你是一只蛤蟆，我咋能给你把姑娘给给[3]。"员外说："你别嫌我是个蛤蟆，我啥都能干。""不给，不给。"蛤蟆说："那我要开始笑咧。""你爱笑咧慢慢笑去。"蛤蟆在房顶上"哈哈哈"地开始笑咧，突然间，狂风大作

的，吹得员外家的人都站不住咧，就说把姑娘嫁给蛤蟆，让蛤蟆再别笑咧。蛤蟆就回家了，给家里人说："说好咧，这下你们去。"家里人就去咧，去了些[4]，员外又变卦咧，说："它是个蛤蟆，我怎么能把姑娘嫁给蛤蟆？"这些人回到家，告诉蛤蟆说："人家又不给咧，是骗你的。"这只蛤蟆又去员外家咧，它想这回一定要让他们给我。蛤蟆到了后又跳到员外家的房子上，喊："员外家，员外家，让你把你家姑娘给我呢，你咋又不给咧？""你是一只蛤蟆，我们不能给你。""你要是不给我就开始哭咧！"蛤蟆一哭，大水就来了，把员外家的房子都给淹咧，员外家没有办法咧，说："你把你的水收咧，我把我们家姑娘嫁给你，我们这次肯定给你呢。"这个老汉家就把姑娘娶回来咧。

有一天，蛤蟆就把蛤蟆皮给脱了，变成了一个攒劲小伙子，和员外家的姑娘幸福地生活了。

讲述者： 余金成，男，73岁，回族，平凉市崆峒区西阳回族乡清明村一社村民，农民，不识字

黑树根，女，66岁，回族，平凉市崆峒区西阳回族乡清明村一社村民，农民，不识字

采录者： 余亚丽，女，23岁，平凉市崆峒区西阳回族乡人，兰州文理学院文学院本科学生

采录时间： 2021年1月27日

采录地点： 甘肃省平凉市崆峒区西阳回族乡清明村一社

附
记

这是编纂组实地采录的一则故事。起初，本卷编纂工作一直着眼于20世纪80—90年代编纂"中国民间文学三套集成"时采录整理

[1] 犁拐拐子：犁把手。
[2] 劲大：厉害，严重。
[3] 给给：给了。

[4] 些：陇东方言中的语气词。

的资料本和当地文化人采录整理的一些故事集。2020年12月17日下午审稿会上，故事组专家提出每个卷本必须要有一些实地采录的故事，于是编纂组就通过电话托熟人、找关系联系了一些能讲故事的老人，放了寒假编纂组就赶紧赴平凉采录故事了。

余亚丽是一个特别热心又喜欢民间文学的学生，她听编纂组要在崆峒区找能讲故事的人，就打电话让爷爷找，爷爷推荐了余金成老人。余金成老人是余亚丽的舅爷爷，即她爸爸的舅舅，离余亚丽家约2华里（1公里）路，平时爱讲故事。当时时值隆冬季节，天气特别冷，去时余金成夫妇正坐在炕上，他们见编纂组老师来就要下炕在地上讲，但编纂组老师怕老人冷，就让他们继续坐在炕上讲。老人思维清楚，语言比较流畅，还时不时地用手做一些动作。当他稍微有些停顿的时候，他的妻子就在旁边给他提示，有时也会讲一截，两人共同完成了这一故事的讲述。

编纂组的老师就是余亚丽带到余金成老人家的，余亚丽自告奋勇说自己可以整理故事，所以采录时除了编纂组老师采录视频外，余亚丽还用手机录了音，故事文字是余亚丽利用寒假时间整理出来的。

（徐凤）

16

王员外摸花

王员外两口子过活，无儿无女，有一天去花母娘娘庙里摸花。把香插着后说："我啥都不缺，只缺一个娃娃。"花母娘娘为了试验他的心，第二年终于让他老婆生了一个儿子娃[1]，但是当娃会说话会走路时，像个青蛙一样。长大成人后，给他父亲要媳妇，他父亲说："你这个样子，谁愿意把女子给你？"他说他自己就能娶回来。

不远处有一个张员外，张员外家的女子长得很漂亮，青蛙去问张员外，张员外说："像你这个样子说什么都不行。"他说："你不给我女子，我给你笑。"随着一阵笑声，起了一片大火，再笑，又起了一片大水，张员外终于将女儿给了王员外家儿子。

结婚后，遇骡马大会，家里人都跟了会，他留在家里看门。等人走光，他把青蛙皮一脱，变成一个美男子来到会上，他的妻子看到后，心想我应当有这么一个男人。两个人以目传情，几次被她婆婆阻止。

这时候，天空有一片乌云，媳妇叫上公公婆婆往回走，

[1] 儿子娃：男孩。

美男子头里跑了回来，又变成原样子，他妻子一看很生气，一口饭都不吃，天黑了也不睡。几个人叫了几阵子，都没叫得动，最后在他父亲的再三劝说下，才进了自己的睡处。

青蛙问妻子："今日会上有没有好男人？"妻子说："有一个非常好看的男人。"丈夫说："那男人就是我。"妻子不信，他说："我会变，不信我给你变你看。"妻子一见大悦，欢欢喜喜说了一夜话。

第二天，青蛙媳妇把这事给青蛙的父母说了，他父母吃了一大惊，跑来一看，正是昨日那个男人。他还把自己的青蛙皮拿出来给他们看，父母烧了他的青蛙皮，从此他就永远成了那个美男子。

后来，他骑着毛驴去丈人家，丈母娘一见认不得，老丈人见了也认不得。他把前后事儿讲了一遍，一家人这才高兴了，丈母娘赶紧杀鸭子宰乌鸡招待美貌女婿。

讲述者： 梁治义，75 岁，梁河乡上梁村人，农民，不识字

采录者： 梁锋杰，28 岁，梁河乡文化站专干，高中学历

采录时间： 1984 年 8 月 25 日

采录地点： 平凉市泾川县梁河乡上梁村

选自： 《平凉地区故事集成》（资料本下卷一分册），第 107 ～ 108 页

附
记

"去花母娘娘庙里摸花"，是当地人一种求子习俗。花母娘娘，也叫花娘娘，道教传说中的一位神，专司人间子孙之事。据传，花母娘娘庙里有许多花，求子的人到了庙里，先是上香磕头，再向花母娘娘说明来意，许下愿望，走时拿走庙里一朵花（花代表孩子），等生下孩子后，再把花还回庙里，还了自己许下的愿。此民俗主要流传在今泾川县高平镇梁河村巨刘家一带。

骡马大会，古代一种牲畜交易大会，主要流传在今平凉市灵台县梁原乡、泾川县高平和太平等乡镇。在传统社会，牲畜是农业生产中非常重要的劳动力，人们借当地过庙会、唱戏的机会，把牲畜拉到庙院或戏台周围交易，叫骡马大会。后来，规模越来越大，不仅有骡马交易，还有粮食、蔬菜、水果、布匹等交易，人们就把它叫物资交流大会。（魏嵘）

17

豆皮和豆瓢

豆皮是先娘生的，豆瓢是后娘生的。后娘对自己的儿子很娇惯，不让做活计。把豆皮不当人，家务活全由他来做，还经常打他骂他，身上穿的衣裳都是豆瓢穿烂的。豆皮天天上山放羊，回来时还要给拾一背兜柴，出去和回来时，两头都不见日头，经常吃的残汤剩饭，饥一顿，饱一顿。

一天早晨，豆皮赶着羊上山，走着走着，听见地埂子下面唰啦啦地响。他下去一看，原来是两条长虫[1]正在咬仗。一个大黑麻长虫把一个小白麻长虫一口咬住，狠命向后拉，白麻长虫的头抬不起，就用后半截身子缠住黑麻长虫。豆皮看着看着，想起了自己也是挨打受罪的，就拿起羊鞭，将黑麻长虫赶走。看见白麻长虫的头被咬破，流着血，豆皮就扯下他的破衣襟，给白麻长虫包扎了头，白麻长虫爬得展展的，向豆皮点了点头，转过头，钻进草滩里去了。

豆皮打发走白麻长虫以后，他一面走，一面放羊。豆

皮一抬头，一个白胡子老汉站在他跟前，说："好心人，你记住，如果有黑人黑马接你来，你千万不要去，他给你银子，你也千万不要拿；如果有白人白马接你来，你就去，他给你银子，你不要拿，他给你金子，你也不要拿，你只要他墙旮旯里的第三朵花。"白胡子老汉说罢就不见了。

过了一会儿，真的来了一个黑人黑马，黑人要叫豆皮到他家里去，豆皮记起白胡子老汉说的话，就死活不去，黑人给他银子，他也没有要，黑人气呼呼地走了。又过了一会儿，来了一个白人白马请他，他答应了。

白人在地上画了个圈，把羊圈在里边，把豆皮架到马背上，叫豆皮把眼睛闭上，只听得耳边风吼哩，不知走了多远才停下，白人叫他把眼睛睁开。他一看，来到一个庄院，院子里还有楼房，又往里走了一阵，来到上房门前，一个白胡子白头发的老汉迎出来说："我的救命恩人到了，快请到屋里坐。"

豆皮一眼就看见老汉头上包着自己襟子上的一片布。他很害怕，不知来到了啥地方。"不要怕，你救的白麻长虫就是我。我修炼了几千年，能变成人，今天请你来，是想感谢你的救命大恩。"

豆皮进了门和老汉一起坐在上席，不一会儿，有几个小姑娘端来了饭菜和酒。饭后，豆皮要走了，白胡子老人给他金子，他不要，给银子，他也不要。老人问："你要啥呢？"豆皮说："我只要墙旮旯里别着的第三朵红花。"白胡子老汉说："你是我的救命恩人，就把它给你吧。"

一个白人拉来一匹白马叫他骑上，不一会儿，就把他送到羊跟前，羊吃得饱饱的，卧在圈子里。白人白马走了。这时日头爷端了[2]，他就赶着羊往回走，走着走着，他从怀里取出那朵红花一看，蔫了，他想蔫了就蔫了，反正一朵花没有多大用处，顺手把它撇了。

快下山了，听见后面有个人在喊："哥哥，等一等！"豆皮转身一看，连一个人影儿都没有，只有那朵蔫花儿，又变得红红儿的鲜鲜儿的，向他滚来。他就去把它拾回来，赶着羊走。

走着走着，花又蔫了，他想，这花咋又蔫了，越看越

不好看,又撇了。不一会儿,又听见后边有人叫,他回过头往后看去,还是没人,那朵蔫了的花又向他滚来,又好看了。他感到奇怪,又去拾起,他不管三七二十一,干脆揣在怀里,回去再看。

回到家里,他又照样把它别在炕旮旯里。晚上放羊回来了,一进门就闻到一股香味,他揭开锅一看,是一锅香喷喷的面条,他美美地吃了一顿,饭光了也饱了。第二天回来,同样有一锅面条。这样一连几天,他觉得不对劲儿,就决定弄个明白。

一天,他躲在门背后偷看,天快黑了的时候,只见墙旮旯里别的那朵红花掉在炕上,一滚就变成了一个心疼[1]得很的大姑娘,跳下炕准备做饭。豆皮这下明白了,原来饭就是她做的。

豆皮"嗨"了一声,姑娘说:"嗨不嗨,我都是你媳妇。"豆皮走到跟前,姑娘说:"我本来是白麻长虫的三女儿,为了报答你的救命恩情,我大把我给你。我修炼的年代少,今儿一见人,再就变不成花了。"

豆皮才明白,老汉舍不得给他的原因。他看着这么乖的女子,就说:"那你就留下来!"三姑娘点了点头,以后他俩就亲亲热热地在一起生活了。

豆皮有了心疼媳妇,后娘更受不得了,她想三姑娘做豆瓣的媳妇有多好,往后就想方方往死里害豆皮哩。

一天,他把豆皮叫去说:"你把河滩里的那几十棵大树明天一天放倒,放不倒你就不要回来了。"豆皮想:满满一河滩树,一天咋能放倒呢?他哭着回到房中,妻子看见他不高兴,问:"你今天咋不高兴?"豆皮哭着把后娘的话对她说了一遍,三姑娘说:"不要怕,天一亮,你在每一棵树下铲一铁锨,你说'树树倒,树树倒',树就倒了。"

第二天天亮,他就照妻子说的,在每一棵树下铲了一铁锨,说:"树树倒,树树倒。"一河滩树一齐倒了。他就回来给后娘说了,后娘不放心,跑到河滩里一看,树果真都倒了。

后娘又心生一计,说:"给你一根丝线,把河滩里的

[1] 心疼:漂亮,好看。

树扛回来。"豆皮拿着丝线,哭着走到小房里,三姑娘问:"哭着咋哩?"豆皮哭着说:"后娘要我拿这一根丝线把一河滩树扛回来。"三姑娘说:"你不要哭了,把丝线给每根树上挂上一丝,你说'树树走,树树走',树就走开了。"豆皮照三姑娘说的,果真将一河滩树拉到家里了。

后娘两计没难倒豆皮,又想了一条要害死他的毒计,就给豆皮说:"明天你赶黑[2]在门前给我挖一个大得很的涝坝[3],挖不成,我就打死你。"

豆皮哭着回到房中,三姑娘问明原因,就说:"不要伤心,挖上几镢头去睡觉,醒来时就成了。"他照妻子说的做了,挖了几镢头就去睡觉,一觉醒来,真个挖成了一个大得很的涝坝。他就回去叫后娘,后娘一看,啊呀呀,这么大啊!这条计又没成,她又想出了一条妙计,把豆皮喊来说:"给你一个牛笼嘴[4],从河里给我把这个涝坝提满水,若提不满我就打死你。"

豆皮边走边想:牛笼嘴咋能装住水呢,天爷,这次真个要死了,还是去找三姑娘想办法去。回到小房里把后娘要他用牛笼嘴提水的事给三姑娘说了一遍。三姑娘说:"你不要怕,反正有我,你明天去河里把牛笼嘴洗得湿湿的,撇到涝坝里,还是去睡觉,保你无事。"

第二天,他又按三姑娘说的,到河里去把牛笼嘴泡了一大会儿,提起来撇到涝坝里,就睡觉去了。因几次的折腾,他实在累得不行了,睡下就睡着了,一直到响午才醒来,一看涝坝里水满满儿的。回到家,一进门,后娘看见他回来就问:"你提满了没有?""提满了。"豆皮说。

她不信,硬要豆皮引她去看,一看,天啊,涝坝里水满满的,她想:这娃子难道会法术不成。她望着涝坝想:不害死这娃子,家产难独占。想来想去,又想出了一条计,她说:"豆皮,给你一根火柴一根麻秆,把这池子水烧开。如果烧不开,你就不要想活了。"

这次豆皮没有哭,他想:反正这一次真活不成了,只是连累了三姑娘。回到小房里,就把后娘的话给三姑娘

[2] 赶黑:赶天黑。
[3] 涝坝:涝池。
[4] 笼嘴:戴在牲畜嘴上的竹编工具,防止牲畜偷吃庄稼。

说了。三姑娘听了，给丈夫宽心说："看你想到哪里去了，你不要想着死，我们还没有过上一天安心日子哩。你不要怕，明早天一亮，你就去把那根麻秆点着，丢在坑里，还是像往常一样去睡你的觉，不要害怕水不得开。"

豆皮照三姑娘说的做了。一觉醒来，看见涝坝里的水冒着热气，翻腾着，真的开了。他叫来后娘，后娘一看，天啊，真的开了，她惊奇得很，转身看见豆皮正在张望，她趁豆皮不注意，一把就把他掀进了涝坝里。

天黑了，三姑娘不见豆皮回来，就去问后娘，后娘说："他今天去很远的地方，得好几天才能回来，晚上我叫豆瓢给你做伴儿来。"

晚上豆瓢去给嫂子做伴儿，三姑娘叫他取尿盆，他去提来放在地上，还没有站起来，就见三姑娘用手一指，他就躬着腰站在地上不动了，一直站到天亮。第二天，母亲问儿子："我娃睡好了吗？"豆瓢说："好啥呢，在尿盆跟前站了一晚上。"母亲不信，也不好意思再问。

第二天晚上，母亲又叫豆瓢去给嫂子做伴儿。他去后，三姑娘叫他关门，关了门，还没有转过身，三姑娘手又一指，豆瓢就站在那里不动了，一直站到天亮。第二天母亲问他："昨晚上睡得好吗？"儿子还是说："好啥呢，在门跟前站了一晚上。"他娘想，儿子怎能给自己说真话呢，那事儿怎么能说呢，也就不再问了。

再说豆皮被后娘掀下大涝坝，妙妙儿落在丈人家的麦草垛垛上。丈人领回家住了两天，第三天就打发回来了，还给他一只金鸡娃儿和一只银鸡娃儿，并给他说了些回去后如何回答后娘的话，他一一记下就出了门。

第三天，天快黑的时候，豆皮左手抱着一只金鸡娃儿，右手抱着一只银鸡娃儿回来了。后娘看见害怕了，忙问："你哪里来的这两个宝贝？"豆皮说："你把我掀下去，里面金子银子满满儿的，金鸡娃儿和银鸡娃儿乱跑着，一个人拿不多，我只拿了两个就回来了。"说着就走进了他的屋子。

后娘回到屋子对她的儿子说："你看你哥，叫我掀下涝坝，不但没有死，还抱回来了一只金鸡娃和一只银鸡娃，还有很多宝贝呢。明天，咱俩吆一头驴去，多驮一些回来。"

第二天早晨，她和豆瓢拉着一头驴，来到大涝坝跟前，她对儿子说："我先把你掀下去，只要里面多，你就给我招手，我就拉着驴下来。"儿子一听，害怕得后退，她硬是把儿子掀了下去，水烫得豆瓢脚多手多，她以为是儿子向她招手，就跳下去，烫得她也踢弹，不过只踢弹了一会儿就不见了，娘儿俩在开水里烫死了。

后来，豆皮和三姑娘日子越过越红火，两口子互相体贴，亲亲热热地过着日子。

讲述者： 阎文原，男，60 岁，农民
采录者： 陈静，男，35 岁，小学教师，中专学历
采录时间： 1986 年 4 月 2 日
采录地点： 平凉市静宁县八里乡阎庙村
选自： 《中国民间故事集成·甘肃卷》，第 517 ～ 520 页

18

后娘心

从前，有个娃娃叫黄豆，娘死得很早，爹又寻了个后女人，养了个娃娃叫黑豆。

有一天，黄豆在山上放羊，看见一个白麻长虫和一个黑麻长虫在叮仗[1]。白麻长虫的头叫黑麻长虫叮得烂烂的，黄豆用棍棍拨开黑麻长虫，抱起白麻长虫，扯下自己的衣裳襟子，轻轻给白麻长虫包扎了伤口，就把它放走了。

晚上，黄豆梦见一个白胡子老汉对他说："娃娃，明天一早，黑人黑马三遍接你，你不要去，白人白马一遍接你，你就骑上去。去了他家，端金子你不要，端银子你也不要，就要他家墙洼[2]上的第三朵花。"黄豆翻过来梦见，翻过去梦见，梦了好几遍。

第二天天一亮，他刚把羊吆到山上，黑人黑马真个接来了，一连接了三遍，黄豆记着梦里那个白胡子老汉的话，他都没有去。过了一阵子，白人白马来了，他就骑上去了。时间不大，到了白人白马的家门上，进了房，看见

[1] 叮仗：咬仗。
[2] 墙洼：墙。

炕上坐着一个白胡子老汉，他头上缠着黄豆衣襟上撕下的那片布布，白胡子老汉说："娃娃，你救了我的命，我今儿接你来给你补心哩。"说罢，端来了几大盘金子，黄豆没要，又端来了几大盘银子，黄豆还是没要。白胡子老汉说："金子银子你不要，你要啥呢？"黄豆说："我啥都不要，光要你墙洼上的第三朵花哩。"白胡子老汉说："外花是我三女儿，你既然要要，就拿去吧！"黄豆折下来，高高兴兴地拿上往回走。

走呀走，走了这么一会儿，黄豆一看，手里的花儿蔫了，他气人[3]得很，就把花撇在路上了。他往前走了几步，回头一看，花儿又艳得很，黄豆折过头，把花拾起来拿上，往前又走。走啊走，走了这么一会儿，一看，花儿又蔫儿了，他心里说：晓得这样，我就不张口了，要一朵蔫花做啥？他顺手又把花撇在路上了。他往前走了几步，回头一看，花儿又艳得很，黄豆回头拾起来拿上，刚走了几步，花儿又蔫了，他越气人了，他狠劲把花撇在路上，心里说：它变得再艳我也不拾了。头也没回，直往前走。走了老远一截，忽然听后面有一个人喊："哥哥，哥哥，等我着。"黄豆回过头，一个人渣渣都没有，只有那朵花儿又鲜又艳，他不忍心，又跑后去，拾起来说："不管你变得再蔫，我也不撇了。"他就拿上往回走，一路上，那朵花儿蔫了又艳，艳了又蔫，黄豆总没有理会，一直拿回家，插在他睡觉的房子的墙洼上。

三天之后，那朵花儿变成了一个俊得很的媳妇，做了黄豆的媳妇，每天晚上跳下来和黄豆一同睡在炕上，说说笑笑。

这事叫后娘的儿子黑豆知道了，跑去给他娘说："娘，娘，我看见哥哥屋里晚晚有女人说话呢。"后娘偷着去听，真个有个女人说笑呢，后娘不服气，安下坏心谋着要害死黄豆，让黑豆占黄豆的女人哩。

后娘叫来黄豆说："给你一把铁锨，今晚在门前两亩地里掏个大坑。"

黄豆拿着铁锨，鼻一把泪一把地回到他的房里，给女人学说了他后娘的话，女人说："不要害怕，你晚上到地

[3] 气人：生气。

里四个角角里铲四锨，中间掏个小坑，再把铁锨撇在地里，你回来睡觉，明天保证就成了。"天黑了，黄豆照女人安顿[1]的做了，第二天一早，他跑去看，两亩大的土坑真个挖成了，埂子拍得又光又结实。后娘看了，心里感到很奇怪，觉得没整死，又说："给你一个牛笼嘴[2]，今晚上给坑里提满水。"

黄豆提着牛笼嘴，又鼻一把泪一把地回到他的房里，给女人学说了后娘的话，女人说："不要害怕，今晚上你把牛笼嘴放到涝坝里一蘸，提着放到当坑里，你还是回来睡觉，明天一定有一坑水。"天黑了，黄豆照女人说的做了。第二天一早，黄豆去看，真个清凌凌的一坑水。后娘看了，心里又觉得很奇怪，见又没整死黄豆，就说："给你一根麦秆，今晚上把大坑里的水烧煎。"

黄豆提着一根麦秆，又鼻一把泪一把地回到他的房里，给女人学说了后娘的话，女人说："不要害怕，你今晚拿上一根麦秆，擦火点燃。放在水坑下面，还是回来睡觉，明天一坑水一定会煎的。"天黑了，黄豆又照女人安顿的那样做了，回来一觉睡到天亮，跑去一看，一坑水煎得翻浪呢。后娘来看，害怕得心颤开了，见又还没整死，就叫黄豆站在她面前，黄豆刚站到后娘的跟前，后娘一把就把黄豆掀进了煎水坑，这才放心地回了家。

后娘回到家里，给黄豆女人编课[3]说："你家男人站在坑边上看煎水去来，没防住跌在里面烫死了。你不要害怕，黑了叫黑豆过来陪你。"

黑了，后娘就差儿子去和黄豆女人一搭[4]睡。黑豆刚掀开门帘，黄豆女人就朝黑豆吹了一口气，结果把黑豆吹到门扇上贴住门扇站下了。天亮时，她又吹了一口气，黑豆轻轻离开门扇出去了，一连两晚上都是这样。黑豆就给娘把这事也说了，娘不信。第三晚上去看，刚抬脚进门，就给轻轻地贴到了门扇上，干巴巴冻了一晚上，天亮了才离开门扇。她回上房炕上还没坐稳，黄豆就背着好多好多金银珠宝回来了，后娘见黄豆没烫死，还背了这么多钱财，

又害怕，又热眼[5]，问黄豆是从哪里来的，黄豆照实说了。

原来，煎水凉凉的，黄豆叫后娘掀进水坑里，正好跌到白人白马家当院[6]，白胡老汉叫进去，款待了三天，给了这么多金银珠宝，才打发回来。

后娘听了黄豆的话，心想：水里头还有这么好的事，干脆叫黑豆也下去背去。就给儿子找了一条大口袋，引到那个大煎水坑边，一把掀了下去。黑豆叫煎水烫得脚手胡抓乱蹬哩，他娘以为是儿子背得太重了，压得乱跳弹，她急了，就"扑通"一声也跳了下去。结果娘俩都给烫死了，从此黄豆两口子过上了好日子。

讲述者：　胡凑巧，女，20岁，农民，中学学历
采录者：　王知三，男，40岁，干部，高中学历
采录时间：1986年7月3日
采录地点：平凉市静宁县曹务乡曹大村
选自：　　《静宁民间神话传说故事》，
　　　　　第294～297页

[1]　安顿：交待，叮咛。
[2]　牛笼嘴：一种工具，半圆形，戴在牛嘴上，起防止牛偷吃东西的作用。
[3]　编课：说谎。
[4]　一搭：一起。

[5]　热眼：羡慕。
[6]　当院：院子中间。

19

黑蛇和白蛇的故事

从前有一个放羊娃，一年四季都赶着一大群羊去山里放。放羊娃的父母已经去世，狠心的兄嫂总是虐待他，他整天吃不饱穿不暖，但又无力反抗，只得忍气吞声，每天天明赶着羊进山，傍晚才能赶着羊回家。

有一天，他和往常一样，把羊赶到一个沟湾里放，忽然看见一条黑蛇和一条白蛇在咬仗，黑蛇把白蛇咬得满体是伤，鲜血直流，直流到白蛇奄奄一息了，黑蛇才逃窜而去。

放羊娃看白蛇痛得打转转，心生怜悯之情，就把身上的烂棉衣撕开，用棉花给白蛇裹好伤口，然后把白蛇放在向阳的旮旯里晒太阳。放好以后，他把羊慢慢拢到一块，赶上回家了。

走了有百十步远，他想再看看受伤的白蛇，谁知，不看不打紧，一看惊煞人，那蛇已经不见了，只是在蛇卧过的地方长出了一朵好看的花，这花他叫不上名字，是他从来没见过的一种花。放羊娃不忍心把花留在这里，要上前去看个究竟，当他走到花跟前时，花却蔫了。放羊娃很扫兴，只得往回走，刚一走，花又变得鲜嫩了。这样往返了

三次，放羊娃奇怪极了，他干脆把花折了下来，拿回家插在他住的破窑的窑壁上，插上以后，他又细细看了一会儿，就迷迷糊糊地睡着了。

第二天，他照常赶着羊去寻草场，羊吃饱了赶回家来，圈好羊，刚走到他住的破窑门前，一股酒香肉香扑鼻而来，这香味是从哪里来的呢？他开了门，只见炕上摆着热腾腾的酒肉饭菜，放羊娃端起来连吃带喝，他长这么大从来没享过这么美的口福。

一连三天，天天如此，他好是纳闷，是谁给他做的饭呢？

这一天，他把羊赶到一个近处的沟圈[1]里吃草，自己偷着跑回来在破窑门缝里偷看，只见窑壁上的花先动了一动，接着变成了一个非常漂亮的大姑娘。这姑娘从兜里掏出酒肉米饭，很麻利地做好了饭菜，正往炕上摆的时候，放羊娃实在忍不住了，一把掀开门，扑过去紧紧抱住了这个姑娘。姑娘被放羊娃越抱越紧，眼看着变不成花，上不了壁了，她就答应放羊娃的要求，二人结成了夫妻。

放羊娃的哥哥看见弟弟拾了个如花似玉的媳妇，便顿生邪念，想害死弟弟，把弟媳抢来做他的小老婆。

这天，哥哥把放羊娃叫去说："夜里我做了一个梦，梦中说你得罪了花神，三日内你有大祸临头，只要你把村子西南的十亩地，掏成一个涝坝，你就可以活下去，媳妇也由你领上过活，不然的话，三天之后就是你的死期撒。"

放羊娃愁得吃不下饭，睡不着觉，妻子忙问发生了啥大事，放羊娃如实说了一遍他哥哥的话，说毕哭了起来："这涝坝全庄人挖三天也挖不成，我一个人咋能行呢？这不是活活要我的命吗？"妻子笑了笑说："不用发愁，到时候保险能成！"

第一天过去了，妻子没让放羊娃去挖土，第二天过去了，放羊娃还是没有动土，第三天已经过午了，放羊娃的哥哥暗暗叫好："这下可以领来花姑娘做小老婆了。"

眼看时间快到了，妻子对放羊娃说："你去在那十亩地的四角翻上四锨就回来。"放羊娃暗暗叫苦：这命没救了，眼看天黑了，四锨咋能挖成一个涝坝呢？只好硬着头

[1]　沟圈：沟的低洼处。

皮在地的四角挖了四个锨大的坑。谁知他刚走出地头，只听得有一个声音像天崩，像地裂，像千人呼号，像万马奔腾，随着声音的消失，一个十亩大的涝坝马上出现了。

消息传到放羊娃哥哥耳朵里，他气得肝肠欲裂，七窍生烟。这第一计已经失算了，咋办？略一思考，又叫来放羊娃说："花神又托梦给我，限你三天时间，在涝坝里把水倒得满满的，到时候倒不满，照旧是命难保妻难领。"

放羊娃哭丧着脸回来了，他对妻子说："这又是第二条毒计，全庄人几年也倒不满，水算倒算渗[1]光了。"妻子说："你一个男子大丈夫，有什么好愁的，我自有办法。"到了第三天下午，放羊娃遵照妻子的吩咐，端了一脸盆水，在涝坝的四角里滴了四点，先赶紧往回跑，人还没到家，就有声音传来，那声音像山呼，像海啸，随着声响，像长江黄河般的大水从天而降，放羊娃高兴得跳了又跳，唱了又唱。

放羊娃的哥哥眼看难不住弟弟，又生出第三条毒计：他限三天时间，要弟弟把这水烧开，至于怎么烧，由放羊娃想办法，到时不开，当然是横祸双至。

放羊娃对妻子说："看来天数已定了，这下我非要被人家要了命不可。"妻子呢，照旧是一句话："你莫愁，到时让水烧开就是。"

到了第三天下午，放羊娃照妻子教的办法去做，在涝坝的四个角里放了四把麦草，点了四把火。人一走，水就开，你说奇怪不奇怪？水开了的阵势，真是又好看又惊人，只见热气腾腾，白雾冲天，几十里以内的天地里，就像刚刚揭开了一个蒸笼，所有的树木花草上，都挂满了亮晶晶的水珠珠。放羊娃的哥哥气急败坏地施出最后一道毒计，他让放羊娃跳下水去，然后赶紧上来，好好与妻子相爱百年。放羊娃这一下真正绝望了。

他想："三个大难都过来了，如今这水像下饺子的锅，跳下去就不会再上来了。"他哭着向妻子告别，妻子从容镇静地一扬手，把头上的簪子拔下来说："你拿上这个东西，下去把眼睛挤住，下去后用簪子轻轻别一下，不管别起什么东西，抱上就往上走。"

放羊娃横了心，拿上簪子下了水，水不热不凉，钻在里面舒服极了。他下到水底，一股强烈的光束刺激得他不得不睁开眼睛，睁眼一看，一座龙宫立在眼前。他马上想起了妻子的话，强又挤住眼睛，然后用簪子在脚下轻轻一别，把别起的东西抱上就往外走，在水中如走楼台一般，很快就走了上来。

放羊娃的哥哥站在水面正等着打捞尸体，却见弟弟抱了一块金砖走了出来，他大吃一惊，忙问弟弟是怎么一回事。弟弟说："水不热不凉，钻进去舒服极了，水下面尽是金砖，只要抱上往外走就行。"

放羊娃的哥哥一听水下有金砖，也忘了害死弟弟霸占弟媳妇的念头，慌忙叫来自己的老婆和儿子，三人手拉手向水里走去。可怜，可怜，三个人一入水中，就被烫得呼天喊地，只扑腾了几下，三具被开水烫烂了的尸体就漂了上来。

放羊娃和妻子把金砖分给了方圆数十里的穷苦人家。大家很快都买了地，买了牛马盖了房，他们再不受地主的剥削了。放羊娃的妻子不久生下了一个又白又胖的儿子，一家人生活得一天比一天美满，一天比一天幸福。

讲述者： 兰万山，43 岁，荔堡中学教师，高中学历
采录者： 张怀群，24 岁，泾川县文化馆文学干部，大学学历
采录时间： 1984 年 8 月 9 日
采录地点： 平凉市泾川县荔堡中学
选自： 《平凉地区故事集成》（资料本下卷一分册），第 78～82 页

异文一：牧童的故事

从前有一个孤儿名叫牛娃，给地主家当牧童。有一天，他在山坡上放羊，见一条黑蛇和一条白蛇斗架，白蛇的头被黑蛇咬破了直流血。他很可怜白蛇，从长袖上撕了点布条和棉花，把白蛇的头包扎好，然后放走了。

[1] 算……算……：边……边……

中午他睡在山坡上做了一个梦，只见一个白胡子老头对他说："牛娃，你今天做了一件事，会得到好报，再过几天会有人马来接你。如果是黑人黑马，你千万不要去，如果是白人白马你就跟他们去，他们送你啥礼物你都不要，只要他家南墙上那朵花。"

过了两天，果然有黑人黑马来接牛娃，他拒绝了。不一会儿，白人白马也来接他，他就愉快地跟上去了。到了白人家，到处是金银珠宝，白人对牛娃说："你是我的大恩人，屋子里的东西，任你挑选吧。"牛娃说："金银珠宝我不要，只要你家南墙那朵花。"白人说："那好，就给你带回去吧。"

牛娃带上那枝花往回走，半路上，花没有原来在墙上时鲜红了，他想："金银珠宝我没要，要一朵花有啥用。"就顺手扔在路上，但走了两步，听见后面有清脆的叫声，牛娃回头一看，不见有人，只见那朵扔掉的花比墙上长着时更鲜艳了，他感到很奇怪，回头又捡了起来。没走多远，花色由红变淡，他又扔了，猛然听见"哥哥不要丢我"的叫喊声，那喊声清脆响亮，让牛娃感到不可思议，再看那花变得更美丽可爱了，声音就是从花里传出来的。这时，他猛然记起梦里白胡子老人的话，想：这必然是件宝贝，还是把它带回去吧。

牛娃把它拿回家，插在瓦盆里，每日浇水，放在阳光下温暖的地方，照样天天去放羊。

有一天，牛娃放羊回来，见锅里放着热气腾腾的饭。这饭谁做的？他问了东家王大妈，没有做，又问西家张奶奶，也不知道，他感到非常奇怪。第二天、第三天都是如此，他决定弄个明白。

一天清早，牛娃把羊群赶到山上吃草，并托付邻居伙伴照料，自己偷偷回来在屋后观看。到做饭时候了，盆里的花变成了一个漂亮的小姑娘，她梳洗毕，开始做饭，饭做好后又变成一朵花插在盆里，但他装着没看见。第二天清早，仍偷偷观看，等到姑娘把饭做好快要走到盆边时，牛娃猛地把门推开抱住她，不让再变花。姑娘告诉牛娃，她就是受伤的小白蛇变的，是龙王的三女儿。从此那姑娘成了牛娃心爱的妻子，他再不给地主家放羊了。两人回到家里，相亲相爱，开荒种地，精耕细作，

过着美满幸福的生活。

讲述者：	景云，男，灵台县上良乡旧集村人，初中学生
采录者：	姚博文，男，25岁，灵台县上良乡合集村人，文化专干，高中学历
采录时间：	1985年
采录地点：	平凉市灵台县上良乡
选自：	《平凉地区故事集成》（资料本下卷一分册），第96～98页

异文二：青蛇和白蛇

牛娃姓牛，离妈妈早，和爸爸一起生活。牛家的家产非常简单：一间较大的古式平瓦房、一头白肚抱抵角红犍牛，还有一只祖传砂锅、一个陶盆、一把老刈[1]刀，再就是一些破袄烂裤子和父子走亲访友时穿的一件粗皂布褂子。没有固定的粮田，今年在这个洼里垦一片，明年又到那坳里开一块，哪里顺手，哪里土肥就在哪里种，而且都是先撒种后挖地，一次种成。

不管咋样，由于深林里只有他们一家，没人竞争和查纠，更没人催粮要款和摊派劳役，再则哪里土肥种哪里，轮歇倒茬不愁没地，用不着施肥，不锄草不灌水也保丰收，虽然主粮全是荞麦、燕麦和洋芋，可从来不愁饿肚子，但有一件事，就是牛娃已经十五六了还没人给他给媳妇。

牛娃自己倒没啥，他从来又没见过娶媳妇，也不懂得娶个媳妇对自己有啥好处，每天只知道天明了干活，天黑了睡觉，饿了吃，渴了喝。几顿便饭从他有记忆以来就是老爹做，这几年他也学会了撒散饭搅搅团，熬洋芋烧烧馍，所以关于娶媳妇的事他心里连点芽芽儿都不曾发过，可就把个老爹给熬煎坏了。他一头白发，五十多年艰苦岁月给他染白了一半，其他一半就是因牛娃没媳妇给愁白的。

[1] 刈：割草。

他们的生活方式也非常死板和简单，赶太阳冒花花吃早饭，饭后父子俩扛着工具，背着干粮，吃上红犍牛上地，到了地里红犍牛在周围吃草，父子俩美美地干一气子[1]活。太阳一端[2]就是吃晌午饭的时候，父子俩倚地埂半躺起来啃干馍，做活时拣的小蒜头和地溜子做下菜，一边吃着一边由老爹说古今谈人情，牛娃只是斜睁着眼睛静听。吃饱了的红犍牛也找到主人旁边卧下歇，也像牛娃一样，爱听老主人的讲说。

啃完干粮，老爹抽旱烟，牛娃到山泉里掬几捧清水喝喝就算饱了。老爹把烟锅里的灰一磕往腰里一别，再干一气子活儿，待太阳担到西山便收拾回家，按黑[3]吃罢饭，然后就睡觉。

一天，牛娃上地比爹早走了一点，刚上山腰转弯的时候，只听红犍牛哞的一声，爹起尾巴鼓大眼睛前蹄朝空一提跃了过去，向后看也不看径直往山顶奔去。牛娃惊奇地朝惊牛处一看，原来有两条茶碗粗、丈把来长的大长虫扭斗在一起，那条被斗败了的白长虫趁黑长虫换气的机会挣扎着向别的地方游开，似有认输逃走的样子，那只凶恶的黑长虫却一昂头，身子一弓向白长虫扑了过去，一口咬住白长虫的脖子，任白长虫怎么跌绊也不肯放松。

牛娃生气了："你这家伙也太霸道了，人家认输逃走你还不饶，莫非一定要它的性命不成，老子今儿教训教训你。"说毕一脚踏住黑长虫的身子，把白长虫择开，狠狠地抽了黑长虫一顿鞭子，等它不能扭动时提起尾巴从崖里扔了下去，然后撕了破衫前襟给白长虫包扎好伤口，又挪放到一处安全的地方，上面盖了一层树枝才离开了。

牛娃刚把红犍牛从山背后找回来，还没动手干活他爹就来了，为了向爹说明还没干活的原因，就说："爹，我在半路上多管了点闲事，还生了一肚子闲气！"爹问："这山里除过你和我，再没个人渣渣儿，你跟谁胀气[4]哩？"牛娃一边开始做活一边拉起闲话来："爹，你说咱们老先人原来也是住在平川大地上，后来因为恶霸欺

侮得住不成了才搬到这没人烟的地方来，我才知道人里面有好人也有坏人。可今天亲眼看见虫虫里面也有好的有坏的，比如刚才我见到的那条黑长虫把一条白长虫咬得快要死了，看样子白长虫已经认输只想逃一条命，可那黑长虫还是不饶它，二次咬住白长虫的脖子不放，一心要把它咬死，你看气人不？我就撕开黑长虫，美美地抽了它一顿鞭子，把它扔到崖下边去了，然后我扯下布衫前襟把白长虫包扎好，轻轻挪到一处暖和的地方，上面盖了些树枝，也许它缓缓就会活的。爹，我打黑长虫就等于打那过去把我们赶到深山里的恶霸，你说它咋能下得了那毒手呢？"老爹笑着说："牛娃，你真的成了大人了，懂得善恶好歹，你今天做得对，虫蚁里的道理和人一样啊！"牛娃听了后虽然没再说啥，可心里不由得感到乐滋滋的，他知道自己做了一件好事，得到了爹的夸奖。

当天下午，太阳距西山还有一丈高哩，父子俩就吆牛回家了，三锤两火[5]连做带吃完成了晚饭任务，关门上炕睡觉了。还是老习惯，老爹总要点起麻油灯，身子斜倚在炕头上抽他的倒头烟，牛娃舒畅地拉他的呼噜。

不等老爹磕第二锅烟灰，忽见牛娃"妈"的一声坐了起来。爹知道他梦见了他妈妈，即景生情，老爹问："咋啦，又做梦了？"牛娃揉了揉眼睛说："我梦见我妈回来了，她很高兴，她要我好好孝顺你，替她多干点活。"老爹跟着问："你没问她现在咋样？"牛娃说："我还没顾得问，她说她专意为给我叮咛几句话才来的，说：'明天有两家来请你，黑人黑马请时千万不要去，白人白马请时你就去，临完谢你时，斗金斗银你不要，花绸彩缎你不要，偏要他那南墙一朵金花。'叮咛了几遍要我牢牢记住，她就走了，我拉她同咱一块生活就惊醒了，你看怪不怪？"老爹说："那就等着明天看咋个样。"说毕，爹熄灭了灯，二人睡下。

牛娃一段梦话，惹得父子两人都一夜没睡好，第二天早上就起不早。等外边人叫门时老爹才叫醒牛娃，说："去看，谁这么早来这里干啥哩？"牛娃披着衣裳开门一看，原来是五六个马队，都是黑衣黑马，连马鞭也是黑的，

[1] 一气子：一阵子。
[2] 太阳一端：正午。
[3] 按黑：赶天黑。
[4] 胀气：生气。

[5] 三锤两火：三两下。

牛娃心想：昨夜晚的梦应验了，妈的话也就是真的了。

领头一个向牛娃打起了招呼："我家员外请你哩！"牛娃没打磕吞[1]就说："我不知道你们员外是谁，一没欠他的债，二没帮你的忙，他请我干啥，他当他的员外，我放我的牛，河里青蛙不惹海里鳖，你去说我不去。"说毕呼的一声就关上了门，那队黑人黑马也就不见了。黑人黑马走了不大时候，一队白人白马又来了，见时还是说："我们员外请你哩。"不同的只是这帮人比那帮人言谈亲和些，牛娃就跟上去了。

这让牛娃的爹经见这一辈子都没经见过的奇怪事，他断定牛娃这一去必定有好事儿，不过牛娃在没回家之前，他的心总是悬在腔子里[2]。这天他没心思干活，就吆着牛上了门前大山上，一则放牛，二则等牛娃回来。

牛娃离开家门，按来人嘱咐的，闭实眼睛上了马，只听耳边风响，不一时就听得有人说："现在可以睁眼了！"等他睁眼一看，已经来到一座富丽堂皇的大厅房里了，正中摆好一桌丰盛的酒菜，男男女女喜颜悦色地争相奔跑，比庆祝节日还要隆重。

当头招呼他的是一位一呼百应的家主。他童颜鹤发一身白衣，硬把牛娃让到上席里。牛娃也没推辞，毫不客气地大吃起来，吃饭中间老者恭捧玉杯向牛娃敬酒，说："义士救我不死之恩，老夫日夜记怀，今备便饭请来一会，聊表谢意。"说着早有人端来锦缎彩绸和黄金白银，老者指着这些财物说："义士莫嫌，请收下！"牛娃牢记妈妈的话，一概谢而不受，老者难为地又说："义士不收赠品，老夫实在遗憾！"牛娃四面一看，果然看见南墙上插着一枝金花，便手指花朵对老者说："老人家既然心里过不去，那就把这枝花送给我算了。"老者稍作思忖，便笑着给牛娃说："若义士不嫌弃，就送给你吧！"说着摘下金花给了牛娃，接着牛娃就要告辞，老者仍命那队人马送牛娃回到了家里，这时牛娃爹连午饭都没做哩。

白人白马走后，牛娃把去赴宴的经过一五一十地告诉了爹，老爹神秘地压低嗓子悄悄说："我思谋这场怪事与

你昨天救白长虫有关系，很可能那白衣老者就是白长虫变的。"牛娃听爹这一说似有所悟，睁大眼睛补充道："对，有这么点因因[3]，那老者脖子里裹的那块破布我曾留意过，正好是我撕下的那片布衫襟襟。"爹又慎重地对牛娃说："要这样，你妈叮咛你的话可一定不敢走了样。你就把这枝花插在咱那南面墙上。"牛娃应声照办。

第二天一早，他们又和往常一样原是饭后吆牛上山，把刚刚发生过的奇事搁在脑后，谁也没当回正经事儿想它。谁料傍晚回家一看，里里外外全都变了样，院里扫得干干净净的，屋里整理得整整齐齐的，更奇怪的是饭菜都做齐备，摆得好好的，肉菜白面馍馍还冒着热气。可是，到处不见一个人，是谁做的，哪来这些料，连猜也猜不出来。两人只好存着惊疑，糊里糊涂地吃完了这顿晚饭，一夜间父子俩都想着这件奇事，可谁也想不到原因。

就这样，这父子俩在奇怪中享着清福。一天，刚一上地牛娃便对爹说："夜黑里[4]我妈又给我托梦。"爹问："给你说的啥？"牛娃说："她叫我暗藏起来，那墙上的金花只一抖就可变成一个美貌女子，下来给咱们做饭，这时候叫我猛地掀门进去，一抱子抱住不要放开，再把那花扔在灶眼里一烧，她就变不成花了，就成了我的……"牛娃虽未说完停了口，但老爹早已猜出来下句话的内容了，就急忙催促牛娃说："现在正是时候，你快回去试试看，几次证明你妈的托梦都应了验。"

牛娃应了声"好"，就扛了锄头径直往家里跑。走到距家还有半里多路时，就听见了刀勺碗铲的操作声。牛娃十分警惕地，轻手轻脚地从屋后绕了个圈子，到门前眯着眼睛偏头向里一瞄，梦里妈的话一点不假，一个天仙似的女子正忙着做饭哩。

这时他顾不得细想，只按妈妈的话，连忙推开门往前扑，来了个饿虎扑食，一抱子把她搂在怀里。任凭那女子怎么挣扎，他就是不肯松手。等那女子不再扭动时，他便挪出一只手来摘下墙上的金花扔到灶眼里，看着它化作一股青烟后，才放开两手，让那女子自由起来。他也找不到

[1] 没打磕吞：毫不犹像。

[2] 悬在腔子里：指不放心。

[3] 因因：原因。

[4] 夜黑里：昨天晚上。

一句该说的话，只是红着脸呆笑。最后还是那女子先发言："快烧锅，还呆着干啥？""好！"牛娃答应着便去架柴，那女子一边炒菜一边又说："你今天害得我走不了啦，咋办？"牛娃说："走不了哩就不要走了吧！"那女子说："不走咋办，有人来问我是你们的啥人，你咋说？"牛娃说："这有啥难说的呢，你就说是我自家人。"

女子说："人家要再问是你什么人？""就说是我……"牛娃说不出口来，那女子便说："我看你若不嫌弃，干脆就说是你媳妇算了吧。"牛娃听后高兴得差点儿跳了起来，便说："只要你不弹嫌[1]我就感激不尽了，我还能弹嫌你吗？"说毕二人相对笑了起来，就这样他们结成了百年伴侣，穷娃娃一抱子抱了个天仙媳妇。牛娃爹午后回家，饭熟菜成，又有了一位贤淑美貌的儿媳妇，还有啥说的呢？

讲述采录者：朱栋苍

采录时间：　　1988 年

采录地点：　　平凉市华亭县策底乡

选自：　　　　《平凉地区故事集成》（资料本下卷一分
　　　　　　　册），第 108 ～ 117 页

附
记

故事里提到了许多平凉特产，如"主粮全是荞麦、燕麦和洋芋"，牛娃边啃干馍边找些"小蒜头和地溜子做下菜"，牛娃自己学会了"撒散饭搅搅团，熬洋芋烧烧馍"等。

平凉是甘肃省主要农林产品生产基地和经济作物的主产区，曾与庆阳市以"陇东粮仓"闻名遐迩，盛产小麦、玉米、燕麦、荞麦、油菜、胡麻和洋芋，其中庄浪县的洋芋，以沙、绵著称，其洋芋粉条几乎闻名全国。

散饭和搅团都是平凉特色小吃，其中散饭多用玉米面做，搅团多用荞麦面。玉米面散饭的做法如下：（1）用布蘸上植物油把锅底匀称地擦一遍，倒入适量水加热；（2）水开后，把提前切好的小洋芋丁倒进锅里煮；（3）水开后，把提前搅好的玉米面糊糊倒进锅里，用擀面杖搅；（4）把大火调成小火，边搅面糊糊边往里边撒玉米面粉，当擀面杖上能粘面糊糊时停止撒面粉，盖上锅盖慢火煮到熟；（5）把煮熟的散饭盛到碗里，放上提前拌好的酸菜或咸菜，一顿可口的散饭就做成了。

荞麦搅团的做法如下：（1）用布蘸上植物油把锅底匀称地擦一遍，倒入适量水加热；（2）水开后，把提前搅好的荞面糊糊倒进锅里，用擀面杖搅；（3）把大火调成小火，边搅面糊糊边往里边撒荞面面粉，当面糊糊达到一定硬度时停止撒面粉，用擀面杖使劲搅，一直搅到熟为止。当地有句俗语"搅团要好，七十二搅"，意思是一定要搅好。如果搅得好，搅团就劲道爽滑，如果搅不到位，搅团变成了散饭，人们吃搅团习惯做些菜汁浇着吃。

小蒜是当地的一种野生蒜，比大蒜小，所以叫小蒜。在春季，小蒜长出来的茎和叶比较嫩，人们常常挖出来连苗炒着吃；夏秋季节，小蒜的茎和叶已经长老，人们只能挖小蒜头吃。地溜子也叫宝塔菜，因地下根茎呈螺旋状而得名，味道脆嫩无纤维，既可生吃，也可做酱菜。小蒜和地溜子都是平凉常见野生菜，现在也有人种植小蒜和地溜子。（徐凤）

庄浪的荞面散饭　徐凤摄

[1]　弹嫌：嫌弃。

20

害人终害己

那时候有一个娃放羊咧。一天，他把羊赶到山上放去咧，他后妈给说："公羊要下公羊羔，母羊要下母羊羔，下不下羊羔你就别回来。"这个娃说："这怎么可能呢？"这个娃就把羊赶上走咧，心想：这是我后妈给我下的命令，我这下回不去咧。

有一天，他正在山上熬煎[1]着呢，有个两条蛇咬仗咧，一个青蛇把一个白蛇的头给咬破咧。这个娃就把岔岔[2]里的一片布拿出来，把白蛇头给包住，把青蛇给拨到旁边去咧，这个娃就去看羊去咧。看完羊回来，两个蛇都不见咧，他想：这个青蛇把那个白蛇头都咬破咧，两个咋都不见咧。这个娃正想着呢，来了一个白胡子老汉，白胡子老汉给这个娃说："青人青马叫你，你千万不敢去，你去人家就把你害咧；要是有白人白马叫你，你就去，他不会害你，还会帮你。"说完这个白胡子老汉就不见咧，其实这个老汉儿是白龙变的。

[1] 熬煎：忧愁。
[2] 岔岔：口袋。

这个娃正放羊着呢，看见一个青衣人拉着一个青马来咧，就叫这个娃去他家浪[3]去咧，这个娃不去，这个青衣人就拉着青马走咧。过了一会儿，一个白衣人拉着一匹白马叫这个娃来咧，说："我不陷害你，你跟我去，我会让你享福的，我还会给你些金银财宝。"这个娃说："那可以的，可是我这正放羊着哩。"这个白衣人就画了两个圈圈，一个圈圈圈羊，一个圈圈圈狗。这个娃还是不敢去，说："我妈说让公羊下个公羊羔，母羊下个母羊羔，要是下不下就不让我回去。""我给你把圈圈都画好着呢，你跟我走，下午来么这两个羊就把羊羔下好咧，你就可以回去咧。"白衣人就把这个娃用白马驮上走咧，走着走着，就给这个娃说："你把眼睛闭上不要睁。"这个娃就把眼睛闭上。一会儿工夫，突然听见鸡叫唤着呢，这个娃眼睛一睁些发现自己在一个人家的墙头上骑着呢，房子里的人都出来咧，把这个娃从墙上接了下来，给摆的席面[4]。这个娃吃完之后，那个白胡子老汉又来咧，说："人家给你给啥你都不了要，他家南墙上有一朵花呢，你就把那朵花要上。"说完那个白胡子老汉就走咧。那家人说："你救了我爹的命么，给你给上些钱财，你拿上花去吧。"这个娃说："我啥都不要。""那不行，不然我用啥补你的心咧，你要啥我都给你哩。""我就要南墙上的那朵花哩。"于是么，那家人就把那朵花给了这个娃，其实这朵花是龙王爷的女儿变的。

他们把花给了就让这个娃把眼睛闭住，又骑白马把这个娃送了回去。一会儿这个娃就听见羊叫唤哩，他把眼睛一睁，原来是到了羊跟前咧，以前画的圈圈还在呢，有两个羊羔在跳着玩呢，再一看是公羊下咧个公羊羔，母羊下咧个母羊羔，这个娃就把羊羔给赶上往回走呢。走到半路时，这个娃看了看怀里的花，花已经蔫得不行咧，心想拿回去也没啥用，就把花给扔咧。走了不远，这个娃忍不住回头一看，发现那个花又成咧原来的样子，开得特别好看，他这又回去把花拾起，揣到怀里带回去了。回到家，他后妈就问："公羊把公羊羔，母羊把母羊羔下下咧没有？""下咧。"这个娃回答。这个后妈不相信，去羊圈里

[3] 浪：逛。
[4] 席面：酒席。

一看，果真是公羊下咧个公羊羔，母羊下咧个母羊羔，这后妈一看没有陷害成，就叫他去吃饭，这个娃说他吃饱咧，没有去吃，就把那朵花拿回去插到咧羊圈的墙上咧。

第二天，这个后妈不让这个娃去放羊咧，给他给咧一把铁锨和一个镢头，就让这个娃去他家的十亩地里挖一个大涝坝，说："你要是挖不成，你就别回来咧，回来我就把你杀咧。"这个娃拿着东西去了地里，看着十亩大的地，愁得不知道咋办呢。就在这时候，那朵花变成咧一个媳妇来找他咧。这个娃就给她说咧他后妈让他在十亩地里挖一个涝坝的事，这个媳妇就给这个娃说："这很简单，你在这十亩地的四个角角上各挖一镢头，各铲一铁锨，再在中间挖上一镢头铲上一铁锨，完了以后你就回来不用管咧，我先回去做饭去咧，你过会儿回来吃饭。"说完她就回家做饭去咧，这个娃挖完之后也就回去咧。吃完饭后，媳妇给这个娃说："你睡觉去吧，睡一觉起来涝坝就挖成咧。"睡了一觉起来，这个娃就去地里看，果真一个大大的涝坝挖成咧，就回去给他后妈说："妈，妈，我把涝坝挖成咧。""你还能把十亩地大的涝坝挖成，我不相信。"他后妈跑去一看，涝坝果然挖成咧，这又没害成这个娃，于是又生一计，让这个娃用两个牛笼嘴给这个涝坝把水提满。这个娃没办法就答应咧，回去就问媳妇："妈让我用两个牛笼嘴把涝坝的水提满哩，你有啥办法没有？"媳妇就说："你把牛笼嘴拿到河里蘸上两下水，拿到涝坝里抢上三圈，抢上三圈之后你就回来，等到下午的时候就成一涝坝水咧。"这个娃就按媳妇说的做了，媳妇就让他睡觉去，睡醒之后领上他后妈去看。

这个娃睡醒之后，就把他后妈领上去看，果然满满的一大涝坝水，水还特别清，原来是龙王给把水灌满的。这又没害成这个娃，他后妈又说："我给你一点点柴禾，你把这一涝坝的水给我搭煎[1]。"这个娃又不知道咋办咧，就又问媳妇，媳妇给说："你去给涝坝的四个角角挖上四个坑，一个坑里放上一点柴禾点着，点着让冒烟着，你就回来别管咧，下午把你老娘领上看去。"这个娃就按媳妇说的做咧，下午把他后妈领上去看些，满满的一涝坝水翻

得"咕嘟咕嘟"的。这个娃他后妈心想这个娃咋么这么厉害哩，说："咱们明天早上再来看这个水还开着没有。"这个娃回去就给媳妇说："老娘让明天早上去看看水还开着没有。"媳妇说："你别害怕咧，你明早去那水还开着哩，你老娘这是要害你哩。"

第二天早上吃完饭，他后妈就叫这个娃去看呢，走到涝坝边边上，他后妈就找借口说："我眼睛麻[2]得看不见，你去到边边上看一下水到底开着没？"这个娃在边边上看的时候，他后妈从身后一把把这个娃就推到那个开水涝坝里咧，然后就回家咧。这个媳妇知道后，就拿咧个擀杖去那个涝坝里搅了三擀杖，结果就看见这个娃骑着一个大马，后面还跟着一个大马，带了一些金银财宝上来咧。这个媳妇拉上马，就和这个娃拿着金银财宝回去盖房子去咧。他后妈一看，这还得了，这个涝坝里怎么有这么多的金银财宝哩，是不是有一个宝库呢。他后妈还有一个儿子，就想：我明天来，也把自己的儿子推下去找金银财宝去。

第二天，这个娃他后妈把自己的儿子领上，来到涝坝边边上，一把把自己的儿子推下去，再用擀杖搅了三搅，结果自己一不小心也掉下去咧。

讲述者： 余金成，男，73岁，回族，崆峒区西阳回族乡清明村一社村民，农民，不识字

采录者： 余亚丽，女，23岁，回族，崆峒区西阳回族乡人，兰州文理学院文学院本科学生

采录时间： 2021年1月27日

采录地点： 平凉市崆峒区西阳回族乡清明村一社

附
记

这是编纂组实地采录的一则故事。当地人把民间故事叫"老故事"，主要是教育孩子的，所以讲述者每讲完一则故事就会说明它的

[1] 搭煎：烧开。

[2] 眼睛麻：眼睛花。

教育作用。此则故事讲述的目的是告诉孩子"不要做害别人的事，不然最终就是害了自己"。（徐凤）

21

农夫和蛇

很久以前，有一个农夫做完活后往家里走，走在一个大水潭旁边时，看见一条白蛇和一条麻蛇在咬仗。麻蛇竖起头，咬住白蛇不放，白蛇身子都叫血染红了。那农夫走过去，用铁锨把麻蛇给铲断了，那白蛇向农夫望了几眼就钻进草丛里去了。

过了几个月，财主向农夫收租子来了，因为连年干旱，庄稼收成一年不如一年，农夫家连吃的都没有，哪能交上租子呢？他只好向老财主苦苦哀求再宽限几天，等秋后粮食成熟了一次交清，可是那财主说："不行，只宽限你两天。"说完就走了。

这天晚上，农夫为交不上租子愁得睡不着觉，直到半夜才慢慢合上眼。突然，他看见一个白胡子老汉出现在他面前，向他点了点头说："我是这里的土地神，让那个蛇精咬住，多亏你救了我的命，财主向你收租子，我知道你现在没有粮食，你明天到房背后挖上三尺深，就有粮食了。"说完就走了。农夫打了一个哈欠，揉了揉眼睛醒来了，原来是一场梦。但他想粮食心切，就叫女人点着灯，自己拿了铁锨，到房背后去挖，挖了三尺深，真个挖出了粮食。这时，天还没亮，他就套了驴车，把粮食连夜给财主家拉去。

天亮时，他把驴车赶到了财主家门口，他敲响了财主家的门。财主出来一看，见农夫把租子送来了，就惊奇地问是哪里来的。农夫不会说谎，就把昨晚怎样梦见神仙和挖出粮食的事原原本本地说给了财主。这财主一听惊叹说："啊，天下还有这样的事？"就把农夫好好地款待了一顿，说："你今天晚上照老样子给我去挖粮食，如不然，我就要你的命。"农夫只好答应了。

当天晚上，农夫翻来覆去的睡不着。突然，那个白胡子老汉又出现在他面前说："老财主向你要许多粮食，你原在房背后挖三尺深就会找到粮食。"说完又走了。农夫醒来以后又去挖粮食，果然又挖出了粮食，于是他叫来财主，财主就赶着牛、马、驴车来拉粮食，拉回去以后，把粮食装在了楼上。

到了第二天，人们起来一看楼塌了，财主一家子都给压死了，庄里的人都把财主的粮食分了。从这以后，这里的人都过上了好生活。

牛、马、骡，这也是故事中讲农夫套的是驴车，财主套的是牛车、马车和驴车的原因。（魏绘）

陇东老牛车　徐凤摄

讲述者：　李选兵
采录者：　甘桦
采录时间：　1988 年 2 月 4 日
采录地点：　平凉市静宁县新店中学
选自：　《平凉地区故事集成》（资料本下卷一分册），第 350 ～ 351 页

附
记

在传统社会，人们常用牛、驴、马、骡拉车，用牛拉的叫牛车，用驴拉的叫驴车，用骡、马拉的叫马车，牛车、驴车、马车的形状一样，只是牛车、马车比驴车大一些。比较而言，牛、马、骡比驴的力气大，但牛、马、骡比驴贵多了，所以穷人家养驴，富人家养

22

仁长仁短

从前，有兄弟两个人。哥哥叫仁长，弟弟叫仁短，爹妈老早就死了，兄弟俩相依为命，靠要饭过日子。一年一年过去了，仁长大了，兄弟俩便不再要饭了，全靠仁长上山采药维持生活。

仁长忠厚，念弟弟同胞手足，处处照顾仁短，自己每天起早贪黑，整日操劳，只图兄弟和气，攒些银两给弟兄两人娶上个媳妇，好好儿过日子。

仁短天天逍遥自在，到处寻欢作乐。一天，他跟一个女人勾搭在一起，这女人是一肚子坏水，没过多久，竟生出了要杀死仁长，夺财害命的毒计来。那仁短也不是善良之辈，贪财恋色，听这女人说要害死他哥，他便一口答应了。

一天，仁长在一口枯井里发现了很多珍贵的药材，回到家里，给弟弟一说，不料仁短满口答应，仁长心里很高兴，只想是弟弟懂事了。

第二天一大早，兄弟俩到了枯井边，仁长让仁短把自己吊到枯井里，不一会儿，仁长把药全采到了。仁长从底下传上话叫仁短先把药拉上去，再放下绳子拉自己。仁短

把药拉上来，然后放下绳子，等把仁长拉到半井高的时候，就松开了手，只听"啊"的一声，仁长就再没声音了，仁短背上药就跑了，心想：就是摔不死，你也别想再上来。

仁长一下掉到了井底，也真是老天有眼，井下全是多年虚土，仁长皮毛没损一点点，只是又气又恨：好个仁短，你这没良心的东西，要药材拿去行了，为啥还要害我！他在井底，左摸摸，右摸摸，突然摸着了一个偏洞，便顺着偏洞爬了进去。忽然，眼前一亮，一看发现亮光处卧着一个大怪物。

这怪物头上长着一对长长的角，整个身子也是金灿灿、亮闪闪的。仁长又惊又怕，心想这下完了。谁知那怪物却说话了："你怎么到这儿来了，你可知道，我是一条神龙，因犯了天条，在此受难，若遇到凡人，我的难日是要延长的。"

仁长知道闯下祸了，一想反正是死，就横下心把弟弟谋害他的事说了。神龙听了后说："是这样，那我就免了你吧，等我出去时也把你带上。"

这时候，仁长的肚子饿得实在难受，只见神龙伸长脖子，舔了几下那亮亮的东西，仁长也爬过去对着亮东西舔了舔，顿时肚子一阵发热，像吃饱了一样舒服。

到了神龙难满的那天，井外打雷闪电，井内轰轰作响，神龙抖抖身子，动身了。仁长闭着眼睛，抓紧神龙的尾巴，时间不大，就听神龙说"到了"，仁长松开手，睁眼一看，眼前是一片荒滩，神龙早已无影无踪了。

仁长一步不缓地朝前走，走了三天三夜，一股异香扑鼻，他顺着香气翻过一座大山，见对面一片桃林，红红的桃子挂在树枝，他渴急了，就不问好歹，顺手摘下桃子，大口大口地吃了起来。

吃饱了，乏气也来了，就躺在桃林里过了夜。第二天早上醒来，仁长觉得全身难受得很，一摸全身都长了毛。他哭着继续往前走，翻过了几座大山，到晚上，又来到一片桃林。那挂在树枝上的桃子，粉红色好看极了，仁长不见桃子便罢，见了桃子，气不打一处来，真想把这一片桃子全打落地。可是，仁长实在饿坏了，没办法，只得又吃了几个。仁长吃了桃子，全身的毛立时脱得干干净净，身上也轻松多了。

跑到水边一看，自己也变得俊了。他想，这两处的桃子的确好，就带了两处的桃子又往前走。原来那两处桃子是阴阳桃，阴桃长在阴山，阳桃长在阳山。阴桃是恶桃，不能吃，吃了身上长毛，阳桃是好桃，吃了会变得聪明俊秀。

仁长走了多日，一天来到了刘家庄。刘家庄有个无依无靠的老妈妈，这天，刘妈妈正背着一捆柴从山上下来。仁长见了，接过刘妈妈背的柴，帮刘妈妈送到了家里，见刘妈妈孤身一人，便拜刘妈妈为义母，一心想一辈子养活她老人家。刘妈妈没有想到世上还有这样好的年轻人，就高兴地答应了。

从此，母子俩你敬我爱，快快活活地过日子。仁长打柴，也能卖些银两，刘妈妈针线活儿做得极好，也常找些活来，能添个一星半点的生活费。一日，刘妈妈给王员外做好了衣服，要送到王员外家去，就顺便给王员外的女儿王凤兰，带了两个仁长背来的桃子。

王小姐吃了香桃子，不到一日，全身长出了毛。这下惊动了十里八村的名医，可是他们都治不好。王凤兰又哭又闹，王员外心如刀绞，只好出了一张告示，写明谁要是治好小姐的病，就把万贯家财分一半给他。几天过去了，没人敢来。

一天，消息传到仁长的耳朵里，他忙跑到家里看自己带来的桃子，见阴桃少了两个，一问刘妈，才知道是自己惹下了大祸，便赶紧跑去揭了告示，王员外赶紧让人把仁长接到家里。仁长一人来到绣楼，见小姐满身是毛，坐在那淌眼泪哩。

小姐听见有人进来，抬头一看，一个俊生生的小伙子。仁长也不多说话，拿出桃子，让小姐快快吃，谁知小姐死活不再吃桃子了。仁长见小姐不吃，就把自己的经历一五一十地给小姐说了。小姐一听，喜出望外，接过桃子就吃了，不一会儿，身上的毛全脱光了。王小姐一下变得眉清目秀，唇红齿白，两颊艳如桃红，王员外一家上下高兴坏了。

王员外摆了满桌酒席，问仁长要啥，要黄金给黄金，要白银给白银。仁长是黄的白的都不要，王员外暗暗佩服仁长的为人，可又一想，哪有知恩不报的道理，心里一动，

便问仁长："我有心把小女儿许配于你，不知你愿意不？"

仁长连忙拜倒在地，心里高兴，嘴里却说："小姐是名门闺秀，理应门当户对，我出身贫寒，此事只怕小姐不允。"站在一边的王凤兰，见父亲说的正合自己的心意，便轻声说："孩儿大事，全靠爹爹做主。"员外哈哈大笑，说："好，好，就这样定了。"

一转眼，到了仁长完婚的日子，王员外把一半家产作了小姐的嫁妆，整个庄院好不热闹。不说亲朋好友，就连要饭的也来了好多，谁知仁短和那荡妇今天也在要饭的人当中。

原来，仁短自害了哥哥以后，便和那荡妇日夜设赌，时间不长，便把仁长攒下的银两赌了个精光，又欠下了好多债，还不了，被赌头打折了腿，没法子过活，只好和那荡妇要饭度日。近日，他们来到刘家庄，听说王员外办喜事儿，便来讨几顿好饭吃。仁短左看右看，总觉得那新郎官像自己的哥哥仁长，就告诉了荡妇，那荡妇说："哼，他早就成灰灰儿了，还有这份福气？"

再说仁长虽然这几日高兴快乐，但也没有忘记仁短，他知道仁短好吃懒做，不务正业，现今日子一定不好过。这一天，他在要饭的人当中，看到一个人很像仁短，便打发伙计问明了姓名，到天黑偷偷地给仁短送了一块金砖，指望他这次能回心转意，回去好好过日子。

仁短夫妻，得了意外之财，不思怎样做点生意，好好过日子，却一口气跑了几十里地，来到一个山洞里，又在一起谋算怎样设赌，翻回老本，怎样害人，攒下更多的金银。

他俩的坏点子，却被半天里过来的那条神龙听见了，心里想：好个仁短，你图谋害死亲兄，今又想害他人，这次我定不饶你。便作法兴雨。忽然，天空阴云密布，大雨不一会儿就落下来了。仁短正和妻子商量得起劲，不想大水冲进了洞中，要跑已经来不及了，雨越下越大，山洞冲塌了，仁短夫妻被压在了山洞底下，再也没有出来。

仁长和王凤兰成婚后，生儿育女。后来，儿子考中进士，便把爹娘接到了京城，老夫老妻晚年快乐，一直活了一百多岁。

讲述者： 杨国太，男，46岁，农民，略识字

采录者： 杨言和，男，32岁，乡文化站干部，初中
学历

采录时间： 1988年

采录地点： 平凉市静宁县甘沟乡

选自： 《中国民间故事集成·甘肃卷》，
第507～509页

异文一：仁义长仁义短

有个人叫仁义长么，是个老实人；还有个人叫仁义短么，是个害人的人。一天，仁义短走路着呢，从仁义长家的场里路过，看见仁义长家的场里有个大草摞[1]哩，心想这个人一定很有钱，他就给那个大草摞谋着呢，就步[2]了一下那个草摞的大小，仁义长他大在门口给看见咧，就去看那人步草摞着咋哩。去了些，仁义长他大还没言喘[3]呢，仁义短就问开了："老伯，这个草摞是你的吗？"

仁义长他大说："就是的。"

"哎呀，我在路上走着呢，我看这个草摞和我家的那个大小差不多，我一步，果然和我家的草摞一模一样大。你贵姓？"

仁义长他大说："我姓仁。"

仁义短说："哎呀，我也姓仁，咱俩是一家子，你儿干啥着呢？"

"我儿做生意着哩。"

"哎，我也是做生意的，你儿回来得了没有？"

"我儿明天就回来咧。"

"那我就等着，我也是个做生意的，咱们是一家子，看他大还是我大，让我在你家等等他。"

仁义长回来，两个人一比，仁义短说："哎，那你大呀，你就是哥，我是你弟。我们那个省里羊毛羊皮比较便宜，你们这个省的羊毛羊皮价格比较高，咱俩到我那个省

[1] 大草摞：大草垛。
[2] 步：用脚步丈量。
[3] 言喘：说话。

里买走，买上来咱俩做生意。"仁义长就拉了两匹马，装了些金银财宝，就去仁义短那个省里做生意去咧。

走着走着，仁义短就想办法害仁义长呢，说："大哥大哥，渴康把我拿咧[4]，这可咋办呢？"

"兄弟啊，咱们往前走，看哪里有水了，咱们喝上些。"

走着走着，走到了一个荒滩哩。这里有一口井，这口井是一个当官的挖的。这个当官的家离这里有三十里路，家里的人一天驮一次水，把水打上来后，就把辘轳和绳都拿回家了。这两个人到井口一看，井里有水咧，就是没有辘轳和绳。

仁义短就说："大哥，咱俩把马身上拴货的绳子解开，接在一起，一个把一个吊着下去喝水，我先吊你下去喝水。"

仁义长就说："兄弟啊，渴康把你拿住咧你先下去喝吧。"

仁义短说："咦，先有大哥吗先有兄弟，大哥先喝，我先吊大哥。"

仁义短把仁义长吊到半空哩，给把绳子放开了，仁义长"扑腾"一下掉进了井里。其实这井旁边有个台子呢，仁义长刚好掉到这个台子上了，仁义短不知道，就把井口上的石头全部给砸了下去，认为这下给把仁义长砸死了，就把两匹马拉着走了。走了不远，仁义短就碰着了两个土匪，两个土匪把两匹马和两箱金银财宝都抢走了，还把他的衣服给扒光了。

仁义长在井里没人往上吊。这天晚上，有三个神仙路过这个地方，一个神仙说："那是一口井。"另一个也说："那是一口井。"第三个神仙说："咱们在这个井边上缓一下。"这缓的时候，一个神仙说："这个当官儿的姑娘有病了么，找了四十个先生[5]也没看好，其实他家的上房后面有个仙桃树呢，结了三个仙桃，让姑娘吃上一个就好咧。"这个仁义长就在井里听着呢，另一个神仙说："他就是不知道，他要是知道的话，在他家的门前头挖上三尺深有一条河呢，他家里就不用到这么远的地方挑水吃了。"第三

[4] 渴康把我拿咧：平凉回族语，指渴了。渴康，渴神。
[5] 先生：医生。

个神仙说:"他就是不知道,他知道的话他挖去了,他们家的上房门口有两箱金银财宝哩。"这三个神仙说完就走了,这些话都被仁义长听到咧。

中午的时候,那些驮水的人来咧,说:"谁把井口的石头给弄下去了?"仁义长在井底下喊呢,这些人以为是他踏光脱[1]给掉下去了,就把他吊了上来。仁义长就说:"我听说这个当官的姑娘有病哩,找了四十个先生看着呢,我也能看病咧。"驮水的人回去给当官的说:"从咱们井里掉下去了个人,我给吊上来咧,那个人说他能看病哩。"当官的就让这个人把仁义长带去给姑娘看病了。仁义长说:"我是个凡人,不能见姑娘的面,让姑娘把我这条线抓在手里,从窗子给弄出来,我用这条线在窗子外面给姑娘号脉。"这么一来,大家都说这个先生很砝码[2],别的先生在手上都号不出来,他隔着线就能号出来。号完脉之后,仁义长就说:"这姑娘的病很严重,我也不知道我能不能看好,我得先看看其他地方。"他就从房后面走过去咧,一看真有个仙桃树呢,果然只结了三个桃子,他就摘了一个桃。摘下来后就用纸把桃包起来,揉成了一个药丸,让姑娘把这个药丸吃了,说:"如果应[3]的话我就能看,不应的话,我就不能看。"刚把药吃下去,姑娘就起来坐到炕上了,仁义长问:"咋样了?"家里人说:"姑娘把你那药吃了就立马起来坐到炕上了。"仁义长又说:"我这儿还有一丸药呢,拿去给姑娘吃上。"姑娘吃完那丸药,就下炕了。等把剩下的最后一丸药吃了,姑娘就完全好咧。当官的早先就放出话说:"谁要是把我姑娘的病看好咧,我就把姑娘许给谁。"仁义长把他姑娘的病看好了,他就把姑娘嫁给了仁义长。

有一天,仁义长在院子里转呢,看了一会儿说:"叫上几个人从这里挖,挖过三尺深有一条河哩。"人们听了他的话,果真把水挖出来咧。仁义长朝前一走又说道:"咱们这门前下有两箱金银财宝呢。"果真挖出了两箱金银财宝。当官的一看这人果真厉害,就问仁义长要啥呢,仁

[1] 踏光脱:踩空。
[2] 很砝码:很厉害。
[3] 应:灵验。

义长说:"给我一匹马就行。"仁义长就骑着马游山玩水去咧。到了一个城里,给碰着仁义短咧。这时仁义短已经成了一个叫花子。仁义长说:"兄弟啊,你把老哥从井里弄下去咧,别人把我吊上来,我一看你把井口的石头都踏光咧,看把你急成啥咧,你把咱俩的马和金银财宝呢?"仁义短回答说:"唉,叫土匪抢走咧。"

仁义长就把仁义短带到了当官的跟前,说:"这是我一个兄弟,您给他一匹马。"当官的就给了仁义短一匹马,这下他们两个就一起去游山玩水咧,玩着玩着,仁义短又给仁义长想办法哩,问:"大哥,你咋碰上这么个好的事情来,你让我也碰上这么个好事。"仁义长说:"对咧,我吃啥你吃啥,我喝啥你喝啥,我有游玩的你也有游玩的哩,你还要个啥呢?"仁义短说:"不行,你帮帮我。"仁义长说:"唉,那不行。"仁义短还是不行,仁义长就和仁义短一起去了那口井边,还是在那个时候,慢慢把他吊下去,轻轻放好后,问:"兄弟,把你放好了没?"仁义短说:"好了。"仁义长说:"那我明天来吊你,啊?"仁义短说:"好。"仁义长就回家去了。

那天晚上,那三个神仙又来了,一个神仙说:"咱三个那天晚上说的话都给应了,这咋弄着咧,这儿是个孤川孤山么,这咋给叫人听去了?"另一个说:"这井里可能有个妖魔鬼怪咧,要是没有妖魔鬼怪,咱三个说的话不可能实现。"第三个神仙说:"那咱三个把这个井给填咧。"仁义短一听要填井,就开始叫唤开了咧。一个神仙说:"看看,我说这井里有妖魔鬼怪呢,你们还不相信,看是真的有呢不?"于是,三个神仙就把那口井给填了。

第二天,仁义长跑去找他的兄弟,发现没有人也没有井,这里成了一座大山了。

讲述者: 温金祥,男,87岁,回族,甘肃省平凉市崆峒区西阳回族乡清明村一社村民,农民,不识字

采录者: 余亚丽,女,23岁,甘肃省平凉市崆峒区西阳回族乡人,兰州文理学院文学院本科学生

采录时间： 2021 年 1 月 27 日

采录地点： 甘肃省平凉市崆峒区西阳回族乡清明村
一社

附
记

这是编纂组实地采录的一则故事，由 87 岁回族老人温金祥讲述。故事中提到"辘辘和绳"是平凉一带传统的打水方法。平凉系黄土高原黄土层最厚的地方，人们多是打井吃水，受周边环境的影响，水井的深度在 10—25 米之间，如果水井挖在低洼潮湿之处，常常是 10 余米就能出水，如果地势高且周边比较干旱，则要挖 20 多米。打水井也是一门技术活，一是要有勘测确定水井位置的能力，确保选定的地方能打出水；二是打井的活相当苦，且井里的空间非常有限。在井下作业，既要确保水井不塌方，又要灵活使用工具，尽量缩短工期，所以在以前有专门的打井师傅。为了节省力气，人们就用辘辘和绳子"绞水"，如果水井在院子里，辘辘就一直装在井台的横木上；如果水井比较远，为了防止他人偷水，人们就会把辘辘卸掉。

温金祥老人系编纂组找到的能讲故事的年龄最大的老人，编纂组一共对他做过两次采录，第一次是 2021 年 1 月 27 日上午，第二次是 2021 年 4 月 8 日下午。第一次是余亚丽的爷爷推荐的，第二次是温金祥老人主动联系的，说他还有一则要讲给编纂组，让编纂组写到书里教育孩子。温金祥老人尽管年龄大，但精神状态特别好，老两口坐在热炕上，屋子里收拾得非常干净整洁。《仁义长仁义短》是温金祥老人一口气讲完的一则故事，也是当时编纂组采录到的最长的故事。讲故事时他不敢看镜头，就一直低着头讲，思路特别清晰，吐字也很清楚，偶尔会看看采录人员，用手比画比画。（徐凤）

陇东绞水场景　徐凤摄

温金祥老人讲故事　杨秀平摄

异文二：贪心人

从前有一个村庄，那里没有水井，人们吃水要跑到几十里路以外的地方去挑，每天担水就成了人们最主要的任务，所以这里的人把水看得比金水还贵重。

一天，两个行路人路过这里，想要点水喝，人们只说向前走多少路就有水了，谁也不肯马上给他们一点水喝，这两个经商的人只好骑着马向前赶路了，两人走了很长一段路才看到了水井，可是没有东西打水，两人只好轮流用马缰绳吊着下去喝。

小贩先下去喝了水，该那个商人下去喝了，谁知小贩却起了坏心，把商人吊下去，骑上商人的马，拿上商人的钱走了。商人等了很久不见小贩拉绳，自知受骗，只好等待他人来救。可是一直等到天黑，还是没人来。

夜深了，他听见上面有两个人说话，一个说："哎，老兄，咱们在这休息一下吧。"

一个说："哎，这里的人都那么傻，明明在他们村前大柳树下就有水，却偏偏要跑几十里路，到这里来挑水。"

一个说："老兄，快别说了，要是让哪些人偷听了去，你可有泄露天机的罪过啊。"

说完两个人就走了。商人想：刚才这两位人肯定是神仙，他们说人们都到这里来挑水，这就有救了。

过了好大一会儿，果然，从远处传来挑水人的说话声。等人们走近，他急忙喊了起来："快救我上去，我可以帮你们在村边找到水。"

这一喊把人们都吓了一跳，可是他们想不管是人是妖，只要能帮助咱们就近找到水就好，于是就把他吊了上来。一看是人，就问了他是怎么下去的，商人就把遇害的经过和知道水源的事统统给大家说了，人们都很同情他，而且为村里有水而高兴。

人们挑上水领着商人一起回到村子里，在商人的指引下，果真在村边打出了水，大家非常高兴。商人临走时，村里人给他赠马送银，一直送了五里路才告别回家了。

商人骑上马继续向前赶路，半月后，他又遇上了那个小贩，小贩编出了一套鬼话，说他正拉绳吊的时候，忽然马跑了，这才把马追上，正想回去吊他哩，谁知在这里碰上他，又问商人："你哪来的这些东西？"

商人看了看这个贪心人，有意想整他一下，就说："我这些东西是从那口井里捞出来的。"这个小贩听了很高兴，便归还了马，与商人告别后自己又偷偷地回到那口井边，慢慢地爬下井去，就在井里摸了起来，可是摸了一天也没摸到东西。夜里，他仍然不死心，想捞点啥上来。

忽然井外传来两个人的说话声，他以为又是哪个知道秘密的人来捞宝贝了，就没敢出一点声，手也停下不摸了，静静地听着上面的动静。

一个人说："我说老兄，你上次在这里泄露了天机，现在这口井也没用了，不如把它填了。"

那位被叫作老兄的好像很生气地说："填了！"于是两个人一人一把土就把这口井给填上了。

講述者：　　不详
采录者：　　赵亮
采录时间：　1988 年
采录地点：　平凉市华亭县
选自：　　　《平凉地区故事集成》（资料本下卷一分
　　　　　　册），第 99 ～ 101 页

23

后婆子害子

很早以前，有个人，先婆给他生了一个娃后就死咧，他又引了一个后婆子，后婆子来又生了一个儿子。这个后婆对这个娃很不好，常常虐待他。这个村子吃水特别不方便，要到十里以外的地方去驮水，这个后婆子就让这个娃给他家驮水。这个娃天天得跑去驮水，实在撑不住咧，就给他大说让他缓几天，他大同意咧，这个娃就在家里缓着咧。这一下，后婆子心里很不舒服，晚上就叫人把这个娃给绑咧，扔到经常驮水的那个水井里去咧。扔下去后，这个娃没有死，就在井底下的台阶上站着咧，他知道他后妈要害他呢，自己又上不来，不知道该怎么办呢。

当天晚上，这口井跟前来了三个神仙，第一个神仙说："这个村子里的人太傻咧，不知道自己村子里有水，还跑这么远来驮水。走到村头那家，再往前走三步，往下挖三尺，有个石板，把那个石板砸破，里面的水汪得很。"第二个神仙说："唉，你看那家子，有一个女子是个哑巴，她家门前埋了三锅金子，是那些财配[1] 把那个女子压得不

[1]　财配：财富。

会说话，把这些金子挖出来，那个女子就会说话咧。"第三个神仙说："你说的对着咧，还有她头上有三根特别长的头发，把这三根头发拔掉那个女子就会说话咧。"这三个神仙说完就走咧。

第二天，来驮水的人从井里往出绞水时，那个娃就拽着井绳上来咧，这个绞水的人想：今天的这个水咋这么重呢，拉出来一看些是个人，吓得他把辘辘松开跑了，这个人把辘辘松开以后辘辘又往下掉呢。这个娃连忙喊："别松开，是我啊！有人要害我呢，我不是啥怪物。你把我拉上来，我给咱们解决吃水的问题。"说了好多好话之后，这些驮水的人就把这个娃给绞上来咧。这个娃从井里上来以后，就找到那个石板，把石板打破，果然流开水了咧，水很大，够村子人吃。他又找到那个埋金子的地方，把那些金子给挖了出来，把那家女子头上最长的三根头发拔了出来，那女子果然会说话了。那个女子的爹为了报答这个娃，不但把女子嫁给这个娃当了媳妇，还把挖出来的金子全部送给了这个娃。这下，这个娃变富咧，这个后婆子没害了这个娃。

后婆子就想：害这个娃去咧没害成，人家还倒得了这么多财配，我把咱家的娃放下去，也让得上些财配。这个后婆子就把自己的娃按原来的方法给放了下去。

这一天晚上，这三个神仙又来咧，第一个神仙说："咱们那天说的那个吃水的事不知让啥人给听走咧，把那个石板给打破咧，那个村子的人再不来这儿吃水咧。"第二个神仙说："那三锅金子的事，也让人给听去了，把金子都挖出来咧。"第三个神仙说："那个哑巴女子头上的三根长头发也被人给拔出来咧，人家把那个女子嫁给那个娃咧。"后婆子的娃就在下面听着呢。一个神仙说："这下这口井就没用咧，咱一人捏了一撮土把这个井给填了去。"后婆的娃就被填到井里咧。

讲述者： 余文俊，男，70岁，回族，崆峒区西阳回族乡清明村一社村民，农民，不识字

采录者： 余亚丽，女，23岁，崆峒区西阳回族乡人，兰州文理学院文学院本科学生

采录时间： 2021年4月8日

采录地点： 崆峒区西阳回族乡清明村一社

附记

这是编纂组实地采录的一则故事，广泛流传在崆峒区一带，讲述人说的题目是《害人终害己》，但与本卷中另一则故事重名，故编纂组根据故事中主要人物和情节，把该故事的题目改为《后婆子害子》。

余文俊老人是余亚丽本家的一个爷爷，性格开朗，语言表达能力强。他从小听老人讲故事长大，本来记了好多故事，但后来不讲就忘完了，现在讲不出长故事了，只能讲一些短故事。他一开始讲了多则传说，为了不影响老人讲故事的兴趣，采录人员没敢打断，只是时不时地做一些引导，终于引导到了民间故事，一共讲了9则，可以说是收获很大。余文俊老人也特别强调民间故事的教育作用，在讲故事的过程中，他多次提醒编纂组老师，一定要把这些故事在课堂上讲给学生听，让学生树立正确的思想观念，不要走歪门邪道。

清明村以养殖业著称，许多农民家里都养牛或羊，羊是赶出去放牧，牛是在家里盖个大棚养殖，多为肉牛，少部分是奶牛。余文俊老人家里就养牛，采录人员到老人家里时，他刚给牛添草料回来。

（徐凤）

清明村养牛大棚　余亚丽摄

24

白荷

有个女子叫白荷，亲娘死了，她大给她又寻了个后娘，后娘生下来的女娃叫绿豆儿。

她屋里有个花牛儿，白荷天天吆着放着呢，她后娘说："白荷，白荷，你这达[1]来，你今儿把花牛放得饱饱儿来[2]，铲上一笼笼草胡儿[3]，把这一副花枕头做住[4]。"

藏[5]出来白荷就哭呢，花牛儿问着说："白荷，白荷，你哭着咋呢？"白荷说："你看看我妈妈[6]，哞[7]着我[8]把你放得饱饱的，铲一笼笼草胡儿，把一副花枕头做住呢，这么多，我能做得成吗？"

花牛儿说："外你不要哭了，有我呢，你藏铲草胡儿去。"这白荷就铲草胡儿着呢，铲着黑了来，这花牛说：

[1] 这达：这儿。
[2] 来：句末语气词。
[3] 草胡儿：草籽。
[4] 做住：做完。
[5] 藏：陇东方言中的句首语气词。
[6] 妈妈：陇东方言，指继母时用叠音，对生母则用"妈"或"娘、娘娘"。
[7] 哞：人家。
[8] 着我：叫我，让我。

"白荷，白荷，你拿撩襟[9]撩住，我给你屄。"就屄着下来了一副花枕头，好得很。回去她妈妈问着说："白荷，白荷，你把花牛放饱了没？""放饱了。""草胡儿铲下了没？""铲下了。""花枕头做住了没？""做住了。""明天你再吆上放去。"白荷说："对。"

第二天，妈妈说："白荷，白荷，你到这达来。"说："咋呢？"说："你今儿去把花牛放得饱饱儿来，把草胡儿铲得满满儿来，再把这一双花鞋做住。"

藏个来白荷可哭呢，花牛问着说："你哭着咋呢？"白荷说："你看我妈妈，哞今儿说是叫我把你放得饱饱儿来，把草胡儿铲得满满来，再把这一双花鞋做住呢。我能做成吗？"

花牛说："外你不要害怕了，有我呢，你铲草胡儿去。"白荷铲着黑了，花牛儿说："白荷，白荷，你快把撩襟抻住，我给你屄。"白荷撩住衣襟，花牛儿屄着下来了一双花鞋，好得很。回去她妈妈问着说："白荷，白荷，你把花牛儿放饱了没？""放饱了。""你把草胡儿铲满了没？""铲满了。""花鞋做住了没？""做住了。"一看些一双花鞋好得很，说："明天着我绿豆儿放去。"白荷说："对。"

她妈妈对绿豆儿说："绿豆儿，绿豆儿，你到这达来。"说："咋呢？""明儿你去把这花牛放得饱饱来，把草胡铲得满满的，把这一副枕头做住。"

这一天早上出来，绿豆儿哭呢，花牛儿说："绿豆儿，绿豆儿，你哭着咋呢？"说："我娘着我把你放得饱饱的，把草胡铲得满满的，再着我把这一副枕头做住呢。"花牛儿说："外你铲草胡着要去，我几时叫你你就来。"

黑了要往回走呢，花牛儿说："绿豆儿，绿豆儿，快把撩襟抻住，我给你屄。"屄去来屄了一撩襟稀屎。回去她娘问着说："绿豆儿，绿豆儿，你把花牛放饱了没？"

说："放饱了。"

"草胡铲满了没？"

"铲满了。"

"枕头做住了没？"

[9] 撩襟：衣襟。

说："做啥呢，花牛儿给我屁了一撩襟稀屎。"

绿豆儿娘很气人，说："藏明天把白荷断[1]着外前[2]饿死，把花牛儿拉住杀了吃肉。"花牛就在外前听着了。

白荷给花牛添草去来，花牛给说："白荷，白荷，明早哞就把你断着门外前，哞就把我拉住杀了，哞娘母子把肉吃了，你就把肋肋儿[3]拉搭来[4]倒着后院里外窑窑儿呢，记牢些，别忘了。"

藏哞把花牛杀了，吃呢，白荷没吃，就现哭现把肋肋儿拉搭来倒着窑窑儿里，听娘母子就看戏咔说："白荷，白荷，你今儿把门照着[5]，把草胡儿铲上晒得干干儿的，把饭做得香香儿来。我娘母子看戏咔，这些你做不住，就把你断着门外前，一共[6]不要进来。"

哞娘母子走了，白荷就哭着到后院窑窑儿里看去些，肋肋儿拉搭的变成她娘娘了，她娘娘说："白荷，白荷，哞娘母子去看戏去了，你咋没看戏去？可哭着咋呢？"说："我妈妈哞不要我去，哞着我把草胡铲上晒得干干来，把饭做得香香来，这些做不成哞就把我断着门外前不要了。"

她娘娘说："你不要管了，有我呢，你把我这双绸鞋穿上去看戏。"白荷跑着看戏呢，绿豆儿说："娘娘你看，这咋像白荷？"说："白荷，阿达[7]来这么一双花鞋呢？"

戏散了，白荷就赶着往回跑呢，跑着把一只鞋丢了。回来她娘娘就说："藏你把我鞋脱给我。"白荷说："藏把一只鞋丢了，绿豆儿就拾上来了。"

绿豆儿看戏回来说："白荷，白荷，你看我今儿还拾了一只绸鞋。"白荷说："我今儿铲草胡去也拾了一只绸鞋，你把你拾下的拿出来我看。"绿豆儿说："藏你看。"白荷说："咦，这和我的按巧[8]是一双，给给[9]我穿。"绿豆儿

说："给给我穿。"两个人争呢，绿豆儿娘走着来说："放下着，我绿豆儿给婆婆家[10]了穿。"

藏白荷就哭呢，她娘娘说："不要哭了，你穿上是鞋，她穿上是灾，着她穿去。"

藏到绿豆儿给婆婆家时，她娘娘就给把这一双绸鞋穿上，走到半路些搭[11]驴身上跌下来跸死[12]了，她娘娘气得打驴里些给着驴踢死了。

讲述者：   不详
采录者：   魏俊舱，男，33岁，庄浪县卧龙乡魏家山村人，干部，高中学历
采录时间： 1987年
采录地点： 平凉市庄浪县
选自：   《平凉地区故事集成》（资料本下卷一分册），第156～160页

异文：绿豆儿和花牛儿

绿豆儿的亲娘死了，后娘瞎瞎心肠，偏着她生的女儿黄豆儿，把绿豆儿不当人看待，总是设着法儿折磨她。

她家有一头牛，身上的毛白一块、黄一块、黑一块的，所以叫花牛。后娘天天要绿豆儿吆着花牛儿到山上吃草，还要她铲一笼笼草胡儿。

这天，后娘说："绿豆儿，绿豆儿，你今儿把花牛儿放得饱饱儿的，铲下的草胡把笼笼装得满满的。你黄豆儿妹子快要出嫁了，你替她做一副花枕头拿回来。"

绿豆儿没敢言喘，和往日一样，提着笼笼，吆着花牛儿到山上去。她边走边哭哩，花牛儿问："绿豆儿，绿豆儿，你今儿哭着咋呢？"绿豆儿说："后娘叫我把你放得饱饱儿的，铲下的草胡儿把笼笼装得满满的，还要做一副花枕头哩，你看我拿啥做？又咋做得成呢？"

[1] 断：赶。
[2] 外前：外面、外边。
[3] 肋肋儿：肋骨。
[4] 拉搭来：什么的。
[5] 照着：照看着。
[6] 一共：一直，永远。
[7] 阿达：哪里，什么地方。
[8] 按巧：恰巧。
[9] 给给：陇东人常把两个给连在一起用，第一个"给"是动词，第二个"给"有方位词的作用。

[10] 给婆婆家：结婚。
[11] 搭：从。
[12] 跸死：摔死。

花牛儿问："你后娘要你做花枕头干啥呢？"绿豆儿说："黄豆儿要出嫁。"花牛儿又问："黄豆儿要嫁给谁？"绿豆儿说："还有谁，就是李家庄那个会编笼笼的狗儿。"花牛儿说："你娘活的时候不是把你许给了狗儿吗？"绿豆儿流着眼泪说："唉，现在还有我的啥哩。只是这副枕头做不成又要挨她的打骂哩。"花牛儿说："你不要难怅[1]，有我哩，要紧的是你让我到有好草的地方把肚子吃得饱饱的。"绿豆儿说："这能行么？"绿豆儿就把花牛儿吆到另一面山坡上，那里草长得很旺很嫩。花牛儿说："好，你只和以往一样铲草胡去，天黑了就取花枕头来。"绿豆儿半信半疑地去了。

天快黑了，花牛儿叫着说："绿豆儿，绿豆儿，你把撩襟盛在我屁股后面。"绿豆儿不知道花牛儿要干啥，怀怀疑疑地把撩襟盛在花牛屁股后面。花牛儿一用劲，屙下来了一副花枕头。花枕头很漂亮，上面绣着花儿鸟儿像活的一样。绿豆儿很高兴，回去后就把花枕头交给后娘。后娘看了很惊奇，她不相信是绿豆儿做的，但又是哪里来的呢，莫非绿豆儿学会偷人了？

第二天，后娘又说："绿豆儿，绿豆儿，你今儿把花牛儿放得饱饱的，铲下的草胡儿把笼笼装得满满的，再做一个花围兜拿回来。"

绿豆儿吆着牛又边走边哭哩。花牛儿问着说："绿豆儿，绿豆儿，你哭着咋哩？"绿豆儿说："后娘要我把你放得饱饱儿的，铲下的草胡儿把笼笼装得满满的，再做一个花围兜拿回来。你看，这花围兜我能做成吗？"花牛说："你不要难怅，有我哩。"

这一天，后娘偷偷地跟在绿豆儿后面，来到山上，坐在一块狗蹲子石头背后偷着看。

天黑了，花牛儿说："绿豆儿，绿豆儿，你把撩襟盛在我屁股后面。"绿豆儿就把撩襟盛在花牛儿屁股后面。花牛儿一用劲，屙下来一个花围兜，上面描云绣凤的，好看得很。后娘看清楚了，就先回去了。

绿豆儿回来就把花围兜交给后娘。后娘说："明天你别放牛去了，就让黄豆儿去吧。"

天亮了，后娘就给黄豆儿说："黄豆儿，黄豆儿，今儿你放牛去，再做一双花鞋拿回来。"黄豆儿嘴一噘，说："一天时间，还要放牛，一双鞋咋能做成哩？"她娘说："容易得很。"就把昨天到山上看到的说给黄豆儿听，让黄豆儿照样去做。

黄豆儿把花牛儿吆到山上去吃草。天快黑了，黄豆儿把撩襟盛在花牛儿屁股后面，说："花牛儿，花牛儿，快屙一双花鞋来吧！"花牛儿一用劲，只听"唪"一声，屙下来了一堆稀屎。稀屎脏臭脏臭的，黄豆儿找了一根枯树枝把撩襟上的稀屎刮下来，又拔了许多草擦了半天还没擦干净。

黄豆儿回来给娘哭着说了，她娘生气地说："这花牛儿心瞎，心不向我娃，明天把它杀了吃肉。"

晚上，绿豆儿给花牛儿添草哩，花牛儿说："明天，你后娘就把我杀了吃肉哩，你把我的骨头拾到一块放在后院那个小土窑儿里，需要我帮你的时候就到那里看一看。"

第二天，后娘真的就把花牛儿杀了煮着吃肉。绿豆儿哭着没有吃，拾了一块骨头放到后院那个小土窑儿里。

过了两天，后娘说："绿豆儿，绿豆儿，今儿我和黄豆儿看戏去呀，你把屋子、院子扫得净净的，把草胡儿拨着晒得干干的，再做一双花鞋，做不成，我就把你赶出门不要了。"

后娘和黄豆儿走了，绿豆儿急得哭哩，猛然想起花牛儿说的话，就到后院那个小土窑里去看。土窑里的骨头不见了，却放着一双做成的花鞋，花鞋很漂亮，绿豆儿很喜爱，试着穿上合适得很。

后娘和黄豆儿回来了。后娘见绿豆儿穿着一双这么好的花鞋，骂着说："这花鞋是黄豆儿的，你那臭脚配得上穿吗？"就夺了去。

黄豆儿出嫁的时候，后娘就把这双花鞋给她穿上。黄豆儿刚骑到驴身上，脚就像被铁钳子狠狠夹住了，疼得她从驴身上翻下来，一连几次都是这样，后娘骂绿豆儿在鞋里使了鬼。绿豆儿冤枉不过，亲自穿上花鞋骑到驴身上试哩，啥感觉都没。后娘气得打驴哩，驴一蹄子把后娘的一条腿踢折了。黄豆儿上不了驴，后娘抱着腿疼得"哎哟哎哟"地在地上滚哩，一时乌烟瘴气的。

新郎官狗儿说："绿豆儿，看来你就是我的女人，你别下来，我拉着曹走。"没等绿豆儿说话，狗儿就拉紧了驴缰绳，驴早站得耐不住性儿了，立即迈开蹄子"哒哒哒"走得飞快。狗儿就拉着绿豆儿去了。

讲述者：　王芳花

采录者：　魏俊舱，男，32 岁，庄浪县卧龙乡魏家
　　　　　山村人，干部，高中学历

采录时间：1986 年

采录地点：平凉市庄浪县

选自：　　《歌谣故事》，第 313 ～ 316 页

25

白豆和黑豆

以前有两口子，生了一个小女孩又白又胖，就给起了一个名字叫白豆，后来白豆妈妈得了病，时间不长就去世了。白豆的大给白豆寻了一个后娘，后妈生了一个女孩，起名叫黑豆。

白豆自从母亲死后，没人心疼，她大又不敢，只要白豆大一疼白豆，白豆的后妈就要和白豆大大吵大闹几天。每一顿吃饭，后妈只给白豆一碗，白豆饿得面黄肌瘦。可是，对黑豆却是饭熟了怕烫嘴，饭凉了又怕吃了肚子疼。

一天晚上，白豆正趴在牛身上哭，后妈一脚把门踢开，进来说："明天早晨放牛去，如果牛吃得多了或少了，你以后就不要进这个家门了。"说完，"咣"的一声闭上门出去了。

第二天早晨，白豆赶着牛上山去，到了山坡上，牛就吃草了，白豆又坐在地埂上哭着，因为她的衣裤都烂了没有补。牛看着她那可怜的样子，说："白豆，白豆，你不要哭了，赶快把手放在我的尾巴下，就闭上眼睛。"白豆听了老牛说话，感到很惊奇，可是又想到牛说的话，不知牛要干什么，就按照牛说的去做。等到她眼睛睁开时，手

里有许多金子，她就蹦蹦跳跳地回到家。

后妈看见白豆拿着许多金子，笑着问："我的好孩子，从哪弄来这么多金子，快给妈说实话吧！"白豆就一五一十地给后妈说了，后妈听了就想，何不让我的黑豆去试一试。就把黑豆叫来把白豆早晨去放牛拾金子的事给黑豆讲了一遍，黑豆一听要发财，就答应了。黑豆妈还把黑豆的新衣给拆了几片子，不一会儿，一件新衣服就变成了烂衣服。

第二天，黑豆赶上牛上山去，到了山坡上，牛吃草去了，黑豆照妈妈说的就坐在地埂上哭。牛看见她那个样子，就说："黑豆，把你的手放在我的尾巴下，就闭上眼睛。"黑豆一听，认为发财的时间到了，可高兴了，她就按照牛说的去做。她等啊等啊，等不住了，就睁开眼睛一看，啊，满手的牛粪，黑豆就一口气跑回家，给她妈妈说了。她妈听了，想不到自己的孩子受了侮辱，心里就想这个仇一定要报。

晚上，黑豆的妈妈请了几个杀牛的屠夫，商量明天一早杀牛。他们正商量，正好白豆路过，听到他们第二天要杀牛，白豆爱老牛得很，就走进牛棚对牛说了她后妈要杀它的事。

牛听了说："白豆，现在我要给你说实话，我就是你妈，因为我活着的时候，在咱家时间太短了，没有还清债，我死了以后，又转世成牛给咱家来干活。将[1]还清了我的债，我死了以后，他们给你一碗牛肉，你千万不要吃，你见没有人的时候，就把一碗肉原原不动[2]地倒到后院墙角下一块石板底下的一个小坑里去，以后你有什么困难，就在石板下说一声，我听了会帮助你的。"白豆听了牛的话，哭了整整一夜。

第二天，他们杀了牛，果然后妈给白豆端了一碗牛肉，白豆端着这碗牛肉，流着眼泪，就按照牛说的去做了。

过了不久，白豆后妈又给白豆出难题了。她给白豆给了些烂布，一些一截一截的麻叶，给黑豆给了已经合好的布，长麻叶，要她们俩赶第二天早晨纳成鞋底。

白豆看着眼前的这些东西，想起牛临死前说的话，她赶忙跑到后院，掀开石板，给牛说了她的难辛，就回房睡觉去了。

第二天早晨，白豆一眼看见眼前的一双纳得整整齐齐的鞋底，就欢欢喜喜拿着鞋底给后妈看。后妈看了，口里没喘[3]，心里想白豆的绳子是一截一截的，布也是一些烂的，咋这么快，她暗自说黑豆不如白豆。

打这以后，白豆的后妈再也管不住白豆了，不再处处刁难白豆。而黑豆一天比一天胖，吃得太好了，又整天睡觉，一躺下就起不来了。

讲述者： 王建安，男，38 岁，工人
采录者： 李新立
采录时间： 1986 年 12 月 1 日
采录地点： 平凉市静宁县县城
选自： 《平凉地区故事集成》（资料本下卷二分
册），第 94 ～ 97 页

[1] 将：才。
[2] 原原不动：原封不动。
[3] 喘：说话。

26

人心不足蛇吞相 贪心不足吸太阳

从前，有一个爱好玩蛇的富翁。一天，在回家的路上，他碰见了一条花蛇，蛇的头部受了伤，他连忙用手帕包扎好，很小心地把蛇塞进口袋带回了家，每天给蛇换药、洗伤，帮蛇治好了伤。

一日，远方来了一位朋友，说是夫人眉梢上出了一个恶疮，要用蛇额皮贴，特此前来求见。富翁一听，很难为情，有心答应怕伤害了可爱的花蛇性命，有心不给又怕伤了朋友的感情。

无奈，他只好向蛇告白："我有一位远方来的朋友，他的妻子得下不治之病，需要你额前一块皮治病，你若愿意点三下头，把眼睛闭上让我割下。"只见那条美丽的花蛇向主人点了三下头，闭上双目。富翁用刀子慢慢在蛇头上剥下一块蛇皮交给了朋友，果然治好了他夫人的病。从此，富翁更加疼爱这条花蛇，越发精心喂养。过了几年，这条花蛇长成一条巨蟒，背上的花纹、鳞甲更显得美丽耀眼。

一天，富翁上街赶集，发现一群人围着看皇榜，原来是皇太后得下食道病，需要蛇喉医治，看见榜文上写道："……有人若有此物治好者，当封左班丞相。"富翁见此大喜，心想我这个养蛇的受尽了千辛万苦，今日万万[1]没料到也有了出头之日。他上前扯了榜文，守护榜文的卫士把他请进金銮宝殿面见皇上，皇上问："你有何物能治好皇太后的病？"富翁上前叩拜，说："禀万岁，我私养巨蟒一条，它的喉能治皇太后的病。"皇上说："你若治好，当殿封你左班丞相。"富翁谢恩回家，又向巨蟒说明来意，蟒点了三下头，闭上眼张开血盆大口，等候富翁割喉。

那富翁刚一下刀子，疼得蟒猛一吸气，就把一个将要登位的丞相吸进了肚里。这条巨蟒第一次尝到了人肉的鲜美，从此便到处拦路伤人，弄得鸡犬不宁，人心惶惶，人们给它起名叫"贪"。

一天清晨，太阳刚露出海面，这蟒抬头望着太阳，口水长流，心想："这东西又大又圆、又红又亮，如能把它吃掉，岂不是一顿美餐？"于是弓起腰，用尽全身力气向太阳扑去，不料"扑通"一声坠入海里淹死了。

讲述者：	不详
采录者：	左相，男，51 岁，灵台县新开乡寨坡村人，文化专干，初中学历
采录时间：	1985 年
采录地点：	平凉市灵台县
选自：	《平凉地区故事集成》（资料本下卷一分册），第 253 ～ 255 页

异文一：人心不足蛇吞相

从前，有一个财主，财主有一个儿子，名唤王三。这娃子被财主惯得很顽皮，不好好念书，总爱拿着弹弓打雀。

有一天，王三看见一只老鹰正叼着一条小白蛇，他急忙掏出弹弓，只听"啪"的一声，老鹰的翅膀扇了两扇，

[1] 万万：根本。

掉下小蛇飞走了。王三便把小白蛇装在口袋里带回家去了。

王三小心地把小白蛇喂养在小书匣里。渐渐地小白蛇长大了，小书匣里放不下了，他就把蛇养在大书匣里，转眼小白蛇长得更大了。这时，王三也变成一个大少年了。

这一年，正遇上大比[1]之年，王三就上京赶考，他叫书童一头挑着书，一头挑着装白蛇的书匣子，往京城里赶。走到一座大山林跟前，王三心想：听人说京城里的人很多很多，我把这大白蛇带到京城里，不好给它喂食，这里是个好地方，我把它放在这里，让它回到山里去，也算我没白养活[2]它一场。于是就把它放生了。这个蛇连[3]王三还有一段情意呢，这是后头的事，咱先不提。单说那王三上得考场，一看试卷傻了眼，真是丈二的和尚摸不着头脑，啥也不会答，只好退出考场。但他没忙着往回赶，心想我难得来一回，我就美美地游一游再回吧，王三就这样留在京城里了。

一日，王三正在闲逛，远远看见一群人围在一起看啥，他也挤进人群里看。原来是皇榜，大意是说皇太后得了一种怪病，只有用大白蛇的胆才能医好，若是有人能寻着蛇，皇上封他做朝中一品丞相。

王三一看心中一喜，上前揭了皇榜见了皇上，就去寻他的白蛇。他到放生蛇的山林中高声呼叫："小白儿！小白儿！"大白蛇正盘在树上，听见主人叫它，连忙窜出山林。王三见大白蛇出来了，便上前和它说起亲热的话儿来，绕来绕去，总算绕到要的蛇胆上。

大白蛇一听惊了，心想不给吧他是我的恩人，有恩不报枉活世上，我还是给他吧。于是大白蛇说："我把口张开，你钻进去，把我的胆割一个就出来。"说罢，便把口张开，王三进去割了一个出来，蛇疼得满身是汗，大白蛇看了王三一眼，便慢慢地回到山林里去了。

王三做了一品丞相，得意得很。没过几年皇榜又贴出来了，说是天子病了，需要大白蛇的心才能治好，若是谁能把大白蛇的心剜上针尖大的一点，皇上给他半壁江山。

[1] 大比：大考。
[2] 养活：饲养。
[3] 连：和。

王三心想这下可好了，能做半个皇帝了。

这次，王三带了一队士兵，心想要是大白蛇不给心的话，他就叫士兵用乱箭把大白蛇射死。大白蛇正在山林里闭目养神，忽然听见他的主人又叫它，连忙爬出山林，来到他的跟前。

王三跟它亲热得不得了，最后终于说出了要蛇心的话，还挤出了两滴眼泪，说是皇上逼他来的。大白蛇听罢，大吃一惊，心想世上难道还有如此不知足的人吗，不过他是我的恩人，有恩不报非君子，就让他剜一点罢。大白蛇把心一狠说："我把口张开，你剜一点就出来，不然你就出不来了。"说罢，就把口张开，让王三进去。

王三高兴地钻进去，到里面看见碗大的蛇心在"突突突突"地跳，他掏出刀子想剜一点，可又一想，我何不多剜一点，等我做了皇帝，说不定哪天也会用上哩。于是就手里一放劲儿，把一大块蛇心剜了下来。

这时，大白蛇再也忍不住那剧烈的疼痛了，一声嚎叫飞腾起来，钻进山林不见了，王三再也没有走出白蛇的肚子去做那半个皇帝了。这就是，"人心不足蛇吞相，做了国老想皇上。"

讲述者：	韩梅花，女，65岁，退休工人
采录者：	牛晓花
采录时间：	1988年3月2日
采录地点：	平凉市静宁县城关镇
选自：	《平凉地区故事集成》（资料本下卷一分册），第255～258页

异文二：货郎和蛇郎

从前有个货郎，每天担着西州杂货担儿到乡下叫卖。有一天，一个人把一个蛇蛋放在几个鸡蛋里换给了货郎。过了几天，货郎听见放鸡蛋的木箱里有响动，打开一看，里面钻着一条小花蛇。货郎吓了一跳，拿根木棍把小花蛇挑出来想打死，但是小花蛇缠着棍头尾巴翘过来翘过去很可爱，货郎不忍，就把它又放进了木箱里，称蛇郎。

此后，货郎每天给蛇郎打一个鸡蛋吃，蛇郎长得很快，没过两个月就长了胳膊那么粗。货郎担着很重，就把蛇郎放在大山畔里，过几日货郎到山畔看一回蛇郎，给它几个鸡蛋吃。蛇郎吃惯了，到时候就会在那里等着货郎。

转眼过了两年，蛇郎长成了一条大蟒，大蟒吃几个鸡蛋就像吃几个豌豆儿，货郎再不给它送鸡蛋了，但隔一个月仍去看一回，蛇郎也在那里等着，他和它成了交好的朋友。有一次货郎去看蛇郎，蛇郎早在那里等着他了，蛇郎旁边还有个白布包袱，货郎打开一看，里面是五百多两白花花的银子，货郎好不高兴，就把银子背了回来。他拿这些银子在西州办了一个铺面，从此他不再是一个小货郎，而是一个富商了。

蛇郎越长越大，腰身粗得像一口缸，吓得行人不敢路过那里，州老爷出了榜文："谁人能降了大蟒，就向朝廷保奏封县令。"货郎看了，知道大蟒就是蛇郎，揭了榜文，然后到大山畔找见了蛇郎说："州老爷出了榜文，只要谁叫你不在这里吓人就封县令。我已揭了榜文，看在我喂养了你一场的份上就成全我，快到山里边去吧！"蛇郎听了就向大山里边爬去。州老爷见两个月过去了，再没见大蟒出现，就写了奏章，上奏朝廷，皇上封货郎为青山县县令，货郎高高兴兴地去上任了。

又过了一年，州老爷的小妾丽娘病了，百药无效，最后来了一个道人，说丽娘这病只有吃一块大蟒的肉才能见好。大蟒的肉怎么能得到呢？州老爷愁得不行。眼看丽娘的病越来越重，脸上全然没了血色，气息奄奄，州老爷十分着急，就又贴出榜文："谁能得来一块大蟒的肉，愿把州官让给他。"

货郎知道了，心想：做一任州官多不容易，我何不向蛇郎求一块肉，估计它会给我的。货郎就去揭了榜文，钻进大山找到蛇郎，说："州老爷的爱妾丽娘有病，只要吃一块大蟒的肉就能好，州老爷贴出榜文说谁能得来一块大蟒的肉愿把州官让给他。我已揭了榜文，看在我喂养了你一场的份上就成全我，把你的肉让我割一块吧！"蛇郎听了，显出很痛苦的样子，但它还是趴下静等着让货郎割。

货郎从衣袖里抽出一把利刀，就在蛇郎身上割，货郎

想：不如趁此机会多割一些，要是皇上爷身边的哪位大臣的小妾病了，免得再跑一趟。货郎心狠，刀划的面积大，扎得深，蛇郎疼得颤抖着、呻吟着。货郎割了好一会儿还没割下来，就把刀用力再往深扎了一下，蛇郎疼得撑不住，回过头咬了货郎一口。不想蛇郎力气太大，只那么一下就把货郎给咬死了。

讲述者：　　　晓晓

采录者：　　　魏俊舱，男，32 岁，庄浪县卧龙乡魏家
　　　　　　　山村人，干部，高中学历

采录时间：　　1986 年

采录地点：　　平凉市庄浪县

选自：　　　　《歌谣故事》，第 298 ～ 299 页

27

天理和良心

从前有兄弟两个，哥哥叫天理，弟弟叫良心。良心多半岁上父母双亡，靠哥哥贩卖粮食养活他。天理贩粮的时候，挑着一双箩筐，一头挑着粮食，一头挑着弟弟，辛辛苦苦把良心拉扯大了。

有一天，良心突然问天理："哥哥，哥哥，天理大还是良心大？"天理说："我不知道，咱们问隔壁王大爷去。"良心又说："如果天理大了，咱们的家产全归你用，我讨要去；如果良心大了，咱们的家产全归我使用，你就讨要去。"老实的天理只能说能成。

弟兄俩商量了后，良心就背着天理跑到隔壁王大爷家，跟王大爷说："王大爷，明天我和我哥哥来问你，天理大还是良心大，你就说良心大。"王大爷不知道原因，也就顺着良心的话说："能行。"第二天，天理和良心来到隔壁王大爷家，一进门兄弟俩就问："王大爷，天理大还是良心大？"王大爷顺口说："良心大。"兄弟俩回去后，良心真的不要天理了，天理只好沿门乞讨，过着饥一顿饱一顿的叫花子生活。

一晃几年过去了。有一天，天黑了，天理走到前奔不着人家，后奔不着店家的地方，他心里正在着急，看见山上有座庙，就来到庙里，睡在将台上的神像后面。

到了半夜，狼、野狐、兔子、猴子都来了，卧在地下。野狐问狼："狼哥，狼哥，你这几天吃得饱不？"狼回答说："这几天王员外家的姑娘病重得很，大骟羊[1]打在山上没人管，我吃得饱得很。"野狐又问兔子："兔弟，你这几天吃得饱不？"兔子回答说："这几天王员外家姑娘病重得很，大川里的苜蓿没狗看，我每天钻进去不出来，吃得饱得很。"兔子问野狐："狐哥，狐哥，你这几天吃饱着没？"野狐回答说："王员外家的姑娘病重得很，家里乱线着哩，鸡没人管，我叼着吃得饱得很。"野狐问狼："狼哥你说，王员外家姑娘害的啥病？"狼想了想就说："王员外家的场里有一个大麦草垛，草垛底下有一个成精了的蛤蟆，就是这个蛤蟆害王员外家的姑娘着哩。"野狐又问："狼哥哥，你说病难治吗？"狼说："病好治着哩，只要把草垛翻开，把蛤蟆烧了，姑娘的病就好了。"一群野兽就睡着了，啥声音都听不见了，野兽说的话，正好被睡在神像后的天理听见了。

天理听了野兽的话，就想给王员外的姑娘搭救病，他边讨要边打听王员外家。经过打听，总算摸到王员外家门上，就要吃的。王员外的家人说："我家姑娘有病，家里乱线着呢，哪还有馍馍给你？快去，快去！"天理说："我能治好你家姑娘的病。""我家请过的大先生太多了，都没有治好，你一个叫花子有啥本事呢？少骗人，还不快去。"正说着，王员外走出门来，问明原因，就说："既然说能看好病了，就引进来试一试。"就把天理引到家中。

王员外把天理请到家里，高酒贵饭款待了一顿。天理吃饱喝足以后，就叫王员外请了几个庄里人，把场里的麦草翻开，麦草垛底下真个有一个蛤蟆卧在柴里，有背斗[2]那么大，眼睛儿红红的，已经成精了。他们就把蛤蟆堆在柴里，倒了一缸油，点着烧了，王员外家姑娘的病果然好了。王员外看到女儿的病好了，高兴得不得了，问了一下天理的身世，知道天理无家无舍，就把天理招了女婿，

[1]　骟羊：被阉割掉的公羊。

[2]　背斗：背篓。

一家人和和气气地过日子。

再说良心自从把天理赶走以后，就每天坐下吃，不到几年就吃光了。房子拆了，骡马全卖了，卖钱花了，就成了穷光蛋，只好沿门乞讨，也当了叫花子。

这一天，他要到王员外家门上，正好碰上了天理，良心看到天理寻了个俊媳妇，享着荣华富贵，就问天理是咋得到的，天理就把他在庙里过夜的前前后后一五一十地给良心说了。良心听后心里就盘算开了：我也到庙里试一试，也想得到老哥那样的好处。他就寻到这个庙里，睡在将台上的神像后面。

到了半夜，狼、野狐、兔子、猴子都来了。卧了一会儿，野狐问狼："狼哥，狼哥，你这几天吃饱着没？"狼回答说："哎，王员外家姑娘的病叫人看好了，牛羊有人管了，这几天连啥都没吃上，饿得好难受。"野狐又问兔子："兔弟，兔弟，你这几天吃饱着没？"兔子说："王员外家的姑娘病好了，两个大黄狗守着大川里的苜蓿，连一点都吃不上，饿得很。"兔子问野狐："狐哥，你叼着吃上着没？"野狐叹了一口气，就说："唉，你知道吗，王员外家姑娘的病好了，鸡叫人家收拾了，这几天连个啥也没吃上，把我真个饿死了。咋肉腥腥的，莫非有吃的？老猴你麻利，爬上大梁看看有吃的没。"猴子爬上梁一看，说："神像背后有一个活神。"狼一听有吃的，抢先窜上将台，从神像背后一口咬住吓得半死不活的良心，跳下将台，一群野兽抢着把良心三下五除二给吃光了。

讲述者：　陈小芹，女，30 岁，四河乡涧沟村人，
　　　　　农民，不识字
采录者：　陈静，男，37 岁，小学教师，中专学历
采录时间：1988 年 1 月 28 日
采录地点：平凉市静宁县四河乡涧沟村
选自：　　《平凉地区故事集成》（资料本下卷一分
　　　　　册），第 217 ～ 220 页

附
记

故事先后收录入《静宁民间神话传说故事》《平凉地区故事集成》《中国民间故事集成·甘肃卷》，在陇东一带广泛流传。

28

花牛

有弟兄两块[1]，老大当掌柜的着哩，老大每天天不亮就把老二催着起来叫寻活去哩。

有一天，老大派老二去耕地，老二就吆上家里的花牛到山上去了。耕呀，耕呀，很迟了大饭[2]还没吃，花牛说开话了。

花牛说："老二你把我解了，我乏[3]得很，你哥在家里吃好吃的着哩，咩给你搅了些搅团。"

第二天，花牛又说："老二你把我解了，曹往回走。今儿回去么，你哥咩就和你分家呀，他分啥你都不要，你光把我要上，把块烂车子要上。"

头到[4]回去些，他哥真个要分家哩，老二光要了花牛和一块烂车。老二就吆上花牛，套上烂车子来到深山里，准备拉着卖柴哩些。看着有个山神庙儿，花牛说："今晚上你就睡在山神庙里，我到外前吃草呀。"

[1] 块：个。
[2] 大饭：中午饭。
[3] 乏：累，疲劳。
[4] 头到：等到。

天黑了，老二睡在老爷[5]后头，一阵儿进来了一块虎、一块狼和一块兔儿。

三块好像比赛哩，虎说："我有两缸银子在老爷的左脚底下埋着哩。"

狼说："我有两锅银子在老爷右脚底下埋着哩。"

兔儿说："我有两罐银子埋在老爷中线下边。"

天不亮，三块都走了。花牛进来说："晚上听见啥着啊么？"

老二说："听下着哩，它们各把各埋下的银子说了。"

花牛说："外就挖银子么。"头到把银子挖出来些，满满装了一车，老二就买地哩，买房买院哩，很快成了块大富汉了。这时，老二再舍不得用花牛耕地拉车了，就每天只叫它到山上吃草。

有一天，花牛来到樊家庄吃了草，黑了卧在房顶头崖背[6]里。这庄里有几个土匪商量着偷老二呷[7]，花牛连夜回来给老二透风，并给老二安顿说："你赶快杀猪宰羊摆酒场，把好东西放到桌儿上，等着他们来。土匪来了你就说我晓得你们都来呀，我等着哩，他问你咋晓得来，你就说是我舅舅给我说下的。"

果然来了一群土匪，土匪头头儿问："你咋晓得我来？"

老二说："我舅舅说来。"

土匪头头儿说："你叫你舅舅去！"老二就把花牛拉着来了。

土匪头头儿一看老二拉来一头牛，就骂开了，说："我叫你叫你舅舅去哩，谁叫你把牛拉着来哩？"老二说："这就是我舅舅。"花牛说："我就是他舅舅，前一世，我欠下他家的账哩，阎王爷叫我变个牛，做活给他还账哩。"

土匪听了这话说："给我端一盆水，我把这手洗了再不偷人了。"

老大听说老二靠花牛和烂车子发了家，寻着来闹开了，

[5] 老爷：山神庙里的山神塑像。
[6] 崖背：窑洞上面的平地。
[7] 呷：句末语气词，相当于"呀""啊"。

说："这花牛和车是爹爹留下的家业，咋叫你一块人用哩，你已经富了，藏给我给给。"老二就把牛和车给了他哥。

老大按照老二的办法，也套上车来赶上花牛来到了山神庙，花牛说："你今晚睡在庙里，我在外边吃草呀。"

晚上老大睡在老爷身背后，觉着害怕得很，就爬到扶梁上。半夜里一块虎、一块狼、一块兔儿进来了。

狼说："饿死我了！今儿我跑着吃羊去来叫人断上。"

虎说："狼老弟，我今儿也饿得挨不住了，一天连块啥都没吃上。"

兔儿说："两个大哥，曹的银子叫人掏着去了，藏买着吃一口去啊都没个钱了么，藏就等着饿死了。"

老大在扶梁上吓得尿尿唰啦啦地淌哩，淌到狼头上，狼说："不好了，天爷下开雨了。"

虎说："刚才进来时天晴得光光的，阿达来的雨哩？"

正说着哩，兔儿把头搭在庙门上探着出去一看，说："天上星星满着哩！"这三块都说："这还怪了！"头抬起一看些，把老大吓着跌下来了，叫狼、虎、兔儿三块吞着吃了。

讲述者： 牛富华，男，66岁，农民，不识字
采录者： 焦克敏，男，50岁，庄浪县盘安乡颉崖村人，干部，中师学历
采录时间： 1986年
采录地点： 平凉市庄浪县
选自： 《平凉地区故事集成》（资料本下卷一分册），第4～6页

29

李云和李红

从前，有一个人，他的妻子生下一个男孩就死了。他又娶了一个老婆，又生了一个男孩。这个女人对她的亲儿子十分疼爱，而对这个没有亲娘的孩子却想尽办法去折磨。哥哥叫李云，弟弟叫李红，弟弟在他妈的影响下，看见哥哥穿得破烂，就嘲笑说："妈妈爱我，你看妈妈给我穿得多新。"冬天，弟弟李红穿着棉衣，哥哥李云却穿着妈妈给他用草做的"棉衣"。

有一天，李云给他爹说他冷，他爹见他穿的衣服那么厚，就说："你穿得那么厚还冷，你看你弟弟穿的衣服比你的还薄都不说冷。"说着伸手去打李云，李云转身就跑，却被一块石头绊倒了，衣服挂破露出了草，他爹看见了走过来流着泪说："孩子，你就去讨饭吃吧，在家里不如去讨饭。"

于是，李云就拿着一根木棍和一只小竹篮出了家门，从此他就靠要饭为生。

有一天，讨得吃饱后天快黑了，他就去找投宿的地方，找啊找，终于找到了一座破庙，他决定在这个庙里过夜。他走进破庙，就在一座神像后面躺了下来。

天黑了，先进来一只老虎说它吃得很饱，接着进来了一只狼说它吃得很饱，最后进来了一只黄鼠狼也说它吃得很饱。

狼问老虎："大哥，你今天吃的是啥？"

老虎说："我吃了一只肥猪还没吃完，在一个地方埋着哩。"

老虎又问狼："你呢？"

狼说："我吃了一只大绵羊还没吃完，也在一个地方埋着哩。"

老虎又问黄鼠狼："那么你今天吃的啥？"

黄鼠狼说："我吃了一只大公鸡，也还没吃完，也在一个地方埋着哩。"

它们又谈了一些其他事，老虎说："王家庄有一个员外，他家要啥有啥，就是他只有一个女儿些还经常有病，在好多地方都看过了，就是看不好。其实他不知道，那是他家麦草堆里头有一条白长虫，是它缠住了他的女儿，使她的病不能好，如果他能把那堆麦草点着，把白长虫烧死，他女儿的病就好了。"

接着，狼又说："他家吃水要到十几里外去挑，他不知道他家的大白杨树下面有一池水，如果他把白杨树砍了，下面那一池水就足够他们吃了。"

黄鼠狼说："他家还有一圈羊，每天晚上叫唤个不停，他不知道他家羊圈里有三缸银子，羊叫唤是银子要出世了，如果他把羊圈挪了，把银子挖出来，他家的羊就不叫唤了。"

说完，天已经蒙蒙亮了，老虎对大家说："快走，咱们吃各自埋下的食物去，要不会被别的动物吃掉的。"说完它们就一块儿跑出了破庙。

李云藏在神像背后，把动物们说的话都听清楚了，就是不敢出来。太阳已经老高了，李云才从破庙里出来继续去讨饭。

这天他来到一个村子，看见有一户人家非常富裕，就走进去向女主人讨饭吃，女主人唉声叹气地说："我女子的病都看不好，我还能给你吃些啥呢？"李云见女主人愁眉不展，又看看床上躺着的女子，就有礼貌地说："你给我吃饱了，我保证把你女子的病治好。"女主人看了看站在门口的李云，很不高兴地说："我女子的病好多医生都看了，没有一个能治好，你一个十五六岁的娃娃能治个啥病。"说着取来馒头递给李云，李云饿极了，抓起馒头就吃。

吃饱后，他又问："老妈妈，你家的那堆麦草舍得烧吗？它里面有一只白长虫，把它烧死你女子的病就好了。"

女主人坚决地说："舍得，只要我女子的病好了，我还有啥舍不得的呢？"说完就马上叫人烧那堆麦草。几个人用火点着麦草堆，烧了一会儿，果然有一只白长虫，它在火堆里挣扎了一会儿就死了。不多时，她女子的病真的好转了。

过了几天，李云向女主人说："老妈妈，我该走了，感谢你这几天对我的帮助。"女主人见他要走，就说："你还要到外面去讨饭？这就是你的家，我女子就给你当媳妇。"李云在女主人的再三挽留下，就留了下来娶了她女子。

过了几个月，李云对他姨父[1]说："姨父，咱把那棵大白杨树砍了行吗？咱家吃水太远，那下面有一池水，够咱家吃。"他姨父说："好，那就砍了吧。"

他们说完就叫人砍树，树砍倒了，一股清水从树下冒了出来，从此他们再也用不着到十几里以外去挑水了，全村的人也都来这里挑水了。

又过了几个月，李云对他姨父说："姨父，咱家的羊每天晚上都叫唤个不停，咱把羊圈挪了，羊圈里有三缸银子要出世了，咱把它们挖出来，羊就不叫唤了。"

他的姨父听完就叫人照李云说的做了，果然从羊圈里挖出了三缸银子。从此，羊再没叫唤过，他们也过着平安幸福的生活。

一晃十几年过去了，李云想起了他爹，就带了些东西和妻子去看望他的父母。他到家一看，家已经破烂不堪了，他的父母也老了，已经认不出眼前的儿子了，李云就将过去的事情一五一十地叙说了一遍，两位老人流着泪劝李云留下，可是李云说啥也要走。

李云走后，他后妈就对小儿子说："李红，你看你哥

[1] 姨父：岳父。

哥靠讨饭还娶了媳妇，穿戴很新，你已经长大了，家里没有钱给你娶媳妇，你也去讨饭，自找前程去吧！"李红听完娘的话，也就拿着棍子和竹篮讨饭去了。

有一天，他要得吃饱了，晚上就住到了他哥哥住过的那座破庙里，他太害怕了，就爬上屋梁睡觉。不一会儿，老虎、狼和黄鼠狼进来了，李红吓得趴在房梁上连气都不敢出。

这时，黄鼠狼对老虎说："大哥，你个子高，把房梁上那块肉拨下来咱们吃吧。"老虎刚一抬腿，李红就从房梁上跌了下来，被三个动物吃掉了。

讲述者：　尚拴牛
采录者：　尚惠
采录时间：　1988 年 5 月 17 日
采录地点：　平凉市泾川县高平乡原尚村
选自：　《平凉地区故事集成》（资料本下卷一分册），第 229 ～ 232 页

30

兄弟俩

四川湖广五道山，有一家人姓陈，弟兄两个，老大叫陈志忠，老二叫陈志明。老二娶了媳妇，老大还没有。家里失火，家产烧了个一干二净，三口人就逃到外乡，要着吃了两年，到了扬州，又住了三四个月。

这一日，他们从一个山里进去，里面有一个山神庙，庙院角角有一个小楼房。志忠让弟弟和弟媳妇在小楼房里住下，自己在院子的另一角一间破房子里住下。白天弟兄二人就去要饭。志忠每天要好多吃的，志明要不上多少就回来了。志忠说："楼房上到处是破洞，很冷，你干脆去拾些柴把炕烧热，我一个人要去。"志明就在山上拾柴，可是拾了几天就不好好拾了。

有一天，老大要吃的回来，见老二没拾柴去，炕古[1] 着，骂志明说："你要不下吃的又拾不下柴，这么下去怎么行？"志明又拾柴去了，拾了几天又不拾了。

志忠没法子，一个人在破房子里气得转磨磨跺脚，不料把一块地砖踏了两截子。他低下身子补砖，发现砖底

[1]　古：冷。

下有一罐银子，就悄悄把砖盖上走上楼来。志明说："哥，你嫌我不顺眼了咱们就各过各的，谁也不耽搁谁。"

志忠就把发现银子的事给志明说了，又说："这是老天赐给我们的，从此我们不怕饿死了，但这银子暂时留下，回去后丢[1]些地，但回去前还得好好要呢。"

第二天，志忠又出去要饭去了，想多要些回家。志明女人对志明说："走，去看看，真有银子吗？"志明和女人来到破房里，搬开砖，果然是一瓦罐白花花的银子。女人说："啊，这么多，这些银子给咱两个，够花一辈子的，可是有哥哩，就不由咱们了。"志明听了女人的话，想了一会儿，觉得确实不该有个哥。

天黑了，志明两口子蒙着面，在一棵大柳树下等着哩。志忠背着一褡裢馍馍过来了。志明和女人猛扑上去拉住他，志明伸出两根指头把他哥的两只眼睛挖了，回到庙里取出银子背上到另一个地方去了。

志忠疼昏了，半夜里才醒过来，摸着钻进大柳树的空罐罐里头。后来，他一连两天，白天出来晒太阳，晚上又钻进去。

第三天晚上，从这里路过三个仙家，坐在树旁拉闲哩，一个说："这么大个扬州，竟然到二十里路上驮着吃水哩，怎么行？"另一个说："扬州当街道有一棵大槐树，树下挖五尺深有一块白石板，石板下有同缸壮[2]的一股水哩。"又一个说："柳员外家后花园东角子牡丹树下，挖三尺深有一眼泉水，药王爷把药瓶丢在那里了，瞎子聋子吃上这水就好了。"另一个说："柳员外二千金害下个妖气病，请了许多良医没看好。"又一个说："柳员外家有三十年的一个陈草垛，草垛底下钻下一条碗口壮的长虫成精了，害这姑娘着哩。妖精一走就轻了，妖精一来就穿衣落草的重得很。柳员外贴出榜说，谁能看好这个病，就把谁招成女婿。"说罢，三个仙家走了。

志忠在树洞里听得一清二楚。天亮了，志忠就摸着向扬州走去。到了扬州，他在街道坐下，喊着说："扬州有水哩！扬州有水哩！"街道上的人问："扬州哪里有水，

你只要把水找出来，我们到县老爷跟前给你报功，再不用要着吃了。"志忠说："我一定能找出来，请你们报给县老爷。"有个县老爷正派人到处找水哩，百姓就把这事给这位县老爷报告了。县老爷来问志忠："你真的能找出水来吗？"志忠说："能找出来，扬州的水扬州用不了。"县老爷就把志忠请到县衙。第二天饭罢，县老爷就让他找水。志忠让人拖上走到当街一棵大槐树下，说："砍了这棵树，挖地五尺深有块白石板，扳起白石板水就出来了。"县老爷命人砍了树，挖了一阵，真的有一块白石板，扳起石板，水真的出来了。

县老爷非常高兴，问志忠："你要多少酬金？"志忠说："够几天吃饭就行了，多了我也没处拿。"县老爷赏给他一百二十两银子，志忠不要，县老爷一定让志忠拿上。志忠说："县老爷一定要给我这么多银子，那就先寄放在县衙里吧，我啥时用，啥时来取，一年不来取，您看谁需要就给谁。"县老爷只好答应了，又给款待着吃了，志忠就摸着朝柳员外家走去，到了柳员外家门上喊着要饭哩。一个家人出来说："你到别人家要去，这家里有病人，捂麻[3]得很。"志忠问："啥病？"家人说："给你白说哩！"志忠说："你给员外说，门上来了个瞎子专会看这病。"家人说："你有那本事些不要着吃。"志忠说："灾难遇时人，你别小看我，快给员外说去。"

这话已被站在院子里的员外听见了，说："好，就让他看看。"就把志忠叫进去，安排在一个小房子里吃了些，就引到绣房给姑娘据检[4]病。志忠让人从姑娘手腕上拉出一根红丝线，坐在凳子上装模作样地摸了一阵脉说："姑娘的病能治好。"员外急着问："咋治哩？"志忠说："出去给你说。"走出绣房，志忠说："你家有三十年的一个陈草垛吗？"员外说："有。"志忠又问："你舍得草垛吗？"员外说："只要我女儿的病好了，十个草垛也舍得。"志忠说："那就好办了，实话给你说，草垛底下有碗口壮的一条长虫，有了妖气，姑娘就是让它给害的。你把草垛点了，把长虫烧死，姑娘的病就好了。"

[1]　丢：置办。

[2]　壮：粗。

[3]　捂麻：心烦。

[4]　据检：检查，诊断。

第二天，柳员外就叫人在草垛上泼了油，又叫了许多人执着铁叉刀矛站在周围。点上火，很快着起了冲天大火。不一会儿，从大火里面突然窜出来一条碗壮的长虫，长虫窜出来，周围的人把它给挑回撂到火里，长虫又窜出来，人们又把它挑着撂回去，一连几次就给烧死了。

长虫死了，姑娘的病立刻好了。但柳员外嫌志忠是个瞎子不愿把女儿嫁给他，端了五十两银子让志忠收下。志忠知道他反悔了，说："银子我不要，只是你堂堂柳员外贴榜哄了人，我就说这一句话，我走了！"志忠转身就走，姑娘出来说："大大，咱不能昧良心，人家把我的病治好了，把我的命救下了，是个瞎子我也不嫌。如不然，传出去，人也骂咱父女俩哩，我也没脸再嫁人了。"员外听女儿说得有道理，叹了口气，就只好让女儿和志忠结了婚。

晚上，志忠对姑娘说："明天你把我拖到后花园里转转。"姑娘说："你看不见，转啥呢？"志忠说："也可散散心。"第二天太阳上来了，志忠让姑娘找了个铲子拿上。姑娘把志忠拖到后花园里，志忠说："现在你把园门关了先回去，直到日头落山的时候再拖我来。"姑娘关了园门走了。志忠摸到东角子牡丹树下面，挖了三尺深，露出一块石板。取了石板，底下果然有一泉水，他忙连喝带洗眼窝子。

过了一会儿，眼窝里生出两个眼珠儿来。眼睛好了，啥都能看见了。他高兴得很，见天还早，就在园子里转着看花，直到下午太阳快落山了姑娘才进来。志忠说："现在不麻烦你拖了，你看我的眼睛好了！"姑娘一看些，两只眼睛真的明亮亮的，问咋好的，志忠把咋好的说了，姑娘又喜又惊奇。

两个人出了园门，姑娘急着告诉给员外。员外看了，也高兴极了，志忠有了眼睛，人也显得很精干了。因志忠老实，做啥认真细心，过了半年，柳员外就把家事托付给了他。此后，志忠一连当了十几年掌柜的，家事料理得十分周到，柳员外很满意。

再说志明把得下的银子没多日在赌案上输光了，就又要着吃。一日，志明两口子走到了黄家庄，庄畔里有个瓦窑，天黑了两口子就睡在瓦窑里。庄上有个庄面子[1]骑着马经过瓦窑，见里面灯盏亮着哩，就把马拴好走进瓦窑一看，见一个要着吃的引着一个年轻媳妇。庄面子想：要着吃的多是光棍，这人咋引着这么俊的媳妇？就问情况。志明说："家里失火烧了家产，穷着过不前去，我两口子就出门要着吃。"庄面子看这个女人更可怜，说："男的要着吃还好说，女的要着吃这日子实在难过啊！"

志明见这人同情女人，就说："掌柜的如果不嫌弃，就把她暂时寄放在你那儿吧！"庄面子看着这女人说："那这位娘子呢？"女人巴不得离了志明另嫁他人，听这人这么说，红着脸低着头不说话。庄面子看得出来，就给志明给了十串铜钱，把女人架到马上回去了。志明拿着十串铜钱又去赌，结果又输了个净光。

志明要着吃了十几年，这一天来到柳员外家门上。恰巧志忠从门里走出，乍一看面熟，仔细看了一会儿，才认得是弟弟，可志明还没认出他哥。志忠进去给家人说："给这个要着吃的多给些，让他住下。"

晚上，志忠把志明叫到跟前问："你是哪里人？姓啥？家里还有啥人？"志明齐齐说了。志忠又问："你哥和你一搭出来要着吃，他咋去了？"志明说："我哥在扬州偷了人家的东西，被人家打死了。"志忠站起来说："你记得大柳树下挖了眼睛的那个人吗？"志明一看，才认出这个掌柜的是他哥，吓得连忙跪下磕头。志忠说："你挖了我的眼睛，以为我不知道，我醒过来就知道是你们为了独得银子害了我。你这个狼心狗肺的东西，心好狠啊！如今你看，我还是我，可你卖了女人仍要着吃！"志明趴在地上一个劲地磕头。志忠说："起来，我不计较你，今后就在我这里吃饭帮忙。"志明感激得眼泪一把鼻涕一把的。

志明就住在柳员外家。时间长了，弟兄二人拉闲，志忠把挖了眼睛以后的全部过程说给志明听了。志明想：坐在这里，还是吃着人家的脸势[2]饭，不如也到那棵柳树下等仙家去。第二天，志明给志忠说他要出去游一游，就来到柳树跟前，钻进空罐罐里坐着等神仙哩。

[1]　庄面子：村子里能说起话的能人。

[2]　脸势：脸色。

天黑了，三个仙家真的来了。一个说："在这里缓一下吧。"另一个说："还在这里缓哩，上次缓的时候说漏了嘴，叫一个人把光沾了。"又一个说："这空罐罐里常钻人哩，来，放一把火把这空罐罐树给烧了！"说着就放了一把火把树烧着了。志明一急被树里的空罐罐卡住没跑出来，一会儿就烧了个焦疙瘩。

讲述者： 张志明

采录者： 焦克敏，男，50 岁，庄浪县盘安乡颉崖村人，干部，中师学历

李国珠，男，24 岁，庄浪县永宁乡人，郑河乡文化站干事，初中学历

采录时间： 1986 年

采录地点： 平凉市庄浪县

选自： 《歌谣故事》，第 356 ～ 361 页

31

还魂草

从前，有兄弟两人，哥哥叫本善，弟弟叫千里。本善和妻子对他的弟弟千里很凶，家里的繁重活儿几乎都叫千里做了，可对待他还像仇人一样。

有一天，千里到山里去打柴，发现了一个金盘子，回来后他就告诉了哥哥本善。本善一听到弟弟拾了一个金盘子，高兴得跳了起来。后来，本善和妻子为了独得金盘，就把弟弟千里赶出了门。

千里流落到外，在走路时不小心掉进了一个井里。但是，他并没有死，听见一个声音给他说："可怜的孩子，拿上这个还魂草到王宫去，公主病了，只有这些药才能治好。"于是，千里被送上井来。他独自来到王宫，治好了公主的病。

国王很感激，给了他一个官和许多银子。这一下，千里从一个穷人一下子变成了有钱的人。

这件事被他狠心的哥哥知道了，那个本善也想学弟弟那样，于是他就跳进了这口井里，一阵狂风卷来，这口井被黄土填实了。

讲述者： 张俊明，46 岁，泾川县高平乡袁家城村人，
　　　　　农民，小学学历

采录者： 张建勋，高平中学学生

采录时间： 1988 年 5 月 4 日

采录地点： 平凉市泾川县高平乡袁家城村

选　自： 《泾川民间故事》，第 243 页

32

青蛙吐珍珠

在满常[1]有一座大山，山脚下住着一户富汉，掌柜的名叫马暴，性格和名字一样不讲一点道理。他家有一个十六岁的丫鬟，名字叫珠珠，伶俐得很。珠珠的爹妈早已去世，她九岁多时就进了马家一直在厨房干活儿。

数九寒天，她敲开厚厚的冰层淘米洗菜，两只小手冻得像煮熟的黄萝卜。三伏天气，她在火热的日头底下舂米磨面，汗水从她那干瘦的脊背上流下来，湿透了她补满补丁的开襟衫。珠珠的心地可好哩，看到门口有讨饭的，她宁可自己饿肚子，也要弄一点吃的送给这人。

一天，珠珠到桥下去淘米，看到一只小青蛙在浅水里挣扎，珠珠看它可怜，就给了它一把米。小青蛙一见，马上凑过来，大嘴一张把米粒吞下了肚子，小青蛙高兴地漂[2]走了。从那以后，珠珠每次到桥下淘米，那只小青蛙就会出现在她的面前，朝她点点头，她就喂一把米，小青蛙就高兴地漂走了。花开花落，一年过去了，小青

[1]　满常：地名。

[2]　漂：游。

蛙长大了。

一天，珠珠刚到桥下洗菜，小青蛙就"哇"的一声扑过来，吐出一颗亮晶晶的珍珠，正好落在珠珠的手里。啊！多漂亮的珍珠，亮得连眼都睁不开了，珠珠正想还给它，小青蛙已经游到水底下不见了。从那以后，珠珠每到那里，小青蛙总要吐给她一颗珍珠，一颗比一颗大，一颗比一颗好看，珠珠把珍珠全保存在自己的一个小兜兜里。

这年中秋节到了，马财主请方圆的财主赏月比宝。财主们酒足饭饱后醉醺醺地来到花园比宝。珠宝真不少，有夜明珠、猫儿眼等，还有许多叫不上名字的，财主们都看呆了。

就在这时，两个丫鬟在门口说话，一个说："这些宝贝真好！"另一个说："有啥稀奇，珠珠姐姐的珍珠比这些好看得多。"马财主耳朵尖，听到这句话，赶紧派人把珠珠叫来，说："珠珠，今天是中秋节，各位老爷都来赏月，听说你也有几颗珍珠，拿给我们看看吧。"珠珠没办法，只好拿出来给他们看，打开包珍珠的一个布包，珍珠放射出一道道光芒，亮极了。财主把它和自己的珠宝放在一块，那些珠宝算不了什么宝贝。

隔了一会儿，只听见一阵"哔哔喇喇"的响声，那些珠宝被珍珠的光刺[1]裂了。这下可把马财主气坏了，既丢了财又伤了面子，气得头发端多[2]，把桌子一拍："大胆珠珠，竟敢偷我家祖传珍珠！"珠珠气得浑身发抖，把小青蛙的事一五一十地说了一遍，马财主打断了她的话，吩咐家奴们把珠珠吊打一顿关入私牢。

第二天一早，马财主就叫人在那里筑坝，把水排干，要找出那只会吐珍珠的青蛙。足足用了七七四十九天，水还是排不干，原来桥下是个深潭。白天把水排掉多少，夜晚又冒出来多少，这把马财主气坏了，只好把珠珠从私牢里放出来，对她说："只要你能把青蛙从水下摸出来，就证明不是你偷的，我还要赏你银子，放你出去。"珠珠在私牢里早已被折磨得不成样子了，她死也不肯下水去摸，马财主脸孔一板，把她推下水去。

真奇怪，珠珠一下水，水就上升了，珠珠走到哪里，水就退到哪里，珠珠走到深潭，潭水就打起转来。不一会儿，青蛙浮上来了，四十九天不见了，珠珠一阵心酸，眼泪簌簌地滴落下来，她慢慢蹲下来，伸出瘦瘦的手轻轻地抚摸着青蛙，她伤心透了。站在桥上的马财主见青蛙浮上来，高兴得发了疯，拼命喊："珠珠，快点捉上来！"珠珠理也不理，一边抚摸着青蛙，一边掉眼泪。

马财主气急了，自己赶到桥下，伸手来抱青蛙。突然一声巨响，深潭中的一股浑水把马财主给卷了进去。这时，那青蛙突然变成一个穿戴齐整的小姑娘，拉着珠珠，朝天上飞去。

从此以后，桥下就留了一股浑流。天快黑时，谁都不敢站在那里，在不少人家里，大人哄小孩时，就用"浑流"来吓唬娃娃们。

讲述者：　　陈锦峰

采录者：　　陈静，男，36 岁，小学教师，中专

采录时间：　1987 年 12 月 3 日

采录地点：　平凉市静宁县城关镇峡口村

选自：　　　《平凉地区故事集成》（资料本下卷一分册），第 267 ～ 270 页

附
记

在静宁，老人常吓唬孩子说"浑流来了"，但谁也不知道"浑流"是什么东西，这里讲述了"浑流"的由来。

[1]　刺：照。

[2]　端多：直竖起来。

33

枣核

早年间，在山脚下的一个村子里，有一家人家，只有两口子过日子。日子过得还不错，只是年年月月盼自己有个小孩，哪怕是枣核大的孩子也可以。

过了一年半载，女人真生下枣核那么大一点的孩子，两口子欢喜得合不拢嘴，便给儿子起了名字叫枣核。年复一年，枣核一点也不见长，两口子就怨天怨地，他们对枣核说："我们生你白欢喜了一阵子，一点也不见往大哩长，将来咋办哩？"枣核听了后说："爹娘都不用愁，别看我人小，啥事都能干。"

说来也怪，枣核虽然人小，能犁地、种田、赶驴、打柴，家里地里样样活拿得起放得下，还能一蹦就上到房脊上。他不光勤快，也很聪明。

有一年，天大旱，庄稼颗粒无收，农户人家都没吃的，县衙还差人收粮，收不上粮就把全村人的牛羊马驴都赶了去。牵走了牛驴没法种庄稼，这下愁坏了全村人。枣核说："大家不用愁，我自有办法。"大伙都不相信枣核，说："你别说大话啦！"枣核也不争辩，只说："看我的好了。"

晚上，枣核跑到县衙，一看牛、驴都拴在院子里，他一蹦就进了院子。等衙役睡熟了，一个个解了缰绳，一跳钻到了驴耳朵里，"噢喝，噢喝"地大声赶着驴。衙役梦中惊醒，惊慌失措地边喊边搜人，闹腾了一阵，没发现什么。衙役们又睡下，不多时又听见有人吆喝着。由于几次找都没找到人，也就无所谓地大睡了。枣核闹腾了几次，听没动静了，才从驴耳朵里跳下来，开了门，赶着牲口大天亮时回到了村庄。

县衙丢了驴不罢休，县太爷命衙役去捉拿庄户人家。枣核也不隐瞒，挺身而出，说："驴是我拉的，与他们无干。"县官命令道："快绑起来。"衙役们拿出铁绳绑枣核，"嗖"的一声，枣核从绳缝里钻出去，站在远处哈哈大笑，县官气得大声喊道："快装进口袋，背到大堂审问。"

县官升了堂，从口袋里倒出枣核，惊堂木一拍："给我打！"衙役手拿棍棒去打枣核，但枣核小巧玲珑，东打西去，西打东来，怎么也打不着。县官的脸都气红了，命令说："多加几个人，多加几条棍。"枣核这次一看棍多人多，心中早有主意。瞅空一跳，蹦到县官的胸前胡子上一吊，像打秋千一样。县官惊慌了，又喊："快打，快打！"衙役一急，照准县官一棍下去，没打着枣核，却打掉了县官下巴骨和前门牙。这下，满堂人都慌了，丢了棍子一齐照顾县太爷去了。这时，枣核大摇大摆地走出衙门，回他家去了。

讲述者： 赵鹏飞，农民

采录者： 谢文敏，男，44 岁，庄浪县卧龙乡人，干部，初中学历

采录时间： 1986 年

采录地点： 平凉市庄浪县

选自： 《平凉地区故事集成》（资料本下卷一分册），第 117～119 页

34

李成落难

很久以前有两个人，一个叫张建，一个叫李成，他们两人是邻居，时常以兄弟相称，情同手足，关系很好。

有一年，张建同李成外出做生意，到秋后掐指一算，已经一年光景了，又都得了一些银两，心想也该回家和亲人团聚了，便一同回家了。

张建同李成各背了一个褡子[1]上路，走了一日，看看天色将晚，没有客店，二人只得继续前行。晚上，他们到了一个崖边，二人感到实在疲乏，便就地坐下休息，谈论起一年来外出谋生的琐事。这张建想：李成身上有银两，我何不将他害死于此，独占他的银子？歇了一会儿二人准备继续起程。当李成刚往起一站，张建一把将李成推下山崖，把李成的银子一背，就向家里走去了。

李成为人忠厚，待人诚实，从无二心。被张建推下山崖后，落在半崖中一个荒草台上，双目被戳瞎。在李成叫天天不应叫地地不灵的当儿，崖台洞中出来一条大蟒问：“你是啥人，咋落得如此下场？”李成说：“我叫李成，与

[1] 褡子：口袋。

同乡出外谋生，回家途中他一把将我推到崖下，将银子拿走，使我落得如此下场，我真不知道该咋办呢？”大蟒听后说：“如此说来李兄原是落难之人，你这样下去，就得活活饿死，看你忠厚老实，十分可怜，我每天早晚把你舔一遍，你就不知饥渴了，一段时间，再做道理。”李成听后，泪如泉涌，双手抱拳，对大蟒深施一礼说：“蟒兄如此相助，我感激不尽。”就这样，每天早晚，大蟒将李成各舔一次，果然李成觉不到饥渴，就算勉强留住了一条性命。

光阴似箭，一晃已是三年。

一天晚上，李成睡在崖台上，忽然听见上面有人在说话，分明是过路的人在上边休息。

一个人说：“前面有个张家庄，庄上有个破窑洞，洞里有一盘碾子，碾子下面有个罐罐，里面装有神水，若瞎子洗了眼睛，眼睛就会复明，可就是人都不知道。”

另一人接着说：“前面有个秃家庄，全村男女老少不长头发，这个崖台上长有一棵灵芝草，熬汤洗头后可以长头发，可惜就是人都不知道，而且取不上。”

又有一个人说：“往前还有个干家庄，全村人吃水得到十几里以外去驮，他们村王财主家上房明柱下有一口清泉，若挖出来足够这个村子吃用，就是人都不知道。”

其中又有一人说：“往前还有个李家庄，庄里有个李员外，老两口只有一个女子，年方十八，生得聪明伶俐，如花似玉，天仙一般。近年来突然得病，良医看遍了，就是治不好。其实这个女子病因是她家中有一垛十年的陈麦草垛，里面有一条水缸粗的蟒在作怪，只要将草垛点着，把这条蟒烧死，这女子就有救了，可就是世人都不知道。”说完，他们渐渐走远了。

他们的谈话，李成牢牢地记在心里，他赶忙到荒台上到处乱摸，凡能摸到的草就拔上装到自己的兜里。

一日，大蟒出来给他舔过之后，说：“我在此修炼已成，某月某日清早我就要上天去，那时发过雨[2]，电闪雷鸣。我在三声炸雷的掩护下起飞，到时候你抓住我的尾巴，我把你带上去。不然我走之后，你就会饿死在这里，千万

[2] 过雨：雷阵雨。

要记住。"

李成听后，跪倒在地，一边哭一边说："蟒兄，你我相处三年，我有今天，全凭兄弟相助，你的大恩我永世不忘。"说罢泣不成声。

一天清早，突然电闪雷鸣，狂风四起，紧接着三声炸雷将李成震昏了过去，蟒不见李成抓它尾巴，忙用尾巴去打，李成被打醒后，立即一把抓住蟒尾。这时大蟒腾空而起，一时便落在地面，一会儿又飞走了。

且说这李成被大蟒带上绝崖之后，手拄木棍沿门乞讨。一日，他打听到前边就是张家庄，晚上就摸到那个破碾窑住下。深夜无人之时，他摸到那盘石碾子下边的那只罐子，果然里面有水，他就一边蘸一边往眼睛上抹，第二天天一亮，他果然重见光明了，他高兴极了。

这样一来，他行走方便多了。走着走着，来到了秃家庄，全村人果然男女老少没有头发，他对人们说："我会治秃子头，我有药。你们明天在村里烧上一大锅水，把我这药熬上，待凉了后，都去洗头就会长出头发。"人们按他说的做了，几天后，果然都长出了头发。村里人非常高兴，给了李成不少银子。

一天，李成来到了干家庄，他渴得实在难受，就向人们讨水喝，妇女们说："要吃的有，要喝的就难了，我们这村得到几十里外驮水吃，哪里有水给你喝。"李成听后，说："你把掌柜的[1]用的好水给我喝点，我能看水，我给你们找水。"那妇女一听，给他端了一碗，李成一饮而尽，说："你们财主家上房明柱下面有一口清泉，若挖出来可供你们全村人用。"经过村里百姓求情后，财主才同意拆了明柱，果然挖出了清澈见底的水流。人们给李成许多银子，还盛情款待了他一番。

李成得了银子后，又走了几日，来到李家庄，沿门讨到李员外门上，仆人说："啊呀，你别找麻烦了，我家老爷爱女翠翠身患重病，良医看遍了都治不好，成天唉声叹气的，还不住地发火呢，你还是走远点好。"李成听后说："大伯，求你给你家老爷说一声，若能给我一口吃的，我能治好他女儿的病。"

仆人没有办法，只得告诉老爷，李员外听后骂："胡说，法官良医都治不好我女子的病，他一个穷叫花子能治个啥？"但转念又一想，这也难说，不妨试试看，李员外就让伙夫给李成做了一顿丰盛的饭菜，李成吃罢对李员外说："你家是不是有一垛十年的陈麦草垛？""有，有，有。"李员外连忙回答。"那么，今天晚上人睡定后，你叫上些身强力壮的人，拿上钢叉、铁锨围住草垛，然后用火点燃，麦草里面有一条水缸粗的蟒，若烧不死它，就一齐围住打，这个蟒一死，你女儿的病就好了。"李员外当然一一照办。

到了晚上，一切准备妥当，就用火将草垛点燃，烈焰腾空，火光冲天，如同白昼。当草垛燃到一半时，"叭"的一声炸响，果然有缸口粗的一条蟒被烈火烧死在那里。

不几天，李员外女儿的病就好了。李员外高兴万分，大摆宴席款待李成，为了报答李成救命之恩，将爱女许给李成为妻，当晚就成了亲。

却说那张建自推下李成，抢走银两回家后，李母多次到张家打听儿子的消息，张建都撒谎说，李成生意还没有脱手，过一些时间就会回来，李母就不再问了。

一日，李成带着妻子翠翠回到家来，李成得银之事，很快传到了张建耳朵里。张建想：世上竟有这样的美事，我何不去试试！随后便偷偷跑到那个崖边，往下一望，妈呀，真可怕，太高了。但他一想到钱财，便双目一闭就跳下去了，照样落到了那个荒草台上，双目也被戳瞎了，由于没吃的，不几天便饿死了。

讲述者：　　不详
采录者：　　朱光艮
采录时间：　1988年
采录地点：　平凉市崇信县
选自：　　　《崇信县民间故事集成》，第58～60页

[1]　掌柜的：家里的男人。

没毛牛犊

附记

平凉是农业区，小麦是主要的农作物。在古代，人们常常把麦草晒干后垛成垛，用来烧炕、做饭，富人家因为地多，所以常常会留下多年的陈麦草垛。（玉花）

陇东麦草垛　余亚丽摄

很久以前有个老汉生了三个后人[1]，老妻死后，父子四人过日子。

老汉是个风水先生，他曾经仔细看过他家的老坟，觉着里面有些东西，但没给任何人说过。他临终前，把三个后人叫到跟前说："我若死后，你们不要惊动四方邻居，只你兄弟每人扑扑[2]挖一天坟，把我埋了就对了。"

三个后人答应了，不多几天，老汉果真死了。按照遗言，老大第一天挖坟，挖出了七页金砖，老大想：这是我的私财，谁也不晓得。于是他独吞了。老二第二天去挖，挖到黑挖出一个金鸡，他也给偷偷地藏起来了。老三这个人老实，老实得连个老婆也没娶下。第三天该他挖，他挖出个浑身上下一根毛也没长的牛犊，看起来非常可爱，老三一见就喜欢，就把自己穿的个烂坎肩给牛犊儿披上，抱上回了家。老大、老二各怀心计，想：人穷了，没办法，一样挖坟我算太幸运了，真险啊！第

[1]　后人：儿子。

[2]　扑扑：好好。

四天，他们把老汉埋了。

老三自得了没毛牛犊后，就像得了娃娃一样，白天他上哪儿，牛犊就跟到哪儿，晚上他睡在炕上，牛犊儿就卧在炕头下。这个牛犊很灵，拉屎拉尿就用头顶开门到一定的地方去拉，从来不乱拉。老三上山干活，牛犊自然跟着他在地埂上吃草，从不吃人家的庄稼、踏人家的田禾。等给老汉烧过三年纸，牛犊也出脱得肥大肥大的，也能独自拉犁耕地了。

有一天耕地时，这牛犊突然说话了："从前你靠爹娘，如今离过你二老，你心肠毒狠的两个嫂子卡着你的吃喝，虐待你着哩。"老三半信半疑，愣[1]站着没说话。"这样吧，你把铧打了，回去借换铧一看就明白了，他们吃的是长面，给你在后锅里热的是残饭[2]。"老三就把铧在石头上碰烂，回去时哥嫂正吃着哩。这下他们都着了慌，假意说："准备给你送来，既然你来了就吃了算了。"老三的饭量好，美美吃了一顿，剩下的哥嫂可能没吃够。

老三来到地里，没毛牛犊问："今天可应了我的话？""他们真的在吃长面，后锅里是啥，我没管外闲事，叫我给把长面吃了。"

第二天耕地时，牛犊又说："今天你再把犁折了，回家看人家吃的是鸡蛋油卷子，给你还是残饭。"于是老三把犁在树上折断，回家一看，果然跟牛犊说的一样，他们正往炕上端着哩，老三不问青红皂白大吃了一顿。

他哥嫂心里很不是滋味，可又没办法。老三回到地里，那牛问："可曾是实？""就是的。""你这两顿饭可吃下麻烦了，他们找借口准备和你分家哩。""外咋的活咔[3]？分家了我咋过活哩？""分家时你不要争吵，啥也别要，只要三个老斗里一斗炒面，叫人把那个破车子收拾收拾，我拉车把你引到吃饭活人的地方去。看你四位哥嫂的外坏德行[4]！"老三就按牛犊的话做了。

第三天耕完地，老三刚进门，大媳妇跟二媳妇扭打在一起，大哭大闹要分家，老三看清了其中的奸计同意分

家，这正好是老大老二的心愿，随即说道："外就请些庄儿院子[5]来商量分家。"老三说："商量啥哩，一个人也别请，请了倒不遂你的愿，你们给我把拉粪的破车修一下，再给我做一身衣服，炒些炒面，至于没毛牛犊，没你们的门儿，其他东西，你们分去吧。从此我外游去咔，走到哪达[6]吃到哪达。"

这下把哥嫂高兴得手舞足蹈，缝衣的、炒面的、叫木匠修理车的，忙乎个不停，不到三天一切准备好了。临走时，哥嫂假装哭啼相送，老三套上车，头也不回地走了。

路上，一切由牛犊安排，说到哪达吃住就到哪达吃住。有一天，来到一座古庙里，牛犊说："今晚上有好事情，你坐在房梁上不要出声，你若觉得害怕得很，也不敢出声，一出声就完了。"老三把牛拴到廊檐下，赶快吃了些，上梁上静静等待着将发生的一切。

三更时分，从门外进来了一只老虎、一只豹子、一只狼和一只兔子。

豹子、狼、兔子问老虎："虎大哥，你今日吃的啥？"老虎说："今日转悠了一天没吃上啥，刚才进庙见卧下一个没毛牛犊肥大肥大的，吃了个香。"

这可把老三急坏了，但骑在梁上不敢出声，心里直埋怨：明白一世，却糊涂一时的牛犊啊，如今你已是老虎腹中之物，可叫我如何活呀。只听老虎它们问豹子吃的啥，豹子说是吃了个富汉家的狗。问狼，狼说它吃了个羊。问兔子，兔子说它吃了些二镰子[7]苜蓿。

老虎说："既然大家都吃饱了，咱们各献各财，看谁宝多，台下有一缸银子是我的。"

豹子说："房檐下从左向右数第七个滴檐水窝窝里有我七个元宝哩。"

狼说："山神爷案背后有我的个刮金板，它的用处是拿上它说一声'刮金板刮一刮，肉连碟子都摆下'，酒肉就都来了，吃毕后说声'刮金板儿麻烦你，肉连碟子退了去'，就啥也没有了。"

[1] 愣：呆。
[2] 残饭：剩饭。
[3] 外咋的活咔：那怎么活啊。
[4] 坏德行：不好的品行。
[5] 庄儿院子：邻居。
[6] 哪达：哪里，哪儿。
[7] 二镰子：第二茬。

兔子说："我的在庙门后中线下有七块金砖哩。"

它们说东道西，不一会儿天快亮了，说声走就都出庙门各奔东西了。老三急忙从梁上跳下来，奔到门口看见牛还在门口卧着回草[1]哩。

"你害怕了吗？"老三出了口长气，擦了擦汗说："真吓死人了，见了吃人的东西，特别是听老虎说它把你吃了，我几乎绝望了。"牛犊说："你先把刮金板取出来，按照狼说的办法，等吃了酒肉后，再把银子、元宝、金砖挖出来，咱们赶快离开这里。"老三果真从刮金板上刮出了酒肉，又挖出了金银，自然是欢欢喜喜地上路了。

走了几天，来到了宛平县。这县里有个宛员外，家财万贯，一家人却死光了，留下的院子无人敢占，听说人进死人，狗进死狗。可这没毛牛犊直趔趔把车拉进了这院，院内样样俱全，只是几年内无人打扫，尘土有一尺厚。牛犊说："这就是你的家。"老三把房子收拾了一下，向刮金板要了饭吃，就住下了。

却说宛平县人见老三吆着个没毛牛犊进了古院[2]，街头街尾都在议论："这个从外地来的青年今晚住进这院子，一定要死的，怪可怜，咱们明天多找几个人把尸首给埋了。"可是第二天他们进了院子一看，老三端端地在主厅里坐着，牛卧在院子里，像没事一样。

大家万分惊奇，啥话也没说退出又议论开了："往常进去啥死啥，这小伙子命真大，咱们趁机诈他一笔钱。"牛犊等大家走后，对老三说："明天，这几个人要你买地方，你就推说没钱，欠上三个月后给清，你如愿意就把这院买下，钱咱们有的是，但你如果说早了还有性命之忧哩。"

第三天，人们一齐进到院子里，发现老三还活着，就要老三买下这院子，老三说："你们看我是个落难之人，哪里有钱，如果你们同意的话，我三个月以后还清。"

众人也同意，就择了日子立约交地，老三办了一桌酒席，众庄邻皆大欢喜，吃喝一毕立约成交。成交银子三千两，东至哪里、西至哪里，交待清楚大家就都散去了。

等到三月期满，老三将银子交清后，晚上牛犊给他说："今晚你睡下时，有一窝鸡娃子由一个老母鸡引着，把你从炕上往下叨哩，你顺手扔上一个红线针，明天看在啥地方。"

晚上，果然来了一个老母鸡领着一群鸡娃叨他，他把早准备好的红线针扔去，鸡就出去了。天明他左找右找，原来在上房右山墙下的石头缝里，他找了个镢头挖，挖出了一窖银子。没毛牛犊说："这下可把害死好多人的银子挖出来了，你也可以用它做生意，广买奴婢，多养骡马，成家立业了。"从此不到三年，老三家大、业大，十分富裕。

有一天，老三闲坐着，猛然想起家中的哥嫂。牛犊看出了他的心事，告诉老三："你如果想你兄嫂了，这家由我看管，你拿上银子骑上马回老家。每到一处，除去你的店账再寄存十两银子，快到家时你的银子也没多少了，你把马卖掉，到家后把你哥嫂领到这儿来。"

自老三走后，老大老二在家不断遭祸事，甚至有时误伤人命。虽说得了金银，挥霍了一二年就穷困潦倒了。老大老二每天靠讨饭过活，妯娌俩穷到穿一条裤子，谁下炕干活谁穿，这光景真不好过。他们一见老三回来，心里都不好受。

老三说："你们成了这般光景，那就到我那里去住，虽不宽裕，也比这儿好些。"他哥为难地说："你看我们没有路途盘费[3]，况且你嫂子连衣服都没有，怎么去呢？"老三说："这个我有办法。"他们收拾收拾就起程了。每到一客店，哥嫂见兄弟不交钱，却还要店家倒找，心里都纳闷儿，可也不好问，老三也不说。

走了几天，来到老三家门口，老三说："这家人是我的老交识[4]，咱们进去吃喝，歇一下再走。"等他们一进门，丫鬟仆人、伙计无数，富得了不得。

老大问："这是谁家？"老三说："这就是我这几年出门办的个家。"老三给哥嫂安排了住处，两个嫂子高兴得发疯了，从这屋跑到那屋，从楼下跑到楼上不住地看。大

[1]　回草：反刍。

[2]　古院：很久没有人住的院子。

[3]　盘费：盘缠。

[4]　老交识：老相识。

嫂子因看庄院不小心从楼上掉下来摔死了，二嫂子也不小心掉到一口枯井里死了。这两个心肠狠毒的贱货一死，老三给两个哥续了弦，弟兄三人团圆，成了宛平首富。

讲述者：　刘德全，男，56岁，农民，不识字
采录者：　谢文敏，男，44岁，庄浪县卧龙乡人，
　　　　　干部，初中学历
采录时间：　1986年
采录地点：　平凉市庄浪县
选自：　《平凉地区故事集成》（资料本下卷一分
　　　　册），第6～12页

附
记

在传统社会，平凉人都把灶台盘在火炕的旁边，因为烧火做饭的余火就可以顺便把炕烧热。如果人少，灶台上就做一个锅坑，装一个铁锅；如果人多，就做两个锅坑，装一大一小两个铁锅，一般都是大锅在前，小锅在后，人们习惯上把前面的大锅叫"大锅"，把后面的小锅叫"后锅"。（张添发）

陇东人家的灶台和炕　徐凤摄

异文：没毛牛

从前，有弟兄两人，老大当着家。他心狭义短，贪心很重，对待老二像雇用的长工一样，一点弟兄情分都不念。老二眼看二十多岁了没成家，老大闭着眼睛从不提这事。

老二老实巴交的，人家咋说他就咋做，一点怨言也没有。他整天和那头没毛牛在一起，白天吆着没毛牛耕地拉车，晚上就同住在一间房子里。没毛牛在那边"咯吱咯吱"地嚼草，老二在这一头睡觉想心事。有时他心里的话没处说，就给没毛牛说几句，没毛牛似听非听，他想如果没毛牛会说话就好了。肚子里的委屈没处发泄的时候，就把没毛牛抽打几鞭，没毛牛疼得屁股一歪一歪的，发出痛苦的呻吟。老二后悔了：唉！自己不争气，欺负一头哑牛干啥哩！

一天，地耕到快响午的时候，老二肚子里饿得难受，牛也一会儿比一会儿走得慢了，但还有一大片地没有耕完。老二就左一鞭子右一鞭子地打没毛牛哩，没毛牛打得背不住[1]了，突然说开人话了。它说："你打我着咋哩，我和你一样，这会儿肚子里也饿得难受。你大哥家两口子啥活不干，吃好的穿好的，这会儿人家正吃油饼和荷包蛋哩，不信你回去看，就说铧打了回来换铧。没有这事，你再打我。"

老二见没毛牛真的说话了，非常惊奇，莫非成精了！听到后面，见没毛牛说得像是真的，就说："既然有这样的事，你到地边吃草，我回去看一趟。"老二就解了没毛牛，把铧卸下来在石头上磕去铧尖，拿着回家了。

大门紧紧闩着，老二心里说大白天把门闩上干啥呢，就叫嫂子开门。好半天，嫂子才把门开开，嫂子问："老二，今天咋回来这么早？"老二说："铧打了，我来换铧。嫂子，今天咋怪香的，你给咱们做好吃的了？"说着就揭开锅盖，大锅里盛着油饼，小锅里盛着荷包蛋汤。

嫂子见老二揭穿了秘密，就假装热情地说："日子多了想解个馋，我正准备给你往地里送哩，你回来了就顺便吃吧，省得我跑路。"老二这回算没白跑，美美地吃了

[1]　背不住：撑不住。

一顿。他回到地里，没毛牛说："咋样，我没骗你吧？"老二说："没错，你咋晓得的？"没毛牛出了一口长气，说："唉！只因我是个牛，就任你们驱使欺负，我不言喘就是了，啥不知道？"老二耕完地，卸了牛套，回了家。

第二天，老二仍然吆着没毛牛耕地，快到晌午的时候，又是牛困人乏。没毛牛又说话了："你哥和你嫂子今天吃的是鸡丁拉面，你只要回去又能吃一顿。人家问你为啥又回来，就说套绳断了。"老二解了没毛牛，让它在地边吃草，把套绳用铧割断，背着回家来。

大门又闩着，老二叫开门，嫂子说："今天咋又回来得这么早？"老二说："套绳断了，我来换套绳。"嫂子说："也好，你哥要吃鸡丁拉面，我刚做好，就一起吃吧。"老二又美滋滋地吃了一肚子。回到地里，没毛牛说："咋样，我没骗你吧？"老二说："实着哩，我真服你了。"

老二又套上没毛牛耕了一阵子。忽然没毛牛站下不走了，说："耕也人家分你咋，不耕也分你咋，何必这样累死累活地挣命呢？"老二听了一愣："咋？我哥要把我分开来过？""今天回去人家就要分。""那，那咋行，我还是光棍一条，咋活人呢？"老二急了。

没毛牛说："你还想让人家给你寻女人？没有的事！"没毛牛又说："你同意人家要分，不同意人家也要分。我想分就分了吧，反正你在他们手里不会活成个人样的。人家不会给你分好的，你也别要那些，只要那辆烂垮车[1]和我，再要一把老镢头就够了。"

老二解了牛套，心事重重地回到家里，果然和没毛牛说的一样，哥和嫂子要和他分家了。

老大说："兄弟呀，咱爹娘去世得早，留下这么一点家业，哥我又不会操持，害怕一年不如一年，咱还是趁早分开过吧！"嫂子说："兄弟呀，树大有个分枝，分了后有本事吃稠的，没本事了喝稀的，谁也不怨谁，别人也没话说了，分开过吧！"

老二含着泪水说："你们一定要分，我还说啥哩。"接着，老大夫妇一会儿说给老二分这，一会儿说分那，说来

说去啥也舍不得。老二说："我啥都不要，就要那辆烂垮车和没毛牛，再给一把老镢头。"

老大夫妇一听心里高兴，老大说："按理我不该这样对待兄弟，但兄弟爱要这些，我只好照办了。"老大就只给老二分了一辆烂垮车、一头没毛牛和一把老镢头。晚上，老大夫妇就把老二逼出了大门，说："既然分开了，就是两家人了，你自己去过吧！"说罢"嘭"的一声关了大门。

天黑漆漆的，老二望着一辆烂垮车、一头没毛牛，眼泪扑簌簌地掉下来，到哪儿去安身呢？

没毛牛说："呆着干啥，走呀！"老二生气地说："谝传[2]哩，黑天半夜地向哪儿去呢？"没毛牛说："套上车，你坐在上面，我会把你拉到个去处的。"老二无奈，就套上车，把老镢头抛到车上，然后坐上去，任凭没毛牛拉着走。

没毛牛拉着车走进深山，不一会儿，前面黑幽幽地出现了一座山神庙，没毛牛停下脚步说："到了，这是一座山神庙，把车推到庙后，我到后山吃草去，你就坐在泥老爷身后休息，不管有啥响动，都不要喘，也不要怕，只仔细听它们说的啥就是了。"

没毛牛说罢转身走了，老二就把车推到庙后，推开庙门，摸到泥老爷爬上去坐在背后。大约过了半个时辰，门窗洞里透进月儿的亮光，忽然听得一阵风响，随即门"喀嚓"一声撞开，跳进来三只很大的野兽。

老二吓得气都不敢出，心里想："这回完了，没毛牛呀没毛牛，哪达不是死的地方，偏偏把我拉到这里喂野兽？"老二暗暗恨起没毛牛来。

三只野兽在庙内嗅着转了一圈，一只野兽瓮声瓮气地说："像人在这儿来过？"一只野兽尖着嗓门说："看你大惊小怪的，上山打柴的、采药的，在这里歇脚取暖的，都是经常有的。"

只听那只尖着嗓门的野兽又说："虎大哥，今天口福不错吧？"原来瓮声瓮气的那只野兽是老虎。

老虎说："不错不错，咬死一只麋鹿，吃了半个，剩下半个埋着哩。"

[1] 烂垮车：一种老牛车。

[2] 谝传：胡说。

那只野兽又问："豹二哥，你呢？"

一直没说话的是豹子。豹子说："也好，也好，收拾了两只羚羊，吃了一只，乱草里藏着一只。"

虎和豹子同时问："猴三弟，今天这么多兴头儿，也一定享受到了啥美味吧？"

原来这只尖嗓门话多的是猴子，猴子喜滋滋地说："算被你们猜中了，我跳进一家人的后院里，那里长着四五棵桃树，桃子正熟透了，咬一口，哎呀呀，又甜又香，那仙桃大概也不过这么个味儿吧，好吃极了。今后几天，我都去吃它。"

老虎说："今天咱兄弟算都交上了好运。"

三只野兽互相祝贺一番后，就坐在月光下扯起闲来。老虎说："别看这地方小，可是个藏宝的地方哩，光供桌下二尺深的地下就有锅扣锅的一锅银子。"

豹子说："门槛下三尺深有一缸银子。"

猴子说："还有哩，你们恐怕也不知道，山神爷耳朵眼里藏着一块赤金哩。"

老虎说："好了，话就说到这里吧，别让哪个贼娃子听见了，把宝贝盗了去。"

天亮了，三只野兽跳出门走了。老二好不容易才等到三只野兽离开这里，但它们说的话听得真切，记得牢实。

这时没毛牛走进庙里，说："听见啥了吗？"老二说："听见了。"就把听见的话说给没毛牛听，没毛牛说："快都挖出来装上车拉上走吧。"

老二从车上取下那把老镢头，搬开供桌，挖地二尺，果然是锅扣锅的一锅银子；从门槛向下挖，刚到三尺的地方也是满满一缸银子；又伸出手指在山神爷耳朵眼里摸出了一块赤金。

白花花的银子装了半车，老二手里又沉甸甸地握着一块赤金，问没毛牛："现在到哪里去？"没毛牛说："拔些草扔到车上遮住银子，你只顾在车上坐着，我走到哪里就到哪里。"

没毛牛拉着老二和半车银子，走了一天一夜，第二天他们走进一马平川，没毛牛站住了，说："这是个好地方，就选在这里吧。"

老二不解地问："歇歇？"没毛牛说："不，你就在这里创建基业。"老二说："胡说，人家的地方，我们咋能占用？"没毛牛说："我们有银子，买他们的呀！看，前面不远处有一垄[1]柳荫，后面有一个庄园，那庄主姓蒋，这地方就是他的。我在这里歇着，你拿上八千两银子去买这块地方，他一定同意。"

老二拿了银子，走过一垄柳荫，果见一处大庄园，见了员外说想拿八千两银子买庄东那一马平川，蒋员外果然同意了。

老二买下这一马平川后，又买些砖瓦木材，请了匠人劳工，没上一年，一处新庄院修成了。

老二对没毛牛说："没想到我一个穷小子也成员外了，这一切多亏了你啊！"没毛牛说："你先别急着感激我，我还要给你办一件大事哩。"老二问："一件大事，啥大事？""媳妇呀！你总不能光棍一条这么下去吧？蒋员外有个女儿，年方二八，人品好，模样俊，正待出阁，你去求婚定成。"

老二一听，羞得脸红到耳根了，忙摇摇头说："不行，不行，人家是千金小姐，我是个啥东西？不行，不行。"没毛牛说："唉！亏你还是个人，连我个牛都不如。如今的你可不比以前了，是个员外，蒋员外有你这个女婿有啥不体面的，怕求之不得哩。"

没毛牛一定要老二去，老二备了厚礼，硬着头皮登门向蒋员外求婚去了，果然蒋员外高兴地认了这个女婿。时隔几天，蒋员外把女儿送了过来，两处庄院张灯结彩，大摆宴席，热热闹闹办了喜事。

转眼，老二骡马成群，牛羊满圈，日子越来越好，但他时刻不忘没毛牛的功劳，每天总要到牛栏里看看它。可是没毛牛再不说话了，也不理老二，只顾吃它的草料，喝它的水。

又过了五六年。一天，没毛牛突然对老二说："今天门上来一个要饭的，免不了又要我劳动一趟，你就答应他吧。"老二说："不行，你现在老了，我只养着你，不让你再吃苦头了。"没毛牛说："这几年我吃了你的好草好料，你报答我的也足够了，你别再舍不得我。"

[1] 一垄：两土埂之间为一垄。

午后，门外果然来了一个要饭的。老二出门仔细一看，是他哥。老大穿得破破烂烂，一脸的污垢。老二不由伤心地说："原来是哥啊，几年不见，咋穷成这样了？"老大见这位年轻员外穿着长袍短褂，长得白白胖胖的，称呼他哥，才抬起头来仔细认了半天，吃惊地说："哎呀，是兄弟，你咋有这样的福气哩？"

老二把老大请进主房，摆上好茶好菜招待他。原来老大好吃懒做，不几年就把那些家业抖落光了，妻子也另嫁了人，他只好讨要度日子。

老大问老二是咋富起来的，老二把从那天晚上被赶出门外后，听没毛牛的话到山神庙得了银子，又到这里买了土地，修了庄园，娶了蒋员外的女儿如实说了。

老大听得口水都掉下来了，后悔当初不是他，让老二占了便宜。老大吃饱了喝足了，就一定要老二借给他烂垮车和没毛牛一用。

老二说："烂垮车借给你，没毛牛老了，不能借的。这里牛多的是，另吆一头吧。"老大说："我就要借没毛牛，你就借给我吧！"老大一定要没毛牛，老二只好借给他。

老大赶着没毛牛，拉着烂垮车朝山神庙走去。天黑到了山神庙，他把烂垮车推到庙后，把没毛牛赶到后山吃草，自己爬到泥老爷背后，又觉得太低，心里很怕，就爬到房梁上坐下。

到了半夜，随着一阵冷风，门"喀嚓"一声撞开了，跳进三只野兽来。猴子说："虎大哥，今日口福咋样？"老虎叹了一口气说："碰见一群羊，正要抓一只，赶羊的放箭，差点被射中，我只好逃命了，这肚子里空得'咕嘟咕嘟'地响哩。"

猴子又问："豹二哥，你呢？"

豹子叹了一口气说："好半天盯上了一只兔子，突然听见哪里炮响，兔子吓跑了，这肚子饿得贴到后脊梁上了。"

"猴三弟，你呢？"老虎和豹子一同问。

猴子说："唉，一家后院里有一棵杏树，我爬上去刚摸到了两个酸杏，突然一条狗窜了过来'汪汪'地叫，我怕被人发现了，急忙跳下树来跑，紧跑慢跑后腿被狗咬了一口。哎哟，一伸腿还疼得钻心哩！"

豹子说："唉，咱弟兄三个不知咋搞的，倒霉了就一个比一个惨。"老虎说："以前我们能交上好运，就沾了这块地方的光，自从被贼娃子把宝盗走后，这地方就失了灵气，我们也跟着倒霉了。"

猴子说："都怪我们高兴得劲大了，就忘乎所以了，那天夜里我们说宝的时候说不定山神爷背后或房梁上就坐着人哩。"

老虎恶狠狠地说："要早知道这样，就把他打下来咬死吃了。"老大听了，吓得尿尿淌到猴子头上，猴子摸了一把水注注的，怪声怪气地说："房漏水了！天下雨了！"

老虎说："胡说，我们刚才进来时满天的星星明晃晃的，又没听见刮风打雷，咋突然下雨呢？"

猴子说："让我出去看看。"

猴子出去，一会儿进来，说："怪了，天没下雨，房咋漏水呢？"

猴子又把头摸了一下，手挨到鼻子上一嗅，说："臊臭味，这是人的尿尿，房梁上有人。"

豹子说："哼，几年前他偷听了我们的话，盗去了这里所有的宝贝，今天又来了，一定是个贪心很重的家伙，打下来吃了算了。"说罢就要跳，猴子已抢先跳上了房梁，伸手摸到了老大的腿，只一拉就拉了下来……

老二等了几天不见老大回来，知道事情不妙，急忙骑上马到山神庙里去看，见烂垮车还放在庙后，推开庙门一看地上血迹模糊，留着几片子烂布，仔细看，认得是他哥的衣服，就拾起来找个地方埋了，抱着坟堆痛哭一场。

没毛牛呢，如果被野兽吃了也会留下啥遗物，可是老二找遍了山上，总没找着。他想：凭没毛牛的本事，不会让野兽吃的。忽然想起没毛牛临走时说的话，意识到它不回来了，那它去了哪儿呢，谁也不知道。

讲述者：　　张敏
采录者：　　魏俊舱，男，32岁，庄浪县卧龙乡魏家山村人，干部，高中学历
采录时间：　1986年
采录地点：　平凉市庄浪县

选自： 《歌谣故事》，第 300～307 页

附记

　　犁是传统社会最常见的一种耕地农具，由一根横梁和厚重的刃构成。犁有铧式犁、圆盘犁、旋转犁等类型，陇东一带用的是铧式犁，其最重要的部位是铧，即最下端铁制的尖器。铧是用生铁铸的，遇到石头或其他硬东西，铧尖就会磕掉，铧尖坏了就不能耕地了，所以《没毛牛》中讲老二故意把铧尖在石头上磕掉，借回家换铧的机会看大哥大嫂吃什么。（张添发）

陇东铧式犁　徐凤摄

36

金蹄子银抵角的牛娃

　　传说很早以前，有一位达官贵人，姓李，名富有，娶妻田氏，他的田地财产多得和他的名字一样。照说他应该满足了，可是他整天介哭丧着脸，闷闷不乐。别人不知道他的心思，也不敢问，就这样，这个家表面上和睦，实际上却是一潭死水。原来李富有和妻子田氏结婚十五个年头了，就是没个儿子。

　　有一天，李富有吃完饭去花园散步，看到这等好的田地财产无人继承，不免悲从中来，娶妾的念头忽然袭上心头。这天晚上，他便和田氏商量娶妾之事，田氏不听则罢，一听火冒三丈，当下就和丈夫吵了起来，连哭带骂，无奈李富有主意已定，她只好委屈地答应了。

　　事有凑巧，一日李富有转至庄田，碰到采茶女张氏，见她长得模样俊秀，还手巧心灵，干啥一学就会，心地也很善良，李富有回家以后就差人提亲说媒。由父母做主这门亲事就算定下了，择吉辰良日，娶了回来。

　　成婚之后，张氏很勤快，把夫君富有侍候得很周到，深得李富有的赏识和宠爱，这就冷落了原配妻子田氏。田氏很妒忌张氏，总是想找机会整一整张氏。遇到李富有不

在家的时候，不但不给张氏吃饭，还打骂张氏。李富有回到家里，田氏慑于李富有的威力，又对张氏显得很亲热，问寒问暖，俨然一对亲姐妹。

光阴似箭，不觉一年有余。这天，李富有吃完饭去闲转，张氏觉得不舒服，就躺在床上昏昏沉沉地睡着了。忽然，腹中一阵绞疼，而且一阵比一阵紧，呻吟之声惊动了田氏，田氏跑来一看，是张氏快要临产了。她心想：我和夫君就是因为没有孩儿才不和的，你占着年轻漂亮，夫君宠爱你，现在又要生小孩了，对我来说这是雪上加霜，等到孩子生下来，哪里还有我的活路。正在胡思乱想的时候，忽然听到小孩的啼哭声，再一看，哟，还是个男孩，张氏只听到孩子的哭声，便迷迷糊糊地睡去了。田氏看到张氏睡去，就把小孩抱到房屋后面，掏了一个坑给埋了，然后把一只大猫糊了一些血，放在张氏身旁。待李富有回家来，她添油加醋地说张氏生了一个怪物。说着说着，还把猫抱到李富有跟前，说有辱李家门风。张氏明明看见是个孩子，怎么能是怪物呢，现在她纵然浑身是一百张嘴，也辩不清了。打这以后，田氏更是骄横无比。

说来也怪，埋小孩的地方长出了一朵花，田氏过去，花就蔫了，张氏过去，花很鲜艳。田氏气愤不过，把花折下顺手撇给牛吃了。添草的时候，田氏添草，牛抵得让她近不了牛槽，张氏添草牛倒很温顺。

后来，这个牛下了一个牛娃，是金蹄子银抵角，人看着十分喜爱。狠毒的田氏连这个牛娃也不放过，和她一个相好的商量通，田氏装病，她的相好装扮成一个医生，如此这般地干起来了。

这一日，田氏"病重"，派人请来了"医生"，"医生"摸脉以后说："她的病需要吃一个金蹄子银抵角的牛娃的心才能治好。"方圆几十里，都没有这种牛娃，只有病人自家有这种牛娃，只得宰了这个牛娃。李富有叫来了宰牛的，好多人怎么也压不倒牛娃，牛娃叫唤的声音很像人。杀牛的人心软下不了手，就说："我们家有这种牛娃心，我把我家的拿来，把你们家的牛娃给我。"大家都说好，这样就救了这个牛娃的命。

奇怪的是，这个牛娃拉回家以后，一天老是不吃草，总是呆呆地望着天空。更奇怪的是，旁边一家小姐的楼房里，每晚要来一个牛娃，然后这个牛娃就变成一个年轻英俊的后生，而且来得迟走得早，鸡不打鸣就走了，天天晚上如此。小姐很奇怪，把这件事告诉了嫂子，嫂子给她出主意说："他的外衣就是牛皮，要穿不上他就变不了牛了，如果他今晚再来，你把他的外衣放在烙炕上，第二天早晨皮皱了，他就穿不上了。"晚上来以后，这个姑娘就照这么做了，鸡打鸣时，这个青年人起来要走，怎么也找不到他的衣服，不得已只好跟这个姑娘要他的皮，要来后，却皱得穿不上身了。

后来这个青年人就和这位姑娘成了亲，而且认了他的妈妈张氏，他们一块生活，日子过得很美满。

再过了几年，忽然下了一场罕见的大雨，田氏在这次大雨中被淹死了，这就是人们所说的"欲害别人，反倒害了自己"。

张氏一家四口人，日子过得很和气。一年后，老太太又抱上了孙子，享尽了人间的天伦之乐。

讲述者：　　不详
采录者：　　张凤霞
采录时间：　1988 年
采录地点：　平凉市华亭县
选自：　　　《华亭县资料本》（全一册），
　　　　　　第 31 ～ 34 页

附
记

平凉自古就是农业生产重地，为方便耕种，人们常常养牛、马、骡、驴，石槽就是人们用石头凿成的，给牛、马、骡、驴放草料的容器。通常情况下，人们用土坯把石槽支起来，与牲畜的嘴一样高，方便牲畜吃草料。每到冬季，人们就把干草倒入石槽中喂牲畜，平凉人把给石槽中加草料叫"添草"。（白美丽）

陇东石槽 徐凤摄

37

李三娘推磨

从前，有一位秀才，他的娘子不生养，他又娶了第二个老婆，谁知第二个老婆也是个不下蛋的母鸡，秀才又娶了第三房老婆——李三娘。三年一次的科考眼看就要到了，秀才收拾好行李，准备上京赶考，他把三个老婆叫到跟前问："假若我考中举人，你们怎么迎接我？"

大婆子说："我用酒席迎接你。"秀才没有表态。

"我用金银珠宝迎接你。"二婆子说，秀才微微笑了一下没说话。

"你呢？"秀才又问李三娘。李三娘身怀六甲，她红着脸，摸着肚皮说："我怀抱小公子迎接你。"秀才听了眉开眼笑。

秀才走后，大婆子生气地对二婆子说："咱两个用酒席和金银珠宝迎接老爷，他笑都没笑一下，三猪婆一句话就说得老爷心花怒放。如果她生个男孩，就没咱两个的好日子过了。"二婆子说出了一条毒计，大婆子连连点头。

几个月后，李三娘生下一个胖乎乎的儿子。孩子生下第三天，大婆子就让李三娘去推磨，要把一升麦子推三遍。每天除了给儿子喂奶，李三娘整天都在磨坊里推磨。孩子一天天长大了，出脱得一天比一天惹人喜爱，大婆子和二婆子的心里越来越不舒服了，总像有个虫儿在咬她俩的心。

这天，大婆子和二婆子趁李三娘推磨的时候，偷偷溜进李三娘的屋里，把孩子捏死重新放进被窝里。两人做完这事，又跑进磨坊里大骂："日头一寸，娃娃三顿，赶紧给娃娃喂奶去。"李三娘慌忙跑回屋里，拉起孩子喂奶，只见孩子软溜溜的，挤着眼睛不张口，她吓得哭了起来。

这时，大婆子和二婆子走进屋里大骂："你只推磨，晓不得给娃娃喂奶，看把娃娃饿死了？老爷回来，我看怎么用'怀抱公子迎接'呢，赶紧推磨去。"大婆子和二婆子把孩子埋到马圈里，总算去了心头病。从此，两个人整天吃喝睡觉，李三娘整天以泪洗面，还要给大婆子和二婆子推磨做饭。

冬天到了。这天，门外鼓乐喧天，来了一队人马，原来是秀才中了举人，坐着八抬大轿回来了。大婆子在门外摆了酒席，二婆子在门外摆了金银珠宝迎接丈夫呢，李三娘没有出门，只坐在门背后哭哩。举人没有理会大婆子和二婆子，直接来到李三娘房里，奇怪地问："我出门的时候你身怀六甲，却怎么没有孩子，孩子哪里去了？"李三娘怕丈夫责备，不敢说实话，只是一个劲地哭。举人又问大婆子和二婆子，两个人都说李三娘不好好喂孩子，孩子饿死了。举人听了十分生气，就罚李三娘整日推磨，不准踏进他的睡房半步。

晚上，举人上茅房，听到马圈里一个娃娃说："大，大，防我头着。"举人很奇怪，进去转着看了一圈，啥也没看见，以为是邻居家孩子的声音。天亮时，举人去给马添草，脚刚踏进马圈，又听见一个娃娃说："大，大，防我腿着。"这回他听清楚了，这声音就在马圈里。他又细细地看了一遍，还是啥也没有。举人走出门外，看见大婆子和二婆子站在院子里，举人问："我一走进马圈，怎么老是听见有个孩子叫大哩，这是咋回事？"大婆子和二婆子都说不知道，举人很纳闷。

晚上，大婆子和二婆子趁举人睡熟了，偷偷把孩子从马圈里挖出来，埋到后院杏树底下。两个月后，杏树底下长出一丛菊花，花瓣有千层，娇艳无比。举人很喜欢，一家人有事没事就来到这里赏菊花散心。

一天，仆人把牛拴到树上，牛挣断绳子，两口就把菊花吃了。大婆子和二婆子非常生气，用鞭子狠狠地抽打牛。晚上，牛生下一头小牛犊。

李三娘推磨到半夜时分，牛犊突然从墙里出来，说："娘，着我推。"小牛犊长着两只小角，非常可爱。李三娘奇怪地问："你是个牛犊怎么把我叫娘呢？""你真是我娘，我是你的儿子，被大娘和二娘捏死了。"

当晚，牛犊替李三娘推磨，李三娘坐在磨坊里休息，她才知道儿子不是饿死的，而是被大婆子和二婆子捏死的，她想找丈夫说明白，可是举人不愿见她。

天亮了，大婆子和二婆子很奇怪，往常李三娘一晚上推不完一升麦子，今晚怎么推完了呢？她两个决定弄个明白。

半夜时分，牛犊又来替李三娘推磨，被躲在门外的大婆子和二婆子看了个真切，大婆子和二婆子让李三娘杀掉牛犊，李三娘既害怕又伤心，坐在磨坊里大声哭。

正在这时，门外一个人连声叫："吃一个梨儿，脱一层皮儿……"李三娘想：我也买一个梨儿，把牛犊的皮脱下，是个纪念。她就买了一个梨让牛犊吃，牛犊说："娘，我吃下梨儿，就会变成你的儿子。你把牛皮挂在墙上，给大娘和二娘看，我要逃到很远的地方去。我走后你不要惦记，不出十年我就会回来，咱娘俩再团聚。"

大婆子和二婆子进来，看见墙上挂着牛犊皮，两个人满意地笑着走了。

十年时间，李三娘吃尽了苦头。

有一天，门外突然来了一队人马，一个英俊的状元坐在马上，大婆子和二婆子很惊慌。李三娘出去看，状元急忙跳下马，跪在李三娘面前，大声说："娘，儿我回来了。"状元给父亲说明了一切，父亲把大婆子和二婆子打进磨坊，让她们两个人一辈子推磨，状元把父亲和李三娘接进京城享福去了。

讲述者： 　刘列蕊，女，74岁，庄浪县盘安乡樊庙村人，农民，不识字

采录者： 周斌，男，38 岁，文化工作者，本科学历
李永峰，男，44 岁，企业经理，大专学历

采录时间： 2009 年 10 月 6 日

采录地点： 平凉市庄浪县盘安乡樊庙村

选自： 《庄浪古经》，第 15 ～ 17 页

异文：牛娃

从前，有个秀才寻了三个老婆，大老婆和二老婆不生孩子，只有三老婆有了身孕，一家人一块过得还算快乐。这一年正遇上大比之年，一家人打发秀才参加考试去了。

秀才一走，家里就乱了，大婆问二婆："你用啥东西接官人呢？"二婆说："我用红冠帽接他呢。"二婆问大婆说："你用啥接官人呢？"大婆子说："我用大红袍来接他呢。"这两个跑到三婆跟前问："官人回来时，你用啥接他呢？"三婆子说："我怀抱儿子去接官人呢。"大婆和二婆一听，觉得她俩的不如三婆的娃娃，心里很不高兴。

到三婆子生孩子的时候，大婆和二婆趁她昏死过去，捉了一只剥了皮的猫娃，放在三婆子的身边，把小孩抱出来，埋在一棵花树根底下。

花树开花的时候，大婆子和二婆子走过去，花就蔫了，三婆子走过去，花开得又鲜又嫩。大婆子和二婆子看了很气愤，这两个又出了个坏主意，她俩拉来了大乳牛 [1]，把这一丛子花给吃了。

过了一年多，大乳牛下了一头小牛娃，圆光圆光的，心疼得很。后来牛娃长大了，经常帮三婆挑水、打柴、推磨。大婆和二婆看了很眼热 [2]，也学着把水桶挂在牛角上，小牛就把头一甩一衍 [3]，等到进了房门时，水桶里的水已衍光了。大婆和二婆很生气，把小牛前院追到后院、后院撵到前院打了一顿。

一天，门外有个卖梨的人喊："吃一个梨儿，脱一层皮儿。"小牛听了很高兴，一个踹子跳出了大门，三婆子

---

[1] 乳牛：母牛。

[2] 眼热：羡慕、眼红。

[3] 衍：水流出去。

见牛娃跑了，也跟着跑了出来。小牛娃连忙在梨筐里吃了八个梨子。果然，小牛娃变成了一个英俊少年，牛娃叫了一声"妈"，拜了几拜就走远了。

讲述者： 贾梅萍，女，19 岁，小学学历

采录者： 贾娟娟

采录时间： 1987 年 11 月 16 日

采录地点： 平凉市灵台县城关镇东关村

选自： 《平凉地区故事集成》（资料本下卷一分册），第 124 ～ 125 页

38

马娃子

打发他到学堂里念书去了。

讲述者： 石世明，男，15 岁，学生

采录者： 王知三，男，37 岁，干部，高中学历

采录时间： 1983 年 4 月 4 日

采录地点： 平凉市静宁县曹务乡中学

选自： 《平凉地区故事集成》（资料本下卷一分册），第 129 ～ 130 页

很久很久以前，有老两口没有娃娃，很愁怅[1]，就到神的面前去求娃娃。神说："把苋麻拔来，叫你的女人吃了，就会生一个娃娃。"

男人把苋麻草拔回来，晒干，准备吃饭时，被马吃了。

一天，他们上山去干活回来，在院里看见有娃娃的脚印，觉得很奇怪，就四处寻找，寻来寻去还是寻不着。但是他们每天干活回来，都可以看见娃娃的脚印。

有一次，他的女人说："我藏在家里看，到底是啥。"可是等啊等，等了一天没见娃娃的影子。男人回来说："你看着娃娃了吗？"女人说："没有看见。"男人说："你去干活，我看。"

第二天男人就在家里看娃娃，不大时间，从门缝隙里看见一匹马引着一个娃娃在院里跑，男人把门一开"嗨"了一声。娃娃说："你嗨我是你的儿子，你不嗨我也是你儿子。"

老两口非常高兴，过了几年，娃娃长大了，老两口就

[1] 愁怅：忧愁。

39

石马

很久很久以前，有一个雕刻家，他家只有他和女儿，再没有别的人了，雕刻家雕的东西像活的一样。有个官员知道了，就派人把雕刻家捉来，命令他一月之内雕一个石马和他的石像，并且要把他的石像骑在石马上。

雕刻家就和女儿立即上山采了一块石头。雕刻家雕好后，把那官员的石像安在石马的背上，一凿子就把那个官员的石像打碎了，说："从此以后，啥东西我都不雕了。"果然，从那以后他再没有雕刻过一件东西。

一个月满了，官员来到家里一看，石像放在地上，就下令要斩雕刻家。乡亲们都尊敬雕刻家，就在官员面前给他求情，结果这个官员就给了他一条活路，叫他到太原这个地方劳动，雕刻家的女儿整日在家里哭。一天，她的眼泪掉到石马的眼睛上，石马突然活来了。

石马说："有个清河湖，湖边有朵荷花，每天都开，但是有早有迟的，你每天早上把开得最早的那一朵给我吃了，等吃完七朵荷花，我就可以帮助你找到你的爹爹。"

雕刻家的女儿就按照石马的要求去做，过了七天，石马说："你骑上我。"不一会儿他们就到了太原，雕刻家的

女儿一眼就看见爹爹在干活，她跪到爹爹跟前痛哭，她对爹爹说："咱们快回家吧。"她让爹爹闭上眼睛，骑在马背上，不一会儿就到了家门口。父女俩走进屋里，女儿赶快给她爹爹做了一顿好饭吃。

后来，官员知道了这件事，就要石马，雕刻家不给，石马说："你把我给他们，我自己能回来。"他就把石马给了官员，石马把官员驮到半路摔死了，然后自己又回到了主人家里。

讲述者：　刘文举
采录者：　赵红郎，泾川县职业中学学生
采录时间：1988 年 5 月 30 日
采录地点：平凉市泾川县罗汉洞乡
选自：　　《平凉地区故事集成》（资料本下卷一分
　　　　　册），第 90 ~ 91 页

附记

平凉境内有许多大山，好多都是石头山，有非常充足的石材。平凉人喜欢用石头雕刻一些动物，如狮子、老虎、马、牛、羊等，装饰自己的生活空间。有时候，一些景区也能看到石头雕刻的动物。

（魏蝶）

平凉石羊　徐凤摄

40

骑门生

从前，有一个人，他的母亲死后，有一天晚上，他梦见他家的三缸银子对他说："再也没有有福人守我了。"他连忙跑上去抓住缸沿，苦苦挽留银子，可是他手里只抓了一块从缸上掰下来的大缸片，他隐隐约约听到银子说，它要到骑门生家去。

第二天，他就烙了些干粮，带了些盘缠去寻找"骑门生"家。一晃二十几天过去了，还没有找到"骑门生"家，干粮和盘缠都用完了，没有办法，他只得往回走。

一天，走着走着，不觉天黑下来，他看到前面只有一户人家，就走上前去住店。可是那家的屋里人[1]不要这个人住店，因为她快要生娃了。

这个人只好跪下苦苦哀求把他留下，只住一夜，明天就走。但是那个屋里人就是不要。这时，那家的外前人[2]见状，劝说妻子："出门人在外，给行行方便吧！"于是这个人总算住下了。

到了半夜，那家的屋里人生娃娃了，坐着、躺着都生不出来，这时那家的外前人急忙说："听人说生不出娃娃时，骑在门槛上会生出来的。"于是那家的屋里人就照丈夫说的，骑在门槛上，果然生出了娃娃，而正在灶火里[3]睡觉的那个住店人这时也醒来了，看到这一切后，他想：这可能就是"骑门生"家了。

这时那家的外前人从窖里挖土要给妻子盖血，对妻子说："往常在窖里进去好好的，怎么今天晚上挖土时，好像挖到了缸沿上。"

这时，这个人说："正是的，缸里还有银子呢，是从我家走了的。"那个外前人不信，于是这个人就和那家的外前人去看，果然满满三缸银子，而这个人背的缸片正好补上了缸沿的豁豁。

于是，那家的人就对待这个人非常好，顿顿有酒、有肉、有好菜，还叫这个人当他儿子的干爹。这个人很想家，要回去，可那家的人不叫这个人走，叫这个人等他的娃娃过了满月再走。

娃娃满月过了后，这个人决定不要银子了，只想回家。那家的人见留不住，很过意不去，给这个人给粮、给衣服、给银子，可是这个人啥也不要。没办法，这家的屋里人就包了二十个包子，每个包子里包了一两银子，送给这个人。

这天，这个人正走着，见到一个叫花子，样子十分可怜，于是他就把那二十个包子都送给了叫花子，这个叫花子又到别处去要了。不一会儿，这个叫花子就来到"骑门生"家，那家的屋里人感到很气愤，说："明明你手里拿着馍，为啥到我家来要呢？"

这个叫花子就把他遇到了那个人的事从头至尾都说了，一听这话，那家屋里人赶紧把馍都买了下来，打发叫花子走后，切开馍一看，里面的银子一个不少，就原把它们放到缸里了。

讲述者： 张俊明，46 岁，泾川县高平乡袁家城村人，农民，小学学历

[1] 屋里人：女主人。

[2] 外前人：男主人。

[3] 灶火里：灶台前。

采录者：　张建勋，高平中学学生
采录时间：　1988 年 4 月 10 日
采录地点：　平凉市泾川县高平乡袁家城村
选自：　《平凉地区故事集成》（资料本下卷一分
　　　　册），第 162 ～ 164 页

附
记

以前，人们都常说家里的好运气是某个家庭成员带来的，不好的运气也是某个人带来的，认为一旦这个有福气的人离开这个家，就会把好运气带走。《骑门生》就用故事的形式展现了人们的这一观念。（张添发）

异文：骑门

有一家富汉在院子里埋了一缸银子，一天晚上，有个白头老汉托梦给富汉说："我要去骑门家去了。"富汉连续三个晚上都做了同一个梦，然后富汉就天天盯着院子里埋银子的地方看，唯恐银子跑了。

有一天，富汉看见埋银子的地方冒出了一股子青烟，原来是银子变成青烟要跑了，富汉立马朝青烟打了一石头，不让跑，结果把缸边打了一花子[1]，银子还是变成青烟跑了。于是富汉骑着马到处向人打问，一个叫骑门的人家在哪里。天黑了，富汉来到一家人门前，问："这天黑了，能让我住一晚上不？"这家人说："能行。"富汉说："我还有一匹马没地儿拴。"这家人说："那达有个磨子，拴到磨头上。"晚上，富汉在这家人的上房里坐着，这家的一个女人要生娃娃恰，肚子疼得坐不住，在门里跑出来跑进去，结果在迈门槛的时候，把娃娃生下了，一个老娘婆[2]说："藏给娃娃按个名字就叫骑门。"又过了一会儿，

[1]　一花子：一小块。
[2]　老娘婆：接生婆。

那匹马在磨坊里踢蹄子，喊叫得没治，这家人在磨子那里挖，看到底有啥，结果挖出来一缸银子，这个富汉拿着原先用石头打下的缸边和挖出银子的那缸对缸边，真的对上了。于是，这个富汉对这家人说："你家刚生下来的那个娃娃以后有福来，一个白头老汉给我托过梦，说他走骑门家恰，结果真的来了，这一缸银子我也不要了，这是这个娃娃的财，藏就让这娃给我做个干儿子就行了。"这个娃娃的参答应了富汉的要求，富汉这才了了一桩心思。

讲述者：　高着花，女，54 岁，静宁县仁大镇解放
　　　　村人，农民
采录者：　李童童，兰州文理学院本科学生
采录时间：　2021 年 2 月 20 日
采录地点：　平凉市静宁县仁大镇解放村

附
记

《骑门》是我实地采录的一则故事。徐凤是我的老师，给我们讲授过《语文课程与教学论》，她在课间给我们讲了保护民间故事的重要性和她现在正在主持《中国民间文学大系·故事·甘肃卷》的事，鼓励我们利用寒假采录甘肃民间故事，并给我们讲了采录故事的方法。我认为这是一件非常有意义的工作，也很感兴趣，因为我妈妈就会讲故事。回家后我就给妈妈说了这件事，她听了后很高兴，也愿意讲，但她不许我录音频和视频，她说如果录音或录像自己就讲不出来了，她要我用心听然后再自己整理出来。但是，我还是怕自己记不住，就偷偷地录了音，再一边听录音一边用文字把故事整理了出来。（李童童）

41

八十三万老虎围都

从前，有一个叫路生的人，他家住在一个山沟里。

有一天，他打柴回来的路上，遇见了一只斑额大虎，落在了悬崖的杜梨树[1]杈上，大声吼叫，声音很凄惨。路生产生了怜悯之心，就放下柴担，来到悬崖边看，看了好一会儿，老虎只是看着他吼叫，路生便想出一个主意来。他听说禽兽能懂人的话，不妨试一试。想到这儿他就对老虎说："虎兄，我想出一个办法，想把你救上来，但救上来后，你不得伤害我，如果你能同意，就点三下头，如果有伤害我的意思就摇三下头。"老虎听后点了三下头，路生感到很奇怪，便取来捆柴的绳子，打了一个死套，向两丈多高的悬着老虎的树杈抛了过去，之后他对老虎说："如果你想上来的话，就抓住绳子钻进套子里去，我用绳子把你吊上来。"老虎果然钻进了套中，路生费了好大的力气才把老虎从悬崖上吊了上来，然后他就取了绳套。老虎过了一会儿才喘过气来，又过了一会儿，老虎才微微地站起来，他对老虎说："你走吧，天色不早了，我要回家

[1] 杜梨树：一种乔木树，果实像梨，但小而涩。

了。"老虎点了点头。

路生捆好柴，准备要走，回头一看，老虎还是蹲在那里一动不动，一只前爪微微抬起。看起来老虎很痛苦，路生又走上前去查看老虎的前爪，发现一只前爪上和身上几处都钉着像钉子似的杜梨刺，他一时没有什么办法，就对老虎说："你的前爪已受伤化脓，不能长时间行走，如果你愿意的话就到我家中，我再想办法给你治治。"老虎听后便一拐一拐地跟着路生来到他家中。

路生给老虎在窑里铺了些柴草，让老虎就卧在上面。路生的母亲起初很害怕，不时唠叨儿子，但看到路生说的话老虎好像懂似的，没有半点伤人之意，她也就放心了。

第二天，路生在街上卖柴，回来时买了些药，剩下的钱只能买半升米，他就全买了。回家后母亲见儿子买的米很少，就问起儿子来，儿子照实说了，母亲便唠叨开了："我们母子俩的生活全靠你打柴来维持，还有那么多钱去白花，你今年都二十五六的人了，也该想想你的婚事了。"她唠叨得没完没了，儿子只当没听见，可是老虎侧着头就像在听。

路生买回了药，便用剪刀为老虎拔刺，他对老虎说："拔刺是很疼的，你要忍着，不能伤我，拔出后贴些药就会好的，如果愿意的话就点三下头。"老虎点了三下头，路生便用剪刀拔了好一会儿才拔出了刺。然后给它贴上买来的药。在回家的路上，他还为老虎拾了些骨头，回家后给老虎吃。过了几天，老虎伤好了，到晚上起来仿佛要走的样子，路生便开了门，放它走了。

到半夜时分，路生正睡得香，一阵阵的撞门声把他惊醒了。路生起来点着灯去开门，门开后他非常吃惊，在昏暗的灯光下，他发现是只老虎，嘴里好像还叼着什么。等进了屋子，他才看清是他救过的那只老虎，嘴里叼着一只肥羊。路生知道了，原来是老虎来报答他的救命之恩啊！老虎放下叼着的羊，原卧到柴草铺里。路生也知道像他这样的穷人家里是不会有羊、猪、驴、骡之类的。尽管让它去叼吧！一只羊够他母子吃十天半个月的。

后来，老虎六七天出去一次，每次出去都会叼回一些东西。路生仍然打柴卖钱，隔十天半月买一些粮食。过了半年多时间，他还积攒了一些钱，给家里添置了家具，生

活也逐渐好起来了。

一天，他母亲对儿子说："如今咱们的日子还过得不错，你就托人找一个媳妇吧，你年龄也不小了。"路生只是嘴上应承，但毫无提亲的意思，老虎却把这些看在眼里记在心里。到了晚上，它又像往常一样出去了，到鸡叫二遍的时候，老虎回来了，嘴里没有叼什么，只是身上驮着一个很漂亮的少女，路生和他的母亲都惊呆了。清醒过来以后，他们母子二人赶紧从老虎背上抬下少女，发现她已昏死过去，于是把她抬到炕上，他母亲赶紧烧了些热汤，未等天亮，他就赶紧去十几里外的村庄请大夫。

他母亲烧好汤后给那少女一点一点地灌，约摸[1]过了一个时辰，那女子苏醒了些，但还不能言语。路生这时也把大夫请来了，诊断后医生开了药方，他们吃过饭，路生打发医生走了，便立即抓药熬药。

药熬好了，他母亲一勺一勺地给她吃。在吃药的过程中，那位少女微睁双眼，仿佛很惊讶很感激。路生在旁边也注视着这位从虎口得救的女子，吃完药，她又闭上了眼睛，路生和他母亲都不敢说话，默默地守候在姑娘身旁。

到了下午时分，那位姑娘苏醒过来了，但身体还是很虚弱。路生母亲扶起那位姑娘，那位姑娘好像说梦话似的说："这不是做梦吧！"路生的母亲说："孩子，这不是梦，这不是梦呀。"那位姑娘有点激动，她说："那我为什么在这样的地方？一切都是陌生的。"路生的母亲便把事情原原本本地讲述了一遍。姑娘听后很感激，说了句"多谢大娘和大哥的救命之恩"，又因为身体虚弱昏了过去。路生又把药熬好后送到母亲手里，母亲又一勺一勺地给那位姑娘灌药，晚上老虎出去了，再也没有回来。

第二天，路生熬好药后又上山去砍柴，他母亲照料那位姑娘。等他回来后，他母亲已经把饭做好，正陪着那位姑娘吃饭。儿子和母亲打过招呼后，问那位姑娘："好些了么？"那位姑娘含着羞说："好些了，多谢大哥和大娘的救命之恩。"路生只说了句："没有什么可谢的，你快吃一点补补身子吧！"于是他们便一块吃了起来。没一会儿工夫，路生已吃了好几碗，那位姑娘看样子吃不下去，路生的母亲便说："孩子吃吧，多吃一点补补身子。"于是这位姑娘勉强吃了一碗饭。吃完饭，路生又去做他的活了。

母亲和那位姑娘便拉起了家常来，问那位姑娘怎么被老虎叼走的。那位姑娘说："因走亲戚晚归被猛虎叼走。"路生的母亲听后便安慰姑娘说："孩子你就养养身子，等几天让生儿把你送回家里。"母亲说毕又唠叨着说这说那，说他这个儿子今年都二十五六的人了，还没有成家啦，他爹死得早啦，说起来没完没了。

转眼已经四五天了。路生这天上街去卖柴，听来往行人议论，说公主夜晚不知去向。原来那天夜晚公主和几个丫鬟在花园赏花，一时兴起，让几个丫鬟采摘好看的花来。丫鬟立即从命，到处寻好看的花，一时各奔西东，忘了公主，等采好花来给公主看时，发现公主不见了。丫鬟们慌了神，到处找不见，就立即报给皇上。皇上听后立即命令御林军到花园寻找，结果找遍花园的各个角落，还是没有公主的影子。于是皇上命令在皇宫、京城内到处查找，找了两天还是没有。皇上既愤怒又惊慌，下令在全国找，公主是他的掌上明珠，就是找遍天涯海角也要把公主找到。后来，皇上又贴出告示和画像，称有知其下落者不但赏银万两还封高官，知情不报者斩。一时间全国无人不晓。

却说那位大夫，这天也来到集市为人诊病，看见告示画像，觉得仿佛在哪里见过这样一位女子，左思右想忽然记起，那天清早有一柴夫叫去给一位姑娘看病，对，就是她！唉，管她是不是，先上报！如果不是她也没有什么；如果是，我就可做高官，家拥万贯啦！

他这样想着，不觉就走到了衙门门口。他走上前去，对门官说："通禀老爷，我有要事相告。"门官因县太爷和夫人有病都是请他看的，和他常打交道，于是立即进去禀告县太爷，大夫进去见到县太爷，把他所见原原本本地说了一遍。县太爷问："此言当真？"大夫说："不敢有假，如有半句谎言就立即取首级。"于是，县太爷亲自催马，命他带路，领了一班衙役，直奔路生家而来。

路生正好卖完柴回来，给母亲和那位姑娘讲述在街上的见闻，忽然听得一阵马蹄声由远而近，等他出门来一看，一班衙役簇拥着县太爷，那位大夫在前，已经闯进了家门。他不知是怎么回事，这班衙役已将他五花大绑起来，只听

[1] 约摸：大约。

县太爷说："没想到在我的管辖之内，竟有如此厉害的强盗，给我带走。"

忽听屋内有一女子高喊："不得无礼，他是我的救命恩人，放了他。"县太爷一听，好，找的就是你！至于是强人[1]还是恩人见到皇上再说，便一同带走。回到县衙，县令立即上书，让人星夜送往京城，京城即刻来人提强人并接公主回京。

回到京城，公主向皇上诉说了遇险得救的实情，让父王不要误杀好人。皇上不听，只说是他已下令，强人必斩，如果放了，以后怎样发号施令。公主无奈只好求母后劝说父王，不要斩杀好人，皇上仍然不听，下令于八月十五日午时斩，并贴出告示。

路生的母亲知道后痛不欲生，整天啼哭。这天正哭得伤心，老虎忽然来了，又蹲伏在它原来卧的地方。路生母亲一见老虎，便拿起一根木棒，边打边哭着骂："你这个畜牲，害得我们全家不得安宁，我打死你，你还我的儿子，还我的儿子呀！"她打累了，又坐下来哭。泪哭干了，腔也哑了。过了一会儿，她抬头一看，老虎不知什么时候不见了。

八月十三日晚上，老虎忽然包围了京城，京城往日繁华的街市，也变得冷落萧条。当天晚上，各官上奏皇上，虎围京城。皇上听后也很惊慌，立即召集文武百官来商议解围之策，然而没有一个好主意，只勉强同意领兵解围。军队冲杀了几十次，死亡许多人，但是老虎还是把京城围得水泄不通。

有一文官上奏："虎围京城还是奇闻……"他说到这，又转换话题说："皇上召集有贤德才能的人来解围，如果能解此围，可以给他一官半职，或者给他些银两。"皇上听罢，想了想，立即说："可以，可以，传我命令：不论什么人只要解了这燃眉之危，我可以把公主许给他，让他做驸马，如果不愿做驸马，赏银百万两。"不一会儿，皇上下圣旨的事在京城传遍了，旨曰：虎围京城二日整，如有贤德解围虎，加官加赏做驸马，但解围仅限三日之内。

到了八月十五日，离解围的时间只剩一天了，狱卒们

的议论被路生听到了。路生想：我救过一只老虎，它又给过我许多好处，也由于它我今天受此罪名，怎么在这时候老虎围京城？想必又是那畜牲捣的鬼，我不妨出去试一试，解了此围也可以把我的罪名洗清。想到这儿他立即唤来狱卒，要求觐见皇上。狱卒报告狱监，狱监立即觐见皇上说："要犯路生求见皇上，说他有办法解围。"为了解围，皇上只好让他觐见。

路生被释放出狱来到金殿，皇上问："要多少人马？"他说："不要一人一马，只要不食前言就行。"皇上听后说："我已经说过谁解此围可以做驸马，或加官加赏，如果你解此围当是天助你也！"

于是路生走出金殿来到城头一看，好家伙，老虎密密麻麻，自己如何能退得了？过了一会儿，他抱着试试看的心理，高喊："虎兄，虎兄。"连喊几声，只见一只斑额大虎从虎群中走了出来，立在群虎的前面，路生一见，果然是他救过的那只大虎，他又仔细一看，怎么额头的花斑变成了"王"字？路生很惊讶，也很高兴，就对老虎说："虎兄，现在皇上已经开恩释放了我，还说谁解此围可以做驸马加官加赏，他已经在群臣面前做了承诺，想必他作为皇上也不会反悔，如果你能解了此围，我将感激不尽。"

这只大虎听后慢慢转身，面向虎群连吼三声，吼声震得人心惊胆寒，接着它又左爪三挠，所有的老虎像接到什么命令一样四散逃窜，一时没了影儿，只有那只大虎仍然蹲在那里一动不动。

路生解围时京城内的人都在城头观望，见虎已退，整个京城立时响起了欢呼声。路生在欢呼声中来到金殿向皇上交了圣旨，于是群臣议论纷纷，皇上只好不食前言，择了吉日为女儿举行了盛大的婚礼。婚后三天，那只斑额大虎也不见了，路生成了举国注目的驸马。

后来路生接来老母，他们和和睦睦地共享荣华富贵。过了几天，有人说围城之虎多达八十三万，路生由此威名远扬，皇上又封他为"镇国打虎将军"。

---

[1] 强人：强盗。

讲述者：	鲁洪谋
采录者：	鲁永锋
采录时间：	1988 年 4 月 2 日
采录地点：	平凉市泾川县吊堡子村
选自：	《平凉地区故事集成》（资料本下卷一分 册），第 238 ～ 246 页

异文：十八万老虎下江南

很早很早以前，江南有个小伙子，叫郭鱼儿，父亲死得早，住在深山老林里靠打柴卖下的钱养活老娘。尽管他的日子过得很艰难，但他为人善良，心眼非常好。

一天后晌，郭鱼儿在一棵树上剁干柴，刚要下来时，一转身，哎呀！树下躺着一只白额大老虎，这可把他吓坏了。跑吗？不行。叫人吗？没人。他看老虎半闭着眼睛没有一点吃人的意思，就心里盘算：我坐在这儿，没一个人晓得，咋办呢，总不能坐一辈子啊。唉！不如下去，凭我腰里这把斧头，它要吃我，我就和它拼命，说不定还有活路呢。

他扯开嗓子朝树下喊叫："虎大哥啊虎大哥，你要吃我就点点头，不吃就摇摇头，我还要回家伺候老娘呢。"老虎真的摇了摇头，郭鱼儿赶紧从树上溜下来。老虎从地上慢慢爬起来，一只爪子提着，看样子不能着地。郭鱼儿大着胆子走近一看，哎哟，老虎爪子上扎着一根很粗很长的竹签，竹签的周围也肿得很厉害，他伸手就拔，老虎疼得浑身打颤哩。拔下来后，他又撕下半截破袖子，给老虎裹上，就担着柴回家去了。

回到家里，郭鱼儿在炕头上坐着，只听后院里"呼"的一声响，他赶紧跑去一看，墙根下放着一口袋东西，用手一摸是一袋白面。他见地上有虎爪印，心想：肯定是我老虎大哥送来的。他就把口袋扛到屋里，还给老娘说了这事儿。

过了几天，郭鱼儿上山打柴去了，老虎又从后墙上跳进来，叼来了一大块猪肉。屋里老娘听见了就说："唉，我娃都三十的人了，还没个媳妇！"老虎长叫了一声走了。

又过了几天，郭鱼儿还在吃晚饭哩，老虎就从院墙上跳下来，嘴里衔着个人，它放下人，又叫了一声走了。郭鱼儿跑去一看，地上躺着个漂亮的女娃子，身旁放着半截袖子，里头包了很多金子。后来，他和这女子成了亲，日子过得还很好。

过了几个月，郭鱼儿小两口叫一伙兵给抓走了。这是咋啦？原来老虎衔来的那个女子是皇上的公主。皇上知道公主和郭鱼儿成了亲，就抓来打进了死牢，天一亮就要杀头哩。

到了第二天，天发亮时，守城的兵卒刚打开城门，就"唉呀"一声都趴在地上，再也翻不起来了。原来，城外密密麻麻地不知站了多少老虎，眼睛里都发着绿光，嘴里吊着血红的舌头，真吓死人啦！

兵卒们赶紧报给皇上，皇上命令士兵用乱箭射，这么多的老虎，兵卒们一看，手脚都麻木了，胳膊腿子都软了，哪还能放箭呢，就私下商量："老虎肯定是饿了。"他们杀了很多鸡猪骡马从城墙上掀下去，老虎群动都不动。

兵卒全慌了神，转身就往城里跑，老虎群中的那只大老虎大吼一声，这些老虎都跟着吼了起来，震得地动山摇，把皇上吓得从龙位上都跌了下来。手下的兵卒跑来说："不得了了，来了十八万老虎一起吼叫！"皇上听了赶紧传下圣旨，谁解了虎围，就招谁为驸马，还加封为兵马大元帅。

郭鱼儿听见狱卒议论这事儿，就说他能解虎围。狱卒给皇上说了，皇上免了他的罪，叫兵卒把他从城墙上用绳子吊下去。

郭鱼儿下了城墙，笑着对领头的白额大虎说："虎大哥，皇上给我免了罪，你们去吧！"大老虎吼了一声，这些老虎都走了。

郭鱼儿回到城里，当了皇上的女婿，还派人把老娘接来享受荣华富贵啦。

讲述者：	雍福堂，男，38 岁，农民，识字
采录者：	甘渭，男，47 岁，干部，高中学历
采录时间：	1987 年 4 月 9 日
采录地点：	平凉市静宁县曹务乡中庄村

选自：　《平凉地区故事集成》（资料本下卷一分册），第 214 ～ 217 页

42

九头狐狸

很久以前，有个少年叫王九，以打柴为生。大山的另一头，有一个九头狐狸，凶残狡猾，是个害人精，老百姓恨死它了。

一天，王九正在山里砍柴，突然刮起了狂风，树林里霎时一片漆黑，头顶传来一阵阵怪叫声。王九非常害怕，在黑暗中挥舞柴担乱打，好像打到了啥东西上，接着听到一声凄厉的惨叫声，天地顿时明朗起来了，只听"啪"的一声一只绣花鞋跌落在了他的面前。他捡起鞋子，挑起柴担慌慌张张地回了家。

第二天，王九挑着木柴到集上去卖，看见很多人围着看一张榜文，他凑上去听，原来是李员外的女儿在河边洗衣服时失踪了，给知情者或能找见者一定重赏。王九放下柴担，直奔李员外家，并把捡到的绣花鞋掏出给李员外看，李员外一眼认出这个鞋子就是女儿的。王九就把那天发生的事一五一十地告诉了李员外，李员外断定是九头狐狸所为，派了一名身体强壮的家丁随同王九一起去寻找女儿，并许下诺言，若救回他女儿，就将女儿嫁给王九。

王九和家丁背着食物，提着马刀上路了，两个人来到

大山的另一头，看见一个水帘洞，就钻进去，顺着流水向前走，不久出了洞，来到一个水草茂盛地方，看见李员外的女儿正在小溪边洗衣服。他们两个非常高兴，急忙跑过去，姑娘伤心地告诉他俩："前天，我在河边洗衣服，忽然九头狐狸窜过来，要我做它的新娘，我不愿意，它夹起我就跑，途中被一个砍柴的少年打伤了胳膊。"王九说："它的胳膊就是我打的，我一定要杀了九头狐狸，为乡里除害。"

他们向九头狐狸住的地方走去，九头狐狸看见了他们两个，气势汹汹地奔过来。王九让家丁带李小姐跑，自己和九头狐狸打起来，一下子就砍掉它的一个脑袋。只见那家伙口中念道："长！长！"一下脖子上又成了九个头。王九见状，心生一计，每破下它的一颗头，就拾起一个石头放在它的脖子上，九头狐狸念咒就不灵了，最后喷出一股黑血，死了。

王九追上家丁和李小姐，三人回到家里，把杀死九头狐狸的经过告诉了李员外，李员外很感动，将女儿许配给了王九。

讲述者：　周耀堂，男，68 岁，农民，不识字
采录者：　周斌，男，38 岁，文化工作者，本科学历
　　　　　李永峰，男，44 岁，企业经理，大专学历
采录时间：2009 年 8 月 15 日
采录地点：平凉市庄浪县杨河乡王三村
选　自：　《庄浪古经》，第 107 ～ 108 页

43

野狐报恩

从前，有个小两口，家里很穷。有一年过年时，女人叫男人把她的一件上衣卖了买些粮食过年，这个男人就真的拿去卖了。准备回家时，他看见一个人抱着一只野狐卖，觉得这个野狐很可怜，就用卖衣裳的钱把野狐从那个人手里买来放跑了。

这个男人回来后，给他女人把这件事说了。没有钱过年，这小两口就抱头哭了起来。正哭着，乍一听，门外有人喊"老哥，老哥"，这个男人觉得很奇怪，还当是谁走错了门，他出门一看，门外真的有一个人在叫他。这个男人就把他让进门来，他拿来了很多东西，从那以后，这两个人就结拜了。成兄弟后，这个人就经常在他家来往，每次来总要拿来很多东西。

有一次，他对这个男人说："拜哥，今天我要请你到我家去做客，你来时，就顺着一条路直走，走了半截路后，看见一个大院就是我家。到家里，如果我老爹给你多少金子和银子，你都不要拿，你就端端要我家墙上挂的一个大草帽。"

这个男人就按照他拜弟说的去做。到了他兄弟家，他

兄弟的先人[1]说："你救了我家儿子的命，现在我要报答你。"说完以后，就从一间房里拿出了很多金子和银子，叫这个人拿上。这个人没有要金银，偏偏要了挂在他家墙上的那个破草帽，老汉只好说："拿去吧。"

过了一阵，那个老汉要去看戏，临走的时候，就对这个男人叮咛："我走了以后，你不要到我家后院去。"

老汉走了以后，这个男人就想：人家不要我到他家后院去，后院究竟有啥东西。这个男人就跑进去看了一下，不看还罢了，看了给美美地吓了一顿，因为在他兄弟家的后院里的一个柱子上，绑的是他舅舅，这个男人吓得连忙往外走。正好，那个老汉回来了，问："你到我家后院干啥去了？"这个男人想起了老汉走时给他说的话，就编谎说他没有进去。

接着，那个老汉给这个男人讲了他的身世。他本是一只野狐，修炼了几百年，终于修成了仙。后院里的那个人是这个男人的舅舅，平时爱打野狐，绑在柱子上的是他的灵魂。老汉说："他活的时候，把我家子孙打死的打死了，腿子打折的打折了，我这样做也是对他的一种报复。现在你就把你舅舅肚子上的那些蜡烛拔了，叫他在阴间安安生生地过日子去。"

这个人听了以后，才明白了。他连忙把他舅舅肚子上的蜡烛拔了，拿着破草帽回家去了。

讲述者： 司世芳，女，47 岁，静宁县司桥乡南坡村人，农民
采录者： 李百萍
采录时间： 1987 年 10 月 15 日
采录地点： 平凉市静宁县司桥乡南坡村
选自： 《静宁民间神话传说故事》，第 243 ～ 244 页

[1] 先人：父亲。

附 记

故事原名《痔疮》，似乎是通过一个野狐报恩的故事讲述痔疮的由来，但并没有交待清楚男人痔疮与故事中"舅舅肚子上的蜡烛"的关系，因而编纂组将题目改为《野狐报恩》。（徐凤）

44

桃李姑娘

有一樵夫，姓李名勤，勤劳善良，靠打柴度日。他每天起早贪黑，出没于深山老林之中。久而久之，被万丈悬崖之上仙院里的仙女桃李姑娘发现并爱上了。仙女决定下凡界与李勤配成一对。她背着仙父仙母，偷了祖传仙衣"定身衣"变作一颗青皮核桃，有意滚到在山上打柴的李勤脚下。李勤不知其故，就将它拾起来拿回家中。

从此以后，李勤每天打柴回来，炕也热了，饭也熟了，家庭面貌一天比一天好了。为了弄清缘由，这一天他假装出门上山，出了门却躲在院角处。到临做饭时，他跑到窗缝一照[1]，那颗青皮核桃滚落在地上，随即变作一位如花似玉的美女，收拾做饭。李勤马上将门推开，进入屋内，仙女变不过去了，只得表明爱慕之心，二人便结为夫妻。

他二人恩恩爱爱地过日子，日子过得十分甜蜜，后来还生了两个儿子。他俩开垦荒地，建造房屋，也不用在深山打柴过日子了。

过了几年，桃李姑娘思念父母心切，就向李勤说了回

[1] 照：看。

仙山看父母的心愿，并说："你如果思念过甚，就于来年七月在你捡到我的那个地方上山，上到山顶有一仙院，门前有一块青石，在石头上面敲三下我便出来接你。"说后穿上定身衣腾空而去。

话说桃李姑娘姐妹十二个，桃李姑娘排行第九。自打那日私自下凡三年未回，触犯了仙家家法，桃李姑娘回到仙境，被罚坐一年冷宫，不见日光，她思念李勤及儿子心切，每日流泪不止。

李勤由于和桃李姑娘成婚配，仙父仙母也给他记下了一笔账，等待时机，要将李勤及儿子处死，方可罢休。

李勤自桃李姑娘走后格外思念她，儿子也天天叫妈妈，勉强等到来年七月七日，他就将打柴的绳子、镰刀带上，引上两个儿子朝仙院奔去。

到了仙院崖下，左顾右盼没有找到上天的路，走东闯西才找了唯一能上去的小台阶。李勤就将孩子用绳子的一头拴上，一头拴在自己腰上，一步一步往上爬。好不容易才爬到了山顶，果然看见有一座仙院，门前有青石一块，他便用镰刀在青石上敲了三下。门开了，李勤以为是桃李姑娘接他和儿子来了，但出门的不是她，而是一位老婆子，她就是桃李姑娘的母亲，她一见李勤的面就说："我知道你今儿要来，你将我女儿收容三年才回家，我给你记了一笔账，我要销账。"李勤不知其故，进了门那老婆子拿来了一本账，给了一支硬邦邦的毛笔，叫李勤销账，李勤用嘴舔了一下笔头，笔头就掉进了肚里。老婆子见害人之计已用上，就笑着进了屋。

从那以后，李勤肚子一天比一天大了起来，脸色一天比一天黄，眼看死期将至。此事被桃李姑娘知道了，她打发妹子把李勤叫到后山，用绳子捆在树上，树旁放了一把火，火烧烟熏，不多时李勤恶心呕吐，猛一用力，一只铜蛤蟆跳了出来。此后，李勤的身体一天比一天好了起来。

仙母料定李勤已死，但过了几天时间，发现李勤如旧，她一计不成再来一计。她把李勤叫到跟前说："账已销了，现在我把我十二个姑娘都叫出来，你认得哪个是桃李姑娘的话，你就引上下山。如果不然，连同孩子抛下万丈悬崖摔成肉泥。"李勤只得等着看她又演啥戏。

工夫不大，仙母领出十二个一模一样，打扮得如花似

玉的姑娘。李勤左看右看十二个都是桃李姑娘，两个孩子前看后看十二个都是他妈模样。李勤急中生智，就在两个孩子的脸上打了几巴掌，还说："今天你们和我都是一死，不如我先把你们打死再说。"两个孩子被打得大声哭叫，桃李姑娘一看孩子被打得不停地哭喊，不由揪心地疼痛，忍不住双目掉下泪来。李勤一把抓住掉泪的姑娘说："这便是桃李姑娘。"仙母的第二个计未成，李勤和孩子暂保住了性命。

两计不成，再来三计。仙母就用了一条最狠毒的计，叫李勤把后院柳树枝修一下，李勤明知是设计害他，但不得不干，就求桃李姑娘给他出主意。桃李姑娘叫妹妹给李勤说把五个树枝捆起来，一刀砍下跑上百步远，回头再看。李勤按桃李姑娘的办法把树枝捆起，一刀砍下跑出百步向后看时，是五条大蟒捆在一起不能动弹，李勤又一次免于丧命。

仙母三次设计未害死李勤，准备再用毒计。第二天是仙父的寿诞之日，十二个女儿都对父母的所作所为极为不满，知道这样下去李勤父子迟早会被害死，就商量要在父亲寿诞之日，女儿轮流给父亲看酒，等仙父仙母醉倒后，就叫三姑娘去偷钥匙，取出定身衣，打发李勤父子和桃李姑娘下山。

她们计谋已定，在第二天的寿宴上，十二个女儿三番五次地轮流给父母看酒，不多时仙父仙母都酩酊大醉，昏昏睡去，三姑娘趁机从父亲衣袋里偷上钥匙，取出定身衣，送李勤父子和桃李姑娘下山，使李勤免遭一死，他们重新过上了美满幸福的生活。

讲述者： 韩得月，庄浪县韩店乡人
采录者： 谢文敏，男，44岁，庄浪县卧龙乡人，干部，初中学历
采录时间： 1986年
采录地点： 平凉市庄浪县
选自： 《平凉地区故事集成》（资料本下卷一分册），第101～105页

45

牛老伯和银人的故事

牛家庄住着个牛老伯，他性情温顺得像一头老黄牛，这位牛老伯是方圆数十里人人皆知的老好人。无论什么人来到牛家庄，遇到什么困难，去找乐于助人的牛大伯，他一定会使你满意，因为他从没有拒绝过任何一个人的任何要求。

牛家山有一位神仙，他常听到山上的人说那位牛大伯是如何如何的好，就决定报答他，可他对别人的说法又有些怀疑，于是就亲自去试试虚实。

在一个风和日丽的日子里，牛大伯家里锣鼓声声，唢呐阵阵，原来是他的大儿子娶媳妇，他家里只有两间茅草屋和一个破烂不堪的牛棚，两间茅草屋，一间做厨房。

中午，他们刚把迎亲的人接进去，就听见外面人声嘈杂，牛大伯出来一看，只见一个白衣老人站在院里。"这人太不像话，人家明明办的是红事，他却穿这么一身埋人的白衣服，这简直是欺负人哩么！"

人们纷纷议论着，听到别人的议论，牛老伯心里有些不舒服，但他还是很和气地对那白衣老者说："老人家，您到屋里坐吧！"接着就把那老头儿往厨房里拉。

那老者却站着不动，原来他要坐在那间已经做了新房的屋子里吃饭。牛老伯只得去和老伴商量，把新娶来的媳妇硬哄到厨房里，然后把那白衣老人让进屋里，摆上酒席盛情款待。酒足饭饱之后，那老人仍然没有走的意思。

眼看太阳就要落山了，牛老伯急得在院子里团团转，因为刚娶来的媳妇还没有地方歇息呢。天渐渐黑了下来，只听那老者慢慢腾腾地说："今天晚上我就住在这间房子里，你们另想办法去。"另想办法，还有啥办法呢！牛棚又不能住人，过来过去就这间厨房，虽然他心里这样想着，但是还是笑呵呵地安顿那老者在新房里睡下了。

这一夜，他们一家人在厨房里一直坐到天亮。太阳已升起老高了，还不见那白衣老人起床，牛大伯就走进那间草房，看那老者是不是生病了。

揭开被子，他吓得倒退了好几步，只见一个银光闪闪的人直挺挺地躺在炕上，那老者早已不知去向。他慢慢地靠近那个人，仔细一看，才发现是一个银人，他赶忙招呼全家人来看过之后，对他的儿孙们说："这就是我一辈子积德的结果啊！"

据说，如果想用钱，就砍上银人的一个指头，可是到第二天，那砍去的指头又会重新长出来，真是奇怪极了！

邪，其他人也要穿得喜庆一些，忌讳穿白衣服，因为只有人去世，其子孙穿的孝衫才是白色。正因为这个原因，故事讲当白衣老者穿一身白衣服出现在牛老伯儿子婚礼上时，人们认为是他欺负人。（张添发）

陇东婚礼　张森林提供

附
记

讲述者：　何作明，农民，初中学历
采录者：　何秀兰，女，17岁，高平中学高二学生
采录时间：1988年5月26日
采录地点：平凉市泾川县高平乡东坡村
选自：　《平凉地区故事集成》（资料本下卷一分
　　　　册），第160～161页

在传统社会，平凉人结婚新娘子要穿一身红，一是喜庆，二是辟

46

喇嘛盗宝

在泾河与荔堡交界处，有一座形如馒头的山，这就是秃秃山。山北绿草如茵，山南冷气嗖嗖。山北的塬上人四肢匀称，聪明伶俐，山南脚下的人，则面容枯槁，行走不便。

有一年冬天，山南脚下的王老汉砍柴往回走，路过山下水潭，王老汉连人带柴担忽然不见了，村里人找来找去，没找到个踪影。从这以后，这地方常有人失踪，人们都不知道这些人哪里去了。

这时候，财主放出话来，说是山民触犯了山神，命令山民备足祭品，要常年供奉山神。山民们本来日子就难过，这下更难过了。即便是这样，他们的供奉并没有感动山神，路人失踪的事还常常发生。

南山脚下的人非常害怕，几乎都没办法在这里生活了。这时，一位喇嘛来这里化斋，见人们面色蜡黄，衣衫破烂，抬着祭品供奉山神，感到非常奇怪，就问一位老伯，老伯将这件怪事细细说给喇嘛，喇嘛略加思索说："你们快把祭品抬回去，我自有办法。"

喇嘛来到山下水潭边，只见这里阴风嗖嗖，瘴气腾腾。

喇嘛仔细察看，只见一条光溜溜的小道直通半山，他就沿着这个小道向半山上走去。走着走着，一个山洞横在他的眼前，山洞左边还有一条石缝，他就钻了进去，大气都不敢出地躲到这里，想看个究竟。

从日出等到日落，一直没有动静，一连三天，天天如此。第四天午夜，喇嘛叫来老伯，叫他第二天找来一个壮士，备上一只山羊，扎住羊嘴，再准备三把铡刀、一面铜锣，要壮士及物品随时听命进山。

这日午夜，万事齐备，壮士肩扛扎住嘴的山羊，背着铡刀，脖子上悬着铜锣，跟着喇嘛来到山底水潭边。喇嘛命壮士在那光溜溜的山道上栽上铡刀，解开山羊，拴在树上，一切准备就绪，就让壮士快速躲藏起来，听到锣响再来看热闹。

那壮士躲开之后，喇嘛解开扎羊嘴的绳子，自己也匆匆躲起来，那放开的山羊，见人把它带到这么阴森可怕的地方，就拼命地挣扎，还一边挣扎一边不住地叫唤，导致山里"咩咩"声不断。这叫声惊醒了洞里的怪物，怪物睁开眼睛，侧耳细听，是羊的声音，认为是山民们又来供奉它了，于是心花怒放，摇摇摆摆地出了洞。

只见那怪物出了洞，身子一弓，"咻溜"一声扑向山羊。可怜它，羊没有吃上，却被铡刀砍成两半，躺在了水潭边。喇嘛走近一看，说："呵呵，果然不出所料！"原来怪物非神非仙，就是蟒蛇一条。

喇嘛见蟒蛇已死，便敲响铜锣，奔入洞中。只见洞中，怪石玲珑，玉片剔透，洞内一物，光芒四射，喇嘛上前用力一扳，不料用力过猛此物被扳成了两半。只听见洞内石土沙沙作响，喇嘛赶紧跑出了洞，他刚一出洞，只听"轰隆"一声巨响，山塌洞陷，原来是喇嘛盗走了半条定山宝物——金扁担。

讲述者：	王天恩，33 岁，荔堡中学教师，高中学历
采录者：	张怀群，24 岁，泾川县文化馆文学干部，大学学历
采录时间：	1984 年 8 月 10 日
采录地点：	平凉市泾川县荔堡乡南李村

选自：《平凉地区故事集成》（资料本下卷一分册），第 164 ～ 166 页

47

玫瑰花

　　从前，有一个老汉，他有三个女儿。有一天，这老汉到京城去买东西，就问三个女儿："你们想要买啥东西，我给你们都买。"

　　大女儿说给她买个裙子，二女儿说给她买个花褂褂，只有三女儿说她只要京城的一朵黄玫瑰。

　　老汉在京城里把他要买的东西买上后，就给三个女儿买东西。大女儿和二女儿要的东西买上了，可是三女儿要的黄玫瑰到哪儿去买呢？他转来转去，不知不觉走进了王宫，当他走到王宫的花园跟前时，看见一朵黄玫瑰，就顺手摘下，美滋滋地拿上往回走。

　　可是，走到半路，玫瑰花不见了，他就又往王宫走去，看见玫瑰花还长在那儿，当他刚要摘时，一个大个子人站在他面前，样子害怕得很，他说："必须把你的女儿嫁给我，不然你就有难了。"

　　那个老汉听了后很害怕，就回去给三个女儿说了，大女儿和二女儿吓得躲了，三女儿最体贴她爹爹，就答应去见见。

　　三女儿见了那个大个子后，也吓了一顿，当她听到那

个大个子讲了他的身世后，她就不害怕了。原来那个大个子是个王子，他受了一个女妖的迫害，变成这个样子，如果有一个女子答应嫁给他，他就可以变成原形。

三女儿听了很可怜他，就答应留在王宫和这个王子一搭过活。王子拿出一个镜子对那三女儿说："你如果想念你家里的人了，你就把镜子拿出来看，就能看见。"

一天，三女儿把镜子拿出来一看，看见她爹爹病了睡在床上，她的两个姐姐不管，她就给王子说放她回家一次，那王子就答应了，说："你必须在三天后回来，不然我就一直变成玫瑰花了。"

她回去后，在家里坐了两天，她两个姐姐见她穿得好，不服气，骂了她一些很难听的话，她就把爹爹一起带回王宫了。王子一见那三女儿，一下子又变成了一个英俊的王子，他们就结为夫妻，一起孝敬老人。

讲述者： 李军琴，女，24 岁，农民，初中学历
采录者： 高喜宁
采录时间： 1987 年 12 月 24 日
采录地点： 平凉市静宁县高界乡高堡村
选自： 《平凉地区故事集成》（资料本下卷一分册），第 176 ～ 177 页

48

玫瑰姑娘

从前有个姓杜的人，娶了两个老婆，大婆生一子取名兴儿，二婆生一子取名旺儿。不久，杜老汉死了，接着二婆也死了。大婆视兴儿如心肝宝贝，视旺儿如破鞋烂草，让兴儿上学读书，让旺儿上山砍柴放牛。

旺儿每天把牛放得饱饱的，回来时又背着重重一捆柴，可大娘还是瞪着三角眼，出口如冰渣铁钉，旺儿从没得到过一句温暖的话，兴儿也不愿理他。旺儿很孤独，觉得待到这个家里很没意思。

旺儿喜欢山上，山上有猴子一样的奇石，有鹿儿一样的怪树，有修长的野草、鲜艳的山花，鸟雀鸣唱，溪水叮咚。旺儿早早砍上柴，无事就在这里看一看、那儿探一探。

一天，他在一块大石旁发现了一株玫瑰，玫瑰单单的一条枝干，上面有一朵刚开的紫红色大花和一大一小两只花骨朵儿，只是缺水，玫瑰长得不旺盛。旺儿很奇怪，山上哪有这么珍贵的花。

第二天，旺儿从家里带来一个瓦罐儿，从远处提来水给玫瑰浇上，每天都是这样，那朵花全开了，两只花骨朵也相继开了。花儿十分鲜艳，远远望去好像一团火苗闪动，

芳香四溢，引来许多蜂蝶闹闹哄哄的。自从有了这株玫瑰，旺儿又多了一份乐趣，他十分喜爱这株玫瑰花。

这天，旺儿上山，见玫瑰花被谁家的牛糟蹋得一塌糊涂，旺儿看着心疼得眼泪都掉下来了。他费了很大的劲儿才把玫瑰的枝、叶、花理顺撑起来，但已不是以前的玫瑰花了，旺儿十分难过。

晚上，旺儿熄灯刚合上眼，就看见一个头上揾着红巾的老妈妈站在炕头，老妈妈说："明天有一个头上揾着红巾的少年，那是我儿子，他到山上接你，你就跟着他去，对你有好处。"旺儿醒来发现是一个梦，觉得很奇怪。

第二天，旺儿上山，把牛打在一旁吃草，正四处张望哩，忽然看见一个头上揾着红巾的少年拉一匹枣红马朝他走来。少年说："我妈妈要我来接你，走吧！"少年让旺儿骑上马，又说："你闭上眼睛，听我说到了你再睁开。"旺儿闭上眼睛，只觉马一高一低走了许多路，忽听少年说："到了，请下马吧！"旺儿感到浓浓的玫瑰花香扑面，睁开眼睛一看，面前是一处很大的庄园，周围除过青池绿柳，净是一片片一簇簇的玫瑰花。少年拴了马，把旺儿领进院子，走进一个宽敞明亮的房子。房里上首坐着那个梦中的老妈妈，旁边站着许多穿红着绿、搽脂抹粉的妖艳姑娘和丫鬟，但她们都有一个共同的装饰，就是头上揾着红巾。

老妈妈说："我女儿的恩人到了，快请！"老妈妈把旺儿让到客座，招呼丫鬟端来了玫瑰香茶，又端来了上面印有玫瑰花样的糕点和鲜果，还有几十盘叫不出名堂的菜肴。

旺儿说："我并没有做啥，老妈妈咋这般厚待我？"老妈妈说："我女儿受你的爱护，才保住了一条性命，我很感激。""你女儿？她是谁，我并没见过呀？"旺儿不解地问。"她是我第三十六个女儿，叫娇妹，是我娇惯大的，很淘气，不听话，我打了她一巴掌，她就赌气走了，在一个山上孤零零地住了整整三个年头了，我都没把她搬回来。早前天，她被一头牛伤得厉害，要不是你救了她，她就没命了。"旺儿越听越糊涂，见老妈妈不肯多说，他就不好再多问了。

席后，老妈妈叫丫鬟端来一盘珍珠玛瑙、一盘绫罗绸缎，对旺儿说："这是我的一点儿心意，请你收下吧！"旺儿忙说："我是个放牛的孩子，这些都没用处。"坚决不收。老妈妈又说："我这里有许多姑娘丫鬟，任你挑选一个，替你扫地倒茶啥的。"旺儿说："我这样的人还不糟蹋了人家。"老妈妈见旺儿啥都不要，很不高兴，说："你总得拿点啥才了却我这点心意呀！"旺儿见老妈妈一定要这样，眼睛在房子里扫了一遍，见桌子上花瓶里插着一枝玫瑰花，和山上的那一枝一模一样，就说："老妈妈一定要送我个啥，那就把这一枝玫瑰花送给我吧！"老妈妈皱着眉头好一会儿才叹口气说："唉，也是缘分了，好吧！"就取出那枝玫瑰花给了旺儿。

老妈妈在儿子和众姑娘丫鬟的簇拥下把旺儿送出门外，旺儿走了几步，回头一看，后面都是大山，刚才的庄院不知哪里去了，旺儿就像做了一场梦。

旺儿手里拿着那枝玫瑰花，顺着崎岖山路走了一阵，见玫瑰花一会儿比一会儿蔫了，想拿着这样的花有啥意思，就把它丢在了路上。走了几步，忽听见后面有人叫哩："旺儿，等等我！"旺儿回头一看，没人，只有那一枝玫瑰花，但玫瑰花变得鲜艳无比，十分可爱，旺儿就退回去把它捡起来拿上。走了一阵，玫瑰花又蔫了，旺儿又生气地把它扔在路上，走了几步，忽然又听见后面有人叫哩："旺儿，等等我！"旺儿回头一看，仍然没人，只有那一枝玫瑰花，玫瑰花又变得鲜艳无比，十分可爱，旺儿又退回去把它拿上。一连几次，旺儿就不管它鲜艳也好蔫也好，把它拿上往回走。

旺儿走到放牛的山上，天已晌午，见牛吃饱在那里卧着回食[1]，忙砍了一捆柴背上，赶上牛，拿着玫瑰花回到了家里。旺儿走进草房，一张破木桌上啥都没有，他就把玫瑰花插在木桌上面的墙缝里。

第二天，旺儿放牛回来，走进草房，闻见香喷喷的，一看墙角三块石头上架着一口小砂锅，里面盛着饭。旺儿以为是大娘做的，心想大娘到底变了，她总是娘啊，就把饭吃了。此后，天天都是这样，锅里盛的不是长长的面条，就是白白的米饭。旺儿有了怀疑，大娘真的变得这么好

[1] 回食：反刍。

吗？为啥要这么做呢？旺儿想看个究竟，暗暗想好了主意。

这天，他把牛赶到山上，快到晌午的时候就先回来，然后悄悄趴在窗户的破洞处往里瞧，里面并没有人，也没有动静。一会儿，只见那枝玫瑰花颤动起来，接着花瓣一片一片地落在木桌上，又互相滚在一起，放出光芒，瞬间变成一个漂亮的姑娘。姑娘伸手在玫瑰枝上摘下一片叶子，放在手心轻轻一吹，叶子立即变成一口小砂锅。她跳下木桌，把小砂锅架在墙角的三块石头上，手指轻轻敲着木桌说："咯当咯当，油出来！"一坛儿油出现在木桌上。"咯当咯当，盐出来！"一罐儿盐出现在木桌上。"咯当咯当，面出来，各样调和[1]都出来！"一袋儿面和大包小包的调和都出现在木桌上。啥都有了，姑娘在锅里倒上水，袖子在锅底下扇了两下，立刻就有了火苗儿，又忙乱一阵，约一锅烟的工夫，饭熟了，满屋子是香喷喷的气味。姑娘盖好锅，洗好碗筷，又洗过自己的手，爬上木桌就要打滚，旺儿急忙"嘿"了一声。姑娘见旺儿偷看，就跳下木桌，说："嘿啥哩，既然看见了，就进来吃饭吧！"旺儿走进房子。姑娘说："我就是娇妹，你偏偏要了我，妈妈说的就是缘分了，今后我就是你的媳妇。"旺儿又惊又喜，没想到那枝玫瑰花竟然是一个美丽的姑娘。

从此，旺儿每天照样上山放牛砍柴，娇妹做饭。

一月过去了，大娘见旺儿不来吃饭，但人却胖胖的，不像挨饿的样子，咋回事呢？这天，大娘路过草房，听见里面有人说话，朝门缝里一瞧，旺儿和一个姑娘亲亲热热地坐在一起。

大娘"哗"地推开门走进草房，指着旺儿的鼻子大骂："你这个不学好的东西，大白天把谁家的姑娘勾引在这里来了？"娇妹忙说："不能怪他，是我愿意的，也是妈妈叫我这样做。"大娘仔细看娇妹，漂亮得像天上掉下来的，心想：要是把这样的姑娘能给兴儿，正是天生地配的一对儿，可惜一朵好花偏偏插在牛粪上了。于是就想出了一条毒计，对旺儿说："明天你在西面那块地里，挖出一亩大的一个锅坨[2]，挖不成，把你媳妇给兴儿。"

大娘走了，旺儿急得哭哩，给娇妹说："一天时间，我咋能挖成一亩大的一个锅坨呢？"娇妹说："容易得很，明天你到地里画出锅坨的样样，在中间挖几镢头后，就大声说'还不快帮我挖锅坨来'，然后你就躺在旁边，闭上眼睛，自有人帮你挖的。"

第二天，旺儿到西面那块地里，半信半疑地照娇妹说的那样做了，他躺在地上，闭上眼睛，忽听车行马走，铁锨镢头响动。旺儿不觉睡了一觉，醒来太阳已经偏西，一亩大的一个锅坨早挖成了。

旺儿回去给大娘说了，大娘不信，到地里看，果然挖成了，很吃惊。大娘一计不成又生出一计，给旺儿三个瘪麻钱，说："明天你到集市上买一口一亩大的砂锅来，买不来，把你媳妇给兴儿。"

旺儿回来哭着给娇妹说了。娇妹说："容易得很，明天你把三个麻钱丢到锅坨内，大声说'还不快把砂锅抬来'，然后你躺在一旁，闭上眼睛，自有人会帮你抬来砂锅的。"

第二天，旺儿照娇妹说的那样做了，就躺在一旁，闭上眼睛，忽听有人和车马走动的声音。旺儿迷迷糊糊地睡了一会儿，醒来一看，一亩大的一口砂锅稳稳当当地架在锅坨上。旺儿回来给大娘说了，大娘到地里一看，惊得说不出话来。

大娘仍不死心，给旺儿一根折扁担、两个没底儿的桶子，说："明天你就用这根扁担和这两个桶担水，把锅倒满，倒不满把你媳妇给兴儿。"

旺儿回来又哭着给娇妹说了，娇妹说："这不难，明天你就把桶放到泉边，左舀三勺水，右舀三勺水，然后就用这根扁担担上走，到锅边，有水没水就往里倒，大声说'还不快帮我担水来'，然后照样睡你的觉去，自有人帮你担水的。"

第二天，旺儿照娇妹说的做了，他躺下刚闭上眼睛，就听见有车马走动声和往锅里"哗啦哗啦"的倒水声。过了一会儿没响声了，旺儿睁眼一看，锅里水装得满满的。

旺儿回去给大娘说了，大娘到锅前看，果然那样。她又拿来一根麻秆、一疙瘩硫磺说："你用这一根麻秆和一疙瘩硫磺把锅里水烧开，烧不开，把你媳妇给兴儿。"

[1] 调和：调料。

[2] 锅坨：用来架锅的土坑。

旺儿回去又给娇妹哭着说了。娇妹说："更不难，你把硫磺疙瘩在石头上一碰，冒出的火星把麻秆点着，大声说'还不快烧起来'，那火就烧起来了，直到把锅里水烧开。"旺儿听了，就把硫磺疙瘩在石头上一碰，火星"哗啵"四溅，麻秆一下子点着了。旺儿大声说："还不快烧起来！"立时火焰升腾，好像有几千捆干柴在燃烧。不一会儿，一大砂锅水翻滚起来，像奔腾的河水。大娘手指儿伸到锅里试，烫得急忙缩回来，水真的开了！

大娘见多次难不倒旺儿，趁旺儿不注意，一掌把他推到锅里，旺儿只"呀"地叫了一声就沉到锅底下去了。

大娘得意地对娇妹说："旺儿现在死了，你嫁给兴儿吧！"娇妹说："旺儿好歹和我夫妻一场，我要给他送些纸钱儿。"大娘听了，连忙取来一沓纸钱给娇妹。娇妹拿着纸钱走到锅边，只取出一张抛到锅内，纸钱儿在锅内旋了一圈儿就变成一艘小船，娇妹跳到小船上笑着大声说："好玩，好玩，旺儿，宝贝取上了没有，还不快上来呀！"只见旺儿从水中露出来，肩上还背着个包袱。娇妹一伸手把他拽上小船。娇妹驾着小船在水里游来荡去，尽情和旺儿说笑嬉耍。

过了一会儿，娇妹把小船划到锅边，让旺儿背上包袱一同跳出来。娇妹打开包袱，里面净是金银珠宝。娇妹拉着旺儿的手说："走！再不看大娘的眼色了，我们自己过吧！"说完就和旺儿背上宝贝走了。

大娘看着娇妹驾着小船和旺儿在锅里嬉耍，早惊呆了，现在见他们又得了那么多宝贝，更是吃惊得很。大娘悔不该让旺儿尽占便宜，就把兴儿叫来让跳进锅里取宝贝，兴儿吓得连连后退，死活拽不到锅边。大娘生气地骂兴儿："不中用的东西！"就急得自己"扑通"一声跳进锅内。兴儿吓得喊娘哩，乍一看水和锅都没有了，娘被烫了一身水泡，倒在地上昏睡着。

讲述者：　晓晓
采录者：　魏俊舱，男，32岁，庄浪县卧龙乡魏家山村人，干部，高中学历
采录时间：　1986年

采录地点：　平凉市庄浪县
选自：　《歌谣故事》，第328～334页

附记

在传统社会，麻是常用的生活用品，比如做鞋要用麻，拧绳要用麻，另外麻籽还可以榨油，所以人们就种麻。每到秋季，人们就把打了麻籽的麻秆浸泡在涝池里，过几天再捞出来，等干了后剥掉麻秆上的麻皮（即用来做鞋和拧绳的麻），剩下的麻秆就当柴禾用。因为麻秆在水里浸泡过，所以很容易燃烧，人们就用干麻秆点火，这也就是故事中说"把硫磺疙瘩在石头上一碰，冒出的火星把麻秆点着"的原因，这里记忆了平凉人的一种传统生火方式。（张添发）

49

人参娃娃

常二的女人有病，药罐不倒。家里穷得很，常二经常进山砍柴，卖的钱都给女人抓了药。他们结婚八个年头了，还没孩子，先生[1]说她得的是胎气虚寒症，不易治好，病好了才能生孩子。她吃过的药能装几背斗，没治好。啥时能治好呢？常二愁得很。

这天，常二正在砍柴，一只野狐追赶着一只白兔。常二提着斧子把野狐赶走救了白兔。白兔感激地朝常二看了几眼，仍然惊恐地钻进一边的树林子里去了。

第二天，白兔忽然出现在常二面前，常二以为又有野狐在追它，提着斧子四处察看，没有。可白兔就是不走，在常二面前跳着转了一圈，钻进一棵大树后面去了。不一会儿，白兔又出来，又进去，又出来，一连几次。常二摸不着白兔要干什么，就跟着走。白兔向林深处拐着弯儿跳着，走了好一阵儿，站住了。常二见前面是一块比较平坦的地方，中间有一块很大的石头，乍一看，上面有个光屁股娃娃，一眨眼不见了。

[1] 先生：这里指医生。

常二揉揉眼睛，还是看不见，走到石头跟前，石头上面较平，像个小石床，周围长着很长的草，再没发现什么。常二回过头来不见了白兔，心想可能是看走了眼，或想儿子想疯了，这地方哪有个小娃娃呢？砍上柴就回去了。

晚上，常二睡在炕上细想白天的事，觉得很奇怪，就给女人说了。女人说："记得我爹说过，千年的人参能变成娃娃，是一棵人参吧？说不定白兔让你得一棵人参哩。"常二也记得有人说过这样的话，对女人说："如果是一棵人参就好了。先生说过，你这病能得一棵人参吃了才能治好。"女人说："成了娃娃怎么舍得吃？"常二说："吃了生个儿子心疼嘛。"女人说："看把你美的，能有那样的事吗？听说千年的人参变娃娃的多，得到的少哩。"

天亮了，常二又上了山，他没有砍柴，远远地藏在树背后朝那块石头偷看。过了一顿饭的时候，日头从林空里照到石头上。

忽然倏忽一闪，那个娃娃爬上了石头。这回看得清清楚楚，娃娃白白胖胖的，身上没挂一针一线，三四岁的样子。他在石头上坐坐，趴趴，滚滚，翻一会儿跟头，一阵儿做了好多动作，活脱脱一个淘气的小孩儿，却更比一般小孩儿灵活滑稽得多了。常二看得呆了，没防住"嘿"了一声，娃娃倏忽一闪没有了。常二到石头跟前细看，哪里也找不到一处能藏住小孩的地方，又细找了一回，也没找到一棵人参。常二回来又把见到的给女人说了。女人说："我爹说过用红丝线挽上套，套人参娃娃的事，你试试。"就给常二给了一把红丝线，常二挽好了套。

第二天，常二把红丝线套在大石上，藏在树后看了一天，没见着人参娃娃的影儿。常二一连看了五六天，都没见到，很丧气，对女人说："人参娃娃是有福人得的，你和我命薄得像一张纸，能得到吗？这几天倒把柴耽了，给你连抓药的钱都没了。"女人也叹了口气。

过了十几天，常二把人参娃娃的事抛到脑后了。这天，砍上柴，捆好，担上要回的时候，忽然听得一个娃娃叫："放开我！放开我！"常二忙抛下柴担就往大石头跟前跑。跑近了仍先藏在树后偷看，见那个娃娃的一只脚套在红丝线套里，叫着拼命地往脱挣。常二慢慢绕着往跟前走，可是没走几步，倏忽一闪，娃娃不见了。常二见红丝线从大石上拉进草丛里，顺着红丝线摸了约两丈远，找到了一棵人参。常二急忙取来斧子，十分小心地把人参挖出来。

人参有一尺长，小孩胳膊那么粗，胖胖的，有头，有胳膊，有腿，大腿中间还夹个牛牛[1]，是个小男孩儿。常二把人参拿回去让女人看了，女人喜欢得很。可是两口谁也不愿把人参切碎熬着吃。女人说："你把人参洗了，水熬了我喝。"常二倒了两碗水，细心洗净了人参，把人参晾干装进纸盒里放好，然后把洗的水熬了让妻子喝下。过了两天，女人脸上有了红润。女人说："喝了洗人参的水，我猛精神了，吃饭有味，睡觉嗜睡。"

晚上，常二出来尿尿，月儿照得院子里亮亮的，突然见人参娃娃在院子里跑，跑了两圈跑进女人的房子里。常二问女人："你看见人参娃娃了没有？"女人睡得正香，惊醒生气地说："你胡吵啥呀，把我一个好梦惊了！"常二问："啥梦？"女人说："我刚梦见一个光屁股娃娃爬在我肚子上揣奶头，让你惊没有了。"

又过了几天，女人说："我见食就恶心，吐酸水，喜欢吃酸吃辣，像怀上了娃娃。"常二请来先生诊脉，先生说："是有喜了。"常二和女人惊喜非常。

十月胎满，女人生下一个男孩儿。过百岁[2]的时候就会在地上跑，样子就像人参娃娃，两口都觉得他就是人参娃娃，一商量就给取名儿叫参娃。参娃长到两岁，个头和五六岁的孩子一般大，机灵好动，淘气顽皮，一个小动作惹得两口笑得续不上气来。他们感到很幸福。

参娃长到六岁，常二就把他送到学堂读书识字。参娃很聪明，学习也认真，先生见教就会，诵读写字样样在别的孩子前面。参娃十六岁考上举人，本来再鼓个劲儿就可以考上状元，但他听得只要有宝进就可算个进宝状元，就想走个捷径，偷着爹娘把那棵人参拿上跑到京城献给了皇上。

皇上见了称赞是一棵罕见的宝参，就召见了参娃。皇上见参娃生得端庄英俊，学识渊博，口齿伶俐，问什么答什么，很喜爱，就给六公主招了驸马。

六公主名叫白兔儿，为什么叫白兔儿？因为皇后怀公主的时候做了一个奇怪的梦：一只白兔爬到床上打不走，皇后生气地问："你咋着打不走？"白兔说："我为了报答救命恩人，把一个千年的人参娃娃给了他当儿子，这样我就欠了人参娃娃的债，现在我要投生转成人，将来嫁给他当妻子，弥补我的过错。"所以生下后就叫白兔儿。

参娃当了驸马，白兔儿公主对他非常体贴敬爱，参娃也很喜欢公主，日子过得甜甜蜜蜜的，后来他们把老两口也接到京城里。

讲述者： 赵兰兰

采录者： 魏俊舱，男，32 岁，庄浪县卧龙乡魏家山村人，干部，高中学历

采录时间： 1986 年

采录地点： 平凉市庄浪县

选自： 《歌谣故事》，第 274 ～ 277 页

[1] 牛牛：男孩生殖器。

[2] 百岁：百日。

50

三星赐福

话说福、禄、寿三星驾云驾乏了，就落在山顶上歇缓，看见山的阳面有兄弟三个和伙计驾着八对牛耕地着哩，山的阴面也有三个弟兄抬扯着担耕地着哩。

寿星爷说："你两个是给人间赐福禄的，你看天下这么不公平，同是兄弟三个，阳山里的兄弟三个驾了八对牛。阴山里的兄弟三个连一对牛都没有，你给这兄弟三个赐上三对牛，叫耕地去吧。"

福神爷说："这些人有福也受不了，不如没福。"三星正说着，阳山里的八对牛缓晌午了，阴山里的弟兄三个耕到地头也缓晌午了。

禄神爷说："人没长隔山眼，就晓得时辰，我不妨给这兄弟三个堆上一罐银子。"禄神爷就在地头上埋了一罐银子。

缓起晌午，弟兄三个又耕地了，耕到地头上，耕出了一罐银子，兄弟三个放下抬担，围着一罐银子，高兴得不得了，老三说："大哥，你老了，给咱们到家里做饭去，我们两个耕。"

老大心想：有这一罐银子，我一个人得了有何不好？

咋能叫三个人得了呢？走着，走着，就想出了一条毒计。在野山上拔了一把断肠草、乌药、毒毒蒜，回去做了一锅饭，把毒药下进锅里，准备闹死[1]老二和老三，他吃独食。

老二和老三一边耕地，一边也想：这白花花的一罐银子，我们俩分了有多好，三个人分了，每人才得一点点，两个人分了每人总多些。

老三总是年轻，见识少，先开口："二哥，你说这些银子咱俩分了好，还是咱三个人分了好？"老二心里也这么盘算，但总没说出口，经兄弟这么一说，他顺水推舟，当然同意。就说："当然两人分了好。"老三就说："你说两人分了好，我看咱俩就把它分了。"老二问老三："有啥办法收拾大哥呢？"老三说："我看咱俩等大哥提饭来了，趁他头低下放罐子的时候，当头一抬担，把他打死，这一罐银子就是咱俩的了。"老二说："好！"

过了一会儿，老大提来了饭，正在低头放饭的时候，老三向老二使了个眼色，老二抢起抬担，照老大头一击，老大一头栽倒，就没气了。老三说："二哥，咱俩吃饭，吃了饭后再分银子，银子分了后就把大哥埋了。"老二和老三耕了半天地，又饿又渴，一袋烟工夫，就把饭吃光了，老二和老三也闹死了。

弟兄三个都躺在地头上死了。福禄寿三星看见了，福神爷说："我说他们有福也受不住，不如没福，还少惹是非。"禄神爷说："寿星，你快去用你的拨死拨活棍去把弟兄三个拨活，要不然我们白害了三条人命。"寿星爷就拿着拨死拨活棍把弟兄三个拨活了。

过了一会儿，弟兄三个活过来了，打了个呵欠，伸了伸腰。老大说："我做了一个梦，梦见咱们耕出了一罐银子，你俩打发我到家里做饭去，我想一个人得银子，就在饭里下了些毒药，把你俩闹死了。"

老二和老三也说他俩做了同一个梦，把大哥打发到家里做饭，等老大把饭提来，老二把老大当头一抬担打死了。弟兄三个笑着说，穷汉子净做的是富汉子的梦，咱们还是把咱们的地耕。

[1] 闹死：毒死。

讲述者： 陈永康，男，78 岁，农民，识字

采录者： 陈静，男，37 岁，小学教师，中专学历

采录时间： 1988 年 1 月 28 日

采录地点： 平凉市静宁县

选自： 《平凉地区故事集成》（资料本下卷一分
册），第 25 ～ 27 页

51

钱
雨

古时候，有个当官的人名叫奕仁，在一个地方做了三年官，搜刮民脂民膏，积累了万贯家私。

这一年，奕仁任满，要调迁到其他地方去，他就把搜刮来的钱财装了满满几百箱，准备随身带走，忽然有个师爷献计说路上盗贼很多，建议他先到泰山去拜一拜泰山老母，以保佑人财平安。

奕仁一听认为有道理，就答应了。师爷又说："这几年灾荒遍野，民不聊生，山上乞丐很多，需多准备些碎银，以便布施，也为大人走后留个好名声。"

奕仁自信钱财无数，破费几个不在话下，便吩咐差役把数千只铜钱装到几只木箱，派人扛着，自己则乘轿登泰山去了。

天刚亮，他们一行人就到了岱庙门前，见路旁蹲着一个白发老太婆，挎篮扶杖，向他伸手。奕仁见是个乞丐，就从身上摸出一个铜钱，投到老太婆的破篮子里。又走了几里路，忽见一个衣衫破烂的男孩，满脸泥土，瘦得皮包骨头，跟着轿子奔跑，奕仁又丢出去一个铜钱。

如此情景，接连不断，不到二里，随身携带的铜钱已

经散尽，奕仁没办法，只得派人下山去取，他的钱已经出去了不少。

到了南门，拜过泰山老母，奕仁步行下山回城，行了数里，只见路旁长满了树，树上或者挂着一个铜钱，或者挂着一个小元宝。

奕仁越看越奇怪，这不是我上山时给乞丐们的银钱吗？他高兴坏了，就伸手去摘，哪知这铜钱和元宝像焊在树上一样，怎么也摘不下来。

奕仁火了，便叫随从把这些树统统砍掉，放火焚烧，只见山坡上浓烟滚滚，火光冲天，一条火龙从山下蔓延到山上，映红了整个天空。

这时，忽然天边乌云滚滚，天昏地暗，一阵狂风把地上正烧着的树枝卷上天空，树枝在半空噼噼啪啪地作响，顿时泰安县方圆百里下起了钱雨，穷人拾了钱，度过了灾荒。钱雨过后，奕仁回到家里一看，啊，三年搜刮来的民脂民膏，已经荡然无存了。

讲述者： 景淑琴

采录者： 景粉琴，泾川县职业中学学生

采录时间： 1988 年 4 月 13 日

采录地点： 平凉市泾川县罗汉洞乡

选自： 《平凉地区故事集成》（资料本下卷一分册），第 195 ～ 197 页

附
记

泰山老母，也叫泰山奶奶、泰山娘娘，是我国神话传说中的一位女神，其全称是东岳泰山天仙玉女碧霞元君。传说，泰山老母有"庇佑众生，灵应九州；统摄岳府神兵，照察人间善恶"之能力。在我国北方地区，民众对碧霞元君的信仰较盛，有些平凉人也信奉。

（张添发）

52

洛娘和清娘

很早以前，这里空寂寂只住着一家父女三口人。娘死了，爹对两个女儿洛娘和清娘管得很严，整天叫她们织白布，不许到任何地方去玩。爹把织成的白布担到很远很远的地方卖，走的时候总要把两扇很大很结实的石门锁得紧紧的。

爹一去就是一年，洛娘和清娘在院子里待了一年，织了一年的白布。就这样六个一年过去了，她们觉得就像坐在牢房里，日子过得和那两台织布机的"咯咯咯咯"声一样单调没味道。

爹又要走了。他担起两捆白布对两个女儿说："好好织布，别贪玩！"洛娘说："爹，石门不要锁，时间长了我和妹妹出去玩一会儿，我们闷得慌！"清娘说："爹！石门不要锁吧，石门不要锁呀！"爹瞪着眼睛吆喝："胡说！都这么大的姑娘了，抛头露面的，不怕人笑话！听爹的话，好好织布！"爹的脸绷得像块石板。

爹走出石门，随即"呵嗦"一声，又把石门锁上了。洛娘清娘急得喊叫着，扳啊摇啊，石门纹丝儿不动。她们把脸蛋贴在冰冷的石门上，呜呜地哭了起来。

采录地点： 平凉市庄浪县

选自： 《歌谣故事》，第 227 ～ 229 页

织布机无力地响着，洛娘清娘一声不吭，只是默默地织着白布。一只鹦鹉飞来站在机架上，说："洛娘清娘闷得慌！洛娘清娘闷得慌！""去去去！"清娘生气地拾起一块土疙瘩投过去，鹦鹉吓得"扑棱棱"飞走了。不一会儿鹦鹉又飞来了："洛娘清娘闷得慌！洛娘清娘闷得慌！"清娘说："爹的心太狠了，喂个鸟儿也有出笼的时候！"她抛下织布刀生气了，洛娘也放下了织布刀。

洛娘和清娘把织成的白布从机架上卸下来，照样在水缸里浆洗过，搭在竹竿上晾干。经过浆洗的白布像雪一样白，像绫缎一样漂亮，她们把白布卷成两个大卷。

"洛娘清娘闷得慌！洛娘清娘闷得慌！"多日不见的鹦鹉又飞来了。它叫个不停，好像存心让洛娘清娘生气一样。在石门里又关了快一年的洛娘清娘确实闷得很，听鹦鹉这么一说，那心就像要炸开了。

她们生气地抱起白布卷朝石门砸去，不想沉重的白布卷落在眼前不远的地上，一头散开滚动着迅速冲向石门。石门被白布向前推出一段后，只听"轰隆"一声巨响，震得山摇地动，石门破碎了。布卷冲开了石门，继续向远方滚去，白布铺了一地，洛娘清娘被这一奇异的现象惊呆了。

从此，那两卷白布再也拾不起来了，变成南北两条交汇的河流，又向西南穿越峡口流向远方，远远望去，像从两处滚动交叠的银练。石门破碎了，爹无法关锁了，洛娘清娘可以自由地出去玩了，世界一下子变大了，石门外面的世界也属于自己的了。

外面的也陆续走进来：风婆婆来了，带来了温柔的风；树公公来了，带来了各种树籽；花姑娘来了，带来了各种花籽；鸟姐姐来了，带来了各种鸟儿；蝴蝶妹妹来了，带来了各色各样的蝴蝶儿。从此，洛河清河两岸百鸟齐唱，百花齐放，一片生机盎然。

讲述者： 刘全德

采录者： 魏俊舱，男，32 岁，庄浪县卧龙乡魏家山村人，干部，高中学历

采录时间： 1986 年

53

放牛娃当了皇上

从前，有个娃叫三幸，给一家地主放牛，三幸家里很穷，生活很不如意。一天，他放牛时碰见了一个白胡子老汉。老汉问他："你有媳妇吗？"三幸说："我哪有媳妇呢？"老汉说："你今天回家时，路过财东家小姐绣楼时，就说：'日他妈的，人家牛下的牛犊是两个眼睛，咱牛下的牛犊是四个眼睛。'你说了这句话，会有一个姑娘在绣楼上伸出头看你，她就是你媳妇。"三幸照老汉说的那样做了，果然发现一个美丽的姑娘伸出头看他。

第二天三幸放牛时，又遇见了那个白胡子老汉，老汉问："你见到媳妇了吗？"三幸说："见到了。"老汉说："那你为啥不娶她？"三幸说："我娶不起，财东嫁女也要稀物。"老汉问："要啥稀物？"三幸说："要一棵灵芝草、三尺鬼绫缎。"老汉说："你去给小鬼和喜鹊要，一定会得到鬼绫缎和灵芝草。"

三幸按老汉说的话，去寻小鬼和喜鹊。他走到一条大河边，遇见了一个小鬼，小鬼问："你干啥去？"三幸说："我找你要三尺鬼绫缎娶媳妇。"小鬼把自己头上的鬼绫缎给了三幸。三幸继续往前走，走到一座山跟前，遇见

了一只喜鹊，喜鹊问："你干啥去？"三幸说："找你要棵灵芝草娶媳妇。"喜鹊把自己窝里放的一棵灵芝草给了三幸。三幸把这两种稀物拿回来后，果然娶了那位美丽的姑娘。

这年六月割麦的时候，三幸不去割麦，媳妇问："你为啥不割麦去？"三幸说："我去了，看不见你。"媳妇便画了她的像给三幸，三幸割一会儿麦子，看一会儿像。他刚放下像割麦，一股风把像卷走了，一直卷到了皇宫送粮的车子上。

送粮官把这张像给皇上看了，皇上生了邪念，想娶三幸的媳妇做妃子。三幸知道后，哭得死去活来。他媳妇说："不要哭了，我去，我去三年不笑，三年以后你头戴雀头帽，身穿鸡毛褂子来皇宫算卦，我对你笑，到时咱自然会有结果。"

三年以后，三幸去皇宫算卦，他媳妇对他笑了。皇上问："你三年都对我没笑过，今天怎么对一个算卦的笑？"三幸媳妇说："你穿上他的衣服，把你的衣服给他穿上，我对你笑。"皇上便把自己的衣服给三幸穿上，自己穿上了三幸的衣服。三幸穿上皇上衣服，就传令斩了算卦先生打扮的皇上，自己做了皇上，媳妇做了皇后。

讲述者：　钱能
采录者：　张怀群，28 岁，泾川县文化馆文学干部，大学学历
采录时间：　1988 年 4 月 27 日
采录地点：　平凉市泾川县罗汉洞乡
选自：　《平凉地区故事集成》（资料本下卷一分册），第 141～143 页

54

叫花子当县官

从前有一个老汉，养了三个儿子，三个儿子长大后都想当掌柜的，占先人的基业。老大老二两个是一个心眼，常常合伙出鬼点子整老三。老三是个犟脾气，跟谁都不粘搭[1]，人叫他"三独独"。

有一天，老汉把三个儿子叫扎一起[2]，说："我给你每人一百两银子，你三个出去做生意去。三年满了，谁挣的银子多，谁就当掌柜的。"三个儿子答应了，各拿了一百两银子，一同出了门。他们走呀走，走到一个三岔路口上，老大老二怕老三跟上连累他俩，就问："你走哪一方呢？"老三说："我顺这川下去呢，你俩走哪一方呢？""我俩朝这山上过去呢！"他们三个约定：三年生意做满了，谁先回到这个地方，谁就先等着。

老大老二合伙做生意去了。老三单个儿顺川道里下去了，他做啥生意呢，没心眼，一百两银子几个月就花光了，没办法就串村走巷要着吃。这样过了两年，到了

[1] 不粘搭：不搭伙。
[2] 叫扎一起：叫到一起。

第三年，他想：眼看到回家的时候了，我不但没挣下银子，反倒成了叫花子，咋回去见老先人呢。越想越觉得不爱活了。

这个地方有一个富汉，打了一座堡子，四周高墙的房院却住不成人。人早起进去，黑了死了，黑了进去，早起死了。老三在这一带要着吃，人混熟了，一天，这个富汉打发人叫他，说："我家掌柜的叫你到堡子里看门去呢，你去吗？"老三说："好得很。"他心里想：我正愁没方方死呢，今晚上睡在堡子里，明早起我死了，啥也不知道才好。老三到富汉家，吃了喝了，就到堡子里去看门。天黑了，他睡在大上房里等着死。半夜时分，他听见满堡子炸雷般地响，心里害怕得很，扳开窗子一看，哎呀，满地黄了，哗啦啦，像山水往堡子根里流。一阵子，又听见炸雷响，满堡子白了，哗啦啦，像山水又往堡子根底流。又一阵子，一声炸雷后，满院淌红水。一个时辰，足足五六次。老三一看，心里明白了，原来是这家的财宝反了。黄的是金，白的是银，红的是铜。富汉家没有这么大财命的人，压不住，财宝伤人，怪道堡子里住不成人。他想，我个要饭的，前吊羊皮，后吊纱毡，这些财宝反了把我也咋不了，干脆下去，挖出一升金子、一升银子，裹在烂衣服里，安安稳稳睡吧。

第二天，富汉肯定"三独独"死了，就叫人到堡子里把死身子抬出来埋了。伙计跑进去一看，人家还睡得香香的。"三独独"叫财宝打搅了一夜，这才睡美了。伙计捣醒他，就引到富汉家款待了一番，打发了。三年时间到了，老三赶着往回走。到了约定的地点，等两个老哥。两个老哥来了，见老三这般光景，就欺负说："还是咱有本事，他一百两银子买了个叫花子。"老三说："两位老哥，把你挣下的宝贝亮出来，咱看看。"老大老二从马背上取下毛褡裢，倒了二升银子。老三没有言喘，从烂衣服里抖出一升金子、一升银子。两个老哥傻眼哩，心里都想：掌柜的一定是人家的了。很不服气，就悄悄商量着治死老三。

兄弟三个人的宝贝都驮在马上往回走，走呀走，走到一个胡坑畔上，老大老二趁老三不注意，把他掀进了胡坑。老大老二得了财宝，骑马回去。爹娘很是高兴，问起来老

三来，他俩编谎说："他得病身亡了。"爹娘哭了一场，没办法，就让他们两个轮流当掌柜的。

再说"三独独"被掀下深胡坑，并没有跌死。他坐着坐着，来了三个仙家，议论凡间的事儿。一个说："缺水县并不缺水，县城里的一个大碾子底下，只要挖上五尺深，水就出来了。这水流过百步，人喝了，永世不老。"一个说："王家庄王员外的女儿有病哩，这病也好治得很，只要把坑里的灵芝草拔上三根吃了，病就好了。"一个说："这里头有个木龙呢，已经修了三百年了，今晚上鸡叫时分，就上天呢，谁要是骑上，谁就成能人了。"巧得很，"三独独"正好骑在木龙背上，他把三个仙家说的话一一记下了。

"三独独"拔了三根灵芝草拿上，到了鸡叫时分，木龙动弹开了，他拽住龙角，听见远处鸡叫头一声，"咔嚓嚓"木龙起身了，把他送到坑边一闪上天了。"三独独"出了坑，想：天还没亮，还是先到王家庄去，一来要着吃些，二来试着去看王姑娘的病。

他翻过一座座梁，绕了一道道弯，出了一条沟沟子，过了一条河，到了王家庄，打问着到了王员外家门口，要着吃了些，说："听说王员外的闺女有病，我有个方方不知能治好治不好？"王员外一听，说："唉，千万的良医治过了，千万的药方吃过了，都没治，你个要着吃的，有啥方方可治呢，你吃上些还是走吧！""三独独"说："员外不要嫌弃，我进得府去，试试看，治好了，我啥也不要，治不好你杀了我，我也心甘情愿。""能行！"王员外把"三独独"请进府来，叫丫鬟引到绣楼上给女儿看病。"三独独"进得绣楼，一不号姑娘的脉，二不开药方，拿出三根灵芝草，叫姑娘做三次吃了，说："吃了第一根，就能吃一碗饭，吃了第二根就能下炕边，吃了第三根就能满院转。"姑娘按"三独独"安顿的吃了，病果真好了。王员外为了报答"三独独"的恩情，就把女儿许给了他，选了良辰，拜了天地。

再说这个缺水县，老百姓都要从几十里路外的地方驮水吃，县官挂出榜文，说谁能给缺水县打出水来，他情愿把县官的位子让给谁。几天来，老百姓都议论这事。"三独独"给丈人说："岳父，我能给缺水县打出水来，我今儿进城去扯榜。"王员外同意了。"三独独"备马进城，扯了榜文，去见县官。县官很高兴，八抬大轿抬上"三独独"满城找水源。找呀找，"三独独"找到了神仙指点的那个大碾子跟前，就下了轿，叫人搬了碾子，挖地五尺取水。灵得很，刚挖到五尺的茬茬上，井里的水就冒上来了。一县的老百姓有水吃了，给"三独独"披红戴花，抬上游了三个过街。县官让了官位，"三独独"穿了紫衣，戴了乌纱，掌管缺水县。他见这个县官有自知之明，就按神仙指点，让他喝了百步的井水，成了长生不老的人。

"三独独"治理缺水县有方，皇上提任为三省总督。出任前，他乘马回家去看二老双亲。到了大门口，一家人出来相迎。老大老二做了亏心事，吓得战战兢兢，当[1]老三回家来要他两个的人头，就跪在马前，连连求饶。老三上前扶起说："大哥二哥不要害怕，不是你们推我一把，我哪达有这官位来坐，只是你们掀时劲出得少了，如若用力掀到胡坑底，我的官位还大哩。"

老大老二听说跳下那个胡坑，能做大官，心里暗暗高兴。第二天他俩来到这个胡坑，手拖手就跳了下去，等神仙指点。谁知，三个神仙过来，说："咱三个说的闲话叫人听去了，缺水县也不缺水了，王员外家姑娘的病好了，木龙上天成仙了。咱一人抓一撮土，把这个坑填了算了。"三个神仙的三撮土，像搬了三个小山头，填到坑里，把老大老二给压死在里面了。

讲述者： 刘元基，男，56 岁，农民，不识字
采录者： 王知三，男，41 岁，干部，高中学历
采录时间： 1987 年 4 月 15 日
采录地点： 静宁县曹务乡张屲村庄科社
选自： 《中国民间故事集成·甘肃卷》，
第 481 ~ 483 页

[1]　当：以为。

附
记

故事先收录入《平凉地区故事集成》（资料本下卷一分册），题
目为《缺水县》，后收录入《中国民间故事集成·甘肃卷》，题目改
为《叫花子当县官》，本卷根据《中国民间故事集成·甘肃卷》收录。
（徐凤）

55

张生念书

有个张生，在私学[1]里念书着呢，经常来往在一条路
上。有一天，遇着一个老汉在个烂窖窖里坐着呢，冷得
牙胯子[2]打颤呢，清鼻眼泪地流着呢。这张生就问着说：
"你这是谁家的老儿家[3]，天气这么冷，就冻死了么，你坐
着这达咋呢？"老汉说："唉，我媳妇子呢，后人呢，偏
得很，我出来要着吃着呢，藏走到这达走不动了，我坐下
缓一下。"

张生就把这个老汉引[4]着他家屋里去，这家老婆说：
"我儿你引下谁家的个老汉，这么大的年纪你引着来了。"
说："唉，我走着路上碰着这个老汉，说是他家后人媳妇
不孝道[5]，走着出来要着吃着呢，在这个烂窖窖儿里坐着
呢。娘，我引着曹家来，你给把炕填热[6]，给做些饭吃上

[1] 私学：私塾。
[2] 牙胯子：牙床。
[3] 老儿家：老人家。
[4] 引：领。
[5] 不孝道：不孝顺。
[6] 填热：烧热。

些？"这老婆也贤惠，就给做了些饭吃了，给填了个炕，安顿着睡下。睡下睡着呢，这娃娃就在地下念书着呢。

第二天，张生说："这老儿家，你年纪大下这么个，藏你在我家缓上几天再走能行吗？"这老汉说："能行，我藏走不动，你不嫌弃暮囊[1]了，我在你家缓几天。"

一连缓了五天，这张生家就早呢晚呢给做着吃来着呢，伺候得很当事[2]。住了六天么就走咔，老汉给张生说："唉，娃娃，你这么明白的个娃娃，你母亲贤惠，我这几天把你们打搅了，曹给你没个给来，我这个画儿么给你给给，你一晚上念书时么就贴到墙上，你就念书去，你就记得牢牢儿的，给旁人不要给了，你黑了不要连你母亲两个睡，你就一个睡去。"

第二天，把这个老汉发落着出去就走了，这娃娃就黑了念书着呢，把这画一贴，头勾下[3]指着念书着呢，这画上就下来了一个女娘儿[4]，下来就给陪伴着念书着哩。藏晚晚[5]就是这么个，藏两个还就逛起闲[6]来了。

这老婆就在厨房里听着说："咦，这老汉走了么，这娃娃一个念书着呢，连谁逛闲着呢？"就听去来说："这到底里头有个人呢么，里头一个是女的声音，一个是男的声音么，男的是我家后人的声音一个[7]。"

这一天听了就没有管，第二晚些可听去来，听呢些还是这么个说："这驴日的，我打发着他念书求功名呢，这藏不学好了，这一晚上把谁家的个女娃娃搞[8]上就来了，这咋是这么个？"

第三晚些些[9]，用舌头把窗纸舔破一看些，到底是个女的么，是十八岁的个女娘儿。"藏我不管，到明儿问看是把哢谁家来[10]娃娃引着来搭[11]着呢。"

这第二天就念书去了，这女子就画儿上没有上去。第二天，这老婆就把门开开进去了，这女人就笑着问："娘，你睡好着没？炕热着没？"这老婆说："啊，这你是谁家的个女娃么，你两个苟苟且且来咋做了这么个活么，你……"说："唉，你不要问我了，你光一天着我把你侍候着。"说："你把我侍候着，你娘家在哪达呢？"说："我娘家外远得很。"说："远得很在阿达呢？"说："在万里终南山呢。"

"万里终南山？我还没有听过这么个地方，外怕真个远。"藏就一天侍候她娘着呢，黑了就陪伴着这娃娃就睡了。一直睡了九十九天，到一百天来时间些，这女娃娃就说："唉，我藏转娘家咔，我藏不陪伴你了，你么好好念书，你不要想我了。"

"要去曹两个走么，你咋一个走咔？"

"我不能引你，外我一个走咔，我就来了，三天不来么我就一共[12]不来了。"

按巧到九十九天来第二天，这女娘儿就走了，这娃娃就念书等着呢，到第三天来一天些没有来。"咦，这咋没有来。"藏就想得很，到第四天不见，第五天不见，一直到第七天不见，这娃说："这不来我想得很，我寻去咔。"就跑着寻咔。

跑呢跑呢黑了些，看着一个村庄，看着一个老婆捻羊毛线着呢，这娃娃就说："哎，老儿家，你屋里有处睡么，我站一晚些。"这老婆说："外能成得很，外宽屋大舍来。"

就引着进去，问着说："你跑了一天，吃了没，喝了没？"说："我口干舌燥来想吃想喝了。"这老婆就叫女子说："娃娃哎，你给端些吃的来。"这女子端下吃的笑分分地进来了。这娃娃就饿得"扑里扑腾"地刨着一吃，一吃些老婆问着说："这娃娃你做啥咔？"说："唉，我寻我女人咔。""啊，你女人在阿达呢？"说："万里终南山呢。""万里终南山真个狼虫虎豹多得很，外你可得上去呢？"

说："啊我女人娘家说在万里终南山呢，说第三天就回来了，第三天没来，我心急得很，我想得很，我寻着

[1] 暮囊：肮脏。
[2] 当事：周到细致。
[3] 勾下：低下。
[4] 女娘儿：女子。
[5] 晚晚：每晚。
[6] 逛起闲：聊天。
[7] 一个：陇东方言中的词尾语气词，没有实际意义。
[8] 搞：骗，哄。
[9] 些些：句末语气词。
[10] 来：相当于"那"。
[11] 搭：那么。

[12] 一共：一直。

咔。"这老婆说："咹，藏你寻啥呢，你要不嫌弃了，我有三个女子呢，叫着来你挑你拣，你拣上一个，有个女人就对了么，你在么[1]远的路上寻啥呢？"就吆喝着说："娃娃，你都进来！"三个女子进来些，齐蓬蓬[2]站下，笑眯兮兮来，这老婆说："藏你挑，狗儿[3]，你看上哪个爱了就对了。"藏一看些，到底没我家的女人好么。说："外我不，我走咔，外我不招。"说："你藏不招了就算了，藏你睡去，狗儿睡去。"藏就睡去了。

第二天亮了些，觉着脸上风凉嗖嗖的，咦，这咋弄着呢？怎么眼睛一睁些在个荒草滩滩里睡着呢，啥啊都没么。

藏翻着起来捎马头馍馍一背可憋[4]么，憋着憋着，搭一个石峡里进去，碰着一个老汉，拄下个拐拐棍，在山上来一个石头上蹴[5]着呢，这就去问着说："老伯，老伯，你家有处站店吗？""你走呀达[6]咔么，我家有处站呢。"就站下，这老汉就问呢，说："这个娃娃你闹啥咔？""我寻我家女人咔。""你家女人在呀达来？""在万里终南山呢。""万里终南山外远得很，外狼虫虎豹多得很，着你得去呢，啊你寻着咋呢？""啊哞连我当了两口子，一百天些哞说她转娘家咔，说三天来呢，三天她不回来了就一共不来了，我想得很，我寻着叫去咔。""咹，藏你寻啥呢，我家有四个女孩儿呢，我膝下无子，你看上就挑上个算了。"

老汉叫着说："娃娃，你给端些吃来[7]去。"一个大女子端下一盘子吃来，热气腾腾的。这娃娃饿着呢，这连喝带吃吃了些。老汉说："藏去把你三个妹子叫着来。"这女子出去引了三个进来，四个齐蓬蓬地站下，老汉说："藏你看上哪个你招上，我上心[8]你就不去了。"

藏一看些，都好得很，都心疼得很是[9]，就是没有我家女人好么。说："外我不，外我寻去咔。""啊藏不了能成。"就引着睡下。头到[10]亮了些，咦，这咋风呜呜来响呢，眼睛一睁些在个大白杨树底下睡着呢，连个啥都没么，光是一棵白杨树，说："咦，这咋是这么回事？"

第三天就在夹峡[11]里可走呢，咦，一个梁峡[12]么！走了一天不见人家，顺着一个斜斜路[13]儿走呢走呢些，连[14]一个三丈崖的路上上去，咹，连[15]顶头一看，高得很！连底下一看是万丈石崖，连前走去可以，连后退去还操心，就只得往前走，还害怕眼一迈[16]连石崖上跌着下去，就硬往外个路路儿走。后来成个脚窝了，就扳住脚窝一步一步往前过呢。过呢，过呢，过呢些，连一个山顶上上去些四面子是崖，头顶是一个荒草滩滩，藏咋弄着这顶头[17]去了？这弄着这顶头，藏得上去么，下去些是个万丈石崖，一动脚就滚着万丈石崖下去了，底下是个大河，下去就着水淹死了么，藏咋弄呢？

藏就爬着顶头上就叹气着呢，说："咦，女人啊，你把我哄着说三天来呢，三天不来，我想你得很，藏把我闪着到这顶头，能前来不得后去的，藏我到这达就饿死了。"

就正爬下祈祷着呢些，前头出现了一个大海，浪"哗啦哗啦"地搭么[18]淹呢些，暗处[19]的一朵红云连东面子"忽碌碌"来了。来些上面站的是他家女人一个，女人说："啊，你跑着这达咋来了？""咦，你在呀达来啊？""我着你不要来了，你可来呢，你寻着咋来了。""啊你可欺哄[20]我着咋呢？你说你三天就来了，你没来，我想你得很，我想着支不住[21]就寻着来了么。"

"藏走。""你跟上我，曹就走。看，这是我的个手巾，

[1] 么：那么。
[2] 齐蓬蓬：整整齐齐地。
[3] 狗儿：长辈对后辈的昵称。
[4] 憋：跑。
[5] 蹴：蹲。
[6] 呀达：哪里。
[7] 吃来：吃的。
[8] 上心：寻思，想。
[9] 是：句末语气词。
[10] 头到：等到。
[11] 夹峡：窄小的峡谷。
[12] 梁峡：有山梁的峡谷。
[13] 斜斜路：斜路。
[14] 连：从。
[15] 连：相当于"往"。
[16] 眼一迈：不小心。
[17] 顶头：上面。
[18] 搭么：那么。
[19] 暗处：猛然间。
[20] 欺哄：欺骗。
[21] 支不住：撑不住。

你坐着这个手巾上么，把眼睛不要睁开了，你光在这手巾上坐下，我着你睁眼你就睁眼，你不要动弹了，我在头里，你把我的尾衫[1]拽上。"这就铺了个手巾，女人头里一坐，他把人家尾衫一拽些哞就架上走了，走呢走呢些，说："藏把眼睛睁开。"眼睛一睁些，咦，清堂瓦舍来[2]，打这么一个府寺[3]里进去了，看着好啊，这你看院呢房呢，这么大着宽展[4]得很，还清静！

这女人说："藏你就下[5]，我给你端吃来去。"就把吃来端着来，一吃一喝些说："藏你住着这个房里，我忙得很，我姐姐哞还叫着摘花呢，你只[6]心急了，就把这东窗子开开看给一个式[7]，你可万万把北窗子不要开了，再的三个窗子都能开，你可记牢！"

东窗子一开些，咦，东半个世界好得很么，安[8]底下，做买卖的、耕种的、打渔的、买这买外的，咹，这花花世界好么，就看了。

黑了些，这女人来给端着吃了，说："你今儿看的啥？""咹，我今儿把东窗打开些，安花花世界好得很。""藏你明儿心急了，把南窗子开开看一下。"

把南窗子开开些，还是这么个，底下做这的、做外的，好看得很。第三天就把西窗子看了，还是好得很。

这女人就说："藏你把三个窗子开了么，你可把第四个窗子不要开了，我忙得很，我到第四天就来了，到时我就把你引上走。"这说："对。"

哞走了，这娃娃就说是："咹，这哞着把北窗子不要开了呢么，拿我偷着开开看一下，看里面到底是啥好东西么。"他"咔嚓"地一开些，"嘣"地给跌着下去了，跌着下去摔死了，摔死魂灵儿升了天了，连这个女人原到一搭了。

[1] 尾衫：后衣襟。
[2] 来：相当于"的"。
[3] 府寺：府邸。
[4] 宽展：宽敞。
[5] 就下：呆着。
[6] 只：要是。
[7] 一个式：一下子。
[8] 安：那。

讲述者：　岳士杰，男，72岁，农民，小学文化程度
采录者：　孙志勇，男，32岁，庄浪县南湖镇人，县文化馆干部，大学学历
采录时间：1988年4月15日
采录地点：平凉市庄浪县岳堡乡岳堡村
选自：　　《平凉地区故事集成》（资料本下卷一分册），第206～214页

56

秃女入宫

秃女自幼父母双亡，她在亲邻的关照下，长成了个大姑娘。但一秃害百俊，任你长得如花似玉，一个姑娘家满头秃疮，谁说你好呢，人们都叫她秃女，她自己也不知道自己是否还有比这稍好点的名字。孩子们不愿和她玩耍，大人怕给他们惹上秃疮，所以秃女走到哪里，哪里的大人小孩就都躲着她，像是躲瘟疫一样。

秃女已经长到二十岁了，该是出嫁的时候了，但她嫁不出去，谁都嫌她是个秃子，几家亲戚也把她当成丢脸的怪物，不和她来往。一个大姑娘，该到哪里去呢，她羞愧万分，经常一个人偷偷地哭。

一天晚上，她忽然产生了死的念头，她感到活在世上太艰难了，于是决定上吊结束自己的生命。她想到自己一死就永远摆脱了屈辱，心中感到一阵轻快。但她一转念又想到自己死后，尸体被人围观，被人指指骂骂，被人说三道四，心里又产生了一些不安，她听人说崆峒山上山险林密，要是在那里死去，就不会被人发现。

秃女决定到崆峒山的密林里去上吊。她趁夜晚出发，走呀，走呀，不知走了多少路，忽然她的眼前一亮，在她前边不远的地方，有一座茅屋，屋门大开，里边灯光明亮，秃女一愣，她怕被人撞见，想尽快绕过这有亮光的茅屋。当她急步要绕过茅屋的时候，屋里走出一个白胡子老头，他一出门，就大声问："是秃女吗？快请到屋里坐，老朽等你多时了。"

秃女非常惊讶，想躲开，但看老头一脸慈祥的笑容，只好跟着进了茅屋。进了茅屋后，不等秃女开口，老头就理着白须说："天下道路这样宽广，好端端的活人，为啥要寻死呢，你太傻了！"老头不容秃女插话，只管继续说："现在人家叫你秃女，你不要理他，我送你一顶帽子，戴上就好了。"

老头拿出一顶黑亮黑亮的帽子，顺手扣在秃女头上，秃女感到头皮一阵刺疼，眼前金花乱溅。等她定一定神，眨眼之间老头和茅屋都不见了，她像做了一场怪梦，摸摸头上，那顶帽子已牢牢粘在头皮上，揭也揭不下来了。眼前一片漆黑，连东南西北都辨不出，脚边有一堆干草，她只好叹口气坐在草堆上。

不知什么时候，秃女就在那堆干草上睡着了，等她一觉醒来，太阳已经升得老高老高了，看看周围，昨晚她走出村子还不到一里路，她真没想到，自己一出村就在这里迷了路。正在秃女发愣的时候，大路上奔过来两个骑马的武士，两个武士气汹汹地勒住马停在秃女面前，大声呵斥，要她跪在地上不许抬头。

秃女吓得直哆嗦，她怕人家讨厌自己的秃头，便顺手扯了一把青草顶在头上，她忘了自己头上有顶黑色小帽。她赶快跪了下去，深深地低着头。

不一会儿，一大群人鸣锣开道，说是王子过来了，秃女跪在那里瑟瑟发抖，她生怕被王子看见，越发不敢抬头，谁知王子偏偏一眼就看到了她，而且让轿子停在她的面前。秃女屏住呼吸，惊恐地略一抬头，恰与王子那和善的目光相遇，她慌忙避开王子的视线，王子微微一笑，从轿中丢出一个小荷包，轿子飞快地抬走了。

过了好长一会儿，秃女才又抬起头来，她见王子和他的一群人都走远了，便丢掉头上的青草，准备回村。忽然，她看见了那个绣制精巧的荷包，拾起来一看，里边只有一根不长的红金线。她知道这是王子从轿里丢下的，但为啥丢下这个，她心里不清楚。秃女顾不得多想，拿着荷包急忙回了村。

回到家，她的伯父因一早不见她干活，正在生气。她把刚才遇见王子的事从头至尾说了一遍，伯父不信，她就把那精巧的荷包给他看，伯父半信半疑，出门打听去了。

当晚，秃女正在劈柴，伯父突然急匆匆地跑到秃女身边，夺下斧子，把她拉到上房。伯父一家都在上房等着她，大家显出少有的喜悦。

原来，王子回宫之后，禀明父母，要选他在途中遇到的那位头顶青草的少女为妃，并说自己已经把红线荷包丢给那个女子了，只要找到他的红线荷包，就找到了那个女子。皇上立即派使臣到王子遇到秃女的那个地方去寻访。使臣一到村前，正遇上秃女的伯父，老头子又惊又喜，喜的是秃女竟被王子看中，惊的是秃女满头秃疮……所以他急急忙忙跑回家中，想找个好办法。

他们还没想出办法，使臣已经到了，使臣看了红线荷包，就把凤冠霞帔放下，说三天以后迎接新人入宫，然后就回宫交令去了。

使臣走后，紧张的气氛压在秃女和她伯父一家身上，满头秃疮的秃女怎能穿戴这凤冠霞帔？让伯父的女儿去顶替吧，又怕被王子看出破绽，那就是杀身大祸，怎么办呢？秃女心中焦躁，头上又热又痛，一搔头摸到那顶粘在头上的黑帽，多烦人哪！她想甩掉那顶小帽，只轻轻一拉，那往日粘在头上的帽子竟然掉了下来，她再伸手一摸，头上长出了柔软的头发，真是奇迹哪！她在镜前一照，嘿，黑发蓬蓬松松，哪里还有半点秃的痕迹呢！

三天过去了，秃女的黑发长到齐肩长。伯父一家惊喜异常，赶忙让人给她开脸上头，穿戴整齐。人是衣裳马是鞍，穿上凤冠霞帔，秃女容光焕发，光彩照人。往日嫌弃秃女的人们，这时候都来套近乎，喊姑称姨，好不亲热。

迎接秃女入宫的仪仗足有二里长，鼓乐齐鸣，炮仗连天，秃女告别乡亲，坐进八抬大轿，高高兴兴地入宫去了。

后来，王子接替父王当了皇上，秃女就是王妃，他们感情很好，多次一同回他们相遇的地方，还在那里修了行宫，赐名"媚线"。每当政务松闲，他们就住进媚线，追怀青年时的美好。王妃每到这里，就忆起自己艰难的农家生活，她提醒王子要宽厚爱民，莫忘农家。

讲述者： 不详

采录者： 仇非，男，42 岁，平凉市文化馆干部

采录时间： 1983 年

采录地点： 平凉市崆峒区

选自： 《平凉地区故事集成》（资料本上卷一分册），第 148 ～ 152 页

57

西天问佛

古时候，有个祖上穷了八辈子的人，因为生下来父亲没有给起名字，人们就叫他"穷八辈"。不几年，"穷八辈"的父亲死了，只剩下他们娘俩相依为命，生活非常艰难，真是度日如年。

"穷八辈"长大后，冬天靠给财东家拉长工糊口，夏天就种了菜再拿到集市去卖，勉强生活。

到"穷八辈"二十岁那年，偏偏遇上荒年，庄稼青青的就叫蝗虫咬光了，地干得像铁块，村边那条河也干涸了，整个村子面临死亡的威胁，实在过不下去了，有人远走高飞，有人卖儿卖女，没走的就等死神来催，而地主老财粮满囤，羊满院，天天像过年。问苍天，苍天无语；问大地，大地无音。老人们说，西天有佛爷，慈悲为怀，法力无边，可总不见他来解救众生。

"穷八辈"横下一条心，不管山高路远，水深林密，一定要去西天找寻问佛，穷人为啥越来越穷，富人为啥越来越富，求他指个生存之路。他把自己的想法说给母亲，母亲说："男儿有志在四方，妈等你，放心去。"他挥泪辞别了乡亲，乡亲们一直把他送到村头。

第一天黄昏，他投宿到一个员外家。员外姓李，听说他要到西天去问佛，就热情款待了他，席间他托"穷八辈"问佛祖："后花园有九棵桃树，树高三丈，花繁叶茂，为啥年年只开花不结果？""穷八辈"记在心里，第二天天蒙蒙亮，员外送给他一些银两和许多衣物，"穷八辈"踩着露水又上了路。

次日晚，他投宿一户姓赵名端的人家。赵端老两口有一女，日子过得挺艰难，问明"穷八辈"来由，喜出望外，待如上宾，还说出了他们的苦衷："我女年方二八，生得聪明伶俐，但不会言语，四处求卦算命，八方求医都无济于事，家境日益贫困，我二人心急如焚，都愁出病了。"说话间，玉佩响动，"穷八辈"见窗外有一位俊秀女子被她母亲牵着，咿呀嬉闹，心思：这可能就是赵小姐了，可惜是哑巴，这世道太不公平了。不觉又联想到自家身世，就深深地叹了一口声。

"客官，想必你也有难言之处。""穷八辈"就把自家身世讲了一遍，赵端见"穷八辈"生得体魄健壮，老实巴交，虽然不识字但知情达理，甚是喜爱，听了家世后很是怜悯，顿时产生了招婿的念头。晚上，他又给夫人说了自己的想法，夫人非常高兴。第三天早上起来，赵端和夫人设宴送别，说："只要你能治好我女儿病，愿招你为婿。""穷八辈"谢过后又上路向西走去。

第三天，他继续向西走，直走得筋疲力尽、嗓子冒烟，也未见一草一木。晌午时，他翻过一个秃岭，忽然看见一棵足有一百年的古槐，树大如盖，几十丈有余，树荫足有两亩大，"穷八辈"就坐到树下歇息，他太累了，一会儿就睡着了。忽觉有人叫"穷八辈，穷八辈，你醒醒！""穷八辈"醒来一看，身边没有一人，以为是梦，正要睡去又听唤他，顺声望去看见了一只喜鹊，他奇怪了。喜鹊说："穷八辈，听说你到西天问佛爷，请代我问，花开花落年复一年，而我一年又一年为啥孵不出儿子。""穷八辈"答应了，他起来又走，风餐露宿走了两天，一条大河横在眼前挡住了去路。

这河名拦马河，宽二百五十步，深两丈有余。波涛汹涌，激流湍急，周围杳无人烟，水面不见一舟，"穷八辈"心想：莫非我走到绝路上来了？正思想着，河中"突"地跳出了一只大龟，龟盖如舟，头大如斗，眼赛牛铃，张着一张大嘴，说："穷八辈，穷八辈，你别急，我背你过河，但你得答应一个条件。"

"行，啥条件么？""穷八辈"问。

"你代我问佛爷，我修行了一千五百年，为啥还不能修成正果？""穷八辈"点头答应，老龟背着他很顺利地过了河。

他向西又走了两天，一座原始森林挡住了去路。这树林一片沉寂，满目金叶和枯草。"穷八辈"走进去，见一老者正在砍柴，他忙上前施礼问路。等那老者一回头，只见他鹤发童颜，眼如流星，身体硬朗，足登云履，非常有精神。他问："穷八辈，你要干啥去？""穷八辈"把前前后后讲了一遍。

那老者说："李员外桃树不开花，是因为树底有一块银地太烧；赵端姑娘是哑巴，因为要配贵人，一见本夫，自会说人话；喜鹊难孵一子，是因为窝底下长了一棵灵芝；老龟修行一千五百年，头顶有个夜明珠，把夜明珠取掉就能修成正果。要问佛爷在哪里，茫茫世间确难寻，你见那倒穿鞋的便是。"言毕，不见了。

"穷八辈"听了老者的话，脚下就像生了风一样，一会儿就赶到了拦马河，果然在老龟头上取下了一颗夜明珠，那龟立马修成正果，飞升上天了；又见喜鹊，在它的窝下拔了灵芝草，喜鹊果然能孵出儿子了；他来到赵端家，赵端引姑娘见了"穷八辈"，姑娘霎时喊出了声来，赵端非常高兴，立即设宴完婚；后遇李员外，又在他家桃树底挖出了几缸银子，封条上全写着"穷八辈之银"，李员外派人如数送到"穷八辈"家中。

"穷八辈"带着新婚妻子，回到家门口"当当当"地敲门，得病母亲听到儿子回来，喜出望外，竟将鞋倒穿着给儿子来开门，"穷八辈"顿时明白了，原来母亲就是活佛。"穷八辈"将夜明珠送给母亲，将银子分送乡亲，又用灵芝草治好了乡亲们的病，从此他和乡亲们都过上了好日子。

讲述者： 樊兴义
采录者： 樊晓敏，县法院干部
采录时间： 1988 年 5 月 24 日
采录地点： 平凉市泾川县县城
选自： 《泾川民间故事》，第 375 ~ 377 页

异文："穷八辈"的故事

从前有一户人家，辈辈心肠和善，代代勤劳节俭，只是一年年过去了，家中总是穷得连饭也吃不上。到了第八辈，这户人家便给刚出生的一个儿子起名叫"穷八辈"。

"穷八辈"长到三岁时，爹爹就因劳累过度去世了。他和母亲相依为命，艰难度日。五岁时，他就跟上母亲下地了，并且暗暗立下志向，要在他这一辈手里把家变富，让母亲享几天福。

冬去春来，花开花落，"穷八辈"已经二十岁了，但是家里穷得和他出生时一模一样，他娶不起媳妇，母亲也累得百病缠身。"穷八辈"百思不得其解！这到底是哪里走了气了？我家的穷根真的越扎越深了吗？

他一边干活，一边这么想，一直这样想了半年。一天夜里，他忽然梦见一个人对他说："穷八辈，你家穷了八辈，是怪你的祖先八字不好，你想富起来，就要忘了祖先，忘了你母亲，然后去西天，那里有个神仙，他会给你一本变富经的。"

"穷八辈"惊醒了，出了一身冷汗。他想这话说的有道理，要不然，为啥祖祖辈辈出大力，总是这么穷呢？从此以后，"穷八辈"就不理母亲了，有了吃的自己独吞，有了穿的自己光穿。到了第二年春暖花开之际，他就去西天取经去了。

他走了三天三夜，遇见一个很大的庄园，一条大狗挡住了他的去路，跟着出来一个员外。员外问他干啥去，他说取经去。员外便命家人端出一盘白馍给了"穷八辈"，然后说："我有个女儿，一十八岁了，人长得百里挑一，就是不会说话，请神仙给我赐个方子，治了我女儿的病吧！""穷八辈"连连答应，谢过员外，继续上路。

又走了三天三夜，只见前面有一个镇子，镇上的店铺全归一个姓万的商人经营，"穷八辈"找到这个商人，想讨些细碎银两。那商人一听却连连说道："我虽然家有万贯，但有一桩心事不能了却。就是我这人生性爱花，我家院里的牡丹花枝长得又高又粗，只是年年不开花，请你问一下神仙，这该不是败家的征兆吧！""穷八辈"照旧应允，领了赏银，向西天行去。

这天行至一条大河前，风大浪大，不见船只，"穷八辈"正犯难，一只碾盘大的王八爬了出来，它要"穷八辈"问神仙，它何时能成仙，何时能受孕。"穷八辈"连连答应了，王八才驮着"穷八辈"过了河。

"穷八辈"一直向西天走去，过了一山又一山，整整走了一年半，翻过了八十一座山，累得筋疲力尽，只见前面又是大山挡道，他正埋怨这路为何走不完，却见山背后出来了一位老汉，头发眉毛胡子全是银白的。他问"穷八辈"干什么去，"穷八辈"就把心中的秘密全盘端了出来。这老汉听罢，哈哈大笑，说："找神仙不难，凡是倒穿鞋的人，就是活神仙。"

"穷八辈"又问其他三件事，老汉说道："员外的女儿见了她的女婿，保险能说话。商人的牡丹不开花，是花下面埋着八缸银子。至于王八想受孕，就应该和别的王八一样，吃河泥，喝河水。要想成仙，得要驮上一个碑子，就成仙了。"

老汉说毕大摇大摆地走了，"穷八辈"揉了揉眼，只见风停了，天亮了。他高高兴兴地往家里走去。见了王八，传过了老汉的话，王八便驮他过了河。见了商人，耳语一番，商人立即移花挖土，果真挖出八缸银子，只是每个缸盖的封签上都写着"穷八辈"的名字，商人不敢违背神仙的话，慌忙派人把银子给"穷八辈"家里送去。

"穷八辈"见到员外，开口就说："你女儿只有见了女婿，才会说话。"话音刚落，一个柔声细气的女子声音从院里飘了出来，这姑娘连声喊着"穷八辈"。员外见女儿会说话了，当下把女儿许给了"穷八辈"。

"穷八辈"有了银子，有了媳妇，满面春风地回到老家，在大门外连喊母亲。母亲一听儿子回来了，急得倒穿着鞋跑出来开门，"穷八辈"见状，慌忙趴倒就磕头："好妈妈哩，我千辛万苦上西天找神仙，原来您老人家就是活神仙啊！"

"穷八辈"把八缸银子平均分配给了村里的人，全村人都富起来了。他和妻子非常孝敬母亲，欢欢乐乐又过了一十八年。他母亲去世后，"穷八辈"为母亲修了一座很讲究的坟墓。墓修成的第七天晚上，一只王八驮着一个碑子走了来，在坟前站着不动了。只见那碑子上写道"父母如活佛，敬亲如敬天……"

讲述者： 兰万山，43 岁，荔堡中学教师，高中学历
采录者： 张怀群，24 岁，泾川县文化馆文学干部，大学学历
采录时间： 1984 年 8 月 11 日
采录地点： 平凉市泾川县荔堡乡小寨村
选自： 《泾川民间故事》，第 367～369 页

58

好心的姆莎

传说在静宁的一个地方，有个圣人从十里河赶来清真寺讲授经义。这天，圣人讲到"救济别人一分钱，胡达会赐给你十块钱"时，有一个富人家十六岁的儿子姆莎刚好路过这里。姆莎听见圣人讲的话，急忙告诉了他的爹和娘，他爹听姆莎说是圣人讲的，就说："好吧，我们就多救济别人。"

从这以后，姆莎全家人经常救济穷人，不过五年的工夫，一个富汉家的财产抖得光光的。这时姆莎已有二十岁了，该是娶媳妇的时候了，但谁会跟他这个穷光蛋呢？没有法子，他爹便给他装好干粮，让他去问圣人："为什么我们救济了那么多的穷人，可胡达就是不给我们赐福给好运。"姆莎跑到寺里去问阿訇[1]，阿訇说："你到十里河去问圣人去。"

第二天姆莎便起身了，他走呀走，走了三天三夜，被一棵大树挡住，一位老汉正准备砍这棵树，看见他走过来，就问："小伙子，你急急忙忙干啥去？""我去十里河找圣

[1] 阿訇：伊斯兰教主持念经的人。

人。""有啥事找圣人啊？""我爹让我去问圣人，为啥我们救济了很多穷人，家里穷得连媳妇都娶不上，胡达还是没赐给我们一块钱。"

"啊，主啊！"老汉在胸前做了个"色俩目"的动作，说："既是这样，你能不能给我也捎个话，我的这棵果树长了十几年，就是没结一个果子，若要圣人说会长果子，我就不砍它了，若要圣人说不长果子的话，我就砍了它。""好吧！"姆莎说完便赶路了。

走啊走，又是三天三夜过去了。这一天姆莎对面走来了一个老妇人，问他："小伙子，你干啥去？"姆莎说："我去找圣人，他说救济别人一分钱，胡达会赐给你十块钱，我们家为救济别人穷得连媳妇都娶不上，胡达还是没赐给我们一个钱。"

"噢，原来是这样，那你给我也捎个话行吗？"妇人说，"我有个女儿是个哑巴，人家都嫌弃她，不知圣人有没有办法叫她会说话。""好吧！"姆莎说完又急急赶路了。

姆莎走呀走，走到一条大河边，水流湍急，没有船，姆莎坐在河岸愁眉苦脸地望着大河。忽然，他听到一个声音在问他："小伙子，你为啥愁眉苦脸的？"姆莎找了半天才看见是一条鱼。"我去找圣人。"姆莎说。"你找圣人有啥事？""我爹让我问圣人，为啥我们救济别人穷得连媳妇都娶不上，而胡达不赐给我们一块钱？"这条鱼说："我驮你过河，不过请你给我也捎个话，一些鱼脱离了水，转生为人，我为啥不能脱离水转人？""好吧！"鱼就驮他过了河，姆莎又赶路了。

姆莎又走了两天，走到一个地方，有一间屋，门上写着经字，姆莎一看就知道是圣人的住处。他急忙跪下用双手在脸前捻抚了一下说："胡达呀，你能回答我几个问题吗？"圣人说："行，门上写着三个字，你只能提三个问题。"可我有四个问题呀，姆莎想了一下，干脆说他们的吧，于是圣人回答了他提的三个问题。

姆莎往回走，来到了那条鱼的旁边，他对鱼说："圣人说了，将你眼里的两颗夜明珠一挖，你便会脱离水了。"这条鱼高兴得活蹦乱跳起来，它将夜明珠挖下来对姆莎说："你帮了我的忙，这两颗夜明珠归你吧！"姆莎接过拿上，这条大河变成了一条小河，姆莎毫不费力地

蹚了过去。

他又走了一些时候，快到那个老妇人的家时，那位哑姑娘跑了过去喊："爹，捎话的人来了。""咋回事？"她爹听见女儿说话了，惊奇得老半天没说出话。这时姆莎已经在敲门了，姑娘开门见是姆莎，就问："圣人咋说的？"姆莎说："圣人说，哑姑娘见了丈夫会自己开口说话。""噢，看来是胡达造下了。"这对老两口就把女儿送给了姆莎。姆莎谢过老两口，就引上姑娘回家去了。

当姆莎引着姑娘，怀里揣着两颗夜明珠离开老妇人家时，一转眼就到了那棵树底下。那个老汉看见姆莎回来了，连忙问情况，姆莎说："圣人说了，你的树底下有两罐金子，挖掉金子果树就会结果。"老汉听了这话，连连摇头说："小伙子，你是在哄我老汉吧？这棵树我每年挖一遍，上一遍粪，从没挖出过金子。"姆莎一听，蹲下身子用手刨了一会儿，就端出了两罐金子，老汉对姆莎说："小伙子，是你替我捎的话，这一罐金子你拿回家去吧！"

姆莎带着姑娘，揣着夜明珠，端着一罐金子，高高兴兴地回家了。

讲述者： 单文华，男，51岁，回族，农民，不识字
采录者： 苏兰菊，女，30岁，回族，工人，初中学历
采录时间： 1987年11月13日
采录地点： 平凉市静宁县县城
选自： 《中国民间故事集成·甘肃卷》，第466～467页

59

活『西施』

早些年，有一位善良的少爷公子在他家的门楼上用弹丸捕雀。正在这时，有一老妇人提了一桶水，慢步从楼前经过，打雀的公子失手用丸子打破了老人的水桶，老婆子一生气坐下不走了。公子见此情景，觉得做错了事，随即下楼将老人的水桶补好，重新提了一桶水送给老人。老妇人认为这是一位善良的公子，就给公子说："离此地八百里处有一茂密的森林，你选个吉日，骑上骏马，四天四夜就可到森林边，那儿有一棵千年仙桃树结满了果子，其中有一颗最成熟，也是最大的，你将它摘下来揣在怀里千万不要偷看，等回来后再看。到时桃子会变成一个女子，美得像西施。"她说完就走了。

公子性急，听了老人的话，未看吉日就骑着马向森林的方向而去了。四天四夜后，果然看见前面有一片茂密的森林，他下马察看，果然有一仙桃树，树上果子累累，其中有一颗桃闪闪发光，公子就上树摘下桃子，揣在怀里。正要下树，由于没选吉日，结果一阵飞沙走石把他刮下树来，摔昏了，睡了一阵苏醒后，他便骑上骏马飞驰而回。走到家门口，偷着从衣缝里看了一下，怀里果然是一位西

施般的少女，他赶紧夹紧衣服，进到房里，取出仙桃，一转眼西施般的少女站在眼前，他高兴的劲儿自不必说。

话说公子的父亲，儿子失踪了八天八夜，正派人四处寻找，这日公子突然骑马回来，全家人心里的一块石头落地了。当他们问明了事由后，都非常高兴，说要尽快为公子办喜事。为了给西施姑娘找伴女，公子父亲贴出告示，要招一名美貌、通情达理的女子。人们看了告示，就一传十，十传百地传开了。

话说百里之外有一个西施模样的姑娘，叫"丹凤眼"，她来一见西施姑娘比她长得俊美，她对公子的人才和家产也爱不释手，就起了害死西施姑娘的歹心。

一日，西施姑娘知道公子忍受不了盛夏的酷热，便约定和公子一起去河边看柳树，凉风吹来格外舒适，不知不觉公子瞌睡了，一会儿就打着呼噜睡着了。丹凤眼就叫上西施姑娘到河边照影子，说："人人都说你比我漂亮，咱们去河边照一下，看你比我美多少。"

来到河边，她们二人站齐，丹凤眼一看影子，果然自己不如西施姑娘好看，她又说："那是你穿红着绿的缘故，咱们把衣服换了照，再看谁漂亮。"西施姑娘就依了她，换了衣服，一照还是相差甚远，这时丹凤眼趁西施姑娘不防，一把把西施姑娘掀到了河里，偷偷假装成西施姑娘来到了公子跟前。公子醒来后，发现缺了丹凤眼，假西施姑娘又甜言蜜语地说了一番话，公子也没有再追究。

过了几日，公子一天天觉得妻子有变，不如往常善良，便悔恨地成天游转不再进卧室了。一日，他游在那天看柳树的地方，猛然看见河边有棵牡丹，红花绿叶十分好看，像是给公子点头叫公子哩，公子就下到河边连根挖了出来，栽在自家花盆里，成天着迷地看花。

此事被丹凤眼发现后，知道那花是西施姑娘变的，一天趁公子不在，就命手下人把花盆端在后山，架上干柴烧了。公子回来后，发现缺了牡丹花，急出了一身汗，但丹凤眼十分刁钻，千媚百态地劝说公子，公子见已经烧了就不再过问了。

过了七天，烧牡丹花的地方，一夜之间长出了一棵特别大的核桃树，树上还结满了核桃。等核桃成熟了，公子就叫附近人家都来，给每家分了一些，叫他们都种核桃树。

唯独隔壁人家的小伙子因放羊未能分到核桃，他就到树下反复寻找，在石头缝中间发现了一颗特大核桃，小伙子就把这个特大核桃拿回家放在桌子上，结果这个特大核桃一下子变成了西施姑娘，西施姑娘就将丹凤眼害她的经过讲给了这小伙子。为了躲避丹凤眼，小伙子就把西施姑娘藏在他家的高房上。一天，她出来坐在房上晒太阳时，丹凤眼老远看见了，命手下心腹之人将西施姑娘偷偷拉到庄后，架上干柴烧成了灰烬。

又过了七日，在烧西施姑娘的地方神不知鬼不觉地起了一座九层高楼，公子发现后来到楼前，门前有两只活虎静卧，点头叫公子，周围各种鲜花都点头，像迎接公子一样，公子大胆进了楼，上到九层看见了可爱的西施姑娘，在楼上热情迎接公子。公子问清原因，才知道是丹凤眼设计害死了西施姑娘。公子一听便要去除掉丹凤眼，西施姑娘道："我已设下处死她的妙计，不必公子亲自动手。"

丹凤眼看见高楼，明知是西施姑娘所变，便心生恶意，又开始搜寻西施姑娘。她来在楼下见两虎把门，便硬着头皮进了楼，一层一层往上搜，刚上到九层，楼梯板一翻，丹凤眼被抛下了九层高楼，摔成了肉泥，被老虎吞食了。

讲述者：　焦林，庄浪县韩店乡人

采录者：　谢文敏，男，44 岁，庄浪县卧龙乡人，干部，初中学历

采录时间：　1986 年

采录地点：　平凉市庄浪县韩店乡

选自：　《平凉地区故事集成》（资料本下卷二分册），第 60～68 页

60

石榴光哥

从前，有一个人，养了七个女娃娃，都长大成人了。

有一天，这人拿着一把金把把的斧头去砍树，不小心斧头跌[1]在邻居石榴光哥家的院里了。石榴光哥不给斧头，说要这个人拿自己几个姑娘中最心疼[2]的一个来换，这个人就哭着回来了。姊妹几个问："大，大，你哭着咋了？"这个人说："我的金把把的斧头跌在石榴光哥家的院里了，石榴光哥不给，说要我拿你们中最心疼的一个去换。"姊妹七个说："大，大，你不要哭，我们去要。"

姊妹几个来到石榴光哥家的后崖背子上，唱着说："石榴光哥，石榴光哥，把我大金把把的斧头撇[3]上来。"石榴光哥说："要你大金把把斧头也不难，我撇上来一只鞋，看你们中的谁穿上合适，谁就给我当媳妇。"姊妹七个试到了，只有二姑娘穿上合适，再的[4]都穿不上。二姑娘为了要来大大的斧头，就给石榴光哥当女人去了。

[1] 跌：掉。
[2] 心疼：漂亮。
[3] 撇：扔。
[4] 再的：其他的，另外的。

这姊妹几个就看不起二姑娘，说石榴光哥家连共[5]一个人，穷得很，给他当女人太没出息了。实际上，石榴光哥家里很富，富得用绸子塞炕眼门，石榴光哥很爱二姑娘，光阴也过得很好。这姊妹几个听说二姑娘给石榴光哥当女人后没有受罪，光阴还好，大姑娘就去看。一看些，石榴光哥家真个富，二姑娘穿的是绸缎，吃的是好饭，光阴好得很。大姑娘回来后给几个妹子说了，几个妹子都不信，都去看了，真个二姑娘家富得很。从这以后，姊妹几个经常来往了。

大姑娘见不得二姑娘过的好光阴，享的清福，就想了一个诡计。一天，大姑娘端着一盆烂衣服叫二姑娘一搭到泉边去洗，二姑娘说她家没有洗的。大姑娘说："把塞炕眼门的绸子洗一下。"二姑娘就拿着这些绸子到泉边去洗。洗了一会儿，大姑娘说："二女子，你穿上这一身衣服好看得很，你脱下我穿上，你看好看不好看。"二姑娘脱下她的绸缎衣服，大姑娘穿上，大姑娘一把把二姑娘掀进泉中淹死了。

大姑娘就拿着塞炕眼门的绸子来到石榴光哥家，把窑里的豌豆在院里晒了些。晚上，石榴光哥从远处回来了，看见大姑娘说："你脸上白处白如雪，红处红如血，今儿咋黑了？"大姑娘说："隔壁子王大娘叫我洗衣去，我不去，她说叫我把塞炕眼门的绸子洗一下，我就拿去洗了，把我晒黑了。"

石榴光哥又说："你早先脸上没麻子，今儿咋脸上有麻子来？"大姑娘说："一窖豌豆起虫了，我搅着晒豌豆时滑了一跤，跌倒把我的脸垫了几个麻子碗碗。"石榴光哥就信了。

石榴光哥拉着马去泉边饮，看见一个花雀儿，他把马拉到这达，花雀儿就飞到这达，不让马喝水，他把马又拉到那达，花雀儿又飞到那达。石榴光哥就说："你是我的人了就飞到我的袖筒里，你是旁人的人了就躲开，让我的马喝水。"花雀儿就飞进石榴光哥的袖筒里了。

石榴光哥回到家里，把花雀儿放到笼子里，挂在房檐上，天天养着。这个花雀儿看见石榴光哥过来了，就好听

[5] 连共：总共。

地叫几声，看见大姑娘过来了，就给她头上拉一点屎，大姑娘很憎恶这个花雀儿，想整它但又害怕石榴光哥骂。

一天，石榴光哥给大姑娘说："我要到很远很远的地方去收账，你把我的花雀儿养好。"说罢就骑上马走了。

石榴光哥走了以后，大姑娘就在放食时把花雀儿一把捏死，埋在后院里了。石榴光哥回来后问："我的花雀儿哪里去了？"大姑娘说她放食时没注意飞了。石榴光哥心里舍不得，没了也没治，也就再没说啥。

过了几天，后院里长出一棵大酸刺，看见石榴光哥过来，叶叶儿嫩得好看得很。看见大姑娘过来，就挂了一块子衣服。大姑娘很生气，趁石榴光哥不在家的时候，把大乳牛拉到后院里，让牛把大酸刺吃了。

打这以后，大乳牛就有了犊，一年后生下了一个牛娃。这个牛娃性格和人一样，人会做的它会做，用角顶上推磨、耕地、揽柴，做这做那，石榴光哥很心疼这个牛娃。

这一天，石榴光哥家门上来了一个货郎，牛娃突然会说人话了，唱着说："吃上一个梨把儿，脱上我的指甲儿，吃上一个梨儿，脱个皮儿。"石榴光哥就给牛娃买着吃了一个梨把儿，牛娃就脱了牛指甲，变成了人指甲。石榴光哥又买着给牛娃吃了个梨儿，牛娃就脱了个皮儿，原来是二姑娘。二姑娘就把大姐叫她洗衣服害她的前前后后，一五一十地给石榴光哥说了，石榴光哥就把大姑娘撵出门了，大姑娘就变成了一个要馍馍的烂杆手[1]。石榴光哥和二姑娘和原先一样，还是一对好夫妻。

讲述者： 刘小红，女，26岁，农民，初中学历
采录者： 陈静，男，37岁，小学教师，中专学历
采录时间： 1988年2月12日
采录地点： 平凉市静宁县四河乡涧沟村
选自： 《平凉地区故事集成》（资料本下卷一分
册），第130～133页

[1] 烂杆手：穷光蛋。

附
记

平凉地处黄土高原，且多沟壑崖面，适合营造窑洞。据史料记载，早在夏朝末年，周先祖就把庆阳一带的地穴式居住改为窑洞式居住，随后平凉也有了窑洞。受地形影响，平凉是崖窑、箍窑、地坑院并存。崖窑是依崖面而挖的窑洞，箍窑是在平地上用砖或土坯箍成了窑洞，地坑院是在平地上先挖一个大的方土坑，再在土坑的四个崖面上挖上窑洞。其中崖窑挖起来省时省力，但冬季不聚风，比较冷；箍窑冬天冷，夏天不潮湿；地坑院冬天聚风暖和，适合大家庭居住，但夏天不通风，比较潮湿。"后崖背子"指地坑院窑洞上面的大平台。（魏绘）

地坑院（站人的地方就是后崖背子） 徐凤摄

61

白脸媳妇

脏旦的爹娘都死了，留下脏旦一人，住着一间房子，种着一亩地。脏旦种了地回来还要做饭、填炕，日子过得很忙乱很清苦。

房檐上住着一只白鸽和一只灰鸽。这天，太阳快落山的时候，白鸽对灰鸽说："姐姐，我们去给脏旦帮着做饭填炕。"灰鸽说："看他脏乎乎的样儿，谁愿意给他干那些活，我不去。"白鸽就飞到地上，抖抖羽毛变成了一个白脸媳妇，给脏旦做熟饭填好炕，抖抖羽毛又变成一只白鸽飞到了房檐下。

脏旦下地回来开了房门，闻着饭香，见锅里冒着热气，揭开锅一看里面是做好的饭。脏旦很惊奇，这是谁做的？他在屋里屋外寻不着人，肚子饿了，饭熟了就吃。吃过饭，摸炕热热的，看炕眼，也是填好堵好的。到底是谁做了这些？脏旦搜肠刮肚也想不出是哪一个人来。脏旦干了一整天的活，乏了，头一挨枕头就瞌睡来了，一阵儿就"呼噜呼噜"地拉起鼾来了。

第二天，脏旦一早又上了地，晚上回来饭又熟了，炕又热着，也是一吃一睡，一连几天都是这样。

这天，脏旦回来得早，老远就看见烟筒在冒烟，他悄悄儿走到房子跟前，猛地推开门，见一个白脸媳妇烧锅着哩。白脸媳妇来不及变白鸽，就说："看啥呢，我是你的媳妇。"脏旦很吃惊，没想到替自己做饭的是这样一个漂亮姑娘。脏旦吃了饭，说："既然是媳妇，那咱们今晚就结婚吧！"白脸媳妇说："过几天吧。"脏旦说："何必呢？"白脸媳妇同意了，两个人并得齐齐跪下向灶神爷磕了个头，就算结婚了。

从此，脏旦每天在地里干活，白脸媳妇在家里干活。脏旦把庄稼种得横是行行、竖是样样，白脸媳妇把家里收拾得整整齐齐、干干净净，小两口日子过得很舒心、很幸福。这一切灰鸽都看在眼里，它眼热了，后悔没给脏旦做媳妇，让白鸽占了便宜。

这一天，脏旦对白脸媳妇说："趁着农闲的空儿我到扬州贩一回枣儿去，赚了钱给咱们买一只羊养。"脏旦走了，灰鸽就每天飞下来变一个灰脸媳妇和白脸媳妇扯闲[1]。一天，白脸媳妇拿着脏旦的脏衣裳到涝坝里去洗，灰脸媳妇也跟了去，她趁白脸媳妇不注意，一把将白脸媳妇推到涝坝里淹死了。

脏旦回来见媳妇脸变成了灰的，问："你脸咋成了灰的？"灰脸媳妇说："给你到涝坝里洗衣裳让日头晒黑了。"

脏旦拉着羊到涝坝边喝水，水里钻出一只白鸽子绕着脏旦飞，最后落在脏旦的肩膀上，脏旦想，先前房檐底下时常卧着一只白鸽和一只灰鸽，白鸽一年多不见了，咋在涝坝里钻着呢，就把白鸽捉回来放在房檐底下的窝里。

脏旦走了，灰脸媳妇把白鸽捉下来捏死，埋在房后的土里面。不久，房子后面长出了一棵嫩草，灰脸媳妇把羊拉去把那棵嫩草吃了。过了几个月，羊下了一只羊羔，羊羔很乖，会把脏旦晒干的衣裳从竹竿上叼下来送给脏旦，却把灰脸媳妇的衣裳叼着抛到屎坑里。

门上来了个卖梨儿的，喊着："吃一个梨儿，脱一层皮儿！"羊羔跑出去叼了一个梨儿吃了，一会儿就脱掉了身上的皮，变成了白脸媳妇。白脸媳妇哭着把灰脸媳妇害

[1] 扯闲：拉闲，聊天。

死自己的事给脏旦一五一十地说了，脏旦生气地把灰脸媳妇赶走了。

讲述者： 王芳花

采录者： 魏开明

采录时间： 1986 年

采录地点： 平凉市庄浪县

选自： 《歌谣故事》，第 317 ～ 319 页

62

一树梅姐姐

从前，有个老两口，只有一个儿子。有一天，儿子的外祖父过寿，老两口去拜寿，剩下儿子一个人还要上学，父母走后没人给儿子做饭。走到门口正好碰到一个老道，老两口恳求老道给儿子做两天饭，老道答应了。

二人走后，老道下午做了一顿饭。第二天，老道要走，儿子说还要做两天呢，老道说："我给你一张画，走时你说'一树梅姐姐给我做些饭'，就有人给你做饭了。"走时儿子就照老道说的那样，对着画说了就去上学了。放学回来，果然有饭。早饭后，他又照着说了一遍，中午回家又做下饭了。儿子奇怪地想：它是一张画怎么能做饭呢？他想弄个明白。

第二天，儿子假装去上学，走时对着画又说了一遍，走出门后就站在门外偷听。一会儿听见屋里面刀、风箱都在响，炉灶上烟也冒出来了。他推门进去，一把按住了画，原来那张画变成了一个美貌姑娘，姑娘含羞地说："咱俩是两口子，你这么干啥？"原来她是神仙，他们俩就在屋里玩了一天。

下午父母回来了，问："老道呢？"儿子如实告诉了

选自： 《平凉地区故事集成》（资料本下卷一分册），第138～141页

父母，父母有点不相信，天黑了，等人们都休息了，母亲就去偷听，的确听见有一个姑娘在说话，却不见人影。她就把自己看到的事情给丈夫说了，丈夫也去看，果真是这样。天亮了，父母问儿子："你和谁说话？"儿子说："就是画变的女子。"父母奇怪地问："怎么又不见人？"父母要见人，儿子告诉他们："她叫一树梅姐姐，要等到第二天才能见。"

天亮后小两口就去见父母，一齐给父母磕头，不料他们把老两口给拜死了。父母死了后，媳妇要回娘家，这个儿子也要去，媳妇不让去。媳妇转身过了河，这个儿子走到了河边，可是怎么也过不去。

这时，正好碰见一个担谷草的老人，老人叫他坐在谷草上，闭上眼睛不要睁，等过河后再睁开眼睛。他就向老人问："不知一树梅姐姐住在哪里？"老人说："你从这一座山一直往上走，走到那尽头就到了。"

这个儿子按老人说的果然找到了一树梅，一树梅问："这是天上，你怎么来的？"他说："是一个担谷草的老人把我带来的。"他要去玩，一树梅说："在这个楼上，你可以看东、南、北窗，但千万不要看西窗。"他看东窗有个小孩溜坡坡，看北窗有六个僧人，看南窗有七个僧人。他觉着三个窗都看了，只剩下西窗没有看，就去偷着看，结果满窗看着一个人，这个人甩袍袖就把他扇了下去。

他从天上下到地上，才知人间已旱了两年，这两年一滴雨也没下，皇上贴出告示说：谁能在法台上求来三分雨，就招为驸马。他就走上求雨台，什么也不会，只说："一树梅姐姐，你救我一命，要不我就会被火烤死。"他往西看去，一股乌云随风过来，不大一会儿，就下起了大雨。他走下法台，被人们前呼后拥进去招了驸马。

讲述者： 尹士杰，男，75岁，泾川县汭丰乡枣林村人，农民

采录者： 徐银才，男，25岁，教师

采录时间： 1988年6月4日

采录地点： 平凉市泾川县汭丰乡枣林村

63

一只银镯

清晨，石娃趁早钻进树林里，举着斧子使劲儿地砍柴，不一会儿就累得头上冒汗哩。他顺手抓起衣襟抹了抹脸上的汗水，歇了一会儿，一低头，乍见乱草中亮灿灿扔着一个东西，他拾起来一看，原来是一只镯子。石娃想：这地方咋会有这样的物件儿，是谁丢的呢？石娃把柴砍上了，捆好，就坐下等丢镯子的人。

一块儿砍柴的还有几个伙伴哩，一个伙伴说："石娃，快回吧，天不早了。"石娃就把拾到镯子的事说了。伙伴争着要看镯子，石娃掏出来让他们看，其中一个伙伴说："哇，还是一只银的，这是富人家的东西。"另一个伙伴说："这只银镯子能值十两银子，石娃，你真傻，又不是偷的，为啥一定要还，拿回去卖十两银子花，再别上山砍柴了。"众伙伴都劝石娃这么做，可石娃想：我长这么大从没拿过别人的东西，这又是银的，就更贵重了，说不定丢镯子的人这会儿急得到这儿来找哩。伙伴见劝不转，只好由着他去了，说："你哪里是还镯子，明明是想那个丢镯子的姑娘哩。别瞎想，人家不会喜欢你这个砍柴娃

的！"伙伴说着笑着，都回去了。太阳跌窝[1]了，山林里一会儿就变得黑乎乎的，石娃有些害怕，就背着柴回去了。

第二天，石娃又到山上砍柴，砍上了又坐在那里等丢镯子的人，又一直等到日头跌窝了才回家。石娃天天早出晚归，天天那样等丢镯子的人，等了一个多月，心里非常着急。

这天，石娃连柴都没心砍了，又坐在那里等。等啊等，石娃急得哭哩。忽然飞来几只蜜蜂儿绕着石娃"嗡嗡嗡嗡"地叫，石娃生气地说："你们叫啥哩，你们知道丢镯子的人是谁吗？"蜜蜂儿又"嗡嗡"地飞走了。一会儿飞来了几只花蝴蝶绕着石娃"扑闪扑闪"地转，石娃生气地说："你们转啥哩，你们知道丢镯子的人是谁吗？花蝴蝶又"扑闪扑闪"地飞走了。一会儿，又飞来几只小鸟儿绕着石娃"喳喳喳喳"地叫，石娃生气地说："你们叫啥哩，你们知道丢镯子的人是谁吗？"鸟儿又"喳喳"地叫着飞走了。又过了一会儿，石娃见那些蜜蜂儿、花蝴蝶儿、小鸟儿闹哄哄地一齐向这里飞来。突然从树背后露出一张圆圆的脸盘儿，一会儿走出一个姑娘来，她头发挽得高高的，上面插着一朵鲜艳的山芍药花，上身穿着枣花色的衫衫儿，下身穿着松叶色的裙子，那模样俊得像画上画的，身后跟着一群羊，既像棉花堆堆，又像白云团团。

石娃想她一定是丢镯子的人了，就走近问："姑娘，你是在找啥吗？"牧羊姑娘仔细打量了一下石娃，脸红了一下，低着头说："一月前，我在这里丢了一只银镯子。"石娃急忙把银镯子掏出来，说："对不住，银镯子是我一月前拾到的，我一直在等你哩。""噢，是这样……"牧羊姑娘很感激。石娃把银镯子还给她，说："好了，你忙吧，我走咔。"

牧羊姑娘忙说："别急！"就向前走了几步，说："你是个诚实人，我拿啥来感谢你哩？"石娃说："不要谢，银镯子本来就是你的嘛。"牧羊姑娘取下一个鹅黄色的玉佩给石娃，石娃吓得往后退了几步，连忙说："不要，不要，我不要！"牧羊姑娘问："你嫌它？"石娃说："不，我不是这个意思。我觉着，我不该拿你的东西。"牧羊姑

[1] 太阳跌窝：太阳下山。

娘说：“你拿着吧，今后你会用着它的。”

石娃问：“你是谁家的姑娘，为啥到这里来牧羊？”牧羊姑娘说：“我叫芳姑，你今后就记住我的名字。”别的她不愿说，只是笑笑。石娃见芳姑一定要给他，就把玉佩拿上了。芳姑说：“今后你有啥急难事，就把玉佩敲三下，叫一声'芳姑'，我就会来帮助你的。”石娃转过身走了几步，回头一看，芳姑和羊都不见了，石娃很奇怪，恍恍惚惚的，像做梦一样。

从这以后，石娃依旧天天上山砍柴，不知咋的，他总想到芳姑出现的地方坐一会儿，坐下就胡想一阵：芳姑大概是个仙女，芳姑大概是个野狐精儿。不管她是啥，石娃总是爱想，可是一年都过去了，再没见着芳姑。渐渐地石娃有了病，身上的皮肉筋骨都松塌塌的，砍柴不来劲儿，举起斧子就胳膊疼，只砍两下头上就冒虚汗，砍一天柴就得歇一天。他吃了上顿没下顿，衣服穿得很破烂，伙伴笑他说：“拾到银子都不要，活该受罪。”石娃不理睬他们的话，伙伴再说，石娃就顶了两句：“我愿意的，谁要你们管，驴嘴咋尽往马槽里伸。”伙伴挨了骂，心里不服，就寻思着整他哩。这一天，石娃上山砍柴去，天黑了才回来，一看，他住的茅房被火烧成了一堆灰，他的全部家产都烧完了，这日月咋过？石娃急得哭哩。

石娃突然想起芳姑的话，如今到了这种地步，只能向她求助了。石娃就从贴身的衣袋里摸出那块玉佩，玉佩暖得热热的，石娃顺手摸根柴棍儿在上面轻轻敲了三下，那声音脆脆地响了三下，石娃叫了一声“芳姑”，忽然面前闪出一道亮光，一片儿白云落地，芳姑从白云里走了出来，石娃惊呆了。芳姑笑着说：“你愁啥哩，旧的不去，新的不来嘛，我帮你造几间新房子。”说罢，一挥长袖子，眨眼间一处红墙绿瓦、彩楼秀亭的新宅院就出现在他的面前了。芳姑拉着石娃走进院子，走进楼房，芳姑又把袖子挥了几下，楼房里立即灯火亮堂堂的，里面有了床、衣服、被褥、箱柜、桌椅等等，要啥有啥。石娃问：“芳姑，你哪来这么大的本事，你到底是啥人？”芳姑说：“我是山神的女儿，我爹要我嫁给你。”石娃问：“真的？”芳姑说：“看，我爹来了。”石娃抬头一看，门里笑嘻嘻地走进一个白胡子老头儿。芳姑说：“爹，快来歇歇吧！”芳姑

把白胡子老头儿扶进楼房。当晚，白胡子老头儿就给石娃和芳姑主持了婚礼。

从此，石娃和芳姑就生活在一搭了。日子多了，芳姑就到山上去一趟，说是看她爹，但石娃再没见着白胡子老头儿，石娃和芳姑的日子过得很幸福。

讲述者： 李艳梅

采录者： 魏俊舱，男，32 岁，庄浪县卧龙乡魏家山村人，干部，高中学历

采录时间： 1986 年

采录地点： 平凉市庄浪县

选自： 《歌谣故事》，第 324 ～ 327 页

64

争气柳

提起崇信县汭河两岸的柳树，人们都夸它木质好，一不裂缝二是少虫蛀，既能锯板又能当梁，还能做椽，是农家用途最广的木料。汭柳能获得如此美好的声誉，人们还流传着这样一个神奇的故事。

很早很早以前，这里一无人烟二无草舍，汭河川全被一条长长的深山潭占着。南山上是一望无际的大森林，各种树木都有。这一年，皇帝要大建宫院，派文武大臣带领民工木匠来这里砍伐木料。不到一年时间，把山上的松、柏、樟、槐、桦、榆、椿、杨等树全伐光了，剩下的只有弯弯曲曲的柳树。

但木料还没凑够，皇帝生了气，下令把山砍平也得把木料伐够，不然就砍百姓的头。这消息吓慌了这里的山神爷，他赶紧召集了山上的各种树神商量。可是这些神一个个你瞅我，我瞅你，都无良策，最后都把怨气撒到柳树神身上，这个说"都怪你不争气，是个废材"，那个说"不争气，连个房都盖不了"，还有的说"不如早点寻个短见去吧，别占地方了"。

柳树神听了这番话羞得要死，一气之下他的头发竖起丈把高。他一边叹气一边说："大家别怨了，我要争气，让我的头发变成无数根柳椽来解救百姓的危难吧！"说着满山的柳树头上都长出了很直很长的柳椽，各种树神一见连声夸赞："还是老柳兄能争口气，这回准能交差了。"谁知皇帝派来的大臣一见柳树头上结了椽，很是惊奇，但皇上有令，再好的柳木一根都不能用，下令将所有柳树砍倒当柴烧。老百姓一见又长又直的柳椽一根一根地扔进火堆里，都十分可惜，就偷偷地从火堆里捡起来。柳树神一见伤心地流下了泪水，说："皇宫大殿用不上我，我要把心掏给农家大院。"于是，它便收集起残枝，化作一股狂风卷入汭河各深潭。后来潭水干涸了，翠绿的柳枝成荫了，一棵棵树头上像竖起的头发一样长着很多柳椽。老百姓把它砍来修房用，因柳树的生长期快、木质好、用途广，砍后再过三五年，又结一批椽，真是取之不尽。

讲述者： 不详
采录者： 张永福
采录时间： 1988 年
采录地点： 平凉市崇信县
选自： 《崇信县民间故事集成》，第 26 ～ 28 页

附记

汭河，也叫汭水、芮水，是黄河二级支流之一，发源于甘肃省华亭县（今华亭市）关山东麓，流经华亭、崇信、泾川三县，于泾川县城王母宫山下汇入泾河，总长 120 公里，流域面积约 1671 平方公里。时至今日，汭河两岸及周边地方都生长着许多柳树，柳木被广泛用在当地百姓的生产生活中。（玉花）

65

李生兄弟

有对孪生兄弟，他们的爹妈死后，就分开过，老大很狡猾，分的家业厚，老二很老实，分的家业薄。

这年种秋[1]时，老大吆的大牲口耕地，老二没有牲口，只好吆着他的狗去耕地。他的这条狗，不但能看门，还能耍把戏呢！

正当老二往狗身上套犁的时候，过来一个贩骡子的，他很奇怪说："狗怎么能耕地呢？"老二回答说："我这狗不但会耕地，还会耍把戏呢。"那个贩骡子的不信，就和老二打赌说如果狗真的会耍把戏，他甘愿把自己的骡子送给老二两头。

于是老二就叫狗耍把戏，那狗很听话，又是栽跟头又是跳杆，又是模仿人的动作，贩骡子的看了开心极了，就痛快地送了两头骡子给老二。老大在一边看了很嫉妒，他过去把狗抢过来，也装模作样地用狗耕地，可那狗任凭他怎么吆喝，就是不动，老大狠狠地抽了它几鞭，它还是不动，这时过来一个贩牛的，他笑话老大："狗怎么能耕地

呢？"老大若有其事地说："我这狗不但能耕地，还能耍把戏呢。"于是贩牛的也和老大打赌，说狗如果真的能耍把戏，他就送两头牛给老大，老大很高兴，他吆喝着叫狗耍把戏，可那狗伏在地上一动也不动，任凭老大怎么吆喝，老大用鞭子打它，它都不动。

老大用脚踢，它"汪"地一口咬得老大脚好疼，一下子跌坐在地上，那贩牛的哈哈大笑，赶着牛远去了。老大气急败坏地爬起来，抢起镢头，一下子就把狗打死了。老二想阻挡已来不及，他伤心极了，抱住狗哭了半天。后来，他小心地把狗埋在地头上，又哭了好久，眼泪把坟上土都打湿了。

第二天，他来到狗的坟头。发现坟头长出一棵树，已有半人高。他摇了一下，"哗啦啦"树上落下了许多钱。"呀，这是一棵摇钱树！"老二没舍得多摇，只是实在没钱时才摇那棵树。后来，这个秘密被老大发现了。那天，他趁老二不在，偷偷地去摇摇钱树，"哗啦啦"，唉，落下来的全是狗屎，老大出的劲太大了，狗屎把头都糊严了。老大气急了，一下子把树拔出来扔到一边。老二来的时候，发现树已枯死了，他又伤心地流了很多泪。

过了几天，那坟上又长出一棵豆，开花结果。那天，老二把那豆摘吃了一颗，当他走到人堆里的时候，不自觉地放了一个响屁，他不由得羞红了脸，可是却闻到了一股奇异的香味，人们都使劲吸着鼻子闻香味。

从此，有钱的人开始叫老二去给他们家放香香屁，老二也就得到了一些钱，他把一些钱分给贫穷的乡亲。老大听说了，他就偷偷到狗坟上摘了一颗豆吃了，跑到街上去卖香香屁。由于他和老二是孪生兄弟，人们把他俩分不开，还以为是以前那个卖香香屁的。

一个有钱有势的财主把老大叫了去，叫他给放绫罗绸缎的箱子里放香香屁，他们打开箱子，老大就撅起屁股，"扑通"一下，也不知哪来的那么多屎拉了出来，把那一箱子衣服全弄脏了，臭得财主老婆没处藏，叫人把老大狠狠打了一顿，赶了出来。老大又羞又愧，再也不敢使坏了，也和老二一样济贫扶穷了。

[1] 种秋：在秋天开始种植小麦，俗称"种秋"。

讲述者： 雷玉梅，67岁，窑店乡东坡村，农民，小学学历

采录者： 胡玉霞，高平中学学生

采录时间： 1988年5月2日

采录地点： 平凉市泾川县窑店乡东坡村

选自： 《平凉地区故事集成》（资料本下卷一分册），第149～152页

66

二小的故事

二小是个勤快的孩子，他对自己家的那头黄牛很关心，像对待自己的亲人一样，他的父母都死了，他哥哥和嫂子都很坏。他的哥哥很懒，嫂子的心眼很多。春天，二小把他家黄牛拉到草很嫩的地方吃，他割的草是天黑了给牛吃的，黑了睡在牛棚里，天亮了又去放牛，天天如此。

有一天，他把牛放饱了，自己割了满满一筐草准备回家，他对黄牛说："黄牛，咱们回去吧！"黄牛站在那里一动不动，眼睛里却含着泪水，老牛对二小说："勤快的孩子，你回去不要吃白面饺子。"二小明白了七八分。他牵着牛，背着草，回到家里。嫂子端来一碗白面饺子说："兄弟，你每天放牛辛苦了，我特意给你做了些白面饺子。"二小说："嫂子，自从爹妈死后，我一直吃的是黑面饺子，我来吃黑面饺子。"二小端起黑面饺子吃了起来，坏嫂子无法，只得气呼呼地走了。

第二天，二小的嫂子在黑面饺子里放上了毒药，她想这下可以毒死二小了，高兴地走了，二小割了满满一筐草，对黄牛说："黄牛，咱们回去吧！"黄牛站在那里一动不动，眼里又含着泪说："勤快的孩子，你回去不要吃黑面

饺子。"二小到了家里，他嫂子对二小说："你去吃你的黑面饺子吧！"二小对嫂子说："嫂子，自从爹妈死了以后，我一直吃的是黑面饺子，今天让我尝尝白面饺子。"说着便端起白面饺子吃了起来，他的嫂子无法，只得出去。

很快到了冬天，坏嫂子对懒哥哥说："到了冬天，不要让二小吃一冬闲饭，咱分家吧！"

懒哥哥说："就这样，分家吧！"

坏嫂子说："母鸡会下蛋不给他，牛会耕地不给他，给他一只狗、一只公鸡。"就这样分了家。

二小带着公鸡和狗来到山上住下，二小在林里砍柴，狗用嘴给二小拾柴，公鸡用嘴给二小放的篮子里拾粮食，就这样二小和他家公鸡、狗过日子。

到了春耕季节，二小没有牛耕地，他哥哥和嫂子每天不给牛倒草，黄牛饿得哞哞叫，二小伤心地掉下了眼泪，公鸡喔喔地说："二小你套我耕地，我能耕地。"狗汪汪地叫："你套我，我能耕地。"二小套上狗和公鸡耕地，公鸡拍着翅膀拉犁，狗摇着尾巴拉着犁。

有一天，二小的嫂子知道了他的狗和公鸡能耕地，就对二小的哥哥说："咱们没有牛耕地，去把他家的公鸡和狗借来耕地。"最后，二小的哥哥把二小家的公鸡和狗借来挂粪，他懒得按车辕，让公鸡和狗也把自己拉上。像这样只挂了几回，公鸡和狗没有一点力气的时候，被懒哥哥打死在路上了。

二小回到家里，还不见哥哥把公鸡和狗送回来，就下去问哥哥公鸡和狗在哪儿，哥哥说在路上。二小来到路上，看见公鸡和狗已经死了，他把公鸡和狗抱回家，埋在自己家门前。

过了几天，那里长出了两棵树，二小把它的枝条剪下来编了篮子挂在屋檐下，东来的鸟、西去的燕在篮子里下蛋，一天一篮子蛋，二小就这样过着日子。

他的坏嫂子知道了，对他的懒哥哥说："你去把他家的那个篮子抢来，挂在咱屋檐下叫鸟给咱下蛋。"懒哥哥听了老婆的话，就去抢篮子。他来时看见二小在家，一进门就哭着说："兄弟，我没有粮食吃，把你家的那个篮子借给我让鸟给我下蛋。"二小看到哥哥的样子，就把篮子取下来给了哥哥。

哥哥回来把篮子挂在房檐下，老婆坐在房檐下，天天望着篮子说："东来的鸟、西去的燕，快到篮子里来下蛋。"到了下午，坏嫂子把手放进一放，抓了一把鸟屎，气得她把篮子扔了，坐在院子里骂那些鸟。

从东边来了一群鸟，把她的眼珠子啄破了，痛得嫂子在院子里叫，懒哥哥说："你在那里叫什么？"从此，坏嫂子的眼睛瞎了，再也没有人欺负二小了，二小过上了快活的日子。

讲述者： 尚双喜

采录者： 尚双录，泾明乡中心小学学生

采录时间： 1988 年 5 月 29 日

采录地点： 平凉市泾川县泾明乡

选自： 《平凉地区故事集成》（资料本下卷一分册），第 146 ~ 149 页

67

古庙奇遇

从前有两口子，丈夫常常虐待妻子，妻子觉着生活不下去，一气之下女扮男装走出了家门。

这日傍晚，她来到一座村庄，饿得实在走不动了，就钻进了庄头的一座古庙中。

太阳落山后，古庙里的光线暗下来了，一会儿就黑得伸手不见五指。女人从附近人家借了一盏灯，坐在炕上缠脚，缠着缠着就睡着了。睡梦中，进来一位白胡子老人，对女人说："我等你等了多年了，从今晚起，这座庙就归你管了。"老人说完就不见了。女人醒来后，灯已经灭了。她重新点燃，坐在炕上想刚才的梦。只见上墙角出来一只白鸡娃，女人给白鸡娃说："如果你是我的财，就向左转，不是我的财就向右转。"白鸡娃向左转了一圈钻了进去。女人取下簪子，在白鸡娃进去的地方画了个圈。一会儿，下墙角又出来一只黄鸡娃，女人又给黄鸡娃说："如果你是我的财，就向左转，不是我的财就向右转。"黄鸡娃向左转了一圈也不见了，女人又在黄鸡娃进去的地方画了个记号。

第二天，村里人前来探望，见这个女人还活着，都很惊奇，因为凡是在这座庙里留宿的人，没有一个能活着走出来的。女人对他们说："把这座古庙给我吧。"他们都说："这破庙里死了很多人，送都没人要，你既然想要就送给你。"

人们走后，女人在白鸡娃进去的地方挖出一锅银子，在黄鸡娃进去的地方挖出一锅金子。

过了几年，女人拆了庙，修了一座新院落，雇了几个伙计，买了几个丫鬟。

一天，门外来了一个蓬头垢面的叫花子，说只要给他一口饭，他啥活都能干。伙计把这事告诉了女主人，女主人让他养牲口。原来这个叫花子是女主人的丈夫，当年这女人走后，家里失了火，把房子烧了个一干二净，男人没法生活只好四处讨要。

晚上，男人去喂牲口，路过女主人的房子，恰好女主人正在纳凉，他惊奇地发现，女主人很像他的结发妻子，他不敢相认，急忙躲开。喂完牲口，故意磨蹭了一阵子，估摸着人都睡了，才来到女主人的房门前。只见房子里亮着灯，他从窗缝里望进去，看见女人正在缠脚，脚底下有一个黑疤，确信女主人就是他的结发妻子，他不再害怕，推开房门走了进去。

女主人也认出了她的丈夫，原谅了他。

第二天，女主人把掌柜的让给了男人，从此两人过上了幸福的生活。

讲述者：　梁绿叶，女，66岁，农民，不识字

采录者：　周斌，男，38岁，文化工作者，本科学历
　　　　　李永峰，男，44岁，企业经理，大专学历

采录时间：2010年2月21日

采录地点：平凉市庄浪县樊庙村

选自：　《庄浪古经》，第53～54页

68

蛤蟆和人

在远古的时候，天下所有飞的鸟鸟、跑的动物都会说话，整天叽叽喳喳，有的怪声怪气，有的粗喉咙大嗓门，吵得玉皇爷头疼，睡不好觉。玉皇爷想，会说话的本来就不该有这么多，必须要让它们少些，于是玉皇爷就让人、飞禽、走兽到天通山开会。

在往去走的时候，天上飞的大的扇动着大翅膀，小的扇动着小翅膀，它们像流云一样往去飞。地下跑的更热闹，老虎、狮子、豹子、黑熊、马、骡、牛、驴、猴子、狗、猪、羊、猫儿、兔子、刺猬、老鼠像洪水一样往去涌。它们以为玉皇爷给它们有啥好处，唯恐落到后边。只有人斯斯文文地跟在后面往去走。

人走着，看见一只蛤蟆吃力地往前爬行，背上被老虎抓破了三道口子，身子被马踏了个扁扁子，身上被刺猬扎了许多血泡，被猴子抹了一团泥土，还有那些飞鸟掉下的几疙瘩落屎。人见蛤蟆太弱太小很可怜，就把它拾起来揣在怀里往前走。

到了天通山，玉皇爷说："今天我给你们准备了两盆水，一个盆里放着哑药，谁喝了从此就不会说话。会不会

喝上哑水，就凭你们的运气了。这水你们必须要喝。"

这些飞禽、走兽一听都吓呆了，怎么能分得出哪是一盆好水，哪是一盆有药的水呢？它们都在盆里细看，见一盆水清着、一盆水浑着，以为浑着的水可能放着毒，就抢着喝了清水。人刚要喝，蛤蟆挡住说："我总觉得玉皇爷耍了鬼，说不定哑药就放在清水里。你先别喝，等我喝了看怎么样。我小，毒一定发作得快，如果清水里有毒，你就去喝浑水。"蛤蟆说完，也去喝了清水。

蛤蟆刚喝下，就觉得嗓子眼里痒痒的难受，说话已经很困难了，它急急向人摇摇头，爪子指指浑水。人明白了，就去喝了浑水。一阵儿，飞禽、走兽都不会说话了，只有人还能说话。

后来，人非常感激蛤蟆救了自己，为了报恩，就把它放在田里，让它一生不愁没有东西吃。可蛤蟆还记着在去天通山的路上人关心爱护它的恩情，不吃粮食，只吃小虫，一心为人保护庄稼，直到现在多少年过去了，蛤蟆仍诚心不变。你看，人和蛤蟆的友谊很深很远哩。

讲述者：　　王小珠
采录者：　　明轩
采录时间：　1986 年
采录地点：　平凉市庄浪县
选自：　　　《歌谣故事》，第 249 ～ 250 页

69

三个儿子

许多年以前，这地方连年遭受旱灾，庄稼颗粒无收，村子里大多数人拖儿带女迁向其他地方，剩下的也准备要走。有个老汉生有三个儿子。这一天，他对三个儿子说："这地方到处是平展展的土地，也算得上是块好地方，只是缺水。你们别急，或许再过一两个月老天就会下雨的。"

可是过了两个月，天空仍万里无云，啥时候有雨呢？老汉也很焦急，但他还是不愿离开这个地方。老汉到亲戚家去借粮，走了五六里路，走到西弯，看见路旁不远处有块露出地面的大青石，青石旁长着一棵谷子。谷子长得很旺盛，谷穗子有一尺多长。

眼下正值六月炎热天气，到处都是火辣辣的太阳，烤得地上连一根草都没长成，这棵谷子为啥能长得这么好呢？老汉左看右看，心里寻思：这块青石底下一准有水。他扒开谷子下面的土，湿湿的，但土层只有一尺多厚，下面还是那块大青石。再细看，大青石湿润润的，好像有水往外渗。试探一下，大青石大得摸不着边，而且往外渗水的就只有谷子底下这一小块地方。老汉在青石上坐下，琢磨了半天，舍不得走开。

第二天，老汉带了锤和凿子去凿那块青石。青石比钢还硬，一锤下去，火星四溅，没几天，凿子磨光了，可是连拳头那么大点青石都没凿掉。老汉回到家，到处收铁收钢，收了一大堆。他支起炉子，开始打造凿子和锤子。以后他天天这样，不知打造了多少天，打造的凿和锤堆了一房子。

老汉把三个儿子叫到跟前说："那块青石下面一定有水，就是青石很坚硬，我打的这些凿子和锤子磨光了，水才有可能出来。只是我老了，这身子骨疼得厉害，恐怕活不久了，所以这打透青石的事就靠你们弟兄三人了，那时候你们也就有好日子过了，你们有这个决心吗？"三个儿子说："有。"

不久，老汉死了，三个儿子葬埋了爹以后，就按爹说的天天去凿那块青石。凿了三年，手磨破了，胳膊震肿了，百儿把[1]凿子和锤子磨光了，可青石上才凿出碌碡那么大个坑。大儿子说："爹多糊涂，啥时候才能凿透呢？你们愿凿就凿吧！"说罢，把凿子和锤子一扔走了。

又凿了三年，青石上才凿出两个碌碡那么大个坑。二儿子说："爹多糊涂，啥时候才能凿透呢？你愿凿就凿吧！"说罢，也把凿子和锤子一扔走了。

三儿子一人继续凿。他无冬无夏，不顾风吹日晒。胳膊肿了消，消了肿，手上老茧磨掉了又结上一层新茧。凿啊凿，凿了三年又三年，光溜溜的嘴巴长出了毛拉拉的胡子，黑胡子变成了白胡子。终于在这一天，爹打的凿子和锤子磨光了，青石发出"咂咂"的声音。他估计青石很薄了，使劲凿了几下，"哗啦"一声就露出一个洞。

忽然"扑啦啦"从洞里飞出两只五光十色的凤凰，把三儿子的眼都照花了。凤凰并排着绕过西弯飞向东弯，然后向很远的地方飞去，只见凤凰飞过的地面上，留下两道白印，像筑起的两道大堤。三儿子弯腰从洞里摸下去，见底下是一块石板，上面有两个圆圆的眼子[2]。他抓住眼子刚把石板提起来，就听见"哗哗"地响，一看，清清的水翻着白浪涌了出来。

[1]　百儿把：一百余把。
[2]　眼子：小洞。

水很大，向凤凰飞去的两道白印中间流去。村子里人见水出来了很高兴，一齐动手顺着白印筑起了两道长堤，水渠西绕东绕延伸了几十里。从此以后，这个地方就变了样，长堤两面长上了青青的树木，庄稼人引水浇地，种的谷子都有一尺多长，人们过上了富裕的生活。

讲述者：　晓晓
采录者：　魏俊舱，男，32岁，庄浪县卧龙乡魏家
　　　　　山村人，干部，高中学历
采录时间：　1986年
采录地点：　平凉市庄浪县
选自：　《歌谣故事》，第251～253页

70

买 母

古时候，有弟兄二人，老大叫王忠，老二叫王孝，王孝比哥小二十岁。王孝三岁未满，爹娘就双双离世，王忠遵照父母遗嘱，将王孝抓养成人，又帮他娶了媳妇。

王孝感念哥嫂抚养之恩，给媳妇常说："我离父母早，能有今日，多亏了兄嫂，我们对兄嫂要像父母一样看待。"王孝这样说，行动上也这样做，替哥抢着干脏活重活，转亲戚贺喜等一些装人受人抬举的事总让哥去，弟兄二人哥爱兄弟，弟尊老哥，和和气气，人们都夸他们。

却说王忠女人肚子有些窄狭，见王孝有了媳妇，就想分开门儿另搭锅。晚上对男人说："你多在外面游转，兄弟两口子面上不喘，背地里骂得像刀杀哩，他们嫌这样吃亏，想分开过。你当哥的应当明白点，别让人家提出来，弄得脸面上拉不下来。"

王忠听了，想了一会儿，觉得女人说得有道理。树大了都有个分枝哩，兄弟成家了就应该独立过日子了，就把兄弟叫来，说了要分开过的话。王孝一听很惊讶，流着眼泪说："我并没说啥，哥为啥要这样？"王忠说："弟兄分家是迟早的事，你们已能过活了，何必强捏在一块儿呢！

还是早分开的好。"王孝又说："哥已年龄大了，弟正要抬重活，让你轻松几年，以报答养育之恩。"王忠说："我还能做活，抚养你那是应该的，兄弟没必要回报。"王忠决意要分，王孝只好由哥了。分家产的时候，王孝把二十捎川地让给哥，自己种了二十捎山地。

分开后，王孝总觉得对不住哥嫂，有空就想给他们帮着干些活儿，可哥嫂总是推推阻阻不让干，拿起犁，哥把犁夺下，拿起水担，嫂子把水担夺下，气得王孝倒流了几滴眼泪。王孝对媳妇说："我多么眼热那些有父母的人，有了父母，当儿女的可以享受父母的爱抚，也可以尽情地孝敬父母，报答养育之恩。天底下有卖这卖那的，就是没个卖母亲的，如果有我定买一个。"媳妇说："你净胡说，这尘世上哪有卖母亲的？"媳妇见丈夫不快，又说："母亲买着来是要孝敬的，可不是一件家具买来放下就不管了，我怕你说的是一套做的是另一套。"王孝说："不，我一定要当亲娘孝敬她老人家，我的名字叫王孝，可是空有孝名，没有孝行。"说罢叹息不止。

这事让观世音菩萨知道了，就想试试王孝的心是真是假。这天王孝赶集，街道上人快走完了，忽听有人喊着："卖母！卖母！谁买母？"王孝很惊奇，没想到还真有卖母的。王孝走近一看，一个穿得很破烂的少年背着一个老婆子。

老婆子约八十岁的光景，衣服穿得更脏更破烂，脸皮松坠，酒糟鼻子，豁豁牙，眼泪鼻涕几疙瘩，脏丑无比；手上青筋立暴，骨瘦如柴；神志昏沉，气息微弱，如同死人一般。王孝上前说："你母亲这么大年纪，身体又这么虚弱，你当儿子的应当在家细心奉养才是，你却把她背到大街上叫卖，有这样当儿子的吗？"那少年叹口气说："家里穷得无一椽挡寒，无一升米下锅，我无力养活她老人家，在家里瞅着冻死饿死，倒不如卖给他人养活着。我忤逆不孝，想天下总有行孝之人。"说罢泪流满面。

王孝动了心，问："你母要卖多少钱？"那少年说："少则一串铜钱，多则两串铜钱。"王孝身上没带这些钱，就说："你稍等，我到朋友处借钱去。"王孝借了两串铜钱走来，见老婆子在地上坐着，问："娘，我那哥呢？"老婆子说："他哪里是要钱，只要把我能抛出去就谢天谢地

了，他怕你回来反悔就借空跑了。我娃快把为娘背上回去暖着，我冷得很。"王孝就把老婆子背了回来。

媳妇见丈夫真的背来个娘，一看那模样就揞麻了。王孝把老婆子背到上房让坐在椅子上，叫媳妇打来热水，替娘洗了脸梳了头，问娘换啥衣裳，老婆子说："有绸子缎子的就行。"媳妇一听呆了，心里说："这个老婆子也太怪，乡下人哪有穿绸子缎子的？"王孝二话没说就到集上买了八尺蓝花缎子、六尺青格绸子，让媳妇给娘做了一件上衣、一件下衣。王孝问娘喜欢吃啥，老婆子说："有牛肉鱼肉也可以。"媳妇一听愣了，心里说："这个老婆子也太馋了，庄稼人哪有天天吃这东西的？"王孝二话没说，就给娘买了几斤牛肉、几斤鱼肉，让娘早上吃牛肉，晚上吃鱼肉。王孝问娘喜欢盖啥？老婆子说："棉花长成的时候，那第一朵棉花最暖和，我就要盖那第一朵棉花缝的被子。"媳妇一听傻了眼，心里说："这个老婆子太刁难人，那第一朵棉花怎么分得出？"可王孝还是决心要给娘做一床第一朵棉花的被子。

第一年没做成，第二年棉花开始摘的时候，王孝跑到陕西棉花地里出高价买了五斤第一朵的棉花，拿回来终于给娘做成了一床被子。媳妇待娘虽没丈夫那么认真，但也早晚送茶送饭，扫地倒尿盆，问寒问暖，侍候得铁板板[1]的。

一天，老婆子突然问："我这样的人已成废物，白连累着你们，你们为啥这样待我呢？"王孝说："娘，看你说的，人生在世谁不老，生养抚育后代就是为了老了有人奉养。我娘生了我，我还不知道孝敬她就死了，我哥和嫂子把我抓养大，但他们有了另外的想法，不让我报恩，这样我就欠了债，现在我孝敬您老人家，正是还这个债哩。"媳妇说："小的孝敬老人是应该的。"

观世音菩萨感激小两口一片诚意和孝心，就到天宫向玉皇大帝要了文曲星给王孝两口当儿子。不久，媳妇生了一个小儿，头大额宽，两耳坠肩。老婆子照看着小儿过了百日，对小两口说："此儿长大必有一番前程，你们一定要让他上学念书。"说完上了天，在半空中现出了观世音

[1] 铁板板：很好。

菩萨的形象，王孝两口才知道是观世音菩萨变化来试他们的。

王孝给小儿取名王展，六岁送往学堂，十六岁中举，后又沾了王孝行孝的名儿，皇上开恩封得七品县官，后来又晋升到州官。王展也不忘父母养育之恩，上任时把王孝两口接去一同享福了。

讲述者：　刘全德
采录者：　谢文敏，男，44岁，庄浪县卧龙乡人，干
　　　　　部，初中学历
　　　　　魏俊舱，男，32岁，庄浪县卧龙乡魏家
　　　　　山村人，干部，高中学历
采录时间：　1986年
采录地点：　平凉市庄浪县
选自：　　《歌谣故事》，第400～403页

71

雷打不孝的媳妇

从前，有一位善良的老妈妈，她有两个儿媳，大媳妇蛮横不讲理，常常百般虐待她；小媳妇老实乖巧，总把老妈妈当亲娘侍奉。

有一次，小媳妇从娘家回来时，她娘家妈给老妈妈捎了个鸡脖子。路上，她去上厕所，不小心把装在衣袋里的鸡脖子掉进了粪堆里，她赶紧捡起来，可是已经弄脏了，这可把小媳妇给难住了，她有心把它扔了，觉得辜负了她娘家妈的一片心意，有心洗净拿回去，又怕给婆婆吃了不好。最后她想到人常说"什么东西都以水为净"，于是，她就在路旁的小河里把那鸡脖子洗了又洗，最后拿回去给她婆婆吃了，可她心里总觉得像做了什么亏心事似的。

后来，她还是把那件事告诉了婆婆，婆婆听后也说："啥东西都以水为净。"而且还将小媳妇夸奖了一番，从此老妈妈更加爱她的小媳妇了。

大媳妇看到小媳妇和婆婆的关系这样好，心里总不是味儿，她又听人说这老妈妈攒下了不少金银，心里想如果我再这样对待这鬼祟，那肯定就捞不到一点油水了。于是，她就想办法巴结老妈妈，当她听说小媳妇给老妈妈捎鸡脖

子的事之后，便也跑到娘家，硬叫她妈也给老妈妈煮了个鸡胯子，在回来的路上，她故意把它拿到粪堆里去弄脏，然后又跑到河里去洗净，拿回来给老妈妈吃了。

老妈妈当然很高兴。可是就在这天下午，突然电闪雷鸣。听到轰隆隆的雷声，大媳妇吓得直往灶火里钻，"妈呀"，随着大媳妇这一声惊叫，又一个震耳欲聋的炸雷打响了，当老妈妈跑回屋子的时候她的大媳妇已变成了一个人头猪身的"丑八怪"了。

讲述者： 何作明，农民，初中学历
采录者： 何秀兰，女，17 岁，高平中学高二学生
采录时间： 1988 年 5 月 28 日
采录地点： 平凉市泾川县高平乡东坡村
选自： 《泾川民间故事》，第 365 ～ 366 页

72

是不是孝子天知道

很早以前，有个老太婆害了一场大病，想吃枣。但是，那一年的枣很缺。她大儿子家里有，不给吃。小儿子家里没有，却想满足老人的要求。小儿子两口子走东家串西家没寻下一个枣。

后来，小儿媳妇在一堆屎里拾了个枣，她先用水洗了几十遍，然后又在自己嘴里噙了一晌午，才送给婆婆吃了。婆婆高兴地说："这么好的枣你为啥不多给我吃几个？"小儿媳妇听婆婆说这个枣好，心里很难过，她想，我这下子把罪遭下了，老天爷肯定不会放过我。这天后晌，果然下起了白雨[1]，雷声震得人耳朵疼。

小儿媳妇以为老天爷真的要用雷击她的头，她不想死，就把门关上一半，双腿跪下，把两只手从门缝里伸出去，哭着叫老天爷把她的手砍去，免去她的死罪。她刚喊了三声，天突然晴了，雷也不响了，她收回双臂一看，手不但好好的，手腕上还多了一副金手镯子。

小儿媳妇给婆婆吃了屎堆里的枣，老天爷给赐了一副

[1] 白雨：暴雨。

金手镯子，大儿媳妇知道后，也想让老天爷给她赐一副金手镯子，就把家里的枣用屎刷了，再用水洗了，送给婆婆吃。

等婆婆吃了，下白雨的时候，她也把手从门缝里伸出去，叫老天爷砍去她的双手，免去她的死罪。可是，她刚喊了三声，雷声响得越大了，雨也下得越猛了，忽然她觉得两条胳膊钻心地疼，收回一看，两只手果然没有了。

这个事情传出后人们都说："是不是孝子天知道。"直到现在，人们对不孝敬老人的人还说："看遭下罪，天知道了！"

讲述者：　吕志刚
采录者：　吕斌武，县职中学生
采录时间：　1988 年 4 月 18 日
采录地点：　平凉市泾川县罗汉洞乡
选自：　《泾川民间故事》，第 374 ～ 375 页

73

嗣梨儿

从前，有弟兄两个，老大对娘不孝顺，早就各开门儿另搭锅了。老二对娘很孝顺，娘就靠老二养活着，日子还可将就着过。

一天，老娘想吃梨儿了，就在针线包包里取出几个铜钱给老二说："我口干得很，想吃两个梨儿，给你几个铜钱，到你大哥家去给我买几个梨儿。"

老二捏着铜钱走到老大家门前，正好老大卸梨儿，老二要给娘买梨儿，老大骂着把老二掀远了。老二哭着等了一会儿，老大把梨儿拾光就走到屋里去了，老二就上到树上去寻，树上连一个梨儿也没有。他下来又在地上寻，寻来寻去在一胖狗屎上寻着了一个梨儿，他拿回家里在清水里洗了七次，在口里嗣了七次，才给娘接给，娘吃得很香。

睡到半夜里，发起了白雨，雷神爷可天响[1]着，一声比一声近了，好像落到这家院子里了，老二心里明白，这是把狗屎里的梨儿给母亲吃了，有罪，雷神爷砸头来了。他就把左胳膊从窗子里展出去，大声说："雷神爷，雷神

[1]　可天响：声音很大。

爷，你要砸了就把我的左胳膊砸了，丢下右胳膊我还得养活我娘呢。"

雷神爷"咔嚓"一声，老二的胳膊又冰又重，他费了很大力气才拖进来。点着灯一看，一胳膊净是金银手镯子，抹了一筐篓，打上一点点就能籴很多米，买很多东西，娘母子的日子好过了。

老大看见老二富了，就跑来问老二，老二就把他买梨儿的前前后后给老大说了一遍。老大听了老二的话，到屋里把他的梨儿取了一个，撇在狗屎里边，拾起来放在清水里洗了七次，在口里嗍了七遍，拿来叫娘吃。母亲本来不想吃，但老大非叫她吃了不可，她就强吃着咽了。

到了晚上，真个发起了白雨，雷神爷不停地响着，老大高兴得不得了，炕上放了一个大筐篓，叫女人点好灯准备拾金银手镯。他学老二的样子，也把左胳膊展出窗子，说："雷神爷，雷神爷，你要砸了把我的左胳膊砸了，丢下我的右胳膊养活我娘。"雷神爷"咔嚓"一声，老大觉得胳膊又冰又重，高兴坏了，屁股扭来扭去，把胳膊拖进来一看，胳膊上缠着几条黑麻长虫，把老大吃了。

讲述者： 阎永大
采录者： 陈静，男，36岁，小学教师，中专学历
采录时间： 1987年1月3日
采录地点： 平凉市静宁县四河乡洵沟村
选自： 《平凉地区故事集成》（资料本下卷二分册），第113～114页

74

女扮男装

从前有三个结义弟兄，老大老二是睁眼瞎子，老三是先生，老大老二有妻，老三无妻。老三家境贫寒，家里有一头驴，生了驴驹，卖了驴驹娶了一个大脚媳妇，模样很俊。大脚媳妇进门后发了家，这家成了一个大富豪。

有一天，老大对老三说："我想给你妻子说话哩。"老三想我大哥以前待我不薄，把我叫到他家里睡，现在说话有何妨，就同意了。后来，他们来来往往，闹得闲话很多，老三休了妻子。妻子把老大给的四十两银子和她所攒的十二两银子连同男人的衣帽和自己的衣服带上，走进马房，问马说："愿意跟我走的，就把蹄子踏三下。"有一头青马踏了三下，这女人就骑上青马走出庄子，女扮男装洋吃大喝走了好些天。

不一日，她来到一个地方，晚间看见一个破烂庄子上什么都有，就是没有人，就住了二天三夜，村里有人对主家说了这件事。后来主家愿意卖给她，要一百两银子，一分不少，女人说："我只有五十两，先给你写上一百两，欠五十两，以后再交。"

睡了一晚，半夜里有一股子青气，"呼呼呼"地吹到

上房。第二天早上，女人起床后一看，有一块砖翘起来了，揭开一看，是一大锅银子。第二天晚上，又有三股子青气冲上房，她又去一看，见有三块砖头翘起，揭开一看，是三缸银子。她就雇人修地方建了房子。

老三自妻子走后，东谋东不成，西谋西不成，老大老二把他赶出来了。后来，老三又把所分财物全部卖给了人，把女儿也卖了，领着儿子逃荒。不一日，他来到妻子所在的地方，问伙计："要人做工吗？"主人说要，伙计就把他留下了。妻子叫来他说："别人劳动一天得一块，你劳动一天得三块。"两个做饭的女人对他有意思，他不理势[1]人家。

有一天谢匠人，主人家把他叫来说话，叫他上炕，问他家中何人以及一切情况，他细说一遍。主人说："你家境原来很好，现在你可给别人出苦力，后来妻子出走，你找到没有？"他说："没有，终于成了今天这般下场。"他非常感激主人对他比别人多开一半钱。

后来，主人说是他妻子，他不信，妻子就把家里情况详细说了一遍，也恢复了自己的女装，人们才明白了是怎么回事。

讲述者： 梁治义，75 岁，梁河乡上梁村人，农民，不识字
采录者： 张怀群，24 岁，泾川县文化馆文学干部，大学学历
采录时间： 1984 年 8 月 27 日
采录地点： 平凉市泾川县梁河乡上梁村梁治义家中
选自： 《泾川民间故事》，第 239 ～ 240 页

75

福气

一个富汉家引了[2]个女人，这个富汉一天啥都不干，就在集上大摇大摆地闲逛。

有一次，富汉在集上碰到一个算卦的老汉，算卦的老汉对他说："你一天能啥来，你享的是你家臭脚女人的福，你没福。"这个富汉听了很不服气，回家后想：我有万贯家产，还享的是臭脚女人的福，我就不相信。没几天，他就把他家女人赶走了，不要了，结果不久，这个富汉家让天火[3]烧了，家产都烧光了。

这个女人被富汉赶出家门，没处去就随便走。天黑了，她走到一家人门前，问："我藏没处去，你能不能让我住一晚上？"这家人说："我们家里没有多余的住处，但是有一个古院，这个古院住不了人，住在里面的人天没亮就死了，看你敢不敢去住。"这个女人说："我不害怕，只要有个住处就行。"这家人就让这个女人住在古院里了。晚上，古院里有"轰隆隆"的声音在响，她就爬起来从窗户

[1] 不理势：不理。

[2] 引了：娶了。

[3] 天火：闪电引起的火灾。

里往出看，一会儿有一个黑人黑马消失不见了，一会儿又有一个白人白马消失不见了。

第二天，女人就把她见到的都告诉了这家人，这家人在白人白马消失的地方挖出了一缸银子，在黑人黑马消失的地方挖出了一缸烂铁，这家人就把这个古院送给了这个女人，这个女人又招了门客，日子越过越好了。

过了几年，当初那个赶走这个女人的男人变成了乞丐，要馍馍要到了这个女人门前，才知道自己是个谷糠命，这个女人是个金命，当初的确是自己享的女人的福。

讲述者：	高着花，女，54 岁，静宁县仁大镇解放村人，农民
采录者：	李童童，兰州文理学院本科，学生
采录时间：	2021 年 2 月 20 日
采录地点：	平凉市静宁县仁大镇解放村

附记

此系平凉籍学生李童童实地采录的一则故事。在传统社会，陇东人都有比较浓厚的宿命思想，认为人生来就有注定的命运，有些人是金命，日子会越过越好；有些人是谷糠命或草根命，日子永远也过不好。（魏绘）

76

公冶长

古时有个人名叫公冶长，能懂马语，但穷得要命，往往吃了上顿没下顿。这天忽听一声鸟叫："公冶长，公冶长，山后丢下一只羊，你吃肉来我吃肠。"公冶长感到奇怪，就到山后一看，果然有一只死羊。公冶长背回来连肉带肠全部吃了。

有一天，地面上落了一寸厚的雪，又听得那只鸟在叫："公冶长，公冶长，山后丢了一只羊，你吃肉来我吃肠。"公冶长跑到山后一看，却是一个被打死的人抛在那里。公冶长急忙往回跑。但雪地上留下了他的脚印，衙门的人很快就把他抓去坐了牢。

一天，衙门里突然飞来许多的鸟儿乱叫，叫得衙门里的人头发昏，一天吃不了饭，睡不成觉。衙门里的人对坐牢的人说："谁能说明这鸟儿叫的原因就放了谁。"这时公冶长听得那只鸟站在牢窗上说："公冶长，公冶长，山后翻了一车粳。"公冶长听了就对衙门里人说："山后翻了一车粳，鸟儿吃饱了就飞到这儿住。"衙门里的人听了，到山后一看，果然翻了一车谷子，有许多鸟儿在那里抢着吃，他们回来就把公冶长放了。

讲述者： 马明珠，卧龙乡马沟村人

采录者： 魏俊舱，男，35 岁，庄浪县卧龙乡魏家
山村人，干部，高中学历

采录时间： 1989 年 10 月

采录地点： 平凉市庄浪县卧龙乡

选自： 《平凉地区故事集成》（资料本上卷一分
册），第 170 页

（三）鬼怪故事

77

转娘家

从前，山外头住着两家人。

一天，两家的媳妇子坐在一块拉闲，一个媳妇子说："唉，人家的媳妇都骑毛驴转娘家哩，我就是不得去。"另一个媳妇子问："你娘家都有啥人？""娘家只有一个兄弟和老妈妈，好多年没叫我转娘家了，看来他们都把我忘了。"

墙里说话墙外有耳，她说的话叫附近害人的野狐精听见了，就一溜风跑回家，等不到天亮就偷了一头毛驴到了这家门口，叫门："姐姐，姐姐，快开门来，我叫你转娘家来了。"

这个媳妇子开开门，一看不像亲兄弟，就问："你咋不像我兄弟？"

野狐精说："姐姐，我为了养活妈妈，整天在山上做活，经常风吹日晒变相了。"

"兄弟，人家骑毛驴都披着鞍子，你拉的驴咋没有呀？"

野狐精说："我走的时候忘了。"这个媳妇子就抱了一条被子披在驴身上，她梳洗完毕骑上毛驴跟上野狐精转娘

家去了。

他们走了一弯又一弯，翻了一山又一山，走着走着，她听见娃娃哭，就问："他舅，他舅，娃咋了？"

"姐姐，你走吧，他是看见人家院子里树上的果子香，哭着要吃哩，回去咱家多着哩。"

过了一会儿，娃娃哭声更大了，媳妇子又问："他舅，他舅，娃咋了？"

"没有咋，好着哩，他看见飞过的鸟儿好玩，他哭着要哩，家里我捉下好几只哩。"

又走到转弯处，媳妇子听见前面好像有个啥东西滚下沟去了，就问："他舅，他舅，啥从沟里滚下去了？"

"是一块挡路的石头，我把它踢到沟里了。"

"他舅，你把娃抱来我给吃些奶。"

"姐姐，你走吧，娃睡着了。"

从太阳出来一直走到太阳落山，经过九弯十八山，他们才来到了野狐精的家。到了家里后，野狐精说："姐姐上房里坐着，我给你端饭去。"

过了好大一会儿，野狐精端来了饭。姐姐说："他舅，咋不见咱妈哩？"

"咱妈忙着给你收拾好吃的哩，晚上就来了，姐姐你吃饭吧。"

"他舅，你把娃抱来我给喂些奶。"

"娃这阵子七个核桃七个枣，耍得乖着哩。"

姐姐无可奈何地端起了碗，头一筷子挑出了娃娃的手指头，她悄悄地压在了席底下，第二筷子挑出了娃娃的脚指头，她偷偷地擦干眼泪，又压在了席底下。吃完饭她坐着，听见外面有磨刀声，就问："他舅，他舅，你磨刀做啥呀？"

"姐姐一直不来，咱家有个老公鸡，给你杀了吃一顿。"

"他舅，茅房在阿达哩？"

"你从这儿往过走就是，那边过去有大黄狗，你可要小心哩。"野狐精说完又去磨刀了。

媳妇子趁野狐精不注意溜到了那边，那里有一个小洞，洞门用铁锁锁着，听见里面有人哭，她趴在门缝里看，里面有七个大姑娘正哭哩，就问："你们咋到这儿来的？"

"大姐，我们都是野狐精骗来的，一月把我们杀一个

吃肉，你还不赶紧跑？"

"我跑不了啦。"

七个姐妹中的一个说："大姐你晚上睡觉时和野狐精的妈妈换个地方，在他妈身上把钥匙偷来开门，咱们一起跑，不要忘了，把柜上那个蜜罐提上，篮子里那把筷子拿上。"

到了晚上，野狐精引来了一个老婆子，他说："姐姐睡下炕，枕木枕头，妈妈睡上炕，枕铁枕头。"她们就照野狐精安顿的睡了。

到了半夜，她听见野狐精的妈妈睡着了，就悄悄地和她换了地方，偷上钥匙，又在面瓦缸里把头染白。不多一会儿，门"咯吱"一声开了，铡刀明晃晃的，只听见在下炕"咔嚓"一声。

野狐精说："妈，快吃肉来。"

"我不吃。"

"妈，妈，喝汤来。"

"我不喝。"

"妈，妈，快点火来。"

"没有火。"

野狐精跑出去找火去了。媳妇子赶紧提起蜜罐拿上筷子，跑出来开铁门，同七个姐妹一块逃跑。野狐精来了，一看是把他妈杀了，就追这个媳妇子去了。她们跑了十里路，取一根筷子蘸上蜜，撒在大路上，再跑上十里路，再取一根筷子蘸上蜜撒在大路上。

野狐精腿长跑得快，他跑了十里路，碰见一根筷子，一看是自家的，拾起来把蜜舔净，跑回去放到家里，又跑回来追。跑呀跑，跑到了第二根筷子跟前，拾起来把蜜舔了，又跑回去放到家里再来追。

筷子撒完了，眼看野狐精快追上了，她们几个爬上了大树，野狐精追到大树下，看见她们在树上，就说："姐姐，你们跑得太快了，我撵了半夜都没撵上，快把我吊上来吧。"她们就头绳接头绳，裹脚接裹脚把野狐精吊起来了，吊到半空中，"咚"的一声故意撒下去，野狐精疼得直叫唤。另一个说："看你不小心，把他舅绊的，拿我吊。"她接过绳子，吊到半空中，又"咚"的一声，就这样一遍又一遍，把野狐精摔死在大树下了。她们就从树上下来，各回各家了。

讲述者：　　王氏，女，70 岁，农民，不识字

采录者：　　丑天梅，女，23 岁，师范学生

采录时间：　1987 年 12 月 5 日

采录地点：　平凉市静宁县西河乡涧沟村

选自：　　　《中国民间故事集成·甘肃卷》，第654～656 页

附记

陇东一带农村人有用瓦缸装面的习俗。瓦缸，是一种用泥土炼制而成的厨房用具。在传统社会，西北地区人们经常用瓦缸装面粉，一是防潮，二是干净，不容易被老鼠糟蹋。到了 20 世纪 70 年代以后，家庭经济好的人家还用黑漆或清漆刷瓦缸的外面。（徐凤）

78

毛人

以前，有一个女人带着三个孩子过日子，三个孩子分别叫门箱儿、勺勺儿、顶针儿。

有一天，这个女人去转娘家，走的时候给孩子们说："我走了你们把门关好，谁来了都不要开门，我穿的红，戴的红，红土洼上滚下来还是个红。"这个女人就走了。

走到半路上，一个毛人过来问她："你要干啥去呀？"

"我要转娘家去哩。"女人回答说。毛人说它也要往那边去，就一起上了路。

毛人又问她："你的家在哪里？家里有啥人？"女人告诉了她家的地处，说："我家有三个孩子，老大叫门箱儿，老二叫勺勺儿，老三叫顶针儿。"走了一段路，毛人和女人分开了，毛人就去了这个女人的家里。毛人敲门说："娃娃开门来，娃娃开门来。"老大门箱儿跑过来从门缝里一看，说："我娘穿的红，戴的红，红土洼上滚下来还是个红，你一身黑，不是我娘。"过了一会儿，毛人又叫开门来了，老二跑过来隔着门问毛人："我是你的几女儿，叫啥名字？"毛人没见过三个孩子，就瞎编说："你是我的碎女儿，叫顶针儿。"老二一听，不是她娘，也没

有开门。

过了一会儿，毛人想了一个计策，又叫门，碎女儿跑过来，毛人说："你把指头从门缝里伸出来，我给你一个好吃的。"碎女儿就把指头伸了出去，被毛人一下子咬住，还说不开门就吃掉指头。碎女儿吓坏了，赶紧把门开开了。毛人进去后，白天不敢吃人，想等到晚上按照大小顺序吃掉她们。到了晚上，二女儿和碎女儿听见毛人在吃东西，就问毛人："娘，你吃啥呢？"毛人说："我吃麻子哩。"

第二天晚上，毛人开始磨牙，二女儿害怕了，就说："娘，我要尿尿哩。"毛人担心二女儿鬼点子多，偷着跑了，就不让出去尿，说："尿到地上。"二女儿说："地下有地神爷哩。"毛人又说："尿到门槛上。"二女儿说："门槛上有门神爷哩，你把我从窗子里放出去，我尿了就进来。"毛人就把二女儿从窗子里吊出去，二女儿爬到了院子中间的一棵树上，毛人半天还不见二女儿回来，就出去到院子里找。听见二女儿喊："我在树下的水井里呢。"毛人跑到井边上，看见二女儿果然在水里，就"扑通"一声跳到水井里淹死了，其实二女儿在树上，水井里是二女儿的倒影。二女儿和碎女儿就把水井用土填了。

过了几天，水井那个地方长出了一棵荨麻草，到现在人们还怕这种草，人的皮肤一旦接触，就会被咬得肿起来，人们都叫它"咬人草"。

讲述者： 梁翻合，男，45岁，庄浪县良邑镇陈岔村，农民，不识字

采录者： 陈东君，男，23岁，兰州文理学院文学院本科学生

采录时间： 2021年1月21日

采录地点： 平凉市庄浪县良邑镇陈岔村

附
记

此系编纂组实地采录的一则故事。在陇东，人们都习惯在院子中间栽树，尤其是地坑院，中间绝对要有一棵树，等树长大以后，树冠就露出了地面，远远就可以看见。当问起为什么要在院子中间栽树时，人们的解释也不一样。有人说是为了让地面上的人看到这里有院子；有人说是为了绿化美化庭院环境。

陇东地坑院里的树　徐凤摄

异文：狐狸精和二妹子

一天，二妹子和隔壁子大嫂剜菜去来。大嫂说："我明天再不来了。"二妹子问："咋着？"大嫂说："我娘家哥哥叫我来着哩，我转娘家咔。"二妹子说："我不当[1] 着连个娘家都啊[2] 没，有个娘家哥哥些叫着转上一回娘家。"她两个把笼笼剜满就回去了。

二妹子刚把饭做熟些一个人拉着个毛驴说："妹子，我叫你转娘家哩。"二妹子说："我认不得你，我也没个娘家。"那人说："外是你晓不得，老的[3] 去世时曹两个都小着哩，把我先给了人，你记不得。"二妹子当真个有这么个事，吃了饭就抱上娃娃跟上去。那人说："妹子你骑着

驴上，娃娃我抱上。"那人抱着娃娃跟在后头。走了一阵，那人忍不住就把娃娃身上的肉掐了一块吃了，娃娃疼得"哇"地叫了一声，二妹子问："娃咋了？"那人说："我没防住把娃娃胳膊蹍[4] 了一下。"

又走了一阵，那人尝着香又忍不住又掐了一块子放到嘴里，娃疼得"哇"的一声叫唤得没气儿了，二妹子问："娃咋了？"那人说："我没防住把娃的腿腿蹍了一下。"到了家，没院墙，只有两间茅草房，到处都是一股狐臭气。

那人说："妹子你到房里缓着，我给曹做饭去，娃娃我引着耍去。"过了一会儿，那人端着饭来了，说："妹子，藏你不要心急了，娃娃隔壁子二娘引着心疼去了，你吃饭。"二妹子端起饭，用筷子一搅些，饭里头是娃娃的脚指头儿，她拾了装在围兜里，眼泪淌开了。那人问："妹子你淌眼泪着咋哩？"二妹子说："饭里头的辣子辣着眼睛里了，给我给上个手帕。"那人给了个手帕，二妹子哭得把手帕都湿透了。

过了两天，二妹子想：藏要跑哩，不跑就叫这人给吃了。她想了个办法，寻了些辣子面面子，趁说话着给吹到那个人的眼睛里，疼得那人滚哩。二妹子说："你不要叫唤我给你搭治[5]。"她寻了个手帕，熬了一碗胶，把手帕在胶里泡了，给压得捂着脸上，说："藏你定定[6] 儿睡着，天黑了我给你取了，辣子就沾出来了。"这人就仰板子睡[7] 着，黑咔些喊着叫哩叫不喘，知道上了二妹子的当了，他把脸上的手帕往下一撕，把脸上的皮都剥了下来了，那人气得很，跑着撵二妹子来些，搭崖上跌下去绊死了，绊死些是个野狐一个。

讲述者：　　魏华
采录者：　　魏俊舱，男，33岁，庄浪县卧龙乡魏家
　　　　　　山村人，干部，高中学历
采录时间：　1987年

[1]　不当：可怜。
[2]　啊：句中语气词。
[3]　老的：老一辈。

[4]　蹍：猛折。
[5]　搭治：医治。
[6]　定定：静静。
[7]　仰板子睡：仰躺。

0158

中国民间文学大系 4-62

采录地点： 平凉市庄浪县

选自： 《平凉地区故事集成》（资料本下卷一分
册），第 307 ～ 309 页

79

猴的故事

附记

故事讲两个媳妇"把笼笼剜满就回去了"，笼是西北人最重要的生产生活用具之一。有大有小，大的直径约 1 米，小的直径约 20 厘米。大的用来装柴草，小的供小孩玩耍，中等大小的笼是农村最常见、最受欢迎的，孩子提上打猪草，大人用来运送土肥，几乎是家家都有。编笼，一般是就地取材，多用桃树、柳树、杨树的嫩枝，偶尔会见到用竹子编扎的小笼。用嫩树枝编的笼要远远多于竹子编的笼。（张添发）

陇东笼　李小科摄

以前，有个年轻媳妇的娘家遭了大难，人都死光了，她想坐娘家，却没处去。有一天，她看见好多媳妇骑着驴去坐娘家，就抱着两岁的孩子坐在路边伤心地哭了起来。

这时候，过来一个面露凶气的汉子，拉着一头鞴红鞍子的毛驴，说："你如果愿意，就把我家给你认个娘家吧，我现在就接你去娘家。"这个年轻媳妇想了想，就同意了，抱着孩子骑着毛驴跟着汉子走了。

走了不到二里路，那汉子说："孩子该尿了吧，让我把他抱到茅房里去尿。"年轻媳妇就把孩子给他，他赶忙跑进了路旁的一个茅房。

一会儿，那汉子出来了，怀里却没抱孩子，年轻媳妇问他："我怎么看不见孩子？"汉子说："别问了，我把他装在肚子里了，丢不了。"年轻媳妇知道自己遇上妖精了，想跑又不敢跑，只好悄悄跟着那汉子走。

到了那汉子家，年轻媳妇看炕上坐着个老太婆，就叫了一声"娘"，老太婆赶忙亲亲热热地招呼她坐下，过了一会儿，又端来饭让她吃。年轻媳妇看见盘子角角里放着孩子的手指头和脚指头，不由得哭了起来。那汉子问：

"你哭啥哩?"年轻媳妇说:"我没哭,屋子里有烟,我眼睛疼。"

吃过饭,那汉子拿了一把刀子在石头上磨哩,年轻媳妇问:"你磨刀子干啥?"

汉子说:"家里有只老母鸡,我杀给你吃。"

年轻媳妇说:"别杀了,留下下蛋吧。"

汉子说:"行。"但他还在磨刀。

年轻媳妇问:"你还磨刀干啥呷?"

汉子说:"家里有只大公鸡,我杀了给你吃。"

年轻媳妇说:"别杀了,留下它叫鸣吧。"

汉子说:"行。"可是,他还在磨刀。

年轻媳妇问:"你还磨刀干啥呷?"

汉子恼火地说:"杀人呷。"

年轻媳妇再不敢问了。

晚上睡觉时,老太婆悄悄对她说:"我也是被这妖精抓来的,妖精让我天天给他做饭。今晚上你睡在上炕,拿上一把筷子,听他喊'老娘,喝血来,老娘,喝血来'时,你就赶紧往门外跑,跑几步丢一根筷子,跑几步丢一根筷子。"年轻媳妇牢牢记住了这句话。

半夜里,年轻媳妇果然听到了这种叫声,她跳下炕赶紧往门外跑,跑几步丢一根筷子,跑几步丢一根筷子,一会儿就跑远了。

那汉子半夜里杀了另外一个抓来的人,他叫老太婆喝血时,问:"那媳妇怎么没来?"老太婆说:"她睡着哩。"

那汉子跑进去一看,炕上没有人,才知道年轻媳妇跑了,就赶紧跑出门去追。他脚大腿长,一会儿就看见了前面跑的年轻媳妇,他喊着说:"回来,回来,再跑我杀了你。"

年轻媳妇听见喊声吓得腿软得跑不动了,正在这时,过来一个马车,她就说:"赶马车的大哥,救救我的命吧!"赶马车的把她藏在了马车上。

那汉子追上马车,问赶马车的人:"你见一个年轻媳妇了吗?"

赶马车的说:"没有。"

那汉子看了看车厢,指着麻袋里的人头问:"这是啥?"

赶马车的说:"西瓜。"

汉子指着麻袋里的人胳膊和腿问,赶马车的说:"黄瓜。"

那汉子说:"我坐一坐你的车,行吗?"

赶车的说:"行,你从车前边上来。"

那汉子刚想从前边上车,赶马车的"驾"的一声赶着马跑起来,一下子把那汉子轧进了轮子底下,那汉子像杀猪一样叫唤了一声就没气了。

赶马车的把年轻媳妇从麻袋里放出来,两个人去看轧死的汉子,原来那家伙是个装成人的猴子。

讲述者: 李志强

采录者: 赵鑫,党原中学学生

采录时间: 1990 年 12 月 30 日

采录地点: 平凉市泾川县党原乡

选自: 《泾川民间故事》,第 296 ~ 298 页

附

记

旧时,年轻媳妇在婆家地位非常低下,不光每天要做繁重的农活和家务活,还常常挨打受气,所以她们非常渴望回娘家。但同时,"嫁出去的姑娘泼出去的水",娘家人一般不会轻易接女儿回去,于是出现了"年轻媳妇想回娘家而不得"的社会现实。(魏崧)

80

三姐妹除妖

不知多早的时候，这个地方有一个女人，光有三个女孩子，没有男人。大女孩儿叫门扇，二女孩儿叫门窝，三女子最小，叫顶针。一家四口人，没有一个掌柜的，可可怜怜地生活着。

有一天，这个女人娘家妈病了，她蒸了些馍馍，炸了几个油饼，准备去看妈。走的时候，叫来了三个女孩儿，就把家里的事情安顿了一遍，到出门的时候还说："不管谁来叫门你们都不要开了，只有我来了你们才能把门开开。"说罢就走了。

这个女人走到一个弯弯里，碰见了一个野狐精。野狐精碰见这个女人，就很热情，一把拉住她问："老嫂子，天爷这么热的，你一个人走啊达去呢？"这个女人一看，是一个年龄和她差不多的女人，也亲近了，这古荒湾里有个做伴儿的人，太好了。她就说："我娘家妈病了，我要去看一下她老人家。"野狐精趁机发问，说："你娘家在啊达呢？"这个女人说："我娘家在大树湾里呢，我哥哥的名字叫拴拴子，你晓得吗？"野狐精一听说："哎呀，你我是一路的和客。我在你娘家的山背后呢。拴拴子谁人晓

不得呢！"两个就亲亲热热地走着说着。野狐精从这个女人口里得知了她的三个女儿的名字。走啊走啊，一直走到黄河岸边，就坐下歇缓开了。野狐精走得连饿带渴，很想吃喝了，就说："老嫂子，老嫂子，你笼笼里提的啥？"这个女人说："给我妈炸的油饼。"野狐精说："拿来我少尝一点。"女人就给了，野狐精提起笼笼，一刨两下吃光了，又问："老嫂子，老嫂子，你口袋里提的啥？"这个女人说："给我妈提的馒头。"野狐精说："拿来我少尝一点点。"女人没办法，只得递给，野狐精几口又吃光了，就说："老嫂子，老嫂子，我看你穿的这一身衣裳合身得很，咱俩换了我穿上试一试。"女人没办法，只得脱着换了。野狐精穿上衣服，露出了吃人的恶相，就指着黄河说："前面这一条黄河，咱俩谁能跳过去了，谁就把另一个吃了。"边说着眼一眨时野狐精已经跳了一个来回，女人当然跳不过去，坐下光是哭。野狐精一看这个女人瘦得皮包骨头，干梆梆的，没有啥吃头，就一把提起撒到黄河里边淹死了，折回去要吃这个女人的娃娃了。

野狐精来到这个女人家的门上，手拍着门叫："门扇，门扇，开门来！"门扇跳下炕头，往门缝里一看，唱着说："你不是我妈，你不是我妈，我妈穿的绿，戴的绿，红土洼里滚下来，还是个绿。"门扇唱罢坐在炕上，没有开门。野狐精又叫门窝："门窝，门窝，我的娃心疼得很，你给我开门来。"门窝跳下炕从门缝里往外一看，唱着说："你不是我妈，你不是我妈，我妈穿的红，戴的红，绿土洼里滚下来还是个红。"门窝唱罢也坐在炕上，没有开门。野狐精又叫顶针："顶针，顶针，我的娃心疼得很，赶紧给妈开门来。"顶针也唱着说："你不是我妈，你不是我妈，我妈穿的黑，戴的黑，白土洼里滚下来，还是个黑。"顶针唱罢刚准备往炕上坐，野狐精说："顶针，顶针，我的娃不开门了闲，我给我的娃买下一个顶针，你把指头从门缝里展出来，我给我的娃戴上我就走哩。"顶针人小，不懂事，一听给她买下一个顶针，高兴极了，就把指头从门缝里展出去，野狐精一口咬住顶针的手指头，说："你开门来么不开门？"顶针疼疯了，赶忙把门开开了，野狐精就进来了。

野狐精进门后就安顿女孩子做饭，说："锅里倒上三

碗米、一碗水，烧米汤。"门扇说："你不是我妈，你不是我妈，我妈烧米汤时倒一碗米、三碗水。"野狐精说："噢，我忘了。"米汤烧熟了，到吃的时候，野狐精一个先吃开了，门窝说："你不是我妈，你不是我妈，我妈吃饭时先叫我几个吃，然后她才吃。"野狐精说："我走你舅舅家去着饿了，我就先吃了。"到睡觉的时候，野狐精揣着靠炕眼门的一面热，就抢着先睡了。顶针说："你不是我妈，你不是我妈，我妈睡觉的时候先叫我睡到炕眼门下。"野狐精说："我走在路上冻着了，睡在热处出一身汗。"野狐精又说："肥的睡在我跟前，瘦的睡在上炕。"顶针说："妈妈，我肥，我睡在你跟前。"门扇和门窝唱着说："你不是我妈，你不是我妈，我妈睡觉的时候说憨的睡在她跟前。"野狐精说："定定地睡着，死女子胡说的啥。"

睡到半夜里，野狐精把顶针咬死，吸着喝顶针的血着呢。门扇听见了，问："妈，妈，你喝的啥？我也喝些。""我喝的是你舅奶奶给的羊汤汤，你迟不要，早不要，等我喝光了你才要。"过了一会儿，野狐精咬得骨头响呢，门窝问："妈，妈，你吃的啥？我也吃些。""我吃的是你舅奶奶给我的豌豆。你迟不要，早不要，等我吃光了你才要。"这时，顶针的头在满炕滚呢。门扇说："炕上滚的啥？"野狐精说是提羊汤的罐罐。姊妹两个觉着事不巧，两个悄悄商量了一下，门扇就说："妈，妈，我俩尿尿呢。"野狐精说："尿在炕上！""炕神爷打呢。""尿在地下！""地神爷打呢！""尿在灶头上！""灶神爷打呢。""么是把你俩的手拴在绳子上，我把你俩从窗子里吊出去，尿罢了你俩把绳子摇一摇，我就吊你俩进来。"姊妹两个吊在窗外后，门扇把她的一头拴在公鸡腿上，门窝把她的一头拴在猪娃腿上，就跑到大门外逃命去了。

野狐精睡在炕上等了半夜，不见绳动，用手拉了一下，公鸡"呱嗒嗒"，猪娃"哼哼哼"。野狐精骂了起来："这死女子，尿罢了没有，笑啥呢。"又等了一会儿，还是不见这姊妹两个来，又把绳子拉了一下，公鸡和猪娃照样叫唤了几声，野狐精又骂道："这两个死女子尽失笑[1]，尿了没有？快进来睡觉。"还是不见声音，用力猛一拉绳子时

鸡飞猪叫唤，野狐精才知道上了当，就赶紧起来，跑出门去寻这姊妹两个。

再说这姊妹两个出了门就没命地跑啊跑，后面的野狐精眼看快追上了。姊妹两个急得没处躲藏，恰好路边有一棵大槐树，姊妹两个连忙爬上树，坐在树顶头上。野狐精追到树底下，左看右看，不见这姊妹两个，这个树下有个大涝坝，里面聚着水，这姊妹两个的影子叫月亮照在水上，野狐精一看，说："我的娃，你咋在水中呢，快上来！"说着准备去捞。野狐精的话惹得这姊妹两个笑出了声。野狐精抬头一看，见门扇和门窝在树上，就赔不是开了。野狐精不会上树，就装出一副可怜的样子说："哎哟哟，我的娃在树上呢，快把你妈吊上来。"门扇说："你寻一根绳子撇上来，我俩吊你上来。"野狐精寻了一根绳子撇上来，野狐精拽在绳子的一头，先是门扇吊。门扇吊着眼看快要上来了，故意一松手，野狐精跌在树下，重重地绊了一跤。门窝故意骂门扇说："过去，拿来我吊妈，看你把妈绊成啥样子了。"门窝就吊野狐精，眼看门窝把野狐精快要吊上来了，门窝也故意一松手，这下不端不偏，把野狐精正好撇在树下涝坝里的水中，野狐精在水中挣扎了几下就淹死了。姊妹两个从树上下来后就回家去了。

讲述者： 孙氏，女，60岁，农民，不识字
采录者： 陈静，男，35岁，小学教师，中专学历
采录时间： 1986年3月2日
采录地点： 静宁县威戎镇南关村
选自： 《中国民间故事集成·甘肃卷》，第635～637页

附
记

此篇故事曾收录于《平凉地区故事集成》（资料本下卷一分册），题目叫《野狐精跳黄河》。在古代，普通老百姓给孩子起名字多是生

---

[1] 失笑：忍不住笑。

活中有什么就叫什么，比如缸缸（刚刚）、盅盅、狗娃、牛娃、耕牛、辕牛、枣花、荷花、梨花、梅花、牡丹等等。此篇故事中的"门扇""门窝""顶针"，都是生活中常见的东西，尤其是顶针，是妇女做针线最重要的工具，有铜的，有铁的，主要起保护手指的作用。

（徐凤）

异文：野狐精与货郎

一个女人转娘家去，路上碰着一个野狐精，野狐精问："你咋去咔[1]？"

女人说："我转娘家咔。"

"你笼笼里提的啥？"

"我提的油饼一个[2]。"

野狐精说："拿我尝些。"野狐精拿去些[3]连笼笼子吃了，又问："你手里提的啥？"

女人说："是黄酒一个。"

野狐精又拿过去连酒瓶子吃了，说："我给你寻虱。"

女人说："我有我三个女孩子寻呢。"

问："你女孩儿叫啥名字？"

说："一个叫窗扇儿，一个叫顶针儿，一个叫门倌儿。"

这野狐精就强给这女人寻呢，寻里些口里念着说："金指甲，银指甲，剜得脑髓白搭搭。"就把这女人剜死，把血喝了，肉吃了，跑到这女人屋里去叫门哩。说："门倌，门倌，开门来。"门倌在门缝里一看些说："你不是我娘，你不是我娘，我娘穿的绿戴的绿，绿土坡上滚着下来还是我娘。"

这野狐精儿又叫着说："窗扇，窗扇，开门来。"窗扇说："你不是我娘，你不是我娘，我娘穿的红戴的红，红土坡上滚着下来还是我娘。"

野狐精又叫顶针儿说："顶针，顶针，开门来。"顶针说："你不是我娘，我娘穿的黄戴的黄，黄土坡上滚下来

[1] 你咋去咔：你干啥呀。
[2] 一个：句末语气词，无意义。
[3] 些：陇东方言中的语气词。

还是我娘。"

这野狐精给门倌说："门倌，门倌，你把手伸出来我给你戴顶针。"门倌碎，瓜着呢，就把手伸出去些，叫野狐精一口咬住，说："你开呢吗不开？"门倌只得把门开开。

天黑了睡觉呢，这野狐精就说："哪个肥肥睡着娘怀怀，哪个瘦瘦睡着娘脊背后头。"顶针就说："娘啊娘，我肥肥，睡着娘怀怀。"门倌连窗扇两个鬼[4]，就说："我两个瘦瘦，睡着娘脊背后头。"睡着半夜呢些，门倌连窗扇听着野狐精吃得"夸闯夸闯"[5]响呢，问着说："娘，娘，你吃的啥一个，给我给些。"野狐精说："外是你舅舅家拿下的麻糖[6]一个，你不言喘着，刚吃完了。"过了一阵儿，听着野狐精喝的啥"哐哐"响呢，门倌连窗扇问着说："娘，娘，你喝的啥一个，给我给上些。"野狐精又说："外是在你舅舅家提下些黄酒，你不早说，刚喝完了。"

睡着半夜呢些，门倌连窗扇说她要尿去呢，野狐精说："地下尿去。"门倌连窗扇说："地神爷打呢。"野狐精说："锅头上尿去。"门倌连窗扇说："灶火爷打呢。"野狐精说："要么到外边尿去。"就用绳绳拴在两个人的手腕子上，说："尿了就赶快进来。"两个到门外前去，赶紧把手上的绳绳解了绑着一个猪身上。两个就赶紧跑，跑到一个大湖泉[7]跟前。

大湖泉跟前有一棵大槐树呢，两个就爬着树上坐下来。这野狐精等呢等呢咋不见进来，就骂着说："我把你瘟着死[8]了的，不赶紧尿了进来做啥着呢？"咋不见言喘，就拉绳绳呢，一拉"啊哼"，一拉"啊哼"，就出去看去来些，是绑着的猪哼着呢，就赶紧撵呢，撵着这个大湖泉跟前些，看着这两个在水里头呢，就用罩罩[9]搭着捞呢，捞呢捞呢咋没信[10]啥。门倌连窗扇看着失笑了，就"嘿"地笑了一声。

[4] 鬼：机灵，聪明。
[5] 夸闯夸闯：陇东方言中的拟声词。
[6] 麻糖：麻花。
[7] 湖泉：水泉。
[8] 瘟着死：得瘟疫死。
[9] 罩罩：漏勺。
[10] 没信：没音信。

野狐精抬头一看些，两个在树合杈[1]上坐着呢，就说："我娃赶紧下来，你看你坐得担惊[2]啊不？"姐妹两个不下来，说："娘啊，你在地下铺些刺刺儿，在树上抹些黄油，我俩把裤带挽上吊你。"野狐精就在树下铺上刺刺儿，在树上抹上黄油，这两个就往上吊呢。吊到半中腰[3]呢，两个把绳绳子一松，把野狐精连扎带跌死了。这两个就搭树上下来，把野狐精埋到湖泉畔上，过了一晌在这达长着起来了一撮荨麻[4]，长得嫩得很。这姐妹两个就掐了一笼笼砸着呢，砸呀砸呀，都变成了两个蛋，大得很。

有个货郎担个担担在乡里转着换线哩，这门俉连窗扇就把这两个蛋拿着去换了两股线。这个货郎把担担儿担上走着呢，越走越重了。心里想，这个担担咋这么重哩，就把担担放下，揭开箱子看呢些，里头是一窝野狐儿，吓得他赶紧把担担儿撇下跑了。跑着跑着，跑着一个湖泉跟前，眼看着野狐儿追着来了，就赶紧用泥把身上漫了，定定儿地坐下来。这野狐追着来些，看着这个货郎在湖泉旁坐着呢，就说："这是哪达的个泥神爷在这达呢？"就抬到屋里去敬上。

一天，屋里的野狐儿出去寻食去了，就留下个瞎野狐照看呢，这个货郎就把瞎野狐打死，把献下的果果吃了。天黑了再的野狐儿回来些，看着这个瞎野狐死了，献下的果果没了，就说："我说是这瞎东西偷着吃呢，你看偷着吃去来些泥神爷见了怪了。"第二天，就在屋里留下一个哑野狐儿照看呢，等再的野狐儿出去走了，这货郎就下来把这个野狐儿打死，把献的果果吃了。再的野狐儿来一看些说："我说这个哑东西偷着吃呢，你看这泥神爷怪不，又把它处罚了。"这样一来二去，这货郎就把这些野狐儿给拾掇完了。

[1] 树合杈：树杈。
[2] 担惊：危险。
[3] 半中腰：半截。
[4] 荨麻：是一种多年生草本野生植物，有利尿、止血、祛痰和催乳作用，也可治疗关节炎、慢性皮肤病等疾病，在平凉市庄浪县许多地方都有生长。

讲述者：　李玉英
采录者：　李新民，男，37岁，阳川乡文化站干事，高中文化程度
采录时间：　1988年4月1日
采录地点：　平凉市庄浪县阳川乡李湾村
选自：　《平凉地区故事集成》（资料本下卷一分册），第303～307页

81

狼吃娃娃

从前，有一户人家，丈夫去地里干活去了，剩下媳妇一个人在家里看一岁多的娃娃，娃娃经常爱哭得很，媳妇就哄到说："我娃别哭，舅舅吆个黑驴，搭个红褥子，叫我娃来了。"媳妇经常这样说呢，就被墙外面的一只狼给听到了。狼回去就把自己变成了一个人，找了一头驴，搭了个红褥子就来了。到的时候，天已经黑了，媳妇就对娃说："你天天喊呢，这下你舅舅真的来了，来叫咱己[1]个了。"随后又问狼："天这么黑了，你来是有啥事呢吗？"狼回答道："老娘生病咧，叫你回去呢。"媳妇就打算做顿饭吃了再走，狼急忙说："不吃咧，不吃咧，你收拾了咱们赶快走，路程还远着呢。"媳妇没发现他是狼变的，就将东西收拾好，跟着这个娃他"舅舅"走了。

出来到门口时，狼给媳妇说："你姑你把驴骑上，我把娃抱上，咱己走快一点，这个驴毛[2]得很，万一把娃掉下来踸了咋办？"媳妇一想也对呢，就骑上了驴，狼从后面吆着呢，驴认识回去的路，就往回走呢。走了好一会儿，娃娃喊道："妈妈，舅舅掐我呢！""你舅舅那是爱你呢，咋会掐你呢？"又走了一会儿，娃娃又喊道："妈妈，舅舅掐我脚指头呢？""你舅舅那是爱你呢，怎么会掐你脚指头呢？"接着又过了一会儿，娃娃还是喊道："妈妈，舅舅掐我手指头呢？""你舅舅那是爱你呢，怎么会掐你手指头呢？"狼走着走着，从脖子上把娃的血吸了，娃就死了，再也不喊了。

走了好久，媳妇咋觉得不对劲，娃咋不喊了，这时驴将媳妇带进了一个沟里，这里有一个烂院子，那是狼住的地方。媳妇一看，这不是娘家啊，这下可咋办呗？狼将驴拴在树上，对这个媳妇说："你进去，进房子里去。"媳妇说："你把娃抱来，我给娃喂点奶。""几个姑娘把娃爱得很，抱到灶房里给娃喂了些饭，都睡着咧，你把你自己管好就行咧。"狼说着就将这个媳妇领进了一个石窑里，让这个媳妇待在这个石窑里陪他老娘着，媳妇一看这个狼妈妈老得都不行了，还没死呢，在炕上蹲着呢，这个媳妇就坐在了旁边。

过了一会儿，狼给这个媳妇端了些吃的，一看吃的是娃的脚指头和手指头。狼说："你姑你吃，这给你随便弄了些吃的，你先吃上些。"媳妇一看这都是娃的，吓得不敢吃，看到狼出去咧，就赶紧将岔岔[3]里的一个手绢拿出来，将娃的脚指头和手指头包住，装在岔岔里了。不大一会儿，狼进来问："你姑你吃好咧没？"这时，就只有这一个狼来回跑呢，别的狼都没有来。"你吃好了就睡觉去，我到外面去咧。"说着就走了。过了一会儿，媳妇就听见院子里"咔嚓咔嚓"的磨刀声，就出去问："你在这儿磨刀干啥咧？"狼说："咱己后院里有个羊呢，明儿宰呀，把你叫上来了么，和咱这老娘一搭都吃上些。"一会儿天就黑咧，狼进来了，说："你姑你睡到炕外头，把铁枕头枕上，老娘年龄大咧，睡到炕里头，把木枕头枕上，你陪着老娘睡去，我们别的人都单另[4]睡呀。"这个媳妇就说："噢，那行。"狼就走了，这个媳妇吓得在炕上坐着

[1] 咱己：咱们。

[2] 毛：指不老实。

[3] 岔岔：口袋。

[4] 单另：另外。

哩，一看这老婆子年龄大得很了，就打了个颠倒，还把炕眼里的黑给老婆儿头发上抹了些，把铁枕头给枕上，睡到了这个媳妇的位置。媳妇给自己头发上抹了一些面，让自己头发变成白色的，枕着木枕头睡着咧。

睡到半夜时，那个狼一脚把门踏开，进来咧，再就没看，朝老娘头上就是一刀，一下就把头给剁掉咧，出去就喊别的狼来吃呢，这个媳妇趁这个时间就赶紧从墙头上翻过去跑咧，翻过去些发现墙外面还拴着两个姑娘，这个媳妇就帮那两个姑娘解开绳子，一起跑咧。跑呀，跑呀，跑呀，一直跑了好久，看到大路上有三个马车，就跑到大路上一起喊："车户哥，车户哥，你等我着，狼吃我来咧！"她们吓得边跑边喊。马车上的人说："哪达人喊着咧，咱己停一下。"结果听到后面有人喊着咧，还跑着来咧，媳妇就说："你把我们几个藏一下，后面有几个狼哩，把我娃吃咧，还要吃我们几个呢。"这媳妇就把事情的前前后后给说咧，让把她们几个的命给救一下，马车上的人就答应咧，就用装马草的袋子把这三个媳妇装到袋子里了，让在车上睡好，和这粮食之类的捆在一块。狼在院子里喊着狼崽子起来吃热眼睛来，那时候还黑的看不见，点上煤油灯一看，结果是把自己的老娘杀了，说："不得了，不得了，杀了我娘；不得了，不得了，杀了我娘。"知道这个媳妇跑咧，再到墙外面一看，那两个媳妇也跑咧，狼就闻着人味追上去找，跑到马车跟前，说："马车哥，马车哥，你停住，你车上拉着生人哩。"马车上人都说："没有的。"狼闻了一圈，说："你车上有三个人呢，就到你车上咧！"马车夫知道车上有人呢，就把马抽了几鞭子，然后再把狼抽了几鞭子，狼就跑了，这几个媳妇得救了。

讲述者： 余金成，男，73岁，回族，崆峒区西阳回族乡清明村一社村民，农民，不识字

黑树根，女，66岁，回族，崆峒区西阳回族乡清明村一社村民，农民，不识字

采录者： 余亚丽，女，23岁，回族，崆峒区西阳回族乡人，兰州文理学院文学院本科学生

采录时间： 2021年1月27日上午
采录地点： 崆峒区西阳回族乡清明村一社

异文一：狼妈妈

有一家人，家里有三个孩子，亲妈去世了，他爸又给他们找了一个后妈妈，这个后妈妈变成了一个狼妈妈要吃这三个娃哩。狼妈妈说："胖的睡到妈妈怀怀里，二胖子睡到妈脊背后头，瘦子睡到妈脚头。"这三个娃就睡下咧。晚上那个狼妈妈就把那个胖子吃了，脊背后头那个二胖子就听到咧，问："妈妈，妈妈，你吃啥着咧？"狼妈妈说："我从你舅舅家拿了点肉吃着哩。""那你给我给上一点。""你迟不要早不要，我刚吃完了你才要咧。"这个娃就再没说话。

过了一会儿，这个狼妈妈又吃着咧，这个娃又问："妈妈，妈妈，你吃啥着咧？""我从你外婆家拿了一个苹果吃着哩。""那你给我给一个。""你迟不要早不要，我刚吃完了你才要咧。"

第二天早上起来，这个娃发现了她哥哥的脚指甲，知道这个狼妈妈把她哥哥给吃咧，还不敢出去也不敢说。第二天晚上，这个狼妈妈说："胖的睡到妈妈怀怀里，瘦子睡到妈脚头。"二胖子就睡到了这个狼妈妈怀里，晚上又被狼妈妈给吃咧，这个瘦子就问道："妈妈，妈妈，你吃啥着咧？"狼妈妈说："我从你舅舅家拿了些肉吃着咧。"早上起来时，这个瘦子发现姐姐又被这个狼妈妈给吃咧。这个娃心想这咋办哩，就跑出去咧。刚跑出去，就碰到了一个货郎子，这个娃就喊道："货郎哥，货郎哥，快救救我，狼妈妈把我哥和我姐吃了，还要吃我咧。"这个货郎子就把左邻右舍的人都叫来，一看些这个狼妈妈确实把这家的两个娃娃给吃咧，只剩了这一个娃了，就大家一起把这只狼给打死了。

讲述者： 余文俊，男，70岁，回族，崆峒区西阳
回族乡清明村一社村民，农民，不识字

采录者： 余亚丽，女，23岁，回族，崆峒区西阳
回族乡人，兰州文理学院文学院本科学生

采录时间： 2021年4月8日

采录地点： 崆峒区西阳回族乡清明村一社

异文二：狼妈妈

很早以前，有一家人，在山林里住着呢，家里有两个娃，娃她妈去娘家浪去咧，一只狼就变成了一个女人，假装是孩子的妈妈，晚上就和这两个孩子一起睡着呢。睡觉时，狼妈妈对孩子说："胖的和娘睡，瘦的靠墙睡。"睡到半夜时，这个狼妈妈就把那个胖娃给吃咧，瘦娃问妈妈："妈妈，你吃啥着咧？"狼妈妈说："我娃你别哭，我从你外婆家拿了点肉汤汤儿喝着咧。"过了一会儿，那个瘦娃又问："妈妈，你吃啥着咧？"狼妈妈说："我从你外婆家拿了点骨头啃着咧。"

第二天早上起来，这个瘦娃一看不对劲，就往院子里的一棵树上爬上去了，顺便给树上泼了油，这个狼妈妈上不去，就站在树下看着咧。这个娃在树上喊道："东邻家，西舍家，狼妈妈要吃我咧，吃了我妹妹还要吃我咧。"邻居家听到声音，就来救了这个娃，把那个狼妈妈打死后才发现是个狼精。

讲述者： 温志和，男，67岁，回族，崆峒区西阳
回族乡清明村一社村民，农民，不识字

采录者： 余亚丽，女，23岁，回族，崆峒区西阳回
族乡人，兰州文理学院文学院本科学生

采录时间： 2021年4月8日

采录地点： 崆峒区西阳回族乡清明村一社

附 记

《狼吃娃娃》和两则《狼妈妈》是编纂组实地采录来的故事，都流传在平凉市崆峒区西阳回族乡清明村一社。

当采录人员到了温志和老人家门口时，发现老人正帮儿子往拖拉机上挂犁，打算耕地种玉米。采录人员以为他会因为春耕忙而拒绝讲故事，没想到的是他让采录人员先进屋子里坐，说自己把犁给儿子挂好就来讲，采录人员就坐在他们家院子里等。大约半小时后，温志和老人带着满身泥土回来了，他在院子里用毛巾掸了掸身上的土，就进屋子里给采录人员讲故事。采录人员过意不去，让他喝些水歇一歇再讲，他笑着说："没事，庄稼人皮实。"不管劳动有多累，他在讲故事时，脸上始终挂着笑容，表现出了乐观、热情、温和的性格特点。

（徐凤）

余亚丽采录视频 徐凤摄

82

狼老婆

从前，有一个女人生了五个孩子。有一天，她要去娘家，就对孩子们说："我今天要走你舅家去，你们把门看好。"这话正好被墙外的一只狼老婆听见了，就等这个女人走后，穿了一身红衣服去叫门。

她走到门前对屋里的大儿子说："锅沿，给你妈开门来。"锅沿跑出来说："你不是我妈，我妈穿着一身绿。"说完就进去了。

她就穿了一身绿衣服去叫门："擀杖，给你妈开门来。"擀杖跑出来说："你不是我妈，我妈穿着一身黑。"说完跑进去了。

她又穿了一身黑衣服去叫门："缸沿，给你妈开门来。"缸沿跑出来说："你不是我妈，我妈穿着一身黄。"说完又跑进去了。

她又穿了一身黄衣服去叫门："门闩，给你妈开门来。"门闩跑出来说："你不是我妈，我妈穿着一身蓝。"说完就跑进去了。

她又穿了一身蓝衣服去叫门："顶针，好孩子，快给你妈开门来。"顶针一听他妈说他是个好孩子，很高兴，

就跑去把门打开，狼老婆就进来了。狼老婆进来后就去做饭。过了一会儿，锅沿去看饭做好了没有，他往窗子上一看，看见他娘长着一条尾巴，他就跑去把四个弟弟叫来一看，果真有条尾巴。

他们商量好，准备在门口大树上摔死这个怪物，他们一同跑出去上了大树。狼老婆看见他们几个人跑了出去，当是耍去了，就没有管，等把饭做好，还不见回来，就出去看他们到哪里去了。

狼老婆找来找去找不见人影，头一抬，看见他们五个人都在树上，就说："你们在树上能看多远，把我也吊上去吧。"锅沿说："妈，你进去拿上一根绳，把一头拴在你两只胳膊上，一头撂上树来，我们就把你吊上来了。"狼老婆一听很高兴，以为他们真的要把她吊上去呢，就跑进去拿了一根绳，照锅沿说的做好，锅沿和他的四个弟弟一齐动手，把狼老婆吊在半空一松绳，狼老婆就摔下去显出了原形。大家一看，原来是一只狼，就一齐动手，把狼老婆从空中抛下去摔死了。

讲述者： 梁启明，68 岁，退休教师，中专学历

搜集者： 梁贵平，高平中学学生

整理者： 张怀群，28 岁，泾川县文化馆文学干部，大学学历

采录时间： 1988 年 5 月 19 日

采录地点： 平凉市泾川县高平乡原梁村

选自： 《泾川民间故事》，第 291～292 页

83

打野狐精

一个女人提着一笼儿馍、一瓶清油转娘家去呢，走在半路上，碰见了一个野狐精。野狐精问："老嫂子，老嫂子，你做啥去呢？"

这个女人说："我转娘家去呢。"

野狐精看见这个女人提的馒头，馋得舔舌头呢，就问："老嫂子，老嫂子，你提的笼儿里是啥东西？"

"是馒头。"

"拿来我少尝一点。"这个女人接给，野狐精三刨两咽，就吃光了。

野狐精又问这个女人："你的瓶里提的是啥？"

"一瓶清油。"

"拿来我尝一点点。"女人给野狐精接给，野狐精一气喝光了。

野狐精说："你回去准备着，我晚上要来吃你呢。"

这个女人听了野狐精的话，哭着往回走。走着走着，碰见了一把剪刀，剪刀问："老嫂子，老嫂子，你哭着咋了？"这个女人说："野狐精今晚上吃我来呢。"

"你不要哭了，我今晚上救你来。"

这个女人又哭着走着，碰见了一个锥子，锥子问："老嫂子，老嫂子，你哭着咋了？"

这个女人说："野狐精在今晚上要吃我来呢。"

锥子说："你不要哭，今天晚上我救你来。"

这个女人又哭着走着，碰见了一个鸡蛋，鸡蛋问："老嫂子，老嫂子，你哭着咋了？"

这个女人说："今晚上野狐精要吃我呢。"

鸡蛋说："你不要哭了，今天晚上我救你来。"

这个女人又走开了，边走边哭，碰到了一只蛤蟆，蛤蟆问："老嫂子，老嫂子，你哭着咋了？"

女人说："野狐精今晚上要吃我来呢。"

蛤蟆说："你不要哭，我今天晚上救你来。"

女人又边走边哭，碰到一个鸦鹊子，鸦鹊子问："老嫂子，老嫂子，你哭着咋了？"

女人说："今晚上野狐精吃我来呢。"

鸦鹊子说："你不要哭，我今晚上救你来。"

女人又边哭边走，碰见了一脬牛粪，牛粪问："老嫂子，老嫂子，你哭着咋了？"

女人说："今天晚上野狐精要吃我来呢。"

牛粪说："你不要哭，今晚上我救你来。"

女人又走了一会儿，碰见一个碌碡，碌碡问她："老嫂子，老嫂子，你哭着咋了？"

女人说："野狐精今晚上要吃我来呢。"

碌碡说："你不要哭，今晚上我救你来。"

这个女人就走到家里来了。晚上，吃过饭，这个女人就睡在炕上。一会儿，剪子来了，放在女人的左面；一会儿，锥子来了，放在女人的右面；一会儿，鸡蛋来了，埋在灶火里的灰里；一会儿，蛤蟆来了，跳进水桶里；一会儿，鸦鹊子飞来了，站在屋檐上；一会儿，牛粪来了，蹲在门槛下；一会儿，碌碡来了，架在房顶呢。

过了好一会儿，野狐精来了，跳上炕，在左面吃女人，被剪子铰了一顿。在右面吃女人，被锥子戳了一顿。跳下炕，跑到灶火里吹火点灯盏呢，叫鸡蛋把野狐精的眼睛炸瞎了。

野狐精疼疯了，把头伸进水桶里凉眼睛去呢，叫蛤蟆一口把野狐精的鼻子咬了，野狐精觉着遇事不巧，出门就跑，鸦鹊子在房檐上说："喳喳喳，牛屎滑倒碌碡打。"野狐精正好踏在牛屎上，滑倒一绊，正好碌碡从房上滚下来，不偏不斜，端端地打在野狐精身上，打得死死的了。

讲述者：	常进义，男，45 岁，红寺乡石河村人，农民，小学学历
采录者：	陈静，男，37 岁，小学教师，中专学历
采录时间：	1987 年 3 月 3 日
采录地点：	平凉市静宁县红寺乡石河村
选自：	《中国民间故事集成·甘肃卷》，第 656 ～ 657 页

附记

以前，人们的经济条件普遍都比较差，为了解馋，一些人就偷别人家的鸡蛋烧着吃。但是，如果把鸡蛋直接放在火里烧，鸡蛋容易发生爆炸，所以好多人就用厚厚的一层泥糊上鸡蛋，再放到火里慢慢烧，据说慢火烧出来的鸡蛋特别好吃。故事里"叫鸡蛋把野狐精的眼睛炸瞎了"，显然是没有用泥糊。（张添发）

84

智斗野狐精

很久以前，有一个老太婆，她有个女儿叫小莉。一天，老太婆对小莉说："你去把碾子打扫一下，咱们明天早上去碾米。"小莉很听话，就转身走了。

小莉来到碾窑里，正在打扫碾子，被一个小伙子猛地抱住了。小莉正要喊叫，那个小伙子把她背上就跑，原来那小伙子是野狐精变的。

那个老太婆在家里等不住女儿回来，就天天躺到碾窑里哭。一天过去了，又一天过去了，老太婆还在哭。

这天，老太婆正在哭，一只喜鹊飞过来，落在房檐上，扔下一只花头巾。老太婆拾起一看，高兴地说："这是我女儿的，她这会子在哪儿？"喜鹊叫着飞走了。

又过了几天，喜鹊又扔下一只绣花鞋，老太婆哭着说："这是我女儿的鞋，她在哪儿？"这一次，喜鹊叫着不走，老太婆看出喜鹊在等自己，就急忙收拾好东西，跟着喜鹊走，喜鹊飞到哪里，她就跟到哪里。

最后，喜鹊在一块石头上停下了，老太婆搬开这个石头，看见下面有一个洞。她进到洞里，看见女儿坐在一个土炕上。母女相见，两人抱头大哭，小莉说："妈，我那天扫碾子，被野狐精背到了这儿，逼我给它当媳妇。我不愿意，它就天天折磨我，我天天哭，天天想着你，你终于来了。你是怎么来的？"老太婆说："是一只好心的喜鹊引来的。"小莉说："妈，那野狐精寻菜去了，快回来了，你快躲一躲吧。"哪里躲去呢？母女俩想了半天，最后，小莉说："这有个大缸空扣[1]着，你躲到下面去吧。"

刚过了一阵阵，野狐精回来了，它一进门就说："今天屋里闻着一股生人气，炕上闻得土腥气，谁来了？"小莉说："我到外面提了些水，带来了腥气。"野狐精说："不对不对，肯定来了谁。你说不说，不说我杀了你。"说着就去拿刀子。小莉见瞒不过，只好说："我妈看我来了。"野狐精一听，忙说："你妈在哪里，快请她出来。"

老太婆从缸下面爬出来，野狐精赶紧跪下磕了个头，说："岳母来了，你老人家好吗？"

老太婆回答了它，心想：我一定要制服它。她说："哟，你的眼睛怎么这么红？"野狐精说："我这几天害眼病。"老太婆说："我能治眼病。你去买些纸，买些浆子，我给你治。"

野狐精买回了纸和浆子，老太婆把浆子抹在纸上，贴到野狐精眼睛上，说："你快到太阳坡里晒去，晒干了就叫我。"野狐精找了个地方晒太阳去了。

老太婆趁这个机会，和女儿在风箱拐上拴了一只狗，在擀杖上拴了一只鸡，两个人拿了些碗和筷子就跑了。拴在风箱拐上的狗一动，风箱就响，野狐精以为人在烧锅做饭；拴在擀杖上的鸡一动，擀杖就响，野狐精以为人在擀面。

野狐精晒了整整一晌午，才晒干了脸上的纸，它叫小莉，没人答应，叫岳母，没人答应。它一急，撕了脸上的纸，跑进屋里一看，啥人也没有了，只有鸡和狗，它才知道上了当，就忙钻出洞去追。

老太婆和女儿走一段路，扔一只碗和一根筷子，野狐精看见后很爱惜，拾一个就转身拿回去放下，再来追，这样一次一次地往返，耽误了时间，老太婆和女儿早就逃回了家。

[1] 扣：倒着放。

讲述者： 樊小存
采录者： 郭海伟，党原中学学生
采录时间： 1988 年 5 月 30 日
采录地点： 平凉市泾川县党原乡
选自： 《泾川民间故事》，第 323 ～ 325 页

附记

本则故事提到了西北地区一种传统农具——碾子。平凉是早期农耕文明的发祥地，土地肥沃，在很早以前就开始种谷子、糜子等农作物，人们用碾子给谷子、糜子去皮，以供家用。

陇东一带的碾子有两个部件：一个部件是碾盘，用石头凿成一个圆盘，比较大，重约 200 公斤；另一个部件是碾磙子，形如碌碡，用一木桩固定在碾盘上，也是用石头凿成，重约 200 公斤。碾盘和碾磙子上都刻有小槽，两者相互摩擦挤压，就去掉了米粒外面的皮。（魏嵘）

陇东碾子　徐凤摄

85

毛人抓丈夫

长山独身一人，家贫如洗，每天以上山打柴度日。这天，他砍上柴，捆好，正要背上回家，忽觉柴捆被啥拉住了，回头一看，吓出一身冷汗，只见一个披着长发，脸上及身上都长着毛的怪物站在身后。长山扔下柴捆，转身就没命地往回跑。跑了好一阵，跑得上气不接下气，他回头见后面没有怪物，就稍稍稳了稳神，放慢脚步，朝树林外面走去。

正走着，忽然看见怪物就高高地立在自己前面。怪物长的是人形，个子很高大，张开双臂"嗷嗷"叫着，挡住了长山的去路。长山急转身又往树林里跑，脚下被啥一绊"扑通"一声一个嘴啃地趴在了地上。长山慌忙爬起来，怪物已经到跟前，慌忙中长山顺手拾起一根干树枝朝怪物打去。怪物一闪躲过了，又立即从侧面扑了过来，一掌轻轻把长山推倒，长山被一块石头一绊，滚下了山坡。

长山被摔得昏了过去，醒过来睁眼一看，已经躺到一个山洞里了。洞很深，洞口被啥堵着，里面很暗，模糊中见洞里除过一堆烂草，还有一些烂棉絮、破布片，几个破碗破罐，怪物吃剩的残食等。

一种腥臭和霉变的混合味道扑鼻而来，长山看着眼前的一切，回忆起怪物的样子，想：这可能就是村子里老一辈人说的毛人，毛人把我抓到这里到底要干啥？毛人又到哪里去了呢？总不能让毛人这样吃掉呀。他满脑子都是急切逃生的念头。长山一翻身，头"嗡"地响了一下，眼前火星乱溅。

过了一阵，长山挣扎着站起来，扶着洞壁走到洞口。洞口被一块大石头堵着，他拼命推，可石头纹丝不动。这时，忽然听见洞外有响动，大石头搬开了，毛人走了进来。毛人"嗷嗷"地叫着，把长山像捉鸡一样捉起走到洞里重重地扔在乱草堆上，毛人又凶狠地朝长山"嗷嗷"叫了一阵，就又走出洞去。

一会儿，毛人一手端着一个碗，一手拿着一个馒头走了进来。碗里盛的是水，毛人把水和馒头放在长山面前，又"嗷嗷"地叫个不停，但声音比先前温和了些。长山先是怕，过了一会儿才醒悟，这是毛人要他吃东西。长山也想起一天没吃东西了，觉得又渴又饥的，就端起碗喝了些水，随后又吃了那个馒头。

毛人看着长山吃过，才走出洞去。此后，毛人每天给长山送水送吃的，吃的里啥都有，包括馒头、烙饼、洋芋，有时还拿来鸡肉、羊肉和西瓜、山梨、山枣等等，长山吃着一点不觉着饿。晚上，毛人就躺在长山身边。毛人睡觉仰卧侧卧和人差不多，睡得很舒坦，刚一倒下鼾声如雷，但很警惕，稍有响动就停止鼾声，甚至猛地翻起来。

开始，长山颤颤抖抖地坐在毛人一旁直到天亮，唯恐毛人突然起来把他撕碎吃了。时间长了，见毛人并没有伤害他的意思，就不太怕了，有时也闭上眼睛睡一会儿。

深夜，不时从洞外传来狼虫虎豹的嚎叫声，令他心惊肉颤，这时就觉得身旁有毛人还是个伴儿了。毛人每次走的时候，总不忘把洞口用大石头严严实实地堵上。长山身体渐渐恢复起来了，但他还是推不动那块大石头。长山想趁毛人睡觉的时候杀死它，但又怕它力气大，反倒吃亏。长山昼夜想着逃走的办法。

过了半月多，毛人变得非常温顺，爱和长山跌跌撞撞地玩。长山十分讨厌这个又脏又蠢的家伙，但又拿它没办法。突然，毛人紧紧抱住长山狂热地在地下滚起来，并

"咯咯"地叫个不住，还用一只毛茸茸的手摸长山的下身，好像要做人做的事，长山这才发现毛人是个母的。长山经不住毛人的又抓又摸，就随了毛人。

转眼七八个月过去了，长山仍没法逃出去，可是毛人的肚子渐渐大起来了。它每天挺着肚子，仍然要出去觅食送水，有时晚上出去，快到天亮时才回来，身上流着汗水，显得十分疲惫。又过了两月，毛人忽然"喔喔"地叫着坐卧不宁，手不住地捂着肚子，好像十分疼痛的样子。毛人终于支撑不住了，倒在地上翻滚，弄得满洞尘土飞扬，身上粘满了柴草，毛人临产了。看着这个样子，长山不由得怜悯起毛人了，还为毛人着急。

毛人折腾了好一阵，忽然"哇哇哇"一阵哭声，孩子落地了。

毛人回头看了一眼，露出很欣慰的样子，接着就毫无气力地瘫倒了。长山见是个人孩儿，又是个男孩，先拿破碗割断脐带，再用烂棉布片擦去身上的血污，撕下自己的两只袖子把孩子裹起来。过了一会儿，毛人慢慢翻起身抱起孩子喂奶。孩子贪婪地吮吸着奶水，毛人亲昵地轻轻摸着孩子黑黑的头发。

第二天，毛人撑着虚弱的身体出外觅食，走时它把大石头搬弄了好一会儿都没有搬起。毛人在洞外徘徊了好久，两只眼睛焦急地往洞里看。

最后毛人还是走了，但很快又回来，怀里只抱着一堆山枣。过了几天，毛人的身体渐渐恢复了，但它不再用大石头堵洞口了，却变了个花样，走出洞口突然又折回来，有时一次，有时两三次，来去无常，不可捉摸。

长山暗暗惊叹毛人的诡诈机灵，见逃不走，就只好在洞里照顾孩子。毛人回来见长山拍着孩子睡觉，"咯咯"地叫着碰撞长山，这是毛人高兴时表示亲热的方式。毛人力气很大，往往把长山重重地碰倒在地上，或撞到洞壁上，长山身上青一块紫一块，留着许多肿块和伤痕。孩子越长越可爱，模样像长山，只是右臂上有铜钱大一块地方长着毛，像是妈妈的印记。毛人很疼爱孩子，一回来就急着把孩子抱在怀里不放。

过了一月，毛人对长山守得不太严了，有时出洞半天不回来。长山见逃走的机会到了。这一天，长山估计毛人

走远了，就抱上孩子走出洞口，洞口在半石崖上，下面是四五丈高的峭壁。长山一只手臂抱着孩子，一手抓着藤蔓，踏着毛人上下踩出的脚窝，好不容易下了石崖，就摸索着急急忙忙朝林外跑去。

长山刚跑出森林，毛人就从后面赶来了。长山只慌乱地往前跑，毛人在后面"嗷嗷"地叫着紧紧追赶。前面一条小河挡住了去路，水又深又急。长山见毛人快要追来了，慌忙中顾不了许多，就抱着孩子跳下水。水淹到长山的胸部，他把孩子顶到头上，拼力蹚了过去。

毛人追到河边，把脚伸到河里试探一下，又急着爬上岸，一连几次。原来毛人怕水，终是不敢下河，长山松了一口气。"哗哗"的河水淹没了毛人的叫声，只见毛人双臂向长山着急地挥个不停，长山知道这是毛人要他把孩子抱过来的意思。长山抱着孩子急急朝大路走去，走了几步，回头一看，毛人绝望地朝一块大石头撞去，好半天再没翻起来，长山知道毛人自杀了。

长山不忍，放下孩子，又蹚过河，见毛人用力太狠，头盖骨都撞碎了，血流了一地，早断了气，就把毛人拉顺，用碎石掩埋了，然后抱着孩子回到了家里。

后来，长山就一心抚养这个孩子，给孩子取名叫毛娃。

毛娃很聪明，从小上学堂读书，二十二岁上京赴考一榜得中，当了丰川县令，赴任时要拜坟祭母。长山就把他领到那条小河岸大石旁。坟堆完好如初，上面长满长长的青草。坟后长着一棵山白杨，合抱粗，枝叶繁茂，风一吹树叶子"哗哗"地响。后来人说那山白杨是毛人变的，叶子"哗哗"地响，是毛人见儿子当了大官高兴地欢笑哩。

讲述者： 魏叶松
采录者： 魏俊舱，男，32岁，庄浪县卧龙乡魏家山村人，干部，高中学历
采录时间： 1986 年
采录地点： 平凉市庄浪县
选自： 《歌谣故事》，第 423 ～ 427 页

86

猴精骗金花

很早以前，在关山的中段，有一个小山庄，庄当中有盘石碾子，每逢秋末冬初，人们为避免农忙时耽误工夫，都靠它在冬闲时碾下大半年的粮米，因此在这段时间都要抢着占碾子，这碾子也就特别忙。

有天黑夜，刘老婆和女儿金花抢先占了碾子，把粮食倒在碾盘上，只等天一亮就碾。夜深人静，寒风刺骨，母女俩想：都守在碾盘前怎么办呢？可要不守，别人占了碾子，丢了碾盘上粮食又咋办？最后刘老婆想了个轮班看守的办法，决定娘守前半夜，女儿守后半夜。

金花睡了一会儿就把娘给换回去了，关山里不时传来断断续续的野物的号叫声，她一个人坐在碾盘边心中害怕，害怕也没有办法，只能硬着头皮坐等天明。时间长了，实在有点困倦，便打了一阵呵欠，不由自主地丢盹[1]睡着了。

一阵寒风把她吹了醒来，她一睁眼，只见一个黑影在眼前一闪，她心一惊，连忙抓起身边的笤帚疙瘩。等她定神一看，却见一个媳妇两手端着簸箕向她走来，只是在这

小庄上从来也没见过这么个女人。

正要问时，那媳妇自己开口了："哟，我从咱南村来了个早，碾子还是早叫你占了。"金花说："你们南村不是也有碾子吗？"那媳妇说："也叫人占了。"那媳妇用关心的口气对金花说："这几天人都说，关山的森林里有一个猴子成了精，我给你做伴行吗？"金花巴不得有人来，也就点头同意了，两人说了会话儿，都冷得打起颤了。

那媳妇说："数九天冻的是不出力的人，我们互相背着玩玩就不冷了，背上的人都要合上眼睛。"金花是个十七八岁的孩子，也贪于玩耍，就同意和那媳妇背着玩。那媳妇说："不论谁背着谁都得转十圈，站住才能下来。"金花说："好，你先背我。"她一边赶快用手巾把自己的眼睛捂住，一边趴在那媳妇的背上，只觉得这背上既暖和又绵软，跑起来真好玩，而且渐渐听到身边风呼呼地响。

天麻麻亮了，刘老婆赶紧来碾米，可是一看粮食好好的，金花却不见了。她问东问西，人人都说没看见，她急了，放开嗓子大喊"金花，金花"，只听到回音学她叫，女儿却无踪无影，她急哭了，哭得非常伤心，真是叫天天不应，呼地地不喘[2]。

光阴过得非常快，转眼已三个年头。刘老婆缺吃少穿，又加上女儿失踪，老了许多。一天早上，她刚出门，就见一棵树上站着一只喜鹊，尾巴一翘一翘的像和她在说话哩，她招手问："喜鹊，你知道我女儿在哪里吗？"那喜鹊忽然真的说开话了："喳喳，想见女儿朝南走，爬一道岭，过一条沟，见到牛屎片儿解个手。"刘老婆顾不得谢喜鹊，立即去寻女儿。

她按喜鹊说的果然找到了牛屎片儿，就在那石头边解了个手，正在四边张望，忽听崖下跑出个小娃娃，吆喝道："谁在房上尿尿哩？"跟着又出来个媳妇，她一看正是三年前的金花。刘老婆跌跌撞撞地从崖上跑下来，金花也赶来了，母女俩抱头痛哭。正哭得难解难分的时候，金花突然止住了哭声，说："妈，快藏起来吧，那老猴精要回来了。"刘老婆惊得收了泪，说："咱们快逃上回吧。"金花说："它腿快得很，咱们逃不脱。"刘老婆只好跟上女

[1] 丢盹：打盹。

[2] 喘：答应。

儿走。

金花把她妈引进石洞里，扣在一口大瓮下面。刚收拾好，老猴精回来了，背上驮回一口袋东西，金花连忙生火做饭。老猴精坐在石炕头上，皱皱鼻子说："哞嗯，哞嗯，往天回来香喷喷，今天回来生人味。"说了几遍，问金花："咱家来了谁？"金花说："一辈子无人来。"老猴精说："就是有生人味，不对火[1]，不对火。"它把小猴子叫过来问，小猴说："来了一个老婆婆。"这时金花着了忙，急忙说："那是我的娘。"老猴精笑了笑说："孩儿奶奶来了，赶快放出来让我见见，还不快请出来。"金花只好从瓮里放出老娘。

老猴精上前接那刘老婆，刘老婆急忙用手捂住眼睛，直叫："害怕哩，害怕哩。"这时老猴精问："那该怎么办哩？"刘老婆说："你眼睛太红了，我给你治治吧，请猴姐夫放心，我是自己人。"老猴精问："啥时候治哩？"刘老婆说："明天太阳两竿高的时候治。"老猴精说："能行。"

当天晚上刘老婆和女儿把计定好，用草纸和皮胶给老猴精治眼。天一亮，刘老婆叫女儿准备熬胶，寻草纸，太阳正在头顶时，刘老婆就请老猴精坐在石头上面向太阳，治起红眼病来。金花在一旁说："放心，我娘治过上万个红眼病了。"

这时，老猴精想：等我治好了眼睛，到晚上再收拾这老东西。正想着，刘老婆口里念起咒来了："一层胶，一层鳔，一层草纸治好了，裱上十八层，才能除红根。"她念完，对老猴精说："猴姐夫你坐这里一直要面向太阳，到下午太阳落了，纸一揭就把红根除了。"刘老婆糊住了老猴精的眼睛，就带着女儿拿着红筷子和一些野蜂蜜，边跑边蘸蜜边丢，一直向家里跑去。

再说那老猴精在院子里晒着怪舒服的，便渐渐迷糊了，一觉醒来，只觉得眼睛和眉面上抽得紧巴巴的，正要借机发作，只听到小猴哭叫着一个劲地喊娘。这时它才明白了，大叫："我上了老东西的当了，糟了！糟了！"它想急忙抓去眉面上的胶和草纸，可是已粘牢得像长在脸上一样，

揭不下来了。

好不容易才挖了两个小窟窿，但由于有这草纸在上面贴着，要变人又变不过来，就原样子急匆匆背上小猴去追那母女俩。

当它上路时发现路上有红筷子，它哭着去拾，拾起一闻，又闻到甜味，一舔是蜜，就一边拾一边舔，一直往前追，第三天的黑夜才追到这个庄子。

在离碾子很近的人家院前哭叫："猴儿娘，小猴叫唤我心慌，你给小猴儿一口乳，我把猴儿可[2]背上。"有人借月光在门缝里一看，见一个老猴背着一个小猴坐在碾盘上。这样一来，吓得这个庄子的人晚上再不敢出门了。

有一个六十多岁的老头对刘老婆说："你用柴火把碾盘烧红，不就把它除掉了吗？"刘老婆听了，便和女儿背柴烧火，把碾盘烧得通红，晚上满庄人都能闻到一股焦腥味。从此人们既听不到喊叫声了，也看不到背小猴的老猴了。

讲述者：　　不详
采录者：　　肖卫国
采录时间：　1988 年
采录地点：　平凉市华亭县
选自：　　　《华亭县资料本》（全一册），
　　　　　　第 117 ～ 121 页

[1]　不对火：不对。

[2]　可：再、又。

87

猴背媳妇

一天，晓兰和邻家的女人在涝池里洗衣服，晓兰说："我家没米了，明早要碾米。"那个女人也说："我家也没米了，明早也得碾，那咱看谁去得早，谁就先碾。"晓兰高兴地点了点头。不料，她俩的谈话被一只猴子听见了。第二天清早，晓兰没等天亮就背着谷子去碾窑了，刚走到碾窑门口，就听得碾子发出"吱吱"的声音，晓兰问："嫂子，你怎么来得这么早？"窑内没有回答，只听着碾子照样响。

她一直走到窑里头，想看个究竟，谁知刚走到碾子跟前，口袋被撕破了，几升米淌了一地，她手里提的簸箕被打掉了，还没等她辨清怎么回事，晓兰就被猴子背上跑了。晓兰到了猴子家里，猴子待她很好，强迫要和她共同生活，晓兰不愿意，但也无法逃走，只得暂时依从，她暗暗流泪，昼夜思念她的老母亲。

一天，晓兰看见一只喜鹊在树上飞来飞去，叫个不停，晓兰就伤心地抹着泪对喜鹊说："你是神鹊，如果同情我就将我这针葫芦[1]带给我妈，好捎个信儿。"说着就将针葫芦抛向空中，那喜鹊果然衔着针葫芦飞了。自从晓兰失踪后，老妈妈十分悲伤，找遍了各村，谁也不知道晓兰的下落。

这天老妈妈正在院里哭女儿，忽然一只针葫芦掉到了院里，她急忙拾起一看："这是我晓兰的呀！"她高兴极了，抬头张望，可是四周没有一个人，只有一只喜鹊朝着她叫："喳喳喳，你的女儿在猴子家！"老妈妈惊喜万分，擦了擦眼泪对喜鹊说："神鹊，神鹊，可怜可怜我，请你带我去找我的女儿吧。"喜鹊点点头，果然飞了起来，离开家门飞一阵跳一阵，老妈妈跟在后面，翻过几个山岭，过了几条河，喜鹊停下来："喳喳喳，你的女儿在这里。"老妈妈一看，果然在密林里有一户人家，再仔细一看，晓兰正在院里砍柴禾，她高兴地叫了一声："晓兰，我的好女儿，想死妈妈了！"晓兰一见母亲，二人抱头痛哭一场。

晓兰问："妈妈，这么远的路，你是如何来的？"

"是神鹊带我来的。"等她们回头再看喜鹊，喜鹊早已飞远了，母女俩述说了失散后的伤心事。

晓兰突然说："猴子管得很严，不许我与生人接触，一旦发现你准没命了，怎么办？"她想赶快送妈妈离开这儿，可一看太阳偏西了，正说着猴子在敲门，晓兰把母亲顺手扣在缸底下。

晓兰开门，猴子进屋后这里闻闻那里看看说："咦，怎么有一股生人味？"无奈，晓兰把实情告诉了猴子，猴子一听姨娘[2]到了，赶忙揭开缸，老妈妈一见猴，一下吓得跌一个狗蹲[3]，晓兰赶忙扶起。

"怎么把姨娘藏在缸底下？"

"我怕你见怪。"

"姨娘翻山越岭来看我们，我怎么能见怪呢？"

"你的眼睛怎么红得怕人？"

"唉，这眼睛谁也治不好。"

[1] 针葫芦：古代女子用来插针的布葫芦。

[2] 姨娘：岳母。

[3] 狗蹲：屁股蹲。

老妈妈灵机一动说："我有办法，你赶快去弄二两桃胶、二两杏胶、两张麻纸，我保你治好。"

猴子高兴极了，第二天清早就出去了，临走时依然扣紧大门闩。

猴子走后，妈妈让晓兰准备了一把筷子、一包针。不一会儿，猴子回来了。

她们见要准备的用物全好了，就动手给猴糊眼睛，糊好后猴子发现眼前一片漆黑，啥也看不清，急得想撕掉，老妈妈急忙说："不能用手撕，你得蹲在太阳坡下晒上一个晌午，等麻纸干得发响，再叫姨娘给你取下来，没晒干绝对不能出声，不然就治不好。"猴子信以为真，按姨娘的吩咐去办，一声不响、一动不动地蹲在地上晒太阳。

晓兰同妈妈拿上筷子和针偷偷地跑了，一路上边走边撒筷子和针。眼看太阳落西了，糊在眼睛上的麻纸晒得干响，猴子心急连忙叫："姨娘，姨娘，快来！"屋子里没有人答应，猴子被烈日晒得实难忍受，但又想到姨娘嘱咐，只好耐心等待。眼看天快黑了，还是叫也叫不着、听也听不见，气得猴子两把撕掉了糊在眼睛上的麻纸，眉毛也被剥了下来，它顾不得痛，一下子跳进屋子想发脾气，谁知她俩早已无踪无影了。

猴子赶紧去追，走一段路拾到一根筷子，它就拿回家放下再追，又遇到一枚针，照样拿回屋里，就这样追啊，往回拿啊，等到把撒在路上的筷子和针拾完，晓兰同母亲早已回家了，猴子再也追不上了，只得垂头丧气地返回山林了。

讲述者： 不详

整理者： 王建华，男，26岁，灵台县什字乡曹家老庄人，教师，大专学历

采录时间： 1985年

采录地点： 平凉市灵台县

选自： 《平凉地区故事集成》（资料本下卷一分册），第225～228页

附记

"针葫芦"是陇东一带妇女常用的一种日常用品。在传统社会，人们的衣服鞋袜全靠家里的女人手工做，所以妇女一有时间就做针线，为了方便，许多妇女都在腋下带个针葫芦。顾名思义，针葫芦就是用来插针的布葫芦，上面绣有精美的花纹，既实用又美观。针葫芦一般由两部分构成：一部分就是布葫芦，既可以做成花的样子，也可以做成各种动物，这个"葫芦"有个长长的"脖子"，"脖子"上插针；另一部分是一个布"帽子"，这个"帽子"可以上下活动，把"帽子"推上去就可以取针，插上针就可以把"帽子"拉下来保护针。陇东的针葫芦融实用性与艺术性于一体，有典型的陇东文化符号，体现了陇东妇女的思想情感和审美情趣。（贾娜）

针葫芦　徐凤摄

异文：野人刁媳妇

从前，山里住着一户人家，老两口和一个女儿，一家人和和气气地过日子。渐渐地姑娘也大了。

一天，娘上地干活去了，姑娘一个人坐在闺房里绣花，边绣边唱。忽然，一阵大风刮来，一个毛野人进来了，背上她就跑，她一时吓得昏过去了。

姑娘的大和娘下地回来一看，饭没做好，院子也没扫，急忙跑到女儿闺房一看，发现女儿不见了，急得大哭起来。

毛野人把姑娘背进一个很远很远的山洞里，逼着姑娘

给它当媳妇，这姑娘死活不答应，毛野人就白天打她，到晚上用绳子把她捆起来，出门时用大石头把洞门堵住不让她逃跑。时间一长，姑娘见一时逃不出去就想：不如先住下来顺从了它，等以后有了机会再逃。于是姑娘就答应给毛野人做媳妇了。从这以后，毛野人再也不折磨姑娘了，还给她吃好的、穿好的、住好的，对姑娘特别好。随着时间的推移，姑娘给毛野人生了个小毛人。有了孩子，毛野人就放松了对姑娘的看管。

姑娘她妈打女儿失踪以后，整天坐在窗子底下哭啊哭，嗓子哭哑了，身子哭瘦了。这天，飞来一只喜鹊对着老妈妈叫："喳喳喳，你家喜事到来啦！"老妈妈心想女儿都失踪了，哪来的喜事呢，就撵喜鹊说："去，去，烦死人了。"可喜鹊还是叫个不停，老妈妈觉得有点奇怪，想是不是女儿有了音讯，就说："既然有喜事，你就点三下头。"喜鹊真的点了三下头飞走了，老妈妈便跟着喜鹊跑啊跑，终于在一个洞口停住了。

喜鹊点了点头又飞走了，老妈妈难住了："这么大的洞口，我进去还出得来吗？"但寻女心切，她就硬着头皮往里走，走啊走，洞越走越深越大，终于有了一丝亮光。她压住气，惊异地盯着亮处，一个女人正忙着梳头，旁边有两个小毛孩在玩耍。正看着，女人转过脸，正是自己的女儿。"女儿！"听到一声叫，女人转过了头呆住了，眼前竟然是自己日夜思念的亲娘，两人抱头痛哭了一场。

"妈，它快来了，你赶快躲起来吧。"姑娘说。

"谁呀？"娘问。

"就是抢我的那个野人。"

"啊？"姑娘赶紧把她娘扣在了水缸下面。

不大一会儿，毛野人果然回来了，背上还扛着个野兽，刚进门就喊："娃他娘，我回来了。"说罢，皱皱鼻子说："嗯，今天家里咋有一股生人味？"

"没有。"

"嗯？不对。"

姑娘吓坏了，忙说："不要找了，是我妈看我来了。"

毛野人埋怨说："娃他外奶[1]来了，你咋藏起来了，

快快请出来呀。"经它这么一说，姑娘就搬开缸，放出了她妈。老婆子一看，眼前站着一个浑身长毛的野人。

"他外奶，你来了就好，给你女儿做了伴，不要让她想你想得老淌眼泪。"这时，老娘也不那么害怕了，于是她就留下来，准备找机会领着女儿逃走。

一天，老妈妈对毛野人说："看你眼睛那么红，是不是有毛病？我可最会治眼病了，赶好[2]我给你治治。"老妈妈翻起毛野人的眼皮左右看了看，说："要治你这眼病，你得到外面弄些树精来，我自有办法。"毛野人就去寻树精去了。老妈妈和女儿把毛野人弄来的树精放在锅里熬化，在太阳很红的一天，叫来毛野人，让他面对太阳坐在一棵树桩上，然后拿来熬好的树精糊在他的双眼上，并且再三安顿[3]："我不言传[4]你可千万不能睁眼睛。"毛野人答应了，母女俩就逃走了。

回到家，她俩把门前的磨盘烧啊烧，一直烧到通红通红，然后就坐下来等着。再说，毛野人坐在树桩上晒呀晒，一直晒到黄昏还是不见有人叫它，又使劲睁了睁眼睛，睁不开，再摸摸糊在眼睛上的"药"，硬邦邦的，这时两个小毛人也饿得"哇哇"叫，毛野人知道上当了，伸出尖手抓掉眼睛上的"药"，结果撕下两大片毛肉来，它也不顾疼，一手夹一个小毛娃跑啊跑，一直朝姑娘家里跑来。

跑到姑娘家门前，一屁股就坐在那烧得通红的碾盘上，只听"滋拉"一声，从屁股底下冒出一股白烟，疼得它大声叫："娃他娘，快回家，娃他娘，快回家！"可叫着叫着再也叫不出来了，连同两个毛娃娃，被活活烧死了。

讲述者：　刘秉权

采录者：　刘麦琴

采录时间：1987 年 9 月 10 日

采录地点：平凉市静宁县古城乡

选自：　《平凉地区故事集成》（资料本下卷一分册），第 260 ～ 263 页

[1]　外奶：外婆。

[2]　赶好：正好。

[3]　安顿：叮嘱。

[4]　言传：说话。

在西北，有个顺口溜："喜鹊喳喳叫，喜事马上到。"即喜鹊报喜。农村人见到喜鹊在自家门前叫，就特别高兴。"毛野人抢媳妇"故事，大部分有喜鹊给老妈妈和女儿送喜讯的情节。（魏绘）

88

猴子娶媳妇

在很久以前，猴子是可以变人的。有一天，猴子看见张员外家有个如花似玉的姑娘，就变成了一个小伙子，偷偷把那个姑娘背到了自己的山洞，当天就逼着这个姑娘成了婚。成婚不久后，这个姑娘就生下了四个猴娃子。

女儿不知去向，姑娘的娘整天以泪洗面，天天喊："谁能告诉我啊，我的女儿到底在哪儿啊？"一天，一只鸦雀在院子上空"喳喳喳"地叫着，姑娘的娘就给鸦雀说："你都是一只'能'鸟呢，能不能帮我找回我的女儿啊？"鸦雀听懂了她的话，就飞到了猴子的山洞上空，看见这个姑娘把头绳解开放在桌子上正在梳头发，它趁姑娘不注意就把头绳叼上，飞到了姑娘的家里，站在墙头上又"喳喳喳"地叫，姑娘的娘出门问："鸦雀，鸦雀，你今天给我带来了啥好消息了吗？"鸦雀将姑娘的头绳扔到了院子里，妈妈看到女儿的头绳激动地说："谢谢你，鸦雀，你可真是一只神鸟啊，原来我女儿还活着呢啊，你下来，我给你做些好吃的，吃完后你领着我去找我的女儿吧！"

鸦雀没有飞走，总是在院子里飞来飞去的，想找个地方落下来。姑娘的娘给鸦雀做了长面和搅团，吃完饭后，鸦雀就带着她去找女儿去了。鸦雀飞一会儿等一会儿姑娘的娘，飞一会儿等一会儿姑娘的娘，他们走了好久，爬上了一座石头山，终于到了猴子的山洞。这时，猴子没有在家，女儿刚吃完饭正在给猴娃子梳头发，姑娘的娘就敲了敲门，姑娘打开门后，看到是自己的娘，激动地问："老娘，你咋来了？"她娘就给女儿讲述了鸦雀是怎样带她找到女儿的事，接着就问："女儿啊，你是咋让猴子给带走的呢？"姑娘一五一十地给母亲讲述了自己的经历，讲完后赶紧就给母亲做饭吃了，想：眼看着到中午了，猴子快回来了，这可咋办呢？该把娘藏在哪儿呢？万一猴子知道后生气了，把母亲吃了咋办呢？她看到山洞里有一口大缸，就把她娘藏到了缸下面。

过了一会儿，猴子回来了，它左闻闻右闻闻，问媳妇："家里咋有一股生人气呢？"姑娘回答说："我给娃娃吃了奶，手没有洗。"猴子回答："不是的。"又继续闻了闻，问："家里咋有一股生人气呢？"姑娘又说："我给娃娃梳了头，手没洗。"猴子说："不是的。"接着又闻了闻，说还是有一股生人气呢，姑娘又接着说："我洗了脚的水没倒。"猴子说："不是的，你老实说，家里到底来了谁？"姑娘见实在骗不过猴子，就承认是自己的娘来了，说娘不好意思见猴子，就藏在了这个大缸下面。猴子忙说："赶紧把老娘请出来，怎么能把老娘藏在大缸下面呢？"于是姑娘就将娘放出来，坐在了炕上。她娘想：我该怎么办才能和女儿逃出去呢？这么呆下去可不是办法。她灵机一动，问猴子："你的眼睛怎么是红的？"猴子说："我的眼睛本来就是红的。""你怎么不找个人看看，万一可以治好呢？"姑娘的娘说。"我这眼睛本来就是看不好的，没有人可以看好。""我可以看好呢，你要相信我呢。"姑娘的娘说。"你要是可以看好那挺好啊，我的眼睛以后就不会红了。"姑娘的娘说："你明天去街上买些五颜六色的花布，再称上些花椒，拿回家来我帮你治眼睛。"猴子答应了。

第二天，猴子按照丈母娘说的，买了这些东西拿回了家。娘又悄悄告诉姑娘说："你把这些花椒熬成水，把布泡在熬好的水里。"姑娘按照母亲的吩咐泡好了布。

吃过饭后，姑娘的娘开始帮猴子治眼睛，用提前泡好的布将猴子的眼睛蒙住，母女两人将猴子扶到太阳底下，让它在太阳底下多晒一会儿，再将四个猴娃子中三个大的分别拴在风箱上、锅盖上和案板上，将最小的一个放在了炕上，猴娃子调皮地玩耍呢，一会儿风箱响呢，一会儿锅盖响呢，一会儿案板又响呢，猴子以为是媳妇和丈母娘在给自己做饭呢，就安安稳稳地坐在太阳底下晒着呢。

太阳落山了，猴子眼睛上蒙的布都已经晒干了，眼睛又痒又痛，就喊："老娘，老娘，你过来给我来把布揭开。"喊了好几遍没有人来，这时候姑娘和她娘早已跑远了，还带走猴子家里的一罐蜂糖和一把筷子，由于路程较远，母女两人跑一会儿，歇下用筷子蘸着吃点糖，就将筷子丢掉。到家了，糖也吃完了，筷子也丢完了。猴子发现媳妇和丈母娘逃跑后，就赶紧跟在后面追，边追边捡筷子，等追上时发现母女俩已经到了家了。就在这时，猴子的汗水流到眼睛里又酸又痛又痒，没办法，它只能忍痛回自己家。到家后，看到猴娃子又饿又渴地叫唤呢，就赶紧将它们解开喂饱。

吃饱后，猴子也把自己的眼睛冲洗干净了，这下带上孩子们去找妈妈，跑到姑娘家后，发现大门紧闭，员外也加强了院子里的防守。就在这时，猴子灵机一动，爬在员外家的墙上喊："猴娃儿娘，猴娃儿娘，你把奶子伸到南墙上，让猴娃儿吃一口，我就把猴娃儿背上走。"喊了好多遍后，丈母娘出来说："你把猴娃儿抱下来，放在门口的磨扇子上，我让女儿出来给喂奶。"猴子以为是真的，就把小猴子抱了下来，结果母女两人将磨扇子烧红了，猴子屁股一下子连毛都烫掉了，猴子就将猴娃子背上逃回家了，从此就再也没有来过。

讲述者：　余金成，男，73岁，回族，平凉市崆峒区西阳回族乡清明村一社村民，农民，不识字

采录者：　余亚丽，女，23岁，平凉市崆峒区西阳回族乡人，兰州文理学院文学院本科学生

采录时间： 2021 年 1 月 27 日

采录地点： 平凉市崆峒区西阳回族乡清明村一社

89

小毛猴儿

古时候有个皇上，三个皇后都没生皇子，皇上年过花甲，无人继承皇位，着急得吃不下饭，睡不好觉。皇上贴出榜文："谁能让皇后生个皇子，官封一品，赏银万两。"过了两个月，无人揭榜，皇上更是愁得不行。

这天，皇上闷得发慌，就出宫信步游转。前面走来一个白发老道，老道问："皇上面容憔悴，必是无龙子继位的缘故吧？"皇上说："你既然晓得，定有仙方？"老道儿说："贫道是有秘方可以试试。"说着从袖筒里取出两个山桃儿给皇上，说："请给其中两个皇后各吃一个，必能应验。"皇上拿着山桃儿回到宫里，对三个皇后说："这是两个山桃儿，谁能吃一个，就能生皇子。"刚说完，两个小皇后每人抢了一个吃了，大皇后没抢着，眼泪汪汪从地下拾起一个桃核儿吞下肚去。

转眼十月胎满，两个小皇后各生了一个皇子，大皇后生了个毛猴儿。两个小皇后就给皇上奏说："宫内出了怪事，大皇后生了个妖猴。"皇上一听，就把大皇后赶出了宫外。

大皇后被赶出宫外后，抱着小毛猴儿白天沿门乞讨，晚上就住在一个古庙里，天天如此，道不尽的凄苦怨恨。

过了六年，小毛猴儿长到了六岁，他也是天生的猴儿性子，整天翻墙爬树，大皇后说了又不听，管又管不住，既生气又伤心，为他不知流了多少泪。

这一次，小毛猴儿出外三天不见回来，大皇后生怕有个三长两短，十分着急，毕竟是身上掉下的一块肉啊！第四天，小毛猴儿回来了，他高兴地跳着说："娘，我拜师父了！我拜师父了！"

大皇后生气地问："这几天你到哪里去了，拜了咋么个师父？"小毛猴儿说："我到山里头玩去哩，没注意走到一个山垴垴儿[1]里，那里有个庙，庙里头有个白胡子老头儿，他拉住我的手说：'我是无事逍遥的老道儿，你是逍遥无事的毛猴儿，咱两个算是有缘分的，就认个师徒吧。我教你习文练武，不为别的，权当耍耍儿，你愿意吗？'我说愿意，就把他拜成师父了。"大皇后听了，心里想，有个人管教他也好，就没多说啥。

第二天，小毛猴儿一早去找师父，师父早上给他教读诗文，下午教练武艺。小毛猴儿很聪明，一学便会，就这样师父一连教了八年，小毛猴儿学了八年，小毛猴儿十四岁了。

这天，大皇后给小毛猴儿说："明天是你父皇八十大寿，他虽与我们断了情分，但我和他总算夫妻一场，你虽生得不争气，但身上有他的骨血。唉！现在就不提以往的事了，明天你还是去给父皇拜个寿吧！"小毛猴儿一听，嘴噘得能拴一头驴娃儿，嘟囔着说："他不喜欢我，我不去！"大皇后说："他不喜欢你，是他做父亲的无情，可你当儿子的不能没有孝心啊！"小毛猴儿自从拜了师父，对娘很尊敬，娘说啥是啥，从不顶嘴，见娘说得有理，虽然心里不大乐意，最后还是去了。

皇上过寿，不比一般事情，宫里张灯结彩，鼓乐喧天，许多文武大臣宫人出出进进好不热闹。正当皇上要饮大臣敬的寿酒时，忽然宫人禀报说："宫外来了一个小毛猴儿，口称是皇上的大皇子，奉母之命前来给皇上拜寿哩。"皇上听了，想起了大皇后。

大皇后被赶出宫十几年了，谁知她还活着，提起旧情，皇上不免伤心起来，两股眼泪"扑簌簌"掉了下来，可是他不愿见小毛猴儿。你想，堂堂皇上咋生出个毛猴皇子来，在众文武大臣面前多不体面啊，就传旨说："我没有别的皇子，必是从哪里来的野人讨饭吃，给他些酒肉，让他赶快离去。"

宫人去了，不一会儿又回来说："那个毛猴儿说他是来给皇上拜寿的，并不是来贪吃皇上的酒肉，一定要给皇上拜寿哩。"皇上一听，生了气，说："这畜生太没来由，用乱棍打出宫去。"

老丞相知道小毛猴儿的来历，也看出了皇上的心思。他想：小毛猴儿或者出脱得有了人样，何不让他进来一看，或许父子团聚就在此刻。忙奏说："皇上仁慈爱民，天下称颂，这人谎称皇子，罪该重责，但他是来给皇上拜寿的，就该让他拜，如若不许，天下人就会说皇上没有大德，皇上还是让他拜吧！"皇上听了，微微点个头儿。

小毛猴儿被宫人领进宫内，大声说："父皇在上，大皇子小毛猴儿给您老人家拜寿了！"接着就趴下磕了一通头，皇上只斜了他一眼，忙挥手说："快让他下去！快让他下去！"老丞相见小毛猴儿还是那样，就不好再说啥了，宫人把小毛猴儿领到下房给了些酒肉吃。

两个小皇子见来了个小毛猴儿称大皇子，就想取笑他，他们来到下房说："哈哈哈，一个小毛猴儿竟敢冒充皇子！"一个拧着小毛猴儿的耳朵，一个提起酒壶，把酒灌进小毛猴儿的鼻眼里。小毛猴儿被呛得半天喘不过气来，许多人围着大笑。皇上听见了，问："谁在这里大声喧闹？"两个小皇子就给皇上奏说："小毛猴儿带酒发狂欺负我们哩。"

皇上大怒，令武士把小毛猴儿推出斩首。两个武士立即提着大砍刀，把小毛猴儿抓鸡似的提起来就往宫外走，小毛猴儿急了，大声喊："冤枉！我冤枉啊！"

老丞相急忙给皇上奏说："今天是皇上的好日子，杀人不吉利，看他生活在山野乡村，不懂礼儿，就饶了他吧！"皇上听了，就下令用乱棍把小毛猴儿打出宫去。武士挥起棍棒，一通乱打，幸亏小毛猴儿腿快，到底少挨了几下。

[1] 山垴垴儿：山根。

小毛猴儿回来给娘说了，大皇后摸着小毛猴儿身上的许多肿块，伤心地哭了一场。小毛猴儿又去给师父说了，师父笑笑说："大丈夫不记小人仇，不要为这点小事丧了志气，听得西域番王出榜招选天下文武才郎当驸马哩，皇上有心与番国和好，也打算派两个小皇子去，那两个小皇子不中用，我看还是你去着好。"

小毛猴儿说："师父莫说笑话，番王给公主招驸马，一定选的是才貌双全的人，两个弟弟既然要去，那正合适，我这个模样，去了还不等于送死，我不去。"师父听了很不高兴地说："这几年我给你教的那些本事，虽说是要要，但绝非没有其他目的啊！"

小毛猴儿说："我拜师父学点本事，一是喜欢，二是为了将来好养活我娘，别的啥我都没想。"师父说："早知道你这么没出息，我何必辛辛苦苦地教你这些年呢？"小毛猴儿见师父动了气，说："师父一定要我去，我不敢不去，只是路途遥远，没个乘骑咋个去呢？"师父说："这个你不要操心。"师父就到山后去了，一会儿，牵来了一匹大白马，拿来了一杆银枪，又取出一包银子给小毛猴儿。师父又掏出一个小纸包给小毛猴儿，说："回来时，如果遇到危急事就打开看。好了，去吧！"小毛猴儿拜别了师父，又回去拜别了母亲，就骑上大白马走了。

不几日，小毛猴儿到了番地，在离校场不远处找了个小店住下。人很多，那参加选驸马的王孙公子多得数不清。小毛猴儿知道自己不如人，就没想那当驸马的事儿，只是想逛逛看看热闹，所以反倒觉得轻松愉快。

下午，两个小皇子果然也来了，他们就住在对面的一个大店里。两个小皇子看见了小毛猴儿，就走过来又羞辱他，说："撒泡尿照照你是个啥东西，还想当驸马？哈哈哈！"半夜里，两个小皇子指使人偷去了小毛猴儿的银两和白马。小毛猴儿知道是两个小皇子干的，心里叫苦，但没有办法，只好忍着没敢声张。

第二天，番王传旨："武能胜过公主的，文能让公主看上的就招为驸马。"番王带领文武大臣亲临比武场观看。不一会儿，一阵锣鼓响过，一群女兵簇拥着公主走了出来。公主金甲金冠，插着长长的野鸡翎子，骑着枣红高头大马，手里拿着一支梅花枪，十分英武漂亮。公主跃马走上比武场，那些王孙公子一个接一个和公主比武。公主武艺高强，都被她左一个右一个拨得乱滚哩。

两个小皇子也上了比武场，先是一个比，比不过就两个合起来比，还是比不过。两个小皇子一心想当驸马，已经累得汗流浃背气喘吁吁了，还不甘败下来。公主生了气骂着说："两个不要脸的东西，姑娘给你退路都不知道。"就挥起梅花枪，只几下，把两个皇子都打下马来。

正挤在人群里看热闹的小毛猴儿见两个小皇子要吃亏，吃惊不小，哪顾得了许多，大喊一声："不要伤我两个弟弟！"挺着银枪一纵身跳到公主面前。公主低头一看，见来者是个穿着衣服的毛猴儿，说："奇怪，哪来的猴儿？好！姑娘正在兴头儿上，就要要吧！"说罢，那支梅花枪"嗖"地直刺小毛猴儿的喉咙。

正在这时，天空突然"喀嚓"一个炸雷，一道火光罩住了小毛猴儿。比武场上立时浓烟滚滚，人惊马叫，乱成了一团。一阵儿浓烟散去了，小毛猴儿不见了，一个白白净净的英俊少年披着银甲，戴着银盔威风凛凛地站在那里。那匹马不知啥时候也站在一旁了，少年翻身跨上白马，持枪就向公主刺去。公主被眼前的情景惊得愣了神儿，这时见少年刺来，想走也走不了，就和少年交手战了起来。少年武艺了不得，战了八十多个回合，一点儿也没退让的意思，眼看公主招架不住了，番王忙派了两个牙将把公主救下比武场。

晚上，公主翻来覆去没合眼，细想白天的事，觉得太奇怪了，为啥一声响雷过后小毛猴儿不见了，却出现了一个少年？少年武艺高强，人才出众，在番国挖破地皮都找不到这样的人物，他到底是谁？公主摇摇胀哄哄的脑袋，心想：明天再和他比文的，看他咋样。番王也没睡好觉，也想着白天的事儿，但他没看清先上去的是个小毛猴儿，后来看见少年的出现很惊奇，认定他是个不一般的人物。

少年回到店里，胡乱吃了些粗茶淡饭，就一头倒在床上睡觉，忽然门"吱呀"一声响了一下，两个小皇子走了进来，说："想不到皇兄是这样的人物，实在为你高兴哩，但不知以前为啥是那个模样？"其实少年并没睡着，也想着白天的事。白天他只是为两个小皇子的性命着急，才不顾一切跑上比武场的，但他没坐骑咋能战过公主呢？眼看公主一枪刺来，自己无法躲避，就在闭上眼睛等死的时候，突然身上发出火光来，自己也糊涂了，不知咋的自己就变成了这个模样儿。他心里也正奇怪哩，现在见两个小皇子问，就笑笑说："这……我也说不清。"

天亮了，少年又来到比武场，番王和公主也来了。番王传旨："公主要和少年比文的。"公主要少年对对儿[1]，公主出上联，说："英雄战场腾战马，一红一白。"少年稍加思索对下联说："钢枪雾里耀铁甲，一男一女。"公主又说："扪心合行平等礼。"少年接口说："握手初唱相知歌。"众文武大臣连连称妙，番王也点头称赞，公主也暗自佩服。当下，番王就宣招少年为驸马。回到王宫，张灯结彩、大摆宴席十几天，非常热闹。

过了一个月，少年要和公主一同回国看娘，番王就给他们许多金银绸缎，又挑了几匹好马送给他们。少年和公主走到一条大河跟前，人马一齐上了船，船到河心，突然从后舱里钻出十几个水贼，少年一看，为首的竟然是两个小皇子。

原来两个小皇子见少年招了驸马，心怀嫉恨，就结了水贼，在这里等着要害少年，抢夺公主和财物马匹哩。几个水贼"扑哧扑哧"跳下船钻进水里，把船在底下驾着向另一个方向游去。危急之下，少年忽然想起临行时师父给的一个小纸包儿，打开一看，里面是半个桃核碗碗[2]。正在少年不解其意的时候，船一晃，桃核碗碗掉进了河里，一落水桃核碗碗立即变成一艘小船。少年和公主急忙跳到小船上，小船快得跟射出的箭一样，一阵儿就游到对面的岸边。

少年和公主登上岸，回头一看，水贼把两个小皇子打到水里，划着船迅速靠了那边的岸，抢了船上的金银绸缎和马匹，钻进树林子里去了。两个小皇子不会浮水，在水里翻腾了几下就被淹死冲走了。没了坐骑银两，还有好长的路，咋能回到家呢？少年正在发愁，公主说："前面不远处有个相识的人家我们去看看。"公主把少年领到那家

[1] 对儿：对联。
[2] 半个桃核碗碗：半个桃核皮。

去，说明情况，那人就借了两匹马和一些银两。公主和少年谢过了那人，就骑上马，带上银两往回走。

少年和公主回到家里拜见娘，大皇后认不出他是谁，少年说："娘，我就是你的儿子小毛猴儿呀！"少年接着就把猴儿变人和招驸马的经过细说了一遍，大皇后听了又惊又喜，少年和公主双双拜过了娘。大皇后说："这事儿全亏了你师父，你们赶快去拜师父，让他也高兴高兴。"少年和公主来到山林，古庙没有了，师父也没影儿了，少年才知道师父不是凡人，他定是哪位神仙下凡才把他个猴儿弄成了人。少年十分感激师父的大恩大德，就和公主趴下朝大山拜了三拜。少年和公主回来给大皇后说了，大皇后也很惊异，感叹不已。

过了几天，公主说："你们住的这地方哪算个家，我实在住不下去了，咱们把娘接上回番国去吧。"少年说："我是这一国的人，咋能到外国去住呢？"少年虽这么说，心里也觉得实在对不住公主，今后该咋办呢？大皇后也正在为此事发愁。忽然来了皇上宫里的几个人宣皇上圣旨，皇上要大皇后进宫见驾，大皇后说："皇上没了良心，把我赶到这里，十几年都熬过去了，现在为啥一定要见他呢？你们回去吧，我不去。"宫人忙跪下叩头说："皇上的圣旨不可违抗，你若不去，皇上就会把我们杀了的。"大皇后见宫人说得可怜就去了。

皇上见大皇后头发全白了，脸上皱巴巴的，穿着破旧的衣服，完全是乡下老太婆的样儿，不由得伤心落泪，说："我委屈了你啊！"大皇后见皇上坐在龙椅上也须发全白了，老多了，身体很瘦弱，心里也很难过。皇上说："眼看我不行了，两个小皇子被水贼杀了，现在由谁来继承皇位呢，我发愁啊！"皇上又说："这都是老天不让我活呀，要不，当初你咋就生出个毛猴儿呢？如果他是个人，如今定不会落到这般光景。"皇上又抹起了眼泪，大皇后一直没言喘。皇上突然问："小毛猴儿还在吗？"大皇后说："在，皇上问他干啥？"皇上说："唉！他虽然是个毛猴儿，总是我的儿子呀，说心里话，这时我还真想见见他了。"皇上就命宫人去接小毛猴儿。

宫人回来复命，皇上见来的是一个英俊少年和一个漂亮的公主，不解地问他们是谁。大皇后说："他们就是

我的儿子小毛猴儿和我的儿媳番国公主。"皇上更加糊涂了，大皇后就把事情的前前后后说给他听。皇上好像还在梦中，问："这是真的吗？我有这样的儿子，何愁没人继承皇位？"皇上非常高兴，不料太激动了，一口痰涌上来塞住喉咙，咽了气。

皇上驾崩了，文武大臣就让少年继承了皇位。少年当上了皇上，封娘为皇太后，公主为皇后，有重要事就请教皇太后，又和番国有联姻，所以国内外都很太平，万民称颂哩。

讲述者：　石敏乾
采录者：　魏俊舱，男，32 岁，庄浪县卧龙乡魏家
　　　　　山村人，干部，高中学历
采录时间：1986 年
采录地点：平凉市庄浪县
选自：　　《歌谣故事》，第 282 ～ 289 页

异文：小毛猴

古时候有个皇帝，寻下三个老婆都不生龙子。皇帝年过花甲了，无人继承龙位，他焦急得睡不好觉，吃不成饭，咋弄呀？他就贴出榜文：谁人能使皇后生养龙子就官封一品，赏银万两。一直过了几个月都没人揭榜。皇帝终日愁眉苦脸，卧床不起，文武大臣给皇上宽心，叫别整天睡觉，出去转着游游。

皇上出去游转，遇见了一个白发老道，老道说："皇上面容憔悴，想必是无龙子继位发愁？"皇上说："正是的，老神仙可有秘方叫皇后生出龙子来吗？"老道说："能行。"说着从袖筒里掏出两个仙桃给皇上，说："给她们中的两个人每人吃一个，一定能生出龙子。"皇帝高兴得很，拿回去就给皇后说："谁吃了这桃儿谁就能生皇子。"刚说哩些，两个西宫每人抢了一个吃开了，正宫没抢上，眼泪汪汪地把西宫吐出来的一个桃核咽了。

过了一年后，两个西宫真个生了两个皇子，正宫生了个小毛猴。两个西宫给皇上奏了一本说，内宫出了怪事，正宫娘娘生了个妖猴，必有大祸，皇帝一听就把正宫娘娘赶出了宫。

正宫娘娘抱着小毛猴沿门乞讨，黑了站着[1]一个古庙里，天天就这么个。一直过了六年，小毛猴长了六岁了，天生的猴儿性子，一天翻墙爬树的，正宫觉着淘气着管不住，伤心地一个劲淌眼泪哩。

有一次，小毛猴出去耍了三天没见面，正宫放心不下，担心有个三长两短，或者闯个麻搭[2]。

第四天，小毛猴回来了，高兴地说："娘，我拜了个师父。"正宫气人得很，问："你到哪达去来，拜了咋么个师父？"

小毛猴说："我到山里头摘果子哩，走远了，山墕墕儿里有个庙，庙里头有个白发老头儿，他把我的手拉住说：'我是无事逍遥的老道，你是逍遥无事的毛猴儿，曹两个认个师徒，我教你习文练武，权当耍哩。'我就拜了师父。"

第二天，小毛猴去寻师父，师父给他教武艺教诗文，小毛猴爱学得很，也灵得很，一学就会了。

学了八年，小毛猴十四岁了，正宫给小毛猴说："明天是你父王八十大寿，你去给你父王拜个寿。"毛猴说："我不去，我这么个样子我父王不爱我，我也不给他拜寿去。"正宫说："他不喜欢你是他的事，你总是人家的儿子，你尽你的孝心去，你把心尽到就行。"小毛猴对他娘孝顺得很，从来说啥听啥做啥，就跑着给父王拜寿去了。

皇上过寿的这一天人多得很，事过得大得很，正当国王喝酒哩些，有人给皇上禀报说，门上来了个小毛猴，说他是大皇子，要给皇上拜寿哩。皇上听了想起正宫和他夫妻一场，心里不好，眼泪淌开了，可是小毛猴他不想见，怕失皇上的体面。文武大臣说："叫他进来，虽然世的[3]不好，总算骨肉儿子，不然就把他的感情伤了。"皇上听了大臣的话，就允许他进来。

[1]　站着：歇息。
[2]　麻搭：麻烦。
[3]　世的：生的。

小毛猴进去拜了父王，皇上连看都不看，光说到下面吃饭去，侍候的人就把小毛猴安排到下房里吃饭去了。西宫的两个小皇子看着小毛猴那样子，就觉得他们能得很，把酒端上来故意要笑小毛猴哩，一个揪着小毛猴的毛，一个拧住小毛猴的耳朵，把酒灌到小毛猴的鼻子里，呛得小毛猴连气都不得上来。皇上听见骂开了，说："谁嚷叫着哩？"两个小皇子上去说："是小毛猴带着酒劲放肆哩。"皇上气人得很，命人把小毛猴推出斩了。大臣赶紧求饶说："今儿是您的好日子，不要杀，念起他长在荒郊野外，不懂礼数就饶了他吧。"皇上听了，就命人用乱棍打着轰出去，叫他以后不要再来。

小毛猴回来给他娘说了，他娘哭了一顿，小毛猴又给他师父说了，他师父笑着说："大丈夫不计小人事，不要生气。现在西域番王出榜招选天下文武才郎当驸马，我想叫你去。"小毛猴说："师父，我习文练武只为了奉养我娘，再说番王给公主招驸马哩，人家要挑个才貌双全的人哩，我这么个模样白跑着去贱脸[1]哩。"师父发了脾气骂开了，说："我把你教了这么些年，叫你争点名气哩，晓得你这么没出息些我就不收你。"小毛猴一看师父生气了，就说："师父不要生气，我去就是了，只是没个乘骑咋个去哩？"师父说："这个不难。"他到后山里拉来了一匹大白马，拿了一杆银枪说："藏你把枪背上，马骑上去。"小毛猴拜别了师父，回去拜别了母亲就走了。

到了番地，在校场跟前寻了个小店住下，这达来的人多得很，文才武将，王孙公子多得数不清。小毛猴知道他长相不如人，就没打算当驸马，光是谋着转一转，看热闹哩，所以心上没啥负担。

第二天，西宫的两个小皇子也想当驸马着来了，住在对门子一个小店里。外两个小皇子见了小毛猴蛮说蛮骂地侮辱哩，说："你晓不得羞耻，觉不着你是个啥东西还跑着来了。"外两个还请了个贼娃子把小毛猴的马偷着去了，思谋着逼着叫小毛猴回去哩。

番王传了旨说："武艺上能胜过公主的人，文才上能叫公主看上的人就招为驸马。"公主骑着一匹枣红马，手里拿着一支梅花枪到比武场上来了。公主的人才好看得很，比武的人根本持火[2]不住，叫人家左一个右一个拨着像洋芋蛋蛋滚哩，最后是两个小皇子上去了，两个打一个哩还打不过。打了一阵些皇子觉着自己撑不住，还怕连个性命都保不住，扯身就跑了。

小毛猴看着哩些气上来了，吼了一声，说："不要欺侮我兄弟了！"就在喊这一声的时候些天上猛地响了一声炸雷，把人都惊了。雷一响，火闪子在眼前头一闪，就像点了鞭炮了，烟罩着哩，一阵儿烟雾散了些，小毛猴变成了一个白白净净的少年，他的马也在跟前哩。白少年骑上马进了比武场，师父给他教下的几手还没施展完哩些，公主就退开了，番王见架势不妙，赶紧派了个牙将上来给公主帮忙，公主不敢然[3]了，下去了，白少年和牙将打得凶得很，真个往死里打哩，像是有仇哩一样。番王说："对了，对了，再不要打了，这是为比武艺哩，又不是两国交战哩，白少年歇缓就是了。"

比罢武又比文哩，公主看着白少年的武艺好，人才好，考文的时候心上就胆怯着哩，出了两个对儿，白少年出口成章，公主再不敢出了，就算了。番王设了宴招待了白少年，当下就招成驸马，大办了喜事。

白少年住了一月时间，和公主回国看他母亲，番王把陪嫁下的金银马匹、绫罗绸缎都送给了。他们走到大河上些刮开大风了，船底下钻出了两个水贼，一看些是两个小皇子，想抢公主，这时白少年记起他走的时候师父给了他个纸包包，说到紧急处取开看，取开一看些是个桃核碗碗，没注意把这个桃核碗碗掉到河里变成一只小船，白少年和公主赶紧坐到小船上逃走了，那两个小皇子把大船上的金银抢着去了。

白少年回去后拜见了他娘，他娘认不得是谁，白少年说："我是你儿子小毛猴，是天上神人拨摆[4]着我变成人了。"他娘说："你赶快拜见你师父去，都是你师父的功劳。"白少年和公主进了山些庙没有了，师父也没影影了，

[1]　贱脸：丢脸。
[2]　持火：支撑，招架。
[3]　然：继续。
[4]　拨摆：拨弄。

0186

中国民间文学大系 4-62

他才知道师父是个仙家，就朝天拜了三拜。他们两个又见他父王去来，皇上觉着高兴得很，谋着好好地说些啥呀些，白少年和公主拜了就走了。

讲述者：　石敏干，男，22 岁，小学文化程度

采录者：　魏俊舱，男，34 岁，卧龙乡文化站干事，高中文化程度

采录时间：　1988 年 4 月 10 日

采录地点：　平凉市庄浪县卧龙乡

选自：　《平凉地区故事集成》（资料本下卷一分册），第 20 ～ 25 页

90

女子变老虎

古时候，有一个员外，育有一儿一女，家里光阴挺好，给儿子娶了一个媳妇，家里共有五口人。员外家的姑娘也大了，在另外一个房子里住着呢，不知道咋就成了精咧，变成了一个大老虎，把家里害得没办法。她白天是人，晚上是老虎，一到晚上就出去游去咧。

一天，她在外面没找到吃的，她家养了四匹大马，就钻进了马圈里，把一匹马给吃了。她吃马时正好被哥哥发现咧，哥哥就给爹妈说："我妹妹现在不是人咧。我昨天晚上听到门响呢，出来些看见她变成一只老虎，从马圈里进去，把一匹马给吃咧。"他爸妈不相信，说："咱家的马不知道是被哪儿来的野生[1]给吃咧，你说让你妹妹给吃咧，你妹妹明明是个人，咋能变成老虎把马吃咧吗？"

第二天，这个儿子就想：我妹妹已经变成老虎咧，我爹妈不相信，万一有一天她把家里的人都吃咧，咋办呢？晚上，他提前藏在马房门后面，发现他妹妹又变成一只老虎，把一匹马给吃咧。他想趁妹妹吃完马往出走时，用马

[1]　野生：野兽。

刀斫掉她的一条胳膊咧，结果没斫上，给把一条腿斫掉咧。他妹妹少了一条腿，就变不回人咧，一直成咧一只老虎咧，就跑掉了。这个儿子就给他妈说："我说我妹妹变成老虎咧，你还不相信，她昨晚又把一匹马给吃咧，她往出跑时我把她斫咧一马刀，把一条腿给斫掉咧，你看那是流的血，这下跑咧，再不回来咧。"他爹还是不相信，就和他闹，说："你把你妹妹害咧，还说你妹妹变咧个老虎，她能变成一个老虎吗？我咋没看见她变成老虎呢？"他爹骂完咧又把他赶出咧家门，不要他咧，让他把媳妇领上到外面去过活。这个儿子就说："我啥都不要，就要家里的两匹马。"他爹就答应了，他和媳妇就一人骑咧一匹马走咧，家里的钱财留给他爹妈两个人咧。

过了几天，这个女子就回来咧，看他哥和嫂子不在，也把马拉走咧，因为她变不成人咧，所以她白天不回来，只有到晚上才回来咧。她回家后，先把她妈吃咧，后把她爸吃咧，就在家里待着哩。

这个儿子在外地待的时间长咧，就想回家看看他爹妈好着没，他妹妹有没有回来。他养了两只鸟，一个叫阴娃儿，一个叫幺娃儿，这两只鸟能听懂人话，临走前他放了一盆水，让两只鸟在里面耍水，给媳妇说："我回去看爹妈去呢，你注意看着，这盆水要是干咧，你就把它们放咧，我就不回来咧。要是这盆水不干，你就别放，我就回来咧。"

一天中午，这个儿子回到了村子，他先在窑崖背子上看呢，看见一只大老虎在院子里晒暖暖呢。老虎看见了他的影子，就问："是谁？"这个儿子因为身上带了个马刀就没有害怕，说："我是你哥哥。"老虎问："你回来干啥来咧？""我回来看爹妈来咧。"老虎说："爹妈都去世咧，我去给你把他们的灵魂叫回来，一个变咧一只白老鼠，一个变咧一只黑老鼠。"说完它就走了，一会儿工夫就给拉来了两只老鼠，说："你看，这两个老鼠，一个是爹，这一个是妈。"他哥就在窑崖背子看咧，老虎说："哥，哥，你下来，你不下来我就上来咧。"他哥说："你别上来，我就下来咧。"这时，家里的那两只鸟把水耍干咧，他媳妇就把这两只鸟放咧，这两只鸟就飞到这个小伙子跟前来咧，这个小伙子就对这两只鸟说："你们下去把那只老虎

的眼睛给掏的吃咧，一个吃左眼睛，一个吃右眼睛。我就下来把它杀咧，你看它把我爹妈都吃咧么。"这一只鸟飞下去在空中悬着呢，老虎头抬起来一看，另一只鸟就把它打咧一翅膀，这只就把左眼睛给掏的吃咧。老虎往过一转时，另一只把右眼睛给吃咧。这个小伙子就下来把这只老虎给斫死咧。

讲述者：　余金成，男，73 岁，回族，平凉市崆峒区西阳回族乡清明村一社村民，农民，不识字

采录者：　余亚丽，女，23 岁，平凉市崆峒区西阳回族乡人，兰州文理学院文学院本科学生

采录时间：　2021 年 1 月 27 日

采录地点：　甘肃省平凉市崆峒区西阳回族乡清明村一社

91

大灰狼

有一个很大的山洞，里头有一个大灰狼，这狼活了一千年了，已经成精能变人了。

山下有一个村庄，村庄里有一家人光阴过得很好。老两口生下一儿一女，儿子叫勤书，女子叫绣花，家里养着骡马牛羊，还雇了做活的。大灰狼到村庄里转去来把这一家给盯上了，就千谋万算地给这家子打主意哩。

有一天，日头压山畔时，大灰狼跑到这家门前一看，院墙高得上不去，就转到院子后头，发现后墙角薄薄的，就刨个眼眼钻了进去，躲在玉米秆子底下，谋算着吃猪娃咔些。绣花进来了，绣花尿咔，刚蹲下大灰狼就扑上去，绣花连一声也没有叫唤出来，大灰狼就把绣花脖子咬断吃了，把骨头藏在玉米秆子里头，大灰狼变成了绣花，上了绣楼。

第二天，羊出圈时，放羊娃一数少下一只羊，放羊娃记得明明白白夜来黑[1]进圈时羊够够的。一连三天，早上羊出圈时都少一只。放羊娃虚不住[2]了，就给掌柜的说了，掌柜的硬骂着说，是放羊娃不操心把羊丢到山上了。

第四天，羊进圈时掌柜的亲自点了数，到第五天早上出圈时掌柜的又来点数，发现真的少了一只，才觉着成了怪事，就安顿勤书不要睡觉，看半夜里有没有人偷羊。勤书在羊圈门外边放着一个背斗把自己扣住，眼睛不眨地看着哩。三更时分，只听见绣楼门"咯吱"地响了一声，他妹子从绣楼上走下来，在院里打了个滚，变成一只大灰狼，扒开圈门，挑了一只大阉羊很快就吃了个干净。吃完后出来打了个滚，又变成绣花上楼去了。

勤书连夜跑着去给他大大说了，他大大很惊慌，他想不通自己的女儿怎么能是个怪物？就这样一晚上少一只羊，过了十来天，一圈羊少了一半，掌柜的就叫勤书去问问他的老师有什么办法。

勤书的老师会算卦，他晓得绣花遭了大难，不是狼勾了她的魂，就是叫狼吃了，狼精变成了绣花。勤书问老师咋办咔，老师说："你准备一把斧头，藏在羊圈里，等它吃羊的时候把它砍死。"勤书回来给他大大说了，就去磨斧头，那个绣花跑着来问："哥哥，你磨斧头着咋哩？"勤书说："大大叫我砍柴去。"勤书把斧头磨快，拿了一根绳一根柴担从大门里出去了。后来，勤书回来钻进了院子里樱桃树秧秧子里头，到晚上他悄悄进了羊圈，他大大把圈门在外边关好。

三更时分，听着那个绣花在院里打滚，勤书就在羊圈里翻披下一件老羊皮袄在旮旯里趴着。大灰狼进来了，它抓住一只羊，卡脖子一口咬倒，正咂血着哩，勤书扑着上去就是一斧头，却没砍到要命处，只是砍下了一条狼腿，狼跑了。

第二天，绣花少了一条胳膊，天一声地一声地叫唤着，跑到老婆子跟前告状去了，说是勤书晚上上了绣楼把她胳膊剁了。老婆子连哭带骂地说："你爷父子连土匪一样，我只有这么一个女儿，却被你治成个半臂。"勤书把剁下的腿叫他娘看，他娘说："你阿达拿来个狗腿来哄我哩，我连你爷父子不的成[1]哩。"勤书说："你还庇护她哩，她快把一圈羊吃光咔，羊吃光了就连你也吃了。"他娘还是骂着不停。勤书看没治了[2]就给他娘磕了个头走咔，搭马圈里进去问："哪个马儿跟我逃活命去哩？"一匹大红马向他叫了一声，勤书就把大红马拉上出门去了。

勤书来到一个大山里，山垴里[3]住着一家猎户，父女两个，女孩十八九岁。老猎户见勤书长得积爪[4]，就招了个上门女婿。猎户养着两只鹰，他给勤书教着训练鹰呢。过了几个月，勤书想念他大大娘娘了，也担心他们的生命安全，就对妻子说："我看父母亲咔，你看着这个脸盆里的豆芽瓣瓣跳开么，你就赶快把鹰放开。"勤书走到家门口，把大红马拴在树上，把头伸到墙帽上向里着看去，看见他"妹子"在院子里把头取下放在胳膝盖[5]上梳着哩，他谋着爽下来[6]溜走咔些，被人家看着了，她把头安到脖子上，很热情地说："哥哥，你从阿达来，赶快进来。"说着哩些跑出来把勤书扶进门去。

勤书硬着头皮问："大大连娘娘在哪儿？"她回答："大大在前院里晒太阳着哩，娘娘在后院洗脚着哩，你定定儿坐着我给你做饭去。"勤书跑到前院里些他大大的干骨头[7]架架子顺墙立着哩，他跑到后院里些他娘娘的两只脚在尿盆里泡着哩。勤书一面擦眼泪一面走出来，他"妹子"拿了一把三弦说："哥哥，你坐下弹弦子，我给你喂马去。"一阵儿进来说："哥哥，你的马咋三条腿？"勤书说："我的马搭下下[8]就三条腿。"过了一会儿又进来说："哥哥，你的马咋两条腿？"勤书说："我的马搭生下来就是两条腿。"过了一会儿又进来说："哥哥，你的马咋一条腿？"勤书说："就是一条腿。"又过了一会儿进来说："哥哥，你的马咋没腿？"勤书说："没腿。"又过了一会儿进来说："哥哥你咋没骑马来？"勤书说："穷着骑不起。"他"妹子"说："你弹弦子，我给你做饭去。"说完就出去了。

地下跑出来两个白老鼠对勤书说："我是你大大娘娘的阴魂儿，我娃快跑，人家来就要吃你咔。"两个白老鼠一个压弦，一个拨弦，弹得"蹦登蹦登"地响着哩，勤书翻着起来就跑，刚跑咔些，听看他"妹子"咳嗽哩，勤书赶紧钻到炕眼里，他"妹子"爬到炕眼门上说："哥哥，你出来吃饭。"勤书说："饭啊不吃，我也不出来。""妹子"说："你不出来我变脸咔！"说着哩，打了个滚变成了一只大灰狼，正要往炕眼里钻咔。勤书扬了两把灰，大灰狼退出去揉眼睛去了，勤书就跑。

刚从大门里跑出去些，"妹子"追出来了，勤书跑不及，涝坝边上有七棵树，他赶紧爬到树上，影子在水里头哩，"妹子"在水里边捞边说："哥哥，水冰得很，你快出来。"勤书在树上"喀哒"一声打了个鼻尖笑，"妹子"搭头一看说："哥哥，你下来吃饭走。"勤书说："饭啊不吃，我也不下来。""妹子"说："你不下来我变脸咔。"说着哩打了个滚，变成了一只大灰狼，就把个树"喀嚓喀嚓"地啃开了，啃着留下一点点儿了。树闪开了，大灰狼跑着磨牙去了，勤书赶紧又爬到另一棵树上。大灰狼把牙磨快出来又啃第二棵树，啃着快折咔，牙老了又跑着磨去了。勤书又爬到第三棵树上。

涝坝边上一共七棵树，啃到第七棵树上了，勤书害怕得很，他想妻子应该把鹰放开了。大灰狼一口一口地啃着，第七棵树已经闪开了，大概再啃一两口就倒下了。

这时候，勤书心里念格[9]着："豆瓣儿咋还不跳？鹰咋不来？"勤书越胡思乱想，心就跳得越高，一直打在妻子的脸上，她才记起勤书走的时候说下的话，赶快把鹰放开。两个鹰飞着来把大灰狼的两个眼睛叨了，大树也倒了，大灰狼疼得蛮滚[10]哩，勤书从腰里掏出刀子把它杀了。

[1] 不的成：过不去。
[2] 没治了：没办法了。
[3] 山垴里：山根里。
[4] 积爪：机灵。
[5] 胳膝盖：膝盖。
[6] 爽下来：缩下来。
[7] 干骨头：骨头。
[8] 下下：出生。
[9] 念格：念叨。
[10] 蛮滚：到处滚。

讲述者：　王鹏

采录者：　魏俊舱，男，32 岁，庄浪县卧龙乡魏家
　　　　　山村人，干部，高中学历
　　　　　焦克敏，男，50 岁，庄浪县盘安乡颉崖
　　　　　村人，干部，中师学历

采录时间：　1986 年

采录地点：　平凉市庄浪县

选自：　《平凉地区故事集成》（资料本下卷一分
　　　　　册），第 357 ～ 362 页

附 记

　　窑洞是平凉最常见的传统民居，多打在山崖上。为了很好地利用光线，常常在窗子下面做一个大土炕，炕的前面有一个炕洞，用来烧炕。作为传统农耕文明的发祥地，平凉有比较多的农作物，如小麦、玉米、高粱、荞麦、豆子、胡麻、糜子、麻子等，这些农作物的茎叶都可以烧炕。植物灰比较细绵，人们常用"扬灰"的方式保护自己，故事中讲"勤书扬了两把灰，大灰狼退出去揉眼睛去了，勤书就跑"，记忆的就是这种场景。（张添发）

陇东崖窑　余亚丽摄

异文：黄狼精

　　从前，有老两口儿养了一儿一女，一家四口人，平平安安地过活。儿子常常出去放羊，后来发现每天赶羊时羊总少一只，他很奇怪，决定看个究竟。

　　有一天，他放羊回来，把羊圈了就悄悄地躲在羊圈背后，透过天窗眼往羊圈里看。一会儿，他看见妹妹从绣房出来跑进羊圈，在羊圈里打了一个滚，变成了一头黄色的狼，几口就把一只羊咬死吃了。把他吓得赶紧跑到老两口儿跟前，把看到的事情说了一遍。老两口儿怎么也不相信，还骂儿子："你胡说，你妹妹咋能是狼呢。"哥哥没办法，就骑上马出门走了。

　　有一天，他碰见三个人，这三个人掏了四个鹰娃，他们把三个分了，还有一个不能分了。他们说杀了分，他看到这，就去把那只鹰买下来了。

　　又有一天，他又碰到一只小黄狗，也把它带上了。他带着狗和鹰走了几天几夜，来到一个村里住下，从此他一边干活一边精心照料小狗和小鹰。这样一晃过了好多年，他也成了家，小鹰和小狗都长大了，都很机灵。他就给小鹰起了一个名字叫黑鹰，给黄狗起了一个名字叫天犬。

　　后来，他想回去看一看父母。临走之前，他在当院放了一盆水，嘱咐女人说："我现在回家看父母去，如果你看见这盆里的水淹开了，你就把我的黑鹰和天犬放开。"女人答应了，他还是不放心，再三叮咛一通就走了。

　　他走到家里一看，整个村里连一个人也看不见，房屋倒塌，野草比人还高，村子里古森森的叫人害怕。他的妹妹正在屋里梳头，从镜子里看到哥哥东瞧西看，一阵高兴，就去把哥哥引到屋里。

　　哥哥到屋里一看满地都是骨头，门背后还挂着个啃得烂拉拉的人头，就知道父母已经被吃了，他心里很悲伤。妹妹取了一把胡胡[1]给他说："哥哥你拉胡胡，我给你做饭去。"妹妹走了，他想跑就是想不出办法，如果停住胡胡，妹妹就来了。其实妹妹到厨房里正在磨刀子，她馋得受不住了，就吃了马的一条腿，问："哥哥，哥哥，你的马咋三条腿？"哥哥没法回答，就只好说："我的马就是三条腿。"一会儿后她又吃了一条马腿，又问："哥哥，你的马咋两条腿？"他回答说："啊，我的马是两条腿。"

[1]　胡胡：一般指二胡。

最后她把马吃光了，又到厨房去磨刀子。眼看他就活不成了，就在这时，从窟窿里钻出来两个白老鼠对他说："你赶快跑，我两个来拉胡胡。"他就把胡胡交给老鼠，从后门跑了。他跑着跑着，碰到一个涝坝中间有一棵大树，急忙爬上树。

不一会儿，狼来了。她看见水里一个人，就把水喝光，涝坝里的人没了。她又把水吐到涝坝里，又能看见人，就又喝起水来。她哥在树上忍不住笑出声来，狼一看人在树上，就张开大口啃树，不大一会儿就把树快啃断了。

再说女人正在游门子[1]，猛然记起前几天的事就急忙去看，发现盆里的水淹得很厉害，她急忙放开黑鹰和天犬。黑鹰和天犬一直向这里奔来，眼看树就要断了，黑鹰飞来，两下子就把狼的两个眼睛啄瞎了，天犬扑来一爪子，把狼的心掏出来吃了。

讲述者： 陈文军
采录者： 王统州
采录时间： 1988 年 2 月 5 日
采录地点： 平凉市静宁县城关镇南关村
选自： 《平凉地区故事集成》（资料本下卷一分册），第 352 ～ 362 页

[1] 游门子：串门。

92

玉英报仇

江南有一个人叫张川，江北有一个人叫王川。二人在长江上打鱼时相识，结为兄弟。

江南闹水灾，把张川家给吹了。张川两口子没办法生活，就坐上小船来到了江北王川的家里避难。王川给张川两口子腾了一间房子，资助了些银子，让他们做点小生意。

张川买了些粮食，又买了些麻，做麻钱串子卖，卖了点钱。他听人说江南的东西到江北卖，很能赚钱，就想去闯一闯。他给妻子买足粮食，给王川托付好家事，就出了门。

这天，张川来到西宁附近，此时天色已经不早了，他向一个人打听这里距二道关只有五六里路了，他想五六里路不多，于是就加快步伐来到了二道关。天已经完全黑了，他找了一家旅店就住下了。

第二日清晨，他付了店钱，挑了担子来到街上，摇着拨浪鼓，喊叫着做买卖。从巷子里走出一个姑娘，说："客人请随我来，这些货我全要了。"张川跟着姑娘来到院子里，从房子里跑出来十几个姑娘，把这些杂货、金银首饰一下子抢光了，张川记录了一张单子。姑娘把张川请到

房里，算了足足几百两银子。

这位小姐叫玉英，是二道关的名妓，是个热心肠人，深得众姐妹喜爱。玉英问："客人是哪里人？"

"江南人。"

"叫啥名字？"

"张川。"

"天已经晚了，今晚住在我这里，保证你到时把钱全部拿上。"

"我是个小本生意，这么贵的店住不起。"

"你不用管，我替你付。"

张川见玉英长得漂亮，又爽快大方，放下心来。玉英将他领到一个房间，端来一盘子面两盘子菜，请张川吃。张川一路辛苦，哪里吃过这么好的饭菜，不顾玉英在旁，就狼吞虎咽地吃起来。一阵工夫，三盘子饭菜一扫而光，当晚就住在店里歇息。

第二天，张川要钱，玉英说银子还没有凑齐，让他再耐心等待一日。张川也想，住店不要钱，又有好饭好菜，索性住下来。几日后，张川暗暗喜欢上了玉英。他今日假装要走，玉英一挽留又住下；明天说走，玉英一挽留又住下。这样一住就十几天，两个人互生了爱慕之情。

这天，玉英问："张相公，你爱长久夫妻还是短暂夫妻？"

"自然是长久夫妻。短暂夫妻就像草上的秋稻、叶上的露水。"

"既然这样，明天我给你收账，再给你一千两黄金。从明天起我不再接客，老鸨就要卖我，我是她一千两黄金买来的，你把我买下，咱过长久夫妻。"张川答应了玉英。

第二天，玉英果然不再接客，老鸨不管是用金钱利诱，还是用皮鞭抽打都毫无作用。老鸨无奈，传出话来，谁愿意出一千两黄金就将玉英卖给谁。张川拿着玉英给他的一千两黄金，却有了其他想法。他没有赎玉英，拿着黄金偷偷回到江南，开了几十间店铺。不见张川的影子，又丢了黄金，玉英羞愤成疾，不久就离开人世。

玉英死后，由于怨气太重，阴魂不散，变成了厉鬼，到处伤人，把院子里的人都害死了，接着伤害小镇上的人。这个昔日的繁华的边陲小镇变得异常荒凉。

后来，王川家不慎遭了火灾，家产烧了个精光，他驾着船来找张川，张川给他资助了些金银，让他做生意，攒了点小钱。他听张川说西宁二道关生意非常好做，就在杭州办了些京广杂货，沿着张川走过的路做买卖，也来到了西宁，向人打听二道关。

一听王川打听二道关，人都说："你不想活了，二道关有个厉鬼拉人，你想去送死不成？"王川不信，坚持来到了二道关，只见到处是残垣断壁、荒芜古院，十分清冷。他担了一担货，在十字街口把拨浪鼓摇了几下，玉英从院子里出来，问："客人担的是哪里货？"

"京广杂货。"

"这些货我全要了，你随我来。"

王川随着玉英来到了一座绣楼中。玉英让他坐下，问："客人是哪里人？"

"江南人。"

"江南没好人。"玉英一听王川是江南人，立刻变了脸，问："你知道张川这个人吗？"

"是我结拜兄弟。"

"那你一定不是个好人。"

"小姐此言差矣！一母所生有愚有贤。夫妻同床睡，人心隔肚皮。张川怎么坏，我不知晓，怎么连我王川也不是好人了？"

"既然你是好人，就在我家住几天，到时我把钱付清。"王川见玉英小姐长得楚楚动人，语言也温和，当晚就住了下来。

第二天下午，玉英对王川说："王相公，你白天做生意，晚上就在我这里休息。"说着给王川一把银子，让王川给她在西宁买一点大烟。王川在西宁给玉英买些大烟，又买了几个羊肉包子。

晚上，玉英吃过包子，又抽了几口大烟，变得一阵比一阵好看。这晚，两人就同床休息。

一天，玉英问王川："你爱长久夫妻还是露水夫妻？"

"自然是长久夫妻。"

"那好，我们回江南去。"

晚上，玉英突然对王川说："你跟张川不是同一种人。我实话跟你说了吧，我不是人。"

"你不是人是什么？"

"我是个冤鬼。"

"我不信，鬼能听见声音，见不到身影，即使见了身影，也看不到全身。你说话有声音，太阳下有影子，怎么会是鬼呢？"

"我有护身符，如果你不害怕，我就变过去给你看。"说毕，"哇"一声变成了鬼，披头散发，七窍流血，吊眼吐舌，十分吓人。

人常说："百日夫妻比海深。"王川没有害怕，说："你就是个鬼，我也不害怕。"

玉英又变过来说："看来你是真心爱我。你明天到西宁买几头骡子、几匹马，再买一只活公鸡，让公鸡站在马车头上，咱们回江南。碰到树林，就用扫帚扫几下，若碰到关寨、村庄、河流，就烧三张纸，再叫三声玉英，我就跟着来了。"

"要这么多马干啥呢？"

"我叫你富贵回家。"

第二天，王川买来了骡子和马匹，玉英领着王川把后院里的窖挖开，把藏着的金银驮了一半，又把窖封了，当日起身就往江南走。

几个月后，二人回到了江南。张川和众乡绅前来迎接，王川只顾着应酬，忘了玉英的话。到了城里，看不见玉英，慌忙跑出去寻。

玉英正在碾盘下面哭，一见王川就骂："我说江南没好人。我周济你富贵回家，你得了钱就不管我了？"

"小姐，我应酬了客人，就把你给忘了。这不是来了吗？"

王川烧了三张纸，叫三声玉英，玉英跟着王川进了城。

一见玉英，张川脸色大变，找了个借口匆匆离去。

一日，玉英对王川说："明天我要和张川算账去。"

王川说："咱这么多金银，和他算啥账哩。"

玉英狠狠地说："一个麻钱也不能叫他白占！"

第二天，玉英告到老爷大堂，把张川的家业全算来。玉英又说："我还要到城隍爷跟前打官司去。"说着"吱哇"一声变成厉鬼走了，王川赶紧去追，追到张川家门口跌了一跤。等他爬起来，只见玉英一手提着一把刀，一手

提着张川的心，张川的阴魂跟在后面，向城隍庙走去。王川在后面追，被远远地甩到了后面。等他气喘吁吁地赶到城隍庙时，只见张川和玉英正跪在城隍老爷神像下面对质，玉英说："张川害了我的命，让他还命来。"城隍老爷命左右判官把张川斩首，让牛头马面领玉英还阳。

牛头马面领着玉英和王川来到二道关。王川打开院子最北边的一间房子，里面放着一个黑棺材，王川将棺材揭开，玉英的尸身躺在里面，完好无损，容颜依旧。王川把尸体拉起来，往嘴里灌了一口水，玉英慢慢地活了过来。牛头和马面回去交差去了。

第二天，两人掏开藏金银的窖，把金银全部装上马车，放一把火将房院烧了，二人回到江南，恩恩爱爱地活到了老。

讲述者： 马大娃，女，72 岁，庄浪县韩店乡聂子坪村人，农民，不识字

采录者： 周斌，男，38 岁，文化工作者，本科学历
李永峰，男，44 岁，企业经理，大专学历

采录时间： 2010 年 5 月 26 日

采录地点： 平凉市庄浪县韩店乡聂子坪村

选自： 《庄浪古经》，第 169 ～ 172 页

93

鬼魂传

早些年间，有个姓莆的相爷，太太生了一个少爷，取名莆连。这个莆连，一生下来，男不成男，女不成女，莆家打发他到书房里去念书，四个丫鬟伺候着，一直伺候念到十二岁。他大了，多少懂事了，就上心说："我男不男女不女的，念这书做啥呢，不如到外边游去。"于是便收了念书的心。

一天，他走出了书房门，恰巧碰见麻姑，麻姑问："你做啥咔？"莆连实说了，她也没拦挡，就说："那你将[1]去。"说完，还拿出一个纸包包，写了一封信，说："这些药你拿着去用，这书信捎给一个叫青姑娘的。"并安顿说："你今晚走到阿达阿达的一个湾里，有一棵柏树。若是害怕了，你爬上这柏树，就有个人课[2]你呢。"莆连把药装上，信拿上，出发了。

他走啊走啊，走到了这个大湾里，真个有一棵大柏树。他照麻姑说的爬上柏树，看见青桃洼上有一家人，高墙洋楼，青堂瓦舍的。不一会儿，这人家的丫鬟来到柏树下说："以前闻到柏树下香喷喷的，今儿咋闻见生人气，这是为啥？"她们四下寻开了，寻了很长时间，没寻见。

莆连坐在树上一盯眼[3]看着，一个大丫鬟在这棵柏树底下，碰到树上了，疼得她坐下双手跐着脚，哭叫起来。这一哭把莆连吓了，心上一紧张，抖落了一撮柏朵[4]，不偏不斜，端端[5]地打到这个丫鬟身上，丫鬟说："这是啥东西把柏朵打落下来了，我寻个棒把他捣下来看是个啥。"她正要寻棒，这时跑来一个浑身穿青的姑娘。树上的莆连想："这大概就是青姑娘吧。"他就从柏树上溜下来，一下子扑到她的怀里说："青姑娘，救命啊！"青姑娘愣住了，莆连赶紧把麻姑写下的信掏出来交给她，青姑娘一看信，笑了，原来这是麻姑给自己说的男人。青姑娘一手遮住脸，一手扶起莆连，把他引到屋里，高酒贵饭款待了。

青姑娘细观莆连，是一个英俊美貌的人才，心里欢喜得不得了。天黑了，她就和莆连在上房[6]里睡了。莆连跑了一天路，身子很乏，一头睡倒就呼呼地拉起鼾声来，青姑娘咋捣也捣不醒他。青姑娘忍不住了，就解莆连的裤带，咋解也解不开。你知道青姑娘咋解不开莆连的裤带呢？原来她是个屈死鬼，在阴世里解不开阳世里人的裤带。青姑娘拿来一把剪子，才把裤带剪开，手戳进裤裆里一揣，莆连没事[7]。青姑娘说："这人看去攒攒劲劲的，可没行成，要么好看咋呢！"她也没心思了，就蒙头一直睡到天大亮。白天，莆连跟青姑娘在后院里玩耍，晚上就单独一个在上房里睡觉，这样一直过了四五天。

第六天时，麻姑来看莆连，说要他吃一包药，莆连没打折扣取出药来一口就吃了。天黑了，他又到上房里去睡觉，一觉醒来，觉得身底里不对，一揣有了行成，心想："头一天晚上来，青姑娘和我睡觉，我乏得很，她把我裤带剪断揣呢，没事啥。我将[8]有了东西，今晚上寻着她睡

[1] 将：今天。
[2] 课：拿棍子打。

[3] 一盯眼：不眨眼。
[4] 柏朵：柏树枝。
[5] 端端：正好，没有误差。
[6] 上房：客厅。
[7] 没事：指没有性功能。
[8] 将：刚才。

觉去，看她咋哩。"上心着就披上衣裳，把门开开，到青姑娘的睡房里去了。

青姑娘问着说："你是谁？"

"我啊！"

"你深更半夜不去睡觉，做啥呢？"

"我寻着来和你睡呢。"

"啊，你这上来睡到炕里头。"

莆连上去睡下，身子一个劲地往青姑娘跟前挨，青姑娘说："你今儿定定地睡着。人没事么还胡骚情啥呢？"莆连说明了，青姑娘高兴得很，两个一连就这么睡了月余天气。莆连要回去，青姑娘说："回去能行，你可谁也不要寻，我反正是你的女人。旁人说下的，你就不要。"莆连应承了，就打点着回家去了。

莆连离了青桃洼，走啊走，走到了他家府上。莆相爷看见儿子回来了，很高兴，说："我儿回来好，明儿叫丫鬟伺候你到书房念书去。"

第二天，莆连就到书房念书，大丫鬟送来吃喝，莆连动手欺负了她。大丫鬟哭哭啼啼跑到莆太太跟前告状，莆太太一下燥[1]了，骂道："你这个嫁汉婊子，作妖出怪。我儿男不男女不女，谁人不知哪个不晓，你倒糟蹋起我家门规来了。"她一边骂一边拔头发拧肉。二丫鬟站在旁个[2]说："你真个是糟蹋太太呢，打死也对劲，曹从碎碎[3]儿伺候少爷，他连啥也没有，暗处[4]阿达来，我将[5]送吃喝去试着看一下。"

二丫鬟出了太太房，提了好饭好茶来到少爷书房，刚放下吃喝，就被莆连推推搡搡到了炕上，也被欺负了一顿。她回到太太房中，哭哭啼啼地禀告了此事，莆太太越发气人了，将二丫鬟又是一顿打骂："你这个婊子一个一个作妖出怪，攒烟打火[6]欺负我老婆子哩。"她又打发三丫鬟指住[7]送茶试着看。结果，还是叫莆连糟蹋了。莆太太到

底不信，又使四丫鬟、五丫鬟、六丫鬟，她们一个个欢欢喜喜地去，哭哭啼啼地来。

莆太太上心不过，就使了个奶妈子去试，安顿说："你哄着试，他真个有，你就一把捏住问，到底是咋回事。"这个年轻俊秀的奶妈子提着吃喝到了书房，莆连原旧来欺负奶妈子。奶妈子手快，一把揪住问："你阿达来的这，五六个丫鬟连着叫你糟蹋了，你不说实话，我今儿把你的这揪着撕了，看你再敢欺负女人吗！"莆连胆小，叫奶妈子这么一吓唬，到阿达阿达去，遇了个谁谁，咋么咋么吃药睡觉……就一五一十地讲了。

你当这个麻姑是谁，她正是花儿娘娘。莆连正养的时间，她看到莆相爷心术不正，为官不清，就把他儿子的牛巴子[8]掐了。后来，莆相爷隐居了，在乡里做了许多好事，花儿娘娘就施了神药给莆连又还上了。

奶妈子听了莆连的一番话，赶忙学说给太太。太太相爷高兴得不得了，当下就托人给莆连提亲。莆连说："爹爹，我的女人早寻下了，你老人家就不必费心了。"

时间过得很快，转眼就一年了。正在这时，一个小孩送来莆连舅舅的一封信，信上说："你给我外甥莆连说知道，他到阿达做下的事，他就到阿达去，如若不去，三天后就会大祸临头。"莆连看了信，知道舅舅说的是啥事，赶紧骑上马，向青桃洼跑去。

他跑到大柏树所在的那个大躺湾，一看高墙洋楼，青堂瓦舍没有了，树底下一个坟鼓堆[9]，荒草遮掩了。马也不走了，他害怕了，正要转身往回走，看见坟鼓堆前坐着一个浑身没挂一丝一线的披头散发的女人，他细看，原来是青姑娘。

俗话说："一夜夫妻百日恩。"莆连没顾上害怕，跑过去一把抱住青姑娘就哭。青姑娘哭着说："把你个没良心的，你回去就是一年，就记不起我了。你把你家的娃娃引着去，我拉扯不住了。我今儿给你实说了，我是这个坟墓里的鬼。二年前，我的爹爹青大人，骂我和门上的货郎子说了话，败了青家门风，把我活活打死，埋在这大躺湾里。

[1] 燥：生气了。
[2] 旁个：旁边、附近。
[3] 碎碎：小。
[4] 暗处：私处。
[5] 将：这下。
[6] 攒烟打火：合起来。
[7] 指住：借，借助。

[8] 牛巴子：男人生殖器。
[9] 坟鼓堆：坟堆。

娘见我死得可怜，就给我尸身上苫[1]了护尸单，至今血肉未化。我年华逢春，屈死成鬼，就点化了庄院，受阳间缘情。"莆连听了，哭得更伤心了，说："青姑娘，我去求麻姑。她如能将你还阳到世上，我就引你回府上；如还阳不到世上，你引我到墓堂去。"说罢，牵马上镫，去找麻姑。

说也巧，刚拨转马头，跑出百十步，看见麻姑迎面走来。莆连连忙滚下马来，跪倒在她眼前，哭得格外可怜，求麻姑搭救青姑娘，成全他俩的婚姻大事。麻姑见莆连是真心诚意，就满口应承下来，并叫他去府上请来莆相爷。莆相爷领了家人一同来到青桃洼大躺湾。麻姑见人来，就把咋搭救青姑娘，成全莆连婚姻之事说与莆相爷，莆相爷很高兴，马上叫家人起开青姑娘的坟。

青姑娘的坟起开后，大家一看，墓堂里睡着一个没挂一针一线的女人，血肉未化，红处红，白处白，像人睡着一样。左奶头上吊着个儿子娃娃，正在吃奶呢。麻姑叫莆连口对口，喊上三声"妻！妻！妻！"莆连口对青姑娘口，喊了三声，青姑娘真个起来了。莆连取来衣裳给青姑娘穿好，抱上娃娃，扶上马，一家人高高兴兴地回家去了。

讲述者： 刘元基，男，56岁，静宁县曹务乡张圪村人，不识字，农民
采录者： 王知三，男，41岁，干部，高中学历
采录时间： 1987年4月9日
采录地点： 平凉市静宁县曹务乡张圪村
选自： 《静宁民间神话传说故事》，第228～231页

[1] 苫：盖。

94

南阳凤一亭

有一个王大人，官满后坐着轿子回家，轿子担上有一疙瘩蜜蜂。走着走着，蜜蜂没有了，这时前面出现了一股旋风，刮得轿子不能前进。不知是蜜蜂变成了旋风，还是旋风变成了蜜蜂。

王大人说："你有冤枉事，我给你伸冤。你前边走，我后头跟上。"走着走着，来到一个新坟前，旋风进了坟，他想坟里的人必然死得不明。到村上一打问，原来是刘大人的母亲病故了。他叫来刘大人，刘大人说："我妈是病故的，坟墓起开，如果验出伤来，我把我的头割给你。如果你三天内验不出伤来，王大人就把你的头给我割来。"刘大人把村子里的人叫来，将坟墓起开。

刘大人一回去，庄里人都撤了，王大人和手下人连验尸带守尸。期限三天，已经两天了，没验出啥来。王大人说："你这个旋风，到底有啥冤屈？我为给你伸冤而验尸，已经两天了验不出伤来，该到我割头的时候了，你为何不显灵？"

当天晚上，王大人梦见有一人托梦说："你到死人身上验不出啥，到审堂里去验查。"王大人派人拿了把铲子

钻进窜堂四处敲打，敲到中间空虚处，用手刨了两把，里边睡着个年轻媳妇。他们把这个妇人抬出来，见这妇人的手被挖成了两半个。王大人这才叫了刘大人，刘大人来说："这事情我不晓得，把打坟的人叫来，问个究竟。"打坟的人一听要起坟，两个就一起偷着跑了。但鬼魂缠住他俩跑不远，一直在村庄方圆打转转哩。王大人把他俩叫来，他俩觉得瞒不过去了，就一五一十地说了。

原来这个小媳妇要去转娘家，路过坟地，他两个就把小媳妇转娘家的情行[1]吃了，并且欺侮了小媳妇。一个说放走，另一个说把她一镢头挖死，挖一个窑把她埋在坟里面，任何人不知道，他俩就真的把人打死埋了。刘大人说："打死人就得偿命，是谁干的，处死后同我母亲一同埋葬。"

刘大人就把王大人请在府里，给王大人备了酒席，吃罢，刘大人拿来一把刀，让王大人取他的头。王大人说："刘大人，才把冤伸了，我割你的头就是拉命债，我何须拉你的命债。"

他俩闲谈了片刻，刘大人就打发王大人回了家。他家所在的地方，叫作南阳凤一亭。回家后，有一次他去南阳跟集，当见[2]一个叫四梅香的姑娘，这姑娘背柴卖草。

王大人问："你是谁家女子，为啥在这里背着卖草？"四梅香说："我家有八十岁的老母亲，我得背草卖柴养活。"王大人一听是个孝女，就给了四梅香十两银子，说："你拿回家去，供养老母亲。"隔了多天，王大人跟集又碰见了四梅香，问："你又背着卖草哩，今天我就跟你去看你那八十岁的老母亲。"

到了家里，四梅香的老母头白得像面碗，四梅香给她母亲说明了王大人的来历，她母亲说："原来是王大人给我四梅香给了十两银子，今天到了我家，你看这窟窑里坐也没处坐。"王大人说："你老人家是上岁数的人了，你睡下缓着，我在炕边吃一锅烟就走了。"临动身时，又拿出十两银子给四梅香，说："这十两银子留着供养你老母，我要回去了。"

又过了一月多，他再到南阳跟集，又当见了四梅香，这次她穿白戴孝。王大人说："你今日穿白戴孝，莫非你老母亲下场[3]了？"四梅香说："嗯，下场了。"王大人说："你母亲的百日纸烧过后，你就来侍候我能行吗？"四梅香说："能行。"王大人等过了百天，就把四梅香引到他家里，四梅香在王大人家做啥都很聪明伶俐，一直侍候了王大人一二年。

王大人有两个后人，大后人名叫善儿，小后人名叫地雷儿。他和老婆商议："你问四梅香给咱善儿当女人不？"王大人走了，老婆把四梅香叫来，问："四梅香，我有一句话说出来，你燥[4]吗不燥？"四梅香说："你老人家说话，我还有什么燥不燥的，看你给我说啥呢？""既然你不燥，那你给我善儿当女人不？"四梅香把脸翻了，说："我不过使了你家二十两银子，我给你做着把账已消了，今儿还叫我给你当媳妇，我就走了。"王夫人说："你不当就算了，你把我再侍候一二年，能行吗？"四梅香点头同意了。

隔了一向[5]，王大人睡着起来把窗子扳了一个缝隙看天色，只见善儿从四梅香住的厨房窗子里出来了。王大人又和老婆商量："你再问四梅香去，她这回百打百[6]给咱善儿当女人呢。"老婆说："我咋再不好问，若问起她再把脸翻了，要走咋办？"王大人说："你问去，她一定给咱当媳妇呢。"老婆又去问四梅香说："你给我当媳妇不？"四梅香说："你老人家又问我，叫我咋说呢，只要你们不嫌弃。"老婆回到上房，王大人就问："你问了她愿意不愿意？"老婆说："她这回当真同意了。"王大人说："既然她愿意，就给他们成亲。"

完婚后，王大人到夏江去做生意，四梅香对王大人说："你回来时走捷径，捷四十里，走弯径，弯四十里。请记住捷径里不要走，弯径里走能回来。"王大人就走了，生意很好，一年多就往回走。走着走着，记起四梅香说的话，但他没有朝弯径里走，而朝捷径里走。走哩走哩，见

[1] 情行：礼物。
[2] 当见：碰见。

[3] 下场：下世。
[4] 燥：发脾气。
[5] 一向：一段时间。
[6] 百打百：百分之百。

一个姑娘在崖畔里坐下吼着，叫苦连天。

王大人害怕姑娘听见人声，就顺崖溜着下去，他悄悄地一步一步往前走，走到这姑娘跟前，将姑娘抱住问原因。姑娘哭着说："我既没有个娘家，也没有个婆家。"这王大人说："你不哭了，跟我去，给我当个媳妇子就有家了。"姑娘说："您老人家愿意，我就给你当个媳妇子。"王大人说："你就坐在我的轿子上走。"

一回去，只见四梅香努着嘴，哭丧着脸。王大人说："四梅香，我给你寻下个弟妇子。"四梅香说："你给我把仇人寻来了。"这个姑娘抱住脸哭。王大人："你进来呢么。""我不得进来。""你躲着进来。"姑娘随着王大人的声音就进去了。

王大人到家就把做的生意放下，隔了几天，就给地雷儿完婚。头一晚夕[1]，家里就出了事儿，把家里顶好的一匹马叫啥吃掉了。四梅香说："你给我找上一张弓、三支箭，我今晚到马圈里去拾掇她。"善儿说："我也去。""你胆小得很。"善儿忙说："我有胆量。""既然你胆大，咱俩趴在马槽里，我一支箭按上，如果发了，你赶快给我再递一支箭。"善儿说："那能行。"

到了晚上，他两个到马槽里等着，弟妇子进了马圈，打了个滚，变成了一只金黄老虎走到一匹马跟前，嫌马瘦，想寻着吃个肥的。四梅香把箭向老虎射去，善儿被刚才的情形吓得把两支箭全丢在马槽底下了。这个金黄老虎跳出了马圈，天哩地哩地乱叫。王大人问："你叫唤着咋了？"地雷女人说："我出去尿尿，你家大后人把我拉住，用箭将我的鼻梁射烂了。你不信，咱家头门上的一个兽爪也射着跌了。"

这下可把王大人气坏了，他要杀了善儿。四梅香说："你杀他着做啥呢，你不要了就叫他逃命去。"四梅香打发善儿去逃命，走到牛圈门口，善儿想吆个牛跟他一同逃命去，圈里卧下个牛犊，猛地翻了起来，连蹦带跳地从牛圈里出来了。善儿说："走，跟我逃命去。"四梅香对善儿说："这个车车儿你用牛犊套上一块逃命去！"并叮咛："你走在一座桥上，有个人叫你，你就跟着这个人去。"善

儿听了，就把小牛车吆上朝前走。

走不多时，下了一场大雨，山水冲着下来了一只狗娃，他从山水里捞起狗娃说："我是受难的人，你跟我走。"走在一座大桥跟前，有个白胡子老汉说："娃娃，你跟我在山上务农去吗？"善儿说："那好得很。"他指着前面说："娃娃，一直沿着这条路朝前走，没有岔路。你前面走，我跟个集再追你。"

善儿边走边看，没见老汉的影子。沿老头所指的方向，善儿上了山，老汉却早已到家了，连饭也做熟了。善儿问老汉说："我头里咋一直没见你，你怎么连饭都做成了？"老汉说："将牛犊拴在圈里添些草，你来吃饭。""我吃饭，还有我的狗娃和青鹞呢。""你给狗娃凉些饭，凉冰后让它吃去，丢一把谷子，叫青鹞吃去。娃娃，你能做啥？""我单会做庄农。""既然你会做庄农，咱俩就在这山上做庄农。这山场上有十几亩地，做好咱两个可以浑吃大喝。"

到了季节，善儿就撒下种子，种了十几亩谷子，长势很好，善儿想："今年一料庄农，人有吃的，牛有吃的，青鹞也有吃的。"谷子割上场，打碾后，种了三升谷子，长势那么好，原碾了三升谷，善儿问老汉："谷子长得那么凶，咋只把籽收回来了，咱两个怎么度生活哩？"老汉说："吃的嘛，你不要操心。"

第二年，还是由善儿种谷子，原撒了十几亩，由于天旱只出来了一苗谷子，善儿气得睡倒了。老汉说："睡下咋呢，娃娃？"善儿说："去年的谷子那么薄，刚把籽打回来。今年只出来了一苗谷子，能做啥呀？我不睡觉还做啥呢！"老汉说："你将这一苗谷子浇水上粪，精心护理。"

照老汉说的，他就一天担水上粪，精心作务，只见谷子秆长得有缸粗，穗子像筐笊壮。谷子黄了，他砍下来，打碾完毕。老汉说："娃娃，你家女人给你来信，叫你回来呢。"善儿说："那我回去。"走时老汉就给善儿三颗谷子，颗粒足有扁豆大，他就系在他的袋子上，把狗娃青鹞放在车子上，套牛往回走。

走到他家庄里，他弟妇子说："啊，哥哥你回来了。"善儿始终没言喘，坐在车车上，他弟妇子又说："你给我

不言喘，我给你变脸哩。"善儿到底没言喘，弟妇子变了个金黄老虎，定到前面，牛连打带角抵，狗娃走到后头连扯带咬，老虎不能近前。牛抵、狗咬、鹞打，才使得善儿脱身到屋前。看见他家院子里没有一个人，长满了野草。走到他家屋门口，有一棵大槐树，善儿就往树上爬，这个金黄老虎变作一个狸猫，善儿见它上树来，只好再往高处爬，狸猫也往高处爬，爬到半树腰，善儿装谷子的口袋子散了，一颗谷子把狸猫的脑门打碎了。

这时，四梅香出来了，叫丈夫从树上下来，善儿不言喘。四梅香对死在树下的弟妇说："她忽变个这忽变个那，活该。"又问树上的善儿："你袋子里边的谷子呢？"善儿说："我的谷子没有了，谷子将妖怪打死了。"善儿从树上下来，四梅香引到她的屋子里。四梅香的魂魄说："你往过一些，我入了你的七窍才能活来，你口对口、心对心叫上三声妻，我就走来了。"

善儿应声，口对口、心对心叫了三声妻，四梅香起来了。四梅香说："咱庄里人死得多，叫上高僧高道，做上一乘大醮，咱两口子重新过日子。"

讲述者： 刘元基，56 岁，静宁县曹务乡张屲村人，
　　　　 不识字，农民
采录者： 王知三，男，41 岁，干部，高中学历
采录时间：1987 年 4 月 15 日
采录地点：平凉市静宁县曹务乡张屲村庄科社
选自： 《静宁民间神话传说故事》，
　　　　 第 253 ～ 257 页

95

黑哥和红妹

那时候有个王家庄，庄上住着一百多户人家，一千多口人。村头有一眼泉，水很多很清，大家叫清水泉，全庄人畜吃的用的都是这泉里的水。

一年前，泉水突然干了，庄子里只好吆着毛驴儿到一百多里以外的山沟沟里驮水吃。路很远，又不好走，三天三夜才能驮一回，王家庄的人就白天黑夜地赶着毛驴儿去驮水。过了些日子，不少毛驴儿累死了，人也累得趴下了。

庄里有个少年，生得黑不溜秋的，大家都叫他黑哥。黑哥人虽黑，脑瓜却亮清[1]着哩，胆量也有哩，就是眼看二十多岁了，一提亲事，人家姑娘总嫌他黑不愿嫁，姑娘的爹妈不愿给。黑哥占[2]不下媳妇儿，心里也很不服气，暗想：我总要干一番惊人的事儿让他们看看。

至于干啥哩，黑哥总没想好，这时候见庄子里没水吃，就想：地下到处有水，我不相信庄子附近再没有泉眼儿，

[1] 亮清：聪明。
[2] 占：娶。

我要找出个泉眼儿来。黑哥想好了也不声张，悄悄儿在村子附近寻找。一连找了十几天，脚都磨破了却没找着个泉眼儿，他很丧气。

这一天，他走得累了，就躺在沟畔睡觉，忽然听见有人说话："小伙子，像你这样能找到泉眼儿吗？"声音很响亮，像谁敲了一锤大钟，震得山谷嗡嗡地响哩。黑哥坐起来一看，是一位白头发长胡子的老头儿，心里不欢喜地嘟噜着说："找到找不到关你啥事？"

老头儿说："千把人没水吃，谁不着急啊！"

黑哥说："你晓得啥地方有泉眼儿？"

老头儿说："这庄子周围百里以内除过清水泉再没有泉眼儿，你白找哩！"

"那咋办？难道让全庄人就这么渴死？"

"办法有哩，就怕你本事欠。"

"啥本事？你说出来我听。"黑哥动了心。

老头儿捋了捋胡子说："我要试试你哩，试了再说。"

黑哥说："只要庄子里有水吃，啥事我都敢做。"

"好，你过来看！"老头儿指着脚下的悬崖说："这个崖叫千梯崖，高八百一十丈，上面有一条道儿，拐八十一个弯儿，现在你从这里走完八十一个弯儿下去，再从下面走完八十一个弯儿上来，我才给你说。"

黑哥低头往下一看，妈呀，那崖陡得端立着哩，高得看不到底下。上面有一条只容一只脚的小道儿，拐来拐去，一直通到崖底下。看一眼都头晕哩，哪敢往下走？

"哈哈哈，怕了吧，那你就回去别充能！"老头儿挑逗地看着他。

黑哥夸了口，不好认输，看了一眼老头儿，就硬着头皮儿蹬着石道往下走。咦，咋蹬上石道稳稳当当的，黑哥没费多大的劲儿走下去，又没费多大的劲儿走上来了。

老头儿点点头笑着说："嗯，你能行。现在我给你说，顺着前面这条沟往里走四十里，就到了沟的尽头，有一丛长得很长的蒿子，蒿子下面有个筛子大小的洞口，洞里住着一个七百多年的乌龟，乌龟已经成了精，清水泉的水流就是从龟精洞底下流过来的，现在它在洞底下挖了个深坑，把水截住留着自己喝。你们庄子要想有水吃，就得杀了那个龟精，放开水流。"

黑哥说："我去杀龟精！"老头儿摇摇头说："你哪是龟精的对手，把你们全庄的人都搭上，还敌不住它喷出来的一股子臭气哩！"

黑哥说："这……难道让龟精这样祸害下去吗？"

老头儿说："办法是有，就看你能不能请动她？"

黑哥忙问："她是谁？你说出来我一定叫她去！"

老头儿说："龟精洞再朝东走四十里，赵家庄赵龙有个女儿红妹。红妹生得俊，龟精看上了她，但龟精还变不成人形，不能和红妹见面，正着急哩。只要你能说通红妹嫁给龟精，龟精定会放开水流。"

黑哥低头想了想说："你胡说哩，世上哪有姑娘嫁乌龟的，怕是要我寻着挨骂去哩！"想再问老头儿，突然看见一只很大的龟精张着血口向他扑来，黑哥吓得"呀"地叫了一声，惊醒了，原来是做了一个梦。

黑哥见自己还在那里躺着，细想梦里的事觉得奇怪，不由朝着梦里老头儿指的方向走去。他约莫走了四十里路，果然到了沟的尽头，那里长着一丛蒿子，拨开蒿子，下面露出一个筛子大的洞口。洞口磨得油光溜滑。黑哥退出来，心想：这就怪了，竟和梦里老头儿说的一模一样。这时太阳已挨到山畔儿了，黑哥向东赶紧走了约十里，天大黑了，只好找了个人家胡乱住下。

第二天，他趁早起来继续往前走，走了三十里路，前面是个庄子，一问，真是赵家庄，庄里也有个叫赵龙的人，又问红妹，说红妹就是赵龙的女儿，黑哥更信了梦里老头儿说的话。

黑哥径直走进庄子，见一个穿着红衫衫儿红裤子的姑娘在那里摘桑叶儿，身后垂着长长的一条辫子，俊模俊样的。黑哥还是头一回见到这么漂亮的姑娘，她就是红妹。赵龙爱耍拳，学下三十多套拳路，在这一带颇有名气儿，红妹从小就跟爹学会了几套。红妹眼高性子细，说了几个婆家都看不上，所以十八岁了还没主儿，爹娘也没办法。

红妹见一黑脸小伙子看她，脆脆地笑了一串子，说："喂，黑小子，看啥呀？"

黑哥忙扭过脸说："我没看啥。"

红妹说："咦，怪了，你明明在看我嘛。"

黑哥说："看你的样子就是红妹吧？"

"是又咋样？"

"不咋样。"黑哥一听果然就是红妹，心里想：这样的姑娘咋能让嫁给乌龟呢。就没再说啥，只转身走。

红妹以为是哪里来的拳行里人，放下篮子大声说："站住！为啥见面就走？"黑哥见红妹性直话硬的，就把王家庄的清水泉干了，千把人没水吃，渴得快要死了，自己找泉眼儿，躺在沟畔梦见老头儿说的话和找见龟精洞的事都说了。最后问："这龟精你愿嫁么？"

刚说完，红妹飞起一脚，就把黑哥踢得趴到了地上。黑哥爬起来摸摸摔疼的地方说："我就这么问一下嘛，干吗当真？"

红妹却笑得前仰后合，说："你就这么不经打？"黑哥没言喘转身就走。

红妹说："你别走，我问你，真有这事？你说的是真话？"

黑哥："谁骗你就是狗。"

"难道没别的办法吗？"

黑哥说："那龟精凶得很，任何人都拿它没办法。"

红妹想了想说："我就不信它有那么凶，好，你引我到那里看看去。"

路上，红妹问黑哥叫啥名字，黑哥说："我没名字，人都嫌我黑，叫我黑哥。"红妹说："这名字合适，可我不叫黑哥，叫黑鬼。"黑哥说："你叫啥都能行。"

黑哥和红妹来到洞口，黑哥说："红妹，你先不要露面，让我喊出来看了再说。"红妹藏在树后，黑哥大声喊："乌龟，快出来，让我看看你是个啥东西！"话音刚落，只见一股黑烟从洞口喷出，接着跳出和洞口一般大的一个乌龟。龟精伸出后面两条短腿和人一样站立起来说："哈哈哈，从哪里来的黑小子，想送死？"黑哥说："乌龟，快把洞底下的水流放开，救一庄人的性命，不然，我杀了你！"

龟精说："哈哈哈，你没那个本事，来吧！"说罢，口一张喷出一股臭气。黑哥顿时头昏眼花，倒在地上。红妹"呀"的一声从树后跑出来救黑哥，龟精见来的是红妹，就有几分羞涩地转身钻到洞里去了。红妹把黑哥背到树后，一会儿，黑哥醒过来，说："龟精真个凶得很，赶快

走吧！"红妹说："我抱些干柴放进洞里，点着烧死它。"黑哥一想，这倒是个杀死龟精的好办法，就和红妹抱来了许多干树枝和茅草塞进洞内，点上火，霎时黑烟滚滚、烈焰腾腾。

黑哥和红妹站得远远地看。红妹说："这么大的火，有十个龟精都烧死了。"两人正高兴哩，突然听得身后说："哈哈哈，想烧死我，有那么容易吗？"原来龟精早出了洞，他们哪里知道山后还有个洞口。

龟精说："好你个黑小子，敢缠着我的恋人红妹，今天我定要杀了你！"又对红妹说："红妹，等我杀了他，咱两个就成亲。"

红妹说："想得美，我是人，咋能和你这个又脏又臭的乌龟王八成亲，快把洞底下的水流放开！"

龟精说："只要你答应和我成亲，我立即就放开水流。"

黑哥说："记清楚，你是个乌龟，乌龟永远也吃不上天鹅肉！"

龟精一听，气得"呜呀呜呀"地直叫唤，两只突出在外面的小眼睛瞪得血红血红的。它伸出细长的脖颈往后一扭，那个龟头猛地探过来，张开口又喷出一股子臭气，黑哥和红妹都昏倒了，龟精抓着红妹钻进洞里去了。黑哥醒来不见红妹，知道被龟精抓走了，急得往洞里钻。洞口却被一块大石头堵着，咋推都推不动，他就到后山找到另一个洞口钻了进去。拐了几个弯儿到了里面，里面亮晃晃的，又听得一阵"哧溜哧溜"声，细看，光是从山顶一个小洞里射下来的，光能照到的地方比较大，里面有一块石板，石板上仰板子躺[1]着龟精。龟精正朝着洞口"哧溜哧溜"地吸气，原来龟精喷出几口臭气后就身上瘫软无力，要吸着补气哩。

黑哥看不见红妹，心里发急，忽然听见红妹的叫唤声，才发现旁边还有个小洞，黑哥就悄悄爬过去，原来红妹被龟精绑在这个小洞里。黑哥低声说："红妹，我救你来了，快走！"红妹忙让黑哥解开绑在手和脚上的绳子，跟着黑哥往出钻。

他们拐过一个弯儿，黑哥站住了，说："红妹，我们

[1] 仰板子躺：仰躺。

是来杀龟精放水救一庄人的，这样走了不是白来了吗？你快出去在外面等着，我进去再看看，说不定有杀死龟精的办法。"红妹说："要去咱两个去，好歹互相有个帮衬。"黑哥说："还是我一个人去吧！"红妹说："还是咱两个去吧，既然来了，要活就活在一块儿，要死就死在一块儿。"黑哥再说，红妹也不肯，只好两个人又转身钻到里面去了。

龟精还那样躺着吸气。黑哥和红妹仔细观察，见洞顶有一块快要掉下来的大石板，石板全靠着一块大立石撑着，立石下面垫着几块碎石头，只要把碎石头搬动一下，大立石就能倒下来，大石板掉下来就可以砸死龟精。黑哥看得仔细，红妹也看到了。黑哥壮着胆子悄悄走进去，伸手刚要扳碎石头，龟精"呼"地一下翻了起来，"呜呀呜呀"地叫着向黑哥扑来。红妹见龟精要伤害黑哥，死死拦住龟精大声喊："快跑！"黑哥说："红妹，你快跑！"红妹说："你不要管我，它不会伤害我，我有办法的，快跑呀！"龟精把红妹推倒在一旁又向黑哥扑去。龟精把黑哥赶出洞口，张口连着喷了几口臭气，黑哥昏死了，龟精搬过几块大石头，又把洞口严严实实地给堵上了。

红妹喊叫着赶了出来，龟精把她打倒又抓到里面。龟精用绳子绑住红妹的手脚，抛在大洞的石板旁边，然后又爬到石板上仰板子躺下，向着山顶的洞口"哧溜哧溜"地吸着补气。龟精补了一会儿气就从石板上跳下来要和红妹成亲哩。

这时，红妹觉得自己活不了，就把生死丢过了，也不怕了，想了想说："要我和你成亲，你必须把王家庄大清泉的水流放开。"龟精一听轻轻地说："这有啥难的，我就去放。"红妹让龟精先把自己手脚上的绳子解开。

龟精搬过石板，底下又是一块石板，再搬起这块石板，下面是一个水泉，龟精跳进水里"扑哧扑哧"了一阵子，就听见水"哗哗哗"流动的声音。

红妹见龟精把水放开了，就趁龟精还没爬上来的当儿，拼命把大立石下面的碎石头扳下来几块。洞顶上的石板"呵嗦嗦"响开了，龟精急忙爬出水泉，呆呆地望着石板，还没醒过神来，大石板就"轰隆"一声倒塌下来，把龟精砸成了肉泥，红妹也被压在了底下。

山里传来轰隆声把黑哥惊醒了，他翻起来想起刚才的事，想，可能是红妹把龟洞弄塌了，红妹咋样了，黑哥觉着瞎茬了[1]。"红妹，是我害了你啊！"黑哥哭喊着就往洞里钻，洞口堵着，他就拼了劲儿地推，推了半会儿才推开。黑哥钻到龟精住的地方，里面被塌下来的石块塞严了，急得他一边刨一边叫红妹。刨着喊着，喊着刨着，手指烂了，指甲掉了，他还是刨，一直刨了三天三夜。

红妹没有死，斜倒下的大立石撑住石板的一角救了她一条命，她本想和龟精一起死了算了，谁知活了下来，既然活着就不能坐着等死，她就动手往出刨。刨啊刨，刨了三天三夜。里面闷得慌，加上饿，红妹昏过去了好几次。一块大石头挡住了，怎么刨也刨不动了，她想："唉，刨啥哩，不知塌了多少，有多少块大石头堵在前面，倒不如等着死了算了。"正胡想着哩，忽然听得对面隐隐约约有"哐啷哐啷"的声音，心里一喜：有人在搬石块！谁？是黑哥？她还没有把他叫一声黑哥哩，这时就喊："黑哥！黑哥！"黑哥忽然听见石缝里传来喊叫的声音，细听是红妹，啊，红妹还活着！就喊："红妹！红妹！你还活着！你还活着啊！"红妹也听清楚了，是黑哥的声音，就说："是我，我还活着，你也还活着！黑哥，我让龟精放开了水，龟精被我砸死了，你该高兴啊！"黑哥说："好！好啊！你真了不起，我很感激你啊！"红妹说："别说这些了，我闷得很，你快把这些讨厌的石头搬过，我要出去，我一分钟也待不住了，你快救我啊！"黑哥说："你再坚持一下，我很快就刨进去了，我一定能救你出来！"黑哥和红妹都急着在两边刨，又刨了三天三夜。这一天，终于刨透了，红妹从石缝里挣扎着把手伸过来，黑哥颤抖着一把紧紧抓住，可是两人谁也说不出话来，他们太累了，只觉得天地转开了，又都昏过去了。

王家庄有个经常到山上挖药的老汉，这天从后山那个洞口经过，见洞里好像有人进出过，就点上火把钻到洞的深处，见转出来一堆一堆的石头，估计里面有人。叫了几声不见应答，又继续往里钻。忽然见一人在里面趴着，吓了一大跳，急忙转身往出走，又想："这人为啥那样趴着，或许活着。"就又走到里面，伸手一摸，身上软软的，还

[1] 瞎茬了：坏了。

热乎呢。他就把火把放在一旁，弯下腰往起抱，发现这人手里还拉着一个人。他一眼就认出抱着的这人不是别人，正是王家庄的黑哥，急忙把他背了出来。他又钻进洞去，搬过石块，把那一个也背了出来。老汉这才看清是一个姑娘，他们都没有死，大概是因为太困了昏过去了，就用手掬了沟渠子里的水，灌进他们嘴里。过了一会儿，他们都醒过来了，都喊饿。老汉把身上带的盔盔[1]分开给他们吃了。

黑哥和红妹吃了些，精神了许多。老汉问黑哥为啥钻在那里，弄成这般模样。黑哥就把放开水流的事从头至尾说了。老汉听了很感动，说："前天，大清泉突然有了水，庄子里人都轻[2]得啥似的，但谁也没想到是你们放开的！"老汉叫黑哥和红妹都回王家庄，可是两个人身上都软得像烫过的菜，动弹不了。老汉就跑回去把庄子里的人叫来用轿把他们抬了回去。走到庄头，庄子里男女老少几百人敲打着锣鼓，吹着唢呐迎接哩！

缓了两天，红妹说："爹娘一定急坏了，我要回去。"庄子里人说："姑娘身子这么虚弱，再缓几天吧，先把你爹娘请到王家庄来。"红妹只好答应了。庄子里人到赵家庄把赵龙夫妇请来了，他们见红妹突然八九天不回来，急得死去活来的，如今见了女儿那个样子很吃惊。黑哥把前前后后的事说给他们听，老两口儿连连惊叹，没想到女儿竟然干了这么大的事，实在太危险，太让人担心了！

采药的老汉说："黑哥和红妹有这样一段故事也是缘分，他们两个都大了，都没说下亲，我看是合适的一对儿，就让他们成亲吧！"黑哥忙说："我又黑又丑的，咋配得上红妹哩，不行不行。"红妹见爹娘看着自己不说话，就对黑哥笑着说："你让我嫁给乌龟哩，你总比乌龟强些吧！"一句话说得满屋子的人都笑开了，红妹的爹娘见红妹愿意也就愿意了。

于是庄子里人合伙给黑哥和红妹办了喜事，还请了一台戏，足足唱了三天三夜。晚上，黑哥细想这几天经过的事，想起白胡子老头儿在梦里说的话，心里想：他一定是个神仙，让我给庄子里办成了好事，又找上了媳妇。

讲述者：　刘来子
采录者：　魏俊舱，男，32 岁，庄浪县卧龙乡魏家
　　　　　山村人，干部，高中学历
采录时间：　1986 年
采录地点：　平凉市庄浪县
选自：　　《歌谣故事》，第 254 ～ 262 页

附
记

在陇东，给老人过寿要唱戏，给儿子娶媳妇要唱戏，给孙子做满月要唱戏，甚至高龄人去世也唱戏。一些地方，逢过庙会，或新房立木也要唱戏，唱戏几乎成了陇东一带最常见的民俗之一。（张添发）

[1]　盔盔：烙饼。
[2]　轻：高兴。

96

马大柳二石三

很久以前，有老两口，身边没有儿女，就天天想着有娃娃的事。

有一天，老头儿到马圈里给马添草，看到马肚子下面有个男娃娃，他高兴得把娃娃抱到屋里，老婆子看了也很高兴，老两口就对这个男娃心疼得要命，于是这老两口商量说："得给他取个名字。"老两口想了想说："他是在马棚里拾的，咱就给他取个名字叫马大吧。"

几年后，老两口送马大到学堂里去上学，他学习很好，有些学生都骂马大是"马下的，两个老鳖带大的"，马大天天受同伴的骂。有一天，他回家哭着对他妈说了学生骂他的话，还说他不念书了，他妈就哄他说："我娃是我养的，不要乱听他们瞎说了。"老婆子还给马大炒了些豆豆哄他，[1] 他就又念书去了。一到学堂同伴们还是嘲笑他，马大想：我要弄明白，我是我妈养的还是马下的。

有一天，他对他妈说："我要吃炒面。"他妈就给他在

磨子上推，他就把他妈的手塞进磨口里问："妈，我是你养的，还是马下的？"他妈的手在磨口里痛糊涂了，赶紧说了真情，马大一听决定离家出走。他给自己制了一个弓箭，就离家出走了。

走啊走，不知走了多少路，他很乏，正好前面有一棵柳树，他就拉弓射击，不想那柳树变成了人，说："你这个人，不走你的路，射我做啥？"马大感到自己一人走路孤单，就说："我是马生的，你是树生的，你的房子被我射坏了，还不如咱两个结拜成兄弟一起生活吧。"那人一听就和马大结拜了，论年龄，马大比柳树变人的时间早，马大就说："我比你大，我是马大，你就是柳二吧。"

他们两个又上路了，走着走着，他们看到前面有一块大石头，马大又拉弓向石头射去，只见那石头变成个人说："看你这人，不走你的路射我做啥？"马大说："嚷啥呢，咱们三个结拜为兄弟吧，你是第三个就叫你石三吧。"这石人一听也就答应了。

他们三人上路了，走啊走，走到一块大山林里，就以打兽打柴为生，还修了房子。奇怪的是，从修了房子后，他们每天回来都有很香的饭吃，只是不晓得是谁做的。马大说："柳二今天就不去打柴了，你给咱看一下是谁做的饭。"柳二就在家等着看，他等啊等，没见人来，就睡着了，等醒来，一锅饭做得好好的。第二天，石三等着看，只是照样睡着了，等醒来又是一锅很香的饭做成了。

第三天，马大说他等着看，等啊等，等到晌午，只见三个鹁鸽飞进屋，变成三个心疼[2] 女子，只听到她们三人说："锅热热，锅热热，热饭快出来。"刚说罢，锅里就有了饭，马大看到这里赶紧走出来拦住她们，那三个女子没来得及变鹁鸽，说："拦啥呢，拦我是你女人，不拦我也是你女人。"马大一听就挑了一个最乖[3] 的做了自己的女人，他怕他的两个兄弟回来吃咬[4]，就用锅墨子把他女人的脸抹黑了。

柳二和石三回来，看到有三个女子，两个乖一个很脏，

---

[1] 在以前，由于生活水平非常低下，陇东人常炒"豆豆"做小孩的零食，有时炒玉米，有时炒黄豆，有时还炒面豆豆，供孩子闲时吃。

[2] 心疼：漂亮。

[3] 乖：漂亮。

[4] 吃咬：不同意。

马大就说了经过，还要他们挑，那脏的自然就成了马大的女人。从这以后，兄弟三个就成对成双地过日子了。

讲述者：　杨发孟，男，19岁，农民，小学毕业
采录者：　杨平
采录时间：　1987年10月3日
采录地点：　平凉市静宁县石咀乡庙堡村
选自：　《平凉地区故事集成》（资料本下卷二分册），第58～60页

97

高花一枝梅

有老两口家贫如洗，养下一个儿子叫金牛，大大成天到山上打柴供儿子在学堂念书，眼看儿子十八岁了，还没娶上媳妇。

一天，大门口来了个化缘的白胡子老道，老两口说："你看我家如此贫穷，给你化啥呢？""你家没化的，也不见怪，我看你一家可怜，我送给你一张画儿。""外[1]好么，不晓得这张画儿要贴在啥地方呢？"老道说："贴在你儿子房里的墙壁上。"说罢，老道突然不见了。

金牛从学堂回来，一吃一喝去房里读书，天也黑了，刚点亮灯，看见墙上的画儿落到炕上，出来两个女子。金牛吓急了，问道："你是谁家小姐，窗子没响门没开，怎得进来的？莫非你是个鬼？"

"我不是鬼。"

"不是鬼，一个黄花闺女，岂能闯入穷书生的房里？"

"你不要害怕，我爹爹打发我前来给你掌灯做伴，陪你读书哩。"金牛一看，姑娘长得红处红，白处白，容貌

[1]　外：那。

十分好看。他动心了，便留下了二位姑娘掌灯做伴，一直读了一夜书。鸡叫头遍鸣时，姑娘不见了，那张画儿又端端正正地挂在墙上了。

金牛很是奇怪，站起来去看那画儿，画儿上画着一座楼房，楼房里坐着两位姑娘，一个小姐打扮，一个丫鬟打扮。从这以后画儿上的两位姑娘晚晚[1]到这时下来陪金牛念书，到鸡叫时再回到画儿里，这样陪了好久好久。

一天晚上，老汉出来上茅房，看见金牛房里的灯还亮着，心想：这奴才，夜深了还没睡，又一想大概是读乏了，睡着忘吹灯了。便去看个究竟，还没走到儿子房跟前，咋听见里面有女子的声音，他满肚子气，转身回到睡房，骂起老婆来："你给我养下的好儿子，我老骨头成天在深山打柴，供他念书，这个碎畜牲却勾引女子作乐。"老婆子坐起来说："你不睡觉胡说啥，深更半夜疯疯癫癫的就不怕人听见笑话。""笑话，笑话，碎畜牲给你真个弄下个笑话，你看去，把谁家的女子勾引来嘻嘻哈哈的。"

老婆子一听，赶忙披上衣裳，跑到儿子房下偷听："天大大[2]，这碎畜牲真个是这样！"天亮了，金牛要去学堂，老娘扯住问："碎畜牲，你不好好念书，引下谁家的女子，连羞耻都不顾了，今儿说清了去学堂，说不清这书不让你念了。"金牛说："娘，儿在学堂知书达礼，能做出这等丢人现眼的事来吗？""说得乖，夜里那两个姑娘是咋进来的？""是墙上那张画儿上下来的，晚晚人静时分下来，鸡叫时分上去。""今晚上她们来不来？""晚晚都来。""外好，今晚上一来，你把她们扛住[3]，为娘我要问个明白。"天黑了，人刚睡净[4]，画儿上的姑娘又下来了，陪金牛读书到鸡叫，她俩正要走时，金牛一把扛住，姑娘下话[5]说："金牛哥哥，你把我快放开，回去迟了爹爹和娘骂哩。"不管咋说，金牛还是不丢手[6]，丫鬟抢脱[7]了。

姑娘说："你不要扛我，反正我是你的女人，天亮了，我收拾梳妆，去见爹娘。"金牛问："这么长的日子了，你是谁家的姑娘，姓甚名谁，总得给我要说个明白啊。""我嘛，叫高花一枝梅，家住黑眼洞，随身丫鬟叫小梅香。"高花一枝梅梳妆一毕，和金牛去见爹娘，二老一见高花一枝梅，一问情由，十分高兴，说："我老两口穷得寻[8]不起媳妇，这天爷给我送来这么俊的一个媳妇，真把人还弄懵了。"高花一枝梅和金牛当下拜了天地，回到洞房。日子过得很快，转眼已有百日时间。

这一日，金牛从学校读书回来，高花一枝梅坐在炕头放声大哭。金牛问道："我在学堂读书，是谁得罪了你，如此伤心落泪？"高花一枝梅说："金牛丈夫，谁也未曾得罪我，实不相瞒，你我到了离别的时候了，我要去了。"金牛一听此话，浑身像散了骨头架，眼睛里几股眼泪往出淌[9]哩，啥话也说不出来。

高花一枝梅说："金牛丈夫，你不要难过，你我总共一百天的婚姻，今日已经满了。"金牛说："常言说得好：'一夜夫妻百日恩，百日夫妻如海深。'你我百日之恩，怎忍分离。你要去，咱就一达[10]去，这书我也不念了。"高花一枝梅说："金牛丈夫，你是人间的凡胎，你跟着我做啥？"金牛的眼泪不停地淌着，拉着高花一枝梅的手一点不放松。她没方子[11]想了，说："想我了你就在镜子照一照，能看见我。"说着给了金牛一块镜子，金牛拿了镜子，还是不舍高花一枝梅，眼看离别的时辰到了，急得她说："你在家里不要出门，坐上一百天，再往正北走百十里，就打问黑眼洞，就到我家了。再问我的名字，方圆的人都晓得。"话刚说罢，只听炸雷一响，高花一枝梅没有踪影了。

金牛急得朝天上乱喊乱叫，哭喊声惊动了金牛爹娘，他们来问："我儿，你哭的叫咋了？""爹娘不好了，我的媳妇走了。""她向哪个方向去了，我撵去！""炸雷一响她就上天了，爹到阿达撵去呢？"老两口给儿子宽心说："你好好念书，功成名就了，给你寻那么个女人，世上都

[1] 晚晚：每晚。
[2] 天大大：老天爷。
[3] 扛住：拉住，挡住。
[4] 睡净：全睡下。
[5] 下话：说好话。
[6] 丢手：放开手。
[7] 抢脱：挣脱。

[8] 寻：娶。
[9] 几股眼泪往出淌：指哭得非常伤心，眼泪很多。
[10] 一达：一起，一块。
[11] 方子：办法。

有呢！"

自从高花一枝梅走后，他魂飞魄散，书也不念了，门也没出，就在家中坐着，想高花一枝梅了，就拿出镜子看一看，这样又过了一百天时间。

这天，他背着爹娘出了门，向北走去。走呀走，足足走了两天，约摸百十里之路，就穿进一片树林里，眼前一条河，水很大，河畔上七八个小姐姐正在洗衣服，他来到跟前，正要张口问，一个小姐姐先问起他来："这一书生，站到河边，莫非你要过河？"金牛说："正是的，就是水深过不去。""这是一根棒槌，你站上面紧闭双眼就过去了。"

金牛站在棒槌上，闭上眼睛，真个过了河。河过去了，他还紧闭双眼，众小姐姐哈哈大笑起来，说："你快睁开眼睛，过了河了！"金牛将眼睛睁开，问小姐姐："这里有一个黑眼洞，众小姐姐可曾知晓？""你问黑眼洞何人？""我问的是高花一枝梅，你可知晓？"众小姐姐哈哈大笑，说："你问的正是我家姐姐，方圆百十里谁个不晓。前面黑压压的地方有一座绣楼，姐姐就在楼上。"金牛记下，眼看天色已晚，他就往黑眼洞走去。

金牛来到绣楼底下，高花一枝梅站在楼上看见了，就对梅香说："快快快，你姑爷来了，放下一条白丝带把他吊上来。"梅香放下白丝带，金牛攥在手里，心里害怕了，想："这楼高入云霄，这条细带能吊上去吗？"梅香看出了他的心事，说道："姑爷，你将眼睛闭上，一时[1]就上来了。"金牛闭上眼睛上了楼，见了高花一枝梅，啥话也说不出来，只是流眼泪。高花一枝梅"唉"了一声说："金牛丈夫，你跑来害我做啥？"又转过头去，对梅香说："你姑爷既然来了，害也罢，不害也罢，我引他见你爷爷太太。"

她引上金牛，双双拜见了二老，二老双眉紧锁，沉着脸问："哼，你来了？""来了！""来了好，马房里有两匹马，拉到黄龙泉上饮去！"金牛和高花一枝梅出了房门，金牛问："贤妻，马在哪里？""唉，马在圈里，金牛丈夫啊，此马比不得凡人的马，为妻将你领上到马房去，赐你

一把剪子，你把马拉到黄龙泉上去饮，如若马不喝水，悬蹄嘶叫，你就用剪子将马鬃剪一下，它就乖乖地喝水了，喝罢你就拉回来。"金牛在马房里拉了两匹马去黄龙泉饮水，果真两匹马悬起四蹄嘶叫起来，金牛拿出剪子剪了一撮马鬃，马乖乖地喝起水来，喝罢就拉回马房里了。

他丈人问："金牛，马饮了吗？""饮了。""饮了后倒上料，黑了到马房里睡下看马去。"金牛回到楼上，高花一枝梅问："马饮了吗？""饮了。""饮了，我爹再咋安顿来？""叫我给马倒上料，黑了睡在马房里去看马。"高花一枝梅一听，大声哭起来，说："金牛丈夫啊，我爹爹谋下了不良的心，今晚上要害死你呢。""实话说，来找你是为活来，人家要害死我，我的命就攥在你的手里了，你叫我活我就活了，你叫我死我就没命了。"金牛一边说一边不停地流泪。高花一枝梅说："你不要哭，为妻自有安排，这是一个蜈蚣匣子，你枕在头下睡在马房，夜至三更匣子一响，你就赶紧揭开匣盖。一定要记住，千万不得误事。"金牛抱着蜈蚣匣子来到马房，吓得半夜未合眼，夜至三更，丢了个盹。只听"咯嘣"一声，马房里进来了两只大蟒精要吃金牛哩！蜈蚣急得直捣匣子，可金牛睡着了没人揭开。高花一枝梅事先料到金牛丈夫会失睡[2]误事，手执宝剑早已藏在马肚子底下，见蟒精下手，"咔嚓"一刀结果了两条蟒精的性命。

金牛惊醒后一看，高花一枝梅浑身是血，对金牛说："我知道你会误大事，为妻差一点叫蟒精吃了，你看为了你我连爹娘都斩了。"金牛不信，高花一枝梅拉他到马房门口一看，两条水缸壮的蟒精倒在血摊里，吓得他魂飞魄散。高花一枝梅说："金牛丈夫，蟒精已除，我跟你回家伺候爹娘，你念书去吧。"说完，她吹了三口火焰，烧了黑眼洞楼房，骑上火龙驹直奔金牛家去了。

讲述者：　刘占福，男，81 岁，农民，不识字
采录者：　王知三，男，41 岁，干部，高中学历
采录时间：　1987 年 11 月 16 日

[1]　一时：一会儿。

[2]　失睡：睡得太死。

采录地点： 平凉市静宁县曹务乡张玒村

选自： 《平凉地区故事集成》（资料本下卷一分册），第 278 ～ 285 页

98

李二

附记

讲述人在讲完故事后补充道：高花一枝梅到底是哪位仙家，神通如此广大呢？原来她是个千年狐仙，叫黑眼洞的蟒精胁迫在洞中，给他们做个干女儿。蟒精指住给干女儿说媒四处害人，那个送画儿的白胡老道就是蟒精变的。高花一枝梅借此时机，结果了蟒精的性命。

（魏绘）

从前有个人名叫李二，他能看见鬼，能听见鬼说话。

有一天，他路过一片坟地时，听见有几个女鬼在说话，其中一个女鬼说："明天王员外的儿子娶亲时，要穿一双大靴子。我就变成一个蛐蛐站在他的靴子里，等他穿上靴子我就咬他的脚，来把他害死。"李二是一个善良的人，就把这话给王员外说了。这可把王员外吓坏了，他只有这一个儿子呀！他就照李二的指点，娶亲时不让儿子穿那双靴子。亲戚们不知道是什么缘故，都劝员外，员外谁的话都不听，只是叫儿子穿一双烂鞋把婚结了。

到了晚上，坐席[1] 的亲戚都走了。李二叫王员外的家人烧熟半锅油后，把那双靴子放到油锅里去。过了好长时间，油面上漂上来一个很大的死蛐蛐。

第二天，李二又听见一个女鬼要去害人，他就紧紧地跟在那个女鬼后面。那女鬼到一个人家的门前，摇身从水窗眼[2] 里钻了进去。

[1] 坐席：吃酒席。

[2] 水窗眼：指墙下面用来流水的小洞。

李二赶紧从墙上翻进去跟上，只见房里炕上有个女人在纳鞋底。这女鬼就把她纳鞋底的绳子挽了个疙瘩，那女人刚解开，女鬼又给挽上，重复了好几次，气得那女人不纳鞋底了。这女鬼忙作揖叩头，要那女人上吊，还帮那女人挽好上吊的绳子。那女人正要上吊时，李二赶紧弄破自己的鼻子，一脚跨进房门，把鼻子里的血淌到女鬼的头上，把女鬼牢牢地粘到他的身上。李二就整天带着这个女鬼东奔西游，那女鬼乏极了，就说："李二呀，你七分像鬼，三分像人。你把我整苦了，饶了我吧！"李二一听，觉得女鬼可怜，就到河边洗去了她头上的血迹，把她放了。

就在放了女鬼的这天，李二的母亲死了，丧事办得很隆重。到了下葬的时候，只听李二的母亲喊道："李二呀，你这个杂种，你咋能把你娘活埋呢？"李二知道这是女鬼的替身，是她有意愚弄他。李二就没管，叫人们往下填土。只是李二的舅舅不行，他说："你妈还活着，决不能埋。"李二见没办法，只好把母亲抬回家。

从这一天起，每到天黑，李二的母亲就在李二窗前说："李二呀，你这个杂种，娘要吃你的心肝。"一连几个晚上都是这样，李二便叫来他的舅舅把这事说了。他的舅舅不相信，李二只好让舅舅在家里住了一晚上。就在这天夜里，李二的母亲又开始说话了，吓得他舅舅叫了起来，李二忙捂住舅舅的嘴。第二天和舅舅赶紧请了一个阴阳[1]为他们打扫屋里，这阴阳就把女鬼捉去了。从这后，再没有鬼来害人了。

讲述者： 张凤霞
采录者： 张泳淖
采录时间： 1987 年 11 月 14 日
采录地点： 平凉市静宁县城关镇西关村
选自： 《平凉地区故事集成》（资料本下卷一分册），第 276 ~ 278 页

[1] 阴阳：风水先生。

附记

陇东一带流传着用血辟邪的民俗。在传统社会，人们认为家里不顺是某个鬼在作祟，尤其是村子里新近死了的某个人，或村子里以前非正常死亡的某个人的鬼魂在作祟，于是就会请附近的阴阳禳治。通常情况下，阴阳会用朱砂画符，再把符贴（或埋）在相关的地方，达到驱逐鬼魂的作用，人们把这种方法叫"打扫屋里"。如果来不及请阴阳，人们就把自己的中指刺破，把血抹在人的额头上或身上用来辟邪。（魏绘）

陇东人家大门上的"符" 徐凤摄

99

三弯寺

周生赶路上京赴考，天黑住进三弯寺。晚上，月光明亮，周生在院子里散步，转到大雄殿后，忽然一股阴风吹得一丛竹子"沙沙沙"地响，接着从竹子后面走出一个非常好看的姑娘。周生很惊讶，想：在这么偏僻的古寺里怎么会住着这样漂亮的姑娘。姑娘向周生施过礼，问："你是上京赴考的吧？我托你办个事，你答应吗？"周生说："姑娘要办什么事，尽管说来。"姑娘说："京城有个灵隐寺，里面有个静修尼姑，她曾在这里住过，与我相熟。你到那儿找见她，就说有个叫银扣儿的姑娘要一棵复生草，她一定给的。你回来后，如果我不在，就把复生草栽到这丛竹子后面的一块石板下面，你记下了吗？"周生忙说："记下了。"姑娘又说："这寺里一月前来了个蟒精，专吸人血，害死了多人，今晚你必须和西厢房那个姓张的人住在一块儿，才能保你平安。切记，切记！"说完转身到竹子后面不见了。

周生转出来，来到西厢房，果然有个姓张的人，就从东厢房搬来行李和他住在一块儿了。姓张的人叫张明，是个卖古董的，和周生说了一会儿闲话后，从围兜里掏出

一个铜片放在窗台上，然后就"搐喤喤"[1]地拉起鼾来了，可是周生翻来覆去怎么也睡不着。

半夜时分，院子里忽然刮起一阵怪风，周生非常奇怪，就爬起来在窗缝里往外看，只见一条大蟒落在院中。大蟒在院子里一滚变成了一个老尼姑，喊叫着说："银扣儿，银扣儿，你到这边来！"银扣儿出来，老尼姑问："今晚住着几个客人？"银扣儿说："东厢里没人，西厢里只住着一个人。"老尼姑说："不对，我觉着像两个人，你给我叫去，让他们都到这达来开房钱。"银扣儿说："那个人我怕，不敢叫。"老尼姑说："死女子，你怕啥呀！"说着就往西厢走，刚到门口，窗台上那个铜片"唰"地放出一道白光，把老尼姑打了个侧棱子[2]。老尼姑忙退了十几步，又向门口走去，刚到门口，那个铜片又"唰"地放出一道白光，老尼姑被打得趴在地上变成了大蟒，又一阵风游走了。看到这些，周生吓得一夜没合眼。

天亮了，周生对张明说："昨晚的事你知道吗？"张明说："赶了几天路，乏了，一睡下啥都晓不得。你听见啥了吗？""你不知道我就不说了。你这个铜片从哪里来的，到底是个啥东西？"张明说："一个道人送的，叫太古铜，说这东西避邪，出门晚上住店放在头边或窗台上百邪不侵。这几年果然啥事都没有，大概沾了它的光。"

周生非常感激银扣儿救了命，但不知银扣儿为啥和蟒精在一起，到底是怎么回事呢？周生梳洗过了，就在院子前后和各房子里寻找银扣儿，总没见着，问张明。张明说："我来见这里面静悄悄的，啥人也没有，哪有个啥银扣儿呢？"周生听了，觉得很奇怪，心里想："这银扣儿到底是个啥人？"

周生上京考上了功名，就到灵隐寺找到了静修尼姑，把银扣儿的话说给了她。静修尼姑说："银扣儿是刘员外的女儿。我在三弯寺修行的时候，她常来给母亲求药方儿。谁知多好的一个姑娘竟被蟒精害死了！"

周生听了，更摸不着头脑，说："我明明见她活着，师父咋说死了呢？"静修尼姑说："你看见的那是她的魂

[1]　搐喤喤：陇东方言中用来形容打呼噜的拟声词。

[2]　侧棱子：侧身，差点倒下。

影子，蟒精害死了她又让她侍候它。"

静修尼姑说罢，打开纸匣取出一个纸包儿，说："这里面有七片药，叫复生草。你拿去后，找到她的死身子，在她口里放一片，额头、心口、两只手心、两只脚心各放一片，然后向她口里吹七口气，她就活了。"

周生问："她的死身子在什么地方，我咋找得着呢？"静修尼姑说："她让你栽复生草的地方，就是埋她的地方。"

周生又问："蟒精伤害了不少人的性命，师父可有法收它？"

"那蟒精已修炼了六百多年，不容易治住。你还是找那个张明，让他把太古铜拿来仍放在窗台上，上面放上三百六十根钢针，然后我给你一道符，把符贴在上面，等蟒精晚上来定会杀死的。"静修尼姑画了一道符给周生，周生告别静修尼姑回去了。

周生来到三弯寺，在竹子后面果然看见一块大石板，他撬起石板，下面放着一个姑娘的死身子，看身上的衣服和面容，就像那个晚上见到的银扣儿。周生按静修尼姑说的用上药，趴下在银扣儿口里吹了七口气。过了一会儿，银扣儿呻唤起来。又过了一会儿，她翻身坐起来了。她认不得周生是谁，也记不清她怎么睡在这里。周生把经过说了，银扣儿大声哭起来，说她一月前在这里替娘烧香，白雨太大，把她挡住回不了家。晚上就住在静修尼姑住的那间房子里，半夜突然有个老尼姑叫门。银扣儿把门开开，老尼姑走了进来说那房子是她的，别人住了要收房钱。银扣儿没钱，老尼姑就在地上一滚，变成了一条大蟒，张开血盆大口要吃她，她就吓得啥不得了。银扣儿缓了一阵儿，说："公子救活了我，请到家里喝一杯清茶。"周生同意了，银扣儿引着周生回到了家里。

一月前，刘员外见女儿去三弯寺烧香没回来，知道被白雨堵住了，又想或许静修尼姑来了，留银扣儿住在那里了。到第二天天黑还不见回来，刘员外就急忙去三弯寺寻找，没个影儿，后到亲戚朋友家四处打问，都不知道。刘员外急得不行，妻子急得病更重了。夫妻俩整天眼泪不干，忽然见女儿回来了，后面还跟着个白面书生，刘员外就问女儿这一段时间到哪里去了。银扣儿把遭蟒精害死，托周

生向静修尼姑求来复生草救活的事说了一遍，刘员外夫妻听了惊骇不已，十分感激周生救女儿的大恩。

周生吃罢饭，就要去找张明。周生不知张明现在啥地方，刘员外说："前天这里来了个卖古董的，姓张。这几天不在下王庄就在上柳庄，咱两个去找吧。"周生和刘员外就去找张明。张明就在上柳庄，周生说明来意，张明很吃惊。他在三弯寺一连住了几个夜晚，没发现蟒精，原来都是沾了太古铜的光，就和周生、刘员外两人一同来到三弯寺收蟒精。

晚上，三人仍住在西厢房，张明把太古铜放在窗台上，再到上面放上三百六十根钢针，又把静修尼姑给的符贴在上面，就静静地等着。

半夜里，忽然听见一阵风响，三个人从窗缝里望出去，只见院子里落下一条大蟒，大蟒在地上一滚，变成一个老尼姑，喊："银扣儿，银扣儿，这死女子咋今晚不言喘？"老尼姑到大雄殿后面去了，一阵儿出来在院子里一滚，又变成了一条大蟒，直朝西厢房扑来。

刚到门口，太古铜"噌"地放出白光来，三百六十根钢针和光一起向大蟒打去，大蟒立时在地上滚成了一团，过了一会儿不动弹了。三个人不敢出来，一直等到天亮才出来看，原来蟒精已经死了。他们抱了几抱干柴堆在蟒精身上，点上火，一阵儿就把蟒精烧成了一堆灰。

刘员外把周生和张明又请到了家里，摆上酒席招待周生和张明。刘员外妻子的病体猛地轻省[1]了，银扣儿扶着娘出来陪酒。酒过数巡，刘员外端来五百两银子对周生说："女儿全亏了周公子搭救才能复生，这些银子只当一点小意思，请公子收下吧！"周生忙说："不不不！按理我该感谢银扣儿姑娘才是，要不是她，我定被蟒精害死了，这银子我一两都不能收。"

银扣儿摇着娘的胳膊叫了一声"娘"，脸一红再不说话了，光抿着嘴皮儿笑。

张明看见了笑笑说："细想这个过程，也是造化，我看他们长得都俊，正是合适的一对儿，如果刘员外和夫人乐意的话，我就顺便做个媒公，不知你们意下如何？"

[1]　轻省：轻松。

刘员外说："不能行，人家周公子是有了功名的人，银扣儿算个啥，乡下一个丑女子，配不到一搭。"

周生说："银扣儿这样的姑娘到哪里去找，我有她做妻子算我有福，只是我才取得功名，还未封官，恐将来委屈了她。"

张明说："看你这人天庭饱满，地仓方圆，生就一副富贵相，还担心今后没官坐？既然你们两个都乐意，这事就成了。"

刘员外和妻子看出了银扣儿的心意，也很乐意，说："只要周公子不嫌弃，我们倒求之不得哩。"

第二天，刘员外就给他们办了婚事，十天喜事过后，张明辞别走了，周生又住了月余，带着银扣儿回了自己的家。

朝廷来了圣旨，皇上封周生为太原府参事。过了两天，周生带着银扣儿坐着轿上任去了。

讲述者： 晓晓

采录者： 魏俊舱，男，32 岁，庄浪县卧龙乡魏家山村人，干部，高中学历

采录时间： 1986 年

采录地点： 平凉市庄浪县

选自： 《歌谣故事》，第 351 ～ 355 页

100

降龙的故事

很久以前，有位少年名叫王士雄，父亲是个通晓文武且德高望重的私塾先生，本村李员外把女儿缨花放到王夫子门下读书，士雄和缨花同窗学习，早晚会文作诗，来来往往形影不离，两家父母都看出了儿女们的心思，就干脆给定了亲事。

光阴似箭，转眼过了五年，他俩都可通释四书五经和赋诗填词。就在这个时候，不幸的事情发生了，王士雄的父亲被土匪杀害了，王士雄和缨花悲愤填胸，立誓要为父亲报仇雪恨，于是加倍习文练武。

虽然王士雄才貌出众文武双全，但因父亲去世家道中落，这样一来，不说亲戚少朋友绝，就连岳父李员外也成了路人，一直想悔婚只是不好开口。大比之年，王士雄在上京应试前去岳父家里辞行，竟被以"好出难返"为借口逼着退了婚，连要求与缨花见一面也被拒绝，王士雄只落了个扫兴而归。

俗话说："苍蝇不叮无缝的蛋。"李员外悔婚以后，缨花虽然悲愤交加，但又不好开口辩白，只有默默地对景伤情。一日，缨花在后花园中闲坐，正好被值雨的东海龙王

四太子瞧见，面对这位如花似玉的缨花姑娘，他就摇身化作一个美貌男子来向李员外求婚。见面之后，龙王四太子谎称自己名叫龙小四，家住京城，父亲官居二品辅宰，因遇方士掐算，说与京城南方万里之外的李员外千金有百年姻缘，因而远道前来私访，龙王四太子问："可怜我受尽千难万险，才找到老员外这儿来，敢问您老人家可有千金？"

龙王四太子这一席花言巧语，首先取得了李员外的同情，又见"龙小四"的确长得相貌不凡，就哈哈大笑，说："贵人所求之人，正是小女，如若不嫌，就此完了你的心愿也是一件好事。"

龙王四太子假弄斯文二次施礼说："今日蒙岳父应亲凤愿已了，但小婿怕小姐不从，也是枉然了。"

李员外又说："贤婿莫急，成婚之事包在老夫身上，常言道'父为子纲'，老父即允，她岂有不从之理？"

二人进入厅堂，分宾主坐定之后，李员外便叫："缨花，端茶上来！"李员外家家规很严，平时会客都是丫鬟侍候，女儿回避，遇男客更是不许露面，今日因李员外高兴得过了度，就一破惯例叫女儿亲自奉茶。缨花虽觉诧异，但又想是父亲亲口传唤，必有缘故，只好亲自端茶上来。走到厅堂，缨花一见情况，就猜出几分，便立刻收拾完茶盘转身退下。

李员外见女儿不认面子，很窘迫地向龙王四太子说："老夫教女无方，贤婿不要见笑。"接着走向内室对女儿说："缨花，你不出来也罢，听我说，这位贵公子名叫龙小四，生于宦门，来自京城，是依神仙指引，从万里之外来与我儿求婚的，你若应允，定有享不尽的荣华、受不完的富贵。这样，一则不负龙公子的一片诚心，二则为父心上的一块石头也就由此落了地，还是我儿的好造化。"

缨花没好气地说："女儿既有了已定之夫，怎能二次许人，像咱们这样人家，岂不惹人笑话！爹爹还没饮酒怎么竟说起醉话来了？"

李员外被抢白得很尴尬，只得说出实情："我儿有所不知，为父见王士雄已穷途末路，趁他上京辞行之机，已经向他退婚了。你也不要太死心眼，人无远虑，必有近忧嘛。你看这前程无量的龙小公子才貌出众，正好与我儿匹配。"

缨花忍不住悲愤交加，从屏风后面扑将出来，哭叫："爹爹呀爹爹，你怎么能背信弃义嫌穷爱富，那还不如让我一死免受作难。"一头向厅柱撞去。

龙王四太子一把拉住劝说："别这样呀，小姐！我还盼望与你百年到老呢，千万不可轻生。"缨花冷笑说："你才是大白天说梦话，我爹虽然逼着王郎退婚，也不是我的心愿。我发誓非他不嫁！"

龙王四太子经这一刺激，不妨本相毕露，一跃显了真身，化作一条巨龙，怒吼着冲出门去，恶风卷倒了李员外父女，整个村子都遭到飞沙走石的摧残，乡亲们还以为是天狗吞日，打鼓敲锣，鸣枪响炮。

待李员外惊慌万状地挣扎着爬起，见地下留有一块黄色布帛，拾起一看，下面的字迹是："实言警告李员外，我本是龙王四太子，意欲抛弃正果，于民为婿，不期反而受辱，真是不识抬举。命你今夜将女儿送到龙王庙里，设好花烛洞房等待，不然我要破海淹村，叫你等死无葬身之地。"

李员外看完，只吓得对天磕头不止，连连祷告："望上神息怒，老夫一定遵命。"这愿一许，果然风息雾消，李员外只好准备了却誓言，以免灾祸，缨花明知大祸难逃，也顾不得爹爹死活，摔手向门外冲去，大喊："王郎救命呀！"

且说王士雄被李员外逼着退婚后，就准备上京应试，只难割断对缨花的惦记，不自主地经常向李员外家望望。一天，他见李府周围烟山土雾，却不知什么原因，便三步并作两步向李府赶去。刚跑到李府门口，就与人撞了个满怀，他正欲拱手作揖，准备道歉，已经被人抓住他的胳膊，抬头一看正是缨花，跑得上气不接下气，干着急说不出话来。王士雄便急急将缨花扶到石头上坐下，慢慢地缨花才把事情的前后变化一五一十地说给他听。王士雄果断地说："不要怕！我今晚就藏在龙王庙门之后，除掉恶龙救你脱险。""不，那太危险啦！还是带我逃走吧。"

士雄摆手说："不行，不行！你我脚踩凡尘，怎能超过腾云驾雾的恶龙？只好将计就计以智取胜。"缨花虽然点头称是，但还有些后虑，说："那我怎能让你担这么大的风险，要死咱们死在一起，要活就活在一块儿。"士雄安慰缨花说："为了你，我什么都不怕。不过还得请你屈受一时之苦，今晚去龙王庙一趟。在你爹陈设洞房花烛的时候，我就藏好，只等恶龙入庙。恶龙来了后，你只假意应付。乘其不备，咱们一起动手杀死恶龙，岂不甚好。"缨花点头称是，一同回家和李员外计议。

缨花与士雄回到家里，把所谋向父亲叙述一遍，李员外听了先是点头称好，继而又紧锁双眉说："你俩的办法虽好，可在龙王庙里杀龙，那还不是在太岁头上动土，祸上加祸吗？"士雄果断地说："一不做二不休，恶龙一日不除，咱们就一日不安。你怕祸不敢惹它，它在咱们也难活成，不如拼着一死与它决斗，或者也可成功。"李员外终于被说服了，晚上依计而行。

龙王庙庙门大开，灯火通明，洞房陈设齐备。李员外一旁假作恭迎，门背后却藏着手持寒心宝剑的王士雄，缨花瞅着长明灯又急又怕，三个人屏住呼吸，极力抑制着恐慌等待时机。

夜过三更，一阵旋风过后，一个庞然大物从天空落到庙外空场上，只见口如血盆，舌似火枪，眼像铜铃，发着灯盏般的绿光，背斗大的头上长着两个曲丫抵角，一到门口就摇身变成一个眉清目秀的文雅书生，径直跨入庙门，喊叫："啊呀，娘子，想死人了！"急急走到帐子跟前，正想伸手去拉缨花，缨花趁势将身移过，伸出右手中的宝剑狠狠地刺向恶龙的右眼，王士雄也赶到跟前，手起剑落。不料恶龙巨大未能致命，受伤的假书生又化作恶龙腾空，顺势抓住缨花，撞开庙顶而逃。

乡亲们搭着灯笼火把赶来一看，李员外和王士雄惊倒在地，不见了缨花。王士雄被大家的呼叫惊醒过来，一看没了缨花，便疯了似的跟着血迹赶去，大家追了四五里路，发现了一条从未见过的大地穴。王士雄抑制住泪水激愤地说："那恶龙肯定是带伤逃入地穴去了，大家快想办法，我下去救缨花吧！"李员外急忙挡住说："士雄且慢，这妖孽确非人力可以胜它。缨花已落魔掌，都怪我一味嫌贫爱富，不辨人妖，害了自己的亲骨肉，要再让你入这不知底细的洞穴去战恶龙，恐怕凶多吉少，缨花救不出，还要叫你担险，老夫实在于心不忍。依我之见，你还是访求高人设法除害吧！"

"不，远水解不了近渴。"王士雄坚决地说："眼下正是燃眉之急，我岂能临危脱逃？龙善于腾空入水，有其长就必有其短，现在负伤跌入地穴，体大回转不灵，不能兴风作浪，降它还不易如瓮中捉鳖？""对对对！言之有理，这主意好。"乡亲们异口同声地表示赞同。士雄又说："现在要趁热打铁，绝不可错过机会。"李员外欣然应允，即刻命人打木结绳，燃炬持械，齐集穴口见机行事。王士雄把绳紧绑在腰间，将另一头交给来人系于横木上，他紧了紧绳头，背插寒心宝剑，抓紧绳子"唰"的一声滑下洞去，至几十丈深处才到底。

王士雄在黑暗的洞穴中，首先听到的是一位女子的哭声，他断定是缨花无疑，就一手从背后拔下寒心宝剑，一手谨慎地摸着洞壁，向有哭声的地方挪动。突然，他被石头绊了一跤，随着"啪"的一声响，那恶龙应声飞起。借助荧光，看见龙已瞎了右眼，头部还不住地流着血，王士雄急忙背靠洞壁一闪，向迎面扑来的恶龙脖子猛刺一剑。恶龙正面扑了个空，又中了一剑，随即一转身甩尾来卷，王士雄又一剑劈去。这恶龙咆哮着连扑几次，几次不但都落了空，反而被宝剑刺中，特别是最后一剑，像是刺中了要害，只见它哀鸣一声跌落在地，不再挣扎。王士雄因连续苦战恶龙用尽了所有的力量，在胜利快要到来的一刻他却昏倒了。

在黑暗中绝望哭泣的缨花，看到王士雄奋战恶龙的情景，产生了生还的希望。回头再看，未曾斩死的恶龙挣扎着又向王士雄匍匐蠕动，她便拽住龙尾急喊："王郎苏醒！"王士雄哪里醒得。缨花急跑过去抱士雄，忽然觉得自己的身子已随着恶龙的吸力向后挪动。昏迷中的王士雄也和自己一起被吸着转动，离恶龙的血盆大口越来越近，缨花急忙从王士雄手中接过宝剑，可已无举手之力。他俩像铁块碰到磁石一样被吸住，跟着恶龙的呼吸一次比一次接近龙口，在眼看被恶龙吸入口中之际，缨花急中生智，握紧剑柄，就势顺着吸力刺向恶龙的口中。一寸、二寸，她的胳膊全伸进了龙口，直到肩膀头靠近恶龙嘴唇时，可能宝剑刺着独眼龙的气管，那牲畜只打了一个呛，将他俩喷出足足有一丈多远，这时恶龙垂头屏息，看样子也是精疲力竭，使完了所有的能力，不得不伏地求降了！

经过这一猛跌，王士雄清醒过来。他一跃而起，从缨花手中夺去宝剑，直扑恶龙。恶龙求饶说："壮士息怒，求您别毁我的真身，待伤好后，上到人间，甘于旱天及时降雨，滋润万物，涝时张口吸雨吐向东海，立功赎罪，以报不杀之恩。"士雄想了想，说："只要真能改邪归正，饶你何妨。"说罢，缨花见恶龙归降，转祸为夷，望着拼死救己的未婚夫，感到全身的热血都沸腾了，千言万语一齐涌上心头，但只说出了一句话："这一上去，咱们就成亲吧。"王士雄说："好！"说毕先把缨花叫到拉绳跟前绑好腰部，叮咛她："用手握紧绳子，闭住眼睛，莫要害怕。"再往下一拉绳子，上面的人已把拉绳往上升了。在王士雄望着缨花层层上升，等待二次拉他的时候，那独眼龙突然开口了："壮士不必待在洞里受罪，骑在我抵角中间，让我驮你上去。"王士雄应诺，便右手持宝剑，左手抓龙角，恶龙腾空而起，转眼工夫，就把王士雄送出了地穴。

李员外和乡亲们吊出缨花，正准备往下放绳，却被浑身是血的士雄和恶龙吓得不知所措。缨花哪里再顾得上害怕，急忙上去扶未婚夫下龙，并抽下自己的彩绸发带为士雄包扎伤口，士雄见恶龙虽伤未死，为防它伤愈后飞逃留患，便用寒心宝剑刺透龙的鼻孔，接过缨花手中的彩绸发带一头，从那肉孔里穿了过去。恶龙腾空飞逃，他俩紧拽不放，发带彩绳也随着飞龙一直飘向远方，这就是雨后横贯天南地北的彩虹。

讲述者： 不详
采录者： 马志宏
采录地点： 平凉市华亭县
采录时间： 1988 年
选自： 《华亭县资料本》（全一册），
第 21 ～ 28 页

101

锅刷子成精

从前，有一个女子做饭时，不小心把手指头割破咧，血就流到了锅刷子[1]上咧，她就把锅刷子给埋到了墙底下。

几十年之后，这个锅刷子就成精咧，变成了一个女人，到处祸害人，谁家没人她就去谁家。路上的人看见一个女人从别人家里进去了，但是进去找的时候就是找不到，今天到这家把这家人缠得像个疯子，明天又把那家人缠得像个疯子。

一天，有个捉妖捉鬼的能人来咧，找了半天找到了一个老鼠洞，在老鼠洞里发现了一个锅刷子，这个锅刷子扎了一个红头绳，这个红头绳就是那个女子用来扎头发的，这个捉妖捉鬼的能人就把这个锅刷子放在火里烧了，火里流了好多血，都快把那个火给浇灭咧。从这以后，这个村子就安稳咧，再没有妖怪糟蹋人咧。

[1] 锅刷子：农村人用当地植物根扎的一种洗锅用具。

讲述者：温志和，男，67 岁，回族，崆峒区西阳
回族乡清明村一社村民，农民，不识字

采录者：余亚丽，女，23 岁，崆峒区西阳回族乡人，
兰州文理学院文学院本科学生

采录时间：2021 年 4 月 8 日

采录地点：崆峒区西阳回族乡清明村一社

102

嫂子降妖怪

附
记

这是编纂组实地采录的一则故事。在传统社会，陇东流传着一种鲜血崇拜，认为鲜血既可以辟邪，也可以滋养万物，如果自然界中某种事物受了鲜血的滋养，就会赋予它灵魂，让它变成精怪害人。此故事就讲述了这一传统信仰。（徐凤）

有姑嫂二人，嫂子生来聪明，姑娘长得漂亮。一天，姑嫂二人坐在门前做针线，忽听半空里有人说："下面有一朵好花，下面有一朵好花！"嫂子抬头一看，只见半空飞着一只老鹰，飞了一圈就往山里飞去了，一会儿又飞回来，在半空里喊道："我想和你家姑娘成亲，做活的大嫂，不应承也得应承！"说完扔下了一匹红绫、一对金圈，就飞走了。

姑娘吓得直哭，嫂子猜出它是个妖怪，想了想，找了些布缝了个布袋，里面装满了荞麦，又在袋子底下剪了一个窟窿，就挂在姑娘身上，说："妹妹呀，那妖怪说不定晚上就要来娶你啦，如果它叫你坐轿，你就说晕得慌，叫你坐车，你说颠得慌，只要它背你，你就答应，千万要记住我的话呀。"到了半夜里，真个来了一顶花轿落到了当院，妖怪变成了一个小白脸，披红挂彩地从轿子里走了出来。姑娘记着嫂子的话，哭着说："坐轿我头晕得慌。"妖怪听了把手一招，又来了一辆结彩的大车，姑娘又哭着说："坐车我怕颠得慌。"妖怪说道："那我来背你走吧。"说着它已经变成了一个头上长角，身上长毛，两眼和灯笼

一样的东西，背起姑娘风一样地走了。在妖怪走过的地方，连个脚印也没有留下，布袋窟窿里漏出的荞麦种子却撒在了它走过的地方。

东风吹，西风刮，荞麦种子盖上了一层土。露水润，露水湿，荞麦种子发芽生根，旺生生地长了起来。嫂子顺着荞麦翻沟过岭，一直找到了一个大石崖前面，石崖上有一个大洞，洞门口堆着一块块石头。

嫂子大声喊道："荞麦红秆长绿叶，嫂子深山寻小妹。"嫂子的话还没有说完，就听到洞里面小妹的声音："嫂子来了，又不是外人，你把洞口的石头挪开吧！"不多一会儿，洞口的那块石头骨碌碌地滚开了，妖怪站在嫂子跟前了，嫂子壮了壮胆子，跟着妖怪走了进去，小妹见到嫂子就掉眼泪。

嫂子四下里一看，看到了一个装着蜜的大瓶子，她心里立刻就有了主意，故意声色不动地说："妹妹呀，你还哭什么，你看这洞里，要米有米，要面有面，桌子板凳都样样全。"妖怪得意地哈哈大笑说："是呀，嫁给我，也该知足了。"嫂子接着说："我听说你有天大的本领，你能不能显一手给我看看。"妖怪一听夸奖它，更是高兴得不得了，当时就答应了。

只见它摇身一变，变成了一只凶猛的大虎，又变成了一条桶壮的长虫，头在洞里，尾巴却在洞外，少说也有十多丈长。嫂子又奉承地说："他姑夫，你变来变去，尽变些大东西，你能不能变一只小苍蝇飞到瓶子里去吃蜜？"话刚说罢，只听长虫叫了一声"变"，转眼间就变成了一只绿头苍蝇，"嗡"的一声钻进那个装蜜的瓶子里去了。

嫂子眼明手快，一把抢过瓶子，把盖子盖上。妖怪没有防备，又叫嫂子三摇两晃的，一下子让蜂蜜把苍蝇给粘住了，它再也没法变成别的东西了。嫂子说："妖怪呀，你不该抢人家的闺女成亲，我有心放了你，怕你再去害人。"说完就引着小姑回家去了。

讲述者：　李回生
采录者：　张晓华

采录时间：　1987 年 12 月 3 日
采录地点：　平凉市静宁县李店乡
选自：　《平凉地区故事集成》（资料本下卷一分册），第 347 ～ 349 页

103

耶尔固拜

相传，在阿拔斯王朝[1]期间，有个叫夷豪卖克的商人，以贩卖金银珠宝为生。有一天在回家路上，他碰见一个死人脑瓜盖，上面写着两句话："俺活着杀了八十人，死后仍杀八十人。"夷豪卖克心中暗想："怪事，活着杀八十人，准有武力，死后这八十人，咱看你是怎么个杀法？"他把脑瓜盖拿回家里，碾成骨粉面子，用纸包成特别严实的纸包，锁在柜子里，说："看你有多大能耐！"

夷豪卖克出门做生意前叮咛家里人说："柜子里放的东西谁也不准动它！"这一出门整七个年头。有一天，他的女儿阿依饰觉得，父亲平时收回来的珍珠宝石从不给家里人再三叮咛，同时还让他们看哩！今日个给咱们打招呼，肯定是有比宝贝还要珍贵的东西在里面，咱把它偷看一下有什么要紧？于是取出钥匙，打开柜子一看，并没有啥稀罕之物在里面，只有一个纸包，包了好几层纸，还用麻绳扎得很结实。阿依饰小心地拆开，原来是一包骨粉，一闻

香味喷鼻。这一闻，不当要紧，从此她身怀有孕了。十月怀胎，一朝分娩，生下来还是个男孩，聪明伶俐。

夷豪卖克回家后，孩子已满六岁了。他很莫名其妙，便问妻子曼拉："女儿未曾出嫁，今天怎能做出这不贞之事，爷们[2]咋容呢？"曼拉便把女儿偷开柜子闻纸包的事对丈夫详细学说了一遍。夷豪卖克认为这是真主的恩赐，也就不再追究，并给孩子起名叫"耶尔固拜"，便带上他出门学做生意。

阿拔斯王爷设朝的一天，有一渔翁贡献了四十条金色鲤鱼，供王爷皇后玩赏。只见皇后背立不看，王爷好奇，便问："你为何背立不赏？"皇后说："万岁，古兰经文中不是讲着要男女避嫌，咱怕鱼中有公的。"皇后这么一说，鱼儿却哈哈大笑起来，王爷很吃惊，就询问大臣缘故。但满朝文武，无一人能回答得出。王爷很好奇，便张出皇榜，招选普天之下能知鱼笑的才郎。

却说，夷豪卖克领着耶尔固拜走到离京都不远的一座城池，发现一群人围着观看榜文，他俩也挤进人群看个究竟。只见上面有一段写道："谁能知晓皇宫鲤鱼笑者，即赏给黄金万两。"耶尔固拜一声不响，上前扯了皇榜，把个夷豪卖克吓得一死两活，想拦挡住他，也来不及了。霎时，被差人带进宫去。

内侍臣拉长嗓门："王爷有旨，扯榜人上殿。"耶尔固拜上殿施礼，阿拔斯王爷一瞅，见是个仪表堂堂的孩童。心中想：奇怪，一个小毛孩懂得个屁。便问："这一小孩，你有什么能耐，怎知鱼笑？"

"禀万岁，鱼笑的不是别的，就是皇后。"耶尔固拜说。

"笑她何故？"阿拔斯王爷质问。

"唉呀王爷，包括皇后共有四十个妾妃，每妃都私藏一个美男子，王爷若不信，可当场搜查。"

"搜出无话可说，倘若搜不出，该当何罪？"

"木里克咱愿以脑袋作保。"

王爷听罢，当殿吩咐立即搜查，果真宫院各妃连同皇后在内都私藏了一个美男子。阿拔斯王爷勃然大怒，把手一挥，命立即斩首！霎时四十个男、四十个女的人头落地，

[1] 《中国民间故事集成·甘肃卷》作"尔拨斯王朝"，此处根据文献材料及口头资料，统改为"阿拔斯王朝"。

[2] 爷们：阿訇。

血染京城。

讲述者： 马喜娃，男，58 岁，回族，新开乡华掌
村农民，初中学历

采录者： 左相，男，53 岁，农民，初中学历

采录时间： 1987 年

采录地点： 灵台县新开乡华掌村

选自： 《中国民间故事集成·甘肃卷》，
第 629 ～ 630 页

104

穷秀才告财神

　　从前，有一个秀才连年考试不中，因自己终日读书，家中十分贫寒，为了生活，他把家中能够变卖的东西都变卖了。即使这样，生活还是过不去，他十分苦恼。

　　一天晚上，他拿着书本读着读着，又想起了家中的现状，不禁拿起笔，铺开一张纸，饱蘸浓墨，唰唰唰地写了一张状子，状告财神实在不公道，只认富人不认穷人。状子写好后，就在灯下仔细欣赏起来，觉得自己写的这份状子很好，不觉小声吟了起来。

　　这时妻子一觉已醒，觉得自己的丈夫连年不应，把家中搞成了这个样子，还深更半夜地读书，心中既心疼又气恼，又听到丈夫在读状子，觉得太可笑了，就起身一把夺过状子烧了。

　　不料第二天晚上，当他们刚要休息时，突然"当啷啷"一声铁链响，门外走进来一个五大三粗的大汉，让人一看就害怕。大汉对秀才说："阎王叫你呢。"秀才一听此话，惊得魂飞天外，连忙问："阎……阎……叫我……有……有……什么事？""你昨天告财神不公，阎王收到状子叫来了财神，财神不服，要叫你对质，你快一点。"

秀才怪起了妻子："我不叫你烧，你就是不听，如今惹出麻烦如何是好？"那大汉一直在旁催促，他只好对妻子说："三天之内不要动我，如果嘴唇干了就喂一口水，润润口舌，三天之内回不来，再把我埋掉。"不一会儿，他就躺倒床上，跟死了一样。

再说秀才被那大汉用铁链牵着，走进了一个黑沉沉阴森森的地方，并不时传来声声凄厉的怪叫，使人毛骨悚然。他被带到一个大殿，开了铁链，他抬头一看，不觉目瞪口呆，原来殿正中坐着一个面露杀机、满脸怪样的四只眼人，旁边有一个和颜悦色的白面人，两边立着些牛头马面。

他看到这些，已惊得浑身冒冷汗，急忙低下了头，看着自己的脚面，只听中间那人声如打雷一样地吼道："穷秀才，你不安心读书，状告财神不公，从何而讲？"他急忙答道："我想读书不吃饭能行吗？我觉得财神就是不公，富人有的是钱花，有的是饭吃，还能够得到金子银子，他们越过越富；而穷人一文没有，还不能得到金银，就越过越穷，没饭吃，没衣穿。这公道何在呢？"

"咄，胆大的秀才，竟敢如此放肆，还不把他拉下刑房，二人分尸。""且慢，唉呀，阎王，这秀才说得也有理，饶了他吧。"这时坐在一旁的财神求情了，他又转身给秀才说："这位秀才，你的话听来有理，但是你们这些穷人要想得金银财宝，只是你们前世和祖上没有留下这些财宝，我又拿什么给你们呀？""没有财宝，也不该眼看着我们穷人饿死吧！"秀才这时一脸的哭丧相。

财神听了此话，沉思了起来，一会儿又抬头给秀才说："我念你可怜，这样吧！你家猪槽下边有一些金子，它们的主人现在不用，我就先借你一些吧！只是你回去后发了财就得如数归还，还时把银子尽量还多一点，你能做到吗？"穷秀才这时只求能拾回性命，就急忙回答："我一定做到。"于是，他又被那人领出了大殿，一路向他的家中引来。

话说回来，这秀才的妻子一直守在丈夫的床边，看到他嘴唇干了就急忙喂一口水，眼看第三天快要黑了，丈夫还是一动不动地躺在那里，她心中十分焦急，眼中噙着泪花。

直到天全黑了，才看见丈夫轻轻动了一下，又过了一会儿，丈夫慢慢地睁开了眼睛，接着喊了一声："饿死我了。"他想坐起来，妻子急忙按住让他躺下，想问几句，不等开口丈夫就说道："快做些饭让我吃饱，咱们取金子去。"

吃过饭后，丈夫硬叫她掌灯，在财神所说的地方真的挖出了金子。金子还真不少，足足一小锅，他取了两升，又把锅埋严了。然后他就用这些金子做本钱，到处做生意，不久就成了远近闻名的大财主。按约定他就得还金子了，但是这个秀才根本就没管那事。

时间过了几年，一个初冬的雪天，秀才家来了一对讨饭的夫妻。女人挺着一个大肚子，男人名叫齐生，请求让他们住下来，说自己的妻子快要生孩子了，不管破草棚啥的都可以，只求有个落脚处。秀才不答应，妻子的心总软些，说："就让他们住下吧，逃荒人实在可怜。"

于是秀才也答应了，就让他们住在场房里，那夫妻俩感激不尽，谢过主人后就住下了。因为妻子的身子越来越重，不能外出了，齐生就出外讨饭，这秀才家也不时派人送来饭食。

一天，那妇人终于要生孩子了，不料又难产。没办法，齐生叫她下床骑在门槛上，这下可灵了，孩子生下来了，于是他就给孩子起了个名叫"齐门中"。齐生又喜滋滋地去烧炕，不想一放柴，金子给从炕洞中滚了出来，齐生夫妇大惊，慌忙去告诉主人取金子。

秀才夫妇听说齐生家生了个孩子，就前去给道喜。问及孩子名字后，秀才听说叫齐门中，又听到金子是从炕洞中滚出来了，而且还刨出了许多。他慌忙回家在原来取金子的地方挖寻，结果一无所获。他告诉齐生夫妇事情的前前后后，说明金子是他们的，齐生也就收下了。

转眼一月已过，齐生夫妇要走，秀才夫妇把他们挽留下了，并给他们建造了府第，分出了许多田地，不久两座豪华的住宅互相辉映，两家人和睦相处，互相来往，十分亲近，两家也越过越富。

讲述者： 不详

采录者： 梁忠民

采录时间： 1988 年

采录地点： 平凉市崇信县

选自： 《崇信县民间故事集成》，第 43 ～ 45 页

105

火化猫精

　　宁夏固原北崖子村有个财主叫"百圈羊"。说"百圈羊"，其实是夸大，但他家确实养了很多羊，少说也有五百只。

　　民国二十年的冬天，"百圈羊"家出事儿了，五百只羊没上两个月就死掉了四百。说也怪，死羊的事都出在刮干北风的日子。"百圈羊"东请阴阳祭土安神，西叫巫神法师降妖，可是，只要北风一吼叫起来，他家照样剥羊皮。这羊到底咋死的，谁也没弄清楚。

　　"百圈羊"有个老姐姐，家住甘肃静宁的杏树村。听出娘家出了一冬的事，哭闹着催男人刘五，上北崖看一回。男人想我一不会捉鬼，二不会弄神，三更不会兽医，去也白搭。又一想，隔壁张二能降妖斩鬼，人称"二神仙"，不如把他拽上，说不定"神"到鬼除。于是去找张二。

　　张二一听，心里暗喜：这几日正愁没"生意"，眼看大年三十就到了，身上没有一个麻钱，有人请他去"捉鬼"，弄几个烟酒钱，咋不高兴啊！腊月十五这天，便和刘五一同上路，去"百圈羊"家。

　　杏树村离北崖子足足一百里，二人两头摸了个黑，进

了"百圈羊"家大门。"百圈羊"已经呕倒了[1]，直挺挺睡在炕上像个死人。"百圈羊"女人招呼二人上炕坐定，拾掇来了饭菜，二人一边吃一边听着"百圈羊"女人的诉说，饭后，她挨在刘五的身边，拉着哭声说："姐夫，咋办呢！羊死光了我倒不愁，就煎愁[2]他呕倒了……"说着豆大的眼泪滚出眼眶。

"怕甚！我是来干啥的嘛？"二神仙抽着水烟慢斯斯地说了一句。

夜深了，天气变了，西北风吼叫起来了，"百圈羊"家谁还能睡着。张二神仙翻身捣醒刘五，要刘五跟自己去一趟羊圈。刘五睡得糊里糊涂，听二神仙叫他出去，心马上通通地跳起来，他裹紧衣服，连帽子都忘了戴，光着头引上二神仙出了大门。

苍白的月亮，斜挂在西天边，西北风妖声怪气地吼叫着，他俩悄悄来到羊圈门口。刘五一掀开门扇，"呜"一声怪叫，从崖顶打下一股沙土，他吓得失了声，急忙躲到二神仙身后，拉着他的皮袄襟子浑身直发抖。

二神仙头皮子像束了个铁箍子，急忙挽起五雷指，口里念起五雷咒："一雷镇天，二雷镇地，三雷镇魍魉鬼，四雷镇的邪门歪道……吾奉太上老君急急如律令。"一阵风沙飞走，虚惊之后的二神仙看见崖茬下大张着黑口的十只圈羊窑洞，胆小起来。

他没有松开五雷指，走到土崖跟前，一只一只察看着动静。十只圈羊窑已经空了八只，两只窑里的百十只羊安然地卧在里边，闪着蓝花花的眼睛。二神仙磨蹭着过了一个时辰，也没看出个名堂，蹲在窑门直纳闷。

这时候，东方已经鱼肚白，回圈一夜的羊肚子空了，一只只跑出窑门，在圈里寻着吃那被大风刮落的干草，西北风更大了，二神仙坐在这里冻得撑不住了，便裹紧皮袄，和刘五一同回到睡房，蒙头睡觉了。

一夜熬煎，二神仙酣然大梦，梦里，白花花的银圆滚进自己的裆裤，他脸上露出得意的笑容，突然，一个女人的嚎啕声把他从美梦中吓醒。

"天爷爷，我咋得活啊？"

刘五从半睡中惊起，屏息听出是小妗子的哭声，急忙跳下炕，去看个究竟。

"唉，夜里可死了那么多，天杀人啊！""百圈羊"的女人坐在院子里，披着乱蓬蓬的头发，疯狂地哭喊着，一双小脚把冻地都蹬了两个大窝。张二神仙耳朵贴在窗户纸上听着，心乱跳，他明白自己的"本事"只不过看了两天《玉匣记》，捏日子，送"冲气"倒也能哄过人，这降妖捉鬼的事儿着实是强装的。正胡思乱想着，刘五走了进来。

"二神爷，你显手啊！"

"慌啥？"张二神仙装出十分镇定的样子说："西北角子上黑熬犯夜，鬼怪作祟，得摸清楚根底才能下手。"他胡编了一通，跳下炕，又朝羊圈走去。

太阳一竿子高了，圈圈里挤满了人，几十只死羊四脚挺直，口边一大堆血沫。二神仙进了圈门，眼珠子一翻，挽起五雷指，对天吸一口长气，朝死羊身上连吹数口。这时，圈里的人都吓得跑到外边了。

他念了一阵咒语后，反剪双手，看着一只只角膜血红的死羊眼睛，心里念格道："像毒死的？莫不是……"他抬头瞅着崖台上丰茂的枯草，心里有了几分把握，便低头在棚圈里寻着什么。他一会儿拾起这片草叶看看，一会儿又拾起那根枯草草茎认认，心底里终于笑了："嗨！正是这怪物。"

二神仙放过几年羊，认出了羊圈里被大风刮下的枯草，明白了羊被害死的根由，心里有了数，一下拿起"神"的样子，厉声叫羊倌把羊赶出圈。他用了个"神封鬼门"之法，离了羊圈。刘五知道二神爷显"灵"了，便凑到他的下巴底下问："二神爷，看见了怪物啊？"二神仙说："嗯，回去准备用物。"

忙乎了一天，除妖用物准备停当，三升炒面，七百弓箭，纸人纸马十对，四大灵官。太阳担山[3]时分，二神仙独自沿小路摸识晚上行动的路径，每遇十字路口，就埋下一对纸人纸马，当作镇路"天将"以防"怪物"劫路逃生。

十对纸人纸马埋光了，正要转身回去，突然看见一只

---

[1] 呕倒了：气倒了。

[2] 煎愁：熬煎。

[3] 担山：落山。

黑色大死猫，瞪着大眼睛，躺在树坑里。他"扑哧"一笑，连忙拾起来夹在皮袄襟里，朝北崖子的水泉走去。

二神仙拾了只死猫有啥好笑的呢？到水泉边又干啥去呢？谁也难猜出。

月明半天，"百圈羊"家的羊圈外跪满了烧香的人。二神仙装作钟馗，正坐法桌子上，四大灵官威风凛凛站立两边，弓箭手身背铁弓腰别火箭，火把手高举火把，胸挂炒面袋严阵以待。只听"啪"的一声，二神仙猛地站起身，大声讲道："吾村猫精犯夜，残生害命，令奉太上老君之命，开天门，闭地户，留人行，断猫精路，穿猫精心，破猫精胆，玉灵官金砖砸门，火烧猫精。"

只听"咔嚓"一声，玉灵官一方金砖砸开圈门，火把涌进，弓箭手随后。这时二神仙紧挽五雷指，口里"咕哩咕噜"一阵，命令大火齐发崖台荒草丛。

一霎时，崖台的荒草"噼里啪啦"燃起百尺火焰，大有天毁地摧之势。草崖上的一棵榆树枝也烧着了，发出"吱——"的叫声，跪香的人都说是猫精烧得发出了哀叫声。二神仙面目森严，双目死盯着熊熊烈火，心里却无限喜悦。

足足过了一个时辰，火势渐渐小了，眼看荒草成了灰烬，二神仙猛然大喊一声："哪里逃？"就跳下法桌，向前追去。四大灵官怎敢迟慢，紧紧跟上，灯笼火把一齐涌出村前小路。二神仙借着月光，顺着白天看好的路径，追赶"怪物"不放。

过了小沟，几大步跨到水泉边，拔下腰里的"斩妖"剑，用力猛刺进水泉里，然后绕泉一圈，嘴里念一通"斩妖"符咒，向众人说："猫精无路可逃，钻进泉水里，我已刺死。快舀干泉水，火化尸体。"

霎时，泉水舀干，果真一只大黑猫被剑刺中，水漉漉地躺在泉底的黑污泥里，在场的人个个心惊胆战，无不暗暗赞叹"神仙"威力。二神仙要过早已准备好的三斤清油泼在死猫身上，不大时分，这只猫精已化为灰烬。

第二天，张二神仙说是崖台草丛是猫精藏身之地，恐怕幽灵孽生，又生祸害，让羊倌起土三尺，运百步之地镇压。"百圈羊"解了心头患害，无比喜欢，拿出五十块银圆，重重酬谢了二神仙。

二神仙夸下海口："猫精斩除，你家自此平安无事。"说也灵，从那以后，每年冬天，无论刮多大的北风，"百圈羊"家再也没有死过羊。

这"百圈羊"家真是"猫精犯夜"，咬死那么多羊只吗？不，死猫哪会成精？你不知道，这个张二神仙在放羊时就认识了麦芹、白翁、狼麦等毒草。这些毒草羊误食后，便会出现头下垂、磨牙、呻吟、摇头转圈、口吐血沫、结膜充血、呼吸急促、眼球和肌肉震颤等症状，严重时四肢麻痹，站立不稳，卧地不起而死掉。"百圈羊"家羊窑上面有个草丛，不知哪里来的这么多丰茂的毒草。冬天遇到刮北风，干叶子落在羊圈里，羊误食就送了命。

二神仙那天早晨进羊圈来看了死羊的症状，心里明白了七八分，在羊圈里转来转去，发现了毒草叶子。于是准备火把把草丛烧了个焦光，又怕除不净而安了根，又起土三尺。水泉火化"猫精"，是他为迷惑人心安排的假象。

讲述者： 张作彪，男，52岁，农民，略识字
采录者： 王知三，男，39岁，干部，高中学历
采录时间： 1985年7月4日
采录地点： 平凉市静宁县曹务乡张屲村
选自： 《平凉地区故事集成》（资料本下卷二分册），第182～188页

106

木莲救母

古时候，有一个孩子名叫木莲，在他七岁那年，父亲因得罪了一个财主，被财主打死了，财主怕木莲长大后报仇雪恨，准备斩草除根。

夜间，他带了两个打手来到木莲家，刚到门口突然一道黑影一道闪电。"啊！"财主大叫一声，当场气绝身亡。两个打手吓得魂飞魄散，飞也似的跑了。原来，这个黑影正是木莲的父亲，他得知财主要害自己的妻子和儿子，就来把财主抓到了阴间。

财主和木父打斗着来到阎王殿。阎王翻开生死簿一看财主阳寿已尽，本该收回地狱，但木父私自害人，也是一罪，因此把木父打入十二层地狱。

再说财主，因杀木莲母子未成，自己却进了地狱，因此对木莲母子更是恨之入骨。他听说判官贪财，就偷偷贿赂了判官，叫他设计拿来木莲母子。于是，判官派了两个心腹小鬼去捉木莲母子，无奈木莲阳气正盛，两鬼靠近不得，只得抓了木母一人。

木母死后，托梦对木莲说："儿呀！为娘因无钱送与判官，因此判官把我关进了铁烙城。铁烙城是地狱的第

十八层。""娘，怎么才能救你出来呢？""有钱人家就请高僧超度，咱家无钱，毫无办法呀！"木莲听后，想了一会儿说："娘，你放心，我一定救你出来。"

第二天木莲卖了一些家具和草棚，出家做了和尚。他每天早晨、中午、晚上都要念一遍《度生经》，一直到老，到死。

死后，木莲到了地府，一打听，才知道财主和父亲都已投胎凡世了，母亲仍被关在铁烙城中受罪。原来木莲念的《度生经》全被判官扣下了，因为怕放出木母，木母揭他的老底。

木莲一听大怒，说："我念的《度生经》都被你狗判官扣押了，到现在还没放出我母亲。"说罢，到鬼库抢了两把大锤，向铁烙城杀去。一路上无人能阻挡，直杀到了铁烙城下。守城的小鬼没料到会有人杀到了这里，不曾防备，都被木莲杀死了。然后他抡起大锤，向城门砸去，"轰"的一声，城门倒了，只见城中饿鬼一齐向城外涌去。木莲在鬼群中找到母亲，只见她身上皮开肉绽，一步三晃。木莲马上冲过去，说："母亲，儿救你来了。"说完背上就走。

出了城门，只见一队鬼兵围了上来，齐叫："是他，就是他。""捉住他。"木莲奋力冲杀，但终因寡不敌众，被活捉了。

阎罗殿上，木莲揭露了判官的罪行。阎王经过核对，确属事实，就把判官革了职。

讲述者：　　不详
采录者：　　刘宏伟
采录时间：　1988 年
采录地点：　平凉市崇信县
选自：　　　《崇信县民间故事集成》，第 49 ～ 50 页

107

长蛇洞

有个夏天官，没有儿子，只生两个女儿，一个叫夏春英，一个叫夏月英。她娘病重，各处的先生都没有看好。一天，夏天官给两个女儿说："唉，女儿，把你娘守候着。七里桥有个王爷舍药看病，我上庙求药去。"春英和月英说："爹，如若他老人家感应，咱把花园打扫干净，设起香案，迁来他老人家的牌位，叫他舍药看病，娘病看好了，上庙还愿也不迟。常言说'许愿在前，还愿在后'。"夏天官点头同意了。当即就把花园打扫干净了，设起香案，烧香化表。时间不多，药盘口里真个放下两包药。取下来后，给她娘煎着吃了。到第七天，病果真好了。

夏天官心里高兴，备了祭供，带上两个女儿，在八月十五这天上庙去还愿。爷儿三人上庙还愿后，道人说："天黑了，男人住在店房里，女人住在船舱里。"夜半时分，夏春英和夏月英坐在船舱里赏月，突然一股狂风大雾刮来，飞沙走石，把春英刮没有了。

春英叫妖风刮走的事，一时惊动了七里桥附近的人，大家都动身寻起来。七里桥的绅士说："五里路的白云寺有个白道人，他打时占课灵得很，咱上寺去卜一课去。"

绅士和夏天官、夏月英一同到了白云寺。

就在此时，白道人叫起小道人，说："打扫庙的打扫庙，上香的上香，蜡火一齐看着。山门大开，寺里要来一个贵人呢！"山门刚一开，夏天官几人已来到寺门前，小道引人进来见了白老道人。

相互叩拜后，白道人问："你有何大事？"天官说："昨天我带女儿来还愿，半夜时分，叫一股狂风刮没了。"白道人掐指一算说："你的女儿你寻是寻不着的。你在七里桥的集市上挂上榜。谁人揽榜，谁人就寻着了。"出寺后，夏天官就在市上张出了寻女儿的榜文。

七里桥有两个学生，一个叫右金龙，另一个叫高得环。这两个学生是八拜结交，脚不离鞋，鞋不离脚。姓右的大为拜哥，姓高的小为拜弟。

这一日两人来到七里桥跟集。高得环定眼看这个寻人榜文，右金龙催他回家，高得环硬是不回，说："榜文说得明白，谁能寻见夏春英，给谁一百两银子，给谁为妻。这好事我不做，等啥时候？女人寻上了，银子也挣下了。我豁住揽了榜。"右金龙千阻万阻不让揽。高得环不听，一下把榜揽了。右金龙不得已，便说："你去，我也去，给你做伴儿。"高得环说："也好！"夏天官问谁人揽榜，高得环禀告了姓名。夏天官就请他到家里，盛情款待，问用啥东西。高得环说只用一百尺长的一根绳，一把钢剑。夏天官把东西备齐了，让一匹马驮上，高得环引了三个人手，出门就朝东走。

走呀走，走进一条石峡，沿着山上一条盘盘路上去，眼前头有个山嘴嘴。右金龙走不动了，怨起高得环来。高得环没有上气，叫他和三个人手暂缓一下。他独个握着剑，剑头不住地在草片下掏着，三掏两掏，草片掏破了，露出一块白石头，他用剑刮过土，白石头上露出一行字："白蛇洞，白蛇洞，开洞不离姓高人。"高得环心上高兴了，说："好，夏春英肯定在这洞里。"赶紧叫来人手，搬过白石头，从马身上取下麻绳，绑在自己腰里，给拜哥安顿说："我下到洞里，如果寻见了，摇绳为号。你们看见绳子摆动，就赶紧往上吊。"

说完，人手吊他下洞，一百尺绳子吊光了，洞底也到了。洞里黑得啥也看不见，他解开腰里的绳子，就乱揣乱摸，揣呀揣，揣到一个偏斜洞里。眼前猛然亮豁了，看见一个女人坐在炕上哭，他就问："你叫夏春英吗？"那女人吓得擦了眼泪说："就是，你是哪里来的凡人，还不赶快出去。蟒精回来就不得活了。""我是救你来的，你赶快跟我走。""这时不敢走了！""咋不敢走？""蟒精到七里桥跟集去了，一阵阵就回来了。它回来不但把我害死，你也就活不成了。"高得环说："有啥办法？""我把你扣在窟窿里的一口大缸里，缸凿个大眼，你能看见外头。蟒精就当知道了，也没有办法。""好！好！"

夏春英刚把高得环扣在缸下面，一阵"咔嚓嚓"吼叫声，蟒精进来了。进来还没坐就问："往一天进来闻着花香，今儿个咋闻着一股生人味？"春英说："大丈夫你不知道，我才来几天，人腥味还没有过。你从冷风地里一进来，就闻见生人味。"她的好话说得蟒精高兴起来了，说："姑娘呀，我给咱跟下好集哩！""啥好集，让我欢喜欢喜！""我割了二十斤猪肉，十斤熟肉你的，十斤生肉我的，还有二斤好酒呢！"夏春英一笑，说："大丈夫还有情意呢。凡人引女人，头晚上还要换盅喝喜酒，这叫喝百年相好酒。咱俩也就喝个百年相好酒，和和气气，相好百年！""这不能啊，我见不得酒。""哎，你个男子汉大丈夫，不信不敢见酒，你在哄我。来，陪我喝上几盅喜酒！"蟒精叫夏春英的几句好话，瞒得可尻子失笑，满口应承，两个人对对盅儿喝起来。

只喝了两盅，蟒精咋也不喝了。春英说："喝个两相好，咱还得喝个四喜四红。"蟒精推辞不过，又喝了两盅，不动盅了。春英说："今晚上是咱二人的大喜事，你不喝了，我一人喝有啥意思。你一定不喝，我就死咔！"蟒精说："对对对！我喝，我陪你喝。"一连又喝了四大盅，蟒精醉了，软溜溜地躺在炕上。

春英抱住不停地摇晃，摇呀摇。蟒精"喇"地一展，缸壮的一条长虫，趴在炕上，吓得她急忙跳下炕来，一把扳倒缸。高得环起来一看，拔出剑来，就把大蟒剁成两半，一个炸雷，连身子都殛上天了。霎时，洞里大雾罩了，啥都看不见了，高得环拉着夏春英说："快走！"

两个人在洞里往出摸，摸呀摸，终究摸到绳子跟前。高得环说："来，我把你绑在绳子上，洞口有人吊，你先上去！"夏春英说："你到底是啥人，得给我说个明白。""我叫高得环，是个学生。那一天揽了街上的榜文，寻你来的！""榜文上咋说的？""说谁人寻得春英，就给谁一百两银子，给谁人为妻。""你既然把我救下了，就照我爹说的，给你当一辈子女人。咱先接个准亲。""我穷得白没啥，接个啥呢？""常言说得好：'吃一个枣儿，许一个心。'你身上纽子总有吧？""只要你不嫌我穷，我拜哥给我送下一条丝毛线裤带，你就系上。""这是蟒精给我送下的一把风火扇，我给你缝在衣裳底襟下，出洞见物为证。"高得环说："东西怕丢了，咱对个对子，装在肚子里。""好，你是个男人你先出。"高得环说："长蛇洞我救你受尽千辛万苦。"春英出口说："到后来脚下为妻报了你的恩情。"

这时高得环抓住绳子，拦腰绑住春英，使劲摇晃了几下。坐在上面的人手和右金龙早等得心慌了，看见拴在木橛上的绳子摆动，几个人用力往上吊，吊啊吊，吊上来一看，知道是夏春英。夏春英长得像水里头的莲花，俊得很，右金龙一见馋了，心里就谋下了不良，说："夏大人在家里一定等心急了，你们赶快把春英引上回，我一个吊我拜弟。"三个人手送上夏春英沿盘盘路下山去。估计着他们走出石峡后，右金龙就搬来那一块石头，压住洞口，刨土埋实了，转身就走。

高得环半天不见绳子头下来，猛然洞里黑了，他觉得不对，一下子浑身淌汗，坐一阵，站一阵，哭一阵，喊一阵。知道没指望了，蹲下来想：蟒精这么大，它总有个出出进进的口子，常言说：天无绝人之路！往出揣总比等死强。他顺着地洞就揣呀揣，不知道揣了多久的时间，揣出一个洞口，光是头能挤出去。他一看，一个湖，几十亩地大，水蓝得跟天一样，他扳了一块石头，往洞口塞了出去，打在水里头，一下惊动了湖里面的鱼鳖海怪，哗啦啦钻出水面，向他扑来，他吓慌了，赶紧缩进头，心跳得厉害，念格说："天呀，这湖不知有多深，挤出去掉进里面，鱼鳖海怪连骨头都吃了。唉，再揣。"又揣呀揣，不知道揣了多久时间，揣着一座石山。

石山透出一点亮光来，他高兴了，一直朝亮处去，越来越亮，到跟前一看，原来是一个大洞口，从洞口里出来，哎！天亮地亮，他不知这是啥地方，懵懵头不停地走，走呀走，远远看见一个黑影子迎面走来。他害怕了，呆呆地站着。那个黑影越来越近了，他壮着胆子，想：大蟒都叫我斩了，他来还不是一个送命的！他抽出剑，大步向黑影走去。

突然黑影不见了，眼前头跪下一个小伙子，眉清目秀，求饶说："恩人，你已经救了我的命，咋能忍心再杀死啊！"高得环弄糊涂了，说："你是啥人？我啥时间救过你的命？"小伙说："我是水龙王的第三个儿子，叫小金龙。我不知道犯了啥罪，玉帝把我打在十八层地狱，叫我自磨自死。如果能见到凡人，我就有救了，见不到凡人，再也不能活了。我今天偷着跑出地狱，幸亏碰到你，性命也就有救了。""噢，原来是这样，地狱离这儿有多远？""听起来远，我走去只用几步路。恩人，你把我救下了，咱就一个救一个，来，我把你背上，要紧闭眼睛，多害怕都不要睁开，咱俩快逃出这个鬼窟窿。"

小金龙背起高得环就走，高得环紧闭着眼睛，只听得大风呼呼，在两个耳朵畔怪声怪气地叫唤，他没敢睁眼。一阵阵时间，风不叫了，小金龙放下他，睁开眼睛一看，原来坐在大海中的一座山上。小金龙不见了，高得环骂道："这个没良心的小金龙，把我背在这个地方送死吗？这四面是看不到头的水，我又没长翅膀，想飞也飞不出去。我见了日头就晒死了，见了雨就泡死了，见了雪片就冻死了，这咋办啊？"正在发愁，头顶一股青云落在眼前，小金龙出现了，说："救命恩人，你不要害怕。七里桥近近的，我一定送你回去。这当是我的家，刚才我回去拜望了一回龙父龙母，把你救我的事，禀告了父王。他叫我一定把你请到龙宫，以谢你救命之恩。"

高得环再三推辞，还是没拗过小金龙。小金龙一把把他扯到背上，呼呼就跑，一时时，就到了水龙宫。水龙宫修得很排场[1]，大楼小楼，金闪闪的。宫门前盘坐着一条龙，胡子白长白长。小金龙上前叩见，老龙翻身，一个白胡老汉，挂着一个龙头拐杖，笑嘻嘻地上前拉住高得环的手说："我儿的救命恩人来了，快请进来！"

[1] 排场：体面，气派。

这话还得说回去。右金龙塞了洞口，一边往回跑一边想：拜弟过不了多长时间准会捂死在洞里，碎蟒儿子连他的骨头就都吃了。我回去和夏春英结为夫妻，欢欢乐乐过一辈子。

不大工夫，就跑到了夏天官家的楼房下，他喊出丫鬟来，说："回禀你家姑娘，我要上床哩！"丫鬟跑进楼房，说："楼下汉子要上姑娘的床哩！""他是何人，这么胆大。你给我搭起竹筒，我要问话。"

竹筒有十几丈长，从楼上搭到楼下，一头说话一头听，就是看不见人。春英问："你是谁？""高得环啊！一阵咋就不认了。""我给你的东西呢？""我把你家榜揽了，还要啥东西？""我给你说的话呢？""榜上的话明明放着，还要说啥话？"春英一听，是个充装客，气得丢开竹筒，叫丫鬟用腰门担赶出大门。

话又说回来。高得环被请进龙宫，龙王爷大摆宴席，款待了几天，他心急了，一定要走。龙王爷说："你身前有事，我就发落你回，我没啥送你，金银山上的金银就任你拿吧！"高得环到了金银山上，只拿了两块金子、一块银子，由小金龙背出海面，一直送到七里桥上。小金龙说："救命恩人，七里桥到了，你下来回家吧，我走了！"一股青云朝大海方向飘去。

高得环刚走到揽榜的地方，和右金龙可碰面了。右金龙一把拉住他的手说："拜弟，你在哪达来？我想你想疯了。我在洞口足足等了你十天时间，不见摇绳，我当蟒精把你糟蹋了。快到我家坐坐，我备好菜好酒，好好款待一下！"右金龙强拉着高得环进了他家门，街上灌了二斤烧酒，割了二斤牛肉，两个喝起酒来。

右金龙想把高得环灌醉，问出夏春英给他的东西和说的话，就一盅接一盅地给高得环猛灌。二斤酒快喝完了，高得环说："拜哥我支撑不住了！""哎，这才喝了个啥？来，咱兄弟两个痛痛快快喝个够！"两个"二喜子""六六六"地喝，右金龙喝一盅就擦嘴，吐在丝手巾上。

高得环老实，输一盅喝一盅，喝得太多了，结果真醉了。糊糊涂涂说："我醉得劲大了！""我把你按着睡下，酒一阵就过了。"右金龙把高得环一按倒睡下，一边使劲摇晃一边问："哎，拜弟，你和春英在洞里说的啥话，快说！"高得环迷迷昏昏，结果把春英在洞里说的话给说了，刚说完就醉死了。右金龙高兴极了，买了棺材，把高得环死身子装在里面，撇到黄河里，叫水冲走了。

春英从那次竹筒里对话受骗后，心上很难受，连丫鬟都不要在身边睡了。她独自一人，忧忧昏昏，活不活，死不死的。心想：不如干脆吊死算了。寻了条布带刚挂在脖子上，又一想：死了做啥呢，还不如女扮男装寻高得环去。

她扮装后，乘麻糊糊月亮逃出了家门。走呀走，一直走了几天。她想：天底下大得很，我个女子，在哪达寻去呢！不如跳到黄河里叫水吹去对了。她想着眼睛一闭，扑进了黄河水里。

黄河下道，有个巡河道，成天去黄河里巡察，水里头吹下来啥东西，他都得打捞出来。在夏春英跳进黄河的那天晚上，巡河道翻来覆去梦见一个白胡老汉托梦说："上河里吹下来一朵大花儿，你一定要把它捞上来。"

第二天，巡河道叫弟兄们细心看着河里，就是一根针都要把它捞上岸来。时间不长，上河水里咕咚咕咚卷着东西吹下来了。他们赶紧打捞上岸，一看是个人，他们就跑到巡河道那里报告去了："大人，河水里捞上来个男人。"巡河道问："活着吗？""气没断！""不管男人女人，只要有口气，赶快搭救活！"

这个男人就是女扮男装的夏春英，水手们捞上岸后，倒尽了呛进肚子里的水，暖了一晚上就活了。巡河道问她："你家住在哪里？我就打发你回去！"春英道："哎，大人，我哪里来的家呢！你把我救下了，我有一句闲言讲出口来，求你老人家恩准。""你有啥话就说吧！""我想留在你的营中，报答你救命之恩！""哎呀！这太好了！我每日巡河，正愁没一个贴身的侍候人，看你年轻轻的，你就给我拜一个干儿子，行吗？"春英听后，跪倒在巡河道面前说："干爹，受孩儿一拜了！"

有个薛天官，专给国家私察暗访。这日为察一条案事，来到黄河畔，十个人骑十匹大马，正要过河，薛天官说："兄弟们啊！马怎么不过河了？"

这时，九个弟兄跳下马背，发现河畔上停放着一副棺子。他们七手八脚抬上来，打开一看，人一口一口还在出

气，一股酒味。这就是高得环，右金龙灌醉了他，当他死了，就装进棺子，撇在黄河里，慢慢地酒过了人活了。

薛天官就问："你家住哪里？姓甚名谁？怎么落到如此地步？"高得环哭着说："我姓高名得环，家住七里桥，和我拜哥一起喝酒，喝着喝着不晓得了，今儿个咋从棺材里出来了。""你喝醉了，现在酒醒了我就打发你回家去吧！""唉，我死了叫人抬着撇了的人，这样子，咋能回家呢！大人，我想在你马前为卒，给国家效劳，你看咋样？""我看你精明力壮，如不嫌苦，我就收你为我的干儿子，好好为国家出力尽忠。"

这薛天官和巡河道八拜结交，他领了众兄弟和干儿子高得环，打马直奔巡河道营里。到了营中，两人问礼一毕，巡河道设宴款待，酒到三巡，巡河道说："我看咱两个这样好，要再好，干脆好两辈子。"薛天官说："咋能好两辈子啊？""我有个女儿，你在棺子里救下个干儿子，咱俩碰一头，不就好两辈子吗？""太好了。"于是看了个好日子，成了亲。

结婚的这天晚上，巡河道就叫春英给新媳妇拨长明灯去。头一遍进去，高得环在地下看书。春英说："暖了床，就不能下床了。你把书没念下，这会能念个啥？快上床去。"高得环上床了。第二遍进去拨灯，女人坐在地上做针线活呢。春英说："你平日没有捉过针，这一阵就贪针线得很，快上床去！"第三遍进去拨灯时，高得环又在地下念书。春英生气了，就骂起高得环来："你是个大人了，说话咋听不进去，新婚晚上，不能睡空床哪！"

高得环说："唉，实不相瞒，我已有女人了，害人家清白做啥呢？"春英说："谁是你的女人？""夏天官的女儿夏春英。"夏春英心里一个冷颤，说："七里桥离这儿半截路，你为啥不去？""我晓不得。""我把她引上，你认得吗？""我认得！"夏春英听说是高得环心里欢喜扎了，连忙退出新房，跑到她屋里，打开箱子，取出化妆匣子，穿上花花罗裙，梳妆打扮，变了个黄花闺女，又走进新房，站在地下，叫高得环认。

高得环一眼认出来了，两个人抱头哭了一场。春英问："你把我的风火扇哪里去了？""还在我衣襟襟底下。"高得环取出，夏春英看了风火扇放下心来，又问："我说

的话你记在心上没有？""记得清清楚楚的，你听，长蛇洞我救你，受尽了千辛万苦。"春英接着对答："今儿晚脚下为妻，报了你的恩情。"他两个相认了，当晚拜了天地，洞房里又添了个新娘。

第二天，新郎、新娘们拜望了巡河道和薛天官，高得环领上夏春英回七里桥看丈人丈母去了，刚走上桥头，又碰见右金龙。天上一声炸雷，桥头上丢下个焦身子，右金龙的头叫雷声殛上天了。

讲述者： 刘占福，男，81 岁，农民，不识字
采录者： 王知三，男，41 岁，干部，高中学历
采录时间： 1987 年 4 月 10 日
采录地点： 平凉市静宁县曹务乡张丗村
选自： 《中国民间故事集成·甘肃卷》，
第 416 ～ 421 页

附记

该故事先后收录入《平凉地区故事集成》《中国民间故事集成·甘肃卷》《静宁民间神话传说故事》，本卷根据《中国民间故事集成·甘肃卷》收录。（杨秀平）

108

石狮子眼睛红了

很早以前，一个人善良得很，一直帮助他人做好事，好事做得多了，也就感动了神仙。神仙在一个晚上托梦给善良人说："你们村上要发大水了，你天天去看庙门口上的石狮子，倘若眼睛一红，你就叫全村人赶紧逃难。"

这善良人天天去看石狮子，跑的回数多了，被村里一个游手好闲的屠夫发现了，屠夫问善良人天天跑的看石狮子做啥哩，善良人就说了原因。屠夫心想：还有这事，石狮子咋能眼红，我干脆日弄他一下。

屠夫回去拿了些猪羊血，把石狮子眼睛抹红了。善良人一看，赶紧叫全村人搬到高山上。一时，雷声咯炸，地底下水冒了出来，整个村子都往出冒水。屠夫知道石狮子眼红是假的，就没搬家，被洪水淹死了。

讲述者： 肖永虎，32 岁，高平乡高平村肖家沟人，农民，高中学历
采录者： 张怀群，24 岁，泾川县文化馆文学干部，大学学历

采录时间： 1984 年 8 月 30 日

采录地点： 平凉市泾川县高平乡高平村肖家沟

选自： 《泾川民间故事》，第 283 ～ 284 页

109

黑锅精和蚰蜒精

有一个地方经常闹鬼，每天晚间有个黑桩桩爬进屋里，弄得锅碗瓢盆响动半夜，还往人跟前爬，谁也没方子，前前后后的人家都在搬家。有一个胆大人不信有鬼，他说即使真有鬼，他也能捉鬼。其实他根本不会捉鬼，也从来没见过鬼，只是胆子大而已。

一天晚上，还没搬走的一家人把胆大人请去捉鬼，等了半夜，不见响动。忽然胆大人发了慌：啥在响哩，呀，真的是鬼来了。只见门里进来了一个黑桩桩，吓得胆大人没了一点胆子，也没了捉鬼的一点方子了，他赶紧抓起后锅子[1]顶到头上，进来的那个黑桩桩问胆大人："你是何妖？"胆大人信口胡编说："我是黑锅精，姓黑名锅。""住在哪达？""就住在这达。"胆大人又试探着问黑桩桩："你是何精？""我是蚰蜒精，姓龙名言。""住在哪达？""住在麦草垛里。"

第二天，胆大人和众人揭倒麦草垛，底下真的有碗口粗的蚰蜒成了精，人们三两下就把这害给除了。

[1] 后锅子：安在灶台后面小一点的铁锅。

讲述者： 肖永虎，32 岁，高平乡高平村肖家沟人，
农民，高中学历

采录者： 张怀群，24 岁，泾川县文化馆文学干部，
大学学历

采录时间： 1984 年 8 月 24 日

采录地点： 平凉市泾川县高平乡肖家沟

选自： 《泾川民间故事》，第 319 ～ 320 页

110

两个好友

话说两举子是好友，苦读诗书十余载，大比之年，进京应试。某天黄昏，两人歇足一坟园。第二天，其中一人患病不起，无人能医，弥留之际，他对好友说："进京应试回乡，莫忘给我坟头添土。"此举子死后，另一举子含泪掩埋了挚友，上京应试，中为进士，封为县令。

进士告假省亲，不带一仆一从，一路回想两人旧时同窗，朝诗夜读，抚琴弄文，形影不离，情同手足；想当今世道，皇上昏庸，奸臣贼子当道，本想一同金榜题名，高官得坐，匡扶朝纲，解救黎民出水火，哪知他竟命归黄泉。愈想愈凄惨，不觉到了好友墓前，但见杂草丛生阴气密布，何等凄惨，禁不住抚碑大哭，许是过于悲痛，过于劳累，哭睡在好友坟前。

梦中，好友说："你把我埋在这荒凉地方，别人的墓园，让我受尽磨难。这原是刺客姚利的坟园，他心毒手辣，是奸臣贼子，岂容他人在此地栖身，每日罚我做他奴仆，夜里跪在他的面前，不得安睡，你若还有朋友情分，请给我置办三千纸人、三千纸马，我就会脱此磨难。"进士猛惊，原是南柯一梦。此时天已大黑，进士义愤填膺，大吼

一声："吾助君来矣。"完毕，拔出宝剑，刎断喉咙，死于好友坟前。

瞬时，天色大变，雷电交加。"轰"的一声，姚利的坟被雷击而破，他本人被赶出坟园。又是电光一闪，只见进士和友携手同入墓中，墓遂合上。后人感念，将此事刻写石碑上，立于坟前传颂，有了"为朋友割断气通管"之说。

讲述者： 樊兴义
采录者： 樊晓敏，县法院干部
采录时间： 1988 年 5 月 24 日
采录地点： 平凉市泾川县县城
选自： 《泾川民间故事》，第 380 ～ 381 页

111

一个小拐子的故事

从前，有个县官的儿子是个拐子，他家离学校远，每天上学得走七八里路，由于他走路一晃一晃的，同学们都不愿和他一块走，还常常欺负他。他虽然是个拐子，脑子却比别的孩子聪明，遇事也很有主见，学习也很好。

有一天他去上学，走着走着，发现前面同学停下来在河里捞什么，他觉得好玩，赶上他们后就悄悄站在后面看。原来，河里漂下来了一个瓜葫芦。几个大点的孩子把瓜葫芦捞出来，翻过来翻过去地看。瓜葫芦上有个洞，洞口用蜡封着，一个孩子说："取开看一看，看装的啥？"

他们刚取开那个洞洞，只见一股青烟冒了出来，不大一会儿变成了一只狼，孩子们吓傻了，一个个不知怎么办才好。

狼说："我在葫芦里蹴了几十年了，我太饿了。既然你们救了我，就救人救到底，让我把你们吃了吧！"

孩子们明白过来，挤成一堆子大哭小叫，狼刚想往上扑，小拐子从后面跑到前面，大喊了一声："慢着。"

狼转过头，看着小拐子说："你这个小拐子，太瘦了，我不吃你，你走远点。"

小拐子说："我看你吹牛皮哩，瓜葫芦只有那么点大，怎么能装得下你，你怕是骗的吃人哩。"

狼说："小拐子，你不信我给你表演一下。"狼把身子一摇，慢慢又变成了一股青烟，钻进了瓜葫芦里，小拐子拾起那个蜡疙瘩，赶紧封住那个小洞洞，把瓜葫芦原抛进了河水里。

小拐子救了孩子们，孩子们再不欺负他了。他们把这事告诉了先生和自己的父母亲，父母亲很感激他，就请木匠做了个轿，让自己的孩子们每天抬着小拐子一块上学。

小拐子十五岁那一年，他们县发生了一起人命案：有一家弟兄三个，为了争夺家产，不知是谁把老母亲勒死了。老大把这事告给了州官，说是老二媳妇勒死的，老二媳妇很漂亮，又给州官给了些银子，州官就把案子推给县官审理，州官说："十五天以内审不清此案，就上书朝廷杀了你。"

小拐子的父亲查了十二天没查出个名堂，正在这时，州官为了霸占老二的媳妇，又指人杀了老二，一案未了又发了一案，小拐子的父亲只好坐等十五天后命归西天。

小拐子知道这件事后，悄悄穿上父亲的官服来到县衙里，坐上轿让父亲手下的衙役抬到出事地方，摆了两张桌子，铺了四条草席，拿来五条棉被，命衙役叫来这家剩下的五个人睡在席上，让衙役分站两旁，宣布说："凶手已查明，今天砍下他的头。"然后命刽子手把这五人眼睛用棉被堵住，用刀砍凶手的头。

本来这是个计，刽子手空刀往下一砍，老二媳妇做贼心虚，往后一躲，露出了双脚，小拐子马上命人把老二媳妇锁上审问。一审问，勒死老母亲的果然是她，并且还招供说，老二是州官杀的。

小拐子智破大案，惊动了朝廷。皇上下旨处死了州官和老二媳妇，提拔小拐子的父亲为州官，小拐子当了县官。

讲述者： 黄国臣

采录者： 韩效林，男，58岁，农民，小学学历
郭俊奎，县电台记者

采录时间： 1988年6月

采录地点： 平凉市泾川县泾明乡

选自： 《平凉地区故事集成》（资料本下卷二分册），第260～263页

（四）宝物故事

112

将恩不报反为仇

将恩以打柴为生，供奉着老娘。他每日进山，听见山林里一个鸟鸟叫得仙音嗬嗬的。

一天进山，鸟鸟又叫着，他想："今天我就不打柴，看看到底是个啥鸟鸟叫唤得这么好听。"他放下柴担斧头，跑到鸟鸟叫的地方，连个鸟鸟毛都没看见，只有一块亮白的石头在鸟鸟叫的树底下放着。他顺手拾起来，这时，山里白雨恶[1]得很，他柴也没打，拿上白石头往回跑，跑到了河畔，洪水冲着一窝蜜蜂下来了。

将恩跳下水，捞了出来，一只只捉到那块白石头上，晾干翅膀，飞了。他正过河回家，大水里又冲下一疙瘩蚂蜉蚂[2]，将恩照样捞上岸，放在那块白石头上，晾干身上水，蚂蜉蚂曳成一条线走了。他继续过河，一只花狗娃冲到跟前，他一把捞住，抱上岸来，挤干毛上的水，放走了。

紧接着大水里一个人"救命啊！救命啊！"地喊叫，将恩不顾死活，冲进水里，救上岸来，脱了那人的湿衣

[1] 恶：大。
[2] 蚂蜉蚂：蚂蚁。

裳，换上自己的干衣裳，等他缓过气来一问，他叫"反来"。反来说："你救了我的命，我感恩不尽，如若你不嫌弃，咱两个结拜为兄弟，有福同享，有难同当。"将恩同意了，两人说了生辰八字，将恩大称哥，反来小称弟，指天发誓，结为生死兄弟。

一日，将恩担了一担柴到街上去卖，他家大门上来了一个化缘的白胡道人，他娘问："你化啥？"老道说："不化钱，不化面，不化米，不化油，化你家白石头。""我儿子从山里拾来，他集上卖柴没回来，我不能化给你。"白胡道人一听，走了。一会儿，大门上又来了一个化缘的白胡老道，老娘问："你化啥？"老道人同样说："不化钱，不化面，不化米，不化油，化你家一块白石头。""儿子还没回来，我不能化给你。"道人见白石头两次都没化出来，就对将恩娘实说了。说那是一块宝石，如果你家儿子献给皇上爷家，他一定被封个进宝状元，享不尽荣华富贵，这话叫反来听见了，他心里暗暗高兴。

将恩卖了柴从集上回来，娘把这喜事偷偷说给了他，将恩当下包好白石头，揣在怀里，决定进京去献宝。反来也强跟上，两人一同上路了。走呀走，走了好几天，快到京城了，反来想瞎心了，走到一个悬崖畔上，说："拜哥，拜哥，你听这悬崖上一个啥叫唤得仙音嗬嗬的？好听得很！"将恩怕白石头包掉下去，递给反来，就爬在悬崖畔上细心听，没注意，反来猛地一掀，把他掀进悬崖下的胡坑里。反来抱上白石头，连夜赶进京城，献给皇上爷，得了个进宝状元，享着荣华富贵。

将恩被反来掀下胡坑，没有跌死，昏昏沉沉地卧在一个黑洞洞的窟窿里，慢慢地清醒过来。他听见有两个人在说话，这是两个神仙。一个说："皇上的女儿有病，请了许多医生都没有治好。皇姑的病只有这胡坑里的黄蜂脾子才能治好，再吃啥药都没效！"一个说："谁人能治好皇姑的病，皇上一定招他为驸马，有享不尽的荣华富贵。"将恩记下两个神仙的话，挣扎着扳了许多黄蜂脾子拿上。听见悬崖上有人过来了，他就高声喊叫，两个脚户听见了，就用驮货的绳，一根续一根，把将恩吊上来，跟上这两个脚户一块进京城去了。

将恩一进京城，就揽了皇上爷家的榜，进宫去，拿出

黄蜂脾子，烧成灰，研成末给皇姑喝了，她的病当下好了。皇上很高兴，决定把将恩招为驸马。反来知道后，又谋下瞎心肠，在皇上面前垫言说："若要招他为驸马，先试他的本领。先把他押了，许两件事，他能办成，就准他招驸马。"皇上耳朵软，听了，叫反来照着去办。

反来把将恩押进狱里，给他说："你如若能一脚踏倒泰山，就招你为驸马，踏不倒就杀你的头。"将恩想："不是花狗娃给我天天偷着衔上馍馍吃，我连命都保不住，哪达还有踏倒泰山的力气呢？要杀就快杀了，不要押在地狱里活受罪。"天黑了，将恩睡着了，睡梦里遇见一群蚰蜒蚂给他说："你不要怕，常言说：蚰蜒蚂拉倒泰山。我们在东头拉，你在西头踏，保证一脚能踏倒泰山。"第二天，将恩上了山，在西头轻轻一点脚，泰山真个倒了。

反来又对将恩说："我造上十二乘轿子，皇姑坐在里面，你揣[1]，如揣准，就招你为驸马，不然就杀死你。"天黑了，将恩睡着了，睡梦里一群蜂儿对他说："你不要怕，明天你看哪一顶轿子上有蜂儿旋，皇姑就坐在里面。"第二天，十二顶轿子一模一样地摆在宫院。将恩站着没动，老远盯着一疙瘩蜂儿，蜂儿飞到这顶轿子前旋一旋，又飞到那一顶轿子跟前旋一旋。旋在中间一顶轿子前，爬在顶上不飞了。

将恩跑过去，一把拉出来，果然是皇姑，反来没话可说了。皇上爷觉得将恩这个人有奇才，便招了驸马。驸马官常贴近皇上，将恩就把反来如何如何害他，他是如何如何治好皇姑病的前前后后说给皇上，皇上大怒，下令斩了反来。这就是"将恩不报，反来为仇。"

选自：　《中国民间故事集成·甘肃卷》，
第 411～412 页

附
记

故事先后选录入《平凉地区故事集成》《中国民间故事集成·甘肃卷》《静宁民间神话传说故事》，《静宁民间神话传说故事》中题目为《将恩不报反来结仇》，本卷根据《中国民间故事集成·甘肃卷》收录。（杨秀平）

讲述者：　刘元基，男，56 岁，静宁县曹务乡张峁村人，不识字，农民

采录者：　王知三，男，41 岁，干部，高中学历

采录时间：1987 年 4 月 15 日

采录地点：平凉市静宁县曹务乡张峁村庄科社

[1]　揣：猜。

113

忘恩负义

从前有个学生叫王恩，一天散学回家听见路边一个小洞洞里一只蛤蟆叫，他用柴棍拨出来，看见它很可爱，就捉到自己放书包的篮篮里，用馍馍天天喂起来。喂呀喂呀，喂了好长时间，喂得蛤蟆和篮篮一样大了。王恩又把蛤蟆放在自己的房里，用大筛子扣起来，照样给它喂馍馍吃。

王恩上学时总把房子门锁得紧紧的，王恩爹觉得奇怪。一天王恩上学走后，他撬开门进去，见地上扣着一个筛子，随手搬起来，只见一个筛子般大小的蛤蟆，眼睛血丝丝的红，趴在地上瞅人。王恩爹吓得退出房门，等王恩回来后，问："你养个蛤蟆做啥呢？快把它放了！"王恩舍不得放，站着没说话，可他爹要他放了蛤蟆，没办法，他求爹说："叫我娘蒸上石[1]二面的馍馍，我就放了它。"爹拗不过，只得叫王恩娘蒸了石二面的馍馍，王恩就在很远的一条路上挖了一个大窑，把蛤蟆放在窑里，用石二面的馍馍一层又一层地垒住了窑门。

几年后，王恩上京赴考路过这条路，他来看这只蛤蟆，馍馍叫它吃光了，长得和窑一样大了，眼睛像血盆一样红，睁得圆大圆大，害怕得很。蛤蟆一见是王恩到了，说："你喂养了我这么大，我没啥给你补心，如今你要上京赴考了，我的肚子里有个宝贝，你划破拿上去，一定能考个状元。"王恩说啥也不肯，蛤蟆就自己划破肚子，取出来对王恩说："这是一颗九丹还阳心，用它见啥救啥，救啥活啥，可只是不能救人。"

王恩拿着蛤蟆给的九丹还阳心，走了一路救了一路，见死的蜜蜂救成活蜜蜂飞了，见死的老鼠救成活老鼠跑了，见死的狗救成活狗走了。一天，他见一个死人，叫老鸹叼成个腔腔子了。王恩想："我连蜜蜂、老鼠、狗都救了，为啥不救人呢？"想到这达，他编了一个筐筐，把个死狗的五脏取出来放进这死人的空腔子里，死人果然活来了。这个人叫实意。实意问他救活自己的办法，王恩就照实说了自己养蛤蟆得宝贝的前因后果。

实意很高兴，两人便结拜为弟兄，一起上京城去。一天，他俩在路旁歇着，实意指着一个深坑对王恩说："你看这是啥？"王恩刚一转身，实意一把将他推下深坑，背上王恩的行李上京赴考了。

王恩被推下坑里后，一点也没有跸伤，一看坑里还卧着一条大蛇，盘成一个大盘，王恩害怕了，想："我大概就成了它的美食了。"一定眼盯了好长时间，见蛇卧着还是一点没动，有时只伸过头去舔舔它身边的一块石头，舔罢了又卧着不动。王恩又饿又渴，他见蛇不住地舔石头，饿得撑不住了，壮着胆也凑过去舔了舔，真奇怪，不饿不渴了。

蛇还是没有动弹，王恩就问："大蛇，如果你不吃我，就得想法上去。"蛇说话了："不要急，在这里等上三天，老人就要接你来了，响两遍雷后，我把腰展开你骑在我的背上，等第三次雷一响，我就把你驮上去。"王恩就在这坑里坐了整整三天，饿了舔那块石头，渴了舔那块石头。到了第三天，二次雷响过后，蛇将腰展开了，王恩看着这一缸壮的蛇，吓得直打颤颤，不敢向前。

蛇说："不要怕，快骑上！"王恩就闭上眼睛骑在蛇背上，刚一骑上，"咔嚓"一声，第三次雷响了，等王恩睁开眼睛时，他已经坐在路上。王恩见实意和行李、脚程

[1] 石：古代计量单位，十斗为一石。

等都不在了，只好沿路讨饭到了京城。一进京城，正好碰上实意坐着大轿夸官，王恩上前道喜说："兄弟你做了官了。"实意见是王恩，心里一惊，马上翻了白眼，大骂道："哪里来的叫花子，冒叫我兄弟！"喝手下把王恩捆起来，送到监狱。王恩坐在监狱里，没人给吃给喝，他所救的老鼠、狗不知从哪里叼来了馍馍给他吃。

一天，皇帝的女儿在花园里赏花时被蛇咬了，请遍医生，也没有治好。皇帝张榜说："谁能治好皇姑的病，就招他为驸马。"王恩在监狱里听见这种事，就说他能治好，于是皇帝就把王恩放出来，给皇姑治病。王恩只是在蛇咬的地方抹了些烟屎[1]，伤很快就好了。王恩要被招为驸马了，实意又奏皇帝说："总不能让一个犯人招为驸马，放十二个一模一样的轿子，让皇姑藏在里面，让他摸，摸准了就招，摸不准就算了。"皇帝照办了。

一群蜜蜂围住王恩说："我们落在哪个轿子上，你就摸哪个。"王恩看着这十二个一模一样的轿子，不住地盯着一群蜜蜂，蜜蜂王在轿子上面，咯吱咯吱地说："不是！不是！"一直到最后一个轿子，蜜蜂才说："就是。"一群蜜蜂都落在轿子上。王恩便拉住了这个轿子，真个摸准了，他就被招为驸马了。

一天，王恩和皇姑去观赏国宝，皇姑每解释一个宝，王恩都说："好宝，好宝。"观赏到最后一个宝贝，皇姑说："这是进宝状元实意进来的九丹还阳心，用它能救活万物。"王恩听了，眼泪扑簌簌地流了出来，皇姑问道："你每看到一个宝时，都哈哈大笑，为啥看到这个宝时，要流眼泪呢？"王恩就把自己读书得宝、救生灵、救实意以及实意毒害自己的事从头至尾说了一遍。皇姑听罢，告诉给皇帝，皇帝大怒，便将实意处死了。

采录地点： 平凉市静宁县曹务乡张圵村

选自： 《平凉地区故事集成》（资料本下卷一分册），第 73 ～ 76 页

讲述者： 刘元基，56 岁，静宁县曹务乡张圵村人，不识字，农民

采录者： 王知三，男，41 岁，干部，高中学历

采录时间： 1987 年 4 月 15 日

[1] 烟屎：烟油子。

114

王恩和背义

王恩父亲离世早，母亲把他拉扯大，他在深山打柴奉养母亲，每天一担柴，山里一趟，集上一趟。他母亲说："你出门见了蛐蛐牛牛有难就救，见了人不要救，救下是仇人。"一天王恩打柴去，天发了过雨[1]，山水冲下来一个蜂儿，他捞上来晒干飞走了。一阵子冲下来一只狗，王恩泼死亡命[2]地把狗救上来，狗缓了一阵儿，现看现走[3]了。

又一阵冲下来一个人喊救命，王恩看见可怜，就又救上来。这个人叫背义，问王恩说："你家里有什么人？"王恩说："只有老母亲。"背义说："曹两个结拜了，一搭养活你老母。"结拜后两个人就进山打柴。

有一天，王恩听着头顶风吼哩，风里头还有人呐喊。他撇上去一扁担，打着下来了一条人的左胳膊和一只绣鞋，王恩拾起绣鞋。第二天卖柴上街，看见皇上爷家挂出榜说皇姑杳无音信了，谁人能寻见搭救出来，骏马见骑，高官

[1] 过雨：短时间的雨。
[2] 泼死亡命：豁出性命。
[3] 现看现走：边看边走。

得坐。王恩想这一只绣鞋不知是不是皇姑的，反正糊里糊涂把这榜揭了。

第二天，王恩带了兵马到他打过柴的地方发现血点，跟上血点上了山，山背后闪开一条地穴，血点从地穴里下去了。其他人叫背义下去看，背义不去，王恩说我下去。绑的绳往下吊，王恩说不管十天八天你都等着，我找到了就摇绳，绳上的铃响你就往上吊。

下了地穴寻了几天，发现皇姑在河边上洗衣裳，穿着两样子鞋，王恩掏出绣鞋一对，正好是皇姑的。王恩和皇姑搭了话，皇姑看了看绣鞋说："那天九头忽雷把我抓上，有一根扁担打断了他的左膀，现在在床上睡着哩，这要九个头哩，你今去要藏到我背后，他问话我给说，你不要害怕。他翻身时，你搭他枕头底下把剑抽出来就连住连住杀。"

他们回到洞里，忽雷问："今儿咋闻着生人气了？"皇姑说："你的衣裳染成这个样子我洗了自然闻着有怪味。"忽雷说："你给我扶着翻个身。"王恩抽出剑，就剁忽雷的头，一连剁了七个些，王恩吓得跌倒了，吓软了。皇姑赶紧拾起剑剁了最后两个头。他们走到地穴口口下，皇姑说："曹两个一起吊重得很。我先上去，我给你把金簪折上半截，你迟早回来对金簪，对上后你的功劳就成了。"摇了铃把皇姑吊上去了。皇姑说现在吊王恩，背义一把把绳收了不要吊，人马扯回朝去了。

回朝后背义说皇姑是他找到的，王恩就无踪无影了。皇姑说救下我的人对金簪哩，千人万人前来对簪。王恩在地穴里不得上来，碰见了鹁鸪胡[4]，鹁鸪胡问："王恩哥，你在这里转着咋哩？"王恩把过程说了，鹁鸪胡说："你会打鹁鸪吗？能打一百个鹁鸪我把你背上走。这达要上去有一百个盘哩，一个盘我得吃一个鹁鸪，不然背不动。"王恩打了九十九个，再打不下了，鹁鸪胡说："问题不大，我背上一盘口一张你给我口里丢一个鹁鸪。"

到最后一盘鹁鸪胡翅膀软了，可是再没有鹁鸪了，王恩把左膀上的肉砍了块放到鹁鸪胡口里。上来后鹁鸪胡说："王恩哥，最后一只没毛的鹁鸪香得很，你是哪里来

[4] 鹁鸪胡：比鹁鸪大，专门吃鹁鸪的鸟。

的？"王恩实说了，鹁鸽胡就吐上来，给王恩长上。鹁鸽胡说："藏你回去我就走咔。"

王恩回家探望母亲，背义听见王恩回来了，就带了人马把王恩打倒收了监，收监后一只蜜蜂每天飞进来通风报信，一只狗每天叼上一块馍馍送到监狱里。次数多了叫人把狗打死了，王恩听见了哭了一场，看监的人问："王恩哭着咋哩？"王恩齐齐儿说了。

看监的人说："我把你放出去你对金簪去。"皇上派了十二抬轿，说谁认准皇姑的轿就对金簪，认不准不要对，这时这只蜜蜂在皇姑轿上旋一阵在王恩耳朵上旋一阵，王恩明白了，他一下子对上了金簪，招了东床驸马。背义被斩了。

讲述者： 杨富魁，男，68 岁，不识字

采录者： 焦克敏，男，50 岁，庄浪县盘安乡颉崖村人，干部，中师学历

李国珠，男，24 岁，庄浪永宁乡人，郑河乡文化站干事，初中学历

采录时间： 1986 年

采录地点： 平凉市庄浪县

选自： 《平凉地区故事集成》（资料本下卷一分册），第 56～59 页

115

王恩实义

王恩和实义，是结拜兄弟。

实义和他妈过活，王恩在实义家打柴过日子，过得还好着哩。实义把王恩当亲兄弟看，两个人相好。打柴不管谁回来，十字路口上过来，垒了石头堆堆，谁先回来谁先踢倒，如果不踢就等到一块踢。实义先踢了，王恩就回来了。

有一回，王恩没踢，也没等实义就先回来了。实义回来些，见石头没踢，就等，一直等到天黑，走不成了，十字路口有庙，把门打开睡下了。土神爷托了一梦："明日正当午时，有老虎来，你把这箭拿上去射，把死老虎背去就能进状元。"第二天，明光闪闪，珠露晶晶。实义回去，王恩在家里，实义说："你把石头没踢，我以为你没回来。土神爷托了一梦，要给你我封一个打虎将军。"

第二天正当午时，风呼呼的，老虎过来了，实义一箭出去射倒老虎，扁担两头担了老虎和柴回来，王恩早已回来了。实义说："这一下咱二人好了，咱后天走上司里去。"

第二天，王恩说："咱二人再去打柴，给妈把啥都安

顿好，再去上司里。"实义信以为真，就去打柴，回来见石头没踢倒就等，又等到天黑，还睡在庙里，土神爷又托了一梦："你还睡着呢，王恩背了老虎已往上司里去了。"好人不能得到好处多受难，实义非常失落。实义回来给母亲说了土神爷的话，第二天原去打柴。土神爷又托了一梦："你明天拿开山斧，无论来了什么风，把斧头打下去，都能得到好处去。"

第二天，实义胡吩喝上走，一股风过来，他立在大山头上不动，开山斧打下去，打了个绣花鞋，把鞋挂在扁担上，回来放在柜里，天天打柴，不见王恩回来。实义说他能找着，就把花鞋一揣，执了开山斧，忽听有人在他耳边说话："九妖十八洞，洞洞出妖精，洞在王家庄。"实义走到王家庄，见到好多老汉老婆子，说要他在九月十三写大戏，献牲一猪一羊，不献牲，就伤人。

实义想：不献怕啥。到了大殿，坐在老汉庙后面，拿上开山斧。半夜子时，摇头子来了，说王家庄为何不献牲？实义一开山斧把左眼珠子打得蹦了，摇头子把山冲倒跑了。实义又蹴在老爷后头等，王家庄的拳棒手来了，看见一溜子血点点，叫："实义，实义，见到什么消息吗？""不知是个啥东西，说今年没写戏，我一开山斧就打跑了。"拳棒手把实义叫回去吃了酒饭，就去找洞，见到一个斜山缝，顺缝里进去。王恩背了虎，已经得了势，又把十八个洞都窜到洞底，把皇姑抢去当了夫人。

实义一进洞，妖头说闻得生人气，皇姑从洞底出来，实义看见皇姑一脚穿鞋，一脚没穿鞋，掏出绣花鞋，正好是一双，一样的花样，一样的物料。把鞋给皇姑穿了，皇姑看上了实义，要招驸马，把头上簪子折成两半，一人一半，以此作媒。实义问怎么在洞里上去，皇姑说，要把妖头斩了。"拿啥斩？""要他身下的风火宝剑斩。""咋得到手？""你站在洞口，我问他翻身不翻身，我取出来，你拿了就斩，要斩九个头，只斩一个不行，不要害怕，斩了一个又斩一个。"皇姑等妖头翻身时把剑一抽，实义跳进去，斩一个头出一个头，斩一个出一个，一气子斩了九个头，妖睡下不起来了，着方得无事了，把剑穿了鞘，把宝物拾了，刚要上路，王恩回来了，王恩要把皇姑吊出去，把洞口压了。

皇姑说你把绳放下来我吊宝，绳放下来，把皇姑吊上去，赶紧拿树梢把洞口一棚，压实了，把实义压在了下面。实义心想："我咋办呷？真是忘恩负义，那时候待他太好了。咱窜洞走，一十八个洞，死在洞里为神仙。"

妖头把雷祖爷太子还压在洞里，在太子身上画了一个符，离了风火宝剑剥不下来，太子说："你把十字画了，我带你上去。"实义用那剑画了十字，把符剥下来，一火化了。雷祖爷一声炸雷击开洞口，两个都上去了。雷祖爷说："你把我太子救了，我给你个红葫芦。"实义不要，雷祖爷说："我到处放着葫芦，这是神仙葫芦，你背上，走得饥饿了，望北边大拜，就是酒席，冷了再拜有棉衣，大拜一十三拜有单衣。靠葫芦能修一座府寺，就这一个也多得很了。"实义拿上开山斧，把葫芦背了，吟歌小唱上走了，走得饿了放在北边高处。"你赐我蒸馍开水就行。"一拜，果真是酒席，吃毕背上又走了。

走得遇上寒冷，大拜一十三拜，是棉衣棉裤，实义就穿了。到了二三月里，一十三拜有了单衣，穿上风一吹，扑嗦嗦的，哎哟，受活的连啥一样。

皇姑和王恩那天出去以后，想不到实义回来了，害不死的实义又回来了。实义和王恩大宴摆开说理："我把你当亲兄弟待，你踢倒石头我知道你回去了，你没踢我就等你，土神爷赐我一弓一箭宝物，叫我射了虎，说好咱二人去上司里，我去山里打柴为母安家，你为何走了上司？我救了皇姑又斩了妖头的九个头，你领上皇姑回了朝，把洞口压了让我死。"

皇姑要招驸马，王恩要招，实义要招，没奈何了。打住了，理说不下场，只有让皇姑看招谁。实义强不过王恩，皇姑难得没法子，就说："谁有半截金簪就招谁，你有你就拿出来招。"实义拿出来，对到一块是真的，实义招了驸马，王恩踢下了。实义招了驸马，唉声叹气，皇姑说："你叹什么气哩，嫌我不好吗？"

"我有一件事大得很。"实义说了一遍。

实义拜了葫芦，出来了一座府寺，还比王恩的好。王恩气恨不过，写了十台大戏，在实义府前摆开唱，实义听十梅梅细弹细唱。王恩把井棚了，把井口盖了，请实义去赴宴。实义不去，王恩说："你不走，跪朽跪孽[1]不顶事。"到了府寺，王恩一人亲手往酒房里端酒宴，二人吃酒划拳，王恩把井上棚的棍拉了，实义连人带桌椅掉到井里。龙王保了驾，皮肤都没擦破。忽然，白老鼠在官大人石案桌子上跑。"你有何冤？"官大人随即差人役跟上老鼠进了井房，老鼠下到了井里。必是井里有冤，人役放绳下井，实义抓住绳上来了。

十梅梅戏细弹细唱，唱了六天六夜，把王恩唱糊涂了，不知是多少时间了。皇姑听说这事，告了一状，如何如何细说了。抓去王恩，官大人指住他说："你是忘恩负义！""啥是事实？"实义走了过来，官大人下令把王恩千刀万剐。

实义被封了当朝大官，府寺也修好了，十梅梅的戏大唱开了。

讲述者：　梁治义，75 岁，梁河乡上梁村人，农民，不识字

采录者：　张怀群，24 岁，泾川县文化馆文学干部，大学学历

采录时间：　1984 年 8 月 26 日

采录地点：　平凉市泾川县梁河乡上梁村

选自：　《泾川民间故事》，第 264 ～ 268 页

[1]　孽：腐烂。

116

人长和人短

从前，有娘儿俩，家里很穷，靠儿子人长打柴卖几个钱来过活。

有一天，人长又到山上去打柴，过河时水里钻出个白胡子老汉，对人长悄悄说："娃娃，过几天这个地方要发大水。"说着从怀里掏出一只小船给了人长："你把这只船拿上，发大水时，把它放在水上它就变大了，你娘儿俩坐上它就不会淹死。可你要记住，只救虫，不救人。"说完，人长一转眼不见白胡子老汉了。人长觉得很奇怪，一边往山上走一边想着老汉说的话。

人长用打的柴换了一升米，回家里把老汉的话给他娘学着说了一遍，并拿出船叫她看，娘摇头说儿子在哄她。

过了五六天，这里真个发了大水，眼看大水把他娘儿俩住的房要淹没了，人长赶紧拿出那只小船，刚放到水上，船一下子就变得能坐三四个人那么大，人长和他娘坐在船上，顺水漂流。漂啊漂，漂了好几天，猛然看见一只蜜蜂在离船很远的水面上漂来漂去，人长想到白胡老汉说的话，只救虫不救人，就赶紧把它捞上船，不一会儿，蜜蜂"嗡嗡"叫着飞走了。过了一会儿，在船附近又漂着一条长虫，

人长照样捞上来，长虫缓活后也爬走了。就这样，他还救活了一只蚂蚁和一只老虎。

船漂了九天九夜后，这个清早，人长听见一个人喊道："老哥，老哥，救救我！"人长看时，在离船不远的水里有个人在叫。人长想到白胡子老汉的话，本来不想管，那个人说："我叫人短，你救活了我，你的大恩我一辈子也报不上，咱们以后在一起过活吧。"人长听他说得老实就答应了。

大水发过后，人长和人短两个仍旧靠打柴过日子。

过了一向[1]，人长觉得人短对他娘儿俩很好，就把宝船的事向他一五一十地说了。又过了几个月后，朝廷招文挂榜，谁有宝贝交上来，就给谁高官做。人短听后对人长说："咱们把宝船交给朝廷吧，你在家把娘养活着，我交了宝贝得了官，就接你和娘去享福。"老实巴交的人长听他说得在理，就把宝船给了人短。

过了一个月，还不见人短回来，老娘害怕在半路上出了岔，便打发人长去京城打听，人长给他娘收拾了些吃用的东西，自己背上一升炒面上了路。

做了官的人短听说人长来了，不但不去接他，反而设计陷害他，叫侍候的人给了人长两斗搅和在一起的糜谷，要人长在一个晚上拣开，如拣不开就不得见他。人长看着那么多的糜谷想：莫不是他有了害我的瞎心，这么多的糜谷咋能分开呢？娘在家里还等着我呢。想着想着不由得滴起眼泪来。

但为了人短把他娘接进城，还是一边哭一边拣，拣着拣着，从门缝里钻进许多蚂蚁，它们衔谷的衔谷，衔糜的衔糜，不到一碗饭的工夫，就把一堆糜谷全分开了。人长正奇怪地看着，只见带头的一只蚂蚁朝他点了点头，就带着蚂蚁走了。第二天，人短听说人长把糜谷拣开了，又抱着头想毒计时，皇上传下圣旨，城叫敌兵围住了，要人短去解救。人短便传人告诉人长："只要把敌兵打退，就能见他。"人长想："千兵万马围了城，我一个靠打柴过日子的人能有什么办法呢？"想着想着，不觉又流下了眼泪。

这时，从远处传来老虎的声音："救命哥，救命哥，你不要哭，我给你帮忙。"天亮后，人长走上城墙，只见城下黑压压一片，人长很害怕，只见南山上跑下来一只花斑老虎，大吼一声，就地一滚，变出几百个虎来，不一时就把围城的敌兵全吓跑了。

人短听说老虎替人长打了胜仗，这下又害他不死，很生气，便又传人给人长话说："皇姑在花园里叫长虫咬了，皇上说，谁能治好，就叫皇姑给谁当媳妇，你兄弟让你去治。"人长想："如果看不好，我死了不打要紧，只是家中老娘无人养活。"正乱想时，一条长虫爬来对他说："救命哥，救命哥，你不要害怕，只是在花园里拾九颗长虫粪给皇姑吃了，她的病就好了。"说罢给人长点了点头便不见了。第二天，人长照长虫的指点，真治好了皇姑的病。

人短见连施三计，还害他不死，心里非常慌乱，但又一想，皇上可能不愿这门亲事，就又设了一条毒计，并命人传给人长："明天有十二抬大轿从你面前走过，如果你能认出皇姑的一抬，就和她成亲，不然就算了。"人长想："只要我不死就行，娶皇姑的事，那是想都不敢想的。"人长正这样思量着，只见一只蜂儿飞来："救命哥，救命哥，你不要愁怅，你明日看着，我落在哪一抬轿上，哪抬就是皇姑的。"说罢飞去了。

第二天，人长按蜂儿的指点，认出了皇姑的轿子。这下人短可没有办法了，人长做了驸马，把人短的前前后后告诉了皇上，皇上才知道上了人短的当，便以欺君之罪，下令斩了人短。

后来，人长去家里接了母亲，娘儿俩这才过上了好日子。

讲述者：　蔡有源

采录者：　蔡淑萍

采录时间：1987 年 3 月 18 日

采录地点：平凉市静宁县田堡乡

选自：　《平凉地区故事集成》（资料本下卷一分册），第 65～69 页

[1]　一向：一段时间。

117

拾银子

从前有弟兄两人，家里只有两块地，一块在院前头，一块在院后头。院后头的一块地边有一棵大槐树，树上有一窝老鸹，每年种下的庄稼都叫老鸹吃了。弟兄两个分家的时候，老大就把这块地分给了他兄弟。

老二种上谷子，谷子黄了准备收，一夜时间被老鸹吃得光光的。老二气得站在槐树底下，对着一只老得很的老鸹骂："你娘娘你大大不到野山上寻着吃去，把我的谷子吃光叫我吃啥哩？我捣你的窝咋，我把你的儿子都打死咋。"老鸹说："我的儿子你不要打，我的窝你不要捣，等他们长大了把你引着拾银子去。"

一年后老鸹的儿子长大了，老鸹叫老二用三尺白布缝一个口袋子，跟上它拾银子去。一群老鸹儿子抬着老二，老二闭着眼睛，在天空中飞，飞到一个地方落下来。老鸹儿子说："这个洞里头有银子，你进去拾，可是一定记着，我叫你，你就赶快出来。"老二说："对。"他就进去拾去了，拾了一阵跑出来了，老鸹儿子说："我还没叫你，你咋出来了，你再多拾些嘛！"老二说："这就够了，我家里连个麻钱儿都没，这已经半口袋了，多得很，藏曹回

去。"老鸹儿子把老二驾上飞回来了。

老大知道了这个事，要和老二换地哩。老二认为长兄如父，就换给了。换了后老大原种上谷子，谷子黄了老鸹吃光了，老大跑着去原像老二么个[1]骂老鸹哩。老鸹说："你不要气人，我儿子长大了我引你拾银子去。"

一年后，老鸹的一窝儿子长大了，老大按老鸹安顿的扯了三尺布做了个口袋子。老鸹儿子架着他，到那个山洞口说："这里头有银子，你进去快些拾。可是记着，我叫你，你就出来。"老大说："对。"

老大把口袋拾满了，老鸹儿子叫他，老大在洞里说："你不要急，我再拾些。"过了一会儿老鸹儿子又叫，老大在里头说："你不要急，我再拾些。"他把布袋子拾满了，口口扎不住了，就往围兜里头装，还准备把两个汗衫袖子绑住装满哩。老鸹儿子叫了第三遍，老大说："再拾一疙瘩就出来了！"刚说着哩些，这洞"轰隆"一声挤得严严的了。

讲述者：　魏华

采录者：　魏俊舱，男，33岁，庄浪县卧龙乡魏家山村人，干部，高中学历

焦克敏，男，51岁，庄浪县盘安乡颉崖村人，干部，中师学历

采录时间：1987年

采录地点：平凉市庄浪县

选自：《平凉地区故事集成》（资料本下卷一分册），第154～155页

[1]　么个：那样。

118

太阳山上的老大

很久很久以前，黄河沿上有个青龙山，山下住着两户庄农人家。他们是兄弟俩，老大家很富，住的是青堂瓦舍，有吃不完的米面、穿不完的绸缎。老二家很穷，住的是崖窑[1]，吃了早饭没晚饭，日子越过越艰难。

这一年春天，老大驾起牛，吆着种庄稼了，可把老二愁得在窑前团团转，转来转去，还是来到老大家借谷种。黑心的老大背着老二把谷种倒在锅里炒熟了，再借给老二。

不几天，老二的谷种也种上了。可是，等了一天又一天，老大的地里谷苗盖住了地，可老二的地里白白的。过了几天，老二的谷地当中长出了一苗谷子，叶子又嫩又亮，不几天就长了几尺高。老二很惊奇，就天天给谷子锄草、浇水。

过了一个多月，那一苗谷子长得足有一棵大白杨树高了，穗子像缸一样粗。老二心里想：老天爷也睁眼，有这一穗谷子，不愁糊不住一家人的口。自从谷子长大了，老二就白天给谷子锄草浇水，晚上也睡在谷子底下看着。看

[1] 崖窑：在崖面上挖的窑洞。

着谷子快熟了，老二心里甜滋滋的。

有一天，东边飞来了一只金凤凰，美丽的金凤凰绕着谷子转了三圈，一口咬断谷子根衔走了。老二急得哭了三天三夜，眼泪哭干了，嗓子哭哑了，他呆呆地坐着。

这时，金凤凰又飞来了，落在老二面前说："老二，你爬在我背上，我驮你上太阳山拾银子去！"老二想了想，就爬在金凤凰的背上，闭上眼睛，金凤凰就飞了起来。飞呀，飞呀，飞了老半天，终于飞到了太阳山。

金凤凰对老二说："老二，这太阳山满山是银子，快给你拾上些，不然，太阳上来就把你晒死了，我还要去吃食。"金凤凰说罢就飞走了。

满山的银子照得老二睁不开眼睛，他拾了几块，觉得够用了，就塞进口袋里，坐下等金凤凰。不一会儿金凤凰就飞来了，看到老二拾的银子不多，就说："你拾的太少了！"说着就用嘴给老二衔了几块银子，驮上老二飞走了。

老二回来后，买了些土地，买了两头耕牛，盖了几座新房，妻子儿女换上了新衣衫。老大见了心里想：老二咋富得这么快？他来到老二家，问老二怎么富的。老实巴交的老二将他在太阳山上拾银子的前前后后一五一十地给老大说了。老大听了，贼眼一转，开了心窍。

老大马上回家，炒了谷子然后种上。等到谷子出土时，果然只长了一苗谷子。老大高兴得没法说，天天守在谷苗旁护理谷子。等呀等，终于等到谷子快熟了。老大天天望着东方，盼着那只金凤凰的到来。

这天，金凤凰终于飞来了，衔走了老大的谷子，老大高兴得了不得，哪还有心思哭。但他还是装作难过的样子，坐在早准备好的拾银子的大口袋上，扯破嗓子吼了三天三夜，终于哭来了金凤凰。

同样，金凤凰驮走了老大。到了太阳山，金凤凰给老大也说了给老二说的话，就飞走了。老大看到满山白花花的银子，摊开大口袋，拾了起来。拾呀拾，口袋还没满，金凤凰飞来了，说："老大快走，太阳快上来了，不走，会晒死我们的。"老大头也没抬说："你等一等，我的口袋还没满。"金凤凰摇了摇头，飞走了。不一会儿，金凤凰又飞来了，催促老大说："快走，太阳马上要上来了。"可老大的口袋还没满，低头只是拾银子，连理都没理。金凤

凰看了看这个贪心的老大，什么也没说就飞走了。

这时，太阳山上光芒万丈，太阳吐出的火舌，烤着天地。老大伸着双手哭喊着金凤凰，不一会儿就晒死了。

讲述者： 陈杰英，男，48 岁，农民，初小学历

采录者： 陈静，男，34 岁，小学教师，中专学历

采录时间： 1985 年 12 月 3 日

采录地点： 平凉市静宁县四河乡涧沟村

选自： 《平凉地区故事集成》（资料本下卷一分册），第 203 ~ 206 页

119

兄弟俩的故事

从前，有兄弟俩，老大叫青石，老二叫黑石，他们的父母亲都死了，老大已经娶下了媳妇，老二还小，就跟哥嫂一起过日子。

天长日久，哥嫂终于对他冷淡了，看不起他，给他吃黑馍、喝冷水，还不要他在家里睡，就让他和牛睡在一起。他天天早出晚归，哥嫂却整天睡在凉房里非常舒服，养成了好吃懒做的坏习惯，什么活也不干，喂牛、种田和其他农务活都让他弟弟去干。

两年过去了，他的嫂子想把他赶出家门，认为不赶出家门他就要吃饭、穿衣，要是生了病还要花钱。他哥哥本来不愿把他赶出去，可是嫂子把他哥哥骂得害怕了，就答应了她的要求。

弟弟晚上刚从地里回来，没喝一口水，哥嫂就把他叫进房里说："咱们还是分家吧。"弟弟也实在受不了了，就说："分就分吧。"

哥嫂说："给你分一个破架子车、一头牛，房子一间也不给，所有家产都归我们。"他弟弟把他的破被子一拿，破车和牛一拉，就往山上走去，白天干活，晚上就在破车

上睡觉。几个月过去了，他在山上搭了一间草房，和牛住在一起。

一天早晨，他挑着两木桶粪往地里走的时候，不小心被脚下的石头绊了一下，把粪泼在了一只石青蛙背上。他赶紧把粪倒了，把粪桶洗净，挑上清水去给石青蛙洗背，洗完后正坐下休息。石青蛙说话了，开口就叫黑石的名字，说："二黑，赶快到我的嘴里来取银子。"

说着石青蛙张开了嘴，里面全是银光闪闪的银子。二黑不敢去拿，青蛙却一个劲地叫他来取。实在没办法，二黑就把手伸了进去，掏了满满一桶。第二天，他高高兴兴地上街去买犁和盖房用的东西。

一年过去了，他的房子盖好了，媳妇也娶下了。哥嫂想不到弟弟发了财，就逼着弟弟问银子是从哪里来的，弟弟只好如实说了一遍。他哥哥也学着弟弟的样子去到石青蛙嘴里掏银子，石青蛙把嘴一张，他就连忙把麻袋取了出来急急忙忙往麻袋里装，等把麻袋装满了，他妻子一看全是石头，就破口大骂，他一看上了当，就连打带骂石青蛙。

第二次，石青蛙把嘴张开的时候，里面又是银子。他以为这一回石青蛙被打得害怕了，真正给他吐银子了。可是当他把手刚伸进去时，石青蛙就把嘴合上了，把他的手紧紧地咬在嘴里，疼得他大声喊叫。

这时，他弟弟和乡亲们赶来了，他弟弟见状就赶紧跪在石青蛙面前求情，石青蛙才把他哥哥的手放开。后来，他们再也不干那种恶劣的事了，并且还帮助弟弟干活，他的哥哥从这件事上得到了教训，他们兄弟俩，还有嫂子和弟媳妇就这样很好地生活下去了。

讲述者： 梁锁勤，42 岁，农民，小学学历
采录者： 梁小花，高平中学学生
采录时间： 1988 年 5 月 19 日
采录地点： 平凉市泾川县高平乡原梁村
选自： 《平凉地区故事集成》（资料本下卷一分册），第 233 ～ 235 页

120

猫儿和狗儿

有弟兄两个，叫张大和张二，弟兄两个同年同月生下个儿子，一个叫猫儿，一个叫狗儿。

张大老两口归天了，剩下张二两口仍在山里打柴，抓养这两个孩子。张二还不放心，怕老婆慢待哥家娃娃呢，就卖了柴在杰州城里买了四个油饼回去，把三个油饼拿出来说："这三个油饼你吃一个，给曹家狗儿给上一个。"老婆说："咋给猫儿没有？"张二就说是："藏拉扯不前去了，把哥的娃娃给调北[1]了算了。"

老婆子就发了脾气，说："我的油饼我不吃，饿死着把我饿死去，叫猫儿吃去。"张二听了哈哈大笑，说："实不相瞒，我是试你呢，我也给猫儿买下一个着呢。"就又从怀里掏出一个油饼，给猫儿给给了。

从此以后，张二对老婆子说："藏这两个娃娃大了，我引上，叫他们在山里驮一个柴担，多挣些干粮。"老婆说："只要你引上我也就放心了，藏你引着去。"

藏张二就把这两个娃娃引上在山里打柴帮助着就有了

[1]　调北：背过。

干粮了。这天，正好把柴打起，走到杰州河畔上，发了大水，过不去了，就把柴担打着地上，就把他哥[1]娃娃用捆柴绳捆在自己身上，把他来娃娃抱在手里，心里盘算说：如果水把我冲走才能把我哥的娃娃冲走。

这时，有两个小鬼准备要索这两个娃娃的命呢，走着当河[2]，把他的娃娃吹上走了，把他哥的娃娃捆在腰里不得离然[3]。两个小鬼就骂开了，只顾吵架，把张二的娃娃吹着岸上。

黑了，两个小鬼吵架着呢，惊动了水龙君，打发两个夜叉来看，看看啥人在岸边闹得水晶宫不得安静。两个小鬼说是叫猫儿和狗儿呢，由于张二的忠心太大，把他捆在自己的身上不得离然，因而吵起架来。夜叉回去报与龙君，龙君说是有功之人，摆酒宴招待。将小鬼灌得烂醉，从身上掏出传票一看，猫儿和狗儿阳寿是十二岁，就用笔改了个七十二岁，等小鬼醒了，龙君问道："你二人捉人呢，拿传票没有？"小鬼就将传票掏出呈与龙君，龙君一看说："咦！这上面写着七十二岁，你怎么说是十二岁？"

小鬼一听，哈哈一笑，就到阎君跟前交差，阎君一看，心想："这是张二忠心太大，感动了上帝，是龙君收了传票，待我给他再添十岁，就是八十二岁。"

张二不知这些事，仍然领上儿子打柴，待把柴打起，下起了恶风暴雨，到处下得洪水横流，只有这三个人身下坐的地面干干的，没有下雨，张二还在吃干粮，两个孩子随心所欲地挖着耍去来是，挖着出来了两个花石头，晶莹透亮，明光闪闪的，张二心想："待我捎在肩上，拿回去让两个娃娃玩耍。"

走他家里，要通过杰州街道，当铺的掌柜问张二说："张二你得了宝了吗？"张二就随口应承了，就说是："我得了宝了。"掌柜的就说："你这宝当么？"说是："当呢。""要多少钱呢？"张二说："要一百两银子。"掌柜的说："要得还真不多，就给你一百两。"

张二心下怕卖得少了，就改口说："我回去问问老婆，

嗯说当我就当，嗯说不当我还不敢当。"掌柜的说："好，你回去。当，你仍然拿来，说不当你就不来了。"

张二就问了老婆子，老婆子说："外藏好得很，你要得少了不会再多要些么，拿去当了做个资本，做个生意嘛。"

一会儿拿着可当去来，要了二百两，掌柜的说："好，你缓下，试宝后给你称银子。"

试宝以后，就给了二百两银子，说："你我压不住这个宝，这是你两个娃娃的财贝[4]。你打发着娃娃进宝去，假若得了功，稍微把我连念[5]一下就出来了。"掌柜的又说："给每人拾掇一套衣裳，预备些路资盘费，收拾些干粮马草，打发上京进宝去。"就把两个打发上进京进宝去来。两个走着一个河畔呢，就坐下来吃了些干粮，倦了就睡着了，梦见一个白胡老汉说："猫儿、狗儿，河里遇见啥东西你都救，不要救人了。"又说："人救下就是你的仇人一个。"这两个醒来，见河里虮蜉蚂儿吹得一浪一浪的，就用棍棍搭着上来，晒干走了。

等了一阵，见水中吹下来一只老鼠，也用棍棍捞上来，缓好晒干也走了。又等了一阵，水里吹着两只蜜蜂，也捞出来，翅膀晒干，也"突突"地飞了。候呢候呢些果然水中吹下来个人，天呢地呢地叫唤呢，说："救人，救人，我家遭了水灾了……"这弟兄二人心想：曹捞出牛牛儿[6]看是为行好[7]来，为啥见人不救呢，曹捞出来。这弟兄两人就给捞了出来。

一捞上来就磕头，说："你是我的救命恩人，要结拜呢。"就结为八拜弟兄。说起年龄，这两个十三岁了，这人十七岁了，就尊为兄长，问："你两人做啥呷？"说："我进京进宝呷。"

这人说："外正好经过我家门呢，到我家一叙再走。"走着这人家门口，门里进去，就喝[8]女人说："女人，女人，赶快打茶，我的救命恩人，二位拜弟到了，赶快给我们找笼子，酒瓶子，我打酒买肉，款待二位拜弟。"

[1]　来：那。

[2]　当河：河中间。

[3]　离然：脱离。

[4]　财贝：财富。

[5]　连念：可怜。

[6]　牛牛儿：虫子。

[7]　行好：做好事。

[8]　喝：喝斥。

这人就到街上打酒买肉买菜去了，这家女人就问说："你二位实话告诉我，你们干什么去？实话告诉你，我家主人是个水贼一个，你说了我设法搭救你，如他在酒里下毒，他不喝，你二人就客气说，你是为兄的，你不喝我二人不能喝。如在肉里下毒，有我呢，我可想法告诉你们。你实说，你们两个干啥咔？"这两个说："我俩进京进宝咔。"先给把衣服脱下来，给扎了两个草人穿上衣服，这两人把个假宝装上，真宝就在哥兄两个的身上带着呢。

这水贼把酒肉打回来，就喝女人赶快炒肉他倒酒，每当水贼敬酒时，这弟兄两个就说："哥不饮酒，我弟兄不能动。"

喝了两盅，这弟兄两人就假装醉了，这水贼就喝女人："赶快把二位拜弟用毡包上，把炕拿火烧！"这水贼就磨刀去了，这女人就把这两人捆到枕子[1]上。这人刀磨得飞快，进去就糊里糊涂把两个草人的头剁了，掏上假宝就进京去进宝去了。

这水贼的女人说："藏你下来，藏你两个吃啊没吃，喝啊没喝么，外藏回头不看了，你两个今夜缓了明天打发你上京进宝。"

这时，朝廷就贴的榜文，说有人进宝就揭榜。

这水贼正好按进宝的日子到京，揭了榜，皇上下令就在旅社里歇缓，待黄道吉日进宝，招为东床驸马。

猫儿狗儿迟到一天，也揭榜进宝，皇上说："刚有人进宝，可那搭的人进宝呢，这是有人充壳子[2]呢，押到死监，吃喝都不给，叫自磨自死去。"

这时水中救下的蚍蜉蚂儿就把人吃着淌下的馍馍渣儿上喂着两个吃，还吃不完。这一晚上梦着一个白胡子老汉说："猫儿狗儿，我说话你要听呢，明天皇上招东床驸马，有老鼠挖下的个大洞，你二人揣摸出去就到东校场了，有七十二顶轿，一模一样的洋[3]，你看前面一个蜜蜂在哪个轿跟前旋呢，就是两个真公主。猫儿去就把轿拦了。在后的一个蜜蜂旋呢，就是二公主，狗儿去就把这轿拦了。再

的都是丫鬟装扮的一个。"

这弟兄两个醒来，都梦了同一个梦，说："曹试看这么个事么。"两个揣摸揣摸呢些真有个大老鼠洞，两个人就揣到东校场里，有七十二顶轿在校场里呢。

水贼先到了，到这个轿跟前去啊不敢拦，到那个轿跟前去啊不敢拦。猫儿看见一个蜜蜂在一个轿前旋呢，就把这个轿拦了，公主一把扯上去，把轿门封锁了。狗儿一看在最后的一个轿子跟前有蜜蜂旋呢，就到跟前去把轿子拦了，公主一把扯上去，又把轿门封锁了。就前后丁马[4]围上，走到黄河岸上，试宝招东床，猫儿来把宝丢着下去些把黄河炸了，万丈火焰，就宝收了，招作大驸马。就又试狗儿的宝呢，仍然和前面一样，就招为二驸马。

最后试水贼的宝呢，一丢下去不见了，又丢下去不见了，就把水贼杀了，祭了黄河神。

这二位招了驸马，就到杰州把张二老两口和当铺掌柜、水贼女人一并接到京里，养老归终。

讲述者：　杜合中，男，72岁，农民，粗识字
采录者：　孙志勇，男，32岁，庄浪县南湖镇人，县文化馆干部，大学学历
　　　　　王延军，男，32岁，赵墩乡文化站专干，高中学历
采录时间：1988年5月17日
采录地点：平凉市庄浪县赵墩乡杜家阳弯村
选自：　　《平凉地区故事集成》（资料本下卷一分册），第59～65页

[1]　枕子：房梁。
[2]　充壳子：冒充。
[3]　洋：漂亮，好看。
[4]　丁马：军马。

121

狐兄

郑宝爹活的时候，马员外把女儿蓉蓉许给了郑宝。郑宝爹死了，光阴猛地塌[1]了。马员外立马就悔亲了，可蓉蓉记着郑宝不愿退婚。马员外就给蓉蓉说："郑宝生得很丑，脸上还有几个麻子窝窝，我女儿生得花朵一样，天下的俊男子多着哩，何必一定要跟他？"蓉蓉怀疑爹的话，认为是他嫌郑宝家穷才要悔亲的。蓉蓉没见过郑宝，可不敢走出这个院门，这事怎么才能明白呢？

马员外的话传到郑宝耳朵里，郑宝觉得很冤枉，心想：马员外要悔亲只说悔亲的话，为啥一定要说我生得丑呢？郑宝自定了亲，听说蓉蓉生得秀气，可没见过面，十分想见见蓉蓉，以辩明马员外编的谎。

这一天，郑宝走到马员外家叫门，门外拴着一只大黑狗扑三扑四地咬，立马门里走出一个伙计问："你要干啥？"郑宝说："我是郑宝，要蓉蓉出来见一面。"伙计进去了，一阵儿马员外出来说："我与你家无亲无故，跑来干啥？"郑宝说："马员外，你为啥向蓉蓉说我生得丑？

[1] 塌：衰败。

你把蓉蓉叫出来看我脸上有麻子窝窝吗？"马员外说："你别在这里胡然[2]，快给我滚！"郑宝说："马员外，我今天要你说个明白，不然，我不走！"马员外瞪着眼睛说："你滚不滚？"说着就放开了狗。郑宝见狗扑来，紧跑慢跑，狗就在后腿上啃了一口。郑宝顺手拾起一块砖头挥了挥，才把狗吓跑了。郑宝摸着狗咬伤的地方，朝着马员外的后脊梁狠狠地骂了一句："姓马的，你个老狗！"

郑宝没见着蓉蓉，反被狗咬伤，很晦气，一瘸一拐地走远了，坐在一个阳弯里看咬伤的腿。腿被狗牙钉了三个窟窿，淌着血。淌血是阳伤[3]，容易好，如果是阴伤就是青块，还得用刀割开放血，那就更糟了。郑宝心上轻省了一下，从衣服上扯下一块布包好伤，躺下来晒太阳，直到天黑了才往回走。

他走到那个小镇的街头，脚下被啥一绊，摔了个嘴啃地，伸手一摸，有个毛茸茸软乎乎的东西，借着月光细看，是一只死狗。郑宝想今天怕犯着了狗煞星，咋净和狗打交道？他爬起来走了几步，又想，娘坐着个草垫子，垫得屁股疼，把这只死狗背回去剥了皮可以给娘做个软垫子。郑宝退回去把死狗背上，一股子酒味熏得恶心，心想：噢，狗是偷吃了谁家的酒被打死的。唉！这世上本是狗欺人人欺狗的事。

回到家里，郑宝把狗扔在门房里，掩上大门扇。娘已等心急了，见郑宝来了，热了锅里的饭让他吃，问："今天干啥去，回来这么迟？"郑宝说："到朋友家转了一回。"郑宝再不愿说了，只说回来时拾了一只死狗抛在门房里，明天剥了皮给娘做个坐垫，就倒头睡了。

第二天，娘起来得早，到门房去看，刚推开门，里面"呼"地一下坐起一个少年，把娘吓了一大跳，问："你是谁家的少年，坐在这里面干啥？"那少年揉揉眼睛，好像还没睡醒的样子，说："我……我昨天和朋友多喝了几杯，大概醉了，就摸到这里来了吧？"郑宝娘说："快进来到炕上暖暖吧！"郑宝娘把少年引进来，捣醒郑宝。郑宝穿了衣服，和少年一起洗过。娘烧了蛋汤，和盔盔一起端来

[2] 胡然：胡说。

[3] 阳伤：明伤。

两人吃了，拉起闲来。

郑宝不认识那少年，那少年说他姓胡，叫胡明，二十岁，是江湖道上人。郑宝和胡明拉着拉着亲热了，就称兄道弟起来。郑宝比胡明小两岁，就把胡明叫胡兄，胡明把郑宝称郑弟。郑宝说："昨晚我在街头拾了一只死狗抛在门房里，你见到了吗？"胡明一听忽然似明白了啥，脸面一红，吞吞吐吐地说："我……我好像没见着……"郑宝跑到门房里看，回来说："怪了，那只死狗到哪里去了，难道活了跑了不成？胡兄，你偷着藏过了？不行，那是我给我娘准备做坐垫的，你还给我吧。"

胡明见郑宝娘在灶房里，就"嘘"了一下，小声说："实话给你说，我不是人是狐精。那天和朋友在酒店里多喝了几杯酒，出来走了几步就昏倒了，要不是你背着回来可能就没命了。我看你是个老好人[1]，说了实话，你可千万不要给别人说，以后到用我的时候，定当相报。"郑宝很惊讶，听说过野狐变人，今天当真遇到这事，况且能变成这么英俊的少年，真是奇事。胡明走了，郑宝再不提死狗的事，娘也当儿子说的是个耍话[2]，也不问了。

郑宝因没见到蓉蓉，终日愁眉不展。这天，他在那个小镇的街道垂着头溜达，忽然有人在肩膀上拍了一把，回头一看，是胡明。胡明说："郑弟为啥这么丧气？"郑宝说："没啥的，我就是这么个样子。"胡明说："还信不过胡兄，我啥都知道的。好！今晚你到西山凹里来，我借给你一件东西，对你有帮助。"说罢就走了。郑宝想："他要我到西山凹里来借啥东西呢？反正回去也睡不着，就去一趟吧。"

天黑了，郑宝爬上西山，走进凹里，见一个窗户里亮着灯，走近了看清是一间茅草房。郑宝叫门，门"吱呀"一声开了，胡明出来笑着说："我还当你不来哩，快进！快进！"就把郑宝拉了进去。

房子里只一桌一椅一床，墙上挂着刀剑弓箭，又挂着几幅古人字画，桌子上撂着一沓书。郑宝说："胡兄还是个有雅兴的人。"胡明说："靠它打发日子罢了。"胡明

[1] 老好人：老实人。

[2] 耍话：玩笑话。

端出酒坛和郑宝对着喝了两杯，拿出一顶草帽给郑宝。郑宝说："我家哪里缺一顶草帽，胡兄真会耍笑我！"胡明说："你拿回去就知道了，它的作用很大，一定会帮你的大忙，只有你，我才借的。"郑宝见胡明说得认真，将信将疑地架在头上，告辞回来。

走在门上叫门，娘把门开开，郑宝走了进去，娘还在门外寻郑宝，骂着说："贼娃子叫门哩，门开了却不见人。"郑宝在院子里说："娘！我在这里！"娘听得郑宝在院子里，关了门走进来还是看不见。郑宝说："月亮照着呢，你咋看不见？""我眼睛不好。"娘揉揉眼睛，还是看不见，说："今晚咋了，只听你在身边说话哩就看不见。"郑宝很吃惊，以为娘的眼睛真的有了问题，去扶娘。娘一抬手打掉了郑宝头上的草帽，才看见了郑宝。娘说："怪了，先看不见，现在却看见了，咋个事？"郑宝也很奇怪。郑宝把草帽拾起又架在头上，娘又说看不见了。郑宝把草帽摘了，娘又看见了。

郑宝这才知道怪事出在草帽上，原来草帽是个宝。他把娘扶进房子，说了草帽的来历，娘说："记得我小时候，听你舅太爷说古今，说有个隐身大侠有一顶隐身草帽，常用这顶草帽隐住偷富人的东西帮助穷人，大概就是这样的东西。"郑宝让娘看着又试了几次都灵，很高兴，想不到胡兄借了这样宝贵的东西。记起胡明白天和晚上说的话，恍然大悟，明白了他借草帽的意思。

第二天一早，郑宝梳洗毕，穿戴齐整，顶上草帽，朝马员外家走来。走到大门跟前，狗没咬，人没挡，郑宝径直走进院子，转了一圈，见绣楼在西角，一个丫鬟从绣楼上下来出了大门。

郑宝上了绣楼，见蓉蓉坐在床上做针线哩，郑宝摘了草帽，叫了一声"蓉蓉"，蓉蓉见突然钻进一个大男人，吓得"呀"地出了声，厉声问："你是谁？敢钻进我的绣楼，快出去！"郑宝说："我是郑宝。"蓉蓉听了，眼睛明亮亮地看了一下，说："你不是！"郑宝说："咋不是？你爹嫌我家穷了要悔亲，就说我生得丑，我哪就像你爹说的那么丑呢？我今天就是为辩明这事才来的。现在你看见了，如果你和你爹一样，嫌穷爱富昧良心，那你坐着，我走呀。"说罢转身就走。蓉蓉急着说："你站住！"蓉蓉脸面

潮红，有了喜色，说："你既然来了，为啥就走呢？不会再说说话吗？"蓉蓉拉过一只凳子让郑宝坐下，问了郑宝家里的情况，郑宝一一说了。

蓉蓉掉下泪水，说："我爹说的，我也不大相信，今天见了，果然是假。可爹要那样做，我当女儿的有啥办法呢？"郑宝说："你没办法，我更没办法，大概咱两个前世没积下缘分。"两人都低着头再不说话，只是流泪。

过了一会儿，郑宝要走，蓉蓉忙拉住说："你要想办法，你要想办法呀！"突然听见楼梯响，蓉蓉慌了神，说："小菊来了！这……"郑宝说："别怕，我有这个。"说着把草帽架到头上不见了，蓉蓉很惊讶。小菊进门把一握[1]红丝线给了蓉蓉。蓉蓉说："你再到张婶家换一握绿丝线来，快去！"小菊又走了，郑宝去了草帽，现出身来。蓉蓉说："你哪儿来这本事？"郑宝说："是个朋友借的一顶草帽，能隐身。"蓉蓉高兴地说："你有这件宝贝，一定会有办法的，回去快想个办法来娶我。"郑宝戴上草帽出了绣楼门。

郑宝回来想了好几天，想得头嗡嗡地响，就是没想出个办法来，忽然想到了胡明，就到西山凹里去找。走到那里一看，那天晚上见到的茅草房没有了，只是一滩乱草。郑宝回来，愁得不行，吃不下饭，睡不着觉，不几天病了，躺在床上翻不起来。娘急得四处问医，抓了不少药让郑宝吃，郑宝都不吃，只是淌眼泪。娘知道郑宝是为了蓉蓉的事，可有啥办法呢？

这天，胡明忽然从门里走了进来，说："马员外把蓉蓉说给了黄员外的儿子，过几天就办婚事。"郑宝一听，眼仁往后一翻，头"嘭"的一下磕在枕头上晓不得了。胡明急着呼唤了好半天，郑宝才醒过来。郑宝哭着说："胡兄，你快救救我呀！"胡明说："好了，好了，你真不中用，难道这点小事就没办法了吗？你把草帽还给我，我一定让马员外把蓉蓉嫁给你。"胡明拿上草帽走了。

这天晚上，马员外睡在床上，考虑给蓉蓉该办一些啥嫁妆，夜深了就迁了眼[2]翻来覆去睡不着，突然听见桌子

上有人开腔说话："马员外，我是郑宝的爹郑员外，你听着，咱两个是称兄道弟过的，青天白日说了话的，你昧良心把女儿又许给了黄员外的儿子。你不仁我就不义了，我要勾你的魂！我要勾你的魂！"马员外吓得把头缩进被窝里，喊："打鬼！打鬼！"惊得伙计都跑到房里点上灯察看，可啥也没有。伙计走了，刚吹了灯，又听得桌子上有人那样说，闹得马员外一夜没睡成觉。一连三个晚上都是这样，马员外吓怕了。

第四晚上听得桌子上又说话，就跪在桌前说："郑兄，郑员外，是我不对，我不该昧良心把蓉蓉许给黄员外的儿子，明天我就去退婚。"说罢趴下连连磕头。只听桌子上又说："好！三天后一定把蓉蓉送到我家，不然，我要勾你的魂！我要勾你的魂！"接着桌子上一只花瓶"啪"地摔在地上碎了，马员外吓得魂都脱了壳儿，连忙说："一定！一定！你饶了我吧！饶了我吧！"只听桌子上"哼"了一声，房门"吱"地开了又"吱"地关上了，似有人大步走出去了。马员外一家惊骇非常，都说："听说有鬼，从没见过，可闹起来真吓死人了！"只有蓉蓉不吭声，心里摸了个七八分。

胡明来到郑宝家，笑着对郑宝和郑宝娘说："快准备吧，三天后就去迎亲。"接着说了如何把马员外吓怕了的事。郑宝和郑宝娘轻[3]得不行，胡明说："喜日自来相贺。"就走了。第二天一早，果然马员外派人来说："马员外让郑宝后天来迎亲。"

第三天，郑宝请了亲房邻居，抬着花轿，吹着唢呐，热热闹闹地去迎亲。马家也都准备好了，啥话没说，又陪了好多嫁妆。郑宝把蓉蓉接来，邻人亲戚朋友来了一大堆贺喜。

三天喜日快过了，就是不见胡明，郑宝有些着急。忽然胡明来了，郑宝问："为啥这时才来？"胡明悄声说："马员外吓怕了，急着把蓉蓉送过来，你想黄员外那儿能罢休吗？"原来这几天，胡明在黄员外家，晚上对黄员外说："黄员外，你听着，我是郑员外。我死了，郑宝年轻不会持家，光阴塌了些，马员外悔了亲，把蓉蓉又许给你

[1] 一握：一把。

[2] 迁了眼：睡不着。

[3] 轻：高兴。

的儿子，这是昧良心的事，马员外糊涂，你也跟着糊涂吗？你不能拆这门亲事啊！"第一晚上说了，第二晚上又去说，黄员外也怕了，说："既然郑员外有灵提醒我，我不敢拆这门亲事，明日就去退亲。"胡明见黄员外去马员外家退亲，才来贺喜的。

郑宝听了，十分感激这位侠义智慧的胡兄，一连给他敬了两大杯酒，又让蓉蓉敬了两杯。胡明贪杯，又自斟自饮数杯。郑宝低声说："你能胜得住？自个把握着！"胡明明白郑宝的意思，笑笑说："我知道。"又喝了两杯，掷杯捉筷。胡明谈笑风生，豪爽痛快，满座人都爱和他说话，一时显得十分热闹。

席罢，胡明抱拳说："郑弟大恩就算报了一些，现在我要走了，要到很远很远的地方去，日后恐难见面了，祝郑弟和蓉蓉妹子日月美满，百年偕老。"郑宝惊问："你到底去哪儿？为啥一去就不回来了呢？"胡明不肯说。郑宝说："你如果不能来，说出个地方，我也好去找你呀。"胡明说："你将后也是一等员外，用不着找我了。"郑宝忙说："我不是那个意思，我们兄弟一场，又蒙大恩，咋今后就不能见个面儿呢？"胡明说："这也是缘分吧，就和你跟蓉蓉妹子一样有缘分，我才能帮上你们，可咱两个的缘分就这些。"郑宝留胡明再住几天，胡明坚持去了。

以后有蓉蓉当内参，不几年郑宝果然成了这一带有名的员外，但他心里时常记着他那位胡兄。

讲述者： 刘新
采录者： 魏俊舱，男，32岁，庄浪县卧龙乡魏家山村人，干部，高中学历
采录时间： 1986年
采录地点： 平凉市庄浪县
选自： 《歌谣故事》，第290～297页

122

隐身大侠

古时候，有一个叫杨宝的柴夫，家住在山脚下，家中有老母，父亲早年亡故。他们母子俩生活过得还挺不错。每天杨宝天刚亮就吃几个馍馍，拿上柴担和砍刀上山去砍柴，到中午柴砍够了担回家中，立即吃几碗饭，又挑上柴担到集上去卖。

一天，他吃过早饭，挑着柴来到集市，今天集上的人寥寥无几，到了下午才将柴卖完，还算不错，一清点，两吊半。他想今天不错，给老母买几个油条让她老人家也换换口味，就向摊点走去。

杨宝正走着忽然有人喊："宝兄，等等，我和你商量一件事。"他站住脚想：这个赌棍和我有什么事要商量？这样想着，本庄的赌棍杨虎到了他跟前，很和气地说："宝兄是这样的，我今天时运不好，接连输了五六场，想借宝兄一点钱，赢了加倍偿还，如果不好，我在朋友跟前借一点，保证赶黑给你还了，老兄没问题，你不要害怕。"

杨宝一听，不借嘛他是本庄的地头蛇，借嘛恐怕输了又还不上，想来想去没办法，只好说："我今天只卖了一吊半钱，给你借一吊吧，半吊我还想给老母买几个油条。"

杨虎一听不高兴地说："你一齐借给我，我赢了你可得三吊钱，输了有你的一吊半在，你害怕什么？"杨宝一听，知道惹不起，想自己反正还有一吊钱，就一齐给他吧，于是借给了杨虎一吊半钱。杨虎借到了钱心里乐滋滋的，立即向赌场跑去，杨宝也紧跟在后。

头两场还是不好，天已黑了，杨宝心里着急就再三催促。杨虎想：他如此催我，我把剩下这一吊钱一齐赌进去，输了看他还要什么，把我又能怎么办？想到这，立即来到赌桌前，一吊钱一齐赌了进去。等宝官一翻，啊，赢了。于是他又接二连三赌了几场，都赢了。一算，取过自己和杨宝的外，还赢了两吊多。在杨宝的再三催促下，他还了一吊半钱，还说加倍的钱以后还。等杨宝拿到钱，已经是万家灯火的时候了，他匆匆忙忙向油条铺走去。

来到油条铺，门已经关了，只从窗口射出微弱的灯光，他只好向回家的那条路走去。正走着，突然被什么东西绊了一跤，他想可能是哪个酒鬼又喝醉了酒，他爬起来走上前去一看，月光朦胧，仿佛是一条死狗，于是他弯下腰仔细一看，呀，是条死狗，毛色还挺好看的，于是他就把这条死狗挑在柴担一头，向家中走去。他走着想，我母亲在阳光下晒暖暖，坐着一条麦草编的坐垫，我今天回去，剥了狗皮给母亲做个坐垫还不错，他想得乐滋滋的。回到家中，他把死狗放在门前的一个草棚内锁了门，他向母亲说明了晚归的原因，还说拾到了一条死狗，毛色很好看，明天剥了皮给母亲做一条狗皮垫垫，母亲一听心里很高兴。

第二天一早，他去挑水，母亲起来后，想起儿子说他昨晚拾到一条死狗，毛色很好看，就想去看一看，她想着便来到草棚门前，只听有人叫："老大娘，你开一开门让我出来吧！"老大娘四下张望，没有人哪里传来声音，正迟疑间，又传来叫她的声音，她向叫声方向走去，哎呀，怎么草棚内有人，不好，我儿拾的狗皮可能是此人来盗。想到这，她便大声喊："宝儿，宝儿，有盗贼。"

杨宝挑水正好回来了，他放下水担，一看也吓了一跳：怎么房内有人，待我开门一看。他开了门问："你是什么人，怎么钻进我家的草棚之内？"一看狗也不见了，便大声吼道："你把我从街上拾到的一条死狗盗到哪里去了？"那人忙说："老大哥，我没有盗你的狗，事情是这

样的，昨天我和几位朋友喝酒喝得酩酊大醉，我本是一条成精的狐狸，想必是我喝醉后现了原形，你正好遇上，把我带回你的家中，多谢大哥救命之恩！我今天没有什么赠给你，等初九晚上半夜时分，你向山顶的凹处来，那里有一盏红灯，你大声呼喊三声'胡贤弟'，我便来给你赠送礼品。多谢大哥，我走了。"说完他头也不回地走了，杨宝和母亲听后将信将疑。

到了初九晚上，天很黑。约摸到了半夜时分，他想不妨去试一试吧！于是他便沿着熟悉的山间小路来到了山凹，果见山凹处有一盏红灯。他很高兴，便连喊三声"胡贤弟，胡贤弟，胡贤弟！"忽然身后有人应声说："大哥，你好！我来了！"他回身一看果然是那天所见之人，他很惊奇，也很高兴。于是胡贤弟拿出了一顶草帽说："大哥，我没什么可赠，你就拿上这顶帽子做个纪念吧！"杨宝一听很不乐意，说："草帽我家有，多谢，我走了。"胡贤弟一听，忙说："你拿上，我给你取一个珍宝。"于是杨宝便接过草帽，看了看，没有什么稀奇的地方，他看草帽的时候，没有注意胡贤弟已不知去向，山上的那盏灯也灭了，他便垂头丧气戴上草帽回了家。

叫开门后，母亲只能听见儿子的声音，却看不见他的人影，母亲又问："儿呀，你在哪里，我怎么能听见你的声音，却看不见你呢？"儿子忙说："母亲，我就在你身边。"母亲想怕是眼花一时没看清，便问："你去见到了没有，他给了你什么礼物？"儿子便随手取下草帽说："就给了我这顶草帽。"儿子摘下了帽子，母亲看清了儿子。母亲忙说："你才戴着这顶草帽我怎么看不见你，你取下草帽时，我就能看见你。"儿子不信，说："母亲，怕是你眼花了。"儿子随手戴上草帽，母亲一看，又不见了儿子，便大声说："儿呀，你去哪里了？"儿子忙说："母亲，我就站在你的身边呀！"母亲又说："我怎么看不见你呀？"儿子不信，摘下帽子让母亲戴上，母亲拿着帽子跟往常一样，一戴上帽子就不见了母亲。儿子忙说："母亲，你取下帽子吧。"于是母亲又取下帽子，母亲站立面前，儿子不由得喊了声"啊，隐身帽！"他接过草帽仔细端详，并没有什么奇怪的地方。

母亲一听是"隐身帽"，便讲了一个故事：古时有一

位文武双全的秀才，由于奸贼当道，屡考不第，一次偶然的机会他得到了这件珍宝，他就利用这件珍宝，盗富济贫，杀贪官污吏，当时人们给他起了个雅号叫"隐身大侠"。母亲说到这里，儿子激动地说："我也要学隐身大侠盗富济贫，让咱们穷人的日子也过好一些。"这天夜里，他激动不已，遐想万千，不知不觉进入了梦乡。

第二天，他又戴上草帽试了试，果然不假。于是他便吃了早饭，上山砍了些柴挑回家，立即吃了午饭，又担到集市上去卖。说来也巧，今天砍的柴很多，然而卖的人很少，价钱很高，比往常又多卖了几个铜子。卖完柴，他便戴上隐身帽，来到当地大地主郑百万设的铺子里，他戴着隐身帽，他只能看见别人，别人是无法看见他的。他来到店掌柜身边，等店掌柜离开钱匣子，他便大把大把地抓钱。如此几日，店掌柜到晚上算账总是钱数不够。他把盗来的钱大部分发给穷人，只给自己留一小部分。如此一来，人们传说纷纷，有的说接济穷人的神仙下凡了，"隐身大盗"又出现了，但都不知他的踪迹。人们一传说，掌柜们就格外小心起来。

有一天，他又来到人来人往的市面，拥进人最多的店铺又来行盗。由于掌柜小心，他大把大把抓钱时，掌柜发现无人，怎么钱不断少，掌柜用手一拨，他正好在抓钱，不小心被掌柜拨掉了头上的帽子，人出现了，草帽也出现了。店掌柜便大声喊叫："抓贼，抓隐身大盗。"这下杨宝慌了神，立即丢掉钱，抢拾草帽，然而他抢到草帽忘记戴到头上了，被店里的伙计毒打了一顿，正在危急时刻，突然他在人群中看见了胡贤弟，只见他做了个戴帽子的姿势便消失在人群中了。他赶紧把帽子往头上一戴，三绕二转跑出了店铺，伙计和掌柜都惊呆了，他们四处张望不见影儿，也就只好作罢。原来，帽子往头上一戴，人和帽子便都看不见了，如果不往头上戴，帽子和人都能看见，这便是隐身帽的秘密。

他戴上帽子回头看时，发现没有人追，他便一拐一拐地向家中走去。回到家中，母亲问时他便撒谎说："自己弄了一点钱，全部散发给穷人了。"又过了几个月，他还是盗富济贫，名声越来越大。

有一天，胡贤弟来了，他热情地接待了贤弟，在他们

酒过三巡，都昏昏迷迷之时，胡贤弟提到给他说亲，说他有一表妹，年方十八，还未许配，杨宝便满口答应了。

不过几天，胡贤弟领着一位容貌俏丽的姑娘，来到杨宝家，杨宝的母亲知道后笑逐颜开，说："宝儿，如果能娶这样一位好闺女，算我积德了。"不几天，他们择了吉日完了婚，婚后妻子孝敬母亲，又关心自己，并且能勤劳持家，杨宝心里很高兴。半年过去了，再也没有见到胡贤弟。

一天，忽然胡贤弟来了，而且带来了丰盛的礼物，杨宝便设宴款待。胡贤弟见恩兄家富了，走时便说："恩兄，我们的恩缘了结了，我要到一个很远的地方去，怕不能再回来了。"杨宝和妻子把胡贤弟送了很远很远，才挥泪而别。晚上他发现帽子不见了，他便问妻子和母亲，都说不知道。贤弟走时的话又在他耳边回响："恩兄，我们的恩缘了结了。"想来想去，他才悟出，贤弟把他的东西拿走了。想到这儿，他便对妻子和母亲说了此事。母亲听后便说："我们好好过日子吧，你娶了妻子，她人很贤惠。"从此以后，全家三口人和睦相处，杨宝得一儿一女，儿子中了状元。

讲述者： 鲁宏谋
采录者： 鲁永锋
采录时间： 1988 年 4 月 3 日
采录地点： 平凉市泾川县泾明乡吊堡子村
选自： 《平凉地区故事集成》（资料本下卷一分册），第 312～319 页

123

两件宝物

古时候，在一个偏僻的山沟里，住着娘儿俩，儿子王江是个厚道的庄稼汉，终日上山打柴为生。

一日，老妇人干活回来，半路上迎面跑来一只狐狸，身带重伤，惊慌地对老妇人说："救救我吧，我被猎人射伤了，他还在后面追我呢！"正说着，猎人的马蹄声由远而近传来了，狐狸非常着急，流着泪忙求老妇人救命。老妇人见它怪可怜的，连忙脱下衣衫，把狐狸包起来，藏在路旁小沟坑里，然后上面盖了些柴草。

不一会儿，猎人骑着大红马飞驰而来，问："请问妇人，看见狐狸过来吗？"妇人回答："刚从东边跑过去。"猎人谢过妇人，扬鞭催马走了。

妇人一看猎人走远了，就放出狐狸，并给它包扎了伤口。狐狸感激地说："谢谢妇人救命之恩，请问你家住何处？家里有多少人？"

"家住本村山根底下，仅有我和儿子王江二人，终日靠打柴为生。"

"明日你让王江借上一匹马来城里，我将重谢于你。"

"好。"狐狸说完就告辞而去。

第二天，老妇人打发儿子借了一匹马，按狐狸指定的地点去城里了。一进城就看见一位青俊[1]的小伙，身旁放着早准备好的粮食和银子，并说："大哥先把这份薄礼拿回去，后天是我父亲生日，家父要我特邀你前来，他要当面酬谢。那时，他再给你粮食金银你不要，只要凉帽合衣及钱匣子两件宝物。"王江问："请问你叫什么名字？住在哪儿？"狐狸回答："我叫狐大，住在九道湾后山坡上。"说毕告辞。

这天，王江来到九道湾，可全是荒山陡坡，哪里有什么人家。正在这时，他看见狐大向他走来，笑嘻嘻地对他说："大哥，我父已将酒宴摆好，叫我前来接你，你闭上眼睛，我背你走。""那好。"王江伏在狐大背上，闭上双目，只听耳边冷风呼呼直响。

不一会儿，狐大让他睁开眼睛。啊！好阔气的一座四合头院子，进得屋子只见一个白胡子老头坐在炕上，酒席已经摆好。吃过饭，老头吩咐狐大端来金银财宝以答谢救命之恩，可王江怎么也不收，他只要凉帽合衣和钱匣子。老人沉思片刻说："既然恩人点名宝物，我就送给你，切记可别残害百姓干坏事。"王江高兴地带着这两件宝物仍伏在狐大背上，闭上眼，来到九道湾山坡挥手告别。

回到家里，老妇人让儿子穿上凉帽合衣自己先看看，可王江刚一穿上这件宝衣，老妇人就只听见儿子声音，却看不见人身。母亲又让儿子打开钱匣子看里面装的什么金银珠宝，可一打开什么也没有，他俩感到很奇怪。王江说："没有钱也行，咱就装自个的卖柴钱。"于是，王江就顺手放了一块纹银，一眨眼工夫，竟然满满的一匣子纹银。娘俩高兴极了，儿子要试试凉帽合衣及钱匣子的作用。

他穿上宝衣，来到城里一家恶霸财主家，看见财主和管家正打开箱柜、钱匣盘点衣物、钱财，他顺手取了几件绸缎藏在宝衣下，又拿了几块金银珠宝放进钱匣子里。财主、管家都没看见他，只听得他们说："奇怪，刚才好好的，怎么一下少了几件绸缎和金银珠宝？"王江把这偷来的东西除一小部分留作自用外，大部分送给邻村贫苦人了。

尽管有这两件宝物，但王江仍然终日上山打柴、省吃

[1]　青俊：英俊。

俭用。后来，他们盖起了新舍，娶了媳妇，几年后生了一男一女，日子过得很舒服。

为了感谢狐大的恩情，他几次去九道湾，可是他踏遍了山山岭岭，却再也没有找到狐大的踪迹。

124

神磨

讲述者： 李占录，男，43岁，灵台县新集乡喂马村人，农民，不识字

采录者： 马喜，男，26岁，灵台县新集乡喂马村人，文化专干，高中学历

采录地点： 平凉市灵台县新集乡喂马村

采录时间： 1985年

选自： 《平凉地区故事集成》（资料本下卷一分册），第319～321页

在一个依山傍海的小村子里，住着一位独身老石匠，这老石匠和石头打了一辈子交道。村里的石磨、石碾、石碌等石具，都是老石匠雕凿的。人们每当用这些工具时，总是念念不忘老石匠。

有一年，村上刘财主修建庄基，逼着老石匠为他凿石料，老人不肯，就背上工具到深山老林躲避。一天，老人上山打柴，碰见一块碾盘大的石料，禁不住赞叹道："我活了大半辈子，还没见过这么好的石料。"于是他决定再凿一合磨，为天下穷人造点幸福。谁知这石头太硬，一凿，净留下些小白点。老人寻思："这么硬的石头，啥时候才能凿好呀？"他面对这块石头有些失望了，几次想丢掉它另选一个，可有些舍不得，最后还是下了决心："不管石料多硬，花费多少时间，我一定要坚持凿成功。"从此，这寂静的深山时刻都能听到凿石的声音。

老人觉得石头这么难凿，害怕死前完不成，便不分白天黑夜地加紧干，更顾不得家乡那座破烂的茅屋了。饿了吃野菜，渴了喝山泉水，困了就趴伏在石头上睡觉，刮风下雨在崖石下边躲避，左手不离凿子，右手不放锤子，披

星戴月昼夜不停，终于把这合石磨凿成了。这么好的石磨如何搬运出山，成了老人思虑的问题。

一日，他正寻思着，忽然听见宁静的深山发出叮叮的响铃声，他抬头观看，是一辆马车由远到近向他赶来。赶车的人身材高大，满面红光，穿着一身粗布衣服，是一个庄稼汉打扮，老头自思："这深山老林哪儿来的马车，莫不是老天爷得知来搬运石磨的吧？"

等到赶车人走近，老人便问："这位壮士赶车往哪儿去？"那汉子回答："山外去。"老人一听可乐了："那么我搭一程车，运这合磨子去山外行吗？"那汉子说："请便吧，不过看你头发乱胡子长，衣衫破烂，怎么出山见人，得换换吧。"老人说："我就这一身破衣服，用什么来换？"那汉子顺手从车上取一身衣服交给老头。老头换好衣服，和那汉子把石磨搬到车上，两人乘坐马车，不等天亮就回到家乡。刚把石磨卸下来，一转眼赶车的不见了，他急忙上前寻找，已无踪影了。

老人把石磨安起来，想先试试石磨的好坏，可哪来粮食呢？正在叹息，石磨转动了，磨下雪白的白面。老头一看惊喜万分。等到石磨停下来，他便收面做饭，饭做熟了没有盐调，正寻思，石磨又转动了，白晶晶的石盐从磨口而出，老人"嘿嘿"一笑，石磨停止转动。他才知道自己只要这么一笑，白面就可从磨口流出。

天亮了，庄上的穷人听到老头回来的消息都赶来看望，一见石磨周围一大堆面高兴极了，石匠老头把面分给困难户，人们欢呼奔走相告，全村人一下沸腾起来了。

这消息传到刘财主耳朵里，他急忙赶到村口，想看个究竟。一进村，老远就看见老石匠门前的人来来往往，有的说笑，有的扛面，热闹非凡。他挤进人群一看，那神磨正在不停地转动，为大家磨面。刘财主被这东西看得入神了，回头对石匠说："把神磨卖给我吧，要多钱给你多钱！"石匠坚定地回答："不卖。"刘财主一听一下瞪起狗眼来，但又一想还是来软的好，便皮笑肉不笑地又说："不卖也行，就拉来安到我磨房里吧，总比你露天安着强得多。"老头说："不，还是这儿光线好，来人方便。"刘财主只得垂头丧气地回家了，整整一夜他都翻来覆去地睡不着觉，直到天亮还没想出一个计策。

早上起来，刘财主叫来管家商议，管家眼珠一转计上心来，贴耳向刘财主咕噜了几句，刘财主一听，大腿一拍说："好，妙计！妙计！就这么办。"他吃过早饭急忙跑去找石匠，一进门便说："唉，老头子，你不是趁光线好来人方便吗，我愿意给你帮忙，干脆就把石磨架到我的渔船上吧，不是让更多的人都能吃到面吗？"淳朴厚道的老石匠听他这么一说信以为真，说："行，不过得答应我两个条件。"刘财主满口答应："好，好，请讲！"老石匠说："不能赚人家钱，至于你出船的费用我包了，不能让你赔本就是了，再就是我要跟上去，得亲眼看看天下人都能吃上神磨磨的面。"财主一听，连连答应，忙催石匠搬磨登船出海。

石磨搬到船上，财主开始盘算赚钱问题，老头问："先磨什么？"刘财主想一船盐运到国外就能换很多金币，于是便回答："先磨盐吧。"老头儿"嘿嘿"一笑，神磨转动了。第二天，刘财主把石匠叫到船边指着前方说："前面有一片绝色美景，真好看！"老头向前一望，眼前只是波涛翻涌，几只海鸥飞翔，哪里有什么奇景。财主哈哈一笑，用力一推，老石匠落入海水被淹没了。刘财主望着不停转动的石磨说："哈哈，这宝贝可归我了。"突然一个家人慌忙跑来说："老爷大事不好了，盐磨得超载了，眼看船就要沉底了。"财主上前一看，果然如此，船已开始下沉，大盐堆还在不停地加高，急得他围着神磨团团转："快停，快，快，不能再磨了。"可不管怎么说，磨子仍在转动，他悔恨自己没问老头停磨的方法。眼看船马上沉底了，吓得船工纷纷跳水逃生，刘财主钻进神磨底下嘴里还念叨着："神磨，神磨，你可不能沉底啊！"

船终于沉落了，甘甜的海水一下变咸，海岸上的群众打水做饭，味咸难以下咽，许多人把它倒在地上，结果地面上出现了像霜一般洁白的食盐，至今供天下人食用。

讲述者： 不详
采录者： 王安福，男，35 岁，灵台县什字乡中永村人，文化专干，初中学历
采录时间： 1985 年

采录地点： 平凉市灵台县

选自： 《平凉地区故事集成》（资料本下卷一分
册），第 372 ～ 375 页

125

铁封山

很久很久以前，有座石山，石头是乌黑的，远远望去
就像一座铁塔，大家叫它"铁封山"。这铁封山有孔石洞，
里面堆满金银，但没有福气的人一看，就是黄泥和石头。
这座山下，住着一户人家，只有母子二人，儿子叫汤兴。

有一天，汤兴跟娘去玩，只有九岁的汤兴跑路很快，
一眨眼，就把娘丢开了一大截。他满山乱跑，跑到石门前，
石门开着，他就跑了进去。石门里面，不知是哪里的光，
越走越亮，走呀走呀，他来到大厅里，看见一个老公公正
在搬金银财宝，一个人搬着，累得满头大汗。

汤兴见老公公很累，就走上前去说："老公公你歇下
来，我帮你搬。"老公公说："行。"就歇息去了。金银块
很重，汤兴搬得很吃力，搬不多时，老公公叫他点一下
数，可他数到一百就不会数了。老公公说："你娘给你教
啥？""啥也没教！"老公公就在金子堆里找了一块很小
的金子，叫他回去读书，又说："你赶快回去，你娘在找
呢！"他接过金块，很高兴，就走出石门外。他娘正在山
上寻找，他拿着金子往前一晃，给了他娘，他娘托在手上
问儿子是从哪里来的，汤兴把事情的经过细讲给娘听。

娘听了后，指着儿子的额头骂："你真笨，为啥只拿这么一小块？"他说老公公只给了这一点。他娘站起来说："我去搬金块！"她进了石门，里面变样了，金银变成了黄土和石头。她对儿子说："我没福气，你有福气进去搬。"儿子走进石门，里面又变样了，金银又闪起光了，娘给他一条口袋叫他去装，儿子刚进去，石门口合了，又飞来一个石锁锁上，娘就哭着说："让我儿子出来，让我儿子出来！"她哭了半天嗓子都哑了，儿子还没出来。她泪水里看见一个老公公，老公公说："要得到你儿子，你到四珠湾去找钥匙。"

这事传开了，流传着这么一首童谣：

北门有座铁封门，
钥匙藏在四珠湾。
若能找得钥匙到，
金山银山由你搬。

可是贪心的娘不劳动，找不到钥匙，这样石门只好永远锁着，她儿子永远被关在石门里面了。

讲述者：　杜雁，男，21岁，农民
采录者：　王知三，男，40岁，干部，高中学历
采录时间：1986年3月7日
采录地点：平凉市静宁县古城乡邹河村
选自：　《平凉地区故事集成》（资料本下卷一分册），第44～45页

126

万宝洞

在很早的时候，有一座大石山，石山脚下住着娘儿俩，儿子名叫阿里，他们靠挖野菜剥树皮过日子，过着非常艰辛的生活。

一日，阿里有病，挖来的野菜很少，只做了一个菜饼。阿里说："娘，我不饿，你吃吧。"娘说："儿啊，我一点不饿，你吃吧。"正在他俩推来让去的时候，一个白胡老爷爷不知啥时来到跟前，他看着娘儿俩，一句话也不说。阿里娘看见了，问："你老人家饿吗？"老爷爷点点头。阿里的娘就给了老爷爷，他大口大口地吃完，就要回家。阿里拿出一个背筐，让老人坐在里面，背着白胡老爷爷向他家方向走去。

不一会儿就到了他家的门口，这时，跑来一个姑娘，说："爷爷回来了！"老人说："回来了，孙女把你的耳环打成两把钥匙。"姑娘取下了自己的耳环打成两把钥匙，老爷爷对阿里说："娃娃你很勤劳，又很老实，你到那一座山的半腰上去，那里有一块大石门，像门一样，当中有一个小洞，你把钥匙插进去它就开了，里面有好多好多东西呢！"他说完和姑娘走进石洞，一块石板吊下来堵住了

洞口。

阿里拿着钥匙回来，对娘说了一遍事情的经过。娘说："拿些咱家能用的东西来，别的不要动。"阿里按照老爷爷的吩咐来到了半山腰，寻见了石门，他开了门进去，找来找去找了一台石磨子，就拿回家来了。娘刚一推，细面就撒了一地，淌了一堆，阿里就一袋一袋地送给穷人。这事叫皇帝听到了，他派大臣把石磨搬到皇宫来，皇帝一见石磨很高兴，他刚用手一摸就成了一堆灰，皇帝气得两眼冒火，叫人把抢石磨的大臣拉出去杀了。

阿里又从洞里找来一把镢头，他要下地种田，刚用镢头一挖，就是一株谷子，满身是谷穗，不一会儿就挖了一地，阿里一筐一筐地送给穷人。这事又叫皇帝听见了，他派大臣把阿里拉来，逼他说出取宝的地方。阿里想出一条计策，就照实说了，皇帝叫阿里引路，阿里引着他们很快到了宝洞，他开了门，皇帝和他的大臣一齐进去了，阿里就把门锁上了。他在门外叫骂了一阵就走回家来，对他娘说了经过，他把耳环还给了姑娘，白胡老爷爷把她许配给阿里，从此他们一家人过着幸福的生活。

讲述者： 柳翠花，女，20岁，学生

采录者： 王知三，男，37岁，干部，高中学历

采录时间： 1983年4月4日

采录地点： 平凉市静宁县曹务乡曹务中学

选自： 《平凉地区故事集成》（资料本下卷一分
册），第46～47页

127

摺宝石

从前，有一个娃是个叫花子，有一次，他出去打柴时看到一块又圆又平的石头，手一摸上面热乎乎的，就把这块石头背了回来。

第二天，他去要了几个馍馍回来，在石头上面想烤馍，把馍放在石头上去打柴，等他打完柴回来后，发现馍上的焦花烤得很好，于是就把这块石头作为自己的烤馍"锅"。有一天，他要饭回来后又把馍放在"锅"上烤时，"锅"却不热了。

这时外面正下大雨，他就一气之下把石头抱得摺在涝坝里，只见涝坝的水分为两半出来了一个老汉，说："乖娃，你快把那个石头捞上去，把我炼[1]得不行了，你捞上去后，你要啥我就给你给啥。"这个娃就把这块宝石捞上来，说："我要粮食。""那好，今晚就给你送来。"这个娃就回去了。

第二天一起来，发现院子里满是粮食。这个娃又跑去把宝石抱上摺在河里，河水分为两半，出来一个小伙

[1] 炼：烫。

子，说："乖娃，你快把那个石头捞上去，把我炼得不行了，你捞上去后，你要啥我就给你给啥。"这个娃把宝石捞上来后说："我要房子。""那好，今晚就给你送来。"这娃就回去了，睡到半夜时，听见人的说话声、马叫声，还有车走声和砖头的碰撞声。第二天一早，就看见院子很大，有大楼、大房、大窖，这个娃就把所有的粮食放在房子里。

又过了几天，他又把宝石撂到江里，江水分为两半，出来一个小娃，说："乖娃，你快把那个石头捞上去，把我炼得不行了，你捞上去后，你要啥我就给你给啥。"这个娃就把宝石捞上去说："我要钱。"那个小娃说："今晚就给你送来。"这娃又回去了，第二天一早，他看见各个窖内的钱很多。他就把窑门锁好抱着宝石来到海边，把石头撂在海里，海水分为两半，出来一个老婆说："乖娃，乖娃，你快把那个石头捞上去，把我炼得不行了，你捞上去后，你要啥我就给你给啥。"这娃就把宝石捞上来说："我要个少女，帮我把家里的一切收拾收拾。""好吧，今晚我就给你送来。"这个娃就回去了。

第二天一早，这个娃就起来上楼去，一进楼看见一个少女在扫地，少女见这个娃进来了，就把身子扭过去说："你怎么起得这么早呢？""我起来惯了，每天睡到这时候就起来。"这个娃说。少女听后，脸放过一转，和这个娃的目光对在一起，顿时少女的脸上通红，就跑出门去。

过了几天，这个娃就和这个少女结了婚。他们俩每天早起晚归地做农活，过着幸福的生活，还把那块宝石埋在院子里，再也没有要过东西，因为他们俩做自己的活，穿自己做的衣服，吃自己做的饭，一切都是自己早起晚归挣来的。

讲述者： 梁启明，68 岁，退休教师，中专
采录者： 梁贵平，高平中学学生
采录时间： 1988 年 5 月 19 日
采录地点： 平凉市泾川县高平乡原梁村
选自： 《平凉地区故事集成》（资料本下卷一分
册），第 166 ~ 168 页

128

宝缸

从前，有个老汉在山坡上挖地，挖呀挖，挖出一个小水缸来，小水缸在地下不知埋了多少年了，现在还好好的，一点也没破。

老汉想："我家里穷，连个放米的东西也没有，我就把这小水缸背回去放米吧。"

太阳下山了，老汉干完了活儿，把水缸背回家去。说起来也真可怜，老汉一年到头种地，可是家里只有一碗米，老汉把这碗米倒进水缸里，也真奇怪，他再从水缸里舀来的时候，舀了一碗又一碗，怎么也舀不完。原来，这只小水缸是一只宝缸。

老汉真高兴，他把米倒出来送给村子里的穷人，这样，穷人都有饭吃了。

这件事让村里的大财主知道了，财主跑到老汉家里，对他说："听说你有只小米缸，把它卖给我吧！"

"不卖，不卖！"

"给你一百担米，卖给我。"

"不卖，不卖，你出一万担米，我也不卖！"

财主生气了，带上狗腿子，闹到老汉家里，来抢小

水缸。

老汉气得手都发抖了，他举起小水缸说："你们要抢，哼，我情愿把小水缸摔个稀巴烂，也不给你。"

财主怕老汉把小水缸摔了，只好带着狗腿子走了，他躺在床上想了三天三夜，想出个鬼主意来了。他跑到县里去，向县太爷告状，说老汉偷了他的小水缸。县太爷就派兵把老汉抓了起来，连那只小水缸一起带到县城去。

县太爷听说这只小水缸是一只宝缸，就要亲自试一试。他拿出一个元宝，放到水缸里去，他再从水缸里拿元宝时，拿了一个又一个，一会儿从水缸里拿出十个金元宝来，这可把他乐坏了。

县太爷问老汉："这只小水缸是谁的？"

老汉说："是我的，我从地里挖出来的。"

财主说："不对，不对。这只小水缸是我的，他从我家偷去的。"

县太爷说："你们说得都不对，这只小水缸是我的。"

他把老汉和财主一起赶了出去，水缸呢，他叫人抬回自己家里去了。

县太爷的爸爸听说有这么件奇怪的事，也跑来看了。真的，放进一个金元宝，拿出十个金元宝，他嫌县太爷拿得太慢，就把县太爷推开，自己去拿了。哪里知道，这老头子一不小心掉进了水缸里了。县太爷赶紧把他爸爸拉了出来，可是小水缸里又有一个爸爸，拉出一个又一个，一共十个爸爸。可不是吗，这只小水缸放进一碗米，舀出十碗米，放进一个元宝，拿出十个元宝，掉进一个爸爸，也就拉出十个爸爸来了。

县太爷急了："你们，到底谁是我的爸爸？"

十个老头子一齐说："我是你的爸爸。"

县太爷急得直摇头，说："不，不，我只有一个爸爸。"

"我是，你不是！""你不是，我是！"十个老头子吵吵闹闹，打起架来，"嘭"的一声，把小水缸打破了。

县太爷又气又急，大声嚷道："你们都给我走，我一个爸爸也不要了！"十个老头子举起棍子朝县老爷"噼里啪啦"地打来，打得县太爷趴在地上，再也爬不起来了。

讲述者：　袁海军
采录者：　袁海燕，党原中学学生
采录时间：1988 年 5 月 26 日
采录地点：平凉市泾川县党原乡
选自：　　《平凉地区故事集成》（资料本下卷一分册），第 169 ～ 171 页

129

勺
勺
转

张员外有两个儿子，大儿子张仁，二儿子张义，一家人和和气气，日子过得挺舒坦。老两口一下世，张仁为了霸占家产，与妻墨氏计谋，把弟弟张义赶在门外，仅给了二亩薄田、一头老牛，让他一人独立门户。

张义为人老实，心地善良，对兄嫂的话也不敢不听，只随兄嫂便，一个人生活不到半年，分的米剩下不多了。第二年开春下种，只好去兄长那里告借谷米，念起兄弟之情，总算借了一升，谁知那墨氏却偷偷用锅炒了，张义种下后只长出一枝谷苗，没法只好精心施肥，说也奇怪，这枝谷苗长得非常大，比一般谷子大出好几倍，张义更加耐心务作。

一天夜里，他迷迷糊糊刚入睡，只听"嗖"的一声，惊醒一看一只花猫正拉着他的谷穗向前跑，于是他赶紧起床追赶，追过一山又一岭，最后追到一间窑内不知去向。突然，窑内灯火辉煌，只见案上扣着一个盘，别的什么也没有，他说不清这是什么地方，更说不清是谁家，好像跟自己一样可怜。他正想离开这儿，忽听外面传来说话的声音，越来越近，他即刻惊慌地藏到案底。

只见进来一男一女，穿得十分华丽，他从来没见过这样阔气的人，只听那女的说："你想吃点啥？"男的回答："做一席肉菜饭。"那女人走到案前，揭起盘，取出一个勺勺用手轻轻一抛，嘴里说道："勺勺勺勺转，给我做出一席肉菜饭。"话刚落音，案上便出现了一席热气腾腾的肉菜饭。那女人又说："勺勺勺勺转，给我一张桌子两个凳。"桌子和凳立刻出现在面前，他俩坐在桌前吃起饭来。

吃罢，那女人又问："还要什么？"男人说："拿些盘费就行了。"那女人走到案跟前，仍拿起勺勺，说："勺勺勺勺转，给我们拿来一锭黄金作盘缠。"只见案上又出现了一锭闪闪发亮的黄金，那女人装好黄金，扣好勺勺和男人说说笑笑地离去了，窑内又恢复了先前的原样。

张义从案底下爬出，拿上扣在盘底下的勺勺就跑，回到家里一试，非常灵验，要什么便来什么。可张义很老实，不敢多要，只给他要了一院地方，一些谷米，仍然自己种地，当乡亲们谁遇到困难，他实在无法帮助时，才向勺勺求愿。这消息很快传到兄嫂耳朵里，嫂子千方百计地从张义口里得到勺勺的来历。

同之前一样，墨氏下种前把谷子炒了让张仁下种，同样长出一枝谷，墨氏逼着张仁日夜守护务作。

一天晚上果然一只大花猫把谷穗拉走了，他们两口就急忙追赶，追到那个窑洞里，他俩喜出望外，赶紧上前揭盘偷勺勺，还没等拿到手，那一男一女进入窑内。他们赶快爬到案底，可早已被人家发现了，那男人伸手抓住他们的鼻子，从案底下拉出来，鼻子一下拉长了二三尺，吓得他俩赶紧往回跑，可是鼻子又长，到处碰撞，跌了不少跤，只听得后面那一男一女站在山坡顶上哈哈大笑。

张仁和墨氏连爬带跑，终于逃回家来，刚一进屋墨氏一命呜呼，张仁也病倒了。

讲述者： 不详

采录者： 曹宏德，34 岁，北沟乡文化站干部，高中文化程度

采录时间： 1987 年

采录地点： 平凉市灵台县

选自： 《平凉地区故事集成》（资料本下卷二分册），第 84～87 页

130

石娃娃

　　从前，有一个老汉，命很苦，有三个儿子，这父子靠给人挖井过日子，在三个儿子中，老大、老二好吃懒做，只有三儿子最勤劳，也最体贴父亲。

　　一次，他们父子又给一个地主去菜地里挖井，挖呀挖呀，总算挖到山石层上，三儿子看见父亲满面汗水，就说："大，你歇一歇，我下去挖。"老大老二这两个懒虫看准时机，想献尖[1]，就抢着说："让我下去挖吧。"老汉想了想说："老大先挖吧。"老大就磨磨蹭蹭地钻到井里。老汉自个在田埂上转时，被青蛇咬了一口，叫了一声就死了。

　　老三听到叫声跑去一看，只见老汉腿子上有三个黑点儿。正在这时，老大抱着一块亮晃晃的东西从井里上来，老二、老三一看是一个金盘。三个儿子都很高兴，老三想拿它换棺材埋爹，老二就想拿去换吃的，老大说是他挖出的应归他，就把盘子一抢一溜烟跑了。

　　老二唉声叹气地对老三说："你在上边护着大，我下去挖。"其实，他心里另有主张，心想："大哥能挖出金盘，

[1] 献尖：献殷勤。

我也要挖出一个。"下井后，他就狠命挖起来，挖着挖着，他看见了一个亮东西，拾起一看，是个玉盘，他跟老大一样，抱着玉盘走了。这下可好，剩下老三一个人，他也下了井，一直挖到太阳落山，才挖出了个硬邦邦的东西，拾上来一看，是个石娃娃。

他想方设法地埋了老爹后，就背起石娃娃到别的地方找饭吃。走到一个村庄，庄主很善良，把他留下了，老三很感激庄主。他听说庄主的女儿得了个怪病，就想着咋给他的女儿治好病。

睡觉时，老三把石娃娃放在炕上，自己睡在石娃娃跟前。他睡得迷迷糊糊的，听到石娃娃说话了，给他说了救庄主女儿的秘方。

第二天，老三照石娃娃的指点，带着几个壮汉来到麦垛前，把担来的十几桶油倒在上面点着，大火过后，露出个死蛤蟆精，身上油漉漉的。这蛤蟆精刚死，庄主女儿的病就好了。从这以后，庄主就很器重老三，就把女儿嫁给了老三。

隔了几个月，庄主女儿的手臂麻木，动弹不得，老三到处求医，钱花光了也不顶事。一天晚上，石娃娃又给老三说了治病的方子，还吐了几个金豆给老三。

第二天一大早，老三按照石娃娃指点的药方，到处跑着买药，直到天黑透才找全一服药。庄主女儿一吃这药，病就好了，她把石娃娃锁在柜里。

一年以后，有两个贼娃子偷了石娃娃，他们刚走到房门口就刮起了大风，风刮起的石头直朝两个人砸去。老三从梦中惊醒，点上灯走出门一看，见是两个哥哥睡在地上。

原来，老大、老二自从拿了宝物大吃大喝，只当了几天富汉，就啥都没有了。他们听说老三的石娃娃会吐金子，就来偷，结果腿被打断了。

老三把两个哥哥叫到屋里时，石娃娃不见了，却有个大石磨，从此老大、老二、老三靠推磨过起了勤劳的日子。

讲述者： 李友仁，男，67岁，农民
采录者： 李香梅

0268

中国民间文学大系 4-62

131

金箍棒，酒肉馒头一齐上

以前有一家人，家里有老两口和两个儿子。大儿子引上了媳妇，小儿子还没有引媳妇，家中还有一点财产，将凑合着过呢。可是，平安的日子过了没几年，老两口先后去世了。这老两口一过世，家里就乱了线，老大的媳妇要吵着另家[1]，三天两头子骂仗，闹得一家鸡犬不宁，就只好分家。分家的时候，只给老二分了一头牛和一个烂车。他无家可归，只好赶上牛车远走了。

他走啊，走啊，一直走到一座大山脚下，就在这达安了家。靠着崖挖了一眼窑，就和牛同住在里面，相依为命，度着艰难的光阴。

有一天晚上，他睡梦里听见有人叫他的名字，感到很奇怪。这没人烟的地方，是谁在叫他呢？他翻起来一看，原来是那头牛在叫他。牛说："你今晚上到山上的旧庙里去一趟，那儿有好东西等你取。你只要学着做，就可以了。"他听了老牛的话，就到山上的庙里去了。

一进庙门，只见将台上塑的是孙悟空的像。他正看着，

一只猴子从门外跳进来，把他吓得躲在门背后偷着看，这猴子取下孙悟空手中的金箍棒，放在地上，就说："金箍棒，酒肉馒头一齐上。"只见地上冒出一桌酒席，猴子大吃大喝罢就走了，他就仿照猴子那样去做了，得到了酒肉馒头回家和牛一起吃了。

又过了几天，老牛要他再上一回山，但还得照着做。这回与先一回不一样，只见猴子说："金箍棒，金子银子一起上。"他又仿照着做了，得到了一堆金银。他把金银拿回家修了一座新房子，但他仍和老牛睡在一起，对老牛依旧关心。

他嫂子听到这件事后，打发丈夫上山去，但得到的却是一堆烂石头，他来问弟弟，弟弟按照老牛说的话说："你把全部家产都卖掉，钱给我，你再上山，不然你得不到，因为你不穷，只有穷人才能得到。"

哥哥按照弟弟说的做了，但得到的仍是一堆石头，他又来问弟弟，弟弟说："你要有诚心，再去吧。"他又上山去，老婆在家挨饿，等来等去，不久便都饿死了。从此，弟弟跟牛一起生活，过上了好日子。

讲述者：　陈天华，男，85岁，农民，读过私塾
采录者：　陈大军
采录时间：1988年2月5日
采录地点：平凉市静宁县城关镇
选自：　　《平凉地区故事集成》（资料本下卷一分
册），第152～154页

[1]　另家：分家。

132

两个金蛤蟆

从前，咱这地方有两个叫郭成和丁通的人，结伴出口外淘金。那时候人都把嘉峪关以北的地方叫口外，到那里做生意就叫作"出口外"或"上口外"。"出了嘉峪关，眼泪擦不干。"又说："举目皆沙滩，白骨堆如山；百里不见水，千里无人烟。"那地方确实荒凉得很。他们白天走，晚上也走，累了困了就躺在沙滩上歇一歇，睡一会儿。大约走了十几个日日夜夜，吃了不少苦头，才到了淘金的地方。

这是一个不大的河沟，河沟旁有几个窑洞和几间草棚，这是店房。在那里淘金的人不少，郭成和丁通找了一间店房住下。丁通说："我们一块儿吃饭，一块儿睡觉，开支就你一天我一天吧！"郭成说："我们为了穷光阴千里来到这里下苦，就是亲兄弟了，还分啥你我。淘的金沙放在一块，一块开支，回家的时候把剩下的金沙平分就是了。"丁通说："这样也好。"

第二天，两个人就开始在河沟里淘金。那淘金可真不容易，在一块木板上刻出许多沟沟，再凿出许多小坑，把挖出来的沙石倒在木板上，用水往下冲。金沙重，水把沙

石冲走了，金沙就留在沟沟里，再振动一下木板，金沙又滚进小坑内。有一天得一两粒米粒大小的金沙，有一天一粒也得不到，甚至一连几天不见一粒。

就这样，郭成和丁通淘金整整一年，没有淘出多少金沙来。有了几粒金沙，丁通渐渐就迟起早睡懒惰起来了，隔几天又要买一坛儿酒喝，割几斤肉吃。郭成说："我们出苦力，为的养活穷家，哪有学富人家喝酒吃肉的份儿。"丁通听了很不高兴地说："你嫌我多吃，就把我淘的金沙分开。"郭成说："我不是这个意思，是要你节俭。"丁通还是那个样，郭成不好再说，只得由他去了。

一天，丁通忽然淘出一只金蛤蟆，金蛤蟆黄灿灿沉甸甸的，足有一斤重。丁通惊喜非常，要喊郭成来看，忽然又想："只有一只金蛤蟆，该他呢还是该我呢？把它平分，我就少去了一半，嗯，这……"丁通心斜了，把金蛤蟆暗暗揣在怀里，又想：有了这只金蛤蟆，还愁这辈子没吃穿？何必在这里吃这样的苦头？丁通想好了，就到郭成跟前假装急慌慌地说："怪啊不，我今天心急得要跳出来了，恐怕家里出了啥事，我要回家看看去。"郭成吃惊地说："路很远的，咋能让你一人回去哩！""不要紧，路我记熟了，大约一月多时间就到家了，老哥，你就让我回去吧！"丁通说着，眼泪都掉下来了。

郭成见他那个样子同情地说："思家之情，人皆有之，也好，你就回去吧！"郭成解下腰间一个小布袋子，递给丁通说："这里面是我们两人一年来淘的金沙，除过吃住费用都在这里，你拿去吧！"丁通说："这是你我两个人的，咋能让我一人拿去呢？""你拿着吧，家里要用钱，在人面前也说好歹出了一趟口外。你走后我继续淘，肯定多少有所收获的。就这样，拿着吧！"丁通见郭成执意这样，就强留了一些金沙给郭成，系好袋子上路了。

丁通回到嘉峪关，晚上住进一家店里，点上灯，房子里静悄悄的没外人，就把金蛤蟆掏出来借着灯光赏玩。忽然见金蛤蟆眼睛扑闪扑闪动了两下，接着"呼"地跳到地上。丁通还没醒过神来，金蛤蟆又一跳，钻进老鼠窟窿里去了。丁通急忙趴下伸手在老鼠窟窿里摸。老鼠窟窿深不见底，他找了一根竹竿探了好一会儿，也没探到金蛤蟆。丁通气得捶胸顿足，他想找一把镢头挖老鼠窟窿，但又说

不准金蛤蟆钻到哪里了，弄不好还要给店家赔房子，思前想后就决定不分白天黑夜地坐在老鼠窟窿旁等金蛤蟆出来。

转眼一个月过去了，丁通等得腰酸腿疼，身上带的金沙也花去了许多，仍然没见金蛤蟆出来，只好又回到淘金的地方。郭成奇怪地问："兄弟，咋这么快就回来了？细算这时候你才到家里。"丁通说："我过了嘉峪关，又走了几天，忽然想起我们弟兄二人一同出外，我回去把你一人留在这里实在不忍，就又回来了。"郭成笑笑说："兄弟真是重义之人！"

郭成和丁通照例淘金沙。一天，郭成突然淘出一只金蛤蟆，高兴得啥似的，忙喊丁通来看。丁通见和他先前淘出的那只一模一样，就给郭成道喜称贺。郭成说："我的喜也有你的喜，我们有言在先，凡得到的金子都平分。兄弟，现在我们有了这只金蛤蟆，相当于你我十年淘的金沙，也不枉上口外一趟了。你想家，我也想家了，咱们一同回吧！"丁通同意，两人就收拾起行李，付过店钱上路了。十几天后到了嘉峪关，住进一个店里，这店正是丁通住过的那个。晚上，郭成从怀里掏出金蛤蟆想看看。丁通忙说："看不得，看不得，它会跳走的！"郭成笑笑说："该我们的走了会回来，不该我们的拿回家也会走的，怕啥哩。"就把金蛤蟆托在掌心，借着灯光仔细观看。

忽然，金蛤蟆眼睛扑闪扑闪动了两下，接着"呼"地跳到地上，又一跳钻进那个老鼠窟窿里去了。丁通气得抱怨郭成，郭成也好后悔。不一会儿，听见老鼠窟窿里有响动，又听见咬得"吱吱"地叫唤，又一会儿，刚进去的一只金蛤蟆赶着先进去的那一只金蛤蟆出来了，郭成和丁通忙各抓住一只。郭成说："真是老天照顾我们，现在好了，我们各有一只金蛤蟆，也不必分了。"第二天，郭成和丁通高高兴兴地回家了。

回家后，郭成拿着金蛤蟆买了许多土地，修了几大间新房，又买了许多牛羊，转眼，他成了当地一个富户。丁通先拿着金沙天天跑到城里进酒馆、逛妓院，没多日金沙花光了。他又取出金蛤蟆要去换成碎银子用，刚拿到手中，金蛤蟆"唰"地跳到地下，又一跳钻进老鼠窟窿里去了。

丁通在老鼠窟窿旁等了几天也没有出来，很生气，就拿了一把镢头顺着老鼠窟窿往下挖，房子都挖塌了，仍没见到金蛤蟆。丁通忽然想："这只金蛤蟆爱钻老鼠窟窿，这一只是那一只咬出来的。"眼前一亮，就到郭成家问那一只金蛤蟆，但那只金蛤蟆不知转到何人手里了，郭成咋能说得清楚呢，丁通只好懊丧地回去了。从此，丁通又成了一个很穷的人。

讲述者：	晓晓
采录者：	魏俊舱，男，32 岁，庄浪县卧龙乡魏家山村人，干部，高中学历
采录时间：	1986 年
采录地点：	平凉市庄浪县
选自：	《歌谣故事》，第 263 ～ 266 页

133

三件宝贝

很久很久以前，有个老汉生了三个儿子，临死的时候把三个儿子叫到跟前说："咱家穷了几辈人，可谁也不知道还有三件宝贝。几辈人都是弟兄一个，所以这三件宝贝始终在一个人手里。我生了你们三个儿子，这三件宝贝就不能传给一个人。我已经想好了，给你们每人一件，也没必要往下传了，你们自己爱怎么用就怎么用吧。"三个儿子问："宝贝在哪里？"老汉指着身旁的炕墙说："把这儿挖开，就在里面。"老大急着拿来个铲子，几下挖开，里面放着三件宝贝：一块金砖、一块银砖、一头一尺长半尺高的泥牛。老大抢了一块金砖抱住不放，老二抢了一块银砖抱住不放，老三就抱上了泥牛。

老汉死了，弟兄三个把爹埋了，就各自想着如何使用这件宝贝。最后，老大用金砖在东川买了一块地方，修了十间漂亮的房子，娶了三个漂亮媳妇，做起了员外。老二在西川买了一块地方，盖了六间漂亮的房子，娶了两个漂亮媳妇，也做起了员外。老三呢，抱着泥牛什么也买不成，只好占了这座破旧的老院，三间破旧的房子，二十亩薄地，光棍儿一个，和以前一样用镢头挖着吃。

这天，老三挖地回来见泥牛在门边啃草，心里甚是奇怪，就把泥牛抱起来看。泥牛身上长出了金黄色的细毛，身上皮肉软软的，两只眼睛一眨一眨的，就像一头猪娃。泥牛活了！晚上，老三把泥牛放在房子地上，第二天牛长得跟一头羝羊[1]一样大。老三上地的时候把牛吆到地里，让它在地边啃嫩草。

老三对牛非常爱护。牛也乖，白天上地，它就跟到地里自己寻着啃草，不乱跑，不吃庄稼。晚上，老三睡在炕上，让牛顺炕墙卧在地下。牛拉屎拉尿就用角勾住门里关子，拉开房门到院子里去，进来又抵着把门合上。

过了三个月，牛长得跟一般牛一样大，身架很结实。这天，老三又要挖地去，牛突然说话了，说："你那样挖着太吃力，又太慢，你做个犁套上我耕。"老三见牛会说话很惊奇，又一想，这牛不是一般的牛，就没什么奇怪的了。老三叫了个木匠，做成了一部犁，买来了绊，套上用牛耕。牛耕起来很熟练，跑得很快，老三扶着犁跟不上。牛说："你在犁两边垂两块石头，我耕你缓着。"老三就绑着垂上了石头，牛耕起来又稳又深。

牛天天这样耕，没多日，地全耕完了，种上莜麦。莜麦出土后见风见长，到收割的时候比谁家的都好。这一年得了个好收成，粮筒都装满了。老三一人能吃多少，大部分卖了钱，添置了家具。

第二年收成比头一年还好，老三卖了粮食维修了旧房，增修了两间新房。隔壁有一家，只一个老婆和一个女儿，人力单弱，日月过得很艰难。老婆见老三会过光阴，就有心把女儿嫁给他，支人探老三口气。老三常见这个女子，很乐意，就请了媒人，送过聘礼，又请了亲房庄家[2]，成亲完了婚。第三年，老三让牛耕种上自家的，又耕种上岳母家的，这一年两家都获得了丰收。

第四年，开春又要开犁播种了，牛说："这里一小块，那里一小块，耕种起来太麻烦。你干脆把岳母家的地埂挖了，和咱们家的地连起来让我耕。"老三一想也对，就去给岳母说："我想把你接到我家一块儿住，那十亩地你就

[1] 羝羊：公羊。
[2] 庄家：庄子里有头脸的人。

甬管，由我耕种就是了。"岳母巴不得这样，老三就把岳母接过来住，两家合成一家，把地埂挖掉地界打通，让牛耕种。这一年老三卖了粮食买了十亩地。

第五年、第六年庄稼都长得很好，老三把多余的粮食全卖了，重修了砖石院墙，又增修了五间新房，又买了三十亩地，日子过得红红火火。

老大虽抱了一块金砖，坐享其成，加上挥霍无度，一块金砖花得所剩无几了，偏偏不幸的事情又发生了。三个老婆闹矛盾，大婆、二婆逼得三婆跳了井。三婆的娘家告到县衙，把老大抓去上了镣铐，最后县太爷罚了二千两银子，家里人把家具房子全卖了才抵清罚银，把老大接出来。老大和大婆二婆没处住就搬到了老三家里住。

老二抱了一块银砖，也是坐吃山空，那银砖换下的银子如今花得只剩下十两。自己又懒得干活，就想了个歪主意把十两银子拿上去赌，心想多赚些钱花，谁知第一次投手就输光了。不服，借了十两银子再赌，又输了，不服，再借再赌，再赌再输。最后一合计，足足欠了人家一千两银子，还不起，遭了一顿毒打。见讨债人逼得紧，这么多银子哪儿有呢？一时转不过弯儿，就拿条绳子拴在树上了却了性命。两个女人怕负债，一哄而散，回了娘家，宣称与这家绝了关系。那些讨债的人来到老二家，能拿走的拿走，拿不走的砸碎。老二的家成了一片废墟。

第八年春，牛对老三说："今年地多，要早着手才能种上。"老三说："能种多少就种多少吧！"牛说："只要你把那东川和西川两道空院挖倒推平，再把东西挨畔的地连到一起，把地界挖通连起来，我加个夜班就种上了。"老三就叫了许多人把两道空院挖倒推平，把东西挨畔的地界挖通连起来，再叫几个人帮着撒上莜麦种子。

牛白天黑夜不停地耕，从东川耕到西川，又从西川耕到东川。牛跑得飞快，只见犁后不断翻涌黑色浪花，冒着腾腾热气。牛耕得多欢啊！没半月，从东到西一百多亩地全种上了。秋后，老三请了五十多人帮着收割打碾，粮食在场里堆成了小山。此后，连年这样。老三又买了一百多亩地，成为周围几百里有名的富汉。

老大十分眼热这头宝牛，心里想："那时我和老二如果抱上这头宝牛，不会落得这般光景，也一定是个大富汉。"

讲述者：　李堆堆

采录者：　魏俊舱，男，32岁，庄浪县卧龙乡魏家山村人，干部，高中学历

采录时间：　1986年

采录地点：　平凉市庄浪县

选自：　《歌谣故事》，第267～270页

134

金鸡

古时候，在静宁县西部有一个偏僻的小山庄，庄里有个姓赵的老农，家里很穷，祖上只传下一条扁担，他只好天天进山打柴，用它挑柴到县城去卖。

有一天，老农来到了马圈山下时，天已经蒙蒙亮起来了，他停下来，坐在路旁，背靠着木架歇息。忽然间，马圈山上出现了一只雄鸡，它长长地鸣叫了一声，从高高的山上飞下来，落在这个老农的扁担上。老农回头看时，见这只雄鸡浑身放着各种各样的光，身上的羽毛非常好看。原来，这条扁担是一只金鸡的架，金鸡只有落在它上面，才会放出光来。老农忽然间明白了，他惊奇地叫了一声："金鸡！"

农人悄悄地靠近金鸡，猛地扑上去，一把抓住了金鸡。金鸡一离开架，就不发光了，变成了一只用金子铸成的公鸡。老农非常高兴，拿出馍馍口袋，把金鸡装在里面，挑着进山砍柴去了。他砍好柴往回走，口袋越来越重，带在身上一点也不方便。于是，他就把口袋寄放在一家店里，便进城卖柴去了。店主提口袋时，觉得非常重，很奇怪，打开看时，原来是只金鸡，喜得他口水直流。店主

想："我一世还没见过这样好的宝贝呢！"于是，黑了心的店主把自家的一只鸡的毛全部拔光，装在口袋里。

老农卖完柴取东西时，发现装在口袋里的不是金鸡，便问店主。店主狡猾地说："你看一看，你的口袋里是啥？不就是一只'精'鸡吗！怎么说我拿去了。"老农气得脸色铁青，但想到自己是半路上得财，只好忍了这口气，就回家了。

店主得到金鸡后，生意一下子兴隆起来，那只金鸡使店主家里不到几天富起来了。

有一天，天刚刚亮，老农就去上山砍柴，无意间把扁担绊了三下，这时正好远处又传来三声雄鸡的叫声，他忽然发现天空一道白光，一会儿又不见了。同时，店主家里起了大火，摆在店主书柜上的金鸡腾空而起，发出一道白光，不见了。店主家失去了金鸡，又遭了一场大火，一下子冰凉起来。

据说，这只金鸡离开了静宁，到很远很远的地方去了，再也没有回来。

讲述者： 张建国，男，39岁，干部，初中学历
采录者： 张杰明，男，30岁，农民，初中学历
采录时间： 1988年2月3日
采录地点： 静宁县城南关村
选自： 《中国民间故事集成·甘肃卷》，第593～594页。

135

铜壶壶

以前有个阴阳看墓地看得很好。他有三个儿子，大儿子和二儿子都娶了媳妇，只有三儿子还没有。

有一年，阴阳病了，大儿子问："你死了埋在啥地方？"老阴阳说："埋在门前二亩地里。我死了，你弟兄三个，要用草把棺材抬地里转，草断了，棺材落在哪里，就在哪里打墓。你弟兄三个轮流打墓，轮一次就要打成。"

过了几天，阴阳死了。弟兄三个就照老汉说的办法，选好墓地，轮流打墓。

老大先打了一段时间，突然，他挖出了一块金砖头，照亮了半边天。他怕老二老三看见，就悄悄把金砖拿回家，藏在了媳妇的柜子里，然后叫老二去打墓。

老二挖了一阵子，突然挖出了一片银瓦，照亮了半边天。他怕老大老三看见了，就悄悄拿回家，藏在了媳妇的柜子里，然后叫老三去打墓。

老三来一看，两个哥哥只挖了一点点大的个坑，很生气，就一个人打起了墓。墓挖成的时候，他挖出了一个铜壶，也照亮了半边天。他高兴地拿着铜壶问大哥二哥谁要，两个人都摇着头不要。

三个人埋了父亲后，老大老二提出分家。一个人分了一头牛，五十亩地。老三说："两个哥哥从小把我养活大，我没啥报答，这五十亩地我送给大哥，这头牛我送给二哥。我出外谋生，好了好，不好了我绝不怨你们。"

老大老二正怕老三拖累自己，听老三这么说，就高高兴兴地答应了。老三提着铜壶要饭吃，当了叫花子。

老大、老二合开了一个纸货铺，生意很红火。老三要了几年饭，一天，他来到了王员外家门外，看见场后面有一辆破牛车，就爬上去抱着铜壶躺了下来。

突然，铜壶跳下地，跑到场边的涝坝畔，和涝坝里的鳖骂起了仗："你这妖精不要脸。白天藏在员外家大豌豆垛底下，饿了吃涝坝泥，渴了喝涝坝水；晚上还缠着王员外家女儿不放，你真不害臊！"

老鳖也骂着说："你少管闲事，我不和你较量。"铜壶气得没办法，只好跑回来，原跳上了车。

铜壶和老鳖骂仗，老三听下了，就去王员外家要饭。王员外说："我女儿病这么重，我哪有时间给你饭吃，快走远点。"

老三说："员外，你女儿的病我能治好。"

员外说："只要你能治好，我把我女儿许给你。"

老三说："你女儿不能下楼来，你用一根红线拴在手腕上，引下来我给号号脉。"

王员外把线拴好，引了下来，老三一号，说："这是中了邪，你女儿被妖精缠住了。妖精住在你家场后的大豌豆垛下面，明天午时，你让伙计们烧了这个大豌豆垛，就能捉住妖精。"

第二天午时，王员外派人点着了大豌豆垛，正在睡觉的老鳖被烧得直叫唤，它刚爬出火堆，就被人们打死了。

王员外招老三当了女婿。几年后，王员外死了，老三成了员外。他家庄院几百亩大，楼阁一个连着一个。他把铜壶放在当院的凉亭里，装茶盛酒。老大老二的纸货铺刚红火了两年，没想到失了火，烧了所有家当，妻离子散后，两人成了叫花子。

一天，老大和老二来到老三家门前要饭。老三看见后，忙忙留了两个哥哥。当兄弟三个在凉亭里喝酒时，才知道铜壶壶是个活宝。

讲述者： 史会平，男，27 岁，农民，小学学历

搜集者： 史宏军，男，19 岁，个体工商户，高中
学历

整理者： 郭俊奎

采录时间： 1988 年 5 月 23 日

采录地点： 平凉市泾川县黄家铺乡牛家咀村

选自： 《泾川民间故事》，第 247 ~ 249 页

136

神奇的竹篮

从前有弟兄两个，老大叫李大，老二叫李二。他们的爹妈几个月前死了，丢下一份家业。那李大和妻子想独吞这份家业，就总是找李二的茬，说他这不是那不是的。李大和他那懒妻子一天啥活都不干。那李二呢，每天放羊，喂牛，挑水，什么活都干。李大和他媳妇吃的好，穿的好。李二呢，每天只吃些剩茶剩饭，穿的是爹妈在世时缝的一身夹袄，又小又破。就这样，李大和他媳妇还总是瞅着他不顺心。

一天，李大把李二叫到跟前，假惺惺地对他说："兄弟，你现在也不小了，咱们该分开各过各的日子了。"李二一听也行，你们不拿我当人看，分开过就分开过，于是他说："那好吧，不过爹妈留的那份家业，一人一半。"一听这话，李大媳妇在一旁叫道："什么？一人一半，哼，我问你，爹妈去世几个月？你吃的谁的，穿的谁的？告诉你，爹妈留的东西什么也不许你带，只给你一个竹篮、一把镢头和后院那间草房，就算够便宜你了。"说着，她扔给李二一个篮子和一把镢头，和李大一起把李二推出了房门。

李二又气又恨，可他不敢反抗，因为哥嫂打起人来可狠毒啦。他来到后院，把那间破草屋打扫收拾了一下，寻了些麦草铺在上面躺了一夜。

第二天，他把竹篮挂在屋檐下就去山上开垦荒地去了。在山上他埋头从早干到晚，直到累得实在干不动了，才回到家。他饿得前肚皮都挨着后肚皮了，可家里什么吃的都没有，他想法子去讨点吃的，到他取篮子时，觉着沉甸甸的，一看，哎呀！他惊呆了。原来篮子里满满一篮鸟蛋，有麻雀蛋、乌鸦蛋……还有许多都叫不上名字。

他想，大概是鸟儿们看我可怜来帮我的吧，他欢喜地把鸟蛋煮熟，美美吃了一顿。第二天又把篮子挂在那儿上山干活去了，晚上回来一看，又是满满一篮鸟蛋。这样过了十几天。李大的媳妇很奇怪，她原以为李二早饿死了，却怎么每天见他红光满面地出去回来。

这天晚上，李二从地里回来，李大媳妇就偷偷跟在后头，看李二都吃什么。看到李二吃的全是蛋时，她惊呆了。第二天中午，她站在李二草房不远的地方，想看看究竟是怎么一回事。

一会儿，一大群各种各样的鸟到李二那个竹篮跟前旋了一会儿走了。她再过去一看，妈呀，可把她喜坏了，满满一篮鸟蛋。她把那篮子取下来拿回自家去，烧了满满一锅水要煮蛋吃。当她把水烧开提起篮子刚要往锅里倒蛋时，咦，怎么回事，那鸟蛋全变成鸟屎了，她好扫兴。

第二天，她又把篮子挂到自家房檐下，到中午，那些鸟又来了，在篮子边旋了一下就落到旁边的树上。李大媳妇以为鸟这下可把蛋下下了，欢喜地跑去一看，那是什么蛋呀，满满一篮鸟屎。

她气急了，抓起竹竿，就撵着打鸟，可那些鸟一点都不怕，一拥而上，把李大媳妇的双眼啄瞎了。过了几天，李大媳妇双目发炎死了，李大在给媳妇办丧事时失了火，把家业烧得净光，落了个叫花子。

李二呢，他每天勤苦垦地，种出的庄稼长得可好啦。日子也越过越好。

讲述者： 雷玉梅，67 岁，窑店乡东坡村，农民，小学学历

采录者： 胡玉霞，高平中学学生

采录时间： 1988 年 5 月 2 日

采录地点： 平凉市泾川县窑店乡东坡村

选自： 《泾川民间故事》，第 243 ～ 245 页

二 生活故事

（一）机智人物故事

137

刘捣鬼做阎王

从前，有个人叫刘捣鬼，走路时拾了一袋麻子。晚上，他到一家店里站店，对店主说："我这麻子是花了十两银子才买来的，如果晚上叫老鼠吃了，你就给我赔。"店家说："那好办，咱给你挂到屋梁上。"到了半夜，刘捣鬼偷偷把麻子取下，放在了老鼠洞口。

第二天，刘捣鬼就向店家要他的麻子。可是，麻子已被老鼠连拉带吃弄光了。刘捣鬼就向店家要十两银子，店家不给。刘捣鬼就让店家给他捉只老鼠，店家只好给他捉了只老鼠，刘捣鬼就带着这只老鼠走了。

第二天晚上，刘捣鬼又住到一个店里，让店家看好他带的老鼠。到半夜，他把老鼠给店家的猫吃了。第三天早上，他要店家赔他的老鼠。店家一时哪来的活老鼠赔他呢？闹了半天，刘捣鬼就要了那只猫又上路了。用同样的法子，到第四天，他用这只猫换了一个狗，拉着狗去赶路了。第五天晚上，他又用一个狗换了一匹马骑着赶路了。

有一天，刘捣鬼听见一家大富汉家迎亲，他忙把一个刚死了的女人偷偷从坟里挖出来，扶着她骑在马背上，向着迎亲的车马队走去。当他走到迎亲的车马队里时，迎亲的人看见这个又脏又烂的人，便伸手往过掀他。刘捣鬼便趁机把这个死女人推下了马，接着他便假装去扶，扶了一把就哭着喊道："哎呀，打死人了，这可叫我怎么办啊！"走路的人听见刘捣鬼哭叫，都聚拢过来。

刘捣鬼看见围了这么多的人，于是他就左一把眼泪，右一把鼻涕，向着众人嚷道："我好端端地走我的路。这伙人不讲理，无缘无故地打了我，还把我女人推下马踩死了。大家可要为我做主啊！"人们听了都说："杀人要偿命，那就送这伙人去见官！"迎亲的人听了吓得忙向刘捣鬼求饶。刘捣鬼就说："哎，你们都来求情，这叫我咋办？再说，就是把你们送官偿了命，可我还是没有女人了啊！现在，我看就拿你家女人顶了我的女人，咱们各走各路算了。如若不然，你们就非得偿命不可。"这伙迎亲的人无可奈何，只好答应，这下刘捣鬼又找上了女人。

这女子自从被刘捣鬼引去后，她的父亲一直很生气，总想找个法儿整整刘捣鬼。

有一天早晨，刘捣鬼正在田里耕地，他远远地看见丈人来了，就连忙把一对耕牛拉回家，又拉来了两只狗套在犁上，然后躺在地里睡觉。丈人走过来，看见刘捣鬼用狗耕地，很奇怪，一看地耕了一大片，还耕得很好，就问刘捣鬼是怎么一回事。刘捣鬼说："这是我养的专门耕地的狗，每天早上烧上两个火圈圈给它吃，一直耕到中午也不饿不乏。"丈人听了，马上回去拉来自家的马，要换女婿的狗。刘捣鬼装出不情愿的样子换给了丈人。

第二天早上，丈人把狗套好拉到地里。狗哪里能耕地，打一鞭子，狗就叫一声，整整一早上才耕了一点地，丈人气呼呼地就来找刘捣鬼算账。

刘捣鬼知道第二天丈人要来找他算账，他早就准备好了对付的办法。丈人走进大门，只见桌子放在院子正中央，院里铺着红毡，桌上摆着香蜡纸火。刘捣鬼正跪在桌子面前，桌后站着一匹马。这时马尾巴一扬，一颗银子掉了下来。丈人见了，忍不住喊了声"好"，刘捣鬼听了，站起来对丈人说："这是你老人家啊，如果是旁人我可和他不得行[1]呢。我的马一次能拉几两银子，你这么一喊给打断了，现在只好收拾等明天再来。"丈人听了，眼又热了[2]，愿意拿一千两银子买这匹马，于是刘捣鬼只好把马卖给了丈人。丈人问："给马吃啥？"刘捣鬼说："吃的是豌豆黄豆，拉的是金子银子。"

丈人把马拉回家，照样在院里铺上绸褥缎被，支起大方桌，跪在桌子前并点上香蜡纸火，等马拉银子。等了一会儿，马尾巴一抬，稀屎直溅了丈人一头。他气坏了，马上来找刘捣鬼。

刘捣鬼知道丈人又要来找他，他又生出一计，先让老婆躺下装死，还挂上了灵纸，他跪在地上大声哭叫。丈人一进门看见女儿死了，叫刘捣鬼偿女儿的命。刘捣鬼说："您老人家先别急，我家有个传家宝，让我拿来试试，看能救活吗？"刘捣鬼从厨房里拿来了一根拐拐棍儿，他把棍伸到女人身体下，然后往上翻了一下说道："一拐两拐，眼睛睁开。"女人睁开了眼睛。他又说："三拐四拐，翻着起来。"女人果真翻起来了。

最后，刘捣鬼说："五拐六拐，给娘家人端水。"这女人顺顺地给她大大端水去了。丈人看了这事的经过，怒气消了，他又在打这个拐拐棍儿的主意了。最后，经过讨价还价，他还是从刘捣鬼手里弄走了那根拐拐棍儿。

丈人吃完饭回到家里，他的老婆骂他太笨，三番五次地被捣鬼女婿捉弄。丈人本来生气，叫老婆一顿臭骂，更是火上浇油，就一棍把老婆给打死了。不管他怎样喊、怎样拐，老婆就是活不过来。他急忙去找刘捣鬼。刘捣鬼把棍一看，大惊失色道："不得了啦，您老人家不会使用我的棍，把我家的传家宝给弄完了。这可是无价之宝，现在叫我有什么办法啊？"丈人听了又急又气，半天说不出一句话。他本来想整刘捣鬼，却叫刘捣鬼捉弄到这种地步。

丈人无计可施，但又咽不下这口气，最后他写了一张阴状，告到了阎王爷跟前。阎王爷便马上派阴司小鬼去引刘捣鬼到殿前受刑。

但是，派去的小鬼，都被刘捣鬼用计谋整得有去无回，有的烧死，有的叫药毒死，有的被装到瓶子里。阎王大怒，又派最厉害的尖屁股小鬼去引刘捣鬼。刘捣鬼听说尖屁股鬼来了，就把场里的碾子滚到家里，在碾子上钻了个孔，然后熬了一碗胶灌在孔里。尖屁股鬼来了，刘捣鬼让他歇一歇，尖屁股鬼从来没歇过，因为他屁股尖坐不住。现在看见这个大石头上有个孔可以坐，他就坐下了。刘捣鬼问他吃饭吗？他说："快跟我走，我哪里有时间吃饭？"说着他便往起站，可是屁股早已被胶牢牢粘住了，哪里还能站得起！刘捣鬼趁机用一根焦火棍向尖屁股鬼狠狠打去，打得尖屁股鬼"哇哇"大叫。最后，这尖屁股鬼实在挨不住了，猛一用劲才站了起来，屁股上拖着碾子逃回了阎罗殿。阎王爷看见尖屁股鬼成了这个样子，他便决定亲自去引刘捣鬼。

刘捣鬼猜想到阎王爷要亲自来，就把一头老母猪用红布包了，然后又染上了好多颜色，看上去很吓人。阎王爷骑着千里马来到刘捣鬼家，看见那头老母猪，问刘捣鬼："那是啥？"刘捣鬼说："那是我的万里牛，不然你骑千里马，我能跟上吗？"阎王爷听了想：好家伙，还比我的马快。就说："那咱们换了骑上走吧，不过，我可要先试一试。"刘捣鬼说："我也要试试你的马。"阎王爷便答应了。阎王向猪走近时，吓得猪躲了起来。刘捣鬼说："我的牛只认衣裳不认人，你穿上我的衣裳，才能骑上它。"阎王爷听了觉得也对，就和刘捣鬼换了衣服。刘捣鬼穿上阎王的衣服，骑上千里马，抽了一鞭，就向阎王殿奔去。阎王爷好不容易爬到猪身上，打了一鞭子，猪叫了一声，他听来听去觉得像猪，把红布扯掉，一看真是一头老母猪，他连忙向阎王殿跑去。

再说刘捣鬼到了阎王殿，那些鬼祟[3]只认衣裳不认人，把刘捣鬼当作阎王爷，真阎王到来时，他们又认作刘捣鬼，马上杀了头，刘捣鬼做了阎王爷。

[1] 不得行：不行，不成。
[2] 眼又热了：眼红了。

[3] 鬼祟：小鬼。

讲述者： 张宽，53 岁，农民

采录者： 甘渭，男，47 岁，干部，高中学历

采录时间： 1987 年 3 月

采录地点： 平凉市静宁县四河乡上赵村

选自： 《平凉地区故事集成》（资料本下卷二分
册），第 276 ～ 281 页

138

刘捣鬼讨酒吃

刘捣鬼自称刘半仙，酒瘾大得很。有一天，两位大仙下凡把一个装着酒的海子 [1] 放在江里面。刘捣鬼听说两位大仙带着酒，就去讨酒喝。二位大仙说："酒海子不慎掉进江里了，我们没酒喝，正要找你讨酒喝哩。"刘捣鬼说："你们拿那么多酒不让我喝，我哪有酒让你们喝？"

刘捣鬼偷偷拿来一个大风匣钻到里面，滚进江里取酒。二位大仙以为是啥怪物，捞上来打开风匣一看是刘捣鬼抱着酒海子。二位大仙说："这是天酒不能随便喝。"刘捣鬼非喝不可，二位大仙说："一定要喝也行，但要作诗，作好了喝。"刘捣鬼说："你二位也要作诗，你们先作。"

一位大仙作诗道：

雪在空中糊里糊涂，

雪落地面明里明白；

雪消水容容易易，

[1] 海子：坛子，存放成品酒的容器。

水成雪千难万难。

另一位大仙作诗道：

墨在砚里糊里糊涂，
墨写成字明里明白；
墨成字容容易易，
字成墨千难万难。

刘捣鬼接着作诗道：

我滚入江中糊里糊涂，
我爬上岸明里明白；
我吃你们的酒容容易易，
你吃我的酒千难万难。

二位大仙说："亏你也作得出来。"就打开了酒海子。二位大仙又说："吃酒要有肉。"说着一位大仙伸手拿下自己的一只耳朵，一位大仙伸手拿下自己的一只眼珠，他们想难住刘捣鬼，刘捣鬼不慌不忙地拔下了自己的一根眉毛。

二位大仙说："那不行，要吃肉，你怎么拔下一根眉毛？"刘捣鬼说："你们拿下来的都是血肉长成的，我拿下来的难道不是血肉长成的吗？"一位大仙说："有吃耳朵眼珠的，哪有吃眉毛的？"刘捣鬼说："没有听说吃眼珠的。"另一位大仙说："那是你不知道。"刘捣鬼说："那吃眉毛的事你们就更不知道了。"

二位大仙没难住刘捣鬼，那天的酒只好让他美美喝了一顿。

讲述者： 高发元
采录者： 焦克敏，男，50岁，庄浪县盘安乡颉崖村人，干部，中师学历
采录时间： 1986 年
采录地点： 平凉市庄浪县
选自： 《歌谣故事》，第 392 ～ 393 页

139

『屙金贵』与『火龙单』

古时候，有一个穷汉，家里的一头老驴没有办法卖掉，便想出一个巧妙的法子。

一天，他将家里的两块银元，捣入驴屁眼里，赶着驴到一个很爱古董的地主场里去转，手中端着一个盘子。地主看到这个人很神气，问他为啥赶着驴子在场里空转。这个人说："你瞎了眼了，我这不是驴，这是'屙金贵'。"地主听到这个古怪的名字，还没有来得及问，只见驴屁眼里一块明晃晃的东西"当啷"一声就落了地。地主睁大了眼睛，连忙拾起掂了掂分量，说："啊，银元，一点不假！"地主心里鬼主意一转，便决定要买下这头驴。

穷汉装出为难的样子，连忙说："不卖，不卖。"地主说："我给你多给银元就是了。"这个人只得慢腾腾地答应了。地主问："这个东西吃的是啥？"穷汉说："这个东西不吃草，每顿要吃三升白豌豆、三升麻豌豆磨成的豆浆，喝足水才能屙银元。"地主照着这个人说的喂好了"屙金贵"，并在睡房地上铺了绫罗绸缎，将"屙金贵"拉了进来，单等屙银元。

地主一直等到半夜还不见动静，便叫醒老伴看着，他

去睡觉。一会儿，驴尾巴一翘，老伴连忙叫醒老汉，他急忙端来灯盏，瞅着"屙金贵"的屁眼门。忽然，一股稀屎从驴屁眼门中喷出，喷了老地主一秃头一胡子，老伴一脸一胸膛，也喷在了炕上，地上的绫罗绸缎上，满屋里，只闻见驴屎味儿。

第二天，地主气势汹汹地叫来了这个穷汉，并把这个穷汉的衣服脱去，只留了一个烂布裢子，锁在了灌满水的磨房里，要冻死这个穷汉。

半夜里，寒风钻骨头，直冻得这个穷汉打哆嗦。他爬上石磨，石磨冰得他屁股疼，往下一跳，磨绳挂住了手，他心生一计，背起磨扇满屋转，直转得满脸流汗，浑身冒热气。

天刚亮，地主叫几个人去把那个冻死的人抬出去丢了，派去的人一会儿回来说："那个人根本没冻死，人家穿的是'火龙单'。"地主睁圆了眼睛，心想还有这样的怪事，便亲自去看。

果然，这个人满身冒热气，浑身淌汗水，地主便惊奇地问："你穿的这是个啥衣服？"这个人不慌不忙地说："我这个东西名叫'火龙单'，'火龙单'天气越冷越有用，尤其是三九天，刮北风，下大雪，越往高处站越是暖和。"地主决定要给他弄下，鬼心眼一转，便叫来几个伙计，将这个穷汉打得皮开肉绽，强脱下了"火龙单"，将这个穷汉撵了出去。

一个北风大雪天，地主脱光衣服穿上"火龙单"，到隔山另一地主家去卖牌[1]。一开始冻得他哆哆嗦嗦，他猛想起那个人说的话，就往最高处、风大处走。三天以后，地主的老伴不见地主回来，便打发人去寻找，在山顶上，找到了冻死的地主。

讲述者：　樊科，男，静宁县治平乡刘河村人，干部
采录者：　朱玉喜
采录时间：1987年9月
采录地点：平凉市静宁县治平乡刘河村

[1]　卖牌：炫耀。

选自：　　《平凉地区故事集成》（资料本下卷二分册），第222～224页

异文：刘捣鬼

一天，刘捣鬼拉着一匹瘦得不像样子的瞎马来到了王员外家门前，王员外出门一看刘捣鬼的这马，笑着说："我说你这刘捣鬼呀刘捣鬼，你把那匹好马捣个瞎马，要它何用？"刘捣鬼说："不要小看我这匹瞎子马，它还是个宝马呢！"王员外一听，当下把头摇得像个拨浪鼓，说："你再不要来骗我了，你还想捣我的鬼！"刘捣鬼说："员外，你看我这马，是正儿八经的屙金尿银的宝马呢。"说毕，刘捣鬼把他的马用鞭子狠狠地抽了三下，顷刻，这马一边尿一边屙出了两块元宝。

这下，确实把个王员外给看得入了神，急切地说："真的还是个宝马呢，你这马卖吗？"刘捣鬼笑嘻嘻地说："不是不卖，倒想和你换个好马使呢。不过，所有好马一到我手里，三天就可以变瘦，但却能吃草屙金。"

经刘捣鬼这么一说，再加上亲眼见到的情况，王员外便深信不疑了，对刘捣鬼说："在我家马圈里，有二十头膘肥体壮的好马，由你选着拉。请把你这匹马换给我，行吗？"刘捣鬼听了说："能行，你去叫人给我赶来。"王员外吩咐两个家人从马圈里赶出了二十头肥马叫刘捣鬼挑拣，最后总算达成了协议，两匹马做了交换。

刘捣鬼将一匹瞎马捣了一匹好马，兴高采烈地回家去了。

当天后晌，王员外拉出"宝马"按刘捣鬼的法子拿着鞭子猛抽三下，可半会儿了就是不见屙金元宝。这样一来，王员外急了，吆喝来两个人，叫拿棒打。两个家人拿棒打了半后晌，把马打得拉屎又尿尿，总不见元宝的影子。直到最后，把马打死了，也不见它屙元宝。杀了一看，原来马肚子里全是一大包粪，啥也没有。这时王员外才知道自己又上了刘捣鬼的当。

讲述者： 不详

采录者： 张君

采录时间： 1988 年

采录地区： 平凉市华亭县

选自： 《平凉地区故事集成》（资料本下卷二分
册），第 237 ～ 239 页

140

妙偷儿

　　从前，有一户财主，为了财宝，不知逼死了多少做活汉[1]。

　　一天，一个身体强壮的年轻汉，拉着一匹瘦毛骒骒子[2]，走过财主的家门，恰好碰上财主。年轻汉问："太爷家有客店吗？""有是有，不是你这狗日的穷光蛋住的。"年轻汉没有生气，又说："哎呀呀，太爷呀，我偷了一匹宝骒骒子，想在高府太爷家住下，那个失主就不敢上府寻找，那时我再给太爷几两银子！""真个吗？"财主问，"那你的银子呢？"年轻汉慢腾腾地说："唉，太爷啊，你老人家真不会听话，我说我偷了一匹宝骒骒子。"他停住了，财主他细看着骒子，瘦得没有奇怪的地方，他不相信地盯着年轻汉。年轻汉说："你不要嫌它瘦，那是屙[3]银子屙瘦的。它一天吃七斗豆腐，喝一缸清油，就可以屙五斗银。唉，你不信，你不信了我还是走别家客店好了。"

[1]　做活汉：做苦力的人。

[2]　骒骒子：母骒子。

[3]　屙：拉屎。

说罢拉着骡子就走，财主急忙拉住年轻汉说："我家有住处，你就不要走了，住在我家，我不要钱！"说着牵着骡子往家里走。

晚上，财主热情地把年轻人请到客房，他说："把你的骡子拉来，让它屙银子？"年轻汉说："今天已经屙了很多，现在可能只屙两三个银子，我拉骡子去。"他走到牲口圈，急忙从怀里拿出三块银子，塞进骡子屁眼里，拉出牲口圈，细细地打量了一番，笑嘻嘻地走到财主眼前说："我的骡子很珍贵，世上只有这样这一匹，再没有第二匹，所以你看后要好好给我照看。"说着，他在骡骡子的肚子上挤了两挤，瘦骡子尾巴一扬，屙下三块银子。财主跑上去，连粪带银子都抓在手里，细细地辨认，真是银子。就对年轻人说："我要买下你的骡骡子，给我屙银子。"年轻汉说："这个瘦骡子是无价之宝，你买不起它。""嗯嗯嗯，得多少银子，反正我要买。""一千两银子把它看两眼半，你能买起吗？我养不住它，可每天还给我屙五百两银子，我全给他人，我见你家富，就卖给你，但是得一万两银子。"

财主转转眼珠子说："干脆，我给你五千两银子，咱们交个朋友吧！"年轻人笑着说："对，为了交个朋友，就便宜卖给你了。"财主亲自拉着骡子细细打量了一番，拴在了驴槽上。

第二天，财主给了年轻汉五千两银子，年轻汉拿着银子，一会儿就给穷人散光了。他在财主家附近闲转着，又打算着下一步咋对付这个黑心的财主。

财主打发走了年轻汉后，就到自家豆腐房和油房里去，照年轻汉所说的，拿了豆腐和油给骡子吃。骡子几天没有吃东西，碰着这好吃的东西，美美地吃了一顿。财主很高兴，到了午后去拉骡子，想着白花花的银子就落到眼前了，心里高兴得说不出话。谁知栅子门一开，骡子竟死在了槽下面，他知道把骡子胀死了，财主很伤心，他伤心的是五千两银子白白丢了。

年轻汉听说骡子死了，心里高兴极了，他想这下把财主日弄美了，今晚在他家打听打听。

晚上，年轻汉又进了财主家门，正巧财主心里愁怅，财主婆看见财主脸色不好，就拿起金酒杯为财主解愁，忽然看见年轻汉走了进来，财主婆瞪了年轻汉一眼，又像没有事儿似的和财主对坐着喝酒。年轻汉走近他们，笑嘻嘻地说："太爷，今日可好？"财主气得说不出话来，又转怒为笑说："噢，老朋友来了，坐下坐下。"

年轻汉坐下后，不见给酒，就顺手去端金杯里的酒，财主夺了回去，生气地说："这是我家世代相传的宝物，不能随便乱用！"年轻汉笑着说："不给我喝，今晚上我偷去喝他个一辈子。你信吗？太爷！"财主很生气，眼珠子又一转，又笑嘻嘻地说："你偷人的本事大吗？""那当然了。""那咱两个打个赌，如果你把金杯在今晚上偷去，价值万两银子的东西我就不要了。如果偷不去，你可得给我十万两银子呀。""这个嘛，行！我有二十万两银子全给你也不后悔，但喝完酒后你们两个一定要去送我出门，我在外面住。"财主说："那好，我们现在就可以送你。"年轻汉和财主走出大门，年轻汉回过头来说："你两口子可要注意好哪！"财主在门口狠狠地看了一下年轻汉，然后"咣"的一声关上大门，上好门闩，和老婆看宝去了。

年轻汉见财主关了门，赶紧跑到财主家后院外的一棵大榆树跟前，爬上去，树离墙头很近，他跳过去又跳到院内，黑乎乎的，不料跳进猪圈踏死了老母猪跟前的两个猪娃，老母猪呼呼呼地乱叫，猪娃乱跑。

他赶快跳出猪圈，跑到财主的卧室，他走进去一看，酒杯还在，他正要拿走，财主和财主婆闩了大门后已经走了进来，年轻汉很快藏到了他们的床下面，财主两口子就进来了。

财主和财主婆又坐下来喝酒，财主说："我俩今晚一直喝酒，看他狗日的怎么偷，偷不去二十万两银子全拿来，那可真成了个大富汉了。"他俩喝着喝着，到了深夜。财主昨晚上高兴失眠了，瞌睡得很，就叫老婆闩了门、关了窗。财主给老婆说："把杯子拿来，咱俩噙在口里，看他咋偷。"老婆应承着，把杯子放进财主的口里。

这一切都叫藏在床下面的年轻汉听得一清二楚，一会儿灯灭了，他想着偷的法子。一会儿财主说："嗯，你噙上。"老婆把嘴伸过去，噙上杯子。这样换了六七次，天快亮了，听不见声音了。年轻汉爬上床挤到财主婆身边，把嘴伸过去说："拿我噙上。"财主婆迷迷糊糊地送了过去。

年轻汉噙上金杯，就溜下了床，走出门，偷偷地翻墙跑了。

第二天，财主两口子大半早上才起来，财主问老婆要金杯。他老婆说他噙着，财主说他老婆噙着。老两口子都张开口，互相看了一下，不见金杯，慌了手脚。急忙翻下床，在床下寻，不在，在床上寻，也不在。财主气疯了，追打起老婆。财主婆刚一跑，被地上的尿滑着跌倒，脸碰在尿盆上，尿和屎流了一地。财主见屎和尿淌了一地，气得眼仁直往后翻。他往后一倒，断气了。

讲述者：　张小成，男，教师
采录者：　高旭升
采录时间：1987 年 12 月 3 日
采录地点：平凉市静宁县司桥乡
选自：　　《平凉地区故事集成》（资料本下卷二分册），第 227 ～ 231 页

141

县官和贼的故事

从前，一个贼给县官说："你天天审贼娃子哩，咋把我不审？"县官问："难道你也是贼？""是的。""我不信。""不信是睪的来，我比你油水还大哩。"县官说："今晚上你把我老婆的裤衩能偷去，我就不当官了，跟上你学做贼去。"贼说："我有条件，你把狗拉好。"县官说："你偷你的，狗放开才能看住你。"

这贼当天在街上买了三个烂柿子、二斤猪肉、五个油饼子，以备晚上偷东西时用。县官回去，把家里狗放开，还拉了邻家的五条狗。晚上，贼一纵上了墙，"唔"的一下把猪肉撂了过去。狗闻见了猪肉味，一齐扑上去抢肉吃。贼又撂下五个油饼子，狗叼了油饼子，不咬贼了。贼进了院子，上了房，"嚓嚓嚓"抽了三页瓦，一看这女人在炕上平躺着，还没睡着。贼用铁钩钩把柿子吊下去，用竹竿把烂柿子往女人睡的地方一抹。这女人觉得不对劲，一揣这红红的黏黏的，"是啥？"就把裤衩扯下来往栏杆上一摔，精溜子睡下翻了个身。贼把裤衩拿铁钩钩吊上去，把瓦一挡。

到三更天时，贼就上堂去击鼓。县老爷睡得正香，

"谁？"一看，是这兄弟来了。县官说："你拿来了裤衩子，那我不当官了，就跟你学做贼去呗。我当这官没啥油水。"从此，县官跟上贼娃子学做贼去了。贼盯上了当地最坏的一个财东家，决定用整财东来教县官。

头一回，他们给财东家用了蒙汗药，让县官去拉牛。贼一吆喝，伙计出来把县官打倒。贼一溜烟爬上树上，还一个劲吆喝，县官被伙计们一顿乱打。当县官还在院墙里挨打的时候，贼已经在院墙外了。县官喊："我不得出来。"贼说："往水窗眼里钻！"县官头刚钻出墙，那些伙计们把腿给抓住了。县官又吆喝："老哥，我的腿！"贼问："是左腿还是右腿？""是左腿。"贼说："是左腿就不要紧。"伙计一听，问："那就右腿要紧？"伙计们刚一松手要去抓右腿，县官"嗖"的一下溜出去了。

第二回，两人又到这个财东家里。这财东家有弟兄四个，老大上房，老二在南房，老三在北房，老四在楼上睡，一人把持着一面。贼还是老办法，拿猪肉、油饼子喂狗，先用蒙汗药把老大一蒙，再把老二老三老四都蒙了，把老大背到老四的楼上，老二本在南房，背到老三的炕上。把老四背到上房里，把老三背去捉住井绳上的铁环环。贼问："你拉牛呗拉马呗？"县官说："你拉牛，我喊人。今天我不当徒弟了，要惊动人哩。"贼就答应了。

这么一摆布，把次序打乱了，老财东老汉在后院里也蒙上了。贼把牛一抓，县官喊："贼把牛拉走了！"老大一听，以为他在上房里，一直往前走，结果从楼台上走到空里，踔死了。老二在北房，以为还在南房，北房台阶高，走不对劲，再往炕上一揣，是老三的媳妇。这两家子打了颠倒，一个骂另一个是骚货。

老三捉得井绳上的环环，听人喊"你把牛缰绳捉牢"，就说："我就捉得牛缰绳。"老四以为自己还在楼上，还慢慢端梯子，不敢大步走，三走两走，县官已把牛拉走了。

这下把老大踔死了，给老大过事呗。贼一听，趁过事又能发大财。贼和县官穿得和人一样，袍子礼帽一换，大模大样地进去了。

财东家有个八眉子猪，准备杀了献灶爷，再过事。贼和县官给猪把蒙汗药一吃，再把猪抬到后院里，放在财东老汉的炕上，给猪把枕头一枕。拿药把老汉蒙了，放在灶

火角角里蹴着。贼在外头喊："贼把东西偷了！"弟兄几个寻来寻去，灶火角角里蹴着个人，不管三七二十一，装进麻袋里说："快打！"贼趁人乱加上说："打！"老汉在麻袋里说："我是你大，狗狗。"贼说："你听，这坏蛋说，他是你大。骂你哩，快打！"老二指一个娃去看他爷在不在。

娃进去一看，猪正在他爷炕上睡得"哼哼"哩。娃说："我爷睡得吼塌[1]哩。"弟兄几个几下子就把他大打死了。解开一看，是他大，这麻达了。正在这时，贼把门前的麦草垛点着了，一家人和亲戚都出去救了火。贼和县官趁机又把他大房里的东西偷了个光。

这一下，老财东和大儿都死了，贼和县官都跑了。财东家要过双事，把啥都准备齐了。贼和县官趁机又钻进丧窑里，把两个死人的老衣扯下给自己穿上，把两个死人埋在麦囤里。贼饿极了，就吃献的供品。主人家一看供品总是减少，就给礼宾先生说了。礼宾先生说："这些供品就是要人偷哩，偷了大吉大利。"

贼和县官一人睡一个棺材，献啥吃啥。以后，供品献得少了，过了七天事，贼和县官饿得实在等不住了。埋人的那天，打头抬的是贼，打二抬的是县官。刚一下墓坑，棺材里的人就"呼"的一下起来了，跳出墓坑就跑。阴阳说："老先人凶了。""凶了？怎么得了？"阴阳说："不要着急，我用雷尺打，打不了，用铃子摇，出不了一百步。"

所有孝子亲戚跪得像牛槛一样，贼和县官还在跑，阴阳说："他跑不了一百步，我有办法。最多超不过二百步，因为二百步外是一片玉米地。"贼和县官钻进玉米地不见了。阴阳说："快点大火烧纸烧钱，天上缺神，收神兵神将哩，把你们家两辈人收走了。"这样一哄，众人都回去了。

财东家的事过得大，做的菜蔬饭食多的是。到了七七四十九天，大媳妇才去囤里挖麦推磨，结果抓住一个人的手，吓得她"哇"了一声，当场死了。老二捉住手拽出来，一看是他大哥，又请阴阳埋了个二回。贼又想出了害这一家子的门道。

[1] 吼塌：打鼾声。

这一回去，他把老二、老三、老四都蒙住了，老三手里拉的是狗铁绳，狗没蒙。老二捉的是井绳环环，两条狗两面子扯着老三，门道里扣了两个黑锅。贼一吆喝，伙计一看，这两个狗咋卧下不动弹，就用镢头打，结果把铁锅打烂了。

　　老四在楼上，想起上次教训，以为到了平房里，一直往前走，走到空里跸死了，老二以为捶着牛缰绳，死捶住不放，结果掉到井底里了。两条狗一打转，把铁缰绳缠在老三脖子里，把老三勒死了。财东一家人都死了，没人埋了，几个女人成了寡妇，老财东还在麦囤里，县官把手也学精了。

讲述者：　　李兆明，县鞋厂工人
采录者：　　张怀群，28 岁，泾川县文化馆文学干部，
　　　　　　大学学历
采录时间：　1988 年 4 月 22 日
采录地点：　平凉市泾川县文化馆
选自：　　　《泾川民间故事》，第 392 ～ 395 页

（二）巧女故事

142

巧翠

很早以前，这个地方有个桃花村，村里有个老头，名叫张九公。膝下只有一个儿子，老伴死得早，他又是爹又是娘的，好不容易把儿子拉扯大。儿子长到十八岁上，他给儿子娶了个媳妇，名字叫巧翠，不但人长得水灵灵的，而且也生得心灵手巧。

张九公在人前没有少夸他的儿媳妇，说他儿媳妇又贤惠又聪明，那贤惠劲儿人不会说，那聪明劲儿，就是七尺男儿也不及她。他总是这样在人前得意地夸奖，别人想不出来的办法，他就说他的儿媳妇准能想得出来。村里的老人见他就说："你命真好，寻上了这么个好儿媳妇，是你前世积的德。"村里姑娘们把巧翠看作了自己的榜样。村里的小伙子呢，对巧翠既佩服又不服气，寻思着要是能找个像巧翠一样的媳妇，那该多好。不过，他们老是在一起，想办法要把巧翠难住，压一压她的名气，提一提他们男子汉的威风。可是，他们花了几夜的工夫想出来的难题，都叫巧翠几句话给说破了。

从这以后，村里的小伙子们谁也不敢再出题难她了。他们认为，在巧翠跟前出难题，简直就是在关公面前要

大刀。就这样，一传十，十传百，巧翠的名气传得可远啦，外地的人呢，那就更不服气了。

一天，有九个人骑着九匹马，手里提着酒和韭菜，来到巧翠家门前。只见半人高的"绿壁"围着几间半新不旧的房子，院子里栽着好多的花儿，开得最盛的是秋菊。站在门外能看见正屋的门挂着帘子，窗子几乎被架上的一个个大南瓜给遮了。他们下了马，互相递了一下眼色。其中一个上前去叫门："屋里有人吗？"巧翠听见有人叫，急忙出来，一看不认识，忙施礼道："请问几位大叔，找谁呀？"那叫门的人把巧翠从头到脚看了一遍，说："你就是老九公的媳妇巧翠吗？给你爹传一声，就说有飞龙寨的九个人骑着九匹马，提着酒和韭菜，给他老人家祝九月九来了。"巧翠听了，道了个万福，就进门给她爹传话去了。

这时，那九个人又互相看了一眼，脸上露出了会心的笑意。其中的一个说："看这个巧媳妇怎样说这几个九字，除非她是神不是人。"说罢便都直看着院子里，等着听回话。巧翠来到正屋的门前，隔着帘子说："爹，外面有飞龙寨的三三的人，骑着四五的马，手里提着辣辣水扁扁菜，来给您老人家祝重阳节来了。"这九个人听了，个个瞪着眼睛，一个看一个，直到张九公出来，他们才明白过来该走了。于是骑上马，顺着大路快马加鞭地跑了。

原来啊，这九个人听了巧翠的名气，很不服气，就来要和她比试比试，看她是不是真的那么聪明。他们的难题出得也巧，巧就巧在"九"字上，因为下辈在说话时不能提到和上辈名字相同的任何音，谁知却被巧翠三言两语说了个明白。从此以后，巧翠的名气就更大了。

讲述者： 李盛林
采录者： 胡佳竹
采录时间： 1987 年 7 月 12 日
采录地点： 平凉市静宁县李店乡小山村
选自： 《平凉地区故事集成》（资料本下卷一分册），第 439 ～ 441 页

143

聪明的丫头

从前，有个老头儿叫王老九，家里有三个媳妇。

有一天，儿媳妇都要回娘家去，就一齐来找老公公。老头儿脾气很古怪，认为媳妇子是侍候公婆的，应该叫婆家使唤，一听她们都要去娘家，心里就不大高兴。但媳妇累死累活忙了一年，又不好不答应，就想法刁难，说："你们回娘家可以，可是一定要照我说的做，谁做不到就别去！"三个媳妇忙说："爹说的，我们一定去做。"老头儿想了想说："回来的时候给我带上两样礼物，一样是肉包骨，一样是骨包肉。路过雨打柳叶村时，找我那姓西北风的老弟，把我忘在他家的'招风纸'和'包火纸'带回来。"说完故意问："大媳妇能办到吗？"大媳妇摇了摇头。老汉又问二媳妇，二媳妇摆了摆手。问三媳妇时，她很爽快地说："爹爹说的媳妇一定办到。"大嫂、二嫂惊奇地望着她，也没敢出声。

三媳妇收拾好包裹，向爹和嫂子们告别后就上路回娘家去了。过了些日子，三媳妇胳膊下夹着个花包袱，手里提着灯笼和竹篮回来了。

老汉见面就问："我要的礼物带来了吗？"三媳妇打

从前，有一个名叫"九"的老汉，给儿子娶了个聪明伶俐的媳妇，叫翠，翠说话特别忌讳公公名字里的"九"。村里一些后生们，想出出翠的洋相，便商量了一下，趁翠的公公外出，他们寻了九个人，骑了九匹马，每人扛了一根扁担，扁担头上挑了些韭菜。他们一路走一路唱，来到了九家门上。村里人不知他们要干啥，就都围过来看热闹，一阵子，聚了一大群人。翠在家里听得门口人们吵吵嚷嚷的，当是社火来了，也跑出来看。

九个后生当着众人的面，叫翠数一数他们是几个人？骑了几匹马？扛了几根扁担？扁担上挑着啥菜？翠听了，知道他们没安好心，便说："你们来了三三的人，四五的马，二七的尖尖担，担上挑的是白裤扁扁的葱。"看热闹的人们一听哈哈大笑，个个拍手都夸翠聪明机灵，九个后生自讨没趣，灰溜溜地走了。

讲述者：	兆熊
采录者：	马长春
采录时间：	1988 年
采录地点：	平凉市崇信县
选自：	《平凉地区故事集成》（资料本下卷一分册），第 442 页

开包袱倒出一包红枣，又把篮子提到桌上拿出鸡蛋，说："爹爹要的两样礼物，你看，肉包骨头红又甜，骨头包肉白又圆。"老头儿见了没话可说，又问："把我忘了的东西带来了吗？"三媳妇拿出一把黑束子的扇子，双手捧上一只白灯笼，说："爹爹，我路过清水庄，找到冷家老伯，讨回了您老人家忘在那里的招风纸——杭州扇，包火纸——白灯笼。冷老伯还叫我代问您老人家好，说请您老人家正月里去他家玩。"老头儿听了连连点头夸奖，大嫂二嫂也暗暗佩服。

因这老头儿的脾气古怪又因他的名字里有"九"，所以谁要是说个"九"字，他决不饶过。可是也有人利故当儿[1]要叫三媳妇出丑挨骂。一天，来了两个人，进门就问："王老九在家吗？"三媳妇出来说："爹爹刚出去，你俩是谁，找我爹有啥事？"两个人挤眉弄眼，一个说："我是村头的张老九，他是村西李老九，今天我家包了一笼韭菜包子，打了一壶老烧酒，来请大哥王老九，三人同喝开心酒。"三媳妇说："等他老人家回来我告诉他吧。"

老头儿回来了，见了三媳妇问："有人来找我吗？"三媳妇说："有啊，村头里一个张三三，村西里一个李四五，张家包了一笼有菜馅的蒸饺，请您去喝连数盅。"老头儿听了，明白意思，暗暗高兴，连连点头："说得好，说得好。"

讲述者：　阎玉堂，男，58 岁，农民，不识字
采录者：　阎疆，男，30 岁，教师，中专学历
采录时间：1987 年 9 月 10 日
采录地点：平凉市静宁县八里乡阎庙村
选自：　《中国民间故事集成·甘肃卷》，第
　　　　720～721 页

附
记

此故事先收录于《平凉地区故事集成》，题目是《聪明的三媳妇》，后来选录入《中国民间故事集成·甘肃卷》，作为正文《聪明的丫头》的异文。

[1]　利故当儿：故意。

144

巧媳妇

讲述者： 杨国学，男，静宁县城川乡人，农民
采录者： 李健华
采录时间： 1987 年 11 月
采录地点： 平凉市静宁县城川乡
选自： 《平凉地区故事集成》（资料本下卷二分册），第 226 ～ 227 页

张家有个巧媳妇，很会管家。张老汉很高兴，就在门上写着"万事不求人"几个字。知府见了很生气，命张老汉在三天之内寻出三样东西，即犍牛[1]生的犊，能灌满大海的清油，能遮住天的黑布。

三天后，知府上门叫张老汉，巧媳妇说："回禀大人，我公公不在。"知府很生气，巧媳妇解释说："他生孩子去了！"知府觉得很奇怪，说："哪有男人生孩子的？"巧媳妇说："既然如此，大人为什么要犍牛生的犊呢？"知府知道无理，答应第一件事可以不办。于是，知府又要清油，巧媳妇说："请大人把大海抽干，小人立即用清油把它灌满。"知府也只好答应这事可以不办。又要遮天的黑布，巧媳妇说："天到底有多宽？"知府说："没量过。"巧媳妇说："小人怎么准备布呢？"知府无言答对，只好回府了。

[1] 犍牛：公牛。

145

富老翁与小儿媳

古时候，有一个大地主，庄园靠山面水，山清水秀，屋舍青砖碧瓦，檐牙高啄。看庄园，千亩粮田归他有；论家资，牛羊成群，骡马成圈，还有黄金白银压阵角。可是，他苦恼的是一生十子，没有一个成大器的，不是呆头呆脑，就是五毒俱全。七十高龄的人了，能不为自己的后路担忧吗？偌大的家业谁来接管？苦思冥想，终于想起个能胜任的人来。

最小的儿媳妇，自幼丧母，由父亲一手拉扯成人，父亲是一个乡村穷秀才。她端庄秀气，性格泼辣大方，在父亲的熏陶下，知书达礼，聪明过人。不但女儿家针线茶饭样样绝顶，而且文人家琴棋书画无所不通。

过门两年来，孝敬公婆，团结姐娌，受到了兄嫂们的爱戴公婆的器重，几个不务正业的兄长，对她也由蔑视到敬佩。

他想这媳妇一定能理好这个家，自己死后也不至于家败。可是十个媳妇，单让小媳妇掌管，恐怕其他人有意见，他考虑再三，终于想了个两全其美的办法，既能让小媳妇管得了事，又让其他人没意见。

一日，他召集十个儿媳说："我已年迈，这家我越来越没有能力掌管了，儿子们我没一个看得上的，今天我想让你们中的一个人接管这事，可是咱这样大的家，我一定要选个公道，方能使你们大家满意。但是谁合适呢，我现在要考一考，你们哪个考上哪个就当选，你们说行吗？"媳妇们说："行！"老公公说："好，那就准备考吧！"

他给十个儿媳每人发了一个碗说："你们看，我在这每个碗里面的面沿上用墨涂了一圈，我给每个碗中倒些水，你们端着在屋里走两圈，碗中水没染上墨者当选。"当下老公公给每个碗内小心地倒了些水。媳妇们站成一排，都端着盛水的碗各自想心思：这题不难我准行。老公公他还能活几年？到那时千亩粮田、百万家产……多威风！可是一高兴竟忘了正事，手一松，碗掉在了地上。有的心惊肉跳，没走几步，碗中清水已成墨水，气得没有办法，心里直怨老公公出这鬼点子。剩下小媳妇一人了，只见她不慌不忙，将碗小心地顶在头上，在屋内走了几圈，然后竟跳起舞来，跳舞完毕恭毕敬地弯下了腰。

老公公这时回过神来，再看碗内的水，竟没有一丝黑，大家无不惊讶。老公公这才开口："大家看到了吧？她能将这碗水端平，也一定能将咱家这碗水端平，小媳妇当选行吗？"可是一想到这千亩粮田、百万家产的权利，媳妇们只小声说："行。"老公公看到这种情况怕有不妥，当时又生一计，说："一次考不出真本领，我再考一次。大家知道，我原先吃饭你们每人管十天，每顿总是四十个菜，过来过去总是不可口，而且要端好几盘，很麻烦。现在我想，明天开始你们每人一天，轮着管吧。每顿只二十个菜，要用一盘端来，而且要合口味，够这些条件者当选。你们下去准备吧。"

十个媳妇怀着兴奋的心情下去了。结果，有几个媳妇做了二十道菜一盘端不来，只得用两盘端来，而且味道花样没有新进展，还有几个自以为聪明的，请人另做了一个大盘子，二十碟菜是放下了，可是进不了门，结果盘子一斜二十碟子里的菜看全倒在地上了，老公公气得没办法。

九天过去了，没有一个中选的，反倒自己胀了一肚子气。到了第十天吃饭的时候，丫鬟却端来了四碟菜，一个盘盛着，再看碟内，一碟鸡蛋炒豆腐，一碟辣椒炒鸡肉，另外两碟是粉条炒韭菜和胡萝卜拌韭菜，既简单又素色。老公公心里高兴，但他表面上却发怒于丫鬟："真是大胆，我要二十个菜，为何只做四个？而且有驴都不吃的烂韭菜，端下去另做！"丫鬟从没见过老爷发这么大的火，战战兢兢地端了下去。

不一会儿小媳妇却端着盘子走了进来，老公公一看装作很生气："为何又端上来？不是要二十个菜吗？"媳妇却说："老公公这二十个菜怎么能一盘端来呢？刚才嫂子用大盘子端来，不是全倒在地下了吗？""那四盘能等于二十吗？"老公公问道。媳妇说："能。"你看这两韭（九）不是十八吗，再加上那两个不是二十个吗？"老公公高兴地说："好！好！但不知口味怎样？"说着动筷子吃了几口，四种菜吃完了，他非常高兴地说："好！好！合我口味，那你是怎么做的呢？"媳妇答道："老公公有所不知，你原来都吃的是荤菜，吃过后觉得是一种味道。今天我特意做二荤二素，吃了荤的吃素的味道就不一样了，所以吃起来就香。"老公公说："言之有理！"

当下，他就召集众儿媳，讲了小媳妇的聪明才智，并立即给小媳妇交了钥匙，让她做这个家中的掌柜。其他媳妇自感不如，也就不说啥了。后来小媳妇内外家务理得井井有条，九个嫂子由嫉妒转为尊敬。老公公也十分满意，他临终前便将所有家业交给她打理。

葬了老公公，她将全部家产的一半公平地分给了九对哥嫂，剩下的一半，她看到当地正在闹灾荒，就救济了百姓，百姓们分到了田地和牛羊，他们背着粮食、拿着银钱，心中感激万分。后来，每当遇到灾荒，人们总会记起这位不知名字的美貌、聪明、同情贫民、救济灾民的好媳妇，同时也会想起那个看重才能、任人唯贤的老公公。

讲述者： 不详

采录者： 韩福

采录时间： 1988 年

采录地点： 平凉市华亭县

选自： 《平凉地区故事集成》（资料本下卷二分册），第 239 ～ 242 页

146

荞麦姑娘

有一家富汉，养了一个后人是个二瓜子[1]，没人给女人。荞家庄有个荞麦姑娘，愿意跟瓜娃娃。

亲事说成了，结婚后荞麦姑娘对她的瓜女婿很好，女婿上街去，姑娘给他把马配上。女婿在街上逛了一天，天黑的时候，有一个人要借马说："公子，把你的马给我借上，我用一下。"那个人把马借上走了几步，二瓜子问："你叫啥名字？"借马人说："我家住在日落处，睡在半空中，前方一镜子，后方一窟窿，左面琵琶响，右面响叮当。"二瓜子回到家，荞麦姑娘在门口等着哩，说："你来了，那马哪里去了？"二瓜子说："马叫人借去了。"回去端水洗了后把借马人的话给女人说了，荞麦姑娘说："你先睡觉。"她自己拿了一本书看哩。

第二天，荞麦姑娘说："你现在拉马去。"二瓜子说："我到哪达拉去哩？"姑娘说："你到西山上，找问他住的楼，楼前头不是有涝坝就是有一个桌，楼后头不是干井就是有个窖，左面有个戏台，右面有铁匠打铁哩。你到楼底

[1] 二瓜子：半个傻瓜。

下喊：'寒露，寒露，你把我的马拉出来。'"

二瓜子把地方寻着了就叫寒露，寒露下楼说："我谋着给你送着来呢，你来了好。"上了楼问："你咋能晓得我在这个地方哩？"二瓜子说："这是我女人给我安顿下的。"寒露听了想：我是世界上最聪明的人，这个女人比我还聪明。收拾着给二瓜子吃了些饭，捎了两个纸包包，一个里面包了一根葱，一个里边包了一颗瓜子，还写了两个条条："聪明一朵花，配了个瓜老鸹。"包在一搭说："你不要取着看，拿回去给你女人给给。"

回去后，二瓜子把纸包包给了女人，荞麦姑娘取开看后把意思解开了，从这达起，荞麦姑娘把心变了，转娘家去再不回来了。庄里人说你找寒露要你的女人去，二瓜子找到寒露说："你给我包了些啥，我女人一看走了娘家不来了，你给我叫走。"寒露说："你拉上一匹马，配上两个鞍子，你往你丈人家门上走，我就来了。"

走到丈人家门上，寒露说："我把马拉住，你进去叫你女人。"二瓜子进去叫，女人不出来，二瓜子说："人家不出来。"寒露说："你进去就说我叫着哩。"女人听说寒露来了，出门说："你咋给马配了两个鞍子？"寒露说："好马不配双鞍杖，好女人不嫁二夫郎，马配双鞍难行走，女嫁二夫落臭名。"

听了这话，荞麦姑娘就同意回去。寒露给二瓜子说："现在我给你叫上了，你领回去，再有啥事你可不要寻我了。"回到家里，女人说："你拴马去。"她走到后院跳井死了。

以后把井填了，井里长出了一棵荞麦，开了一朵荞麦花，开得很好，庄里人给二瓜子说："这是寒露把你媳妇害死了，你去告他去。"二瓜子把寒露告到官府里，把寒露判刑押了。寒露把气记到荞麦姑娘身上，每年寒露时节，就有一股子黑霜来杀荞麦花。

采录地点： 平凉市庄浪县万泉乡高家川村

选自： 《平凉地区故事集成》（资料本下卷一分册），第 445～446 页

讲述者： 高荣锡

采录者： 焦克敏，男，52岁，庄浪县盘安乡颉崖村人，干部，中师学历

采录时间： 1988年4月14日

147

枉费心机

从前，有一位私塾先生，教着四个学生，其中有一个年龄最小，长得很聪明，先生格外喜欢他，每天放学回家，就一直把这学生护送到村口。时间长了，他发现这个学生的嫂子长得俊美，就动了邪念，便问这个学生："你嫂子问过我吗？"学生不解其意，回答："没有。"

一天清早，他正苦苦思考如何找个法子，早日实现他的黄粱美梦，突然来了几位朋友干扰了他。朋友走后，他叫来了这个学生，说："我给你出道上联，要你今天下午对出下联来，否则不让回家吃晚饭。"这个学生拿着先生出的题，对不上，就愁眉苦脸地回家了。

嫂子见兄弟愁眉苦脸的样子，就问："今天回来这么晚，是书没背过，还是哪里不舒服？"他忙向嫂子讲了先生前后问话到出题刁难他的经过。嫂子听罢说："这不难，我替你解决就行了。"她顺手接过试题，一看上联写着："有客满堂，惊醒万里春梦。"他嫂子看后，不由噗哧一笑，执笔写道："无人共枕，枉费一片痴心。"

吃罢早饭，学生拿给先生看。先生看罢，惊喜地问："这是谁替你写的？""是我。""胡说，你既有如此才华，

何不早答？若不实讲，少不了二十手板。"无奈，学生只得照实告诉了他。先生听后暗暗高兴，没想到这位美貌娇娘，还有这么好的才华，如能按我计谋实现，岂不美煞人也。便又写了"六尺绿带，三尺携腰三尺剩"的上联，顺手交给学生让拿回家去给他嫂子对。他嫂子看罢写道："一幅锦被，半幅遮体半幅闲。"

先生看罢如醉似痴，又写道："山深林密，问樵夫何处下手？"妇人看后觉得真不是滋味，便写道："舟小浪大，喊渔夫及早回头。"先生看了莫名其妙，便又写道："杨柳榆槐，轻风吹，哪枝摆动？"妇人看后大怒，写道："稻粱米粟，这杂种，是何先生！"

狂热了一阵的私塾先生，还不甘心，决定前往当面舌战。一天走进妇人家院，只见她抱着一个小孩，拖着一个小孩，便问："你两个孩子哪个大？"妇人不紧不慢地指着手里拖着的说："这个先生。"气得私塾先生忍气吞声，不辞而别。

讲述者： 张效功，男，69 岁，灵台县新开乡寨坡村人，农民，初中

采录者： 左相，男，55 岁，乡文化站专干，初中

采录时间： 1989 年

采录地点： 平凉市灵台县新开乡寨坡村

选自： 《中国民间故事集成·甘肃卷》，第 728 页

148

烟雾根

有一家子，老两口光阴好得很，养下一个后人，就麻[1]得难看得很，供给着念书着呢。有三个化缘的道人，知道这老两口是庄稼汉，就谋着骗钱呢，硬堵住要化缘呢，说："外藏要化了叫化。"

老两口就问："你化啥呢？"

第一个道士说："我化山大的一堆面呢。"

第二个道士说："我要化山一样大的一匹布呢。"

第三个道士说："要化葫芦河壮[2]的一股油呢。我们按几月几日就来取这些东西来了。"藏说了就走了。

这就难住了老两口，一晚些没睡着。

老汉就长气短气[3]地说："哎，这世上可搭来[4]这些东西呢？"老婆子说："唉，外曹家的娃娃也念书着呢么，叫着来看咋么闹[5]去好？"

这老汉就骂老婆子着说："唉，我活了这么大岁数了没治[6]么，把个娃娃叫着来他有啥治呢？""唉，外娃娃念书着呢，也有办法呢。"就捎话着把娃娃叫着来，给咋长经短[7]地说了，说到外[8]一天就来要这些东西呢。到外一天，这娃娃就请了个假到学校里没有去。

到了这一天，这三个道人就来了，娃娃就问："你化啥呢？"一个说他化山大的一堆面呢，一个说他化山大的一匹布，另一个说他化葫芦河壮的一股油呢。娃娃说："外有呢。"就给一个人给了一品银子，说："外你先买山平[9]去，山平买着来，东西都有呢，我就给你给。"一个道人一品银子一拿些说："藏曹走，藏各道[10]够曹的了。"一个说："哎，外曹化下这么多东西呢，这够个啥呢？"藏就在集上吆喝着买山平呢，他也晓不得山平是个啥东西一个[11]，就吆喝着买呢。

王员外家有个小姐在绣楼上坐下绣花着呢，就指着[12]丫鬟说："你听外三个道人买山平呢，你引着来曹给卖。"就引着来，给化面的给了个升子，给化布的给了个尺子，给化油的给了个秤。

藏三个就现走现骂仗[13]，说："我说把三品银子拿上走呢，藏买下的这是个三不像么，做啥呢？"一个说："外藏就拿去等[14]布呢，拉面呢，称油呢么！"就到这娃娃家来要化东西呢。这娃娃说："藏你把升子拿上把外山量去；把外尺子拿上等山去；把秤拿上称河里水去，你量上多少，等上多少，称上多少，你就拿上多少。"藏这三个道人一个瞅一个没办法，就走了。

走了这个老婆子就卖牌着说："看，到底还是娃娃念书着呢有办法，本事大么，你还不信。"就给老汉搭这么说了，老汉就可试后人呢，就给后人说："藏你明天把这

[1] 麻：指脸上长了许多小坑坑。
[2] 壮：粗。
[3] 长气短气：长吁短叹。
[4] 搭来：哪里来。
[5] 咋么闹：怎么办。

[6] 没治：没办法。
[7] 咋长经短：如何长如何短。
[8] 外：那。
[9] 山平：一个很大的衡量工具。
[10] 各道：已经。
[11] 一个：句末语气词。
[12] 指着：支使。
[13] 现走现骂仗：边走边骂。
[14] 等：量。

三个羊拉着集上卖了，羊儿卖，羊儿在，来动间[1]驮上一驮菜，人吃，猪吃，鸡儿吃。"

藏就把羊拉着集上没卖，就坑的[2]吼着哭呢。还是这王员外家小姐在绣楼上绣花着呢，就指着这娃娃说："你看外个娃娃把羊拉上不卖了可吼着哭着咋呢？"就给叫着来，这娃娃就咋长经短地说了。王员外家小姐："外不难！这个剪子你磨去，磨了你把羊毛剪了卖了，买上两个大西瓜，绑着驮上，拿着回去。瓢瓢人吃了，籽籽儿鸡吃了，皮皮猪吃了么。"

藏这娃娃就把羊毛剪着卖了，就买了两个大西瓜驮上，驮着回去就把大西瓜切着吃了，籽籽鸡吃了，皮皮猪吃了。这老婆子可卖牌呢，说："唉，到底还是曹家娃娃有办法呢么！"这老汉就不信，说："他没这才干！"这老汉就套着问呢，这娃娃就咋长经短地实说了。这老汉说："看，我知道他没这才干，他呀搭[3]来这才干呢着！"

藏就把这娃打发上走了，就连着[4]给老婆子说："安[5]，这女子不知有婆婆家没，不知给曹家给啊不？"老婆子就骂着说："你真个拈不着[6]得很，藏就把光阴撒搭过[7]，咱是个员外家的小姐一个，曹家的娃娃是个啥么，咱就给曹家给呢吗？"老汉说："外藏亲事当[8]呢么，曹试一下！"结果着人[9]说去来，还给说成了。

说引着来[10]两口子就好得很，旁个[11]就有个六月寒，是个大财东一个，就想试一试这媳妇到底才干怎么个。藏老汉就指他后人着说："娃娃你把曹的个马拉着卖了，要多少钱呢，不要赊了，要卖成现钱呢。"六月寒把马买去么，说："马蹄圆了就取马钱来，要走我家庄么，先走一个'鬼见人'，走到我家庄头上有个'诓你虫'，走到'诓

[1] 来动间：来的时候。
[2] 坑的：为难。
[3] 呀搭：哪里。
[4] 连着：接着。
[5] 安：句首语气词。
[6] 拈不着：不能正确衡量。
[7] 撒搭过：放边上不提。
[8] 当：碰运气。
[9] 着人：找人。
[10] 引着来：娶过来。
[11] 旁个：附近。

你虫'上么，就叫'六月寒'，我就给你把马钱拿来了。"这娃娃说："我大大安顿好的，不赊。"说："外你迟早把马钱使唤了就对了么，害怕啥呢吗？"

这娃娃就回去了，老汉问着说："马价是多少？"娃娃就说是多少多少。老汉又问："钱给了吗？"娃娃说："没给，他说等着马蹄圆了给呢。"老汉问："给谁卖给了？"娃娃说："给'六月寒'卖给了。"老汉说："六月寒家寒着呢，几时热呢，我知道你把马拉着去撇了[12]。"就打后人呢，老婆子说："外你不要打了，外他终究就给了么。"

娃娃就把这事给女人说了，女人说："这人名叫六月寒，字儿叫六月热，'鬼见人'是大乱坟，乱坟走过去么就是个大团庄，大团庄庄头下有个碾子，这马蹄子圆么就是十五的月亮圆了，你到十五那一天去站着碾子上叫他，他就把马价拿着来了。"

到十五这一天，这娃娃就站着碾子上叫六月寒哩，这六月寒出来骂着说："这呀搭来个冒失鬼把我的话把打断了。"就骂着断[13]回来了。回来给他大大不敢说，就给他家女人说了，女人说："你明儿去捎上个镢头，到他家墙根上挖。他一定说这呀搭来个冒失鬼，把我来[14]墙根挖着咋呢，你就说我挖烟雾根呢，他说烟雾呀搭来的根呢，你说烟雾没根话没把，我的马价少不下。"就给搭这么安顿了。

第二天，这娃娃就捎了个镢头，在墙底下没喘就喝楞喝楞[15]地挖着呢。这六月寒就说："这呀搭来个冒失鬼，你把我来墙挖着做啥呢？"说："我挖烟雾根呢！"六月寒问："烟雾呀搭来的根呢？"娃娃说："烟雾没根话没把，把我的马价少不下。"

六月寒一听，就把这娃娃叫着进去，炒的肉款待着吃了，把钱给给，说："藏我还捎下个情着呢，你给再的人[16]不要给了，就给你家女人给给，我到几月几日去你

[12] 撇了：扔了。
[13] 断：赶。
[14] 来：陇东方言中的助词，相当于"这"。
[15] 喝楞喝楞：拟声词。
[16] 再的人：其他人。

家，我还有话说呢。"

这就回去把要钱的事咋长经短地说了，就说："哼还给你捎下个情着呢，哼说还给你有个话说呢。"女人问："捎下个啥情么？"就把包包打开一看些是把一个谷面馍馍破开，中间夹下些猪肉。这女人说："唉，把你也是人一个，这是哼骂曹两个着呢么，你就把这当情着捎着来了！"男人说："啊，我没看么，哼让拿呢我就拿着来了。"哼这意思就是这女人好得很，这男人不行，谷面馍馍夹猪肉——不搭对[1]么。

藏女人就给男人说："藏他说外一天来么，我就出去游门子咔，他要问你家女人做啥去了，你就说我给人了事[2]去了。他说一个女人能给人家了啥事，你就说牛连马抵下仗来[3]事。他说牛有角呢马没角么，抵啥仗呢，你就说外马没角凭脸着夯呢。"

藏果不然就来了，就问说："你家女人啦？"说："给人了事去了。"说："女人家能给人了个啥事？"这说是："牛连马抵仗来事。"说："外牛有角哩马没角么，咋抵哩？"说："外凭脸着夯呢。"说："这让这贱人把人骂零干[4]了。"就转过走了，临走呢说："藏你给说给，我下一遭[5]来要拿半个口说过她呢。"藏女人来就咋长经短说了。

到了这一天，这女人给男人安顿着说："藏我今儿游去咔么，他问着说你家女人啦，你就说我家女人到锅边上耕地去了。"就给安顿好了。

藏六月寒来问着说："你家女人啦？"说："到锅边上耕地去了。"说："锅边上咋耕地哩，外不就把屎屃着锅里了？"说："外半个屁眼门捂着呢，半个屁眼屃不出来。"说："咦，这让这骂扎了[6]啊！"藏就转过走了。

后来些这两口子咋不好了，一个见不得一个。有一天，他大大就在集上跟集咔，走着路上碰见六月寒。这老汉碰见六月寒，就两个走着一搭逛闲[7]呢，说："我家来两个

娃娃哼先好得很，搭把屋里来个马卖了，一个见不得一个，谁啊不爱谁，没办法了。"这六月寒说："外藏你不要急，到几月几日你指着河畔上洗衣裳来。"

这一天，他大大就指着媳妇子到河畔上洗衣裳呢，这六月寒就原骑的这马，穿下一身绸缎，拿下半截棍棍儿呹着马来了。走着河畔下就故意把棍棍儿扔着烂泥滩呢，就下来取咔。这女人原本认不得六月寒，就说："哎，你这个人穿下这么凶[8]么，看泥把衣裳染脏了，我给你寻半截子好的。"六月寒说："我说是猪女人，猪女人，这绸缎完了，我可缝呢，这焦火棍是我大大娘娘制下的，我扔了再没了。"哼现说着把马骑上走了。

这女人现洗现上心着：哼这半截子焦火棍是大大娘娘置下的么，这曹家的人再完是哼钱花上寻下的么，曹可何必脸黑[9]呢，就到这达两口子又好了。

讲述者：　李有福，男，70岁，农民，略识字
采录者：　孙志勇，男，32岁，庄浪县南湖镇人，县文化馆干部，大学学历
采录时间：　1988年5月
采录地点：　平凉市庄浪县南湖镇下街
选自：　《平凉地区故事集成》（资料本下卷二分册），第282～288页

[1]　不搭对：不配。
[2]　了事：处理事。
[3]　来：那。
[4]　零干：惨。
[5]　下一遭：下次。
[6]　骂扎了：骂惨了。
[7]　逛闲：拉闲，聊天。
[8]　凶：厉害，这里是好的意思。
[9]　脸黑：反感。

149

农家女作诗骂秀才

距今很远的一天，一个云游和尚和一个上京赴考的秀才路遇着一搭里了，他俩走着走着，到了中午天气闷热，口渴难忍，路上连凉水都没有。

这时，大路上来了一个农家女子，手里提着一瓦罐黄瓜菜，水嫩水嫩的。和尚和秀才上前抢着要吃，这农家女子也略知文墨，一看他俩争执不下，心生一计说："这样吧，只有这么一点菜，两个人吃了不解渴。一人吃了，我给谁呢？你俩每人作一首诗，谁的诗好就给谁吃。"

这下可把秀才高兴死了，笑得连眼睛都没了，心想我熟读五本经书，论词作诗样样都行，料你一农家女子整天和黄土打交道，还能难住我吗？和尚只知道吃斋念佛，说不定还不知道啥叫诗哩，就说："叫僧人先作。"常言说"人不可貌相，海水不可斗量"，这和尚文墨也不赖，一听这话，巴不得先吃黄瓜菜解渴呢，于是，出口成诵：

有土也是增，

无土也是曾，

去土搭人便是僧，

曾僧和尚人人爱，

我一心想吃黄瓜菜。

秀才一听，诗还不坏，也不甘示弱，出口成章：

有口也是和，

无口也是禾，

去口搭斗便是科，

新科状元人人爱，

我一心想吃黄瓜菜。

农家女一看，两人诗都不错，难分高下，又心生一计说："你俩诗都作上了，这更不好办，如果我作一首，谁对上了，谁就吃菜。"和尚和秀才一听大笑起来，他们说："一个农家女子，大门不出，二门不迈，有啥能耐作诗。你能作一首，我们这菜不吃了。"女子一听，和尚和秀才看不起她，气得杏眼圆睁，作了一首诗骂他俩：

有木也是桥，

无木也是乔，

去木搭女便是娇，

娇娇女子人人爱，

两个奶头胸前垂，

一个奶和尚，

一个奶秀才，

奶大你把亲娘认，

哪一人敢吃黄瓜菜。

秀才和和尚自讨没趣，咽着唾沫，忍着饥渴，红着脸走了。

讲述者：　褚成栋，农民，老秀才

采录者：　高忠雄

采录时间：1986 年 8 月

采录地点：平凉市静宁县六盘山区

选自：　《平凉地区故事集成》（资料本下卷二分
　　　　　册），第 216～217 页

异文：僧生撒刁

有一个年轻美貌的妇人，提着一篮黄瓜去娘家探亲，路过一寺院门口。寺院一个和尚见这一妇人生得颇有姿色，顺手撕住妇女菜篮，吟诗一首：

有土便是增，

无土便是曾，

去了曾边土，

搭人便成僧。

僧家子人人爱，

锣钹钵盂随身带。

进庙念经我不爱，

专一爱吃黄瓜菜。

紧接着来了一位秀才，见了这位妇人，淫心勃起，也吟了一首诗：

有口便是和，

无口便是禾，

去了禾边口，

搭斗便成科。

科家子人人爱，

笔墨纸砚随身带。

进学考举我不爱，

专一爱吃黄瓜菜。

这一妇女非常气愤，面对二位僧生，当即回诗一首：

有木也是桥，

无木也是乔，

去了桥边木，

搭女便成娇。

娇家女人人爱，

两个奶头随身带。

一个奶头奶和尚，

一个奶头奶秀才，

儿呀，只要娘有奶，

何必想吃黄瓜菜。

和尚和秀才顿时哑口无言。

讲述者：　张效功，男，65 岁，灵台县新开乡寨坡
　　　　　村人，农民，初中学历
采录者：　左相，男，51 岁，灵台县新开乡寨坡村人，
　　　　　文化专干，初中学历
采录时间：　1985 年
采录地点：　平凉市灵台县
选自：　《灵台县资料本》，第 66 页

150

巧对答

讲述者： 不详

采录者： 周德仁，男，55岁，灵台县上良乡蒋家沟村人，文化专干，初中学历

采录时间： 1985年

采录地点： 平凉市灵台县

选自： 《平凉地区故事集成》（资料本下卷二分册），第237页

从前有个老头，生了一个女儿聪明伶俐，才华过人。父女俩相依为命，生活过得倒也如意，但官府经常找他们的麻烦，那女子一气之下写了一幅“万事不求人”的横条贴在门上。

有一天，县老爷坐轿子路过他家门口，见此横条大怒：“他是甚等之人，竟敢如此狂妄？”回衙后，便命手下衙役传老头问罪，那老头非常发愁，埋怨女儿当初不该写那幅横条。女儿上前安慰父亲：“爹爹不必发愁，让女儿去回话。”随后就跟着衙役来到了县衙。县老爷一听来了个女子，就在公堂上把自己嘴用纸糊了一半，然后提女子上前问话，说：“一个民间女子，有多大能耐！我老爷用半个嘴都能说过你。”

只见县老爷把惊堂木一拍，问：“呔，这一女子，你爹爹哪里去了，叫你前来回话？”那女子说：“老爷，我爹爹在锅头上耕地去了，因此叫小女子前来。”县老爷说：“一派胡言，锅头上耕地，都不怕牛屁到锅里吗？”那女子说：“老爷勿忧，我家的牛尻子用纸糊着哩。”老爷一听气得无言答对，只好吼道：“快快将那女子轰出去。”

（三）呆女婿傻儿子故事

151

瓜女婿

世上遇全的事没几个，就拿夫妻两个来说吧，总是一个丑的配着一个俊的，一个灵的配着一个笨的。

过去刘家庄有个小两口，男的叫刘通，生得傻笨愚蠢；女的叫杨巧儿，生得聪明伶俐。刚结了婚，简直叫巧儿哭笑不得，哭的是遇下这么个当家的，什么都不知道，今后怎么个过活；笑的是在她给他教着如何做事时，经常教下的做不到，反倒演成了笑话。

先说刘通第一次给丈母娘贺寿的事吧，巧儿知道女婿不懂礼貌，怕吃酒席丢人，在家里定了暗号，巧儿说："我在你腿上系条细绳，我一拉绳夹一次菜，要不拉千万不敢动筷子。"女婿说："对。"

酒席开始了，执席人把菜摆好，说了声"请"，大家都你推我让地吃起来。巧儿坐对面一间房子，看见都动起了筷子，便把绳子拉了一下，刘通觉到绳子动，便夹了一下菜，这样连续几次他表现得自若大方。谁料一只大公鸡从院子里过，被刘通腿上的绳子绊住了，公鸡想摆脱绳子，拍膀扯腿地使劲挪动，刘通以为是媳妇拉绳子叫吃快点，也就使劲夹起吃。

巧儿发现绳子因鸡干扰使她指挥失灵，就急忙去赶鸡，谁料鸡见赶它，就用尽全身力气一个劲往出拔腿，使绳子接二连三地动起来，反映到刘通腿上，他也接二连三地夹菜。鸡最后连飞带跑，把绳子拉得一点不松了，刘通用筷子夹来不及，干脆端起菜盘往嘴里刨，等巧儿把鸡赶走后，他把桌上八大盘菜刨光了，其他人笑得抱着肚子离开了席位。

给丈母娘贺寿他出了洋相，巧儿要打发他回去。丈人听女儿说要打土墙，还要些黑麻子种子，就把石锤子头和麻籽装好。第三天刘通早早地赶着毛驴上了路，走了不到十里路，翻了一架大深沟，正上坡时口袋口子开了，黑麻子撒了一地，再一看一个圆溜溜的东西滚下沟底，他不知道是啥宝贝，连滚带爬往沟底撵去。

正追时，石锤子头惊出了一只白顶兔，他没认清，以为滚的石锤子头就是驴蛋，这时已变成了一头白头驴驹子，便不管三七二十一又狂追起来。忽然，山路上过来一伙出丧的，前头走着几个戴孝的孝子，后面几个人抬着一口棺材，刘通上前拦住孝子问："你看见一头白顶驴驹跑过来了没有？"这些孝子哪里见啥白顶驴驹，心想这小子见我们头上有孝，是借故骂人，不问缘由一齐上去把刘通打了一顿。

巧儿在家里正为女婿丢了人生气哩，又听人捎话说他挨了打，忙收拾了包裹往家里跑。她一进门就问刘通："你为啥挨打？"刘通把过程说了一遍，巧儿一想这笨蛋一定是把兔子当驴驹子追，便说："人家正在埋人，孝子头上戴着孝帽，你咋问人家白头驴驹子，该挨打，以后见了这要趴下哭。"刘通牢牢记住这话。

过了几天，刘通出去做事，半路上遇见一伙娶亲的。前面走着吹鼓手，四个轿夫抬着花轿走得很起劲，后面还有迎亲送女的。他想起媳妇的话，急忙跑上前去跪在轿前，哭得死去活来。一个娶亲的问："你为啥这样伤心地哭？"刘通说："我是给你们吊丧的。"这句话惹恼了娶亲的，上去又是一顿冷打[1]。他挨了打跑回去给媳妇诉苦，巧儿说："人家是迎亲的，是个喜事，你就该说恭喜道喜。"他

---

[1] 冷打：猛打。

0309

生活故事

又把这句话牢牢地记住了。

过了几天刘通又出去做事，突然看见一户人家麦草垛起了火，很多人端盆提桶在灭火。他想起媳妇的话，走上前去，朝救火的人群大呼："恭喜贺喜！"主人一听恼了火，上前又给打了一顿。他挨了打，回家给媳妇说了，巧儿说："别人麦草垛着火，就该解人之危，用水去浇。"他把这句话又牢牢地记住了。

刘通到镇子里去赶集，天气非常寒冷，两个铁匠冻手冻脚地把炉子火生着准备打铁。刘通看见了，他想起媳妇的话，急忙寻来一盆水，全浇在火炉里。铁匠气急了，抓住瓜子就是一顿饱打。他挨了打，又回去给媳妇说了，巧儿说："两个铁匠准备打铁，你就该给他们添锤。"他又记住了媳妇的这句话。

过了几天，刘通又出去做事，正好遇到两个人在打架。刘通想起媳妇的话，赶紧上去给添锤，把这个打一下，又把那个打一下。两个人看这家伙不分青红皂白地打了这个又打那个，莫非疯了。两人停了打架，一起上去把刘通又打了一顿。回到家里，刘通又给媳妇说了，巧儿说："两个人打架，就该往开拉。"他把媳妇的话牢牢地记住了。

后来，刘通碰见了两条狗在咬仗。他想起媳妇的话，就立刻冲上前去，把这个狗尾巴拉一下，再把那个狗尾巴拉一下。他把狗拉疼了，两条狗转过头来把他咬了一顿。他被狗咬了，回去给媳妇说了，巧儿说："狗咬仗，就该躲避。"他把媳妇的话又牢牢记住了。

过了几天，刘通又出去做事，恰好碰见两只鸽子在斗仗，刘通想起媳妇的话，便一个劲地往后退着躲，没料到背后是个深沟，一脚踏空，掉到沟底下去了。

讲述者：　不详

采录者：　江武祥

采录时间：　1988 年

采录地点：　平凉市华亭县

选自：　《平凉地区故事集成》（资料本下卷二分册），第 27 ～ 30 页

附记

陇东地处黄土高原，土在生活中起着非常重要的作用，比如人们以前住的房子就是土坯房，即墙用土坯砌成的房子。制作土坯要用专门的工具：一个木制的模子、一个平底的石锤和一块平面的石板。人们先把石板固定在一个地方，再把模子平放在石板上，用铁锨把湿黄土铲进模子里，用脚踩平后，再用平底的石锤锤，锤到平整光滑，再拆掉模子，把土坯扳起晾干即可。（白美丽）

制作土坯的工具　徐凤摄

152

傻女婿吃席

过去讲究姑娘出嫁待三天客后，就回娘家，并且女婿要住下吃席。傻女婿娶了媳妇也照样。

在娘家，姑娘怕傻女婿在众亲戚面前丢人出丑，就把他叫到僻背处说："今天吃席，我给你想了个法子。在你腰里拴一根绳子，你坐在窗子跟前，绳子一头拉到窗外边，吊上一块羊骨头。我拉一下绳子，你吃一口，不拉你就别吃，听下了吗？"傻女婿说："听下了。"

酒菜刚端上来，大家还没吃，一只猫跑到窗跟前舔羊骨头。傻女婿以为媳妇拉绳子，不管别人吃不吃，他就先吃起来。同桌的亲戚看不惯，就说："你这个人太没个礼貌，大家还没吃，你咋就糊里糊涂地吃开了？"傻女婿说："你们别吵，我只看这根绳子拉开了就吃。"

下午，姑娘很后悔，自己没注意，让猫害得还是让女婿丢了丑。她又对傻女婿说："这次我在窗外放个铃铃。你听我摇一下，吃一口，不摇就别吃。别和上午一样傻吃傻喝的惹人笑话，听下了吗？"傻女婿说："听下了。"

上了席，一个碎娃娃看见窗外的铃铃，就拿起摇，傻女婿一听就吃起来。姑娘见碎娃娃捣乱，急着夺铃铃，碎娃娃边躲着跑，边把铃铃使劲摇个不停。傻女婿听铃铃响得急促，以为媳妇让他赶紧吃，就大口大口吃，咽得喉咙里"咕咚"响。

同桌的亲戚都气得没吃，溜下去走了。傻女婿并不在乎那些，只听铃铃还在响，就不停地吃。最后端起碟子吃，一直吃得胀得肚子疼，实在吃不下了才放下碟子和筷子。一个站桌子的人说："你这人太不像话了，大家还没吃，你又先吃了，还吃得那么凶。"傻女婿说："你别吵，我只听铃铃响就吃。铃铃响得那么凶，我不吃凶行吗？"那人说："铃铃响与你吃席有啥关系？"傻女婿说："关系大哩，不听铃铃响吃席就要丢丑，这都是我媳妇教的。"

讲述者： 张志忠，男，68岁，农民

采录者： 谢文敏，男，44岁，庄浪县卧龙乡人，干部，初中学历

采录时间： 1986年

采录地点： 平凉市庄浪县

选自： 《歌谣故事》，第387～388页

附记

故事提到了陇东"吃席"和"站桌子"习俗。在陇东，遇到家里过事，主家总要请左邻右舍的人来帮忙，其中一项工作就是"站桌子"。所谓"站桌子"就是给每个吃饭的桌子（当地人叫"席口"）安排一个人，负责该桌子的上菜端茶递水等事宜。以前，"站桌子"的人不和该桌子里的客人一起吃饭，一直到所有客人吃完了，主家会专门给"站桌子"的人摆宴席吃饭。现在，为了方便，"站桌子"的人不再真正地"站桌子"，会坐在这个桌子里与客人一起吃饭，只是他除了吃饭，还有照顾其他客人的职责。（张添发）

153

愣女婿

在上关乡的王家沟村住着这样一对夫妻，男的叫张三，女的叫王巧玲。王巧玲心灵手巧，遇事沉着，因此人们都夸她。张三却是个死木头，他笨头傻脑，洋洋昏昏，不论做啥都要听媳妇安排。他年龄不大，出的洋相却不少。

一次，岳父过生日，巧玲想早去几天。临行时，对张三叮咛说："我走后你要好好照看家里，到过生日的那天，你来的时候穿光堂[1]一些，礼当带重点，要像个当女婿的样子，可不能丢我的人。"张三一一答应照办。

巧玲走后，张三小心地照看着家里，到岳父生日这一天了，他在鸡叫三茬时就起了床，在院子里转来转去，想找一样重礼当给岳父送去，可找来找去都没个满意的，心里不免着急起来。忽然，他盯识[2]到厨房门旁边立着的多半扇磨子石，心里一高兴，刚要上前伸胳臂准备扛它，不料，手指头被衣服上的破布套住了，他才猛地想起媳妇临行时安顿的话来，急忙跑进屋里翻出一件新衣服，却有

几个褡褡[3]，他翻了一会儿，急得满头大汗还没翻好，眼看太阳老高了，这可怎么办呢？他忽然一想，这精溜身子不是很光吗？于是便光着上身，扛着石磨扇，满意地朝岳父家赶去。

张三来到岳父门前，巧玲一眼就看见女婿汗津津地光着上身扛着一块石磨扇，又气又急，赶上前问他："你把衣服脱了做啥呢？"张三委屈地回答说："你不是叫我穿光堂点吗？"巧玲又问："那你拿的礼当呢？"张三指着半扇磨子石说："这不是吗？"巧玲一看，真是哭笑不得。眼看贺寿的人就要来了，他这副模样咋见人哩，急得巧玲光转磨磨。

忽然，她想起上房背后的洋芋窖可以藏人，就拉上张三把他藏了进去，气哄哄地给他说："你好好藏着，不要出来乱跑，等会子我在外面给你倒吃喝，你再接着吃。"说完从厨房里取了一个大老碗和一双筷子送进洋芋窖里。这时贺寿的人陆陆续续进来了，巧玲便到厨房里帮办菜肴去了。到下午了，张三还没吃饭，肚子饿了但又不敢出去，只等媳妇给他送吃喝。

真是事有凑巧，张三的岳母要解手，因到处都是人，只好寻到上房后角的洋芋窖旁。这一下，张三见从窖处流下水来，只当是媳妇送来的汤，连忙把碗接上，整整淌了一大碗，便趁热吃了起来，又骚又咸。吃了半碗，心里泛潮[4]，便哇哇地吐了起来，就在他心里难过边吐边沮丧的当儿，巧玲给他端来了饭菜。

巧玲突然听见窖里有吃东西磨牙拌嘴的声音，以为是狼钻进去吃女婿哩，一急之下便大喊大叫起来："打狼呀！"贺寿的人听见叫喊声，拿上家伙把洋芋窖围了个水泄不通，有几个胆大的抢在前面，拿家伙在洋芋窖里乱捣，险些把个张三捣死在里边，张三还当是他得罪了老丈人哩！实在招架不住了，才壮着胆子喊了声："别打了，是我呀！"众人听见是人在喊，连忙住了手，等他爬出洋芋窖，一看，大家都惊呆了，怎么是他，只见张三满脸伤痕，巧玲一见这副狼狈相，气得哭着进了厨房。

[1] 光堂：体面。
[2] 盯识：看到。
[3] 褡褡：口袋。
[4] 泛潮：恶心。

张三知道自己得罪了岳丈，又惹躁[1]了媳妇，便分开众人一个冷奔往回跑，他岳母忙对众人说："快，快叫回来，他还没坐席哩。"张三听见喊声，心里气得骂着："藏了个洋芋窖，一碗清汤都没喝，差点把人潮死，还敢坐席？再端上一桌子，咋吃得了呢？"他没理众人，越跑越快，跑回家了。

附记

故事原名为《冷女婿》，因故事中的女婿傻、不聪明，正好是陇东方言中"愣"的意思，而"冷"没有傻、不聪明的意思，疑为"愣"的别字，所以编纂组改名为《愣女婿》。

在传统社会，洋芋、萝卜、白菜是人们主要的过冬蔬菜，但是陇东特别冷，这些蔬菜常常会冻坏。为了防止这些蔬菜冻坏，人们就会挖一个上面小，下面大，深2—3米的土窖。下面大，可用来存放蔬菜，上面小，可容一人上下。再用一块木板盖上，木板上面堆一个大大的土堆，土堆上面再盖一些玉米秆、麦草等柴禾。如果是人口多、家族经济好的人家，菜窖就更大更深，可容多个人上下走。（白美丽）

讲述者：　不详

采录者：　昝丹

采录时间：　1988 年

采录地点：　平凉市华亭县

选自：　《华亭县资料本》（全一册），
　　　　　第 210 ～ 212 页

154

傻女婿赶集

傻女婿两口子要给他丈人过寿去，没有新帽子戴，也没有新衣服穿，他女人就打发女婿跟集去。临走的时候，女人给他安顿说："你买帽子要拣框琅[2]硬的买，扯布要拣没眼眼的布扯。"傻女婿记着女人的话，就走集上去了。

傻女婿走到集上，从上街撵到下街，来到买帽子的地方，一揣帽子都软软的。一个卖帽子的人很生气，就指着旁边的瓦盆说："这个帽子框琅硬得很。"傻女婿拿起一揣，果然硬邦邦的，就买上了。

走到布摊子跟前，拿起这一样布一看有眼眼呢，拿起那一样有眼眼哩呢，卖布的人很生气，就指着旁边的纸说："这布没眼眼。"傻女婿拿起一看，真的没眼眼，就买上了。拿到家里去，女人一看气昏了，就用纸给女婿糊了一件衣服，给他大拜寿去了。

走到半路上，天气变了，一会儿就下起了大雨。傻女婿的一身纸衣服经雨一淋，烂光了，浑身上下溜光溜光的。女人一看，羞人得了不得，就把她的包头取下来，缠在女

---

[1]　惹躁：惹恼。

[2]　框琅：帽子顶。

婿腰里遮丑。走到她娘家的大门上，就把女婿安顿在一个窑里。女人先去寻了两件烂衣服，出来给女婿穿上，才进门给他丈人贺寿去了。

讲述者： 王秉章，男，79 岁，农民
采录者： 陈静，男，37 岁，小学教师，中专学历
采录时间： 1988 年 3 月 3 日
采录地点： 平凉市静宁县四河乡涧沟村
选自： 《平凉地区故事集成》（资料本下卷二分册），第 17 ～ 18 页

155

傻女婿打屹蚤

一个傻女婿转丈人去呢，回来的时候，丈母娘给装了一口袋黑谷子，把一瓶清油也装在谷子里，害怕女婿不操心，还再三给女婿安顿了番，叫他尽量小心点儿，就把女婿打发了。

傻女婿吆着驴，驮着一口袋黑谷子往回走，走着走着，口袋撞在酸枣刺上，划了一个口子，黑谷子淌出来了，傻女婿一看，不得活了，是屹蚤[1]，就一顿鞭子打开了，打了半天，把驴打得卧下了，打得黑谷子乱溅呢，傻女婿还边打边说："你跳，你跳，我叫你跳个够呢。"正说着，一个黑瓶子滚了出来，把他吓了一跳，他说："哎哟，这么大的一个屹蚤王。"就一鞭子把瓶子打碎了，清油流了一地，傻女婿还说："屹蚤王的血太多了，这都是咂下驴的血，把驴咬得卧下了。"打罢把口袋不要了，就吆着驴回去了。

傻女婿走到家里，就把他打屹蚤的事给他女人说了。女人一听，晓得是把一口袋黑谷子倒了，就拿着簸箕走了，

[1] 屹蚤：跳蚤。

来到倒谷子的地方。她一边哭一边揽谷子，一瓶油也倒得太可惜了。唉，这不识好歹的东西。她揽了半口袋就背回来了，背回来后她就在石磨上推了些黑谷面，烙了些馍馍。女人气人得很，就给女婿没有给。她吃了些就挂起了，女人上山寻活去了。

傻女婿坐在房里，饿得很。他看到豌豆面烙的馍馍能吃，就支了个板凳来取馍馍笼儿。馍馍笼儿取下来了，可是钩搭[1]把他的头发挂住了，他就说："钩钩、钩钩你别挂，豌豆面馍馍我还没吃下。"

讲述者： 岳文奎，男，59 岁，静宁县四河乡涧沟
村人，农民，不识字
采录者： 陈静，男，36 岁，小学教师，中专学历
采录时间： 1987 年 3 月 4 日
采录地点： 平凉市静宁县四河乡
选自： 《平凉地区故事集成》（资料本下卷二分
册），第 7 ～ 8 页

异文：瓜女婿打豌豆

王小五在灵泉水穷瓜了，丈母娘心软把女儿嫁给了王瓜子受罪，心里像打翻了五味瓶儿。这一年，眼看快到腊月三十了，王瓜子家里没有糊老鼠胡子的一把白面，也挤不下一滴香油。于是，王瓜子媳妇打发王瓜子到娘家去要。她拾掇了毛褂裢口袋和油瓶，匹好黑草驴，打发他上了路。

到了丈母娘家，他啥话也不说。丈母娘就知道他做啥来了，便打开口袋，半截装上白面，半截装上胡麻籽，让女儿年头榨油吃，顺手把一瓶现吃的香油塞进面口袋，搭在草驴背上，就催王瓜子赶驴上路了。

王瓜子赶着黑草驴走呀走，走了很多山路。驴走乏了，站下不动。王瓜子就抡起犁木棍，左一棍，右一棍，狠狠地朝面口袋上打。黑草驴哪晓得瓜子是打它，还是稳稳当

当不动弹，结果把口袋打破了一条口子，胡麻籽随着棍头飞了起来，溅了一地。王瓜子一看，怒火冲天，又是一阵狠打。口袋里的白面也打出来撒在地上，香油瓶早打碎了，油面粘糊在一起，口袋打空了，黑草驴一踢后腿尥蹶子[2]跑了。

王瓜子急忙往回追，一进门，媳妇迎上来就问："面和油哪里去了？"王瓜子气呼呼地说："啥？面和油？丈母娘装了一口袋豌豆，驮在驴背上咬得驴也不走了。我抡起棍就打，打得豌豆尿尿直流，脑子[3]白花花倒了一地，黑草驴才跑起来了。不信，我带你去看路上打死的豌豆。"

讲述者： 樊晓峰，男，45 岁，干部，高中毕业
姬守义，男，38 岁，干部，高中毕业
采录者： 王知三，男，40 岁，干部，高中学历
采录时间： 1986 年 5 月
采录地点： 平凉市静宁县城
选自： 《平凉地区故事集成》（资料本下卷二分
册），第 10 ～ 11 页

附
记

故事先选录入《静宁故事》，题目为《打豌豆》，后来选录入《平凉地区故事集成》，题目改为《瓜女婿打豌豆》。（杨秀平）

[1] 钩搭：钩子。

[2] 尥蹶子：马、骡、驴等动物发怒时，跳起来用后腿向后踢。

[3] 脑子：脑髓。

156

鸡娃变鸭娃

东村有个瓜女婿，叫傻眼。那年春上，他的老婆拿了一窝鸡娃，精心挑了几只关在小鸡笼里，叫傻眼送到娘家去。一早，傻眼提着小鸡笼出了村头。十字路口，他呆呆站在那儿"傻眼"啦。嗨，忘了去丈母家的路。

他正发呆，碰巧来了个穿戴一新的人，傻眼忙问他到哪里去，那个人说："转丈母家去。"傻眼一听高兴了，对那个人说："好得很，我老婆叫我把小鸡送给丈母娘。我忘了路，那就托你带给丈母娘吧！"那人连忙接过小鸡走了。

傻眼回到家里，老婆劈头问他："怎么这么快就回来了？鸡娃和鸡笼呢？"傻眼说："一出村口正巧碰到一个去丈母娘家的人，我捎给他了。"老婆一听，气得直跺脚："瓜子，人家的丈母娘，怎么是你的丈母娘？还不给我快追回来！"

傻眼听了老婆的话，转身冲出了大门，跑到村头十字路口，坐在一块大石头上等那个人。等啊等，一直等到太阳快落山的时候，终于等来一个穿戴很新的人。巧得很，那个人同样提着个小鸡笼，傻眼不问青红皂白，一把夺过

来，气呼呼地说："把我早上给你带去的鸡娃还给我，我有丈母娘，鸡娃要送给她。"那人被傻眼的这一手弄得糊里糊涂，说："你睁眼看，哪里是鸡娃？笼子里明明关的是鸭娃啊。"傻眼定睛一看，狠狠地骂道："哼，分明是你怕我认出来，故意把鸡娃嘴弄扁了。"

讲述者：　樊晓峰，男，45 岁，干部，高中毕业
　　　　　姬守义，男，38 岁，干部，高中毕业
采录者：　王知三，男，40 岁，干部，高中学历
采录时间：1986 年 5 月
采录地点：平凉市静宁县城
选自：　　《平凉地区故事集成》（资料本下卷二分
　　　　　册），第 8 ～ 9 页

附
记

故事选录入《静宁故事》《平凉地区故事集成》《静宁民间神话传说故事》，本卷根据《平凉地区故事集成》录入。（杨秀平）

157

傻二驸马

从前有一位老人生了两个儿子，大儿子为人狡诈残暴，做事老谋深算，在家里倒深得老人的欢心，在外面把乡亲们也应付得不错。二儿子为人老实，性子温和，不论家里家外，什么人求他办事，他都答应，但他的脑子呆板，一点东西都装不进去，因而人们都叫他傻子。

过了几年光阴，大儿子有了媳妇了，傻儿子也长大成人了。有一天，老人突然把二儿子叫到跟前说："我儿，你知道吗，你已经长大成人了。"傻儿子呆立着，老人接着又说："我活不长久了，其他什么事我都不担心，只有你是我的个愁怅……我十万个不放心……你哥哥成家了，有些事情不由他做主，这就得靠你自己关照自己，再不要尽为别人做事，要为自己以后的事多想想，免得你嫂子……"说着说着，老人背过脸，当时傻儿子啥话也没有说。

过了两天，老人就去世了。

在一个漆黑的晚上，哥哥和嫂子把傻二叫到跟前说："老二，你现在长大成人了，我们都放心了，今晚咱们将爹留下的家业分一分，各开门另搭锅，你看行不行？"

没等傻二说话，嫂子就抢着说："我看，自个的光阴自个过，谁也不要想着叫人养活。"傻二啥话也没说，站起来就走了。

从那晚以后，傻二再也没有回过家，整天在外给人们做工帮忙混肚子。

有一年秋天，傻二来到了一条大河边，河水吼着，河岸上男女老少来来往往，忙忙碌碌，打捞从上游漂下来的东西，他呆呆地坐在河岸上盯着河水出神。

突然，河里冲下来了庙里的东西，一块板子上还坐着一个人，大家见是庙上的东西，谁也没有去捞。

傻二见人们不救那个随着庙上的东西顺水往下漂的人，就夺过一根竹竿，侧着河斜斜地向上伸去，两手死死地握住竹竿，木板和人顺着竹竿浮到岸边上来了。旁边两个老头拿起棍棒，帮傻二将靠岸的东西和人抬了上来。这时，天又下雨了，人们都回家去了。河岸上只剩下傻二和两个老头，还有打捞上来的那个死人，两个老头帮傻二葬了亡人，也先后走了。傻二一个人守着捞上来的山神像发呆。

天黑尽了，雨还在下，傻二来到了一座土地庙里。庙宇多年失修，土地爷的神像也一样浸在水里。傻二将供桌移到殿角的不漏处，擦掉桌面上的泥土，又从怀里取出捞来的神像，和土地像并排放在供桌上，自言自语地说："人有倒霉，神有堕落，谁知世道竟是这样啊！"

天全黑了，傻二就在庙里过夜了，鸡叫头遍时，有人在他头顶上喊："二官人，快起来，财宝生在山下等你呢。"傻二惊醒后，啥人也没有，不过他听得很明白，"柴宝生"在山下等他呢！柴宝生是谁呀？傻二一骨碌翻起来向山下跑去。

他跑呀跑，跑了很多路，却不见一个人，一直跑到东方发白时，来到一片河滩上，还是不见一个人，傻二就蹲在河滩上歇缓。忽然眼前一闪一亮的，他上前一看，啊，葫芦宝！傻二一下子来了精神，他拾呀拾，拾了一口袋。傻二想如果自己全部拿去，后来的人就会没有了，于是他提起口袋往下倒，给自己只留了十来个。其实，傻二倒下的葫芦宝，在他走后又变成了石头。

傻二背着葫芦宝走呀走，他想走到一个最好最好的地方，娶个媳妇，盖几间房子，过上自己的好日子。

一天，他走到一个村庄，见一个皮包骨头的小伙子像牛一样拉犁，傻二上前问："你为啥不用牛拉？"小伙子说："买不起牛呀。"傻二从口袋里掏出一个葫芦宝交给小伙子，让他去买耕牛。又有一天，他来到一座城里，见一位恶少拉着一位女子，他上前问："你为啥要拉她呢？"恶少说："她欠我一个葫芦宝。"傻二又给恶少一个葫芦宝，恶少才放了那个女子。

傻二走进一片树林里，见一位老妈妈在上吊，他上前问："你为啥要寻死呢？"老妈妈说："我还不起东家一个半葫芦宝。"傻二又给了她两个葫芦宝，让她去还账，就这样不到半年，傻二就穷得和以前一模一样了。

有一年冬天，傻二来到北方，北方的气候可真冷，只要能将就着生活的人都不轻易出家门，而傻二没有办法，只好受这罪。

一天晚上，他冻得实在不行，就偷偷地钻进一家打麦场的草堆里，冬天钻进草里也暖和得很，傻二躺下就睡着了。

入睡不久，草滩外面来了两个人，一个红袍绿裤黑须黑发，一个蓝袍青裤红须红发，二人同时叫："二千岁，快起来。"傻二被惊醒了，以为是这个场里的主人发现了他，吓得他在草堆里发抖。外面的人又说："你不要胆怯，我俩是你救下的山神和土地，昨天皇帝的女儿带着月牙印在后花园里玩耍时，不小心把月牙印掉进湖里了，皇帝传下圣旨派人在后花园里找了整整一天，也找不着，说天下谁人能寻到月牙印，公主当日就和他成亲，这印掉在湖的西角的莲藕下，谁也不知，你快去取吧。"

傻二听完这番话高兴极了，他钻出草堆，想让两位老人也进草堆里暖和暖和再走，可是出来一看，山神土地早已没影了。

傻二向皇城走去，走呀，走呀，走了三七二十一天，鞋子走掉了。又走呀走，走了七七四十九天，脚掌也走烂了，可他不灰心。又走呀走，走了九九八十一天，连手里握的棍都磨断了，终于走到了皇城。

正当傻二行路之际，京城里也没停止寻找月牙印。一天天过去了，皇帝老爷急死了，一些做"驸马"梦的王孙公子也急如热锅上的蚂蚁，可月牙印就是找不着。这天，傻二转悠到午门前，门官见了破口大骂："讨饭的，滚开。"

他抬着头，大踏步走上台阶，揭下了皇榜。这时，在傻二的眼前，天好像变成了地，地好像变成了天。

皇帝为了寻到月牙印，不得不离开金銮宝殿，无法顾及体面，和文武大臣随着破破烂烂的傻二去找月牙印。

月牙印捞上来了，皇帝松了一口气，又憋了一口气，眼前的这个驸马爷太难看了。王孙公子见驸马爷的位子已经是别人的了，也气得躺下不吃饭了。

公主听说月牙印寻到了，高兴地唱起来。公主又听说驸马是个傻子，急得哭起来了。

俗话说，"百闻不如一见。"公主就决心去偷看今日就要成亲的傻驸马。

公主来到客厅，还未看清傻二的模样，就听到傻二给皇上叙说他的经历，她听着，再也不掉泪了，世上还有这样诚实的人呢！

最后，当她听了他为自己走烂了鞋子，走破了脚掌，磨断了棍子，又走得两腿发肿，两脚流血时，公主突然哭了起来，这位驸马爷一点也不傻，全是那些侯爷王爷们捏造的。客厅里的傻二听到屏风后女子的哭声，大吃一惊，急忙问皇帝："是谁在哭？""她是我女儿——公主！"傻二听了大惊失色，他早就知道自己不配公主，来京城找印是想得到点赏金，对招驸马一事只存着碰碰运气的念头，公主不愿意，对自己也没多大折磨。

傻二连忙说："您老人家坐着，我该回家了。"皇上早就不愿意这个驸马，就赶紧下令："赏二公子黄金百两、土地百亩。"皇上没有说完，公主从屏风后出来了，她跪倒在父王的脚下，说："父王，君不可食言，我愿意招他做驸马。"

常言道："人是衣裳，马是鞍仗。"傻二穿了驸马服，往公主面前一站，公主的眼睛，离不开傻二的身子了，一直看得傻二低下头去，她才拉着他的手，进了洞房。

新婚之后，公主天天给驸马说古道今，夜夜给驸马讲君礼、教臣纲，但驸马始终记不住一句，就是记住一半句也不会说。眼看八月十五的"群臣会"一天天到了，把个公主急得尿醋呢。

一天晚上公主对驸马说："中秋节快到了，现在你连一句光彩话也不会说，到时间怎么应付呢？据说民间的名言很丰富，我看你明天带点银子到民间学话去。"

第二天，傻驸马果真到民间学话去了。他走呀走，走了很多路没有学到一句满意的名言，有点失望了。这一天，他哪里都不想去，干脆坐下来看一位老人锄田，原来近些天下了一场大雨，洪水将老人的禾苗淹没了，天晴后，土地干了，慢慢裂开了缝子，又慢慢卷成泥卷，老人揭起泥卷一看，禾苗还在，于是他整天揭盖在庄稼上面的泥卷，傻驸马看着看着，忍不住问道："老人家你揭的那是啥？"

"风吹日晒的胶泥卷。"老人头也没抬。

傻驸马听了高兴极了，世上哪有这样美的名言呢！他记下了这句话，给了老人十二银子。

傻驸马又走呀走，走了很多路，来到一条河上，只见一位老人双手握着手杖，颤巍巍地在过独木桥。

老人过了桥，转过头来看了看桥，自言自语地说："独木桥难过呀，必有整人之心。"傻驸马听了，觉得和先学的一句话不差上下，于是给老人给了十二银子，也把这句话记下了。

傻二又走呀走，走了好久好久，走到一片森林里，只见一个人正在放鹞子，他一边放一边夸耀说："真是一鹞入林，百雀无声。"傻驸马听了，又用先前的办法学会了这句话。这时，他觉得满足了，决定立即回朝，把这些民间的名言教给公主。

离中秋节只有两天了，傻驸马才回来，公主悬着的一颗心落地了。

公主问他学习了些啥，傻二就背了一遍。公主听了又气又好笑，没有一句能登大雅之堂的，还得靠自己教他。

公主又给傻二教话了，她说："每年中秋，群臣聚会，大臣们考问新科状元，第一个离不了三皇治世谁为头，你就说'盘古为头'。"公主教了一遍又一遍，可傻二这回连一点也记不下。天黑了，傻二还是记不下，公主急中生智，连夜赶做了个小鼓。

八月十五到了，公主拿着连夜赶做的小鼓问傻二："你认识鼓吗？"傻二回答："认识。""你看我盘得像

不像？"

"像。"

"好，你今夜把这个小鼓装在衣兜里，当大臣们问你三皇治世谁为头时，你如果忘了，就摸摸这个小鼓，就会想起来的，你就会说盘古。"

傻二点了点头。

大臣们坐在宴会厅等着开宴，可就是不见驸马的影子，于是他们喧闹起来。傻二听完公主的嘱咐，就向宴会厅走来，大臣们立即静了下来。傻二见了这个场面，猛地想起他学的一句话，大声说："一鹞入林，百雀无声。"大臣们惊得个个伸出大拇指，互相小声议论起来。

开宴了，一个太监将放在傻二面前的一根筷子撞掉了，傻二又说："独木桥难过，必有整人之心。"大臣们又惊得把即将喂进口中的菜放到盘子里，纷纷议论起来。

这时候有一位宰相不服了，他等不到群臣会开始，就先问傻驸马："三皇治世谁为头？"

傻二不慌不忙地用手在兜内摸了摸，公主盘的圆鼓压成个扁鼓了，他不假思索地说："盘扁王为头。"全厅里的人这时都哗然大笑起来。

宰相自作聪明地说："我只知道盘古王为头，哪儿来了个盘扁王？"

"盘扁王是盘古他大，盘古是盘扁王的儿子。"

"这父子关系记载在什么卷上呢？"

"风吹日晒的胶泥卷上。"

宰相不晓得"风吹日晒的胶泥卷"是什么史书，怕丢了宰相的面子，不敢再考问了。

大臣们也没读过这卷书，一下子佩服得五体投地，他们都相信驸马是世上头一个知识渊博的人，从此再也没有人敢跟他谈天论地说古道今了，皇帝也不敢轻视傻二了，句句离不了个"二千岁"。

讲述者：　李国勤，农民，不识字
采录者：　杜雁，男，20岁，农民
采录时间：　1985年4月
采录地点：　平凉市静宁县曹务乡

选自：《平凉地区故事集成》（资料本下卷二分册），第 206 ～ 214 页

158

瓜子进状元

从前，有两个秀才上京应考，路上碰到一个瓜子，三个人结伴一起上路。

看见路上的景致，两个秀才用诗句一答一问的形式来形容，有一个涝坝日头将泥晒得卷了起来，一个问："这是啥？"一个回答："日晒胶泥卷。"经过一片子棉花地，一个问："这是啥？"一个说："风吹白浪片。"又往前走，两条狗咬一只老山羊，一个秀才开口就说："二犬大战老羊也。"瓜子一听，嘿，原来状元考的是这试，这好考着哩，咱快好好地给他听着。

走到京城，进了店房歇缓，闲得无事，三个人就在店房院里看店主人喂猪，两个猪老远地跑来，猪食太烫，两个猪刚吞了一口，烫得又低着头跑远了。一个秀才说："一对黑墨，有兴而来，无兴而去，为何低头不语？"瓜子牢牢记下了。

等了几天，街上贴出告示，今年不大考，只招一名驸马，由皇上考，谁行谁揭榜。成千上万的秀才都不敢去揭榜，唯有这瓜子去揭了，人们前呼后拥，迎接今年的新状

元，瓜子披红插花，游街卖牌[1]。第二天要殿试，头天晚上，公主已知道这是一个不够成数[2]的人，瓜子问公主："明天咋考呷？一考就把我撵回去了。"公主说："咱已结了婚，不能离了。干脆我给你今晚教好，你上去好说。第一句肯定问开天辟地谁为先，你就说盘古为先。"瓜子说他现时能记下，怕上去就忘了，公主想了个好法子，捏了一个面人，给瓜子揣在怀里，"你明了[3]记不起来时，往怀里一摸，就想起来是盘古。"

第二天，皇上问："开天辟地谁为先？"瓜子一下记不起来了，赶紧手往怀里摸，恰巧因为紧张把面人的头压扁了，开口就说："盘扁头为先。"

满堂大惊，这不得了，怎敢说盘古是盘扁头呢？皇上试探着问："你是看哪卷书上的？"

"日晒胶泥卷。"

"哦，是哪一篇呢？"

"风吹白浪片。"

皇上一听，奇怪，咋从来没听过这么一部书啊，他怕是才学超人，再往下问，人家如果反问咱，咱说不上来，岂不丢人。皇上便不再问考题，随便来问："你是哪里毕的业？""二犬大战老羊也。"皇帝一听，越糊涂了。两旁的两个大臣一看皇帝都被问得不干脆了，驸马若要问咱们，怎么回答得了，赶紧就往出溜。

瓜子随口就说："一对黑墨，有兴而来，无兴而去，为何低头不语？"两个大臣悄悄说："咱还没开口哩，人家已骂咱两个哩，快走，这人才学了不得。"

皇帝马上下令："送你回宫吧。"

瓜子回来，公主忙问考得怎么样，瓜子张着大嘴卖牌："还考我哩，我把皇上都考住了！"

瓜子就这样轻而易举地当了驸马。三天后，文武百官宴请驸马，同样驸马还要回请文武百官，公主叫瓜子写请帖，这可把瓜子愁住了，心里想：咱双手写不了一个八字，还写请帖哩！

正在这时，瓜子想上厕所，一泡尿把屎爬牛[4]冲了出来。屎爬牛浑身淌着尿水水子，在干地上一爬，印上了曲里拐弯的外国文一样的图形。这下把瓜子高兴瓜了[5]，他把屎爬牛捉回去，放在砚台里一蘸，然后放在白纸上，屎爬牛胡乱一爬，印上去的"字"谁也认不得。

文武百官先后都收到了请帖，一看大吃一惊，这是谁都读不懂的外国文。唉呀，驸马才学高得无法形容，咱去不是对手，倘出些难题考住咱们，这官也就坐不住了，文武百官商量了一下，还是不去为好，就都在请帖上写了"回敬"二字。

瓜子稳稳当当地当了驸马。

讲述者：　张喜贵，37岁，泾川县高平乡高平村人，农民，初中学历

采录者：　张怀群，24岁，泾川县文化馆文学干部，大学学历

采录时间：　1984年8月19日

采录地点：　平凉市泾川县高平乡高平村

选自：　《平凉地区故事集成》（资料本下卷二分册），第22～25页

[1]　卖牌：炫耀。
[2]　不够成数：不聪明。
[3]　明了：明天。
[4]　屎爬牛：屎壳郎。
[5]　高兴瓜了：高兴坏了。

159

瓜女婿捞彩话

灵泉水东边有一户人姓秦，家有万贯财产，良田万亩，人称"秦万贯"。可就是有一件不如意的事儿，独生儿是个痴呆，大家管他叫"秦瓜子"。秦瓜子只会说瓜话，不会说彩话[1]。

岳父六十大寿那天，媳妇怕他在亲友面前说"瓜话"丢丑，于是在家里反复教他学祝寿彩话："敬祝岳父福如东海寿比南山！"他学了半天就上路了。一路上，他边走边念叨，只怕忘掉。快到岳父家了，不料一条大河挡住了去路，河上搭着独木软桥，等到他战战兢兢地过了桥，结果彩话连一个字腿子都想不起来了。

他摸摸脑袋说："彩话一定是在过桥时掉进水里去啦。"他打算回去一趟，再向媳妇讨来，可是路途远，天也不早了，加上小桥难过。秦瓜子想来想去，拿定主意，立即脱下棉衣"扑通"一声，跳到河里去捞。他扶着独木软桥，来回不停地捞啊捞。

时值初冬，冷水浸得他牙齿打架，嘴唇发紫。这时天也黑了，可是彩话到底还是没捞着。他只好爬上岸，穿上棉衣，朝岳父家走去。

眼看天黑尽了，岳父不见秦女婿来，以为他不来了，便宣布开席。宴席上，大女婿首先给他敬酒祝寿："敬祝岳父福如东海寿比南山！"这时，秦瓜子冒冒失失地闪进门来，恰好听见这句彩话，于是火冒三丈，开口骂道："好个大脬单[2]，原来是你把我的彩话捡来了，害得我在小河里捞了半天。"

讲述者：　樊晓峰，男，45 岁，干部，高中毕业
　　　　　姬守义，男，38 岁，干部，高中毕业
采录者：　王知三，男，40 岁，干部，高中学历
采录时间：1986 年 5 月
采录地点：平凉市静宁县城
选自：　　《平凉地区故事集成》（资料本下卷二分
　　　　　册），第 9 ～ 10 页

[1]　彩话：出彩的话。

[2]　脬单：爱讲大话的人。

160

瓜女婿学说精灵话

灵泉水出"瓜子"，远近人都晓得，可是老天作美，瓜男人配下的对儿却一个个花容月貌，精明能干。山里的姑娘一旦嫁给瓜子，谁也不再打二心了，她们千方百计教瓜男子说精灵话。

南河有个秀巧媳妇跟了个瓜男人，天天以物比物，教他说精灵话。这女人唯怕瓜子转丈人家说瓜话，惹人取笑，就寻自家和娘家相似的东西教瓜子说。他家门前有辆牛车和娘家相似，一有空闲就教瓜子认牛车："槐木车辕梨木轮，椿木车厢柏木门，两个木匠巧做成。"一连指认了好几天，瓜子果真一一记在心上。女人高兴了，真当男人变精灵了。

一天，丈母娘的"老生胎"[1]过百岁，她打发瓜男人去贺喜。瓜男人一到娘家大门前，看见一堆人围着辆牛车说说笑笑。他便挤到牛车跟前，摸摸车辕车厢，随口说出女人教的那句话："槐木车辕梨木轮，椿木车厢柏木门，两个木匠巧做成。"大家一听，他说得连口准确，都认为

他不是瓜子。这话传到他丈母娘耳朵里，她心里非常高兴，就把女婿亲亲热热地叫到下房里，想试试他到底会说精灵话不。她顺手指着睡在炕上的"老生胎"的胳膊腿子、身子和头，叫他说精灵话。瓜女婿瞅了半天，说："槐木车辕梨木轮，椿木车厢柏木门，两个木匠巧做成。"房里的人一阵哄笑，老丈母一下气得昏了过去。

讲述者：　樊晓峰，男，45岁，干部，高中毕业
　　　　　姬守义，男，38岁，干部，高中毕业
采录者：　王知三，男，40岁，干部，高中学历
采录时间：1986年5月
采录地点：平凉市静宁县城
选自：　　《平凉地区故事集成》（资料本下卷二分册），第11～12页

[1]　老生胎：最小的儿子。

161

傻后人学话

谁家老两口养了一个后人，连媳妇都引[1]了，还傻得连话都不会说，百事不懂。老两口眼看都是快进土的人了，后人还不懂事，祖先基业没人来守。为这事儿老两口愁眉苦脸的，无奈就想了个办法，给后人给了四百两银子，叫后人背上银子学话去，后人背上银子就上路学话去了。

走了几个月，碰到一个拾粪的老汉。老汉碰见一脬[2]粪，就说："一脬陈粪好大的危险，生了好多的蛐蜒。"傻子听了就说："啊呀，你老人家的这一句话好得很。我是专门学话的，我学下了，给你一百两银子。"这是傻子学的第一句话。

傻子又走了几个月，来到一个大川里，川里的糜子长得好得很，碰见一个白胡子老汉。老汉看着风吹得糜子叶叶摇动，好看得很，就随便说："风吹糜叶，好大的气势。"傻子听了，高兴得很，就说："啊呀，你老人家的这一句话好得很。我是专门学话的，给你一百两银子。"傻

子就给老头儿掏了一百两银子，又上路了。

傻子走了几个月，在一座山上碰见一个贩卖笭儿[3]的人，走到半山腰，担系系断了，一担笭儿满山滚了。这人慢腾腾地说："你都给我跑的跑，窜的窜，有朝一日我把你都连一串。"傻子听见，跑到跟前，高兴得不会走了，说："啊呀，老哥，你的这一句话好得很呀！我是专门学话的，我学下了，给你一百两银子。"就给这个贩卖笭儿的人给了一百两银子，又上路了。

傻子又走了几个月，碰见了一个庄稼人，胛子上担着一副担子，走起路来"咯吱咯吱"地响着呢，怪难听的。这个庄稼人就说："你不要咯吱咯吱地叫唤，我终究给你逼[4]一个大楔楔。"傻子听了说："你的这一句话好得很。我学下了，给你一百两银子。"这时候，傻子的四百两银子全花光了，话也学得不少了，他就决定往回走了。

傻子出门后，老汉为家务日夜操劳，时间不长就亡故了。庄里人抬埋了老汉，都说他的后人傻得连话都不会说，分不开天地，出门一年多没有回家，一定死在外面了。庄里的几个有名望的人来到这家，商量着卖寡妇的事情。

正在这个时候，傻子进门了，一看炕上坐着几个老者，他就把他学的第一句话说了："一脬陈粪好大的危险，生起了好多的蛐蜒。"几个老者听了，心里想："啊呀，想不到这个傻东西真的学得会说话了，把一个寡妇比作陈粪，我几个人比作蛐蜒，这骂美了。"傻子在地下转了一会儿，又记起了他学的第二句话，就说："风吹糜叶，好大的气势。"这几个老者一听，啊呀，这一句话有分量，把我们几个庄里的老者说得重了，看来这东西学得能干了，再不提卖寡妇的事了，就一个一个溜下炕，准备着要走。傻子又记起他学的第三句话了，就说："你都给我跑的跑，窜的窜，有朝一日我把你都连一串。"几个老者一听，连腿都吓软了，没穿上鞋的，把鞋提上就跑了。

傻子又来到小房里，见他的女人哭哭啼啼，就记起了他学的第四句话，就说："你不要咯吱咯吱地叫唤，我终究给你逼个大楔楔。"女人听了，心想："这男人真的学得

[1] 引：娶。

[2] 一脬：量词，一堆。

[3] 笭儿：用来筛面的工具。

[4] 逼：搲。

懂人缘了，我以后再不受苦了。"

162

瓜子学话

讲述者： 阎永大

采录者： 陈静，男，37 岁，小学教师，中专学历

采录时间： 1988 年 2 月 1 日

采录地点： 平凉市静宁县四河乡涧沟村

选自： 《平凉地区故事集成》（资料本下卷二分册），第 4 ～ 6 页

　　从前，两口子是财东，生了一个娃可是个老实腾腾，连他舅家人都嫌他，把这娃叫瓜子。瓜子知道了，就给他大要十两银子，出去专门学话。

　　瓜子一出门，当上[1]一个人看一块糜子。一伙雀把糜子吃饱了，飞到树上叽叽喳喳，叽叽喳喳。一只鹞子来了，雀儿都悄悄装下不言喘了。看糜子的人说："一鹞入林，百鸟藏声。"瓜子像热粘皮一样粘上去，问这两句话。那人说："我看我的糜子里，你问的做啥？""老叔，你给我把这句话教会，我给你二两银子。"这人收了银子，瓜子学会了两句话。

　　瓜子又走，碰见一个人耕地，这人正在骂牛："左边抗右边，各打一皮鞭；右边靠左边，牛球树鞭给你都搁上。"

　　"老哥，你说啥哩？""我耕地哩，你问的做啥？"瓜子给了二两银子，学会了这两句话。

　　瓜子又往前走，一个人接他妻子回家。瓜子问："你

[1]　当上：碰上。

接的谁？"那人说："妻是我的妻，你说是谁的，是你的吗？"花了二两银子，瓜子又学了两句话。

瓜子还是个往前走，泾川一个人和灵台一个人发生了是非事[1]。两个人分手时说："州里不等县里等，案差事上才相分。"瓜子拉住这两人不放。"你走你的路，问的做啥呷？"瓜子给了二两银子，学会了两句话。

走着走着，河下来了，捞柴的看见冲下来一个孳橡橡，赶紧去捞，橡橡漂远了；不想捞了，橡橡又漂来了。这人说："朽木柴，朽木柴，求你你不来，不求你，自己来。"

瓜子一听，缠住这捞柴的人不放。"我捞柴哩，你少问。""老哥，我要学话哩。"瓜子又花了二两银子，把这两句话学来了。

瓜子以前瞅了个媳妇，他岳父嫌他瓜，就给女儿另寻了个下家[2]，这天正即发[3]女子。瓜子给他大要一盒礼，想去行情[4]。他大骂儿："你倘是个东西，人家女子早在咱家来了。现在人家另给人了，你去是个啥？"瓜子他妈说："给娃给上一盒礼，咱又不缺外东西。"瓜子背了礼去行情。

虽然这门亲事坏了，见了岳父还称岳父。人家把他另安排一间屋里坐席吃饭，窗子里能看见院里，院子里有桌椅板凳。女婿、外甥一大堆，都在悄悄议论瓜子："外瓜子倒瓜着哩，没眉没眼的。今天他跑来是个啥嘛，还把岳父叫得放不下。"瓜子装着去尿尿，往出一走，人们都不说话了。瓜子说："一鹑入林，百鸟藏声。"

一院的亲戚都在心里说："咦，这人还能行！"女婿外甥们一个抗一个地挤眉弄眼。瓜子说："左边抗右边，各打一皮鞭；右边靠左边，牛球树鞭给你都搁上。"亲戚们一听："咦，你听，还骂咱们着哩，这人还才气大着哩。"正在这时，马上就要当媳妇的女子出来了，瓜子望着一院亲戚说："妻是我的妻，你说是谁的，是你的吗？"

一伙亲戚走到里间，给瓜子他岳父说："外瓜子才气大得了不得，不信你听。"他们把瓜子娃说的几句话学了

一遍。瓜子他岳父说："有这肚才，以后有大福大贵哩！快先吃了席，以后慢慢退了今日这门亲事，把女子原给这个瓜子对了。"

话刚说毕，瓜子进来要褛裢回家。他岳母说："吃了头顿没下顿，怎么就要走？"大家伙儿都相留，怎么也留不下，岳父说："褛子褛到胳膊上，走就走。"就把瓜子送出大门。

瓜子在门上鞠了一躬，按住褛子说："州里不等县里等，案差事上见相分。"他岳父一听，人家还告咱们呷。

瓜子一走，这老汉赶紧对亲戚说："快去给我亲家说，亲事急不得，煎饭尝不得，[5]今就不要娶亲来了。"

时间不长，瓜子就当了女婿。结婚这天，事过得很排场。等黑天恭喜的人走光，瓜子脱鞋上炕，望着媳妇说："朽木柴，朽木柴，求你你不来，不求你，自己来。"

十两银子，五句话，瓜子娶来了媳妇。

讲述者：　梁治义，75岁，梁河乡上梁村人，不识字，农民

采录者：　张怀群，24岁，泾川县文化馆文学干部，大学学历

采录时间：1984年8月25日

采录地点：平凉市泾川县梁河乡上梁村

选自：　《泾川民间故事》，第348～350页

[1]　是非事：矛盾。
[2]　下家：婆家。
[3]　即发：出嫁。
[4]　行情：随礼。

[5]　亲事急不得，煎饭尝不得：陇东一带常见的俗语，表示凡事不要着急，着急就会出岔子。煎饭，刚做熟还很烫的饭。

163

生吞活剥

父所造，小人一概不知。"李氏接着问："你说些什么话呢？""前唐古人之话，话是好话。"临走前，李氏问喜学："你爸几时回家？"喜学毫不犹豫地回答说："毛团之物，何必再问。"

讲述者： 焦红伟，男，42岁，飞云乡西高寺村人，军人，初中学历

采录者： 程延贵，男，16岁，高平中学学生

采录时间： 1987年5月17日

采录地点： 平凉市泾川县飞云乡西高寺村

选自： 《中国民间故事集成·甘肃卷》，第837页

从前，有两个好朋友——李氏和张氏。李氏的儿子名叫小红，生来聪明伶俐，天真可爱；张氏的儿子名叫喜学。

有一天，张氏到李氏家找李氏下棋。到了李家后，他问小红："你父在家吗？"小红说："父亲今天上山和老和尚玩棋，棋若胜了，今日回家；棋若不胜，永不回家。"

张氏进屋坐了一会儿，问小红："你家的房屋怎么这样阔气？"小红说："家父所造，小人一概不知。"过了一会儿，张氏看看墙上的画自言道："这张画太好了。"小红顺便说："前唐古人之画，画是好画。"张氏辞别时，恰好小红家的驴驹在门外奔跳，张氏问："你家驴驹是什么时候下的？"小红说："毛团之物，何必再问。"

张氏回家后，把小红对他的回答一齐讲给他的儿子听，并且教喜学向小红学习，喜学把小红所说的话都牢记下了。

第二天，李氏得知张氏找他，就来到张氏家。可是，这天张氏恰好出去逛去了，李氏问喜学："你父上哪儿去了？"喜学回答说："我父今日上山找老和尚玩棋，棋若胜了，今日回家；棋若不胜，永不回来。"

进屋后，李氏又问："你今年几岁了？"喜学说："家

164

傻女婿上门

木桥实在难行。"这时亲朋及家人都感到这位新女婿既文雅又有修养，非常高兴，都大笑起来，但傻子又记起了秀才的另一句话，说："老猪呲牙，照嘴一耙。"手中的筷子跟着打在岳母的嘴上，顿时家人亲戚都非常扫兴。

讲述者：	吕玉亭
采录者：	吕自成，县职中团委书记
采录时间：	1988 年 5 月 3 日
采录地点：	平凉市泾川县罗汉洞乡三山子村
选自：	《泾川民间故事》，第 352 ～ 353 页

很久以前就有了女婿上门拜庄的习俗，但婚姻都是由父母包办。有一个聪明、伶俐、美貌的姑娘，让父母包办给一个傻丈夫，她害怕上门时丢了人，便让傻子交了十两银子的学费跟着一个秀才去学话。

一天，秀才带着傻子游到一块竹林跟前，正巧一只鹞子飞来，麻雀立即停止了叫声，秀才点了点头说："一鹞入林，百鸟无声。"傻子经过反复背诵，记住了这句话。当他们来到一条沟渠旁准备过渠时，渠上只有用一根椽搭成的桥，秀才又说："独木桥实在难行。"傻子又记住了这句话。

又一天他们正在游玩时，看见一个老母猪正在张嘴，秀才感到十分恶心，就说："老猪呲牙，照嘴一耙。"傻子又记住了这句话。

上门的日子到了，他带上礼物赶到丈人家，亲戚早已到齐，看见傻子进门都装着不说话，傻子就说："一鹞入林，百鸟无声。"丈人一家及亲戚们都互相递眼色，大姐夫小声说："傻子不傻，傻子装着不说话。"等到饭菜端来时，二姐夫故意逗傻子，给他一根筷子，傻子又说："独

165

傻女婿拜寿

有个傻子，去给他丈母娘拜寿。临出门，妻子千叮咛万嘱咐，去了一定要学乖巧，言语走在路上学些，千万不要弄出什么乱子来，女婿都一一答应了。

一切收拾停当，女婿辞别了一家老小出门上路了。走不多时，来到一条小河边，只见一位老人战战兢兢地行走在独木桥上，边走边说："独木桥实难过，河里水浑鱼难捉。"这傻女婿傻归傻，但耳朵不背，当下就把这话一字一句地给记下了。他边走边记，不觉来到一处高粱地，但见高粱红红的就像一片火海，麻雀嘎嘎地飞来飞去，忽然一只鹰鹞从天而降，冲入高粱地中，顿时鸦雀无声。这时，走过来一位饲放鹰鹞的人说："一鹞入林，吓得百鸟不敢吱声。""好！好！"傻子一拍大腿，连声叫好，又将这句话记下了。

又行了一个时辰，眼看就要到丈母娘家了，只见一群人围着看一只老驴，老驴卧在地上，人们七手八脚地乱抬着。这时走过来一位白发苍苍的老人，边走边说："抬驴不是这抬法，抓住驴头和尾巴。"人们按照老人说的，真的把老驴抬起来了。当下，傻子女婿就将这句话也给记下

了。又行不多时，便来到了丈母娘家门口。

一进门，他就大声嚷嚷："一鹞入林，吓得百鸟不敢吱声。"拜寿的大人小孩一听这话，还以为这傻子变聪明了。其中一个人要故意给这个傻子一些难看，就给这傻子做了这样一顿饭：汤里下进凉粉疙瘩。做好后端给傻子，又给了一根高粱秆子当筷子，高粱秆子夹不住凉粉疙瘩，光对光。这时傻子说话了："独木桥实难过，河中水浑鱼难捉。"人们一听，连声夸赞傻子好口才。正在这时，忽然丈母娘踉跄倒地，不省人事了。女婿外甥上前七手八脚地忙乎起来，只见傻子不慌不忙地拨开众人，抓住丈母娘的屁股，边抬边喊："抬驴不是这抬法，抓住驴头和尾巴。"傻子妻弟一听，抄起木棍将傻子乱棍赶出了家门。

讲述者：	王小燕，女，23 岁，中专毕业
采录者：	王亚
采录时间：	1987 年 11 月 20 日
采录地点：	平凉市静宁县城川乡庙川村
选自：	《平凉地区故事集成》（资料本下卷二分册），第 13 ～ 14 页

166

傻女婿作诗

灵泉水不远处有个叫阳坡的小村子，村主人姓万，是个读书人，他平素喜欢吟诗作画。

这年他六十寿辰，四个女儿都前来祝寿。席间，他要四个女婿以"光"和"尖"为题，写一首诗比比才华。四个女婿中的最小一个是瓜子，三个大女婿都想借机戏弄一下他，便一一作诗。

大女婿是个秀才，首先吟道：

我的毛笔光又尖，
宣白纸上凤飞旋。
有朝一日王开科，
咱定考取文状元。

二女婿喜欢武艺，得意地吟道：

我的长枪光又尖，
空中舞起龙飞旋。
有朝一日王开选，
我夺校场武状元。

三女婿是个阴阳，他想了想，随口诌出：

我的卦针光又尖，
专在盘心打旋旋。
有朝一日天地转，
我在空中做神仙。

四女婿是个瓜子，翻了翻白眼，胡诌了四句：

我的鞭杆光又尖，
戳了文官戳武官。
有朝一日蹿上天，
戳死空中的活神仙。

他们吃了瓜子的亏，谁也说不出话来。

讲述者： 樊晓峰，男，45 岁，干部，高中毕业
姬守义，男，38 岁，干部，高中毕业
采录者： 王知三，男，40 岁，干部，高中学历
采录时间： 1986 年 5 月 7 日
采录地点： 静宁县县城
选自： 《中国民间故事集成·甘肃卷》，第744 ～ 745 页

附记

故事先选入《静宁故事》，题目为《作诗》；后选入《平凉地区故事集成》，题目改为《瓜女婿作诗》；又选录到《中国民间故事集成·甘肃卷》，题目改为《傻女婿作诗》。（杨秀平）

167

人没尾巴没处估

从前，有个老头招来个女婿，人们都议论说这个女婿是个傻子，老头不相信，心想好端端的人怎么是傻子？大家都说，他就起了疑心，决定出几道农活上的题考考女婿，看到底傻不傻。

晚上，他想了一道题："一担麦子能打多少粮？家里今年打了多少担麦子？一共是多少斤？"题被丈母娘知道了，便去告诉女婿，并算出数字叫傻女婿背下，第二天老丈人问问题，女婿照晚上背的答了，老头一听，心里想：这人好好的，没傻啊！

过了几天，人们又议论女婿傻，老头经不住事，又起疑心，再出道题考考："冬天冷了，怎样窖白菜？"这话被女儿听见了，回去告诉丈夫，并教他怎样窖法，老丈人的问题，女婿依照老婆讲的说了一遍，这老头又想：女婿没傻。

时间长了，人们还是议论，老头疑心再起，心里想最后考一次，如果真傻，送回家去，出了道题："看家里的那头驴多大岁数了？还能不能干活了？"丈母娘又得了题，告诉给女婿说辨驴多大岁数，看驴有几个牙就是几岁，试

驴能干不能干，抓住驴尾巴，朝驴屁股踢几脚，这女婿就记下了。

第二天，老丈人问女婿："咱家的驴多大岁数了？"只见女婿啥也没说，挽起袖子，掰开驴嘴数牙，然后抓住驴尾巴，朝屁股踢了两脚，说："能干。"老丈人听了这话，看见身边的老婆，对女婿说："你看你丈母娘多大岁数了？"女婿过去掰开丈母娘的嘴数完牙，然后，朝丈母娘屁股踢了两脚，没摸着尾巴，对老丈人说："人没尾巴没处估。"

讲述者： 王小燕，女，23 岁，中专毕业
采录者： 王亚
采录时间： 1987 年 11 月 20 日
采录地点： 平凉市静宁县城川乡庙川村
选自： 《平凉地区故事集成》（资料本下卷二分册），第 15 ～ 16 页

168

傻女婿拔牙

从前，有个傻子，他的女人为不让人再叫他"傻子"，就给女婿出了一个主意，说："人家把你叫傻子，你把咱家的黄牛拉到街上去卖。有人掏六百钱，你就卖了，如果少于六百钱你就不要卖了。这样，咱们村的人就不会以你把牛卖低了价，再叫你傻子。"这个傻子就听了妻子的话。

第二天天一亮，傻子就拉着牛去卖。路上，他手拽着缰绳，一股脑儿地朝前走，这时有一个贼娃子看见了，就悄悄跟在后面，把牛缰绳铰断把牛给拉走了，傻子手里只拖着牛缰绳向街上走。

到了街上，他一看自己的牛不见了，就大哭了起来。正巧，走过来一个拔牙的，喊着："拔牙了，拔一个牙二十钱。"他一听一个牙二十钱，就连忙跑上去问："先生，人口里有多少个牙？"那个拔牙先生说："三十二个，一共得六百四十钱。"这个傻子一听，一想得六百四十钱，这些钱还能抵得起一个牛的钱，于是叫拔牙的人把一口牙全拔了。拔后，拔牙先生向他要钱，傻子没有分文，只好气着走了。

这时，傻子伤心了，就大声哭起来。前面又过来一个

穿白孝衫的人，问清了他哭的原因后说："你的牛我知道，我给你去拉回来，可咱两个要把衣服换了。"傻子同意了，等衣服换了后这个人跑得不见影了。傻子等啊等，总不见那人把牛拉来，这时肚子饿了，心想我姐姐在城里，先去她家吃一顿饭再说。

他就连忙向他姐姐家跑去，牙根疼得他边跑边哭，到了姐姐家，他姐姐一看弟弟穿白戴孝，就问："家里出了啥事？"傻子捂着嘴说："我的娘[1]（牙）！"姐姐一听自己的娘死了，就连忙穿上孝衫，向娘家跑去，进门一看娘还活得好好的。

讲述者： 胡应海，男，72 岁，农民
采录者： 胡学斌
采录时间： 1987 年 11 月 16 日
采录地点： 平凉市静宁县城关镇南关村
选自： 《平凉地区故事集成》（资料本下卷二分册），第 16 ～ 17 页

[1] 娘：静宁方言"牙"与"娘"的发音相同。

169

傻女婿和巧媳妇

从前，有一个傻人叫王三，他的媳妇却是一个能说会道、智谋超众的人。

一天，王三在打柴归途中捡到一枚绣花针，就把它绑在柴禾里背回了家，可是回家后咋找也不见了。他媳妇知道后说："傻瓜，那么小的针岂是和柴禾能绑到一起的？你把它别到衣服上不就丢不了啦。"

有一次，他在路上捡到一根车轴，怕又丢掉，一想起那次媳妇叮咛他的话，就硬把它别进了衣服，回家后，他高兴地说："我把它别在衣服上，真的没有丢掉。"媳妇看他把衣服戳了一个洞，生气地说："猪，你怎么不把它扛在肩上，你看，衣服都戳破了。"他吸取了这次教训。

又一次，他在山坡上看到一块磨盘，就把它扛上肩，费了九牛二虎之力才搬回了家，媳妇看他累得满身是汗，生气地说："这样重的东西，只要掀着滚就会让它回来，何苦出那么大力气？"他想了想，好像悟出了个道理，确实滚比较省力。

于是他把柴捆好后，就放在地上滚，结果柴禾被踢了一路，最后只滚回来一根，媳妇一看就说："哎，这样的

事你都办不了，往后还是在家帮我干些杂事算了。"

在家里，由于万事都听媳妇的指点，所以不管啥活也都干得很顺利。可他心里还有点气，想：我一个男子汉，一直在家听老婆指教，多没面子。他就对媳妇说："我要在外面去干些活。"媳妇想他一直在家里也不是常法，就说："好吧，你就出去走走吧。"在临走几天，还给他说了好多处理事务的办法。

他走到一个村庄时，看见许多人头戴着白身穿着白，哭着送一个大木箱。他看了一会儿，就大笑说："你们这些人怎么这样傻，把白衫顶到头上，送嫁还要哭？"他还没说完，就被几个人打了一顿。他坐在地上想呀想呀，怎么也想不通，生了一阵气就又赶路了。

可没走多远，就看见那里有几家人来来往往很热闹。走过去一看，一家房门上挂着红布，一个人身着红布在那里叫人吃菜喝酒，这些人也好像都很高兴。可他这次怎么也不敢笑了，怕又让这些人打一顿。想了想，头上戴布和身上挂布一样，而且人又这么多，他就学着上次遇到那些人的样子哭了起来。

人们正在办婚事，一看他却在那里像出丧似的大哭，就把他打着赶走了。他第二次挨打，更是感到委屈，一路上就再也不敢乱哭乱笑了，也不敢向前走了。他想："人都这么怪，怎么出了门还不要说、不要笑、不要哭。这前面不知又有多少怪人，我不敢走了，还是回到家里听老婆话干活的好。"

回到村里，他把这次出门的事给大家一说，村里人都笑了。于是傻女婿的外号就传开了，傻女婿的媳妇也自然让人们叫起了"巧媳妇"。

讲述者：　不详
采录者：　赵亮
采录时间：1988 年
采录地点：平凉市华亭县
选自：　　《平凉地区故事集成》（资料本下卷二分册），第 30 ～ 32 页

170

瓜子卖马

王员外有一个娃，说好听些是老实，说难听点叫瓜子。他们家啥也不缺，就是没人当瓜子娃媳妇。有一天，王员外说："明集上去把羊卖了，称成棉花勒到羊背上驮回来。"王员外想把娃考验一下。

瓜子娃一听，羊卖了拿啥驮棉花呷？

瓜子娃吆着羊走到张员外家门口，哭得非常伤心。一个姑娘出来问："你哭啥哩？"

瓜子娃说了一遍。

姑娘有才，说："哭啥哩，进去在我家里拿个剪子，把羊毛剪下来了，尽钱买棉花，拿羊驮回去。"

瓜子娃走到集上，一个人要买一斤羊毛，瓜子娃一称，刚是一斤。这人说："刚是个相[1]。"就给了钱。

瓜子娃尽钱称了棉花，驮在羊身上，赶了回去。

他大一见，吃了一惊，问："儿呀，你咋知道这法子？"

"是一个姑娘给我教的。"瓜子娃把过程细说了一遍。

王员外一听，这姑娘是个大才子，赶紧往张员外家跑去。

两个员外吃了面，喝了酒，王员外开口就问："你女子结了[2]没有？"

"没有。"

"咱俩当亲家哩？"

张员外说："能行。"

到时候就把姑娘娶过来了。

媳妇娶进门，王员外发了愁，想：咱娃是个老实腾腾，新婚夜咋……就指老婆去听。老婆回来说："说哩笑哩，不骂不打，没一点麻达。"

不久，集市上骡马大会起来了，王员外说："咱家老马下马驹多得很了，把老马卖了去，卖了钱使钱，不使钱扔了也行。卖一百元卖二十元都能成，钱一时拿不回来，把数拿回来就对了。"

黑了，瓜子娃给媳妇说了他大的意思。瓜子娃愁得很，刚把钱数拿回来，钱以后咋要回来呢？媳妇说："你卖了马，把买马人的名字、庄名字问好，以后好要钱。"

第二天，他大给做了一个木橛，又给娃安顿："人要买，你说是二十元。"

到了骡马会上，来了一个才子，穿得光堂，问："谁的马，铲蹄子哩吗卖哩？"

"卖哩。"

"卖多少钱？"

"卖二十元。"

这人细细一看，马虽老，也能值一百多元，故意说："咋这么贵？再有少的吗？"

"没有，给多了不卖，给少了也不卖。"真是瓜子记了个死作子[3]。

当下，那才子买了老马，给瓜子娃给钱，瓜子娃说："我媳妇问，你钱在屋里使哩吗街里使哩？"

那才子一听，说："屋里使。"

"我啥时候去取？"

"你下一集来。"

[1] 刚是个相：刚刚好。

[2] 结了：结婚。

[3] 死作子：死规矩。

瓜子问才子的名字、庄头名字。才子说："离街不远，走过一庄又一村，走过一村又一庄，门上长的吊角树，底下有个磕米虫，我叫风向我，我向风。"

瓜子娃记住了，回到家里，他大问卖了多少钱，"卖了二十元。"

"钱哪？"

"那人说下一集上给。"

他大说："唉，你把老马白白扔了。"

黑了，媳妇问："卖了？"

"卖了。"

"钱哪？"

"下一集给。"瓜子娃把情况细说了一遍，又问下一集怎么寻得见庄头子和那人。媳妇说："下一集到了我再说，现时说了你又忘了。"

到了下一集，瓜子娃说他使钱去呷，他大说："你能使回来啥？着去街上游去。"媳妇对瓜子说："离街不远，过了一庄又一村，过了一村又一庄，是和街隔的两个庄子，你走过来又走过去，就到了。吊角树是皂角树，就是我洗的这，你拿上去和树上比一下，磕米虫是碾子，'风向我，我向风'，那人叫'寒冷'，你去了站在碾子上叫寒冷哥，寒冷哥，他就出来了。"

寒冷一听有人叫，走出来，问："你咋知道我名字？"

"我媳妇说的。"瓜子娃又细细叙说了一遍媳妇的话。

这才子说："对！对！走进，进去我给你钱。"才子把钱数好给了瓜子娃，瓜子娃要走，那人说："等一等，我给你媳妇买个东西。"两个人走到街里，才子买了个猪头，把白菜塞到嘴里，包好，说："回去给你媳妇，说是买马的人买下送的，你先不要看。"

这瓜子娃想偷偷地看一下，最后一想，干脆不看了。

瓜子娃回来把钱给他大，他大又吃了一惊，咱娃还是有才哩。瓜子娃把媳妇的原话叙说了一遍，他大一听，多亏了儿媳妇，要不是儿媳妇，马价白扔了。从此，王员外就把媳妇看得更严了。

这就叫，儿当明当家，媳妇当暗当家。

家当的时间一长，庄里人都很吃惊，这瓜子娃为啥一下子这么灵光了？

再说那天天黑了，媳妇问了一遍要钱的事，瓜子娃说毕，又说那人给你买了东西，拿来媳妇一看，一朵鲜白菜叫猪拱了。媳妇这才知道，咱这一辈子白活了，要去跳河自杀，穿了一身新，天还没明就去河边哭。那才子骑了老马来到河边，一看正是那媳妇在哭，才子转来转去看这女人，前看后看，这女人就是漂亮。媳妇一抬头，哎呀，眼面前这人一看就是个才子，再看骑的正是自家卖了的马。你看我，我看你，都把人看在心里了。

这人骑了马过河，把马鞭子扔到河心，到河那边拴了马，又过来拾鞭子，拾了又扔了。正要走，那女人说："你把马鞭子丢了。"那人说："不要了，只要有钱了，世上比这好的东西多着哩。"就拉上马，藏在僻背处看这女人。女人看不见才子，才子在等女人的动静哩。

这女人想：王员外钱多，咱一死，人家又能娶得起，干脆不死了。大哭了一场，哭毕就回去了。这人一见女人没死，也欢欢喜喜地骑马回去了。

等了几天，这才子来跟集，见了瓜子娃问："家里还有何人？"瓜子娃说："我大跟了会，我妈走了我舅家，只有我媳妇在家里。"

这才子穿了新衣，骑了老马，来到瓜子娃家中。

这女人一看，又是那才子，就招呼进来，做了响午饭，相互认了朋友。庄稼人赴宴，就是一顿面。才子把面吃了，女人送到门口，背靠住大树立着。才子把一脚踏在地上，一脚踏上镫，问："你说我上去吗下来呷？"那女人把双脚蹬住门槛，问："你说我出来吗进去呷？"那才子突然有痰，问："你说我吐了吗咽了呷？"那女人摸了摸腰，说："你说我屙呷吗尿呷？"才子对不过，就走了。

以后，才子明打明地当着亲戚走着，有人见了眼热得招不住，说："人家骑马为朋友，别人溜墙为朋友。"这就叫，才子对了才子。

讲述者：　梁治义，75岁，梁河乡上梁村人，农民，不识字

采录者： 张怀群，24 岁，泾川县文化馆文学干部，
大学学历

采录时间： 1984 年 8 月 25 日

采录地点： 平凉市泾川县梁河乡上梁村

选自： 《泾川民间故事》，第 342 ～ 346 页

171

聪宝

从前马圈山下有一家人只有娘儿俩，儿子呆头呆脑的啥都不会做，这就忙坏了他娘，屋里屋外的活全由她一个人来干。黑了[1]还要织布，用织的布换点米来糊口。

一天，她的呆儿子要替她去卖布，娘叮咛要手头硬点，软不能行。她儿子聪宝就挑着布来到集上，高声叫着卖布。听到叫卖声，有小两口走了过来，看见这布还行，就问一尺多少钱，聪宝不答话，走过去一把抓住那女人的手一揣说："不硬，不硬，不卖，不卖。"那男的见欺负他女人，就走过来给聪宝几个耳光，一顿臭骂，幸好聪宝庄上的一个人过来说了一下，才算完事。

聪宝挨了打，憋了一肚子气继续叫卖，只是再没人过问了。聪宝只得沿村叫卖，到了一个庙旁，人也走乏了，他就进庙歇缓，看见这里有很多白胡子老汉，便走过来照样抓住一个老汉的手一揣，觉得很硬，便叫道："好，好，我的布就卖给你。"说完，便靠在石像旁边打起盹来，等他睡醒一看，布没了，再细看身边的老汉，

[1] 黑了：晚上。

才知是个石头的。

聪宝这才急得四下寻找，刚好碰到谁家在发丧，许多人头上绑着白布，聪宝当是他的布，就跑过去抓住一个人，大声喊道："贼娃子，还我的布！"那人听了很胀气，拿起哭丧棒照聪宝的头就是一下，打得聪宝跪在地上一个劲儿地磕头。那人才说："起来吧，你得说'我帮你们抬一抬灵柩'才是。"说完就放了他。

他又上路寻布，刚好碰着一队接亲的，就跑去说："我帮你们抬一抬灵柩。"引亲的人听了，肚子差点气破了，抓住聪宝就打，聪宝只好讨饶。引亲的人说："起来吧，你得说'红红绿绿好看'才是。"说完，引亲的人放了他。

聪宝又往前走时，刚好碰上一家人的房子着火了，聪宝便拍着手叫道："红红绿绿好看，红红绿绿好看。"那些救火的人听了，气得发疯，抓住聪宝就是一阵乱打，直打到聪宝哭爹喊娘，连声讨饶才住了手。这下聪宝被打得站也站不住了，幸好有个好心肠的同庄人，把他送回了家，没过几天他就一命归西了。

讲述者：　赵清仲，男，57 岁，农民，小学学历
采录者：　胡建华
采录时间：1987 年 4 月 28 日
采录地点：平凉市静宁县城
选自：　　《平凉地区故事集成》（资料本下卷二分
　　　　　册），第 329 ～ 331 页

（四）奇案故事

172

黑猫告状

有一年冬天，有个庄农老汉，一早进城赶集，走到半路想拉屎。左右看了半天，没有找到僻静的地方，只是路旁不远处有座新坟，他就蹲在坟后，把裤带搭在脖子上，正要拉时看到从远处跑来了一只大黑猫，叼上裤带就跑。老汉提起裤子追，猫"哧溜"一下，钻进坟边的一个窟窿里去了。

老汉试探着把手往窟窿里伸，但窟窿小得手伸不进去，那裤带里还缝着许多钱呢。老汉很难受也没办法，只好解下鞋带系了裤子，记住地方，等进了城再想法儿[1]。

不大工夫，他进了城东门，走了不远，见有个小酒店，想喝点酒暖身子。大钱在裤带里叫猫叼走了，身上还有几个小铜子，他摸出铜子买了一盘菜、一壶酒，在窗下边吃边想钱的事。他越想越生气，就端起一盅酒一气子[2]喝光了。

这时，他看见那只大黑猫又来了。老头一见猫气不打

一处来，眼睛都红了，心想你叼走了我的裤带，钱都在里头，我是不能轻饶你的。黑猫一见不好，从窗眼里溜跑了。老汉抓起盘子向猫甩去，盘子没有砸着猫，却打在坐着轿子过路的先生头上，把头给打烂了。

这个先生就找起老汉的麻烦来。老汉一见把人打了，赶忙上前说："先生，我没防住[3]打了你，我实际上是打一只大黑猫。你晓不得，我叫那大黑猫害苦了，它把我的钱叼上跑了。"那个先生还是不让步，好话咋说都不行，他要见县官。县官听了老汉说的事觉着很怪，就说："天下有这等事吗？那坟是谁家的？"旁边的人说："是东街王六的坟，他一个月前得急症死了，就埋在那里。"县官吩咐坐轿前去察看。

到了坟前一看，坟上真的有个窟窿，县官就叫衙役把坟打开。一看，棺材旁真的有条裤带，里面放的钱数和老汉说的一样多。县官觉得更奇怪，忙吩咐打开棺材验尸。棺材一打开，只见死人头上有个大钉子，一看就明白，死人是被人害死的。县官回到衙门，忙命人把死人的妻子王氏押来审问。

王氏一看露了马脚，就跪在地上如实招了。原来这王六为人忠厚，常出门做点小生意，妻子王氏很不正经。有一天，王氏为了和奸夫寻欢，竟定了奸计谋害亲夫，趁王六睡着时，王氏奸夫把他钉死了。这事全叫大黑猫看见了，大黑猫为了给王六伸冤，就做出了叼那老汉裤带的事。

县官派人抓来奸夫，这奸夫就是老汉错用盘子打了头的那位先生。县官将奸夫淫妇双双押入死牢，王六的冤情才大白天下。从这以后，黑猫告状的事就流传开了。

讲述者： 刘志强
采录者： 裴琳
采录时间： 1987 年 9 月 10 日
采录地点： 平凉市静宁县治平乡刘河村
选自： 《平凉地区故事集成》（资料本下卷一分册），第 258 ～ 260 页

[1] 法儿：办法。
[2] 一气子：一口气。
[3] 没防住：没注意，不是有意的。

赶集是陇东人非常重要的一种民俗活动，通常有固定的日期，或者一、四、七，或者二、五、八，或者三、六、九，都按农历计日，集人际交往、产品展示、商业贸易和娱乐于一体。常常是三五个人结伴而行，有的步行，有的骑牲口，有的拉车，络绎不绝。后来，有了自行车、摩托车、农用车、汽车，更是车水马龙。集市上，有农产品交易、牲口交易、日常用品交易、衣帽鞋袜交易，可以说应有尽有，通常每一种商品都有约定的交易场所。（张添发）

173

青蛙告状

从前，有个人很有钱。后来，一个强盗把他杀了，抢走了他的钱，为了销尸灭迹，强盗把一扇石磨绑在他身上，把他投到了一条河里。

过了一段时间，一只青蛙来到县衙里，趴在县长办公桌上不走，县长派人把青蛙送到门外，可是第二天它又来了，一连三天，天天如此，县长觉得很奇怪，就说："你如果有事，就在我的脚面上跳三下，然后再给我带路，叫我看个明白。"县长刚说完，青蛙就在他脚面上跳了三下，然后向门外跳去。它跳过一条条公路、一块块农田，最后来到一条河边，在那个死人跌下去的地方跳了下去。

县长看得十分清楚，回到县衙叫了几个会水的人到水里去摸，看有啥东西。几个人摸了一阵子，捞上来一个死人，脊背上还背着一个大磨扇。县长想了想，就发出告示，让全县人三天之内把自家的石磨子拉到县衙进行检查。

别的人前两天就把自家的石磨子套好送来了，只有一个人在第三天才背着一扇石磨子来。县长问他怎么只背了一扇石磨，这个人支支吾吾说不清。县长就命人把他抓起来审问。一审，这个人果然是凶手，县长下令当场处死了他。为了纪念青蛙告状这件奇事，县里把这扇石磨拉到那条河上，修了一座"石磨桥"。

讲述者： 韩根福

采录者： 韩根奎

采录时间： 1988 年 4 月 6 日

采录地点： 平凉市泾川县太平乡

选自： 《平凉地区故事集成》（资料本下卷一分册），第 236 ～ 237 页

174

白狗告状

在清朝，有这样一个人，叫王老好，他家境很穷。有一年开春，他就打点行李和他家的一条白狗上路了，他日夜不停地走着，王老好的狗也形影不离地跟着。

一天，当他们来到一个大池子边时，忽然出来了一个黑脸大汉。黑脸大汉手持大刀，见王老好背着行李，就上前将王老好的行李夺到手中，往路边的树林里跑。王老好冲上去，想夺下自己的行李。这个黑脸大汉一刀就将王老好的头搬家了。这条白狗见自己主人被害，就一下子扑了上去，一爪就把行李打掉了。那大汉又把白狗的后胯刺了一刀，狗就趴在地上了。那强盗将王老好的尸体撂进池子后逃走了。

狗就这样向前趴着。这天，县太爷王大人下乡放粮，路过此地，见一只狗在路上趴着，就命人把白狗抬回家中，因为王大人特别喜欢狗，就请来了兽医给白狗贴了药，但是这只狗整天叫个不停。

这天，王大人走过狗棚，狗向着他叫个不停，他就说："你这狗呀，太不知人情了。我好心把你救活，你又整日叫个不停，你如果有什么冤屈，就把头点三下。"

狗果然把头点了三下，他又想既然它懂人话，为啥不叫它去做。于是他打发人带上狗，去察访。当那些人走到池塘边的时候，狗却一步也不走了，只望着这池塘叫个不停。王大人下令叫人下去找，看有啥东西。那些人下去一找，发现有一具尸体，于是就将他抬了上来。白狗一下了扑上去，前腿跪下，眼泪掉在王老好的尸体上。王大人下令将尸体察看一番，发现他是被人刺死的。他就让人把尸体埋了，但是狗却不走了。他又想：既然它这样通人性，也许认下了那个凶手，第二天是我的生日，就让狗看一看客人吧。

到了第二天，所有的百姓都来看热闹，那黑脸大汉也来送了礼。他一进门就看见了那条白狗，想逃走，但是那狗已经扑过去将那人一口咬住了，这人就被推出去斩了。

讲述者：	尚步升，18 岁，中学学生
搜集者：	尚西龙，高平中学学生
整理者：	张怀群，28 岁，泾川县文化馆文学干部，大学学历
采录时间：	1988 年 5 月 15 日
采录地点：	平凉市泾川县高平乡原尚村
选自：	《泾川民间故事》，第 303 ~ 304 页

附
记

讲述者尚步升在原资料中标为"68 岁"，但其身份是"中学学生"。就这一问题，编纂组曾致电故事的采录者张怀群先生。张怀群表示时间过去太久，已经无法回忆起当时的情况，认为应该是"18岁"的笔误，鉴于此，编纂组更正为"18 岁"。（张添发）

175

义
犬
告
状

从前有个县官，带着母亲到地方任职，母亲的生日快要到了，地方乡绅准备给他母亲拜寿。县官的母亲连麻带瞎，他怕众乡绅笑话，就把母亲哄到山里，找了个大石洞，把母亲安顿在里面，出来时用石头把洞口给封了。

洞里黑乎乎的，老人摸不着东南西北，幸好她喂养的一只狗始终跟着她。狗把洞口刨开，从外面衔来食物让她吃，衔来羊皮给她取暖。

这天，有个按院出京暗访，路过这个县，行走在桥上，一条狗拦住他的去路，一个劲在地上用爪子刨，还不住地哀嚎，众人赶不走它。按院看在眼里，不禁眉头一皱，说："这个狗必有奇冤，不要赶它，让它在前面走，我们跟随在它的后面，看它把我们带到哪里去。"他们就一路跟着狗来到深山密林里的一个崖坎下，狗"嗖"的一下钻进石缝里了。按院叫人把石块搬开，发现里面坐着一位又脏又瞎的老婆婆，身边放着几块干馍。按院让人把老婆婆背出山，问清了事由。当他听到狗为她衔食物时，按院不由肃然起敬，说："如果你老人家不嫌弃的话，我给你当干儿子，给你养老送终。你老人家可否愿意？"老人千恩万谢，非常感激。

按院到了这个县里，一连几天不问政事，整天只陪着干娘。县官见按院十分孝顺他娘，就给按院的老娘备了一份厚礼，要求拜见老人一面。按院说："我娘丑陋，不愿见生人，如果大人一定要见，就破个例。"县官毕恭毕敬地来见老人，老人说："抬起头来。"县官说："不敢。"老人说："恕你无罪。"县官抬头一看，不禁大惊失色，上面坐的竟是自己的亲娘，顿时吓得汗流满面。这时，按院拍案而起，呵斥道："你做的事不能见天日，也不能见祖先。"当堂就把县官判了死罪，装在缸里活埋了。

相传，狗喊冤的地方在今华亭县境内的三角城，老人坐的石洞在今庄浪县境内的燕麦子河，埋县官的地方在陇川地面，至今还保存着遗迹呢。

讲述者：　谢文敏，男，68岁，庄浪县卧龙乡谢家庙湾村人，退休文化馆员，初中学历
采录者：　周斌，男，38岁，文化工作者，本科学历
　　　　　李永峰，男，44岁，企业经理，大专学历
采录时间：2010年3月14日
采录地点：平凉市庄浪县卧龙乡谢家庙湾村
选自：　　《庄浪古经》，第21页

176

无尸案

张家庄有个张员外，刘家庄有个刘员外，张员外生有一子，刘员外生有一女，两家结为儿女亲家。两个娃十三岁就结了婚，员外家做饭有锅头，寻活有伙计，新媳妇进门半年了四门不出，二门不迈。

第二年四月八，二十里以外的一个地方有骡马大会，唱戏迎神。小两口去看夜戏，到戏场里这娃不爱看戏，这里逛逛，那里转转，发现有一个卖嘴脸子[1]的小摊。他看那东西有意思，就买了一副提前回来了。

回来后，他在房里戴上嘴脸子，照着镜子蹦蹦跳跳地学唱戏。耍了一阵子耍乏了，忘了取掉嘴脸子就睡下了。新媳妇看完戏进门一看，以为是个鬼睡在炕上，吓得叫唤了一声倒在地上，他惊醒来一看，以为他女人得了什么病，连忙跪到地下抱起来，女人一看以为是鬼要吃她，"咯哇"叫唤了一声就吓死了。

人死了，张员外很害怕，派人先请娘家，准备打人

[1]　嘴脸子：面具。

命[1]，又考虑打官司时间长，死人睡在家里不好，就买了个薄皮子装上放在庄下一个瓦窑里。马脚户和他的二儿子赶着牲口，驮着货物经过这里，天已经黑了。马脚户对儿子说："这达避风，曹缓给下，吃上些喝上了再走，你到这瓦窑上拔些柴，架上个火炖茶[2]，我先吃上一锅烟。"

儿子在瓦窑口拔柴，听见瓦窑里啥东西"喀刺喀刺"地响哩，很害怕，给他大大说了，马脚户说："害怕了你来拢火我拔去。"他走到门口真个听里面有响动，就用干柴点了个火把进去一看，见有一个棺子，棺子里好像有人要出来的样子。他放大胆子把棺盖揭开，一个很俊样的小媳妇儿活活的，马脚户问："你是哪里人？咋是这样的？"这媳妇把事情的经过说了，又说她不知道咋到这儿的，她家在张家庄。

马脚户听了后心生一计，说："张家庄离这儿三百多里路哩，我把你送回去。"他就把这媳妇架在骡子上，马脚户家在下江，一回家就给他三儿子配了媳妇。

刘员外把张员外告到县衙，县衙来验尸，到瓦窑里打开棺材一看些，里头空空的。县长说："人活有脚踪，人死有坟堆。你说死了，咋连个尸体都没有？"县长就给张员外的儿子问了三年的外流罪。这娃只得到处外流去了。

有一天，他外流到下江，街道上碰到一个卖茶水的茶婆。茶婆说："你这娃娃看去头大额宽，两耳垂肩，天仓饱满，地仓方圆，不像穷汉家娃娃。为啥讨要在外呢？"那娃就把事情向茶婆细说了一遍。

茶婆说："你既然是备罪之人不得回家，就住在我家里。我有一句话讲出口来，你不要烦恼。"那娃："老妈妈有话但讲无妨。"茶婆说："我老婆孤身一人，将你收个干儿子行不行？"娃说："能行，老妈妈受我一拜。"茶婆问："你原先干什么营生？"娃说："原先我在南学念书。"茶婆说："就好，我供给你原念书去。"茶婆卖茶水供给干儿子念书。

念了两年，又开骡马大会唱戏敬神，茶婆说："孩子，你到曹家两年了，光是埋头念书，连个门都没出过。今儿

你到骡马市上看一天戏，游给下[3]回来再念。"那娃看戏伤过心，哭着不去，茶婆说："看去吧，世上的事有个第一总没个第二么。"他听了干妈的话就看去了。

在戏场上，他看见三个年轻女人坐着一条长板凳，中间的一个转过头擤鼻时，他大吃一惊，心里说："这咋像我女人？世上人像人的多，总没这么像么？"那娃就定定地站在这女人背后，没有离开。

戏散了他就把她跟上，一直跟到那女人从一个很大的门里进去了。那娃在大门外看着，女人临进房门时，指住弯腰系带子向后看了一眼，给那娃使了个眼色。那娃回到干妈家，鼻一把泪一把哭着连饭都不吃。茶婆问他哭着咋了，娃说："我在戏场里见我女人来，人家从旁个[4]一个很大的门里进去了。"茶婆一听明白了，说："那家是马脚户家。你不要哭了，吃饭，我给你想办法。"

茶婆买了两个大烟棒子带上到马脚户家去，马脚户说："你是个贵人，咋还到我家逛来了？来了来呢么，有心着给我买下的烟棒子。"茶婆说："听说你的三媳妇心灵手巧，我扯了个袄儿，眼目昏花地看不着，绸绸子软其巴搭[5]的，手笨着捉不住，叫你三媳妇给我缝给下。"马脚户说："能行，叫给你缝去。"

茶婆把三媳妇引到家里来，天黑了，一个不让走，一个不想走，茶婆说："不行，哪怕再一天了曹想别的办法，今儿要回去哩，你头里有老的，不回去不成。"三媳妇就回去了。

过了几天，茶婆又带了个烟棒子到马脚户家去说："你三媳妇儿给我缝的袄儿不长不短，不宽不窄，到底合适得很。我又铰了一双膝裤，粘下一双鞋做不成，把你三媳妇请上再给我做给下。"马脚户说："能行，叫给你做去。"

这次，一进门茶婆安顿说："你两个收拾上赶快逃，马脚户来了我豁出去和他打官司，看打个啥眉眼[6]咔。"那小两口收拾了一下，顺小路逃走了。

[1] 打人命：打人命官司。
[2] 炖茶：熬茶。

[3] 游给下：游一下。
[4] 旁个：旁边。
[5] 软其巴搭：形容绸子柔软不好做。
[6] 打个啥眉眼：打个啥结果。

天黑了，马脚户不见媳妇回来，就跑到茶婆家要人，茶婆翻了脸说："我把你个拐骗人口的精拐夫[1]，你把旁人家的女人拐骗着来还说是你寻下的。我和你打官司哩。"两个人把官司打到下江县县衙里，县衙派出衙役提审马脚户，问他媳妇娘家是哪达他说不上，问媳妇娘家大大啥名字，他说不上。县长给马脚户上了刑，他才一五一十地说了，县长把马脚户押了监狱。

那小两口跑回家里，张员外见儿子和儿媳都回来了，高兴得很，就赶紧请了媳妇娘家。刘员外也高兴极了，两家把话说着知道后都消了气。儿子三年外流罪也满了。张员外派了马匹到下江买布料，管人的人把茶婆接着来，一直把她养活到老，茶婆死了以后，张员外请了吹响礼宾[2]，花棺彩墓地把她埋葬了。

高，或德高望重，其祭品就多，规格也高，祭祀的仪式也会更隆重，所用棺木的档次也很高，其墓穴会用砖头箍，叫"砖箍墓"，有些经济好的家族，还会给墓壁上绘彩图。（张添发）

讲述者：	张志民
采录者：	焦克敏，男，52岁，庄浪县盘安乡颉崖村人，干部，中师学历
	李国珠，男，26岁，庄浪永宁乡人，郑河乡文化站干事，初中学历
采录时间：	1988年5月11日
采录地点：	平凉市庄浪县郑河乡张家新庄
选自：	《平凉地区故事集成》（资料本下卷一分册），第414～418页

附
记

故事讲"张员外请了吹响礼宾，花棺彩墓地把她埋葬了"，涉及陇东一带的葬俗。在陇东，辈分高、官位品阶高，或在当地德高望重的人，其葬礼就会特殊，其特殊性主要体现在设祭、棺木、墓穴三个方面。设祭就是陈设祭品，祭奠亡者，如果亡者辈分高，或官位品阶

[1] 精拐夫：骗子。
[2] 礼宾：陇东葬礼上的一种礼仪。

177

王知县断案

从前有一位姓王的县官，上任后，初次判断案情，着重以心理分析来判断。因此，接二连三的疑案一桩一桩被他断清了。

一次，有位老太太状告两个儿媳把她私攒的百两防老银子偷去了。王知县接状后，命衙役将两位儿媳拿来当堂审问。两个儿媳都不招认，你说是她偷去的，她说是你拿去的。王知县听着冷笑说："你俩都别推赖，本县自有妙法。"说完后，下令叫两个媳妇背身跪到案桌前，又唤差人取来一条羊毛毡，将两个儿媳的头蒙起来，然后叫各人伸出一只脚来。

这时，王知县坐在公案上大声宣判道："你二人都不肯招认，可我这把杀人钢刀是长着眼睛的。它不斩好人的手足，专砍做贼人的脚。"说着将明晃晃的钢刀在公案上拍了一下，只见一只小脚颤抖了一下缩回去了，而另一只脚却若无其事地一点没动。这收回去的脚，正是老太太的二儿媳妇的。经过审问，二媳妇招认了，银子果真是她一人偷的。这案官司没用半个时辰就结了案，王知县心里很畅快，更觉得自己才能出奇。

不久，王知县又接了一案官司。原告是一位乡里人，状告两位汉子偷了他的五十两白银。当王知县提审那两个汉子时，两人将衣兜在大堂上亮了亮，发咒说没有偷乡里佬的银子。县官洋洋得意地又用过去判断的方法，命被告跪在堂下，用那条毛毡将两个汉子的头蒙起来，命各人伸出一只脚，县官和往日一样，坐在公案前，一边说着一边把钢刀在案桌上拍了起来，他拍了一下看一下脚，一连拍了好几下，只见那两只脚不但没收回去，而且连动也不动。王知县一看，心想这两位汉子一定没做亏心事，狗咬鸡骂心不惊，马上放了二人。把原告判了个诬告之罪，不但打了二十板，还罚了十两银子。

乡里佬连呼冤枉，可王知县已退了堂。当他回后堂喝茶时，他的小儿正和小狗玩，儿子拿着一把刀学着王知县审判小花狗。县官一边品着茶水，一边看着儿子玩耍，当儿子把刀一拍，小狗吓得直叫，后来一连拍了几下，那小狗不但不害怕了，而且还用嘴来嗅刀。正在此时，大堂口传来那乡里佬呼喊"冤枉"之声。王知县不由一怔，他的小儿子扔下刀对知县说："爹，你拍刀断案，一次两次还可以，吓唬胆小的有点用，可知道这是你虚张声势的就不灵了。你看这小狗现在连怕都不怕了。"

儿子的一番话，引起了这位知县的深思，他觉得儿子的话有道理，决定从此案中得出经验教训。于是便换了装束，去私访那个乡里佬和两个汉子。王知县独自走过一个背街[1]时，只见那两个汉子在争吵。一个说："五十两银子我该拿三十两。"另一个说："同是一案，咱是一锅[2]，二一添作五[3]，谁也别吃亏。"

王知县一听，才知案错判了。他急忙赶回县衙，升堂理事，派人把那两个汉子又拿回来。经审问，才弄明乡里佬的银子正是他俩合伙偷的。这两个汉子是县城里的惯偷，每次知县如何断案，他们都了如指掌。这次王知县初审时采用的方法他俩知道了，因此知县的心理判案法就失灵了。案明后，王知县不但追回了乡里佬丢失的五十两白银，还

[1] 背街：偏僻的街道。
[2] 一锅：一伙的。
[3] 二一添作五：两人各一半。

退回了罚的十两银子，赔偿了乡里佬二十板的冤枉银。

讲述者：	不详
采录者：	张永福
采录时间：	1988 年
采录地区：	平凉市崇信县
选自：	《平凉地区故事集成》（资料本下卷二分册），第 301 ～ 303 页

178

李桂梅和王裁缝

邑城县有兄妹两个，哥哥名叫李启秀，妹妹名叫李桂梅，二老爹娘下世得早，家里贫寒得很，李启秀给人拉长工，李桂梅开了个小杂货铺。

杂货铺开张时间不长，对门子来了个姓王的年轻人，开了个裁缝铺。这个裁缝一来就看着李桂梅长得心疼，李桂梅也看着王裁缝脸白白儿的，个子大大儿的，惹眼得很。一天你看我，我看你的，一个爱一个，可是两个人一张纸儿还没揭破。

外庄里有个张杀屠，扯了一件衣服拿到王裁缝跟前做去来，发现王裁缝和李桂梅两个有意思哩。天黑了，张杀屠就寻着李桂梅去来，张杀屠慢慢儿地捣门哩，李桂梅当是王裁缝来了，赶紧把门开开，进去后李桂梅揣洋火照灯咔，张杀屠悄悄地说："不要照灯。"

两个人就睡下了，这么个一直睡了几晚上些，叫娃娃看见了，有一个娃娃在墙上写了两句话："李启秀穷着做活哩，李桂梅拉人嫁汉哩。"安巧[1]李启秀回来取麻鞋

[1] 安巧：碰巧。

咔把墙上的字看着了，就气人得很，回去就磨刀。他女人问："你磨刀着咋咔？"李启秀说："你问着咋哩？今晚宿[1]你把妹子叫进来和你睡，我到铺子里睡咔。"

李启秀在铺子里睡了三晚宿，没有人来，因为张杀屠到外边买羊去了。第四晚宿，李启秀把女人叫到铺子里说："今晚你给我缭[2]衣裳，缭了明早我走咔。"缭罢衣裳女人没回去，两口子就在铺子里睡下了。半夜里，张杀屠买羊回来了，就又揣着李桂梅铺子里来，他用小刀子把门撬开，进去一揣些一个男人一个女人睡着哩，张杀屠当是王裁缝和李桂梅，料承[3]走咔些揣着男人头底下枕下一把刀，张杀屠心里想着说："你王裁缝要把李桂梅霸占哩么，还捍[4]着刀着咋哩，捍刀就是谋着杀我咔么。唉，求子[5]，你给我埋锭子[6]不如我把你收拾了。"他把刀一把抽出来"喀嚓"一刀把两个都杀了，把人头撇到张豆腐家酸水筲[7]里头。

第二天李桂梅想，哥哥连嫂子半晌了咋不起来，到门缝里一照[8]些血泼下半地下，她就连哭带叫地把庄里人惊着来了。房下说这与李桂梅有干系哩，就把李桂梅告下，县衙把李桂梅拉着去正拷打着哩些，王裁缝给刘员外家女儿做嫁妆咔，经过县衙门口，听着里头打的一个女人叫唤着哩，他进去在窗眼里一照些，叫李桂梅看着了，李桂梅骂王裁缝："你把我害成这么个样子了，你还看啥哩？"又给县长说："你不要打，有人哩，我跟前来来去去的就是他王裁缝。"县长命令把王裁缝当场绑了，县长问王裁缝："你杀了人把人头哪里去了？"王裁缝说："我没有杀人，咋晓得人头在哪里呢。"县长命令衙役拷打王裁缝，把王裁缝打昏用水泼活。王裁缝挨不住了就说："人头撇到刘员外家总池子里的马莲底下了。"

第二天，刘员外家儿子和李员外家儿子走学校咔，一

[1] 晚宿：晚上。
[2] 缭：缝。
[3] 料承：打算。
[4] 捍：拿。
[5] 求子：算了。
[6] 埋锭子：暗算。
[7] 水筲：大水池。
[8] 照：看。

个说："张豆腐家筲里头有红鱼儿哩。"一个说："可曹捞走。"两个娃娃偷着捞鱼儿去些，捞出了两个人头，两个娃吓慌了，把人头一撇就跑。

张豆腐紧着去把两个拖住[9]说："我可没杀人，你两个出去不了给人说。"一个大些的娃娃说："若要我两个给人不说，你每天早上给我两个吃一碗豆腐脑儿，再调上两碗。"张豆腐说："外能行，你两个进来坐下，我就给你调。"

两个娃娃每人吃了两碗，吃饱了些瞌睡来了，张豆腐说："藏你两个轻轻儿睡着缓给下。"张豆腐的老婆子说："娃娃家嘴上没毛夹话不牢，说着出去曹就不得活了。"张豆腐说："可咋哩？"老婆子说："把这两个给勒死。"两口子寻了两根绳压住勒，勒死把两个死身子和两个人头一齐埋到后院的粪坑子里了。

邑城县的县长要把王裁缝和李桂梅解到山东去，衙役绑了一个架就把这两个抬上往山东走。走在半路上，王裁缝跌哩绊哩的喊叫着哭哩，一个衙役把王裁缝搡了一把，王裁缝被搡倒蹲在李桂梅腿上，李桂梅用手掂了一把。掂了一把些嚷开了，给衙役说："这个人不是我跟前来下的人，外个人屁眼渠渠[10]子里长下个核桃大的肉疙瘩着哩。这事不的对，要翻案哩。"衙役们不管你翻案不翻案，骂着说："你这个碎嫁汉，尽是你闯下的麻搭，你还要翻案哩。"骂了还是不停地往山东走。

到了山东，李桂梅向当地衙门提出翻案，当地县长把状子转到邑城县衙，把这两个又抬回邑城，邑城县长叫王班头去查这个案子，限三天查清，查不清提头来见。王班头经常在沈豆芽家出来进去的，和沈豆芽的女人勾搭着哩，这天晚上王班头寻着沈豆芽女人去来，沈豆芽女人问："你经常高高兴兴的，今儿咋愁眉不展的？"

王班头就把县长差他查案子的事说了，沈豆芽女人说："这好办，你给我割上二斤肉，灌上一斤酒，我把我老汉灌醉杀了，你回去把你家女人杀了，两个人头的差事也交了，曹两个就成两口子了。"

[9] 拖住：拉住。
[10] 渠渠：沟沟。

饭熟了，沈豆芽女人跑到街上叫她男人去来，沈豆芽说："豆芽还没卖了哩。"女人说："走，吃走，吃了再卖。"叫回去吃了饭，喝了酒，沈豆芽昏昏沉沉地睡着了。沈豆芽女人捏出一把快切刀，把男人的头剁了。当天晚上，王班头也把女人杀了。

第二天王班头一背斗背下两个人头到县长跟前交差去来，县长问："人头在哪达寻着的？"王班头说："在刘员外家总池子里用石头压着哩，沉了底了，我下苲捞出来的。"

人头案就结束了，但是杀人凶手还是寻不着，就给隍爷唱了一台戏。唱戏着哩，县长派下的岗哨里三层外三层，凡是出进走的男人都要乖乖儿地支住叫站岗的在屁眼渠渠子里揣，揣了三天没揣出来。

第四天张杀屠买羊回来，也想看一天戏，他走至戏台背后一个埂埂地下屙屎，正好一个站岗的也屙屎。这个站岗的头低下一照些，张杀屠屁眼渠渠子有个肉疙瘩，等他屙罢就一把抓住交给了县长，县长亲自验了些真着哩。

可是，张杀屠死不认罪，说："我杀猪宰羊多，人没杀过。"县长给张杀屠把刑上上，上上些才说开了，说："人是我杀的，杀了把人头撇到张豆腐家大笪里头了。"

县长派衙役到张豆腐家笪里去寻，张豆腐说："我家笪里没有。"张杀屠骂："你老怂给我打豆腐时少给下斤两着哩，我就是撇到你家笪里了。"衙役放长竿子搅，用木锨抄，里头啥也没有。衙役把张豆腐抽了几鞭子，说："你不说我就要提你的头哩。"张豆腐被几鞭子打急了，说："人头在后院粪坑子里边哩。"衙役一把把张豆腐搭后领上提起，提到后院里，张豆腐指了个底底儿，一搭跟下的人就挖哩，挖了半人深些坑坑子里填下两个娃娃尸体和两个人头。

衙役把尸体、人头、张豆腐，死的活的一齐拉到县衙，县长三锤两梆子给张豆腐把铐子砸上，张豆腐把实话说了。这时节，县长支人把王班头叫着来说："王班头，人头今天才挖出来，你以前交了两个头是谁的？"王班头一看事情坏了，也就把实话说了。

县长派人把沈豆芽女人抓着来，上了刑，沈豆芽女人先是嘴硬得很，结果听王班头承认了一遍些，扛不住也就承认了。

过了几天，邑城县开万人大会枪毙坏人哩，张杀屠给李启秀家两口子抵了命了，王班头给他女人抵了命了，沈豆芽女人给他男人抵了命了，张豆腐家两口子给两个学生娃娃抵了命了，县长批准王裁缝和李桂梅当下拜花堂结了婚。

讲述者： 杨富，男，68岁，农民，不识字
采录者： 焦克敏，男，52岁，庄浪县盘安乡颉崖村人，干部，中师学历
         李国珠，男，26岁，庄浪永宁乡人，郑河乡文化站干事，初中学历
采录时间： 1988年5月8日
采录地点： 平凉市庄浪县郑河乡关地峡村
选自： 《平凉地区故事集成》（资料本下卷二分册），第135～140页

179

王油客

很早的时候，有娘母两个，儿子每日担着个担子卖油，人们把他叫王油客。有一天早晨起来迟了，他把担一担赶快上路去了。走到路上内急，就把担子一放到一个水冲的旮旯里去上厕所，刚脱裤子咔看见地上扔下个烂裹肚子[1]，他拾起一看，里面包着一包银子，大约有三十两。他把银子包上担起担赶快往回走。

一进门，他母亲就问："你不卖油去担回来做啥？"儿子说："母亲，我拾了这么多银子咱不卖油了。"他母亲就骂，你拾下谁的赶快送去，人把银子丢了，急死急活的，咱没有用银子的命，你快送着去。王油客听了母亲的话，赶快跑到那个地方，那里围了一堆人，丢了银子的人坐下正叫唤。

王油客跑到跟前说："你把银子丢了吗？"那个人说："我把银子丢了。"王油客说："你的银子在哪达装着哩？"那人说："我用烂裹肚子包着哩。"王油客说："我正好拾下一包银子，你跟我取走。"

[1]　裹肚子：肚兜。

一块看的人说："这人是个好人，把银子给这人分给一半。"丢了银子的人害怕王油客把银子分着去，把三十两银子说成五十两。但王油客还是把这人引到他家里，将银子原原本本地交给他。

丢了银子的人却说："我的银子是五十两，为啥只有三十两，你给我取了。"王油客说："你这人，我把银子拾上能给你，我还能卡你的银子吗？"

丢了银子的人不行，撕着王油客的衣领，到县衙里去打官司，县官派人查访了一回，升起堂，对丢了银子的人说："这银子不是你的，你的是五十两，这是三十两，你去寻你的去吧。"说完，在公文报单上写了两句话："不要银子的得了银子，要银子的失了银子。"

讲述者：　李志春，男，67岁，农民，不识字
采录者：　李国珠，男，26岁，庄浪县永宁乡人，郑河乡文化站干事，初中学历
　　　　　户迎春，庄浪县永宁乡文化站，干部，初中学历
采录时间：　1988年5月
采录地点：　平凉市庄浪县永宁乡敬老院
选自：　《平凉地区故事集成》（资料本下卷二分册），第259～260页

异文：王根还银

古时候，有个叫王根的人去卖油。路上，他到山旮旯里去解手，见一件棉袄里包着三十两银子，就担着油抱着银子又回了家。

他娘问："你不去卖油回来干啥？"

王根说："我拾了一包银子，今后再不用去卖油了。"

"阿达拾的赶快送回阿达去，咱家穷就穷刚强些，别得那些不该得的财物。"王根的娘说。

王根一想娘说得有理，就急忙抱上银子又跑回去到拾银子的地方去了，只见那儿围着一堆人，一个青年坐在地

上正跌死蹼活地哭，王根走上去问："你的银子在哪里丢的？"

"这个山旮旯里。"

"用啥装着哩？"

"用一件烂棉袄裹着哩。"

"你不要哭，银子在这儿哩。"王根把银子还给他，大家都夸赞王根母子，要青年分一些银子给王根。青年打开棉袄一看，连说不对，说他的银子是五十两，怎么成了三十两，一口咬定王根把二十两藏了，并将王根告到了县衙。

县官派人查访，得知那个青年是个无赖，他心存不善，图谋讹诈。县官升堂判道："你的银子是五十两，而这银子只有三十两，说明这银子不是你的，你再去找吧。"就把银子判给了王根，说："有银心昧不该有，无银心良该有银。"那个青年不敢申辩，只好丢银丢脸逃回家了。

讲述者： 王栖，男，37岁，中学语文教师，本科学历

采录者： 周斌，男，38岁，文化工作者，本科学历
李永峰，男，44岁，企业经理，大专学历

采录时间： 2010年4月7日

采录地点： 平凉市庄浪县水洛中学

选自： 《庄浪古经》，第135页

180

七个铜锣罐

很早以前，一个人在外地干了几十年活，他把挣下的钱兑成金子带回家。回到家的时候天已经黑了，他就把金子挂到树上去小便，凑巧有个贼娃子来他家里偷东西，在院子转的时候一眼就看见这个人挂在树上的褡褡，就把这个褡褡连金子一起给偷走咧。这个人小便完回来发现金子不见咧，非常着急，但是又在晚上，就只好睡下咧。

第二天一大早，这个人就起来给皇帝报案去了，皇帝让县官去破案咧，县官就把万议会召集起来，给讲了事情的前前后后，要大家一起商量，看这个案咋破咧。大家你看我我看你，都不知道该去查谁。事很凑巧，召集万议会的地方有棵槐树，这个县官就看着槐树想着咧，想这个案咋破咧。突然，他看见一只蚂蚁往槐树上爬着咧，就问："咱们这个万议会里有没有人叫蚂上槐？"一个人说没有，另一个人说："有哩，夜下午有个人在村子里乱转咧，我问他要干啥咧，他说要点饭吃咧，我看他面目不正，就问他叫个啥，他说叫蚂上槐，有这么个人咧。"县官说："那你去就把那个人叫来，可能是蚂上槐偷去的。"那个人就带着县官手下的人去找蚂上槐了。

他们找到蚂上槐以后，说县官找他哩，把蚂上槐吓得尿点子直淌哩，心想：唉，我这把人家的金子偷咧，这县官叫我肯定知道是我偷的。蚂上槐见到县官后就跪下说："金子就是我偷的，你这个案子破得对着哩。"蚂上槐就把偷下的金子给了县官。

县官拿到金子以后想：这里贼娃子太多了，不能在白天给他送，不然让贼娃子看着又给偷去了，一定要等到天黑了再给送过去。有个贼娃子想：县官肯定晚上要给这个人送金子去呢，我看他咋送去哩。于是他就和另外六个贼娃子在周围看着咧。过了一会儿，这个贼娃子给另外一个贼娃子又说："听说这个队里有个衙役，箭射得特别好，箭箭能射到老虎屁股上，万一射到咱们的屁股上咋办咧，咱们得想个办法。"另外一个贼娃子说："他们天黑了才送去哩，这会儿天还没黑咧，咱们找几个人去做几个铜锣罐，弄到屁股上，他们射我们屁股时就射到铜锣罐上咧，射不到我们的屁股了。"大家都同意这个贼娃子的说法，于是七个贼娃子就打了七个铜锣罐挂到屁股上。这个贼娃子说："咱们等他们把金子送到就抢，抢到后咱们就往前跑，要是他们用箭射咱们的屁股，屁股上有铜锣罐，也射不到咱们的屁股。"其他贼娃子都答应了，他们就在周围等。

天黑了，县官果然带着一群衙役来给这个人送金子，这个人刚拿到金子，这群贼娃子就过去抢，那些衙役见状就拿箭来射贼娃子，一直把贼娃子追进了一大片棉花地。当时棉花刚长棉花疙瘩，棉花疙瘩把铜锣罐打得"梆梆"响哩，贼娃子以为是衙役用箭射他们的屁股，他们就一直往前跑，结果整整跑了一晚上。天亮了，贼娃子也跑不动了，就想向衙役投降咧，回头一看没有发现一个衙役，这才发现是棉花疙瘩打得铜锣罐响呢。这时，大家都埋怨说："都是这个破铜锣罐害得我们跑了一晚上。"只有一个贼娃子说："要不是他的这个计策，咱们早被射死咧，人家可是射老虎屁股的人，咱们算个啥？咱们用了这个计策，不但没有被射死，还抢上了金子，多好呀！"其他贼娃子一听，也不埋怨出主意的那个贼娃子了，就高高兴兴地分金子去了。

讲述者： 余文俊，男，70岁，回族，崆峒区西阳回族乡清明村一社村民，农民，不识字

采录者： 余亚丽，女，23岁，回族，崆峒区西阳回族乡人，兰州文理学院文学院本科学生

采录时间： 2021年4月8日

采录地点： 崆峒区西阳回族乡清明村一社

（五）地主与长工故事

181

三年等个闰腊月

很古很古的时候，有个名叫"三年"的人，为人忠厚老实。因家境贫穷，他经常给富户人家干活，挣钱养活家中老小。

有一年，三年给一个叫闰腊月的大富翁做了长工。闰腊月把三年的工钱这样定了：一年做满给一头牛。一年能挣回一头牛，三年很高兴，心里想这个闰腊月还真是个好人。

到了腊月三十，三年到闰腊月跟前领工钱时说："老爷，一年的天数我一天没少地做了，给我一头牛吧。我要牵回去过年呢！"闰腊月嘿嘿一笑说："我起先给你咋说的，你忘了吗？"三年说："咋会忘呢，老爷说做一年给一头牛。""不对，你听错了，我说一年给一斤油。"天呀，常言说："昧良心，怕的头一口。"不管三年咋苦苦哀求闰腊月都是枉然。日头偏西了，眼看人家都在贴门神挂对联过年了，他只好提了闰腊月给的一斤油回家。

走到路上，三年越想越伤心：我堂堂一个男子汉，出门给人家做了三百六十五天的活计，才挣了一斤油，有啥用呢？还有脸见家中老小吗？他流着泪向回走着。走着走着，前边的路旁有座小庙，走进去一看，里面的神板上供的是救苦救难的南海观音菩萨，菩萨的眼前还点着一盏青龙灯。三年心里动了念头：我何不把这一斤油供了菩萨，免得家里人伤心。这样一想，就把油添到灯窝里了。

走出庙门，三年看见一个衣服干净的妇女。那妇女说："你是有诚心的人，把一年挣来的油都添到青龙灯里了。我这里有两颗树籽儿送给你，拿回去，种一颗，留一颗，等着和闰腊月算账。"三年小心地收起两颗种子，拜过妇人，便回家了。

回到家中，三年说了闰腊月给他开工钱的事，年迈的母亲和贤惠的妻子放声痛哭。三年抹干了眼泪，又把庙里的事说了一遍。母亲说："那就把它种上，说不定还会得到神灵保佑呢！"

说来真奇，当三年把那颗种子种上后，一夜的工夫就发了芽。一天一天猛长，没过两月，这树就长了两丈九尺高。过了没几天，这件事被很多人听到了。闰腊月骑着一匹大马寻到三年家门前，看着这棵古怪的树，他流着涎水，追问这棵树的来历。

三年心中早有数，他告诉闰腊月是从路上拾到的，一共两颗，种了一颗，一颗还放在家里。爱占便宜的闰腊月听说还有一颗种子，就死皮赖脸地向三年要那颗还没种上的种子，还说："只要你把那颗种子给我，我就把你一年的工钱如数给你。"三年为了跟他算清这笔账，也就答应了。

闰腊月得到这颗种子，便急急忙忙回家，在他母亲面前夸耀这颗树籽儿的来历和神通。他母亲听后从儿子手里要过这颗树籽儿，就闻到一股淡淡的香气，惹得这老婆子把鼻子凑到跟前，不想那颗树籽儿一下钻进老婆子的鼻子眼里。这个老婆子就疯长起来，只几个时辰，她不多不少、不高不低地长了两丈九尺，就死了。

这里的风俗是母亲死了，要请娘舅家。闰腊月的舅父除了给姐姐要一个合身的寿材外，再没有其他苛刻的要求。常言说得好，"不是冤家不对头。"这么长的木头只有三年有，这闰腊月就厚着脸皮去问三年。三年倒也通情达理，他说："只要你还清我一年的工钱，我就给你挖这棵树，树的价钱是一百匹骡子和一百匹马，十驮金子、十驮银子、三十驮珠宝。"闰腊月一听要他这么多东西，心疼得要命，可是没法子。

这闰腊月家再富，等凑齐这些东西，也就变成了穷光蛋。三年就这样等住了闰腊月。

讲述者： 邹建民，男，35岁，农民，初中学历

采录者： 甘渭，男，47岁，干部，高中学历

采录时间： 1987年10月24日

采录地点： 静宁县古城乡邹河村

选自： 《中国民间故事集成·甘肃卷》，
第605～606页

异文：三年等个闰腊月

古时候，有个名叫三年的苦孩子，十一二岁时他的父母就去世了。家里仅有二亩薄田、一头老牛、一间茅房，家里穷得揭不开锅。不到一年又死了老牛，二亩地也只好用镢头挖。第三年又遇上大旱，生活无法维持，只得背井离乡，给一个名叫闰腊月的地主当长工。地主说："好，你给我做十年长工，每年给你一头牛。"三年答应了。

三年自从当了长工，放牛放羊，拉粪耕地，铡草垫圈，样样活忙个不闲。就这样好容易度过十个春夏。这年三十晚上，闰腊月家里张灯结彩，花天酒地地过年，可三年仍吃着菜窝窝充饥。直等到酒宴罢，三年跪在闰腊月面前说："老爷，十年做够了，你给我十头牛，让我回家罢。"这老地主一听，大发雷霆："混账，我当初说的是每年一斤油，你为啥要我十头牛。"三年一听，气得昏倒在地，等到醒过来，只听得黑心的地主还在咒骂："穷光蛋，老实说，十斤油我也不想给。只念起你给我干了十年活，就饶你这一回。"随后吩咐管家拿来十斤油，倒进罐子里，打发三年回家。三年忍气吞声，流着眼泪，拖着沉重的步子，离开了地主家门。

三年咬紧牙关，顶着风雪，翻过山梁，穿过森林，跨过小溪，来到一个寺院门口。这时肚子饿得实在难忍，只得叩门求和尚恩赐。不一会儿，出来一位小和尚，问明来意，把他带到老和尚面前。三年上前施礼："师父，行行好，给我一点剩茶剩饭充饥。"老和尚把三年仔细打量了一番说："你这汉子，大年初一，你为何来到此地？"三年抹抹眼泪，把事情的前后讲了一遍，和尚很同情他的遭遇，吩咐手下人端来热饭让他吃饱，并留他多住几日。

一日，老和尚带他上山游玩，突然发现山顶上一个小小明珠，射出万道光芒，三年看这宝贝看呆了。只听老和尚对他说："孩子，带上它，拿回家把它种下。这是一颗树籽儿。"三年感恩叩谢，然后取来宝珠，装进衣兜。为了感谢救命之恩，把他带来的十斤油送给和尚点灯。

三年带着这颗种子，回到家里，按和尚的嘱咐种在地里。不几天，种子发芽，破土而出。没过一年，就长成一棵参天大树。这风声慢慢传到闰腊月的耳朵里，他去一看，果然如此。闰腊月千方百计打听到了树种的来历，心想：三年只背了十斤油，就换来了一颗珍奇树籽儿。我驮上一百斤油，不是可以得到更多的树种吗？没隔几天，他和长工赶上毛驴，驮着油去见和尚。但和尚听罢，并没有热情接待他。

第二天，和尚把他领到山上，指着一颗树籽儿说："这是一颗珍奇树籽儿，你把它带回去。有病吃点，无病下种。"闰腊月一听，高兴极了。谢过和尚，带上树籽儿回了家。刚一进门，就听见他妈呻吟不绝，眼看就要断气了。全家人乱成一团。闰腊月想道：自己带回的珍奇树籽儿吃点能治病，不如全部给老妈吃了，不是好得更快些吗？于是便吩咐仆人，拿去给他妈吃了。可是用药后，不但病情没有减轻，反而身体一天比一天长得高，高得怕人。没等几日，一命归天。

闰腊月愁坏了。这三丈六尺高的身体，哪有这么长的木板做棺木呢？这时，一位仆人告诉他："只有三年家的大树才能做棺材。"他便托人和三年商议。可无论怎么说，三年也不肯。闰腊月无法，只好带着伙计，驮着金银珠宝、粮食衣物，亲自上门恳求三年把树卖给他。三年苦笑着说："我三年总算等了个闰腊月！"

讲述者： 白升杰，男，32 岁，灵台县百里乡观音
村人，农民，高中学历

采录者： 李忠贵，男，16 岁，灵台县百里乡上李村，
初中学生

采录时间： 1987 年

采录地点： 平凉市灵台县百里乡观音村

选自： 《中国民间故事集成·甘肃卷》，
第 606 ～ 607 页

182

地主与长工

（1）

以前的时候，有一个叫王沟村的地方。王沟村有一个地主，心就像做饭锅的底一样黑，经常欺压村里的穷苦人。有一年，天大旱，村里的人连粮食种子都没有，就只好去向地主借，黑心的地主把种子炒了借给村里的人。人们把粮食种在地里，到来年颗粒无收，没有粮食还给地主，就只好眼睁睁地看着自己家里的耕牛被老地主抢走。

这个地主家有个长工，他看到农民没牲口种地心里很着急。一天他猛地想出了一个办法。这天，下着毛毛细雨，长工偷了一把菜刀，仍像往常一样赶着牛去放。他把牛赶到很远的地方，赶紧割下牛尾巴，插在松软的土里。然后又悄悄地把牛赶回村里，原给庄户人[1]，又装作很急的样子跑到地主家，对老地主说："不好了，不好了！我去放牛，牛全都钻到地里去了。"

地主急忙跟上长工跑到地里一看，急得大声喊："快

[1] 庄户人：种庄稼的人。

往出拔，防着不要拔断尾巴。"可拔出来的都是牛尾巴，牛尾巴插得浅，地主拔的时候用的劲太大，摔了一跤，黑心的地主连气带急，死在了田地里。

讲述者：　樊科义，男，静宁县李店乡王沟村农民，识字

采录者：　陈静，男，36 岁，小学教师，中专学历

采录时间：　1987 年 11 月

采录地点：　平凉市静宁县李店乡王沟村

选自：　《平凉地区故事集成》（资料本下卷二分册），第 224 ～ 225 页

讲述者：　苏桂梅，女，农民，不识字

采录者：　王春妍

采录时间：　1987 年 11 月

采录地点：　平凉市静宁县甘沟乡阎湾村

选自：　《平凉地区故事集成》（资料本下卷二分册），第 231 ～ 232 页

（2）

原先有个地主雇了个长工，他是在冬里雇的，就对长工说："等着明年麦子成了，就给你做长面和油花[1]馒头，到明年冬里给你柿饼吃。"

这一年，长工就拼命地劳动，等他把麦子割完碾完，推成面以后，就等着地主给他做长面和油花馒头吃，可是地主再不提这事了，这时候长工就胀气得很，就想把地主整治一下。

这天，长工拉着牛饮牛去，但是他把牛饮了以后没有回家，一直吆到一个悬崖跟前，把牛给掀着下去，然后就提着鞭子回去了。

回来后，地主问他："你把牛吆到阿达去了？"长工就说："我把牛一吆出去就拽长面，拽得拐子[2]拌蒜[3]，走着崖跟前挽了个油花，跌着下去跱成了个柿饼。"地主听了气得直翻白眼。

[1]　油花：花卷。

[2]　拐子：瘸子。

[3]　拌蒜：方言，指行路费力，走路左晃右摇，不稳当，也比喻技艺不精。在民间，编蒜辫子称为"拌蒜"，将一头头蒜交叉编在一起，后来引申为将两条腿编在一起，走路不利索。

183

长工与财主

从前有兄弟两个，老大叫海清，为人老实，一遇难事就无法对付了；老二叫海水，对人和气，智力又过人。尽管两人差别很大，但论起日子来，却一个样，穷得可怜，都只靠拉长工、打短工出卖劳动力来糊口，两个人一年到头才能团聚在一块过个穷年，都在忧愁下一年岁月怎么过活。

离他们家二三十里的地方有个财主，外号叫王蝎子，为人很霸道，特别对给他拉长工的人更为狠毒，远近十多里没有一个人给他家干活，谁也不愿来务[1]他家几百亩薄地，这样一来他老为找不到长工而发愁。他们一家你怪我，我怨他，像狗咬仗似的争个不息。最后王蝎子对大儿子说："还是你到远处去找那不知咱家底细的穷棒子，也许有人做呢。"儿子气得顶了老子一句说："你把心放公道一点，还怕没人给咱家干活吗？"气得扭着脖子出门找做活的人去了。

他寻了好多村庄，没找到一个给他家干活的，只好忍

着性子又走了一个村子，不知如何是好。再说海水兄弟俩又没有一分地务，更无本做生意，哪里来的收入呢？出卖劳动力也没有个人家，正为此而发愁，此日海清无事可干就拿着砍斧上山打柴，财主的大儿为找伙计迎面走来。凑巧碰上海清就强装客气地问："连手[2]，你们这里有寻着做活的人吗？"海清问："一年工价多少？"财主儿子说："一年铜钱二十一马勺。"海清说："不给二十八就没人干。"最后落到二十四勺定了点，海清不知对方底细，就答应了这活路，从此海清就给王蝎子家干活去了。好不容易一年眼看满了，谁料想到王蝎子又起了恶意，他对海清说："明天你把院墙给我折端。"海清只会卖力，哪里有对付的办法？

第二天没有折端院墙，王蝎子罚了海清工钱八马勺，到晚上又安排活路向海清说："明天你把后院的古井拉到前院来就算你完成一天的任务了。"

第三天还是没有完成任务又罚了八马勺，下午又重新安排说："你明天把场里的碌碡架到树上，如架不上去，休想拿走我一个铜板。"第四天没架上去。这样不说，连一顿汤都没喝上就被赶出门外了。海清只好流着泪回了家。

回得家来弟弟海水一看哥哥这般光景，就惊疑地问："哥哥你怎么啦？"海清把经过如实说了一遍，气得海水火冒三丈，说："好一个吃人的恶贼！"又对哥哥吩咐说："哥哥你先别哭，明年我去对付他。"

第二年弟弟海水给王蝎子干活，还是二十四勺，工价原封不动，又是一年快到头了，王蝎子以为海水像他哥哥那样好欺负，便踏着老路子说："海水，你明日给我把院墙折端。"海水第二天套上牛不声不响去拉草，下午把王蝎子最阔气的两院瓦房围了个严严实实，正拿着火去点草。王蝎子讨账回来了，见海水点着火把要烧草，把他吓得面如土色，像熊一样连跑带爬地把海水拉住说："你……你……疯了吗？叫你折院墙怎么点起房来了？"海水说："只能拿火烧，折这么厚的院墙，不烧能折端吗？"说着又去点草，王蝎子说："院墙不折也行，算了。"海水说："算了，给我偿八马勺。"

[1]　务：侍弄。

[2]　连手：朋友。

王蝎子闹不过海水，只好答应了。晚上财主安排说："海水啊，你明天把后院的古井拉到前院里来。"天刚亮，海水就把大门担横放在井里，又套上头大犍牛死劲地拉。王蝎子从睡梦中惊醒忙向院外跑去一看，只见把一头牛快要挣死了。海水还不停地打着，财主问他干啥哩，他说在拉井。整得老财主只得跪地告饶说："算了，算了！何必把牛往死里挣呢？"海水说："牛有命难道我就没有命，你就不怕把我挣死吗？既然不拉了，就偿我八马勺。"

于是，王蝎子又偿了海水八马勺。这样，王蝎子两次阴谋都没有得逞，他狗急跳墙，最后又使一计说："明儿你把场里的碌碡架到树杈上。"第四天，海水就拉着王蝎子去架碌碡。走到树前，海水早已爬上了树，对财主说："你接我给你架。"王财主用尽全身力气，碌碡动也没动一下，海水说："你快点接呀，怎么不动手啊？"其实，财主哪里能拿动它，直逼得他再无话可说。

海水说："再偿八勺。"财主无可奈何地答应后，就用他家常用的马勺按[1]起来。海水说："不行，你的这个连勺也算不上。"就向邻居找了个盆那么大的马勺。财主看了，不以为然地说："这是啥马勺？"海水大声说："你说不是马勺，拿到大街上让众人说。"

于是就将马勺拿到大街上，街上人看了说："看呀，那两个人拿着那么大的一个马勺。"海水便问跟在后面的财主："你听见了吗，他们说的是啥？"一句话问得财主哑口无言，王蝎子只好拿这个马勺按钱了。

讲述者：　不详
采录者：　刘郭俊
采录时间：　1988 年
采录地点：　平凉市华亭县
选自：　《平凉地区故事集成》（资料本下卷一分
册），第 368 ～ 371 页

[1]　按：量。

184

有智

从前有弟兄二人，老大聪明叫有智，老二老实叫无智。他们俩的家事由有智管理。

有一天，无智对有智说："哥，我挣下的钱都让你花了，我还没花过呢！"有智见兄弟不满意，便说："从今天起你挣下的钱我再也不花了。"无智听了便高兴地出门拉长工去了。

一天他来到一家老财主家问道："掌柜的，雇伙计吗？"老财主答道："雇，雇，雇啊！只不过有一件事得说在前头。"无智说："你说吧。"老财主说："一年到头有三件事必须做到，就给你三马勺银子。"无智很高兴地答应了。

一年到头了，无智对财主说："你快说那三件事，我做完了还要回家。"老财主便说："天上有我的二亩地，你把牛赶上去给我耕了。"无智说："天上怎么上得去啊？""上不去你就少得一勺银子。"

无智想还有两马勺也够花，便问第二件事。老财主答道："房里有一亩地你给我背出来晒晒。"无智说："房中的地怎么背得出来？"老财主便说："背不出来，就再少给你一马勺银子。"

无智没有办法，只好说："那第三件呢？""第三件是对面山上有我的一亩红眼枣子，你割回来我要喂牛。"无智说："那个东西就能割回来吗？"老财主说："割不回来就别想要一个银子。"说完就洋洋得意地去了。无智白拉了一年长工，垂头丧气地回家了。

有智听了无智的叙说，很气愤，决定会会这个老财主。

第二年有智便去了，情况和无智一模一样。到了年底，老财主说完第一件事，有智说有办法。他将牛拴在枣树上，自己扛着犁死劲地打牛，老财主很心疼地喊别打牛呀。有智说："你这些牛连树都不上，还能上天？"说罢又继续打，老财主说："不得上去就对了！""那么那一勺银子呢？""给，给你。"

当老财主说出第二件事时，有智说："好办。"他拿了一把镢头上房去挖房顶，老财主急了，赶忙阻挡。有智说："不揭掉房顶怎么晒得上呢？"嘴里说手里不停地挖。老财主说："别挖，我给你银子就是了。"

有智跳下房顶说："那你第三件呢？"老财主说了，有智便拿了一根皮绳用脚踩倒拉了回来，对老财主说："铡了喂牛。"老财主怕扎，因此又给了一马勺银子。

有智自制了一个很大的马勺，老财主见了说："这哪里是个马勺啊？"有智说："我们拿到街上，如果有三个人说这是个马勺，那你就一个不少地给我，如果有三个人说这不是个马勺，那我一个也不要。"老财主听了很高兴。

他们来到街上，一个人说："啊，这个马勺真大啊！"三个人都这么说，老财主没法只好给了银子。

有智买了个骡子，驮了银子赶了回去，无智一见心服口服，从此便好好地干活了。

讲述者： 不详
采录者： 温五学
采录时间： 1988 年
采录地点： 平凉市崇信县
选自： 《崇信县民间故事集成》，第 70 ～ 71 页

185

农人和财主

从前，有一个大财主，家中有很多雇工。有一年，麦黄六月，小麦收割到场里打碾，财主叫雇工们在碾后的麦草中再抖出一担粮食，雇工们没有办法只好去抖。

这时，从场边走过来一个农人，问雇工们在麦草中寻啥，雇工们唉声叹气地说："财主叫我们在麦草里抖出一担粮食，这不是有意难为人吗？"正说着，财主走了过来，怒气冲冲地叫这个农夫赔偿他一担粮食。

农人摸不着头脑，问："你凭啥叫我赔偿你的粮食呢？"财主说道："你来将我的粮食臊得跑了，你就得给我赔。"农人一听，是这么回事，就说："那好，明天你到我家来取粮食好了。"

第二天，财主真的拿着口袋去要粮。走到农人的家门口，看到那个农人正摇着扇子，躺在门前大柳树下乘凉，树旁边拴着一头驴。

农人看见财主快要走到他跟前了，便起身说："别走近，你看我的驴正在下驹。"财主听了不敢近前，等了好

久，不见驴下驹，便走近仔细观看，原来是头叫驴[1]。

财主就大声吼道："你为啥骗我，叫驴能下驹吗？"农人笑着说："叫驴不能下驹，难道碾过的麦草中能抖出一担粮食吗？"财主被问得无言对答，只好扫兴地走了。

讲述者：　刘克勤，男，农民，初中毕业
采录者：　赵振刚
采录时间：　1988 年 2 月
采录地点：　平凉市静宁县县城东关村
选自：　《平凉地区故事集成》（资料本下卷二分册），第 225 ～ 226 页

[1]　叫驴：公驴。

186

王二与『陈啬皮』

从前，有一个叫王二的穷汉，在外号叫"陈啬皮"的地主陈耀宗家里做长工。陈耀宗待王二很苛刻，王二每天要干很多很多的活，日子长了，王二实在忍受不了剥削，他就想法子和陈家作起对来。

一天，"陈啬皮"见王二拉屎，故意找茬说："你个狗东西，拉屎为啥不往地里走，拉在地里还能多打粮食。"王二听了这话，当时没有作声。到了第二天早上，"陈啬皮"起来喊王二干活，却见王二在对面山上的地里蹲着。

王二听见"陈啬皮"喊他，就慢慢吞吞地走下山坡，对"陈啬皮"说："东家，我今天早上把屎拉在对面山上的那块地里了。""陈啬皮"这才知道王二去地里拉屎是为了报复他，于是气呼呼地说："王二，以后别去地里拉屎了，不要耽误了干活！"

"陈啬皮"除了逼着王二每天干好多活之外，有时自己也亲自干点活，为的是不叫王二偷懒。有一天早上，天刚麻麻亮，"陈啬皮"就喊王二和他装牛车拉粪。王二昨天晚上忙了大半夜，刚睡下时间不长就被喊了起来，心里很不高兴。他想了一个办法，放下铁锨，找了一个木棍。

那天早上，雾很大，"陈菖皮"在车的左边装粪，王二就在右边装粪。"陈菖皮"每铲一锨粪，就用锨在车帮上碰一下。王二听他碰得"咣"的一声，就拿木棍也在车帮上碰一下。这样装了好长时间，"陈菖皮"觉得很奇怪，就跑到右边去看。这一看可把"陈菖皮"气坏了，原来王二没铲一锨粪，在右边只用木棍敲打车帮哩。"陈菖皮"把王二大骂了一顿，还克扣了他一顿饭。

后来，王二实在受不了陈耀宗的剥削，就辞掉长工回家去了。

讲述者：　张拴灵，男，24岁，灵台县纸厂工人，高中学历

采录者：　不详

整理时间：　1985年

整理地点：　平凉市灵台县

选自：　《灵台县资料本》，第37～38页

附记

故事原名为《巧治东家》，因与本卷中另一则故事重名，且故事结尾并不是长工治服了财主，而是以财主继续惩罚王二，王二受不了财主的剥削才辞掉了长工结尾，与题目中"巧治"不符，所以编纂组做了更名处理。（徐凤）

187

巧治东家

张老实有两个儿子，大儿子叫张大牛，二儿子叫张二牛。大牛为人老好[1]，显得呆笨；二牛为人乖巧，显得聪明。张大牛在大地主李三怪家里做长工。

三年长工期满，大牛找东家李三怪算工钱，李三怪眼珠一转，向大牛提了三个问题，叫大牛回答，如果回答不上就不给工钱。大牛呆笨没回答出来，只好空着手回了家。老二张二牛听了老大张大牛在李三怪家做长工分文未见的事情后，辞别了老父亲和哥哥，又去给李三怪家做长工。

一晃又是三年过去了，二牛去和李三怪结账，李三怪又把那三个难题提了出来。他提的第一个难题是：不动房里的家具，叫太阳把这些家具晒一晒。老二听了，二话没说，拿了一把镢头上了房，在房上掏上一个大洞，于是太阳光就照到了房内家具上。

李三怪提的第二个难题是：把一个大坛装进一个小坛里。老二听了提起大坛，使劲一摔，把大坛摔成了碎片，再把大坛的碎片拾起来装进了小坛。李三怪见二牛如此聪

[1]　老好：友善。

明，心里不免有点慌，又提了第三个难题，叫二牛猜一猜他李三怪的头有多少重。二牛故意看了看东家的头，然后肯定地说李三怪的头是六斤六两六钱。李三怪不信，说他的头没有那么重。老二听了二话没说，找了一杆秤和一把杀猪刀子，要割李三怪的头称斤两。李三怪吓慌了，不但给老二付清了三年的工钱，还把大牛的工钱也交给了二牛，二牛拿着工钱高高兴兴地回家去了。

讲述者： 不详

采录者： 张拴灵，男，24 岁，灵台县纸厂工人，高中学历

采录时间： 1985 年

采录地点： 平凉市灵台县

选自： 《平凉地区故事集成》（资料本下卷一分册），第 364 ～ 365 页

188

智斗财主

从前，在一个小山沟里有一个财主，是个恶霸。村里的土地、山川、河流、树木都被他占光了，村民们大部分租种他家土地，没有土地的人，就给他家拉长工。这个地主把土地租出去后，不管你有没有收成，他的租子要按时交来，要不他就驴打滚地要利息。长工们的工钱也很低，低得连自己的生活都不能维持。

有一年，到了麦黄六月，地主在地里转着看了看，对长工们说："我今年给你们的工钱是地里长的麦子，只是除过麦穗都是你们的。"大家一听自己得到的是麦秆，麦颗一粒也得不到，就等于给地主白白地干了一年。

第二年，到春耕时，长工们又想起了心狠的财主做的事。一个心灵的长工想了一个整治地主的好办法，他领着大伙到地主跟前说："老爷，今年我们得把工钱说好，不至于到年底我们啥都没有。"地主一听这话忙问："今年咋定呢？"长工回答说："今年地皮外的是老爷的，土里的就算我们的工钱。"地主一想到去年给工钱的事，就高高兴兴地答应了。长工们一听地主答应了，就忙着种去了。

这一回长工们种的是洋芋。刨洋芋的时候，长工们按

先前说好的，给地主交去了地皮外的洋芋蔓，长工们把土里的洋芋一一分掉。财主见了很生气，就想明年要叫他们得不到一点，他想好后就把长工们叫来说："明年我收土里的，秆子和顶上的都是你们的。"他想这一下长工们啥都收不上了。

第二年，长工都没种洋芋和麦子，种的是玉米。玉米秆的顶上是玉米穗，土里面是根，收成在秆的中间，这次地主又失算了。他想了想，自己总想害人终究害了自己，想到这里，他对长工们再也不使坏心眼了。

讲述者： 攀丰
采录者： 王建宁，男，农民
采录时间： 1987 年 12 月
采录地点： 平凉市静宁县治平乡大庄村
选自： 《平凉地区故事集成》（资料本下卷二分册），第 234 ～ 235 页

189

三个长工

从前有个地主雇了三个长工，就呼他们为大长工、二长工、三长工。地主给三个长工定了三条规矩：第一条，只许我说话，不许你们说话；第二条，给我家买东西便宜的多买些，贵的少买些；第三条，给我家干活只能等到星星全了才能回家。他给三个长工念叨了几遍以后就将规矩贴在门上说："如果谁犯了这三条约定，就扣全年工钱。"

第二天，地主打发大长工在街上去跟集，大长工看见铺子里有锄，就买了三把拿回家。地主便问："你买的这锄多钱？"大长工说："一把一块钱。"地主说："我给你条约上咋规定的，给我买东西便宜的多买些，贵的少买些。现在你违反了条约，要扣你全年的工钱。"二长工说："掌柜的，锄已买来了，你就不要扣他工钱，我们给你多干活赎了吧。"地主问二长工说："嘿，我条约上规定只许我说话，不许你说话，谁叫你说话，现在也要扣你全年的工钱。"

正在这时，天下起了大雨，三长工在地里不能干活就回来了。地主说："我在条约上写得清清楚楚，给我家干活只能等到星星全了才能回来。你为什么大白天就回来，现在也要扣你全年工钱。"结果将三个长工的工钱全部扣

完了。

有一天，二长工给地主打扫后花园。花园中有一眼井，正好地主的孩子在井旁玩耍掉到井中了。二长工一看，孩子快要淹死到井中了，他就没去给地主报知。一直到了下午，地主找不到孩子问二长工时，二长工才说早晨掉到井里去了。地主说："你怎么不早给我说一下呢？"二长工说："你条约上规定只许你说话，不许我说话。"地主就打发大长工到街上给儿子买棺材，大长工去后一直到第二天才雇了一辆马车，却拉回来一车棺材。地主怒气冲天地骂道："我叫你快去买一口棺材，你为啥昨天去今天才回，还买了一车棺材，要这一车棺材干啥用？"大长工说："你条约上规定给你家买东西，便宜的多买，贵的少买。今天棺材降价了，我就将你全家人的都准备好了。"

地主又打发三长工到地里去挖坑子，直到深夜还不见回来，地主跑去一看，结果挖了九个还在挖。地主骂道："我叫你赶快挖好回来将孩子埋了，你挖这么多有啥用？"三长工说："你条约上规定给你家干活只能等到星星全了才回家，时间还早哩！反正闲着没事儿，多挖几个你全家人都能用嘛。"气得地主将条约扯掉了。

讲述者： 苏义成，农民，初中文化
采录者： 谢文敏，男，44 岁，庄浪县卧龙乡人，干部，初中学历
采录时间： 1986 年
采录地点： 平凉市庄浪县
选自： 《平凉地区故事集成》（资料本下卷二分册），第 245 ～ 247 页

190

火上浇油

从前，有个长工在一个地主的家里做工，不仅吃不饱饭，而且，菜里面没一点油星星。长工问："东家，你家里有一大缸油，为啥我吃的菜里一滴油也没有？"地主说："噢，给你做菜时，总是错把水当成油啦。"长工听了，心里恨透了这个财迷，就想找机会捉弄他。

一天，财主家里失火了。长工提着桶，舀了一桶油往火上泼去，只见"轰"的一声，火势更大了。地主大声吼着说："傻瓜，你怎么往火上浇油？"长工苦笑着说："东家，我怎么错把油当成水啦！"

地主听了，气得好长时间说不出话来。

讲述者： 韩仓明
采录者： 何晓龙，太平中学学生
采录时间： 1988 年 5 月 26 日
采录地点： 平凉市泾川县太平乡
选自： 《泾川民间故事》，第 333 页

191

拿手活

有个做零活的人，大年初一到财主家找活干。财主本来不想要，为图个吉利，就收下了他。财主问他说："你会干啥'拿手活'吗？"这个人说："会，到时间你就知道了。"

过了几个月，财主不见这个人干"拿手活"，就问："你的'拿手活'是啥？怎么不用呢？"这个人慢腾腾地说："唉，我的拿手活是打墓，可是我等了几个月，你家连一个人也不死，我的拿手活咋用呢？"地主听了大怒，叫人把他赶了出去。

讲述者： 韩仓明

采录者： 何晓龙，太平中学学生

采录时间： 1988 年 5 月 26 日

采录地点： 平凉市泾川县太平乡

选自： 《泾川民间故事》，第 333 ～ 334 页

192

九斤四两五的头

从前，一个偏僻山村里住着一户财主，他为人狡诈。长工们干一年活，他总是想方设法不给工钱。

有弟兄俩，老大为人老实，老二聪明伶俐。有一年，老大给财主家干了一年活，眼看到了年关，于是他向财主要工钱，准备回家。财主说道："是的，我给你工钱，不过……你得回答我一个问题。如果回答对，我给你工钱；如果回答不对，分文不给。""老爷，那你说吧！""你说我这颗头有多重呢？"老大没有回答出来，就气呼呼地回到家里，老二问明了情况，决定明年自己去。

一年又结束了，老二便向财主要工钱。财主说道："要领钱，你得回答我一个问题！你说我这颗头有多重？说对了给你两倍的工钱，说不对分文别拿。"老二随口说道："你这颗头是九斤四两五。""错啦！这颗头整十斤。""那咱们割下来称一称。"说罢，老二便要去取菜刀，这下可吓坏了财主，连忙求饶："伙计，别取，我……我给你工钱。"老二领了工钱，高兴地回家去了。

讲述者： 郭海明，男，39 岁，农民，初中毕业
采录者： 米志红
采录时间： 1987 年 11 月 12 日
采录地点： 平凉市静宁县高界乡上河村
选自： 《平凉地区故事集成》（资料本下卷二分
册），第 309 ～ 310 页

193

好心地主

从前就有一个地主，心地很善良。那时候人们都用升子做量器，这个地主也给村里人用升子按着吃粮着哩！他为了给穷人多按些粮，就在升子底底里加了一个斗斗儿，这样，这个地主给穷人按的粮食就比平常多，村里人就很爱戴他。

后来，这个地主给儿子引了个媳妇子。一年以后，这个儿媳妇子生了个儿子娃，可是这个儿子娃时间不长就病死了。这个地主非常伤心，就天天哭，天天哭哩，村里人看着也干着急没办法。

一天，从天上下来了一个白胡子老汉，绕着这个地主走了一圈，说："这是一个恶鬼在掐地主的脖子哩。"村里人都请这个白胡子老汉给这个地主拨弄 [1] 拨弄，白胡子老汉说："这是个好心地主，我一定会帮他的。"这个白胡子老汉就用毛笔给这个地主额头上画了一个圈圈。从这以后，这个地主家的事都非常顺利，第二年儿媳妇又给他生了一个儿子娃，这个儿子娃考上了状元。

[1] 拨弄：禳治。

讲述者：梁爱娟，女，47岁，庄浪县柳梁镇人，农民，小学学历

采录者：苏艳艳，女，兰州文理学院文学院本科学生

采录时间：2021年3月3日

采录地点：平凉市庄浪县柳梁镇

194

常老鸹的故事

附记

这是编纂组实地采录的一则故事。故事短小，讲述了传统社会里平凉人用升子做量器的习俗。升子是传统社会里一种最常见的民间量器之一，主要用来量粮食、面粉等，用木板做成，下面小，上面大，呈倒梯形，有三斤升子和五斤升子之分。（张添发）

陇东升子　徐凤摄

以前，泾川县高平原上有个人叫常老鸹，关于他的故事，多得能串成串串。

常老鸹家里很穷，不得不让弟弟给人拉长工。结果，弟弟去上几天，就哭着回来，再去几天，又哭上回来。再后来哭着说："这长工活真难做。"常老鸹说："兄弟，不要哭了，我给咱去拉长工，活有多难做，我就不信。"

常老鸹第一天到地主家里，问："今做啥呀？"地主说："给牛割草去。""割啥草？""胡割去。"地主赌着气说。"对，胡割去。"常老鸹来到山上，只要是绿颜色的草就齐割，像外臭蒿、"老鼠他舅"，最好割，展手就是。一锅烟的工夫，他就割了美美一担担了回来，铡碎给牛添上。牛还说吃哩，连闻都不闻。

第二天，地主说："你不会割些好草？""啥叫好草？""像外龙芝草心心，大毛樱樱，几蔓儿根根。""对。"

常老鸹去把龙芝草的嫩心心一根一根抽出来，把大毛樱樱一根一根掐下来，把几蔓儿白嫩嫩的根根刨出来。弄

了多半天，弄了女子娃毛辫子[1]粗的两股股，拿线线扎了，回来挂在门闩子上。地主问："你今割的草在哪儿？""眼睛睁开看。"地主一看，肚子气得胀成了鼓。"昨日见草就割，牛一天没吃。今割了多半天好草，牛连牙缝都不够钻，"地主急了说："明了你见差不多的草就割。""对，明了割差不多的。"

第二天，常老鸹刮了一担枣子[2]担了回来，叫地主入草[3]他铡。枣刺把地主扎得抓不到手里。"你来铡，我入！"常老鸹把鞋一脱，两个鞋把枣子一夹，入进去，"铡！"枣子的股枝又硬又扎，地主只闪铡背哩，就是铡不下去。

第四天问："今做啥呀？""今耕地去。""到哪里耕去？""天上耕去！"地主气呼呼地说。心想，满坳满原都是我的地，还有啥问头哩。

常老鸹把梯架搭在崖背子上，再把椽扛来绑上去，还没一崖背子高。"哎，掌柜的，这离天还远哩么，我忙了整整一天了。"地主气得骂了一顿说："拣长征子[4]地耕去。"

"长征子？"从常家村到高平镇，二十多里，这征子够长了。常老鸹吆了一头牛，从早耕到黑，才耕到高平镇，顺这条路耕了一条二十多里长的弯弯拐拐的犁沟。半夜里把牛吆回去，牛累得浑身淌水。地主只好说："明了不耕地了。从明开始，每天赶天明你给厨屋里把水担下。"

当天天一黑，常老鸹掂了一根椽，两头子绑了两个缸，从沟里往回担水。把厨屋里所有的大缸、碎缸、大盆、碎盆、坛坛罐罐、碗碗碟碟、吃饭锅、面瓦缸、恶水缸、猪食槽、箱箱柜柜都倒满了。又把炕眼门和灶火门一堵，打外头朝烟囱里往进灌，把炕洞锅头腔腔都灌满，还剩些水没处倒，提了个洗脚盆倒了。常老鸹一看，屋里、炕上、案上、地上，到处摆着装水家具，连个下脚处都没有了，就把最后一盆水搁在门上面的檐子上。第二天早上，掌柜的女人进去做饭，一开门，朝头扣了一盆水。

掌柜的"驴日狗日"地，赌咒发誓地骂，常老鸹一句也不还。黑了，掌柜的就叫常老鸹把粪装一车，鸡叫了起来拉。常老鸹把车背的放到对面山上一个窑里，正碾场，黑了常老鸹把碌碡背的挂到核桃树上。地主就是找不见，生气地骂："笨贼偷碌碡哩。"为了报复，地主又打了一辆新牛车，鸡叫了就叫常老鸹起来装粪。

为了监工，地主也来装，地主用木锨背铲粪，只空抢哩，没铲上粪。常老鸹在另一面用膏车轴油的"膏棒"装，只在车帮上敲得哐哐作响，很有节奏。地主心想，我叫你狗日的一个人装一车粪。常老鸹心想：看谁哄谁哩。天明了一看，两个人都没铲上粪，车里还是空空的。

常老鸹手里还有两下子。一次，地主家里来了五个车户，地主教的没事找事地去打常老鸹。五个车户一齐上，常老鸹把两把壮的一棵枣树拔出来专门打骡子，车户急了，把骡子架到车上，人钻过去把车拉上跑了。地主一点办法也没有了，老鸹还觉仇没报美。由于好长时间没给伙计们吃肉，一次过事，老鸹在每一个席口里把上面盖的肉片片全吃了，把屋里案上切的也吃了。地主气不过，说："外是菜，菜是个引食。"

事过毕，每天吃饭时，常老鸹把萝卜洋芋菜往嘴里一咂，又吐出来放下，把菜齐齐给咂了。"你咋这么吃菜哩？"常老鸹说："菜是个引食。"这天正午，常老鸹要方便，问地方，地主说："顺便上。"以后，吃完饭，老鸹顺便往屋里屙屎。地主说："你咋往屋里屙屎？""你说在哪里屙屎？""你往远处走的屙去！"

第二天，老鸹为屙屎，走了整整一天没回来。

大门上有一个打基子时用的深坑，常老鸹把碾盘掀了下去，说："掌柜的，你一直不服我。今儿谁把这拿上来，就服谁。"地主说："能行。"

地主掀了多半天，碾盘只搬得斜了斜，老鸹下去，把碾盘从坑里扔上来了。地主服了，老鸹做了半年活，给了一年的工钱。

[1] 毛辫子：头发辫子。
[2] 枣子：酸枣树。
[3] 入草：往铡刀口里填草。
[4] 长征子：大块的耕地。

讲述者：　　肖永虎，32岁，高平乡高平村肖家沟人，

农民，高中学历

采录者： 张怀群，24 岁，泾川县文化馆文学干部，
大学学历

采录时间： 1984 年 8 月 23 日

采录地点： 平凉市泾川县高平乡高平村

选自： 《泾川民间故事》，第 400 ～ 402 页

（六）其他生活故事

195

张状元钻箱成亲记

巩山县有个张员外，生下一子。这位公子到处游学，学业很好。这年皇王开科，全家打发他上京赶考。

到京城后，忽然皇上出了告示：朝内出了不幸之事，本科不考，再过三年开科，各州府县的举子返回家乡，习文的习文，练武的练武，等下科再来。张公子心想："我回去也是继续温习，不如在京城店馆内等上三年，不回去了。"

他是员外家的公子，家道富有，除交纳店费外，每天还给店主人一些零钱，店主人代他买了些东西，找来的钱也不要，所以店主人对这位公子特别恭敬。每天伺候其他客人少，多在公子房中拨灯、提茶、送水，忙到公子晚上睡下才离去。

这天晚上，店主人在公子房中说："我们这儿有个永平观，三月三是万人大会，有戏有醮，人山人海。公子可去一趟，一来烧香求神，保佑你下科高中，二来看戏游玩一回，不知你愿去吗？"

公子说："有这样的好去处，我哪有不去之理？"
店主人说："那好，明天早上我叫你，给你准备香表你好上山。"

第二天，鸡叫头遍店主人就叫公子起床穿衣，鸡叫二遍公子梳洗，鸡叫三遍给公子端了香表。他头戴新儒巾，身穿青蓝衫，脚踏虎头靴子一双，打扮起来如同天仙童子一般，上山烧香去了。可是到了山上，各庙里的香都已烧毕，只好到子孙宫里烧了一点。

烧香结束后，猛然听得"全副执事到"。他想："全副执事不是国太、国母，就是皇姑、娘娘，见此人如见万岁，我是一介书生，不妨等着看一看。"就恭身站立墙角。

只见庙门里进来两个女子，一大一小。这二位小姐是朝中白相爷家的千金，大的一个许配给东侯王爷家公子为妻；小的一个曾许配给当朝太子，还未过门，因太子身得白喉症而亡，所以今天皇上施给这位未过门的儿媳妇以全副执事，来庙内烧香。

只说这白二小姐，以前从未出门，一见张公子人才俊秀，就迷住了，指住看庙内墙上的书画看张公子。张公子一来站的时间有点长，二来心情也有点紧张，出了一身大汗，他用左手端上香盘，右手准备拉起衣襟擦汗。

这时白家大小姐并不在意，二小姐早已看见，心想这位公子怎么能拿衣衫擦汗呢，我身带许多香帕给他一条用吧，就将一条帕子绾了个疙瘩顺手撇去，张公子立即接住。

这时大小姐发现了，就催妹妹赶快出庙，免得他人看见。出庙后坐上车辇便走了。张公子见小姐给他撇了帕子，如同勾去了他的三魂，就跟随在车辇后边，车辇走到哪里他就跟到哪里。

进了京城，来到一个高大的府门前，只见小姐的车辇进到了里面。他就紧走几步，看这是谁家的府衙，只见门上写有告示"文官下轿，武将离鞍，皇上爷家路过此地，也要下车走三步，闲杂人搅扰先斩后奏"，并有四个武士站立门首。看过之后，张公子心想在此不敢久留，回到店馆向店主人问个明白。

回到店馆，店主人问他怎么回来得这么早，他就将遇见小姐之事讲说了一遍。店主人一听，心想这二小姐是皇帝封过守节终生之人，就说："那是朝中白相爷的府衙。两个小姐是白相爷的两个女儿，大女儿许予东侯王爷的公子为妻，二小姐是太子之妻，因太子去世，皇上封她守节终生。相爷府衙，空中是漫天网，地下是鹿角闸。你是白想哩。"张公子听后，大叫一声倒在地下，昏了过去。店主人将他抱在床上救醒，自此张公子便得了个单相思病，百医无效。在店中三月有余，不吃不喝，不死不活。

店主人想可惜这样一个公子被那姑娘挑逗得眼看性命危在旦夕，于是他多方照顾，抓药侍奉，总算苟延了张公子一条性命。

有天，店主人听人说白相爷家要出嫁大小姐，已出告示，不论官民，愿搭情[1]者都可在府内招待。店主人想公子之事现在有门道了，让他扮成搭情贺喜之人混进白府，如上楼去和二小姐见上一面，可治好他的病救他性命。想到这儿，他便赶快去给张公子讲。张公子听后，病立即好了七分，要吃要喝。

第二天，张公子到大街上看了告示确信无疑，回到店中便梳装打扮，穿戴起来，貌似潘安再生，宋玉重来。到搭情贺喜这天，公子身穿新蓝衫，头戴新儒巾，抓地虎靴子一蹬，手拿纸扇，来到相府门首正遇见东侯王爷家娶亲的人，张公子就随上一同进了相府。进府后家人款待，只知他是贺喜之人，也没过问他的来历。

酒宴已毕，张公子便去闲转，过了四道门看见一座高楼，有十丈高，楼上能看见全城风景。这是二小姐的绣楼，他便偷偷藏在院内，等天黑时好上楼去见二小姐。再说大小姐已出嫁，这楼上只留下四位丫鬟侍候二小姐。

到黄昏时节，一个丫鬟说："姑娘，今天来咱府的人很多，我们想去看看。"姑娘说："我姐姐出嫁我心烦闷，你们想去就去，我自个儿坐下休息，你们就不需来了。"四个丫鬟千恩万谢，嬉笑着下楼去了。

张公子见四个丫鬟走去，就上楼梯来到门外。他怕还有贴身丫鬟，不敢进门，就在门口偷听。好大一会儿不见动静，便用靴底擦地之声来试探里面，看有什么反应，一擦，姑娘问："外面何人？"他一听只有二小姐一人，就大胆进门。

姑娘一见，吃惊不小，就大声问道："你是何人？胆敢闯进我的绣楼，难道你不怕死吗？"张公子说："姑娘，

你把我忘记了吗？曾不记三月三在永平观子孙宫中，你给我一条五色龙凤帕，使我想你害病三月有余。今日大小姐出嫁，相府允许官民人等贺喜，我才冒死前来，今见小姐，死而无怨。"

姑娘一听是子孙宫中相遇之人，立即上前扶起。因为自他二人相见后，二小姐也是时常想念，恨皇帝赐她守节终生，所以今天酒宴不饮，还为姐姐出嫁伤心得哭了一会儿呢。张公子前来，真是喜从天降，她赶忙问吃问喝，问这问那，二人相亲相爱一番，公子便要告辞，姑娘说："你出不去了，天色已晚，各门闭封，你若下楼就有杀身之祸。现在也顾不了守节之事，你我上床安眠，明早再做道理。"

二人便在绣楼睡了。快到五更天时，二人整衣起床思谋计策，想来想去觉得张公子下楼是不可能的，姑娘看见自己装珠宝的大箱就说："相公，我将你藏在箱子内，你看如何？"张公子说："可以暂时这样，以后再想逃走的良策吧。"二人将箱子腾空，里面铺上被褥，公子在内能睡，姑娘在外可以加锁。

天亮后，四个丫鬟上楼问安毕，各干各事，姑娘心想丫鬟内两个伶俐两个笨拙，留下两个伶俐的以后不出问题，人多了怕知道此事就有大祸。

于是，就叫齐丫鬟说："过去我姐妹二人要你四人伺候，今日我姐姐出嫁了，就用不了你四人了，留下两个伺候我，两个回老夫人处听分配。"就将两个笨拙的使走[2]了。

此后，丫鬟端来饭食茶水，她打发丫鬟走后便和公子同用。晚上早早打发丫鬟歇息，自己就和公子同床而睡，早起将公子锁在皮箱内再叫丫鬟，她规定不经她出楼去叫丫鬟不许上楼。丫鬟觉得姑娘对她们很好，从不怀疑其他事。就这样过了三月有余。

姑娘的嫂子起了疑心：原来四个丫鬟伺候两个小姐，一天十二大宴，有时将宴拨一拨，有时原宴退下。现在少了一个姑娘，两个丫鬟，一天十二大宴，宴宴吃得干净，这就奇了！我今日做一席看妹妹是怎样的吃法。

[1] 搭情：随礼。

[2] 使走：打发走。

这天，姑娘的嫂子做了一席饭菜端上楼来，对小姐说："嫂子近日身忙，没到妹妹处看你，今日做了一席饭菜，端来请妹妹享用。"

二人坐下说话，嫂子不走，姑娘心中着急却无办法。嫂子见妹妹心中有事，不去用膳，便说："妹妹，我三月多未曾和你坐，今日坐得时间长了宴也凉了，我另换一席。"说完就下楼，另换一席端上来说："妹妹备用，我告辞了。"出楼后重脚下楼，等不多时用口把裙边衔定，跪上楼来，正好姑娘从皮箱内放出公子用膳。

姑娘说："我嫂子和我谈话时间长了，误了相公用膳。现在她已走了，相公快用吧。"嫂子在门外边看见便推门进去，这下把两人惊呆了，双双跪下请求嫂子救命。嫂子也知道将此事传出去就有灭门之罪，上前扶起二人说道："你二人不要害怕，我无害你之心，但不知这相公是哪里人氏？如何得到我妹妹房中？"

张公子就将他的身世和寺院相遇得病，三月前进府之事如实讲说一遍。嫂子说："事到如今，你只有留在妹妹楼中居住，可要读书作文，等下科开选，咱想法子放出去考试，若得中再设法救妹妹。"这位嫂子也是大贤，经常到妹妹楼上走走，掩护妹妹，怕出事情。

再说巩山县张员外写信向店主人打问他儿的下落，店主人撒谎说公子今日去哪里游学，明日在哪里访友，所以员外也没过问儿子的事。张公子在绣楼住了两年有余，姑娘怀了孕，就把嫂子请上楼来哭诉此事，叫嫂子想办法。

这下难坏了他们三人，想来想去还是没有良策。公子想了一会儿说："嫂子干脆放我们逃走吧？"

嫂子说："不行，我妹妹是皇上封过的守节之人，皇宫内常有人来看望，如果不见那就有杀身灭门之祸。"

张公子说："不然火化此楼，我二人趁机逃走。"

姑娘说："此楼不可惜，就是几年来皇上赐给我的金银、珠宝、衣衫太多，这太可惜了。"

张公子说："呈报皇上给姑娘修一座晾衣亭，先转移宝物和衣衫。"

大家认为这样也好，于是呈报皇上，请求在半月内修好晾衣亭，姑娘命丫鬟将衣物、宝物全部转入晾衣亭，再商议火化绣楼逃走一事。

嫂子一想认为不行，她说："你们逃走了，内边没有尸骨，怎样给皇上回报？"

张公子说："能找来两具女尸，放在姑娘床帐内，着火后等救下火，已烧得面目不清，不是就混过去了吗。"

姑娘猛然想起有两个四川卖线的老头，常来楼下卖线，此人很老实，多给些金银，定能找来两具尸首。于是，他们又天天盼望卖线的老头到来。

三天后，这卖线的老头来到楼下给姑娘送线，嫂子就将他叫上楼说："老头，你如果能找来两具女尸，我周济你富贵回家。"

老头问："你要它何用？"

嫂子说："要兑一副人的全骨髓药用。"

老头说："我给你去找。"

嫂子便给老头十两黄金，老头心中十分高兴，晚上就跑到京城的寄尸铺内，翻出两具女尸，装在他的卖线筐内，上面用线盖定，等到天明担到府门上，姑娘叫担上楼来，他送上去后，姑娘和嫂子给他一大锭黄金，能换万两白银。老汉买了一匹大马，富贵荣耀地回四川去了。

嫂子从两个丫鬟中选了一个好心伶俐的留下，另一个指到她的房中。给留下的丫鬟讲明了救姑娘一事，二人一天不住地往楼上提清油，她们找了个缸提了好多清油。选了个日子，嫂子用两匹布从楼上把公子、姑娘、丫鬟吊下楼去，放他们逃走，再将两具女尸放入床帐，倒上清油，点燃大火，烧了此楼。只见大火熊熊，惊动了相府和皇宫，命人救火，火救下时见两具女尸，相爷夫妻啼哭不止。

自张公子进了相府的绣楼，店主人的生意也逐渐不好，一天天地穷了。这天，见姑娘绣楼起火，他也可怜姑娘相公被烧死在楼内。到天黑时，上了店门，准备休息，忽听有人叫门，店主人从门缝一看正是相公，慌忙说："打鬼！我对你不错，你不该来害我。"

张公子说："我是人，不是鬼。快开门。"店主人仔细一看，是人无疑，便将张公子放进店里，见还引来两个女子，问明情况后，就给梳了头，连夜拜了花堂，把后院房子打扫干净当了洞房。二人进了洞房，丫鬟出进待候。不多日子，姑娘生下一子，十分乖巧。

且说白相府将火化绣楼之事奏知皇上。皇上想太子和姑娘阳世不能成婚，阴曹地府去相见吧，就下旨叫白相府做了七七四十九天大醮。正好太子三周年已过，皇上爷下旨叫开科选才，各州府县的举子进京赶考。当年张公子在姑娘绣楼读四书五经，和姑娘钻研八股文章，学问很有长进。考官将张公子的文章呈给皇帝，皇上一看龙心大悦，御笔钦点为新科状元，夸官三天，前往相府拜府。

在相府，张公子将白相爷认为干父，白相爷问："你上京可曾带家？"

张公子说："一同进京来了。"

白相爷命人去搬状元家小。搬进府里一见是他二女，追问根由。他嫂子上前将前后经过告知公爹、婆婆，一家欢喜不尽，对外只讲是干儿子、干媳妇，不让传出，免得皇上知晓降罪。相爷派人到巩山县报喜，状元在皇上处告假回家设坛祭祖。

张员外一见儿子中了状元，又带来媳妇孙子，一家欢喜不尽。祭祖一毕，状元回朝做官，姑娘原住白相府和父母哥嫂团圆。后来，白相爷把张公子父母也接进了白府。

讲述者： 刘德全，男，56岁，不识字，农民
采录者： 谢文敏，男，44岁，庄浪县卧龙乡人，干部，初中学历
采录时间： 1986年
采录地点： 平凉市庄浪县
选自： 《平凉地区故事集成》（资料本下卷一分册），第378～387页

196

张环吹箫

张家庄有户人家，掌柜的做的是豆腐买卖，人们就叫他"张豆腐"。"张豆腐"的儿子叫张环，长得头大额宽，两耳垂肩，从小就在学堂读书。张公子有一个绝活，就是吹箫，白天吹箫，飞禽落下来静静地听，夜里吹箫，月亮星星更加明亮耀眼，十里八乡的人都爱听他吹箫。

张环上学，要经过王员外家的后花园，后花园外面有一棵梧桐树。每天放学后，张环总喜欢在梧桐树下吹一阵箫。王员外有个女儿叫秀英，年方二八，尚未许人。每次听到张环吹箫，秀英都坐到绣楼窗前静静地听。

这天，秀英听见张环又在吹箫，她不由得打开后窗向吹箫的地方观看，看见吹箫的是个英俊后生，穿戴整洁，一表人才。秀英不看则已，一看动了芳心，心想：我若能和这位相公结为百年之好，也不枉在人世间走了一回，只是不知他姓甚名谁，哪里人氏。从这以后，她每日都变着法儿向家人打听书生的来历，后来有人告诉他那个张公子是张家庄"张豆腐"的儿子，名叫张环，秀英记在心上，就心里一直琢磨怎样才能见上他一面，可是总是想不出好办法。

一日，秀英突然想出一条妙计，按张环高低胖瘦做了一套衣服。这日，张环吹完箫从楼下走过，秀英瞅得准准的把一盆冷水泼了下去，将张环浇成个落汤鸡。张环顿生怒气，正要发作，抬头见是一个漂亮的女子，两眼含情正伏在绣楼上笑盈盈地看他，立马怒气消失殆尽，问："小姐，你将我浇成这样，我怎么去学堂？"秀英连忙说："相公你莫要见怪。我一时不慎将水泼在相公身上，浇湿了衣服。我这里有兄长的一身衣服，你暂且穿着。你的衣服我给你拿去浆洗，过几天你再来取可好？"张环想了想说："只能如此。"秀英就把新衣服从窗子外吊下去，张环穿着，非常合身，人又精神了几分。秀英目送张环远去，当下心里十分高兴。

从这日起，张环每次走过秀英绣楼下时总要问："小姐，我的衣服洗好了没有？"秀英总是从窗子里探出头来说："还没有。"就这样一晃过了半个月。

这日，张环放学归来，秀英远远迎上去说："张相公，你的衣服洗好了，破的地方我也补好了。新衣服你仍旧穿着，是我特意为你做的。有句话我要问你，还望你实言相告。"张公子说："小姐要问啥话，但说无妨。"秀英问："相公年岁几何，可曾许下媳妇？如若没有，咱二人结为连理，不知相公意下如何？"张公子说："小姐把话说哪里了，你是员外家千金，我是穷人家的子弟，怎敢高攀？"秀英说："我不嫌相公贫穷，今日你回家去，让你父亲差媒人到我家提亲，不管我父提任何条件你都答应就是了。"张环允诺后就告别回家了。

张环回到家里，将王小姐的话说与父亲"张豆腐"听了，"张豆腐"头摇得像拨浪鼓一样说："亲事讲究门当户对，咱这样贫穷，拿啥东西给你提亲？再说王员外能答应吗？"张公子说："你就请媒人试试吧。""张豆腐"拗不过儿子，只好说试一试，但是心想这事八成不行。

"张豆腐"的豆腐坊旁边是王花婆的花坊。这天，"张豆腐"给王花婆说："王花婆，送你一碗豆腐脑儿。"说着，给王花婆端过去一碗豆腐脑。王花婆也不推让，接过去吸溜溜地就趁热吃了起来。"张豆腐"看着王花婆吃完了豆腐脑，说："我有件事想麻烦你，不知你可愿意帮这个忙？"王花婆说："我就知道你有事求我，不然你不会

白给我一碗豆腐脑吃，你我之间还有啥愿意不愿意的，啥话你只管说。""张豆腐"就把给儿子求亲的事说了一遍。王花婆听完，双眉紧锁思考了半晌，说："明儿我跑一回，先探一探王员外的口气。"王花婆回到家里心想：这个"张豆腐"，真是个不知天高地厚的人，亲事讲究门当户对，你家和我家一样穷，还想高攀人家王员外家的千金，真是癞蛤蟆想吃天鹅肉。就没将这事放在心上，几天过后早就忘记了，仍旧东窜西逛地卖花。

这天有集，"张豆腐"又问："王花婆，我委托你的事问了没有？"王花婆心里一惊，急忙说："这事我咋忘了，今日专门跑一趟。"说完王花婆收了花，精心打扮了一番，就来到了王员外的家。喝茶中间，王花婆突然说："王员外，'张豆腐'这个穷鬼，提着碌碡打月亮哩——不知自己的高低。"王员外问："这话从何说起？"王花婆说："他儿子张环，想必王员外听说了，人长得没的说，书也读得好，'张豆腐'想把咱家秀英小姐给他说个媳妇。"王员外听了紧锁眉头，过了许久才说："张相公确实是个好苗苗，若要娶我女儿，能答应老夫一个条件，老夫定不推脱。"王员外看了王花婆一眼，接着说："用红毡从他家铺到我家，彩礼不要，但要在红毡上放一个五十两大元宝和一根等身丝。"

辞别了王员外，王花婆径直来到"张豆腐"家，将王员外的话和盘托出。"张豆腐"听了叹一口气，说："我家的生意，连本带利才三十两银子，盖的毡都没有，哪有铺路的呢，再说那等身丝更是听都没听说过，这事到此为止，怪我儿没那命。"

张环听了，像霜杀的茄子——垂头丧气。他路过王员外家楼下，头也不抬，也无心吹箫，秀英见此情形，心里十分着急。一日，秀英拦住张环，问："张相公，我吩咐你的话呢？"张环就将王花婆的话照实说了。秀英听了，思考了一会儿，说："今夜三更你和你父到我楼下来，我给你这些东西。"

夜里三更，父子两人按秀英说的时间来到楼下，"张豆腐"在路边捡起一颗小石子朝楼上扔去，不偏不斜打在绣楼的窗子上，只见灯光一闪，秀英的头从窗子里探出来。张环急忙招手，秀英身子收回去，从窗子里扔出几包黑乎

乎的东西。二人不敢出声，急匆匆背回家，打开一看，黑布里包着几卷红毡和一块金砖。

第二天，"张豆腐"立即请人翻修房屋。半年时间，一座崭新的院落拔地而起，"张豆腐"又买来羊毛擀毡。一切办好，一块金砖才用去少半，"张豆腐"又请来王花婆商量订亲的事。看着"张豆腐"家的高堂屋舍，王花婆惊奇得目瞪口呆，不住地啧啧称赞。"张豆腐"笑着说："人常说，兵要场哩，财要藏哩，以前我家是穷，那是我没有拿出家藏的东西来，目下提亲，才将家藏金银拿出。"晚上，张环到秀英楼下取等身丝，他仍旧用石子敲窗子，秀英听见，剪下一股头发递下去，说："等身丝是我的头发，回去快办！"

第二天，张环将一切办好，他青衣小帽，粉底皂靴，"张豆腐"也穿了一身新衣服，同王花婆来到王员外家。王员外无话可说，答应择吉日成亲。婚后，夫妻二人恩恩爱爱，日子过得十分美满，张环整日守在秀英身旁，寸步不离。一天，秀英突然说："相公，你整日坐在家里，书也不念，不知功名还要不？"张相公笑着说："夫人眼睛像珠宝，我怎么舍得走开？"秀英听了，从头上拔下一根金簪，双目圆睁，说："我把眼睛刺瞎，看你还看啥？"说着举起金簪，张环一把夺下，双膝跪倒，说："夫人千万别生气，今后我发奋读书就是。"

从此，张环发奋读书，每晚读书到四更，秀英陪丈夫也到四更天。来年皇王开科，张环考中状元，皇上恩准他回乡祭祖，张环奏道："启奏万岁，我的状元全靠我妻秀英激励，才发奋读书得来。"他将秀英刺目劝夫之事详细说于皇上，皇上深受感动，封秀英为一品贤德诰命夫人。

讲述者： 谢文敏，男，68岁，退休文化馆员，初中学历

采录者： 周斌，男，38岁，文化工作者，本科学历
　　　　 李永峰，男，44岁，企业经理，大专学历

采录时间： 2010年3月14日

采录地点： 平凉市庄浪县卧龙乡谢家庙湾村

选自： 《庄浪古经》，第49～52页

197

小伙子娶媳妇

有一个娃，没妈没爸，和他哥他嫂子在一起过日子着咧。他哥是个胡日鬼，一天吃烟耍钱不在家，这个娃就和他嫂子过着呢。一天给娃是冻不死的衣服和饿不死的饭，一天就把这个娃虐待着，让娃早上去耕地，下午去放羊，一天吃不上饭。有一天，他哥赢了点钱，回来称了几斤牛肉，早上他嫂子给他哥炒的牛肉香草，他犁地回来咧，他哥说："兄弟回来了，吃饭来。"他嫂子说："你早上叫不起来，我头碗就给他咧。"这个娃又去放羊了，到了下午，他嫂子做的饺子，进了门看见他哥一家吃饺子咧，他哥说道："兄弟回来咧，过来吃饭来。"他嫂子又说："我头一碗就给他给了。"实际上没有给这个娃给。

就这样过了好久，这个娃长大咧，一天把羊赶出去，这个娃给跑咧，跑了三天三夜，没有见一口吃的。早上起来，太阳有一竿子高，走到路旁边有个凉水泉儿，喝了点水洗了个脸，在路旁边晒暖暖呢。一个班儿头套了个轿车，他在车头上坐着哩，车里坐了个姑娘，姑娘从车窗上看到这个娃脸上有水，就从窗口给扔了个手绢。这个娃把脸上的水擦了，姑娘一抬手不小心将另一个手绢儿也给丢

了下来。他就撵着车子跑呢，越撵越远。这个娃一直跟着车子到了姑娘家门口。车子停下了，他也撵不动咧，他已经好几天没有吃东西咧。他就靠在门旁边睡着了，睡梦中听到有人说："少年啊少年，你咋在这儿睡觉呢，你的婚年华到咧。"这个娃被惊醒了，见太阳已经偏西咧。这个娃起来说："我已经三天三夜没有见吃的咧，我的婚年华怎么能到咧。"他就去这家要吃的咧，做活的人来去做活哩，给谁要去呢？原来那家子是个有钱人，他进了八套大门，人家都做活着哩，往前一走，往下一看，从人家的楼上给上去咧。这下坏了，咋从人家楼上下去咧。他往下下了两个台阶，人家把哨子一吹，把大门上住，把狗放出来咧。这下没地方去咧，连活命的机会都没有咧。他着急之下，打开了一间房子的门，把门一开东看西看，里面没有人，没地方藏去，就从人家的柜子里面钻进去咧。

原来是那家姑娘在这个楼上住着咧，有个侍女伺候这个姑娘呢。这个姑娘到她外婆家浪去咧，日子到了，班儿头就套着轿车叫去咧。晚上这个姑娘来睡来咧，侍女把炕给铺好，就问道："你今晚是睡觉咧还是做陪房[1]呢？""这日子到跟前咧，我陪房没有做好，我要做陪房哩。"侍女又问："你吃呢还是喝呢？"姑娘说："你给我拿点馍馍拿点水。"这个娃就在柜子里听着咧。这个姑娘就做她的陪房着咧，他不敢出来，用手指把柜子抠得"吱吱吱"响呢。那个姑娘在炕上做陪房呢，三做两做的。姑娘想：我这几天没在家在外婆家，是不是老鼠进去咧，把我的陪房咬咧。这个姑娘从炕上下来，这个娃就感觉到咧，在里面不敢动咧。姑娘从柜子里拉出几件看了一下，好着咧，就继续上炕做她的陪房去咧。

又做了一会儿，这个娃在里面又开始"吱吱吱"地动咧。姑娘就真的以为是老鼠，把陪房全部拿出来咧，两揣三揣，把这个娃的胳膊给揣出来咧，整个人也给揣出来咧，把这个姑娘一下子给吓晕咧。他就给说："我不是鬼也不是神，我是人。你别害怕，别不信，看看这个手绢是谁的？"姑娘心里一明白，一看手绢是自己的。这是我在凉水泉旁边给那少年擦脸的，这咋跑到我屋里来咧？这

姑娘吓得在地上打颤呢，这个娃就给那盘子馍馍和那壶水打主意呢，于是就坐到炕上把那盘子馍馍和那壶水连吃带喝地弄完咧，不下炕咧。最后，弄来弄去，没让别人发现，让这个侍女给发现咧，心想：这个姑娘没去她外婆家之前，我给端一盘子馍馍一壶水吃不完，从她外婆家回来，我端的多也吃完咧，端的少也吃完咧，咋越吃越面黄肌瘦的？侍女出去下了两个台阶，又偷偷地趴在窗户上看咧，一看是两个人吃饭咧，下去也不敢给人说。这个姑娘她哥是个大官，家里是她嫂子拿事呢。

过咧好久，这个侍女给姑娘她妈妈说咧，说姑娘楼上有人哩。她妈就熬煎咧，一天不吃不喝，愁眉不展。她嫂子就来看她妈咧，问道："你一天熬煎得不吃不喝，是不是我没有给我妹子陪好，还是你有了病咧？"她妈说："我也没病，你给你妹妹陪得也好。"就是把事情不敢言喘。过咧几天，姑娘嫂子看着姑娘出嫁的日子到咧，她哥也就回来咧，害怕被她哥骂，就把轿车套上要送她妈去药房。这个母亲这下着急咧，把儿媳妇儿叫过来，说道："你过来，妈给你说几句话，妈没病，药房就不去咧！""这是咋回事？"儿媳妇问道。"你妹子楼上有人咧。""哎，快去，快去，姑娘是个嫁人的，我妹子楼上有人有啥咧嘛。你要是饿了就吃饭，瞌睡了就睡觉去，姑娘是个嫁人的。"儿媳妇给婆婆说道。于是就给侍女交代了，以后往楼上端上两个人的饭，这件事只有你一个人知道就行，别让其他人知道，让别的人发现你就不能活。侍女就一天天地伺候着呢。

离结婚就剩两天咧，她哥明天就回来咧。今晚她嫂子把班儿头叫过来，给说："明天有集呢，你去给我买两匹大马，原鞍原辔的。人都睡着之后你给我拉到后院里，你就睡觉去。"姑娘她哥第二天回来咧，这个班儿头去街上买马去咧。晚上她嫂子给她哥把酒肉弄得吃饱，她就陪着男人去睡觉咧。睡咧一会儿，看男人睡着咧，她就起来弄事咔。

她去后院一看，有两匹大马在桩子上拴着咧。于是就去上房给装了两箱子金银财宝给搭到马身上，还给姑娘和那个娃一人拿了一身衣服，去姑娘的楼上，把他们两个叫起来，让赶紧把衣服穿上走。这个姑娘和那个娃就把衣服

穿上，在后院一人骑咧一匹马，把后门打开两个人就跑咧。她嫂子把一只狗勒死，撇在姑娘的炕上。第二天早上起来，娶姑娘的那家人来咧，她嫂子把那只狗装到棺材里，对娶亲的那些人说："这是给过的人咧。夜黑[1]楼给着火咧，姑娘让烧死咧，这你们把棺材拉上埋去。"王家的人就把棺材拉走咧，当成自家的儿媳妇给埋咧。这就有句话说："张家着了楼，王家坟里埋的狗骨头。"

这个小伙子原回到他家去咧。晚上，他嫂子在做活，他哥靠着被子在睡觉，这个小伙子就叫门呢。他哥就说他兄弟回来咧，她嫂子就说："快去快去，你赶紧睡觉，他出咧我这门不是狼吃就是狗炖，他把我亏了么。"他哥就不敢动弹咧。这个小伙子又叫了个第二次，他哥还是对他嫂子说他兄弟回来咧，他嫂子又把他哥骂了几句，他哥又不敢言喘咧。这个小伙子又叫了第三回，他哥就下去给他开门咧，他嫂子也跟着出去咧，把大门打开一看，有两匹大马和一个花媳妇儿，就让从门里进来咧。晚上，他嫂子给做的饭，对这个小伙子和媳妇儿说："他大大[2]和他姨，你们俩快吃，我就做的随便饭，明天起来再做。"这个小伙子就说："嫂子，这比那个牛肉饺子还香。"又过咧一会儿，他嫂子又让着吃饭，小伙子又说："这个比牛肉饺子还香。"这个姑娘就去他哥所在的城里开咧个大饭馆，有了名声咧，姑娘对自己的男人说："咱们现在这饭店有名声咧，别人家有名声咧都请我哥吃饭，咱们也请一请。"小伙子说："那就行，咱们也请一请，你去做饭我去请。"小伙子去衙门给门卫说咧，大官把单子一看，原来这个城里有个新饭店咧，就跑去吃饭咧。到咧饭馆里，这个姑娘就隔着窗子把自己的哥哥看咧一眼，没见他哥的面，他哥不知道是妹妹家，只有她嫂子一个人知道咧，谁也没有告诉。

讲述者： 温金祥，男，87岁，回族，崆峒区西阳回族乡清明村一社村民，农民，不识字

[1] 夜黑：昨晚。
[2] 大大：小叔父。

采录者： 余亚丽，女，23岁，崆峒区西阳回族乡人，兰州文理学院文学院本科学生

采录时间： 2021年1月27日

采录地点： 崆峒区西阳回族乡清明村一社

附记

这是编纂组实地采录的一则故事。当时正值深冬时节，天气特别冷，去时温金祥老人和老伴正坐在热炕上，因为怕他们着凉，编纂组人员就没敢让他们下炕，老人就在他们家热炕上讲故事。尽管温金祥已是87岁高龄，但老人家精神状态良好，口齿清楚，思路清晰，所讲故事人物关系复杂，结构完整曲折，可以说是编纂组实地采录的故事中最好的一则故事。（徐凤）

198

讨饭娃娶妻

口外有一个老汉非常有钱，但只抓[1]了一个女孩，再啥都没有。老汉有钱没地方花去，就到兰州浪来了。走到兰州铁桥上，不小心把银子袋子从包包里漏出来丢了，老汉就在城墙上贴了个告示，说："谁把我银子拾去了，多少给我些，让我和马能回到口外就行，剩下的全拿去。"其实是个念书娃把这个银子袋子拾去了，他也在城门上写了一个告示，说："我拾了一疙瘩银子。"这个娃和他爷在一起过活，他爷以补烂鞋为生，再供这个娃上学。那个老汉找到这个娃家里，这个娃说："我拾了。"老汉说："我拿个少的，你拿个多的，能让我和马回到口外就行啊。"那个娃不要，他爷也不要。他爷说："我不要，你全拿走。"那个老汉心里过意不去，说："我老两口一辈子没有儿，抓了个女儿，我把我那个女儿给你这娃。"老汉这样一说，爷俩生气了，他爷说："你知道我爷孙两个这么穷，几时能到口外？你还把你女子押给我！你赶紧把你银子拿上走。"这个人只好到屋里拿上银子走了。

[1] 抓：养。

回到家里，这个人就给老婆说："我把女子给到兰州口里了。"就把他在兰州遇到的事前前后后都说了。老婆说："你走了，我把女儿给到口外了，你又把女子给到口里了。"这下，等于他们两个把一个女儿给了两个地方。

过了一段时间，这个娃他爷去世了，没有人供养这个娃上学了，这娃就到处讨饭。一天，这个娃讨到了老婆把女子给的那个家里，家里像过事又不像过事。这个娃就把给的馍咬了一口，吃着走了。走了之后，这家老汉从楼上下来了问老婆："你跟院里谁说话哩？"老婆说："一个讨饭的。"老汉又问："这个讨饭的是个年轻人还是个老汉？"老婆说："是个年轻人。"老汉给老婆说："你去把那个娃叫来。"这个娃就又回来了，老汉问："你家在哪里？"这个娃说："我家在口里。"老汉说："年轻娃娃不能讨饭，你做个生意行不行？"这个娃说："我没钱怎么做生意哩？"老汉说："我给你些银子，你给我办个事。"这个娃说："啥事，看我能不能办。"老汉说："你绝对能办。我给娃问了个媳妇，媳妇聪明得很，但是我娃瓜着哩。我们这里结婚是要新女婿上门娶媳妇，还要让新女婿在女方家里歇一晚上，我娃瓜着哩，我怕那女娃不跟我娃了，你就替我娃把这个事办了。"这个娃想，不就是替他娶个媳妇吗，那简单得很，就答应了。

这家的老汉就取来给儿子做的新衣服，让这个娃穿上，结果大小长短刚刚好，走前这家老汉又叮咛这个娃："黑了你可不能睡觉，不能上炕。"这个娃全都答应了。

到了新媳妇家里，这个娃就听了这个老汉的话，坐在一张桌子跟前看书哩，看了半晚上书，那个新媳妇也在炕边上坐了半晚上，她说："相公，夜深了，你休息一阵。"这个娃说："你休息，我再看一阵书。"过了一会儿，女孩又说："相公，夜深了，你休息。"这个娃说："你休息，我再看一阵书。"总共说了三次，那个女孩有点怀疑，心里想：这看了一晚上书不休息么，这可能不是我丈夫。女孩就去找她大，说："我丈夫这会儿了还不休息，看书着哩。"她大一去，这个娃就给说了："我在兰州口里，我爷那会儿补烂鞋供养我上学，我爷去世了，没有人供养我生活供养我上学，我讨饭讨到这里，这家人让我替他们娶媳妇哩，我就来了。"老汉说："她就是你的妻，我那会儿在口里，把银子丢了，是你拾下了，你当时不要银子，我就把女子给你了，这就是你的妻。"于是，这个娃就成了这个女子真正的丈夫。

讲述者： 温金祥，男，87 岁，回族，崆峒区西阳回族乡清明村一社村民，农民，不识字

采录者： 王丽丽，女，22 岁，庆阳市正宁县西坡镇人，兰州文理学院本科学生

采录时间： 2021 年 4 月 8 日

采录地点： 崆峒区西阳回族乡清明村一社

199

李恩赐招亲

东京汴梁有张、李两个员外，张员外所生一子黑麻大汉，丑陋不堪；李员外所生一女名叫李天香，面貌俊秀。李员外想给女儿选一聪明精干的好女婿，张员外也打算给儿子讨个俊俏媳妇。再说汴梁有个李老头儿，老两口靠卖豆腐为生，四十多岁才得了个儿子，自然非常喜欢，他俩觉得这是老天赐给他们的，就起名叫李恩赐。

李老头儿家对面有位王老秀才，开着铺子做买卖，膝下无儿无女。到过百日这天，李老头儿抱着娃娃游转，王老先生的老婆对王老先生说："李老哥四十几才得贵子，今天百日，你叫过来咱把娃看一下。"

老两口一看这娃生得天庭饱满，天方地圆，重重的身骨，憨实的模样，王老先生爱不释手，他俩商量问李老头儿是否可以把此娃收为干儿子，李老头儿也觉着日后娃长大了跟王老先生读书认字，看有没有出路。

王老先生很高兴，让老婆扯布给干儿缝衣裳，把干儿打扮一番。李老汉让老婆炒豆腐擀面请娃干爹干娘给娃过百日。从此以后，因李家很忙，顾不上抓养孩子，王先生老婆就成了孩子的保姆，尽力照料。

李恩赐到七岁时，李老头儿死了，王先生就照管他母子俩，豆腐也不让卖了，恩赐每天在王家铺子念书认字。恩赐十二岁时，他干娘又死了，王先生更加爱恩赐了，教书教算盘，恩赐帮他干爹料理铺内生意。李恩赐长到十七岁时，字也认得多了，文章也可以写了，就替他干爹经商做买卖。

再说张员外的儿子长到十八岁时，送在南学念书，他想找个漂亮女人，但因人长得丑陋，始终找不上。李员外好胜心强，人都怕他躲他，所以他女儿长大后也无人求亲，他请人给他姑娘画了像，悬挂在门首，只要两厢情愿者，不管穷富，都可前来招亲。可是过了三个月，也无人前来求亲。

张员外有天路过李府，看见了画像，心中一动，把这女子娶为儿媳该多好。他回家看见了儿子却唉声叹气，连连摇头。管家知道了想出一计，说道："公子长得丑，可找个顶替的，等娶过来，她就没办法了。"

张员外也觉得可行，便和管家去大街上找漂亮小伙子，走到王先生铺子前，张员外直愣愣地打量着李恩赐：头大额宽，两耳坠肩，好个标致的小伙子。随即走进店铺，李恩赐连忙让座，端茶递烟。

张员外出来把王先生请进屋内，坐定后张员外开门见山地说："我喜欢你这孩子，我用管账先生换你家孩子如何？"

王先生说："这是我干儿子，咋能换呢？"张员外再不好说了，闲谈了几句回他府上了。

回府后，张员外长吁短叹，心里一直揣摸着这件事。管家又献计说："咱给王先生说咱家设坛祭祖，请他来府作篇祭文，等他到府后再提顶替之事，给他两千两银子，他就会把干儿子送过府来。"张员外就让管家依计而办。

第二天，管家到王家铺子请王先生，王先生向恩赐交待了铺内生意，到张府去了。张员外在门口等王先生，王先生一到他就迎上前去，手拉手进入府内，王先生心里直嘀咕，这张员外平日对客人很一般，今天和往常咋不一样，便问："你要写啥，快准备东西我给你写完，我还忙哩！"

张员外说："今天请你来只是吃喝闲聊，再无别事。"

就这样闲吃闲坐，好酒好饭过了三天，王先生早就急了，心想：人常说无有三天的宴席，这三天他必有要事，可怎么不说呢？于是就去问张员外。张员外说："实不相瞒，我家小员外生得丑些，不容易找个好媳妇。现有李员外家小姐，我儿去她肯定看不上，我想把你干儿借来占了这门亲。"

王先生一听原来是这样，满口答应，并要做媒，选择吉日下帖到李府。李员外一见很高兴，在帖上写了"我女验婿"四个字，王先生回张府告知张员外，就把恩赐请去。起初恩赐不肯去，王先生说他写祭帐让恩赐学学，往后也可以给别人写，恩赐不知其中缘故，就到了张府。

到张府后，张员外给恩赐先换了一套华丽合体的衣服，才给恩赐说了事情的原委，并答应事成之后给恩赐包娶媳妇。恩赐心里想："你儿生得丑，让我顶替娶过来，让人家姑娘受委屈，我岂不是做了伤天害理的事。"但他见干爹态度坚定，也没再言喘，就顶替人家走一趟吧。

这天，李员外安顿女儿："你站在头道绣楼上看那年轻小子，如满意让丫鬟告知我。"下午，李天香在头道绣楼偷看，见那小伙子容貌赛过潘安，像天仙童子一般，就喜之不尽，让丫鬟告知了他父亲。李员外高兴地喝了订亲酒，打发张家来人回去后就忙着给女儿置办嫁妆。按照乡俗，他们要先认女婿，后喝喜酒，二人在娘家梳龙挽凤，拜了花堂，宿得一夜到五鼓天白，才往回抬媳妇。

话说李员外家准备停当后，通知张员外前来娶亲，张员外只得硬着头皮让恩赐再顶一回，但晚上不许上绣床，在地上看一夜书，如不从，便要他干爹加倍还那两千两银子，还要砍脑袋。恩赐迫于淫威，只得再次顶替。

接新人到李府，拜了花堂，入了洞房，喝了换盅酒，闹到半夜，丫鬟都离去后，李恩赐站在陪嫁的四书五经架前装着看书，可心里矛盾得很。李天香在绣帐内心想：贵人今晚怎不上床安眠呢，也怪我父，人家一个员外之子还愁没书读吗，真是的，现在弄得不睡觉却看书去了。

替张员外监视的管家向员外报告说："恩赐很老实，一直在看书。"张员外满意地喝喜酒去了。经多次观察，恩赐照旧，张员外也放心了。且说时间已到三更，可把姑娘急坏了，心想他是不愿意跟我结婚吗，还是有其他原因，看他读书的样子好像有什么心事，不妨问一问，就说：

"小员外，天已三更，你还不上床，总得有个原因吧。"

李恩赐吞吐了半天，觉得应该把实情告诉姑娘，于是他从头到尾给姑娘说了一遍，姑娘听了又喜又悲，喜的是她能和恩赐结成良缘，悲的是张员外这老贼险些害了自己。这阵儿，姑娘早已把恩赐拉上绣床，灭了灯安眠了。

管家看两个人上床睡觉了，赶忙报告了张员外，气得张员外眼前直发黑，咬牙切齿地说："等明儿过了府，我定要将这厮一刀两断。"

天亮后，李恩赐要下床过张府，天香拉住他说："你怎么这么糊涂，你过去还有命吗，咱今天住明天睡，明天住后天睡，看他张老贼能把你怎样？"

丫鬟叫他们洗脸，他们不吭声，丫鬟害怕了，叫来了夫人，夫人叫道："你们赶快起来后梳洗上轿。"

过了一会儿女儿出来说："娘，那位昨晚突然得了病，浑身发烧起不来。"

李员外赶紧抓药治疗，并向张员外赔情，说等新郎病好了后再给送去。张员外硬是不肯，要接过去。李员外无奈请医生快治，她女儿却不让进，可把李员外气坏了，亲自去看，女儿就哭哭啼啼地告诉了事情的原委。

李员外听了说："我儿不必啼哭，此事有为父做主。"这时，李员外就召集人员，八人抬轿，十六人手执棍棒，准备去张府打张员外个落花流水。安排妥当后，就大吹大擂，浩浩荡荡开过张府，张员外知道李员外霸道，不敢造次。送亲一行顺顺利利到了东当铺，张灯结彩，大办喜事，非常热闹。一旁活活气坏了张员外，在炕上躺了三天就死了。

张员外一死，李员外就把顶亲之事告知众人，人人拍手称快，李员外把小两口接回他府，继承他的万贯家产，把东当铺送给王先生，李恩赐接了他母亲去奉养。后来，王先生又娶妻生子，两家永为至亲。

采录地点： 平凉市庄浪县

选自： 《平凉地区故事集成》（资料本下卷一分册），第 387～392 页

讲述者： 刘德全，男，56 岁，农民，不识字

采录者： 谢文敏，男，44 岁，庄浪县卧龙乡人，干部，初中学历

采录时间： 1986 年

200

孝子娶妻

从前，有一个娃他爸无常[1]得早，家里非常贫寒，他妈是个瞎子，整天躺在炕上，就靠这个娃在外打工挣钱维持生活。这个娃是个孝子，他妈说啥他就听啥，从不违背。

有一天，这个娃回家时工头给了他些粮食，这个娃就提在手里走回了家。到了家里，这个娃给他妈说："人家给了些粮食，提得我胳膊疼。"他妈就给这个娃说："你明天回来时掮上。"

第二天，这个娃又去打工咧，走时工头给了一个骡驹子，这个娃就把这个骡驹子掮上，骡驹子把这个娃蹬得不行。回到家，他妈就说让他第二天拉上。

第三天，这个娃又去打工咧，走时工头又给了一疙瘩肉，这个娃就把肉拉着回去咧，等他把肉拉回家时，肉已经吃不成了。他妈又给他说："你不应该把肉拉回来，拉回来都拉坏咧，你应该掮上。"

第四天，临回家时，工头给了这个娃一只羊羔子。这个娃想起他妈妈说的话，就把羊羔子掮着回去咧，羊羔子在路上又把这个娃蹬了一路。

李员外有个女子，是个哑巴，一直嫁不出去，这个娃掮着骡驹子从这李员外门口过咧，李员外的女子就看着咧，她虽然是个哑巴，但是心里清楚着咧，就想：这娃把个骡驹子掮上干啥咧？

其实几年前，李员外就为女子不说话的事问过喇嘛嘛，喇嘛说这个女子只要见了本丈夫就会说话，到时这个丈夫会掮着一些奇奇怪怪的东西路过他家门口。从那以后这个女子就一天在门外面看着咧。李员外多次问女子看到了啥，女子都不会说话。

这一天，这个娃掮着羊羔往回走咧，这个女子又站到门口看着咧，李员外问这个女子看啥哩，这个女子还是不会说话，但是她用手比画着叫她爹出来看这个娃咧。李员外出来就一眼看见这个娃掮着一只羊羔往过走咧，他堵住问这个娃一天干啥着哩，这个娃说："我一天给人打工着咧，家里有个老娘咧，她一天说啥我就做啥咧。"这个女子见她爹在外面咧，也就走过来了，给她爹说："这个娃前天掮了个骡驹子，昨天拉了一疙瘩肉，今天又掮了一只羊羔子，很搞笑。"李员外看见女子突然会说话咧，知道眼前站的这个娃就是女子的本丈夫，就把自己的这个女子嫁给了这个"孝子"。

讲述者： 余文俊，男，70岁，回族，崆峒区西阳回族乡清明村一社村民，农民，不识字

采录者： 余亚丽，女，23岁，回族，崆峒区西阳回族乡人，兰州文理学院文学院本科学生

采录时间： 2021年4月8日

采录地点： 平凉市崆峒区西阳回族乡清明村一社

---

[1] 无常：回族人口中的去世。

201

拐夫与麻妻

过去，婚姻大事由父母一手操办，新郎新娘到结婚的这一天还不知道对方姓啥，更不要说是啥模样。相传，有个姑娘，贤惠温柔，做饭缝衣样样拿手，身材也很标致，只有一样使她短精神，在人前抬不起头来。因为她是个麻子。这不，已过二十好几了，没有一个提亲的。

说来也巧，在三十里外的村庄，有个小伙子五官长得清俊，心眼也好，庄稼活、家务活没有他不会的，可是他是个拐子，三十好几了还没有找上媳妇。他的父母着急得不行，四处托人，就是没有说成一个。

一个媒婆婆来说亲，正好说的那个麻脸女子，可是媒婆婆并没有说清这一点。这小伙子一家当然很感激。媒婆就到麻脸女子家里，照样说了很多好听的话，只是没有说明那小伙子是个拐子。这样来回几趟，这门亲事就定下来了。

新婚头一夜，女婿送走了客人，刚到洞房门口，里面的灯灭了。女婿被门槛绊倒了，爬起来正要点灯，新媳妇说："先不要急，我有个请求，就是我连说三声'点、点、点'，你一定要点着灯，要不……"女婿急着问道："要不

怎么样？"新媳妇说："点着灯后你就知道了。"女婿也想和新媳妇闹着耍一阵子，当然就答应了。只听"点、点、点"三声后，女婿还没有找见灯，新媳妇忽然哭起来了。

女婿很奇怪，赶紧点着灯，才发现新娘是个麻子脸。新娘停住了哭，骂女婿说："你这笨人，不知道姑娘有十八变吗？我这是最后一变，让你在我说三声'点、点、点'的时候，一定要点着灯，你磨磨蹭蹭害得我变成这个模样了，难道你不嫌弃我吗？"接着又哭起来。

新女婿这才明白了他第一次见她时，她要拿一朵花遮着脸的原因。于是女婿也埋怨道："你还怪我呢，我进门时你吹灭灯，害得我跌了一跤，把我的左腿绊得短了一截子，你能伺候我一辈子吗？"

讲述者： 李效宗
采录者： 李自来
采录时间： 1988 年 5 月 31 日
采录地点： 平凉市泾川县罗汉洞乡
选自： 《平凉地区故事集成》（资料本下卷一分册），第 437 ～ 438 页

202

一块黑铁

从前，有个姑娘生得灵巧，别的不说，单就唱歌，那声音就像银铃儿一样，人们也给她送了一个好听的名字，叫铃铃。铃铃长大了，好多人来求婚说媒，铃铃总是不肯。眼看铃铃十八岁了，她哥为妹子的婚事很着急，但就是摸不着她心底里到底要咋么个女婿。

一天，她哥皱着眉头说："你也不能做一辈子姑娘啊，娘死的时候交给我一块黑铁，说这块黑铁是她出嫁的时候舅奶奶给她做压箱宝用的，到你出嫁的时候就把它送给你。可一年一年就这样过去了，我把黑铁没办法交给你呀！"说着从柜里取出一块黑得发亮的铁来。

铃铃接过黑铁，看了看，摸了摸，红着脸说："我把这块黑铁挂在门上，我坐在门楼上听，凡是来求婚的都得对黑铁唱首山歌，唱得好的，我就配他。"她哥同意了。铃铃就把黑铁挂在门上，对着黑铁先唱起了一支山歌：

一块黑铁黑油油，

我把黑铁挂门头。
谁的山歌唱得好，
和他结伴到白头。

这声音好听极了，像一阵春风，吹得年轻人的心都"咚咚"地跳哩。

一天，一个当官的儿子，穿着漂亮的衣服，骑着高头大马来了。他望着黑铁，摇着彩扇，摇头晃脑地唱道：

一块黑铁黑油油，
打只铃铛挂马头。
穿银戴金谁能比，
繁华京城任赏游。

哥问铃铃："这个公子唱得咋样？"铃铃说："声音像一头猪叫哩。"哥把这话说给那公子，那公子懊丧地走了。

又一天，一个商人的儿子，也穿着漂亮的衣服，骑着高头大马来了。他望着黑铁，摇着彩扇，拉长嗓门唱道：

一块黑铁黑油油，
打把铁锁锁柜头。
我做买卖你管账，
一生花钱不用愁。

哥问铃铃，"这个少年唱得咋样？"铃铃说："声音像一头牛叫哩。"哥把这话给那少年说了，那少年灰溜溜地走了。

最后，一个年轻力壮的小伙子来了，他赤着胳膊，光着脚片，望着黑铁，放开嗓门，大声唱道：

一块黑铁黑油油，
好打镰刀和锄头。
镰刀割麦沙沙响，
锄头开山滚绣球。

这小伙子歌音刚落，门楼上传来了铃铃的歌声：

一块黑铁黑油油，
愿打镰刀和锄头。
一同耕种一同收，
我俩结伴到白头。

铃铃的山歌一落音，黑铁"咕咚"一声掉下地来。过了一会儿，门开了，铃铃笑嘻嘻地走下楼来，把这个青年小伙子接进了门里。

讲述者：　仇惠惠
采录者：　魏开明
采录时间：　1986 年
采录地点：　平凉市庄浪县
选自：　《歌谣故事》，第 335 ～ 337 页

203

王进宝下四川

从前，有个王员外和刘员外，两家都是这方圆算得上的大富汉。这王员外和刘员外从小就在一搭念书习文，一直念到三十岁上，两家的老人都去世了，他二人就当了各家的掌柜了。王员外和刘员外两个友好了半辈子，这时候才分开了，各顾各的光阴去了。

一天，王员外把刘员外请到他家来用高酒贵饭款待，刘员外看到王员外的女人有身孕，说："你的女人有身孕，我的女人也有身孕。咱俩从小在一搭念书，好得很，咱俩不妨给娃娃隔肚子许个亲。"王员外两口子也很同意。刘员外接着说："若是咱俩生下的娃娃是一男一女，咱俩就是儿女亲家，娃娃长大了就成亲；若是咱俩生下的娃娃同是男的，和咱俩一样，在同一个学堂读书；若是咱俩生下的娃娃同是女的，就坐在一个绣阁里扎花。"王员外两口子听了很高兴，就搭这么定下了。

不久，王员外的女人生下了个儿子，取名叫王进宝。刘员外的女人生下了个女子，取名叫刘金花。

后来王员外家的光阴一天不如一天，慢慢地穷了，刘员外家照常还是很富。只说这两家一穷一富，这门亲事究

竟咋了结呢，为了这件事，刘员外经常唉声叹气，心里很不舒服。

他想：把女儿许给王进宝吗，王家太穷了，女儿将来免不了受罪；不许给王进宝吗，他和王员外是几十年的同窗好友，人面值千金，让人指脊背呢。他为这件事操劳得一天比一天瘦了，白头发一天比一天多了，女人见他经常这样，问了好多次，刘员外总是摇一摇头，摆一摆手，不说话。

女人问来问去，刘员外就把他的心事给女人说了。刘员外的女人是个开通人，听了刘员外的话，笑着说："我当你为啥事把你操劳成这个样子了，才是为了这点小事。这有啥难的，你和王员外交情很深，你看到王员外家穷了就不给咱家女儿了，人会骂断大肠头子的。依我看，把王进宝娃娃接到咱家门上读书，吃穿咱们管上，长大了以后再成亲。"刘员外一听女人是个通情达理的人，心里的一块石头也就放下了。

到了第二天，刘员外就打发人去接王进宝。可是，打发去的人空回来了。又过了一天，刘员外就亲自叫王进宝去。刘员外到了王员外家，苦口婆心地给王员外两口子说了些好话，再给王进宝说了些好话，王进宝才跟着丈人回来了。

王进宝进了刘员外家门前的学堂以后，吃的刘员外家的好饭，穿的刘员外家的绸缎。就打这一直念到十五六岁上，他的同窗好友对他说："王进宝，你寻了一个好媳妇。"王进宝心里想，刘金花人品好是好得很，究竟对我好不好，还得想一个办法试试。

王进宝爱吃旱烟叶，就故意把烟口袋拆破，给妻兄弟说："你去叫你姐姐给我缝好。"妻兄弟晚上放学回家后，把烟口袋给了刘金花。第二天，王进宝从妻兄弟手里接过烟口袋一看，针脚又细又好看，他心里很满意。

又过了几天，他故意把烟口袋烧了一个窟窿，让妻兄弟叫他姐姐再补。刘金花拿上烟口袋，心里很失笑，就给她兄弟说："你王家哥来到学校不好好念书，光爱吃烟，爱吃烟我做一个花烟口袋给他。"刘金花一夜没睡，就连夜给王进宝做了一个花烟口袋，交给兄弟，说："你给你王家哥给烟口袋的时候不要叫人见了。"第二天，王进宝

拿到新烟口袋，心里乐呵呵的，就真格地学习开了。

几年又过去了，这一年的五月端阳节，广阳山唱庙会，刘员外老两口引着王进宝去看庙会。走到半路上，王进宝看到刘金花没有去，就心生一计，叫唤肚子疼得很，走不动了。

刘员外就把开门的钥匙给了王进宝，打发王进宝到家里去。王进宝走到丈人家的门前，就敲着门叫刘金花开门来。刘金花下楼来开门，在院子里问："谁叫开门？"王进宝说："姨父叫我取钱来哩。"刘金花说："把钥匙拿来我开。"王进宝把钥匙从门缝里递进去，刘金花刚把门打开，王进宝就跑到刘金花的扎花楼上去了。刘金花锁上门，也跟着到扎花楼上去了。

两个人亲亲热热地说了半天话，亲热了一会儿，刘金花就给王进宝做饭去了。王进宝看见桌子上有两瓶酒，就拿起一口气喝光了。等到刘金花端来饭时，王进宝软软地睡在床上，没一点气了，把个刘金花连吓带急，哭得死去活来。

到天发黑的时候，王员外老两口浪罢庙会回来了，叫刘金花开门。刘金花跑去把门开开，就一溜风上了楼房。刘员外老两口心里想：我往常来的时候，女儿给我脱衣解带，今儿咋了，把门一开就一溜风上楼去了。刘员外老婆也觉得奇怪，就追上楼骂女儿去了。

这老婆子没进楼房门，就骂开了："我连你大往常回来的时候，你就给我俩脱衣解带，今天咋了，进门不见你的面。"等到进门一见，刘金花趴在炕头上哭着说："王进宝死了。"老婆子一看，哎哟天哟，王进宝直挺挺地躺着，没一点气了，一揣脚手冰冰儿的，吓得老婆子马上叫来了刘员外。刘员外一问情况，原来是王进宝喝了一瓶酒死的，刘员外引了一个家人，连赶叫王员外去了。

刘员外跑到王员外家，一进门便跪在地上说："亲家你开恩，你不开恩，我跪下就不起来了。"王员外丈二的和尚摸不着头脑，忙问："啊呀，我的好亲家，这么远的路上你来，有啥事把你难成这个样子了。为啥还跪下不起来呢？快起来，快起来！有天大的事，咱坐下慢慢说。"说着就把刘员外扶起来了。

刘员外就把王进宝死了的前前后后给王员外说了。王

员外老两口一听是儿子短命了，强忍住眼泪没有淌，长出了一口气，说："既然死了就死了，是没治的一场事。你拣手下可靠的人挑选两个，把死身子拉下胡圈[1]填了，不要叫旁人知道就算了。"刘员外听了王员外的话，就起身走了。等刘员外走后，王员外老两口子才抱头痛哭了一场。

刘员外一口气跑到家里，忙把王员外说的话给老婆子和女儿说了。刘金花听了，说："大，你生我一场，抓养我成人，我说一句话你听不？"刘员外说："事到如今，我的女儿你还有啥话说，还不快讲，我咋能不听呢？"刘金花就说："王进宝人已经死了，死了的再不得活了。你看在你女儿的面上，请上一个道长，给王进宝念上七昼夜的盘龙经，做上个三底两盖的棺材。我披麻戴孝守七天灵，你老人家能答应吗？"刘员外一听女儿说的也有道理，就答应了。请来了庄里的乡党六亲，请来木匠，做了个三底两盖的棺材，又请了一个老道人念经。刘金花披麻戴孝，日夜守候在灵堂里。

到了第六天晚上，天发亮就准备下葬，可是到了半夜里，王进宝的酒气过了，惊醒抬头，一看自己躺在棺材里，便把棺盖慢慢地翻过一看，房里挂的灵纸，打的草铺，刘金花披麻戴孝守灵，人已经熬倒了，睡得很熟。

王进宝知道他做的事麻烦了，再不能见人了，就从棺材里跳出来，用地下的麦草打了个草人，放在棺材里，又寻了七页砖，也放在棺材里，两床被子盖上，原把棺盖合上，就背上刘金花送给他的两锭银子，顺手又取了刘金花箱子里的一只绣鞋，急忙起身走了。

第二天天发亮，开始出殡送葬了。王员外家的人哭哭啼啼地抬埋了"王进宝"。自打这以后，刘金花就有了身孕。刘员外老两口子急得没办法，就问女儿是咋回事，刘金花就把和王进宝的事老实地给老两口说了，然后恳求道："大大，你还是让我到王家去吧，我活着是王家的人，死了是王家的鬼。"刘员外一时还没主张，就来到王员外家，把事情咋来咋去一五一十地给王员外老两口说了。王员外心想，后人短命了，既然儿媳一定要来，就让她来吧。就打这么，王员外就收拾着引媳妇子了。

王员外家扎了个草人凑合着把刘金花接来了。刘金花来到王员外家，对两个老人都很孝敬。过了几个月，就生了一个尕[2]娃，是个儿子，取名叫王尽忠，一家四口人和和气气地过着，日子还是不宽裕。

再说王进宝出走以后，就一直朝南走，走了多半年，到了大年三十这天，王进宝来到四川一个地方的街上。两锭银子花光了，没钱站店，无意间就来到街上柳员外家的铺子里，趴在柜台上，看柳员外和铺子掌柜的算账。

两个人算了半天，总是算不清楚。王进宝看着这个糊涂的账房先生，惹得笑了一声。柳员外说："你笑啥呢，你会算了你给我算。"王进宝就真的算开了，他要了两把算盘，眼盯着账本，两只手"噼里啪啦"地打了一锅烟的工夫，把个柳员外和铺子掌柜的看得眼都花了。王进宝连打三遍，都准准确确的，柳员外看到这个娃娃不简单，就把他引到家里，高酒贵饭地招待了一顿，问了王进宝的身世，然后说道："学生，我有一句话，不知当讲不当讲？"王进宝说："你老人家有啥话就直说，我能办到的事就尽量给你办。"柳员外说："学生，你看，我也老了，这一摊子万贯家产没人守。我想把你留下，守我的这一摊子，你看如何？"王进宝听了柳员外的话，也想了一下，愿意留下。

柳员外高兴得一夜没合眼。第二天是大年初一，柳员外就把家中雇的人全部打发了，只用王进宝一个人里出外进使唤。

柳员外自从雇了王进宝以后，里出外进的一切账项都由王进宝一人管。不到一年光景，柳员外家就富得很，又开了几个铺子，光阴越过越红火。

柳员外老两口只生了一个女儿，取名叫柳金花，长到十八九岁了，还没有给人家。自从王进宝进了柳家的门后，柳金花心里就有意思了。柳金花坐在扎花楼上，听到王进宝在院里说话，她总是要揭起窗纱看一会儿。可是见到王进宝了，她总是不敢抬头。王进宝人品好，又能干，她从心眼里就爱得很。她想和王进宝说上两句话，可柳家的家教很严，她还是不敢说。

[1] 胡圈：水冲开的大坑。

[2] 尕：小。

这样天长日久了，柳金花就愁眉苦脸，吃饭也不香，睡觉也不舒坦，脸黄得像表[1]一样。柳员外老两口也觉察到了女儿的心病。这天晚上，柳员外就给他的老婆说："我想把女儿给王进宝许给，你看如何？"老婆也没啥说的。柳员外又说："你做一席饭，我请王进宝吃饭的时候问这件事。"

这天，柳员外专门给王进宝做了一桌席饭，把王进宝请来，坐在中间，老两口坐在两面，叫柳金花端菜斟酒。吃喝了一会儿，柳员外就说："进宝，我有一桩心事，想给你讲，不知当讲不当讲？"王进宝说："你老两口待我就像生身父母，有话你尽管讲。"柳员外就说："你看，我老两口都是半截入了土的人，眼看着万贯家产无人守，膝下只有一个女儿，至今还没有婚配。我想把她许给你，你看如何？"王进宝看了一眼柳金花，柳金花也看了一眼王进宝，就把头低下了。王进宝就说："好事倒是好事，但我已有妻室，至今还没有到一搭，我想往后看一看她再说。"柳员外说："进宝，我看把这个事成了，也就了却了我的一桩心事。你如果以后再回去，你原先的女人就是大婆，柳金花就是二婆。我死了，也就放心了。"王进宝看到老两口这么诚心给他说媳妇，又看到柳金花一双恳求的目光，王进宝就答应了这门亲事。

过了几天，柳员外家张灯结彩，大摆宴席，给王进宝和柳金花成了亲。

王进宝成亲以后，就是这家的主人，柳员外也不管事了，光阴一年比一年强。王进宝和柳金花相亲相爱，对老两口也很孝敬。

又过了十九年，王进宝想回老家了，柳员外老两口也没挽留，就雇了二十四个车把式，套了二十四辆大车，七十二匹骡子，车里装的是金银财宝，上面放的是杂货，又选了两匹精壮的马给王进宝和柳金花骑。一切准备结束后，就选了个良辰吉日，打发王进宝两口子上路了。

王进宝的大车在路上整整走了三个月，走到离王进宝家三十里的一个地方，车马就在店里歇缓下了。王进宝给柳金花和脚户安顿说："我赶三天就来了，如果三天不来，你们还是坐下等着，直到我来了再说。"他安顿好后一个人便骑上马跑了。

王进宝骑着马一口气跑到了家。他走到庄前一看，庄前庄后长着一人高的黄蒿，门前的碾子没碾过米了。王进宝下马来，也不敢直入家门，就把马拴在碾子旁边的树上，他坐在碾子上缓着。一直缓到天发黑，大门里走出来一个老汉，他问："老爸，老爸，你这达有处歇缓没？"老汉说有处歇缓，随后把王进宝的马拴在马圈里，把王进宝引到上房里歇缓。

老汉的孙子从学堂里回来，王进宝一见，长得简直和他年轻时一模一样，忙问老汉："老爸，老爸，你的孙子今年十几岁了？"老汉说："十五岁了。"王进宝掐指一算，他离家正好十五年了，也没有多说啥话。饭熟了，一个女人端来了饭，她在给王进宝递饭的时候，看到这个人的口角上一个痣，和她的丈夫王进宝一模一样，猛然记起十五年前的事，心里难过得很。晚上她一夜没合眼，伤心事一件一件地从她眼里经过。世上人像人的多了，可没有这么像的，连口角上的黑痣都一模一样。

王进宝和老汉一搭睡，就问老汉："你老人家有儿媳，有孙子，可后人咋不见呢？"老汉长出了一口气，说："我的后人少亡了，少亡的时候还没引来媳妇，只是许了个媳妇，后人少亡在丈人家。媳妇一心要来，我就只好引来了。以后又生了一个儿子，我就给取了个名字，叫王尽忠。唉，已经十五年了。"王进宝又问了这十五年间的事，老汉也就一五一十地说了。

第二天，日头爷很红，王进宝就在院里晒东西，他的衣裳搭在绳子上，把刘金花给他绣的烟口袋也晒了，还有他保存下刘金花的一只花绣鞋，都挂在绳上晒。这个女人在院子里过来过去地做活计。一见烟口袋，是她给王进宝绣的；一看花绣鞋，是她做的嫁妆鞋。这是咋一回事，她就是不敢问客人。

晚上，王进宝又住下了。老汉因为光阴穷，没吃没喝的，支持不住客人，只好说："你这个客人，为啥还不走呢？"王进宝说是他人困马乏，缓两天再走。吃罢黑了饭，一家人都齐了，王进宝就跪下了，他要认爹娘，可是爹娘不认他。

[1] 表：祭祀用的黄纸。

采录时间： 1988 年 2 月 28 日

采录地点： 平凉市静宁县四河乡涧沟村

选自： 《中国民间故事集成·甘肃卷》，

第 673 ～ 678 页

刘金花知道是王进宝，但是不敢去认。王进宝看到爹娘和妻子都不敢认他，就说："大和妈，金花你都不认我，我也不怪你们。咱们就请房下[1]起我的坟，棺子里有一个草人，七块砖，都是我临走时放下的。"王员外连夜去请人帮忙，西家门里出来，东家门里进去，上庄跑到下庄、下庄跑到上庄地请房下。不大一会儿工夫，请来了房下，来到王进宝的坟上，就起坟了，打开棺盖，里面的草人早都蘸[2]光了，只有七块砖还在呢。

当下高兴得老两口老泪纵横，刘金花没想到她和王进宝还能到一搭。老汉说："我的娃你活来了就回来嘛，你为啥要走呢！害得我老两口的眼睛都哭麻了，你媳妇白白守了十五年寡。"王进宝说："我想起我干的事，没脸见人，回来做啥呢，就远走高飞了。"

第二天早上，王进宝就问："咱们家中有米和面，有猪肉吗，没有了拾掇些，铡上一大堆草，叫上些人来帮一下，咱们要待大客呢。"王进宝安顿好后就说："大，我要走呢。"王员外问："我的娃，你刚回来，又要走哪里去呢？"王进宝说："我不走远处去，到晌午就回来了。"说罢就骑上马跑了。

到日头爷端了的时候，王员外门前来了两个骑马的人，一个是王进宝，一个是柳金花。王进宝一见他大，就说："大，我来了。"王员外眼睛不亮，说："我的娃，丁零当啷响的是啥？"王进宝说："是给咱们拉金银的马车和骡子的铃子。"二十四辆马车来到门前，场里堆满了杂货，把车户招待了三天后就打发了。王进宝亲自去请来了丈人家的人和庄间的人，大摆宴席三天，然后和刘金花拜天地。刘金花为大婆，柳金花为小婆。从这以后，王员外家的光阴就好了，几条路上的富汉都比不上。

讲述者： 杨占林，男，68 岁，四河乡涧沟村人，
农民，不识字

采录者： 陈静，男，36 岁，小学教师，中专学历

[1] 房下：同村亲房的成员。

[2] 蘸：腐烂。

204

水仙

从前，有个员外长得愣头愣脑、傻里傻气的，可他娶了一个世上最乖[1]的女人。几年后，女人生了个女娃娃，安了个名字叫"水仙"。这水仙长得眉清目秀，很惹人喜爱。

十几年过去了，水仙出脱成了一个大姑娘，水灵灵的大眼睛，细溜条[2]的个头儿，和她妈年轻的时候一模一样。员外两口就越加心疼水仙了，水仙也很孝敬两位老人，一家三口过得欢欢乐乐的。

水仙到了十六岁时，她妈得了病死了。临死时对员外说："我死后，你要寻一个和我一模一样的女人，如果没有像我的，就再不要寻女人了。"员外抬埋了水仙妈，就带上银子，骑上白马去寻媳妇。他走了一程又一程，过了一村又一村，可就是没有像水仙妈一样的女人。员外带的银子花光了，只好回到家里。

水仙见大大回来了，高兴得很，连忙端馍炖茶。员外把女儿从头顶看到脚底，又从脚底看到头顶，水仙问："大大有啥不顺心的事吗？"员外就把他在外面寻女人的苦处说了一遍。接着说："水仙，我看世上只有你像你妈，咱俩就结婚吧！"

水仙听了大大的话后，吓得直瞪两眼，连连摇头说："大，这咋能行呢？世间哪有大大和女儿结婚的事呢？要是这样做了，死了阎王爷也不收留。"可员外还是死拉胡扯，硬逼水仙。水仙见大大糊涂混账到这地步，不应承也不行，于是就想出了一个办法，给大大说了。员外听后，高兴得合不住嘴，眼睛眯成一条缝缝了。

员外照女儿的安顿，带上银子，骑上白马，到城里买了各种颜色的纸、核桃和枣儿就回来了。水仙就糊了一个花轿子，轿子上有门有窗，窗子上挂上红绸子窗帘，门上挂上红纸绿花的门帘子，好看得很。水仙又照她的模样糊了一个纸人，里边装上核桃枣儿，把她的衣服穿上，纸人和水仙一模一样。

几天后，水仙又打发员外去城里买了些东西。临走时，水仙给她大说："你到城里去了回来，先不要吃喝，赶快把我糊的花轿子放到黄河里，然后回家我们结婚，你一定要记牢。"员外听后，连连点头。他一想到就要和水仙结婚了，便高兴得在马背上喊起了乱弹[3]。

来到城里，员外三下五除二买了东西，急急忙忙回了家。员外回家后的第一件事就是把花轿放到黄河里。一进门，只见"水仙"头顶红盖头，脸朝炕旮旯，静静地端坐着，员外叫了一声"水仙"，不见答应。

员外认为水仙是怕，不回声也不转身，便上炕去扳"水仙"的肩膀，一扳"当嘟嘟"，一扳"当嘟嘟"。"水仙，还笑啥呢，你就是我的娘子了，快转过脸来。"员外用力一扳，"当嘟嘟，当嘟嘟"满地核桃乱滚，再仔细一看，哪儿是水仙呢，原来是一个纸人。员外这才知道上了女儿的当，气得一下睡倒病，时间不长就死了。

再说放在黄河里的花轿子，随着风浪漂漂悠悠吹下去，恰好这天正午有三个秀才路过黄河，他们发现黄河里有花

[1] 乖：漂亮。
[2] 细溜条：苗条。

[3] 乱弹：梆子腔系统的戏曲。陕西、甘肃等地戏梆子腔（秦腔）因用弹拨乐器伴奏，而被称为"乱弹"。

轿子，于是三个一块坐在岸边等，可是那花轿子在河心不动了。

姓李和姓赵的两个秀才等得不耐烦了，就走了，只有那个叫王冠的秀才一心等着捞花轿子呢。说也奇怪，那两个秀才刚走，忽然起了一阵大风，花轿子飞快地向岸边靠近。不大一会儿，王冠就捞上了花轿子。

王冠回家后，就连忙端了一盆清水准备洗一下花轿子上的泥。当他把花轿子的窗帘一揭，只见花轿子里坐着一个漂亮的姑娘，原来这姑娘就是水仙。水仙对王冠说了事情的前前后后，王冠很同情水仙的遭遇。

打这一天起，王冠的饭量由原来的每顿两碗变成了每顿三碗，成天守着花轿子，就连他娘也不让看花轿子里边。过了几天，王冠要去乡试，临走时对他娘再三叮咛："娘，我走后，你每天早晨只给我的花轿子外面放一杯水、一碗饭。你千万不能揭窗帘和门帘，要不花轿子就会变成一股烟。不管谁要看花轿子也不让看。"王冠娘对儿子的话听得糊里糊涂，可她还是应承了。

王冠有花轿子的事还是叫人知道了。王冠的丈人家人听见了，就派王冠的妻兄弟来抬轿，说他姐姐要看一下花轿子。王冠妈不让抬，那人软磨硬缠地要抬，王冠娘见是未进门的媳妇要看，也没有法子，只好让他抬走了。这姐弟俩一看花轿子糊得确确实实好看，就想再看一下里面。

揭开窗帘一看，里面坐着一个很俊的女子，姐弟俩顿时起了害人的念头，把水仙的两只眼睛挖了，把水仙扔到苋麻坑里，把花轿子抬给王冠家。王冠娘一看花轿子好好的，也就放心了。

乡试一结束，王冠就急速回家。回家一看花轿子里的水仙不见了，就赶忙问娘，老娘一五一十地把经过全说了。王冠听后，气得昏倒在地上。老娘见独苗儿子昏倒，吓得连连哭喊。王冠醒后，把实情告诉了老娘，从此王冠整天昏昏沉沉不省人事。这可把他娘急坏了，家人到处求医搭救，还是一点不见效。王冠的未过门媳妇一听说王冠卧床不起，也不跟王冠了。

水仙被扔到苋麻坑里，恰巧有一个老奶奶路过这里，听见坑里有人喊"救命"，就往坑里一看，见有一个人。水仙听到坑外有响动，就哭喊："救救我！救救我！"老奶奶这才听清楚是一个女子的声音。到临近处叫了几个人，拿了几根绳子，把水仙吊了上来。水仙给老奶奶磕头谢恩，还央求她："好心肠的奶奶，你留下我给你当孙女吧。"

老奶奶一看水仙长得俊气，就是没有眼睛，就说："我一个孤老婆子靠卖锅盔凑合过日子，再留下你这个瞎姑娘，日子咋过呢？你还是再投好人家去！"水仙哭着说："奶奶，你留下我吧。我没有眼睛，可我什么都能做，我烙的锅盔好得很。"老奶奶见水仙可怜巴巴的，就留下她当孙女。打这以后，没白面了水仙推磨，没锅盔了烙锅盔，老奶奶只管卖。老奶奶收下这个孙女儿，锅盔卖得快多了，日子好过了。

一天，水仙对奶奶说："奶奶，今儿你不要卖锅盔了，拿上我扎的这把花鸡毛掸子，向东走二里多，就有一个村子，你在那个村子里喊'鸡毛掸子换眼睛'，肯定就有人拿眼睛来换掸子。"

老奶奶照水仙说的真个儿换来了一对又大又圆、水灵灵的眼睛。水仙从奶奶手里接过一双眼睛，用清凉水洗了七次，然后放进她的眼窝里。老奶奶一看孙女有了眼睛，心里很高兴。

后来，水仙听说王冠有病，就熬了一壶酽茶，打发老奶奶送去。王冠喝了老奶奶送来的香茶，病好转了。老奶奶第二次给王冠送茶时，王冠能下床了。第三次，水仙和奶奶一搭去给王冠送香茶，王冠一见水仙，喜从天降，病全好了。

王冠娘这才知道眼前的水仙就是花轿子里的姑娘，王冠娘向水仙奶奶说明了事情的前前后后，老奶奶听了很高兴，当天就安排王冠和水仙拜了天地，结成恩爱夫妻。从这以后，两家合一家，四口人和和气气地过日子，而且日子过得一天比一天好。那个挖了水仙眼睛的姐弟俩，因一场暴雨，全被洪水冲走了。

讲述者： 张凤兰，女，46 岁，农民，不识字
采录者： 平晖
采录时间： 1988 年 2 月 7 日
采录地点： 平凉市静宁县司桥乡牟沟村

选自：　　《平凉地区故事集成》（资料本下卷一分册），第 133 ～ 138 页

205

杏花

很早以前，有个姑娘叫杏花，自幼儿许给十里以外的贾浪为妻，转眼男女都已长大成人，贾浪择了个吉日把杏花娶了过来。

贾浪家十分贫穷，贾浪又是个游手好闲不好好过日子的人。虽然杏花生得有些黑，但善良贤惠，持家有方，还做得一手好针线，剪裁绣缝，既快又好，那些大户人家都找她做衣服绣枕套。杏花不分白天黑夜揽活做活，一年下来也挣许多银钱，没过几年，买地修房，竟成了一个富裕户。杏花对贾浪十分敬爱，百依百顺，绣衣好饭，把个贾浪养得体肥膘壮。

俗话说："饱暖思淫欲。"这个贾浪身在福中不知福，不学无术，性情暴戾，平常与一些不三不四的人交往，渐渐染上了一些恶习，吃喝嫖赌样样俱全。杏花劝他改邪归正，做个正正当当的人，贾浪却把杏花的话当作耳旁风，再说反生厌恶。有时，贾浪把那些狐朋狗友领到家里要吃要喝，杏花生气，那些人看在眼里恨在心上。

一天，贾浪又和这些人一起鬼混，其中一个人说："贾哥，像你这样要钱有钱，要人物有人物，何必守着那

个黑脸婆不放，她还天天说你的不是，看她的脸势吃饭。"另一个接着说："离这儿五里远的韩家店，有个荷花姑娘，名如其人，如花似玉，虽无沉鱼落雁之容，亦有闭月羞花之貌，未聘待嫁，和你联姻正是门当户对，才子佳人，你若愿意我就去给你说和。"一番话说得贾浪动了心。

后来贾浪在那些人的撺掇下在庙会上见了荷花一面，荷花果然生得十分标致，看得贾浪神魂颠倒，回家来无事生非，净给杏花找茬儿，动不动张口就骂，动手就打，说出杏花许多不是。

杏花先不知其故，一味迁就忍让，后来才听到一些风声。这天，贾浪借故又是一顿拳打脚踢，让杏花快滚，杏花手抚伤痕，眼含泪水说："贾浪，我自嫁到你家没有啥对不住你的，日夜操劳，把个穷家变成了富户，虽然没生男育女，难道夫妻之情一点没有了吗？我听说你是有了新爱才嫌弃我，想昧良心，但你想过没有，没有良心的人是不会有好场的！"贾浪被杏花这样一骂，更是恼羞成怒，吼叫着让杏花立即滚回去，不然就要活活打死。杏花愤愤地说："你既然这样绝情绝义，我也没有留恋的，你写一纸休书吧！"贾浪当即写了休书扔在了杏花的面前。杏花拾起休书，擦干泪水，二话没说，走出门去。贾浪拉出一头老驴送给她，就算给她的一点情义了。

那天，杏花骑着老驴走了一会儿，心想如今若是回家，定让人笑话，不如走到远处找个僻静的地方一死算了，就含着泪对老驴说："老驴啊老驴，我被人糟践休弃，还有啥脸面回去见爹娘，你把我驮到另一个地方去吧！"说罢，把老驴打到岔路上，闭上眼睛，昏昏沉沉地任老驴驮着走。

贾浪赶走杏花，喜不自胜，就张罗着置办了彩礼，求媒人去韩家提亲。

韩家也是个富户，韩员外只生了荷花一个女儿，荷花模样生得确实不错，但已不是黄花闺女。荷花受父母娇惯，心高气盛，性情逞强，十七岁嫁到王家，未嫁时千好万好，嫁到那家千差万差，怨天尤人，没两日闹得天翻地覆，王家无奈，被迫写了休书。荷花回到娘家，嫁过的姑娘已经贱了身份，低不就高不成，一直推了两年，荷花已经二十岁了。

嫁不出的女子自是愁怅的事，现在见贾浪休妻求婚，

卖鸡的找了个买鸡的，两厢情愿，不几日就成了亲。

谁知好景不长，没半年，荷花不满贾浪日夜酗酒玩赌，贾浪也看不惯荷花好吃懒做，动不动撒泼耍性儿。你骂我也骂，你打我也打，荷花轻则几天睡觉不吃不喝，重则摔碟砸碗，脾气古怪，喜怒无常，闹得乌烟瘴气，一塌糊涂。加上贾浪仍大手大脚，挥霍浪费，那些狐朋狗友常来吃喝玩乐，明拿暗偷，不到三年，家产荡尽，贫困如初。那荷花怎么能忍受得了这般贫困，就回娘家一去不返了。那些狗朋狐党见捞不到好处，也远远地避开他，谁都不肯帮助他，贾浪只好拖上打狗棍乞讨度日了。

却说那日杏花骑着老驴，不停蹄地走了三天三夜，老驴突然停下来。杏花这时已是有气无力，慢慢睁开眼睛，见在一个偏僻荒凉的山崖上，四面都是山林，不见一户人家。杏花叹了一口气，对老驴说："这个地方好，你算懂得我的意思，我死了你怎么办呢？我顾不了许多，或许你可遇上一个好主人的，你去吧！"杏花说完就走到崖边，往下一看，深不见底，狠了心，眼睛一闭，扑下崖去。

杏花跳下崖，落下来挂在一棵树枝上，闪了几下又掉在一丛长草上，下面正好有个老汉挖药，见一个女子从崖上掉下来昏过去了，伸手一摸有气，就把她背上崖，见上面一头老驴啃草，知道是女子的坐骑，便把她架在驴身上，吆着驴回到家里。老汉忙叫来儿子，把她抬到炕上。

过了一会儿，杏花慢慢醒来了，老汉叫儿子烧了一碗面汤给她喝下。老汉问杏花姓甚名谁，家住哪里，为何轻生，杏花见陌生父子亲如一家，不觉泪如雨下，说自己叫杏花，住在什么地方，并将前前后后的事都给他们讲了。

老汉劝她说："闺女，如今没心缺肺的人多得很。既然如此，你不必悲伤，先在我家住几天再说。我家虽穷，但添一个人还不打紧。"杏花感激不尽，问："你老人家贵姓，家里还有啥人？"老汉说："我姓冯，家里就我爷儿俩，儿子叫冯升，今年二十岁。此地皆山林，靠挖药度日，还算不缺吃不缺穿。"杏花再无去处，只好住下，每天由冯升端吃端喝，老汉常来问寒问暖，就像亲生女儿一样。

过了几天，杏花的身体恢复了，觉得一家两条光棍，一个女人家常住也不方便，就要走，老汉说："闺女，我有一句话说出来，你不要生气！"杏花说："老爹尽管说，

我不会生气。"老汉面带难色，说："冯升虽生得粗，但人高马大，养家糊口没说的。闺女如不嫌就留下来，让他替你担柴送水，不知你意下如何？"杏花听了，默不作声。说心里话，她何尝没有这个想法，她喜欢父子俩的善良忠厚，况且冯升只是衣着不整，人却是挺俊的，年龄也相配；但自己是嫁过又被休弃了的人，总觉得不大合适。如今听了老汉提说这话，想了想，就鼓足勇气低头含羞地说："如果您不嫌弃，我愿做您的儿媳。"

老汉听后又惊又喜，连忙把这事告诉儿子，谁知冯升听后一口回绝："此事万万不能，咱家这么贫穷，怎么好拖累人家。"杏花知道了，反而更加钦佩冯升为人厚道正直。杏花给冯升说："被休弃之人，绝无嫌贫爱富之心，感激你父子相救大恩，愿终生报答。"说罢，已经泣不成声。冯升见杏花一片真情，大喜过望，遂置办了一些简单用品，择日便完了婚。婚后，夫唱妇随，恩恩爱爱。

这天，冯升要去城里卖药，杏花脱下两只玉镯让拿去当了，再买些绸布和彩线。冯升买了十丈绸布、几束彩线给杏花，杏花日夜剪裁缝绣，做成二十套小儿衣服、二十对枕套，冯升拿到城里，一日卖完，得了许多银钱。冯升用这些银钱又买了几十丈绸布、几十束彩线，杏花又赶夜做成了小儿衣服和枕套。

过了半年，冯升赚了一百多两银子，就在城里租了一间房子，杏花边做边卖。杏花做出来的小儿衣服和枕套成了抢手货，销往几个县城。有了钱，冯升和杏花一合计，就在城里修了一间铺面、一间住房。让杏花只是做活，冯升既卖爹挖的药材，又卖杏花做的衣服枕套，一家三口，生意做得红红火火，谁见了谁眼热。不久，杏花生了个小宝宝，一家更是非常高兴。

再说那个贾浪，这天讨饭来到城里，正巧被杏花看见。杏花见贾浪骨瘦如柴，衣衫褴褛，不免动了旧情，让冯升给他二两银子。贾浪拿上银子惊喜感激地趴下磕了一通响头，千恩万谢地走了。

十几天后，贾浪又从门前走过，原想看看这位慷慨解囊的恩人，却一眼看到了杏花，急转身就走，但这时杏花已出来把他拦住，说："没想到无情无义的人也有今日！"贾浪万万没想到她在这里，羞愧万分，无地自容。杏花想

再给他几两银子，贾浪却抱着头跑远了。不几日，传说有个姓贾的讨饭郎跳河淹死了。

讲述者： 张悦

采录者： 魏俊舱，男，32岁，庄浪县卧龙乡魏家山村人，干部，高中学历

采录时间： 1986年

采录地点： 平凉市庄浪县

选自： 《歌谣故事》，第338～342页

206

会
说
话
的
哑
巴

"可你说我听。"媳妇说:"香烟不是酒和肉,千里路上交朋友。"回到屋里,他嫂子又骂道:"你把你哑娘娘又领回来了。"她顺口说了一首诗:"磨根本是南山的柴,打柴的樵夫担着来。虽然不是亲爹娘,你可天天抱在怀。"从此,再没有人说要休她。

讲述者: 徐仲科,54 岁,文化站干事

采录者: 孙志勇,男,32 岁,庄浪县南湖镇人,县文化馆干部,大学学历

采录时间: 1988 年

流传地区: 平凉市庄浪县

选自: 《平凉地区故事集成》(资料本下卷一分册),第 443 ～ 444 页

很早很早以前,有一家两口子,生了一个女孩,长得眉清目秀,相貌端正漂亮,说话嘴尖齿俐,见啥说啥,句句成诗,一天说着闲不住。临出嫁的时候,她母亲说:"你把这半个子铃铃装在身上,几时听到铃铃响了就说话,不响就不要说话。"

她到阿公家转眼就是二三年,她没有说一句话,家里人当她是个哑巴就要把她休了。走到半路上和女婿歇缓了一阵,临走上马时,她身上装的这半个铃子卡在马鞍子上响了。听到铃铃的响声,她就说话了。她看到一个猎人从树上射下一个喜鹊,她就说道:"嘴儿棒棒尾巴长,这树飞到那树上;我因无言回家转,你因言多树头亡。"

丈夫听到媳妇会说话,还句句成诗文,很高兴,拉转马头,往回走。在回家的路上,碰见他爷爷在地里锄田,他爷爷问:"叫你休去,你咋又引回来了?"孙子说:"她会说话了,你听她给你说。"媳妇说:"锄儿弯,照云头,八十老儿满地游,虽然不是斩兵将,一天能斩几万头。"

走到家门口,他父亲在门口坐着吃烟,说:"你咋又把她引回来了?"儿子说她不是哑巴,说话说得很顺听。

207

贪财的人

从前有个财主名叫刘金，他视财如命。赵大、王二、张三也该倒霉，不幸偏给他家拉长工。三人成年累月苦死苦活地干，吃不饱穿不暖不说，到头来还欠了他的债，真像蚂蚱拴到鳖腿上，想干干不下去，想走还走不了。这三个人，在共同的生活中，互帮互助，同难共苦，互相安慰，以后便结成了异姓兄弟。

有一天破晓，东方尚未发白，财主就叫他们上山砍柴。中午，忽然雷鸣电闪，暴雨骤至，霎时河水上涨数丈，刘财主多年苦心经营的万贯家业连同家眷被洪水一卷而空。

待到雨过云散，已到了傍晚。三个人只好挑着柴担返回。刚一上山就发现刘家川里洪水滚滚，白浪滔天，整个川成了汪洋大海，辨不来哪里是村庄，哪里是良田。至于刘财主家在啥地方，更是没法找寻了。

三个人坐在半山腰里，一边歇息，一边吃干粮，一边谈笑起来。赵大说："几百亩庄稼淹没了实在可惜，可除了财主这害人精，倒是一件好事。"王二说："除了个害是好事，可我们到哪儿去安身，这也不是小事啊！"张三说："这难啥，咱们到哪儿也是靠一身力气和两只手生活，

世上除了刘财主再没用人的了？"赵大又说："这话说得好，今晚就做这儿的客吧，明天再说。"三个人就在山神庙里过了一夜。

第二天早晨，河消浪息，整个刘家河白茫茫一滩淤泥，没有村庄和良田的印迹了。三个人啃了一顿昨天剩的干粮，收拾了绳索斧头，准备另找生路。出了庙门，一边走着，一边谋算着究竟到哪儿去。沿着河沿走不多时，赵大忽然拉住王二、张三的胳膊指着河滩大石惊奇地说："你们看，那两块大石中间是个啥东西？"张三细细看了看说："好像是个箱子！"王二说："咱们到跟前去看看，反正也蔓[1]不了多少路。"说罢一同走去，到跟前一看，果然是一个上了锁的木箱子。

三个人不知里面是啥东西，用手一搬，沉甸甸的，一个人还搬不起来。王二说："干脆砸开看到底是啥。"其他两个一点头，他便手起石落，一个铁锁早掉到了一旁。开箱一看里面满是用红绸子裹着的东西，剥开绸子，黄灿灿、白花花的整整一箱子金银。于是，三个人都惊呆了，你看我，我瞅你，半晌都不说话。最后赵大做了个主意说："这些失了主人的金银，找咱们给它当家，咱们就受了吧。"王二说："这样我看就地安家吧。"张三说："住哪儿？"赵大最后说："这山神庙不就现成着吗？"这样三个人将箱子抬到庙里，便买了耕牛，置了农具，重新建立了家园。

光阴荏苒，不觉又是一年。赵大、王二在外面耕田，张三身弱在家里料理家务。他们有吃有穿，日子过得自由自在，很是快活。可是钱财容易动人心，日子一久，三个人都慢慢产生了独占金银的心思。

有一天，赵大、王二在田里锄草。王二见赵大愁眉苦脸的，话也少了，可总琢磨不来他到底有什么心思，便问："大哥，咱们如今有吃有穿，比过去给人拉长工好多了，你怎么还不高兴？"赵大叹口气说："可还是起早贪黑地干，连好吃的也吃不上呀。"王二说："老三每天做着两顿饭，还猪汤狗食的那么胡搞。"赵大说："我看他有了另心。"王二说："我也有这么个感觉，依我意见倒不如给

[1] 蔓：多走。

采录时间： 1988 年

采录地点： 平凉市华亭县

选自： 《华亭县资料本》（全一册），

第 144 ～ 147 页

你找个老婆，把他另了吧。"赵大说："这话倒也对，只是我找都得找，现存的金银找两个可以，找三个就不够呀。"王二说："那就挨着找，老三小些，推几年再说。"赵大说："你想他能愿意？""那……"王二没了主意，赵大见王二有些亲己，便说："我倒有个主意，只是……"王二把话听了半截急急追问："大哥你说呀，你那是把我当成外人了。"赵大便凑近王二的耳朵，悄悄地说出了自己的打算。王二开始有点惊慌，接着便笑得眼睛都眯在一起了。

再说这张三，平日曾有另打主意的意思，只是闷在心里，想不出个万全之策。一日在镇上赶集，一路上深思苦想："什么义气和友情，我看只有钱的身份大，有了它什么都有。得来刘财主的那些东西，三个人每个人也分不了多少，要是汇在一个人手里岂不是定吃定坐一辈子。俗话说，亲兄弟为分家也要打个头破血流。何况我们又是异姓兄弟，有什么离不了的。"

正这么想着，忽然一抬头，看见了前面的药铺，他立即计上心头。他便以医恶疮为名，买了砒霜赶回家来，急急忙忙炒了一大盘肉菜，准备了一壶好酒，巧妙地放进了毒药，赶响午给赵大、王二送上地去，这张三只知贪财加害别人，却万没想到别人也贪财害自己。

当他刚把饭菜放下，假献殷勤诱鱼食饵之际，赵大、王二相互递了一下眼色，一齐上前把他摔倒，你一锄头我一锄头，三下五除二竟把个张三打死了。赵大、王二除了眼中钉，以为心上一块石头落了地，便高兴地把送来的酒菜吃了个净光，要把那些金银由"三七二十一"变成"二一添作五"。不料吃完饭，还没来得及处理尸体，忽然肚子一阵紧疼，五脏六腑犹如刀剜剑割，一时站立不住了，都在田里抱着肚子滚蛋蛋[1]。这时他们虽然都明白了，可也已经没有办法了。就这样，银子虽在，可贪银害人的人一个也不在了。

讲述者： 不详

采录者： 江武祥

[1] 滚蛋蛋：打滚。

208

回心转意

一家有四口人,老两口和小两口,啥都好,光外老婆子是个妖婆婆,儿正念书,婆婆怕媳妇偷吃,叫媳妇在窑里睡,老两口在屋里睡。本来打个颠倒睡下才对,又怕媳妇和儿睡在一块太缠和[1]了,妖婆婆又叫人打了墙,把三只窑打在墙内,一只窑打在墙外。

婆婆叫媳妇睡在墙内窑里,叫儿睡在墙外窑里。时间长了,儿心里想:"人家翻墙睡,我是自己的,我也翻过去。"晚间看书,儿子不停地看父母窑里的灯,只要灯一灭,就翻墙过去和媳妇睡。

时间一长,墙上有了一条路。婆婆就打媳妇:"你勾引了庄里男人?"媳妇说:"妈,我没有!"婆婆不信,把媳妇折磨得不停点点。儿说:"你就说是我进来睡的。"媳妇说:"是你儿进来睡的。"母亲就问儿:"说是你翻墙进来的?"儿说:"就是我,睡得时间长了,就把墙蹬了一条路。"

第二天,儿去上学,婆婆又用斧头打媳妇:"你和你

[1] 缠和:舒服。

哪个大睡觉哩?""我和你儿睡来,你不信么。"婆婆就拿斧头把媳妇的脚尖尖斫了。儿回来,见媳妇睡下光哭,就凑合地吃了些饭,等到黑了翻墙进去问:"你是病了还是咱妈打了?"媳妇说:"你今一走,妈用斧背砸了两下,又把脚尖尖斫了。"儿一看,真的。

小两口头对头抱住就哭,这娃对媳妇说:"干脆我把你休了,要不然妈就把你折磨死了。我明了把你背到大路上,你看上谁就跟谁去,要不然我没媳妇你没命。"这娃又说:"现在你走了,你有病,咋办呷?"

媳妇大哭,宁死不离。这娃又说:"命在世上转,害了你何苦。"三搞两搞,搞转了,写了休书,装在裹肚里,背到大路上说:"你能看上谁就跟谁去。"小两口在路边又大哭了一场,媳妇就在路边等人。

婆婆第二天早上起来,见没媳妇了,问儿:"哪去了?"儿说:"你叫在墙里头睡,我咋知道?"到处寻找,不见人影影。

媳妇在路边,上来下去的人都看不上,只见有一个财东家的脚户骑着骡子正往下走,长得脸大富态。媳妇跑到骡子跟前跪下说:"你下来我有话。""你我年轻轻的有啥话说?"媳妇就爬起来,掏出休书,给车户说了一遍,"婆婆是妖婆婆,我能看上你,你有家吗?""我没有,我也能看上你,我家就我一人,给人吃脚。"这媳妇说:"能行,我跟你走。"

各人骑了骡子,同吃同站,回到家,财东问:"你把谁家年幼媳妇拐了回来?"脚户就把遇到的事说了一遍给主人听,又给看了休书。主人哈哈一笑,说:"好得很!给你一院地方,楼上住人,房里做厨,楼下做车房,你走了外面,我的女人女子给你媳妇做伴。"就这样过了几年。

有一天,媳妇请人算卦,说这地方上有银子,要发财。正好这天掌柜的家里来了客人吃肉喝酒玩乐。掌柜的说:"你把这马刀拿回去叫你老婆做伴,你来与朋友吃酒,早了就回,迟了就不回去。"这人去安顿了。吃酒吃得时间大了,鸡也叫了,这人就不回去了。

这人没回去,半夜子时,一个白人上了楼,女人心里说用刀背打一下,结果打了一下没打上,那白人原出去了,跳下楼去一点也没响声。哎,鸡狗都响,人咋跳下去没

响？天明了没消息，在楼台底下一捣，空空的响，一看是磨扇，把磨扇捣了，有满满一尺八缸银子。

男人回来，女人说："夜里你拿上铁锨镢头回来。"男人夜里照做。两口子睡下，女人说了昨夜白人来的事，那人跳下去没响。男人不信："谁和你睡了，你哄我？"等了一会儿，女人说："睡了就睡了，再睡总领不去，等人睡了你看。"

半夜里，灯笼打上，下了楼到那里一挖，真是银子。男人说："我把你亏了！"就取出一大堆银子，装了一缸，还担了一笼担。第二天男人对掌柜的说："谁家卖房卖地卖树，就给我买了。"掌柜的问："你哪来钱哩？"男人说："我借的钱。"

时间不长，这人就买了一大摊。女人做了酒席，掌柜的还不知道，结果请了庄里三老四少。这人说："我给你不吆车了，我买了两个烂脏骡子。"掌柜的说："那好，难道我叫你吆一辈子？"掌柜的一看这人买的两个骡子比自家的好得多。掌柜的又雇了一个人跟上这人吆车。后来这人置了一顷多地。女人说："咱做庄稼，不出门去了。"两口子就开始做庄稼，房有了，地有了，两口子又和和气气，真是前世里世下的。

这女人娘家去寻人，妖婆婆胡编，来一回说走了姨家，来一回说走了舅家，再来说走了姑家。娘家人说："我的女子光走亲戚吗？"没人了，娘家人不答应，最后说："总之，有人指个人，打死了指个坟。"现在要人没人，指坟没坟，就去告下了。

县长说："你把坟指了，把人指了，都没有，就都没法子。"娘家人又告，就把一个财东告成穷汉了，他大只好叫儿跟上人去割麦。

走陕西三天就到，十人里头有一个帮头，几十人住一个店里。到了割麦的人家，这女人出来看她的麦黄了。男人叫女人做好十个人的饭，明了开始割麦。女人晚间就起面蒸馍熬麦仁，蒜苔蘸馍馍。男人叫麦客，端端把女人原来的男人这帮人叫来了，两个人在院里相遇。女人问："你都来了？""来了。""吃了？""吃了。""吃烟？""对。"

女人出来说，叫那小伙子在家打杂，男人说能行。小伙子不同意，女人偷偷对他说："你在这，我一天给你两天的钱。"男人对小伙子说："你叫我女人领上去割苜蓿、铡草、担水，我等吃饭时才回来。"女人领了小伙子到了地里，女人就先回去。小伙子把苜蓿割够，推回去，把水担了，两个人就上楼睡了一上午。

女人说："你再睡一会儿，我做饭去，如果我男人回来问，你就说肚子疼得很。"男人回来问："那小伙子咋了？""肚子疼得很。"男人上楼问，小伙子说："我松活下了。""那你歇着。"男人就走了。晌午饭比谁家的都好，担到地里邻家都比不上。这帮人说："快割得好好的，茬低低的，明儿还要咱割哩。"女人又叫不要赖这一帮子人，步地[1]要宽一点。到了地里，男人叫帮头自己去步，帮头去多步了二亩，主人心中有数。"回，不步了，你步多少算多少。"

这帮人喜得偷着笑。晚上喝汤还是长面，房子一时又安排好了，别人家都叫麦客去庙里睡，现在叫咱在房里睡，这多好。女人说再不准叫人，叫这帮人往到底里割，一帮人又偷地笑，晚上开钱，今年一天比往年两天挣得还多。

第二天男人领麦客子上地，又叫那小伙子打杂。那小伙心里想："今儿又能睡一上午。"原割了草，挑了水，又与那女人睡了一上午。

女人说："我取家具去呷。"小伙子心想："这是要害我吗？"女人端了个三角凳子，颠倒一放，端了一盆热水放在当中说："你下来给我洗脚，我给你三天的钱。"小伙子心想，日月黄天的洗就洗，先把没受伤的脚洗了，又洗砸伤了的脚。他忽然想起媳妇伤过脚，难过地哭了。女人问："你哭啥哩？"小伙子说："你的脚像我媳妇的脚一样。"原来女的认出了男的，男的还没认出来女的。

小伙子向女人叙说了这几年的事，又说了一阵两口子的话，那女人就哭开了，小伙子问："为啥哭哩？"女人说："我就是你媳妇，你是不认我，还是真的认不得了？"小伙子细细看一下，真就是的，两个人头对头哭了一场。小伙子把水倒了手洗了，都叫不要明说。

麦割毕，麦客子都安在席里，看了酒，女人说："这

[1] 步地：用步子量地的大小。

是我扎脚夫妻[1]，这帮人里的爷们叔们回去，叫我女婿在着。"男人说："给我另办个女人，你夫妻俩还过，如果能行，咱们是弟兄妯娌。如果过得好，把啥都留下，过不好，我就把车吆上原到上头去。"

帮里人回去给小伙子的父母说了个清楚，又给双方老人捎回去了一丈花格格老布。"你娃把媳妇寻着了，是个大财东家，端端叫了咱这一帮人，把麦割到底了，媳妇不要咱娃回来了。"

过了些天，把他父母拿车拉到陕西，两个女婿把他们安到席里，拿酒壶从上席看到下席。媳妇说："我大啥都不要做，叫我妈做饭拉蛮当媳妇，我当阿家，能成就在，没事就回，我大反正我不叫回去。"婆婆只好对众人说："我当媳妇，她当阿家，能行。"四个人都回心转意，给脚户男人另办了一个女人，时间不长，脚户和麦客子都得了儿子娃。

讲述者： 梁治义，75岁，梁河乡上梁村人，农民，不识字

采录者： 张怀群，24岁，泾川县文化馆文学干部，大学学历

采录时间： 1984年8月25日

采录地点： 平凉市泾川县梁河乡上梁村

选自： 《泾川民间故事》，第353～357页

[1] 扎脚夫妻：指原配夫妻。

209

林员外

林员外只有老两口，年龄大了，跟前没有儿女，心上闷闷不乐，有万贯家产无人照管，就指了个账房先生到镇上看有闲人没，叫上把他的忧愁解解。

这回先生到镇子上去，从上街寻到下街，没有找到一个闲的，只有一个胡先生是个算卦的，有了算算，没有了转转或坐着哩。先生回去说："街上人都忙忙碌碌的，只有一个胡先生有人了算卦，没人了闲坐着呢，再哪里有个闲人呢。"掌柜说："你去说去，请着来，叫到我家拉拉闲。"这回先生寻着叫胡先生去了，对胡先生说："我家林员外心急得很，叫着你拉闲呢，这你得去不？"胡先生说："看林员外叫呢，我哪里有不去之理。"走后胡先生说："林员外叫我，有何事哩？"这回林员外从炕上下来躬身施礼说："藏咱上炕去。"就把胡先生让到炕上，指着女人做饭。

吃了后，员外说："唉，你看我有万贯家产，连个后人都没么，今儿我想请个人来和我拉个闲，为我解解忧愁。"这么就逛了好长时间，觉得很投脾气。员外就说："藏你回去把你女人接着来，咱俩经常逛闲，你的卦就不

算了。"胡先生说:"好得很,我一天有卦了算算,量些粮食,没卦了也闲坐着呢!既然林员外有这话了,我就去把女人叫来一天和你拉闲。"这时胡先生就把女人搬到林员外家来了。

从此以后,这林员外家务各方面顺序[1]了。林员外家的有了身孕,而且胡先生女人也有了身孕。女人有了身孕,林员外也格外高兴,说:"你看我从来没有生过,自你从门里进来,我女人就有了身孕,我高兴得很。藏咱们两家许了肚里亲,若我养了儿子,你养了女子,把你女子给我家许给;若你养了儿子,我养了女子,把我女子许给你家;但若都生了儿子,我请一个师傅,叫他两个人一同学艺;但若生了两个女子,修一个绣楼,叫她们两个一同学扎花。"

待以后生下来,林员外生了一个男孩儿,胡家生了两个女孩儿。林员外格外高兴,林员外的这个娃娃头大额宽,两耳垂肩,以后必有荣华富贵。这时林员外就给娃娃起了个名讳,过了个大事。起名讳时,人给这娃起名林昭德,字勤家。

这回林员外对胡先生说:"自从你从门里进来,我生了儿子,家产有人继承了。我藏有一句话说出来你不要见怪。"胡先生说:"我到你跟前,还有个啥见怪之理呢。"林员外说:"藏么我把我万贯家产各分一半,给你重办道[2]新庄,建一楼房,把这两位姑娘安排到楼上。"胡先生说:"掌柜的对我这么亲近,我还有啥推辞的呢。"胡先生把女儿一个起名叫胡秀英,一个起名胡兰英。

从这回把家分开,胡家光阴逐渐地旺盛了,林家的光阴则逐渐地下降了。这回林家供给林昭德念书着呢,林昭德聪明伶俐,书也念得好。

后来,林家除光阴衰败以外,还把林员外死了。老汉死了后不久,前院失火,后院失火,娘儿俩穷得无可奈何了。这时胡先生成了胡员外了,骒马成群,做活汉[3]都到胡家去了。林昭德娘对林昭德说:"你到丈人家去,曹不

说你大给他分的家业了,就去把你大给他借的二十两银子要着来,咱娘儿俩先推得过活着。"

到这期间,娃娃就到胡家要银子去呢,说:"岳父,藏你看我不得前去[4]了,我娘说你借下我大二十两银子给我先给给,我先过活着么。"这时胡员外说:"要你的银子就要你的银子么,咋是你岳父呢着?"这娃娃钱就没要,就回去给他娘说了,他娘出了口长气。这娃说:"我有一句话么,你看我大把万贯家产给这胡贼给给,到今儿个我还有啥脸面见人呢,我看不如曹要着吃走。"这回他娘说:"啊,我儿说要走曹就走么。"娘儿俩个把棍棍拿上,把烂扑楞儿[5]背上,讨要去了。

他们转到一个深山老林里,前奔不到人家,后奔不到店家,天黑地暗,无处投宿,就到深山老林里坐着呢。这回老婆子就抱怨开后人了:"你看你把我引上讨要呢,藏今晚上没处投宿么。今晚上就成了狼虫虎豹的口中食了。"后人出了个长气蹴着呢,突然看见一个石案底下冒烟呢。有烟就有人,就对他娘说:"藏你先蹴着么,我给曹下去看看,看有人吗。"

林昭德看去来,只有一个樵夫搭了个茅草棚在里头做着吃呢,就跑去说:"老哥你在这达住着呢么,藏我有个老母亲,今晚没处投宿,到你这达投宿给一晚上。"樵夫说:"咦,你看我这茅屋只有一个碎炕,没处去么。"林昭德说:"你看人说出门靠店家,进门靠娘娘。你看我娘儿俩奔到这达,就是地下也要到你这地下坐一晚上么。"

这樵夫说:"只要不嫌弃,藏你把你娘叫着来。"这回林昭德上去就把他娘娘引着进去,樵夫就说:"藏住哪达去呢?"林昭德说:"藏你蹴着炕上么,我娘母子[6]睡着地下。"

樵夫也是个落难之人,没有老的,就在这关山林里一天指住[7]打猎或打上一担柴在集上卖了过活着呢。这时,就对娃娃说:"你看叫这八十岁的老奶奶坐在地下么,我在炕上咋能睡着呢。我看老人家睡在炕上,曹弟兄俩睡在

[1] 顺序:顺畅。
[2] 道:陇东方言中的数量词,一道,即一处。
[3] 做活汉:干活的男人,即长工。
[4] 不得前去:过不前去。
[5] 烂扑楞儿:破烂。
[6] 娘母子:娘儿俩。
[7] 指住:靠。

地下就能成。"

林昭德这娃聪明，说："这咋能叫我娘娘坐在炕上，叫你睡在地下呢？"樵夫说："你们到这达来，藏就不说这话了。这一锅米汤曹一家人喝上一碗，亮了么，你行你的路。"老婆子感恩不尽，说："唉，你看你，只有自己烧下的一点汤儿，叫我娘母子喝了。你明早上山时咋能走动呢？"樵夫说："藏一人喝上一点，上山时我再做着吃。"樵夫又说："我有一句话讲出口来，老娘只要同意曹就办，不同意不要见怪了。"老婆子说："看你说啥话么，我今儿哪还能见怪呢。"

樵夫说："我只有一个人，在深山老林里打柴着呢。我愿意和你后人结拜为弟兄，将你称为母亲。你每天只给我弟兄俩做饭吃，我俩上山打柴，这日子就能过。到后头，打柴着挣些钱，再看是给我寻家呢，还是给你儿子寻家呢。若你同意，这饭你就不讨了，曹娘母子就这么个度穷日子。"樵夫说这话，老婆子随心[1]得很，林昭德就高兴地说："好得很，有你这话么，今儿曹两个就结拜为弟兄。"于是就拔了两根蒿子顶[2]香着，在深山老林里，针挑中指喝了血，这个樵夫比林昭德年龄大些，就是哥了。

弟兄又拜过老娘，老婆子问："你屋里是啥人么，你在这深山老林打柴着呢？"樵夫说："唉，我是岁半离开娘娘，三岁离开大大，在哥哥嫂子手里。嫂子不要我，我不得前去了，就在这深山老林里打柴过活着呢。"老婆子说："藏好得很么，我今儿给我儿起个名讳能行吗？"他说："咦，母亲，我娘生下我没顾上起名字就死去了。可你给我起个名字，我今儿高兴得很！"说着"扑通"一下跪在地下，这老婆子说："我儿叫林昭德，你在山里打柴着呢，给你安个林飞豹。"意思是这娃和深山老林里的豹子一样厉害，这娃说："藏就好得很。"

第二天，他娘娘就给两个人做着吃了，林飞豹就把林昭德引着山里去打柴。因林昭德是念下书的没有出过力，去深山老林寸步难行，不得前去。这个樵夫钻山利索得很，

[1] 随心：合心意。
[2] 顶：当作。

就给林昭德打了两捆子柴，又片[3]了两块水担，就给担着下来。

打了两天，这昭德干脆受不了，说："老哥，这苦我受不了。你看你到山里，你连打带给我帮着背么，我咋能对住你呢。这么个能推着前去吗？"林飞豹说："你看兄弟，藏就是个艰苦活计，是个累活计，你就不要嫌弃。你没有惯么，惯了你连我就一样了。"这回他弟兄就再没有推辞。

第三天，他们仍上山打柴。老婆子是一天按巧[4]没水了，到沟里下去提水去来。老婆子一滑把一块石板扳起了，一看说："我的娘，这达哪来几缸银子来？"老婆子急得就用这石板原把银子压住，往回走。

等两个人打柴回来么把饭吃了，说："藏你两个就不打柴了么。"这林飞豹说："母亲，我弟兄两个不打柴，再有啥出路哩？"老婆子说："藏你弟兄听着，我今儿提水去来把我一滑。我把个石头一扳，底下有一缸银子。藏你弟兄趁着月亮抬去，抬着来藏曹就能推到前去了。"

这回他弟兄两个由他娘引着下去把这块石板搬开，把后人们高兴坏了。林飞豹说："母亲，这就叫银子吗？""这就是银子。"林飞豹说："外我一天下雨着呢，白雨把我断[5]着石庵里。我冷着支不住，扳了个石板坐去来些，外底下个坑坑子里多得很。"老婆子说："外怕是你说下的，有了这了，你打柴着咋哩？""哎，外明早我把我弟兄引上曹看走呢么。"他们把银子抬了回来。

第二天，林飞豹把兄弟引着这个石庵里。果然这石庵里放着许多金银珠宝呢，藏弟兄两个还说打柴呢，就赶紧往回搬这些东西。搬着回来么，藏就柴啊不打了，从这达就把关山一带的地么丢脱[6]了，把院道[7]都盘起来。

藏就好得很，骡马成群地起来了，这金银多得很啊！林昭德说："老哥，我藏有一句话么，我就对你实言。藏你看曹的这个光阴这么好么，你把母亲养活着。我讨要着

[3] 片：用斧头砍。
[4] 按巧：恰巧。
[5] 断：赶。
[6] 丢脱：扔。
[7] 院道：院墙。

吃咔，去看看这胡贼的下落是怎么个，我提了胡贼的头再来养活母亲。我提不了胡贼的头我就对不住我大大，我难以见母亲，你就把母亲养活着去。"林飞豹说："你只要有这决心，母亲交给我么你就去。"林昭德娘没有拦下，林昭德就靠讨要着来到林庄寻胡员外来了。

胡员外只有两个女孩儿，还连个儿子也没生下。林昭德每天要着吃了就在胡员外家大门前头转着呢，黑了就在胡员外家大门前头睡着呢。胡员外出来说："这个十几岁的娃娃，这么精干么咋讨要着吃着呢？"又问娃娃说："这娃娃你屋里是啥人么？你咋讨要吃着呢？"这林昭德说："我上无兄下无弟，父母双亡，无处来无处去，就讨要着吃着呢。"胡员外问："你叫啥名字？""我名字叫查通。"这员外就说："你看你娃娃这么精干，却上无兄，下无弟，父母双亡么，若不嫌弃，我将你认为干子。我只生下两个丑女儿么，我这万贯家产将后由你照管，你看如何？"

这林昭德聪明伶俐，就赶紧拜过干父。拜了干父，胡员外就把林昭德原供上念书。这胡员外家两口子把干儿子么，就看得起。为啥看得起，就因为他们年龄大了，想把林昭德给他弄个存在子[1]。

有一天，胡员外过寿，两个姑娘下来给他大大拜寿，胡秀英在炕上，林昭德在地下看酒呢，先给他干父连干娘看了，就给他干姐姐看酒。看酒时眼在胡秀英脸上看着呢，倒酒时小手指就在胡秀英手上划了一下，把酒倒着胡秀英的衣服上了。这胡员外就说："你看酒呢，眼在阿达看着呢，不往盅上看？"这胡兰英那么聪明麻利，就说："酒不蚀衣么，外它干了闲着呢么。"藏就给胡秀英也把酒看了。胡员外说："藏你几个娃娃么都下来要去，我两个上去缓着睡咔。"

这回他大大连他娘娘就休息了，这姊妹三个就在炕上坐下拉闲呢。胡秀英说："兄弟，你我都是念书人，你今儿给曹出个对子曹给对下，你搭来曹都从来没在一块蹴过，大大过寿呢，曹在一搭要给对个对子呢么。"这林昭德就推辞着说："我没对子，我出啥呢着，藏你出我听着。"藏

胡兰英就说："你明以[2]高材，其实一棵长菽[3]。"到这时林昭德就说："远看一园梨，开花不结子，结子只等我姓林人。"

这时胡秀英就把这个意思着还没有辨来，胡兰英脑子灵醒[4]，就把这个意思听懂了，说："姐姐，丈夫来了。"胡秀英说："大大说丈夫前院失火，死了么还阿里[5]来的丈夫哩。"

到这时林昭德就把他的出身全倒了[6]，说："我大和你大把亲事定了，我家的万贯家产给你家分了一半。你大大就丧了良心，把你给我不许了。"

他搭这么一说，胡兰英说："外藏将后[7]死么，我两个也要死到你跟前呢，我两个决不改嫁。"林昭德说："果然你有这么大的决心，不改嫁了，曹对天盟誓么。"说："如果我姐妹改了嫁就死了去。"藏就对了天盟了誓。

这回胡兰英就下去给她大大说："大大，你原先把我姐妹给谁许给了？"胡员外说："给林家许给着呢，林家没人了，这娃娃完了么。"说："你说林家没人了吗？"说："没人了。"说："没人了么，你这个干儿子是谁？"说："查通啊。"说："查通外是昭德，外不是旁人！"一声说着把胡员外惊着了，说："我的娘，我说今儿咋是这么回事，这以后一定是祸患么，一定要把这林昭德除掉。"

想到这儿时，胡员外就把干儿子叫进来说："曹今儿喝些酒。"林昭德给胡员外看着喝了以后，胡员外就把毒酒下着林昭德的杯子里头了。林昭德一喝，就迷着昏[8]过去了。

迷着昏过去后，这胡员外把两个元宝放着这林昭德的腔子[9]上，就告着柳县长跟前。给柳县长戳[10]了些银两，说："你看这我的干儿子，他从进门我把他供给上念

[1] 存在子：名下的儿子，即顶门子。

[2] 明以：表面是。
[3] 菽：豆子。
[4] 灵醒：聪明。
[5] 阿里：哪里。
[6] 全倒了：全讲了。
[7] 将后：以后。
[8] 迷着昏：昏迷。
[9] 腔子：胸口。
[10] 戳：塞。

书，没有另眼看待。到这回长大时，把我的元宝偷上，下夜逃走哩，我把他拉住了。"这柳县长就给断[1]了个死刑。

一晃就到处死的时间了。这柳县长生有一个女儿，叫柳玉环，人聪明得很。有天晚上，这柳玉环做了个梦，梦着一个白胡子老汉给柳玉环托梦说："柳玉环，柳玉环，你班房里有个秀才么，不该你救该谁救。"这时柳玉环猛然惊醒，心想："这咋梦了这么个睡梦？"就可翻了个身又睡着了，又是这个白胡子老汉在头上说："柳玉环，柳玉环，你班房里有个秀才，不该你救该谁救，你若要不信，糯米汁就是你的执证[2]。"

这时这桌子放着一个糯米汁的梳子，只见梳子上火"哗哗哗"地冒着呢。这柳玉环就说："糯米汁，灭下去，我把这秀才救出来。"渐渐地这火就灭了。玉环就给丫鬟说："藏你到我大大跟前问个话去。"这丫鬟问："问啥话呢？"这玉环说："藏你睡着我问去。"这下去就叫他大大开门呢，说："大大，大大，开开门来。"说："谁？"说："我柳玉环。"说："你半夜三更做啥哩？"说："你开开我给你说。"开开么就把她梦下的这个睡梦给他大大诉[3]给了。她大大说："藏你睡去。"

这回柳县长就跑着监里问这个林昭德说："你是咋么一回事着偷了这个元宝，哼[4]把你今儿拉来了？"这时，林昭德就把他的出身搭开头到尾给柳县长告诉了。柳县长说："藏果然是这么回事么，你看人家把你告下了，我无以遮盖[5]么。你要不嫌弃，我无有儿子，只有一个女儿，将你许为小婿，让柳玉环和你结成夫妻，你意下如何？"

因为林昭德和胡秀英和胡兰英对天盟过誓，他还不肯答应这个事情，就说："我给你拜个干儿子倒能行，至于说我成亲的这个事情么，以后曹可再思量。"藏就拜了干儿子，柳县长原供给着念书呢。

这回再说胡秀英和胡兰英，老汉跑着去给说："藏么偷了曹家的东西，人家拉着去，哼已经处斩了。"就把这

[1] 断：判。
[2] 执证：证据。
[3] 诉：说。
[4] 哼：人家。
[5] 无以遮盖：不用遮掩。

恶名赖到林昭德身上，还说是林昭德，就在这个流沙河里的河湾压着[6]呢。

胡秀英和胡兰英听说丈夫死了在流沙河里埋着呢，就下夜[7]用一匹白布做了一身孝衣，从后花园里逃着出来么，拿着铁锹到流沙河里找丈夫的坟墓去了。把坟墓找到一看么，上定[8]的是林昭德的名牌。

两个在坟上大哭一场，就把死身子[9]掏着出来，胡兰英一看说："姐姐，这不是丈夫，丈夫有鬃角呢，这咋没鬃角？"

"唉，外犯人犯了法，哼就把鬃角剃了。"

"果然是剃了。"

"丈夫没麻[10]么，这咋麻着呢？"

"外是操治[11]麻的啊。"

姐妹两个取一身衣服给穿上，就大哭了一场。哭完后，姐妹两个半夜三更奔到江上，想两个头抱头投江寻死呢。

两个跳江时，下头有个黄家庄，黄家庄有个黄员外，这个员外家富得很。这黄员外黑了梦的是，他家把一垛麦草着了，"扑通"一下喷脱[12]上去些把南天门喷开了。把这个黄员外就吓了一身冷汗，起来叫先生："赶快给我叫个圆梦[13]的人来，或比[14]是凶梦，或比是吉梦。"

先生问："掌柜的，你梦下个啥睡梦着呢么，半夜三更的有这么急吗？"

"你赶紧给我叫个圆梦的来，我梦见曹家的大麦草垛着了，把南天门一个式冲开了，把曹的院照红了，不知是吉还是凶？"

"看掌柜的么，你明早一定能见到贵人，大火冲天，必有贵人到么。"

"你藏不要胡说了，你赶紧给我叫去。"

[6] 压着：埋着。
[7] 下夜：连夜。
[8] 上定：明确写。
[9] 死身子：遗体。
[10] 麻：指脸上有麻子窝。
[11] 操治：折磨。
[12] 喷脱：喷射。
[13] 圆梦：解梦。
[14] 或比：可能。

"掌柜的，这我的个梦书[1]在搭儿[2]呢，你看啥。"

打开一看果然是："大火冲天，贵人之到"。

到第二天时，半夜里下了一场暴雨，大河上涨，人都到大河里捞浪渣[3]、捞木料着呢。这个黄员外转着出来是，这藏黑了梦了么个[4]睡梦，说："我藏也转着出去看大河去吧。"看大河时，老远看着两个朽木头吹着下来了，这黄员外说："谁给我把外两节子木头拉着出来么，我给他赏一两银子。"

藏这捞木头的人游着跟前，扛着起来一看是两个姑娘，说："这先看去是两截子木头，下来咋是两个姑娘呢？"就扛着过来了，黄员外问："有气无气？"说："有气。"

救活是蹾着缓了一会儿，说："你这么好的姑娘么，是咋跳了河了？"这胡秀英就抱怨这个员外说："我是死后的人么，谁叫你把我搭救活来呢？"

这黄员外说："咦，我今儿把你从水里救活，还把怨仇给拉下[5]了？藏你看我没有儿女没，把你两个给我拜个干女儿，你在我家我把你供养上，你看如何？"

"我有三个要求，这三个要求你能接受着，我就给你当女孩儿，你接受不了么我还是自奔河中一死。"

"你是三个啥要求么，你说出来我给你想办法。"

"第一个要求，我姐妹俩要住楼。"

"安，把我的这家产么你住个楼有啥呢，说第二个。"

"给我丈夫要做个十二大的黄醮。"

"咦，这你是个小姑娘么，还咋给你丈夫做黄醮呢？"

"能成不？"

这黄员外就森了[6]一回说："藏能成。"又问："第三个啦？"

"一辈子不改嫁，不跟人。"

"啊！这个事情我就难以从受[7]么。你这个姑娘么，终身大事是一辈子的事么，你不改嫁这话从何说呢？"

[1] 梦书：解梦的书。
[2] 搭儿：这儿。
[3] 浪渣：大水冲下来的东西。
[4] 么个：那样。
[5] 拉下：结下。
[6] 森了：打了个颤。
[7] 从受：接受。

胡秀英两个问："你不依从吗？"她们就扑三扑四要跳河呢。

黄员外说："能成能成，你不改嫁了我把你养活上。"这回就把这两个姑娘引着回去建楼去了。把楼建起，两个姑娘就坐着楼上了，这下要求给他丈夫做十二大的黄醮呢，说："你给我答应做十二大的黄醮，你不做我两个就要走呢。"说："能成，能成。"

这回再说林昭德，后头念书，已供给成了。就给柳县长说："大大，藏么皇上爷开科着么，我上京中举去呢，你看咋么个？"说："你觉着能行，你就去么。"就打发了一匹马和一些银两，就上京考试去了。

考试去的时候，一搭的同学很多，都是外大富汉家的子弟，尽是走马[8]，可穷汉人就是步行，走呢走呢，就走着黄家庄了。有人说："啊，咱说黄员外河里捞下两个姑娘，要求着给丈夫做醮咔么，走曹几个看走。"藏就三四个拉上林昭德看这做醮的去咔，这醮还没做起是，这胡兰英连胡秀英披的是大孝么，在亡人桥上跪着呢。这林昭德连忙往跟前一走，说："咦！这两个咋像我妻胡秀英连胡兰英？"

这回这胡秀英和胡兰英看着这个上京的举子咋像丈夫林昭德。这两个算哭着不哭么，就眼睛定勾勾[9]地瞅这相公着呢。林昭德就越瞅越往跟前走近了，就瞅胡秀英连胡兰英着呢，瞅呢瞅呢是。一搭里的一个小伙子么说："一下走啊！这怂[10]还只管瞅呢瞅呢的，你跟这姑娘咔吗，赶紧上京走，看啥呢？"几个连拉带扯么一下给拉上走了。

走了是一下急得这胡兰英说："咦，姐姐，你看这做醮真啊不，曹刚把坛设起来，曹的丈夫正上桥咔，你看着小鬼拉上走了。这丈夫是做下啥恶事着呢，这桥也没上去啊。"这回林昭德上京赴考去来考了个状元，下来么就回乡祭祖，祭了么就到朝廷议事去哩。

回乡祭祖时路过各地，员外么就摆桌迎接状元。到了这个黄家庄么，林昭德一是拜员外，二是想想看看这家的两

[8] 走马：骑马。
[9] 定勾勾：直勾勾。
[10] 怂：骂人的话。

个姑娘么到底是不是胡秀英连胡兰英。这黄员外听说新科状元来了，就把书馆打扫干净迎接这状元呢，这胡秀英连胡兰英两个就说："哎，咱状元下来着呢，曹看新科状元走。"就趴着楼栏杆上看着呢，这回林昭德也想："这员外家有两个姑娘呢么，我打探着看一下。"

藏出来时，咋看着这胡兰英连胡秀英在栏杆上趴着看他呢。他进来就把这个黄员外么叫着来问："你这两个姑娘是你的亲生女儿吗？"

说："哎，实不相瞒么，我女儿是我的两个干女儿，是从这个河里吹着下来的，我救下的。当时，她们有三个要求，一个是要住楼，二是要给丈夫做个十二大的黄醮，我都给咱办到了，第三个是咱不改嫁，这个么就是我的一点心病。"

说："大人，果然是这事么，你将你的这两个女儿叫下来么我问一下。"

黄员外就给她女孩说："我女儿么，这状元今儿路过么，要连你遇一下面呢，你下楼来吧。"下了楼时，三个见了面么，就头抱头儿大哭了一场，问："你两个咋的到这达来的？"

这胡秀英就说："唉，我大大把你害着下了狱，还说柳县长把你杀了，我两个下夜头戴大孝么奔到坟上，立的是你的石碑么，还掏着出来给你穿了衣服。你咋的到这达来，该不是鬼魂吧？"林昭德就把柳县长救他，供他上学，他上京赶考的事说了一遍。

说到这达，大家都很高兴，黄员外主持着他们拜了花堂。拜了花堂后，林昭德说："藏岳父么，叫我妻在搭儿暂且住着，我去把胡贼的头提了，祭奠了我大大么，再将我娘娘带上，曹一起进京去。"黄员外说："藏能行。"藏林昭德走了么，胡秀英姐妹两个就在黄家站[1]着哩。

柳县长听说儿子中了状元，欢天喜地，吹吹打打地把儿子迎接进来。柳县长就说："我儿中了状元，我藏高兴得很，我原先给你说下的外个话么你应承不应承？"说："干父，我有一句话讲出口来，能成就能成，不能成者曹再思考嘛。"问："有一句啥话？"说："我有一位老哥么，

是我的结拜弟兄。人长得比我还英俊好看么，将柳玉环许给我哥，结为夫妻。我带进京城，还是有她的荣华富贵，你看意下如何？"

柳县长答应了，林昭德就把柳玉环给他哥定顿下了。后来，林昭德到林家庄把这胡员外的头提了，到他大大坟上把他大大祭奠了，到深山老林里去把家产抖了[2]，就把他娘娘连他哥带到柳玉环家，叫柳玉环和林飞豹么戴了头[3]，再到黄员外家把他女人和他干父接上到京城去了。

讲述者：　张德林，男，42岁，农民，小学学历
采录者：　焦克敏，男，52岁，庄浪县盘安乡颉崖
　　　　　村人，干部，中师学历
采录时间：1988年3月27日
采录地点：平凉市庄浪县阳川乡上堡子村
选自：　　《平凉地区故事集成》（资料本下卷一分
　　　　　册），第418～436页

[1]　站：住。

[2]　抖了：变卖了。
[3]　戴了头：成了亲。

210

一子顶三门

有一块[1]王家庄，老两口只生下一个后人，家里贫寒得很，这后人叫富贵，老两口供富贵上学念书着哩。这个娃娃聪明得很，再的娃娃打闹哩，这个娃娃只是低下头念书哩。

这块庄里还有个王鞋匠家，只有两口子，王鞋匠是个胡逛山[2]一个，王鞋匠的女人活人瞎[3]得很，前门里勾僧，后门里勾道的。

富贵念书每天要经过王鞋匠家门哩，这个女人看上了富贵的人才了。每天见了富贵都要嬉耍着说几句笑话，富贵不理她，王鞋匠女人就愁眉苦脸的，黑了她想了一个办法。

第二天早上她端了碗凉水在门角角下等着哩。富贵搭门上过来，她把一碗水迎门子泼出去，泼着富贵身上。富贵气得骂开了，说："你这个妇道人家，每天嬉嬉哈哈地口里胡说哩。今儿又把水泼到我身上，三九天我冻着能受住啊不？"

女人说："你不要骂了，我家掌柜的衣裳多着哩，你走穿上一件念书去。你的衣裳我洗了晒干，你黑些儿放学回来穿。"富贵说："外能成。"就跟着进去了，进去穿了王鞋匠的一件大棉裹肚子，走学校里去了。

下午放学后，富贵有意走在最后面，王鞋匠女人早就在门上等着哩，到门口就叫进去穿他的衣裳去了。进去些，王鞋匠女人炒的鸡蛋，烙的饼子等着叫富贵吃哩。富贵不吃，光要他的衣裳哩，女人一把把门闩了说："我的这门好进难出，你的衣裳咋的到我家屋来的？你堂堂男子汉咋的到我家里的？"

富贵有口难言，女人说："这事情说不圆。藏你看，有了背个空名声，不如曹两个睡觉。"富贵硬不睡，要出去，女人劲大得很，他缠不过。

两个人就玩了一阵子，富贵困乏了就坐在地下。女人拿了一把切刀说："你今晚不睡，我就把你杀了。"富贵只好坐着一个碎板凳上靠住墙睡着了，富贵冷得一个式惊醒来些女人睡得出堂堂的[4]。他想今晚上不睡就着这个女人杀了，人说打架不如先下手，我先把她拾掇了。

富贵拿起切刀照女人的脑命穴剁下去，女人死了。女人死了，他害怕得很，就逃走了。月亮亮得很，开大门去怕人听着，走到后院里看见墙上搭下个梯子，他爬过去就跑了。

王鞋匠的兄弟住在隔壁子。这块兄弟也完着[5]哩，每天成半夜家在屋里耍赌博。这天晚上，衙门里一个监禁子也来参加赌博，临走时耍着把鞋匠兄弟的一只鞋提出来撇到王鞋匠家后院里，神不神就撇到了梯子底下。

第二天，王鞋匠回来了，热头儿[6]一箭高了，叫不开门。王鞋匠晓得他女人的活人，在门上打了个转转儿，可叫哩还是叫不开，他就把门抬了。抬开进去些血泼下一地下，王鞋匠跑到后院里些看着搭的梯子，梯子底下有一只

[1] 块：个。
[2] 胡逛山：整天不着家的人。
[3] 瞎：坏。

[4] 睡得出堂堂的：睡得很熟。
[5] 完着：指不学好。
[6] 热头儿：日头。

鞋，拾起来细看才认得是兄弟的鞋。他把兄弟叫出来些果然穿下两样子鞋。王鞋匠想，这一定是我兄弟寻我女人去，我女人不要，他就杀了。王鞋匠就把他兄弟告到了县长跟前。这事把几个监禁子吓着了，不敢说是他们要着撤的，县长给王鞋匠兄弟判了死刑，三年缓期处斩。

再说富贵逃难逃到另一个县的县长跟前，这个县长老两口没儿没女，问了富贵的情况。富贵说："我上无兄下无弟，父母双亡。"县长见他聪明伶俐，就收为义子，供给他上学念书。书念得很好，县长叫他上京赴考去。这会儿富贵想起他大大、娘娘了，想得一天不吃不喝有病了。县长叫的医生给治，可是吃药不中用，县长支他老伴儿说："你问这娃到底有没有心事？看给你说啊不？"

结果一问些富贵实言实语地招了，说："实不相瞒，我父母只生了我一个，他们骂了我，我才讨要来。"老婆说："是这么个了你先把饭吃，吃饱了我给你干大说看咋办哩。"老婆给县长说了，县长说："人养儿都等着给自己脸上盖一把土哩。人家父母在世，现在一定急死急活的。"

他把富贵叫着去说："是这么个了，我送你回去。如果你还想来，就把你大大娘娘引到这达来，有你二老的荣华富贵哩。但你不想来，你就供奉你老人去。"县长备了马驮了金银，就打发富贵回去了。

富贵往回走哩，离家还有二十里路，天黑了就站店哩。这达只有一个店，店里老两口只有一个女孩儿，这家子屋里艰辛得很。老汉看富贵行李多得很，就对他老婆说："老婆，这相公带金银着哩。今晚上叫曹家女子陪他一晚上，明天他一定要多给钱哩。"

老婆说："你老忩穷瓜了，难道把亲生女儿都不可惜了吗？"老汉说："人穷了啥事都做哩，把这不能做？只有你知我知他知，再谁咋能晓得哩？"

老婆就问富贵去了，说："这个相公你出门时间长了，我有个丑女儿，今晚上叫她给你把衣裳淘洗淘洗，回去家里人看看就遂心[1]了。"

富贵听着这事，真个是吃西瓜投起冷病了。他记起杀王鞋匠女人的事了，心里想：我这一路咋净遇这号事呢？

[1] 遂心：舒心。

但是又怕不答应人家用切刀逼，就应允了说："能行。"老婆就要女孩去。

女孩是个贞节人，把她娘娘骂了一顿说："你难道能干出这号事吗？"老婆说："你去给淘洗一下，看人家明早给曹能多给几两银子啊不？"说着就把女孩搭富贵的房里揭[2]进去，在外边把门关了。

女子进去羞得连头都不敢抬，站在门背后哭着哩。富贵说："你不要哭了，我今晚上只需要你一灯盏油。我在桌子上看一晚上书，你睡你的觉。"女子一听这话，就慢慢地顺墙根睡下了。富贵一看这女子是正派人，他知道不怪她，他整整看了一晚上书。

天明了，老婆子来了，把门一开，女子把她娘娘狠狠地瞪了一眼，带着往出走哩，把她娘娘一胳肘子揭了个侧棱子[3]。老婆子问富贵："咋晚上给你淘洗来啊没？"富贵说："我没啥淘洗的，反正你家里困难着哩，我给你多给些店钱就是了。"富贵给了二十两银子就起身走了。老汉给老婆说："你看好啊不！你连我开一年店看能挣二十两银子吗？"

富贵回到家里了，他大大娘娘一看儿子回来了，亲得哭开了，说："我娃三年了没回来，一来还趁[4]了这么多。"庄里人都来看他，正闲逛着呢听见县城里锣鼓打哩，富贵问："今儿是啥节，城里这么热闹？"他大大说："我娃走的外一天，王鞋匠家把事迭下了[5]。王鞋匠兄弟把王鞋匠女人杀了，判了死刑，三年缓期处斩。今儿时间到了，县长敲锣打鼓地斩犯人哩。"富贵说："我今儿要到杀场上看一回哩。"他大大说："杀人哩有啥看头，定定在屋里呆着。"富贵说："我咋了也要看去哩。"

富贵跑到杀场上就喊："刀下留人！刀下留人！我有事情上奏。"县长问他，他说："把这人放了，王鞋匠女人是我杀的。"把监斩的人惊了，就仔细盘问哩，富贵就咋长经短地把全部过程给说了。

县长问："是你杀的，他兄弟的一只鞋咋在她家梯子

[2] 揭：推。
[3] 侧子：差点摔倒。
[4] 趁：挣。
[5] 迭下了：出下了。

底下哩？"这时，两个监禁子才承认鞋是他们撇过去的，县长骂监禁子："你们为啥不早说？"监禁子说："我怕把我烂着里头。"

县长一看富贵敢承认杀人案，是个人才，是个好人，就说："这事完全怪王鞋匠女人，现在富贵给王鞋匠给些钱，让鞋匠重找一个女人去。"王鞋匠也同意，案子搭这儿圆满着下来了。

过了几天，富贵他大说："你也大了，今儿个曹到你丈人家去给下，把话商量了给你引女人。"爷两个就走啦。神不神他丈人就是开店的外老汉，搭门里进去些，老汉老婆慌了。老汉骂老婆子："你这老怂，我说话的时节你莫说挡给下，藏伤脸着咋结亲哩？"老汉给富贵他大说："啥也不要，你把日子看，看到啥时节就啥时节引着去。"

结了婚，女子进门头一天晚上羞得不敢往女婿脸上看。富贵说："藏把外有啥羞的呢。"半夜里富贵睡着了，女人伤脸着悔不过就在门簪儿上绑了个绳吊死了。

富贵醒来一看女人上吊了，就提了个笼笼赶快去请娘家。去些老汉说："你埋去，我啥话不说，有良心了给上两片子板。"

把媳妇埋了，富贵给他大大说："屋里头出了这么个事，咋对人说呢。藏干脆把你连我娘都引上走我干大大家走。我大大同意，就把家家具具抖了[1]。"就雇了个牲口走他干大大家去了。

再说富贵女人吊死埋了，庄里有个揭墓贼知道这女人死咔身上穿戴的东西多，就揭墓去来。下去把绳子一头挂在死人脖子上，一头挂在自己脖子上准备吊咔些。死人活了，一把扳住揭墓贼的腿，揭墓贼吓得往上爬哩，女人拽住他的脚就上来了。

上来就走娘家去了，晚上叫门哩。她娘家大大听着了给老婆说："咋像曹娃娃叫门哩？"老婆说："曹娃娃走了能叫门吗？"再一听些真个叫着哩，老汉到院子里说："狗儿[2]，藏你管你去，我把你害到这一步了，我后悔得很。"

女孩在门外边说："大大，你快开门我冷得很。"老汉跑去给老婆说："走，开走！人也罢，鬼也罢，娃娃死了么，把你连我的命还没清么。"就把门开开，女孩到厦房里睡去了，老两口不敢看去，一晚上没睡着。

第二天，女孩把揭墓的事说了，又说："曹做下的事不敢见人，干脆要着吃走，走哪达算哪达，哪达的黄土能不埋人。"一家三口就逃走了。

富贵一家三口人到了他县长干大家，县长老两口热情得很，就原供给富贵念书着哩。皇上开科招选，富贵考了个头名状元。这时他年龄也大了，老人都要给他提亲，可是富贵搭外女人死了，再不想连谁结婚了，谁说也不听。他干大想了个打彩的办法，指住看戏叫富贵在女人一搭寻个如意的。结果戏唱了三天，大官员的闺女都来看戏，富贵还是连一个也没瞅上。

富贵原先的女人和她大大娘娘逃难逃到这个地方，站到一个店里。店掌柜的一看些这女子长得端端正正，人也好看，就是穿的烂些，就给这老两口说："县长给他干儿子寻媳妇哩，三天没有一个看上的。你把女儿领到戏场里，看能看上不。"老两口说："大官的女儿人家看不上，曹要着吃着哩么，人家一个状元能看上吗？"掌柜的说："千里姻缘拿线等哩，说不定能成，你引着去试一下。"掌柜的跑去给县长说了，县长说："穿的烂闲着哩，你叫去。"

第二天，这女子到戏场里去，觉着自己怯气[3]得很，就在一个角角下站着哩。富贵一猛子看着了，就一个劲往那女人脸上瞅哩，心里想：这是我女人，她到底是人吗是鬼。跟随的人说："状元看上她吗？"富贵点了个头，他想是人也罢是鬼也罢，抬回去再说，就把这个女子用彩轿抬回去了。

抬到衙里，女子说："我父母还在店里呢。"县长派人到店里把老汉老婆抬来，亲家一见又惊又喜，给孩子办了婚事，富贵把四个老人领到京城做官为宦去了。

---

[1] 抖了：变卖了。
[2] 狗儿：长辈对低辈的称呼。
[3] 怯气：短精神。

讲述者：　张德林，男，40 岁，农民，小学文化程度

采录者：　孙志勇，男，30 岁，庄浪县南湖镇人，县
　　　　　文化馆干部，大学学历

　　　　　焦克敏，男，50 岁，庄浪县盘安乡颉崖
　　　　　村人，干部，中师学历

　　　　　李新民，男，35 岁，阳川乡文化站干事，
　　　　　高中文化程度

采录时间：　1986 年

采录地点：　平凉市庄浪县

选自：　　《平凉地区故事集成》（资料本下卷二分
　　　　　册），第 68～71 页

211

交朋友好还是买马好

　　很久很久以前，在阿达生活着两个青年人。一天，他们两个争起谁是世界上最幸福的人。一个青年说："我交上一百个朋友，我就是世界上最幸福的人。"另一个说："我买上一百匹马，我就是世上最幸福的人。"两个朋友争了一天，没有辩出谁是最幸福的人，于是两个去各干各的事了。

　　第二天一早，一个青年去交朋友，一个青年去买马。一个青年经过了一个又一个庄，交了许多朋友；另一个青年也经过了一个庄又一个庄，买了许多马。

　　他们到约定的日子都来了，一个青年问："你买了多少匹马？"另一个青年说："我买了九十九匹马。"他问另一个青年："你交了多少朋友？"另一个青年说："我交了九十九位朋友。"

　　两个青年各自回到家，另一个青年对他父母亲说："我买了九十九匹马，我是世上最幸福的人。"他父母亲听了，高兴地说："我儿真是世上最幸福的人。"

　　一个青年对他父母亲说："我交了九十九个朋友，我是世上最幸福的人。"他父母亲说："如果你交的朋友都是

真的，你就是世上最幸福的人。"

过了很长时间，一个青年走到他的朋友跟前说："我家丢了很多财产，我很可怜。"

一夜，另一个青年的马被偷走，他说："我是世界上最不幸福的人。"

一个青年回到家，对他的父母亲说："我的朋友都是真心的，你看他们都拉着牛、马、羊，拿着钱，赈济我来了。"

他的父母亲走出门来一看，说："你真是世界上最幸福的人。"这一个青年就把他朋友拿来的东西，送到另一个青年跟前去，另一个青年感动地说："交朋友是最幸福的，攒财是世界上最不幸福的事。"

讲述者：　温引弟，女，16 岁，学生
采录者：　王知三，男，43 岁，干部，高中学历
采录时间：　1989 年 4 月 4 日
采录地点：　平凉市静宁县曹务中学
选自：　《平凉地区故事集成》（资料本下卷二分册），第 143 ～ 144 页

212

白鹁鸽铃铃

有一个大户人家，家里有一个小媳妇，叫白鹁鸽铃铃。她心灵手巧，长得美，小媳妇有个小丈夫，小两口亲亲热热地过日子。

有一年，男人要出外做官了，出了门，骑着高头大马，对送他的娘和嫂子一再嘱咐："白鹁鸽铃铃年纪小不懂事，你们要照顾她，不要打她骂她。"娘和嫂子一个劲儿地答应："你不要操心，我们会照顾的。"

小男人走了没几天，白鹁鸽铃铃满心欢喜地跑到婆婆跟前问："婆婆，婆婆，我娘家兄弟叫来了，要去不要去？"

"不得去！三担五斗菜籽种上了再去。"

白鹁鸽铃铃只得日夜干活，把三担五斗菜籽种上了问："要去不要去？"

"不得去，看着三担五斗菜籽出来了没有？"

白鹁鸽铃铃只得天天向山上跑着看，有一天她对婆婆说："婆婆，婆婆，三担五斗菜籽，阳洼里出来了，阴洼里早着哩，要去不要去？"

"不得去，三担五斗菜籽锄了着。"

白鹁鸽铃铃噙着泪，跑到阳洼山上锄了这块地，跑到阴洼山上锄了那块地，又去问婆婆："婆婆，婆婆，三担五斗菜籽锄了呀，得去不得去？"

"不得去！看着三担五斗菜籽熟了着，熟后拔了着。"

白鹁鸽铃铃只好等到三担五斗菜籽全熟了后，拔了，又去问婆婆："婆婆，婆婆，三担五斗菜籽拔了呀，要去不要去？"

"不得去！三担五斗菜籽打了着。"

白鹁鸽铃铃流着泪，把三担五斗菜籽背到场里打了，又去问婆婆："婆婆，婆婆，三担五斗菜籽全打了，要去不要去？"

这回，婆婆亲热地说："去吧，今儿去，明儿来，八双靴子八双鞋，十只荷包绣着来，绣不来了鞭子陪。"

"婆婆，婆婆，白鹁鸽铃铃转娘家，拿啥呢？"

"牛圈里铲一篮粪粑粑提上。"

"骑啥呢？"

"把院里的老狗骑上。"

"抱啥呢？"

"把圈里的老公鸡抱上。"

白鹁鸽铃铃骑着老狗，抱着公鸡，提着粪粑粑，跟着兄弟到了娘家。她大门没进，二门没迈，一屁股坐在门槛上，没日没夜地做起鞋，绣起荷包来。到了第二天，只剩下一只荷包的穗穗没放上，但白鹁鸽铃铃不敢不听婆婆的话，这天骑着老狗又赶回了家。

婆婆见白鹁鸽铃铃把荷包穗穗没有放上，就叫来白鹁鸽铃铃的公公。公公提着鞭子，冲白鹁鸽铃铃没头没脑地抽了起来。白鹁鸽铃铃没处躲，只好让公公打。皮鞭每抽打一下，白鹁鸽铃铃就疼得叫一下。

"婆婆呀，婆婆呀，拉一拉，把白鹁鸽铃铃打死了。"

婆婆站在一边直叫："打，往死里打。"

打呀打，皮鞭打断了，公公顺手抄起一把扫帚，又打起来，白鹁鸽铃铃又叫："嫂子呀，拉一拉，一根鞭子打断了，一把扫帚打散了。"

嫂子站在一边看笑谈，打呀打，打得白鹁鸽铃铃血染红了白衣衫。

白鹁鸽铃铃吃力地叫："小姑子，小姑子，拉一拉，

把白鹁鸽铃铃打死了。"

小姑子看不下去了，刚要过去拉，白鹁鸽铃铃已被打死了。一家子见白鹁鸽铃铃被打死了，忙里忙外，把白鹁鸽铃铃扣在上院里一只大缸下。

过了几天，小男人回来了，骑着马，站在门外叫："白鹁鸽铃铃拉马来，拉马我下马。"他娘听见了，忙跑出去："我的娃，我的娃，让我拉马你下马。"

"我不要你拉，我不要你拉。我要我的白鹁鸽铃铃拉马我下马。"

"白鹁鸽铃铃听见你来了，正在梳头缠脚呢。"

嫂子听见了，也跑出来说："弟弟，弟弟，我给你拉马你下马。"

"我不要你拉，我不要你拉。我要我的白鹁鸽铃铃拉马我下马。"

"白鹁鸽铃铃听见你来了，正在烧水做饭哩。"

这时，小姑子听见也出来了："哥哥呀，哥哥，我给你拉马说实话。你的白鹁鸽铃铃叫人打死了，扣在上院缸底下。"

小男人一听，赶紧跳下马，跑进院里，揭起缸。一只白鹁鸽铃铃鸟"嗖"地飞出来冲上了天空，再什么也没有了。

小男人又气又恨，出了门，没问娘，没理爹，骑上马，头也不回地走了。

讲述者：	王玉梅，女，45岁，农民，小学毕业
采录者：	黄小丽
采录时间：	1987年11月15日
采录地点：	平凉市静宁县甘沟乡繁村
选自：	《平凉地区故事集成》（资料本下卷二分册），第74～78页

213

当娘

从前，有个女人叫秦珍，十六岁过门，四十八岁上死了丈夫，所生一子，取名旦旦。

秦珍家贫如洗，靠给别人家钉帮纳底、洗旧缝新拉扯着旦旦。旦旦长到十八岁，穷得寻不起媳妇。庄家亲朋好友东托说西托说，总算给他寻了一个，可张口要了五十两银子的聘礼。

秦珍没法可想，就对旦旦说："儿啊，你看曹家穷得精光，哪里能拿出五十两银子的聘礼。你把为娘当在当铺里，暂当上五十两银子，你先把媳妇娶来，有钱了再往回赎。"

旦旦说："唉，娘，儿我就是一辈子不寻女人，也不敢把娘当卖了。"娘儿俩你一言我一句，争来让去没个停息。

隔壁子旦旦的二爸听见了，以为她娘儿又为穷日子吵嘴拌舌，就跑进来劝解，一问才知道是为这事。

他一想，旦旦娘说得也在理，就劝旦旦。旦旦说："尘世上有个当东西的，哪有个当人的？"

他二爸说："瓜子，世上的物儿有样样，世上的事情没样样。"

娘说二爸劝，旦旦也就勉强同意了。由他二爸出面，到当铺里和掌柜的商量。

当铺里的掌柜是个面情软的人，经不住旦旦二爸一说，也就允许了。他二爸回来后就把旦旦娘引到当铺里当了，给人家刷锅刷碗，缝新补旧。他的二爸拿回了人家的五十两银子，给旦旦成了家。

旦旦小两口和和气气，一年后生了个胖拉拉的儿子娃，小两口心劲更大了。旦旦天天打柴赶集，积攒纹银，准备赎回老娘。

一天，砍柴之间拾了一只没头黄鸡，拿回家来给媳妇说："你把这大鸡拾掇净煮了，做得香香的，我拿上去当铺里看娘。"

第二天旦旦又上山打柴，媳妇忙着动手拾掇死鸡，拔毛烫洗，收拾干净后煮在锅里，没烧火柴了，她就背了个背篓到场里去揽柴。

对门子有个"麻脸女人"，素日养了几只鸡，撒食时一点数，缺了一只黄母鸡，就满庄寻鸡，逢大骂大，逢小骂小。她闻见旦旦家香喷喷的，就闯了进去。

揭开锅盖看见在煮鸡，断定是旦旦媳妇偷来的，骂道："穷得吃不起肉，偷人家的鸡吃。哼！人肉比鸡肉香，我给你煮上，你两口美美儿去吃！"骂着捞出鸡儿，从炕上提来旦旦的娃娃，扔进鸡汤锅里，转身就走了。

媳妇揽柴回来，加大火烧了一回，揭开锅盖翻鸡时，看见倒腿煮着自己的娃娃，"啊"的一声急死在锅台底下。旦旦想着给娘送鸡肉，没停歇地打了一担柴就往回赶，放下柴担进门一看，媳妇两口角白沫，没气了，儿子烫死在锅里，鸡没有了，他不觉眼前一黑，也急死在地上。

旦旦家的事惊动了庄家[1]，都跑来搭救人命。旦旦总算救活了，媳妇没治了，爸爸大爷见她死得可怜，就凑板做了棺材，将她收殓，停放在庄头关帝庙，改日葬埋。

麻脸女人见庄家都齐心周济这个偷鸡的贼，心里不服，骂道："做了贼还气大得很，死了还叫庄家出钱呢。哼！我叫她连个死身子也落不下。"

当夜背了一大背斗麦草，去点关帝庙，刚揣摸到庙门口，"咯喳喳"一声闷雷，这个欺天欺地的麻脸女人叫雷

[1] 庄家：庄里人。

殪死了。同一个时间，媳妇的棺材也击碎了，雷声惊醒了她，人活了，就赶紧往回跑。

到了大门口，门闩得紧紧的，她就喊叫起来。家里失了事，旦旦气得睡不着，三更半夜听见媳妇的叫声，疑心是她的魂音，就祷告说："妻呀妻，你死了就一人去，不要引我。我活着还要挣钱赎咱娘呢！"媳妇拍打着门扇说："我不是鬼，我活着来了。你快开门来！"旦旦听得真真切切，就硬着头皮开了门，一看媳妇真的活着回来了。

天亮，庄家准备葬埋旦旦媳妇，来到关帝庙，一看麻脸女人烧得像个焦火棍，斜躺在一背斗柴跟前。旦旦媳妇不在了，棺子碎了，庙台子上一只死野狐，两个爪爪子抓着一个鸡头。庄家都明白了，夜里的炸雷吓人，原来是雷收了这个害人的女人。这事传到当铺里，掌柜对旦旦娘说："恶到头，终有报，我不当人了，五十两银子送给你，快回家团圆去吧。"

野狐占了鸡头，叫雷殪死了。后来人们吃鸡肉时，都不敢吃鸡头，说是谁占了鸡头，谁就没个好落头。

讲述者： 刘西虎，男，50岁，曹务乡永丰村人，农民，识字
采录者： 王知三，男，41岁，干部，高中学历
采录时间： 1987年11月16日
采录地点： 平凉市静宁县曹务乡永丰村
选自： 《平凉地区故事集成》（资料本下卷二分册），第81～84页

214

后娘

很久以前有一个人，寻了一个女人，女人养了一个儿子，不久就死了。他又寻了一个女人，也生了一个儿子。

这个后女人对自己的儿子爱得没处放，就叫心疼；对先娘养的儿子，恨如眼中钉，就叫他丑闲。长大后，她经常让丑闲放羊，让心疼闲游闲转，看着丑闲一天天地长大成人，后娘就越恨了。

在离她家不太远的地方有个野狼沟，沟里经常有成群的野狼出没，没有人敢接近这个沟。一天，后娘让丑闲把羊吆到野狼沟里去放，一只羊也不能丢，丑闲明白这是让他去送死。

这时，他也不想再活了，就一边走一边哭。快到沟里时，碰见一个正在放羊的老汉，这个老汉问："娃娃，你把羊吆到这里做啥呢？"丑闲说："放呢。"老汉说："看你瓜子，这野狼沟里除了我之外，还有谁敢在这里放羊呢？还不快吆着回去，野狼一来就没有你了，还放羊呢。"

丑闲就哭着把他后娘怎样对待他，又是怎样让他放羊的，都告诉了这个老汉，这个老汉被感动了，说："既然这样，那我有一个办法。这里的狼一听到虎叫就四散逃走，

不敢来了，我就凭着学虎叫，在这里放羊，现在我教给你，只有你一人会就行了。"这个老汉就给丑闲教了老虎叫。

老汉走了不久，果然一群大野狼来了，丑闲就学了一声虎叫，野狼真的四散逃走了。这里还有许多桃子树，丑闲摘了些桃子吃了，晚上回家时，还拿回去了两个。他后娘见丑闲平平安安地回来了，又不高兴了，她又见他拿回来了两个桃子，很高兴，说："明天，让心疼放羊摘桃子去。"

第二天，她把心疼打发走了。且说心疼来到野狼沟，一见桃子树就爬上去摘桃子吃。不久，野狼就来了，它吃了很多羊，看见树上的娃娃，又围住啃树开了，吓得心疼浑身直抖，紧紧地抱着树不敢动。

天快黑了，还不见心疼回来，他娘急了，跑去一看，只见十几只狼在啃一棵树，快要啃断了。心疼紧紧地贴在这棵树上，她也没有办法，就赶紧回去叫来了丑闲，丑闲老远就学了一声虎叫，野狼立时逃走得无影无踪，心疼才被救了下来，他口袋里还装着两个桃子。

心疼非常感激丑闲的救命之恩，从此后娘也不恨丑闲，不虐待丑闲了。

讲述者：　高升，男，53岁，农民，不识字
采录者：　牛晓华
采录时间：　1987年10月12日
采录地点：　平凉市静宁县李店乡
选自：　《平凉地区故事集成》（资料本下卷二分册），第97～98页

异文：麻子长长

很早很早以前，在关山深处的一个小村庄里有一户人家，夫妻俩和一个小儿子，那小儿子长得干干净净，肉皮白嫩得像葱根一样，两口子很喜爱，就给他起名叫白娃。

在白娃三岁这年，他的母亲不幸去世，白娃爹过不惯这种婆婆妈妈的日子，便给白娃续娶了一个后娘杨氏。

杨氏粗脚大手，一脸踅肉[1]，活像个母夜叉，她经常虐待白娃。

第二年，她就给白娃生了一个弟弟，皮黑面丑，龇牙咧嘴，起名叫黑娃。杨氏见白娃生得比黑娃体面，心里总不是滋味，但又不敢在白娃爹面前发作。

转眼八年过去了，眼看白娃越长越白嫩，而黑娃却总是个鬼样子，杨氏越看越着气，就想了许多害白娃的鬼点子，都没法实现，不由急得什么似的。

早春的一天，她见对面山坡下邻里种麻子，想到自己有一块麻地在后山沟里，山大沟深野物常常出没，便生一计。从囤子里取出二升麻子，炒了一升，留了一升，把生熟麻子分装在两个口袋里，然后把弟兄二人叫来，当面吩咐说："这是二升麻子，你二人各背一升，去种在咱家麻地里，谁的麻苗出齐了，谁回来，谁要是不等麻苗出齐就往回跑，我非打死他不可，听下了没有？"兄弟俩齐声回答："听下了。"接着杨氏细心地给两个人分好了麻子、干粮等物，打发兄弟二人去了。

兄弟俩去后沟种麻子，路上白娃在前，黑娃在后匆匆向山顶爬去。一阵山风吹来，黑娃忽然闻到一股油香味，顿时涎水直流，一把拉住白娃的口袋，嚷着要吃麻子，白娃说："麻子是母亲装的，不敢随便吃。"

黑娃哪里肯听，三锤两火解开口袋，抓了一把放进嘴里，又把自己的口袋解开，抓了一把放进嘴里，边嚼边喊道："咦，你的咋比我的香，哥哥咱们换哩。"白娃怕惹是非，莫奈何地交换了麻子。

俩人高高兴兴地把麻子种在地里。不到半月，白娃种的麻子苗齐了，而黑娃种的却一苗不见。白娃遵照母亲的吩咐，辞别了黑娃回家了，而黑娃耐心地等待了许久，又饿又冻又害怕，最后死在了深山老林。

他死后，变成了一只小鸟，每当华亭种麻的时候，它便日夜"长长——麻子长长"地啼鸣，声音是那么辛酸凄凉，意思是怕麻子又不出来，便连声叫"长长——麻子长长"。

[1]　踅肉：横肉。

讲述者： 不详

采录者： 昝丹、高桂兰

采录时间： 1988 年

采录地点： 平凉市华亭县

选自： 《华亭县资料本》（全一册），
第 35 ～ 36 页

215

丁郎刻母

　　很早以前，凤凰原上有一对忠厚勤劳的夫妇。夫妻俩男耕女织，日子过得也快乐，不久生下一个儿子，取名丁郎。谁知，丁郎十岁那年，父亲身亡，母亲拉扯着儿子过活。

　　母亲每天上山打柴，摘桑养蚕，抚养着儿子，只盼望儿子早日长大成人。于是重活自己干，轻活也不让儿子帮个手。日月如梭，一晃十年过去了。丁郎长得虎背熊腰，力大过人，只是不务正业，整天在外东游西逛、耍钱玩赌，气得母亲把他没办法。

　　天长日久，丁母积劳成疾，卧床不起，生活十分困顿。丁郎看到，在外实在混不下去，也就每日在家做些杂活。只是脾气越来越坏，看到母亲不能养活自己，怨气越来越多，张口就骂，动手就打。天长日久，母亲看到儿子如同强盗一般，气得无法可治，只得整天看儿子眼色行事。

　　一天，丁郎犁地时，眼看日头当空，口干舌燥，正停犁歇息。这时，一群乌鸦在犁过的地里寻食，丁郎看见一只母乌鸦飞来找虫，每找一个，总是把它喂到小乌鸦嘴里。他看着看着，便自言自语道："乌鸦也懂得敬老爱幼，何况我是一个人哩。"

他猛然踏脚捶胸道："娘啊，丁郎对不起您！"正在这时，老远望见母亲一手提着罐子，一手提着篮子，给他送饭来了。他急忙跑去迎接，谁知忘了放下赶牛鞭子。

丁母被儿子打怕了，心想丁郎可能嫌我送饭迟了，看来一顿牛鞭又免不了啦。于是，悲愤交加，放下篮子，一头撞死在路旁的树上。丁郎想，母亲的死都是自己的不孝引起的，等到安葬了母亲，便把撞死母亲的那棵树砍倒，刻了一个相貌极像母亲的木人，天天供奉问安，每天饭做熟第一碗总先端到母亲像前。

天长日久，丁郎积极认错、孝敬母亲的事被玉皇得知，他想试试丁郎的孝心是真是假。

这天，风和日暖，丁郎把几袋麦子晒到场里，然后把母亲的像搬出来，让她一面晒太阳一面照看粮食，自己则上街赶集。忽然，电闪雷鸣，乌云满天，眼看大雨来临，丁郎顾不得许多，撒腿就往回跑，一路上不知摔了多少跤。

当他刚跑回院子时，倾盆大雨遮天盖地而来。他急忙先把母亲像搬了进去，摆好供品，然后再准备起场装粮，谁知院里干干的，像没下过雨似的。

丁郎走出大门，只见门外水窝遍地。原来玉皇看到丁郎先搬母亲像而不顾粮食时，才知道丁郎真正认错了，是真的孝敬母亲，于是遍地下雨，只给丁郎家麦场未滴一点，并御笔钦点丁郎为人间七十二孝之一。

讲述者： 马升福，男，65 岁，灵台县新集乡喂马村人，农民，不识字
采录者： 马拴喜，男，26 岁，灵台县新集乡喂马村人，文化专干，高中学历
采录时间： 1985 年
采录地点： 平凉市灵台县新集乡喂马村
选自： 《平凉地区故事集成》（资料本下卷二分册），第 125 ～ 127 页

异文一：丁郎刻母

丁郎在地里耕地，地旁树上有一个鸟窝。丁郎耕一回地，老鸟给小鸟喂一次食，每次都是小鸟把嘴张开，老鸟把食放进小鸟的嘴里。丁郎看了多次后想，我天天打我妈，我小的时候，我妈肯定也是这样喂我的，我以后要孝敬我妈，再不能打了。

这天，丁郎远远看见母亲送饭来了，就停下牛，忘了放下赶牛的鞭子，手里拿着鞭子去迎母亲。丁郎母亲看见儿子手里提着鞭子来了，想今天肯定又要狠打了，一着急，放下饭罐就往回跑。跑在一棵大树前，就想：我老婆子把饭送早了嫌早打，送迟了嫌迟打，不如碰死算了。母亲就碰死在大树下了。

丁郎见母亲碰死，就大哭了一场。丁郎把母亲埋了后，就把大树砍了照着母亲的模样刻了个母亲像，天天对着母亲像烧香磕头，热了背着凉处，凉了背着热处。

丁郎孝敬他木刻母亲的事，被泾河龙王知道了。一天，丁郎在场里晒麦子，就把母亲像背在凉树下看麦子，他自己出去干活。龙王这天有意发起乌云，准备试一下丁郎是不是人们说的那样孝敬木刻的母亲。如在下雨前，丁郎先背他母亲，就在丁郎晒麦场里不下雨；如先收装麦子，就把麦子全叫雨冲掉。

突然，乌云翻滚，狂风大作，电闪雷鸣，眼看大雨就到，丁郎回家先把他妈的像背回房内。说来也怪，别人家的麦子没收装完就让水冲了，可丁郎家的麦场里一点雨也没下。

讲述者： 位汉
采录者： 王天玉
采录时间： 1985 年
采录地点： 平凉市灵台县大整乡
选自： 《平凉地区故事集成》（资料本上卷一分册），第 202 ～ 204 页

异文二：丁郎背母

从前有一个人叫丁郎，平时对母亲很不孝顺。有一天，丁郎在地里犁地，他母亲到地里给他送干粮，送得有点迟了，丁郎又把他母亲打了一顿。打后，他母亲坐在地里翻不起身来。这时，地头一棵树上有一个红嘴鸦窝，一只老红嘴鸦正给小红嘴鸦喂食，丁郎就问他娘："红嘴鸦在干啥呢？"他娘说："老红嘴鸦给小红嘴鸦喂食着呢，你小的时候，我也是这样喂你的。"丁郎听后非常感动，心里十分内疚。

过了几天，丁郎又在地里犁地，他娘又给他来送干粮。他娘刚走到地头边上，丁郎喝着停下了牲口，跑着去地头接他娘，忘了放下手中的鞭子。他娘看见他拿着鞭子跑了过来，以为又要打她，就吓得赶忙一头碰死在地头那棵树上了。丁郎看见后大哭起来，后悔自己以前对母亲既打又骂。他把牲口赶回家，又来到地里，把那棵树砍倒，刻了一个他娘的雕像，背回家里用香火供奉。

他的行为感动了龙王，龙王想试探一下丁郎是不是真的悔过了。一天，天气非常好，丁郎把从地里收回来的豌豆晒在场里，又担心天上的鸦雀来吃豌豆，就把他娘的雕像从桌子上背到了场里照看豌豆。龙王看到后就请雷公电母来，协助他下一场过雨，看丁郎是先收豌豆，还是先背他娘的雕像。结果丁郎先把他娘的雕像背了回去，再出来收豌豆。这时，丁郎看见豌豆竟然干着哩，一颗也没下湿。丁郎以为是他母亲显灵了，对他母亲的雕像更加孝顺了。

有一天，丁郎转亲戚去了，晚上没有回家，丁郎女人晚上一个人害怕，想找个东西顶门，她看见雕像，心里想，老母亲活着的时候不孝顺，现在雕个木头干啥呢，就用雕像顶了门。丁郎在亲戚家，梦见他娘给他托梦说："丁郎啊丁郎，门顶得我头疼；丁郎啊丁郎，门顶得我头疼。"丁郎跑回家，看见女人用他娘的雕像顶的门，非常生气，就把女人狠狠地教训了一顿，从此两口子非常孝敬他娘的雕像。

讲述者： 陈前旺，男，50岁，庄浪县良邑镇陈岔村，农民，不识字

采录者： 陈东君，男，23岁，兰州文理学院文学院本科学生

采录时间： 2021年1月23日

采录地点： 平凉市庄浪县良邑镇陈岔村

216

三人同一心，黄土变成金

从前，有个员外姓铁，所生三子，家有万贯钱财。有一年过年，他把三个儿子叫来，说："儿呀，你看我这般年纪，到了我给你们卸家的时候了，不知你哪一个有本事。今晚给你们每个人一百两银子，三天过一年，等过完年你们都出门去做买卖，按明年回来，谁挣的钱多我就给谁卸掌柜的。"当下分了银子，三天年一过，三个儿子就一同出了门。

老大出门学了个铁匠，一年挣了二百两银子回家；老二做生意，一年也挣了二百两银子回了家；老三出门，害了一场大病，花完了一百两银子讨要回家，路上他伤心地说："我爹三十晚上说，谁挣的钱多就给谁卸掌柜的。我大哥、二哥不知挣了多少纹银，我讨要回家，没脸见爹爹的面。"

正行走，肚子饿得厉害，看见耕地的人树上挂着个馍馍褡褡，就给自己的烂褡褡里装了几块土疙瘩，去偷馍馍，结果被人家看见喊了起来，无奈他只好背着土疙瘩回了家。他不敢进门，躲进了场房。他的妻子到天黑来场里揽柴，见了男人，骂道："我把你个强盗，大哥大马一匹，富贵回家，二哥大马一匹，富贵回家，你成这般光景，头发半寸长，赤身露体，连羞耻都不顾，咋见爹爹？"

女人怒气不过，回家给婆母说："母亲，那强盗回来了。""你丈夫回来了，事情如何？""母亲，强盗打了烂账，讨饭回来了。"母亲一听，大吃一惊，问："奴才在哪里？""躲在场房里不敢回来。"

母亲打开衣箱，取出新衣拿到场房，给儿子换了衣服，引回家中，弟兄三人见了爹爹，磕头问安，铁员外说："今天又是一个三十晚上，你们谁挣的钱多我就给谁卸掌柜的。"

老大、老二各拿出二百两银子高高兴兴地摆在爹爹面前，老三心想："我将摆啥呢，还是取我的烂褡褡子去。"取来后，不敢往出掏，爹说："儿呀，你挣了些啥，掏出来叫你两个哥哥来看。"

铁老三硬着头皮掏出来，一看是两块黄灿灿的金子，铁员外急切地问："我儿，你这东西，从何地得来？"

三儿子将他出门的苦处说了一遍，又将用土块偷换馍馍的事说了一遍，铁员外一听，说："我三个儿子都听了我的话，同时出门进门，这真是'三人同一心，黄土能成金'啊！"

讲述者：　王志仁，男，72岁，农民，不识字
采录者：　王知三，男，41岁，干部，高中学历
采录时间：1987年11月16日
采录地点：平凉市静宁县曹务乡永丰村
选自：　《平凉地区故事集成》（资料本下卷二分册），第129～130页

217

选当家

选自： 《平凉地区故事集成》（资料本下卷二分册），第 130 ～ 131 页

从前，有个老头，年纪大了，想在三个儿子当中选一个当家。一天，他趁三个儿子下地干活，把一个新油漆桌子搬到院子里，让火辣辣的太阳暴晒。

晌午，三个儿子回家吃饭，老大一进门，看见桌子在院里晒着，心疼得直喊："唉呀，新新的桌子扔在院里晒，真可惜，这是谁干的？"说罢进屋吃饭了。

老二进门一看，叹气地说："真不爱惜这桌子，晒坏了咋办？"边说边端起了饭碗。老三进门一看，新桌子放在院子里晒着，二话没说，放下工具，忙把桌子搬进屋里。

老头坐在屋里，一切都看到眼里，饭后叫来三个儿子，把掌柜的钥匙交给了老三。

讲述者： 不详

采录者： 郑显锋，男，28 岁，灵台县独店乡张坡村人，文化专干，高中学历

采录时间： 1985 年

采录地点： 平凉市灵台县

218

白
妞
与
黑
女

很早以前，张家庄有个张员外，娶妻柳氏，为人贤良聪慧，生得一女名叫白妞。白妞长得乖巧逗人，十分可爱。不料，在她刚满周岁时，母亲得病身亡，张员外不得不另外娶妻。

邻村有个女子姓刁名翠花，被人托说给了张员外，第二年也生了一个女儿，既黑又丑，取名黑女。刁翠花面恶心狠，对先娘的女儿白妞恨得要命，时常虐待，只因张员外正直心公，她也没法挑掉这个"肉中刺"。

一年一年过去了，两个女子都长大了，黑女越变越难看，白妞却出脱得更加俊俏了，并且许了一个很好的婆家，刁氏越是心中不满，就越想找机会害她。

两个女子成天在楼上绣花。一天，刁氏心生一计，想为难白妞，便端来油煎饼子给白妞，炒的豌豆给黑女，叫她们两个边吃边绣，看谁绣得好，结果白妞的花绣得非常鲜艳，黑女的花染得脏成一团，原来白妞很有心计，她吃馍时不用手拿，是用针尖挑上吃的，黑女一边用手抓豆子吃，一边绣着花儿。刁氏还是不服，又想法子把白妞扣在缸底下，叫她在缸凿眼里看着绣，把黑女扣在背篓底下绣，

结果仍然是白妞绣得比黑女的好。

刁氏再也没有办法为难白妞了，便生出了一个狠毒的计策，给白妞倒水时，捉了一只蛐蜒放进壶壶里，白妞没注意咽下肚子里。过了些日子，蛐蜒生了一肚子儿子，白妞的脸一天比一天发黄，肚子一天比一天大了起来，身体一天比一天虚弱了。刁氏才找到了借口，大骂张员外："白妞不学好，尽给咱家出丑事，败了张家的门风，还不赶快拉出去杀了！"

她取来了一把明晃晃的菜刀，交给张员外说："人血是咸的，狗血是甜的，回来我要验刀。"忠厚老实的张员外，只得拉上自家的狗引上女儿上路了，到了一个大山村里，员外哭着给女儿说了原委，并让她换上自己的衣服去逃难。他一想到刁氏要验刀，就把那只狗杀了，血上面撒了些盐，回到家里交差。

白妞和父亲哭别之后，女扮男装到处讨要。一天要饭到了一个大富汉家门上，正好这人家要找一个放羊娃，白妞便被收留下，为这人家放羊。

一天晚上，掌柜的老婆路过羊圈房时，见里面亮着灯。这老婆走近，从门缝里仔细往里瞧，放羊娃正在梳头。她真真切切地看见这放羊娃是个女子，而且长得很漂亮，她就把这事告诉了老头子。

他们再三盘问，才知道这女子原来是许给自家的媳妇，白妞又把自己的病情说给了婆婆，正好有一个化缘的道人来到门上，婆婆讨得一个治病的法子。烧了一大锅油，叫白妞爬在锅前，肚子里的蛐蜒一闻到油烟味，全都倒出来了，被滚烫的油炸死了，白妞的身体渐渐好了起来。

婆家准备迎娶媳妇，叫白妞的后娘刁氏知道了。她心中暗喜，白妞不在人世，叫我的黑女去顶，不是很好吗？到了这一天，刁氏把黑女打扮了一番，送到了婆家。

第三天回门时，白妞抱着个大包袱，骑在马上，黑女拴在马尾巴上跟在后面，到了家里，刁氏迎了出来，高兴地问："黑女给妈拿的啥东西？"白妞说："妈，撩起襟子，女儿给你倒核桃。"她提起包袱倒了刁氏一怀蛐蜒儿子，把刁氏吓得一头栽倒在地，再也没有起来，黑女也在马后挣得没气了。

讲述者： 杨氏，女，75 岁，农民，不识字

采录者： 邹静平

采录时间： 1988 年 2 月 2 日

采录地点： 平凉市静宁县古城乡邹河村

选自： 《平凉地区故事集成》（资料本下卷二分册），第 99 ～ 101 页

219

哭空丧

　　有两学生，在一搭念书着呢。一个姓王的，屋里富得很；有个姓李的，只有娘母两个，穷得很。

　　遭遭[1]下课，再的人吃馍馍，这个姓李的娃娃就出去了。藏本来是他家里穷着没，看别人吃馍馍，他瞅下也尴光光[2]的。这个姓王的和姓李的对劲，咋天天看着这到缓下吃馍馍的时候，就出去了，就问："你咋遭遭吃馍馍的时候，就转过出去走了？"说："我家里穷得吃了早上没晚些的，藏你都吃馍馍呢，咋叫我怎么瞅着呢？"这姓王的说："外有啥难的呢。"就一天给这娃娃把馍馍捍[3]上，还多拿些叫回去，给他娘娘给给吃上些。

　　藏捍的时间长了，这屋里人就发现了，说："咦，这怪了，你一天能吃多少呢，你咋越拿越比一回多？"说："咦，我有个拜弟，家里穷得很，每天下课吃干粮的时间哞就去了。我原来还没有发觉，迟后一问些是这么个情况，

[1]　遭遭：每次。

[2]　尴光光：尴尬。

[3]　捍：拿。

我就一天给他多捍上些叫他吃哩。"

这王员外一听说："哎，你藏一天还捍啥呢，你干脆把他母亲接着来，曹这么大的家庭么，阿个[1]给曹照[2]个门、扫个院拉搭的[3]，把他娘母两个吃着能吃着哪达去呢，藏你叫去。"就叫着来，在他家打个杂不希的[4]。藏就两个在一搭念书着呢，王员外给这娃娃把女人占下。

不久日子，这两家的老人都下世了，这娃娃就引女人哩。引呢，这姓王的就说："引着来头一晚上咋了要睡呢。"这姓李的就上心着说："啊，这连我这么对劲么，这咋是这么个。"又一想，藏他一定要睡了他睡去。

藏引着来，这姓王的就进去了，进去这新媳妇就在炕旮埫[5]里顶着盖头坐着呢。这娃进去就在当地下拉了个桌子坐下，放下一沓沓纸写呢，一管[6]写，写，写上一个"不可"，写上一个"不可"，就只管写着亮了，就走了。

第二天晚上，这姓李的娃娃来，女人问着说："你昨晚些写啥着呢一晚上没上炕来？"这娃娃就胡岔么[7]了，就把抽匣拉开一看些，翻一张，写下个"不可"，翻一张，写下个"不可"。

藏就一搭念书着出来，上京考试去来，这个姓李的考住了，这姓王的就没考住，这姓李的咛就做了官了，官还大。

以后就把姓王的家业着火了，烧了个一干二净，就穷着不得前去，这女人说："不说起你还有个拜弟呢，你上去不拘[8]多少给曹筹借上些，曹先把这光阴往前推着。"

这就寻着上去，给款待了，咛就也没说给呢么不给么，咛就打发的人头里把金银驮上给着修去了。藏就把这留着住了半年，一天推一天，天天酒肉招待着呢。

姓王的看姓李的不打发自己，就心急了，说："这我屋里还有女人娃娃哩，就饿死了么。我上来做啥来着呢，

屋里得道[9]咋么个情况，有了打发上两个，没了走就对了。"这就下半年了，就不住了，就告辞要走呢。

姓李的知道留不住了，就故意给姓王的家里写了一封信，还做了个空棺子，抬着回去，就说这人死了。信发了就打发这人回呢，走呢就仅仅给了个盘缠，也多余没有给个啥。

这走到路上就伤心着说："咦，忘恩背义来着，这知道我这么个情况，就光给了个盘缠，就没有一点多给上些。"

这就走着回去大门上一看些说："这地方叫旁人占了吗咋了，咋修下这么凶[10]？"就在大门上瞅呢瞅呢些，院里人潮着[11]呢。女人吼着哭着呢，这就进去些，女人后人都坐草着呢，庄里人说："这你死了咋可来了沙？"说："啊你看这信啊来了，抬着来的丧啊也在呢。"

说着呢些打发的人可送来了一封信，说："你守我新婚房，我叫你哭空丧。"

藏就算是把恩报上了。

讲述者： 李有富，男，70岁，农民，粗识字
采录者： 孙志勇，男，32岁，庄浪县南湖镇人，县文化馆干部，大学
采录时间： 1988年5月20日
采录地点： 平凉市庄浪县南湖镇下街
选自： 《平凉地区故事集成》（资料本下卷二分册），第145～147页

[1] 阿个：那个。
[2] 照：看。
[3] 拉搭的：什么的。
[4] 不希的：什么的。
[5] 旮埫：旮旯。
[6] 一管：一直。
[7] 胡岔么：搪塞。
[8] 不拘：不管。
[9] 得道：到底。
[10] 凶：厉害，好。
[11] 潮着：傻着。

220

牛皮糊灯笼，里黑外不明

从前，有一个叫牛皮的人。他的家境很不好，不想[1]四十岁死了女人，丢下个十一二岁的女娃，名叫灯笼，从此父女俩凑合着过日子。

转眼，灯笼到了出嫁的年龄，上门说媒的人整天出来进去的不断。后来，牛皮选了个叫外不明的，把他招进了家门。

这外不明为人憨厚老实，成日家操持家务，很受邻人的称赞。牛皮起初对女婿像亲生儿子一样，但天长日久，牛皮慢慢对女婿起了疑心，说起这疑心，不过是由一次打柴引起的。

那天，外不明干完家里的零碎活，就担起扁担去打柴，快到晌午了，他感到乏，就坐在一棵老槐树下的一块石板上歇息。不想，刚一坐下就压破了那石板，从板缝里看到下面明闪闪的，外不明就搬起碎石板，原来是满满一缸金子。他想："说不定这是谁藏起来的。"老实的他又寻了一块完整的石板盖上缸口，就担上柴回家了。

吃饭时，外不明说起打柴的事时，顺便说了见金子的事。牛皮听女婿这一说，连忙放下碗跑到女婿打柴的地方一看，那棵槐树下真有一块石板。他赶紧搬过石板，却看到一缸清水，就生气地砸破了缸，跑回家就大骂女婿不孝顺他。

外不明听了觉得奇怪，又来到那棵老槐树下，只见金子溅得满地明晃晃的，外不明忙把金子收拾到原地方用石板盖好回了家，再没提金子的事。从这以后，牛皮就疑心女婿得了金子没给他，就给女婿安了坏心，想杀了女婿。

拿定这个想法后，牛皮就出钱买了个叫里黑的人，给他说："后天晚上，夜到三更，我女婿给马添草时，你就杀了他。"这里黑本来是个心毒手狠的人，见牛皮给了他这么多钱，就应承了。

到这时，牛皮少了块心病，也就畅快多了。到了约定的日子，牛皮和平时一样去给马添草——他早忘了自己说定的日子，那里黑可是记着牛皮说过的话，这一天三更见有人来添草，也不管三七二十一杀了人就走。

第二天，外不明两口子看到爹被人杀了，哭了一场，就把他埋了。从此，世上就留下了"牛皮糊灯笼，里黑外不明"的俗话来。

讲述者：	荣有源
采录者：	蔡淑萍
采录时间：	1987年12月3日
采录地点：	平凉市静宁县田堡乡
选自：	《平凉地区故事集成》（资料本下卷二分册），第152～153页

[1] 不想：不料。

221

李贵鞭打山神爷

你……"李贵越骂越气，简直要发疯了，他扬起羊鞭，狠狠地抽打了山神爷一顿。

讲述者： 不详

采录者： 杨万林，男，26 岁，灵台县百里乡稔沟村人，农民，高中学历

采录时间： 1985 年

采录地点： 平凉市灵台县百里乡稔沟村

选自： 《平凉地区故事集成》（资料本下卷二分册），第 188 ～ 189 页

从前，有个牧羊人叫李贵。他从祖父那里听说狼是山神爷的狗，牧羊人只要诚心诚意敬奉山神爷，他的羊就不会被狼吃掉。因此，每年三月三，李贵总要备办香表供品敬奉山神爷，还带上扫帚、锄头，为山神爷打扫庙宇，铲除庙院里杂草，年年如此，从不间断。

这一年三月三，清早起来，他把羊赶到山上吃草，自己到庙里给山神爷烧香叩头。忽然，听见对面山上有人喊叫："哇，谁家的羊，狼冲进羊群里了，快点救羊啊！"李贵听到喊声毫不在意，仍诚心诚意地敬山神爷呢。

叩罢头，又去打扫院子，李贵心想："我为山神爷老儿家年年烧香叩头，它还能吃我的羊？不可能，根本不会出这事。"最后一切安顿停当，便迈着稳步上山看羊。到山上一看，我的妈呀，原来狼冲散了羊群，弄得七零八散。好几只肥羊被狼咬得血流满地，死在那里，还有一些被咬得死去活来垂死挣扎哩。

李贵一看这场面，气得七窍生烟，转身跑回山神庙，指着山神爷塑像大骂："你这没良心的东西，我年年诚心诚意地敬奉你，你怎么叫你家狗咬死我的羊……你……

222

土地爷吃供品

盘着碗口粗的一条菜花蛇。

蛇的上半身子已经开始腐烂，臭味就是从这里散出的。这条蛇为啥死了，大伙找出了原因。原来有一次，来求神的一个妇人，提着一只鸡，当面杀了，用锅煮好，趁热把肉和汤一起从土地爷的嘴里灌下，把蛇烫死了。从此，这里的人不再相信土地爷的显灵了。

讲述者：	不详
采录者：	马拴喜，男，26岁，灵台县新集乡喂马村人，文化专干，高中学历
整理时间：	1985年
采录地点：	平凉市灵台县
选自：	《灵台县资料本》，第57～58页

相传以前，在一个偏僻的山村里，有座土地庙。当地群众常来烧香叩头，盼望神灵保佑。一次村上张老头的牛病了，便带上香、表、二斤猪肉进庙求神保佑他家百事如意，全家平安。

忽然他发现土地爷嘴里伸出二寸长舌，还左右不停地转动着。这下可吓坏了张老头。他以为土地爷显灵了，想吃供品。他连忙一面叩头，一面将二斤猪肉塞进土地爷嘴里。回来后，不几日牛的病果然好了。

此事一下传到方圆几百里。凡来求神的，将所带供品一块一块地给喂着吃。

庄里有个王胆大，一次随同乡亲们来到土地庙想看个究竟。当其他人求神问卦时，王胆大猛然闻到一种腥臭味。大伙一经注意，真的都闻到了。可是臭气从何而来，谁也找不到来源。

王胆大到处寻找，最后寻到土地爷身上了。大伙还责备王胆大不准胡言乱语。王胆大为了证实自己的判断正确，一下推倒塑像，把土地爷摔了个粉碎。

顿时大伙惊呆了。原来土地爷身子是个空的，在里面

223

柴夫巧骂秀才

从前，某村有个秀才，他为人阴险毒辣，凭着"秀才"的名到处哄骗人，诈取别人的东西，人叫他"满街诈"。

有一天，有个叫王善的柴夫，打了一担好些的柴，担到集上去卖，指望着能卖个好价，回家给年老体弱的妈买些吃的。他心里这么想着，迎面走来了个一手拿书、一手执扇的秀才，这秀才正是"满街诈"。秀才看到这担好些的柴，就又想诈，他就来到柴夫面前问："你这担柴卖多钱？"柴夫笑着说："二百文钱。"秀才把眼珠一转说："卖给我，你就给我担到家里，我再给你钱。"

老实的柴夫担着柴在前面走，秀才在后面迈着"八字步"走，心里盘算着咋哄骗柴夫，不给他柴钱。到了城门跟前，秀才看到高大的城门，便心生一计问柴夫："你看这叫啥？"柴夫说："叫城门。"秀才嘲笑说："不对，叫逍遥行。"出了城门，路过一座城隍庙时，庙门上插着一个长旗杆，秀才又问柴夫："你看那细长细长的是啥？"柴夫答道："是旗杆。"秀才又讥笑说："不是，是观端详。"

又碰到一个石柱上拴着一匹马，马蹄下有一堆马粪，

秀才问柴夫："你看马蹄下黄澄澄的是啥？"柴夫说："是马粪。"秀才说："不是，那是豆黄酱。"再往前走着，碰到两个屠夫合抬一大桶脏水去倒。秀才又问柴夫："他们抬的是啥东西？"柴夫说："杀猪涮肠用过的脏水。"秀才道："不是，他们抬的是酥油汤。"

走着走着，又碰见官府里押着一群犯人，秀才又问柴夫："你看那些是做啥的人？"柴夫说："是押的犯人。"秀才说："不对，是丞相。"柴夫不爱听他的问话，就问："快到你家了吗？"秀才回答说："你只管走就是，问啥远近呢？"

柴夫不再说话，往前走，路过一妓院时，外面站着个妓女。秀才指着那女子问柴夫："你看她是个啥人？"柴夫说："是个妓女。"秀才说："不对，她是女皇娘。"恰巧这近处一家人失火了，火烧得很旺，人们都赶着去救火。秀才就指着问柴夫："你看那是啥？"柴夫说："是着的火，人家失火了，快去救救火。"秀才一把拉住柴夫大声说："是明放光，不去了，快些走。"柴夫叹了口气说："人家明明失火了，你不去救火，还说是明放光呢。"

走着快到他家了，又碰到一家死了人，正办丧事。秀才问柴夫："你看这在做啥着呢？"柴夫说："在办丧事。"秀才骂柴夫说："你连啥都晓不得，他们在开叮当会。"到了秀才家时，秀才家门前卧着一只狗，秀才一脚踢走了狗，就问柴夫："我踢走的这是啥？"柴夫放下担说："是狗。"秀才又骂柴夫："你见识真个浅，这是我家的笑来旺。"

这天，正好给秀才大大过寿，院里人忙忙乱乱的。秀才指着问柴夫："他们在做啥？"柴夫说："在过寿。"秀才说："不对，这是莹寿堂。"柴夫把一担柴放到院里，就要柴钱，秀才把脸一变说："要钱，你把我们在路上说的话一个字不漏地说一遍，我给你钱，说不上来，柴钱一文不给。"

柴夫才知道他是个骗子，心里想你再无赖，柴钱可一文不能少，把柴给你担来你就该感谢我，反而不给钱，太无理了。柴夫就叫秀才站在他跟前听着，他清了一下嗓子说："一进逍遥行，二进观端详，你家人吃的是马粪豆黄酱，喝的是涮肠的酥油汤，老猪下的儿子毛丞相，下的女子是女皇娘，你家一年一个明放光，两年一次叮当会，门

前踢走笑来旺，你家人死了装进莹寿堂。"秀才听得目瞪口呆，结结巴巴地说："不要说了，我给你柴钱。"柴夫拿上了柴钱就回家去了。

224

两女婿

讲述者： 刘元某

采录者： 甘渭，男，47 岁，干部，高中学历

采录时间： 1987 年 9 月

采录地点： 平凉市静宁县曹务乡

选自： 《平凉地区故事集成》（资料本下卷二分册），第 219 ～ 222 页

从前，有一家富户，老两口生了两个女儿一个儿子。大女儿嫁给了一个有学问的，二女儿嫁给了一个庄稼汉。家里人看得起大女婿，看不起二女婿。

每逢过大事，大女婿就被安排接待客人，同客人吃喝，二女婿只能是劈柴担水，从没有人问过他的吃喝。老婆子更心偏，一看见大女婿就打心眼里喜欢，不是问寒就是问暖，比自己儿子还疼爱。但是一见二女婿，气就往上冒，总觉着不顺眼。

这一年儿子结婚，大女婿当总管，二女婿跑堂，忙了整整一天，总算安顿下了。可是，老婆子又叫垫圈，又叫准备第二天的水，完了后又叫给他大女婿烧酒，二女婿满肚子的气，烧酒时，就把芒硝下在酒里。

晚上睡觉时，大女婿一个人睡在上房，二女婿自然是牛窑。二女婿睡觉前，便轻轻地给扣上了房门。大女婿虽说卖弄口舌，指手画脚，但也够劳累的，一躺下就睡着了。等到他猛然惊醒，屁股底下黏乎乎的，屎拉了一炕。肚子还痛得厉害，想大便。他赶紧跳下炕，鞋也顾不上穿就去开门，可怎么也拉不开。没法就撅起尻子朝炕眼里拉，可

是又怕被人发现。

这时，他的肚子犹如打雷，急得他在房子里团团转。突然他发现桌子上有一个茶壶，他想便到茶壶里，明早偷偷把茶壶一藏，这事就没人知道了。于是他就便到茶壶里。刚便毕，就听得鸡叫，他心里十分发慌。正在这时，只听见门闩"咣"的一声，他赶紧穿好衣服跑掉了。

没等天亮，丈母娘就来看大女婿，一进门就问："娃娃，炕热着吗？睡得冷吗？"却没有听到回答，仔细一看，原来没有人。嗯，娃大概嫌炕冷走了。她伸手到被窝里一摸揣，呀！黏乎乎的，一闻，臭烘烘的。

她走到桌前，摸到茶壶，喝了一大口含在嘴里准备洗手，可是又浓又臭，一下子吐了满地。等她点着灯一看，到处全是屎，连她的裤腿也被炕眼门边上的屎糊了。她一恶心，又一连吐了几口，气得她像发了疯，可是哑巴吃黄连——有口难言。

此后大女婿再也不敢上姨父[1]的门了，二女婿的地位有了很大改变，丈母娘也看重他了。

讲述者：　不详

采录者：　王建华，男，26岁，灵台县什字乡曹家老庄人，教师，大专学历

整理时间：　1985年

采录地点：　平凉市灵台县

选自：　《灵台县资料本》，第58～59页

[1]　姨父：岳父。

225

三个大力士

从前，有母子二人，母织儿耕，清淡度日。她儿子长到十八岁时，突然食欲猛增，力大无穷，每顿饭要吃八笼馒头，喝八锅米汤。

有一天，儿子上山打柴，老母亲做好了八笼馒头，熬了八锅米汤，在门口等儿子回来吃饭。这阵儿从大路上来了一个赶着八个骡子驮着八袋东西的商人，来到门口向老妈妈深深施了一礼，说："老妈妈，我是出门之人。这会儿前不着村，后不见店，肚子饿得要紧。有什么吃的，请施给我一些，我将感激不尽。"

老妈妈心里想他能吃多少，我给我儿准备得多，就让他进去吃一点。那人进去不多时就出来了，千恩万谢，然后赶上骡子就走了。

不一会儿，她儿子回来了，卸了砍下的柴捆，母子进厨房一看，八笼馒头、八锅米汤一点儿都没剩，儿子问母亲："您老人家咋没给我准备饭呢？"

老妈妈也很惊奇地说："我一早就给你做下了饭，我站在门口等你回来。来了个赶脚的，说他饿得要紧，向我讨吃的。我想他吃不了多少，就让他进屋自己去吃，谁知

他吃得一点没剩下。"

儿子听后非常生气，二话没说，一手提个碾磆子，一手提个碾盘，紧跑着追那个赶脚的去了。赶脚的一听后边有人来追，知道是他惹的祸，一着急就把八个骡子往围兜里一装，没命地往前跑哩。这位老妈妈的儿子空着肚子，而赶脚的吃饱了饭，他们之间的距离越拉越远。老妈妈的儿子眼看追不上了，越思越想越气愤，就把碾磆子往路边埂下狠狠地摔了下去。这埂下有一户人家，老太爷正坐在院里吃饭，突然看见飞来一颗沙粒落入碗里，他就用筷子一夹，丢出好远好远。

讲述者： 王三泽，48 岁，干部，中专文化程度

采录者： 谢文敏，男，44 岁，庄浪县卧龙乡人，干部，初中学历

采录时间： 1986 年

采录地点： 平凉市庄浪县

选自： 《平凉地区故事集成》（资料本下卷二分册），第 194～195 页

附记

故事原名《大力者》，因为故事中前后讲到了三个大力士，即儿子、赶脚的和老太爷，题目只用"大力者"指称不明；另外，该故事系民间故事，应具有方言口语的特点，而"大力者"太书面化，故而编纂组将故事题目改为《三个大力士》。（徐凤）

226

掏店钱

一个和尚、一个秀才和一个下苦人同路行走了一天，来到崆峒山下。天气已晚，要投宿住店。和尚和秀才知道这个下苦人在陕西赶麦场[1] 挣下钱着哩，想日弄得叫这个下苦人掏店钱。秀才就出了个主意说："咱们三人同路走了一天，晚上店钱嘛，各掏各的旁人看着笑话哩。这样吧，咱们三个每人作一首诗，每一句诗的后三个字既要同偏旁还要押韵，谁作上了谁不掏店钱，谁作不上就掏三个人的店钱。"

秀才说罢，瞅了下苦人一眼。这个下苦人也很憨厚，心里明明知道叫他掏钱。他又一想：不掏嘛，三人做伴走了一天，面子上过不去；掏了吧，秀才欺他没有文墨。这时，和尚已赶着答应了。这个下苦人也识几个字，硬着头皮就答应了。

和尚抢着先作，瞅了半天崆峒山，总算作了一首：

[1] 赶麦场：给别人家割麦子。

三字同头崟崗岑[1]，

三字同旁泾渭河，

要看泾渭河，

坐在崆峒岭。

秀才清了清嗓子，咳了几声干气，也作了一首：

三字同头官宦家，

三字同旁绸缎纱，

要穿绸缎纱，

生在官宦家。

这下轮到下苦人了，和尚和秀才洋洋自得地看着下苦人，满以为他把店钱掏定了。下苦人咋么[2]想都不会作，急得搔头发挖耳朵的。这时，店掌柜的儿子把屎尿放到炕上了，掌柜的正给娃娃擦屁股，儿子放了个屁。下苦人一看，有诗作了：

三字同头屎屁尿，

三字同旁银钱钞，

你们逼银钱钞，

逼出我屎屁尿。

这下和尚、秀才大眼瞪小眼，三人各掏了各的店钱。

讲述者： 褚成栋

采录者： 高忠雄

采录时间： 1986 年 8 月

采录地点： 平凉市静宁县六盘山区

选自： 《平凉地区故事集成》（资料本下卷二分册），第 218～219 页

[1] 崟崗岑：崆峒岭的异体。

[2] 咋么：怎么。

227

女婿和丈母娘作诗

从前有个老两口，五十多岁才生了一个女儿，女儿长得很俊。由于父母会些诗文，这个女儿从小就跟着父母学习，渐渐长大后，也能随口说出一些流利的诗句。就在女儿长大成人的时候，老汉去世了。后来，母亲为女儿找了一个有学问的女婿。

一天，女婿来看丈母娘。丈母娘有意想试试女婿的文才，就说："今天咱们每人作一首诗，内容不限，只是最后一句要和百家姓有关，看谁作得最好。"女婿答应了。经过商量，丈母娘先作，女儿第二，女婿最后作。

作诗开始了。老婆子不慌不忙，随口吟道：

我的锅台四四方，

把锅放在中央，

勺头一来一往，

舀的稀（席）饭（范）盆（彭）郎。

该女儿作了。她坐在炕上望着母亲，也随口吟道：

我的炕儿四四方方，

把针线笸篮放在中央，

绣针一来又一往，

绣的描（苗）凤（冯）花（华）芳（方）。

最后轮到女婿了。他一直坐在桌前听，这时不等女儿作完就接上说：

我的桌子四四方方，

把砚台放在中央，

墨笔一来又一往，

写出锦（景）绣（肖）文章。

说完，三个人都会心地笑了。

讲述者：　阎文浩，男，53 岁，干部
采录者：　阎疆，男，30 岁，教师，中专学历
采录时间：1987 年 9 月
采录地点：平凉市静宁县八里乡
选　自：《平凉地区故事集成》（资料本下卷二分
　　　　册），第 268 ～ 269 页

228

三个女婿对诗

从前，有个老财主生了三个女儿。大女婿是个文官，二女婿是个武官，只有三女婿是个庄稼汉。

一天，老财主过寿，三个女婿坐在一起。大女婿、二女婿自以为有本事，文武官与一个庄稼汉一起用餐，有失身份。他俩合计在酒席宴前要用对诗的手段来戏弄他。三女婿看到眼里，恨在心里。

对诗的条件是：说出四句话，第一、二、四句的末尾，分别要用上"本是一家""多两个翅""是也不是"，第三句可随便。对诗开始了。

大女婿说：

龙和鱼本是一家，

鱼比龙多两个翅。

人都说龙是鱼变的，

不知是也不是？

二女婿竖起拇指叫好："自古道鱼龙变化嘛，妙哉！妙哉！"忙起身给大女婿敬酒。

二女婿说：

老鼠和蝙蝠本是一家，
蝙蝠比老鼠多两个翅。
人都说蝙蝠是老鼠变的，
不知是也不是？

大女婿听罢，拍手叫好，赞口不绝："绝妙绝妙！"给二女婿敬了酒。

轮到三女婿，他突然想起自己头上戴的棉帽子有两个耳扇，很像两个翅膀，顺口便说：

咱三人拜寿本是一家，
我比二位姐夫多两个翅。
人都说你俩是我养的，
你说是也不是？

气得文武二官吹胡子瞪眼，拍桌大怒："胡说，你敢骂人，谁是你养的？"三女婿不慌不忙，站身说："二位姐夫息怒。请问哪个文臣武将，不吃我们庄稼人种的粮，不靠庄稼汉养活？"

他俩被问得面红耳赤，张口结舌，从此以后，就再也不敢戏弄三女婿了。

讲述者： 罗维华，男，29 岁，灵台县西屯乡穆村人，
　　　　　农民，高中学历
采录者： 姚积瑞，男，30 岁，灵台县西屯乡南头
　　　　　村人，文化专干，高中学历
采录时间： 1987 年
采录地点： 平凉市灵台县西屯乡穆村
选自：   《中国民间故事集成·甘肃卷》，
　　　　　第 746 ～ 747 页

229

三个女婿贺寿

从前，有个员外很小气，他有三个女婿，也很吝啬。一天，员外过生日，请三个女婿来坐席。员外想："三个女婿来的时候，肯定会一人带来一坛酒，我干脆给准备一坛水，到时候掺在一块喝。"

三个女婿接到请帖后，准备贺礼。大女婿是个秀才，他知道老岳父是个财迷，坐席肯定不会给酒喝，自己也划不着拿酒，就准备了一坛水。二女婿还是个秀才，他也知道老岳父是个啬皮[1]，拜寿拿酒划不着，就也给准备了一坛水。三女婿是个农民，虽然没知识，却也挺狡猾，也准备了一坛清水。

贺寿那天，员外张灯结彩，满面笑容地迎接三位女婿，收下了他们三坛"酒"，命仆人将三坛"酒"和自己的一坛"酒"掺在一起，端上肉菜喝酒。

酒端上来，员外尝了一口，怎么没有一点酒味道？但想到这里面也有自己的"酒"，就又称赞说："好酒，好酒。"三个女婿每人尝了一口后，心里虽然都清楚了，嘴

[1]　啬皮：吝啬鬼。

上却也像员外一样称赞了起来。仆人见主人喝得挺起劲，偷偷尝了一口"酒"，立刻咧着嘴笑了起来。

大女婿和二女婿认为自己有才识，便提议即席作诗，后一句要用典故来应照头一句，谁如果作不上来，罚"酒"三杯。

大女婿先作：

"不染自白是棉花，不削自圆是西瓜。
大娘摘瓜，二娘纺纱。"

二女婿接着作：

"不染自白是雪花，不削自圆是鸡蛋。
天降雪花，鸡产鸡蛋。"

俩人说完，得意洋洋地吃起了肉和豆芽菜。

三女婿正在着急，忽然看到两个姐夫在吃肉和豆芽菜，便说：

"不染自白是骨头，不削自圆是豆豆。
驴吃豆芽，狗啃骨头。"

大女婿、二女婿一听，脸变成了红布。

讲述者： 韩效林，男，58岁，农民，小学学历
采录者： 韩春奎，男，15岁，泾川县太平中学学生
采录时间： 1988年6月3日
采录地点： 平凉市泾川县太平乡周家村
选自： 《中国民间故事集成·甘肃卷》，第785～786页

异文：好酒好酒

从前，有一个老头儿，三个女儿都出嫁了。当时有个习俗，老丈人过生日，女婿上门送礼品，必须是酒。

到了老头儿过生日那天，大女婿在街上给丈人买了一瓶酒。可他爱财如命，舍不得花钱，思谋了半晌说："他俩女婿，可能都带好酒。我干脆带上一瓶水，到时掺到一起，有谁能知道。"于是把买来的酒锁在柜子里，拿了一个空瓶，在缸里灌了满瓶子凉水出门了。

二女婿是个铁公鸡一毛不拔，从橱柜里取出半瓶酒，看了看又放下，心想："年年光喝我的酒咋行？我干脆来个将计就计。"于是又提了一瓶冷水。

三女婿在腰里把钱摸了几摸，眼珠子一转，计上心来："哪来钱给他买酒？"也灌了一瓶水。

老头儿看三个女婿提着酒为他贺寿，高兴极了，把三瓶"酒"倒在坛子里，让大家到时共同品尝。谁知老头儿还比三个女婿尖，摸着胡子在想："我怎么能让他们今日把酒喝完，何不掺上些水，过后我还能多喝几顿，岂不妙哉？"于是趁众人不防，抓起瓢舀了几瓢水掺进坛里。

吃饭的时候，大伙围在一起，共同品酒，嘴里都称"好酒好酒"。但心里各自嘀咕，怎么全是水？就这样，谁也不吭一声，心里各自明白，还装着称赞"好酒好酒"，都喝了一肚子凉水。

讲述者： 不详
采录者： 徐家文，男，32岁，灵台县百里乡稔沟村人，不识字，农民
采录时间： 1985年
采录地点： 平凉市灵台县
选自： 《平凉地区故事集成》（资料本下卷二分册），第361～362页

230

对诗

（1）

很久以前，有一户人家很有钱。可老两口只生了两个女儿，大女儿嫁给一个秀才，二女儿嫁给一个放牛的。老两口嫌贫爱富，对大女婿很器重，对二女婿看不起。每年正月女婿们都来拜年，老两口总是刁难二女婿。

有一年，大女婿带着妻子，拿着贵重的礼品来拜年，二女儿受不了父母的冷落借故没来，只让女婿一人来了，老两口更为生气。吃饭的时候，老头子说："谁能对上我的诗，谁就吃饭，假若对答不上，就别想动筷子。"接着高声说：

"桌子四四方方，盘子摆在中央，
筷子一来一往，美味贵人品尝。"

老婆随口道：

"锅头四四方方，锅儿摆在中央，

勺儿一来一往，舀得肉肉汤汤。"

大女婿得意地咏道：

"砚台四四方方，墨汁摆在中央，
笔儿一来一往，写得千篇文章。"

大女儿想了想说：

"箱子四四方方，筐箩放在中央，
针儿一来一往，四季都缝衣裳。"

他们又说又笑，互相吹捧。最后把目光集中到二女婿身上。二女婿想了一会儿，不紧不慢地说道：

"炕儿四四方方，姨娘摆在中央，
姨父一来一往，没生一个儿郎。"

大女婿两口吃惊，老两口气得七窍生烟，一桌宴席谁也没吃得成，闹了个不欢而散。

讲述者：　不详
采录者：　王建华，男，26 岁，灵台县什字乡曹家老庄人，教师，大专学历
采录时间：　1985 年
采录地点：　平凉市灵台县
选自：　《灵台县资料本》，第 67 页

（2）

以前，有一个老秀才刘竟智，外号"刘诗迷"，他专爱习诗作文。有一次三个女婿前来给他贺寿，在吃饭的时候，刘诗迷诗兴大发，对三个女婿说："咱们先对诗，后吃饭。如果谁的诗对得好，能让大家发笑，谁就先吃。"

三个女婿一齐叫好，便叫老丈人出题。

刘诗迷说："今天这个诗要以'独立''鲜艳''成群''冲散'八个字为题。"

大女婿说：

一桶绿豆独立独站，

绿颜色实在鲜艳。

引得老鼠成群，

小猫一来把它冲散。

二女婿说：

一棵谷子独立独站，

黄颜色实在鲜艳。

引得麻雀成群，

老鹰一来把它冲散。

三女婿一看轮到自己，但一时还想不出说个啥话。正在这时，丈母娘在厨房里听得上房里热闹非凡，笑嘻嘻地立在门口听。这一下，三女婿有了作诗的内容。他说：

丈母娘独立独站，

胭脂粉抹得实在鲜艳。

引得他人成群，

老丈人回来把他冲散。

气得老丈人直瞪眼，丈母娘红着脸跑回厨房，惹得两个女婿哈哈大笑。

讲述者： 孙玉明
采录者： 马拴喜，男，26岁，灵台县新集乡喂马村人，文化专干，高中学历
整理时间： 1985年
采录地点： 平凉市灵台县
选自： 《灵台县资料本》，第 68 ～ 69 页

231

三女婿

一个翰林生有三花，他说："我虽然乏后，我给她们每人找一个文夫子女婿，就等于有后人了。"

大女儿寻了个状元，二女儿寻了个探花。给三女儿寻下的，先听着好得很，到头打问来打问去，是个放羊娃。这可把翰林扛倒[1]了，说："我寻思着给碎的寻个比前两个的还要好哩，谁晓得寻了个精脚两片[2]。"

翰林把状元和探花看得起，把放羊娃两口子眼里不挂，脚下不刹[3]。时间一长，三女儿也不转娘家去了，三女婿也不转丈人了。

一直过了好多年，三女婿给他女人说："你父亲年龄也大了，虽然对曹不好，可是曹是个当小的，再把头低到脚尖尖上。他老人家今年生日，曹两个给老人家拜个寿走，去了他打曹打给一顿就止了。"

老翰林过寿哩，看见两个大女婿来了，两个眼睛笑得

[1] 扛倒：挤倒，这里指心里不痛快。

[2] 精脚两片：形容很穷。

[3] 眼里不挂，脚下不刹：指不放在眼里。

没缝缝了，看见老三两口子脸吊下了。这两个随进门[1]就坐在门背后炕边边上，老翰林说："今儿是我的好日子，曹爷父子没大没小地好好吃酒作乐。我试出个对儿看你们哪个才学好？"这么一说，大女婿在桌子上放了一席碟子，二女婿下了炕把酒壶拿过来，老翰林又笑得眼睛没缝缝了。

翰林出了一个对儿说："不旋自圆，不染自白，后头带个古人来。"

大女婿对："不旋自圆是个瓜，不染自白是个花，带个古人来见刘全进。"

翰林说："好好好！"

二女婿对："不旋自圆是月，不染自白是雪，带个人来是曹夫走雪。"

翰林说："好好好！"说着哩就夹起一块骨头肉吃开了。

大女婿和二女婿说："他三姨父，藏该你对了！"

三女婿说："不旋自圆是壶，不染自白是骨，带个古人是狗啃骨头。"

二女婿说："你咋骂姨父呢？"三女婿说："我说的狗是二郎的哮天犬，古得很。"

讲述者： 张德林，男，42岁，农民，小学学历
采录者： 孙志勇，男，32岁，庄浪县南湖镇人，县文化馆干部，大学学历
李新民，男，37岁，阳川乡文化站干事，高中学历
焦克敏，男，52岁，庄浪县盘安乡颉崖村人，干部，中师学历
采录时间： 1988年3月
采录地点： 平凉市庄浪县阳川乡上堡子村
选自： 《平凉地区故事集成》（资料本下卷二分册），第235～236页

[1] 随进门：一进门。

232

三气岳丈

从前有一员外人家，生下三个女儿，均已出嫁。大女婿是生员，二女婿是秀才，唯独三女婿双手不会写个八字，是个庄稼汉。

他们三人每年都要给岳丈庆贺寿诞，可这个老员外只看起念书人，看不起老农夫，想方设法为难三女婿。

这年寿诞之期已到，三个女婿同来拜寿。在寿宴上，员外有一匹心爱的宝马，他叫三个女婿各作一首诗，看谁的诗内把他的马说得最快。

大女婿开口了：

水上架银针，岳父骑马上临潼，
骑去又骑来，银针还未沉。

二女婿紧接着说：

火上架鹅毛，岳父骑马上泾川，
骑去又骑来，鹅毛还未焦。

坐在炕上的岳母一听，高兴得一跳，放了个响屁。三女婿很生气岳父的偏心，心想借这声响，把你们都骂上一顿解气，他就随口说：

岳母放了个屁，岳父骑马上京地，
骑来又骑去，屁门还未闭。

员外一听，气得吹胡子瞪眼睛地臭骂了一顿，寿宴不欢而散。

第二年，三女儿转娘家时，员外对她说："去年你女婿不但连我骂了，还把你两个姐夫都骂了。今年不比往年，我买下一头驴，叫他们三人估价，谁估准了谁坐上席，谁估不准不要入席。"三女儿听了后，就在厨房问她母亲说："曹家的驴是多少钱买来的？"她母亲说："六十两银子。"

三女儿牢记心中，回到家里就给女婿说："今年我父叫你给驴估价，你去后不要先开口，叫咱二位姐夫先估。毕了后，你就把驴口掰开，左看右看，然后在驴尾巴上扛几下，就说是六十两银子买下的。"

寿诞之期又到，三个女婿又来拜寿。员外叫三女婿同来估驴价，估准了入席，估不准的靠边站。大女婿先估说是七十五两银子买下的，二女婿说是七十两银子买下的。

两位姐夫估毕，三女婿不慌不忙、大摇大摆地走在驴前，将口掰开，装模作样看了一下，又在驴尾巴上扛了几下说："这驴是六十两银子买下的。"

岳父见没难住三女婿，又把他的胡子两刀子刮了，坐在椅子上叫三个女婿估他今年有多大岁数。大女婿说像六十五岁，二女婿说像六十三岁，三女婿灵机一动，想再骂他一下，就跑到岳父背后把头抱住，正欲掰口看牙，岳父用力把头一摇，他接着把员外从椅子上掀起，再去揣尾巴，随口说："人没尾巴没处估。"

员外气得肉颤，但无法子，只好叫三个女婿都入席，但自己的心里很不是滋味儿，坐在椅子上翻起了白眼。

讲述者： 苏义成，农民，初中文化
采录者： 谢文敏，男，44岁，庄浪县卧龙乡人，干部，初中学历
焦能成
采录时间： 1986年
采录地点： 平凉市庄浪县
选自： 《平凉地区故事集成》（资料本下卷二分册），第247～249页

233

考女婿

从前有个老先生，在私塾里教书。他膝下无子，只有一个女儿。他有心在学生里面选一个女婿，但不知哪个中女儿的意。老先生的女儿不仅长相漂亮，而且智慧过人，学生都很喜欢她。

这天，老先生把学生叫到一块，说："今年是小考时节，谁能考中秀才，我就把女儿许给谁。"乡试时，三个学生都考中了秀才，他们三个都争着要老师的女儿。看着三个得意门生明争暗斗，老先生为难极了，整天愁眉不展，闷闷不乐。女儿见爹爹整天眉头紧锁，问："爹爹，你近日为啥愁眉不展，茶饭不进？"老先生把招女婿的事给女儿说了，女儿说："我就不信他们真的一样优秀，孩儿我要自己考，看哪个更强。"三个秀才听师妹要亲自考他们，就合办了一桌酒席，请来师妹。

师妹进门一看，心里顿时有了主意。她给每人敬了一杯酒，然后缓缓地说："你三个人的文章不分上下，我今天出一道题，谁答得好，就是我爹爹的女婿。"三个学生都伸长脖子听。师妹说：

什么东西一点红？
什么东西一张弓？
什么东西端上端？
什么东西黑咚咚？

大师兄急忙说：

太阳出来一点红，
月亮牙儿一张弓，
太阳光芒端上端，
云彩一过黑咚咚。

不待大师兄说完，二师兄抢着说：

桃儿本是一点红，
桃把它是一张弓，
桃枝上来端上端，
桃叶一长暗咚咚。

师弟一看师妹柳叶眉，杏子眼，非常漂亮，就说：

师妹脸蛋一点红，
两绺眉毛一张弓，
线杆鼻子端上端，
被子一盖黑咚咚。

师妹看中了师弟，师妹跟着师弟出门时，两位师兄拉住师妹的手说："女婿选好了，待吃完了酒菜再走。"大师兄说：

茶茶茶，酒酒酒，
一个吕字两张口，
一个口里喝的茶，
一个口里喝的酒。

二师兄说：

雾雾雾，烟烟烟，
一个出字两座山，
一座山上升起雾，
一座山上升起烟。

师妹一看两个师兄拉着她不放手，厌恶地说：

行行行，走走走，
一个拜字两只手，
一只手里拉着驴，
一只手里拉着狗，
驴吃豌豆，狗啃骨头。

说毕扬长而去。

讲述者： 万斌，男，36岁，中学语文教师，本科
学历
采录者： 周斌，男，38岁，文化工作者，本科学历
李永峰，男，44岁，企业经理，大专学历
采录时间： 2009 年 9 月 3 日
采录地点： 平凉市庄浪县阳川中学
选自： 《庄浪古经》，第 85 ～ 86 页

234

七个女儿的故事

从前，有老两口生了七个女儿，家里很穷，靠老头儿打柴为生。

有一天，老头儿收了七个呱啦鸡[1]蛋，要老婆给他煮熟吃。老婆正在煮蛋，大女儿进门就问："妈，妈，锅里热气冒着煮的啥？""锅里是你大打柴收了几个呱啦鸡蛋，你既然看见了就吃一个吧，不要对你二妹讲了。"

二姐进门问："妈，妈，锅里热气冒着煮的啥？""煮的呱啦鸡蛋，你吃一个可不要对你三妹讲。"二姐捞着吃一个出去，又对三姐说……就这样姐妹七个人每人吃一个，七个呱啦鸡蛋一会儿就吃光了。

老头子打柴回来问老伴："鸡蛋煮熟了吗？"老婆子说："七个呱啦鸡蛋叫你七个女儿全吃了。"

老头子听了十分生气，觉得养活她们实在讨厌，就想办法要抛弃她们。

第二天，老头子把七个女儿叫来，说领她们进山打核桃。老头儿背了一张羊皮，拿了根洗衣服用的棒槌进山了。

[1] 呱啦鸡：野鸡。

走啊，走啊，走了很远，到了一个半山上的烂窑前，老头儿对她们姐妹七人说："你们就在这个窑窑里，哪里都别去，等我把核桃打下来再叫你们。"老头子出去后，把羊皮挂在树上，把棒槌挂在羊皮上，就独自回家了。

七个女儿在窑里听外面"啪啦，啪啦"的声音，以为她大在打核桃哩，其实是风把羊皮一吹，碰在树上，棒槌打在羊皮上发出的声响，她大早回家里去了。

等啊，等啊，总是等不见她大来领她们。天黑了，山风吹得呜呜直响。七个女儿害怕极了，一起走出窑门往"啪啦，啪啦"的地方找去。喊她大，喊不喘[1]，走到树下一看，原来是棒槌敲羊皮响，七个女儿才明白，都大哭起来。

忽然一个黑乎乎的怪物来到她们面前，原来是个毛野人。七个女儿看见毛野人，害怕得挤在一块，毛野人嘻嘻地笑着说："你们不要怕，到我家去吧！"七个女儿无法，只好跟着毛野人去了。

七个女儿被带到一个山洞里，毛野人到隔壁的小山洞里。隔壁的小山洞是个灶房，毛野人在灶房又生火又添柴，把油倒在锅里再磨刀，发出了嚓、嚓的声音。他的这一切举动被七个女儿发现了，她们好像明白了什么，于是悄悄地走出山洞。看见门前有一棵高杆树，她们就大的拉小的，一个拖一个地上到了树梢上。

毛野人把一切准备停当，就到山洞里去拉人。一看一个也不见了，很奇怪，急忙寻找，从里面到外面，一个也找不着。心想她们上哪儿去了呢？该不是老虎和狼吃了吧？

这时树上七个女儿中最小的女儿害怕极了，"啪"的一声一只鞋掉下来，正落在毛野人眼前。毛野人抬头一看，这些女娃原来都在树上，就哄着说："嘿嘿嘿……我把饭做好了，叫你们吃哩，你们上树干啥呀，快下来吧！"

七个女儿都不作声，毛野人等不住了说："你们是咋上去的？把我吊上去吧，我给你们送吃送喝。"女儿们说："我们是裤带连裤带，头绳接头绳吊上来的。"又说："你想上来，就把油锅搬到树底下，生上火，倒上油，我

们再吊你上来。"毛野人想，只要能上到树上，就吃掉她们，赶忙照着做了。

七个女儿把裤带、头绳连在一起，一直放到树下。毛野人赶紧抓着绳子往树上攀去，刚攀到半腰，七个女儿一齐猛松手往下丢，毛野人掉进油锅里被活活地炸死了。

天亮了，七个女儿从树上小心地下来，到毛野人山洞里一看，东西还真不少，有米，有面，有柴，七个女儿没忘她们的妈，商量了一下，于是生火做饭，七手八脚炸了很多油饼，背上回家去找妈。

走啊，走啊，走了整一天，才回到家里的崖背上。往下一看，妈妈正在窑门口哭哩，她们的大坐在院中脱下衣服捉虱哩。她们便往院里丢了一个油饼，老头子一看落下的油饼，高兴极了，嚷着："老婆子，老婆子，天上下油饼哩，你半个，我半个。"

说着拾起来就吃，女儿们又丢下去两个，老两口每人一个拿着吃。就又丢下去四个，老头子一看越来越多，就给老婆子说："嘿！老婆子，这么多的油饼干脆把缸抬出来接。"老两口从屋里"吭哧吭哧"地抬出一口大缸，女儿们就丢下去一块大石头，"啪"的一声，缸被打烂了。

老婆子很奇怪，就跑上崖背看是啥东西在作怪，上去一看，原来是自己的七个女儿，还带回很多油饼，就领回家。

进了屋，妈妈一看女儿们又回来了，又高兴又心酸，问女儿们是怎么回事。女儿们就把这两天的经过说了。老头子满脸羞红，忙向七个女儿认错，女儿们高兴地又领她大、她妈进山里吃油饼去了。

讲述者： 侯彩娃
采录者： 侯兆洲
采录时间： 1988 年
采录地区： 平凉市崇信县
选自： 《平凉地区故事集成》（资料本下卷一分册），第 298 ～ 301 页

[1] 喊不喘：叫上没人应答。

异文一：七个野鸡蛋

从前，有个老两口，一共养了六个女子，家里穷得很，把女子拉扯不前去了，老汉就到圲上[1]拾柴卖柴维持生活哩。

有一天，老汉拾柴去哩些碰着了一窝野鸡蛋，一共是七个，六个女子有七个野鸡蛋，咋分恰，老汉想不出个好办法，就拿回来让老婆煮上。

老婆正煮野鸡蛋哩些，碎女子回来了，问："娘，娘，你锅里煮的啥？"

"喔，你大出去刮柴[2]去来些碰着一窝野鸡蛋，拾着来我藏放着锅里煮着呢。"

"藏熟了没？"

"藏熟了。"

"藏你给我捞上一个吃。"

"藏给你捞上一个，你出去么给你姐姐不了说了。"碎女子出去吃了，就给她大姐姐说了些。她大姐姐回来就可这么个原问着哩，她娘藏就给她大姐姐吃了一个。藏就剩下的姊妹四个一个一个都回来问，把七个野鸡蛋儿捞着吃了六个。还剩下一个了，她娘就说："藏你都捞着吃了么，藏没了。"急得她娘就把最后一个捞着出来扣着尿盆底下了，一直藏到天黑。

天黑了，老汉刮柴回来了，老婆就把这尿盆底下扣的这一个野鸡蛋取着出来，拔了一根头发从中间分开，老两口就一人半个分着吃了。吃了后，老两口藏就商量着："藏六个女子，藏穷着拉扯不前去了，藏咋办恰？好不容易有个好吃的么，藏娃娃们争着吃哩，曹吃不上么，藏咋办呢？"商量着，商量着，老汉就说："藏引着摆了去，引着摆了算了，藏不知道能不能摆得利么？"

第二天，藏老汉问六个女子："我把你姊妹几个引着曹外山上打核桃走。""喔，外能成么。"六个女子一听她大把她们引着打核桃去恰，外高兴得很么。老汉就拿了一个棒槌，背了一个老猪皮，引着六个女子走了很远很远的路，然后来到山上的一个核桃树跟前，说："我就在这儿打核桃恰，害怕核桃把你们的头打一下了。我先把你们藏到一个安全的地方再打核桃。"他在附近找到了一个窑窑，把这六个女子安顿地蹲着窑窑里，说："藏你们等着，我在树上打核桃去么。等我打好了再吃喝着叫你们，你们再出来拾核桃。我不叫，你们就不了出来了。"藏六个女子就蹲到窑窑里等她大叫她们哩。

这老汉藏把猪皮挂着树上，把棒槌挂着猪皮跟前，藏风一刮，棒槌就把猪皮打得"嘭"一下，藏老汉把这看得弄好以后就走了。老汉走了么，这六个女子还等着哩。她们等呀等呀，只听她大打核桃哩得"嘭嘭嘭"响哩，就是不见她大叫她们拾核桃么。藏一直等着天黑了，还不见她大叫她们么，藏咋恰，藏她们就从窑窑里出来了，出来一看些么，她大没有了，只看到棒槌把猪皮打得"嘭嘭嘭"响哩。藏她们就知道是她大把她们摆了么。

藏这六个女子饿得不行，她们就从地底下刨土，刨着刨着，刨出来了六个大豌豆。她们又刨了一阵，照着一看些，地底里是一家子人，藏六个女子就从地底里下去了，各给各寻了一个女婿，就嫁给地底下的人了。过了好久，她们记起了她大和她娘，藏就商量着回去看去恰。

回去些，哎，藏家里的门都叫土填着哩，不得进去。她们就从房顶里刨了一个眼眼，瞄进去一看些，老汉正在给老婆头上剃着寻虱着哩，寻着吃虱哩，原来老汉和老婆比以前更穷了。藏六个女子一看些，就伤心哩么，就把她大和她娘接到她们家享幸福去了。

讲述者： 何志珍，女，81岁，平凉市庄浪县水洛镇人，退休工人，初中学历

采录者： 苏艳艳，女，兰州文理学院文学院本科学生

采录时间： 2021年3月2日

采录地点： 甘肃省平凉市庄浪县水洛镇

---

[1] 圲上：田地里。

[2] 刮柴：砍柴。

异文二：油泼蒜野鸡蛋

很久以前，有个老两口，养了九个净是女子，嫌弃她们，常打常骂，好吃好穿没有她们的份。

一天，爹在山里割草拾回来拾了十个野鸡蛋，叫老婆子给他煮上，说："把九个害杂杂[1]哄出去，我赶集回来吃。"娘说："九个死女子，上山剜苜蓿去，背斗背上，剜不满就不要回来。"九个女子走了。

到了苜蓿地里，九个女子剜呀剜，剜了一阵，大女子说："娘可偷着做好吃的，妹妹都剜，我回去看去。"

"娘，娘，开门来。"

"开门做啥呢？"

"取我的针线筐筐呢。"

"取针线筐筐做啥呢？"

"倒苜蓿哩。"门开了。

"娘，满院香喷喷的，锅里煮的啥？"

"煮下个虱皮。"

"我看。"

她揭开锅盖，看见野鸡蛋，一把抓了一颗说："油泼蒜，野鸡蛋，嘿嘿嘿。"就笑着跑了。到了苜蓿地里，九个女子用头发勒了九半个，吃了。

剜呀剜，又剜了一阵，二女说："娘又偷着做好吃的，姐妹都剜，我回去看。"

"娘，娘，开门来。"

"开门做啥呢？"

"取我的布布呢。"

"取布做啥呢？"

"姐姐手剜烂了。"

门开了。

"娘，满院香滋滋的，锅里做的啥？"

"煮下个虱腿。"

"我看。"

她揭开锅盖，看见野鸡蛋，一把抓了一颗说："油泼蒜，野鸡蛋，嘿嘿嘿！"笑着跑到苜蓿地里，拔下一根头发，勒了九半个吃了。

三女子、四女子、五女子、六女子、七女子、八女子、九女子，一个一个哄着吃到了，还剩下一颗了，娘怕害杂杂再来，就扣在尿盆底下。爹回来了，说："老婆子，把野鸡蛋端来。""你害杂杂女子吃光了，只有一颗了。"娘从臊尿盆底下取出来，头发勒了两半，老两口吃了。

晚上，爹对娘说："养这么多的女子有啥用？明儿哄她们上山打核桃，引到山垴里撇了，少害人。"

天还没亮，娘叫醒九个女子说："都把针线筐筐拿上，跟你爹到山林里打核桃解馋去。"九个女子高兴极了，顶着筐筐，手拉手跟着爹出了门。走，走，黑地里不知走了多少座山多少条沟，太阳冒花花了，到了一棵大核桃树下，爹说："核桃下来了打头呢，你们躲在树下的这个坑里，我用石板盖住，听见核桃不响了，我就放你们出来拾。"九个女子挤在坑里，爹用石板压住坑口，在树上绑了一根棒，风吹得"咣啷咣啷"响，爹就回去了。

"爹打核桃着哩！"大女子说，"地上的核桃一定多得很。"三女子说："爹打尽了就出去拾地吃。"

"咣啷咣啷"的声音不知响了几天，还不见爹揭石板叫她们拾核桃。大女子懂事，听见不是打核桃的声音，就说："咱们掀开石板，看爹打了多少核桃。"

九个女子十八只手，一努劲掀翻了石板，爬出土坑。一看核桃树枝上绑下的木棒敲得"咣啷咣啷"响，都知道爹把她们撇了。大女子说："外是咱们吃了爹的野鸡蛋，气得把咱们撇了。""走，寻路回去。"九个女子都说。

天黑了，九个女子来时没认下路，冒走[2]。走了几天，都饿了，碰见了一撮马莲，就刨呀刨，刨出来了九颗大豌豆，九个女子一人一颗吃了。又走呀走，碰见了一丛野牡丹，朵朵花儿开得很俊，九个女子一人折了一朵插在自己头上，结果每个人头上掉下来一盒点心，她们吃了。又走呀走，翻过一座山，看见深山老林冒着一股烟。

天快黑了，九女子寻见地方，钻进一个黑洞洞，看见石板上坐着个瞎女子，一问才知道是山里的野毛人背来的媳妇。九个女子问毛人睡在啥地方，"石炕热了睡石炕，

[1] 害杂杂：祸害。

[2] 冒走：随便走。

铁炕热了睡铁炕。""铁炕在哪里？""铁炕是锅。"九个女子商量好，今晚上把毛人治死，背上瞎姐姐走。瞎女子听见高兴了，说："你们都藏了，我烧热锅，等毛人睡在里面，地下有个石锅盖，用石锅盖压住，加大火就烧死了。"刚说完，毛人回来了，九个女子藏好了。

"瞎老婆，今天来的谁？"毛人问。"谁也没来。""咋一股生人味？""放羊娃借火来过。""乏了想睡觉，铁炕热还是石炕热？""铁炕热。"毛人就爬进锅里，呼呼地睡着了。

九个女子窜出来，抬起石板锅盖，压住铁锅，九个拉柴，一个烧，烧得毛人锅里求饶。一会儿，满洞里焦臊味，毛人烧成一堆灰了，九个女子变成了十姊妹，成了一家。从此，她们在这山林里开荒种地，日子过得富裕安然。后来，九个女子从山外招进九个女婿，成了家，瞎姐姐大家供养着。

过了好几年，九姊妹跟前都有了娃娃。心疼娃娃，记起了爹娘，她们坐在一块商量，拿上好吃的，决定去看望爹娘。九女子一路打问到了娘家门，一看院里长满了荒蒿，土块塞着门窗，看不见爹娘。九女子尖尖搭尖尖，爬上房顶，挖了个窟窿，向里一看，爹娘饿得不动弹了，曲缩成一疙瘩，爹啃脚指头，娘吃脚丁甲[1]。

九个女子把拿来的油饼，一个一个从窟窿里丢下去。爹娘高兴了，拾起来大口大口地吃。爹说："老天爷还下油饼。"九个女子听见，在房顶上面"咯咯咯"笑着不住嘴。

讲述者：　胡凑巧，女，21 岁，农民，中学学历
采录者：　王知三，男，41 岁，干部，高中学历
采录时间：1987 年 7 月 3 日
采录地点：平凉市静宁县
选自：　　《平凉地区故事集成》（资料本下卷二分册），第 177 ～ 181 页

[1]　脚丁甲：脚上的老茧。

235

一句话药方

从前，一对夫妇生了一子，视为掌上明珠。儿子长到十八九岁，突然得病卧床不起，两年有余。远近名医都找遍了，家里钱财也花光了，急得两个老人整天团团转。

一日来了一个游医，声称能治百病。两口子闻听，急忙把他请到家中为儿子看病。游医来到床前，观见病者，面黄肌瘦，三分像人，七分似鬼。

他不慌不忙地问了病情，切了脉，揭起被子在病者肚子上摸摸揉揉，然后说："不碍事，看来像怀胎有孕，百日之内必有大喜。"说罢起身要走，急得两个老人苦苦哀求："大夫，你行行好，好好瞧瞧，我全家就这一根苗。"游医笑了笑说："小小病情，一看便清，此病全包到我身上了。"

游医刚出门，他的儿子在床上哈哈大笑，说："这大夫真个糊涂，我明明是个男人，却说我怀了孕，看我百日之内能有啥喜。"就这样，他每天躺在床上一想起此话就乐得哈哈大笑一场。

百日转眼就到，这天游医来到家里，还没等医生开口，儿子躺在床上便问："你说我百日之后定有大喜，喜来何

处？"大夫说："喜在你身上，你还不起来，躺下干啥？"大夫边说边拉他的手。他顺着拉力往起一坐，啊，跟好人一样。他下床试走，心不跳、气不短、腰不痛、腿不软，同好人一模一样。顿时，一家人喜上眉梢，感恩不已。

大夫说："我诊断此病是气积所滞，三分是实，七分是虚。上次我用手把他肚内硬块揉开了，并说了一句趣话，让他精神爽快，上下畅通，病自然就好了。"老两口这才想起两年前和儿子淘了一场气，闷在肚里。于是赶忙给大夫酬谢，大夫却分文不收，扬长而去。

讲述者： 王自宏，男，28岁，西屯乡白草坡村农民，初中学历

采录者： 姚积瑞，男，30岁，西屯乡南头村站干部，高中学历

采录时间： 1987年

采录地点： 平凉市灵台县西屯乡白草坡村

选自： 《中国民间故事集成·甘肃卷》，第774～775页

236

马斋装鬼

有个老婆，是个寡妇，穷得很，供给下个娃娃念书着呢。再的娃娃一下课就乱耍去了，这个娃娃不耍去，一门心思着读书写字哩。

有个柳员外进去浪去来，这娃娃就恭身施礼，说："你老人家来了，我师父不在么，在些你连我师父拉闲。"柳员外听了说："外我可浪去就对了。娃娃，咱都要呢么，你咋不耍？"说："我家贫寒，我母亲要着吃供给我着呢，头到[1]我要去些对不住我母亲。人家家道富裕，今年念不成有明年呢，我不行么。"柳员外一听就走了。

过了几天，柳员外又来了，在窗子里一看些，再的娃娃都耍去了，这娃娃仍旧坐下念书着呢，柳员外就转着进去了。这娃娃说："我师父又不在么，在些连你说话。"柳员外说："外藏闲的，你给你师父说一下，叫他到我家来，我有个话说呢。"说完就走了。

师父来，这娃娃就给说了。师父就去了，去些柳员外就说："你书房里有个学生，我看这娃娃不错，着他请上

[1] 头到：等到。

个人来，把我家个女子给他给给。"先生说："你不嫌他家贫寒吗？"柳员外说："我不嫌。着他到我家来，我供给他念书。"

先生就给这娃娃说了，这娃娃说："唉，咱家万贯来家产，我娘母子要着吃着呢，咱大睁着两眼跳崖哩吗，把女孩儿给曹给呢吗，外是咱刺激我来。"先生说："刺激不刺激的，你回去试去。"这娃娃回去就给娘娘说了，娘娘说："唉，娃娃，外是咱说下的要话一个。"

过了几天，柳员外不见回音，就指着人问呢，这娃娃娘娘说："啊，藏咱指着人问呢么，没了请个人试一下。"这娃娃就请了个同学马斋，娘娘给他做了些饭吃了，又借了两个酒葫芦，灌了些酒，就叫马斋背着去了。

背着去，柳员外一看说："这娃娃你来了？"说："来了。"说："外藏好得很。"马斋说："你老儿家打算真的把女孩儿给他吗？"柳员外说："嗯。"马斋说："你有了把女孩儿给他给给，你给我给给呢么？"这柳员外折过[1]就"啊呸"唾了一口，说："我又不嫌，你可嫌他啥呢？你就是有万贯家产，我看不上你么。"马斋就再没敢言喘。

马斋回来，脸上烧不过，气人得很，就把他家借来的酒葫芦绑了两个，去门里"啪"的一个式摔在地下，说："唉！我说没事没事，你着我去呢，叫咱一个式伤着我门里险些出不来了。我给咱咋长经短地说了，咱说：'我有了把女儿给他给给，不会给你给给吗？'"这娃娃说："啊，你看这，我又没缠他，是他说来，暗处咋这么戏耍[2]人着做啥呢？"老婆子说："唉！这酒葫芦、酒钱是借下人的么，藏摔了么给人家咋说咔？"

到喝酒的外一天就没来，柳员外就来问呢，说："我说下的话，你咋着没来人？"这娃娃说："嗯……你老人家不给，马斋说把他尴[3]零干了[4]。""哼！你指下的外人，再没人了吗？藏去给你师父说，着说个日子喝酒来。"这娃娃就给师父说了。师父说："既然这事了，我给你看去。"

藏就去把酒喝了。柳员外就着马上去引人[5]呢，这娃娃师父说："他娘母子在个窑窑里坐着呢，阿达往进引呢吗？"柳员外说："我家有闲庄，打发人把他娘母子搬到闲庄上，然后成亲。"师父回来就说："你岳父准备下闲庄着呢，着把你们安顿着闲庄上，就着你引人呢。"过了两天，咱就把这娘母子拉着闲庄上。一去些，一院去处修得青堂瓦舍的，就把女人引着闲庄上了。

藏就皇王爷开科考试咔，这娃娃就考去呢，他一搭去的还有马斋。到京地里一考，这娃娃就得了个首名状元，这马斋没考上。

马斋这怂就折过挖脱[6]回来，给这娃的女人打主意呢。说："你女婿走着路上病死了，把我整着给咱抬埋了，把科场也耽误了，没考得中。你女婿咱临死咔还捎下个话着呢，说：'马斋，你把我这么救了一场，我给你再没补的心，把我家女人来终身许给你。'"这女人一听就听出是个假一个。她娘娘听后哭得泪连鼻涕的。马斋走了，媳妇就给她娘娘说："你老人家不要信了，这是个诓[7]一个。"

天黑了，这马斋就来了，装下个鬼，在女人楼来窗子底下说："妻呀妻，我连你藏不夫妻了，我死了！我病的时候，马斋把我救了一场，我没啥报答，把你来终身靠给了他。"藏就"呜噜呜噜"地哭着说呢。这女人么就给没喘。连说了三晚些，这女人就说："你是我家掌柜的？"说："是。"说："既然就是了么明晚些来，我就晓得你是我家掌柜的。"这就走了。

第四晚些，这女人就诡[8]，烧了一大茶壶开水，弄下个席筒安着楼窗口处。天麻黑了，这就鬼鬼祟祟地来了。女人就说："藏你是我家掌柜的么，搭席筒里上来，我把你看哈，可么就结婚。"这马斋嘶嘶浪浪[9]地钻着席筒里些，着咱把一壶开水给"哗"地倒了一头，烫得连猫儿一样叫唤呢，一个式着人手给断[10]上跑了。

[1]　折过：转过。
[2]　戏耍：戏弄。
[3]　尴：尴尬。
[4]　零干了：极了。

[5]　引人：接亲。
[6]　挖脱：放弃子跑。
[7]　诓：谎话。
[8]　诡：聪明。
[9]　嘶嘶浪浪：摩擦发出的声音。
[10]　断：赶。

第二天早晨，这女人给她娘娘说："藏我到他家看去。"看去来些人手拦住不要进去。这女人就麻利，"嗖"地搭大门里进去了，然[1]着房里进去些，看见马斋头上捂着手巾睡着呢，"哎哟哎哟"地叫唤着呢。这女人把手巾揭开一看些头上烫得毛啊没有了。

女人出来给娘娘说了，老婆子心里还不踏实，得道[2]是真来吗假来一个，心里还记着后人呢。头到过了几天些报单来了，说这娃娃考上状元了。这女人说："你看是外坏东西做下的假不？"老婆子说："你看我老实着不知，哼媳妇子知道。"才就放心了。

这娃娃坐的轿，人马山其[3]地来了。女人就给男人咋长经短地说了。男人说："这就是给你打主意着呢。"状元就指的人把马斋拉着给押了，转着把亲戚邻人都看了，把他娘娘、女人、丈人家的都带上进京去了。

讲述者：	霍振帮
采录者：	孙志勇，男，32岁，庄浪县南湖镇人，县文化馆干部，大学学历
采录时间：	1988年
采录地点：	平凉市庄浪县
选自：	《歌谣故事》，第362～366页

237

口外趁银子

有个人上口外去来，出去一年多，趁了一驮银子，买了一匹马。他骑上马回来呢，走着戈壁滩上，刚到一个荒滩弯弯里，有个水泉饮马，暗猛处[4]刮起了一股子黄风。等到黄风一过些，马啊没有了，银子啊没有了。

这人回家来给女人说了，女人说："你哄我娘母子干啥呢，你逛烂了就逛烂了，一股子风还能把马吹着去吗？"说去咥还不信，这人就心里上气不过，缓了半天，就可走了。

走了去，又逛了半年，可[5]趁了几百两银子，原回走到他丢银子的地方。心里说：这回把马拴得牢牢的，风再大也吹不去。就把马拴好，饮了，就又走。走，走，走着黑了，前搭不着人家，后奔不着店家，这藏咋弄咔？怎么一看些，一个沟畔下淌烟[6]着呢，淌烟总有人呢么，这人寻着去一看些，哎，富得很的一家。说他站店呢，掌柜的

---

[1] 然：强硬。

[2] 得道：到底。

[3] 人马山其：人山人海。

[4] 暗猛处：突然。

[5] 可：又。

[6] 淌烟：冒烟。

说："外藏站下么，你从口外来么。"就站下了，掌柜的给管待着吃了。

第二天，这人就要走呢，掌柜的就拦挡着说："你走路走得困乏着呢，缓给两天，等人呢牲口呢缓好了就去，这前头再没人家。"藏就又留着站下。

第三天，这人游着转呢，见咩家槽上拴下几十匹马，看着里面的一匹马像他丢了的那个马得很，就把这匹马站着瞅一阵子，坐下瞅一阵子，看得时间大。这时掌柜的咋不见这人进来，出来看，说："你把个马只管看啥呢？"这人说："我看着这马好啊！"说："你看这马总有个啥原因呢么。"说："外没。"这人想：人家把我管待得外么[1]好么，咋说得出马是我的呢？掌柜的就套着问呢，这人就说："实不相瞒么，我去年到口外趁了些银子，一匹马驮着呢，走到离这儿不远的个荒滩上，起了一股子黄风，等到风刮过些，马啊没有了，银子啊没有了。回去给女人说了，咩不信，我心里气不过，就上来可趁呢。这回算命运好，趁了些，也没丢。"说："你马上驮着多少银子？"他说多少银子。掌柜的就把这人引到库房里去些，银子上尘土落下一层，说："你看这是你来银子不？"说："看去像，就是么。"

掌柜的就给这人待承着吃了，这人走咔。掌柜的说："马是黄风刮到我这里来的，藏你把你来马匹上拉上，把你来银子驮上。"一个给呢，一个不要。这人说："哎，你把我搭么[2]款待了几天，我还能做那事吗，只要把我趁下的这些平平安安地拿着回去，就够我花的了。"

掌柜的说："外你捍[3]上，我万贯的家产么，我又五十几岁的人了，连个后人都没有，我要你外些银子着咋呢！"

说："既然是这么个事情了，我有五个后人呢，给你给一个。"

说："外好得很。"

藏走呢，掌柜的把马、银子都给给，又连他家的多装

[1] 外么：那么。
[2] 搭么：那么。
[3] 捍：拿。

了些，这人就走了。掌柜的就把给儿子的事没上心，知道路这么远，给不给，还是两可子[4]么。

这人回去些，女人看着两匹马驮下两褡子[5]银子，就欢喜得很。这人说："你看，这是我外一年趁下来的银子，一个掌柜的拾上给我给给了，我在咩家缓了好几天。嗨，外富得很啊！我走呢些，咩把他来银子可给了些。好是好，这老儿家没后人，我给咩许下个儿子，藏给呀个[6]呢？"

一说给后人些，女人连哭带骂么，说："你真个，你在外头逛去了，我外么艰难，一个一个地拉扯大，你给我的娃呢，外没个因因儿[7]，你来银子呢马呢都拉着去，我不要，你说给娃娃，我连你闹死仗呢！"

啊，这藏咋闹[8]呢？你强下茬吗，外真个连你闹死仗呢，出事呢么。唉，挣下银子着呢，买上一个，引着去他还能说这不是我家后人？这人就出去寻着买娃娃去来，游了一月多，到一个山场上，正唱戏着呢，就到一个僧房子里进去些，一个要着吃的老汉睡着呢，病了。

一阵儿一个十一二岁的娃娃进来，肥头大耳的。这人说："这个娃娃总不能要着吃啊！"这老汉说："实不相瞒么，这娃娃是我上口外去来个沙坑里拾下的，刚拾上才半岁，是着火了，扔的人就糊里糊涂地扔了。这娃娃凉呢凉呢就活了，我拉扯着十二岁了。唉！你看我这病好与不好，还两可子着呢，这个娃娃你多少给些，你引上逃活命去。我不是心坏着把这娃娃卖了，是让他寻个好主儿。这娃娃扔的时候把一个中指咬断了，是个记号。我求你千万把他引上逃活命去！"这人就给了些银子引上了，高兴零干了。

这人把娃娃引着回来，给女人说："把你大大连胡基[9]蛋蛋一样舍不得，你看我买下的这个娃，肥头大耳的心疼啊不，看曹家哪一个能比上？"女人说："啊你买下来再心疼，我的我不给么。"

[4] 两可子：模棱两可。
[5] 褡子：袋子。
[6] 呀个：哪个。
[7] 没个因因儿：没可能。
[8] 咋闹：怎么办。
[9] 胡基：土坯。

藏这人就引着去，把这过程给掌柜的没瞒，一排一板地说了，掌柜的一看，这娃娃的一个中指断着呢，认得是他来娃娃，碎的时候病着看完了，就叫人扔了。掌柜的就勤谨[1]得很，说："外老汉如活着，你给曹引着来，我要把他供奉着死了埋了；如死了，你给我捎个信。"

讲述者： 李有福，男，70 岁，农民，略识字
采录者： 孙志勇，男，32 岁，庄浪县南湖镇人，
　　　　 县文化馆干部，大学学历
采录时间：1988 年
采录地点：平凉市庄浪县
选自：　《歌谣故事》，第 367 ～ 370 页

[1]　勤谨：殷勤。

238

醋老张和醋小张

从前，这地方有个卖醋的老汉，人都称他醋老张。醋老张经营着一个醋坊。做醋是他家几辈人留下的手艺儿，到他手里手艺更精到，做出来的醋味正劲足，醇香适口，久放不变味，闻名十里八村。

醋老张卖醋秤平量满，公平待人，醋好加上态度好，买醋的人很多，生意很兴旺，虽干着卖醋的低贱行当，人都敬重他。醋老张上了年纪，行动不便了，就把醋坊交给儿子。儿子很快学会了做醋的手艺，做出来的醋和爹做的分辨不出来。醋老张很满意，但他说："做醋要紧，卖醋更要紧。你爹卖了一辈子醋，从没少称少量，没有作假哄骗人家，你要学你爹。"儿子说："爹，我知道。"

日子长了，儿子想，爹也太呆了，做买卖哪有不做手脚的，要不咋称做买卖的人叫奸商哩，就暗暗在醋里多兑些水。买醋的人照样那么多，也没有人说醋不好，可省工又多卖钱。儿子作假的手脚越来越大了。

开始，他在一缸醋里多兑四碗水，后来兑八碗，再后来把一桶水倒在里面。量醋时见顾客没注意就少量些。儿子做醋越来越省工，钱越来越来得容易，赚得多，心里十

分得意。买醋的人渐渐有了怨言。

一天，儿子觉得右肋骨间隐隐地疼，摸摸，疼得更厉害，渐渐这地方长出一个杏核大的瘤子。瘤子越长越大，没几天就长了核桃那么大，痛得他日夜趴在床上呻吟着。

醋老张急着替儿子四处求医，百药无效。附近南山垴庙里住着一个道人，善治恶疮恶瘤。醋老张就上山找到道人，说明儿子症状。

道人问了出生年月日，又掐指算了算，默思良久，说："你的儿子该死了！"醋老张听了，吓得头上冒出了豆大的汗珠儿，忙跪下说："求求仙人搭救，我的儿子今年才三十岁啊！"道人说："你的儿子到三十岁上有一劫难，行德可以免去，可他没有啊！"

道人越是这样说，醋老张越要求道人搭救。醋老张见道人仍不肯，就跪在地下痛哭流涕不起来。"只有这样才能让你儿子不死，可你同意么？"道人说。

醋老张见道人动了心，忙说："只要仙人能救活我的儿子，掏心割肺我都愿意。"道人说："你儿子寿数本来不多，又被他糟蹋了一些，你寿数较多，可你自己又增加了一些，只有把你的寿数减几岁，给你儿子加上，你儿子就不死了，但你得死了。你同意么？"醋老张听了，想了一会儿，觉得自己活了七十多岁了，够了，就答应了。道人说："你回去吧，我要给那位管寿数本本的说一说，看人家同意不。"

醋老张回到家里，把道人的话给儿子说了，儿子认为道人不懂医道在瞎说。没过一顿饭的时间瘤子不疼了，接着渐渐变小了。到第三天，那个瘤子没有了。儿子健康如初，可醋老张突然死了。

儿子埋葬了爹，细想刚刚发生的事很吃惊，也很羞愧。

此后，儿子再不做那亏心的事了，一切像爹那样，热情对待顾客，大家称他醋小张。一天夜晚，儿子突然见爹站在床边，爹看着他笑着说："你才是我醋老张的儿子啊！我为你减去了二十几岁，但我高兴！"儿子激动得哭着喊爹，惊着醒来是个梦。

儿子以德为先，谨慎地经营着这个醋坊，在这周围仍享有盛誉，直到他老了，把手艺儿传给自己的儿子。在传手艺的时候，他首先传的是那行商的德行。

讲述者： 贾毅仁

采录者： 魏俊舱，男，32 岁，庄浪县卧龙乡魏家山村人，干部，高中学历

采录时间： 1986 年

采录地点： 平凉市庄浪县

选自： 《歌谣故事》，第 373 ～ 375 页

239

麦客作诗

民国年间，庄浪一行五人到陕西一个地方割麦。这一家种的麦子不多，只招了十二个麦客，除过庄浪的五人，其他七人是四川的。

掌柜的见庄浪人穿得破烂邋遢，乞丐一样，就看不起他们。同是一样的工钱，让四川人割长麦整麦，让庄浪人割短麦乱麦。长麦整麦站着割，松活[1]些，又快，多挣钱。短麦乱麦要低弯着腰或蹲下割，吃力多了，又慢，少挣钱。这于用汗水挣钱的人来说可并不是小事一桩，庄浪人心里不服。掌柜的到地里看割麦子，转身要走的时候，庄浪麦客中一个青年随口作了一首打油诗。他拉着腔调，摇头晃脑地大声念道：

掌柜的心不公，
割麦也要偏待人。
同是钱一串，

[1] 松活：轻松。

单让我们把屁股蹲。

掌柜的听了，瞪了他一眼，走了。

吃饭的时候，庄浪麦客吃的馍馍里掺和着豆渣。这是掌柜的记着地里的事，有意报复作践他们。青年拿上馍馍，咬了几口，作诗道：

饭吃千百家，
没见这一家。
一同淌汗水，
馍馍掺豆渣。

庄浪和四川的麦客都听着有趣，哈哈大笑起来。掌柜的脸涨得通红，很尴尬，突然大声说："别笑！"大家压住了笑声。掌柜的傲慢地说："陕西名山胜水，文人济济，有你在这里咬文嚼字的份儿么？"青年问："陕西有什么名山？有什么胜水？""东有华山，西有太白，南有汉水，北有渭河。"掌柜的得意地看着青年。青年不卑不亢地说："你说的这些谁还不知道，可甘肃庄浪的名山胜水你知道么？""甘肃就没有多少名山胜水，你们庄浪有屁上的名山胜水，只怕是穷山恶水！"青年认真地说："那是你知道得太少。""哼！你说我听。"掌柜的仍然很傲慢。青年问："水洛河呢？""水洛河？水洛河是什么河？"掌柜的反问。"你听着。"青年作诗道：

水洛河，
全长十万八千里多。
一头通大海，
一头连天河。

掌柜的确实没听说，更没见过庄浪的水洛河，一时不能说什么。青年见怔住了掌柜的，更来了劲儿，说："紫荆山你知道么？"接着作诗道：

紫荆山，
比天大着九圆圈。

紫荆山上紫荆树，

磨得天爷咯吱吱！

~~~~~~~~~~~~~~~~

众麦客见青年随口成文，有神有色，幽默有趣，暗暗叫好。

四川麦客被青年描绘出来的流长壮美的水洛河和高峻奇秀的紫荆山吸引住了，掌柜的更不知紫荆山是什么样子。他知道青年在夸张吹牛，可吹得不错啊！打心里佩服，再不小看庄浪麦客了。

从此，庄浪麦客到陕西割麦，陕西人、四川麦客和其他地方的麦客，总喜欢打听庄浪的水洛河和紫荆山，从此水洛河和紫荆山名扬数千里。

讲述者： 木外旦旦

采录者： 魏开明

采录时间： 1986 年

采录地点： 平凉市庄浪县

选自： 《歌谣故事》，第 381 ~ 382 页

240

药王爷

很久以前，药王爷还没有出名时，他连生活都无法保障，只好用手推车推着他的老妈，到处要饭吃。一天，他们走到一座山下，遇上一个小伙子急呼呼地跑了过去，药王爷想，一定是他家里人得了什么重病，于是他就追了上去问："小伙，你干啥这么急跑呢？"

这个小伙严肃地说："你是啥人，我妈病重了，我要去找个医生给我妈看病，你纠缠我干啥？"说完，他气呼呼地转身就跑。

药王爷连忙把他拉住，一点都不生气地说："小伙，你不要发脾气。我这里有单方，你把你妈的病状说清楚，我就能把你妈的病治好。"

于是，他们两个来到木轮轮手推车前，小伙说完了他妈的病情和病因，药王爷听后说："有'一头牛''万斤油''山后土'就能治好这病。"

小伙为难起来，说："这一头牛从哪来，即便有了牛，我妈咋吃得了呢？"

说时迟，那时快，药王爷已随手把飞来的一只屎爬牛抓起来，说："好了！小伙，这不就是'一头牛'吗？"

药王爷转身从他老妈坐的木推车夹耳旁挖了好多油泥，又顺手从他脑后挖下了很大的一疙瘩垢痂[1]混在一起。安顿小伙说："拿回去给你妈吃，一定会好。"

小伙走时，药王爷还叮咛说："以后犯了，牢记方子'一头牛''万斤油''山后土'。"

小伙回到家里，把"药"给他妈，说了他得到药的经过，他妈说："儿呀！那是药王爷，你快去追来。"

小伙听了老妈的话后赶紧去追，一直都没有追上。

讲述者：	赵宁平，22 岁，农民，初中学历
搜集者：	赵宁燚
采录时间：	1988 年 3 月 2 日
采录地点：	平凉市泾川县党原乡湾口村
选自：	《泾川民间故事》，第 197 ～ 198 页

241

会编谎的人

我们这里的人把编谎叫"编科"或"编拜"。以前，我们这里有个会编谎的老汉，辈分小的人把他叫"拜爸"，再小的叫他"拜爷"。

有一天，这老汉手里拿了个刃子从街上往过走，走到铁店门口。打铁的石师和徐师把他挡住说："拜爸，编个拜，不编不要走。"老汉说："今儿忙得很，明早我给你好好编。"石师和徐师问："你忙着做啥咔？"老汉说："上街里把个牛跱死了，不知是实（石）是虚（徐），我去称些牛肉吃一下。"说得正儿八经的，说完就走了。

石师给徐师说："今儿闲着哩，咱也称上些牛肉下酒。"两个人提了个鋬笼[2]称牛肉去了，去一打听些谁家都没有跱死牛。有人问他两个听谁说的，那两个说是"拜爸"说的。那个人说："拜爸给你编了个谎，你上当了。"

两个师傅回来仔细琢磨了拜爸的话，才发现拜爸把他们两个比成了跱死的牛。第二天，这两个碰见拜爸就问："拜爸，晚来你说你分牛肉咔，还把我两个编着骂了。"老

[1] 垢痂：污垢。

[2] 鋬笼：一种可以用手提的农具，即手提笼。

汉说："你说叫我给你编个拜呢，不编不让走，我只得给你编了。"

讲述者：	张绍顺，男，63 岁，庄浪县阳川张家大湾村人，农民，小学学历
采录者：	焦克敏，男，52 岁，庄浪县盘安乡颉崖村人，干部，中师学历
	李新民，男，37 岁，阳川乡文化站干事，高中学历
	孙志勇，男，32 岁，庄浪县南湖镇人，县文化馆干部，大学学历
采录时间：	1988 年 3 月
采录地点：	平凉市庄浪县阳川张家大湾村
选自：	《平凉地区故事集成》（资料本下卷二分册），第 281～282 页

讲述者：	余文俊，男，70 岁，回族，崆峒区西阳回族乡清明村一社村民，农民，不识字
采录者：	余亚丽，女，23 岁，崆峒区西阳回族乡人，兰州文理学院文学院本科学生
采录时间：	2021 年 4 月 8 日
采录地点：	平凉市崆峒区西阳回族乡清明村一社

异文：谎林儿

有一个人经常说谎，谎特别大，走一步就是一个谎，人们就叫他"谎林儿"。"谎林儿"谎大得没办法，随便给你丢一个谎，你连头绪都找不到。

一天，有一个人说："谎林儿，谎林儿，你给我编个谎。""哎，咱忙得像啥一样，到沟里担水去咧，看见一个牛给跱得不行咧，人都到那儿分牛肉着咧，我也分去呀，哪有时间给你编谎哩。"这个人就想："咦，人家宰了一个大牛分肉着哩，我去也分一点。"这个人担水着哩，就放下水桶沿着那个大沟跑着去找分牛肉的人咧，跑到担水的地方发现根本没有"谎林儿"说的跱死牛分牛肉的事。

他又跑了回来，来回跑得他累得不行咧，就问"谎林儿"："谎林儿，谎林儿，你说分肉着哩，在哪儿分着呢？我咋没找到呢？""谎林儿"说："你说让我编个谎咧，我就编了一个谎。你还真跑去分牛肉去咧，哈哈哈。"

这个"谎林儿"的谎就这么大！

242

道谎

讲述者： 穆龙文，男，16 岁，学生
采录者： 李宏兵
采录时间： 1987 年 10 月
采录地点： 平凉市静宁县县城
选自： 《平凉地区故事集成》（资料本下卷二分册），第 313 ～ 314 页

很久以前，有一个特别爱说谎的人，因他姓张，人们就叫他"谎张三"。

一天，谎张三慌慌张张地朝大路上走来。一个人想试一下谎张三是否会说谎，就问："谎大哥啊谎大哥，听说你会说谎，你给我说个谎吧！"谎张三说："唉，真把人急死了，还有心说谎。你赶快回家去看看吧，你的儿子吊水时掉到井里了，你还有心叫我说谎。"这人一听吓得腿子发软，坐在了地上大声哭起来。

这时，谎张三拿起这人的帽子向这人家里跑去，对这人的老婆说："你男人在河里捞浪渣的时候被河水冲走了，这是他留在河滩上的帽子，我给你拿回来了，你快些到河边去看看吧。"谎张三说完就转身走了。

这男人的老婆见谎张三这么一说，有些不信，后来看到那帽子确实是他男人的，于是带着儿子大声哭着向河边跑去。半路上，看见他男人也哭着向家里走来，她就问男人："你没死啊？"这个人一听他的老婆咒他死，两口子便在路上打起来了。

243

谎娃

过去，有个娃娃天天去放羊。

一天，他喊："狼来咧。"山上的人一听都跑来咧，结果发现没有狼。他觉得很好玩，一下骗来了这么多人。

第二天，他又喊："狼来咧。"人们来了，还是没有发现狼。

有一天，狼真的来咧，当他再喊"狼来咧"的时候，人们都以为这个娃又在骗人，就没人管。一直到晚上，人们才发现这个娃娃真是让狼给吃咧。

讲述者： 温志和，男，67 岁，回族，平凉市崆峒区西阳回族乡清明村一社村民，农民，不识字

采录者： 余亚丽，女，23 岁，崆峒区西阳回族乡人，兰州文理学院文学院本科学生

采录时间： 2021 年 4 月 8 日

采录地点： 平凉市崆峒区西阳回族乡清明村一社

附记

此系编纂组实地采录的一则故事。当故事讲完了时，温志和老人笑着给采录人员说，当地的老人经常给小孩子讲这个故事，教育他们从小不能说谎，不然就没人相信他了。采录人员问："小孩什么反应？"温志和老人说："孩子还是听哩。"（徐凤）

244

馋嘴媳妇

这娃从炕内取出猪娃，把泥掰开，看见猪娃的肉又白又亮，心想："我尝，看到底香不香，为什么她总爱吃这猪娃。"他撕下猪娃的肉就吃，在一边哭的媳妇看见她丈夫在吃猪娃，边哭边说："蘸些盐倒些醋吃，香得很。"

讲述者：　梁启明，68 岁，退休教师，中专学历
采录者：　梁贵平，高平中学学生
采录时间：1988 年 5 月 19 日
采录地点：平凉市泾川县高平乡原梁村
选自：　　《泾川民间故事》，第 364～365 页

从前，有一个娃上山去打柴，打柴回家后看见少了一只猪娃，就问他媳妇："今天怎么缺了一只猪娃呀？"这个媳妇说："到做饭的时候，我就去做饭，看见猪娃从大门里出去了。我跟着跑出去，就没看见猪娃的影子。"其实，这女人把这只猪娃打死，用泥糊了，撂在炕内把猪娃烧熟吃了。

第二天，这个娃又去打柴，回来后又少了一只猪娃，就问他媳妇："今天我回来怎么又少了一只猪娃？"这个媳妇又说："我做饭时，看见猪娃跑出去了。我跟着跑出去，看不到猪娃的影子，不知从哪里走了。"其实，这个女人又把这只猪娃吃了。这个娃想，我每次出去，回来就少一只猪娃，我明天看看到底是怎么回事。

到了第三天，这个娃又说要去打柴，就跑出去在崖头看，他看见他媳妇把猪娃打死后，用泥糊住后，撂进炕内。这个人看到后就非常生气，进去说："怎么又少了一只猪娃？"这个媳妇就像上次一样说："我看见猪娃跑出去后，我又跑出去，没有看见猪娃到哪里去了。"这个人听后，就朝他媳妇打了一巴掌，这个媳妇立即哭了起来。

245

儿女心在石头上

采录时间： 1988 年 5 月 28 日
采录地点： 平凉市泾川县飞云乡飞云村
选自： 《泾川民间故事》，第 365 页

从前，有一个老奶奶，她有一个儿子。老奶奶从小精心抓养大后，给他娶了个媳妇，由于儿子不孝顺母亲，妻子也不用说了，给母亲吃不饱穿不暖。老奶奶很伤心，为了安稳度过晚年，就想了一个办法叫儿子孝顺她。

她在自己的枕头里装了一个大石头，时时把它放在身边，走一步也不丢手。儿子看到他母亲总把那个枕头不离手，以为里面有银子，以后，就渐渐对他母亲很孝顺，儿媳每天把母亲扶出扶进，端吃端喝。

这样过了两年后，老奶奶病死了。母亲临死前，儿子把枕头抓得紧紧的，等把母亲埋后，急忙拆开枕头一看，原来是一块石头。

从此，人们常说："父母心在儿女上，儿女心在石头上。"

讲述者： 韩秀，女，75 岁，飞云乡飞云村人，农民
采录者： 毛惠霞，高平中学高一学生

246

金砖换辣椒面

附记

这是平凉籍学生李童童实地采录的一则故事。在陇东农村，好多生活用具都可以作量器，如碗、盆、罐、桶、缸子等，只要大家觉着可行就用，不过分追求重量的相等。在传统社会，人们的生活非常困难，陇东人家一到秋天落树叶的时候就去扫树叶，然后把树叶晒干用来烧火做饭或填炕。《金砖换辣椒面》就记忆了人们用碗作量器和用干树叶填炕的两种习俗。（魏绘）

一个女人的男人去外地贩粮食去了，女人独自一人在家。有一次，女人在古坟里扫树叶去填炕，扫出来了半页金砖。这女人不知道这是金砖，就把它放在房里，结果到了晚上，金砖发出了亮晃晃的光，这女人觉得有些害怕。

不久，来了一个卖辣椒面的人，这个女人就用那半页金砖换辣椒面，卖辣椒面的人给她舀了高高的三碗辣椒面。

过了几天，她家掌柜的回来了，女人高兴地把这件事儿告诉了她家掌柜的，她家掌柜的气得说："唉，那可是半页金砖啊，换了三碗辣椒面，还有啥可高兴的？"

讲述者： 高着花，女，54 岁，静宁县仁大镇解放
　　　　 村人，农民
采录者： 李童童，兰州文理学院本科学生
采录时间： 2021 年 2 月 20 日
采录地点： 平凉市静宁县仁大镇解放村

247

路途不平，旁人铲修

这事发生在很古很古的时候。泾河下游有一个村子，村子里有一个寡妇，寡妇有一个儿子，为了抓养儿子成人，寡妇天天在河边卖茶水，好不容易把儿子抓养到十八岁，又给儿子娶了媳妇。谁知儿子结婚后，专听媳妇的谗言，媳妇主张把母亲卖了，能得一大笔钱。儿子却主张把母亲背的放到山沟里，神不知鬼不觉，他们就没了负担。主意一定，单等夜幕降临。

夜幕降临之后，儿子看母亲睡着了，就背上母亲就往外跑，母亲早已被颠醒了，眼看儿子背上她越跑越远，就说："好娃，你要把妈背到哪里去？"儿子说："你老了，不能干活，我也养活不起你，我媳妇也不要你。我把你背的放在外面，自己谋生去吧！"母亲忙说："好娃哩，那你就早说哩么，快放下我，我自有生活的办法。"

儿子放下母亲，问母亲再要些什么东西，母亲说："你把我的几件衣服拿来，再把咱家那狗娃捉来，别的什么我也不要。"儿子回去拿了母亲的衣服，捉来了狗娃给母亲，就回家去和媳妇亲热去了。

这老太婆每天就领着狗，狗跟着老太婆，一家挨一家地讨饭。晚上老太婆就和狗娃睡在一个山洞里，这样日子倒也过得很痛快。

有一天晚上，天黑得伸手不见五指，老太婆正和狗一块吃白天要来的馍馍，忽然看见洞下的山沟里有一潭亮水，亮得出奇。老太婆和狗一看见水，都觉得口有些渴，就下了沟，向水潭走去。走到亮光跟前，亮光耀得人和狗都睁不开眼睛，原来这不是水，是一颗杏仁大的珠子。狗用嘴衔起来，放在老太婆手心里。老太婆用泥巴糊了糊珠子，就装在兜里，牵上狗回山洞睡觉去了。

第二天，老太婆跟上狗去到一个很陌生的村子里要饭。走到村口，老远看见一对年轻夫妻吆着牛耕地。他们正走到了地的另一头，装饭的篮子放在地的这一头。那狗嗅觉灵敏，飞快地跑去衔了篮子里的馍就跑。耕地的小伙子看见了，就撵着狗跑来，跑到老太婆跟前。小伙子正要打狗，老太婆说："你不要打狗了，我有馍给你还。"

小伙子便问老太婆干什么去，老太婆详细叙说了自己的遭遇，说得很恓惶，接着就落下泪来了。这小伙子一听，说道："老人家，你有儿和媳妇，却不想养活你，我和妻子想孝敬老母，母亲却已去世了。干脆，你就去我们家，咱们一家三口在一块过活吧！"

老太婆已受尽了儿和媳妇的气，知道这碗饭不好吃，说道："好娃哩，你愿意和我过活，你媳妇会生邪心的，我不能给你们添麻烦，你快耕地去吧！"那小伙说道："老人家，你放心，我媳妇人很大量，你不要怕，明天你就在这里等我，我来接你。"说毕，小伙子便耕地去了。

小伙子回去和媳妇一商量，媳妇满口答应。第二天他们请了一乘大轿，请了八个先生，把老太婆扶进轿里，高高兴兴地接回家里。小狗也欢乐地跑前跑后，一同到了新家。庄里人都说这小伙子孝敬父母感动了天地，她母亲死了多年了，怎么又活过来，坐上了轿子回来了。

从此以后，小两口耕田打柴，老太婆在家做茶饭针线，一家人和和气气，亲亲热热，谁也看不出这老太婆是在半路上接来的。

有一天，小伙子担了一担柴禾上街去卖，卖了柴，回到家里却唉声叹气。老太婆紧忙说道："好娃哩，我享了几年福了，现在又为难你了。我明天和狗娃一起就走，你不要发愁了。"小伙子说道:"好母亲哩,你不知道,是皇上爷今天发出了榜,把一颗夜明珠丢了,若谁能寻见,不但高官厚禄,鸡狗也能升天。"老太婆问道:"怎么个夜明珠?"

"就是到了夜里能放亮光的一颗珠子!"

"哎,好娃哩,有天夜里我拾了一颗珠子,不知是不是?"老太婆掏出那物,擦去泥巴,满窑便亮如白昼。小伙子一看大喜,脱口喊道:"正是,正是。"

这小伙子带了夜明珠,第二天送给皇上,皇上一看,正是失而复得的传家贵宝,当即给小伙子封了官、赏了银。小伙子又受命回家,用八抬大轿把老太婆和媳妇接往城里,给狗也穿了贵重衣服,这狗也神气十足地走在大轿前面,欢欢喜喜地进了城。

进了城后,老太婆的亲儿子在人堆里瞧见他家的狗怎么也穿着衣服,再一看前面大轿里坐的正是亲生母亲。他忙忙打听,原来是老母亲拾到了夜明珠。他便脑子一转,计上心来,立即递状入衙,连声喊冤:"夜明珠是我家的传家贵宝,老太婆是我的亲生母亲,白狗也是我家的驯服之物。"皇上一听,下令细察。

一个老母、两对夫妻都传到案前,皇上手拍龙案,让老太婆说清哪个是她的亲生儿子。老太婆指了指接她过活的小伙子道:"这就是我的亲生儿子。"这皇上也不加细究,给老太婆的亲生儿子没有问罪,只是赶了出来。谁知被赶出来的儿子,越思越想越气恨,但他一点也不悔恨自己不孝敬,糊里糊涂地一口气跑回家来,刚走到他老母亲附近,脚下忽然闪出深渊,就掉了下去。刚一下去,地又变成了极陡极陡的坡,足有几十里长。

城里的那小伙子住了十天,觉得自己不是当官的料子,母亲过不惯城里的生活,就辞官回家,在陡坡的坡口修了一座院落,和母亲、妻子、白狗继续务农过活。他又拿出皇上的赏银,用这些钱雇来民工,把陡坡终于修成了平路。

讲述者: 龚晓敏
采录者: 张怀群,28岁,泾川县文化馆文学干部,

大学学历

采录时间: 1984 年 8 月 10 日
采录地点: 平凉市泾川县荔堡中学
选自: 《泾川民间故事》,第 205 ~ 208 页

异文:夜明珠

古时,有个农夫叫路旁,家境富裕,但媳妇不守孝道,常常打骂虐待年迈的婆婆。刚开始,路旁还说媳妇几句,后来也睁一只眼闭一只眼,任由媳妇虐待老娘。老婆婆有泪只敢往肚里流,唯一的知音就是聪明机灵的小黑狗狗儿,每逢老婆婆生气,它总会摇着尾巴撒娇,逗老婆婆开心。

有一天,老婆婆被媳妇赶出门锄谷子,骂道:"锄不完二亩谷子,臭脚别想踏家门。"老婆婆年迈体弱,一个晚上只锄了二分谷子,哪敢回家,就带着狗儿,在沟渠边寻了一个窑窑栖身了。

这沟有条溪流,水清亮清亮的,老婆婆饿了就去喝水充饥。这时,繁星满天,月光将银辉静静地泻下来,周围格外宁静,老婆婆又来饮水充饥,忽然,在溪水拐弯的地方,有一个东西发着亮光,老婆婆走过去一看,原来是一粒大珠子,熠熠生辉,把溪水底下的小石照得也能看清楚。老婆婆用手掂量了一下,珠子很重,她就拿到小窑里,结果在窑里亮如明灯,老婆婆非常高兴,就装在自己的口袋里。

第二天,老婆婆出去找果子吃。快到正午时,她忽然看见狗儿摇着铃铛远远地跑来,近前一看,原来狗嘴里叼着一个小布包包。老婆婆打开一看,里面是几页玉米饼子,婆婆就和狗儿吃了。

第三天,狗儿又不知从哪里叼来了一些玉米饼,她俩又吃了。

第四天,老婆婆在小窑里歇息,忽然听一个男人呵斥:"我打死你这野狗。"老婆婆探头一看,看见一位农夫拿着一把锄头在追打小黑狗。原来这农夫是附近村子里一个穷汉,名叫旁人。一连两天,他的午饭都被人偷走了,但他不知道是谁偷去的,今儿中午,他先把饼子放在原

处，就在旁边偷着看，才发现竟然是一只小黑狗，就追来了。老婆婆忙上前赔罪，说："你再不要打我的狗娃了。"农夫诧异，问起根由，婆婆一五一十说了。那旁人丧父离母，却是一个热心人，见婆婆如此光景，顿生怜悯之心，就问："老妈妈，您愿意到我家去生活吗？我养活你。"

老婆婆长叹一声，说："亲儿尚如此，哪能麻烦你这好人呢？"

"老妈妈，您就是我亲妈妈，我和我媳妇会孝敬您一辈子。"言毕，就长跪不起，老婆婆只好答应前去住几日。

旁人高兴极了，把老婆婆接回家，媳妇贤惠，果然是孝心一条，早问安，晚问暖，亲如一家。

一天，旁人打柴回家，叹息一声，被老婆婆听见了，老婆婆起了疑心，说："我说我不来，你硬接我来，让你两口不和。"那旁人忙跪下赔罪："您老人家不知，儿今路过大街市，见皇上爷张榜寻找夜明珠，那榜上说谁能献珠，高官得坐，骏马任骑。我们贫寒人家，哪来这东西，故而长叹，娘休要多心。"

老婆婆说："我的儿，我当是啥事哩。"于是就把拾大珠一事叙说了一遍，老婆婆从口袋把大珠掏出来，瞬间草屋亮如白昼，珠光灿如明星，她对旁人说："儿啊，你明日就去揭榜，看这是不是皇上爷要的夜明珠。"

第二天，旁人去金殿献宝，皇上非常高兴，就钦点高官，赐银千两、绫罗千尺、骏马百匹、良田百亩。旁人骑马在前，老婆婆和媳妇随后，凤冠霞帔，一路鸣锣开道，沿街夸官，好不威风。

这事被路旁知晓，他一纸诉状把旁人告到了官府，老爷问老婆婆："谁是你儿？"婆婆指了指旁人说："这是我儿。"路旁不服。正在这时，有人来报东门外塌陷了一块地峡。老爷立马生出一计，说："谁是亲儿，一试便知，谁要跳过地峡便是。"路旁急切，率先去跳，只听"嗵"的一声，跌入地峡，那峡便合在一起，还"噌"地起了一个陡坡。不管众人怎么铲它，也都铲不平。

旁人辞官不做，要专门回家侍候高堂老母，但每遇路途不平，旁人总会铲平。久而久之，就留下了一句"路途不平，旁人铲修"的俗语，一直流传至今。

讲述者：　樊兴义
采录者：　樊晓敏，县法院干部
采录时间：1988 年 5 月 24 日
采录地点：平凉市泾川县县城
选自：　《泾川民间故事》，第 378～379 页

附
记

"路途不平，旁人铲修"是一句在陇东一带广为流传的俗语，比喻遇上不公平的事，人人都有权干预，都可以出来主持公道。至于这句俗语的由来，文献中没有记载，这则故事讲述了这一俗语的由来。
（魏嵘）

248

『路间』不平，『旁人』铲修

很久以前，有一个姓路名宽的人，他勤劳善良，家里粮油满仓，金银满柜。但是，眼看四十岁了还没有一个孩子，他整天愁眉苦脸，唉声叹气。他有个好朋友叫庞仁（旁人），劝他说："你快把心放宽，像你这样善良的人，肯定会有孩子的。"

老朋友的话还真给说准了。第三年，路宽的妻子一胎生了两个儿子，路宽高兴得整天合不拢嘴。庞仁知道后，也跑上门表示祝贺。他们给大儿子取名路间，给小儿子取名路峰，精心抓养了起来。

转眼十八年过去了，路间、路峰都长成了大人，但兄弟两个却大不一样。路间好吃懒做，为人奸诈；路峰跟他爸一样，勤劳、善良、憨厚。正在这个时候，路宽夫妇相继因病去世，路间便掌握了家中的大权，想独吞家产，便虐待起了路峰，让他吃剩茶剩饭，让他上山砍柴下地干活。

有一天，路峰在山中砍柴，累得腰酸背疼，又渴又饿。忽然，他发现在树林中有一个清澈见底的水泉，便跑到泉边美美地喝了几口，他自言自语地叹息说："唉！要是有个馍吃该多好。"他刚说完这句话，就发现水泉里漂上来

一个馍。他又惊又喜，双手捧着馍，狼吞虎咽地吃了。有了第一回，就有第二回，路峰再也不为吃不饱肚子而发愁了，人也精神了起来。

路峰的变化引起了路间的注意，他偷偷跟踪了几回路峰后，发现了这个秘密。但是，他的丑行也被放羊的庞仁看见了。

这一天，路峰砍好柴挑着回家，走过一个峡谷时，被藏在这里的路间一脚踢了下去。

路间害死了路峰，除了一块心病，非常高兴，他也想向清泉要些东西。可是，要啥好哩？他想：馍、金子、银子我都有，干脆要个美丽的姑娘给我当媳妇。

他来到泉边上，说："我要个美丽的姑娘。"他说完这句话，正眼巴巴地等着看美丽的姑娘，没想到泉水突然干了，他被深深地陷了下去，只留下个头在外面。

这被跟踪他的庞仁看见了，庞仁从树后走出来，狠狠地对路间说："你这个人面兽心的东西，竟然亲手害死了自己的弟弟，要你这样的人有啥用？"庞仁说着，一铲铲掉了路间的头。从此，就有了"路间不平，旁人铲修"这个说法。

讲述者：　　何有录
采录者：　　何文奎，县职中学生
采录时间：　1988 年 4 月 10 日
采录地点：　平凉市泾川县罗汉洞乡何家坪村
选自：　　　《泾川民间故事》，第 383 ~ 384 页

249

路不平旁人铲

很久以前，在一个偏僻的山村里，住着一户人家，家中仅有母子二人，儿子叫路不平，父亲早年去世，母子俩度光阴。他家有许多田产，人人都看得起他。他每年给老母亲过寿，拜寿的人很多，可就是没有人将自己的女儿许给他，他感到很奇怪。

一次，拜寿的人要散了，路不平躲在一棵大树背后偷听人们说些什么，听见一个人说："路不平相貌倒长得可以，可他的那个老娘难看极了，脚大脸丑，两个眼睛还瞎了一个，头发没几根，脖子上长着个瘿瓜瓜，嘴皮还豁着呢！弓腰腿短，大肚子挺得高高的，与猪八戒不分上下。说话时，唾沫渣子乱溅，豁豁噗噗直跑气……"

"你看得够详细，我要是有这样的一个丑老人，不羞死才怪呢？路不平娶不上老婆也就是因为他娘太丑了……"几个人说笑着走远了。路不平想："原来我娶不上老婆就是这个原因，我才明白了。"

路不平不高兴地回到家里，对母亲说："你老人家好长日子没有转娘家了，我送你去住上几个月，我再来接你。"儿子一提起转娘家，老人就想得流起眼泪来，当下就拾掇着准备转娘家。半夜时，路不平催着要走，老人说还早，路不平说："去我舅家有八十多里远，路又难走，走迟了恐怕天黑也不得到。"老人只好答应了。

路不平背起老母亲，走啊走啊，走到一个荒无人烟的山沟里，把他娘放在一个很深的石洞里，说："娘，您坐在这洞里等会儿，我给你找点水喝，喝了我们再赶路。"他把老娘撇下，就一溜风跑回家去了。

路不平家养着一只大黑狗，路不平的母亲喂惯了。不料那天它也跟在路不平的后面，见路不平把他母亲哄着撇在山洞里不管了，每天就从四处的村子里衔来馍馍喂养老人，还不知从哪里衔来了一个小罐子给老人提水喝。

在这个石洞的不远处，有一个叫"旁人"的农民在耕地，每天拿的干粮到吃时就没了。这一天，他一边耕地一边总是看放干粮的地方。不一会儿，只见一只大黑狗从一条山沟里跑出来，把他的干粮衔上跑了。

他喝住牲口，去追那只大黑狗，一直追到一个山洞里，看见里面有个人，吓了一大跳。赶紧往出来跑时，被路不平的母亲喊住了："你是做啥的人，不要害怕，我是个活人，你行行善，救救我吧！"旁人便停下问清了缘由。旁人听后直骂路不平不是人，旁人看到老大娘怪可怜的，就把她背回了自己的家。

他家里只有他光棍一条，父母早年去世，他已经是三十岁的人了，他就把这位老大娘认作娘，很孝敬，旁人家渐渐富起来了，他还娶了一个漂亮的媳妇。

可是路不平好吃懒做，自从他扔了老娘后，就穷得过不下去了。只好沿街乞讨，这一天他讨要到了旁人家门口，看见一个斗大的"寿"下竟坐着自己的娘。路不平想我的娘恐怕是福大命大造化大的老寿星吧，不然怎么还在人世呢？他决定要回他的娘，路不平与旁人都争着说那是自己的亲娘，从人群中走出一位老者，说："前天咱村东头的大路陷了一道深坑，谁能从上面跳过去，老人便是他的娘。"路不平想了想说："让他先跳吧。"旁人先跳，轻松地跳了过去。

路不平刚一跳，就跌到了坑里，一声巨响，把个路不平夹在中间还起了一个大包，旁人忙拿了铁锨去铲平这个包，免得挡行人的路，他边铲边笑着说："路不平，旁人铲。"

讲述者： 刘元基，57 岁，静宁县曹务乡张屲村人，农民，不识字

采录者： 甘涓

采录时间： 1988 年 9 月

采录地点： 平凉市静宁县曹务乡张屲村

选自： 《平凉地区故事集成》（资料本下卷二分册），第 110 ～ 113 页

250

孙女拜年

从前，一个村子里有一家大富汉，一家四代人，三四十口，掌柜的是个八十多岁的老太爷。这家人还有一个习惯，每年初一早上，全家人跪在老太爷的面前拜年，拜年之后，就齐声说："蒙老太爷的福，不是您有福，我们都冻死饿死了，祝您老人家长寿。您老人家一去世，我们全家就没福了，您是福大命大，带携得全家有福。"这时，老头子就会高兴地笑起来。

这一年大年初一的早上，全家人照样来给老太爷拜年。就在这次拜年的时候，老太爷的孙女拜后，没有那样说，她说："老太爷没福，咱家里做活的有福，离开了他们，我早饿死冻死了，祝他们长寿！"

听了这些话，把老太爷气得昏了过去，半天才喘了口气。正在这时，门外来了个讨饭的，老太爷听了，叫人把讨饭的引进院子，然后向这个孙女说："这个人福很大，你就跟他去吧！"

这把全家人都吓得目瞪口呆，就向前来求情。这个女子看见这个讨饭的，十八九岁，身体很瘦弱，看起来却很英俊，很老实，她便决定跟他去。

于是，她上前对老太爷说道："谢爷爷的大恩，孙女永远不忘。"说完便走到讨饭的人跟前说："我们走吧！"

全家人都吓完了[1]，这个女子的母亲眼泪汪汪，而老太爷却决定治一治孙女，便说："要去，马上去，一分嫁妆不给。"这个女子便和讨饭的少年离开了家门，上路远去了。

他们俩来到一个土窑洞里坐下，讨饭的这小伙子很会体贴人，把麦草铺让给女子坐，说："暂熬着，等我富贵了，咱们有享不完的福。"

这个女子便教小伙子识些字，小两口子勤勤快快地过日子。

一天，这个讨饭的提了一筐东西，说："这是石块。这石块很重，放下晚上打狗。"这女子一看，净是些金子，问他哪里来的，这小伙子说在一个洞里捡的，这个女子把丈夫的额头一点说："傻瓜，这是金子。"

第二年，没有下一点雨，天下饥民遍地，天下的财主把粮价都提了十倍，这个女子听见了这件事，便叫来了许多讨饭的，把这个洞里的金子担了几担，把附近财主的粮食全买下，然后就分给讨饭的。

财主家的做活汉，听见有人放粮，离开了财主家，这样一来，财主家无人干活了，地荒了，只好往出卖地，于是这个女子又买下了地分给讨饭的。这样，财主家越来越穷了，而做活的讨饭的人都富起来了。财主家有钱也买不到粮食，反而向讨饭的人讨粮来了。这个女子被讨饭的人看成是恩人，大家都很尊敬她。

第五年的大年初一，她便去给老太爷拜年，老太爷家也穷得快要讨饭了。这一年，全家都没人给老太爷拜年，只有孙女一个给老太爷拜年了。

选自： 《平凉地区故事集成》（资料本下卷二分册），第115～117页

讲述者： 张宽，男，66岁，农民，不识字
采录者： 张国智
采录时间： 1988年2月3日
采录地点： 平凉市静宁县四河乡上赵村

[1] 吓完了：吓坏了，吓得不知所措。

251

银子害了人

道公安局已通报抓人，叫女子快把男人拉到医院抢救，又叫女子把银子拿回去藏好。话说毕，这女人朝一条捷路往回走，公安局里人在另一条捷路上走。女人刚进家门，公安局里人已在家里等着，当下没收了银子，杀人者抵命，谋财者坐牢。

讲述者： 李兆明，县鞋厂工人
采录者： 张怀群，26 岁，泾川县文化馆文学干部，大学学历
采录时间： 1986 年 4 月 14 日
采录地点： 平凉市泾川县县城
选自： 《泾川民间故事》，第 384～385 页

泾河南面的原叫南原，南原北边有个大奇坳，这里有个马财东，财东家有两顷原地，家里有四合头院子。后来，这些过活都没有了，但是"牛眼窝宝"还在院心里埋着哩。马财东把牛眼窝宝刨出来，在崖面的高窑上藏了些，又在庄里的山神爷庙神案底下藏了些，当时神还敬着，没人敢在神案底下胡日鬼[1]。

马财东临死前对儿子说："过上几十年，过不下去了，你把崖面子齐齐往后挖一下，高窑里有东西哩。"儿子心里马马虎虎，不在意这事，直到日子过得烂场[2]得不行了，偶然想起了这事，就给女人说了，当下叫了表兄表弟来挖崖面子，一挖就把银子挖出来了。妻子高兴得直跳，就和表兄表弟合生一计。表兄手执镢头将掌柜的挖了一下，表弟再用棍子敲了一下，一时脑浆遍地，这女人早已拿了银子锞锞往玉米地里跑了。

转了几天，既怕又惊，就跑到娘家问她大。她大已知

[1] 胡日鬼：捣乱。
[2] 烂场：糟糕。

252

懒人挖金

从前，有个懒人，说他懒，真的懒，懒到连饭都不想吃的地步了。村子里的人管他叫"天下第一懒人"。

一天，妻子要去娘家，烙了八九个大饼，用绳子穿起来，挂在懒男人的脖子上就走了，懒人一天吃一个大饼，从胸前一直吃到两个胛骨头[1]跟前，脊背后头的几个大饼，因为嘴吃不到就剩下了，幸亏妻子回来得早，要不就饿得懒人命归西天了。

懒人从小死了母亲，父亲舍不得让他干活，他也懒得干，二十五六岁的小伙子了，吃饭还要媳妇喂。父亲老了，一天天地不能上地干活了，儿媳成天侍候着这个懒男人，根本没有时间锄锄铲铲，十多亩薄田成了草滩，几年前存下的粮食快吃光了，老父亲很是着急，得了一场大病，卧床不起，眼看快要离世了。

一天，老父亲把小两口叫到床前，说："如今，我这头老牛苦不动了，哪有力气还养活你们？这辈子没有给你们留下基业，十亩薄地里埋下一层金子，你们穷得实在过

不前去时，就……"话还没说完就把气咽了，四邻五舍埋了老汉。

懒人呢，还是睡在土炕上抽懒筋。眼看父亲手上存的粮食吃完了，懒人媳妇急得要命，可就是没法子治懒人。她是个聪明女人，知道公公临死时话的意思，于是扛了把大镢头，在荒地里挖起"金"来，挖了一大片地，从怀里掏出两块闪光的东西，埋在地里。

随后，赶回家冲着懒男人大哭大叫："地里的金子叫人挖光了，你等着吃啥。"一气之下，倒提腿把懒人从炕上拉下来，拽到院里。这懒人长了这么大，不知道啥叫疼，脊背擦得像火烤。他急了，翻起身忙跪下，连声给妻子下话求饶。这女人扛过一把大镢头，厉声说："挖金走！"

懒人被女人的这一手吓住了，看见眼前的大铁镢头，哆嗦起来。二十多岁的人啦，没捉拿[2]过这东西呀！可又一想：老子过世了，留下的金子叫人挖去，囤里没一颗粮食了。女人这豌豆心一滚，我真要饿死了。于是，勉强站起来，耷拉着头跟着妻子去挖金。

到了地里，小两口挖呀挖，挖得妻子满头大汗，挖得懒人腰酸腿疼。几天工夫，眼看一块地挖熟了，没有挖出米粒大的一颗金子来，懒人这阵多想躺在地下美美地睡上一觉。

突然，妻子叫了一声，懒汉的懒气吓得早飞走了。他以为妻子的脚被镢头挖破了，忙跑过去，一看，嗨，原来妻子挖出两块黄灿灿的金子。他高兴地跳了三尺高。

妻子说："父亲的话没假吧？"懒人瞧着金子连连点头，心劲顿时上来了，于是又抢起大镢头，不停地和妻子挖起来了。

为了挖金，几大块地不知翻了几遍，杂草被深深地埋在了地底，土松得像现在的海绵。小两口种上了谷子，这年得了丰收。妻子心里乐乐的，懒人呢？再也不懒了。

讲述者： 刘西虎，男，50岁，曹务乡永丰村人，农民，识字

[1] 胛骨头：肩膀。

[2] 捉拿：拿。

采录者： 王知三，男，38岁，干部，高中学历

采录时间： 1984年1月5日

采录地点： 平凉市静宁县曹务乡永丰村

选自： 《平凉地区故事集成》（资料本下卷二分册），第147～149页

253

我才吃饱了

从前，一个人和他妈两个过活，吃了上顿没下顿。这人老实，力气大，给庄里家家做过活，啥活都做得比人好。家家每到年头节月都要轮流请这人吃饭。他每吃一顿，就觉得欠了人家的情和债。

一年收成好，和他妈商量，请全庄人来吃一顿酒席。他妈做好后，娃去请人。全庄人偷偷商量："这娃苦了半辈子，日子一总[1]没踏上步。咱去吃一顿，又要打断顿了，干脆咱都不去。"

到时候，一个人没来。他妈望着到处是馍菜酒肉的厨屋，发了愁："我做了这么多，咋处呷？"娃说："妈，你不愁，我吃。"坐下一气子吃了个干干净净。吃毕，把肚皮刨了刨，说："妈，我才吃饱了。"他妈一听，哭了。

讲述者： 史文玉

采录者： 张怀群，25岁，泾川县文化馆文学干部，

[1] 一总：一直。

大学学历

采录时间： 1985 年 11 月 3 日
采录地点： 平凉市泾川县城关镇
选自： 《泾川民间故事》，第 388 页

254

糊涂县里的糊涂县官

有一天，一位中年汉子背着被子正在赶路，后面一个青年叫住了他。他俩互通了去处，就一块赶路。走了好一程路，这位中年汉子说："请你给我把被子背一会儿，我去解个便。"青年汉子说："行，你快去。"

中年汉子去解便去了，青年汉子走了几步路拾了两个麻钱，他眼珠转了转，就把被子解开，把两个麻钱塞进了被子角角里。他刚把被子扎好，中年汉子来了。中年汉子要自己的被子，青年汉子说："这被子是我的。"俩人吵吵闹闹来到县衙打官司。

县太爷问："你两个为啥事来打官司？"他两个说："为这个被子来。"县太爷说："中年汉子，你先说给老爷听。"中年汉子说："我背着被子正赶路，这位青年汉子叫住我，要我和他一块走。走了一阵子，我去解便，让他替我背着被子。我回来要被子，他不给，硬说被子是他的。"县太爷说："你说这被子是你的，有啥凭证？"中年汉子说："被子上有火烧的一个小洞。"

县太爷一看，被子上果然有洞，他又对青年汉子说："你为啥赖人家的被子？"青年汉子说："老爷明察，我叫

李刁，是咱这糊涂县人。今早上，我妻子叫我给她娘家做活去，她娘家穷得叮当响，少吃无穿没盖的，我便背着被子走亲戚。我刚上路，就遇上了他，走了一段路，他说他要解便去，让我等他。可是，他解便来就说被子是他的，和我争了起来。"县太爷说："你说这被子是你的，你有啥凭证？"年轻汉子说："我结婚时我妈在被子角里放了两个麻钱，不信你拆开看。"

县太爷想，被子里面看不见，可以拆开看看。他让衙役拆，果然拆出了两个麻钱。他想这被子肯定是青年汉子的，就说："来人！把这中年汉子给我打四十大板，给这位青年汉子解一解气。把被子给青年汉子，让他赶紧给老丈人家干活去。"

讲述者： 杨金平

采录者： 薛喜林，泾明乡中心小学学生

整理者： 张怀群，28 岁，泾川县文化馆文学干部，大学学历

采录时间： 1988 年 5 月 30 日

采录地点： 平凉市泾川县泾明乡

选自： 《泾川民间故事》，第 389 ～ 390 页

255

慌张的女人

从前有一个农家妇女，脾气很急躁，遇事好慌手慌脚。

有一天，村里有几个人得时症[1]死了。晚上，这妇人梦见她娘家妈也得了时症，快咽气了。她醒来以为是真的，慌手慌脚地穿上衣裳，抱起只有几个月的小孩，给谁也没有打招呼，就向她娘家跑。她顾不得走大道，便在庄稼地里跑，以便早些到她娘家。跑着跑着，在一块瓜地里被西瓜秧绊倒，她将手里的小孩摔离了手，她慌忙抱了一个长葫子[2]就走，一面走，一面拍着葫子说："娃子，别哭了，别哭……"

进了娘家村，来到娘家门口，见大门关着，就连声叫道："开门，开门，我来了。"她娘在睡梦中被喊醒，不知女儿半夜来干啥，连腿也没绑就给女儿开开门，问："女儿，你来干啥？"她急忙忙地问："娘，你的病怎么样了？你还怎么能给我开门？"

她这一下把娘给问住了，呆了半天才说："我结实着

[1] 时症：瘟疫。

[2] 葫子：番瓜。

哩，没病，你听谁说的？"她说："我做了个梦，梦见你得了时症。"她娘又问："傻闺女，你抱个葫子干啥？"妇人这才发现自己抱的不是孩子而是一个长葫子，心里不禁一惊，忽然想起她在瓜地里摔跤的事，就连忙打着灯笼又一溜烟向西瓜地奔去。

找到后，一看孩子嘴挨着地，早死了，她抱起小孩哭着回了婆家。公婆埋怨，邻居笑话，自己又心疼孩子，她不吃饭，一连哭了好几天，悔恨自己做事慌慌张张，出了大岔子。

讲述者： 陈保伍，56 岁，高平乡城南村人，农民
采录者： 史锦华，高平中学学生
采录时间： 1988 年 4 月 17 日
采录地点： 平凉市泾川县高平乡西门村
选自： 《泾川民间故事》，第 390 ～ 391 页

256

铁公鸡与万刻薄

从前，王庄有个王员外，爱财如命，是个雁过拔毛的家伙，人送他一个外号"铁公鸡"。

一天，"铁公鸡"听人说："张村有个张员外，有家产万贯，有几世用不完的银钱。""铁公鸡"心想何不拜访张员外，学点治家的本领。主意打定后想：要去得带点东西，带点什么东西呢？买条鱼，得花几个铜板；带些糕点，又要钱。这怎么办？想来想去终于想出了个巧计策：到垃圾堆里找了一张废纸；到邻居画匠那里借了一支毛笔，画一条新鲜的大鲤鱼；到集上裁缝铺那里借了一把剪子，剪成鱼形；捡了根小草穿上提在手里，就到张员外家去了。

张员外待人非常吝啬，为了不让别人拿走自己的东西，几乎是啥手段都能用上，于是人们送他一个外号叫"万刻薄"。

"铁公鸡"走得又饥又渴，心想在"万刻薄"那里不管他怎样待我，一定要吃个饱。到了"万刻薄"家中，一个仆人很礼貌地将他请到客厅，做了个请坐的动作，其实"万刻薄"家里连半条椅子腿也没有。这个仆人又接着做了个用茶的动作，意思是请"铁公鸡"用茶，然后很有礼

貌地站在一旁等回话。

"铁公鸡"问："你家主人哪里去了？"仆人说："到邻村李先生家拜客了。""铁公鸡"问："什么时候回来？"仆人回答道："可能明天才能回来。"仆人又问："先生想用饭吗？""铁公鸡"嗯了一声，表示要吃饭。仆人做了个托盘的动作说："这是一条油炸鱼，这是烧鸡。"然后在半空中很利索地划了个大圈说："这是一个大饼，请先生自用，奴才不能奉陪了。"就转身走了出去。这时，天色已晚，"铁公鸡"实在等不住"万刻薄"了，只好告辞回家。

"万刻薄"回家后，仆人将待客的情形讲与他听，他将仆人狠狠地打了一个耳光说："凭什么给他吃炸鱼、烧鸡，还有这么大的一个烧饼？"转身一看，桌子上还有一条大鲤鱼，高兴地说："明天又有拜客的礼物了。"这真是：

~~~~~~~~~~~~~~~~~~~~

铁公鸡访友 —— 一毛不拔。

万刻薄待客 —— 分文不损。

~~~~~~~~~~~~~~~~~~~~

讲述者：	鲁明显，73 岁，泾明乡紫荆村人，农民，小学学历
采录者：	张怀群，28 岁，泾川县文化馆文学干部，大学学历
采录时间：	1988 年 4 月 29 日
采录地点：	平凉市泾川县泾明乡紫荆村
选自：	《泾川民间故事》，第 391 ～ 392 页

257

二十四臊

一个人臊[1]极了，一天能遇上了二十四臊。一天早上，这个人出门遇见一只野兔，心想早上见兔臊着哩，干脆把兔拉住拿回家吃肉去，一直把兔逼进一个树洞里，等不出来，就把白手巾拿出来绷在洞口，兔往出一跑，头上顶了白手巾跑了。他心想：臊着哩，出门没见怎么哩，把手巾先搭上了。

他又撵，撵到一个胡同里，一伙人正在发丧，孝子们头上顶着白布，正在咳咳呆呆地哭他妈。这人问："你刚才见一只兔头上顶的白布过去了吗？"孝子心想咱把天塌了，头上顶上白布行孝哩，这咋撵地欺人哩，就把他打了一顿。

他又往前走了走，碰上一个老汉，就上前诉苦。老汉说，人家过事哩，就要买些纸烧了，再哭一场。于是他到街上买了一卷纸，往前不远遇见一家子给儿结婚。他二话不说，进去把纸点着就烧，哭得人拉都拉不起。人说："红事，咋烧纸哩？"他臊得就要走，主人挡住让他坐席，

[1] 臊：倒霉，不如意。

他不言不喘就坐到上席里，把辈分大的老汉没住坐，夹在了下边。

酒端来，先给他升杯，先倒半杯酒，是不能喝的，他刚接上，咕的一口就喝干了。倒酒的人心想，这人咋没见过啥，赌气给他满满升了一杯。他心想，这下升满了，该喝了，又咕地喝了。等人家杯升齐全，都端起碰杯，他可没酒了。这又是一臊。

他抄菜[1]，盘子哩十个碗，每人只能抄一个角的三个碗和中间的碗。他筷子展长，抄对面角里的肉片，叫人家把筷子架了过来。他没拿稳，筷子架到桌子底下了。他一拾筷子，头把桌子一碰，把酒杯子打倒了。拾起筷子，上面粘满土，没人给他擦，臊极了，和土一起，抄了红萝卜菜就吃。为了掩盖这狼狈相，他说："咦！辣的。"其实红萝卜不调辣子，人都笑了。

他臊得坐不住了，就往门外走，看见一个女人抱着一个月里娃，想把这臊相遮掩遮掩，主动上前搭茬："哟，娃乖的，我揣牛牛在吗？"一揣，结果这娃是个女子娃。他臊得往后一退，脚后跟把卧在旁边的狗前爪踏了，狗朝腿肚子就是一口。他急了，看见地上有根鞭杆，抓起来打狗，一抓，结果是一条长虫（蛇）。

"哎呀，咋办？"他臊得钻进角角窑想睡一会儿，顺便抹下眼镜，挂在一个钉子上，结果那是一只苍蝇，苍蝇一飞，眼镜掉到地下打碎了。屋里真的有个钉子，他以为是苍蝇："我儿家这苍蝇，把我眼镜都绊碎了。"一拳砸去，钉子把手扎了个眼眼，疼得他出门就往回跑。正跑着，见一家把麦草垛烧着了，人忙着正救火。他心想，今本来是个好日子，你看这红得连火一样。刚才臊，是怪给人家没恭喜。就大喊："恭喜，恭喜！"结果，叫人家把嘴撕烂了。

走到街上，一个老汉问把嘴怎么了，他说了是怎么回事。老汉说，见了火就要拿水浇哩。正好他看见一个小炉匠担来担子，生了几次才把小炉子的火生着。他想起火要水浇，顺手把蘸铁用的一脸盆水端起就浇灭了火，又被人家把腿打拐了。

今臊完了，赶紧往回跑，只见街头上两个人骂仗，人挤得不能过去，心想，这下该恭喜才对着哩。就大喊："恭喜，恭喜！"又挨了一顿打。一问人，人说："骂仗要往开拉哩。"出了街道，见两条狗正为一根骨头咬仗，心想，这下要拉哩。上前一拉，被狗咬了一顿。

唉，今二十四臊挡不住了。一口气跑回家，臊糊涂了，跑错了门。儿媳妇正睡在炕上，他上前在屁股上一拍："老婆子，今儿倒把人臊美了。""大，你说啥哩？"又是一臊！"哎，我说'当的啷当，天爷晴了个光堂，满星的天天没月亮'，还是'满星的天天'！"

你算一算，二十四臊不得完了。

讲述者： 张喜贵，37 岁，泾川县高平乡高平村人，农民，初中学历

采录者： 张怀群，24 岁，泾川县文化馆文学干部，大学学历

采录时间： 1984 年 8 月 29 日

采录地点： 平凉市泾川县高平乡高平村

选自： 《泾川民间故事》，第 340 ～ 342 页

[1]　抄菜：夹菜。

258

吹破天

从前，有一个人，名叫"吹破天"。他真的能把天吹破吗？我看差不多。

有一年，遭了年馑，人都饿得成了蔫皮皮。"吹破天"实在饿得招不住，就想了个法子，不知从哪里弄来了一条瘦驴，把小疙瘩金子塞在驴尻子里，拉上在地主家门口走过来，又走过去。等一会儿，拉上又走过去走过来，一天不知道走了多少遍。地主看见了，骂道："你把你外瘦大拉来拉去的，夸哩吗？你再拉上在我门前走，我把你腿打坏哩！"

"好老爸哩，我这驴瘦是瘦，你给我多少钱我都不卖。"

"哼，还出钱哩，你给我送，我连瞅都不瞅一眼。"

"我这驴能屙金子，你不信就看着。"说着，他在驴尻子上一拍，驴尾巴动了一动，果真屙了一疙瘩金子。

"你这驴卖多少钱，我买了。"

"你有钱还买不了这不卖之物。"

"不卖，你让我看着总为个啥来？"

"为你家外粮仓来。"

"要怎么，你明说。"

"要换粮食。"

"能行，只要驴把金子屙下。"

地主把粮仓打开，全庄人美美吃了一顿。

第二天，驴没有屙下金子，地主问"吹破天"是怎么回事。

"那是你不会喂！"

"咋喂哩？"

"要喂麸子，饮恶水[1]哩。"

"你大把人亏了，谁家驴都喝恶水哩？"

"你放上三天不饮，渴了就喝哩么。"

地主给所有的亲朋好友发了请帖，家里明烛高照，院里铺了红毡，请了家门父子、礼宾先生，过事哩。过的啥事，驴屙金子呗。

时间一到，地主把驴拉了出来，给驴披红插花，拉上了红毡，宾客坐了一院子，高桌子，低板凳，看驴屙金子。地主家老两口跪在驴尻子后头，头上顶着盘盘，只等时辰一到，金子就屙下了。等了多半天，驴只是拃了拃尾巴。

"驴屙呗，屙呗！"

地主家老两口接上盘盘，驴只是放了个屁，引得满院子人把肚子都笑疼了。

又等了几个时辰，天快黑了，贵宾们肚子饥身上冷，金子还没屙下来，地主没方子了，把"吹破天"请来。"吹破天"说："把恶水提来！"三天，只给驴子喂麸子，不给饮水，驴渴极了，见了恶水就一饱，恶水见麸子，驴把肚子弄坏了，人把话还没说完，驴不对劲了。老两口把盘盘端好，驴就屙呗，正说着，驴给老两口屙了一头稀屎。

地主气恨不过，把"吹破天"圈在磨房里，当时数九寒天，只给他穿了一件夹夹子，磨房里只有石磨一盘，冻得"吹破天"浑身打颤。"吹破天"把磨子掂上转了一夜。地主想，这下把狗日的保险冻死了，天一明来就去看。结果，"吹破天"浑身冒着热气，汗就像雨一样往下滚哩。

地主奇怪极了，"吹破天"说："这叫火龙衣，天越冷，它越热。"

[1] 恶水：洗锅水。

"卖多少钱？"

"无价！"

"咋个无价？"

"你把我放出去，这衣服送给你。"

地主得了这件衣服，当时地都冻得裂了口子，恰巧有一个员外家过事，这地主就上身只穿这件薄夹夹，鸡叫了起来就去卖牌[1]。一出门，身上像刀子扎哩。越走越冷，往回走已来不及了，看见一个树洞，忙忙钻进去，不一会会儿就冻死了。

地主家的儿子等不住父亲回来，到处寻找，最后见尸首在树洞里蜷着，知道他大又上了"吹破天"的当，就把"吹破天"拉上去看，要他赔人命。"吹破天"一看，哈哈大笑着说："唉，外是把老儿家烧死了。这天气越冷，火龙衣越热，像今把地冷得裂开的天气，要把纽子解开，下身只敢穿个裤衩，边走还要边拿扇子扇。你看老家把纽子扣得紧绷绷的，下身还穿着长裤，又没拿扇子，烧不死才怪哩。"地主的儿子不相信，"吹破天"说："不信你看，把树都烧了这么大的洞，能把人烧不死？"

講述者： 张含杰，高平乡高平村人，农民
採录者： 张怀群，25 岁，泾川县文化馆文学干部，大学学历
採录时间： 1985 年 6 月 9 日
採录地点： 平凉市泾川县高平乡高平村
选自： 《泾川民间故事》，第 396 ～ 398 页

[1] 卖牌：炫耀。

259

老人和狸猫

很早以前，当朝皇上下令，老年人一过六十岁，就无用了，就不要了，不管死没死，就背的埋了。另外，皇上忌讳狸猫，民间一律不准养猫。有一个在朝里当丞相的人，是个孝子，他大六十岁早过了，还精神得很，怎么能背的埋了呢？他在一个避背的山上挖了个小窑，把他大安顿在里头，又养了一只狸猫，给他大做伴，天天偷的送吃送喝，不知不觉过了几年。

有一天上朝理事，皇帝愁眉不展，给大臣们道出了他的艰难，说是外国人给中国人出了两道难题：

一道难题是案子上蹴着一只牛大的怪物，像老鼠，但老鼠哪来这么大呢？另一道难题是一个车子上拉了一个尽车装的西瓜。如果能降住这怪物，知道西瓜里有几个籽，就说明中国有能人，如果破不了这两道题，就大动干戈，拼血拼肉。

限期只有三天，文武百官如果破不了就要杀头，大臣们连愁带吓，都忍不住自己骂起了自己："咱真是白吃俸禄哩！"

天黑了，丞相去给他大悄悄说了这两件事。

"咳，连这都破不了？人常说，碗大的西瓜一拃[1]厚的皮，车大的西瓜一个籽。"

第二天，大臣们你看我，我看你。丞相开口说道："西瓜里是一个籽。"外国派来的使臣也在场，当场杀了西瓜，真的是一个籽。

外国使臣心里想中国还有能人哩！

另一道难题又摆在眼下，那个怪物卧在案上，香烛高照，怪物正在想吃不想吃地啃着供品，皇帝每天都要拜三拜，大臣们更不在话下。丞相好不容易等到天黑，又回去问他大。他大说："外是老鼠成了精，你回去时把咱狸猫捉上，放在长袖筒筒里。你给怪物作揖的时候，把猫头让出来一点点。那怪物瞄见猫，倘若变小，就保险是老鼠，倘若不变，就把猫原捉回来。"

第二天，丞相又去拜外怪物，猫头一闪，怪物小了一截子。这下，丞相立时胆正了，等不得拜毕就喊道："我有法！"

"你有何法？"

丞相把袖口一扬，狸猫"唔"地扑过去，怪物已缩成了一拃长的老鼠，猫一嘴上去噙上就跑了。外国人脸红得像关公一样，连着说："中国有能人！"灰不溜溜地回去了。

皇上稀罕极了，丞相说是他六十岁开外的老父亲还活着，老父亲还养着狸猫，这些破题法子都是老父亲教的。

皇上立即降旨，把六十岁以上的老人统统奉养起来，同时民间要家家养猫，把他手上立的烂规程都扳倒了。

讲述者：　　史文玉
采录者：　　张怀群，25岁，泾川县文化馆文学干部，
　　　　　　大学学历
采录时间：　1985年8月23日
采录地点：　平凉市泾川县城关镇
选自：　　　《泾川民间故事》，第398～399页

[1]　一拃：古代民间计量单位，大拇指和中指张开之间的距离为"一拃"。

260

五
大
兄
弟

从前，有结拜的五个兄弟，他们各有各的长处，各有各的短处。老大能喝干海水；老二的腿子很长，能从东山登到西山；老三不怕火烧；老四刀枪不入；老五能懂野兽的话，每天放羊和野兽一起玩。

有一次，富汉家的主人想吃野兽肉，就叫了个猎人去给他打。当猎人瞅见豹子要开枪打时，老五向豹子吆喝了几声，豹子跑了。当猎人瞅见鹿要打的时候，老五赶忙向鹿儿吆喝了几声，鹿跑了。这把猎人气坏了，就把老五抓去，给富汉家的主人说："明天要把老五杀了。"老四就赶紧跑去换了老五，因为他们弟兄五个长得一模一样，没法辨认。

第二天猎人杀"老五"，却咋杀都杀不死，他又决定用火烧"老五"。老三又赶紧跑去换了老四，结果火越烧"老五"越舒服，还在火里跳了起来。

富汉家的人没办法，只好停了火，想把他从很高的石崖上推下去摔死，老二赶紧去换了老三。第二天，富汉家雇了很多人，把他拉到很高的山上往下推，"老五"赶紧从这山登上了对面的山。

富汉家又把"老五"拉回来，准备把他推到海里淹死，老大又去换了老二。第二天，他们又把"老五"推下海，结果老大一口气喝干了海水，跑到岸上后又吐出海水，把这些人给淹死了。

从此，这五大弟兄又生活在一起了。

讲述者：　赵志武，男，39 岁，农民，识字
采录者：　赵小环
采录时间：1987 年 9 月 21 日
采录地点：平凉市静宁县城
选自：　　《平凉地区故事集成》（资料本下卷一分
　　　　　册），第 201 ～ 203 页

261

丑娘俊媳妇

从前，有一家人，男人死得早，家里只有铁柱娘和铁柱两人。铁柱娘身体硬朗，风里来雨里去，吃了不少苦头才把儿子从爹离开的一岁拉扯到二十岁。铁柱也很勤快，帮娘很快把日子过得如了人[1]。铁柱长得很俊，许多姑娘看上，就是铁柱娘很丑，那些姑娘一见不愿进这家门。铁柱占不下女人，铁柱娘愁得不行。

一天，邻居张二婶给铁柱娘出主意说："今后就说你不是铁柱娘，是雇下的佣人，那亲事就说成了。"铁柱娘想了想说："只有这样了。"铁柱娘回来给铁柱说了，铁柱说："哪有把娘当作佣人的呢？不行！不行！"铁柱娘说："不这样，恐怕你一辈子都占不下女人。"

几天后，张二婶给铁柱说成了一个漂亮的媳妇。媳妇过门后夫妻俩恩恩爱爱，媳妇见家中无老无小，只有一个老佣人、一只大黄狗。老佣人住在下房，洗衣做饭，打扫房子院子，干得勤快又周到，只是一天到黑不说话。媳妇觉得奇怪，问铁柱："佣人为啥不说话？"铁柱说："她一

[1]　如了人：和别人家差不多。

共[1]不爱说话。"媳妇又说："你为啥雇这么老的佣人？我们年轻轻的，让这么大年纪的人侍候，心里怪不好意思的！"铁柱没言喘。

过了半年，老佣人还是不声不响地干活儿，只是给狗给食的时候就念叨两句："好狗不嫌家穷，好儿不嫌娘丑。"天天如此。

时间长了，媳妇就问铁柱："她说的这是啥意思？"铁柱见媳妇心地善良，通情达理，就说了实情。媳妇一听原来整天侍候自己的是婆母，心里十分难过，生气地骂铁柱说："娘再丑总是娘啊，没有娘哪有你，你咋能干出这样的事？我看上你这个人才进你家门的，谁知空有一张外表，心里糊涂着哩！这事肯定让外人知道了，不知情的人定说我的不是。我没脸在你家坐下去了，我还是走了吧。"媳妇说完流着眼泪就要回娘家。铁柱急了，忙把媳妇挡住，又赶紧把娘抱到房里，换上新衣裳，趴下给娘磕头赔不是，媳妇也给婆母赔了不是。

从此，小两口一心奉养着娘，一家三口，有老有小，和和气气，日子过得越来越好了。

讲述者：	不详
采录者：	柳梁，文化站干部
采录时间：	1986年
采录地点：	平凉市庄浪县
选自：	《歌谣故事》，第398～399页

异文：蛮女子

从前，有个男人引了一个媳妇，这男人不养活他妈，还跟媳妇说："这是我雇来的个蛮女子[2]，干活的。"他媳妇不知道这是他妈，有一天就让这男人的妈给猪去和食[3]。

老婆子看到圈里一个老母猪下了一窝猪娃儿，日头出来了，天气也暖和了，猪娃儿们在那里毁[4]墙根儿。这老婆子就自说自话："一子一长空，下了一窝猪娃儿毁墙根。"

这媳妇儿听见后，就给这老婆子说："你把话说个明白，要是不说，我就告诉掌柜的，掌柜的会打死你的。"

这老婆子就给这媳妇说了实话，告诉媳妇这掌柜的是她的后人。

后来，这媳妇把她家掌柜的告到了县衙，县官让他坐了牢。

讲述者：	高着花，女，54岁，静宁县仁大镇解放村人，农民
采录者：	李童童，兰州文理学院本科学生
采录时间：	2021年2月20日
采录地点：	平凉市静宁县仁大镇解放村

附记

本则故事系我实地采录的一则故事，主要流传在静宁县一带。讲述者是我的母亲。讲述完这则故事后，妈妈还笑着给我说："你以后一定要孝敬父母和公婆，不能像那个男人一样不认我，不然我就告你去。"我就赶紧回答说："那不敢，我一定做个孝敬父母的人。"

（李童童）

[1] 一共：一直。

[2] 蛮女子：指干活泼辣的女人。

[3] 和食：搅食，拌食。

[4] 毁：用嘴拱。

262

瓜女人

讲述者： 高着花，女，54岁，静宁县仁大镇解放村人，农民

采录者： 李童童，兰州文理学院本科学生

采录时间： 2021年2月20日

采录地点： 平凉市静宁县仁大镇解放村

早先有个人叫王万。他家有个瓜女人，说是这瓜女人有福来，王万还不相信。他让这瓜女人去地里赶鸟儿去，不让鸟儿吃粮食，结果女人看见从山水窟窿吹出了许多碎银子，但是这女人不认识银子，以为是羊蹄筋，天天拿着在地里打鸟儿。

一天，这家掌柜的到地里一看，发现地里到处是碎银子，一问才知道是女人打鸟扔的。

到了割麦子的时候，这瓜女人早上去地里，一直到晚上才回来。掌柜的问她割了多少，瓜女人说只割了五轮[1]。等掌柜的到地里一看，才知道这瓜女人都割完了，五轮五轮的麦垛堆在一起，堆了一地。原来，这个瓜女人不会数数。

这时候，王万才相信这瓜女人是真的有福气。

附记

这是平凉籍学生李童童实地采录的一则故事。在传统社会，都是用人力手工割麦子。为了尽早把麦子抢收完，陇东人都是先割麦子后打碾。由于麦子容易长芽，所以农民就一边割麦子，一边在地里把扎成捆的麦子立在地里晒，傍晚时分再把麦捆垛成麦垛，防止雨水淋湿长芽。在现代，人们还给麦垛捂上塑料膜，防水效果更好。（魏绘）

平凉一带的麦垛 余亚丽摄

[1] 五轮：五个来回。

263

二恍恍还谷

从前有个青年人，种庄稼敷敷衍衍的，总是不认真，大家送他个外号叫"二恍恍"。

这一年，因为庄稼务得不好，粮食收得很少，没到年底，他就吃得斗空袋漏。他向老丈人借粮来，老丈人从心想指教他，就借给他一船谷子。船快解缆时，老丈人用小刀在船舷上刻了个暗号。

秋收后，二恍恍照原数量了一船谷子，摇着橹来还粮。船靠了岸，他请老丈人收粮。老丈人走近船舷看了看那个暗号，马上瞪起眼来说："这谷子你载回去自己吃吧！它顶不住我那谷子。"说罢气呼呼地转身就走了。

二恍恍呆在河边，摸不着哪里得罪了老丈人。邻居王大伯走过来告诉他说："你老丈人那谷子是锄过四遍的。你这谷子才锄过两遍，质量不一样，他当然不要。"听了这话，他恍然大悟，只好把谷子载回去。

第二年，二恍恍就把谷子多锄了一遍，秋收后，又照原数，量了一船谷子还粮来。船靠了岸，他请来老丈人收谷，老丈人说："莫忙。"走近船舷，看了看那个暗号，马上又吹起胡子来，说："载回去吧，这谷子顶不住我那谷

子。"说罢，又气鼓鼓地走了。

二恍恍见两次还不了粮，就认真务起来。谷秧子露出地面十几天，他就锄了头遍，拔节时锄了第二遍，抽穗时锄了第三遍，扬花前锄了第四遍，每锄一遍都要追些肥。秋收以后，他又量了一船谷子，载去还粮。老丈人走近船舷，看了看那个暗号，点点头说："嗯，可以了，这回你种的谷子到家了。"

二恍恍还了粮，一身轻快，他想：看来务庄稼不能马马虎虎，人勤地不懒，今后再不能二恍恍了。

讲述者： 赵跟娃

采录者： 魏开明

采录时间： 1986 年

采录地点： 平凉市庄浪县

选自： 《歌谣故事》，第 404 ～ 405 页

264

麻子哥哥

很久以前，关山脚下住着一个姓米的人，叫米山。米山找了个女人张氏。张氏生下一个男娃，米山给取了个名儿叫米富。一年后，张氏生病死了，米山又找了个女人刘氏。刘氏又生下一个男娃，米山给取了个名儿叫米贵。米山的意思是祖祖辈辈都是没出息的人，日子从没过到人一搭，希望在这两个娃手里能有个转变，所以就取了"富贵"两个字。

过了几年，米富九岁了，米贵七岁了。米山见两个娃生得大样[1]，都聪明听话，就谋算着让米富学种庄稼，往后当个种庄稼的好手，让米贵到学堂去念书识字，往后当个教书先生。米山把这个想法给刘氏一说，刘氏很欢喜。

开学了，米山就把米贵打发到学堂里去，又每天领着米富到地里学种庄稼。米富也爱种庄稼，他爹一教就会，没上半年，耕地、播种、撒粪、秧籽、握锄样样都会。米山很高兴地说："好好跟爹学，往后你一定是种庄稼的一把好手。"

米贵也爱念书，他家离学校要走十里多路，米贵每天天不亮就起来到学堂去，连教书先生都夸他聪明，学习踏实，往后一定有出息，米山听了很高兴。

又过了一年，米山突然有了病，米山觉着他这病好不了，就把米富和米贵叫到炕边说："我啥也没留下，就留下你们这两个娃，往后你们就按照爹教的方向去努力，一定要给爹争气。"两个娃哭得泪人儿一般，都说："爹，我们一定牢记你的话，给你争气。"

米山心疼地摸摸他们两个的头说："不要哭了，去，把你娘叫来。"两个娃出去了，不一会儿刘氏走了进来。米山对刘氏说："两个娃是两棵好苗苗，我死了后，你要和我一样爱护他们指教他们。"刘氏说："我晓得！"米山一听刘氏嘴上鼓着劲，很不遂心，说："你的脾性不好，肚子也窄狭[2]，我担心往后两个娃让你糟蹋了，才这么给你说。"

米山又说："往后你要把两个娃一样看待，不要偏谁向谁，米富不是你生的，也要看成你的娃。"刘氏听着米山话语里总刺着自己，心里很不舒服，没等米山把话说完就转身走出去了。米山长长地"唉"了一声。

没过十个日子，米山就死了。

这刘氏不是个好东西，米山死了没几月就胡来了。她看着张氏生下的米富总不顺眼，好干干[3]就骂就打，每天天不亮就把米富赶到地里干活，回来顿顿吃的是放凉的剩饭。米富知道后娘偏心眼儿，不敢言喘，把眼泪都淌到了地里。

这一天，米富耕完地回来得早，刘氏正做饭，叫米富烧火。

刘氏把一勺麻子油倒进锅里。过了一阵儿，刘氏让米富看麻子油熟了没有，米富刚勾下头看锅里油，刘氏突然舀了一勺水倒进锅里。锅里油"嘭"的一声，溅了米富一脸，米富疼得捂着脸叫唤。过了一会儿，脸上起了许多水泡泡，抓破水泡泡，烂糟糟的更疼得往心里头钻。

过了几天，米富脸上的伤好了，疤脱了，留下一脸像

[1] 大样：大气。

[2] 肚子也窄狭：肚量小。

[3] 好干干：好端端。

害过天花的碎坑坑。白白净净的一张脸从此成了麻子脸，米贵就叫他麻子哥哥。刘氏看着米富那张麻子脸，更嫌弃他，天天骂他笨，骂他丑，夸米贵有贵人相，常叫米贵样儿。

刘氏越来越觉得米富是多余的，如果叫他活着下去，往后还要占女人，分家业，不如趁早拾掇了算了。

翻过年二月，山畔人开始种麻子了，刘氏给米富和米贵一人一碗麻子籽、一升炒面，说："你两个到关山你爹开出的那块地里种麻子去。种上后谁的先出来谁就先回来。"米富和米贵拿上麻子籽，背上炒面，扛上镢头就往关山里走。路上，米富和米贵说说笑笑，很快活。

米贵取出几颗麻子放进嘴里啮，米富也取出几颗麻子放进嘴里啮，啮着啮着，米贵就不安静了，把米富手里的麻子拿几颗放进自己嘴里。米贵啮米富的麻子，惊奇地说："怪啊不，你的麻子咋比我的香？"米富说："那是你爱占便宜。"米贵说："不是。你的就是香，不信你尝。"米富就把米贵手里的麻子取几颗放进嘴里啮，说："真是这样。"他们又尝了好几颗，还是那样，米贵就要和米富换麻子，米富一直让着弟弟，就换了。

到了关山上，米富和米贵各翻了一块地种上了麻子，然后就住在地旁边一个茅庵里，等着麻子长出来。他们饿了舔些炒面，渴了喝沟渠子里的水。白天他们在山上玩，还不觉着啥，到晚上就难挨了。日头一跌窝，山上到处黑棱棱的，那尖尖戳起的枯树杈杈、高高兀立的石头嘴嘴，在淡淡的月光下像魔鬼的影子一样晃动不停；那山崖上许多黑洞洞、黑石缝，像魔鬼张开的大口；山上流下来的水声、沟里吹过来的风声，像魔鬼尖厉的嚎叫和奔跑的声音，远处近处都传来了野狼的嚎叫声。两个娃很害怕，就在茅庵门口点起了一堆火，火很大，用它取暖，又用它壮胆。

夜深了，米贵就叫唤睡觉，米富低声说："你睡吧！"米贵说："你也睡吧！"米富说："我看着，看狼来了。"米贵说："我也不睡了，和你一起看着狼。"尽管米贵这么说，可头一勾一勾地打盹儿，一会儿就响起了均匀的鼾声。米富让米贵轻轻靠在自己身上，米富不敢睡，也没瞌睡，他是哥哥，这山上的一切就靠他操心。

米富望着扑闪扑闪上下跳动的火苗儿，火苗背后一片

漆黑，是一个可怕的世界，似乎他稍一放松神经就会被它吞没，米富不住地往火里添着柴。突然，他听到茅庵周围有响动，米富浑身紧了一下，拿着一根木棍在地上狠狠砸了几下，发出"啪啪"很响的声音，接着不远处狼"喔喔"地叫了几声。米贵惊醒了，紧紧地抱住米富："麻子哥哥，我害怕！"米富说："弟弟，不要害怕，有我哩！"

就这么个，两个娃熬了十几个夜晚，他们看见地里的麻子出来了很高兴，可是出来的只是米富的，米贵的一棵都没出来。两个娃又等了四五天，还是没有出来。米贵急得哭哩，米富也很着急，眼看炒面也快吃光了。米贵说："麻子哥哥，你的出来了，该你先回了。你回吧，我再等着。"米富说："你小，你先回吧，我等着。"米贵不回去，米富生气地说："我是哥哥，你要听我的话！"米贵就回去了。

刘氏见米贵回来了，高兴地说："我娃回来了，这几天我心急得很啊，藏好了！藏好了！"米贵说："好啥哩，麻子哥哥还在山上，那麻子不知啥时候才能出来呢？"刘氏说："那麻子一共不得出来，就让他等着去吧！"米贵说："娘，你说啥？那麻子咋着不得出来？"刘氏说："这你就不要问，快来，看你都瘦成啥样子了，娘给你做好的吃。"米贵说："不，你说！你说！"米贵追着问，刘氏说："给他的麻子是我炒熟的。"米贵吃惊地说："炒熟的？炒熟的咋能发芽吗？"刘氏就给米贵把存心让米富永远不得回来的话说了，并说："这也是为了我娃，让我娃独占这些家业。"米贵一听哭着说："娘，你太狠毒了，你比那山上的狼还可怕！"米贵说罢转身就往山上跑，一阵儿就跑得看不见了，刘氏急得在后面喊叫着追赶米贵。

米贵跑上关山，已经到了半夜。他走进茅庵，里面空荡荡的没有米富，他喊叫，不见应声。茅庵门口火明光光的，但好长时间没添柴，快要灭了。火堆旁边被啥踏得很乱，好像还流着一摊血。米贵觉着不好了，就向周围的山林里喊叫："麻子哥哥！"山林里到处是"麻子哥哥——麻子哥哥"的回声。

米贵哭喊着一直向山林深处走去……刘氏追上山，天快亮了，见茅庵里没有米贵，也没有米富。看见火堆旁有流下的血迹，刘氏的心一下子提到了口里，她急得喊叫着

钻进树林里寻找，一直找到太阳从东山上出来又落向西山。刘氏实在走不动了，喊叫不出来了，眼前一黑，"扑通"一声倒在乱草地上。刘氏昏睡了一会儿，突然听见啥"哈哈哈"地喘气，睁眼一看，面前爬着两只狼，吐着长长的舌头看着她。

后来，米富、米贵、刘氏都变成鸟儿，天一黑，它们就在关山里喊叫，"麻子哥哥——麻子哥哥"，这是米贵喊叫米富；"弟弟——弟弟"，这是米富喊叫米贵；"米贵样儿——米贵样儿"，这是刘氏喊叫米贵。它们的声音很悲切、很凄凉。直到现在，当你晚上走进关山树林里时，还能听见它们的叫声。

讲述者： 魏秉天
采录者： 魏俊舱，男，32 岁，庄浪县卧龙乡魏家
山村人，干部，高中学历
采录时间： 1986 年
采录地点： 平凉市庄浪县
选自： 《歌谣故事》，第 428 ～ 432 页

265

路遥知马壮，日久见人心

俗话说："路遥知马壮，日久见人心。"这路遥、马壮和人心是三个人的名字，路遥、马壮是结拜弟兄，路遥大，称拜哥，马壮小，称拜弟。路遥富有，马壮家穷，马壮家没吃的了，就跑到路遥家去借。

一次，马壮前来借粮，路遥心想一个人背一点能吃多长时间呢，不如把跛骡子给他，没粮了他吆上来还能驮多些，省得来回跑路。路遥这么想了，真的就这么做了。马壮粮没了就来驮，驮着吃哩吃哩，路遥对马壮说："拜弟，时间长了这也不是个好方子，依我说你身强力壮，在外头寻个事儿做，一来顾口，二来也增长见识。"马壮说："唉，我也想过，就是没盘缠出不去。""盘缠能花多少！只要你有这个心，百两千两尽管拿。"

马壮本来精明能干，还学下一身好武艺，只是家里三番五次出大事，家产打彻[1]光了。靠拜哥养活，他本来就觉得脸烧，路遥的一番话正合他意。

这一日，马壮拿了路遥给的盘缠，赶着那匹跛骡子上

[1] 打彻：花。

京去了。进京的头一天晚上，进店脚没站稳，闯进十几个黑麻大汉，要抢店里住下的一个女子。他气急了，夺了一把刀，摆出平日的功夫，赶走了强盗，救下了这个女子。救下的这个女子原来是皇上的碎女儿，皇上知道马壮救了他的老生胎[1]女儿，立即招进宫里，封了个龙虎将军，专门保护京城安全，一推几年过去了。

常言说："天有不测风云，人有旦夕祸福。"就在马壮走后的第二年，路遥家天火着了，大火烧了半个月，银子化成水了，粮食烧成灰了，楼房变成了焦土堆。从此，路遥变成了大穷汉，一家子没吃没喝没处住。女人说："听说他姨父在京城里当了大官，咱成了这脸势[2]，他如记咱跛骡子给他驮吃的情分也能借些钱，咱修上几座房，大人娃娃好有个歇脚的地方。"

路遥听了女人的话，也觉得在理，收拾盘缠动身。不几日，到了京城，找到了拜弟马壮，说明了来意。马壮说："拜哥既然来了就安下心来，叫家里给你操心着吃好喝好，一天游京地去。"

这马壮没说不借，也没说借，只是天天叫路遥游西逛东，偏不打发拜哥回家。推来推去，转眼推了三年。路遥想："这个马壮太不仁义了，三年没见开口，女人娃娃指[3]这钱养活哩，不然在家里饿死了，回。"他对马壮说："拜弟，明天我一定要回哩，女人娃娃没信息，唉，这福我一人享不老。"马壮说："拜哥一定要回，我就不强留了，明天打发你回。"

第二天，马壮装了一大袋东西，牵出路遥当年给他的跛骡子，送他上路。路遥心里很不暖和[4]，赶上跛骡子就走。半路上，端不端就把跛骡子挣死了，路遥伤心着哭了一场，说："唉，人穷自把精神短，你马壮是欺负我，还是给我送人情，你大骡大马槽上拴着，跛骡子原还给我。当初，我把你当朋友，今天我落了难，你就把我不当人看待！"

正坐在死骡子旁发愁，后面一个小伙子赶着一匹大马走来，问："老哥，不要发愁，常言说'家有千万，长毛的不算'，东西捎在我的马上，咱赶路。""唉，这就好得很。"两人把东西掂在马背上，咣啷咣啷拉着闲走了一段路。这个人说他去尿尿，叫路遥先赶上走。

路遥走呀走，走了二三里路了还不见这个人，心想人常说"一脬尿，十里吊"，才憋了这点路，心想我先走，年轻人腿软，让他赶。走了两天，还是没见这个小伙撵来。快到家了，路遥心里一直不舒坦，拐个弯就看见家了，他搭凉一瞭[5]，老远瞧见他家原地方上修起了青砖到底的楼房，排场得很。

路遥心里乱如麻，牵马站住胡思乱想：我出门三年了，女人娃娃饿死冻死了，地方叫人占了。再一想反正已经来了，我指住站店，去看个究竟。他拉着马头低下向前面走去，一个收拾得干净得很的女人，站在大门台阶上。

到了门前，他抬头一看发现才是自己的老婆子。老婆子一见老汉回来了，就埋怨起来："你不是个人，撇下女人娃娃不心急？他姨父打你走了京地后不多时间，就打发人送来了吃的用的，还安顿了好多匠人，整整修了两年，你躲在京城里避清闲去了。"

路遥才明白了，把马拴在槽上，看着新修的居处，眼泪花儿打转转。老婆子接着说："磨蹭啥呢，他姨父在家等你一天了。"路遥赶紧到楼上见马壮。马壮说："哥哥，修下的样式你看上么？"路遥只说了个"好得很"，心上难受着啥也说不出来了。马壮又说："路上把你整酸了！""唉，这不要紧，就是把一个小伙的马吆来了，我始终不一心[6]！"马壮说："哥哥，你看这是谁？"路遥定眼一看，认出是这个人，连声道谢。

原来这人叫人心，是马壮的朋友。马壮知道跛骡子会在路上出事，后面就安顿他拉上替脚马，以防万一，半路上指住尿尿溜了。

这就叫"路遥知马壮，日久见人心"。

[1] 老生胎：最小的。
[2] 脸势：样子。
[3] 指：靠。
[4] 暖和：舒坦。
[5] 瞭：一看。
[6] 不一心：不甘心。

讲述者： 刘元基，56 岁，静宁县曹务乡张屲村人，
农民，不识字

采录者： 王知三，男，41 岁，干部，高中学历

采录时间： 1987 年 4 月 15 日

采录地点： 平凉市静宁县曹务乡张屲村庄科社

选自： 《静宁民间神话传说故事》，
第 305 ～ 306 页

266

有理走遍天下，没理寸步难行

　　有个瞎子，和村里一个有钱人到城里去买东西，正当他们买东西的时候，街上有两个人吵起来了，有钱人看了一会儿评判说："这个人没理么，他硬到那儿胡然 [1] 哩。有理走遍天下，没理寸步难行。"瞎子说："唉，法看谁犯哩，事看谁办哩。"有钱人说："唉，话不能那么说，没理寸步难行，有理走遍天下。"这瞎子很不服气地说："那你就看着吧，我一定要让你相信'法看谁犯哩，事看谁办哩'的道理。"

　　他们转了一天，天黑了，两个人住到了一间房里。这间房里只有一个土炕，炕上只有一条被子。瞎子就说："我没钱，我不要被子，你把被子拿去，我就穿着衣服睡。"有钱人穿了一件大衣，给瞎子说："你把我的大衣盖上，我盖被子。"瞎子本来就给有钱人的大衣打主意，他这么一说，正合了瞎子的意思。瞎子就盖着有钱人的大衣睡觉了。

　　早上起来了，瞎子在大衣里面塞了一个大板钱，就穿着大衣准备走。有钱人把他挡住说："你把我的大衣还给我，你怎么穿着走呀？"瞎子说："大衣是我的么，怎么

[1]　胡然：胡搅蛮缠。

成了你的了？"有钱人说："我看你晚上冷，给你个大衣盖，你怎么还给你赖去了？"两个人谁也不认输，就告到县老爷那里去了，让县老爷为他们明断。

县老爷对有钱人说："这大衣是人家的么，你怎么还给你赖呢？"有钱人说："这大衣是我的么，是他要赖我的。"县老爷一看说："这好说，你说大衣是你的，你这大衣有啥记样[1]？"有钱人就说这是啥布料做的。县老爷又问瞎子："瞎子，你说这大衣是你的，你有啥记样？"瞎子说："我今昨天走呀，我老婆害怕人赖我，就给我那大衣岔岔[2]放了一个大板钱。如果有大板钱，这个大衣就是我的，没有大板钱就不是我的。"县老爷给手下说："你去看看大衣兜里有没有大板钱。"手下摸了一会儿，说："这大衣下面角角里有个大板钱。"瞎子说："这大衣就是我的，这是我老婆给我弄的记样，害怕人赖我。"县老爷又给有钱人说："你个好人么还赖瞎子咧，拉下去打四十大板。"

官司打完出来，瞎子说："你说'有理走遍天下，无理寸步难行'，我说'法看谁犯哩，事看谁办哩'，这下你说，咱俩谁说得对？"有钱人只好说："唉，我这把你服了，你赢了。"

讲述者： 余金亮，男，65岁，回族，崆峒区西阳回族乡清明村一社村民，农民，小学学历
采录者： 余亚丽，女，23岁，崆峒区西阳回族乡人，兰州文理学院文学院本科学生
采录时间： 2021年4月8日
采录地点： 崆峒区西阳回族乡清明村一社

附
记

故事讲完后，讲述者余金亮老人说："这个故事告诉人们，做事不能认死理，要灵活处理，但是不能像故事中的瞎子一样赖人，一定要做好事。"（余亚丽）

[1] 记样：标记。
[2] 岔岔：口袋。

267

王十万

在洛河，住着一户姓王的人家，靠老头打柴采药过日子。老两口年过五旬，膝下无子。俗话说："不孝有三，无后为大。"老两口常为此事犯愁。

一天，老婆突然呕吐不止，肠胃很不舒服，请郎中把脉，郎中连连说："恭喜，恭喜，夫人有喜了。"老婆子又喜又羞，自此注意饮食，专等分娩。

几个月后，王家老婆生了一个儿子，老两口笑得合不拢嘴。一转眼儿子满月，该起个名字了，王老汉想来想去都觉得不妥，突然想起老婆分娩请接生婆时，半路上拾了个破碗，就给小儿起名拾碗。时间过得很快，一晃拾碗就长到七八岁了。老两口视他为掌上明珠，抱在怀里怕闪了腰，放在地上怕跌倒，整天吊在娘奶子上，吃喝拉撒睡觉都要老两口操心。

拾碗十二岁时，爹娘相继去世，丢下孤零零的他一个。拾碗自幼娇养惯了，生活不能自理，只好拿着父亲拾来的那个破碗四处讨要度日。

拾碗长到二十多岁时，心想讨要不是个办法，就操起了父亲的旧业，进关山砍柴采药。一天，他突然想起父亲

从前说过，这山里有一种叫猪苓的药非常名贵，他采了一辈子药也没碰见。采这种药，要先站在最高处仔细观察，发现哪里烟雾缭绕，哪里就可能有猪苓，拾碗决定碰碰运气。一连几天，他带着干粮进山找猪苓，总是乘兴而去，扫兴而归。

这天早晨，他又来到山里，对着一片桦树林出神。那里罩着一片雾，拾碗眼前一亮，急忙跑过去看。只见树下黑土既疏松又肥沃湿润，跟父亲说的大体差不多。他就用镢头在树下面挖，一直挖到天黑也没挖出猪苓。他丧气极了，狠狠地在树根上挖了一镢头，结果树根断了，带出一块像人身上的瘤子一样的东西。他父亲说过，猪苓就是这个样子，对，这就是猪苓。他不顾疲劳和饥饿，又使劲地挖起来，一下子掏了一堆，他连夜背了回去。

说这猪苓是利尿的首选药，恰好这个地方就有肚胀的疫病。拾碗用猪苓泡成汤药给病人喝，药到病除。一传十，十传百，前来求药的人越来越多，拾碗开始收费了，还在家里设了神坛，说是神药，人们更加敬佩他。拾碗也没忘记赐给他猪苓的那片桦树林，在那里修了一座庙，名曰"猪苓寺"。这猪苓寺地处古丝绸之路，是东来西往商贾的必经之道，但凡来往客人都要进庙祭拜，讨个吉利。因为这个地方毛竹成林，人们又把猪苓寺改称为"竹林寺"。王拾碗靠卖药发了家，请来能工巧匠，大兴土木，修起了豪华的住宅。庄里人见王拾碗生活越过越红火，干脆就叫他为"王十万"。

这一年，暴发痢疾疫情，朝廷紧急动员百姓种植猪苓，造成猪苓积压，价钱一路下跌，王十万家的猪苓自然也不值钱了。加之这几年王十万大肆挥霍，钱也花得差不多了，他决定在河湾里建几座磨坊。

三年时间里，他建了九十九座水磨坊。家中日进斗金，他成了名副其实的王十万，决定修建一处藏金银的山洞。这天，王十万骑马来到石桥，在半崖上瞅准了一处地方，找来十几个石匠，每天夜里凿。两个月后，石桥半崖上出现了一个石洞。王十万对外人说这是女娲庙，供来往行人烧香祈福用。他又让工匠在里面偷偷凿了一个住所，把泉水引到厨房里，再也不用人担了。

王十万将十多万两银子藏在特制的藏金洞里，里面装

了很多机关，成了万无一失的"保险柜"，这一年他也娶了媳妇。

还缺一座就一百座水磨坊了。他请来几个木匠，在河的上游选好地址，照着师傅画的图纸准备修磨坊。这河的上游尽是石头树根，工匠们费了很大力气，好不容易将水引上山头，可是再也引不下去了。他们白天将水渠凿开，谁知第二天又恢复了原样。工匠们很奇怪，就给王十万说了。王十万很惊讶，也有些不太相信。

第二天，他自己带人在山头上凿水渠，凿了很深的一道水渠，可是天一亮又恢复成了原来的样子。他请来阴阳，念咒画符，强行开凿。

这晚，在王十万似睡非睡的时候，屋里进来一个清俊后生，说："王十万，王十万，你把我龙头不要凿，只要九十九座磨儿转，我保你富贵万万年。"王十万惊醒了，原来是他做了一场梦。王十万没有理会这事，第二天继续叫人昼夜不停地凿。

这天早晨，夫人引着丫鬟去白云洞朝拜，王十万见一家人都走了，就一个人在家里睡懒觉。突然，晴空响起了一声闷雷，接着就是倾盆大雨，一会儿又是地动天摇，山塌了，王十万藏金银的洞口被严严实实地堵死了。

夫人和丫鬟回来，哪里还有山洞的影子，她们哭了半天，就各奔前程去了。

讲述者： 魏俊舱，男，55岁，文化馆员，高中学历
采录者： 周斌，男，38岁，文化工作者，本科学历
李永峰，男，44岁，企业经理，大专学历
采录时间： 2009年12月12日
采录地点： 平凉市庄浪县文化馆
选自： 《庄浪古经》，第38～40页

268

万贯家产如水流

孟福来靠着富民政策，连年烧砖瓦，竟成了华亭全县有名的万元户。这样一来，亲戚邻居，亲近朋友也多了，你来他往，昼夜吃吃喝喝没个停。

中秋节那天，照例送走了三朋四友，迎来了街坊邻居，吃惯了的酒席，坐熟了的座位，不用相让各就各位。随着酒席人齐，七碟八盘的，众人先饮三杯酒后就猜拳喝酒。

亲友们发现，孟福来精神不振，很是奇怪。白迟仁说："今日中秋节，是孟哥发财致富的大喜日子。大家可即兴作诗，作得好的赏酒三杯！"众人称赞，孟福来也微微点头应允。白迟仁先作一首道：

大客厅四四方方，
众亲友坐在中央。
红筷子一来一往，
夹的是鲜肉醇香。

众人喝彩："作得妙，作得好！喝喝喝，吃吃吃！"
苟添鹏继续作诗道：

五檩四四方方，
八仙桌放在中央。
铁勺子一来一往，
插的是满碗肥汤。

众人喝彩："敬酒三杯，喝喝喝，吃吃吃。"
翟投群作道：

钢丝床四四方方，
烟酒糖挂在中央。
手指头一来一往，
穷朋友先吃后装。

众人说："能能能，畅饮三杯，喝喝喝，吃吃吃。"
唐满常忙道：

新瓦房四四方方，
新家具摆在中央。
邻居们一来一往，
不吃馍光爱喝酒。

众人喝彩："敬酒三杯，喝喝喝，吃吃吃。"
白迟仁为了讨好孟哥，便说："我们各有诗对，现在就听嫂子的了。"孟妻不加思考，开口便道：

土锅台四四方方，
猪羊鸡鸭在中央。
拉风箱一来一往，
喂肥了白狗贼肠。

白、苟、翟、唐四人察觉话里有话，急忙喝彩叫好，掩盖尴尬，便说："嫂子对得好！喝喝喝，吃吃吃。"

孟福来一看只剩自己一个人，没等众人催促，便开口道：

炕桌子四四方方，
烟酒肉端在中央。
宾客们一来一往，
幸福来如梦一场。

说到伤心处上摘了帽子，下脱了袜子，左眼瞅着白迟仁，右眼瞪着唐满常，捶捶后心，砸砸前胸，朝天吹了一口气——"福！"机智的白迟仁讨好道："众位乡亲们，刚才的诗句对得来福哥高兴了。给大家出了一个无声题目，就是：上、下、左、右，前、后，一口气。现在我们先对答，大家准备。"说毕作道：

天上明月光，地下草上霜，
左藏春秋传，右存帝三皇。
背后金银山，前脚珠宝仓。
朝前一口气——万？

苟添鹏道：

头上新瓦房，屋下洋灰墙，
左手拿算盘，右手收入账。
背后大团结，前胸硬邦邦。
朝前一口气——贯？

翟投群道：

顶上五檩挂，地下摆沙发，
左有收音机，右放电视架。
房后解放车，门前拖斗挂。
朝前一口气——如？

唐满常道：

朝上看电棒，眼下台灯亮，
左安高低柜，右量洗衣箱。

背后福如海，前程更宽广。
朝前一口气——水？

孟妻道：

炕上白吃人，地下狗舔盆，
右坐人偷穷，左边汤满肠。
后背比猪肥，鼻尖赛尻深。
朝前唾口水——流？

孟福来道：

头上发脱光，足下鞋裂帮，
左送群亲友，右迎众街坊。
背后三座山，胸前口难张。
朝天一口气——天哪？

讲述者：　不详
采录者：　王有福、万福荣
采录时间：　1988 年
采录地点：　平凉市华亭县
选自：　《华亭县资料本》（全一册），
　　　　第 154 ～ 157 页

0497

269

善贾善农

从前，有这么兄弟二人，老大叫善贾，老二叫善农。善贾精明强悍，为人灵活，善于交际，读了几年书，便做起生意来。善农长得很粗笨，膀大腰圆，有一身好力气，但生性过分憨愚，又有点不清事理，怕动脑筋，念书念不进去，只好务作庄田。父亲在世时，大儿子在外经商，二儿子在家务农。老汉经管料理着家中的一切事务，日子过得倒很称心。

父亲一死，头前少了个管事头，老二善农便任性起来，成天好吃懒做不说，还生出怪眼眼子来。一天，他对哥哥说："你常年穿绸挂缎，骑马而来，乘马而去，在外面吃香的喝辣的，却叫我在家里出苦力，我不干！"善农解释说："兄弟，我并不是爱穿好的吃好的，这是经商交往的需要，是为了给咱家多挣些钱，其实出了门风餐露宿，磨嘴斗牙的也并不松活。"善农说："哼，你说得好听，以后咱俩换换，你务农我经商！"

善贾为了顾全这个家，答应了兄弟的要求。还怕弟弟做生意没经验，又把出门经商的秘诀专门给善农详详细细地讲说了，把一身出门衣服脱给了弟弟，自己穿上了粗布衣服，把一匹枣红马让给了善农，自己吆喝上牛驴下了地。

善农换上绸缎衣服，骑上枣红马，带上本钱洋洋得意地出门而去。但由于他生来粗笨，又"八"字不识，早把他哥哥交待的话忘得一干二净。他一路欣赏着旅途风光，沾沾自喜，不觉已是夕阳西下。

迎面碰上一位老者，他一不下马，二不打躬，粗声粗气地问道："喂！老汉，离省城还有多远？"那老丈看了他一眼答道："不上十里地，不需骑马走都走到了。"他听罢，果真从马上跳下来，走着进城。走了一阵子，日头眼看快要落了，又碰上一位老妈妈，忙问道："喂！老婆子，离省城还有多远？"那老妈妈见他粗鲁莽撞，不以为然地说："还要三里地，何须走，爬都爬到了。"他果真又爬着进城。

爬着爬着，天完全黑下来了，已经看不清进城的路了，幸好眼前有个村庄，但他人生地不熟，不便进村借宿，只好把马拴在村边的草地上。马饿得直吃地上的草，他才觉察自己也忘了吃饭，肚子里饿得直咕噜。到这半会儿，还到哪里去寻吃的，只好空着肚子在草地上睡下了。

睡到半夜，狂风四起，把他从梦中冻了醒来，冷得浑身直打颤。他到村里转了半会儿，不敢叫人家的门，最后无奈钻进一家猪圈里睡下了。快睡到天亮，懒洋洋地一伸腿，把猪蹬得直叫唤。村里人闻声赶来，以为他是偷猪的，没头没脑地将他打了一顿，不但把他做生意的钱搜了个一干二净，还把他赶出了村子。这时天色已大亮，他走回草地边，幸好枣红马还在，他依旧骑上朝省城走去。

善农进了城下了马，真像到了另一个世界，这下眼睛就不够用了。商店柳绿花红，市场上说书的、拔牙的、算命的、卖艺的，真是三教九流，无所不有。善农边走边看，并不时拉紧手中拉马的绳子。

这时，忽然从背后走来两个人，其中一个人割断了他的马缰绳，将枣红马拉去，另一个人仍拉紧剩在善农手中的半截缰绳，尾随在后面，善农只顾目不暇接地看热闹，对这一切则毫无察觉。待拉马的人把马从一个小巷里拐进去看不见了，另一个人才放脱绳子，混进来往的人群中去了。善农正看得兴致勃勃，忽然觉得手中的缰绳一松，连忙回头一看，不禁大惊失色，啊！枣红马不见了！连忙吆喝："谁把我的马偷去了？"他虽四处奔寻，却毫无下落，不由得失声痛哭起来。正在这时，忽然走来一人，头戴孝帽，身穿孝服，关心地问："老乡，哭什么呀？"善农把丢马的事述说了一遍。那人慷慨地说："哎呀！兄弟不必伤心，在省城里，四关五陉的我都熟，商场字号、楼堂馆所都是咱们的弟兄，别提丢了匹马，就是丢了个金娃娃，也能把他找回来。"善农感激地说："那就让哥多费心了。"那人忽而为难地说："唉！真不巧，你大伯刚去世，要找马，你看我穿这身孝服，咋进人家的家门呀！"

善农正在发愁，那人又说："我看这样吧，咱俩到前面茅屋暂时把衣服换换，等把马找到了咱们再换过来。"善农找马心切，当然满口答应，便把那身崭新的绸缎衣服和一顶新礼帽脱给了那人，自己则穿上了粗布孝衣，戴上了孝帽子，在那里等着。谁知一等也不来，二等也不见，分明是上当受骗了。

眼看日色过午，肚子里还没进一口凉水，身上的钱已在昨晚被人掏得一干二净，饿得他眼前直冒金花。正在饥饿难耐的时候，忽然有人吆喝着走过来："拔牙！谁拔牙？伍角钱拔一颗，不疼不流血！"他心想拔上几颗牙，不就有了吃饭的钱了吗？于是他将那拔牙的人叫来，拔牙的人问他拔几颗，他咬了咬牙，狠了狠心，干脆都拔了多闹几个钱，好好地吃他一顿。拔牙的张开虎钳，搭在牙上，用力一扭，"嘣"的就是一颗，鲜血顺着嘴直往下流，把他疼得直摇头。拔牙的问他疼不疼，他咬着牙说："不疼！你只管拔。""嘣"的又是一颗。

嘣嘣嘣，一会儿就把满嘴的牙都拔光了，那拔牙的人累得满头大汗，一面擦汗一面收拾着家具。善农迫不及待地把手一伸说："快算账，给我钱。"那拔牙的不禁一愣，"怎么，我给你拔了牙，你反过来给我要钱？"三说两说，被拔牙人毒打了一顿。

善农实在无钱，拔牙的人将他一身孝服给剥了去，他浑身上下只剩下了一条裤头和一顶孝帽子。他哭泣着，哀嚎着，这时他才感觉到自己确实不是个经商的材料，悔恨不该忌妒哥哥，不该跟哥哥调换。抬头看看，已是日头偏西，省城离他家足有一百多里地，他顾不得饥饿、疲劳和痛苦，匆忙连夜赶回了家。

自从弟弟出门经商以后，善贾便下田做庄稼，虽然体力单薄一些，但他善于向老农请教，耕种锄苗倒也得心应手，只是一直牵挂着弟弟，害怕弟弟出门没经验，弄个啥差错，急得半夜睡不着觉。刚刚合上眼，就听得一阵急促的敲门声，心想这黑天半夜的谁来敲门呀，他立刻穿上衣服，掌着油灯，前去开门。

门一打开，吓得他惊叫一声："啊，善农！"只见弟弟头戴一顶孝帽子，浑身净光，只穿一件短裤。面对弟弟这身打扮，他连声问："你这是咋啦？你这是咋啦？你这是咋啦？"善农张开那凹陷的血嘴，大吼了一声："哥！你看我的牙！"便失去知觉，一头倒进门来。

善贾把弟弟背到床上，给盖上被子，又往嘴里给滴了几口热茶，善农才慢慢苏醒过来。他又给拿来吃的和喝的，善农像八天没吃饭似的狼吞虎咽地吃着。待吃饱喝足之后，善贾便向弟弟询问出门经商的遭遇和经过，善农一面说一面哭，几次泣不成声。

善贾心疼地说："唉！都怪我当初没有考虑周到，万不该让你一个人出去遭此祸害。"善农说："这一点也不能怪你，怪我好吃懒做怕动弹，明明没本事，还想吃巧食。"善贾说："这样吧，你先缓上几天。等身体壮实了，我带你出去，把经商交往的路子熟一熟，把做生意的窍道门面撞一撞，等你跟我学会了，再一个人出去。"

善农对哥哥的体贴十分感激，连忙说："今后你就是打死我，我也不出去了，我根本就不是这号材料，还是你去吧。我有的是力气，我要好好在家做庄稼。"善贾见弟弟决意务农，不再偷懒，十分欢喜，第二天，便把善农带到集上给补了全牙，又扯了身衣服，善农十分高兴。

从此，他弟兄二人像父亲在世一样，一个在外面苦心经商，一个在家里勤恳耕作，有钱有粮，弟兄二人都相继成了家，日子越过越好了。

讲述者：　　不详

采录者：　　孙振华

采录时间：　1988 年

采录地点：　平凉市华亭县

选自：《华亭县资料本》（全一册），
第 158 ～ 162 页

270

金蛤蟆

金家庄住着一庄姓金的人，这金家人中有一个叫"金蛤蟆"的少年，家里穷得叮当响，靠给邻村的李员外放羊为生。春夏秋冬，他爬在山上遭雨泡、风吹、日晒，慢慢掌握了观测阴、晴、风、雨等天气变化的本事。

有一年，他放的羊群里被二茬苜蓿胀死了五只羊，金蛤蟆剥了皮，求得掌柜的同意，给自己缝了一件没面子的皮袄挡风寒、避雨露。日久天长，这件皮袄也成了他预测天气变化的得力帮手：天有雨，皮袄毛梢梢上水豆豆滚；天刮风，皮袄毛蓬松；天晴朗，皮袄面子光亮光亮。

金家庄一带的农户耕种打碾、经商买卖，都要到金蛤蟆跟前询问天气情况。天旱了，就问啥时间有雨；阴雨连绵，就问几时天晴；打碾扬场，问是否有雨生风；出远门，问天晴时间的长短……金蛤蟆凭着自己平日观天测云的经验，借皮袄对天气变化的反应，一报一个准，方圆百十里地的人都敬佩到了极点，把他当作神仙看。

常言说："人怕出名，猪怕壮。"金蛤蟆"能掐会算"的名声传出后，算命卜卦、占时起课的人源源不断。

一次，一家人的牛透圈[1]跑了，家人来找金蛤蟆占课。他想："我观风测云靠一领没有面子的皮袄，多少有个准儿。人家东西丢了，我咋算呢？"他搔搔头又想："反正人都把我当神仙，干脆冒逮[2]。"他顺口说："在后沟东坡的酸刺蓬里！"那人果然从那里找到了牛。那人逢人就说："金蛤蟆的卦太灵了，就像看下的一样。"你当金蛤蟆咋知道那人家的牛在那个地方呢？他天天在后沟里放羊，东坡草厚，酸刺蓬羊寻着去吃，浪住[3]不得出来，随便逮了一句，果然灵了。

有一天，山上放羊当见了一个猪拆拆[4]下了十二个猪娃，卧在水冲的漩涡里。金蛤蟆坐下来还数了公母，七个母的五个公的。晚上羊赶回来，还没有坐稳，一个人疯疯癫癫来起课，说："我家拆拆从打圈[5]时候就跑没有了，你算在哪儿？"金蛤蟆假装掐算的样子，就说在阿达阿达哩，还下了七个母猪娃，五个伢猪娃[6]。

这人到算定的地方一看，哎呀，准得很！他又逢人就说："金蛤蟆的卦灵得很！像见下的一样。"这人把猪娃吆回去长大后，担在京城里去卖，听说皇上爷的蟒袍玉带和金印丢了，就举荐说："我们庄子里有个叫金蛤蟆的少年，占课卜卦灵得很，像见的一样。"皇上一听，立即打发文武两大臣去请金蛤蟆。到了李家庄，李员外盛情款待一番，叫来金蛤蟆说明了大臣的来意，问愿不愿意进宫去。金蛤蟆点头同意了，说先要回家安顿一下老娘再走。

金蛤蟆回到家里对娘说："娘，天阴下雨，我揣皮袄就知道了。牛没有了我冒说的，猪没有了我见的。这皇上爷家的蟒袍玉带和宝印丢了，我阿达揣阿达见呢！一点弄不好连头也长不住了，我死了不要紧，谁来养活你老人家？干脆我跑咔！"娘说："我娃你万万跑不得，跑了对咱两庄的人都不利啊！""跑不了总得想个法子。"娘想来思去没有想下个好法子。

金蛤蟆说："娘，就是个这，你估摸我走出二十里路，放一把火点着李员外家的草垛。李家庄人救火，你也去救，轻轻把头往火里一展。我指住伺候你老人家就不去了！"老娘点头说："好！"

金蛤蟆先辞了老娘，坐上轿进京去了。八抬大轿走呀走，走过了二十里地，他猛跳下轿子，发起脾气来："我不去了，李员外家的草垛着了，我娘去救火连头都烧了，我算那卦做啥。蟒袍、玉带、金印叫你们文武大臣偷走了，要谋权夺位谁不晓得。"

文武大臣说："这怕是个冒失鬼，咱折回去看看。如果是真的，咱得赶快进宫禀告。"他们打轿折回李家庄，老远看见浓烟滚滚，果然金蛤蟆娘的头烧烂了。"扑通"一声，两个大臣跪倒在他面前，连连叩头下话[7]说："蟒袍、玉带、金印是我俩偷的，求先生不要在皇上面前献人，就说东西都在，偷的人都没有了。要不然我两个就没命了，家里上有老下有小，都不得活了！"

金蛤蟆心中高兴，说："我知道是你两个干的，到皇上爷面前，我才算东西献人呢！"文武大臣说："蟒袍、玉带、金印都在沐浴宫里埋着。只要你在皇上爷面前不要献出人，我回京保证取出来交给你。"金蛤蟆点头答应，坐上大轿一闪一闪到了金銮殿，坐在皇上爷身边。

皇上爷问："先生算一算我丢的东西在不在？""东西都在，就是偷东西的人死了。""只要蟒袍、玉带、金印在，人死了闲的。"皇上爷放下心来，在后宫大摆宴席，金蛤蟆山珍海味吃了一顿，皇上和文武大臣陪同上，到沐浴宫取出了蟒袍、玉带和金印。皇上当众宣旨，招金蛤蟆为驸马。

金蛤蟆招为驸马的第二天一早，正宫娘娘设宴贺喜，想试试他的本事。一个金碟碟里放了一个金枣儿，用一个金碗扣住，问："驸马卦算得好，你算算这个金碗扣的啥？"金蛤蟆推辞说："一早（枣）不算卦。"娘娘连连拍手说："算准了，算准了！"宴席上的人都非常惊讶！

晚上，西宫娘娘又设宴贺喜，也想试试他的本事，金碟上放了一只金蛤蟆，用一只金碗扣住，问："驸马卦卜

[1] 透圈：逃出牛圈。

[2] 冒逮：碰运气。

[3] 浪住：挡住。

[4] 猪拆拆：母猪，猪婆。

[5] 打圈：猪发情。

[6] 伢猪娃：公猪仔。

[7] 下话：求情，说好话。

得灵，你卜这金碗里扣的啥？"金蛤蟆害怕了，长气短叹地说："金蛤蟆呀金蛤蟆，你的命尽了！"西宫娘娘连忙拍手说："算准了，算准了！"席上的人都敬佩得很！

吃喝一毕，宫娥彩女送回宫中。参拜公主后，公主又叫金蛤蟆算她的名字。他一下火了，骂道："你家的蟒袍、玉带和金印叫人偷走了，不要我算来差点丢了江山。两个娘娘一个算金枣，一个算金蛤蟆，还没有耍笑够。你又叫我算你的名字，金枝玉叶有啥算头！"

公主听了，心里暗暗佩服。为啥佩服呢？她的名字就叫"玉叶"，金蛤蟆随口说准了。这时金蛤蟆火气越大了，脱下红袍，抹[1]了驸马翅，耍脾气要走，说："我放我的羊去！"公主急了，撕住后衣襟下话说："驸马你不能走，不能走，我和你耍呢！"

金蛤蟆说："真要和我做两口子，就依我三件大事。"公主说："只要驸马和我白头到老，十件八件都依从，请你讲来。"金蛤蟆说："头一件，从今后再不叫我算卦；第二件，接我老娘进宫，孝敬送终；第三件，把李员外调进京，封官加级。"公主说："这有啥难的，明天上朝禀奏父王，件件照办。"

第二天早朝，公主贴在皇上耳朵跟前，如此这般地说了金蛤蟆的话。皇上当殿宣旨，谁再叫驸马算卦就犯杀头之罪。又派人马上接来金蛤蟆的老娘，并封了"贤德夫人"，享受荣华富贵。李员外不久也进京得了一官半职。

讲述者： 刘元基，56岁，静宁县曹务乡张㠪村人，
不识字，农民
采录者： 王知三，男，41岁，干部，高中学历
采录时间： 1987年4月
采录地点： 平凉市静宁县曹务乡
选自： 《平凉地区故事集成》（资料本下卷二分
册），第263～267页

[1] 抹：摘下。

异文一：梦先生

很久很久以前，有一个人，他好吃懒做，整天想着不劳而获的鬼点子。

有一天，他路过一条盘山路的拐弯处，碰见一只羊在那儿吃草。回家后，他媳妇说，她娘家丢了一只羊，找遍了整个村子，也没有。媳妇叫他去找，他装作若无其事的样子说："我会梦，让我睡一觉梦梦看，你快给我收拾些好吃的。"媳妇三吹火两和面就端上来了黄酒鲜肉。他吃饱喝足，抱头大睡。一觉醒来，太阳已经偏西，他让媳妇到盘山路拐弯处去找，真个在那里找到了羊。

这下他岳父可高兴了，他的女婿倒有点儿用处。可转念一想：他哪里来的那个本事呢？我要再试验试验。他把自家的两只鸡悄悄地捉到房后面的麻子地里，用筐子扣住，然后跑到女婿家，愁眉苦脸地说："两只大鸡丢了，怎么办？你再给咱梦一下吧。"

这下女婿心里"咯噔"一下："我的妈呀，叫我咋个梦法呢？"尽管这样，他还是一本正经，装出个若无其事的样子，随口喊道："快给我做好吃的来，吃好了才能梦着。"同样，他先酒足饭饱之后，装模作样地睡了，可心里在犯愁，他趁家里人不注意，偷偷溜出去，在他丈人家房前屋后转悠开了，转着转着，进了麻子地，就见到了鸡。

他高高兴兴地出来，悄悄回到家里，抱头大睡，一觉醒来，他告诉妻子说："鸡在他外奶家房后的麻地里。"妻子高兴地跑去告诉了她爹。

他爹高兴地跑出家门，逢人便说，他家女婿如何如何。一阵阵，这位好吃懒做的人竟成了全村远近闻名的"梦先生"。

于是村里人丢了东西便来请他去梦，说来也怪，日子久了，外村人丢了东西也请他去梦。这下可好了，一旦给人家梦准了，人家就会带着厚厚的礼物来道谢。他呢，一天一天眼眶深了、脸色黄了。他害怕了，可名声越来越大了，连官府里也知道了。

有一天，县衙丢了一块金砖，县官召集衙役商量寻找的办法，一个衙役就提起那"梦先生"。县官派人用轿子去抬"梦先生"。他被请上了轿子，街道上的人前拥后挤，

争着看"梦先生",而这时的"梦先生"紧闭双眼,皱着眉头,作难起来。

走着走着,他觉得轿子不稳,后边抬轿的人不停地打寒颤,"梦先生"觉得有些可疑。没过一会儿,那人竟说走不动了,他战战兢兢地说:"老爷,让我歇一歇吧?"在一个僻静的地方,轿放下了,"梦先生"转过脸去,瞧瞧那人。那人见"梦先生"又看他,心中一阵惊慌,他静了静神,将身子挪近"梦先生",吞吞吐吐地说:"先生,你梦到了吗?""梦先生"说:"我快要梦见了,一到衙门,我就给你说出来。"那人又问:"你能梦见谁偷的吗?"当然能啊!""梦先生"这样回答。

这下可把抬轿的这个人吓坏了,他赶紧将嘴搭到"梦先生"耳朵上悄悄地说:"先生,你救救我吧,我家有八十岁的老母,妻子儿女……""梦先生"说:"念你有八十岁老母,就饶了你。"那人连连道谢,让别告诉官府金砖是他偷的。"梦先生"心里美滋滋的,问:"金砖呢?""在县衙后花园里的槐树下埋着。"

到了县府,"梦先生"帮县官找到了金砖,县官给他赏银千两,封他做了官。从此他再不去给人梦梦了。这样,他安安稳稳地过了一年。后来,州府里丢了东西,又派人叫"梦先生"去梦,他不想答应,但这是顶头上司在叫他呀,可答应了,要找不到又怎么办呢?他左右为难,终是不敢去,就趁夜黑逃得远远的了。

讲述者: 王新义,男,40岁,农民,识字
采录者: 甘渭,男,48岁,干部,高中学历
采录时间: 1988年2月
采录地点: 平凉市静宁县曹务乡
选自: 《平凉地区故事集成》(资料本下卷二分册),第269~272页

异文二:梦大哥

从前有个人叫秋生,他的妻子叫连英,日子过得挺好。

有一天,两人一同去锄地,锄着锄着,突然连英想起今天的油饼还没有吃,可是又不好说。她心生一计,干脆装病,于是就妈呀爸呀地乱叫,并说自己肚子疼得要命。秋生信以为真,就让她回家去。

她抱着肚子走过一个山头,就放开大步跑了起来,正好让秋生看见了。他想:病不是很重,却怎么又跑了起来,必定有鬼。秋生就跟了上去,到了家门口,他看见连英一边做油饼一边哼着小曲。这一下秋生全知道了,就故意进去说:"好香哪!"连英吓得一下子把油饼藏在锅里,妖声妖气地说:"什么香呀!听王大妈说我这病要用草药治,我正把这些草药放在锅里炒呢,所以有一阵香。"

秋生说:"你的病要用油饼来治。"连英知道再哄不过了,就变了脸说:"你是怎么知道的,你这个鬼背着人听墙根,我要和你离婚。"秋生知道连英的脾气,就说:"这都是我梦见的,我刚刚回来,什么也没看见。"这么一说,连英的气全消了,不但不骂,而且还拿出油饼给秋生吃,还说:"我娘家把几口猪丢了,你去梦梦好吗?"秋生有心不去,可话已出口收不回去啦,只得去应付一下。

到了她娘家,娘家人拿出好饭招待,给了一间房子,叫三天内梦出猪,秋生无奈,只得白天睡觉,晚上寻找。

到了第二天晚上,总算在一家猪圈里找到了,就赶了回来。这一下可传开了,一传十,十传百,不知什么时候传到一个大官的耳朵里。那大官把印丢了,就差人去请秋生,叫他把印梦出来。这下可把秋生难坏了,不去吧,人家是大官;去吧,自己又不是梦的。没办法,只得去试试。

那大官给他十天时间,同样是好酒好饭。秋生就用以前的办法每夜去寻,转眼到了第九天晚上,还没找到。秋生很气,就想明天如何交待,忽然听见门外有两人说:"明天那个梦大哥就要献人了,如果真的梦出来怎么办,干脆把他扔在后院的古井里。"秋生听后,高兴地回去睡觉了。第二天大官摆好酒宴,秋生就一五一十地说了,果然找到了。从此,人们就称秋生为"梦大哥"。

讲述者： 马志雄

采录者： 马玲粉，泾明乡中心小学学生

采录时间： 1988 年 5 月 23 日

采录地点： 平凉市泾川县泾明乡

选自： 《泾川民间故事》，第 201 ～ 204 页

271

员外娶干儿子

　　从前，有一个员外，他没有儿子，只有三个女子。女子长大了，员外每天愁眉不展，心想如若有一个后人，老有靠头多好。后来，他想出了个办法，就让三个女儿自找女婿，找好了他要考一考，招一个好女婿把员外养活下场[1]。

　　第二天，他将三个女儿叫到一起，把自己的想法给三个女儿说了，女儿听了都说能行。第三天，员外就把三个女儿打发出去找女婿，大女儿和二女儿找了个秀才，三女儿找了个农民。

　　这天，正是员外的生日，天气很好，三个女婿都来了，员外说："今天是我的生日，我想出道题考一下你们三个，谁答上我就收谁为干儿子。"开始考了，员外说："为什么玉黄一面红而一面不红呢？"大女婿和二女婿都说："这是红的一面晒的太阳多，不红的一面晒的太阳少的原因。"三女婿说："黄萝卜出土以来没有见过太阳也是红着来。"这可把大女婿和二女婿给说住了。员外又说："白鹤的声

[1] 下场：到去世。

音为什么很大？"大女婿和二女婿又说："这是因为白鹤的脖子长，所以声音很大。"三女婿说："癞蛤蟆的脖子很短，声音却很大。"这又把大女婿和二女婿说住了。员外觉得三女婿聪明，就说："三女婿就为我的干儿子吧！"

结果，大女婿和二女婿就不服了，说："我们是读书人，还不如一个老农民？"他们两个就商量日弄三女婿。

吃晚饭时，他们两个吃的是肉，三女婿喝的是肉汤。晚上，三女婿开始拉稀，三女婿知道他们两个日弄了自己，就在天快亮时，将自己睡的地方收拾干净，将稀屎抹在大女婿和二女婿的衣裳上。第二天，大女婿和二女婿起来一看，他们两个身上满是屎，就跑了。

员外一问三女婿是怎么回事，三女婿给员外说了一遍。员外说："你去将他们两个叫回来。"三女婿追上他们两个说："姨父叫你们两个快些回去，打扫稀屎，并说谁做下的谁收拾。"大女婿和二女婿一听就越跑得快了。

讲述者： 马春英，男，农民，不识字
采录者： 孙治强
采录时间： 1987 年 9 月
采录地点： 平凉市静宁县治平乡
选自： 《平凉地区故事集成》（资料本下卷二分册），第 232 ～ 233 页

272

汤元帅与饭大人

很久以前在关山的一个小村庄里，有三个壮实的庄稼汉，一个叫刘宽，一个叫李老粗，还有一个叫朱文明。他们三个都是同庄财主李仁财的长工。

一天，他们给财主犁地。到晌午时分，李仁财和牛倌送饭来了。李仁财故意没事寻事，说他们犁的地太少，就气汹汹地一脚踢翻了饭罐，恶狠狠地说："你这三个懒汉，半天才犁了这么一点地。哼！还想吃饭。"骂罢便扬长而去。他们三个望着倒了一地的饭，肚子饿得叽叽咕咕地直叫，已经没有一点力气了，地还得犁。他们三个趴在地上，只好用手一片一片地拾着吃起地上的饭。不一会儿，地上的饭吃光了，留在地上的只有汤了。

十年过去了，刘宽因为打了李仁财一顿逃到他乡，后来又被乡邻的一个在朝做官的人推荐进朝做了一个小小的官儿。由于他确有一套治国安邦的本领，被皇帝破格提拔，官至大夫。

乡里的左邻右舍听说刘宽做了官，一个个都高兴得合不上嘴儿，尤其是刘宽的老伙计李老粗和朱文明，更是高兴，他俩商量筹备盘缠，前往京城去拜访老伙计。

走呀走，翻了几十座大山，蹚了几十条大河，他俩历尽艰辛终于到了京城，又费了好大力气才找到刘府门前。可是，门客偏摆出一副官架子，挡住说："我家老爷有令，来人拜访，只见一个不见两个，你俩只能去一个。"他俩听后，这个说他要先见，那个说他要先见，争来争去还是李老粗先去了。

来到府中见到刘宽，他们东拉西扯谈得很投机，饮酒间，李老粗感慨地说："真想不到，老兄你有吉星当头，官高福大。你还记得咱们给李仁财犁地的事吗？那天咱们饿得肠子粘在肚皮上，可李仁财偏偏不让咱们吃饭，把饭倒了一地，还破口大骂哩。他走后，咱们就吃了些地上的饭片片，汤就白白流了。"

这时，刘宽的脸气得通红，大声说："谁跟你干过那些蠢事，还不给我快滚！"他猛地站了起来，逼着李老粗退出了府门。李老粗开头还以为老爷开玩笑，但一看他那个架势，就知道是真的，于是结结巴巴地解释道："相爷，我……我是说实话呀。"几个家兵一拥而上，将李老粗架出府去。

李老粗哭丧着脸来到朱文明身旁。朱文明细问详情，李老粗将他见到刘宽的经过说了一遍。他听后，决定自个儿进府求见刘宽。

刘宽照样以礼相见了朱文明，设宴请客，饮酒间高谈阔论，亲热非凡，朱文明若有所思地说："你还记得咱们当年吧，身强力壮，年轻有为，周游列国，闹山寨弄得六神不安。一次捉住了饭大人，跑脱了汤元帅，想当年，真叫人心情不能平静呀！"刘宽听到这里，高兴得仰头大笑，便把朱文明留在身边了。

讲述者：　贾金城，男，28 岁，文化专干
采录者：　陈静，男，36 岁，小学教师，中专学历
采录时间：1987 年 9 月
采录地点：平凉市静宁县贾河乡贾河村
选自：　《平凉地区故事集成》（资料本下卷二分
　　　　册），第 272～274 页

异文：话有三说巧者为妙

从前有三个弟兄，一个叫话有，一个叫三说，一个叫巧者，家寒穷苦，给一家地主拉长工。地主也是破烂地主，经常是早饭晌午吃，豆豆米汤加黄黄[1]。

这天正锄谷地里草，饭送来半晌午了。恰巧一个人去圪地里小解，把狐狸惊着了，出来打倒了豆豆米汤罐。话有说："米汤罐打倒了，咱总要吃要喝。"就把倒在地上的米汤弄起来喝，一个柴柴[2]卡在话有咽喉里，不得上不得下。三说叫拿菜水子冲，结果冲下去了。

后来，话有充了军，三说和巧者流浪乞讨。话有当了大将军，扎定营盘，经常心想，不知他二人下落如何？这一天，三说和巧者来到中门求见，三说先去。"传拜大人，三说驾到。"话有命打开中门，传上堂来。

"大哥有礼。""讲来。""当年咱拉长工，谷地里野狐子把米汤罐撞倒了，柴卡到你喉咙眼里。我说有菜汤子喝些就行，你后来从军吃粮去了。"话有一听发怒："哪里的叫花子，打下去！"三说挨了四十军棍……

巧者去了："曾不记那一年谷鬼造反，咱三人引军前征讨。不料打来了一封莲花战表，要夺取谷群江山，咱弟兄三人前去征安。选上来狐子杨大人，打破了罐州，漏出了豆先生两个，冲散了米皇帝，柴王把定咽喉，不让进城，选上来菜先生一个，说服了柴王，兵马方得进城。大哥你说是也不是？"

话有一听，当场封了巧者一个知县，并叫三说回家务农，田地庄子由他弟兄二人一手所安。

这就是"话有三说，巧者为妙"。

讲述者：　罗生歧，49 岁，汽车驾驶员，小学学历
采录者：　张怀群，24 岁，泾川县文化馆文学干部，
　　　　　大学学历
采录时间：1984 年 8 月 27 日

[1]　黄黄：一种用玉米面发的甜馍馍。

[2]　柴柴：小柴梗。

采录地点： 平凉市泾川县梁河乡农机站

选自： 《泾川民间故事》，第 410 ～ 411 页

273

只剩一瓶

相传很久以前，有个叫赵四的卖油郎。一天黄昏，赵四卖完油，挑着油瓶回家，路过一片林地，忽然从树林里钻出了一只母老虎。

赵四很害怕，忙用空油瓶打老虎。老虎躲过油瓶，继续跟着他走。赵四又拿起另一个空油瓶打它，老虎躲过油瓶，仍跟着他走。这样走走停停，五个空油瓶被赵四扔掉了四个，只剩下了一个油瓶。

赵四气呼呼地说："你要吃我就来吃吧，反正只剩一瓶了。"老虎听了，对赵四说："念你没用这一瓶打我，暂且饶你一命。"说完钻进了林地，而赵四却被吓昏了头，嘴里不停地说着："只剩一瓶，只剩一瓶。"一直回到家里，还是说个不停。

原来，赵四有个朋友叫李三，也是个卖油的。有一次，赵四借了李三的四个油瓶，很长时间不还。李三知道赵四胆小，就装老虎吓他，要回了他的四个空油瓶。

赵四知道这件事后，再也不说"只剩一瓶"的话了。

讲述者： 不详

采录者： 张拴录，男，24岁，灵台县纸厂，工人，
高中学历

采录时间： 1985 年

采录地区： 平凉市灵台县

选自： 《平凉地区故事集成》（资料本下卷二分
册），第 289 页

274

胡唱

从前有一个唱花脸的名角，板头[1]起了，他才画脸、穿衣，按唱第一腔就能赶上出场。可有一次扮演包文拯，出场后忘记戴口条[2]，观众哄堂大笑，再回后场也来不及了。

别人在侧面给，他也不理睬。其他人急得团团转，但他却急中生智唱：

陈州放粮怪事多，
竟敢有人盗口条。
王朝马汉一声叫，
快抓贼与爷讨口条。

扮王朝、马汉的也灵机一动，接唱：

相爷命令往下传，

[1] 板头：指开场乐器。

[2] 口条：胡须。

哪个大胆不遵言？[1]

盗贼畏罪已逃窜，

他把口条丢路边。

相爷暂放这一案，

先公后私理当然。

就这样把剧情转到演唱词上了。

讲述者：　不详

采录者：　周德仁，男，55岁，灵台县上良乡蒋家
　　　　　沟村人，文化专干，初中学历

采录时间：　1985年

采录地点：　平凉市灵台县

选自：　《平凉地区故事集成》（资料本下卷二分
　　　　册），第295～296页

275

爷父两个打官司

　　这爷父两个，在收麦时间为收麦的事吵架咧。吵架以后，爷父两个又打到一块了。打了以后，这儿把他大前面两个门牙给打掉了。打掉以后，他大把娃告到县官跟前了，说："我儿把我麦多收了，还把我牙打掉了。"县官就给这爷父两个断官司。

　　这时，儿想到媳妇在家里说："你把大牙打掉了么，给你一判刑，我咋办呀？你看咱庄里有一个能行人，专门给人出主意。你寻这个人去，让这个人给你出个主意，看你把咱大牙打掉了么，这官司能打赢吗？"

　　这儿就跑去寻这个人去了，这个人名字叫哈神。哈神说："你大把你告下了，这啥时候打官司？"这儿说："到明下午，咱县上就叫人处理这事呀。"哈神说："那你明中午来，我给你出个主意。"

　　这六月天气么，热得很，哈神把他皮袄、皮帽子、棉窝窝一穿，再在火盆里加了些火，在炕边放着。这儿进来了，看见哈神棉被子盖着，捂得严严的在这烤火，就说："这六月天气么，你烤啥火呢？"

　　哈神说："我冻得很，你刚进来的时候，再跟人

[1]　急忙下场，取来口条，接唱。

着吗？"

这儿说："没有人。"

哈神说："那你把门一关往我跟前走，我得趴到你的耳朵跟前给你说，看让人听见了。"

这儿往跟前一趴，这人把这儿的耳朵给咬去了。咬完了给这儿说："你这回去把耳朵一包，去给县老爷说：'好县老爷呀，阿达还有儿打老子的，把老子牙打掉？'"

这儿就去了，一升堂些，他大说："我儿不但多收了我些麦，还把我牙打掉了。"县老爷又问这人的儿子："你是不是把你大牙打掉了？"这儿说："阿达还有儿子打老子，把老子牙打掉的事哩！我大把我抱住以后，一下打不上，着了急了，一嘴把我耳朵咬住，我疼得一躲。我大打我哩，我就把我大抱住了。我大一急，就把我半个耳朵咬掉了。我头一躲些把我大的牙给碰掉了，那牙不是我打掉的是我碰掉的。"县老爷说："你过来，我看。"一看些还流血呢，这县老爷说："这大诬陷儿子哩么，把他大拉出去打四十大板。"就这样，这老汉又挨了四十大板，就回去了，回到家里怎么也想不通为啥事情会成这样子。

过了一段时间，爷父两个又和好了。一天，他们在一块吃饭，这老汉问儿："那天谁给你出的主意，这主意出得好。"这儿说："咱庄里哈神给我出的。"这老汉想不通说："咱爷父两个告他去，说这个人挑拨咱爷父两个之间矛盾，才导致咱爷父两个不团结。"这儿说："能行。"

于是他们就去把出主意的这个人就告下了。县衙就给出主意的人说："你把人家爷父两个挑唆得不好了。人家把你告了，你这得到县衙来。"出主意的人就去了。县老爷说："你在人家爷父两个之间挑拨是非，让人家两个打架，把牙打掉了，该当何罪？"

出主意的人说："请问县老爷，我给他出主意是啥时间？在啥地方？"

这儿说："在你屋么。"

出主意的人又问："那我当时我穿的啥，在干啥呢？"

这儿说："我进去些你穿的皮袄，戴的皮帽子在炕上烤火呢。"

出主意的人又说："好我的县老爷呢，六月的天气，穿单衫都热得不行，阿达还有人穿皮袄、戴皮帽子烤火，这时间不合适。"

县老爷立马变了脸，说："这时间不合适，明显是你爷父两个在这儿胡搅蛮缠，挑弄是非。衙役们，拉下去，每人打四十大板。"

这爷父两，每人挨了四十大板回去了。

讲述者： 余金亮，男，65岁，回族，西阳回族乡清明村一社村民，农民，小学学历

采录者： 王丽丽，女，22岁，正宁县西坡镇人，兰州文理学院文学院本科学生

采录时间： 2021年4月8日

采录地点： 崆峒区西阳回族乡清明村一社

附
记

讲完故事，讲述人余金亮老人给在座的人说："这个故事告诉人们，给人出主意或者帮人，得看对象。遇到不可信任的人就得防一手，不然自己就会受到诬陷，受到损失。比如故事中的这个出主意的人，如果不是演在六月天气穿皮袄戴皮帽在炕上烤火这么一出戏，那被县老爷惩治的就是他。"（王丽丽）

276

吃『怪』

神婆一看自己露了馅，目瞪口呆地没了神，这时候爷爷才恍然大悟了，笑着说："你这个碎鬼咋装病捉弄爷爷哩！""爷爷，你说神到底灵不灵？""我看都胡诌说哩，有啥神呢！"爷孙俩望着溜走了的神婆笑了起来。

讲述者： 不详

采录者： 不详

采录时间：1984 年 4 月 14 日

采录地点：平凉市崇信县

选自： 《平凉地区故事集成》（资料本下卷二分册），第 296 ~ 297 页

小明的邻居孙大婶，是个老病号了，昨晚请来神婆看病，装神弄鬼地闹了半夜。小明越看越生气，可是爷爷还跟上叩头着呢。

第二天早晨，小明和爷爷争辩起来，孙孙要按老师说的给爷爷讲科学道理呢，爷爷却连一句也听不进去，还生气地说："你懂个啥，再胡说要烂嘴哩！你在这说的话神都知道。"小明不服气地说："我不信神还有这么灵！"

下午，小明突然发病了，嗓子嘶哑得连话也说不清楚了。这下把爷爷吓坏了，他一边埋怨小明，一边出门请神婆去了。

傍晚，神婆请来了，少不了爷爷和小明给烧香叩头，祷祝禳灾。爷爷一边叩头一边祈求着说："孙孙不懂事，求神莫怪，禳灾除病保佑弟子平安。"

这时候，神婆怪声怪气地传开了："你这个孩子就是坏，不信神灵实不该。是神司的三分病，是神给你降的怪……"小明听到这儿，忽地站起来把嘴里的枣儿吐在手里，伸到神婆面前说："就是这个'怪'吗？'怪'了我把它吃咧！"说着，把枣儿丢进嘴里吃了。

277

戒烟

采录时间： 2021 年 2 月 20 日

采录地点： 平凉市静宁县仁大镇解放村

附

记

此系我实地采录的一则故事。这是我第一次正式记录母亲所讲的故事，为了不让母亲紧张，营造一种轻松自然的讲述氛围，我把时间定在了晚上一家人看中央电视台热播的电视剧《跨过鸭绿江》的时间。我先是和母亲讨论剧情，慢慢地将话题转向她以前讲过的故事，请她再讲一遍。在讲故事时，她神采焕发，时而会因为故事中的搞笑情节把自己逗笑，时而会因为自己记不清故事后半段感叹自己老了记不住事儿了，时而又会因为一个故事触发儿时的记忆，穿插讲一些自己小时候的趣事……（李童童）

早先，有一个男人吸大烟，还懒得不干活。

有一天，天快下雨了，这个男人的烟杆里发出了"滋滋滋"的响声。

他家三岁的娃娃看见了说："大大，大大，你的烟瓶叫唤[1]嘞。"

男人说："胡说，烟瓶咋还会叫唤嘞？"

娃娃说："你一直抽大烟，抽得连家产都卖光了。我长大后去给富汉家干活，咥就会打我，打得我就像烟瓶那样叫唤嘞。"

从这儿以后，这个男人就把大烟给戒了。

讲述者： 高着花，女，54 岁，静宁县仁大镇解放村人，农民

采录者： 李童童，兰州文理学院本科学生

[1] 叫唤：哭。

278

白胡老汉与县官

给了杏花村的人。

最后，他讲开了，县官高兴地听着。

他说："从前有个庙，庙里有两个道，老道给小道讲道。从前有个庙，庙里有两个道，老道给小道讲道。从前有个庙，庙里有两个道……"

没完没了的"道"字，听得县官头越疼了，连挣扎喊话的劲儿也没了。白胡老汉还不断地讲，一会儿，县官两腿一蹬，双眼一翻吹了灯 [2]，白胡老汉不知啥时没在了。

讲述者：	张国民，男，62 岁，退休教师
采录者：	王进成
采录时间：	1987 年 11 月 10 日
采录地点：	平凉市静宁县县城
选自：	《平凉地区故事集成》（资料本上卷一分册），第 165 ～ 166 页

不知哪朝哪代，五台山下的杏花村有个白胡老汉，眉毛胡子全是白的，人都不晓得他究竟有多老了。他的古今 [1] 多得无数，听了他的古今百病能治，饿了能饱，冷了能暖。

有一年天大旱，庄稼人一颗粮食都没有收成，他们积存下来的口粮叫县官抢走了，杏花村的人都饿得吃树皮、嚼草根。

白胡老汉一天到黑地给大人小孩说古今充饥。

老百姓饿得皮包骨头，那个县官却吃得肥头大耳，因为他太肥，连站起来的力气也没有，最后肥得竟得了一吃饱就头疼的怪病。

有个人给县官说，听了白胡老汉的古今能治百病，县官就派差役把老汉捉来了，叫给他讲个能治头痛病的古今，不然的话，就杀了整个杏花村的男女老少。

老人恨透了县官，想给杏花村挨饿的人出气，便答应了。县官立即赏给他五百两银子，白胡老汉把这些银子散

---

[1] 古今：故事。

[2] 吹了灯：死了，有贬义。

279

为儿孙攒钱

从前，有个大富汉，为了给儿孙积攒家产，在修房的时候，每打一页土砖，就往里面放一个银元。就连房梁里，他也放了许多银元。

这老汉想："要是以后娃娃们的光阴过不前去了，拆房的时候就可以找到银元。"

后来，他的儿孙们都要钱，慢慢地输光了所有家产，最后连房带院都卖了，就根本没想到拆房。

人们就说："儿孙有儿孙福，何必要给儿孙做马牛。"

讲述者： 高存生，男，64岁，静宁县仁大镇解放村人，农民
采录者： 李童童，兰州文理学院本科学生
采录时间： 2021年2月20日
采录地点： 平凉市静宁县仁大镇解放村

280

披着羊皮的狼

以前，有一只狼把羊皮剥了一个筒子，自己钻进去，白天看着是一只羊，一到晚上就偷着吃羊。

放羊娃心想：这赶出去时够着咧，赶回来时也够着哩。为啥一晚上起来就不够咧？这黑了也没发现有啥来吃，怎么就少了羊？从这以后，这个放羊娃白天放羊时注意看着哩，晚上回到家里也注意看着咧。

一天，这个娃放羊时发现有一只羊不吃草。他走近去看，发现羊的嘴都对着咧，就是不吃草，他也没有想太多，其实它就是那只钻进羊皮筒子的狼。就这样，羊还是每天少一只，每少一只羊，他爸就把放羊娃狠狠地打一顿。

他爸把放羊娃打得实在招不住了，他就去仔细看那只不吃草的羊，觉着它和自己一样可怜，结果越看越不对劲。

这个娃把那个"羊"的皮一剥，才发现是一只狼。原来，那些羊都是让这只披着羊皮的狼给吃咧。

讲述者： 余文俊，男，70 岁，回族，崆峒区西阳
回族乡清明村一社村民，农民，不识字

采录者： 余亚丽，女，23 岁，崆峒区西阳回族乡人，
兰州文理学院文学院本科学生

采录时间： 2021 年 4 月 8 日

采录地点： 崆峒区西阳回族乡清明村一社

附
记

这是编纂组实地采录的一则故事。讲完故事，余文俊老人告诉大家，他们之所以给孩子们讲这则故事，旨在告诉孩子做事不要光看表面，要善于识破伪装，看到事物的真相，这样才能把事情做好做圆满。采录者之一徐凤问："您给孩子们讲故事都要讲这个道理吗？"余文俊老人说："都要讲的，我们讲故事就是为了教育娃娃，让他们明事理的。"（余亚丽）

281

庆兴智斗坏人

相传在几百年前，我们当地有一个县官，他有一个怪脾气，很爱听别人给他提"不是"[1]，即就是[2]提错了也不在意，他也善于用人，只要有本事，他都用在自己的手下。

当地一个地方，叫作红沟。红沟里有一个人名字叫庆兴，人聪明能干，很受别人的尊重，县官知道了庆兴，很是高兴，就打发人把他请来，用在县衙里。

庆兴一来，可气坏了县官手下原先的四个人，这四个人平素仗着县官的势胡作非为，干尽了坏事，老百姓十分憎恶。这四个人坐在一起合谋一计，决定整一整庆兴。

有一天，那四个人来到县官面前说："大人，听说你又用了一个聪明能干的人，我们确实高兴，常言说'眼见为实'，先给他出个难题，试一试他的智慧。"

县官听了说："能行。"但就是一时间想不出一个好题来，那四个人就把先商量好的一条计谋说给了县太爷，叫

[1] 不是：错处。
[2] 即就是：即使。

庆兴七天之内用红沟里的沙子为他做一根能够拴住马的沙绳。

庆兴回到家中想啊想，怎么才能做出这根绳子呢，最后他终于想出来了，于是他就整天睡大觉。那四个人笑了起来，说："这下可整住了。"

到了第七天，县官要拴马的绳子，庆兴说："大人，还得他们先给我做一个样样，我照着做。"这下可难住了那四个出点子的，他们也不知怎么做，于是县官给这四个人每人罚了四十棍，最后又赶出了衙门。

讲述者：　景峰，39岁，教师，初中毕业

采录者：　王德全

采录时间：　1987年11月

采录地点：　平凉市静宁县司桥乡

选自：　《平凉地区故事集成》（资料本下卷二分册），第214～215页

282

聪明的农家子与水仙女

很久以前，有一个老汉有个独生女儿。女儿长到了十二三岁时，水灵灵的，像水仙一样的美，人们都叫她水仙女。

这个老汉很爱财。他先后把女儿许给了一个先生、一个相公和一个农家子，水仙女十五岁时的那一年，先生、相公和农家子三人都上门要求结婚。老汉很为难，因为他把三家的彩礼都花得干干净净了。

水仙女知道后对这三个人说："我作一首诗，你们谁能对上，我就跟谁结婚。啥是一点红？啥好似一弯弓？啥本是往下掉？啥风一吹乱蓬蓬？"

三个人都表示说，回去想一想了再对。

等了几天，还不见三个人来，父女俩商量，干脆咱们上他们的门对诗。

这天，父女俩先到先生家里。吃过饭后，先生看着水仙女说：

"太阳出来一点红，月亮好似一弯弓，

杏子本是往下掉，风吹乌云乱蓬蓬。"

水仙女想，人家天上一句，地上一句，心里根本没有我，走吧，看另一家去。

父女俩又来到了相公家里，相公把父女俩领进花园里，想了半天才说：

"桃花一开一点红，桃叶好似一弯弓，

桃子本是往下掉，风吹桃叶乱蓬蓬。"

水仙女一听，牛头不对马嘴，就拉着父亲又走了。

父女俩来到农家子家里。这个农家子人长得漂亮，就是目不识丁，心里慌里慌张的，不住地偷看水仙女。忽然，他看见水仙女鞋头上有一朵红花，便随口说："鞋头一点红。"再看一眼水仙女的上身，眉毛弯，胸脯很圆，又随口说："眉毛好似一弯弓，两只奶头本是往下掉。"水仙女羞得转过了身子，下身的裙子随着摆动了一下，农家子灵感一来，又答出了第四句："风吹罗裙乱蓬蓬。"

水仙女觉得农家子答得很实在，就和他结了婚。

讲述者：　史维东，64岁，本村农民，小学学历
采录者：　郭俊奎，县电台记者
采录时间：1988年4月5日
采录地点：平凉市泾川县黄家铺乡牛家咀村
选自：　　《泾川民间故事》，第405～406页

283

喝马尿的人

从前有个举人老爷去访友，回来的路上天气晴和，老爷心情非常好，不禁吟《蝶恋花·怡怀》词一首："天宇幽蓝远无云，日色正好，风儿亦轻轻。喜群山叠翠竞其秀，长水九曲流如银。雅情访友知酒香，品诗赏句，畅怀言古今。岁月苦短有佳期，终得逍遥慰余生！"

吟罢，不及细细推敲已是满脸汗水，口干舌燥，因在朋友家贪了酒肉，这时渴得要紧，他多么想喝一气[1]泉水啊！

举人老爷边走边找泉水。到了一个山弯处有一泉，旁边立着一块石碑，上面刻着"高霸泉"三字。老爷摇首晃脑地说："'霸'，强横之意，添'土'加'高'，即是'土霸''高霸'，那还了得，岂能饮此泉水！"

走了一段路又见一泉，石碑上写着"平村泉"三字，细思一会儿，说："'平'与'贫'谐音，那就是贫村泉，此村既贫，水也不足，君子怎忍夺他人不足，此泉也饮不得。"

[1]　一气：一阵。

又走了一段，见一泉，石碑上刻着"大泉"二字。举人老爷细观，大字上面涂污一块，恰成"犬"字，摇摇头说："人岂能饮犬泉之水！"

举人老爷一连没喝上水，头顶烈日，脚踩烫石，四肢酸软，口生水泡。一想还有三十里归程没有人烟，说："今日怕要渴死了！"挣命又走了十里路，好不容易又遇一泉，石碑上刻着"晚泉"二字，细思其意，还是不美。

老爷举首见不远处有条小沟，上面架一小桥，桥上写着"金银桥"三字，想金银桥下必有金银水。走近了，果然有水，喜得不行，趴下急喝起来。

忽听有人说："此水不能喝！此水不能喝！"举人老爷抬头见是个农夫，不悦，说："此水甚好，你哪里晓得！"趴下又喝，边喝边说："好水！好水！"

农夫说："这水里面有马尿，你看！"举人老爷顺着农夫指的方向看去，沟上面不远处有一群马吃草饮水，可这时老爷已灌满了一肚子有马尿的水。

讲述者：	陈跟生
采录者：	魏俊舱，男，32岁，庄浪县卧龙乡魏家山村人，干部，高中学历
采录时间：	1986 年
采录地点：	平凉市庄浪县
选自：	《歌谣故事》，第 410 ～ 411 页

284

『聪明』人

一个乡下人上城去，他肩上扛着两根很长的椽，到城里去卖。那个城门窄狭不能进去，心里非常着急。

正在着急的时候，看城门的人说："我替你想个办法，我到城墙上，你把椽给我，我从城墙上给你拿进去。"乡下人进了城，他非常感激看城门的人，说："你这人真好，替我想办法把椽拿进城来了。"两个人边走边说，来到一家茶馆坐下。

乡下人说："我和你搭个亲家咋么个[1]？""搭个什么亲家啥？""我家今年才养的一个女子，我们两家正好搭个亲家。"二位心里非常高兴，今天找到一个亲家！

乡下人把椽卖掉回家里，就把搭亲家的事告诉老婆："我今天拿了椽去卖，城门太窄狭，椽进不去。碰到一个看城门的人，他替我想办法把椽拿进去了。这个人非常客气，我们两个已经搭了个亲家，我家女儿今后就给他儿子做媳妇。"

他老婆一听，忙说："啊！你倒这么简单，把个女儿

[1] 咋么个：怎么样。

就嫁了，你晓得对方孩子多大了？""他家两岁，我家一岁。"他家老婆一听，就火冒三丈，说："你真糊涂的，他家两岁，我家一岁，他家二十岁我家才十岁，大一半呢，我不同意！"两口子就大闹起来了。

隔壁子一个老头子过来劝架："你们为啥吵架呢？"老婆讲："他不是好东西，我家女儿才一岁，他就给人家搭亲去，给一个比女儿大一倍的娃子，我家才一岁，他家就两岁了，这个事情我不同意，所以才闹起来的。"老头子讲："你们不用闹，这个事情好办。你家女儿一岁，他家小孩两岁，你家女儿明年不是也两岁了嘛，明年就一样的嘛，这个事情多好的。"

这个老婆子一听想："咦，我小孩今年一岁，明年两岁了嘛，这个亲家还是搭得对的。"

讲述者：　　郑世杰，72岁，南湖镇南门村人，农民
采录者：　　魏俊舱，男，32岁，庄浪县卧龙乡魏家山村人，干部，高中学历
采录时间：　1986年
采录地点：　平凉市庄浪县
选自：　　　《平凉地区故事集成》（资料本下卷二分册），第192～193页

异文：掮竹竿进城门

老孟掮着一根长竹竿进城门，横竖都不能进去，正要折成两半，城门上站着一个卫士，把竹竿吊上去，又从城内放下去。

老孟感激不尽，两人欣然结成朋友，又要做儿女亲家。老孟的女儿两岁，卫士的儿子四岁，当下议定，永不反悔，到时嫁娶就行。老孟回家把这事告诉了妻子，连说："多亏这竹竿，不然咱女子怎能嫁到城里呢？"

妻子听了一惊，说："啥都好，订婚我不反对，就是年龄悬殊太大了，咱女子今年才两岁，人家已经四岁了，相差一半年龄哩。照这样，如果咱女子长到二十，人家儿子都四十了，你说那怎么行呢？"老孟一听，后悔得要死。

讲述者：　　鲁明显，73岁，泾明乡紫荆村人，农民，小学学历
采录者：　　张怀群，28岁，泾川县文化馆文学干部，大学学历
采录时间：　1988年1月8日
采录地点：　平凉市泾川县泾明乡紫荆村
选自：　　　《泾川民间故事》，第422页

附
记

《掮竹竿进城门》原题为《城门掮竹竿》。（徐凤）

285

书念多了

从前，有两口子，生了一个男娃，湿处挪干处，拉扯到了十岁。

男人一心想把儿子打发到学校读几天书，将来谋个事做做。一天饭后，就把这件心事说给了女人。

"娃大了，念几天书咋样？"

"咱就这么一个娃，要念就多念上些日子，念几天顶啥用？"妻子说。

"我叫念几天就念几天，你少多嘴。"

两口子你一言我一句，总算说到一块了。

隔了两天，女人就送儿子到了学堂。

时间过得很快，转眼十个月了。男人心想：叫娃念几天书就对了，怎么一念这么长时间？他拿定主意，再不让娃去学堂了。于是他把娃叫过来，说："写几个字考考，算你毕业了。"娃很听话，就拿出笔撕下一页纸，不多时就画满了一页，交给了他大。

其实，这男人斗大的字不识一个，看见儿子霎时写了那么多字，心里十分高兴。于是杀鸡煮酒，拾掇了一席美餐，请来四邻八舍，庆贺儿子功成名就。

酒过三盅，他拿出儿子写的那页字，叫大家过目。这席上的四邻八舍，只有半个秀才，其余的人，一天书都没念。大家看见白纸上画下的黑字，都大加赞赏一番。

秀才拿到手里左看右看、上看下看，满纸圈圈连圈圈，点点压点点，哪有一个字样。可吃了人家的，咋能说人家的娃不好呀？便夸奖道："好！好！念了十个月书，圈圈连圈圈，连外国文字都学会了，我连一个也认不出来。"

女人一听秀才的夸奖，心里乐开了花，摸着儿子的头说："还是让我娃再念几天好！"男人说："书念多了把秀才都考住了，还念啥？"

讲述者： 刘元基，56 岁，静宁县曹务乡张尜村人，农民，不识字

采录者： 王知三，男，41 岁，干部，高中学历

采录时间： 1987 年 5 月

采录地点： 平凉市静宁县曹务乡张尜村

选自： 《平凉地区故事集成》（资料本下卷二分册），第 325 ～ 326 页

286

打喷嚏

从前，有几个老汉一块儿去跟集。刚立了冬，他们个个头戴暖帽，身穿棉衣。陈老五也去，他去摆摊子，卖瓦缸。

今天他挑着担子，情绪不太好。自从上次和老伴吵嘴后，还没有和好。于是，随同大伙们边走边说话，走着走着，一个老汉突然打了一个喷嚏，紧接着有人说："今天天气还好，你感冒了吗？"

那老汉摆摆手说："不是……不是……是我的老伴在念过[1]我。"

集散后，陈老五回到家里，素素[2]给老婆提了一下说："人家老汉出门，老婆就在家里念过，我就没有人念过。"

第二天，陈老五照例去摆摊子，整天没有打一个喷嚏。这次回家后，他就大发脾气，慌忙去质问老婆："你……心太狠！我走后，你念过我吗？"老婆忙答复："你走后

我就念过你，一直在念过你。""你胡然，为什么我连一个喷嚏都没打？"

老伴很委屈，心想，老汉出外，自己在家里一直念过，却不被老汉知道，这样下去可不好。这回她就动动脑筋，想了一点小办法。

待到晚上休息时，老伴看老汉睡觉了，就赶紧拿来了准备好的辣面子，悄悄地抹在老汉的袖口上。

清晨，老伴做好饭后，端着洗脸水，去催老汉："老死娃娃，赶快起来吃，集都快散了，你还睡着。"

吃罢饭，陈老五挑着瓦缸又上路了。这天天气更冷，陈老五倒觉得很暖和，心想老伴今天可很好……顿时，脸上露出了笑意，不觉已来到小河边。河上架着小木桥，他踏上桥头，迎面扑来河面上的寒气，不由得他流鼻涕、淌眼泪。

这时，他一手按着担子，一手用袖口在鼻子周围一抹，灵验极了，"阿嚏，阿嚏……"一连就是几个喷嚏。说时迟那时快，肩上的担子落下了，两只大瓦缸一前一后地掉在桥上摔成了碎片。

这时老汉沮丧地站在桥头，凝视着水面，喃喃自语道："老不死的东西，迟不念过我早不念过，我刚刚过桥时你就念过我。"

讲述者： 李碎钗，合道乡高崖村人
采录者： 刘庵，合道乡高崖村人
张怀群，28岁，泾川县文化馆文学干部，大学学历
采录时间： 1988年5月
采录地点： 平凉市泾川县合道乡高崖村
选自： 《平凉地区故事集成》（资料本下卷二分册），第337～339页

异文：妻子思念卖油郎

从前，靳家店一带有两个油贩子，一个叫张迁，一个

---

[1] 念过：念叨。
[2] 素素：简单。

叫李岐，他们俩担着油担子，来来往往，往往来来，一块
儿做卖油的生意。

一天，他俩坐在一块石头上休息，张迁打了一个大喷
嚏，李岐问他怎么会打这样大的喷嚏，张迁故意说："准
是我家内人在想念我呢。"李岐听了，心里忿忿不平，我
也是有妻室的人呀，这个没良心的东西咋不想念呢？

天黑回家，李岐踏进门槛，就破着嗓子骂起来："婆
娘，你还不给我接担子来！"他妻子走出门，睁圆了双眼
惊恐地问道："咋啦？"这一问真是火上添油，李岐放下
担子，指着妻子鼻子："你不爱我就算了，人家老张一出
门，那口子就念格起了，他常打喷嚏。你就心上没我，一
句也不念格，我一个喷嚏也没打过！"妻子知道丈夫发这
么大火的原因没说啥话，转身回到屋里，她把丈夫擦汗的
手巾洗了又洗，然后放些辣椒面，塞在他的衣兜里。

第二天，张迁和李岐照样去贩油，太阳老高了，他俩
汗流满面准备歇缓。李岐掏出手巾擦汗，不料，一连几个
喷嚏打得他两眼直冒金星。一斜身，两罐油倒了一地，他
只好哭丧着脸回家去，一进门喊叫出妻子，狠狠地骂道：
"你这该死的臭婆娘，不想算了，谁要你狠狠地想我，连
一担油也搭上了。"

讲述者：　陈永康，男，78 岁，农民，识字
采录者：　陈静，男，35 岁，小学教师，中专学历
采录时间：　1986 年 5 月 20 日
采录地点：　静宁县四河乡涧沟村
选自：　　《平凉地区故事集成》（资料本下卷二分
　　　　　册），第 310～311 页

287

农夫显才

有一个店家姓单，他在旷野荒郊单独开了一个客店，
房舍不多，供客人住的仅有一屋一炕。

一天，同时来了这样几个投宿之人，一文一武两个上
京的举子、一个做买卖的商人、一个云游的道士，还有一
个远路投亲的农夫。

只见两个举子文质彬彬，巨商高头大马、行动持重，
只有道士和农夫衣不显眼、貌不惊人。因这地方前不见村
后不着店，所以他们走到这里非住不可。可是，炕上只能
睡三个人，店主人又不能将任何一个人打发走，这样就有
两个人必须睡地铺。

店主就劝这个、劝那个，可谁也不愿睡地铺。两个举
子说："我们要上京赶考，赶路急，晚上睡不好，明天怎
样行路？"商人说："我宁多付店钱，也不睡地下。"道士
说："我们出家人，睡地下有辱道教。"农夫却说："我也
付你一样店钱，为什么我可以睡地下，难道店家你倚富欺
贫，看不起我这农夫吗？"

这下可难坏了店主人，只好说："大家互不相让，我
也无法。就这一房一炕，你们五人怎样安睡，自己斟酌去

吧，我管不了。"随即关闭房门去了，到底谁睡炕谁睡地下呢？五个人都愣站着，不好安排。万般无奈，文举子只好先开口说："依我看，大家都互不相让，总不能在地下站着等天亮。不如每人按自己的本行说一首诗，说出者睡炕，说不出者睡地。你们看行吗？"

武举子和巨商拍手称赞，大家说："这样好，那就你先说吧。"文举子略加思索念道：

"我的毛笔尖尖，我的砚头圆圆，写出大字千千万万，写出小字万万千千。有一日时来运转，在京城做一品文官。"

武举子忙说："妙！"接着说道：

"我的羽箭尖尖，我的满弓圆圆，射大靶千千万万，射小靶万万千千。有一日时来运转，在京城做一品武官。"

商人也接着念道：

"我的秤杆尖尖，我的秤砣圆圆，称大银千千万万，称小银万万千千。有一日时来运转，在京城开三间门面。"

道士一看，他们三人都作了诗，眼看炕上没自己的份儿了，赶紧抢着说："我也有。

我的钵盂把儿尖尖，我的钵盂圆圆，敲烂了大钵盂千千万万，敲烂了小钵盂万万千千。有一日时来运转，在京城坐一品道官。"

四人念完，农夫非常生气，怒目将每个人看了一遍。他想治治这几个虚伪的家伙，于是说道："你们都说了本行之能，如我说的本行之能高于你们，我一人睡炕，你们可不能争执。"

四人一想：你个农夫哪能作诗？便答应了农夫的要求。

谁知农夫却大声念道：

"我的犁头尖尖，我的耧辕圆圆，耕山地千千万万，耕川地万万千千。养活着文武百官，还养活着你这商人道官，我农民不愿做官，不吃饭你们能活几天？"

说完他就上炕撇胳膊撒腿，一人独占了炕。其他四人面面相觑，无可奈何，只得睡在地铺上。

讲述者：　刘德全，男，56岁，农民，不识字
采录者：　谢文敏，男，44岁，庄浪县卧龙乡人，干部，初中学历
采录时间：　1986年
采录地点：　平凉市庄浪县
选自：　《平凉地区故事集成》（资料本下卷二分册），第249～251页

288

农妇骂秀才

清朝时代，不知是哪个皇帝坐朝，有一文一武两个秀才，各骑一匹高头大马，路经一个山坳，看见两个农妇赶着两头母牛种田，一个扶犁，一个铺粪，种得很合调[1]儿。

这个文秀才是个很不规矩的人，他发现是两个女人种田，便叫道："贤弟快下马来看，这里有景。"武秀才不知何故，就勒住大马，武秀才问："仁兄，景在哪里？"文秀才用鞭一指说："你看两个农妇赶两头母牛种田，很有意思。我说两句，嘲弄一下她俩。"武秀才劝道："咱们行路人，不要多事，小心引火烧身。"文秀才说："她们山村野妇，有什么才学能回敬我们。你不用管，看我的！"

他不听劝便大声道："遍山遍野，没见两个妇人种田，两个口子朝后，两个口子朝前。"扶犁的农妇没听见，铺粪的农妇听见了，她一下坐在地上，两手捂住眼睛不铺粪了。扶犁的走了几步不见铺粪的上来，就喝住了牛问道："你不铺粪，坐下为啥哩？"

铺粪的农妇指着两个秀才，将他所骂的话说了一遍。

扶犁的农妇一听，怒目圆睁，想道：这个秀才好没来由，不去赶路，倒欺侮起我们两个来了。

她眉头一皱说："让我教训一下这两个不规矩的小子。"她便大声说道："遍山遍野，没见两个秀才说话，两个顶子朝上，两个顶子朝下。"说完后大声吆喝着牛种她的田去了。武秀才这时说："看你讨了个没趣，这不是引火烧身吗！"翻身上马，没精打采地走去了。

讲述者：　刘德全，男，56岁，农民，不识字

采录者：　谢文敏，男，44岁，庄浪县卧龙乡人，干部，初中学历

采录时间：　1986年

采录地点：　平凉市庄浪县

选自：　《平凉地区故事集成》（资料本下卷二分册），第251～252页

[1]　合调（diào）：合拍。

289

猜谜

两个落榜举子，一名张三，一名李四，还乡路上，猜谜答对。

张三对李四说："我出一谜，限你三日，若猜不出，你妻归我；猜出了，我妻归你。"

李四和张三之妻，有苟且之事，听罢此言，正中下怀，于是欣然应允。

张三乃滑稽之徒，信口道：

"明明朗朗，沥沥洒洒，层层节节，两头尖尖，请对谜底。"

李四未得谜底，苦思冥想三日三夜也未猜出，于是第四日早到张三家，欲悔当初之诺。再说张三，至晚归家，竟将和李四打赌之事告知其妻。其妻因和李四相好，对张三甚为残酷。经这一说，内心欢喜，表面愤怒，数落张三做出此等游戏，床榻枕旁格外温柔，耳鬓厮磨欲问谜底。张三佯装被其迷惑，说出谜底：

"明明朗朗是鸡屎，沥沥洒洒是驴屎，层层节节是牛屎，两头尖尖是老鼠屎。"

第四天早上，天蒙蒙亮，李四敲门，张三妻将谜底偷说于李四。李四大喜，等张三问时就以此答对。张三大笑李四："非也，设想君乃儒雅之士，言出高洁，出口成章，怎会想出这污秽之词，小人之言。"一句话说得李四面红耳赤，无言以对。

李四急问谜底，张三曰：

"明明朗朗一盏灯，沥沥洒洒天上星，层层节节一本经，两头尖尖一张弓。"

张三这随口变换之词合情合理，说得李四点头称是，自愧不如，慌忙告退，哪敢再想那非分之事，从此悔过自新。

张三夫妻恩爱，又勤诗文，不出一年，文如泉涌。过了两年，中了进士，外地做官去了。李四只会吆牛掌犁，勤于耕作，渐渐和诗书绝缘了。

讲述者：　樊兴义
采录者：　樊晓敏
采录时间：　1988 年 5 月
采录地点：　平凉市泾川县泾明乡
选自：　　《平凉地区故事集成》（资料本下卷二分册），第 252 ～ 253 页

290

石匠与财主

相传有一个石匠名叫别文，虽然没念过多的书，但却粗识几个字。走南闯北，经历多了，见识广了，也就文采自来。当地有个财主是个吝啬鬼，谁给他家干活，谁就没个好收场。

财主家的磨子用老了，叫了几个石匠谁都不愿去。别文知道后，就主动找上门去对财主说："咱们做事先小人后君子，给你断磨子得先立个契约，免得事后扯皮。"财主答应了，别文就写了一张没有标点符号的契约递给他。财主拿上契约念道："无鸡鸭亦可，无鱼肉亦可。小菜不可少，钱不要。"财主看罢高兴极了，连忙说："好！够朋友，那就断吧。"这石匠学就一手好手艺，不到吃中午饭的工夫就把磨子断好了。

该吃饭啦，财主把他领到一张破桌子跟前坐下，随即拿来了两个糠面饼子，端来一小碗连盐都没调的酸白菜和一碗臭浆水汤。别文早知道这个吝啬鬼不会有好吃喝，连筷子都没动，镇静自若地说："财主家，咱们可是立约为凭，有言在先呀，你怎么不守信用呢？"财主冷冷一笑说："我不是按契约行事的吗？你自己拿去念念，看写的

啥？"别文接过契约说，我念你听着："无鸡，鸭亦可；无鱼，肉也可。小菜不可，少钱不要。"

两人你说你有理，他说他有理，争执不下，最后财主说："那就经官评理，以求公断。"于是二人拉拉扯扯一同找县官评理公断。财主应声来到堂前，县太爷一看是一个肥头大耳的胖财主，暗暗欢喜道："我老爷有运气，财神爷送上门来了。"财主气喘吁吁地把事情的缘由叙述了一遍。县太爷吩咐一声给老先生看，然后眉飞色舞地说："老先生不用着急，下官自有公断。"并暗示财主说："老先生，除了这些还有啥吗？"这财主生来财迷心窍，哪里明白县太爷的用意，又补充道："这个刁民分明是胡搅蛮缠，趁机诈骗钱财，还望大人明断。"

县官哪里有心听他说这些，只是用眼睛看了一下那财主鼓鼓囊囊的衣服口袋，打起哈欠来，财主也跟着瞅了瞅自己的口袋，不解其意。两边衙役着急啦，走过去在财主的口袋上拍了两下，财主这才恍然大悟："哟，县太爷的瘾发了。"接着费了九牛二虎之力，从口袋里掏出来一个小包，双手捧了上去，并说："小人不识锦囊，怠慢了大人，这点小意思请大人享用。"县官正在闭目养神，等待财神的降临，听了财主一番言语，实想会有厚礼奉上，这才双目顿睁，连忙打开小包一看，原来是一些连叶子都没有的老旱烟叶子，不禁气上心来，一把拨了下去，大声骂道："混账东西，老爷我身为朝廷命官，民之父母，向来一尘不染，两袖清风。今日竟敢以此小恩小惠来侮辱本官，哪里容得？来，撤去座位，杖打四十，听候发落。"

财主被打得一跛一拐地站在那里，县官才又吩咐："带被告。"这别文在二堂自始至终听得清楚，看得明白，偷笑了一阵。又听得叫他上堂，连忙进堂叩头，把契约念了一遍。县官连连点头说："有凭有据，情通理顺。"遂喝令财主跪下，宣布道："下苦人[1]，一为吃喝，二为挣钱，哪有甘愿吃糠咽菜，不收工钱之理。分明是你以富压贫，坑害穷苦，无理取闹，戏弄公堂。速速回去，给石匠摆上鸡鱼肉蛋酒席一桌，付给纹银十两，了结此案。"

临走时，县太爷又叫住别文，耳语道："这十两纹银

[1] 下苦人：指出卖苦力的人。

还有我五两呢。"石匠自然高兴，点头依从，其实就剩下这五两银子也够他半年花了。

讲述者： 不详
采录者： 孙振华
采录时间： 1988 年
采录地点： 平凉市华亭县
选自： 《华亭县资料本》（全一册），
　　　　第 182～184 页

291

穷书生智斗财主

从前，有个外号叫"吝啬鬼"的财主，他想给自己的少爷找个教书先生，可大家都知道他吝啬得要命，没一个人想来。

这天，贫困潦倒生活无着的穷书生高智前来毛遂自荐。"吝啬鬼"便问："你一日要多少报酬？"高智说："我教书不要钱，吃饭也不讲究，不论什么，肚子填饱就行了。"

"吝啬鬼"一听，就支支吾吾地将他留下了，但事后一想，又觉得空口无凭，怕高智不认账，就假惺惺地说："不是我难为你，为了日后都好说，就委屈先生写个字据吧！"

高智略一思索，就提笔写了二十个字："无米面也可无鸡鸭也可无鱼肉也可无银钱也可。"写完后，他当场念给"吝啬鬼"听。"吝啬鬼"越听越高兴，连眼睛都眯成了一条缝，连连点头说："这就很好。"

过了一两个月，高智很生气地对吝啬鬼说："你怎么天天给我吃残汤剩饭，每月连一文钱都不给，这成什么话？再这样下去，我非告你不可！"

"吝啬鬼"惊讶地说："哎哎，你咋变卦了？"把脸一沉，洋洋得意地说：“你可别忘了，你的凭据还在我这！”高智说：“你拿出来让大家看看，上面是怎么写的？”“吝啬鬼”拿出凭据，高智一字一字地读了起来：“无米，面也可；无鸡，鸭也可；无鱼，肉也可；无银，钱也可！”

“这……”“吝啬鬼”不由得张大了口，却短了舌头。

292

子教母

讲述者：	不详
采录者：	吴秀梅
采录时间：	1988 年
采录地点：	平凉市崇信县
选自：	《平凉地区故事集成》（资料本下卷二分册），第 258 ～ 259 页

有一个老奶奶已经六十几岁了，头白得像个面碗，只生了一个儿子。老汉下场了，她就成了一个寡妇，冷了没有棉衣，热了没有单衣，一年到头指要饭度日子。不料想，她儿子长大以后，娶了个媳妇，就跟着女人转，把个老娘给不管了。

有一回，她儿子给人家做活去了，屋里只有婆婆、媳妇和一个五六岁的孙子。媳妇当着婆婆的面对儿子说：“娃娃，听说山窝里有个神仙洞，里面专门是供奉老人的。谁要是死了想当神仙，就趁早要到洞里修身去。”老娘一听，就打算着去神仙洞。

天黑了，她儿子回来了，她就下话，叫把她拉到山洞里去。她儿子一听可高兴了，趁天黑到山里拉了些毛草，放夜织了个席子，鸡叫时，把老娘叫到席上，就向神仙洞拉。

孙子一看把老奶奶给拉走了，急得睡在地上哭叫。他的娘把他抱回屋里，给了一个油馍馍，对儿子说：“我的娃乖得很，你奶奶当神仙的事，你出去不准对人说。谁要问你，你就说到你舅爷家去了。”

小娃娃知道奶奶去神仙洞，很想跟奶奶在一起，就顺着席子留下的痕迹跑到神仙洞一看，他爸爸正用绳子勒着他奶奶的脖子。他就大哭大闹起来，要他爸爸把奶奶背回去。他爸爸顺手给他一个巴掌，便用绳子把老奶奶给勒了，拉到一个山洞里，就和儿子一搭回来了。

第二天早上，儿子不见了，两口子到处去找，不见人影，急得他们满庄里跑上跑下。到了晌午时，他的儿子也背着一捆毛草回来了，他妈赶紧问："我的娃，你一早出去，拔这么多的草做啥呢？"

儿子说："我见你给我奶奶编了一个席，把我奶奶送到神仙洞去了。我趁早编一页席子，到你两个老了的时候，我好送你两个进神仙洞，要不然到时候我来不及编席。"

他母亲一听，吓得吐了一下舌头，就把儿子说的话给丈夫说了。两口子想到他两个老了的下场，就把老奶奶的尸身子抬回来埋了。

讲述者： 常进义，男，45 岁，红寺乡石河村人，农民，小学学历

采录者： 陈静，男，36 岁，小学教师，中专学历

采录时间： 1987 年 9 月 2 日

采录地点： 平凉市静宁县红寺乡石河村

选自： 《平凉地区故事集成》（资料本下卷二分册），第 154～155 页

293

金砖

村民李育才花了三百元钱买回一头草驴[1]，养了三年给他家添了两头小驴驹，庄稼人得大牲口，哪有不高兴的。两头毛驴渐渐能使唤了，他决定把那头老毛驴卖掉，赚回几个也够本。

李育才把毛驴喂养得勤快，毛顺膘壮，拉到市场以五百元捏定。驴被牵走了，他拿上新铮铮的大团结[2]，兴奋地走进饭馆，叫了三盘菜，又要了一壶酒，心里乐滋滋地吃喝起来。酒快喝到五成，饭馆进来两个人，一个三十开外，一个不过十八九。

那大人彬彬有礼地说："这位老伯，你行行好。我家出了白事，妻子死了，没现钱抬埋，现有一块祖留金砖，不能当钱用，你要吗？我贱卖。"说罢四处惊慌地张望了一下，便从内衣兜掏出了旧红布包，小心翼翼地打开，只见一小块黄色的金锭展现在他的眼前。

李育才虽然活了半百，还是第一次见到这稀罕物件。

[1] 草驴：母驴。

[2] 大团结：十元钞票。

卖金砖的人把金砖放在手心，在李育才的眼前绕了几下，又急忙包起来，害怕被别人发现似的。

李育才一时心热了，暗想人有急事什么贵重东西也拿得出，这么好的便宜为何不占呢？他忙问："那你卖多少钱？"那人指着孩子说："就可怜这孩子吧，他妈尸体放了三天无法埋。这块金砖本来价值好几千哩，今天我才卖，有什么法子？"

李育才一听，他要贱卖，心想侥幸发这一笔财，便试探着说："我身上只有五百元。"那人直摇头，接着又长叹一声："唉！五百元就五百元吧，埋人要紧。你记住，我家在西台巷，门牌是三七三号，有事就找我。"

李育才接过金砖，越看越觉得明光闪闪，便痛快地交了钱。那人把钱装好，又亲切地说："他老伯，你帮了大忙，我感恩不尽。这金子你放心，是真货。如不放心，你到市场找银匠鉴定，我儿子陪你去。"

李育才乐滋滋地跟着小青年，边走边想，心中小算盘嘀嘀哒哒打开了，五百元买了个宝，一转手能落个几千块。

啊，几千，少说也能买他十头草驴。驴下驹，卖老驴；再买草驴，再下驹……在他眼前，小金砖变成了一座金山。李育才晕晕乎乎，飘飘悠悠……他们在琳琅满目的市场上三转两转，也不知怎么一闪，找不见小伙子了。他一想不要紧，到西台巷找他爸去，三七三号，记清着哩。

走到西台巷，三找两问，李育才急眼了，这巷子根本就没有那么大的门牌号数。他拿着明光闪闪的"金砖"，气喘吁吁跑着赶回市场找了个老银匠，鉴定的结果自然不是黄金，是黄铜。

讲述者： 不详
采录者： 王生杰
采录时间： 1986 年
采录地点： 平凉市崆峒区
选自： 《平凉地区故事集成》（资料本下卷二分册），第 157 ～ 159 页

294

悔恨

从前，有一个孩子到邻居家去玩耍，回来时，偷了邻居的针。妈妈一看孩子还会偷人，就高兴地鼓动孩子继续偷。

随着岁月的推移，孩子已经长大了，偷东西的胆子越来越大。有一天，偷东西时被人家抓获，这时才明白自己的行为世人是容忍不了的，于是他恳求法官，要求见母亲。

当母亲来看儿子时，儿子哭成了泪人，绝望地对母亲说："我本来不愿见你，你鼓动我做了许多不光彩的事，使我落到这等地步。请妈妈再给儿一丝温暖，让儿子吃点妈妈的奶，安慰一下儿的心，儿在九泉之下能合目而睡。"

妈妈哭着将奶头喂到儿子的嘴里，儿子闭上了眼睛，狠劲地咬去了妈妈的奶头，妈妈疼得晕了过去，而且再也没苏醒过来。

讲述者：　于淑，女，58岁，灵台县中台镇南店子村人，农民，不识字。

采录者：　巩雄华，男，28岁，灵台县中台镇佟家坡村人，文化专干，高中学历

采录时间：　1985年

采录地点：　平凉市灵台县

选自：　《平凉地区故事集成》（资料本下卷二分册），第159～160页

295

捉鬼的阴阳

有一个阴阳能收鬼，姓张名打鼓，方圆左右出了名，用的是麻鞭、雷尺、雷碗、桃木橛、烂鞋一类东西。人死后，他用桃木橛把鞋往门上一钉，鬼永远就不敢再来。有的人死了，阴曹地府不接收，阴魂还来"罚"阳间人，阴阳把青石压在这人坟上，鬼就不"罚"人了。

一个人说："我女人病重，看不好，你来时把工具都拿上。"这人以前见过阴阳收鬼，啥也没看见，阴阳却说："你咋看不见鬼，鬼在碗里，鬼长着毛，要把两个碗扣住用麦秆烧，直至把水炼干为止。

天一黑，有个人就藏在半路上一块麻子地里等阴阳，因为晚上墒气很饱，有烟雾[1]，这人在烟雾中把皮袄翻了个过披在身上，天黑得很，这人披了皮袄抖得呼呼响，再点了两根香。阴阳过来一看，真的前面有鬼，赶紧跪下念经，鬼不走。把传的符烧了，鬼还是不走，还在抖得呼呼响。他认为是鬼挡住了路，害怕了，就把雷尺摞出去，这是最硬的镇鬼法宝，可是雷尺被鬼摞了回来。他又摞出去，

[1]　烟雾：雾气。

鬼又撂回来。

这么三四回后，阴阳吓得没一点法了，就转过身子跑，这人心里说："这家伙还跑哩，今晚我叫你跑个美。"就把皮袄披上一直撵，阴阳吓得刚跑到家门口就跌倒了。这时，有个人走过来说："我叫你来了。"阴阳一听，说："哟，是熟人么。"但是阴阳的胆已经吓破了，得了重病，不久就死了。

阴阳死前说："以前我一直送鬼，是从书上看的，听人说的，我一次也没见过鬼，这一次鬼大得很。"实际上，反穿皮袄等阴阳的那个人是那个害病的女人，她把病害得时间太长了，钱花得太多了，想那天晚上看看到底鬼是个啥样，结果把捉鬼的阴阳吓死了，而出现在阴阳家门口的那个人是害病女人的男人。

讲述者： 李兆明，县鞋厂工人
采录者： 张怀群，28 岁，泾川县文化馆文学干部，
大学学历
采录时间： 1988 年 4 月 22 日
采录地点： 平凉市泾川县梁河乡大寺坳村
选自： 《泾川民间故事》，第 320 ～ 321 页

296

写对联

一个县长给他母亲过寿，请了好几个文人秀才写门上贴的对联，吓得没有人敢写。县长家有个放羊娃走过来问："咋没人写？"有一个秀才看着放羊娃多管闲事，带气地说："可^[1]你写？"放羊娃说："可我写。"

县长过来拕^[2]对子看他咋写咔。放羊娃写上联：这个老婆不是人。写到这达^[3]圆圈^[4]站的人都吓得捏着一把汗，放羊娃故意磨磨蹭蹭地蘸着墨，弄着笔哩。县长正要说啥咔些，放羊娃接着写：王母娘娘下凡坐。再的人^[5]才把心放下。

下联开始了，他写了"养下儿子都是贼"，其他人又害怕了，县长脸势都变开了。他又不慌不忙地写上"盗来仙桃敬母亲"。放羊娃写成把笔一放出去了。县长和秀才把对子贴起来越看越好，话句儿也好，字也好，大家都非

[1] 可：那。
[2] 拕：用手拉。
[3] 这达：这儿。
[4] 圆圈：周围。
[5] 再的人：其他人。

常满意。

后来县长了解了一番，才知道这个放羊娃是朝廷里的一个落难内官子[1]，县长再不叫他放羊了，就派人护送到朝廷里去了。

讲述者：　张德林，男，42 岁，农民，小学学历
采录者：　焦克敏，男，52 岁，庄浪县盘安乡颉崖村人，干部，中师学历
　　　　　孙志勇，男，32 岁，庄浪县南湖镇人，县文化馆干部，大学学历
　　　　　李新民，男，37 岁，阳川乡文化站干事，高中学历
采录时间：　1988 年 3 月
采录地点：　平凉市庄浪县阳川乡
选　　自：　《平凉地区故事集成》（资料本下卷二分册），第 247～258 页

297

巧对

很久以前，有位很高傲的先生，见谁都想考一考，以显示自己的才华。有一天，他给学生出了上联"马过板桥如雷吼"，让学生写出下联。

过了一天，有个学生把写好的下联交给先生看，只见上面写着："鸡叨铜锣赛乐鼓。"先生沉思了一下问："这是谁写的？"这个学生回答："是我妻子写的。"先生想：世上还有这强人。于是决定亲自去见这个女人。

过了几天，先生果然出去了。他一进这个学生家的门就说："墙挂鲤鱼有多重？"那个女人说："急笔画鱼没有称。"随后，那个女人很客气地端来准备好的饭菜让先生吃。

刚坐下，先生又说："天上下的毛毛雨，下到地上变成水，不如你下水。"那女人说："你拿油饼像张纸，吃到肚里变成屎，不如你吃屎。"先生听罢忍着气又说："头戴顶子四两重。"那个女人说："两个奶头刚半斤。"先生问："要它何用？"那女人说："奶下娃娃当先生。"

先生碰了一鼻子灰，从此再也不随便考人了。

[1]　内官子：太监。

讲述者： 宋桂香，女，43岁，吊街乡吊街村人，农民，小学学历

采录者： 宋兴平，男，22岁，灵台县吊街乡庙背村人，文化专干，高中学历

采录时间： 1987年

采录地点： 平凉市灵台县

选自： 《平凉地区故事集成》（资料本下卷二分册），第 294 ～ 295 页

298

审犯人

一个县令正在审一个犯人，从后门跑来一只猫，县令说："出去，不要打搅我！"猫还往前走。

犯人喊了一声"猫"，猫跑出门去了。

县令问犯人："我给猫说话，它不听。你光喊了一声，它就跑了。这是啥原因？"

"因为猫害怕我。"

"你害怕谁呢？"

"我害怕县太爷你。"

"我县太爷害怕谁呢？"

"县太爷你怕的是皇上。"

"皇上怕啥呢？"

"皇上怕的是天。"

"天怕的是啥？"

"天怕的是云。"

"云怕的啥？"

"云怕的是风。"

"风怕的是啥？"

"风怕的是墙。"

"墙怕的啥？"

"墙怕的是老鼠。"

"老鼠怕的是啥？"

"老鼠怕的是猫。"

"猫怕的是啥？"

"猫怕的是我。"

"你怕的是啥？"

"我怕的是老爷你。"

"哈哈，都怕我？说得好，免你无罪！"

讲述者：　陈永康，男，78 岁，农民，识字

采录者：　陈静，男，35 岁，小学教师，中专学历

采录时间：　1986 年 5 月

采录地点：　平凉市静宁县四河乡涧沟村

选自：　《中国民间故事集成·甘肃卷》，第 801 页

三　笑话

（一）嘲讽笑话

299

一不动二不吃的人

采录时间： 1988 年 4 月 20 日

采录地点： 平凉市泾川县杜家村

选自： 《平凉地区故事集成》（资料本下卷一分册），第 363 ～ 364 页

从前，有个地主很小气，他请了个先生给儿子教书。先生爱活动，饭量大，他很不高兴。过了几天，他就把这个先生辞了，并制定了两个找先生的规定：一是不动，二是不吃。

这一天，有一个人来找这个地主说："我给你找了一个一不动二不吃的先生。"地主很高兴，酒肉款待了这个人，催促他快点去找先生。

这个人出了地主家的门，来到一座小庙里，把十八罗汉的塑像摸了一个，拿回来交给地主。

地主恼火地说："我让你找先生，你拿罗汉像干啥？"

这个人说："你不是要一不动二不吃的先生吗，这下该满意了吧？"

地主是哑巴吃黄连，有苦说不出，只好客客气气地送这个人出了门。

讲述者： 杜红科

采录者： 杜贵平

300

有福之人一腿毛

马大家富裕，人称"财东"；白二家贫寒，人骂"穷鬼"。

一日，马大、白二，还有刘小在一块闲聊。

马大挽起裤子挠痒痒，露出一腿黑毛，刘小轻轻地摸着说："有福之人两腿毛。"

白二顺手挽起自己的裤子，两腿黑毛也露在外边，刘小狠劲地拧了一把，说："无福之人毛两腿。"

讲述者：　刘元基，56 岁，静宁县曹务乡张岾村人，
　　　　　农民，不识字
采录者：　王知三，男，41 岁，干部，高中学历
采录时间：1987 年 5 月
采录地点：平凉市静宁县曹务乡张岾村
选自：　　《平凉地区故事集成》（资料本下卷二分
　　　　　册），第 322 页

301

唱半年戏

一个领班长搭起一个戏班子，到处唱戏挣钱。员外很有钱，想好好热闹一下，请了这家戏班子。

台子搭好后，领班长问员外："唱多少时间戏？"

员外回答："唱半年。"

领班长便出台唱了："正月二月三四月，五月六月半年六个月。"唱完走进来，向员外说："半年戏唱够了，要给半年的钱哩。"

员外一听，这还了得？二人争来犟去，最后只好告到官老爷跟前。

官老爷问领班长："你是怎么唱的？"

领班长回答："我唱了'正月二月三四月，五月六月半年六个月'。"

官老爷问员外："是不是？"

员外回答："就是的。"

官老爷说："就是的，你不给半年的钱，能行吗？"

讲述者：　张喜贵，37 岁，泾川县高平乡高平村人，

农民，初中学历

采录者： 张怀群，24 岁，泾川县文化馆文学干部，
大学学历

采录时间： 1984 年 8 月

采录地点： 平凉市泾川县高平乡高平村

选自： 《平凉地区故事集成》（资料本下卷二分
册），第 355 ～ 356 页

302

阴阳和徒弟

一个阴阳领上徒弟去人家顾事，当时房里没有外人，阴阳看见桌子底下有把斧头，便念道：

明光闪闪，珠露晶晶。

师父装着念经，反复念这两句，示意徒弟去偷斧头。徒弟马上意会，也扯长声调念道：

把把长，没处藏。

阴阳忍不住了，干脆开口明说："把把儿卸了去。"

徒弟也开口明说："正卸着人进来咋办？"

阴阳还要骂徒弟，恰巧主人进来了。

阴阳又马上闭住眼睛念道：

人家的徒弟精精灵灵，

咱里的[1]徒弟笨蛋透顶。

徒弟哪里肯让，念道：

人家的师父人眉嘴眼，
咱里的师父贼眉鼠眼。

讲述者： 张喜贵，37 岁，泾川县高平乡高平村人，
农民，初中学历

采录者： 张怀群，24 岁，泾川县文化馆文学干部，
大学学历

采录时间： 1984 年 8 月

采录地点： 平凉市泾川县高平乡

选自： 《平凉地区故事集成》（资料本下卷二分
册），第 356 ～ 357 页

[1] 咱里的：自己的。

303

狗腿子

从前，有个财主的奴才叫王大，专门欺侮穷人，真是
仗势欺人、横行霸道、无恶不作，弄得整个村上鸡犬不宁，
但对主人却是俯首帖耳，哪怕是丢掉自己性命的事情，他
也愿意去干，所以得到了财主的信任。

有一次，财主夜间走路不小心跌了一跤，把腿摔断了。
王大为了讨好主人，便建议把自己的腿锯下来给财主接上。
财主听罢非常感动，问："那你怎么走路？" 王大思索了
一会儿说："把狗腿锯下来，给我接上不就好了吗？" 财
主又问："那狗腿怎么办？" 王大说："那好办得多，我给
它糊个纸的不就行了？" 东家点头称赞，便这样办了。

几月以后，财主的腿好了，和从前一样踱着步子摆来
摆去，遇上众人，就故意走到前头炫耀自己，而王大的腿
却短了半截，走起路来一拐一瘸，永远跟在财主的后边。
人们偷偷地嘲笑，指着他叫"狗腿子"。

不过可苦了那条狗，自从锯断了那条腿，被王大给糊
了个纸腿，每次撒尿，若不小心就湿透了，所以它至今撒
尿时总要把后边一只腿抬起来。

讲述者：　不详

采录者：　郭晓琼，女，16 岁，灵台县百里乡古城
　　　　　村人，初中学生

采录时间：　1985 年

采录地区：　平凉市灵台县

选自：　《平凉地区故事集成》（资料本下卷二分
　　　　册），第 358 ～ 359 页

304

铁公鸡

　　以前有一个富户，家庭生活倒不错，但是他很吝啬，一个钱都舍不得花，只知道入，不想出，当地人都叫他"铁公鸡"。

　　一天，"铁公鸡"走亲戚，路过一个村庄，有几个小孩在庄口滚铜元[1]玩耍，不小心滚到了"铁公鸡"脚下。几个孩子分头寻找，他急忙用脚踩住。

　　两个孩子过来问："伯伯，你见我们玩的铜元了吗？""铁公鸡"指手画脚地胡乱打岔说："没看见，可能滚到前面草地里了。"哄走了小孩，他连忙拾起铜元，赶紧张开嘴把那块铜元塞进嘴里。不料动作太急，嘴一呸，猛不防咕噜一下把铜元咽到了肚子里，疼得他，冰汗[2]直冒。

　　回到家里，老婆问他怎么了，要让儿子请医生给他治疗，"铁公鸡"连忙挡住说："看病得花钱啊，不能去。"一会儿，肚子疼得他在床上翻来滚去，临死前叫来儿子

[1]　铜元：一种铜制小玩具。

[2]　冰汗：冷汗。

说："我死后，你们把我肚子割开，里面还有一块铜元，一定记着取出来。"没等说完"铁公鸡"就断气了。

讲述者：　苟国荣，男，39 岁，灵台县中台镇南店子人，农民，初中学历
采录者：　巩雄华，男，28 岁，灵台县中台镇佟家坡村人，文化专干，高中学历
采录时间：　1985 年
采录地点：　平凉市灵台县
选自：　《平凉地区故事集成》（资料本下卷二分册），第 359 ～ 360 页

305

只值一个字

张家千金生来爱打扮，整天梳妆不停。虽说容貌标致，却肚子里一点墨水都没有。

一天，父亲请来一位先生教她读书。

她问先生："读书有啥好处？"

先生回答道："读书，一可以明理，二能增长知识。你可知一字值千金的道理？"

她听后不高兴地说："难道我的身价只值一个字？"

讲述者：　不详
采录者：　夏朝阳
采录时间：　1988 年
采录地点：　平凉市华亭县
选自：　《平凉地区故事集成》（资料本下卷二分册），第 362 页

306

圣贤愁

从前，有位老"绅士"，他不仅贪财好色，更有一张白吃人的馋嘴。不管谁家设宴摆席，动个荤腥，他不管人家请不请，都要去大吃大喝一顿。但是，自己从来没花一文钱招待别人。人们见他一毛不拔，时间一长，就送给他一个"圣贤愁"的外号。

有一天，吕洞宾与何仙姑路过酒楼，听人们正在谈论"圣贤愁"。二仙听罢细想：我们这些神仙可不服你"圣贤愁"哩！

他们两人就有意在酒楼设杯置酒，坐下来刚要斟酒时，"圣贤愁"已不请自到，动手举杯要饮。

吕洞宾急忙拦住道："我这酒不许人白饮。既然你今儿不请自来，咱就以你这'圣贤愁'三字为题，各人赋诗一首后再饮，如果赋不出来就不得喝酒。"

"圣贤愁"听后答道："一切听你安排。"

这时吕洞宾即席说道：

耳口王，耳口王，
壶中有酒我先尝。

有酒无肴难下饮，
割下鼻子表表心。

说罢，拔剑割下自己的鼻子。

何仙姑接着又说：

臣又贝，臣又贝，
壶中有酒我先醉。
有酒无肴难下饮，
割只耳朵表表心。

说罢，割下了她的一只耳朵。

两位神仙分别说了"圣""贤"二字，该"圣贤愁"说"愁"字了。他想了一会儿就说：

禾火心，禾火心，
壶内有酒我先斟。
有酒无肴难下饮，
拔一根汗毛表表心。

说罢，拔了身上一根汗毛。

吕洞宾一看生气地问："我俩割了鼻子、削了耳朵，你怎么才拔了一根汗毛？""圣贤愁"笑着说："今天看在二位神仙面上我才破例拔了一根汗毛，要是别人，我才一毛不拔呢！"

讲述者： 不详
采录者： 袁文秀
采录时间： 1988 年
采录地点： 平凉市崇信县
选自： 《平凉地区故事集成》（资料本下卷二分册），第 369 ～ 370 页

307

天仙子草

讲述者：	张树勤
采录者：	吕鹏举，县职中学生
整理者：	郭俊奎，县电台记者
采录时间：	1988 年 4 月 14 日
采录地点：	平凉市泾川县罗汉洞乡
选自：	《泾川民间故事》，第 403 页

不忘？"愚蠢的丈夫这时突然拍打着膝盖说："唉呀，他……真的忘了。"老板娘喜出望外，忙问："忘了啥？在哪儿？"丈夫说："他忘了付膳宿费了！"

从前，有个开酒店的老板娘很贪财，看见别人的东西，她就想把这东西据为己有。

一天，一位卖绸缎的商人来她的酒店投宿，身上背着一个很沉的包袱。她想：这个人走的时候，忘了带这个包袱该多好！

下午，她把这个想法告诉了丈夫，丈夫说："听说吃了天仙子草的人会把啥都忘了。我们找些天仙子草给他吃吧。"老板娘匆匆跑到山坳里，采来了天仙子草，拌到饭里，让这个商人吃了。

商人吃了天仙子草，整整一个晚上总觉得脸上火辣辣的，睡不着觉。第二天天还没有大亮，他就匆忙启程走了。

太阳一竿子高了，还不见商人出门，老板娘以为天仙子草太大，把商人吃得连天亮了也忘了。她想：干脆趁这个机会把他的包袱拿走对了。她跑进商人住过的房间一看，不仅包袱不见了，连人也不见了。

她气得踏脚绊手，说："他吃了天仙子草咋啥也

308

聪明的长工

采录地点： 平凉市泾川县

选自： 《泾川民间故事》，第 404 页

一个地主和他的长工说闲话。地主放了一个阴屁[1]，他问长工说："你听到了吗？臭不臭？"长工老老实实地说："没听见，闻不着。"地主很不高兴，他骂长工说："你这家伙的耳朵和鼻子肯定不好。人都说：'放屁不臭的人活不长。'难道我真的活不长了吗？"

长工被骂得一愣，接着就像明白了啥一样，把鼻子一收一缩，用手指着空中说："你看，屁来了，真臭！"地主信以为真，高兴地对长工说："今年给你加一倍的工钱！"长工高高兴兴地走了。

讲述者： 张子叶

采录者： 张东奎

整理者： 郭俊奎，县电台记者

采录时间： 1988 年 4 月 14 日

[1] 阴屁：不响的屁。

309

嫁祸于人

讲述者： 史小平，28 岁，本村农民，高中学历
采录者： 郭俊奎，电台记者
采录时间： 1988 年 4 月 7 日
采录地点： 平凉市泾川县黄家铺乡牛家咀村
选自： 《泾川民间故事》，第 406 页

有一个木匠，领着徒弟给财主家里打牛车。按常规，车轴上应有十九个辐子，要凿十九个窝窝，才能安上十九个辐子。可是，木匠一时头昏，只凿了十八个。

吃饭时，有村子里十九个孩子来玩，看见车轮上窝窝四方四正的，就抢着占窝窝玩。有一个小孩没抢上，就站在一旁号啕大哭。这一哭提醒了木匠，他才知道自己少凿了一个窝窝。但是他没敢说出，怕财主骂他。

吃过饭，木匠生起一堆火，对徒弟说："这轮子有些湿，你把它推进去烤一烤。我叫你的时候，你再推出来。"

等徒弟把车轮子推进火堆里，木匠赶紧躲到一旁去了。

等了一会儿，木匠出来了，可是车轮已经被火烧坏了，财主看见了，正要问原因，木匠却指着徒弟骂道："看你这没出息的东西，咋不操心，叫你把轮子往干里烤一烤，你咋让烧着了？"后来，木匠又给财主另做了一个十九个窝窝的轮子。

310

讲话的艺术

讲述者： 李效宗

采录者： 李自来，县职中教师

采录时间： 1988 年 5 月 1 日

采录地点： 平凉市泾川县罗汉洞乡

选自： 《泾川民间故事》，第 416 ～ 417 页

相传某县主管民兵的一位干事，到很偏远的乡下开会。会开始以后，他就自我介绍："我是县长 ——"他故意拉长语调，看见大家投来羡慕敬佩的眼光，他才接着说："我是县长派来的，是乘专车来的，不过，是坐拉砖的车来的。"他又停了一会儿说："请大家不要笑，振奋人心的事我还没有说哪 ——我这次来就是告诉大家一个好消息，为了加强 ——加强民兵建设，我们决定给你们乡民兵发放枪支。"会场气氛活跃起来。

"当了几年民兵还没有摸过枪呢！"

"背上枪一定很神气！"

……

人们纷纷小声议论起来。

"大家静一静，现在宣布决定，一个人一支 ——"他清了一下嗓子，会场顿时一片鼓掌声，"是不可能的，两个人一支 ——也是不可能的，三个人一支枪嘛 ——还是木头的。"会场一片哗然。"其他人嘛 ——需要自己制造了。"

311

两条腿的桌子

从前，一条街上有三个家具店，他们都做桌子。第一家店里设计了一种三条腿的桌子，平稳、轻便，占地小，刚一卖就赚了很多钱。

第二家店主知道后很羡慕，他绞尽脑汁设计了一张一条腿的桌子，桌腿下装了一个盘，这种桌子更平稳，更轻便，占地更小，赚了更多钱。

第三家店主听说后很羡慕，想来想去，决定做一个两条腿的桌子。为了让顾客早点来订货，他往外面贴了一张广告，没想到刚贴出去就被人们看了笑话。

讲述者：　张贵成

采录者：　王来银，太平中学学生

采录时间：　1988 年 5 月 9 日

采录地点：　平凉市泾川县太平乡

选自：　《泾川民间故事》，第 417 页

312

屁股当脸

从前，有个地主的伙计生了个孩子。为了吉利，他设宴庆贺，并请来了地主和他的儿子脸。

宴席上，伙计请地主给自己的儿子取个名。地主说："好，我是你的东家，我儿子叫脸，你儿子就叫屁股吧！"伙计说："谢谢你，这名字正合我的心意。"

过了几年，屁股长得聪明伶俐，很讨人喜欢。脸却多病多灾总是那么点大，后来还病死了。地主哭得死去活来，伙计劝他别哭了。他却说："脸死了，我很喜欢你的屁股，你把他给我当儿子吧！"伙计说："那不行，给你我就没儿子了。"地主说："你给也要给，不给也要给，要不然我不要你干活了。"伙计无可奈何，只好答应了。

地主笑着说："一言为定，你的屁股以后就当我的脸啦。"

讲述者：　苏存贵

采录者：　刘玉林，太平中学学生

采录时间：　1988 年 1 月 1 日

采录地点：　平凉市泾川县太平乡

选自：　《平凉地区故事集成》（资料本下卷二分
册），第 334 ～ 335 页

313

掌柜挨锄把

附记

在传统社会，陇东人识字的不多，大多数农民给孩子起名字都是生活中能看到的动物、植物或生活用品，如狗娃、牛娃、猪娃、牛牛、牡丹、杏花、荷花、豆豆、苗苗、花花、麦草、豆花、豆秆、蛊蛊、钢钢。如果是家里的长子或独子，则更金贵，其小名就起得更土更俗，如叫花儿、狗狗、猪娃、球娃等。时至今日，一些老年人还认为孩子的小名应该起得土一些、俗一些，这样的孩子好养。（徐凤）

掌柜和长工去锄地，约好谁不小心错把该留的苗子锄上一棵，就要挨一锄把。下锄以后，长工谁也顾不得监视谁。只有掌柜的"唉哟，太可惜了"这种不打自招的声音接连不断，于是长工的锄把在掌柜的屁股上接连不断地打。

不到一个时辰，掌柜的挨了几十下，长工连一次也没挨上，还得到了掌柜的赞扬。过了很长一段时间，掌柜才发现，长工不可惜苗子，锄了苗子不"唉哟"，所以才没挨上锄把。

讲述者：　王志漠

采录者：　鲁明显，73 岁，泾明乡紫荆村人，农民，
小学学历

采录时间：　1988 年 6 月 3 日

采录地点：　平凉市泾川县泾明乡紫荆村

选自：　《平凉地区故事集成》（资料本下卷二分
册），第 335 页

（二）幽默笑话

314

穷秀才吃水饺

选自： 《平凉地区故事集成》（资料本下卷二分册），第 320 页

从前，有位秀才家境贫寒。一次，他应好友之请去吃水饺，穷秀才高兴极了。到了好友家，香喷喷的味儿让秀才陶醉了，但出于礼节和文明，秀才没有问水饺是用啥做的。

在吃的时候，秀才也只顾吃，不品味儿，他一连吃了四碟水饺，才告别好友回家。出门一会儿，正当秀才为饱吃了一顿水饺而得意的时候，被脚下的石头绊倒了，他吃的水饺也被摔得吐了出来，秀才这才知道水饺是用鲜肉包的。

他十分遗憾地说："早知水饺是用鲜肉包的，我再吃他两碟子！"

围观者听后，个个张口大笑。

讲述者： 李宗林，男，24 岁，军人，初中毕业
采录者： 甘渭，男，44 岁，干部，高中学历
采录时间： 1984 年 5 月
采录地点： 平凉市静宁县城川乡甘河村

315

咬文嚼字的人

采录者：　张怀群，28 岁，泾川县文化馆文学干部，
　　　　　大学学历

采录时间：　1988 年 3 月

采录地点：　平凉市泾川县

选自：　《泾川民间故事》，第 428 页

　　丁铁人从小就啃过"四书"，但是成年后一直不得志，如今虽然过着烂场日子，他一直不失文人的气魄，有人说他是第二个孔乙己，一举一动一言一行总要引用文言成语一大堆。

　　这天，他有事要过河，刚下水就说："浅浅如也。"

　　走了几步，又说："深深如也。"

　　水齐脖子了，又说："行行如也。"

　　水淹没了他，他喝了几口，赶紧爬出水面大呼："时也，运也，命也，吾将休矣！"

　　他喝胀了，躺到河滩里，没人看见也没人救他。

　　这时，过来几条野狗，撕开他的肚皮，水一放，他立即清醒了，连忙忍着疼呻吟道："狗（苟）有用，我者何必运于雁滩？"

讲述者：　鲁明显，73 岁，泾明乡紫荆村人，农民，
　　　　　小学学历

316

做棉裤

从前，有一个笨媳妇。

有一天，她给男人做棉裤。为了防止把两个裤腿缝在一起，她卸下一扇门板垫着做。结果，她把门板给做到棉裤里了，怎么弄也弄不出来了。

她男人在院子里砌一间小房子，从窗子里看到媳妇把门板做在棉裤里了，气愤地说："要不是我砌房子忘了留门，我非把你这个笨蛋打死。"

讲述者：　刘继发，泾川县罗汉洞乡人，农民，小学
　　　　　学历
采录者：　刘振华，县职中学生
采录时间：1988 年 5 月 3 日
采录地点：平凉市泾川县罗汉洞乡
选自：　　《泾川民间故事》，第 419 页

317

还是女儿孝顺

从前，有一个老婆婆，见人就唠叨起儿媳妇的不是来。说家里的柴呀、米呀、面呀、蛋呀，她全都往娘家拿，又说她是如何不孝顺。

一天，她正靠在大门旮旯里和隔壁王婶背地里讲儿媳的不是，大女儿来看她。她急忙走上去，一把拉过大竹篮子，就开始翻腾起篮子里的东西，腌肉啊、油饼啊、鸡蛋啊、挂面啊，乐得她合不上嘴，还指着篮子对王婶说："看我女儿咋样？她大婶，世上唯有我女儿孝顺，你瞅瞅，哪一回看我空着篮子来？"

讲述者：　刘元基，56 岁，静宁县曹务乡张丶村人，
　　　　　农民，不识字
采录者：　王知三，男，41 岁，干部，高中学历
采录时间：1987 年 5 月
采录地点：平凉市静宁县曹务乡张丶村
选自：　　《平凉地区故事集成》（资料本下卷二分
　　　　　册），第 327 ～ 328 页

318

三兄弟结拜

相传古时候有三个人，一个叫长胳膊，一个叫深眼窝，一个叫大口娃。三个人情投意合，决定结拜为弟兄。

结拜的这一天，三个人商量买峰骆驼煮了吃，以示庆贺。当骆驼在大锅里快要煮熟的时候，长胳膊叮嘱深眼窝看住大口娃，叫不要先吃肉，等他转身取盐来调上再吃。

长胳膊刚转过身，大口娃对深眼窝说："我先尝一下，看肉熟了吗。"说着一口就把一个囫囵骆驼咽了下去。长胳膊抓了盐转回身一看，锅里早没肉了，气得一拳朝深眼窝的眼睛打去，结果胳膊在深眼窝里伸展了半天，也没搅着眼珠子，于是三人不欢而散。

讲述者： 李盛林，男，静宁县李店乡小山村，农民
采录者： 李政民
采录时间： 1987 年 4 月 10 日
采录地点： 平凉市静宁县李店乡小山村
选自： 《平凉地区故事集成》（资料本下卷二分册），第 328 页

319

哭文凭

一位银发瘦老头坐在大街上痛哭流涕，引人围观，大家纷纷表示同情。

一人问："大爷，是儿子把你赶出了家门吗？"

"不是。"

"是丢了钱？"

"不是。"

"是殁了老伴？"

"不是。"

"死了儿子？或是孙子？"

"不是。"

"那你哭啥哩？"

"我自学考试门门不及格，功名尽弃，我哭文凭哩！"

讲述者： 刘元基，56 岁，静宁县曹务乡张疙村人，农民，不识字
采录者： 王知三，男，41 岁，干部，高中学历
采录时间： 1987 年 5 月

采录地点： 平凉市静宁县曹务乡张圹村

选自： 《平凉地区故事集成》（资料本下卷二分
册），第 326 页

320

败者不死

儿子："爸爸，'善败者不亡'是什么意思？"

父亲："'善'就是'善于'；'亡'是'死亡'。意思是说善于失败的人永远不死！"

讲述者： 刘元基，56 岁，静宁县曹务乡张圹村人，
农民，不识字

采录者： 王知三，男，41 岁，干部，高中学历

采录时间： 1987 年 5 月

采录地点： 平凉市静宁县曹务乡张圹村

选自： 《平凉地区故事集成》（资料本下卷二分
册），第 322 页

321

如此教诲

儿子：爸爸，世界上有哪四大洋？

父亲：绵羊、山羊、羚羊、大尾羊。

儿子：爸爸，是淮河还是准河？

父亲：淮河是淮河，准河是准河，是两条河。

讲述者：　刘元基，56岁，静宁县曹务乡张岓村人，
　　　　　农民，不识字

采录者：　王知三，男，41岁，干部，高中学历

采录时间：　1987年5月

采录地点：　平凉市静宁县曹务乡张岓村

选自：　《平凉地区故事集成》（资料本下卷二分
　　　　册），第323页

322

抽烟

有弟兄三个，烟瘾都不小，可是谁都不带烟，全靠在外头弄烟抽。

一天，弟兄三个恰巧在半路上碰到一起，大哥问："二弟，你带烟了没有？来一锅抽一下。"二弟说："唉，大哥，真不巧，我今天忘带了。"

这时三弟走到了跟前问："大哥，有烟没有？"大哥说："你呀，没有一点好运气，我那会儿刚抽光。"三弟没等两个哥哥问就自我介绍了："我装的烟叫别人在半路上给倒去了。"

最后大哥出主意说："咱弟兄三个把烟袋翻过来，凑在一起抽。"于是哥儿三个都把烟袋翻过来凑烟叶，结果只凑了半锅烟，太少没有办法抽。三个人想了半天，最后老三想出了个办法，说："各说一段话，谁最穷谁抽，请大哥先说吧！"

老大说："我家住着半间屋，拨火棍子作梁柱。头枕胳膊把觉睡，扯着一把破抹布。"

老二说："我们家里没有屋，天作屋子地作铺。睡觉

石头当枕头，盖着几根肋巴骨[1]。"

老三说："我家住在半空中，一连饿了七八年。老天留下一口气，专为抽这半锅烟。"

于是，老三把这半锅烟抽了。

讲述者： 刘继发，泾川县罗汉洞乡人，农民，小学学历

采录者： 刘振华，县职业中学学生

采录时间： 1988 年 5 月 3 日

采录地点： 平凉市泾川县罗汉洞乡

选自： 《泾川民间故事》，第 418 页

附
记

以前，陇东一带的男人都抽旱烟，为了方便，常常把干烟叶揉碎装在烟袋中，在抽烟时再把碎烟叶压进烟锅头，把装满一烟锅头的量叫"一锅烟"。（张添发）

[1] 肋巴骨：肋骨。

323

图画老师

一个村小学缺个图画老师，村长便向校长推荐了他的小舅子。

小舅子在第一节图画课上画了一幅画，学生问："老师，这是啥啊？"图画老师说："你看像啥就是啥。"学生说："我看像萝卜。"图画老师说："不对，萝卜怎么没有叶子啊？"学生又说："我看像洋芋。"图画老师说："不对，洋芋怎么没眼啊？"

教室里一时争吵不息，图画老师拍着桌子呵斥道："乱嚷啥？萝卜叶子叫你妈拧了，洋芋眼叫你爸塞了。你们不知道吗，啊？"

讲述者： 刘元基，56 岁，静宁县曹务乡张圸村人，农民，不识字

采录者： 王知三，男，41 岁，干部，高中学历

采录时间： 1987 年 5 月

采录地点： 平凉市静宁县曹务乡张圸村

选自： 《平凉地区故事集成》（资料本下卷二分册），第 321 ～ 322 页

324

懒妇人

从前，有一对夫妻，妻子很懒。丈夫出门后一年回家，妻子做了满满一锅饭叫丈夫吃，丈夫吃惊地说："吃不了，吃不了。"妻子却说："能吃了，能吃了。"结果丈夫只吃了两碗饭，锅底出来了。

原来锅里积了厚厚一层锅巴，丈夫一气之下，拿出菜刀"咔嚓"一声，朝妻子脖子砍去。这时他心又软了，后悔不该杀死她。谁知过了一会儿，妻子"唉哟"一声，丈夫赶忙凑近一看，原来菜刀只碰掉了她脖子上的一层垢痂。

讲述者： 王新义，男，40岁，农民，识字
采录者： 甘渭，男，47岁，干部，高中学历
采录时间： 1987年7月
采录地点： 平凉市静宁县曹务乡张屲村
选自： 《平凉地区故事集成》（资料本下卷二分册），第318页

325

穷阔气

有一家人，家里很穷，一家三口只穿一条裤子，谁出门谁穿。

一天，男人穿了裤子出门，很久不见回来。女人急着要回娘家，就叫儿子去找他要裤子。

儿子找见他爸说："爸，我妈要穿裤子呢！"他怕人听见，便大声说："你妈要到铺子里去，箱子里有钱叫她拿上去就是了。"

讲述者： 王忠义，男，44岁，农民，小学毕业
采录者： 王军宁
采录时间： 1987年5月
采录地点： 平凉市静宁县城
选自： 《平凉地区故事集成》（资料本下卷二分册），第319～320页

326

抬
驴

讲述者： 牛生华，男，57 岁，工人，略识字
采录者： 朱广林
采录时间： 1987 年 5 月
采录地点： 平凉市静宁县城
选自： 《平凉地区故事集成》（资料本下卷二分
册），第 328 ～ 329 页

　　有父子俩，最怕别人说他们，因此很是古怪。有一天，他俩去赶集，经过讨价还价，买了一头驴子往回赶。这时，忽然听到有人说："这爷儿俩真笨，有驴不骑却赶着走。"

　　于是，父亲就让儿子骑上驴走，不大一会儿，又听有人说："这当儿子的真不孝顺，自己骑驴让老子跟着走。"

　　儿子听了，赶忙下来让父亲骑上，谁知又有人说："当老子的心真狠，自己骑驴，怎么让儿子跟着走呢！"

　　父亲听了这说法，就让儿子也骑上来，爷儿俩骑着驴往家里赶，又有人说话了："哎呀，这父子俩黑了心了，俩人骑一头驴，岂不把驴压死呀？"

　　父子俩听到这话，急忙跳下来，不知如何是好，想了好半天，才想出一个主意，干脆抬上驴走。

　　他们借来了绳子和木杠，把驴的四条腿捆在一起，穿上杠子，父子俩一前一后抬着驴，满头大汗地往回赶，谁知又有人说："世上看过驴驮人的，还没见过人抬驴的！"这时，爷儿俩一听可傻了眼，心想：这样不行，那样不行，到底要驴驮人，还是人抬驴？

327

白吃大王

讲述者： 王俊，男，60 岁，农民，不识字

采录者： 王玉琴，女，24 岁，农民，初中学历

采录时间： 1987 年 5 月

采录地点： 平凉市静宁县城城关镇西城村

选自： 《平凉地区故事集成》（资料本下卷二分册），第 332 页

从前，有一个白吃饭的人，常在别人家里去吃白饭[1]，什么活也不干，大家对他极为反感，商量着要惩治他。于是大伙儿就请这个人去酒楼上喝酒，他们把楼板事先用锯子断断续续地锯出了一个长方形，椅子正好放在这块楼板上，吃白饭的人一坐下去就会连人带椅子一起翻下楼摔死。

一切安排好后，那位白食客果然来了。奇怪的是酒都快喝完了，那人还是安安稳稳地坐在那里。大伙儿感到奇怪，就下楼去看个究竟，原来楼下有四个小鬼，正好撑着那块板子。

大伙儿骂道："他是个白吃食的废物，你们为什么要保护他？"鬼笑着说："这个人活着拖累你们，可是死了就来白吃我们，谁还愿意养活他呢？"

[1] 白饭：不掏钱的饭。

328

三个秀才和一个阴阳

三个秀才上京赶考，遇上一个阴阳，问："我们三个能考上吗？"

阴阳举了一个指头，再不说话。旁人问："为啥？"

阴阳说："三个秀才如果有一个考上，一个指头指准了；三个都考上，就是三个一齐考上了；考上两个，就是有一个没考上；三个都没考上，就是说你们连一个也考不上。"

讲述者： 李兆明，县鞋厂工人

采录者： 张怀群，28 岁，泾川县文化馆文学干部，大学学历

采录时间： 1988 年 4 月

采录地点： 平凉市泾川县县城

选自： 《平凉地区故事集成》（资料本下卷二分册），第 337 页

329

饭就溢出来了

兄弟两个家寒穷苦。有一家子过事，请他两个吃饭。哥说："兄弟，为了咱这日子，今去要好好吃哩。"弟说："对。"

到了事上，吃了又吃，哥哥觉得饭到喉咙眼上了，正好人把帽子撞掉了，若弯腰一拾，饭就淌出来了。哥哥就拿眼角请求弟弟帮个忙，弟弟头抬得高高的走了。哥哥就一直把帽子用脚尖踢了回去。他弟双手筒住，从后面走到前面，看也没看就回去了。

饭消化完以后，哥哥给人学说："人情古[1]得很，我为了我这日子，把人吃得腰一弯饭就出来了。我帽子掉了，只好拿脚尖尖踢了回去，我兄弟看着了，一点忙也不帮，连一句话也没有。"

他兄弟说："哎，好我的哥哩，我比你还难说，不但喉咙眼满了，嘴也满了，嘴唇一动弹，饭就溢出来了。"

[1] 古：冰冷。

讲述者： 张常林

采录者： 张怀群，25 岁，泾川县文化馆文学干部，
　　　　 大学学历

采录时间： 1985 年 11 月 30 日

采录地点： 平凉市泾川县高平乡

选自： 《泾川民间故事》，第 388 ～ 389 页

330

囫囵吞枣

有一个年轻人买了一些梨和枣，坐在路边吃。过来一个老头儿看见说："小伙子，梨可不能多吃，吃得多了会伤脾。"

年轻人问："那么枣呢？"

老头儿说："枣倒是补脾的果儿，可惜伤牙齿，也不能多吃。"

老头儿走后，那个年轻人想了想："既然梨能伤脾，枣能伤齿，我干脆吃梨光用牙齿嚼，不咽到肚里；吃枣时整个吞下去，不伤牙齿。岂不是两全其美！"

讲述采录者：宋兴平，男，22 岁，灵台县吊街乡庙背
　　　　　　　村人，文化专干，高中学历

采录时间： 1987 年

采录地点： 平凉市灵台县吊街乡庙背村

选自： 《中国民间故事集成·甘肃卷》，第 841 页

331

收获

某少年喜欢闲逛，无心读书。一天，他的父亲把他关在屋里，强迫他闭门读书。三日后，父亲问儿子有何收获，儿子喜颜悦色地说："读书果然大有好处，我才读了三日书，心中就明白了。"父亲问："明白了啥事？"

儿子答："我天天眼不离书，仔细去认，本以为书上的字是手写的，现在才晓得是铅印的。"

讲述者：　不详
采录者：　夏朝阳
采录时间：1988 年
采录地区：平凉市华亭县
选自：　《平凉地区故事集成》（资料本下卷二分册），第 362 页

332

比穷

很久以前，有三个一路同行的穷秀才拾到了一文铜钱，他们都想把这枚铜钱据为己有，各不相让地争执了半天，还是谁也拿不成。最后，有个秀才说："依我看，这钱还是谁最穷谁拿。"谁穷？三个秀才就比起穷来了。

秀才甲说："我最穷，现有小诗为证：家住半间房，只有升合粮[1]。现又遭饥荒，唯有我恓惶。"

秀才乙又接着说："你们听我穷不穷？天地当房屋，短粮没衣服。头枕耳轮睡，身铺脊梁骨。"

秀才丙听完忙说："你们俩还不错，请仁兄听听我的。病了六七年，饿了四五天。死了两三次，就等这文钱。"说罢，将钱装进自己的衣兜里走了。

讲述者：　不详
采录者：　袁文秀
采录时间：1988 年

[1] 升合粮：借指少许米粮。

采录地点： 平凉市崇信县

选自： 《平凉地区故事集成》（资料本下卷二分册），第 368 ～ 369 页

333

两块肉夹馍

阎林儿四十几了，家里有老母、老婆和孩子。尽管家境很贫寒，人都称他是个大孝子。

有一次，村里有一家有钱人给娃娶媳妇，阎林儿以本家掌柜的身份去吃酒席。

酒宴开始了，七碟八碗的肉菜都端上来了。阎林儿坐在侧席，闻着酒肉的香味，馋得口水直流，很想马上动筷子。但是酒未看齐，上席的人还未动手，阎林儿长叹一声，道："唉，我在这里吃哩喝哩。我妈哪里能吃上这么好的肉菜呀，我一想起老母，酒肉再香也咽不下去了。"一席人一听他说的话，都很感动。

这时，上席里一位白发老汉说："林儿娃可算个孝子娃，这世上可不多呀！"老人说着拣了两个大蒸馍一掰两半说："来来来，林儿拿着，我先给你妈夹两筷子肉。你拿回去叫你妈尝尝。"这人这样一做，大伙儿都跟着来了。一席人你一筷头，我一筷头地把肉都夹着送过来。阎林儿连忙接住，也不推辞，一会儿肉多得两个馍都夹不住了。阎林儿向在座的父老乡亲作了个揖，道了谢才大吃起来。

席毕，阎林儿已是酒醉饭饱，把肉夹馍往怀里一揣，

一步三晃地回到家中。

进了院子，阎林儿左右看看，直直走到他老婆的窑里。他老婆正在烧炕，看见丈夫回来，怀里鼓鼓囊囊，就问："揣的啥？"阎林儿把两个肉夹馍从怀里掏出来，往老婆怀里一戳说："不要言喘，我给你夹了两个肉夹馍。快吃，不要叫咱妈看见。人老了嘴又馋，不给她。"又说："我啥时候都没忘你。"

讲述者：　不详

采录者：　侯兆洲

采录时间：　1988 年

采录地点：　平凉市崇信县

选自：　《平凉地区故事集成》（资料本下卷二分册），第 371 ～ 372 页

334

媒人

林保最爱说媒，全是为了落几个小钱，免不了受别人的责骂。

这一次，他又将男方给女方的聘礼挪用了一些，使女方家经济受到损失，以致婚事告吹。

男方怒气难息，将林保打倒在地，观众像看戏一样。他躺在地上呻吟着说："以后再不做这事了，谁再说媒就不是人。"

他有气无力地挣扎着起来，刚要出场时，迎面站着一个大姑娘。他一边端详一边呻吟着说："好俊俏的姑娘，有婆家没有？张平平是个好小伙，我缓好了给你说去。"引得大家哄堂大笑，一个人说："狗不吃屎，还不闻地摊子了？"

讲述者：　鲁明显，73 岁，泾明乡紫荆村人，农民，小学学历

采录者：　张怀群，28 岁，泾川县文化馆文学干部，大学学历

采录时间： 1988 年 4 月

采录地点： 平凉市泾川县

选自： 《平凉地区故事集成》（资料本下卷二分

册），第 340 页

335

贪心人

从前，有一个人，既贪心又愚蠢。

一天，他提着一串铜钱从桥上走过，看见水中自己的倒影，就高兴地说："真巧，水里这个人也拿着一串铜钱，待我去把他的钱抢来。"

他把手中的钱一丢，就下水去抢，他刚跳下水，水中那人也把手中的钱丢了，连人影都没了。

他又痛心又生气，大声叫道："快来人呀，出事啦！水中那个人把我的铜钱抢走啦！"

讲述者： 不详

采录者： 袁文秀

采录时间： 1988 年

采录地点： 平凉市崇信县

选自： 《平凉地区故事集成》（资料本下卷二分

册），第 370 页

336

南腔北调的中专生

选自： 《平凉地区故事集成》（资料本下卷二分册），第341～342页

他今年考上了中专学校，在众人眼里，鹤立鸡群。一时间，他盛气凌人，连说话都南腔北调的。

那天父亲叫他上山割荞麦。他说："那怎么能行呢，我不是已经脱产了吗？两年后我不就成为国家干部了？哼！岂有此理！"父亲见此情况，婉言相劝："好娃，就当给我帮忙哩。"

到了地里，他又来了一套："喂，老头，这红秆秆绿叶叶的是啥子哟？"父亲这一下火了，拿起扁担朝他的腰子捋了两下。

这一下他急了，在疼痛中大叫："大，难道你把我打死在荞麦地里不成？"

讲述者： 刘生彦

采录者： 鲁明显，73岁，泾明乡紫荆村人，农民，小学学历

采录时间： 1988年4月

采录地点： 平凉市泾川县泾明乡

337

马
脚

成？"说着立刻脱下衣服甩在一旁，一场"出神"就这样结束了。

讲述者： 王志漠

采录者： 鲁明显，73 岁，泾明乡紫荆村人，农民，小学学历

采录时间： 1988 年 4 月

采录地点： 平凉市泾川县泾明乡

选自： 《平凉地区故事集成》（资料本下卷二分册），第 342 ~ 343 页

农村里的马脚是和阴阳、神婆一样使人感到神秘的人物。

这天，木炭窑刚点着，马脚仓娃就和几个青年人摔跤玩耍，他忽然跌倒在地，昏迷不醒。大家知道，仓娃又要"出神"了，就把锣鼓放在他身上。一阵敲打后扶起来，马脚仓娃发话了："我是灵官临凡，我要追子[1]。"接着来了一阵乱跑，由于故意闭着眼，不幸摔进炭窑中。

人们急着要救，他强装镇静，说："不要吵，不要闹，灵官上窑有法窍。"扑了几个回合，终于没有上来。他只好发话："麻绳皮绳一齐吊，灵官腰里没劲了。"

上来后，他的毡袄已着火了，烧得他乱蹦，又念念有词："毡袄袄，毡袄袄，毡袄火着冒黑烟。"

别的小伙子装着听不懂"神话"，问："你老人家说的啥？我听不懂，再说一遍。"

"你是聋子不成！毡袄袄着火了，难道把人烧死不

[1] 子：你。

338

爱看书的人

讲述者： 何效忠

采录者： 张怀群，28岁，泾川县文化馆文学干部，大学学历

采录时间： 1988年5月

采录地点： 平凉市泾川县泾明乡

选自： 《平凉地区故事集成》（资料本下卷二分册），第343～344页

有一个人很爱看书，走也看，坐也看，睡也看，他看得入迷时，即使油缸倒了也不管。

这天他上山放羊，没忘了看书，结果一只狼钻进羊群，一下咬倒了两三只羊，他都没有发现。直到对面山上的人大喊大叫，他才发现。但是，他并没有立即赶狼，而是把最后一段看完，才进入赶狼环节，这时已来不及了。这事成了村里人多少年的谈资。从这以后，他母亲大哭不止，不让看书，但这人本性难移，白天不看晚间看。有一天夜里，看得乏极了，他一头栽倒就睡着了，灯火烧着了被褥才知道。

又有一天，来了一位看过书的人，大谈《三国志》里曹操领兵八十二万下江南一节，他立即驳斥说："是八十三万。"两人争论不休。他气极了，说："不妨把书拿来看看。"他气愤地跳上炕，伸手到窗檐顶的台子上取书，谁知把炕上的婴儿踏了一下，疼得娃"吱哇"乱叫。妻子上前和他争论，他说："人家一口把一万人马都吞没了，为了一个娃还争执啥哩？"

339

娇媳妇求神

拿起扁担和镰刀上山割麦去了。

讲述者： 李兆明，县鞋厂工人

采录者： 张怀群，28 岁，泾川县文化馆文学干部，大学学历

采录时间： 1988 年 4 月

采录地点： 平凉市泾川县

选自： 《平凉地区故事集成》（资料本下卷二分册），第 344 ~ 345 页

有一户山洼里的人家，给儿娶了一个娇媳妇。这媳妇在当娃娃时就是娇生惯养的，养成了馋嘴懒身子。俗话说："麦黄糜黄，绣女下床。"[1] 可这娇媳妇是老虎拉碾子，不管那一套，整天装病，不愿干活。

有一天，邻居家里来了一个老太婆，说山神庙里的神能给人看病，什么病都能看好，别人的心事他也明白。娇媳妇听了心里发慌，怕人们知道她是装病的，便整天到山神庙里去求神。这样求了好几年时间，邻居知道后就对这媳妇的公公讲了详情，老公公便在山神庙内神像后面偷听。

一会儿，娇媳妇进来了，跪在山神爷供桌前烧了香表，然后大声说："山神爷，请你给我个小病病，但不能要我的小命命。"老公公便在神后面大声吼道："装病的，早上害病后晌死。"

娇媳妇吓得出了一身冷汗，头也不敢抬地跑了回去，

[1] "麦黄糜黄，绣女下床"是流传在陇东一带的俗语，意思是如果麦子黄了、糜子黄了，即使是绣女也得下地干活。其中麦子黄了代指夏收，糜子黄了代指秋收。

340

过河许愿

采录者： 张怀群，28岁，泾川县文化馆文学干部，大学学历

采录时间： 1988年4月

采录地点： 平凉市泾川县

选自： 《平凉地区故事集成》（资料本下卷二分册），第346～347页

于果成正在做一桩火烧眉毛的生意，按时间要到河对岸和人接洽。

他刚下水时，水面非常平静，可是等他走到河中间时，忽然浪涛卷来，水位顿时增高。他心慌意乱，脚下一绊摔了一跤。只一会儿工夫，水就涨到了他的胸部，他慌忙挣扎，大声疾呼："谁帮我过了河，杀狗杀羊答谢救命之恩。"

岸边很多人都听到了，冒险把他救上岸，当他穿衣提鞋之时，众人齐声说道："河中间许的愿，过了河可要还愿哩。"

于果成不紧不慢地说："那一阵子把我吓得神经失了常，不知胡说了些啥，现在不知道了。"

众人哭笑不得，说："你们做生意的人，真有一套。"

讲述者： 鲁明显，73岁，泾明乡紫荆村人，农民，小学学历

341

穷命的毛驴

选自： 《平凉地区故事集成》（资料本下卷二分册），第 357 页

从前有个庄稼人，家里穷得没猴耍[1] 了，瞅准了一锤子[2] 驮运贩粮的买卖。

有一天，这个庄稼人借了邻家一条毛驴，要到集市上驮买回的粮食。

他一次想驮回三口袋粮食。头一口袋粮食搭上驴背，他摸了摸那细细的驴蹄腕倒还坚硬；又搭上第二口袋粮食，只听扑腾一声，驴腰压折了。

他放声大哭，边哭边说："穷命的驴呀，你一点也不睁眼……"

讲述者： 不详

采录者： 何旭东

采录时间： 不详

采录地点： 平凉市崆峒区

[1] 没猴耍：实在没法子。

[2] 一锤子：一单。

342

牛膝

一个农夫患了腰痛病，去找医生医治。

医生在处方里开了一种叫"牛膝"的药，并叮嘱说："用新鲜牛膝入药效果最佳。"

农夫回家后，把自家一头耕牛的两只膝盖割下来入了药。

老父亲看见牛没了膝盖，气得昏了过去。

儿子安慰父亲说："大，只要我病好了，给牛再买个膝盖。"

讲述者：　不详
采录者：　何旭东
采录时间：不详
采录地点：平凉市崆峒区
选自：　　《平凉地区故事集成》（资料本下卷二分册），第357～358页

343

大爸二哥三太爷

张三弟兄三个，老大当保长，老二敲牛拐子[1]，老三在县衙里做个小差事。大年初一，村长赵七跑去给张家兄弟拜年，一进门就打拱道喜："大爸二哥三太爷，新年万福！"

讲述者：　刘元基，56岁，静宁县曹务乡张屲村人，农民，不识字
采录者：　王知三，男，41岁，干部，高中学历
采录时间：1987年5月
采录地点：平凉市静宁县曹务乡张屲村
选自：　　《平凉地区故事集成》（资料本下卷二分册），第322页

[1]　敲牛拐子：赶牛，指种地。

当地人根据职业和家庭经济情况来称呼人。通常情况下，人们把职业好、家庭富裕的男性称作"太爷"，把没有职业、家庭贫穷的男性称作"哥"，把在当地有一定威望的男性称作"伯""爸""叔"等，此故事老三在县衙当差，人们就称他"太爷"，老大是保长被称作"爸"，老二是普通老百姓被称作"哥"，再加上他们各自的排行，于是有了"大爸二哥三太爷"的叫法。（徐凤）

344

割了牛头砸瓦罐

牛头卡在瓦罐里拔不出来，全家人没办法，只好把孩子的舅舅请来。舅舅一看便笑着说："这有何难，把牛头割下来。"外甥就把牛头割了下来，可牛头还是在瓦罐里，一家人又向舅舅讨教，舅舅说："把瓦罐砸了。"外甥忙把瓦罐砸碎，牛头果然出来了。全家人都夸舅舅有办法，可他却放声大哭起来，人们问他哭啥哩。他说："我这么大年纪，还能活几天，将来我死了，你们再遇上难怅事儿，该找谁去呀！"

讲述者： 不详
采录者： 庄浪县柳梁乡文化站（供稿）
采录时间： 不详
采录地点： 平凉市庄浪县
选自： 《平凉地区故事集成》（资料本下卷二分册），第332页

345

言无二价

讲述者： 不详
采录者： 不详
采录时间： 1988 年
采录地点： 平凉市崇信县
选自： 《平凉地区故事集成》（资料本下卷二分册），第 297 ～ 298 页

说话粗声粗气的田大伯和收购员小贾又吵开了。

"俺这花椒是真正的'大红袍'，你不划一等了给个二等价嘛！"

"我说三等就三等，言无二价，别啰嗦。"

"你也不能这么坑俺这些农民嘛！"

"谁坑你啦，像你这号人就是三等我也不收了。"

小贾说罢，不理不睬地走开了。田大伯只好无趣地退出这个挂着"文明经商"横幅的收购门市部，又把自己布袋里的花椒倒在跟他赶集的闺女围巾上，使了个眼色让闺女再去交。

小贾将围巾里的花椒经过验收，过秤之后，在付款时发现田大伯又站在自己面前，这时候小贾气呼呼地有意提高嗓门说："你看人家这一等花椒，色泽鲜艳，颗粒饱满，干净无籽，多好的货呀！"

"同志，这就是我布袋里的花椒。"

"啊？"

346

锅开了就下米

选自： 《平凉地区故事集成》（资料本下卷二分册），第 332 ～ 333 页

从前，有一个媳妇教傻女婿做家务活，对他说："先要学着做饭，锅开了才下米。"傻女婿问："锅咋算开了？"媳妇说："水翻咕嘟[1]就算开了。"傻女婿记下了。

一次媳妇叫他到集市上去买米，他买了半袋子米背着回家，走到一座桥上，看见桥下的流水又急又猛，还翻着咕嘟浪花哩。傻女婿放下米袋子，把米全倒进水里，过路人可惜地问他："你咋把米全倒进河里了？"傻女婿说："你不看吗，水在翻咕嘟，锅开了。"

讲述者： 张志忠，男，68 岁，农民

采录者： 谢文敏，男，44 岁，庄浪县卧龙乡人，干部，初中学历

采录时间： 1986 年

采录地点： 平凉市庄浪县

[1] 翻咕嘟：冒泡。

347

人
心
有
鬼

从前，有个人在朋友家里喝了酒，昏哩倒哩[1]地往回走。走到吊死鬼湾里，天黑下来了。他上了地埂，发现有黑糊糊的东西忽地一个式站起来，怪哩怪气地叫唤了一声不见了，醉汉当是吊死鬼，吓得跌倒了。

一股子风吹过来把醉汉给吹醒来了，他爬哩滚哩地往回跑，跑着回去就害了一场病，说是叫鬼给拉住了，一天比一天重。最后，他家里人请了个阴阳，要把他领到吊死鬼湾里，说是他把魂给吓得掉到吊死鬼湾里了。

晚上，阴阳跟着醉汉的家人念着经，领着醉汉到掉魂的地方去叫魂，结果碰见另一家人也请了阴阳到这达给一个女人叫魂来了。醉汉家人问："你这女人是咋么[2]个碰上鬼的？"一个男人说："一天，我连我女人在这达割麦着哩，天黑下来了，我背了一捆子麦子回去了。还准备背哩，我女人在地里等我着哩，等了一阵，地边里来了一个

吊死鬼，看去昏哩倒哩的，把我家女人吓得从这个胡圈[3]里跌下去就晓不得了。回去就害了病，一天比一天重，人都说吃了鬼的亏了，所以今儿来叫魂着哩。"

醉汉一听是这么个事，说："这就对了嘛，那天是我喝醉了回咔，看着好像个女人，我当是鬼，把我吓得跌倒就晓不得了，回去也害了一场病，人都说是吃了鬼的亏了，来叫魂哩。"

这么一说大家都明白了，两个病人都好了，魂没叫都回去了。

讲述者：　王继烈，男，63 岁，农民，不识字
采录者：　王延军，男，32 岁，赵墩乡文化站专干，高中学历
采录时间：　1988 年
采录地点：　平凉市庄浪县
选自：　《平凉地区故事集成》（资料本下卷二分册），第 333 ～ 334 页

附
记

此故事涉及陇东一带人"叫魂"的民俗。在传统社会，如果人们晚上在田野中行走，往往会把远处的人影误认成鬼影，把自己吓得半死。如果此人回家正好生了一场病，家人就会认为这个人把魂吓丢在田野中了。如果小孩从某个地方掉下来，回家后正好生病了，家人也会认为孩子把魂吓丢在掉下来的地方。这样家人就会去丢了魂的地方给他（或她）叫魂。叫魂时，至少是两个人（通常是女性），既可以带上受吓人，也可以不带受吓人。他们走到丢魂的地方，抓起地上的一撮土，装入受吓人的衣服口袋，年龄长一点的女性则喊"××（多是受吓人小名）回家！"另一个拿受吓人衣服的女性（或受吓人本人）则回应："回来了！"就这样，一路喊一路回应，一直回到家，当地人叫"叫魂"。（徐凤）

[1]　昏哩倒哩：形容走路不稳。

[2]　咋么：怎么。

[3]　胡圈：水冲开的大坑。

348

万百千和五二

讲述者：　周存贵

采录者：　王来根，太平中学学生

采录时间：　1988 年 4 月 27 日

采录地点：　平凉市泾川县太平乡

选自：　《平凉地区故事集成》（资料本下卷二分册），第 335 ～ 336 页

从前，有个孩子叫五二。五二上学时，先生给他教了一个"一"字，五二一看一字是一个杠杠，就问先生说："二字是两个杠杠？"先生说："对！"五二又问："三字是三个杠杠？"先生又说："对，你这孩子真聪明！"

五二看老师表扬自己，高兴地想，原来知识很简单。于是，他就不再上学了，并向人们说："我会写字了，我也可以当先生了。"人们听说他会写字了，就公推他当本村的先生。

一天，五二给学生作业本上写名字，有叫李二的，有叫张三的，有叫王四的，他都一一写了，可是有个万百千的学生叫他写，他左一杠杠，右一个杠杠，满满画了一早上也没画完。

他画呀，画呀，一直画到天黑。一个作业本全都画上了杠杠，还剩一万没地方画。他边擦汗边骂这个学生，说："谁叫你姓万？你不知道万要画很多杠杠吗？你既然姓万，就不该再叫百千，害得我写了一天还没写完。"

349

臊话

从前，西关村有一个人，爱在人家过喜事时说些不吉利的话，所以人们叫他"臊话[1]"，庄家凡有大小喜事都不愿请他。

某天，张家生了个胖小子，全家人准备宴席，热热闹闹地给胖小子过满月，请乡亲们来喝酒，这人也来了。张家实在不想要他，但他发誓席间不说臊话，席间，这人真的没说一句话。到酒尽客散时，他对张家人说："今天我可没说臊话，以后孩子死了，可别来找我。"

讲述者： 吕蕊林，女，34岁，农民，初中毕业
采录者： 吴伯宏
采录时间： 1978 年 11 月 3 日
采录地点： 平凉市静宁县
选自： 《平凉地区故事集成》（资料本下卷二分册），第 308 ～ 309 页

[1] 臊话：让人丧气的话。

350

张良卖布

张良卖布着哩，但是他爱耍钱得很。

一天，妻子就问："你今天把卖的钱干了啥咧？"张良就哄妻子说："张三他大生病了，我借给张三了。"第二天，妻子又问他："你把卖了布的钱哪里去咧？"张良又说："李四家的婆娘生病了，我把钱借给李四咧。"就这样，张良天天卖布咧，天天拿不回来钱。其实是他把卖布的钱都拿去耍咧，回到家就骗妻子。

又有一天，张良的妻子实在不信张良的话，又逼着问张良把钱哪里去咧。张良就赌咒说："我张良卖布，如果耍钱的话，就在风箱杆子上吊死去，让白糖把我毒死去，睡到房檐上车马过来把我碾死去！老婆，你看我都发了多少咒咧，你还不信？"

张良妻子一听张良发了这么多的咒，以为给别人借钱是真的，就信咧。

讲述者： 余文俊，男，70岁，回族，崆峒区西阳

回族乡清明村一社村民，农民，不识字

采录者： 余亚丽，女，23岁，回族，崆峒区西阳
回族乡人，兰州文理学院文学院本科学生

采录时间： 2021年4月8日

采录地点： 平凉市崆峒区西阳回族乡清明村一社

351

插坟

附

记

这是编纂组实地采录的一则故事。讲故事时，余文俊老人一本正经，讲完后他就笑了，说："他（指张良）发的这些咒没有一个能实现的，风箱杆子离地不到一尺，怎么能把人吊死？白糖那么好吃，更不能把人毒死。房檐离地那么高，车马怎么能上去？越发碾不上人了。他看着发了好多咒，实际上是哄他老婆哩。他老婆老实，当然没有深刻思考就信了。"跟着他的解释，在场的人都哈哈大笑了。

风箱（右边木杆就是风箱杆）

从前，有一个富汉家叫了一个阴阳看坟，说看的坟既要对自己好，也要对别人好。结果，他们把阴阳引到这达，引到那达，引得阴阳转了一天，都没看个好地方。

这个阴阳生气了，说："对自己好就行了，还要对别人好哩，事情就多得很。"然后，这个阴阳就把富汉引到一个兔头山上，想：在这儿插坟，要让这家的光阴不出三年就倒了。

过了三年，阴阳在富汉家庄里向人打听这富汉家的光阴过得咋样。庄里人说这家的光阴越过越好了，也越来越富了。

阴阳听了这话，心里想：我故意给弄了个破穴，应该是光阴要倒，咋还越富了？就到富汉家去喝茶，想借机看看是不是人们说的那样。

富汉有两个孙子，富汉让孙子给阴阳舀水熬茶，就大声叫："黄鹰把柴拿着来，黑鹰把水拿着来。"水用来炖茶，柴用来烧火。

阴阳看着富汉家里的日子的确比以前更好了，心里就是想不通。他跑回家查了书才知道，原来是这两个孙子的

名字起得好，书中写道："黑鹰黄鹰抓住兔头山，富贵不变一千年。"

讲述者： 高着花，女，54 岁，静宁县仁大镇解放村人，农民

采录者： 李童童，兰州文理学院本科学生

采录时间： 2021 年 2 月 20 日

采录地点： 平凉市静宁县仁大镇解放村

附
记

　　我国大部分人都看重阴宅的位置，认为如果祖先的阴宅地选得好，就会福荫子孙，不仅使整个家族人丁兴旺，还可以使子孙的日子越过越好。平凉人非常重视阴宅的风水，尤其是农村人更看重，《插坟》正好讲述了这一民间习俗。（魏绘）

352

朝气

　　上午数学课上，小王想抱头睡觉，却被老师发现了。

　　老师："小王，你怎么了，青年人应该有点朝气，好像早晨八九点钟的太阳。"

　　小王："老师，你怎么不看？今天是阴天，没有太阳。"

　　老师："这……"

讲述者： 宋志宏，男，30 岁，工人，小学毕业

采录者： 甘渭，男，47 岁，干部，高中学历

采录时间： 1987 年 10 月

采录地点： 平凉市静宁县县城

选自： 《平凉地区故事集成》（资料本下卷二分册），第 319 页

353

起来会滑倒的

六岁的小强特别喜欢动脑子。一次，天下毛毛细雨，不小心滑倒趴在地上。他没有往起爬，这下可吓坏了妈妈，以为他摔坏了。

"小强，快起来，你……"妈妈叫他。

小强说："妈妈，起来会滑倒的。我干脆不起来了。"

讲述者： 宋志宏，男，30 岁，工人，小学毕业
采录者： 甘渭，男，47 岁，干部，高中学历
采录时间： 1987 年 10 月
采录地点： 平凉市静宁县县城
选自： 《平凉地区故事集成》（资料本下卷二分册），第 319 页

354

跌倒

有一个懒汉，因不小心在路上跌了一跤。可他不吸取教训，以后走路仍是不小心，接着又跌了一跤。

这一次可跌得不轻，竟然趴在地上起不来了。

他后悔地说："早知道这样，上次就不应该爬起来。"

讲述者： 不详
采录者： 马天凤
采录时间： 1988 年
采录地点： 平凉市华亭县
选自： 《华亭县资料本》（全一册），第 203 页

355

塌脑子女婿

刘庄有个人，平素占便宜出了名。他走到哪里，见啥拿啥，见啥要啥，不管用不用，反正都厚着脸皮要，或者背着人家拿，凡远近知道这人的都躲着他。

这年冬上，女人打发他到娘家办点事。临走前，女人再三叮咛他别再干那丢人现眼的事儿了。他满口应承，可是刚到丈母娘家，见面柜上放着几块羊油坨，心想拿一块回家改改口味岂不美哉，于是顺手把一块扣在刮得光亮的秃头上，护上帽子，一本正经地做起亲戚来。

丈母娘见女婿来，端了个面升子，要给女婿做饭，见面柜上少了一块羊油坨子，知道是咋回事，眼珠子一转，便赶紧和面给女婿做饭。她又切生姜又剁辣椒，说是炕凉房子冷，叫儿子又抱柴禾烧炕又生炉子，娘儿俩忙忙乎乎，一片热情。

一会儿，炕烧红了，炉火旺了，女婿穿得厚，坐在炕上直冒汗。这时丈母娘的辣椒面[1]又满满地盛上来了，他一碗接一碗连吃带喝，霎时浑身像着了火，帽子下面的羊油坨一下子溶化了，羊油顺着头皮流了出来，白花花的，一道又一道。

丈母娘心里好笑，故意问道："他姐夫，你那咋啦？"女婿摸了一下后脑，回答道："丈母娘做的饭太香啦，香得我脑油都流出来了。"丈母娘装出十分关切的样子，摸摸后脑说："这还了得，脑子流塌了，我娃咋活啊！"儿子接上说："妈，你不要怕姐夫脑油塌光，如果确实流光了，正好换个好的！"

讲述者： 刘元基，56 岁，静宁县曹务乡张亓村人，农民，不识字

采录者： 王知三，男，41 岁，干部，高中学历

采录时间： 1987 年 5 月

采录地点： 平凉市静宁县曹务乡张亓村

选自： 《平凉地区故事集成》（资料本下卷二分册），第 314 ～ 315 页

[1] 辣椒面：指辣椒放得很红的面饭。

356

秀才赶驴

讲述者： 刘芳，女，25 岁，工人，高中毕业
采录者： 徐静
采录时间： 1987 年 3 月
采录地点： 平凉市静宁县县城
选自： 《平凉地区故事集成》（资料本下卷二分册），第 316 ～ 317 页

以前的时候，静宁州西门口那儿住着个秀才，他读了很多书，但大都是一知半解。

一天，读书时，碰见"然而"这个词，他不大懂意思，便去问老师。老师说："'然而'有转折之意。"他死记下了，乐滋滋地向家里走去。

半路上，恰巧遇见他的一个亲戚赶着一头驴去看望一位病人。到病人家了，便拜托秀才把驴赶到他家去，并叮嘱说："这头驴性子倔，可别打它。"

秀才说："放心，我读了这么多书，把头笨驴赶不回去，就枉做秀才了。"说完，就拉着驴向那亲戚家走去。

快到家了，那驴子却停下来吃起路旁的枯树叶来，秀才喊了几声，笨驴根本不理。秀才气极了，拿起一块大尖石头，朝驴屁股打去。那驴受惊后，伸长脖子"嗷嗷嗷"叫了几声，尥起后蹄子，对着秀才踢了几下，就向旁边的岔道上跑去，秀才忙喊："站住，回来，别跑……"

可那驴跑得更快了，秀才猛然想起了"然而"的意思，急中生智，便向着驴大呼："然而，然而……"不管咋喊，那头笨驴还是朝前跑去了。

357

傻媳妇哭公爹

从前有个傻媳妇，不管死了啥都哭。有一天，家里死了一只大公鸡，她就坐在地上哭了起来。她婆婆过来说："不许哭！"过了几天，家里死了一只狗，她又哭了起来，她婆婆说："别哭，嚎丧的！"可是没过几天，又死了一头大叫驴，她又哭了起来，她婆婆阻止了她的哭。

没过多久，她的公爹死了，她想起婆婆的话，就像没事一样，有说有笑。她婆婆见了生气地说："现在该哭了，怎么不哭了？"傻媳妇一听叫她哭，就地一坐，拉开嗓子大声哭道："我那打鸣的鸡呀！看门的狗呀！公公爹呀！大叫驴呀！"

讲述者：　吴义明

采录者：　吴金刚，红河中学学生

采录时间：1988 年 5 月

采录地点：平凉市泾川县红河乡

选自：　《平凉地区故事集成》（资料本下卷二分册），第 345 页

358

慢性子和急性子

一次慢性子到急性子家里做客，两人围着一个火炉烤火。慢性子看见急性子的袖子被火烧着了，就对急性子说："我要对你讲一件事，你听了以后，不要着急。"

急性子说："你说，你说了以后，我一定不着急。"慢性子才吞吞吐吐地说："我，我……我看见你的衣服袖子被火烧着了。"

急性子一听，气愤地大叫道："你怎么不早一点说呢？"

慢性子说："看，我说你是个急性子人，叫你不要着急，你就是不听。"

讲述者：　赵忠龙，30 岁，飞云乡西高寺村人，农民

采录者：　王文生，高中学生

采录时间：1988 年 5 月

采录地点：平凉市泾川县高平街

选自：　《平凉地区故事集成》（资料本下卷二分册），第 346 页

359

赵钱孙李能造句

赵玉柱捧着一本百家姓求教。

老师解释："此书以姓氏为主，不能用来造句。你若难记难解，我给你打些比方：赵，像你住在赵家坡；钱，像你胸脯上戴的黄铜钱；孙，你是你爷的孙子；李，像我李万年成天给你教书。"

聪明的学生就都领会了。赵玉柱反过来问老师："你说不能造句，我看能行。你听：赵家坡玉柱有了黄铜钱，我爷多了个孙子李万年。"

讲述者： 鲁明显，73 岁，泾明乡紫荆村人，农民，小学学历

采录者： 张怀群，28 岁，泾川县文化馆文学干部，大学学历

采录时间： 1988 年 5 月

采录地点： 平凉市泾川县

选自： 《平凉地区故事集成》（资料本下卷二分册），第 350 页

360

兄弟俩

半夜里邻家的小宝宝病亡了，只好请隔壁的光棍弟兄俩将尸体打发出去。

谁知弟弟说："一个不好拿，如果是两个娃，担上多好走。"这人忍气吞声，让他把尸体送走为原则，就给他哥把这话学了一遍。

他哥一听"嗤"地一笑说："叔叔，我弟弟是个不够成数[1]的人，不会说话。你家以后再发生这样的情况，全由我负责给你送尸，免得你和他计较。"

讲述者： 鲁明显，73 岁，泾明乡紫荆村人，农民，小学学历

采录者： 张怀群，28 岁，泾川县文化馆文学干部，大学学历

采录时间： 1988 年 5 月

采录地点： 平凉市泾川县泾明乡紫荆村

[1] 不够成数：不聪明。

选自： 《平凉地区故事集成》（资料本下卷二分册），第 351 页

361

谁赔谁

戏院里，一个老翁放下油瓶买油糕，一个耍蛇人过来，一脚踢滚了老翁的油瓶。老翁弯腰扶油瓶时，耍蛇人有意用架在脖子上的蛇吓唬老翁。碰巧，老翁吃红了的旱烟锅头碰在了蛇屁股上，蛇烫得疼急了，一头栽进了小吃摊的热油锅，把蛇给炸死了，还弄坏了油。这时蛇的主人要求油的主人赔蛇，油的主人要求蛇的主人赔油，人们不知道到底应该谁赔谁。

讲述者： 不详
采录者： 何旭东
采录时间： 不详
采录地点： 平凉市崆峒区
选自： 《平凉地区故事集成》（资料本下卷一分册），第 358 页

362

两个狗正睡着哩

天不亮，小虎就提着一篮子蒸馍去看他舅。他舅家养着两个大花狗，小虎走到大门口两个狗正在窝里熟睡，他便悄悄地绕了进去。到里屋一看，他舅和他舅妈也还没有起床，小虎就只好坐在椅子上等着。过了一会儿，他舅妈醒来一看，小虎来了，就问："你啥时来的，怎么没听见狗咬？"小虎说："我进来时两个狗正睡着呢！"

讲述者： 不详

采录者： 朱国义

采录时间： 1988 年

采录地点： 平凉市华亭县

选自： 《平凉地区故事集成》（资料本下卷二分册），第 363 页

363

不要命

从前，有一个人到朋友家里去做客。吃饭时，主人端上了一盘青菜和一盘烧豆腐，客人光吃豆腐不吃青菜。主人问："朋友，你怎么光吃豆腐不吃青菜？"客人道："你不知道，豆腐是我的命，我最爱吃豆腐。"

第二天吃饭时，主人端上了一盘烧豆腐和一盘红烧肉，客人光吃肉却再也不理豆腐了。主人奇怪地问："你不是说豆腐是你的命吗，怎么今天又不吃豆腐啦？"客人微笑道："我见了肉就不要命了。"

讲述者： 不详

采录者： 袁得武

采录时间： 1988 年

采录地点： 平凉市华亭县

选自： 《平凉地区故事集成》（资料本下卷二分册），第 364 页

364

咱娘母两个好

在海龙山林场举办的一次护林联防会议的招待酒宴上，一男一女两个护林员猜拳取笑。

男的高呼："一心敬你！"

女的应道："咱娘母两个好。"

男的接着又呼："二喜！"

女的又对呼道："咱娘母两个好！"

男的连续大声说："满堂热闹。"

女的又对呼道："咱娘母两个好！"

在席的人听出了意思，一下子哄堂大笑起来。

讲述者： 不详

采录者： 昝保祥

采录时间： 1988 年

采录地点： 平凉市华亭县

选自： 《平凉地区故事集成》（资料本下卷二分册），第 364 ～ 365 页

附 记

划拳行酒令是陇东一带宴席上常见的一种娱乐方式。陇东拳也叫"高升拳""江湖乱倒"。之所以叫"高升拳"，是因为起拳时两人都叫高升出高升，这里的"高升"代表数字 6，象征六连高升；之所以叫"江湖乱倒"，是因为从 0 到 10 都叫。划拳的两个人边叫数字边出手指头，两个人手指之和与谁叫的数字相符算谁赢，一般都是表示美好祝愿的句子，如一心敬你、哥俩好、三星高照、四季来财、五魁首、六连高升、七巧梅、八仙过海、九九长寿、十满堂等。该则笑话中男子借划拳占女子的便宜，女子用"咱娘母两个好"乱辈分的话反击对方，于是引起了人们的哄堂大笑。（徐凤）

365

骗牛

甲：听说你家的牛没骗，你正在着急？

乙：是的。

甲：给我擀些长面，炒些肉吃了，我给你骗。

乙：你会骗牛？

甲：我经常骗牛呢，骗骡马都有三四年的历史了，骗牛已经相当拿手了。

（甲饭饱酒足之后，乙牵出了牛。）

甲：啊呀，你们这头牛比我昨天骗死的那头牛还大呲。

讲述者： 不详

采录者： 万存贵

采录时间： 1988 年

采录地点： 平凉市华亭县

选自： 《平凉地区故事集成》（资料本下卷二分册），第 365 页

366

还耳朵

有一个理发师给一个和尚剃头，一失手把和尚的耳朵给割掉了。和尚疼得拼命叫喊，理发师慌忙从地上把割掉的耳朵拾起来，双手捧着递给和尚，说："师父不要着急，原物没动，全在这里！"

讲述者： 不详

采录者： 憨子

采录时间： 1988 年

采录地点： 不详

选自： 《平凉地区故事集成》（资料本下卷二分册），第 365 页

367

随声附和

　　有个瞎子和朋友在一起，遇到一个顽童做鬼脸，惹得众人大笑不止。瞎子也随着大笑，别人问："你笑啥哩？"瞎子说："咱们是朋友，相信你们笑的一定是可笑的，所以我也笑！"

　　讲述者：　不详
　　采录者：　马天凤
　　采录时间：　1988 年
　　采录地点：　平凉市华亭县
　　选自：　《平凉地区故事集成》（资料本下卷二分册），第 366 页

368

镇原平凉泾川三姓人

　　很久以前，泾川有个人叫王新强，平凉有个人叫柳占元，镇原有个人叫李固基，三个人常年跑买卖，经常能遇到一处。

　　有一次，三人又遇见了，就同住在一个旅馆里，当时正下雨，三个人闲谝[1]。平凉人说："我们平凉有个塔，离天差尺八。"镇原人说："我们镇原有个双扣子，把天划了两流子。"泾川人想，你俩说得奇妙非凡，且听我说："我们泾川有个高峰寺，把天磨得咯吱吱。"于是三人大笑一场而别。

　　讲述者：　刘锡三，74 岁，城关镇杨柳村人，退休干部
　　采录者：　张怀群，27 岁，泾川县文化馆文学干部，大学学历
　　采录时间：　1987 年 12 月 30 日

[1]　闲谝：聊天。

采录地点： 平凉市泾川县城关镇杨柳村

选自： 《泾川民间故事》，第 427 页

369

三人行

六月天气，有三个人碰到一起咧。这三个人，一个是烂鼻子，一直流鼻涕；一个是烂眼窝，一直淌眼泪；一个是烂头，头上全是血痂痂。

那天，天气特别热，其中一个人说："我们三个比赛哩。"其他两个人都同意，就问："那你说怎么比咧？"出主意的人说："一直流鼻涕的不准擦鼻涕，烂眼窝的不准擦眼泪，烂头的不准抠头上的血痂痂。咱们三个在太阳底下晒三个小时，看谁能做到不准动。"

他们就在太阳底下晒着咧，晒着晒着，这个流鼻涕的鼻涕流了好长好长，他问其他两个人："你俩见过大水牛没？""没有。""那个大水牛啊，力气大得很。"他一边比划一边讲，结果"嘣哧"一下，手斜斜子过去把流下来的鼻涕给擦咧。那个头上有痂痂子的人，痒得难受，都快忍不住咧，这时还飞来一只苍蝇在头顶上"嗡嗡"地飞咧，他赶紧问："你见过水牛头上的犄角没有？""没有。""长得满头都是。"他也用手在头上比划，一比划顺带着把头抠了一下，不但头不痒了，还把头上的苍蝇也赶走咧。这个烂眼窝的人想了一会儿，说："你俩说的这个话我都不

信。"手一挥，他也把眼泪给擦咧。

370

送饭

讲述者： 余文俊，男，70 岁，回族，崆峒区西阳
回族乡清明村一社村民，农民，不识字

采录者： 余亚丽，女，23 岁，回族，崆峒区西阳回
族乡人，兰州文理学院文学院本科学生

采录时间： 2021 年 4 月 8 日

采录地点： 崆峒区西阳回族乡清明村一社

　　早晨起来，蔡昌对妻子说："今天耕那最远的二亩地，牛调皮，路又远，快耕完时牛胡拽哩，还得牵上走几回。你把饭做早些，投到[1]送就不早了。"妻子满口答应。

　　的确这二亩地很远，送饭要经过好多村庄道路。实行责任制后，几年里众人不在一起做活，近来添了几件料子衣服，还得穿上炫耀炫耀，于是这妻子就一件一件地试衣服，红的不行，穿绿的，绿的也不行，最后选择了浅蓝色上衣黑裤子，既时髦又朴素，还涂了些胭脂口红，打着镜子照了一下，自觉万无一失，好像出台的演员一样奔庄面而来。

　　不行，只提着馍，还得拿些菜汤，她又转身回去，炒好了汤水。一路上婶婶嫂子赞不绝口，好不愉快，站下和这个说那个拉，不知不觉太阳升得老高老高了，直到一个人说"她姨，该走了"，她才走了。

　　到了地头，丈夫黑着脸蹲在地头，牛绊得像背绑[2]猪

[1] 投到：等到。
[2] 背绑：五花大绑。

娃似的卧在一边。她愣住了，将饭罐还没放稳，丈夫怒从心中起，骂道："你太阳落了再来嘛！"一个箭步抓住了妻子的领子，饭倒了，罐打了，衣服扯了，手表也摔坏了，妻子"呜呜呜"哭个不止，芙蓉般的面目被眼泪冲得溜溜套套[1]的，丈夫不由豁然一笑。

妻子却说："死挨刀子的，早些不看，把人连打带骂，脸冲得不像啥了才看呢，原来的打扮那么嫽[2]，如果你发现早一些，还舍得打我吗？"

讲述者：	鲁明显，73 岁，泾明乡紫荆村人，农民，小学学历
采录者：	张怀群，28 岁，泾川县文化馆文学干部，大学学历
采录时间：	1988 年 3 月
采录地点：	平凉市泾川县
选自：	《泾川民间故事》，第 430 ～ 431 页

371

让你也疼疼

从前，有两个学生坐在同一张桌子上学习。这天，他们答先生的考题，一个学生答不出来，偷看了同桌的答案，同桌知道了报告给先生。先生把这个学生叫去用木板把他的手打得肉烂血流，疼痛难忍，于是这个学生把恨记在了同桌身上。上课了，他偷偷把手伸过去放在同桌的桌框里，心里狠狠地说："我让你也疼疼！"

讲述者：	仇东东
采录者：	魏俊舱，男，32 岁，庄浪县卧龙乡魏家山村人，干部，高中学历
采录时间：	1986 年
采录地点：	平凉市庄浪县
选自：	《歌谣故事》，第 443 ～ 443 页

[1] 溜溜套套：一道一道。
[2] 嫽：好看。

372

拜神人

采录者： 不详
采录时间： 1986 年
采录地点： 平凉市庄浪县
选自： 《歌谣故事》，第 445 页

刘奶奶年过七旬，精神头越来越不好了，不但腿脚不灵了，最近突然又患头痛病，日夜烦躁不安，不思茶饭。

她听人劝说，到五里外的马家庄向马巫婆请来了一尊红泥捏的镇邪神人。刘奶奶把神人小心地放进一个精致的纸盒子里，装上能够开启的门儿，权当一座小房子供神人住。刘奶奶关上门儿，每日早晚虔诚地焚香叩拜，以求神人保佑她残年平安健康。过了两个月，刘奶奶果然神清气爽，头不疼了，腰腿屈伸也灵活了，食有味，夜能眠。刘奶奶更加相信神人有灵，于是感恩戴德，叩拜更加殷勤了。

这一天，刘奶奶忽然想瞻仰神人尊容。她慢慢打开小门儿一看，呆了，神人不知去向，空留纸盒一只，经过一番追问，才知神人请来的第二天早被五岁的孙子扔到烂泥坑里了，原来她整天拜的都是空纸盒子。

讲述者： 李均均

373

胡阴阳

采录时间： 1986 年
采录地点： 平凉市庄浪县
选自： 《歌谣故事》，第 446 页

胡阴阳只要抬抬指头，不管说啥都出奇的灵验，所以周围几个村的人都请他驱邪、看阳宅和阴宅，一年下来也有一笔可观的收入，胡阴阳暗自高兴。

这一天，邻村一个老汉说老伴害着心口疼的病，一个月了病越来越重，想请胡阴阳算算，看病根到底在啥地方。胡阴阳眯着眼睛又装模作样地抬抬那几根瘦长的指头，吃惊地说："呀，谁在你家祖坟头插了一把涂着鸡血的木剑。这还了得，如不赶快拔掉，你老伴非疼死不可！"老汉一听慌了神，急着要胡阴阳到坟地去拔木剑。

来到坟地，胡阴阳傻了眼，原来那把插在坟头土里的木剑被狗刨去了。胡阴阳见老汉对他的本事产生了怀疑，急着解释说："你看这，前天我刚插在里面的嘛，这条该死的狗……"

讲述者： 王明章
采录者： 不详

374

神婆吃鬼

农民，高中学历

采录者： 张怀群，24 岁，泾川县文化馆文学干部，
大学学历

采录时间： 1984 年 8 月 20 日
采录地点： 平凉市泾川县高平乡肖家沟
选自： 《泾川民间故事》，第 318 ～ 319 页

　　一个神婆子为骗人钱，到处安神捉鬼，有一家子常害病，神婆子哈欠连天地说："你家老坟不合适，只要捉了野鬼就好了。"这神婆子人说她能舞剑能吃鬼，明日正当午时，叫全庄人来坟地看。

　　这神婆子偷偷地捏了个糖面人，一点点大，裹好埋进坟堆里，远处有个放羊娃看见神婆子往坟里头埋啥哩，很奇怪。神婆子刚走，放羊娃就到，刨出来一看，是个小面人，一尝还甜着哩，就三口两口吃了。吃毕，拉了一泡屎埋在原地方。

　　第二天正当午时，人把坟围得严严的，神婆子装模作样念了好一会儿经，又舞了好一会儿剑，连连转了好多圈子后，一剑从坟堆堆上挖出一个碎棒棒，张开嘴就吃。哎呀，就是咽不下去。人们一看原来是屎，再加上放羊娃前前后后一说，人们从此就不相信她的神力了。

讲述者： 肖永虎，32 岁，高平乡高平村肖家沟人，

375

打马脚

马脚忙说："我不是神，我是装下的。"

"你是装下的，我也是装下的，你快给我赔桃子。"

"神案上香钱多着呢，你拿吧，快别打我了。"

陈老五这才住了手，走到神案前数了一担桃钱，提着扁担走出了庙门。

讲述者：	不详
采录者：	高延仁
采录时间：	1988 年
采录地点：	平凉市崇信县
选自：	《崇信县民间故事集成》，第 67 页

那年八月，寨子上正过庙会，陈老五想做点生意却没有本钱，就在桃园里赊了一担桃子，挑到会上去卖。不一会儿，庙里的马脚显神了，在人群中横冲直闯。

这个当马脚的恰巧和陈老五有点仇，就闯过来一脚踢翻了陈老五的筐子。桃子全倒了，被人踏了个稀烂，陈老五气坏了。这时他突然心生一计，学着马脚的样子滚倒在地，双目紧闭，把牙咬得咯咯直响。围观的人议论开了："这又是哪一路神采马脚[1]了？"

这时陈老五开口传开了："我是南天桃花神，来赶庙会下天庭。"

"呀，桃花神驾到，你要啥呢？"

"凡间什么都不要，快把扁担给一根。"

老会长忙递了一根扁担，陈老五跳起来追进庙里二话没说就把那个马脚一顿冷打，直打得马脚跪在地上求饶。

陈老五说："我打的不是人，是神。"

[1] 采马脚：在传统社会，有些人利用人们不懂科学的弱点，装神弄鬼骗取百姓钱财，陇东人把这种现象叫"采马脚"。

376

你怎么不早说

父亲经常教育孩子说："你只顾好好学习，与学习无关的事坚决不要管。"孩子就认真遵照父亲的教导。

有一天，他父亲没注意烟头烧着了衣服，孩子说："爸爸，我想告诉你一件事。"

他父亲说："我早就给你说过，与学习无关的事最好别管。"

孩子眼看衣服烧的孔大了，刚想说又被他拦回了。

过了一会儿，孩子实在忍不住了，说："爸爸，你的衣服着了个大洞。"

父亲大惊，急呼："混账东西，那你怎么不早说呢？"

讲述者： 不详
采录者： 夏朝阳
采录时间： 1988 年
采录地点： 平凉市华亭县
选自： 《华亭县资料本》（全一册），第 201 页

377

您还会说驴话

前几年，有一名知识青年在我们这个地方插队劳动锻炼。

有一次，他赶着几头牲畜在林畔放牧。正当他悠然自得地欣赏美丽的山林风光，陶醉于那自由自在、海阔天空的美景时，突然一头小叫驴被深草中蹿出的野兔子吓惊了，只见它撒开四蹄，飞似的向山那边奔去。

知青见状大吃一惊，连忙在后面追赶，边跑边喊："泥（你）给哦（我）粘（站）住！泥给哦粘住！"

小叫驴被他这奇怪的喊叫声吓得越跑越快，眼看就要翻过山梁了。急得他拼命追赶，直跑得满头大汗。就在这紧急关头，从山背后转来一位看庄稼的老汉，他一眼就看见是怎么回事，连忙"噢——哼——"了一声，小叫驴听到是呼叫自己站住的信号，就慢慢地停了下来。

知青飞快地赶上前去，一边擦脸上的汗，一边感激地望着那老汉说："非常感谢老大爷，想不到您还会说驴话，太厉害了！"

讲述者：	不详
采录者：	昝保祥
采录时间：	1988 年
采录地点：	平凉市华亭县
选自：	《华亭县资料本》（全一册），
	第 213 ～ 214 页

378

雨星星与有星星

　　一家兄弟二人，老大耳朵不灵，老二舌根子发硬。老大很懒惰，老二很勤快。

　　一天晚上，弟兄二人摊了一场[1]麦子。老大早早睡了，叫老二去看一看天上有没有星星，会不会下雨。

　　老大问："有星星吗？"

　　老二一看，隔门就说："雨星星。"

　　老大一听，说："既然有星星，你睡去吧，这样的天气是不会下的。"

　　哪知一场麦子在天亮前被大雨吹了个精光。懒惰的老大一看，气得目瞪口呆，说不出话来。

讲述者：	不详
采录者：	王生平
采录时间：	1988 年

[1]　一场：满满一打碾场。

采录地点： 平凉市华亭县

选自： 《华亭县资料本》（全一册），第 215 页

379

和尚吃虾

出家人常常是不杀生害命，以慈悲为本。可是，有个馋嘴和尚，偷偷地买了一些活虾回来，准备煎着吃。

他把活虾放进热锅里，煎得虾胡蹦乱跳。

和尚合上掌，用一副慈悲的腔调对虾说："大慈大悲，阿弥陀佛。你忍耐一些，一会儿煎熟了你就不疼了。"

讲述者： 不详

采录者： 憨子

采录时间： 1988 年

采录地点： 平凉市华亭县

选自： 《华亭县资料本》（全一册），第 216 页

380

借牛

有个财主，斗大的字不识一筐，却偏偏要装出一副知书识礼的样子。

有一天，财主正陪客人闲谈，仆人递给他一封邻居写来的信，信上写明要借牛。

财主怕客人笑他不识字，就装模作样地把信拆开来看了一眼，然后对仆人说："知道了，你告诉他，过一会儿我自己去。"

讲述者： 不详

采录者： 憨子

采录时间： 1988 年

采录地点： 平凉市华亭县

选自： 《华亭县资料本》（全一册），第 204 页

381

脖子与头

一天，某厂长对他的朋友说："在厂里我是头儿。"

朋友问："在家里呢？"

厂长说："那还用说，在家里我当然也是头儿！"

朋友又问："那么你爱人呢？"

厂长说："她是脖子。"

朋友问："这是什么意思？"

厂长说："这你都不懂！头要转动，不得听脖子的摆布吗？"

讲述者： 不详

采录者： 夫子

采录时间： 1988 年

采录地点： 平凉市华亭县

《华亭县资料本》（全一册），

第 204 ～ 205 页

382

油饼子蘸蒜

讲述者： 不详
采录者： 昝丹
采录时间： 1988 年
采录地点： 平凉市华亭县
选自： 《华亭县资料本》（全一册），
第 207 ～ 208 页

从前有一对夫妻，丈夫忠厚老实，妻子好吃懒做又诡计多端。

一次，他们村逢庙会唱大戏，她一连几天都叫男人看家她看戏，当戏唱到最后一天时，她很想吃顿油饼，便叫男人去看戏，自己在家偷着炸油饼吃。她把大蒜捣烂配成菜汤，然后用热腾腾的油饼蘸着蒜汤饱吃了一顿，就上床睡觉了。

刚睡下，她又想起案上的油呀面呀的没整理好，要去整理，又愁刚脱了衣服又要穿戴，觉得麻烦，再说屋子里又没别人，便索性精尻子[1]下床将案上的东西匆匆整理了一番。她满以为没有什么破绽了，就又上床去睡觉，谁料刚睡下，丈夫看戏就回来了。

她做贼心虚，又假装镇静，边开门边笑嘻嘻地问丈夫，"你今晚看的是啥戏呀，怎么这么早就回来了？"丈夫笑了笑，说："我今晚看的是油饼子蘸蒜，精尻子抹案！"妻子一听，羞红了脸。

[1] 精尻子：光屁股。

383

儿子落水

甲：快救人去，一个小孩掉进水里了。

乙：咱急啥，有他爸爸哩。

甲：嗨，正是你儿子。

乙：啊！我的儿子……

讲述者： 不详
采录者： 王立仁
采录时间： 1988 年
采录地点： 平凉市华亭县
选自： 《华亭县资料本》（全一册），
第 208 ～ 209 页

384

愚子答父

父亲：你成绩咋这么差？

儿子：我很少问老师问题。

父亲：为啥不问？

儿子：你不是说要独立钻研吗？

父亲：学问，要勤学好问，懂吗？

儿子：不，如果经常问，别人会说我笨。

讲述者： 不详
采录者： 王立仁
采录时间： 1988 年
采录地点： 平凉市华亭县
选自： 《华亭县资料本》（全一册），第 209 页

385

你为啥打我

"啪!"小刘重重一巴掌扇在了小李的嘴巴上。

小李：哎哟，我惹你了吗，你无缘无故地打人？

小刘：那么，我惹你了吗，你无缘无故地骂人？

小李：我啥时候骂你了？

小刘：我昨夜梦见你骂我了。

讲述者：　　不详

采录者：　　高长青

采录时间：　　1988 年

采录地点：　　平凉市华亭县

选自：　　《华亭县资料本》（全一册），第 209 页

386

虎年

有某夫妻俩原来很和睦，可是最近不知怎么了一直打铁[1]。有一天，丈夫："亲爱的，你这几天是怎么了，变得这么厉害？"

妻子："你真傻，难道不知道今年是虎年吗？"

讲述者：　　不详

采录者：　　高长青

采录时间：　　1988 年

采录地点：　　平凉市华亭县

选自：　　《华亭县资料本》（全一册），第 210 页

[1]　打铁：吵架。

387

驴吃黄瓜

讲述者： 余金亮，男，65 岁，回族，崆峒区西阳
回族乡清明村一社村民，农民，小学学历

采录者： 王丽丽，女，22 岁，庆阳市正宁县西坡
镇人，兰州文理学院文学院本科学生

采录时间： 2021 年 4 月 8 日

采录地点： 崆峒区西阳回族乡清明村一社

附记

在陇东，人们为了防止牲口吃庄稼，就给牲口编个笼嘴戴在嘴上。以前，有铁笼嘴和竹编笼嘴两种，竹编笼嘴比较便宜但容易破，铁笼嘴耐用但比较贵，农村人就根据自己的经济条件选择购买。（徐凤）

铁笼嘴　徐凤摄

农村人一年[1]把麦一收，场一碾完，就拉上粮食去集市上卖，卖了以后就到城里买些果木[2]蔬菜。

一天，一个老汉套了个毛驴车车，自己往车车上一坐，把驴一吆就到城里买了一些果木和一筐筐黄瓜，买好后往车车上一扔，就往回家里走。

走到半路上，一个城里人给另一个城里人说："你看乡里这人，这时候黄瓜老得驴都不吃了，他还往回买呢。"

这老汉心里想：这城里人还怎么骂乡里人呢！我们是忙得顾不上，不是穷得买不起。

他也想把城里人骂一顿，但不好直接骂，一看驴嘴上戴着笼嘴，这个老汉就把黄瓜往驴嘴里塞，驴把嘴往上扬了扬，想吃黄瓜却吃不上。

于是，他就拿黄瓜一边打驴头一边骂："这坏东西，果木刚下来你就吃不够，现在可不吃了。"

城里人看了看这个老汉，啥话也没说赶紧走了。

[1]　一年：每年。

[2]　果木：水果。

（三）诙谐笑话

388

写状子

念书人回答："是，老爷！"

县官说："我请你断这个案子！"

念书人回答："书生穷得实可怜，专靠写状来换钱，不管麦田是泥滩，也不管他猪嘴尖不尖。"

县官无言可辩，就留念书人做了他的执事。

讲述者：　王维章

采录者：　王知三，男，41岁，干部，高中学历

采录时间：　1987年11月

采录地点：　平凉市静宁县曹务乡

选自：　《平凉地区故事集成》（资料本下卷二分册），第254页

有个念书人，文墨深沉，家贫如洗，靠给人家写状子糊口。

有一年，春暖花开，李家的猪跑出去喙[1]了王家的麦田。王家请念书人写状子，要他把理由写重些。念书人提笔写道："过罢年来是春天，冰消地通是泥滩，猪喙麦田如犁翻。"

王家看了暗暗高兴。李家听说王家把自己告下了，也去请念书人写状子，要他把理由写重些。念书人提笔写道："过罢年来三九天，麦田冰冻如铁板，到底猪嘴有多尖。"李家看了暗暗高兴。

两幅状子转到县官手里，县官一看，他想：状子上的讼词各有理由。于是问原告的写状人，王家回答了写状人。县官又问被告的写状人，李家回答了写状人。县官说："你两家的官司我无法断，你叫来写状人，让他给你们断，他比我本领大。"

念书人被叫到堂上，县官问："两幅状子都是你写的？"

[1]　喙：拱。

389

孙悟空大闹天宫

讲述者：	王来银，太平中学学生
采录者：	韩军良，太平中学学生
采录时间：	1988 年 6 月 3 日
采录地点：	平凉市泾川县太平乡
选自：	《平凉地区故事集成》（资料本下卷二分册），第 267 ~ 268 页

从前，有这么四个人，一个姓黄，一个姓姜，一个姓秦，一个姓孙，在一家菜馆里偶然相遇了。为了庆贺相遇，他们决定凑钱买些好菜，痛痛快快地吃一顿饭。

不一会儿，菜端上来了，有鸡有鱼，还有其他六大盘菜。大家正要吃，姓姜的眉头一皱说："我们要把这顿饭吃得有意思一点才好。我提议谁说出一句歇后语和他的姓连起来，谁就吃什么菜。"大家都点头称赞这个主意不错。

姓黄的说："黄鼠狼给鸡拜年！"就赶紧把那盘鸡拉到自己的面前，大嚼大咽起来。

姓姜的说："姜太公钓鱼！"就赶快把那条鱼拉到自己面前吃了起来。

姓秦的说："秦始皇并吞六国！"把剩下的六盘菜拢到自己跟前，狼吞虎咽起来。

姓孙的一看他们三个点光了，又好气又好笑，就高喊一声："孙悟空大闹天宫！"一脚把桌子给踢翻了。

390

人起人落的诗

采录地点： 平凉市泾川县

选自： 《平凉地区故事集成》（资料本下卷二分册），第 349 页

张富翁为了卖牌他的寿诞，总要把宴席延长二到三日。在这门庭若市的排场气氛中，他给三个女婿叮嘱："为了炫耀你三个人的才华，使宴席更加热闹，你们各用人起人落的词句作诗，谐音字也行。"

大女婿即说："任重而道远，仁以为己任。"

二女婿接着说："仁者安人，智者礼人。"

三女婿平时浪荡轻浮，开口成章的才华是没有的。此时，他用一副极不稳重的样子左顾右盼，三女儿看到丈夫如此狼狈，准备题词，顺便在丈夫腿上摸了一下，意思叫他附耳窃听。谁知三女婿是寻花问柳之辈，开口即说："人不摸你，你还摸人？"

讲述者： 鲁明显，72 岁，泾明乡人，农民，小学学历

采录者： 张怀群，28 岁，泾川县文化馆文学干部，大学学历

采录时间： 1988 年 1 月

391

小两口惜别

"十指尖尖捧茶杯。"

"我不渴！"

"请问郎君几时归？"

"不知道！"

"路上闲花休要采。"

"你莫管！"

"家中还有一枝梅。"

"我不爱！"

讲述者： 鲁明显，72 岁，泾明乡人，农民，小学
学历

采录者： 张怀群，28 岁，泾川县文化馆文学干部，
大学学历

采录时间： 1988 年 1 月

采录地点： 平凉市泾川县

选自： 《平凉地区故事集成》（资料本下卷二分
册），第 349 ～ 350 页

丈夫考中，次日登程别家，难免要和妻子作临别的亲热。丈夫躺在床上，无奈妻子在桌旁想给丈夫把针线活赶完，丈夫欲用粗暴的办法，似乎不妥，便用文雅的句子传情。谁知出现这样的对话：

"小姐停针请安眠。"

"你睡你的觉！"

"明晨就要登阳关。"

"哪怕你就走！"

"春色闹人眠不得。"

"怪你睡不着！"

"共枕同欢议别情。"

"你个好心肠！"

丈夫很扫兴，翻了个身，"哼"了一声睡觉了。

妻子看势头不对，移动了脚步，顺便倒了一杯茶，捧到丈夫面前，谁知又是这样的对话：

392

他爸的笼嘴

选自： 《平凉地区故事集成》（资料本下卷一分册），第351页

为了耕地方便，生产队将牲口套绳一律放在饲养站保管。

这天，增加了一套人马，一清早就把次序给拉乱了。

三娃没套齐，跑到地里指着正在犁地的五和说："你套的这一套完全不合适，出绳[1]、耕头[2]、笼嘴全是我爸的。"

五和说："好，我卸了，你快拿回去给你爸套上。"

讲述者： 鲁明显，72岁，泾明乡人，农民，小学学历

采录者： 张怀群，28岁，泾川县文化馆文学干部，大学学历

采录时间： 1988年1月

采录地点： 平凉市泾川县

[1] 出绳：连接牲畜的绳子，用绳子的松紧给牲畜命令。

[2] 耕头：放在牲畜肩膀上，用来固定牲畜的木制架子。

393

嫂子看电影

采录地点： 平凉市泾川县

选自： 《平凉地区故事集成》（资料本下卷二分册），第 351 ～ 352 页

一连耍了两个晚上的房[1]，第三天晚上才算新婚之夜，小两口来了个畅快淋漓的亲热。谁知别有用心的嫂子爬在窗口窃听得一清二楚，顿时"咯咯"大笑。

小两口很尴尬，男的便问："嫂子，咋不看电影去？"

"不去，没有钱！"

男的随即从窗缝里塞出二毛钱："拿上看去吧！"

"谢谢你，快把钱收回去，看电影还要跑远路哩。"嫂子随即又掏出了二毛钱，一并塞进去说："票价付了，再不准阻挡我，明晚上还来呀。"

讲述者： 鲁明显，72 岁，泾明乡人，农民，小学学历

采录者： 张怀群，28 岁，泾川县文化馆文学干部，大学学历

采录时间： 1988 年 1 月

[1] 耍房：闹洞房。

394

父子摘瓜

父子二人务了一亩瓜，成熟了不少，于是他们开始摘瓜。

还是娃的眼尖，发现成熟的瓜忙给他爸打招呼："这个已黄了。"

"咦，这个熟透了。"

"快放下，卖个好价钱。"

"啊，这一个黄得成了胀死狗。"

他爸开口就说："快给你爷丢下。"

讲述者： 鲁明显，72 岁，泾明乡人，农民，小学学历

采录者： 张怀群，28 岁，泾川县文化馆文学干部，大学学历

采录时间： 1988 年 1 月

采录地点： 平凉市泾川县

选自： 《平凉地区故事集成》（资料本下卷二分册），第 352 页

395

谁是谁非

常老师教私塾，学生中有一个学生的小名很土气，叫狗屁。狗屁家离学校比较远，为了安全，狗屁的家长要常老师给狗屁提早放学，常老师答应了，每天就把狗屁早放一会儿。

一天，老师在村里吃了酒，躺在床上迷糊[1]，把提前放狗屁的事给忘了。到放学的时候了，狗屁站在常老师的门口大喊："先生不放狗屁，狗屁不敢回去。"老师一听以为别人在骂他，便开口训斥道："放狗屁在你，不放狗屁在你，与我何干？"

讲述者： 鲁明显，72 岁，泾明乡人，农民，小学学历

采录者： 张怀群，28 岁，泾川县文化馆文学干部，大学学历

采录时间： 1988 年 1 月

[1] 迷糊：睡觉。

采录地点： 平凉市泾川县

选自： 《平凉地区故事集成》（资料本下卷二分册），第 353 页

396

爱讲价钱的人

王超然，在街上不管买啥东西，都要一分一厘地抠。

这天，他到理发馆里去剃头，还讨价还价了好一会儿，坐下了又说："你把价搬得太硬了。我这头比别人的小些，还是少付些钱吧。"

理发师傅说："哪怕你是核桃大的头，也一律论价。"说完理发师傅就开始剃头了。

这人又问："你们这号人光凭手艺吃饭吗？"

理发师傅回答："我还有庄稼哩，光靠侍弄这核桃大的头还能够生活吗？"

讲述者： 鲁明显，72 岁，泾明乡人，农民，小学学历

采录者： 张怀群，28 岁，泾川县文化馆文学干部，大学学历

采录时间： 1988 年 1 月

采录地点： 平凉市泾川县

选自： 《平凉地区故事集成》（资料本下卷二分册），第 354 页

397

算
命
先
生

有个算命先生进村后，碰见了一位漂亮的媳妇领着自己的两个双胞胎男孩，就嬉皮笑脸地说："大嫂，你这孩子哪个是先生的，哪个是后生的，就让我给你算上一卦吧！"

这媳妇本来就厌恶那些不务正业、骗钱哄人的算命先生，这一说又听出他话中带酸的下流味儿，气呼呼地说："先生是我儿，后生也是我儿，何必要算卦呢！"

算命先生一听，像九月里的臭蒿着了霜，把头低了下去。

讲述者： 不详
采录者： 不详
采录时间： 1984 年 4 月 10 日
采录地点： 平凉市崇信县
选自： 《平凉地区故事集成》（资料本下卷二分册），第 366 ～ 367 页

四 寓言

398

猫和老虎

讲述者： 梁先锋

采录者： 梁小红

采录时间： 1987 年 11 月 3 日

采录地点： 平凉市静宁县古城乡下梁村

选自： 《平凉地区故事集成》（资料本下卷一分
册），第 266 页

很久很久以前，猫和老虎共同生活在一个大森林里。猫的身子既小又很灵活，每天能吃上许多小飞鸟。老虎见了很爱学它的动作，于是就把猫拜成自己的师父，每天跟着猫学抓飞鸟。

有一天，猫和老虎正在练习扑飞鸟，一只断了腿的麻雀在地上一蹦一蹦地跳着，老虎赶紧扑上去，一口咬住了麻雀。从这以后，老虎就以为本领学到手了，想来就来，不想来就不来。它想：我已经学会捕鸟的本领了，猫再也没有我的本领高了。我再也不要猫指教了，我就可以不认它这个师父了。

过了好几天，老虎又来了，猫叫老虎在门前的那棵双杈树底下跳跳，看老虎的功夫有没有长进，但是老虎却不理会这些，张着大嘴向猫扑去。

聪明的猫知道老虎会有这么一招，它急忙向树上跳去，一下爬在了树杈上。老虎也学着跳，结果被树杈卡死了。直到现在，老虎还是不会捕鸟。

399

文房四宝

砚台立即说道：“耐磨的程度比我如何？”

砚台把它们三个说得张口结舌，然后一本正经地宣称：“从今以后，以我为尊，再不用争长论短了。”

从此，伤了和气，笔、墨、纸、砚再也不肯合作共事了。

讲述者：	苏君忠，31 岁，韩店乡西门村人，农民，初中学历
采录者：	谢文敏，男，44 岁，庄浪县卧龙乡人，干部，初中学历
采录时间：	1986 年
采录地点：	平凉市庄浪县
选自：	《平凉地区故事集成》（资料本下卷二分册），第 304 ~ 305 页

很久以前，一个文官书房里除了他学过的书，还有他用的笔、墨、纸、砚这些物件，从来没有发生过什么争吵。有一天，墨突然向大家争起名次来。它说：“你们离开我将一事无成，照理说，我该排行第一位。”

“且慢！”纸按捺不住了，立即跳将起来，说：“天下文章，没有一个不是写在我身上的。你们都是为我效劳的，理应排在我的名字后面。”

笔能说会道了，它不慌不忙地说：“嘻，古人说‘妙笔生花’，没有我，哪来的锦绣文章？我名列前茅，当四宝之首乃是理所当然的事情。”

笔、墨、纸各不相让，只好请稳重的砚台发表意见。砚台略加思索，慢声慢气地开了腔：“你们不提也罢了，真个要论资历，讲功劳谁能和我相比？”

“为什么？”纸不服气地问道。

“你呀最轻薄，用一次就再不能用了。”

“那我呢？”笔赶紧问道。

“不能久用，一成笔，就完蛋了。”

墨说：“我总算耐磨了吧？”

400

蝙蝠

凤凰是鸟类的领袖，到过生日那天，百鸟都来祝寿，只有蝙蝠没有来。事后，凤凰问蝙蝠："别的鸟都来了，你为什么不来？"蝙蝠说："我是胎生兽类，不属于你管，所以没有必要去为你祝寿！"

到兽中的领袖麒麟过生日那天，百兽都来祝寿，蝙蝠仍旧没有来。过后，麒麟问蝙蝠："别的兽都来了，你为什么不来呢？"蝙蝠回答说："你哪里能管得着我，你不看我是有翅膀的鸟类吗？所以我没有去祝寿。"

有一次，凤凰和麒麟会了面，说起蝙蝠的事情，大家都叹了一口气，说："这真是世界上最奸猾的了！"

讲述者： 不详
采录者： 马天凤
采录时间： 1988 年
采录地点： 平凉市华亭县
选自： 《平凉地区故事集成》（资料本下卷二分
册），第 305 ～ 306 页

401

墨守陈规

有一家人喂养着一匹马和一头驴。

一天，小主人骑着马出外办事，不小心给摔了下来。回家后，主人狠狠地打了那匹马一顿。

驴子对马说："唉，朋友，你为什么要变匹马呢？出了力还要挨打。你看我，吃饱了就在那磨道里转，只要听话，按主人说的走，绝对不会惹祸的。我多么希望天下的马都和我一样，只在这磨道里行走。日行百里，虽然也很辛苦，但从不会惹什么祸，你又何必那样在外面狂奔呢？那样奔能不惹祸吗？外面又不安全，唉！你何时才能像我一样？"

讲述者： 不详
采录者： 赵亮
采录时间： 1988 年
采录地点： 平凉市华亭县
选自： 《平凉地区故事集成》（资料本下卷二分
册），第 306 页

402

蛆虫的自满

一只蛆虫在粪坑里吃饱后，望了望天，看了看正在劳动的牛马驴骡，感慨地说："我不明白那些笨蛋日夜忙忙碌碌，连一天的安宁日子都没有，还谈什么幸福生活呢？多么愚蠢，像我这样的生活不就很舒服吗？"

讲述者： 不详
采录者： 赵亮
采录时间： 1988 年
采录地点： 平凉市华亭县
选自： 《平凉地区故事集成》（资料本下卷二分册），第 306 ～ 307 页

403

旁人

这个地方，只坐下旁人一家，吃的是一个泉里的水，他们叫这个泉"清泉"。有一天，旁人去清泉里担水。

泉里有一个鱼儿，在清泉里吃水着呢。山上掉下来了一只老虎，把鱼吓了一跳，就藏在水里了。旁人走在清泉把老虎吓了一跳，这三个就一块替换着呢！吓得旁人没有办法，就向老虎说："你是吃我咔[1]还是吃这泉里水咔？要是吃我你就把我一下吃了，要是喝水你就给我点上一个头，不要把我往死里吓了。"老虎就点了个头。

旁人说："你原来是喝水，那你就喝水。"在这达[2]鱼儿在水底里听见了，想：这老虎没吃这个人，这两个咋还说话着哩？鱼儿也就从水里头出来了。

这时，旁人就说："曹三个一个见一个，你不吃我，我不吃你。曹三个结拜成三弟兄。"这达就结拜呢，旁人又说："曹结拜呢么不知谁大谁小？"鱼儿说："我一千年了。"老虎说："我八百年了。"旁人么只有八十年，这达

[1] 咔：陇东方言中的语气词，相当于"呀"。
[2] 这达：这时。

他们三个就称鱼为大哥，虎为二哥，旁人为兄弟。

待的时间长了，旁人就起了歹心，走在鱼儿跟前说："鱼大哥，你看我虎二哥将心变了，咋要把你害死咔。"鱼儿说："我虎二弟待我十分好，我看它没有一点害我的心么？"旁人又说："反正防与不防，你看着办。"鱼儿说："你说得对！"

旁人又走到老虎跟前说："虎二哥，我鱼大哥有害你之心。"老虎说："我鱼大哥对我亲如骨肉，我看它多少[1]没有害我之心么。"旁人说："反正信与不信，你防着。"从这达，老虎到泉里喝水去哩，鱼儿好像怕老虎，就探头探脑的。老虎喝水着呢，斜着眼睛看鱼儿着呢。鱼儿就想：从这么个看么，这老虎兄弟真个有害我之心哩。我要将它一尾打入清泉之中。老虎想：我鱼大哥真把心变了，我要把它一口吃掉。

在这时，老虎就起了个先，扑着去一口把鱼儿的脖子咬住，鱼儿疼痛难忍，将尾巴一摆把老虎带到了清泉，老虎咬死了鱼儿，水淹死了老虎。结果旁人就剥了老虎皮，捉走了千年的仙鱼，锅里煮的是鱼肉，炕上铺的是老虎皮。

后来就有人传"旁人的话不可听"这样的话。

讲述者：　不详
采录者：　李颜清
采录时间：　1986 年
采录地点：　平凉市庄浪县
选自：　《平凉地区故事集成》（资料本下卷二分册），第 224 ～ 225 页

[1]　多少：一点。

404

风流的白鸽公主

房檐下住着白鸽公主，嫩红的喙，雪白的羽毛，十分漂亮。它每天站在房檐上"咕咕咕"地唱着好听的歌，炫耀着自己的漂亮。

一天，飞来了一只白鸽王子。白鸽王子跌跌撞撞地来向它求爱，白鸽公主毫不客气地把它赶走了。第二天，白鸽王子又来了，白鸽公主还是没有答应。此后白鸽王子一连几天都来，白鸽公主见它一片真情，就和它好上了。

后来又来了一只灰鸽王子。灰鸽王子爱白鸽公主更胜于白鸽王子，白鸽公主又和它好上了。后来又来了蓝鸽王子、红鸽王子，白鸽公主的仰慕者越来越多，它感到非常自豪。

一天，来了一只黑老鸹的儿子，非常热情地说："漂亮的白鸽公主，我多么爱你啊，我们交个朋友吧！"白鸽公主说："我是白鸽，怎么和你这个黑老鸹相好？"白鸽公主觉得受了莫大的污辱，很气愤。

黑老鸹的儿子说："你喜欢结交朋友，我想再加一个我不会多吧？"白鸽公主气得哭了，把黑老鸹的儿子赶走了。

白鸽王子、灰鸽王子、蓝鸽王子、红鸽王子见白鸽公主和黑老鸹的儿子有交往，就"啐"地唾了一口唾沫都鄙夷地离去了，再不愿意理它了。

讲述者： 不详

采录者： 魏俊舱，男，32 岁，庄浪县卧龙乡魏家山村人，干部，高中学历

采录时间： 1986 年

采录地点： 平凉市庄浪县

选自： 《歌谣故事》，第 438 ～ 439 页

405

贪吃的老鼠

一窝有三只老鼠，这天，其中一只老鼠对另两只老鼠说："我们住的这地方离人家太远，现在地面上又落上了雪，已经找不到吃的了。我算了一下，我们储藏的那些粮食，节约吃才能维持到明年春上。"

另两只老鼠问："怎么节约？"那只老鼠说："一天最多只吃两顿。"另两只老鼠听了想，现在不去觅食，整天在洞里待着，吃两顿不饿，就同意了。

可是怪，一想着节约，肚子里倒容易饿了。那只出主意的老鼠暗自想：他们两个少吃，我多吃一点关系不大。就背着那两只老鼠每天吃三顿。过了两天，那两只老鼠也有这样的想法，也背着吃三顿。

后来互相发现了这个秘密，索性和以前一样大吃大嚼起来。到了深冬，洞里藏的粮食吃光了，三只老鼠走出洞外，到处积着厚厚的白雪，北风呜呜地呼啸着，到哪里去找食呢，没几天三只老鼠都被饿死了。

讲述者： 不详

采录者： 魏俊舱，男，32 岁，庄浪县卧龙乡魏家
山村人，干部，高中学历

采录时间： 1986 年

采录地点： 平凉市庄浪县

选自： 《歌谣故事》，第 439 ～ 440 页

406

不听话的兔子

　　一座古庙下面住着一窝兔子，兔爸爸老了，临死的时候对它的一群儿女说："这洞上面的古庙人永远不会挖的，上面的房子遮住了雨水淋，周围的石墙挡住了狗狼刨，大概这是天下最好的地方，只是地方小了点。眼看你们一群一群地生了这么多，今后你们还要一群一群地生孩子，所以这地方住着恐怕就有点挤。我说这话的意思你们懂吗？就是要你们爱惜这块地方。如果无计划、无限制地乱刨乱挖，四处打洞，有一天古庙倒塌下来，谁也免不了要遭灾祸。"

　　它的儿女们说："爸爸，你放心，我们一定听你的话。"说完兔爸爸就死了。

　　过了几年，兔子们各自有了家眷，于是就争着占地方，有的嫌洞小往大刨一下，有的是嫌一个洞少再打一个洞，两个洞少打三个洞、四个洞……就这样，古庙底下让它们刨空了。

　　这天晚上，它们睡得正香，突然"轰隆"一声巨响，古庙塌了，那些兔子全被压在底下了。

讲述者： 不详

采录者： 魏俊舱，男，32 岁，庄浪县卧龙乡魏家
山村人，干部，高中学历

采录时间： 1986 年

采录地点： 平凉市庄浪县

选自： 《歌谣故事》，第 440 页

407

杀鸡取蛋

在古时候，有一个名叫宝贝的人，他早年丧父，只有娘儿俩，家里很穷，住着一个土窑窑，靠他母亲要饭生活。老娘受尽了辛苦，一心想抓养儿子成才。一天天，一年年，儿子已长到十岁了，她用多年讨要攒的一些碎银子，供儿子上私塾读书。

一日，宝贝娘在一个村里去要饭，整整一天她水米未沾牙，只讨了半碗米。天快黑了，她就往回走，路不平又一双小脚，走着走着，她眼前一黑，好像掉在了井里，昏迷中看见一个白胡子老头，只听见他说："给你一只母鸡，把它带回去，能使你娘母子的日子过好一些。"

她醒来后，看见身边真的有一只母鸡，这时天已黑了，她抱着母鸡回到了家里，把要来的米给鸡吃了些，又抓了一把放在锅里烧米汤，烧啊烧，结果烧了一锅香喷喷的稠米饭。娘儿俩很高兴，先给母鸡舀了半碗，他娘母俩吃了个饱。睡觉时，娘对她儿子说："这是神给曹家的一只鸡，每顿饭得让它先吃。"

第二天，宝贝放学回来，很远就看见他家那土窑窑热气腾腾，他走到门前看到他娘正在炒肉做米饭。他很奇怪，

便问："娘，今天哪达来的肉做饭哩？"

他娘笑着说："宝贝，你不知道，今儿一早，母鸡下了一个金蛋，娘拿到街上换来了许多东西，这只母鸡真是曹家的第二个宝贝。"

从此以后，宝贝对母鸡更加喜爱了，日子越过越红火。

宝贝家富了，他再也不像从前那样下苦学习了，每天跟上那些胡弄山[1]玩赌博、逛妓院，几次上京都未考中。

他娘经常好言相劝，他一个字也听不进去。不多久，他娘去世了，无人管束了，他赌博进妓院的次数越来越多了，还给别人说："我家母鸡下金蛋，不愁吃不愁穿。"

一日，他赌输了钱回到家里，一心想着母鸡的金蛋，可是回到家里一看，窝里并没有鸡蛋。他想鸡没下蛋，定在肚子里藏着，就把鸡抓来，用刀子剖开鸡肚子取金蛋，结果鸡不见鸡，蛋不见蛋。从此，他成了个叫花子，串村庄讨饭去了。

讲述者： 胡锦成，男，60 岁，农民，不识字
采录者： 李志德
采录时间： 1987 年 1 月 3 日
采录地点： 平凉市静宁县甘沟乡李河村
选自： 《平凉地区故事集成》（资料本下卷一分
册），第 42 ～ 43 页

[1] 胡弄山：不学好的人。

408

叫花子变化

从前，有个叫花子，吃不饱，穿不暖，整天想着咋能过上好日子。

一天，他要完饭，睡在一个荒坡上，心里琢磨着，猛然看见天上飘起一朵朵白云，他就暗暗说："我如果是一朵云彩那该多好，不吃又不穿，整天还无忧无虑的。"说着说着，便觉得轻飘飘的，真的成了一朵白云。这可把他高兴坏了，飘呀飘呀，跨过高山，越过大海，能看到大地上的一切。

正在兴头上，来了一阵大风，把云彩吹得上翻下滚，这可把他吓坏了，马上跪下祷告说："风大哥，风大哥，饶了我吧，我愿做您的徒弟。"于是叫花子不当云又成了风。

这时，他心里很高兴，整天在天空中、大地上漫步、狂奔，威风极了。过了不久，他便大发威风，刮着刮着，不防碰到一棵大树上，碰得头破血流，疼得直叫唤。

他缓了一个多月，又不想做风了，又变成了一棵大树。心里想：这下可好了，我可以把根深深地扎在土里，任凭狂风吹、雷雨打，也是打不倒我的。

可是没有多久，一头大猪摆摆摇摇地走到他的脚下，用尖锐的牙齿将他的皮啃下一大片，疼得叫花子忍无可忍，实在受不住了，就离开了土地又当了猪。

自从当了猪，他心里有说不出的喜悦，整天是人们给他送吃送喝，吃饱了，躺在土堆上啥事都不做，心里甜甜地想：世上哪有这样美的事呢。

这样日子过了许久，主人家养了一条狗，在他吃食时，狗争着吃，让他吃不饱，就生了气，便和狗咬起来，结果被狗咬得皮开肉绽，鲜血直流。

他又想起来，这狗比猪强，不如当条狗。想着想着，又变成了一条狗。变成狗以后，他心里比较踏实了，谁也不敢来侵犯了，吃的比猪又多又好，还比猪更受人喜欢，吃饱后随主人游转，没有管教，有时还趁主人之势显显威风，无事便坐在门前卧下睡觉。

这样又没过多久，来了一个叫花子讨饭，他扑上去咬叫花子，结果让叫花子打掉了几颗牙齿，又打断了腿，主人家抛弃了他，他又想了想，还是当一个叫花子好。于是他又走上了讨饭的道路。

讲述者：　王仰贤，男，28 岁，县教育培训中心学员
采录者：　李娟梅
采录时间：1987 年 10 月 15 日
采录地点：平凉市静宁县红寺乡化沟村
选自：　《平凉地区故事集成》（资料本下卷一分
　　　　册），第 172 ～ 173 页

409

清泉水

从前，有老两口没儿没女，以打柴为生。丈夫大海每天都去砍柴，然后背到集上卖了换几升米，妻子翠莲整天忙碌家里的零活。时间一年年过去了，老两口倒也安然无事。

一天，大海和往常一样，拿着斧头和绳子去大山中砍柴。太阳升起来时，他已经砍了很多柴，突然觉得很饿，捆好柴连忙往回走。途中他觉得使不上劲，想休息一下，谁知他一躺下，就昏昏沉沉地睡着了。

这时从北方大山边飞来了一群小鸟。它们朝大海飞来，在大海头顶上不停地旋着。后来干脆叽叽喳喳叫个不停，大海被它们吵醒了，抬头望着这群小鸟，真想捉几只回家送给老伴，可是由于年老体弱，捉不到，想来想去还是回家吧，肚子还在"咕咕"地叫着呢。

就在他准备走的时候，听见有一个声音在叫他，抬头一看，原来是鸟群中最大的一只在说话。他很惊奇，就说："哎，小东西，你们饿，我也饿。我现在两手空空什么也没有，不能救你们呀！"

只听那群鸟齐声说："大海，大海，谢谢你的好心，

我们都不饿。"

大海听了很高兴，急忙说："鸟儿呀，那你叫我干啥呢？"

鸟儿拍拍翅膀说："我们想请你一起到大山那边的树林里去，行吗？"大海感到很为难。

鸟儿说："大海，大海，大山那边有好吃的。"

大海听了，就跟着小鸟顺着山路向北山走去。不知过了多少时间，他和小鸟来到了北山脚下。这里有泉水，他觉得喉咙干得很，捧起喝了几口泉水，顿时觉得浑身有使不完的劲，走起路来也轻快多了，说起话来，声音也响亮了，好像一下年轻了几十岁。他和鸟儿们在北山后边玩了整整一天，眼看天渐渐黑下来了，他和鸟儿分别后回家了。

再说从大海出门以后，他女人翠莲一直在家里做针线活，看着太阳已经落了，就开始做饭，饭熟后左等右等，怎么也不见丈夫回来。她心急如焚，不知怎么办才好，就到丈夫经常砍柴的地方去找，但一连找了七八个地方都没找见。她不知丈夫到底发生了什么事，痛哭不止，转眼头发又白了不少。

天黑尽了，见一个青年朝这边走来，她等青年走近了一看，却惊得目瞪口呆说不出话来。原来这青年的面貌长得和她丈夫年轻时相貌一模一样，她问："你是谁？从哪里来？我怎么从来没见过你呢？"

青年听了大笑起来，接着给翠莲讲了这次砍柴的经过。翠莲听了，才知道眼前的青年就是她的老伴。她高兴得很，也想把自己变年轻，也朝北山走去。直到太阳偏西时，翠莲还没回来，大海以为翠莲可能是没有找到地方，便去找她。

他走近泉水旁，惊得失声喊叫起来，只见草丛中躺着一个小孩，还不会走路，穿着妻子出门时的那套衣服。

耳边又响起了熟悉的叫声："大海，大海，你妻子喝多了泉水，变成了婴儿。"大海听了急得哭了起来。从这以后，大海每天除了砍柴以外，还要养活翠莲长大。

讲述者：	张树琴，女，40 岁，工人
采录者：	杨睿
采录时间：	1987 年 12 月 3 日
采录地点：	平凉市静宁县城
选自：	《平凉地区故事集成》（资料本下卷一分册），第 173 ~ 175 页

410

崖狼子偷鸡

从前有个人外号叫崖狼子。崖狼子就是我们说的黄鼠狼，专偷人家的鸡吃。崖狼子是个赖皮，要是谁得罪了他，就找上门打闹不休。这村子几十户人的几百只鸡快让他偷吃光了，没人敢喘。

这天夜晚，崖狼子大啃大嚼吃完一只鸡后，摸摸油嘴就躺倒睡了。

第二天，崖狼子咋觉得身上脸上很痒，一摸扎哇哇的，仔细一看，身上脸上都长出了鸡毛。

崖狼子急着往下拔，鸡毛长得很牢，拔得身上脸上都是血，疼得钻心，就是拔不下来。他咬着牙狠劲拔下来一根，转眼又长出来了。

崖狼子折腾了一天，也没有拔下来一根鸡毛。他想，我这个模样咋敢见人呢？但又没办法，愁怅得要死。

晚上他迷迷糊糊地睡去，突然见从地下钻出一个白胡子老头儿，笑哈哈地说："恭喜你长了一身鸡毛，冬暖夏凉，再不用穿衣裳了，哈哈哈！"

崖狼子翻身起来说："老头儿，别笑我，快帮我把鸡毛拔下来吧！"老头儿生气地说："哼，你太不像话了，

鸡都让你吃了，连我都闻不到鸡味儿。那鸡毛是怎么长上去的就叫它怎么下来，我可拔不下来哟！"

崖狼子死活缠着要老头儿拔鸡毛。老头儿说："要拔有个法儿。明天你就撑着这副嘴脸，披着这一身鸡毛到各家各户去道歉，认个错，今后再不干这偷鸡损人的事，那鸡毛就自然脱下来了。"说完，老头儿又钻进地下去了。

崖狼子惊醒后细想梦中的事，好像那白胡子老头儿就是村头庙里塑的土地爷，原来是土地爷给他托梦了。

崖狼子身上又痒又疼，十分难受，好不容易等到天亮，他顾不得羞丑，从村东到村西逐户登门认错赔不是。

他刚从最后一家门里走出来，忽然觉得一身轻松，一摸，身上脸上的鸡毛全没有了。从此，他再不敢偷人家的鸡了。

讲述者：　　梁东东
采录者：　　明轩
采录时间：　1986 年
采录地点：　平凉市庄浪县
选自：　　　《歌谣故事》，第 453 ～ 454 页

411

贪心的伐木工

从前，有一个村庄住着许多靠伐木生活的人，其中，数堪丹的生活最好。别的人谁也比不上他幸福，可是他仍不满足，总是发牢骚，觉着自己过得不如人。

"堪丹，我不能理解你。"他的妻子常常借机会劝他，"现在我们应有尽有了，你还有什么不满足的呢？"

可是，堪丹每次都傲慢地摇头说："你们女人家有点东西就觉得很满足了，你哪里知道我要把自己变成一个大人物，做一个头号有钱人。"伐木时别的人唱歌，他却发脾气不高兴，皱着眉头说："唱歌能当饭吃吗？能让人高兴吗？"因此，堪丹便得了个"爱发牢骚人"的绰号。

夏天，伐木工们又给堪丹起了一个"先行鸟"的绰号。他每天早晨总是第一个到森林里去工作，而且中午不回家吃午饭。他的妻子只好给他准备了一个小铜碗和一个水罐，让他随身带上。

有一天，堪丹吃完中午饭，坐在罗望树下休息。他刚要睡着时，突然一阵轻盈的脚步声传来。他睁眼一看，一个小姑娘站在他面前。她穿一件白色薄纱，左手握着一朵洁白的鲜花，右手拿着一支权杖，她是个仙女。

"你在这儿做什么？"姑娘问。

"稍微休息会儿，我这样拼命地干活，可挣的钱很少！"

"天哪，听起来你是个很不幸的人啊！"仙女笑着说，"看来你是想挣许多许多的钱！

"当然，那都是我所希望的。"堪丹肯定地说。

"那么，我就满足你的愿望，把你的水罐装满金币。你高兴吗？"

"是的，那会使我非常地高兴。"堪丹回答着，眼睛闪耀着兴奋的光芒，脸上堆满了笑容。

仙女挥着权杖，顿时水罐里就装满了闪闪发光的金币。堪丹提了提水罐，很重，他高兴极了，几乎不知该怎么办才好。

忽然他产生了一个想法："很可惜水罐太小，如果带的是妻子厨房里的那个特号大水罐，将会得到更多的金币。"有这种想法，他又表现出了不满足的情绪。

仙女看着他那变化的表情，问道："你怎么啦？"

"唉！"堪丹深深地叹了口气说，"只怪我没有将家里那口大罐拿来，要是拿来不就得到更多的金子吗？"

"你愿意回去拿吗？"仙女带着不高兴的脸色问。可惜堪丹没有注意到她的这个表情，以为仙女还可赐他更多的金币，便往家里跑去。由于他希望得到更多的金币，就连那一小罐金币都忘记带了，甚至忘了对仙女说声"谢谢"。

他上气不接下气地跑回家，拿起最大的容器往外跑。妻子问他拿大罐干什么，他没有来得及解释，就拼命往外跑去。当他来到罗望果树下时，那仙女早就不见了，金子也没有了，仅剩下他那个小而且空着的水罐。

讲述者： 不详

采录者： 马建华

采录时间： 1988 年

采录地点： 平凉市华亭县

选自： 《平凉地区故事集成》（资料本上卷一分册），第 209 ～ 211 页

412

吃糠的国王

这是很早以前的事。一个国王的宫廷里，国王、王后、男仆、女婢，上上下下的人都吃谷糠。他们以为米是谷子的骨头，糠是肉，糠才是吃的东西，于是就把糠收藏起来，把米白白地扔掉。

国王有两个王后，大王后和二王后。珍珠是服侍国王的婢女，长得像珍珠一样美丽。二王后嫉恨珍珠，就在国王跟前使坏说："珍珠偷吃了国王的饭食。"国王信了，叫男仆拿皮鞭狠狠地打了珍珠一顿，还不准给珍珠饭吃，要把她活活饿死。

珍珠整天得干很多粗活，又不给饭吃，几天就消瘦了许多，脸黄得像干菜叶子。珍珠实在支撑不住了，心里想："就这么白白饿死吗？不，我去捡那些米骨头吃，或许可以充饥，保住一条性命。"她就把捡来的米骨头放在锅里煮了吃。一吃，珍珠很惊奇，怎么这米骨头比米肉好吃多了。此后，珍珠把米骨头收藏起来，每天都煮着吃。

日子一天天过去了，珍珠没有饿死，反而白白嫩嫩的更加漂亮了。那些男仆女婢很奇怪，悄悄来到珍珠房里问，珍珠就把吃米骨头的事告诉了他们。于是，他们服侍国王、

王后吃过米肉后就到珍珠房里偷吃米骨头。

过了几天，珍珠想：大家都说米骨头好吃，为啥国王和王后偏偏吃米肉呢？大概他们还不知道米骨头好吃吧。珍珠想把米骨头好吃的事告诉给国王，又怕国王发怒，最后还是去了大王后房里，珍珠给大王后说了，又端来一碗米骨头让大王后吃。

大王后吃了米骨头也很惊奇，说："我们怕真的搞错了，把好吃的丢了？"大王后到国王跟前把珍珠的话说给他听，并让国王尝米骨头。国王似信非信，端起碗，拿筷子在里面拨拉了一下，夹了些正往嘴里放。二王后说："有吃牛羊猪狗和鸡鸭鱼兔的，但都吃肉，从没见过也没听说过吃骨头的。我们的祖先都吃米肉，也没有吃过米骨头。珍珠受国王的责罚，心里不服，用米骨头来污辱国王。"国王一听，立时火冒三丈，命男仆把珍珠抓来活活打死。

大王后一听慌忙来到内宫，见珍珠还在那里等着哩，说："不好了，二王后说你给国王吃米骨头是污辱国王，国王发怒，现在正派人来抓你要活活打死哩。我放你出去赶快逃命吧。"珍珠听了吓得颤颤抖抖，大王后就把她从后门放出逃走了。国王见没有抓到珍珠，怒气没有消，传令宫内任何人都不准吃米骨头，违者活活打死。

此后，宫里人都不敢吃米骨头了，但那些男仆女婢自从吃了米骨头，就觉得这米肉粗粗涩涩地在喉咙咽不下去。时间长了，男仆女婢一个个逃出宫去，大王后也被珍珠偷偷接走了，宫中就只剩国王和二王后，天天吃着米肉——谷糠。

讲述者：　晓晓

采录者：　魏俊舱，男，32 岁，庄浪县卧龙乡魏家
　　　　　山村人，干部，高中学历

采录时间：　1986 年

采录地点：　平凉市庄浪县

选自：　　《歌谣故事》，第 408 ～ 409 页

413

七只乌鸦

上睡着了。

七只乌鸦飞回小房子，发现床上有一个姑娘，手指上戴着一个顶针，他们认得这是母亲的顶针，高兴地欢呼起来。哥哥们用翅膀驮着妹妹回到了家里，他们流着泪，发誓要做个好孩子。

妈妈原谅了他们，他们立刻变成了七个英俊的小伙子，一家人终于幸福地生活在一起了。

讲述者： 梁彩采，女，71 岁，庄浪县盘安乡寺湾
村人，农民，不识字

采录者： 周斌，男，38 岁，文化工作者，本科学历
李永峰，男，44 岁，企业经理，大专学历

采录时间： 2009 年 11 月 4 日

采录地点： 平凉市庄浪县盘安乡寺湾村

选自： 《庄浪古经》，第 18 页

从前，一户穷人家有七个儿子一个女儿，他们的父亲由于过度劳累早早离开了人世，抚养儿女的重担就落在母亲的肩膀上。女儿见母亲非常辛苦，总是帮娘干这干那，她的七个哥不仅好吃懒做，还特别淘气，经常气得母亲掉眼泪。

一天，七个哥哥为争夺食物大打出手，母亲生气地说："你们这些败家子，变成乌鸦才好哩。"话刚说完，七个儿子全变成了乌鸦，"呼啦"一下飞走了。

过了几年，女儿长成了一个美丽善良的大姑娘，她知道母亲时时刻刻都在想念着她的哥哥们，就对母亲说："我去把哥哥们找回来吧。"母亲把手上的顶针戴在女儿的手指上，打发她出了门。女儿不知走了多少天，也不知走了多少路，风吹日晒，她变得既黑又瘦。

有一天，姑娘看见一座山上有一座像鸟窝的小房子，她想：没准儿这就是哥哥们住的地方。她向山顶爬去，山路又陡又滑，她摔了好多跤，才爬到了山顶。她走进小屋子，里面摆着七张小桌子、七张小床和七只小碗，小碗里有食物。她又累又困，吃了点东西，就躺到最后一张小床

附录

一

平凉常用方言对照

阿达	哪儿。	赶黑	赶在天黑。
按巧	恰好，恰巧。	高兴瓜了	开心坏了。
按黑	赶天黑。	个人家	自己。
把住	抓住。	给了人	出嫁。
白不咋	不能咋样。	跟集	赶集。
白雨	暴雨。	沟圈	沟边。
百打百	实实在在。	呱啦鸡	野鸡。
百儿把	一百来个。	怪道来	原来如此。
半中腰	中间。	逛了眼	看走眼。
编课	编谎。	诡得很	机灵得很。
拨置	用手摆弄，归置。	滚蛋蛋	打滚儿。
不够成数	不够聪明。	害杂杂	祸害别人的人。
不觉意	不注意。	喊不喘	叫上不答应。
不拘	不管。	汉子大	个子高。
不理势	不理睬。	捍上	拿上。
不然搭	不来往。	行情	随礼，送礼。
不言喘	不说话。	好干干	好端端。
不一心	不专心。	胡逛山	不务正业的人。
操治	做，管理。	胡基	土坯。
曹	咱，咱们。	胡坑	土坑。
草驴	母驴。	胡然	胡扯。
侧棱子	侧着身子。	湖泉	大而深的洞。
岔岔	①路口；②口袋。	缓着	休息。
潮着	办事不可靠。	回草	反刍。
充壳子	冒充。	昏哩倒哩	糊里糊涂。
愁怅	愁苦。	或比	好比，比如。
从心	有意。	脚丁甲	脚上老茧。
搭整	治理，救治。	叫扎	叫到一块儿。
褡褡	布袋子。	精拐夫	骗子。
褡子	布袋子。	精尻子	光屁股。
打铁	吵架。	酒海子	酒坛子。
大大	爹，爸。	蹴着	蹲着。
大饭	中午饭。	扛住	承担得住。
戴了头	成了亲。	炕眼门	土炕填加柴火的小门洞。
弹嫌	嫌弃。	拉礼	随礼。
当了	做了。	拉下	结下。
羝羊	公羊。	烂场	①杂物；②糟糕。
跌绊	调皮捣蛋。	烂扑楞儿	烂窟窿。
定定	静静。	浪渣	大水冲下来的东西。
定勾勾	直睛看。	老好人	不惹人的人。
丢手	放手，放开。	老生胎	最小的儿子。
丢脱	放开。	涝坝	涝池。
断走	赶走。	肋肋儿	肋骨。
二瓜子	傻子。	连念	挂念，可怜。
二镰子	第二茬。	脸势	脸色。
翻咕嘟	冒泡。	两溜子	两道子。
方方	方格。	灵干	极，非常。
尴光光	尴尬。	灵醒	聪明。

另家	分家。	说古今	讲故事。
麻糖	麻花。	撕住	扯住，拉住。
麻子窝窝	痘印，痘坑。	死身子	遗体。
埋锭子	暗算。	太阳一端	正午。
麦颗	麦粒。	桃核碗碗	半个桃核皮。
卖牌	炫耀。	填炕	烧炕。
么个	那样。	调和	调料。
没打磕吞	毫不犹豫。	头到	及至，等到。
没个音音儿／影影儿 没有音讯。		头起	开头。
迷着昏	昏迷。	挖脱	跑脱，快速跑掉。
妙妙儿	刚好。	外前	外面。
明了	明天。	完着	指不学好。
木榔	做事不利索。	晚宿	晚上。
哪达	哪里。	瘟着死	得瘟疫而死。
难怅	难过，为难。	捂麻	心烦。
难辛	艰难。	戏要	戏弄。
你咋咔	你干啥去。	细溜条	苗条。
娘母子	娘儿俩。	下场	指人去世了。
娘娘	妈妈，婶婶。	下话	求情，说好话。
牛牛	泛指虫子。	下世	去世。
呕倒了	气倒了。	下夜	连夜。
旁个	旁边。	歇缓	休息。
喷脱	喷射。	悬在胸腔里	不放心。
蚍蜉蚂儿	蚂蚁。	崖背	窑洞上面的平地。
撇去	扔掉。	呀达	哪里。
泼死亡命	豁出性命。	呀个	哪个。
腔子	胸口。	烟屎	烟油子。
抢脱	挣脱。	眼热	羡慕，眼红。
怯气	短精神。	仰板子睡	仰躺。
勤谨	殷勤。	一搭	一起。
轻省	轻松。	一个式	一下子。
热头儿	太阳。	一管	一直。
人马山其	人山人海。	一瞭	一看。
日弄	捉弄，忽悠，捣乱。	一气子	一口气。
软其巴搭	太柔软不好做。	一向	一段时间。
三锤两火	三两下。	一准	一定。
山垴垴儿	山根。	因因	原因。
山嘴嘴	山顶。	引人	接亲。
上炕	左边炕。	芋子	芦苇。
失睡	睡得太死。	月里娃	未满月的新生儿。
失笑	忍不住笑，好笑。	攒劲	帅气。
使了鬼	做了手脚。	咋闹	怎么了。
手拖手	手拉手。	藏	语气词。
受活	快活，舒服。	胀气	生气。
树合杈	树杈。	这达	这边。
耍话	玩笑话。	挣人	吃力。
睡得出堂堂的 睡得很熟。		指住	靠住。
睡净	全睡下。	庄农人	务农的人。

二

平凉民间故事讲述者简介

余金成（1948—）

男，回族，不识字，农民，平凉市崆峒区西阳回族乡清明村一社人。

1948年出生于一个普通的农民家庭，在农业合作社时期，担任本村一个生产队的副队长。他在担任副队长期间，工作兢兢业业，严于律己，恪守制度，深得人心。他平易近人，和蔼可亲，乐于奉献，不求回报，乐观豁达，心胸宽广，善于沟通，喜欢种花种树，他总是说"前人种树，后人乘凉"。只要谁家有困难，他就去帮忙，从不收任何东西。小时候家里有多个弟弟妹妹，母亲常年生病，他早早地担起了生活重担，家里粮食少吃不饱肚子，晚上常常饿得睡不着，母亲就给他们讲故事，哄孩子们睡觉，慢慢地他就把母亲讲的故事全都记了下来。夏天农活干累了，在树下乘凉时，他喜欢给人们讲这些故事，讲述以前的历史，告诫人们："吃水不忘挖井人，没有先辈们的艰苦奋斗，就没有我们今天的幸福生活。"他给编纂组讲述了《蛤蟆变小伙》《害人终害己》《狼吃娃娃》《猴子娶媳妇》《女子变老虎》等故事。

温金祥（1934—）

男，回族，不识字，农民，平凉市崆峒区西阳回族乡清明村人。

1934年出生于一个地主家庭，因为是家里唯一的男孩，所以父母特意为其取名"金祥"，金代表金贵，祥是吉利，以求平安吉祥。他性格开朗乐观，为人真诚豁达，善于与人沟通交流，乐于助人，不求回报。平时喜欢听广播上说书，现在身上时常还带着一个收音机。年轻时，家里人舍不得让他干农活，他就跑去听说书，听说书的人身份各异，学识不同，他因此积累了丰富的故事素材。平时，家里人都去干农活了，他一人在家无聊就出去找玩伴，将这些听来的故事讲给他们听，很多故事他至今记忆深刻。温金祥老人两次给编纂组讲故事，口齿清楚，思路清晰，不仅讲了《仁义长仁义短》《小伙子娶媳妇》两则民间故事，还讲了一首顺口溜。

余金亮（1956—）

男，回族，小学文化程度，农民，平凉市崆峒区西阳回族乡清明村一社人。

善于与人交流，待人诚恳，乐于助人，性格乐观豁达，具有很高的知名度。1956年出生于一个普通的农民家庭。由于父亲去世得早，再加之20世纪60年代生活水平低下，连最基本的温饱问题都无法解决。穷人的孩子早当家，他不仅要去队里挣工分，还要照顾四个年幼的弟弟，家里仅有的一点食物，他都留给弟弟们吃。离他家不远处有一个小卖部，那里有一个老爷爷，经常给孩子们讲故事，余金亮为了能让弟弟们早点入睡，同时也为了缓解自己的饥饿，就经常去小卖部听故事，晚上回来再讲给弟弟们听，以便哄他们睡觉，当时听了很多有意义的民间故事。可惜由于长时间不讲，所以好多故事如今都回忆不起来了。现在他经常开私家车往返于城乡之间，车上有的乘客会讲一些故事来缓解一下气氛。他就将听到的这些故事再加上自己的想法讲给其他乘客们听，就积累了一些故事。他一共给编纂组讲了《有理走遍天下，没理寸步难行》《爷父两个打官司》《驴吃黄瓜》三则故事。

温志和（1954—）

男，回族，不识字，农民，平凉市崆峒区西阳回族乡清明村人。

1954年出生于穆斯林家庭，家里曾出过好几代阿訇。他平时爱听大人讲故事，再将听到的故事加上自己的理解讲给其他人听，就成了自己的故事。他为人和蔼可亲，心地善良，乐于助人，无私奉献，豁达乐观。他是个种菜高手，家里的菜园子永远比别人家种得好。他时常把自己种的菜分给周围的邻居们吃，"大家吃才香"是他的口头禅。他年轻的时候去过北京、宁夏、西安等地，了解不同地方的风土人情。他每走一个地方，就将这些故事讲给当地的人听，同时也会从当地人的口中听到一些故事，这样来来往往，他就积累了丰富的故事素材。他共给编纂组讲了《狼妈妈》《谎娃》《锅刷子成精》等故事。

余文俊（1951—）

男，不识字，农民，平凉市崆峒区西阳回族乡清明村人。

1951年出生于一个地主家庭。他有着丰富的人生经历，别人问他什么事情，他都会说"那我知道"，因此被村里人称作"百事通"。他善于与人交流沟通，能言善辩，豁达乐观，待人宽容，乐于助人，直言不讳，思维清晰明了，生活俭朴。年轻的时候去过平凉周边的很多地方。他所讲的民间故事一部分来自他父亲，另一部分是他外出做工时听别人讲的。以前每到农闲时节，他就拿个小板凳坐在有太阳的地方，边晒太阳边给孩子们讲故事，现在没人愿意听了，他就讲给自己的孙子们听。他给编纂组讲了《锅漏》《后婆子害子》《狼妈妈》《孝子娶妻》《七个铜锣罐》《披着羊皮的狼》《张良卖布》《谎林儿》《三人行》九则故事。

高着花（1966.12.6—）

女，汉族，初中文化程度，农民，静宁县仁大镇解放村人。

1966 年 12 月 6 日出生于甘肃省静宁县仁大镇阳屲村一个农民家庭，姊妹六个，排行第三。性格开朗乐观，从小喜欢听村里老人讲一些奇闻趣事。她不仅喜欢听故事，也喜欢讲故事。她会在自家孩子们睡觉前讲她以前听过的故事，仿佛这时才是她农忙一天后最轻松的时刻。本卷共收录高着花讲述的《骑门》《金砖换辣椒面》《福气》《蛮女子》《瓜女人》《戒烟》《为儿孙攒钱》《插坟》八则故事。

三

平凉民间故事采录者简介

王知三（1946.11.10—）

原名王举章，男，汉族，甘肃省
平凉市静宁县曹务乡下庄村人。

中国民主促进会会员，国际亚细亚民俗学会会员，中国民间文艺家协会会员，中国民俗学会理事，中国民俗学会农业民俗研究委员会委员，甘肃省民间文艺家协会原副主席，甘肃省民间文艺家协会顾问，甘肃省民俗学会副会长，甘肃省作家协会会员，甘肃省中华民族文化促进会理事，平凉市民间文艺家协会原主席，平凉市民间文艺家协会名誉主席，甘肃省民俗学会关陇民俗研究会执行理事长，平凉市非物质文化遗产保护工程专家委员会委员，静宁县"十佳文化艺术人才"，静宁县德艺双馨文艺工作者。长期从事民间文学的搜集整理工作，编辑出版《静宁民间故事》《静宁民间神话传说故事》《成纪神话传说》《静宁县戏曲志》《静宁歌谣集》《静宁曲子戏选编》《燕无集续》《静宁情歌新韵》《羲皇颂》《阿阳风情》《六盘山地区原生态文化——民间采撷》《关陇文化探微》《关陇民俗文化论》等。

张怀群（1960.6.8—）

男，甘肃省平凉市泾川县人，研
究生学历。

国际亚细亚民俗学会会员，中国民间文艺家协会会员，中国民俗学会理事，甘肃省民俗学会副会长，甘肃省作家协会会员，泾川西王母民俗学会会长，兰州大学宗教研究所兼职教授，台湾中华道教文化研究学院教授，海峡两岸西王母论坛西王母文化研究首席专家。1979年至今已出版著作43部，包括有关西王母祖祠圣地、安奉佛舍利最多的圣地、泾川百里石窟长廊、西王母民俗、西王母地望与人望、台湾泾川西王母朝圣之旅等文化遗产类论著和文学作品等。曾获国家艺术科学重点研究项目中国民间文学集成编纂工作先进工作者奖，因国家社会科学重大项目、艺术科学国家重点项目《中国谚语集成》获文艺集成志书编纂成果奖，中共甘肃省委、甘肃省人民政府第七届敦煌文艺奖，海峡两岸西王母论坛西王母文化研究终身成就奖。

孙志勇（1956.7.8—）

男，汉族，甘肃省平凉市庄浪县
南湖镇南门村人，大学文化程度。

先后在庄浪一中、县文教局、县文化馆工作，曾任县博物馆副馆长、县文化局副局长、县文联主席等职，兼任平凉市民间文艺家协会副主席，中国民俗学会会员，甘肃省民间文艺家协会会员，作家协会会员。多年从事地方文化、文史研究和文艺创作。编著、发表、出版多部地方文化丛书和报告文学、散文、诗歌、戏剧等作品。任《爱我平凉丛书·庄浪卷》副主编，主编"十大文化集成志"书中《庄浪县曲艺志》《庄浪县图书馆志》《庄浪县歌谣集成》《庄浪县戏曲音乐集成》《庄浪县戏

剧志》，参与搜集整理《庄浪县歌谣集成》《庄浪县谚语集成》《庄浪故事集成》，主编的报告文学集《足迹》、编著《歌谣故事》荣获"甘肃民间文艺十年奖"三等奖，诗歌《黄土高原上的春梦》荣获首届崆峒文艺奖，剧作《庄浪人》《梯田庄浪》分别荣获平凉地区"国庆五十周年优秀调演剧目"一等奖、甘肃省红梅大赛一等奖。目前，收藏有多本如《平凉市民间故事集成》《庄浪县民间故事》《平凉地区歌谣集成》等民间文艺作品集。

魏俊舱（1954.10—）

男，汉族，甘肃省平凉市庄浪县
卧龙乡魏家山村人，大专文化程
度，中共党员。

中国散文家协会会员，甘肃省民间文艺家协会会员，郑州小小说学会会员，平凉市作家协会会员，平凉市庄浪县文化馆副研究馆员，2016年退休。创作剧本18部，发表散文、微小说、学术文章多篇，撰写网络文章近百篇，采录民间故事15万字，与孙志勇合编《歌谣故事》，自己编著《庄浪传说》《梯田人》。曾历时四年时间，走遍全县23个乡镇大多数村组，采访参与梯田建设的干部群众260多人，创作出版专著《庄浪人创业之路》，真实生动地记录了庄浪人民修梯田的艰苦历程。2010年被中共平凉市委、市政府授予"平凉市十佳文化艺术先进工作者"称号，荣获中国散文家学会"中国当代散文作家奖"。

邵小平（1961.9.9—）

男，汉族，甘肃省平凉市灵台县
西屯镇北庄村人，兰州大学汉语
言文学大专学历，中共党员。

现为灵台县政协四级调研员，历任教师、检察员、文联主席、政协科教文史卫体委员会主任，兼市作协副主席等职。1983年开始文学创作，2007年加入中国作家协会，出版有诗集《灵台意象》《金口哨》《邵小平短诗选》和《一条河总想上岸》。主编《平凉新诗选》《灵台民间文学故事集》及《风雅颂灵台》文艺丛书。在《中国作家》《诗刊》《青年文学》《延河》《飞天》《长江文艺》《星星诗刊》《大海洋》等刊物发表诗歌兼及散文随笔、报告文学等，作品曾荣获第三届全国检察机关精神文明建设"金鼎"文学奖，首届甘肃黄河文学奖，中国第九届民间文艺山花奖入围作品奖，《诗刊》社"金诚杯"诗歌奖，平凉市第一、二、三、五届崆峒文艺奖等。

周斌（1973.1—）

男，汉族，甘肃省平凉市庄浪县
盘安镇樊庙村人，中专学历。

1993年毕业于甘肃省平凉地区师范学校，分配至庄浪县颉崖中学，担任数学、音乐、语文教学工作，曾获"平凉市骨干教

师""庄浪县优秀教师"等荣誉称号。2008年调入庄浪县文联，创作有散文《庄户人家》《庄浪散纪》，纪实文学《梯田人的故事》，报告文学《紫荆情》，秦腔剧本《扶贫花开陈家湾》《使命》，电视纪录片《梯田西北望》，电影文学《上寨的儿女们》等。甘肃省作家协会会员，与李永峰合作收集整理民间文学集《庄浪古经》。

李永峰（1965—）
男，汉族，甘肃省平凉市庄浪县盘安镇人，在职研究生学历。

1987年参加工作，从教三年，从政两年，在国企管理岗位十年。2002年，创立民企"甘肃省紫荆酒业有限责任公司"，从事白酒生产、销售工作，始创"将军宴"白酒品牌，该酒远销河南、新疆、宁夏、陕西、内蒙古等省区，颇受人们喜爱。平时喜欢阅读，与同学周斌搜集整理出版《庄浪古经》。

四

故事村——崆峒区西阳乡清明村

一、故事村的发现及故事采录过程

由于编纂组搜集到的崆峒区民间故事集，如《中国民间故事集成·平凉市卷》（全一册）、《崆峒山神话故事》、《崆峒山神话故事》（第二集）、《崆峒传说故事集》、《崆峒山与泾河水》都是传说多故事少，按照本卷编纂原则，编纂组深入崆峒区实地采录故事，以弥补这一不足。为切实做好编纂工作，培养本科学生的科研能力，本卷主编徐凤教授吸纳了一批平凉籍学生参与故事采录和书稿校对工作，余亚丽就是其中的一名。

余亚丽系兰州文理学院文学院 2018 级汉语言文学 1 班学生，徐凤教授给她讲授过《语文课程与教学论》和《甘肃非物质文化遗产概论》两门课。当徐凤教授告诉参与学生，希望他们借助自己的人脉关系帮编纂组联系能讲民间故事的老人后，余亚丽第一个告诉徐老师她可以帮助联系。经过余亚丽的协调，徐凤和杨秀平两位老师于 2021 年 1 月 27 日第一次到崆峒区西阳回族乡清明村采录故事。这一次余亚丽联系了两位老人，一位是余金成老人，一位是温金祥老人。

余金成老人是余亚丽的舅爷爷，即余亚丽奶奶的哥哥，两家相距约 1 公里路程。余亚丽小时候听过舅爷爷讲故事，所以她第一个想到的就是舅爷爷。当她把老师采录民间故事的事告诉舅爷爷后，舅爷爷爽快地答应了。1 月 27 日上午 9 点左右，余亚丽就带着采录老师进了余金成老人的家门，当时老人和妻子黑树根正坐在炕上。他们见余亚丽带着老师进了家门，非常高兴，并下炕热情迎接。一阵寒暄后，老人要坐在沙发上讲，认为坐在炕上不礼貌，但是当时正值隆冬季节，余金成老人及妻子都年事已高（余金成老人 73 岁高龄，黑树根老人 66 岁），采录人员怕把老人冻出病，所以坚持让他们坐在炕上讲。这一次，余金成老人一口气给采录人员讲了《害人终害己》《猴子娶媳妇》《女人变老虎》《锅刷子成精》等 11 则故事。在此过程中，大多数情况下是余金成老人一人讲述，当老人忘记了情节有点卡壳时，其妻子黑树根老人就会穿插讲一会儿，等余金成老人想起并接上话茬时，黑树根老人就会停下来让丈夫继续讲。

录完余金成老人的故事，余亚丽又带着采录人员去了温金祥老人家。温金祥老人的家和余金成老人的家相隔一条沟，相距约 2.5 公里，当时温金祥老人和老伴也坐在炕上，整个屋子打扫得干净整洁，炉子里炭火很旺，看着屋子的陈设就能感受到老人的幸福生活。老人明确告诉采录人员，他只能讲两则故事，这两则故事系年轻时听老人们讲的。尽管老人已达 87 岁高龄，但耳不聋眼不花，一口气讲完了《讨饭娃娶妻》《小伙子娶媳妇》两则故事，其思路之清晰、口齿之清楚，在编纂组实地采录的所有人员中他名列第一。讲完故事后，老人兴致比较高，又给采录人员讲了一则顺口溜，其语言之流畅、用语之准确，让在场的人无不拍手叫好。整个讲述过程持续约一个半小时，老人中间连一口水都没有喝，老伴就默默地坐在他的身旁，静静地听，偶尔抬头看一眼老伴，或帮他披一下被子，无声地传递着她对丈夫的爱和关心。从采录人员进老人的家门，到出家门，有一位 30 多岁的农村妇女，时不时地进屋子或给客人沏茶，或给火炉添炭，或给老人倒水，动作娴熟而灵活，后来余亚丽才告诉采录人员那是老人的小女儿。老人没有儿子，给小女儿招的上门女婿，女儿和女婿待老人特别孝顺。尽管这次采录人员没有见到老人的小女婿，但从家庭的陈设和老人的生活，能感受到家庭生活的和谐和幸福。

第二次去清明村采录故事是 2021 年 4 月 8 日。因为 2021 年 4 月 13 日当地有人要斋戒了，加之天气预报说周末要下雨，此次调研必须走土路，所以采录人员于 4 月 7 日下午 4:30 在余亚丽的陪同下驾车前往平凉采录故事。

走兰州到宁夏回族自治区隆德县这段路时天还亮，路上美景尽收眼底：绿的麦田、黄的迎春花、粉的杏花和樱花，非常好看，尤其是那鹅黄色的树叶就像刚出生的娃娃，嫩嫩的，给人增添一种欣欣向荣的活力。

第二天，按照约定时间采录人员于上午 9 点多到达清明村，此次共采录 4 位老人，其中一位是余亚丽的爷爷，另两位是余文俊老人和温志和老人，这两位老人都是余亚丽的爷爷帮助联系的，还有一位就是温金祥老人。温金祥老人听说编纂组又到清明村采录故事，主动提出再讲一则故事，并明确表示要这些大学老师把这个故事讲给学生，用来教育学生。

采录人员先是到温志和老人家。去时，老人和儿子正在院子外面的地里干活，老人帮儿子给拖拉机上挂铁犁，儿子要耕地种玉米。老人让采录人员先进家里歇着，说他挂好犁就来讲，因为第二天要下雨，想趁下雨前把地耕好。当老人忙完进家门时，满身的泥土，采录人员让老人歇歇喝些水再讲，可是老人只用旧毛巾打了打身上的土就来讲了，说："农村人皮实，没那么多讲究。"他一共给采录人员讲了 5 则故事，因为有些故事短小且与已经收录的故事有重复现象，所以本卷只收录了他讲的 2 则故事。

录完温志和老人的故事，余亚丽带着采录人员回家吃饭。吃饭前余亚丽的爷爷给采录人员讲了《有理走遍天下，没理寸步难行》《爷父两个打官司》《驴吃黄瓜》3 则故事。他说自己以前有个小面包车，常常拉一些乡亲来往于平凉市和清明村之间，车上人会偶尔讲个故事，这些故事都是自己在车上听的。

午饭后余亚丽又带采录人员去余文俊老人家录故事，当时余文俊老人刚给牛添草料回到家里。余文俊老人是一个性格开朗又非常健谈的人，他笑着告诉采录人员自己从小爱听老人讲故事，本来记了好多故事，但时间长了不讲就忘了。即便是这样，他还是给采录人员讲了许多故事，经过筛选，最后选录《后婆子害子》《七个铜锣罐》《孝子娶妻》《谎林儿》《披着羊皮的狼》《张良卖布》《三人行》7 则故事。

采录完余文俊老人的故事就去温金祥老人家，结果他等不住采录人员去了大女儿家，好在他大女儿家离他们家不远，于是采录人员去他大女儿家找他。尽管只有 16 分钟的路程，但三分之二是水泥路，三分之一是土路，尤其是那段土路，又陡又窄，弯道又多，好在徐凤老师的车技比较好，很顺利地开了下去。或许是春天暖和，温金祥老人脸上多了一些红润，精神头更好了，老奶奶也过来了，依旧静静地坐在老伴的身后，一个故事很快录完了。

能在一个村子找到五位会讲民间故事的老人，两次采录 30 多则故事，收录 23 则故事，这在目前实属难得，这是编纂组把清明村称作"故事村"的原因。

二、故事村的自然及人文环境

清明村隶属平凉市崆峒区西阳回族乡。崆峒区是中共平凉市委市政府所在地，为平凉市政治、经济、文化和交通中心。地处六盘山东麓，泾河上游的陇东黄土高原腹部，东邻泾川县和庆阳市镇原县，南依华亭市和崇信县，西与宁夏回族自治区泾源县和原州区接壤，北与庆阳市镇原县、宁夏回族自治区彭阳县毗邻，为丝绸古道西进北上甘凉的第一座关隘重镇，亦为陕甘宁三省交通要塞和陇东传统商品集散地，素有"旱码头"之称。

西阳回族乡地处崆峒区北部干旱山区，东接寨河乡，西南与安国镇、大秦乡相接，北与宁夏彭阳县毗邻。西阳回族乡境域为陇东黄土高原沟壑区，地势略为西高东低、北高南低。

清明村位于西阳乡政府东北部，距城区 35 公里，东邻中营村，南邻高梁村，西邻西阳村，北邻下马村。全村辖 3 个村民小组，共有村民 351 户 1204 人，村域耕地面积 3544 亩。清明村以种植业和养殖业为主，主要种植玉米、小麦等农作物，养殖牛、羊等牲畜。受产业结构的影响，在冬季，这个村子里遍地都是一堆一堆的有机肥；在春夏季节，漫山遍野都能看到一块一块的苜蓿地和玉米地，如果你再进入人家，就能看到养牛的棚圈，听到羊的"咩咩"声，只是有些人家的棚圈大牲畜多，有些人家的棚圈小牲畜少罢了。也正是因为清明村还保持着比较传统的农业种植和畜牧养殖方式，所以人们聚集在一起的机会比较多，也就有了传承民间故事的文化空间。

1

2021 年 4 月 8 日的清明村近景
徐凤　摄

2

盛夏时的清明村远景
余亚丽　摄

五

平凉民间故事图书与资料

1
《崆峒山与泾河水》
平凉市文化馆 编
1983 年 3 月
内部资料本

2
《中国民间故事集成·平凉
市卷》（全一册）
平凉市文化局"三集成"编
委会 编
1988 年 5 月
内部资料本

3
《灵台县资料本》
灵台县民间文学三套集成编
辑组 编
1988 年
内部资料本

4
《泾川县资料本》（全一册）
泾川县民间文学集成编委
会 编
1988 年 6 月
内部资料本

5
《崇信县民间文学三套集成》
崇信县民间文学三套集成编
委会 编印
1988 年 10 月
内部资料本

6
《华亭县资料本》（全一册）
华亭县民间文学集成编委会
编印
1988 年 7 月
内部资料本

7
《静宁民间故事》
静宁县民间文学三套集成编
辑组 编
1989 年 2 月
内部资料本

8
《平凉地区故事集成》
（资料本上卷一分册）
民间文学三套集成编辑
部 编
1989 年 10 月
内部资料本

9
《平凉地区故事集成》（资料
本上卷二分册）
民间文学三套集成编辑
部 编
1989 年 10 月
内部资料本

10
《平凉地区故事集成》（资料
本下卷一分册）
民间文学三套集成编辑
部 编
1989 年 10 月
内部资料本

11
《平凉地区故事集成》（资料
本下卷二分册）
民间文学三套集成编辑
部 编
1989 年 10 月
内部资料本

12
《崆峒山神话故事》
王学文 编
1992 年 3 月
内部资料本

13
《西王母传奇》
荆爱民 著
敦煌文艺出版社
1993 年 4 月

14
《崆峒山神话故事》
（第二集）
王生杰 著
甘肃人民出版社
1994 年 10 月

15
《泾川民间故事》
曹晓兰主编 张怀群执行
主编
1991 年 7 月
内部资料本

16
《崆峒传说故事集》
王生杰 著
三秦出版社
1999 年 12 月

17
《歌谣故事》
孙志勇 魏俊舱 编著
甘肃文化出版社
2000 年 10 月

18
《中国民间故事集成·甘
肃卷》
武文主编
中国 ISBN 中心
2001 年 6 月

19
《灵台民间文学故事集》
邵小平 主编
中国文联出版社
2008 年 7 月

20
《静宁民间神话传说故事》
王知三 编著
宁夏人民教育出版社
2013 年 4 月

21
《庄浪传说》
魏俊舱编著
中国文史出版社
2018 年 7 月

22
《庄浪古经》
周斌 李永峰搜集整理
团结出版社
2021 年 6 月

六

平凉常见民间故事类型索引

没毛牛犊

Ⅰ．一老汉临终前让三个儿子在院里挖坟，老
大老二挖出了金银，老三挖出了一头没毛
牛犊。

Ⅱ．在没毛牛犊的提醒下，老三以换犁为由回
家看清了两个兄长的面目，分家后在牛犊
的帮助下得到了狼的刮金板和虎豹的金银，
并置办庭院，成家立业，过上了好日子。

Ⅲ．老三接来家庭败落的兄长，恶毒的嫂子也
出意外死了。老三给兄长续了弦，过上好
日子。

代表故事有《没毛牛犊》《没毛牛》。

八十三万老虎围都

Ⅰ．从前有一个叫路生的人打柴救了一只老虎，
老虎为了报恩，给路生叼来猪羊等牲畜，
还把当朝公主叼到路生家。

Ⅱ．但是皇帝以为路生抢走了公主，便将路生
押入牢中，下令杀头。

Ⅲ．老虎知道后带领虎群包围京城，皇帝下令
谁能解围就封以高官，并下嫁公主。

Ⅳ．路生出面，虎王喝退虎群，皇帝未食言，
许以路生公主及高官。

代表故事有《八十三万老虎围都》
《十八万老虎下江南》《虎哥》。

金角银蹄花牛犊儿（丁乃通 707）

Ⅰ．一人娶三妻，大婆二婆没有孩子，小婆正
怀孕。男人要出门，问三个妻子："我回
来时，你们用什么迎接我？"大婆二婆均
以盛妆或美食作答，小婆则说："用儿子
迎接你。"

Ⅱ．夫离家后，小婆生一子，大婆二婆用死猫
换了刚出生的孩子，将孩子捏死，埋于小
婆炕前。

Ⅲ．丈夫归来，脚踩炕前地面，忽闻地下小儿
叫爹之声。大婆二婆移尸花园，长出丛
花，父母来则十分美丽，大婆二婆来则枯
萎。两婆又拔花喂牛，牛生一金角银蹄的
牛犊儿。

Ⅳ．两婆又欲杀牛犊儿解恨，牛犊儿被好心人

搭救，远离家乡，与一少女婚配，变成俊
美少年。

Ⅴ．小夫妻二人回家，向父母说明详情，大婆
二婆受到严惩，全家过上了好日子。

代表故事有《金蹄子银抵角的牛娃》
《李三娘推磨》《牛娃》。

白荷

Ⅰ．有一个叫白荷的姑娘，母亲死了，父亲给
她找了一个后娘，后娘生了一个叫绿豆儿
的姑娘。

Ⅱ．后娘让白荷放花牛，铲草胡，做花枕头和
花鞋，花牛帮助白荷做好了这些东西。

Ⅲ．后娘又让绿豆儿做同样的事，花牛没有帮
助，还拉了一泡稀屎，后娘便杀了花牛，
和绿豆儿吃了。

Ⅳ．后娘和绿豆儿去看戏，没带白荷，变成花
牛的白荷娘给白荷做了一双绣花鞋，让
去看戏。

Ⅴ．回去的路上白荷跑丢的一只鞋被绿豆儿捡
去，另一只也被绿豆儿抢去。绿豆儿穿上
绣花鞋从驴上跌下来摔死了，后娘气得打
驴，也被驴踢死了。

代表故事有《白荷》《绿豆儿和花牛
儿》《白豆和黑豆》。

放羊娃与牡丹花（丁乃通 555*+407）

Ⅰ．一牧童在山里看见黑白二蛇打架，白蛇受
伤，牧童打跑了黑蛇，救了白蛇，此白蛇
是龙王的太子。

Ⅱ．牧童受仙人托梦（或老人指点），被白人
白马的一群人邀去赴宴。临别，牧童不要
金银财宝，只要了一朵花，而这花正是龙
王公主所变。

Ⅲ．被牧童带回家的花儿，经常趁他出外牧羊
时变为美女操持家务，后与牧童成婚，过
上了幸福的生活。

代表故事有《黑蛇和白蛇的故事》
《牧童的故事》《青蛇和白蛇》。

打野狐精（丁乃通 333C）

Ⅰ．一妇人去转娘家，路遇野狐精（或老虎精、
狼外婆、老妖婆）。野狐精问清她家的住
处和三个女儿的名字，就将这妇人吃了，
然后到她家敲门，谎称是孩子们的母亲。

Ⅱ．受骗的孩子开了门。晚上，野狐精吃掉了
三姐妹中最小的一个，另两个警觉了，以
上厕所为借口，跑出屋子上了树。

Ⅲ．野狐精撵了出来，也要上树，两姐妹将她
用绳子吊起，又松手摔下，最后摔死了野
狐精。

代表故事有《三姐妹除妖》《野狐精
与货郎》。

转娘家

Ⅰ．有一个姑娘，因长时间没回娘家想回娘家
的一番话被野狐精听到，野狐精就装作姑
娘的兄弟接姑娘回娘家。

Ⅱ．一路上野狐精抱着孩子哄骗姑娘，到了野
狐精家，野狐精给姑娘端饭，姑娘才知道
饭是用自己孩子的肉做的。

Ⅲ．姑娘和其他被抓来的女子设计，让野狐精
杀了它自己的母亲，并逃出了野狐精家。

Ⅳ．姑娘在路上以丢筷子为计，到野狐精筋疲
力尽的时候把它吊在树上摔死了。

代表故事有《转娘家》《狐狸精和二
妹子》《猴的故事》《毛人》。

大灰狼

Ⅰ．一只成了精的大灰狼吃了一户人家的女儿
绣花，又变成绣花的模样，一直在晚上偷
吃羊。

Ⅱ．绣花的哥哥勤书发现后，砍掉了"绣花"
的一条腿，"绣花"给不明缘由的父母去
告状，父母责怪勤书，勤书没法子只能离
家出走。

Ⅲ．后来勤书回来了，父母早已被灰狼吃掉，
阴魂儿变成白老鼠，帮助勤书逃走了。

Ⅳ．在路上，勤书爬上树忽悠灰狼。勤书的老
婆放飞鹰啄瞎了灰狼的眼睛，勤书趁机杀
死了灰狼。

代表故事有《女子变老虎》《大灰狼》《黄狼精》。

虎怕锅漏（丁乃通 177+78B）

Ⅰ．老两口夜晚在家闲谈，说最怕锅漏，恰被躲在屋外的偷马贼和老虎听到。

Ⅱ．贼不慎跌落在虎背上，相互以为对方就是"锅漏"，虎驮贼狂奔不止，贼在半道上顺势跳上树，虎又请猴子来看这个树上的"锅漏"。

Ⅲ．后来，猴子因尾巴与老虎尾巴拴在一起，被老虎拖死。

代表故事有《锅儿漏》《锅漏》《"屋漏"真可怕》。

人心不足蛇吞相（丁乃通 285D）

Ⅰ．一少年将一条受伤的小蛇喂养成了大蟒，并放归山林。一日，皇榜上说皇上（或皇姑、公主）患病，谁能把蟒心掐来一点给皇上治好病，就让谁做大官。

Ⅱ．少年进山找到了那条大蟒说明来意，蟒许诺掐一点自己的心给皇上治病，也算是对恩人的报答。少年用蟒心治好了皇上的病，被封为宰相。

Ⅲ．几年后，皇上又犯病了，还得用蟒心治病，这宰相又去找大蟒要心，因心太狠想多掐一点而被大蟒吞食。

代表故事有《人心不足蛇吞相　贪心不足吸太阳》《人心不足蛇吞相》《货郎和蛇郎》。

毛野人抢亲（丁乃通 312A*）

Ⅰ．一家有母女二人。一日，女儿被毛野人（或猴子、狐狸精）掳去成亲，后生小毛孩。

Ⅱ．母亲思念女儿，得到喜鹊帮助，在很远的山洞里找到了女儿，用胶将毛野人的眼睛糊住，同女儿逃回家。

Ⅲ．毛野人常领毛孩前来捣乱，后母女俩烧红磨盘，毛野人（或猴子、狐狸精）和小毛

孩因坐在烧红的碾盘上吃了大亏，永不再来。

代表故事有《猴精骗金花》《猴背媳妇》《野人刁媳妇》《猴子娶媳妇》。

"屙金贵"与"火龙单"（丁乃通 1539）

Ⅰ．有一个穷汉在驴的屁眼里塞了两个金元宝（或银元），给地主说驴可以屙金元宝（或银元），地主信以为真买下了驴，驴却不屙。

Ⅱ．知道受骗的地主非常生气，把穷汉关在磨坊里想着冻死他，为了不让冻死，穷汉背起磨盘转，转得浑身冒热气。

Ⅲ．第二天，地主见穷汉非但没死，而且还全身冒汗，问其原因，穷汉说因为自己穿了"火龙单"，地主用自己的衣服换来了"火龙单"。

Ⅳ．一个大雪天，地主脱光衣服，穿上"火龙单"，却被冻死了。

代表故事有《"屙金贵"与"火龙单"》《刘捣鬼》。

梦先生（丁乃通 1641）

Ⅰ．有一个人好吃懒做，一天在路上遇到一只羊在吃草，回家后知道那只羊是媳妇娘家的羊，便对媳妇说，他可以梦到。一觉醒来，他让媳妇去找，果真找到了羊。

Ⅱ．岳父不信，用鸡试探，也阴差阳错地让他说对了，后来他的名声越来越大。

Ⅲ．县官丢了金砖，派人去接他，刚好金砖就是接他的人偷的，也被他找出来，县官给了他一些钱，并给他封了官。

Ⅳ．后来县衙又丢了东西，县官让他梦，他左右为难，干脆趁着夜色逃跑了。

代表故事有《金蛤蟆》《梦先生》《梦大哥》。

巧翠（丁乃通 875F）

Ⅰ．一个叫张九公的老汉给儿子娶了一个媳妇，

叫巧翠，巧翠非常聪明，老汉见人就夸。

Ⅱ．村里的小伙子不服气，给巧翠出难题，巧翠几句话就接了。

Ⅲ．一天，骑着九匹马，手里提着酒和韭菜的九个人来到巧翠家，故意用"九"出题为难巧翠，都让巧翠巧妙对付，后来巧翠的名气更大了。

代表故事有《巧翠》《聪明的翠》《聪明的丫头》。

丁郎刻母

Ⅰ．一对夫妻生了一个孩子，叫丁郎，丁郎长大后游手好闲，经常打骂母亲。

Ⅱ．一天，丁郎看到乌鸦反哺，羞愧自己没有好好孝敬娘。这时，娘来给他送饭，他急忙跑过去，因手里拿着鞭子，被母亲误以为又要打她，就一头撞死在树上了。

Ⅲ．丁郎非常后悔，就用木头雕刻了母亲的像，天天祭奠问安，也通过了玉帝的考验，被钦点为人间七十二孝之一。

代表故事有《丁郎刻母》《丁郎背母》。

三年等个闰腊月

Ⅰ．有一个叫三年的人给地主闰腊月打工，说好一年之后给一头牛，但是地主只给了一斤油。三年很生气，就把油给观音菩萨上了布施。

Ⅱ．一个女子给了三年两颗树种子，并叮嘱他种一颗，留一颗。

Ⅲ．种子长得很快，闰腊月听后，就把另一颗种子买回去了。不料，那颗种子被闰腊月的母亲吃掉，拼命地生长，几天后就死了。

Ⅳ．因为闰腊月的母亲太高了，没有那么大的寿材，只有三年，三年用木材换了很多财富，闰腊月变成了穷光蛋。

代表故事有《三年等个闰腊月》。

三个女婿贺寿

Ⅰ．有一个员外很小气，他的三个女婿也很小

气。一天，员外过生日，他没准备酒，认为女婿会拿酒，自己准备了一坛水，打牌把酒和水掺在一起喝，而三个女婿也是同样的想法，都准备了一坛水。

Ⅱ．席间，他们喝的都是水，但都说是好酒。

Ⅲ．大女婿和二女婿自认有才识，便提议作诗，不料他们都输给了三女婿这个农民，最终尴尬收场。

　　　代表故事有《三个女婿贺寿》《好酒好酒》。

路途不平，旁人铲修

Ⅰ．以前有一个儿子，听信媳妇的谗言，要把母亲放到山沟里去。走到半路，母亲让儿子放下自己，并把狗给她，让自己谋生。

Ⅱ．后来母亲和狗捡到了一颗夜明珠，一个耕地的小伙收留了母亲，对母亲非常好。

Ⅲ．皇上发榜求夜明珠，母亲把夜明珠给了小伙，此时亲儿子前来作梗，母亲说小伙才是亲儿子，皇上给小伙封了官，赏了银。

Ⅳ．亲儿子被赶出来后，失足跌下深渊摔死了，小伙感觉母亲不喜欢那种生活，就用银子把陡坡修成了平路。

　　　代表故事有《路途不平，旁人铲修》《"路间"不平，"旁人"铲修》《路不平旁人铲》。

西天问佛（丁乃通 461A）

Ⅰ．一穷小伙为财主牧牛（或牧羊），想要财主美貌的女儿为妻，财主口头答应，却提出苛刻条件：必须找来世间少有的三件宝物才能成婚。

Ⅱ．小伙子在老人（仙人）指点下去西天问佛，历尽千辛万苦，沿途遇到了多个人（或动物），他们都让小伙子代他们向佛问问题。

Ⅲ．小伙见到佛祖，只问了别人的难题，忘了问自己的难题，但是等到他把别人的难题解决了后，他娶妻的条件也满足了，终于娶到了财主的姑娘。

　　　代表故事有《西天问佛》《"穷八辈"的故事》。

狗耕田（丁乃通 503E）

Ⅰ．弟弟被奸猾的兄嫂撵出家门另居，只分得一只小黄狗。

Ⅱ．弟弟用狗耕田，引起过路商贩惊异，他们与弟弟打赌，狗为弟弟赢得了许多财物。

Ⅲ．哥哥眼红，借狗去打赌，狗不干，被哥哥打死。弟弟哭着埋葬了狗，埋狗的地方长出一株摇钱树使弟弟变富。

Ⅳ．哥哥去摇摇钱树，摇钱树掉下来的却是石头，哥哥一气之下砍掉摇钱树，并把它当作柴禾烧了。

Ⅴ．弟弟从灶灰中找出一粒香豆吞下，从此满身皆香，连屁亦香，卖香香屁得了许多钱。哥哥眼红，也吃了灰中的豆子，却放的是臭屁，被县官老爷杀了。

　　　代表故事有《孪生兄弟》《二小的故事》。

小毛猴儿

Ⅰ．有一个皇帝年过花甲还没有皇子。一日，一个老人给了他两个桃子，让他给皇后吃了。

Ⅱ．但是桃子被两个西宫吃了，皇后无奈吃下一个桃核，后来两个西宫生下皇子，而皇后生了一个小毛猴儿，人们认为不吉祥，被赶出了皇宫。

Ⅲ．小毛猴儿长大，拜师学艺。在皇上寿辰那天去拜寿，却被两个皇子戏耍差点被砍头，经大臣求情后方才放过。

Ⅳ．后来，藩王招驸马，小毛猴儿和两个皇子都去了，正当两个皇子被打得有性命之忧时，变成美男子的小毛猴儿从天而降，不仅解了两个小皇子之困，还胜了公主成了驸马。

　　　代表故事有《小毛猴儿》《小毛猴》。

蛤蟆儿子（丁乃通 440A）

Ⅰ．老夫妻俩无儿无女，盼得一子。老妇大拇指上生一肉疙瘩，不久，从中蹦出一个小蛤蟆，将老妇叫妈，并逐渐长大。帮老母往田间送饭，帮老父耕田，十分能干。

Ⅱ．蛤蟆儿子长大后，向一富家小姐求婚，不允。他多次用法术威胁富翁，终于娶得娇妻。

Ⅲ．婚后，他脱去蛤蟆皮，原来是一个俊美的小伙子。

　　　代表故事有《蛤蟆儿子》《蛤蟆王子》《青蛙孩子》《癞蛤蟆娶媳妇》《青蛙走四川》《蛤蟆变小伙》。

人为财死（丁乃通 555A）

Ⅰ．弟弟在父母死后常受兄嫂虐待，并被撵出家门，只分得一小袋炒过的谷种。

Ⅱ．播种后，只有混入的一粒生种子发了芽，长成了一株大穗。正欲收获，谷穗被大鸟叼去，弟弟受鸟儿指点，缝一小袋，由鸟驮着他去太阳山拾黄金，他只拾了少许，后来变富。

Ⅲ．其兄嫂知道消息后，亦想发财，如弟一般炮制，却因布袋太大，自己太贪，最后被太阳烧死。

　　　代表故事有《太阳山上的老大》。

三姊妹与蛇郎哥（丁乃通 433D）

Ⅰ．三姊妹的老父去砍柴，不慎将斧头掉入山洞，蛇郎取了出来，条件是要老人将一个女儿婚配与他。

Ⅱ．其他女儿都不愿意嫁给蛇郎，善良的三妹为救全家人嫁给了蛇郎，婚后才发现蛇郎是一个英俊少年，而且家庭非常富裕。

Ⅲ．数年后，三妹妹回娘家，被坏心眼的大姐推入河中淹死，大姐自己冒充小妹，去了蛇郎家。

Ⅳ．死了的小妹变为鸟儿，往大姐头上拉屎，被大姐捉住烧死，又变为竹子，被剁掉，最后又变成小妹，与蛇郎团圆，大姐被烧死。

　　　代表故事有《石榴光哥》。

云中落绣鞋（丁乃通 301 ）

Ⅰ. 有一穷小伙靠打柴为生。

Ⅱ. 一日，他正在山中砍柴，忽然乌云密布、飞沙走石，小伙向空中投出斧头，云中掉下一只绣花鞋，原来是九头妖掳去了公主。

Ⅲ. 小伙自告奋勇前去救公主，他战胜九头妖，救出公主，不料他的结拜兄弟送走公主，持绣花鞋去邀功，谎称公主是自己救的，而把小伙留在妖怪洞中，想借此害死他。

Ⅳ. 后来，小伙在龙子的帮助下逃出了妖怪洞，并向皇帝说明了实情，得到公主证实，小伙的结拜兄弟被惩处，小伙被招为驸马。

代表故事有《王恩和背义》《王恩实义》。

豆皮儿与豆瓣儿（丁乃通 738*+555* ）

Ⅰ. 豆皮儿和豆瓣儿是同父异母兄弟，后母对非亲生的豆皮儿百般虐待，对亲生的豆瓣儿却万般疼爱。

Ⅱ. 一日，牧羊的豆皮儿在山上看见黑白二蛇在打架，白蛇已受重伤，他用羊鞭赶走黑蛇，救了白蛇。不久，他受仙人托梦或指点，接受了一群白衣白马人的邀请，来到一个华丽龙宫，受到数日盛情款待。临别，他不要金银，只要了墙角的一枝花。原来这花是龙王的女儿，他带回家，与她成了亲，过上了好日子。

Ⅲ. 后娘知道了，千方百计想害死豆皮儿，但他在有魔法的媳妇的帮助下总是化险为夷。一次，后娘将豆皮儿推入水池，并让豆瓣儿给豆皮儿媳妇做伴儿，却未能达到目的。三天后，豆皮儿不但回来了，还带回许多金银。后母眼热了，便与豆瓣儿一齐跳下水池去捞金银，结果均被淹死。

代表故事有《豆皮和豆瓣》。

儿女心在石头上（丁乃通 982 ）

Ⅰ. 一对老夫妻有三个儿子，儿子娶妻分家后，都不愿赡养父母。

Ⅱ. 老两口设计将砖头用布包好，藏于箱中，故意多次在半夜小声议论，说将来哪个儿子、儿媳对他们孝顺，就将这个宝贝给他们，这话被三个儿媳听到后，皆备献殷勤，格外孝顺。

Ⅲ. 后来老两口死了，三个儿子打开箱子一看，只有破砖碎石没有金银。

代表故事有《儿女心在石头上》。

打喷嚏

Ⅰ. 一个叫陈老五的老汉和老婆吵架后与几个老汉一起去跟集，途中一个老汉打了一个喷嚏，他说这是老婆子在想念他。

Ⅱ. 陈老五感觉老婆子不想念他，回家后就数落老婆子，老婆子没办法就把辣椒面涂在老汉袖口上。

Ⅲ. 一天，陈老五又去跟集，挑着瓦罐，刚上桥，由于天冷流鼻涕，用袖口去擦，一连打了几个喷嚏，把瓦罐都摔碎了，还认为是老伴在想念他。

代表故事有《打喷嚏》《妻子思念卖油郎》。

后记

按照甘肃省文化板块划分情况，庆阳市和平凉市同属陇东文化板块，在《中国民间文学大系·故事·甘肃卷》启动之初，编纂组计划把这两个市的民间故事编纂为一卷，但后来经过多次实地调研，发现这两个市的民间故事非常丰富，搜集到的资料也比较多，通过初步整理其字数远远超过了原来的计划，经与甘肃省民协领导、中国民协领导的沟通，将这两市民间故事分卷编纂，其中把庆阳民间故事编纂成《陇东分卷（一）》，把平凉民间故事编纂为《陇东分卷（二）》。

尽管两市民间故事分卷编纂，但由于最初计划和地理位置的缘故，两个分卷的调研及编纂工作多是同步进行。2020 年 12 月 16—18 日，中国文联领导及相关专家应甘肃省文联邀请在兰州召开《中国民间文学大系·甘肃卷》编纂工作推进会暨审稿会，编纂组提交了《中国民间文学大系·故事·甘肃卷·陇东分卷（二）》文本，编辑专家组故事组专家漆凌云教授、中国文联出版社编辑王素珍，就文本存在的问题做了指导，认为：（1）部分故事类型划分欠准确；（2）部分故事附注信息欠完整；（3）没有新采录故事。

2021 年 1 月 22—28 日，编纂组再一次去平凉市继续搜集以前没有搜集到的资料，同时找当地"故事篓子"新采录故事，先后走访了平凉市文联、平凉市委宣传部、平凉市文化和旅游局等单位，在 2018 级汉语言文学专业 1 班学生余亚丽的帮助下，编纂组深入崆峒区西阳回族乡清明村，请"故事篓子"余金成老人和温金祥老人讲故事，采录民间故事 18 则（含不完整的）。有些参与本卷编纂工作的学生，如李童童、何苗、王婧等，利用寒假在家乡找老人采录故事，到 2021 年 3 月 5 日开学，学生采录多则故事的讲述视频，整理故事文本 6 则。

通过整理资料，编纂组发现崆峒区的故事还是太少，于是又通过余亚丽的家人，联系了崆峒区西阳乡两位能讲故事的老人，于 2021 年 4 月 7—9 日再一次赴实地采录故事，此次共有 4 位老人给编纂组讲述了 26 则故事，多则故事采录了视频。尤其是温金祥老人，听说编纂组又去他们村采录故事，专门给余亚丽的爷爷带话说他还有一则故事要讲，编纂组听到消息后也非常高兴，专门驱车到温金祥老人的大女儿家崆峒区寨河乡沟上村二甲集采录了老人的故事。

本卷搜集资料遵循"应采尽采"原则，力求全面搜集，不放过任何一个县（市、区）、任何一个文本（包括内部资料本、正式出版物、手抄本等）；凡是相关市文联、文旅局，县（市、区）文化馆和当地知名文化人士，或者实地走访，或者打电话询问，力求顺藤摸瓜，找到所有资料。到本卷编纂工作结束，本卷共搜集到文字资料 15 本，采录故事视频 32G，收录故事 498 则（含异文），远远超出了预想目标。

就已经搜集到的资料来说，《静宁民间故事》、《平凉地区民间故事集成》（资料本）、《泾川民间故事》比较理想，不仅故事典型完整，附注信息也比较全，其他资料本都或多或少存在一些问题：（1）故事典型，有代表性，但附注信息不全，如《崇信县民间文学三套集成》《华亭县资料本》只标注了采录人姓名，《歌谣故事》《灵台县资料本》只标注了讲述者和采录者姓名，《庄浪古经》只有正文，没有故事讲述者、采录者、采录时间和采录地点。（2）文人加工严重，如邵小平主编的《灵台县民间文学故事集》。（3）没有狭义上的民间故事，如《中国民间故事集成·平凉市卷》（全一册）。（4）个别故事夹杂一些相对低俗的成分和观念。

针对以上四种情况，在编纂过程中，本卷严格按照"忠实记录、慎重整理"的原则，认真甄别和选编，力求做到：（1）立足经典，去其糟粕。该项目肩负着传承发展中华优秀传统文化的重要任务，必须坚持以社会主义核心价值观为引领，树立正确的价值观、历史观、文化观、审美观，所以对带有封建迷信色彩、反动思想、消极情绪和涉黄涉赌的民间故事不予收录。（2）以资料本为主，以正式出版物为辅，再补充新采录故事。这里的"资料本"指 20 世纪八九十年代国家在出版"中国民间文学三套集成"时采录整理出来的民间故事资料本，包括地区资料本和各县（市、区）资料本。在正式出版物中，优先选录《中国民间故事集成·甘肃卷》中收录的故事，如这些故事有异文，就以《中国民间故事集成·甘肃卷》中的故事为正文，以其他同类故事作为异文。（3）坚持科学性、广泛性、地域性、典型性原则，优先选录结构完整、类型典型的故事文本，尽量做到每个县（市、区）都有故事文本入选。如果一个故事有两个异文，且两个异文语言、结构都比较好，则优先选录故事少的县（市、区）故事；如果某个县（市、区）已有故事文本太少，编纂组就实地采录故事，用新采录故事予以补充。（4）对文人加工严重的文本，本卷不予收录。

本次编纂工作要求每篇故事都有讲述者、采录者、采录时间、采录地点和出处，尤其是讲述者和采录者，不但要有姓名，还要注明其性别、民族、年龄、家庭住址、职业和文化程度。在完成这些工作时，本卷主要采用如下方法：（1）文本查找补充法，即在多个相关的资料本或故事集中查找同一个故事，比对文本文字，如果文字相同或稍有改动，就可以认定它们为同一文本，如有一个文本中有讲述者、采录者、采录时间、采录地点，那么这个文本的附注信息就可以补充完整。（2）文本引证法，即在不同或相同资料本（或故事集）中可以看到相同姓名的讲述者或采录者，如果两个故事采录地点相同（讲述者具体到乡镇，采录者是同一个县即可），就可以判断为同一人，据此互相补充出缺失的附注信息。（3）实地走访询问法，即实地走访故事采录者，当面询问并补充相关信息，如《歌谣故事》中的故事就是用这种方法补充出来的。（4）电话询问法。当无法用文本查找法、文本引证法补充信息，采访对象又住得远（或受疫情影响），编纂人员不方便实地走访时，只要知道对方电话或微信，就可以用这种方法补充相关信息，如《庄浪古经》中的采录信息就是用这种方法补充出来的。目前，大部分故事附注信息完整，如果故事典型、有代表性但实在补充不出时，就标注"不详"二字，部分故事在附记中介绍了故事采录背景、收录情况和相关民俗，基本达到了《中国民间文学大系出版工程工作手册》的要求。

中国民协、甘肃省民协和兰州文理学院的领导们高度重视和大力支持本卷编纂工作，他们积极协调各方关系，化解各种困难，给编纂工作提供方便，既充分彰显了他们高度的工作责任心，也体现了他们积极保护中华民族优秀传统文化的热情。中国民协领导先后两次莅临甘肃，检查并指导编纂工作，为本卷编纂工作指明了方向，尤其是 2020 年 12 月 17 日的审稿会，他们邀请来的湘潭大学文学和新闻学院副教授、大系出版工程故事组专家漆凌云和中国文联出版社编辑王素珍，从文本的选编、故事附注信息的整理、方言俗语的注释、采录故事的技巧、词汇和标点符号的运用等方面给了编纂组细心指导，使编纂质量得到了很大提高。甘肃省文联领导多次开会检查督导编纂工作的质量和进展，尤其是甘肃省民协常务副主席杜芳先生，更是给了编纂组无微不至的关怀和细心周到的帮助，不分工作时间和休息时间，只要编纂组有问题有困难，她都第一时间回应解决，如果当时解决不了，她会多方打电话、找关系，直到把问题解决为止。在她身上体现的不仅是可贵的钉子精神和迎难而上的吃苦精神，更是一种不负使命的责任感和担当意识，她这些精神不光帮助编纂组完成了本卷编纂工作，也感染激励了编纂人员。

本卷资料的搜集工作受到了平凉市委宣传部、平凉市文联、崆峒区文联、泾川县文化馆、灵台县文化馆、华亭市文化馆、庄浪县文联、庄浪县文化馆、崇信县文化馆、静宁县文化馆等单位和各县文化人士的大力支持。平凉市委宣传部、平凉市文化和旅游局曾为本卷编纂组开具查找资料和实地调研的信函；在平凉市摄影家协会主席张森林的帮助下搜集到了多张平凉历史人文景观照片；静宁县民间文艺家协会主席王知三、灵台县文联主席邵小平和文化馆馆长边小蓉、庄浪县文联原主席孙志勇、泾川县文化馆现任馆长王红权和原馆长张怀群、庄浪县三中教师李向丽，非常热情地给编纂组赠送了民间故事资料；各县（市、区）的民间故事采录者、资料收藏者、"故事篓子"和一些民间文学爱好者，如崆峒区邸广平、余金成、余金亮、余文俊、温金祥，灵台县王海成，泾川县黄中贤、赵勇，庄浪县孙志勇、魏俊舱、周斌、李永峰，华亭市郑平生、李正月，崇信县甘博、章龙、戚斐等人，他们有些帮助编纂组搜集资料，有些给编纂组讲故事，有些还详细分享了他们采录民间故事的经验，有些如庄浪县欧文忠、万彩芹、李向丽、万鹏程不仅多次陪同调研，还热情托关系、找熟人、联系走访对象，为本卷编纂工作提供了重要的人力和智力支持。即使是后期的文本注解和校对工作，只要编纂组打电话，他们都会热心帮助，为本卷编纂工作作出了重要贡献。

参与本卷具体编纂工作的人员有两类，一类是兰州文理学院在职教师，一类是兰州文理学院平凉籍在校本科生。教师主要承担资料的采集、筛选、整理和校对工作，其中徐凤教授总揽全局，严把专业技术关，培训和指导参与编纂工作的师生，并亲自参与资料的采集、筛选、整理和校对工作；杨秀平研究馆员整理校对 20 万字（初稿 word 文档，下同），并负责完善和校对所有故事的附注信息约 5 万字，共 25 万字；魏秀萍教授整理校对 15 万字；魏嵘副教授整理校对 10 万字，并多次参与实地调研；玉花副教授整理校对 10 万字，并负责整理常见民间故事类型；张添发老师整理校对 10 万字；白美丽老师整理校对 10 万字；贾娜老师整理校对 10 万字；于燕老师整理校对 10 万字，多次参与实地调研，并负责附录中"常用方言对照表"的整理校对工作；张秀峰副研究馆员对整个书稿校对一遍。在学生中，文学院学生王靖、杨璐、余亚丽、何苗、李童童每人校对文字文本约 10 万字，余亚丽、李童童、何苗、王丽丽、陈东君还参与了故事视频的采录和文字整理工作；新闻传播学院学生徐乐乐、袁爱厚同学参与了故事视频的剪辑工作。他们都付出了辛勤工作。

本卷编纂工作任务重、时间紧、内容多、要求高，尽管参与人员都付出了辛勤劳动，从采录、选编、整理到校对，一遍又一遍，光校对文本就达六遍之多，就像有些老师所说"眼睛都看花了"，但仍然存在一些遗憾。如个别故事的讲述者、采录者姓名无法补充出来，部分文本语言（如笑话）的口语化、方言特色欠鲜明，还需要我们在以后的工作中做进一步努力。所幸的是，通过大家齐心协力的工作，《中国民间文学大系·故事·甘肃卷·陇东分卷（二）》的编纂工作终于如期完成了，心里甚感欣慰。它所承载的不仅是中国民间文学优秀篇章，更是陇原儿女世代相承的传统美德和人文精神，这将永远滋养着陇原乃至中华儿女，实现中华民族伟大复兴的中国梦。

本次编纂工作对所有编纂人员而言，是从专业到精神的一次大考验。由于时间紧、经验欠缺，本卷还存在许多问题，殷切期望读者和方家予以批评指正。在此，向所有为本卷编纂工作提供帮助和指导的领导、专家、社会文化人士致以最诚挚的感谢！

《中国民间文学大系·故事·甘肃卷·陇东分卷（二）》编委会

执笔：徐凤

2021 年 8 月